प्रलेक व्यक्तित्व शृंखला

हरिवंश

पत्रकारिता का लोकधर्म

प्रलेक व्यक्तित्व शृंखला

हरिवंश

पत्रकारिता का लोकधर्म

संपादक

कृपाशंकर चौबे

सहयोगी संपादक

रविप्रकाश, डॉ. विनय कुमार सिंह, डॉ. अनुपमा, लोकेश

प्रलेक प्रकाशन

प्रलेक प्रकाशन

PRALEK PRAKASHAN

मुख्य कार्यालय : 702, जे-50, ग्लोबल सिटी, विरार (वेस्ट), मुम्बई, महाराष्ट्र-401303
दिल्ली एनसीआर ऑफ़िस पता : 03/सी, ज्ञान खण्ड-4 इंदिरापुरम गाजियाबाद, उ.प्र. -201014
E-mail : pralek.prakashan@gmail.com
Website : www.pralekprakashan.com
दूरभाष : +91 7021263557

हरिवंश : पत्रकारिता का लोकधर्म

संपादक : कृपाशंकर चौबे

परिकल्पना : जितेन्द्र पात्रो

Harivansh :Prakarita Ka Lokdharm
Edited by Kripashankar Chaubey

Hypothesis : Jitendra Patro

ISBN : 978-93-5869-81-45

प्रथम पेपरबैक संस्करण : 2024

मूल्य : ₹ 899/-

मुद्रक : रेप्रो इंडिया लिमिटेड
आवरण एवं पुस्तक सज्जा : प्रलेक स्टूडियो

व समर्पित टीम थी प्रबंधन में (विज्ञापन, सर्कुलेसन, प्रोडक्शन, वगैरह), जो अकल्पनीय मुसीबतों और अभाव में भी कुछ कर दिखाने के लिए तत्पर थी। तब बिहार, विकास की दृष्टि से सबसे पिछड़ा राज्य था। और उन दिनों छोटानागपुर बिहार का सबसे पीछे छूटा हिस्सा। अखबार, विज्ञापन से चलते हैं। विज्ञापन के बारे में तथ्य है कि यह डेवलपमेंट का बाइप्रोडक्ट है। इसलिए जहाँ विज्ञापन नहीं, वहाँ अखबार की गुंजाइश नहीं। पर, इस टीम ने एक ही संकल्प लिया-हमें भिन्न अखबार बनना है, अलग पहचान के साथ। हमने दूसरे बड़े महारथियों से अपनी तुलना छोड़ दी। हम सब डूब गये अपने संसार में। सीमित साधनों में ही, क्या राह होगी? कैसे हम अपने ही मापदंड पर एक्सीलेंस (श्रेष्ठता) हासिल कर सकते हैं। अपना मुकाबला खुद से। हाँ, 'प्रभात खबर' ने खुद को जोड़ा समाज के मूल सवालों से। हमने माना कि '80 के दशक में डेमोग्राफर इन चीफ प्रो. आशीष बोस ने हिन्दी इलाकों को बीमारू कहा, तो हमारी भूमिका क्या हो सकती है? भ्रष्टाचार, गवर्नेंस, मूल्यहीनता की राजनीति के बीच हम क्या कर सकते हैं। याद रखिए, उन्हीं दिनों उदारीकरण का दौर आया। और उसके साथ आयी पत्रकारिता की नयी विद्या, पेज-3 की पत्रकारिता। यानी, रियूमर (अफवाह), गॉसिप, लाइफ स्टाइल, महानगरों में होने वाली भोग-विलास की पार्टियों की खबरें, संपन्न घरानों की चर्चित शादियाँ और राजनीतिक गलियारों की अफवाहें। गांधी हमारे आदर्श थे। हमारा काम बोले, हम नहीं, हमारा पाथेय था। आज मार्केटिंग एक्सपर्ट या ब्रांडिंग के माहिर लोग इसे 'प्रभात खबर' का ऋण पक्ष मानते हैं। इस दौर में आत्मप्रचार या चर्चा ब्रांडिंग के लिए अपरिहार्य कदम माना जाता है। बहरहाल तब 'प्रभात खबर' के एक-एक साथी, चाहे वे जिस विभाग में हों दूसरे विभाग का काम सीखने को उत्सुक, बिना श्रेय लिये या बताये। मल्टी स्किलिंग क्षमता विकसित करने की कोशिश। अज्ञेय की एक पंक्ति याद रहती थी, जब विकल्प न हो, तब जीवन कितना आसान हो जाता है। अभावों का संसार था। इसलिए बीच-बीच में काम बंद कर देने वाली मशीन पर कंपोजिंग या पुराने यंत्रों-मशीनों पर ही काम होना था। पेज-3 की पत्रकारिता संस्कृति के विकल्प में ग्रासरूट पत्रकारिता की राह चुनी। इस राह ने, लोक मुद्दों की ताकत ने 'प्रभात खबर' को आगे पहुँचाया। इसलिए 'प्रभात खबर' के फैलाव का श्रेय भी समाज के ज्वलंत मुद्दों को जाता है। उन मुद्दों से जुड़ कर ही 'प्रभात खबर' टिक पाया। सबसे बड़े, शीर्ष और ताकतवर अखबार घरानों के सामने। इन मुद्दों से 'प्रभात खबर' आज भटक जाये, तो फिर वह पुरानी स्थिति में ही होगा। अपने अस्तित्व के लिए जूझता। वर्ष 2000

आते-आते अखबारों के स्पर्द्धा की दुनिया बदल गयी। छोटे अखबार तेजी से बंद होने लगे। बड़े अखबारों के आक्रमण, मार्केटिंग रणनीति और पूँजी बल के कारण। तब विदेशी पूँजी (एफडीआइ), इक्विटी और शेयर बाजार की पूँजी लेकर अखबारों की दुनिया में भी देशी मल्टी नेशनल कंपनियाँ उभर आयीं। वे सीधे-सीधे पहले से जमे पुराने अखबारों को आर्थिक रूप से ध्वस्त करने लगीं। इस तरह, गुजरे 20 वर्षों में न जाने कितने स्थानीय व छोटे अखबार बंद हो गये या कहने को जीवित हैं। अधिकाधिक अखबारों का होना, लोकतंत्र के चरित्र के अनुरूप है। आवाज या दृष्टिकोण की बहुलता ही लोकतंत्र को ऊर्जा देती है। पर देश में यह नुकसान हो चुका है। पत्रकारिता के इस नये दौर की मार भी 'प्रभात खबर' पर पड़ी, खूब। उसे बांधने और गुम करने की हर कोशिश हुई, पर 'प्रभात खबर' की समर्पित टीम, इस आक्रामक पूँजी की लहर का भी अपनी सृजन क्षमता से मुकाबला करने में लगी है। देश के तीन सबसे बड़े घरानों (तीनों शेयर बाजार की लिस्टेड कंपनियां) के मुकाबले स्पर्द्धा में उतरा एक अकेला क्षेत्रीय अखबार, पाठकों के बल। अपनी समर्पित टीम के बल। शुरुआत रांची (14 अगस्त, 1984) से। फिर जमशेदपुर (08 सितंबर, 1995), फिर धनबाद (15 जुलाई, 1999), पटना (07 अप्रैल, 1996), फिर कोलकाता (31 अक्तूबर, 2000), देवघर (29 जुलाई, 2004), सिलीगुड़ी (10 मार्च, 2006) और अब मुजफ्फरपुर (10 अक्तूबर, 2010)।"

हरिवंश ने अपनी पत्रकारिता में चिंतन, विचार और संवाद को सर्वोच्च प्राथमिकता दी। 'प्रभात खबर' ने संदेश दिया कि हम अपनी जड़ों से न कटें। अपनी समृद्ध परंपरा, मूल जड़ों, मूल प्रवृत्ति भूल कर होड़ लेने से सूचनाओं का विराट जमघट तो तैयार किया जा सकता है, पर वह सूचना का विधायक पक्ष नहीं हो सकता। 'मुद्रित शब्दों की महत्ता' और लोक विधायक पक्ष को ध्यान में रखते हुए, विज्ञान, प्रौद्योगिकी, नई सूचना प्रणाली का सदुपयोग नहीं किया गया तो एक तरफ जहाँ विकास की दौड़ में पीछे छूटने का अंदेशा है, वहीं नई तकनीक का सही ढंग से उपयोग नहीं होने पर उसके खतरनाक साबित होने की आशंका है। यदि हम अपनी जड़ों पर कायम रहे, तो चाहे जितनी विकृतियाँ आएँ-कंप्यूटर क्रांति के चलते आएँ या विदेशी उपग्रह चैनलों के कारण आएँ या पत्रकारों में भोग लिप्सा बढ़ने के कारण आएँ-उनसे हम उबर लेंगे। भूमंडलीकरण के दबाव ने मीडिया का स्वरूप और चरित्र बदल डाला है। हरिवंश ने लिखा है कि उदारीकरण के फलस्वरूप उभरी नई विश्व अर्थव्यवस्था में मीडिया, संपन्न वर्ग का हिमायती बन गई है और हाशिए के समाज के लिए मीडिया में

तथा संवेदनशीलता में रचे-बसे मनुष्य भी। यही उनका संस्कार है, यही उनका आचरण और यही उनकी पूँजी भी। इसकी सराहना पूर्व प्रधानमंत्री चंद्रशेखर और वर्तमान प्रधानमंत्री नरेंद्र मोदी तक ने की है। राज्यसभा में उनके शपथग्रहण के अवसर पर प्रधानमंत्री नरेन्द्र मोदी ने उनके लेखन और संपादन की चर्चा की थी। उनके राजनीतिक परिचय और संपर्क का दायरा लगातार बड़ा और विस्तृत हो रहा है। उनकी सामाजिक और राजनीतिक यात्रा लंबी है। वह अविरल और यशस्वी रूप से चलती रहेगी।

'नवभारत टाइम्स', 'जनसत्ता', 'अमर उजाला' और 'लोकमत समाचार' के संपादक रहे। चार दशकों की पत्रकारिता के दौरान साहित्य-कला-संस्कृति के कई सबल पक्षों को हिंदी पाठकों के समक्ष प्रस्तुत किया और राजनीति, शिक्षा, साहित्य, संस्कृति, स्वास्थ्य, पर्यावरण, स्त्री-विमर्श, दलित और अल्पसंख्यकों के समसामयिक सवालों को भी उम्दा तरीके से उठाया। माखनलाल चतुर्वेदी राष्ट्रीय पत्रकारिता एवं संचार विश्वविद्यालय, भोपाल के कुलपति रहे। पत्रकारों की सबसे बड़ी संस्था एनयूजे के अध्यक्ष रहे। बहुचर्चित मौलिक पुस्तक-'सरोकारों के दायरे'। बहुचर्चित संपादित पुस्तक-'पत्रों में समय संस्कृति'। इसके अलावा भारतीय भाषाओं की पत्रकारिता पर शोध व लेखन प्रकल्प के तहत अस्सी किताबों का निर्माण।

नीतिक चेतना के
बाद अगली बार
ो रहे थे, उनकी
खिम के बावजूद
क मात्र चार पृष्ठों
भविष्यवाणी की
बिहार का दूसरा
संस्कृति विकसित
मशेदपुर का भी
स्ट्रक्चर नहीं था।
हीं था। लेकिन,
स्पर्द्धी नहीं था।
नी पृष्ठ संख्या,
र का यह पहला
ान का श्रीगणेश
बर' का प्रकाशन
क्षिण बिहार का
क 'आज' और
ासान नहीं था।
पटना से आकर
चुकी थी, 'रांची

हिन्दी का बड़ा
था। स्वाधीनता
गरों के अलावा
भात खबर' नया
पर्याप्त अनुभवी
ही यह अखबार
और संकट के

बगैर पत्र का वर्तमान स्थिति तक पहुँचना संभव नहीं था।

हरिवंश को देखकर मुझे यह लगता रहा है कि संपादक नाम की संस्था का अवसान नहीं हुआ है। कोई जमाना था जब अखबार, संपादक के नाम पर चला करते थे। अखबार पर संपादक की छाप रहती थी। उन दिनों किसी नये पत्र या पत्रिका को देखकर लोग जिज्ञासावश पूछते थे-इसका संपादक कौन है? आज कोई यह नहीं पूछता। आज किसी नये पत्र या पत्रिका को देखकर लोग यह जानना चाहते हैं कि इसका मालिक कौन है? इसमें किसका पैसा लगा है? अब संपादक का स्थान गौण हो गया है।

पुराने दिनों की याद

एक ऐसा भी वक्त था जब पत्रकार खुद भी अखबार निकाल लिया करते थे, क्योंकि अखबार अल्प साधनों से बिना अधिक ताम-झाम के भी निकाले जा सकते थे। 1868 में बंगाल से घोष बंधुओं ने 32 रुपये के साज-सामान से 'अमृत बाजार पत्रिका' का श्रीगणेश कर दिया था। 1930 में भारतीय पत्रकारिता जगत की एक बड़ी हस्ती सदानंद ने 20 हजार रुपये से भी कम लागत में 'फ्री प्रेस जर्नल' को स्थापित करने में सफलता पाई थी। इन दोनों अखबारों का आजादी के आन्दोलन में बहुत बड़ा योगदान था। द्वितीय विश्व युद्ध के दौरान 1943 में आरके करंजिया ने पाँच हजार रुपये की लागत से बंबई से सनसनीखेज अंग्रेजी साप्ताहिक 'ब्लिट्ज' का प्रकाशन शुरू किया था। अपने समय में ये धनराशियाँ अत्यल्प नहीं थी, फिर भी उस समय में ये धनराशियाँ बहुत बड़ी भी नहीं थी। उन दिनों अखबारों की साज-सज्जा, ले-आउट आदि भी मामूली थे। आजादी के चंद साल बाद तक भी ऐसी ही स्थिति बनी रही। आज से 60 वर्ष पूर्व 1963 में 'रांची एक्सप्रेस' (साप्ताहिक) का प्रकाशन 10 हजार रुपये की आरंभिक राशि से शुरू किया गया था। हालाँकि बाद में इसमें बढ़ोतरी होती गई और पत्र को दैनिक में परिवर्तित करते-करते इसमें पूँजी निवेश बढ़ता गया। लेकिन, आरंभिक दौर में यही पूँजी निवेश था।

अब ये बातें कथा-कहानी की तरह लग सकती हैं। लेकिन ये नितांत सही हैं। ये सब अतीत की बातें हो गयी हैं। अब स्थिति यह है कि भारी आर्थिक जोखिम उठाकर ही कोई अखबार शुरू किया जा सकता है। पत्रकारिता की धारणा अब बुनियादी तौर पर बदल रही है। पत्रकारिता ने अन्य उपभोक्ता उद्योगों की तरह एक उद्योग का रूप धारण कर लिया है। इसे अब सूचना उद्योग का एक हिस्सा कहा जा सकता है। धीरे-धीरे यह विशुद्ध उद्योग-व्यापार का रूप

धारण करता जा रहा है। आज बाजारवाद और पीआरओ संस्कृति ने पत्रकारिता पर कब्जा कर लिया है। इससे पत्रकारिता में संपादक का रुतबा घट गया है। लेखक-संपादकों की परंपरा समाप्त हो रही है। आज अलेखक संपादकों की बहार है। संपादकों की कलम का जोर कम होने लगा है। हरिवंश एक लेखक-संपादक रहे हैं। धीरे-धीरे यह प्रजाति लुप्त होती जा रही है। जब कोई चीज दुर्लभ होने लगती है, तो उसका महत्त्व बढ़ जाता है। हरिवंश की कद्र मैं इसलिए करता हूँ कि इन्होंने संपादक पद की गरिमा और मर्यादा को यथासंभव बनाए रखा था। संपादकीय दायित्व का निर्वाह भली-भांति करते रहे थे। पत्र के आर्थिक और व्यवस्था पक्ष को भी ध्यान में रखा। व्यावसायिकता की बढ़ती हुई चुनौती को स्वीकार करते हुए, पत्रों को बाजार के दबाव से काफी हद तक बचा कर रखा।

सामान्य पाठकों की बढ़ती अपेक्षाएँ

आज की स्थिति में दैनिक पत्रों से सामान्य पाठकों की अपेक्षाएँ बढ़ती जा रही हैं। पुराने ढर्रे पर चलते हुए कोई भी अखबार हमेशा शिखर पर नहीं रह सकता। इसी प्रकार कोई भी अखबार या संस्थान अपनी पुरानी उपलब्धियों और लोकप्रियता के बल पर अपनी पकड़ बनाये नहीं रख सकता। यह यथार्थ दैनिक 'आज' और 'रांची एक्सप्रेस' पर भी लागू होता है। किसी भी कार्यक्षेत्र में समस्याओं को सुलझाने से ज्यादा बेहतर समझा जाता है, सुअवसरों को पहचानना और परिस्थितियों का लाभ उठाना। 1990 के दशक में जैसे ही भारत आर्थिक उदारीकरण और भूमंडलीकरण की दौड़ में शामिल हुआ, इसकी अर्थव्यवस्था तेजी से आगे बढ़ने लगी। इसके बाद अगले दशक में नये राज्य झारखंड का निर्माण हो जाने से इस क्षेत्र का आर्थिक परिदृश्य बदल गया। राजधानी बन जाने से केवल रांची का ही विकास नहीं हुआ, बल्कि आर्थिक समृद्धि के साथ विकासपथ गति पकड़ने लगा। झारखंड समेत पूरे देश में समाचार पत्र उद्योग के लिए 21वीं सदी का पहला दशक एक सुअवसर साबित हुआ। अखबारों की संख्या और संस्करणों में वृद्धि हुई। क्षेत्रीय अखबारों का प्रभाव बढ़ने से राष्ट्रीय अखबारों को क्षेत्रीय/आंचलिक होने पर मजबूर होना पड़ा।

प्रतिस्पर्द्धा की लड़ाई

प्रिंट एवं इलेक्ट्रॉनिक मीडिया दोनों ही देश-प्रदेश की अर्थव्यवस्था से सीधे प्रभावित होते हैं। अर्थव्यवस्था की मजबूती अखबारों के लिए वरदान सिद्ध होती है। सिंगापुर का सबसे बड़ा अखबार है, 'द स्ट्रेट्स टाइम्स'। आठ कॉलम के

स्टैंडर्ड साइज में प्रतिदिन 70-80 से लेकर 100-150 पृष्ठों तक, आठ खंडों में छपता रहा है। यह विज्ञापनों से भरा रहता है। इसका कारण है, सिंगापुर की अर्थव्यवस्था का बहुत मजबूत होना। पाकिस्तान के अखबारों में अधिक विज्ञापन नहीं रहते, इसलिए वहाँ अखबारों के मूल्य ज्यादा होते हैं। एक अन्य पड़ोसी देश नेपाल के अखबारों में कम विज्ञापन रहते हैं। यह नेपाल की कमजोर अर्थव्यवस्था का द्योतक है। 'प्रभात खबर', 15 नवंबर को झारखंड स्थापना दिवस पर 60-72 से 100 पृष्ठों तक के संग्रहणीय विशेषांक छापता रहा है। इन विशेषांकों को देखकर बाहर के किसी व्यक्ति की यह धारणा नहीं बनेगी कि रांची एक छोटा नगर है। साप्ताहिक 'रांची एक्सप्रेस' जब टेब्लायड साइज के 16 पेज में छपा करता था, तब कलकत्ता के एक बड़े उद्योगपति ने कहा था, '16 पेज का अखबार क्या रांची जैसे छोटे शहर के लिए कुछ बड़ा नहीं हो जाता?' यह प्रश्न समय के अंतराल और तेजी से परिवर्तनशील स्थिति का परिचायक है। समाचार पत्र उद्योग की इकोनॉमी जटिल है। आज मार्केट पर कब्जे के लिए घमासान मचा हुआ है। प्रतिस्पर्द्धा की लड़ाई स्वयं को अव्वल या अग्रणी दिखाने की लड़ाई है। जब लड़ाई है, तो अंग्रेजी की एक पुरानी कहावत 'मुहब्बत और लड़ाई में सब जायज है' का अनुसरण होना ही है। भांति-भांति के दाँव-पेंच खेले जाना अपरिहार्य है। 'प्रभात खबर' को 'प्राइस वार' और कर्मचारियों के एकाएक बड़ी संख्या में प्रायोजित पलायन की स्थिति से उत्पन्न चुनौतियों का भी सामना करना पड़ा था। अखबार उद्योग के अर्थतंत्र को पूर्णरूपेण समझने में हरिवंश को उनका अर्थशास्त्र का अध्ययन काफी काम आया होगा।

आजकल लुभावनी गिफ़्ट स्कीमों के माध्यम से समाचार पत्र अपनी बिक्री बढ़ा रहे हैं। लेकिन अखबारों के जो विचारशील पाठक हैं, उनकी तसल्ली अखबारों में प्रकाशित पाठकीय सामग्री से ही होती है। किसी अखबार की लोकप्रियता और उपयोगिता इस बात पर निर्भर करती है कि वह पाठकों को कितनी उपयोगी जानकारी दे पा रहा है? लोकमत के निर्माण में उसका कितना और किस रूप में योगदान है? उसकी सार्वजनिक भूमिका क्या है? विश्वसनीयता क्या है और वह पाठकों का कितना मार्गदर्शन करता है?

अध्ययनशीलता का महत्त्व

संपादकाचार्य बाबूराव विष्णु पराड़कर का कहना था, 'मेरे मत से संपादक में साहित्य और भाषा ज्ञान के अतिरिक्त भारत के इतिहास का साधारण ज्ञान तथा समाजशास्त्र और अंतरराष्ट्रीय विधानों का सामान्य ज्ञान होना आवश्यक है।

अर्थशास्त्र का वह पंडित न हो, पर कम से कम भारतीय और प्रांतीय बजट समझने की योग्यता अवश्य होनी चाहिए। भिन्न उद्देश्यों से निकलने वाले पत्रों के संपादकों को उन भिन्न विषयों का ज्ञान होना भी आवश्यक है।' लेकिन, प्रश्न है कि आज इस कसौटी पर कितने संपादक खरे उतरेंगे? प्रेस काउंसिल के एक पूर्व चेयरमैन जस्टिस मार्कंडेय काटजू के उस बयान की पत्रकारों में बड़ी तीखी प्रतिक्रिया हुई थी, जिसमें उन्होंने कहा था कि कई पत्रकार बौद्धिक ज्ञान में बहुत कमजोर होते हैं। उनका 'अपर फ्लोर' खाली रहता है। यह एक फूहड़ शैली का बयान था, लेकिन कई पत्रकारों की प्रतिक्रिया थी कि इसमें कुछ सच्चाई तो है।

हरिवंश काफी अध्ययनशील रहे हैं। इन्होंने 'प्रभात खबर' में विभिन्न स्तरों पर लोगों से लिखवाना आरंभ किया था। बीच में कुछ अवधि तक जब मैं स्वतंत्र लेखन और पुस्तक प्रणयन कर रहा था, उन्होंने मुझसे भी अनुरोध किया। मैंने नीर-क्षीर शीर्षक से साप्ताहिक कॉलम और यदाकदा ज्वलंत विषयों पर 'प्रभात खबर' के लिए लिखना आरंभ कर दिया था। मजेदार बात यह कि लेख की स्क्रिप्ट वह करीब छह-सात किलोमीटर दूर मेरे घर अपने स्टाफ को भेजकर मँगा लिया करते थे और अगले दिन फाइनल प्रूफ के लिए उसका प्रिंट भी भिजवा दिया करते थे। हालाँकि यह कुछ जटिल और व्यय साध्य प्रक्रिया थी। यह नियम साप्ताहिक कॉलम के लिए था। किसी अन्य लेख या त्वरित टिप्पणी आदि के लिए नहीं। दरअसल मैं प्रिंटिंग में किसी प्रकार की गलती के प्रति बड़ा संवेदनशील रहा हूँ। प्रूफ दिखलाने की व्यवस्था को हरिवंश की उदारता और बड़प्पन ही कहा जाएगा। मैं हरिवंश से ज्यादा समय तक संपादक रहा हूँ। मुझे इस तरह की किसी स्थिति का सामना नहीं करना पड़ा। यदि करना पड़ता, तो शायद ही इस तरह की व्यवस्था के लिए राजी होता। कंपोजिंग में कभी-कभी भद्दी गलतियाँ हो जाती हैं, जो न केवल परेशानी पैदा करती हैं, बल्कि लज्जाजनक स्थिति भी उत्पन्न कर देती हैं। कुछ अरसा पूर्व अंग्रेजी के एक बड़े दैनिक पत्र में जस्टिस चंद्रचूड़ की जगह जस्टिस चंडीगढ़ छप गया था।

'प्रभात खबर' में साप्ताहिक कॉलम लिखने से संबंधित एक दिलचस्प किस्सा है, जो काफी कुछ जाहिर करता है। कॉलम शुरू होते ही झारखंड सरकार के एक आला अधिकारी ने मुझे फोन किया और कहा, "आप 'प्रभात खबर' में क्यों लिखते हैं? लिखना है, तो राष्ट्रीय स्तर के किसी अखबार में लिखिए।" उक्त अधिकारी से मेरी कोई घनिष्ठता नहीं थी। मामूली जान-पहचान थी। इस तरह की प्रतिक्रिया का कारण क्या रहा होगा, कहना कठिन है। हो सकता है कि उक्त अधिकारी को 'प्रभात खबर' से कोई व्यक्तिगत खुन्नस रही

कि पत्रकार अपना 'धर्म-कर्म' छोड़कर राजनीति में आएँ। जबकि इससे असहमत होनेवाले लोगों की भी कमी नहीं है। एक आलोचक ने मुझे कहा, हरिवंश राजनीति में क्यों चले आए? मैंने इन महोदय का ध्यान इस बात की ओर दिलाया कि कुछ दिन पहले वह इस बात पर अफसोस जाहिर कर रहे थे कि अच्छे लोग राजनीति में नहीं आते, लेकिन कोई अच्छा व्यक्ति राजनीति में आया है, तो आप कह रहे हैं कि क्यों चले आए? इस पर वह खामोश हो गए। क्योंकि कोई बात बनती नहीं थी। वह अपनी ही बात को काट नहीं सकते थे। इस संदर्भ में दिलचस्प बात यह है कि एक जमाना था, जब राजनीति और पत्रकारिता काफी हद तक आपस में गुँथे हुए थे। राजनीति और पत्रकारिता के संबंधों पर 'जनसत्ता' के संस्थापक संपादक प्रभाष जोशी के विचार कुछ इस प्रकार थे-'पत्रकारों का राजनीति में जाना और राजनेताओं द्वारा पत्रकारिता करना हमारे देश के लिए कोई नई बात नहीं है। 1885 में जब कांग्रेस की स्थापना हुई थी, तब उसके 90 संस्थापकों में से 21 पत्रकार थे।'

('राष्ट्रीय सहारा' को इंटरव्यू -'आपातकाल के बाद हिन्दी पत्रकारिता', 5 जुलाई, 1997)

संघर्षों से भरा इतिहास

वस्तुतः भारत में राष्ट्रीय नवजागरण और पत्रकारिता साथ-साथ चले। दोनों का इतिहास संघर्षों से भरा रहा। हमारे महान स्वाधीनता सेनानी पत्रकारिता के भी आचार्य रहे। उन्होंने कई पत्र-पत्रिकाओं का संपादन-प्रकाशन किया। आजादी के दिनों में जब संघर्ष हो रहा था, तब यह माना जाता था कि साहित्यकार और पत्रकार, कवि और शायर इंकलाब की लौ जलाने में अग्रणी पंक्ति में मौजूद हैं।

स्वतंत्रता आन्दोलन में प्राय सभी राजनीतिज्ञों और सेनानियों का पत्रकारिता से संबंध था। लोकमान्य तिलक, महात्मा गाँधी, महामना मालवीय, जवाहरलाल नेहरू, मौलाना आजाद, गणेश शंकर विद्यार्थी आदि की चर्चा तो आम होती है। सुभाष चंद्र बोस और भगत सिंह भी किसी न किसी रूप में पत्रकारिता से जुड़े रहे। गाँधी जी का तो कहना था कि राष्ट्रवादी अखबारों के सहयोग के बिना हम स्वाधीनता की लड़ाई लड़ ही नहीं सकते थे।

स्वाधीनता प्राप्ति के बाद पत्रकारों की भूमिका बदल गई है। व्यावहारिक दृष्टि से पत्रकारिता का क्षेत्र अब इतना व्यापक हो गया है कि जनजीवन की प्रत्येक गतिविधि उससे प्रभावित हो रही है। इसके साथ ही यह एक कठोर वास्तविकता है कि मीडिया या अखबारों के बिना राजनीति नहीं चल सकती

और राजनीति के बिना अथवा राजनीतिक समाचारों के बिना अखबार नहीं चल सकते। इमरजेंसी से पहले चलनेवाले जेपी आन्दोलन के बारे में इंदिरा गाँधी की शिकायत थी कि इसे अखबारवाले चला रहे हैं और इस प्रकार विपक्ष की भूमिका निभा रहे हैं। इसे आलोचना कहा जाए या प्रशंसा?

सभी राजनीतिक दल पत्रकारों को राज्यसभा में लाते रहे हैं। हाल के वर्षों में कुछ उल्लेखनीय नामों में है-खुशवंत सिंह, कुलदीप नैयर, अरुण शौरी, राजीव शुक्ला, चो रामास्वामी, चंदन मित्रा व स्वप्न दासगुप्ता।

इन पत्रकार-सांसदों के अनुभव बड़े रोचक और बहुत कुछ उजागर करनेवाले रहे हैं। कुलदीप नैयर ने अपनी आत्मकथा-'एक जिंदगी काफी नहीं' में लिखा है कि 'मुझे यह देखकर भी दुख होता था कि कई बार बहुत अच्छे भाषणों का भी अखबारों में कोई जिक्र नहीं होता था या बहुत सतही ढंग से खानापूर्ति मात्र कर दी जाती थी। एक बार सदन के अध्यक्ष ने मुझसे पूछा कि राज्यसभा की कार्यवाही को मीडिया में छपवाने का क्या तरीका है? मैंने उनसे कहा कि यह काफी कुछ रिपोर्टरों पर है, उस दिन अखबार के उस पृष्ठ पर उपलब्ध जगह पर निर्भर करता है।'

अखबार के पृष्ठ पर उपलब्ध जगह की बात सही है, लेकिन पूरी तरह से नहीं। क्योंकि कुलदीप नैयर ने स्वयं इस विषय में आगे लिखा है कि लोकसभा के अध्यक्ष सोमनाथ चटर्जी ने थोड़ा जनसंपर्क बढ़ाते हुए, संपादक और वरिष्ठ पत्रकारों की टोलियों को अपने घर बुलाकर उन्हें संसद की कार्यवाहियों की रिपोर्टिंग करने के लिए कहा। लेकिन इसका कुछ भी नतीजा नहीं निकला। किसी सांसद के सोच-विचार भरे भाषण की तुलना में संसद के शोर-शराबे और हंगामे को अब भी मोटी सुर्खियाँ मिलती रहीं।

इस प्रकरण में राज्यसभा के सदस्य वरिष्ठ पत्रकार खुशवंत सिंह का अनुभव भी इस तथ्य की पुष्टि करता है। उनके अनुसार राज्यसभा में पंजाब की समस्या पर बहस होनेवाली थी। उन्होंने कई घंटों की मेहनत कर नोट्स तैयार किए। उन्हें लगा कि पंजाब की समस्या पर लोग उनके विचारों को जानना चाहेंगे और अखबारों में पर्याप्त महत्त्व देकर उनके भाषण का समाचार छपेगा। लेकिन उन्हें बड़ा अफसोस हुआ कि लंबी बहस के बाद जब आखिर-आखिर में उनकी बारी आई तब तक प्रेस गैलरी से ज्यादा रिपोर्टर उठ कर जा चुके थे। फिर भी अगले दिन सवेरे उन्होंने बड़ी उत्सुकता से अपने भाषण का कवरेज देखने के लिए अखबार उठाया, तो पाया कि संसद की कार्यवाही के समाचार में उनके भाषण को एक ही पंक्ति में निपटा दिया गया था। वह पंक्ति थी, 'Khushwant Singh also spoke on Punjab problem (पंजाब की समस्या पर बोलनेवालों में खुशवंत सिंह भी थे)।'

क्षेत्रीय पत्रकारिता को एक नयी दिशा दी

–रामबहादुर राय

'प्रभात खबर' और 'जनसत्ता', दोनों लगभग एक ही समय में अस्तित्व में आये। हिन्दी पत्रकारिता की ये दो महत्त्वपूर्ण घटनाएँ हैं। 1984 में 'प्रभात खबर' निकालने का फैसला किया गया। उन्हीं दिनों लंबी जद्दोजहद और प्रभाष जोशी के आग्रह पर गोयनका जी ने 'जनसत्ता' निकालने का फैसला किया। 'जनसत्ता' को प्रभाष जोशी के नेतृत्व में योग्य नेतृत्व मिला। यह एक-डेढ़ साल में ही बड़े अखबारों के मुकाबले नये प्रयोगों के दौर से निकली और सफल हुई। उन दिनों 'प्रभात खबर' को योग्य नेतृत्व उपलब्ध नहीं था। कांग्रेस के एक बड़े नेता थे, ज्ञानरंजन। इंदिरा गांधी के काफी करीबी। झारखंड में प्रभावशाली। सुलझे हुए व्यक्ति। वे अखबार के संसाधन को जुटाने में समर्थ थे, इसके बावजूद वे 'प्रभात खबर' को ठीक से नहीं चला पाये। मेरी समझ से पाँच साल बाद ही 'प्रभात खबर' में नेतृत्व का परिवर्तन हुआ। हरिवंश जुड़े। तब, रांची में 'रांची एक्सप्रेस' पहले स्थान पर था। जब 'प्रभात खबर' को हरिवंश ने संभालना शुरू किया, तबसे वह एक व्यवस्थित अखबार बनने की दिशा में बढ़ने लगा। उसे पिछली छाया से मुक्त होने में थोड़ा वक्त लगा। यह सत्तारूढ़ पार्टी के मुखपत्र के रूप में बनी छवि से निकलने की कोशिश करने लगा। 'प्रभात खबर' ऊँचाइयाँ चढ़ रहा था, तब 'जनसत्ता' ढलान पर था। मुझे मालूम है कि 'प्रभात खबर' को अपने क्षेत्र में एक प्रभावशाली अखबार बनाने के लिए हरिवंश ने उन जगहों पर खुद जाकर समझा, बातचीत की और उसके निष्कर्ष निकाले।

उन दिनों क्षेत्रीय स्तर पर अलग-अलग राज्यों में कुछ अखबार काफी प्रभावशाली थे। दो अखबारों का उदाहरण हमारे सामने है। केरल में 'मलयालम मनोरमा' और आंध्र में 'ईनाडु' ने नया अखबार होते हुए भी हर जिले का एक संस्करण निकाला। ये क्षेत्रीय पत्रकारिता के कीर्तिस्तंभ हैं। इस अखबार ने आंध्रप्रदेश के लोगों से खुद को जोड़ रखा था। हरिवंश द्वारा ऐसे अखबार के केंद्र में जाकर देखना, समझना और निष्कर्ष निकालना आदि प्रयास इस बात के

द्योतक हैं कि वे 'प्रभात खबर' में नये प्रयोगों को लेकर कितने प्रयासरत थे। इस तरह यह एक मरणशील अखबार पुनर्जीवित होने लगा। मैं यह मानता हूँ कि पत्रकारिता चाहे क्षेत्रीय हो या राष्ट्रीय, समय की चुनौतियों पर खड़ी होगी। 'प्रभात खबर' उसी रास्ते चला।

'प्रभात खबर' के आरंभ के 25 वर्षों की यात्रा को तीन हिस्सों में बांट सकते हैं। शुरुआत, कुप्रबंधन, योग्य नेतृत्व। खासकर ऐसे समय में हिन्दी पत्रकारिता नये मोड पर खड़ी थी, यह नया मोड़ उसका अपना आत्मविश्वास था। आठवें दशक के उत्तरार्द्ध और नौवें दशक के प्रारंभ में राष्ट्रीय घटनाक्रम के चलते भाषायी पत्रकारिता ने यह साबित कर दिया कि जनमत बनाने में उसकी भूमिका ने हिन्दी और भाषायी पत्रकारिता को नया अहसास दिया। इससे पत्रकारिता में दो प्रवृत्तियाँ पैदा हुईं-

(i) पत्रकारिता की पतनशीलता की। ऐसे समय में अखबारों के मालिक खुद संपादक बनने लगे। सत्ता से सौदेबाजी करने लगे। पत्रकारिता को कारोबार का हिस्सा बना लिया। इसके कई उदाहरण हैं। उनके मन में यह धारणा घर कर गयी कि हम सरकार के बनाने तथा बिगाड़ने में महती भूमिका निभा सकते हैं।

(ii) सरोकारी प्रवृत्ति भी इसी से पैदा हुई। हम आवाज बुलंद कर सकते हैं। शोषित, पीड़ितों, जरूरतमंदों की आवाज को सत्ता प्रतिष्ठान तक पहुँचा सकते हैं। पत्रकारिता के जरिये, व्यवस्था परिवर्तन करने का प्रयास करने की प्रवृत्ति विकसित हुई। मैं 'प्रभात खबर' को इसका उदाहरण मानता हूँ।

यहाँ यह समझने की जरूरत है कि इन प्रवृत्तियों के कारण पत्रकारिता के स्वरूप में भी परिवर्तन हुआ। पहले पत्रकारिता को आप राष्ट्रीय, क्षेत्रीय और आंचलिक में बांट सकते थे। नौवें दशक में हुए बदलाव की सबसे बड़ी विशेषता यह है कि पत्रकारिता अपने स्थानीय जड़ों के इर्द-गिर्द फैलने लगी। केवल इसलिए नहीं कि विभिन्न क्षेत्रीय संस्करण निकलने लगे, इसके अलावा पत्रकारिता में जो प्रयोग 'ईनाडु' ने आंध्र में किया उसका अनुसरण करने की होड़ कई कारणों से हिन्दी क्षेत्रों में होने लगी। 'ईनाडु' के प्रयोग के कई रूप हैं। जहाँ यह जिले के संस्करण निकालकर अपनी उपस्थिति दर्ज कराता है, वहीं राजनीति, बाजार और पत्रकारिता तीनों के समन्वयय-घालमेल से नयी किस्म की पत्रकारिता का जन्म हुआ। एनटी रामाराव के उदय में इन दो तत्वों का हाथ था-पहला-तेलगु स्वाभिमान, दूसरा-स्वाभिमान को गाँव-गाँव तक पहुँचाने में 'ईनाडु' का हाथ। इस समूह के मालिक रामोजी राव आरंभ से लेकर आज तक राजनीति के मुख्य सूत्रधार हैं। वे जिसको चाहे मुख्यमंत्री बना सकते हैं, एक जगह अगर यह प्रयोग सफल होता है, तो 'दैनिक जागरण' जैसे अखबार उससे पीछे कैसे रह सकते हैं?

उत्तर प्रदेश में एक समय ऐसा आया, जब मुलायम सिंह मुख्यमंत्री थे, तो अखबारों के खिलाफ हल्ला बोला। 'प्रभात खबर' को इस बात का श्रेय दिया जा सकता है कि लालू प्रसाद के चारा घोटाले का जब खुलासा हुआ, तो उसने चारा घोटाले की खोजपरक खबरें छापी। सिलसिलेवार 14-15 रिपोर्ट छपी। सरकार का रवैया खराब रहा। सरकार ने इस अखबार को दबाने के कई प्रयास किये। किसी अखबार की जिंदगी में ऐसे क्षण परीक्षा के होते हैं, अगर अखबार हिम्मत से खड़ा रहे, तो लोग इसे स्वतः ही अपनाते हैं। 'प्रभात खबर' ने संकट की घड़ी में भी डंटकर मुकाबला किया। इस आत्मविश्वास की पूँजी ने 'प्रभात खबर' को यह ताकत दी।

वर्ष 2000 में बिड़ला जी का अखबार 'हिन्दुस्तान' पटना में झंडा गाड़ने के बाद रांची पहुँचा। 'हिन्दुस्तान' को 'प्रदीप' और 'आर्यावर्त' दोनों का पाठक मिला। 'हिन्दुस्तान' ने रिक्तता को भरा और उसने रांची में 'प्रभात खबर' को पछाड़ने के लिए हर तरकीब अपनाई। स्थानीय संपादक के साथ 26 लोगों को रातो-रात तोड़ लिया गया। वे 'प्रभात खबर' को बंद करना चाहते थे। उन्हें उम्मीद थी कि 'प्रभात खबर' अगले दिन नहीं निकल पायेगा। प्रभात निकला भी, और चला भी। उस चुनौती का 'प्रभात खबर' ने जवाब दिया। मेरी समझ से यह सराहनीय और सूझबूझ भरा कदम था।

'प्रभात खबर' ने पत्रकारिता के छात्रों को प्रशिक्षित करने के लिए अपना इंस्टीट्यूट खोला। फलस्वरूप रांची में अब प्रशिक्षित पत्रकारों की कोई कमी नहीं रही। 'हिन्दुस्तान' के रांची पहुँचने के बाद 'दैनिक जागरण' भी रांची पहुँचा। इन दोनों के पहुँचने से 'प्रभात खबर' नेतृत्व में बना रह पायेगा या नहीं, यह सवाल उठा। 2006 तक 'प्रभात खबर' ने यह साबित कर दिया, कि वह प्रथम है।

हम जिस दौर में आज हैं, उसमें कई खतरे हैं। पहले केवल राजनीतिक खतरे थे। आज पत्रकारिता को उसके अपने अंदर घर कर गई कमजोरियों से खतरा है। हम एक नये चरण में हैं। खबरें बिक रही हैं। खबरों को बेचने का धंधा वे अखबारी घराने कर रहे हैं, जो बाजार के लीडर हैं। संभवतः 13-14 साल पहले हमने एक व्यक्ति को महाराष्ट्र चुनाव में रिपोर्टिंग के लिए भेजा। रिपोर्टर ने वहाँ पाया कि अखबारों में संवाददाताओं की रिपोर्टिंग नहीं, बल्कि राजनीतिक विज्ञप्ति छपती है। अखबार ने सौदा कर लिया था। यह सूचना हमारे लिए नयी थी। मैं अवाक् था। महाराष्ट्र की यह प्रवृत्ति टहलते हुए एक-एक कदम बढ़ते हुए उत्तर प्रदेश पहुँची। 2007 के उत्तर प्रदेश विधानसभा चुनाव में ज्यादातर अखबारों ने पार्टी से पैसा तय किया और वैसी खबरें छापी। उमा भारती ने मुझसे कहा कि मेरे पास 25 करोड़ रुपये होते, तो मेरी पार्टी की उपस्थिति बड़े दलों जैसी होती। अखबार और टीवी चैनल, दोनों ने मुझसे पैसा माँगा और दोनों इस धंधे में शामिल

हैं। 22 जुलाई को लोकसभा में विश्वास मत के दौरान सांसदों की खरीद-फरोख्त का भद्दा नजारा वहाँ दिखाई पड़ा। पत्रकारिता आज इस मुकाम पर पहुँच चुकी है कि उसे पत्रकारिता की परंपरा पढ़ाने की जरूरत है। सत्ता से संघर्ष, आजादी की लड़ाई की परंपरा, गैरबराबरी के खिलाफ आवाज उठाने की परंपरा पत्रकारिता में थी। विश्वबंधुत्व की नींव पर राष्ट्रवाद के अलख जगाने की परंपरा को फिर से वापस लाने की जरूरत है। शायद हम यह भूल गये हैं कि पत्रकारिता की कोई अलग दुनिया नहीं होती। आज भाषायी हो या अंग्रेजी पत्रकारों ने सपनों की दुनिया बना ली है। इस मुगालते में रहने की जरूरत नहीं है। समाज, राष्ट्र एवं देश की हलचलों में रहना पड़ता है। उसके सामने पत्रकारिता बेहतर जीवन का जरिया होता है।

यह सही है कि पत्रकारिता उद्योग का हिस्सा है, उसके बिना नहीं चल सकता। लेकिन मुनाफे के लिए उद्योग और केवल मुनाफे के लिए पत्रकारिता होने लगे, तो दुष्चक्र पैदा होगा। आम आदमी के सवाल नहीं उठेंगे। हमारे देश में जमीनी हकीकत को समझाने की पत्रकारिता होनी चाहिए और 'प्रभात खबर' यह कर रहा है। इस समय झारखंड में नक्सली हिंसा जिस तरह से फैली है, उसमें 'प्रभात खबर' समाज को उसकी हिंसा की जड़ों को समझाने का प्रयास कर रहा है। मेरा यह मानना है कि अब कोई भी अखबार राष्ट्रीय होने का दावा नहीं कर सकता। हिन्दी-अंग्रेजी, भाषायी सभी एक क्षेत्र विशेष के अखबार हैं यह अच्छी बात है। सरोकार राष्ट्रीय है, तभी आप राष्ट्रीय अखबार हैं।

सप्रे संग्रहालय के रजत जयंती वर्ष की बात है। 'प्रभात खबर' के संपादक हरिवंश को सम्मानित किया गया तो यह सम्मान उस पत्रकारिता का था, जिसने संघर्ष, त्याग और सरोकार की एक श्रृंखला कायम की। 'प्रभात खबर' 25वें वर्ष में जब दाखिल हो रहा था, तो उस समय एक बार ऐसा लगा कि उसके अस्तित्व पर संकट आ गया। जिस तरह से उद्योगों में अधिग्रहण या विलय की प्रतिस्पर्द्धा चलती रहती है, वैसी ही प्रतिस्पर्द्धा का शिकार होते-होते बचा। मीडिया के कुछ एकाधिकारी घराने की उस पर नजर थी। योग्य नेतृत्व के कारण संकट से उबरने के साथ ही इसे सफल अखबार की पहचान मिली है। प्रतिस्पर्द्धा में टिके रहने का बल मिला है, वह आम आदमी के दुःख-दर्द को अपनाने के कारण संभव हुआ है। 'प्रभात खबर' ने संकट के समय सूझबूझ से काम किया और यही वजह है कि शेवंती नैनन ने अपनी किताब में इसका विस्तार से जगह-जगह उल्लेख किया है। जब 'नई दुनिया' से उठकर श्री राजेंद्र माथुर 'नवभारत टाइम्स' के लिए दिल्ली आये, तो विचार था कि 'नवभारत' को हिन्दी पत्रकारिता की समग्रता प्रदान करेंगे। संसाधनों की कोई कमी न होने के बावजूद 'नवभारत' वैसा अखबार नहीं बन पाया, जैसा माथुर बनाना चाहते थे। इसका कारण था बेनेट

के चिराग अभी रोशन हैं। लाभ-लोभ-लालच की भंवर में से सार्थक पत्रकारिता की नौका को पार लगाने वाले नाविकों की संभावना चुकी नहीं है। प्रकाश-स्तंभ के समान रोशन है।

'प्रभात खबर' के प्रधान संपादक रहे हरिवंश के कृतित्व में हम उन तमाम नीति-नियमों-संभावनाओं को फलीभूत हुआ पाते हैं, जो पत्रकारिता की आदि प्रतिज्ञा को चरितार्थ करती हैं। जेम्स आगस्टस हिक्की जब भारत का पहला अखबार-'बंगाल गजट ऑर केलकटा जनरल एडवरटाइजर' (1780) में ईस्ट इंडिया कंपनी के आला अफसरों की करतूतों का भांडा फोड़ रहा था, तब वह केवल विपत्तियों को न्योता नहीं दे रहा था। पत्रकारिता का मान-मूल्य भी रच रहा था, सच लिखो और उसकी कीमत चुकाने को तैयार रहो। कालांतर में, हिन्दी के पहले समाचार पत्र 'उदन्त मार्तंड' (1826) के संपादक-प्रकाशक युगलकिशोर शुक्ल की उद्घोषणा थी-'हिन्दुस्तानियों के हित के हेत'...'यह नया ठाट ठाटा।' हिन्दी पत्रकारिता की इसी आदि प्रतिज्ञा को हरिवंश ने अपने संपादन कर्म का पाथेय बनाया।

हरिवंश की पत्रकारिता सन् 1977-78 में आरंभ हुई। उन्हें टाइम्स ऑफ इंडिया समूह (मुंबई) में प्रशिक्षु पत्रकार के रूप में चुना गया। प्रशिक्षण उपरांत वे 'धर्मयुग' में उपसंपादक पदस्थ हुए। पाँच लाख से अधिक प्रसार संख्या वाली हिन्दी की इस सर्वाधिक प्रतिष्ठित और लोकप्रिय साप्ताहिक पत्रिका के शिरोमणि संपादक डॉ. धर्मवीर भारती थे। श्री गणेश मंत्री प्रभृति गुणी संपादक हरिवंश के मार्गदर्शक थे। इसी बीच उनका चयन बैंक ऑफ इंडिया में बतौर अधिकारी (1981-84) हो गया। परंतु वह पत्रकारिता से दूर ज्यादा दिनों तक नहीं रम पाए।

1984 में 'आनंद बाजार पत्रिका' के समाचार साप्ताहिक 'रविवार' में सहायक संपादक बने। तब, धमाकेदार पत्रकारिता के लिए 'रविवार' की अलग ही पहचान और प्रतिष्ठा थी। लेकिन 'धर्मयुग' और 'रविवार' की भिन्न-भिन्न भाव-भूमि की पत्रकारिता से दीक्षित हरिवंश की नियति उन्हें कुछ नया, कुछ नवाचारी पत्रकारी उद्यम करने के लिए आकुल कर रही थी। यह उद्यम उन्होंने 'प्रभात खबर' के संपादन का दायित्व ग्रहण करते हुए कर दिखाया। 'प्रभात खबर' तब शून्य में विलीन होने जैसी स्थिति में था। हरिवंश ने जब एक नयी भूमिका के लिए 'प्रभात खबर' छोड़ा, तब वह समूची हिन्दी पत्रकारिता के लिए उत्कृष्टता समग्रता, सार्थकता, सकारात्मकता का उजला प्रतीक बन गया।

'प्रभात खबर', रांची का अखबार, 1984 में जन्मा। पाँच साल में बंद होने

की कगार पर पहुँच गया। तब इसके पुनर्जीवन का दायित्व हरिवंश ने ग्रहण किया। प्रधान संपादक हरिवंश ने पहले इसे पठनीय और लोक ग्राह्य स्थानीय पत्र का रूप दिया। फिर लोकोन्मुखी क्षेत्रीय समाचारपत्र के रूप में प्रतिष्ठित किया। तदनंतर राष्ट्रीय पत्रकारिता में हिन्दी का 'मानक' बना दिया। वस्तुतः यह अनुसंधित्सुओं के लिए केस स्टडी का उपयुक्त विषय है।

माधवराव सप्रे स्मृति समाचारपत्र संग्रहालय एवं शोध संस्थान, भोपाल के रजत जयंती वर्ष (2008) में 'माधवराव सप्रे पुरस्कार' की स्थापना की गई। निर्णायक मंडल ने इस सम्मान के श्रीगणेश के लिए श्री हरिवंश का चयन किया। इस चुनाव को पत्रकारिता जगत ने सराहा, जो हरिवंश जी के कृतित्व की लोक स्वीकृति का ही प्रमाणीकरण है।

अप्रैल, 2014 में श्री हरिवंश को बिहार विधानसभा ने राज्यसभा के लिए चुना। 2018 में वह राज्यसभा के उपसभापति चुने गए। इस निर्वाचन का स्वागत करते हुए तब 'आंचलिक पत्रकार' ने संपादकीय लिखा था-

'हिन्दी पत्रकारिता के उजले हस्ताक्षर और 'प्रभात खबर' को पूर्वी भारत का प्रमुख एवं जनोन्मुखी अखबार प्रतिष्ठित करनेवाले श्री हरिवंश राज्यसभा के उपसभापति चुने गए हैं। वे जनता दल (यूनाइटेड) की ओर से राज्यसभा सदस्य थे। राष्ट्रीय जनतांत्रिक गठबंधन (राजग) ने उन्हें उम्मीदवार बनाया था। पहली बार उनका मुकाबला यूपीए प्रत्याशी हरिप्रसाद से था। दूसरी बार राष्ट्रीय जनता दल के मनोज झा से। उत्तर प्रदेश के बलिया जिले के सिताबदियारा में जन्मे हरिवंश, काशी हिन्दू विश्वविद्यालय (बीएचयू) के स्नातक हैं। 'धर्मयुग' से उन्होंने पत्रकारिता आरंभ की। फिर रांची के मृतप्राय अखबार 'प्रभात खबर' को जीवंत बनाने की चुनौती स्वीकार की। जन सरोकारों की पत्रकारिता को अपनाकर यह अखबार झारखंड, बिहार और पश्चिम बंगाल में हिन्दी पत्रकारिता का ध्वजधारी बना। रिपोर्टिंग और संपादन में स्थानीय जनजातीय युवाओं को अवसर देना तथा सूचना का अधिकार (आरटीआई) के इस्तेमाल से पत्रकारिता को प्रामाणिक और धारदार बनाना सार्थक नवाचार सिद्ध हुए। यही कारण है कि श्री हरिवंश साफ-सुथरी पत्रकारिता के प्रतीक माने जाते हैं। 'प्रभात खबर' के प्रधान संपादक की नई पारी राज्यसभा सदस्य के रूप में आरंभ हुई। पहली ही पारी में उन्हें, सदन के उपसभापति की जवाबदारी मिली। श्री हरिवंश लोकनायक जयप्रकाश नारायण और पूर्व प्रधानमंत्री चंद्रशेखर के वैचारिक प्रतिनिधि हैं।

2008 में माधवराव सप्रे स्मृति समाचार पत्र संग्रहालय एवं शोध संस्थान, भोपाल के रजत जयंती उत्सव में श्री हरिवंश को प्रथम 'माधवराव सप्रे राष्ट्रीय

पत्रकारिता पुरस्कार' से सम्मानित किया गया था। सप्रे संग्रहालय के सारस्वत अनुष्ठान के वे सहयोगी और पुरस्कर्ता हैं। जिस दौर में राजनीति को भले मानुषों के लिए लगभग वर्जित क्षेत्र माना जाने लगा है, तब श्री हरिवंश की सक्रिय उपस्थिति नया भरोसा पैदा करेगी, ऐसी आशा है।'

अंत में सप्रे संग्रहालय के लिए श्री हरिवंश की सम्मति (05 अप्रैल, 1999) उद्धृत करते हुए बात पूरी करता हूँ–'सप्रे संग्रहालय अद्‌भुत संग्रहालय लगा। हिन्दी क्षेत्र में ऐसी कोई दूसरी संस्था नहीं है। हिन्दी इलाकों में संस्थाओं के क्षय का हम रोना रोते रहते हैं, पर विपरीत परिस्थितियों में ऐतिहासिक महत्त्व की संस्थाएँ बनाना हम नहीं जानते। पर, श्रीधर जी ने ऐसी संस्था बनाई है, जिस पर पूरा देश फ़ख़्र करेगा।'

पत्रकारिता के इतिहास के विशेषज्ञ। 'देशबंधु' से पत्रकारिता की शुरुआत। 'नवभारत' के संपादक रहे। मध्यप्रदेश की पत्रकारिता का इतिहास लिखा। प्रमुख कृतियाँ–'भारतीय पत्रकारिता कोश' (दो खंडों में) 'पहला संपादकीय', 'माधवराव सप्रे रचना संचयन', 'समकालीन हिन्दी पत्रकारिता', 'एक भारतीय आत्मा', 'कर्मवीर के सौ साल', 'विश्ववंद्य गांधी', 'चौथा पड़ाव' और 'मिण्टो हाल मध्यप्रदेश'। सितंबर 1981 से शोध पत्रिका 'आंचलिक पत्रकार' का संपादन। पद्मश्री से सम्मानित। माधवराव सप्रे स्मृति समाचारपत्र संग्रहालय एवं शोध संस्थान, भोपाल के संस्थापक संयोजक।

पत्रकारिता के 'ब्रांड नेम' हरिवंश

–सुरेंद्र किशोर

आप जीवन में किस ऊँचे मुकाम पर पहुँचे हैं, यह महत्वपूर्ण तो है ही। पर, यह अधिक महत्वपूर्ण है कि आप कहाँ से उठकर वहाँ तक पहुँचे हैं। वह विवरण अनेक लोगों के लिए प्रेरणादायक हो सकता है। हरिवंश जी की पत्रकारिता पर लिखने के क्रम में शुरूआत में ही मैं एक बात बता दूँ। वह, यह कि वे अपने गाँव के स्कूल में बोरा लेकर जाते थे और जमीन पर उसे बिछा कर उस पर बैठ कर पढ़ते थे। मेरी खुद की पारिवारिक पृष्ठभूमि भी वैसी ही थी। यानी, मैं भी बोरा लेकर ही प्राइमरी स्कूल में पढ़ने जाया करता था। वहाँ से उठकर जीवन में किसी मुकाम पर पहुँचना कितना कठिन होता है, यह मैं खुद जानता-समझता रहा हूँ। हरिवंश जी को तो मैं तब से पढ़ता रहा जब वे 'धर्मयुग' और बाद में 'रविवार' जैसी प्रतिष्ठित और चर्चित पत्रिकाओं में लिखते थे। पर, पत्रकारिता में एक 'ब्रांड नेम' के रूप में तब उभरे, जब उन्होंने सन् 1989 में 'प्रभात खबर' (रांची) के प्रधान संपादक की जिम्मेदारी संभाली। उस अखबार के कुछ सौ के प्रसार को कुछ लाख तक पहुँचा देना कोई मामूली बात तो थी नहीं। पर, यह गैर मामूली काम हुआ हरिवंश जी के नेतृत्व में और एक अच्छी टीम के साथ। बल्कि हरिवंश जी ने 'प्रभात खबर' का कायाकल्प कर दिया। देश के पत्रकारिता और बौद्धिक जगत में इसकी चर्चा थी। हरिवंश जी के नेतृत्व में दैनिक 'प्रभात खबर' की भारी सफलता के पीछे दो-तीन तत्त्व महत्वपूर्ण रहे। संपादक की व्यक्तिगत ईमानदारी, प्रकाशित सूचनाओं की विश्वसनीयता और जनाभिमुखी रुझान। इन सब बातों से प्रसार बढ़ा और राजस्व भी। प्रबंधन के साथ तालमेल भी महत्वपूर्ण तत्व रहा। 'प्रभात खबर' में छप रहे हरिवंश जी के विद्वतापूर्ण लेख हमें शिक्षित करते थे। उसका हमें इंतजार रहता था। उसकी चर्चा होती थी। लेख लंबा होने के बावजूद उसकी पठनीयता कम नहीं थी। ऐसी-ऐसी जानकारियाँ मिलती थीं, जो आम हिन्दी अखबारों में दुर्लभ

से मेरे जैसा पत्रकार भी गौरवान्वित हुआ है। हरिवंश जी क्षमता-योग्यता मैं जानता-समझता हूँ। जिसके पास मेहनत, लगन, ईमानदारी तथा दृढ़ इच्छाशक्ति की पूँजी हो, वैसे लोगों पर ही यह कहावत लागू होती है कि 'द स्काई इज द लिमिट'।

'संत पत्रकार' के रूप में अखिल भारतीय ख्याति। बिहार के सारण जिले के सखनौली गाँव के मूल निवासी। परिवार के पहले मैट्रिक। इतिहास में आनर्स। बिहार आंदोलन में सक्रिय रहे। विचारों से समाजवादी। आधी शताब्दी से अधिक समय से पत्रकारिता में। शुरुआत 1967 में साप्ताहिक 'सारण संदेश' से। उसके बाद 'लोकमुख' के उप संपादक। 1972 से 1975 तक 'प्रतिपक्ष' में। 1977 से 1983 तक दैनिक 'आज' में। 1983 से 2001 तक 'जनसत्ता' में। 2001 से 2007 तक 'हिन्दुस्तान', पटना में राजनीतिक संपादक रहे। 2013 से 2016 दैनिक भास्कर, बिहार के संपादकीय सलाहकार। 'धर्मयुग', 'दिनमान', 'रविवार', 'माया' और 'नई दुनिया' में खूब लिखा। पद्मश्री से अलंकृत। संप्रति पटना में रहकर राष्ट्रीय पत्र-पत्रिकाओं में स्वतंत्र लेखन व स्तंभ लेखन। पदमश्री से सम्मानित।

बौद्धिक आन्दोलनकारी

-महुआ माजी

भारतीय परंपरा में सदियों से सुबह का स्वागत धार्मिक मंत्रों के उच्चारण-श्रवण से होता रहा है। लगभग सभी धर्मों में, सभी देशों में स्वाभाविक रूप से दिन की शुरुआत ईश्वर की आराधना से ही होती है। मगर, मानवीय विकास के क्रम में जब अखबार हमारी जिंदगी में आया, देश-दुनिया की सूचनाएँ हमारे जीवन का हिस्सा बनीं, हम एक छोटे से गाँव या मुहल्ले से निकलकर ग्लोबल गाँव के सदस्य बन गये। अखबार क्रमशः हमारी दिनचर्या का, हमारे जीवन का अनिवार्य हिस्सा बनता गया। शहरी क्षेत्रों में, उच्च वर्ग, मध्य वर्ग में, आंशिक रूप से गाँवों और कस्बों में भी सुबह की शुरुआत, अखबारों से ही होने लगी। अखबार सिर्फ सूचनाओं का स्रोत भर नहीं रह गये, बल्कि लोगों को शिक्षित, जागरूक, सचेत करने का माध्यम बन गये। नागरिकों को सामाजिक-राजनीतिक सरोकारों से जोड़ने का माध्यम बन गये। ज्ञान-विज्ञान, खेल-कूद आदि विभिन्न क्षेत्रों में कई अखबारों ने ईमानदारी से अपनी भूमिका निभायी।

अपने दायरे का अपार विस्तार करते हुए कुछ अखबार कला, साहित्य, संस्कृति को पाठकों तक पहुँचाने का मजबूत और विश्वसनीय माध्यम भी बन गये। अखबारों द्वारा इन्हीं भूमिकाओं को निभाने के दौर में, मैं बड़ी हुई। साहित्य, संस्कृति से रिश्ता बढ़ा। जाहिर-सी बात है कि झारखंड का जो शहर रांची, मेरी कर्मभूमि है, वहाँ के अखबारों को देखकर ही अखबारों के बारे में एक समझ बनी।

'प्रभात खबर' को सामाजिक-साहित्यिक-सांस्कृतिक-राजनीतिक स्तर पर अपनी जिम्मेदारियों को निभाते हुए मैंने बहुत करीब से देखा। दूसरे शब्दों में कहूँ, तो अखबार की मूल भूमिका को निभाने में 'प्रभात खबर' ने कभी कोई कोताही नहीं बरती।

'प्रभात खबर' के बारे में जब भी सोचती हूँ, मुझे इस अखबार के प्रधान

संपादक हरिवंश जी याद आते हैं। '90 के दशक के आखिरी दौर से मैं उन्हें करीब से देखती रही हूँ। 'प्रभात खबर' का नियमित पाठक होने के साथ ही अनेक अवसरों पर, अनेक आयोजनों के दौरान मैंने उन्हें निकट से जाना। साहित्य-संस्कृति से अनुराग होने की वजह से रांची में होनेवाले साहित्यिक-सांस्कृतिक कार्यक्रमों से मेरा जुड़ाव शुरू से रहा। उन कार्यक्रमों, अभियानों या आयोजनों में हरिवंश जी और 'प्रभात खबर' को सकारात्मक भूमिका निभाते हुए देखा।

मैं आज जब इन बातों को साझा कर रही हूँ, तो मुझे कई बातें याद आ रही हैं।

झारखंड के विलक्षण आदिवासी संस्कृतिकर्मी, विद्वान शिक्षाविद् व राज्यसभा के पूर्व सांसद पद्मश्री रामदयाल मुंडा जी (अब दिवंगत) ने 'ऑल झारखंड इंटेलेक्चुअल फोरम' का गठन किया था। उस फोरम में पद्मश्री बीपी केशरी जी, पद्मश्री गिरिधारी राम 'गौंझू' जी, प्रो. रमेश शरण जी, वासवी किड़ो जी के साथ मैं और हरिवंश जी भी एग्जीक्यूटिव बॉडी में थे। उस दौरान विभिन्न बौद्धिक आयोजनों में हरिवंश जी लगातार शिरकत करते रहे।

आदिवासी हितों की रक्षा के लिए हो रहे विमर्शों में भाग लेते रहे। अपने अखबार में ऐसे लेखकों को स्थान दिया, जो सुदूरवर्ती इलाकों में रहकर आदिवासी हितों की बात करते। उन्होंने अपने अखबार में ऐसे-ऐसे मुद्दों को उठाया जिनकी तरफ कभी किसी की नजर भी नहीं गई थी। कई गुमनाम लेखक उनकी वजह से आज प्रसिद्ध लेखक के रूप में स्थापित हो चुके हैं।

हरिवंश जी को धर्मवीर भारती जैसे बड़े लेखक, पत्रकार के साथ काम करने, सीखने का अवसर मिला, जिसका जिक्र बड़े गर्व और सम्मान के साथ वे अक्सर मंचों से किया करते।

'धर्मयुग' और 'रविवार' जैसी राष्ट्रीय स्तर की महत्त्वपूर्ण पत्रिकाओं में काम करने का अनुभव होने के बावजूद रांची जैसे छोटे शहर में आकर हरिवंश जी ने 'प्रभात खबर' में काम करना स्वीकारा। यह उनके दृढ़ आत्मविश्वास को दर्शाता है। बहुत ही कम समय में उन्होंने अपनी मेहनत, प्रतिभा, ईमानदारी और समर्पण से 'प्रभात खबर' को उन ऊँचाइयों तक पहुँचाया, जो इतिहास बन गया।

धर्मवीर भारती की तरह पत्रकारिता में कुशल होने के साथ-साथ हरिवंश जी में एक साहित्यकार के भी गुण मौजूद रहे। जिन दिनों हमारे देश के हिन्दी जगत् में, साहित्य में फिक्शन की किताबों का ज्यादा बोलबाला था, उन दिनों उन्होंने अपने अखबार के माध्यम से पाठकों में नॉन-फिक्शन पुस्तकों के प्रति रुचि जगाई। उनके लेख, अत्यंत लोकप्रिय हुआ करते। उन लेखों में वे

देश-विदेश की विभिन्न विषयों की किताबों का जिक्र करते। बाजार में कोई नयी किताब आती नहीं कि उसपर उनका लंबा लेख आ जाता।

'प्रभात खबर' को अन्य विशेषताओं के साथ ही हरिवंश जी के लेख के लिए भी पढ़ती रही। देश-दुनिया के तमाम विषयों पर खूब अध्ययन कर हरिवंश जी लिखते और हम जैसे पाठक उसे पढ़ते, उससे जानकारी पाते, कई लेखों को हम सहेजकर भी रखते। नयी किताबों पर, दुर्लभ किताबों पर उन्होंने नियमित स्तंभ लिखा। दुनिया के दूसरे मुल्कों के बारे में वह झारखंड जैसे पिछड़े इलाके के पाठकों को अवगत कराते। मेरे एक परिचित ने एक बार कहा कि हरिवंश जी का एक लेख पढ़ने के बाद संबंधित किताब को उन्होंने लंदन से मँगवाकर पढ़ा।

उस समय मोबाइल का जमाना नहीं था। फिर आया भी, तो आज जैसी इतनी सूचनाएँ हिन्दी में उपलब्ध नहीं थीं।

हल्के-फुल्के कामचलाऊ नहीं बल्कि गंभीर और वैचारिक लेख लिखते वे। उन्होंने पाठकों की रूचि को बदला। एक नया वर्ग तैयार किया। और उनके अखबार का जनाधार बढ़ता चला गया। बड़े सम्मान के साथ लोग उनके अखबार का नाम लेने लगे। 'प्रभात खबर' के कार्यक्रमों में भाग लेना झारखंड में प्रतिष्ठा की बात माना जाने लगा।

मुझे याद आ रहा है कि संभवत: 2008 में 'प्रभात खबर' द्वारा रांची में एक आयोजन हुआ था। यशस्वी संपादक, उपन्यासकार, कवि धर्मवीर भारती की कालयजी रचना 'अंधायुग' के पाठ का। मैं उस आयोजन में आमंत्रित थी। लेखिका पुष्पा भारती (धर्मवीर भारती जी की जीवनसंगिनी) और मशहूर गायिका अभिनेत्री इला अरुण का पाठ था। वहाँ पहुँचकर देखी कि समय से पहले ही शहर के काफी महत्त्वपूर्ण लोग पहुँचे हुए हैं। बड़े नेता, अधिकारी, शिक्षाविद्, कला-साहित्य जगत् के लोग आदि। चकित करनेवाली बात यह थी कि जो बड़े नेता या अधिकारी इस तरह के कार्यक्रमों से आमतौर पर दूर ही रहते थे, या मजबूरी में आते भी तो लेट से पहुँचते थे, वे भी निर्धारित समय पर आए। आधा-एक घंटा देर से काव्यपाठ शुरू हुआ, तो पिनड्रॉप साइलेंस रहा। कोई बीच में उठकर नहीं गया। आयोजन खत्म होने के बाद चाय-पानी के बाद सबने एक-एक कर अनुशासन के साथ वहाँ से विदाई ली।

यह सब हरिवंश जी के व्यक्तित्व की वजह से ही होता था। लोग उनके सामने अपनी एक बौद्धिक एवं अनुशासित छवि बनाए रखना चाहते थे।

एक साहित्यसेवी, साहित्यकार, पत्रकार, संपादक तक ही हरिवंश जी ने

में पुलिसवाले शहीद हुए थे। मैं 'प्रभात खबर' के दफ्तर में गयी। हरिवंश जी को बोली कि मुझे तथ्य और दस्तावेज चाहिए। उन्होंने अखबार की लाइब्रेरी खुलवा दी, जहाँ से अखबार का अध्ययन कर मैं संबंधित सामग्री ली। बाद में इस उपन्यास में मैं हरिवंश जी के इस सहयोग के लिए उनके प्रति विशेष आभार भी व्यक्त की। यह सब छोटी-छोटी बातें हैं। पर, इन छोटी-छोटी बातों की कड़ियाँ जुड़ती हैं, तो बड़ा काम दिखता है। किसी व्यक्ति के व्यक्तित्व, कार्य-कुशलता और जन सरोकारों का पता चलता है।

एक और बात साझा करना चाहूँगी। 2011 की बात है। संभवतः तब हरिवंश जी कैलास-मानसरोवर यात्रा से लौटे थे। यात्रा का अनुभव साझा करने के लिए उन्होंने शहर के कुछ लोगों को 'प्रभात खबर' सभागार में आयोजित समारोह में बुलाया। उन दिनों मैं झारखंड राज्य महिला आयोग की अध्यक्ष थी। मुझे भी आमंत्रण मिला। हरिवंश जी ने कैलास यात्रा की तस्वीरों एवं अनुभवों के आधार पर एक पावर प्वाइंट प्रेजेंटेशन तैयार कर रखा था। वीडियो एवं तस्वीरों को दिखा-दिखा कर वह यात्रा-वृत्तांत बयाँ कर रहे थे। उस दिन वह भारत की सन्त परंपरा, आध्यात्मिक परंपरा पर बड़ी संजीदगी से बोल रहे थे। अध्यात्म से उनका इस कदर जुड़ाव पहली बार महसूस कर रही थी। मुझे लगा कि एक समय के बाद व्यक्ति विज्ञान से परे के सवालों को ढूँढने के लिए इस रास्ते से अपनापा बढ़ाता है। ज्ञान की दुनिया में अनेक ऐसे प्रसंग और उदाहरण हैं, जब बड़े से बड़े वैज्ञानिक, साहित्यकार, गणितज्ञ, चिंतक या विचारक अध्यात्म के रास्ते से जीवन का सूत्र तलाशते हैं। उस दिन उन्हें सुनते हुए मुझे लगा कि कैलास यात्रा से लौटने के तुरंत बाद हरिवंश जी पर यात्रा का प्रभाव ज्यादा होगा, जिससे तात्कालिक रूप से उनकी भावनाएँ बदली हैं। मगर उस कैलास यात्रा के बाद हरिवंश जी की रचनाओं में एक अलग धारा दिखने लगी। जिसमें अध्यात्म का प्रवेश हो चुका था। वह अपने अनेक लेखों में भारतीय परंपरा व गाँधीवादी दर्शन का हवाला देते हुए 'नीड वर्सेस ग्रीड' (जरूरत बनाम लालच) पर चर्चा भी करते हैं और निष्कर्षतः कहते हैं कि इस देश और दुनिया को जीवन दर्शन ही बचाएगा। जरूरत के अनुसार प्रकृति से संसाधनों को लेना या उसका उपयोग करना आदिवासियों से ही सीखना चाहिए।

हरिवंश जी के बारे में कहने को अनेक बातें हैं। पर, अंत में मोटे तौर पर कहूँ, तो यही कहूँगी कि एक व्यक्ति के व्यक्तित्व, कृतित्व, नेतृत्व का आकलन उसके द्वारा किये गये कार्यों पर उसके छाप से दिखता है। हरिवंश जी ने 'प्रभात खबर' में सबसे लंबे समय तक काम किया और उन्होंने उस अखबार को इस

प्रकार से तराशा कि वह अखबार राज्य की आवाज बन गया। किसी व्यक्ति की पहचान इससे भी होती है कि उसके कार्यक्षेत्र में उसके आसपास कैसे लोग रह रहे हैं या कैसे लोगों को उन्होंने गढ़ा है। हरिवंश जी खुद धर्मवीर भारती जैसे मनीषी संपादक से प्रशिक्षण प्राप्त कर पत्रकारिता में आये थे। उन्होंने 'प्रभात खबर' में रहते हुए भी उसी तरह से अनेक पत्रकारों को गढ़ा, तैयार किया, जो साफ सुथरी छवि के रहे और अहंकार-भाव से दूर इस पेशे की मर्यादा के अनुसार पाठकों से, सामान्य जनों से आत्मीयता का भाव बरतते हैं, पाठकों की नब्ज पहचानते हैं और उनकी रुचि का ख्याल रखते हुए उनकी भावनाओं का कद्र करते हैं।

(मूल रूप से यह आलेख 2009 में 'प्रभात खबर' के 25 वर्ष पूरे होने पर अनुप्रिया अनंत से हुई बातचीत के आधार पर प्रकाशित हुआ था। तब साहित्यकार महुआ माजी, झारखंड महिला आयोग की अध्यक्ष भी थीं। फरवरी, 2023 में इस आलेख को उन्होंने नये सिरे से विस्तार दिया है।

वर्तमान में राज्यसभा सांसद। 10 दिसंबर, 1964 को झारखंड के रांची में पैदा हुई महुआ माजी हिन्दी की मशहूर उपन्यासकार हैं। उनका उपन्यास 'मैं बोरिशाइल्ला' बांग्लादेश की मुक्ति-गाथा पर केंद्रित है। इस कृति के लिए इन्हें यूके कथा सम्मान मिला। दूसरा उपन्यास 'मरंगगोड़ा नीलकंठ हुआ' भी बहुचर्चित रहा। प्रसिद्ध पत्रिकाओं में कहानियाँ प्रकाशित और प्रशंसित। कथाकृतियों पर कई विश्वविद्यालयों में शोध।

मित्र हरिवंश! पत्रकार हरिवंश जी!

–अनुराग चतुर्वेदी

सक्रिय पत्रकारिता के आरंभिक दिन : 'धर्मयुग'

साढ़े नौ बजे का समय हमारे लिए एक महत्त्वपूर्ण वक्त होता था, 'धर्मयुग' पहुँच कर काले रजिस्टर में साइन करने का समय। कुर्ला से जब हम रवाना होते, तब मैं और हरिवंश ही घर से निकलते। विजय भास्कर (वरिष्ठ पत्रकार) अक्सर सोते रहते थे। हम साथ नाश्ता करते। दूध पीते। तेजी से कुर्ला रेलवे स्टेशन की तरफ रवाना होते। लोकल पकड़ने के लिए। तब, हमारी बातों में, अचेतन में सिर्फ और सिर्फ 'धर्मयुग' कार्यालय और डॉ. भारती ही रहते थे। 'धर्मयुग' की सामग्री आयी होगी या नहीं। प्रूफ के पेज कितने बजे तक भिजवा देने हैं? अगर सोमवार है, तो हरिवंश की भारती जी से मुलाकात कैसी रहेगी? बुधवार है, तो अपनी शामत कैसे आयेगी? साझा तकलीफ और संघर्ष ने हमें एक कर दिया था। हरिवंश, बीएचयू (काशी हिन्दू विश्वविद्यालय, वाराणसी) से आये थे। समाजवादी मन के थे, दर्शन में काफी रुचि रखते थे, उदारमना थे, इसलिए नजदीकी और बढ़ गई थी।

मनुष्य में आस्था, परंपरा और अध्यात्म का उत्स कहाँ और कैसे होता है, इस दार्शनिक सवाल का जवाब दर्शन के अमूर्तिकरण वाले सिद्धांतों से मिल सकता है। कोई परंपराओं का अनुशीलन क्यों एक लंबे काल तक करता है? चेतना उसे कैसे बदलती है? यह वह सवाल हैं, जो हमें समाज के संकट के हल के बारें में सोचने पर मजबूर करते हैं। जब मैं हरिवंश के बारे में सोचता हूँ, तो लगता है शायद उनसे इनके उत्तर मिल जाये।

'धर्मयुग' के दिन। वहाँ की पत्रकारिता। कुर्ला के दिन। वहाँ का रहन-सहन। संघर्ष के दिन। बाद में उनकी 'प्रभात खबर' की पत्रकारिता। उसके बाद संपादक हरिवंश का व्यक्तित्व बहुत कम दूरी बचाकर रखता है। पर, मैं पहले हरिवंश के व्यक्तित्व के विस्तार की चर्चा करूँगा, फिर उनके पत्रकारीय

यात्रा की।

बहुत पहले समाजवादी विचारक और काशी में निवास करनेवाले युगेश्वर ने राजनारायण पर एक पुस्तक लिखी थी, 'आपातकाल का धूमकेतु : राजनारायण।' इस पुस्तक में राजनारायण जी को 'लोकबंधु' कहा गया था। निराला की एक पंक्ति 'देख रहा हूँ निखिल विश्व को मैं ग्रामीण नयन से' इस पुस्तक में बार-बार दोहरायी गयी थी। इस पुस्तक की चर्चा और इस पंक्ति की चर्चा हमारे बीच 1978 के दिनों में बार-बार होती थी। तब, मुंबई के एक गरीब उपनगर कुर्ला में, मैं, रामकृपाल (वरिष्ठ पत्रकार), हरिवंश और विजय भास्कर रहते थे। रामकृपाल मार्क्सवादी थे। फिराक गोरखपुरी पर खूब बातें करते थे। मैं, लोहिया और समाजवादियों की चर्चा करता। हरिवंश, जेपी, अपने गाँव सिताबदियारा और अर्थशास्त्र का मनन करते। मुझे हरिवंश नदियों और खेती की संस्कृति का प्रतिनिधित्व करनेवाले लगते थे। गणेश मंत्री जी कहते थे, 'हरिवंश के घर में हाथी था।' राजस्थान की पृष्ठभूमि का होने के कारण हाथी का क्या महत्त्व होता है, यह समझ नहीं पाया। बाद के वर्षों में बिहार की सामंतवादी व्यवस्था देखने के बाद यह अहसास पुख्ता हो गया कि हरिवंश सर्वोदयी, समाजवादी मन के एक उदारमना पत्रकार है; जो अपनी मेहनत से सींचीं जमीन की ग्रामीण परंपरा को बचा कर रखे हुए हैं। मैं सिताबदियारा नहीं गया कभी, पर इच्छा है कि गंगा के इस दियारे को देख आना चाहिए जहाँ जेपी का घर है। हरिवंश का भी।

प्रसिद्ध अर्थशास्त्री कृष्णनाथ की दार्शनिकता और अर्थशास्त्र के ज्ञान के हरिवंश प्रशंसक हैं। कृष्णनाथ की पुस्तक 'पृथ्वी परिक्रमा' को पढ़ते हुए न जाने क्यों मुझे हरिवंश के साथ की गयी यात्राएँ याद आने लगी। चीन में तो मुझे लगा वे इतिहास को खोज रहे हैं। माओ की धरती पर, क्रांति के बदलते रूप को देखने में वे इस तरह एकाग्र हुए कि लगा वे विश्व नजरिया रखते हुए चीन को समझ रहे हैं। चीन की यात्रा ने उन्हें काफी बदल दिया। वह वहाँ की कार्य संस्कृति के प्रशंसक बन कर लौटे। वह चीन से एक टॉर्च खरीद कर लाये थे। तब, मुझे आश्चर्य हुआ था कि वह टॉर्च क्यों खरीद रहे हैं? शायद तब तक मैं जान नहीं पाया था कि बिहार में बिजली का संकट इतना गहरा है। उन्होंने मुझे माओ स्टाइल का एक कोट खरीदने को प्रेरित किया था। वह चीन में, शंघाई में 'रेड स्टार ऑन चाइना' के पात्र को ढूँढ रहे थे। वह भावुक थे। शायद भविष्य में मैं भी कभी सिताबदियारा जाऊँ, तो जेपी और हरिवंश के बचपन के चिह्न खोजूँ। मेरी और उनकी साथ की गयी सभी यात्राओं में हम एक ही कमरे में रूम पार्टनर रहे हैं। वायुयान में भी अगल-बगल बैठकर चीन और सूरीनाम की यात्रा की है।

कुर्ला लोकल में, तो साथ-साथ भीड़ ने हमें अंदर फेंका है।

हरिवंश के साथ मैंने दो स्मरणीय यात्राएँ की। एक यादगार लड़ाई धर्मवीर भारती के खिलाफ लड़ी। डॉ. लोहिया और अशोक मेहता के संवाद को याद करूँ, तो नीले आकाश के नीचे रहनेवाले हर विषय पर बात की है।

इस कुर्ला की कहानी में कई पात्र हैं। स्वर्गीय लोगों की संख्या अब ज्यादा है। यह सिर्फ 42 वर्ष पुरानी घटना की स्मृति है। इसमें हमारी कुर्ला में रहकर संघर्ष करने की इच्छा शक्ति है। हमारे लखनऊवासी मित्र आलोक मेहरोत्रा की बात कहूँ, तो यह लड़ाई है, 'दीये और तूफान' की। 'धर्मयुग' में भय और आतंक के काल की समाप्ति ही थी। भारती जी से बुधवार को मुलाकात का दिन तय था। मैं अपने तई लापरवाह नहीं था। फिर भी मुंबई में नयी-नयी आजादी का मजा ले रहा था। मैं मुंबई को चुनौती दे रहा था। इधर भारती जी भी देख रहे थे, 'यह लड़का क्या करता है।' मैं उपसंपादक तो था पर थोड़ा लापरवाह। लेकिन, मेरी शक्ति थे गणेश मंत्री और हरिवंश। मैं पहली बार 'धर्मयुग' पहुँचा। मुझे मंत्री जी मिले ही। मैं पहले एक सप्ताह उनके साथ मंगलकारिणी गोरेगाँव (पश्चिम) में रहा। साथ ही तब पहली बार हरिवंश भी मिले। उनका परिचय मंत्री जी ने अर्थशास्त्री के रूप में कराया। मैं अर्थशास्त्र को तब भी और आज भी बहुत कम समझता हूँ। फिर कभी हरिवंश ने अपना अर्थशास्त्र का ज्ञान मुझ पर झाड़ा नहीं। बाद में मुझे लगा इस अर्थशास्त्री के पास, तो 'अर्थ' है ही नहीं; सिर्फ 'शास्त्र' है।

वह बुधवार की शाम थी। भारती जी के निजी सहायक कमलकांत पाठक अपना सामान समेट रहे थे। पर, उनके चेहरे से लग रहा था, वह मुझे कुछ कहना चाहते हैं। मुझे 'धर्मयुग' में रहते पूरा साल हो गया था। मैं, घर पर भी लिख चुका था। 'यहाँ कठिनाइयाँ हैं। उदयपुर आ जाऊँ?' पर, दिन कट रहे थे। कुर्ला में हरिवंश, रामकृपाल, विजय भास्कर का साथ था। हमारे घरेलु सहायक राजू के हाथ के स्वादिष्ट पराठे थे।

मैं और हरिवंश कुर्ला से डबल फास्ट लोकल पकड़ते। चास नाला होते हुए कुर्ला के बेहद भीड़ भरे स्टेशन पहुँचते। (चास नाला एक नाला था, जिसे हमने तब भी दुर्घटना के बात पर याद कर लिया था। आज भी यह नाला हमारी बातों में लौट आता है) माटुंगा से रेल पार होती, तो वहाँ एक बहुत बड़ी तसवीर गाँधी जी की लगी थी। मैं उसे देखता, तभी मुझे कुछ खटका। जब भी मैं उस तसवीर को देखता उसी दोपहर या शाम होते-होते दफ़्तर में कठिनाइयों का दौर बढ़ जाता। कई बार लगता आज ही दफ़्तर में आखिरी दिन है। इस तरह की स्थितियों

को पैदा करने में मेरा भी हाथ होता था। पर, ज्यादा बड़ा कारण भारती जी द्वारा असुरक्षा का माहौल बनाना होता था। वह हमें हमेशा आपको 'विदाई', 'अंतिम दिन' की मुद्रा में रखना चाहते थे। हरिवंश और दूसरे मित्र चाहते थे, लड़ाई हो, हम जमे रहे। शांति से दिन नहीं कट रहे थे। हमने समाजवादी वकील एडवोकेट पिल्ले से मिलना तय किया, जिन्होंने हमारी तरफ से 'टाइम्स ऑफ इंडिया' मैनेजमेंट को कानूनी पत्र लिखा। उन्होंने साफ तौर से उसमें कहा कि वेतन वृद्धि को जिस तरह रोका गया है, वह गैरकानूनी है। दस दिन में वेतन वृद्धि दी जाये। वेतन वृद्धि मात्र पच्चीस रुपये की थी। पर, उससे पैदा हुआ खौफ लाखों का था। मेरे साथ पी लालचंदानी के केबिन में हरिवंश भी साथ थे। उसी दिन हमने उस दुकान को 'अपना' मान लिया था, जहाँ एडवोकेट पिल्ले का ड्राफ़्ट हमने टाइप करवाया था। हरिवंश ने अपना 'धर्मयुग' से इस्तीफा भी वहीं टाइप करवाया था। जब मैं 'धर्मयुग' छोड़ कर कलकत्ता से प्रकाशित होनेवाले 'रविवार' में हरिवंश के प्रयासों की बदौलत आ रहा था, तब भी वह मुझे कलकत्ता (अब कोलकता) से फोन करके यही कहते थे कि 'वहीं इस्तीफा टाइप करवाओ और तत्काल कलकत्ता आओ।' यह दुकान वीटी अब सीएसटी में आज भी मौजूद है। 'धर्मयुग' ने हरिवंश के साथ मित्रता की नींव रख दी। बाद में यह 'रविवार' में और मजबूत हुई। कई विशेषांक, कई वैचारिक लड़ाइयाँ साथ चलीं। संपादक उदयन शर्मा के बहुत लंबे समय तक अनुपस्थित रहने के बावजूद 'रविवार' के अंक को समय पर निकालना उनका काम बन गया।

'रविवार' में हरिवंश

'रविवार' के संपादकीय टीम में बदलाव का फायदा हिन्दी पत्रकारिता को भी अनजाने में हो गया। हरिवंश, मुंबई से 'धर्मयुग' से इस्तीफा देकर चारमीनार एक्सप्रेस में वीटी, स्टेशन से बैठ, हैदराबाद चले गये। बैंक की नौकरी करने। पर, वहाँ जाकर वह सबसे कटे नहीं। वह बैंकर जरूर बने, पर उनके स्नेह-संबंध 'धर्मयुग' के पत्रकारों से बने रहे। भारती जी, गणेश मंत्री और मुझसे उनका संबंध बना रहा। 21 नवंबर, 1981 को वह दिल्ली रूपनगर आये। वहाँ मैंने जीवन की एक नयी यात्रा शुरू की। हरिवंश ने यह संकेत कभी नहीं दिया कि वह नाराज होकर, निराश होकर बैंक की नौकरी करने गये हैं। वह मोहक और जिज्ञासा भरे पत्र लिखते रहे। एक बानगी देखिए। 11 अगस्त, 1981 को हैदराबाद से उन्होंने पत्र लिखा-

प्रिय अनुराग,

तुम्हारा पत्र मिला। जो भी मदद संभव होगा, मैं कराऊँगा। अच्छा काम आरंभ किया है, लेकिन इस संस्था में विजय वगैरह नहीं हैं क्या? विजय-रंजना का मतभेद है क्या? रजनी कोठारी के साथ ही विजय है क्या?

अरे भाई! तुम्हारे विस्तार से आनेवाले पत्र का मैं इंतजार ही कर रहा हूँ। क्षमा जी के बारे में विस्तार से लिखो। मुलाकातें हुई थीं क्या? पूरा विस्तार से लिखो। वरना बाध्य होकर मैडम जी को लिखना होगा। मैडम जी के यहाँ आजकल पड़ाव होता है या नहीं? राजन आता है या नहीं? क्या बातें होती हैं, लिखना।

इस बीच मेरा एक मित्र यहाँ से बंबई गया था। कोलाबा रुकनेवाला था। वालकेश्वर में ट्रेनिंग स्कूल है। उसे भाई साहब और तुम लोगों का पता दिया था। अच्छा मदद करनेवाला बच्चा है। घर के क्या हाल हैं? राजू की तबीयत कैसी है? आज कल आलोक कहाँ है, विस्तार से लिखना।

तुम्हारा
हरिवंश

वे फोन, मोबाइल और ईमेल के बगैर के दिन थे। हैदराबाद वह चले, तो गये थे। पर, उनका मन मुंबई और हिन्दी पत्रकारिता में रमा हुआ था। बैंक शायद एक पड़ाव था, मंजिल नहीं।

'रविवार' तब देश की महत्त्वपूर्ण राजनीतिक पत्रिका थी। जनसरोकारों से जुड़े सवाल उठाती थी। सुरेंद्र प्रताप 'नवभारत टाइम्स' में राजेंद्र माथुर के अघोषित उत्तराधिकारी बन चुके थे। उदयन शर्मा अपनी नयी टीम बना रहे थे। मुझे लगता है गणेश मंत्री जी की सलाह पर उदयन शर्मा ने हरिवंश से संपर्क किया। नतीजा, पत्रकारिता से दूर हैदराबाद चले गये हरिवंश भी मुख्य धारा में इस बार ऊँचे ओहदे (सहायक संपादक) और बड़ी जिम्मेदारीपूर्ण पत्रकारिता का हिस्सा बने।

'रविवार' में उनकी जिम्मेदारी बड़ी थी। उदयन शर्मा ज्यादातर समय दिल्ली और राजनीति में गुजारते थे। काम का सारा बोझ, निर्णय लेने की जिम्मेदारी हरिवंश पर आन पड़ी। तब मुंबई का काम प्रमिला देख रही थीं, जिनकी फिल्मी दुनिया में पैठ थी। पर, हरिवंश मुंबई को जानते थे। वह मेरे 'धर्मयुग' से हो रहे मोहभंग से भी परिचित थे। इसलिए उन्होंने उदयन शर्मा को इस बात के लिये राजी कर लिया कि मैं मुंबई में 'रविवार' का विशेष संवाददाता नियुक्त हो जाऊँ। यह एक बरसात की दोपहर में तय हुआ। ज्वाइन करने के लिए हवाई जहाज से

कोलकत्ता बुलाया गया। जहाँ हम फिर से कुर्ला और 'धर्मयुग' के अतीत की दुनिया में खोये रहते।

'रविवार' का पहला दिन और टैक्सी की यात्रा आज भी याद है। हरिवंश के अली जावर मोहल्ले के घर से हम पीली रंग वाली कलकत्ता की टैक्सी में सवार हुए। बीच में उतरते समय टैक्सी का दरवाजा मैंने गलत साइड से खोल लिया। उस तरफ से एक साईकिल सवार कार की बैटरी पीछे की सीट पर रख ले जा रहा रहा था, जो गिर गयी। वो कम्युनिस्ट पार्टियों के शासन का बंगाल था। उस साइकिल सवार ने हंगामा मचाया। कुछ वसूली करनी चाही। हरिवंश ने उसे पैसे देकर उसके नुकसान की पूर्ति की और मुझे कहा, 'रविवार' और कलकत्ता में आपका स्वागत है।

'प्रभात खबर' में हरिवंश

'प्रभात खबर' में हरिवंश को याद करते हुए अनेक बातें याद आती हैं। मुझे 20 जुलाई, 2004 का दिन याद आ रहा है। उस दिन 'प्रभात खबर' ने 20 वर्षों का सफर पूरा किया था। उसी दिन देवघर से 'प्रभात खबर' का छठा संस्करण निकला। पहले पृष्ठ पर संपादकीय हमेशा की तरह प्रधान संपादक हरिवंश ने लिखा। सबसे महत्त्वपूर्ण बात, जो इस संपादकीय में थी, वह यह कि इसमें देवघर की धार्मिक महत्ता और वहाँ के पौराणिक आख्यानों के बारे में एक भी शब्द नहीं थे। पाठकों के लिए आधुनिक दुनिया से साक्षात्कार करानेवाला समाचार पत्र ऐसे ही निकलता है।

एक संवेदनशील, एक बदलते विश्व को समझने का मायने देनेवाला समाचार पत्र, 'प्रभात खबर' सिर्फ रांची, दुमका और देवघर की ही चिंता नहीं करता है, बल्कि उसे चिली, बीजिंग और पारामारिबो की भी चिंता है। अब, जबकि आन्दोलन करनेवाले और जनआन्दोलन ही समाप्त हो रहे हैं, तब प्रथम पृष्ठ पर आकाश में मुक्त उड़ान भरनेवाले कपोत के साथ 'अखबार नहीं आन्दोलन' की रोज घोषणा करनेवाला समाचार पत्र मुझे अभी भी एक स्वप्न जैसा लगता है। शायद इस शताब्दी का एक सुखद स्वप्न। भारतीय भाषाओं में, तो ऐसा प्रयोग एक भी जगह नहीं हो रहा है। इस मामले में 'प्रभात खबर' अपवाद रहा।

मेरा रांची से परिचय नहीं था। कोकर इंडस्ट्रियल एरिया वैसे भी समाचार पत्र निकलने की जगह नहीं होगी, ऐसा बराबर लगता था। हरिवंश, भारतीय पत्रकारिता और हिन्दी पत्रकारिता में एक बड़ा नाम बन कर उभर रहे थे। पर,

रांची क्यों? शायद यही सवाल डराता भी था। लगता था 'धर्मयुग', 'रविवार' के बाद छोटी-सी पारी खेल कर हरिवंश, 'प्रभात खबर' को बंद करवा देंगे। या फिर बहुत बड़ी संख्या और अकर्मण्यता का तब पर्याय बन चुका, वहाँ का संपादकीय विभाग बंदी की गति को और तेज कर देगा। पूँजी और मेधा के बगैर यह समाचार पत्र जल्द ही अतीत का हिस्सा हो जाएगा।

शुरू का (हरिवंश के संपादक काल से पहले) 'प्रभात खबर' कैसा था, यह मालूम नहीं। पर, धीरे-धीरे 'प्रभात खबर' मुझे उन अनजान स्थानों पर चल रहे संघर्षों की जानकारी देने लगा, जहाँ सशरीर चाह कर भी नहीं जा सकता था। वे संघर्ष महत्त्वपूर्ण थे। उनमें आदिवासी थे। कोयलकारो के बाँध की संघर्ष-गाथा थी। सरकारी स्वास्थ्य सेवाओं में हो रही गिरावट की बयानी थी। रांची के मेडिकल कॉलेज में बदहाली की बयानी थी। प्राथमिकशालाओं-स्कूलों की बदहाली के समाचार थे। पूरे समाज में परिधि पर लाये गये व्यक्तियों के बुरे हाल समाचार पत्रों में गायब हो रहे हैं, उन दिनों में गरीबों, वंचितों और व्यक्ति के सम्मान, गरिमा और गौरव को संजीदगी से बचाने की अनवरत कोशिश में 'प्रभात खबर' लगा हुआ था।

'प्रभात खबर' आधुनिक कैसे बना? 'प्रभात खबर' सार्वभौमिक, कैसे हुआ? उसकी चिंताएँ परंपराओं, धर्म, आधुनिकता, मनुष्यता और सिविल सोसायटी से कैसे जुड़ी? स्त्रियाँ, जातियाँ, आदिवासी कैसे उनके लिए महत्त्वपूर्ण बने। यह सब जानना आसान नहीं है। कैसे रांची, धनबाद, जमशेदपुर के समाज में महत्त्वपूर्ण बना। यह अखबार 'भारत किस ओर?' व्याख्यानमाला के जरिये समाज और अखबार के नये रिश्तों को मजबूत करने लगा। नये नायकों से अपने पाठकों से साक्षात्कार कराने लगा। एक और महत्त्वपूर्ण बात। 'प्रभात खबर' ने जनांदोलनों और राजनीति के उस पक्ष की तरफ रूख किया, जिसे ज्यादातर अवसरवादी और सत्ता की तरफ देखनेवाले संपादक बेरूखी से देखते हैं। जिन्होंने भी 'साऊथ ब्लॉक' का रूआब, असर और नशा देखा है, वे ही जान सकते हैं कि प्रधानमंत्री का प्रेस सलाहकार और भारत सरकार में संयुक्त सचिव का ओहदा मिलने के बाद फिर से रांची लौट आने का क्या मतलब होता है?

'प्रभात खबर' की जड़ों में एक अलग ही किस्म का खाद डाला गया। 24 जुलाई, 2004 के संपादकीय पर दृष्टि डालें-'पाठक ही 'प्रभात खबर' के वाच डॉग हैं। फिसलन, कमजोरी, भटकाव के हर मोड़ पर सावधान करनेवाले।' 'प्रभात खबर' पाठकों के प्रति कृतज्ञता सिर्फ दिखाने भर के लिए प्रकट नहीं करता। 1990 में पाठकों की अदालत के बारे हरिवंश लिखते हैं, 'जब रांची

ात खबर' अंधेरे में भटक रहा था, तब अपने पुनर्जीवन के लिए हम न्यूज पर एक्सपर्ट्स के पास नहीं गये, हमने पाठकों की अदालत शुरू की।' रांची से लेकर दूर-देहात तक।' छह-आठ घंटे तक पाठकों की अदालत में 'प्रभात खबर' की टीम उनके सुझावों को धैर्य से सुनती, नोट करती और उसे अखबार में आकार देती।

लेकिन आप 'प्रभात खबर' के संपादक हरिवंश की दिनचर्या देखेंगे, तो पायेंगे कि वह अपना रोल जल्दी-जल्दी बदलते हैं। सुबह वह देश में कहीं भी हों, प्रसार संख्या जानने को इच्छुक रहते। हर संस्करण के बारे में पूछना। दिल्ली फोन करके विज्ञापनों की जानकारी लेना। यह सब उनका रूटीन था। असल में वह संपादक के साथ-साथ सीईओ भी बने हुए थे।

'प्रभात खबर' की असली ताकत टीम वर्क रही। समर्पित, लगनशील ईमानदार, कर्मठ और ग्रामीण जन की सहजता। मुक्त। कुछ-कुछ किसान की सरलतावाली। लेकिन, तकनीक के प्रति, नवीनता के प्रति, आधुनिक फोंट से लेकर ले-आउट तक 'प्रभात खबर' की विशेषता रही है। 'सुप्रभात' में मोनी के कार्टून से लेकर किसलय के इंटरनेट, कंप्यूटर की जानकारी का कोई भी पाठक कायल हो जाए। वह सामयिक दुनिया से जुड़ा रहता।

खेल, फिल्म और राजनीति, हिन्दी पत्रकारिता में यह फार्मूला बहुत सफल रहा है। 'रविवार', 'संडे' में सुरेंद्र प्रताप सिंह एवं एमजे अकबर की सफलता का थोड़ा राज इसी में छुपा है। 'धर्मयुग' के छायावादी रुझान में राजनीति का ज्यादा हिस्सा ज्यादा नहीं होता था। गणेश मंत्री जैसे संजीदा व्यक्ति का सान्निध्य हरिवंश को मिला। 'प्रभात खबर' में नये और प्रतिभावान रचनाकारों को स्थान मिलता। इसी कारण सुदूर गढ़वा में पड़े अकाल, मृत्यु के आतंक की विस्तारपूर्ण रिपोतार्ज मिलते हैं। भिखारी ठाकुर के गाँव का वास्तविक हाल जानने की इच्छा संजीव की पुस्तक 'सूत्रधार' पढ़ने के बाद और बढ़ गयी थी कि 'प्रभात खबर' में वहाँ से सीधा रिपोतार्ज पढ़ने को मिला।

कई बार लगता है हरिवंश, पत्रकारिता के कुम्हार हैं। जिस मिट्टी के लोंदे में जितना दम होता है, उसे वैसे ही बना देते हैं। 'प्रभात खबर' की एक और खासियत यह भी थी कि वह 'फ्री फोरम' बना। यहाँ सभी विचारधाराओं के स्तंभकार, विचारकों का प्रतिनिधित्व होता था। झारखंड के पूर्व मुख्यमंत्री बाबूलाल मरांडी 'प्रभात खबर' से इसलिए खफा थे, क्योंकि उन्हें लगता था कि 'प्रभात खबर' नक्सलवादियों का अखबार है। माले विधायक महेंद्र सिंह के लेखों के ही कारण किसी भी तरह 'प्रभात खबर' को नक्सलवादी विचारों का

अखबार नहीं माना जा सकता। नक्सलवादी हिंसा के कारण वजह से जंगलों में पुलिस के प्रति होनेवाली क्रूरता की अखबार में हुई, उतनी तो किसी राष्ट्रीय अखबार में भी

मेरी नजर में 'प्रभात खबर' राष्ट्रीय चेतना और राष्ट्रीय मुद्दों क रखनेवाला राष्ट्रीय अखबार रहा है। इसमें रविभूषण, खगेंद्र ठाकुर जैसी समझ रखनेवाले साहित्यकार-आलोचक हैं, तो मारवाड़ी में चिट्ठी लिखनेवाले लेखक मनोहरलाल गोयल भी रहे। मारवाड़ी या राजस्थानी की इतनी सेवा, तो राजस्थान का भी कोई अखबार नहीं करता। इस तरह गैर-झारखंडी भाषा-भाषियों को अपनी जड़ों से जोड़ने की कोशिश जारी रखी हरिवंश ने।

कोई भी समाचार पत्र अपनी जड़ों को पहचाने बगैर न तो अधिक उम्र हासिल कर सकता है, न लोकप्रियता की सीढ़ियाँ चढ़ सकता है और न ही अपनी प्रसार संख्या बढ़ा सकता है। हरिवंश के नेतृत्व में 'प्रभात खबर' जो कई बार वैकल्पिक अखबार जैसा दिखता, अपनी जड़ों को बखूबी पहचानता रहा। आदिवासी संस्कृति का सम्मान और खबरों में अल्पसंख्यकों को बराबरी का अहसास इस अखबार की खासियत रही। 'प्रभात खबर' में आदिवासियों की सांस्कृतिक पहचान की चिंता निरंतर दिखायी देती। वहीं दूसरी तरफ शिक्षा एवं स्वास्थ्य सेवाएँ चलाने मंच दक्ष ईसाई समाज को पहले 'कोरल' गानेवालों के हाथ में ईसा की प्रार्थना में जली मोमबत्तियों के चित्र वर्षों से दिखते। 'प्रभात खबर' का पाठक सभी धर्मों के त्योहारों, परंपराओं और एक-दूसरे के धर्म को सम्मान देने से परिचित हो। वरना ज्यादातर हिन्दी अखबारों को बहुसंख्यकों के धर्म की वाह-वाही करने से फुर्सत ही नहीं मिलती। बाबरी-मस्जिद बनाम रामजन्म भूमि आन्दोलन के बाद ज्यादातर हिन्दी समाचार पत्र धर्म से ज्यादा संप्रदायों को महत्त्व देने लगे हैं। रामलीलाओं, आसाराम बापूओं के समाचार ऐसे छपने लगे हैं। मानो पूरा शहर ही धार्मिक हो गया हो। या फिर पूरे शहर में सिर्फ एक ही कार्यक्रम हो रहा हो। संपादकीय विवेक समाप्ति के दौर में 'प्रभात खबर' ने सर्वधर्मों को प्राथमिकता देकर अपने को 'प्रताप' जैसे अखबारों-पत्रिकाओं की श्रेणी में बरकरार रखा।

'प्रभात खबर' ने वैचारिक और समाचार दोनों ही पक्षों को मजबूत बनाया। साथ में रविवार को निकलनेवाला साप्ताहिक 'रविवार' ने अपनी अलग छाप छोड़ी। लेकिन पाठकों की भागीदारी 'प्रभात खबर' की मुख्य ताकत बनी। 'प्रभात खबर' को देश का स्तरीय समाचार पत्र बनाने में हरिवंश की दृष्टि और उनका 'धर्मयुग', 'रविवार' में योगदान भी महत्त्वपूर्ण है।

से लिये हैं। हरिवंश के परिचितों में बनारस के प्रसिद्ध चिंतक कृष्णनाथ, बेंगलूर के नारायण दत्त प्रमुख रहे हैं। इन दोनों की प्रकृति गंभीर थी।

आज की दुनिया तेजी से बदल रही है, इस बदलती दुनिया में हो रही तकनीकी क्रांति, फ़्यूचरोलोजी के तत्वज्ञान और पश्चिम के मुल्कों के मुकाबले एशिया के देशों की कितनी ताकत है, यह जिज्ञासा हरिवंश में शुरू से है। पुस्तकों के जरिये दुनिया को जानना और उन स्थानों पर जाना, जहाँ बदलाव के महत्त्वपूर्ण प्रयोग हो रहे हैं, हरिवंश का शगल है। वह सिंगापुर, हांगकांग की यात्राओं के दौरान परिश्रम के प्रति इन देशों के निवासियों के समर्पण पर बातें करते। मछुआरों के गाँव का सिंगापुर में बदल जाने की कथा को सिर्फ कहानी नहीं मानते हुए, एक सच्चाई के रूप में उसे 'प्रभात खबर' के पाठकों तक पहुँचाया। वह अमेरिका में हवाई जहाज के लैंडिंग करते समय यात्रियों द्वारा तालियाँ बजाने का जिक्र अपने 'प्रभात खबर' के संस्मरणों में करते, तो सिंगापुर के हॉलीडे इन होटल में पैरों के आगे-पीछे होने से लाईट के बंद हो जाने के की बात बताते। 'प्रभात खबर' के पाठक होटलों के बारे में जानें, अच्छे पकवानों के बारे में जानें, स्त्री-पुरुष के बनते-बिगड़ते रिश्तों के बारे में जानें, राजनीतिक रूप से वह बालिग की तरह व्यवहार करें, यह कोशिश कई वर्षों से यह अखबार करता दिखा।

'गुड न्यूज', बुरी खबरों के दौर में 'प्रभात खबर' की इस कोशिश ने जीवन के प्रति 'पॉजिटिव नजरिया' रखनेवालों को हिम्मत दिया। यही कारण रहा है कि केरल या कर्नाटक की खबरें भी इस रूप में प्रथम पृष्ठ का एंकर बन जाती। जो लोग समाचार पत्रों को डाक के जरिये पाते हैं, उन्हें मालूम होगा कि बहुत से अखबार बगैर रैपर खोले ही रद्दीवाले को भेंट हो जाते हैं, लेकिन 'प्रभात खबर' अपवाद बना। इसके 'देश' पृष्ठ की खबरों का चयन भी इतना अलग होता कि वह अपनी चमक बनाये रखता। मुझे हिन्दी के कई विद्वानों, कवियों, समाजसेवियों, समाजवादियों के दुनिया छोड़ने के समाचार 'प्रभात खबर' से मिले। उदयपुर के परशुराम त्रिवेदी की मृत्यु तक का समाचार।

'प्रभात खबर' हमेशा एक तरह से जनता के पक्ष में, व्यवस्था के भ्रष्टाचार के खिलाफ रहा। पर, रांची में विधानसभा अध्यक्ष से लेकर मंत्रालय के सचिव द्वारा 'प्रभात खबर' को सम्मान मिला। यह उसके समाचार कवरेज में रखी गयी निष्पक्षता और संपादकीय निर्भीकता के कारण मिली। संपादकीय स्वतंत्रता और बाजार की शक्तियों के बीच संतुलन बनाये रखना। स्वतंत्र पूँजी निर्माण करना। जनसंघर्षों का मंच बन जाना। 'प्रभात खबर' की लंबी, दुरूह यात्रा के महत्त्वपूर्ण

पड़ाव के कुछ मील के पत्थर हैं। जिस तरह से वैश्वीकरण और निजीकरण का समाचार पत्रों पर प्रभाव पड़ रहा है, उसमें केंद्रीयकरण एक महत्त्वपूर्ण सिद्धांत के रूप में पनपता दिखायी दे रहा है।

कुछ वर्षों पूर्व एक राष्ट्रीय समाचार पत्र के संपादकीय कार्यालय में दो राष्ट्रीय ख्याति के कला फिल्म समीक्षकों को लंबी प्रतीक्षा करते देख मन ग्लानि से भर गया था। वहीं उन्हीं समीक्षक द्वारा नौकरी छोड़ देने के बाद रांची जाने पर प्रथम पृष्ठ पर उनके लेख को स्थान देने का साहस 'प्रभात खबर' ने किया। पूँजी के अखबारों द्वारा किनारे कर देने की दुनिया भर के 'ट्रेंड' को पलटने जैसा लगा। क्या 'प्रभात खबर' विपरीत दिशा में तैरनेवाला अखबार है या फिर परंपराओं का अनुशीलन करनेवाला। भारत की आजादी में हिस्सेदारी करनेवाली परंपरा का वारिस बना। कवियों-समाजसेवियों, अच्छे शिक्षकों, अच्छे प्रशासकों का विश्वास 'प्रभात खबर' पर ज्यादा था। क्योंकि 'प्रभात खबर' में शुभ-अशुभ, अपराधमुक्त समाज और अपराधयुक्त समाज में अंतर किया जाता था। 'प्रभात खबर' में बेजुबानों को आवाज देने, उन्हें सशक्त बनाने के प्रयास किये जाते। विषय चयन भी जिन खबरों का किया जाता, वह बेजुबानों के पक्ष में होता। पत्रकारिता के उस दौर में जिन्हें भुलाने की कोशिश हर रोज, ज्यादातर अखबार करते, उस समय 'प्रभात खबर' उन्हें रोज याद करता। यह महत्त्वपूर्ण बात थी।

'प्रभात खबर' को काल के बदलते पदचाप भी सुनाई देते। इसलिए अखबार के रंगीन होने की जरूरत उसने समझा। पर, रंगीन होते हुए भी वह फैशन, फिल्म के कवरेज में भौंडा-अश्लील नहीं हुआ। वह सौंदर्य और अश्लीलता के अंतर को समझता। शायद यही विवेक है, जिसने 'प्रभात खबर' को बाजार में और समाज में टिकाया। 'प्रभात खबर' के संग्रहणीय अंकों, विशेषांकों, दीपावली अंकों को देख कर लगता कि हिन्दी में गंभीर लेखों-साहित्य को पढ़ने की परंपरा बची हुई है। 'प्रभात खबर' यह विश्वास देनेवाला है।

मेरी पत्रकारिता की यात्रा का पहले के दिन सहयोगी और हमराही हरिवंश हैं। याद है अगस्त के घने बादलों से घिरे आकाश में रांची से देवघर और फिर देवघर से रांची हेलिकाप्टर में एक यात्रा फिर साथ हुई। हम चार यात्री, पाइलट और इंजीनियर आगे की सीट पर थे। रामगढ़ शिखर जी (पारसनाथ जी) झुमरी-तलैया और आगे सिर्फ बादलों के झुंड के झुंड से आकर हमारे हेलिकाप्टर को झकझोर कर नष्ट करने की शक्ति रखते थे। देवघर सुरक्षित पहुँचने के बाद तेज बारिश हुई। लौटते समय तक गंभीर बादल छँट गये। हम रांची लौट आये। मुझे 'प्रभात खबर' का खटोला भी कुछ इसी तरह लगता था।

'अंकुर' और 'अर्ध सत्य' वगैरह। फिल्म देख उसके हर पहलू पर चर्चा करते। फिल्म 'गाइड' के गानों से इतना लगाव कि ट्रांसिस्टर के उस दौर में जब भी सुनायी देते जरूर सुनते। बर्मन दा का गीत 'सुन मेरे बंधु रे सुन मेरे मितवा...' उनको पसंद था। कहते इन गानों से ऊर्जा मिलती है। उस समय की लगभग सभी पत्रिकाएँ पढ़ते। शाम को ऑफिस के बाद उनके कार्यालयीन दोस्तों मँगापति राव और पारेख के साथ विविध विषयों पर लंबी ज्ञानवर्धक चर्चाएँ होतीं। साथ में मिर्ची के भजिये या कुछ नमकीन होता। बैंक की नौकरी में पहले दिन से उनका मन नहीं लगा। लेकिन, मध्यम वर्गीय आदमी के लिये नौकरी मायने रखती है। सैलरी का बड़ा हिस्सा घर भेजते। कुछ ही अपने लिये रखते। जरूरत हो, तो दोनों आपस में उधारी करते।

पत्रकारिता शुरू से उनकी पहली पसंद रही। देश और समाज के बदलाव को ध्यान से पढ़ते तथा उस पर सोचते। इस संदर्भ में बड़ी रोमांचक घटना हुई। '80वें दशक में प्रसिद्ध सामाजिक बदलाव के नेता नागभूषण पटनायक के बारे में पढ़ कहा, इनका इंटरव्यू लेना है, चलो। ओडिशा के गुनुपुर गाँव में उनका घर है। वहाँ से मैं खड़गपुर किसी कार्य से चला जाऊँगा। तुम लौट आना।

यात्रा शुरू हुई। कुछ घंटों बाद इतनी मूसलाधार बारिश हुई कि बाढ़ आ गयी। जैसे-तैसे ट्रेन से कासु बग्गा स्टेशन तक पहुँचे। ट्रेन वहीं रुक गयी। पता चला, वहाँ से गुनुपुर दूर नहीं है। स्टेशन से बाहर आकर कोई वाहन खोजने लगे। दूर-दूर तक पानी भरा था। तेज बारिश में पैदल चल पड़े। कुछ मील चले। तब बाढ़ का पानी मेरे सीने तक और हरिवंश के कंधों से ऊपर पहुँचा। रास्ते में सांप, बिच्छू तैरते दिखे। किसी ने कहा आगे नदी है। सँभल कर जाइये। पानी हरिवंश की गर्दन तक पहुँचा। उनका सामान न बहे। उसे लेकर कहा। आप मेरा हाथ थामे रहिये। पानी, तेजी से बढ़ रहा है। एक जगह पानी के भीतर बड़े पत्थर से टकरा, दोनों डूबते-डूबते बचे। झमाझम बारिश, रुकने का नाम न ले रही थी। नाक-कान में पानी घुस रहा था। हम दोनों ने पानी में चलते हुए इसे निकाला। मीलों यात्रा ऐसे ही चली। राहत मिली, जब किसी दूर से आते राहगीर ने कहा सामने की बाढ़ गुनुपुर गाँव की है। दोनों खुशी से हँस पड़े। उस सीमा तक पहुँचने के लिए भी भरे पानी में मीलों फिर चले। थकान और भूख से अधिक चिंता जान बचाने की थी। कब क्या हो जाए, पता न था। कुछ भी हो सकता था। जल में बहते गंदगी के थपेड़े और वृक्षों की टूटी हुई मोटी डालियाँ, घनी रात में दिखाई नहीं दे रही थीं। जब भी आती दिखतीं दोनों एक दूसरे को आगाह कर रास्ता बदल लेते। कई घंटों की यात्रा कर गुनुपुर गाँव पहुँचे। भीगे कपड़ों में। साथ ले गये

कपड़े, भी भीग चुके थे। उसी में रहना। कोई विकल्प नहीं।

एक जगह हाँफते हुए बैठे। जोर से ठहाका लगाया। हाथ से हाथ मिलाया। वैसे ही जैसे कोई गेंदबाज विकेट मिलने पर साथी खिलाडियों से मिलाता है। एक दूसरे की खैरियत पूछने लगे। इसमें न सिर्फ शरीर बल्कि सारे अंग प्रत्यंगों को सँभाले रखना भी चैलेंजिंग (चुनौतीपूर्ण) था। गाँव में घुप्प अंधेरा। कहीं कोई आसरा, ठिकाना नहीं। बारिश कुछ धीमी हुई। तब बैग से घड़ी निकाल कर टाइम देखा। भोर के तीन बज रहे थे। रास्ते में कुछ खाने के लिए अम्मी ने पूड़ी-सब्जी दिया। देखा सब भीगा है। टटोला, तो चार केले मिले। वह दब चुके थे। उसे खाकर दोनों सूरज निकलने का इंतजार करने लगे। बारिश की सर्द हवाओं से ठंड होने लगी। चढ़े हुए पानी में देखा। सामने जंगल ही जंगल। दूर तक बिजली का नाम नहीं। कुछ अजीब-सी आवाज सुन, हरिवंश को छेड़ने के लहजे में कहा शेर आ रहा है। इधर-उधर देख हँस कर कहा, यहाँ तक बच आये तो उससे भी सामना करेंगे। पानी में सांप-बिच्छू और अन्य जलचर जंतु बहे जा रहे थे। घनी रात की सुबह होने की बेसब्री से प्रतीक्षा होती रही। उस स्थिति में भी अपने को सँभाले रखना कठिन हो रहा था। मुर्गे की बांग सुन फिर घड़ी देखा। साढ़े चार बजने को थे। स्थिति कैसी भी हो जंतु अपनी ड्यूटी के कितने पाबंद होते हैं, वहीं देखा।

हरिवंश ने बताया, ट्रेन में पढ़ने के लिए कुछ पत्रिकाएँ और अमृतलाल नागर का उपन्यास साथ लाया था। सब भीग गया। भरे पानी में गाँव की सुबह होते देख अच्छा लगा। सूरज उगा। फिर नाग भूषण पटनायक के घर की खोज हुई। एक आदमी ने सम्मान से उनके घर तक छोड़ा। घर पहुँचे। पता किया। उनकी पत्नी ने बताया, बाहर गये हुए हैं। कल शाम लौटेंगे। यात्रा-वृत्तांत सुन वह भी चकित और दुखी हुई। चाय-बिस्कुट दिया। घर से निकल आराम करते हुए हरिवंश ने कहा, मैं रूकता हूँ। इंटरव्यू ले कर ही जाऊँगा।

मुझे कुछ जरूरी काम था। उसी दिन शाम को लौट गया। अगले दिन अखबार में पढ़ा। ओडिशा की भीषण बाढ़ से जान-माल की भारी क्षति। हरिवंश की चिंता होती रही। उनके जज़्बे ने प्रभावित किया। इंटरव्यू किया। फिर आगे की यात्रा की। कुछ दिनों बाद हैदराबाद लौटे। तब ही वह स्पार्क दिखायी दिया कि वह देश के बड़े पत्रकार होंगे। वही हुआ। इंटरव्यू छपा। चर्चित हुआ। अच्छी पत्रकारिता की सनक शुरू से उनमें रही। विशेषकर समाज के गुमनाम लोग, जो खामोशी से अनूठा काम कर रहे हैं। उन पर लिखने और मिलने की ललक उनमें देखी।

बड़े पत्रकार के गुण हमेशा उनमें रहे। देश की विभिन्न समस्याओं पर घंटों बहस होती। कहते जब तक अशिक्षा, अनैतिकता और अनाचार रहेगा, विकास कैसे संभव होगा। सहमत होते। उस समय की समस्याएँ अलग थीं। इतवार (रविवार) को छुट्टी में दूर-दूर घूमने जाते। लौटते हुए टूरिस्ट, ताज या कामत में इडली और डोसा खाते। सप्ताह की नयी फिल्म देखते। एनटीआर का बनवाया रामकृष्ण 70 एमएम थियेटर, उनको बहुत पसंद आता। कहते अद्भुत बना है। फिल्म कोई हो यदि उसमें देखने जाना है, तो तुरंत मान जाते। लौटते हुए ब्लू फाक्स रेस्तरां में समोसा या कटलेट खाते पत्रिकाएँ खरीदने आबिड्स जाते। जहाँ के न्यूज-स्टैंड्स की सजावट और तेलुगु व तमिल की तेजी से बिकती पत्र-पत्रिकाओं की बिक्री और उनके अगले अंकों की बुकिंग को देख चकित होते।

हैदराबाद इतना पसंद आया कि यहीं बसने का मन बना लिया। यहाँ के रहन सहन, अपनेपन और खुलेपन से प्रभावित होते। कहते यह कल्चर कहीं नहीं मिलेगा। देश की पहली स्वदेशी कोरोना वैक्सीन यहीं से ईजाद हुई तब भी खुश हो, कहा शानदार जगह है। घर पर प्रसिद्ध साहित्यकार वेणुगोपाल मिलने आये तब उनसे मुलाकात करवायी। दोनों अच्छे मित्र बने। उनके साथ उनकी पत्नी वीरा कुमार भी उनसे मिलने आतीं। साहित्यिक विषयों पर वेणुगोपाल के गहन अध्ययन और पकड़ से प्रभावित हुए। वेणुगोपाल ने अच्छे कविता संग्रह उनको भेंट किये। मूलतः हरिवंश, इकोनोमिस्ट (अर्थशास्त्री) हैं, पर इतर विषयों में भी रुचि रखते हैं।

एक दिन अचानक उदयन शर्मा का फोन आया। एनटीआर का इंटरव्यू करने आ रहा हूँ। लेने हवाई अड्डे गये। मिले। बहुत खुश हुए। हरिवंश के यहाँ रूके। टिकाने (पीने) की आदत थी। पूछा, कौन-सी फिल्में चल रही हैं? यहाँ के थियेटरों की भव्यता और संस्कृति से वह भी प्रभावित थे। फिल्मी गानों के शौकीन भी थे। कहा हारर फिल्म, 'होटल' लगी है। तुरंत चलने को तैयार हुए। फिल्म के दौरान और बाद टिकाते रहे। बाद में सीक-कबाब, हैदराबादी बिरयानी और डबल का मीठा खाया। उनको यह खूब पसंद आया। मजेदार। खुले दिल के निर्भीक पत्रकार। रिपोर्टिंग के विशेषज्ञ थे। बड़ा पाठक वर्ग उनको पढ़ता। अगले दिन संडे (रविवार) था। घर पर ही अपने हाथों से मीट (गोश्त) बनाया। रोटी बाहर से लायी। सिलसिला चलता रहा।

शुरू से ही मुझे पेट्स (पालतू पशु) पालने में रुचि रही। अब भी है। निस्वार्थ प्रेम, वफादारी और लगाव से भरे। डाली (हमारी पालतू कुतिया) को

प्रेरणादायी मित्र

–परमानन्द पांडेय

मेरी स्मृतियाँ पाँच दशक पूर्व के हरिवंश नारायण सिंह से जुड़ी हैं। तब वह इसी नाम से जाने जाते थे। बाद में उन्होंने अपने नाम का संक्षेपीकरण कर लिया। पर, अपने काम से उसे बहुत बड़ा कर दिया।

पचास वर्ष पूर्व हम दोनों लोग काशी हिन्दू विश्वविद्यालय (बीएचयू) के बिरला छात्रावास में रहते थे। शायद ही कोई ऐसा दिन बीतता हो, जब हम लोग बैठ कर घंटों बाते न करते रहे हों। तब बातें खत्म होने का नाम ही नहीं लेतीं। शायद ही ऐसा कोई विषय रहा हो, जिस पर हम लोगों ने बातचीत न की हो। मैं आजमगढ़ जिले के एक गाँव से और हरिवंश बलिया के सिताबदियारा क्षेत्र से आते हैं, जो लोकनायक जयप्रकाश नारायण के यशकीर्ति से दीप्तिमान है। मुझे उनसे बातचीत के दौरान ही पता चला कि सिताबदियारा में प्रतिवर्ष बाढ़ आती थी, जिससे गाँव के गाँव उजड़ जाते थे। मुझे उन्हीं से पता चला कि लोकनायक जयप्रकाश नारायण, विवाह के उपरांत अपनी पत्नी को पहली बार जब विदाई करा के घर ले आए थे, तो उन लोगों को पैदल चलना पड़ा था।

विद्यार्थी दिनों से ही हरिवंश, नितांत पढ़ाकू लोगों में से रहे हैं, जो राजनीति, अर्थशास्त्र, समाज विज्ञान और साहित्य के अलावा अन्य विषयों पर लगातार पढ़ते रहते थे। उनसे बात करना ना केवल ज्ञान का वर्णन होता था, बल्कि गाँव, भारतीय राजनीति, छात्र राजनीति के बारे में बहुत सारी जानकारियाँ मिलती थी। कहीं कोई किताब निकली नहीं कि हरिवंश उसे पढ़ने के लिए उतावले हो जाते थे। छात्र जीवन में मैंने बहुत सारी किताबें, उनके सौजन्य से पढ़ी। वे न केवल पढ़ने के लिए प्रेरित करते थे, बल्कि उनके बारे में विस्तार से चर्चा करते थे। इसलिए वे केवल किताबी कीड़े नहीं थे, बल्कि उन पर सतत चिंतन करते थे। मैंने उन्हें लोकनायक जयप्रकाश नारायण के आलावा चंद्रशेखर से भी काफी प्रभावित होते हुए भी पाया। चंद्रशेखर जी उस समय एक तेज तर्रार 'युवा तुर्क'

के प्रधान संपादक के साथ ही सीइओ भी बना दिये गये। हम सभी हर मामले में उन्हें ही रिपोर्ट करने लगे। उसके बाद कायाकल्प की अलग कहानी शुरू हुई। उषा मार्टिन के मालिकों में एक लाली बाबू ने कहा कि हम कंपनी की ओर से 'प्रभात खबर' को पैसा देने की स्थिति में नहीं हैं। हरिवंश जी ने उनसे कहा कि यही बात आप 'प्रभात खबर' में आकर सभी वरिष्ठ जनों को संबोधित कर कहिए। लाली बाबू 'प्रभात खबर' के दफ़्तर आये। उन्होंने एक लाइन में कहा, अब सब आपलोगों पर है-'आइदर यू सिंक और स्विम!'

उनका यह कहना ही टर्निंग प्वाइंट साबित हुआ। अब, हम सब यह जान गये कि मदर कंपनी, उषा मार्टिन से सहयोग नहीं मिलना है। हरिवंश जी ने कहा कि अब दो ही रास्ते हैं। एक तो अखबार का विस्तार करना। दूसरा, सारे स्टाफ को इफिसिएंट बनाना। उन्हें अपग्रेड करना। दक्ष बनाना।

कंप्यूटर की खरीद हुई। प्रशिक्षण शुरू हुआ। सबको कहा गया कि अब कंपोजिंग भी खुद सीखें और पेज बनाना भी। पुराने मशीन से जमशेदपुर का संस्करण शुरू हुआ। पहले फ्रेंचाइजी में। फिर खुद का अपना। जमशेदपुर संस्करण शुरू करवाने में अनुज कुमार सिन्हा की बड़ी भूमिका रही। वह जिस जोश, जुनून और लगन से वहाँ से अखबार शुरू करवाने में लगे, उससे मुश्किलें कुछ कम हुईं। 'प्रभात खबर' के 30 से अधिक पत्रकारों को एक ही रात में जब दूसरे संस्थान ने ले लिया, तो लगा कि अपने अखबार के पास प्रशिक्षित पत्रकार तैयार रहने चाहिए। या फिर जिस किस्म की पत्रकारिता 'प्रभात खबर' को करनी है, उसके लिए भी अपने तरीके के युवा पत्रकार तैयार हों। इसी सोच के साथ पत्रकारिता प्रशिक्षण संस्थान 'प्रभात खबर इंस्टीट्यूट ऑफ मीडिया स्टडीज' की स्थापना हुई। उसी दरम्यान 'रोजगार प्रभात खबर' का प्रकाशन शुरू हुआ। रोजगार संबंधी सूचनाएँ और सामग्री देनेवाला साप्ताहिक पत्र। वह चल निकला। उससे ठीक-ठाक रेवेन्यू आने लगा। एक-एक कर पुराने मशीन को एक जगह से दूसरी जगह रिप्लेस कर, पहले जगह के लिए पुरानी मशीन लाकर ही अखबार के संस्करणों का विस्तार शुरू हुआ।

2001 में वह समय आया, जब जमशेदपुर में अंग्रेजी के मशहूर अखबार 'द टेलीग्राफ' को प्रिंट करने का आउटसोर्स काम हमलोगों को ऑफर हुआ। पर, हमारे पास मशीन उस अनुसार नहीं थी। मशीन लेने की बारी आई, तो हमने यानी मैंने और हरिवंश जी ने मशीन के बदले बैंक गारंटी दी।

'मनुग्राफ' मशीन की खरीद हुई। प्रिंटिंग आउटसोर्स का काम शुरू हुआ। 'टेलीग्राफ' के प्रिंटिंग से अच्छी कमाई हुई। 'टेलीग्राफ' का काम मिलना।

संजीवनी का काम किया, दो साल में ही मशीन का पैसा जमा हुआ। 'प्रभात खबर' की धमक शहर और राज्य में सुनाई देने लगी।

2001 में मालिकों ने इसे बेचने का मन बनाया। इसका एसेसमेंट हुआ। 'दैनिक भास्कर' से बात हुई। भास्कर समूह ने इसकी कीमत छह करोड़ रुपये लगाई। मालिक 20 करोड़ माँग रहे थे। बात नहीं बनी। यह वह दौर था, जब झारखंड से, रांची से प्रकाशित होने के लिए बड़े घराने आने शुरू हो गये थे। 'हिन्दुस्तान' आ चुका था। 'प्रभात खबर' के सामने बड़ी चुनौती थी। मनचाहा डील नहीं होने से 2001 में अखबार नहीं बिका। अखबार चलने लगा। सबसे गौर करनेवाली बात है कि मालिक अखबार को 2001 में बेचना चाह रहे थे। उस दौर में दूसरे बड़े राष्ट्रीय अखबार रांची और झारखंड आ रहे थे। उसी दौर में 'प्रभात खबर' ने अपना अपार विस्तार किया। सिर्फ प्रसार की दृष्टि से नहीं, बल्कि ब्रांड वैल्यू और साख की दृष्टि से भी। यह सब हुआ एडिटोरियल कंटेंट के दम पर। इतने वर्षों तक मीडिया मैनेजमेंट का हिस्सा रहने के बाद अपने अनुभव से मैं, यह मानता हूँ कि अखबार एडिटोरियल ड्रिवेन प्रोडक्ट है। एडिटोरियल कंटेंट रहेगा, उसमें दम होगा, तभी मैनेजमेंट की कोई स्ट्रेटजी काम आ सकती है। सीइओ पद का निर्वहन करते हुए भी हरिवंश जी का सबसे ज्यादा फोकस एडिटोरियल कंटेंट पर ही रहा। अखबार को लगातार एडिटोरियली इनोवेटिव मोड में ले जाते रहे। नतीजा यह हुआ कि उसी दौर में 'प्रभात खबर' देश के टॉप टेन अखबारों में शामिल हो गया।

'प्रभात खबर', झारखंड का सबसे मजबूत, विश्वसनीय ब्रांड बन गया, तो एक बार फिर से इसे बेचने की कवायद शुरू हुई। 2007 में मालिकों ने फिर से बेचने की पहल की। इस बार देश के अनेक बड़े घराने 'प्रभात खबर' की बोली लगाने पहुँचे। 'हिन्दुस्तान, 'दैनिक जागरण', 'दैनिक भास्कर', 'अमर उजाला', 'नई दुनिया' जैसे बड़े संस्थानों के लोग आते रहे। माह-दो माह तक 'प्रभात खबर' दफ्तर में इन संस्थानों के लोगों की आवाजाही लगी रही। सभी अपने तरीके से एसेसमेंट करते रहे। इस बार बोली करीब 75 करोड़ की लगी। 'दैनिक जागरण' से बात पक्की हो गयी। एग्रीमेंट भी बन गया। सिर्फ उस पर साइन होना बाकी था। तब तक दूसरी ओर 'प्रभात खबर' के कर्मियों का, वहाँ काम करनेवाले लोगों का दबाव और आग्रह मालिकों पर था कि इसे न बेचा जाये। इतने लोगों का भविष्य अंधकारमय हो जाएगा। आखिरी वक्त में प्रबंधन ने अपना फैसला बदल दिया। 'दैनिक जागरण' से तय सौदा, तैयार एग्रीमेंट पर साइन नहीं हो सका। बाद में एक बार 'इंडिया टुडे' में जब जागरण समूह के

मालिक महेंद्र मोहन गुप्त ने इंटरव्यू दिया, तो उन्होंने कहा कि 'प्रभात खबर' को नहीं खरीद पाना उनकी एक चूक रही।

बाद में मालिकों को भी समझ में आ गया कि मात्र छह साल में उनका अखबार सबसे मुश्किल और चुनौतियों के समय में इतना बढ़ गया, तो इस बिजनेस में संभावना कम नहीं। 1989 में मालिकों ने एसेसमेंट कराया था, तो कहा गया था कि यह चल नहीं सकता। फिर 2001 में बिक्री की बात हुई, तो मात्र छह करोड़ दाम लगा। उसके बाद जब 'प्रभात खबर' के सामने बड़े संस्थान, बड़ी पूँजी और आक्रामक ब्रांडिंग के साथ आ गये, एक ही साथ 'प्रभात खबर' से 30 से अधिक कर्मी 'हिन्दुस्तान' जैसे बड़े संस्थान में चले गये, उस क्रिटिकल दौर में 'प्रभात खबर' ने अभूतपूर्व बढ़त हासिल की। उसी का नतीजा था कि सबसे चुनौती भरे दिन में मुकाबला करते हुए वही 'प्रभात खबर' 2007 में 75 करोड़ के करीब का हो गया। मालिकों को लगा कि इसे चलाना चाहिए, तो उन्होंने 2010 में निवेश किया। यह निवेश बिहार में विस्तार के लिए हुआ। इसके बाद बिहार में विस्तार किया गया।

यह तो कहानी का सार हुआ। क्रमशः मुश्किलों से निकलने, उपलब्धियों को हासिल करने का संक्षिप्त ब्यौरा। पर, यह सब हुआ कैसे? मुझसे पूछा जाए, तो मैं कहूँगा कि इसमें जिस एक व्यक्ति की सबसे बड़ी भूमिका रही, वह हरिवंश जी रहे हैं।

मैं, उनके साथ शुरू से यात्राओं में जाता रहा। वे एक-एक सेकेंड का उपयोग करनेवाले व्यक्ति हैं। पहले हमलोग सेकेंड क्लास में यात्रा करते थे। बस से भी यात्रा करते थे। यात्रा में हरिवंश जी कहीं भी जाते, किताबों की गठरी साथ लिये चलते। ट्रेन में बैठते ही पढ़ना शुरू करते। नोट करते जाते। किसी शहर में जाते, वहाँ किताबों का ठिकाना इन्हें मालूम था। पहले वहीं जाते। नयी किताबें खरीदते। कहीं टैक्सी वगैरह में हम बैठते, बैठते ही टैक्सी ड्राइवर से बात करना शुरू करते। पॉकेट डायरी में नोट करते जाते। जिस शहर में या देश के बार जिस देश में जाते, वहाँ का अखबार खरीदते। सबको लेकर रांची आते। बाद में देखता कि वह जब लौटकर आये, तो उसी बातचीत को व्यापक विस्तार देकर अखबार में लेख लिखा। जो अखबार आदि लेकर आते, उसे लेकर दफ़्तर जाते। संपादकीय साथियों को बताते कि इस तरह की स्टोरी अपने यहाँ भी करनी चाहिए। इस तरह वह सुबह जगने से लेकर, रात सोने तक अखबार की दुनिया में ही लगे रहते। चूँकि मैं उसी बिल्डिंग में रहता था, (करीब 15 साल हम एक ही बिल्डिंग में रहे) इसलिए यह सब करीब से देखा। रांची के कांके रोड

अनेक नामचीन संपादक देखे, पर हरिवंश की तरह नहीं

-बेनी माधव चटर्जी

1976 का साल था। किशोरावस्था से निकला था। अभी दुनियावी और दुनियादारी की समझ बन ही रही थी कि उसी उम्र में अखबारी दुनिया से जुड़ गया। उस समय देश के मशहूर और ऐतिहासिक समाचार पत्र दैनिक 'आज' से। इस तरह से कह सकते हैं कि मैंने दुनियादारी समझनी ही शुरू की अखबारी दुनिया से जुड़कर। तब, 'आज' अखबार की साख और पहचान अलग थी। उसकी भाषा, शैली हिन्दी अखबारों में फॉलो की जाती थी। 'आज' अखबार का प्रकाशन 'ज्ञानमंडल' प्रकाशन करता था। उसी ज्ञानमंडल ने एक हिन्दी शब्दकोश भी तैयार किया था। वह तब अखबारी जगत में हिन्दी के मानक शब्दों के लिए सबसे लोकप्रिय था। ऐसे माहौल से अखबारी दुनिया को देखते हुए बाद के कालखंड में बिहार की राजधानी पटना पहुँचा। वहाँ मैनेजिंग एडिटर बना। मूल रूप से मैनेजमेंट का आदमी था, पर तब 'आज' अखबार के प्रिंटलाइन में भी नाम मैनेजमेंट का ही जाया करता था। अब चूँकि मेरा नाम छपता था, तो उसमें प्रबंध के बाद संपादक पद भी लिखा होता था, इसलिए मैं संपादकीय में रुचि लेता था। मेरी समझ संपादकीय की थी, यह नहीं कहता, पर मेरी रुचि गहरी थी।

जब पटना पहुँचा, उस दौर में हिन्दी पत्रकारिता में 'नई दुनिया' की साख और पहचान अलग थी। यह अखबार इंदौर से प्रकाशित होता था। कंटेंट के साथ ही ले-आउट, छपाई आदि के लिए जाना जाता था। तब, प्राय: हिन्दी के अखबार 'नई दुनिया' को मँगवाते थे। उसे देखते थे। हमारे यहाँ 'आज' अखबार में भी वह आता था। बाद में मालूम चला कि 'रविवार' पत्रिका छोड़कर हरिवंश, रांची से प्रकाशित होनेवाले अखबार 'प्रभात खबर' में प्रधान संपादक बने हैं। जब से वे 'प्रभात खबर' में जुड़े हैं, 'प्रभात खबर' सीमित प्रसार संख्या और एक शहर में ही प्रसारित होने के बावजूद प्रयोगधर्मिता में 'नई दुनिया' की तरह ही

नवाचार कर रहा है। रांची से डाक से 'प्रभात खबर' भी मँगवाने लगा। तब तक मैं, हरिवंश को व्यक्तिगत रूप से नहीं जानता था। पर, प्रेरित हो रहा था। 'प्रभात खबर' के बहाने उन्हें फॉलो करना शुरू कर चुका था।

मुझे यह अहसास हुआ कि हरिवंश, अगर 'रविवार' जैसी मशहूर और प्रतिष्ठित पत्रिका को छोड़कर एक मृतप्राय अखबार में रांची पहुँचे हैं, तो उनके पास बहुत तैयारी है। वह यहाँ ज्वाइन करने के पहले झारखंड, विशेषकर छोटानागपुर के मानस का, सामाजिक, राजनीतिक, सांस्कृतिक, आर्थिक, साहित्यिक पहलुओं का गहराई से अध्ययन कर आये हैं। पत्रकारिता में यहाँ क्या और किस रूप में संभावनाएँ हैं, इसका अध्ययन कर आये थे। आज, मीडिया के कारपोरेटाइजेशन हो जाने से सर्वे, स्टडी आदि सामान्य बात है। पाठक को क्या कंटेंट चाहिए, किस उम्र वर्ग के लोग अखबार पढ़ते हैं या किस आय वर्ग का ज्यादा अखबारों से जुड़ाव है। पर, यह सब हरिवंश ने तब कर लिया था शायद, जब ऐसे सर्वे, स्टडी आदि होते नहीं थे। मेरी मान्यता यह है कि यह काम तो हर संपादक और प्रबंधक को करना ही चाहिए कि वह जहाँ जाए, वहाँ के बारे में पूरा अध्ययन करे। सामाजिक, सांस्कृतिक, राजनीतिक, साहित्यिक स्थितियों का आकलन और अध्ययन करे, ताकि उस अनुरूप आगे अखबार निकाल सके या प्रबंधक प्रसार, विज्ञापन आदि के बारे में प्लानिंग कर सके। पर, मेरा ऐसा अनुभव नहीं रहा। अनेक नामचीन, ख्यातिप्राप्त संपादकों के साथ काम करने का मौका मिला है। पर वे ऐसी तैयारी नहीं करते। वे आते हैं, संस्थान ज्वाइन करते हैं और जिस ढर्रे पर सब चल रहा होता है, अगले दिन से उसी रूप में कंटिन्यू कर देते हैं। या फिर मुख्यालय से जो दिशा-निर्देश मिलता है, उसे लागू करने की कोशिश करते हैं।

हरिवंश के 'प्रभात खबर' में आने के पहले दक्षिणी बिहार, जो बाद में झारखंड राज्य के रूप में बना, वहाँ अखबारी स्थिति अलग थी। तीन प्रमुख अखबार, तीन प्रमुख शहरों से निकलते थे। रांची से 'रांची एक्सप्रेस'। धनबाद से 'आवाज'। जमशेदपुर से 'उदितवाणी'। ये तीनों अखबार अपने-अपने शहर और इलाके में मशहूर थे। पर, इनकी सीमा यही थी कि यह अपने ही शहर के शेर थे। रांची से निकलनेवाले 'रांची एक्सप्रेस', बेशक रांची का बादशाह था। पर, इसकी सीमा यह थी कि यह खबरों और विचारों को छापने में भी दक्षिणपंथी रूख साफ रखता था। वाममार्गियों के विचार छप नहीं पाते थे। जो एक्टिविस्ट थे, उन्हें इसमें जगह नहीं मिलती। हरिवंश ने 'प्रभात खबर' से जुड़ते ही यह प्रयोग शुरू किया। सभी विचारों को जगह देना शुरू किया। सभी प्रकार के खबरों

को भी। लगा, जैसे वर्षों से रूका सैलाब टूट पड़ा। अनेक बुद्धिजीवी, विचारक, लेखक, स्वतंत्र पत्रकार ऐसे थे, जो अपनी राय सार्वजनिक तौर पर साझा करना चाहते थे। पर, उनके लिए कहीं कोई मंच नहीं था। हरिवंश ने 'प्रभात खबर' को वैसा मंच बनाया। देखते ही देखते, बड़ी संख्या में लोग जुड़े। पर, ऐसा नहीं कि सिर्फ उन्हें ही हरिवंश ने जगह दी हो। उन्होंने वाम और दक्षिण को बैलेंस कर दिया। और इन सबके साथ सबसे खास यह किया कि आदिवासी युवाओं, लेखकों को 'प्रभात खबर' में जगह मिलने लगी। यह एक ऐसी शुरुआत थी, जिससे अखबारी दुनिया की जड़ता टूटी। हरिवंश, प्रयोग में यहीं नहीं रूके। वह छोटी-छोटी सूचनात्मक और जनोपयोगी खबरों को प्रमुखता देने लगे। 'प्रभात खबर' में डेली इवेंट, डायरी छपने लगी कि आज शहर में कहाँ क्या होनेवाला है। इसी तरह से शहर के किस इलाके में बिजली कितनी देर रहेगी, किस इलाके में सड़क, नाला आदि का काम होगा, जिससे बाधा उत्पन्न होगी, यह सब जनोपयोगी सूचनाएँ 'प्रभात खबर' में आने लगीं। आज के संदर्भ में यह सब बातें सुनकर ऐसा लग सकता है कि यह, तो बहुत सामान्य है। यह तो सभी अखबार करते हैं। पर, मैं जिस समय की बात कर रहा हूँ, उस समय 'प्रभात खबर' ने ही यह सब शुरू किया और इसे देखकर दूसरे अखबार भी इस रास्ते चलने लगे। बात फैलती गयी कि 'प्रभात खबर' जो कर रहा है, उसे दूसरे बड़े अखबार फॉलो कर रहे हैं। 'प्रभात खबर' लीडर बनने लगा। लोगों के मन में। एक और बड़ा प्रयोग किया हरिवंश ने। संभव है कि वह 'प्रभात खबर' में आने से पहले जिन दो बड़े राष्ट्रीय संस्थानों में और जिन बड़े पत्रकारों के साथ काम कर आये थे, उनसे यह सब सीखकर आये हों। 'प्रभात खबर' में फॉलोअप स्टोरी बहुत छपने लगी। यानी जो घटना हुई उसे निरंतर फॉलो करना। बिहार में यदि नरसंहार हुआ, तो उस वक्त जो सरकारी घोषणाएँ की गयीं, वह कितना लागू हुआ। या फिर इसी तरह से कोई घटना हुई, तो अब क्या स्थिति है। अब तो ब्रेकिंग न्यूज की भीड़ में फॉलोअप स्टोरी का चलन ही बंद हो गया है।

जैसे एक उदाहरण लें; कुछ माह पहले तक श्रीलंका से रोज खबर आती रही कि वहाँ यह हो गया, ऐसी तबाही मच गयी। लोग खाये बिना मर रहे हैं। श्रीलंका अब सँभल नहीं पायेगा। आदि-आदि। और फिर कुछ ही दिनों में श्रीलंका की खबरें एक सिरे से गायब। तो क्या श्रीलंका में कोई जादू हुआ कि सब ठीक हो गया इतने दिनों में? या फिर अभी क्या हालात हैं वहाँ के? पर, यह फॉलोअप स्टोरी का चलन अब ना के बराबर है।

इस तरह हरिवंश जो प्रयोग चार दशक पहले कर रहे थे, उसे उसी संदर्भ

में देखने पर लगेगा कि वह कितना महत्त्वपूर्ण काम कर रहे थे। जनोपयोगी समाचारों को प्रमुखता देकर, सभी वर्गों को लेखन और बौद्धिकता की दुनिया से जोड़कर, सबको अपनी भावनाओं को व्यक्त करने के लिए अखबार के रूप में मंच देकर, झारखंड राज्य निर्माण के लिए चल रहे आन्दोलन से अखबार को जोड़कर हरिवंश ने 'प्रभात खबर' को एक अलग दिशा दी। उस रास्ते को पकड़कर एक मृतप्राय अखबार को देश का चर्चित अखबार बना दिया।

इन सबके अलावा कुछ और पक्षों को करीब से देखा, महसूसा। हरिवंश प्रधान संपादक के रूप में 'प्रभात खबर' में महत्त्वपूर्ण पद पर रहे। जब भी उनसे मुलाकात हुई, कभी उन्हें तनाव में या औपचारिकता निभाते हुए नहीं देखा। हमेशा चेहरे पर ओज, तेज और चमक। कभी भी मिलना, तो गर्मजोशी से मिलना। उन्होंने अपने दम पर अपना कद, अपनी पहचान को प्रधान संपादक से भी आगे का बढ़ाया, बनाया। एक तरीके से सबसे ताकतवर संपादक और पत्रकार। पर, इतने सालों तक इस पद पर रहने के बावजूद उन पर एक भी आरोप नहीं लगे। कहीं गॉसिप में भी कभी बात नहीं हुई कि हरिवंश को किसी ने किसी प्रकार का लाभ दिया है या उन्होंने किसी से लाभ लिया है। उन्होंने जो सम्मान अर्जित किया, उसे कमांड भी किया। इसे सहज शब्दों में कहें, तो कह सकते हैं कि उन्होंने काजल की कोठरी में इतने साल रहते हुए भी अपने को बेदाग बचाये रखा। यह कोई मामूली बात नहीं है। एक दूसरा गुण उनका देखा। किसी को भरपूर सम्मान देना। कई जगहों पर पाया कि सामने कोई मिला, तो उसे भरपूर सम्मान देना। बिना इस बात की परवाह किये कि सामनेवाला उतना सम्मान दे रहा है या नहीं। निजी तौर पर संवेदनाओं से भरे हुए इनसान।

एक घटना की याद आती है। रांची में एक बड़े अखबार एजेंट हुआ करते थे, बाबू जयराम सिंह। हमलोग उन्हें स्नेह और आत्मीयता से बाबू कहा करते थे। बहुत व्यवहार कुशल व्यक्ति। अखबार एजेंसी में उनके काम का फैलाव भी बड़ा था। वह फिल्म अभिनेता प्रेम चोपड़ा के किस्से अक्सर सुनाते थे। प्रेम चोपड़ा ने भी अपने करियर की शुरुआत अखबार के सर्कुलेशन विभाग से ही की थी। 'टाइम्स ऑफ इंडिया' ग्रुप से। प्रेम चोपड़ा, रांची भी आते थे। तब, बाबू जयराम सिंह से उनकी मित्रता थी। पर, समय की मार पड़ी। बाबू का कारोबार धीरे-धीरे मुश्किल में फँसता गया। अंत समय में बहुत संकट समय आ गये। उनकी मृत्यु हुई। रांची के श्मशान घाट पर उनका दाह-संस्कार होना था। वहाँ पहुँचा। देखा कि हरिवंश भी वहाँ पहुँचे हैं। उम्मीद थी कि 'प्रभात खबर' प्रबंधन की ओर से कोई औपचारिकता में भी आएगा। पर, वहाँ हरिवंश मौजूद थे। हरिवंश

रिश्तों को इस तरह से निभाते रहे हैं। दिल से। सिर्फ उगते सूर्य को नमस्कार वाली परंपरा के नहीं हैं।

एक बार हरिवंश के यहाँ पूजा में गया। वहाँ देखा कि कुछ हॉकर भी पहुँचे हुए हैं। सबको हरिवंश उतना ही सम्मान दे रहे हैं। किसी के हॉकर होने की वजह से उसे कहीं दूसरी जगह बैठने को या दोयम दर्जे का व्यवहार नहीं कर रहे। यह सब उनकी खासियतों में रही। उनकी इस संवेदना और मानवीयता के पक्ष ने 'प्रभात खबर' की साधारण टीम को असाधारण शक्ति में बदला, जिसके जरिये वह मामूली संसाधनवाले अखबार को शीर्ष पर पहुँचा सके।

'प्रभात खबर' के वह पर्याय बन गये, तो इसे उन्होंने निभाया भी उसी रूप में। उन्हें अपने करियर में अनेक ऑफर मिले, पर वह पत्रकारिता में 'प्रभात खबर' के ही होकर रह गये। उन्हें मिले एक बड़े ऑफर के बारे में भी जानकारी है। मैं तब 'हिन्दुस्तान टाइम्स' ग्रुप से जुड़ा था। झारखंड में था। 'हिन्दुस्तान टाइम्स' के शीर्ष प्रबंधन ने उनसे ग्रुप एडिटर के लिए संपर्क किया। उनसे कई राउंड बात हुई। 'हिन्दुस्तान टाइम्स' ग्रुप चाहता था कि हरिवंश शीर्ष स्तर पर जुड़ें। पर, वह 'प्रभात खबर' को खड़ा किये थे। उन्होंने 'प्रभात खबर' को नहीं छोड़ा।

अखबार

बेनी माधव चटर्जी, मीडिया प्रबंधन के शीर्षस्थ नाम हैं। 'आज' के अनेक संस्करणों में प्रबंध संपादक रहने के बाद श्री चटर्जी 'हिन्दुस्तान टाइम्स' समूह के प्रबंधन में शीर्ष पर रहे हैं।

पेशे के प्रति प्रतिबद्ध, मानवीयता से सराबोर

-एएन सिंह

वर्ष 1989 का आखिरी महीना था, संभवतः। पहली दफा आमने-सामने की बात-मुलाकात हुई हरिवंश जी से। रांची में। वह 'रविवार' पत्रिका छोड़कर रांची में एक बंदप्राय अखबार 'प्रभात खबर' में ज्वाइन किये थे। यह हमारे जैसे व्यक्ति के लिए चकित करनेवाली बात थी। तब, मैं 'आज' अखबार के प्रबंधन का हिस्सा था। रांची में 'आज' अखबार, दूसरे नंबर का अखबार था। 'रांची एक्सप्रेस' की बादशाहत थी। हरिवंश जी से पूछा, "आपने यह आत्मघाती कदम क्यों उठाया? 'रविवार' जैसी प्रतिष्ठित पत्रिका छोड़कर एक ऐसे अखबार में आ गये, जिसका दूर-दूर तक भविष्य नहीं दिखता!" हरिवंश जी मुस्कुराये। वह मंच के अलावा निजी रूप में बहुत अंतर्मुखी स्वभाव के व्यक्ति हैं। मंच पर बोलनेवाले हरिवंश दूसरे होते हैं। सामने मिलने पर दूसरे। उन्होंने सिर्फ इतना कहा, "अच्छा लगा कि कोई, तो कहा कि यह आत्मघाती कदम है। पर, आपलोग भरोसा रखिए। बीड़ा उठा ही लिया है, तो अपनी शुभकामनाएँ दीजिए, रास्ता निकलेगा 'प्रभात खबर' के लिए भी।"

उन्होंने जब कहा कि 'भरोसा रखिए', तो उनके चेहरे पर उभरे आत्मविश्वास का भाव देखने लायक था। मैंने मन ही मन दाद दी। एक नौजवान व्यक्ति अपने करियर की संभावनाओं को छोड़, सब हकीकत जानते हुए भी यहाँ आया है। यह जान रहा है कि 'रांची एक्सप्रेस' यहाँ बहुत आगे है। उसके बाद राष्ट्रीय स्तर का अखबार 'आज' है। दोनों अखबारों की तुलना में 'प्रभात खबर' दूर-दूर तक कहीं नहीं है, तब भी यह आत्मविश्वास!

खैर! उस दिन से हरिवंश जी से रिश्ता बना। आज तक यह तय नहीं हो पाया कि दोनों में बड़ा भाई कौन है? हम दोनों एक-दूसरे को बड़े भाई का ही आदर-सम्मान देते हैं।

'प्रभात खबर' में हरिवंश जी ने ज्वाइन किया, तो स्थितियाँ धीरे-धीरे

बदलनी शुरू हुई। मेरी उनसे मुलाकात होती थी। बातचीत भी। तब के 'रांची एक्सप्रेस' प्रबंधन को यह पसंद नहीं था कि 'प्रभात खबर' को महत्त्व देकर किसी बात पर उस अखबार से भी सलाह ली जाए या मीटिंग में शामिल किया जाए। हरिवंश जी के नेतृत्व में अखबार का तेवर बदलने लगा। उन्होंने झारखंड अलग राज्य की माँग के साथ चल रहे आन्दोलन से अखबार को जोड़ दिया। स्थानीय स्तर के मामलों को विस्तार से 'प्रभात खबर' में उठाना शुरू किया। तब जिन मामलों को उठाने में या छापने में 'रांची एक्सप्रेस' या 'आज' अखबार ध्यान नहीं देते थे या चूक जाते थे, हरिवंश जी ने 'प्रभात खबर' में उन मामलों को प्रमुखता से उठाना शुरू किया। मैं मूल रूप से प्रबंधन का आदमी, पर मुझे इसकी आहट मिलने लगी थी, यह अहसास होने लगा था कि जिस तरह से यह नौजवान प्रधान संपादक झारखंड के मामले को पत्रकारिता का विषय बना रहा है, आनेवाले दिनों में इसका गहरा असर झारखंड के पाठकों पर पड़ेगा। पर, 'रांची एक्सप्रेस' को परवाह न थी। वह यह मानकर चलता था कि उसकी बादशाहत इतनी बड़ी है कि फिलहाल दूर-दूर तक कोई दूसरा अखबार पार न पा सकेगा।

बतौर प्रधान संपादक, हरिवंश जी की एक और खासियत रही। वह इस बात की परवाह नहीं करते थे कि कोई इश्यू उठायेंगे, तो लोग क्या कहेंगे? ऐसे इश्यू तो अखबारों के विषय नहीं होते, तो क्या यह अटपटा नहीं लगेगा? इन सभी सवालों और विषयों से मुक्त होकर हरिवंश जी लगातार एक के बाद एक सवाल पत्रकारिता के माध्यम से उठाते रहे। नतीजा, अखबार की विजिबिलिटी बढ़ने लगी। भले 'प्रभात खबर' रेस में बहुत दूर था, कहीं भी मुकाबले में आ नहीं सका था, लेकिन अखबार अब हॉकरों के पास दिखने लगा। पाठक भी बढ़े।

एक बार हॉकरों ने हड़ताल की। हॉकर यूनियन ने तय किया अखबार नहीं बाँटेंगे। तय हुआ कि सभी अखबार चलकर यूनियन नेताओं से मिले। रांची के हिनू इलाके में हड़ताल पर सभी हॉकर बैठे थे। मैंने 'रांची एक्सप्रेस' प्रबंधन को कहा कि मीटिंग में चलने के लिए 'प्रभात खबर' को भी साथ कर लेना चाहिए। 'रांची एक्सप्रेस' प्रबंधन ने कहा कि इस हड़ताल से उस अखबार का क्या लेना-देना। वह कितनी कॉपी छपता ही है? और छप भी जाए, तो उसके पाठक ही कितने हैं? मैंने 'रांची एक्सप्रेस' प्रबंधन को कहा, यह भी संभव है कि हमारा अखबार नहीं उठ रहा है, तो इसी बीच 'प्रभात खबर' हॉकरों से अपनी कॉपी लगवाकर, प्रसार बढ़ा ले। विजिबिलिटी बढ़ा ले। 'रांची एक्सप्रेस' प्रबंधन ने कहा, 'प्रभात खबर' के पास उतना कागज भी नहीं होता कि वह ज्यादा कॉपी

छाप सके।

खैर! मैंने हरिवंश जी को फोन किया। उन्हें मीटिंग के बारे में बताया। वह तुरंत तैयार हो गये। मैं अगर उनकी जगह होता, तो इस मौके का फायदा उठाता। मैं ही नहीं, प्रबंधकीय दृष्टि से सोचनेवाले दूसरे लोग भी इस मौके का लाभ उठाते। हड़ताल की मीटिंग में शामिल होने की बजाय अपने अखबार का प्रसार बढ़ाने का सोचता। पर, हरिवंश जी ने यह सब कुछ नहीं सोचा। तुरंत हामी भरी। सुबह-सुबह रांची के हिनू में वह अपनी मारुति वैन खुद ही चलाते हुए वहाँ पहुँचे। तब, वह वैन से ही चला करते थे। हिनू में यूनियनवालों से वार्त्ता शुरू हुई। इस बीच 'प्रभात खबर' के ही सर्कुलेशन के एक व्यक्ति से हॉकरों की बकझक हो गयी। बात हाथापाई तक आ गयी। उग्र और अराजक माहौल हो गया। यूनियन ने हम सब पर केस किया। मैं भी नामजद बना, हरिवंश जी भी। प्रशासन के लोग, तो ऐसे मौके की ताक में रहते ही हैं, जब अखबारवालों को दबोचने का मौका मिले। ऐसे ही मौके पर प्रशासन के लोग अखबारवालों से कसर निकालते हैं।

इस तरह से अनेक अवसर आये, जब मैंने हरिवंश जी को देखा कि वह अपने पेशे के प्रति हमेशा प्रतिबद्ध रहे। इथिकल वैल्यू के साथ। स्पष्टवादी। पसंदवाद, व्यक्तिवाद, जातिवाद से उठ कर, जबकि वे मूल रूप से जिस पूर्वांचल इलाके के हैं, वहाँ यह सब 'वाद' सामान्य बीमारी है। कई बार वह किसी की मदद करने में इतने कठोर हो जाते कि उससे यह संदेश जाता कि वह किसी की मदद नहीं करते। पर, ऐसा था नहीं। एक बार एक मार्केटिंग के व्यक्ति मेरे पास आये। उन्होंने कहा कि मैं हरिवंश जी को कह दूँ कि वह 'प्रभात खबर' में उन्हें रख ले। उन व्यक्ति को उस समय मदद की बहुत दरकार थी। पैसे की बहुत जरूरत थी। मैंने उन्हें कहा कि मैं आजतक हरिवंश जी को ऐसा कहा नहीं हूँ। मुझे नहीं लगता कि वह सुनेंगे। फिर भी आप कहते हैं, तो मैं कह देता हूँ। चूँकि हमलोगों की आदत भी रही है किसी को 'आउट ऑफ द वे' जाकर मदद करने की। तो हरिवंश जी को कह दिया। वह व्यक्ति हरिवंश जी से मिलने गये। उन्होंने कहा कि इस मामले में मैं आपकी कोई मदद नहीं कर सकता। इसके लिए आपको 'प्रभात खबर' के प्रबंधन के प्रमुख केके गोयनका के पास जाना होगा। यह उनका ही विभाग है। हाँ, अगर आपके आत्मसम्मान को ठेस ना लगे और अभी तुरंत बहुत जरूरत है पैसे की, तो वह मैं निजी रूप से मदद कर सकता हूँ। यह सब जानते थे कि 'प्रभात खबर' में मालिक हों या गोयनका जी, जो हरिवंश जी ने कह दिया, वह कोई टाल नहीं सकता। पर, वह

पेशेवर रूप में कहीं दूसरे के काम में हस्तक्षेप नहीं करते थे।

दुनियावी अर्थों में इसे क्षणिक तौर पर बुरा माना जा सकता है। पर, यह आदत अच्छी ही है। व्यक्तिगत तौर पर मदद करना। पर, सांस्थानिक तौर पर अनुशासन को बनाये रखना।

हरिवंश जी को हमने हमेशा एक संवेदनशील इन्सान के रूप में देखा है। बात 2007 की है। 'प्रभात खबर' के बिकने की बात हुई। तब मैं 'दैनिक जागरण' के साथ था। झारखंड का प्रबंधन देखता था। 'प्रभात खबर' के खरीददार के रूप में देश के कई बड़े संस्थान आये। 'दैनिक भास्कर', 'दैनिक जागरण', 'हिन्दुस्तान', 'अमर उजाला', 'नई दुनिया' समेत तमाम बड़े संस्थानों ने बोली लगायी। सभी संस्थानों ने एसेसमेंट किया। आखिरकार 'दैनिक जागरण' से ही डील फाइनल हुई। एग्रीमेंट का सारा पेपर तैयार हो गया। अगली सुबह सिर्फ हस्ताक्षर होकर हस्तांतरण हो जाना था। पर, रात में पता चला कि 'प्रभात खबर' इस डील के लिए तैयार नहीं है। बाद में बाजार में अनेक तरह की बातें की जाने लगीं। यह बात प्रचारित हुई कि अंत में 'प्रभात खबर' ने ज्यादा पैसे के लिए 'दैनिक जागरण' से डील कैंसिल की। इसी तरह की और बातें। पर, सच्चाई अलग थी। एक सच्चाई यह थी कि 'दैनिक जागरण' फिर से 'प्रभात खबर' के एसेट का आकलन कराना चाहता था। लेकिन इससे भी बड़ी बात यह थी कि आखिर में हरिवंश जी ने इस डील को अपनी सहमति नहीं दी। 'प्रभात खबर' में काम करनेवाले कर्मियों का लगातार दबाव था। पर, उन दबावों के बावजूद 'प्रभात खबर' प्रबंधन एग्रीमेंट पेपर तैयार करवा चुका था।

व्यवसाय में व्यवसायी एक बार डील फाइनल करते हैं, तो वह पीछे नहीं हटते। मैं यह मानता हूँ कि 'दैनिक जागरण' के मालिक महेंद्र मोहन गुप्त अखबारी व्यवसाय की दुनिया में एक सिद्धस्थ उद्यमी रहे हैं। पर, अंत में यह डील फाइनल नहीं हो सकी। मैंने कभी पूछा नहीं हरिवंश जी से कि इस डील को कैंसिल करवाने में आपने भी क्यों भूमिका निभायी? पर, मुझे हमेशा लगता है कि एक मानवीय दृष्टि से हरिवंश जी ने यह फैसला लिया था। उन्होंने 'प्रभात खबर' को खड़ा किया। अनेक लोगों की पहचान उससे जुड़ी। जिस अखबार का कोई भविष्य नहीं था, वह अखबार हजारों लोगों के रोजगार का जरिया बन गया। सभी कर्मियों के मन में यह आशंका थी कि 'दैनिक जागरण' इसे खरीद लेगा, तो फिर वह इसे प्रोमोट नहीं करेगा। बल्कि इसके नेटवर्क का लाभ उठाकर अपने मूल अखबार का विस्तार करेगा। 'दैनिक जागरण' के लिए यह डील इसलिए भी महत्त्वपूर्ण था, क्योंकि इसके जरिये जागरण झारखंड के साथ-साथ

ओडिशा, पश्चिम बंगाल, छत्तीसगढ़ में अपनी पकड़ मजबूत कर विस्तार करना चाहता था। खैर! यह सब तो पेशा और व्यवसाय में होते रहता है। इन सबसे इतर अगर मुझे हरिवंश जी के बारे में एक पंक्ति में कुछ कहना हो, तो मैं कहूँगा कि उनके दो चेहरे हैं। एक, अपने काम, अपने पेशे के प्रति प्रतिबद्ध व्यक्ति। दूसरा मानवीय संवेदना और सरोकार से युक्त एक देशज इनसान।

एएन सिंह मीडिया प्रबंधन के विशेषज्ञ हैं। पूर्व में वह 'आज' अखबार के संपादक हुआ करते थे। लंबे समय से दैनिक जागरण प्रबंधन के शीर्ष पर हैं।

घुमक्कड़-यात्री

-सुरेश शर्मा

हिन्दी में पहली बार भारतेन्दु के यात्रा संस्मरण 'वैद्यनाथधाम की यात्रा' में साहित्यिक संवेदना को विस्तार मिला था। उन्हीं दिनों 1883 में हरदेवी की यात्रा पुस्तक 'लन्दन यात्रा' ओरिएंट प्रेस, लाहौर में प्रकाशित हुई थी। उसमें भी साहित्यिक संवेदना का स्पर्श है। उसके बाद पिछले 140 वर्षों में राहुल, बेनीपुरी, अज्ञेय, निर्मल वर्मा, रघुवीर सहाय, प्रो. कृष्णनाथ और प्रभाष जोशी जैसे लेखकों-पत्रकारों ने इस विधा की साहित्यिक स्तरीयता को नया रूप दिया है। ये यात्रा-वृत्तांत महज जगहों के ब्यौरे नहीं हैं, बल्कि उनमें मानवीय संवेदना के नये प्रसंगों की तलाश की गई है।

हिन्दी के जाने-माने पत्रकार और सांसद हरिवंश की भी यात्रा में गहरी रुचि रही है। सिर्फ यात्रा करने में नहीं बल्कि यात्रा के बाद लौटकर लिखने में भी। राजनीतिक, सामाजिक, आर्थिक विषयों पर लिखने के लिए जाने जानेवाले हरिवंश यात्रा स्मृति लिखने में भी एक अलग छाप छोड़ते हैं। उनके लिखे यात्रा-वृत्तांत में स्थानों की नई जानकारियाँ तो होती ही हैं, साथ ही सघन मानवीय संवेदना की तलाश भी।

संसदीय राजनीति में आने से पहले, बतौर पत्रकार, हरिवंश ने पिछले दो-तीन दशकों में विश्व के विभिन्न देशों की यात्राएँ की। अमेरिका, सिंगापुर, दक्षिण अमेरिका-यूरोप, पाकिस्तान, दक्षिण कोरिया, रूस, दक्षिण अफ्रीका, स्वीडन, इटली, जापान, मॉरीशस समेत अनेक देशों की यात्रा। 1994 से 2011 के बीच हरिवंश जिन देशों में गए, वहाँ से लौटकर उन्होंने वृत्तांत लिखा। 'प्रभात खबर' दैनिक में वे उन्हीं दिनों छपे। बाद में वह एक पुस्तक के रूप में प्रकाशित हुआ-'दिल से मैंने दुनिया देखी'।

हिन्दी के ज्यादातर पत्रकारों के यात्रा-वृत्तांत महज 'रपट' होते हैं। उनके केंद्र में सिर्फ तथ्य और विवरण होते हैं। लेकिन हरिवंश के यात्रा-वृत्तांत तथ्य

और विवरण के साथ ही संवेदनात्मक मानवीय प्रसंगों से भरे हैं। यह विशेषता हरिवंश की पत्रकारीय यात्रा 'रपटों' को साहित्यिक यात्रा 'कथा' बना देती है! अपने एक वृत्तांत में हरिवंश लिखते हैं–

'जहाज फ्रैंकफर्ट में उतरेगा। पहाड़ों के बहुत ऊपर विमान उड़ रहा है। पर चाँद दिख रहा है, बहुत साफ और बहुत सुंदर। नीचे पहाड़ों पर कहीं-कहीं घने बादल छाए हैं। दूर-दूर तक पहाड़ों की बड़ी-बड़ी चोटियाँ दिखती हैं। रंग-मटमैला। धुंध में लिपटी, शायद सदियों से। दुनिया कितनी सुंदर है! विस्तृत-व्यापक! हम कितने छोटे हैं! जहाँ ठौर है वही हमारी दुनिया है। पृथ्वी का यह फैलाव, समुद्र की व्यापकता, पहाड़ों की गोद, नीले अक्षत आसमान का सौन्दर्य और फिर पूरा सौरमंडल। यह उदात्त दृष्टि जीवन का संकुचन खोलती है। संकीर्णता से ऊपर उठाती है।'

विचार के साथ ही संवेदनात्मक दृष्टिकोण का समन्वय हरिवंश की यात्रा-कथा को यादगार बना देता है।

यात्रा के दौरान हरिवंश के मन में हमेशा एक समानांतर अंतर्यात्रा चलती रहती है। परदेस में उन्हें हमेशा अपना 'देस' याद आता रहता है-*'देस में निकला होगा चाँद...।'* हमेशा लगता है कि विदेश में भी वे अपने देश की ही तलाश कर रहे हैं। सिंगापुर की त्वरित प्रगति को देखकर तुरंत उन्हें अपना देश याद आता है–

'सिंगापुर घूमते, देखते और उस पर लिखते हुए भारतीय दृष्टि डंक मारती है। भारतीय राजनेता, शासक और विचारक कहते हैं कि 40 लाख की आबादी को मैनेज करना और 100 करोड़ का प्रबंध करना अलग है। कहाँ तुलना हो सकती है! यह असमर्थता का रुदन है। कर्म और संकल्प की पराजय है। सिंगापुर की 40 लाख की आबादी ने विकास का नया अध्याय लिखा पर 100 करोड़ की आबादी का हमारा देश पहचान नहीं बना सका!'

हरिवंश की यह प्रवृत्ति उन्हें दूसरे यात्रा संस्मरण लेखकों से अलग करती है। वे संपन्न देशों की मायावी समृद्धि देखकर आह्लादित नहीं होते। ऐसे प्रसंगों में अपने देश का दुख उन्हें सालता है। विदेशों में अपने अनुपस्थित देश की लगातार उपस्थिति उनके यात्रा आलेख को नये उद्देश्यों से जोड़ती है। आमतौर पर दूसरे यात्रा संस्मरणों में चकित होते रहने का भाव मिलता है, लेकिन हरिवंश के यात्रा लेखन का स्थायी भाव राष्ट्रीय चिंता है-एम्सटर्डम की यात्रा के दौरान हरिवंश लिखते हैं–

'डच में एक कहावत है-भगवान ने समुद्र बनाया और डच लोगों ने

बंदरगाह। यह अर्थपूर्ण है। हमें जो धरती, प्रकृति और परिवेश मिले हैं, उन्हें सुंदर बनाना हमारे सामर्थ्य, पौरुष, कर्म और सोच पर निर्भर है। कीचड़ और कछार पर एम्सटर्डम विकसित हो सकता है। कूड़े के ढेर और दलदल पर वाशिंगटन शहर बस सकता है। मछुआरों की बस्ती से सिंगापुर का जन्म हो सकता है। कैसे? ...डेढ़ करोड़ की आबादी वाला देश हॉलैंड तथा 112 करोड़ की आबादी वाला देश भारत! डेढ़ करोड़ लोग अपने बाहुबल, परिश्रम और अप्रोच से दुनिया में छा सकते हैं और 112 करोड़ की आबादी का देश भारत दुनिया के स्तर पर कोई हैसियत न रख पाए! यह सच मुझे बेचैन करता है।'

हरिवंश के यात्रा संस्मरणों में लगातार यह बेचैनी दिखाई देती है। इसलिए हरिवंश की ये यात्राएँ, अन्तर्यात्राएँ भी हैं। आमतौर पर यात्रा संस्मरणों में स्थान और दृश्य के लम्बे वर्णन होते हैं। उनमें अधिक से अधिक डूब जाने की प्रवृत्ति होती है। रस लेकर उनका बयान होता है। इस प्रक्रिया में यात्रा-वृत्तांत की केंद्रीय विशेषता खबरधर्मिता पीछे छूट जाती है। लेकिन पत्रकार होने के कारण हरिवंश के यात्रा-वृत्तांत में खबरधर्मिता हमेशा बनी रहती है। उनके यात्रा आलेखों की सृजन प्रक्रिया का स्वरूप खबर केंद्रित है। वे जहाँ भी जाते हैं, उनका प्रयास होता है, उन जगहों के यथार्थ को इस तरह प्रस्तुत करें कि वह समय और समाज की समझ को विस्तार दे। उन जगहों में खबर की तरह ऐसा क्या है, जो वर्तमान की हमारी समझ को समृद्ध कर सकता है? हरिवंश अपने यात्रा लेखन में इन उद्देश्यों से निर्धारित होते हैं और हिन्दी के यात्रा साहित्य को नया रूप देते हैं। हरिवंश की सबसे बड़ी उपलब्धि यह है कि उनके यात्रा-वृत्तांत पत्रकारिता और साहित्य का रचनात्मक समन्वय हैं। उनकी यात्रा-कथाओं को बार-बार पठनीय बनाती है।

पत्रकारिता को विवरणधर्मी कहा जाता रहा है। ऐंद्रिकता और मानवीय संवेदना से अधिक उसमें वृत्तांत को महत्त्व देने की बात कही जाती रही है। लेकिन हरिवंश जी ने यात्रा विवरण को नया रूप दिया है। उसमें जानकारी के साथ ही गहरी संवेदनात्मकता भी है, जो मानवीय बनाती है। हरिवंश जी के यात्रा संस्मरण की यही अद्वितीय विशेषता उनके यात्रा-लेखन को पत्रकारिता के साथ ही साहित्य का रूप भी देती है।

राहुल जी का यात्रा विवरण इतिहास और पुरातत्व केंद्रित है। बेनीपुरी की यात्राओं में नये परिवेश और प्रकृति की खोज दिखाई देती है। अज्ञेय के यात्रा लेखन में नई स्थितियों के विश्लेषण की प्रमुखता है। प्रभाष जोशी के यात्रा-संस्मरण में लोक तत्त्वों की तलाश है। लेकिन रघुवीर सहाय की

यात्रा-रपट में खबरधर्मिता साथ ही सघन मानवीय संवेदनात्मकता भी है। हरिवंश, रघुवीर सहाय की दिशा को नया विस्तार देते हैं। राहुल, बेनीपुरी, अज्ञेय और प्रभाष जोशी की जमीन को आधार बनाते हैं। इस तरह वे एक यात्रा-संस्मरण की साहित्यिक विधा को नया रूप देते हैं। 2018 में मैंने हरिवंश जी की यात्रा पुस्तक 'दिल से मैंने दुनिया देखी' का संपादन किया था। पुस्तक राजकमल प्रकाशन से छपी थी। इस पुस्तक की भूमिका में कुछ बातें कहने से रह गई थीं। इस परिवर्धित लेख में वे बातें मैंने शामिल की हैं। यात्रा संस्मरण हरिवंश के पत्रकारीय लेखन का महत्त्वपूर्ण हिस्सा है, जो निश्चय ही उनके बहुमुखी व्यक्तित्व को नया आयाम देती है।

वरिष्ठ पत्रकार, लेखक व फिल्म निर्देशक सुरेश शर्मा, महात्मा गांधी अंतरराष्ट्रीय हिन्दी विश्वविद्यालय, वर्धा के नाट्य कला विभाग के अध्यक्ष रहे। वे करीब ढाई दशक से 'जनसत्ता', 'नवभारत टाइम्स' व 'टाइम्स ऑफ इंडिया' के हिन्दी सांध्य दैनिक 'सांध्य टाइम्स' से जुड़े रहे हैं। उन्होंने प्रभाष जोशी के लेखों के संग्रह का संपादन भी किया है। हरिवंश की पुस्तक-'दिल से मैंने दुनिया देखी' के संपादक हैं।

डिजिटल युग में कहाँ चूक रहा है प्रिंट मीडिया

-प्रो. (डॉ.) प्रमोद कुमार

राज्यसभा के उपसभापति हरिवंश जी से मेरा संपर्क पहली बार अगस्त, 2018 में हुआ। उन्हें पढ़ तो रहा हूँ गत दो दशक से भी अधिक समय से, परंतु उन्हें बोलते हुए सुनने का अवसर 20 अगस्त, 2018 को उस समय मिला, जब पूर्व प्रधानमंत्री अटल बिहारी वाजपेयी को श्रद्धासुमन अर्पित करने के लिए एक सार्वजनिक सर्वदलीय प्रार्थना सभा का आयोजन दिल्ली के इंदिरा गाँधी इनडोर स्टेडियम में किया गया था। उस सभा में प्रधानमंत्री नरेंद्र मोदी और कई केंद्रीय मंत्रियों सहित नेशनल कांफ्रेंस नेता फारूक अब्दुल्ला, कांग्रेस नेता गुलाम नबी आजाद, लोकजनशक्ति पार्टी नेता रामविलास पासवान, बहुजन समाज पार्टी नेता सतीश मिश्र, बाबा रामदेव, पीडीपी नेता महबूबा मुफ्ती, भारतीय कम्युनिस्ट पार्टी नेता डी. राजा, शिरोमणि अकाली दल नेता हरसिमरत कौर बादल, शिवसेना नेता सुभाष देसाई, तृणमूल कांग्रेस नेता डेरेक ओब्रायन, जमीयत उल उलेमा के मौलाना मदनी और जनता दल (यू) नेता शरद यादव जैसे दिग्गज नेताओं ने अटल जी को श्रद्धांजलि अर्पित की थी। मैं प्रेस दीर्घा में बैठकर उसकी कवरेज कर रहा था। जैसे ही श्रद्धांजलि अर्पित करने के लिए हरिवंश जी का नाम घोषित हुआ, वैसे ही पत्रकार दीर्घा में अचानक सजगता बढ़ गई। मेरी बगल में बैठे हुए भारतीय जनता पार्टी के मुखपत्र 'कमल संदेश' के एक पत्रकार ने कहा, "इस सभा का यह सबसे प्रभावी भाषण होगा!' मैंने पूछा, 'बिना भाषण सुने ही आपको इतना यकीन कैसे?" उसने कहा, 'अब आप खुद ही सुन लीजिए।' और हुआ भी वैसा ही। हरिवंश जी मुश्किल से तीन मिनट बोले और उन तीन मिनट में उन्होंने अटल जी की कविताओं के माध्यम से उनके विराट व्यक्तित्व का जो चित्रण किया, वह अत्यंत मार्मिक था। ऐसा लगता था जैसे उद्‌गार सीधे उनके हृदय से निकल रहे हों। वह भाषण भारतीय जनता पार्टी के आधिकारिक यूट्यूब चैनल पर अभी भी उपलब्ध है।[1] उस संबोधन से मेरे मन में हरिवंश जी की एक अध्येता

1. (https://www.youtube.com/watch?v=462uEoGZoUI)

पत्रकार एवं वक्ता की छवि बन गई।

चूँकि हरिवंश जी एक सधे हुए पत्रकार पहले हैं और राजनेता बाद में, यही कारण है कि उन्होंने झारखंड के एक डूबते हुए दैनिक समाचार पत्र को न केवल सफलतापूर्वक पुनर्जीवित किया, बल्कि उसे शीर्ष पर भी पहुँचाया। इसलिए मेरे मन में ख्याल आया कि हरिवंश जी के साथ मीडिया के वर्तमान हालात पर विस्तृत चर्चा करनी चाहिए। उस समय अपने शोध प्रबंध में व्यस्त रहने के कारण यह तुरंत संभव नहीं हो सका, परंतु 2018 में ही जब मैं दिल्ली पत्रकार संघ (डीजेए) का महासचिव निर्वाचित हुआ, तो फरवरी 2019 में डीजेए कार्यकारिणी ने तय किया कि दिल्ली के पत्रकारों के साथ हरिवंश जी का एक विशेष संवाद आयोजित किया जाए। इसलिए दिल्ली के कॉन्स्टीट्यूशन क्लब में 8 मार्च, 2019 को वह संवाद भारतीय मतदाता संगठन के साथ मिलकर आयोजित हुआ। उस संवाद में हरिवंश जी खासतौर से मीडिया और चुनाव पर बोले। उसके बाद 2019 में वरिष्ठ पत्रकार एवं जम्मू केंद्रीय विश्वविद्यालय में उस समय न्यू मीडिया विभाग के अध्यक्ष प्रो. गोविंद सिंह के साथ हरिवंश जी से उनके नई दिल्ली स्थित आवास पर मिलने का प्रसंग बना। उस समय मैंने उन्हें और भी निकट से देखा और बात की। उस प्रत्यक्ष मुलाकात में उनके मन में अपने प्रति जो आत्मीयता और स्नेह मैंने महसूस किया उसे व्यक्त करने के लिए मेरे पास शब्द नहीं हैं। तब तक मेरा शोध प्रबंध विश्वविद्यालय में जमा हो चुका था। संयोग से उसके बाद मैं अपनी अधूरी पुस्तकों को पूरा करने में व्यस्त हो गया और शोध उपाधि मिलते ही करीब तीन दशक की सक्रिय पत्रकारिता के बाद फरवरी, 2020 में हिमाचल प्रदेश केंद्रीय विश्वविद्यालय, धर्मशाला में अध्यापन एवं शोध कार्य करने चला गया।

बेमिसाल अध्येता

इसके बाद जब अक्टूबर, 2020 में भारतीय जन संचार संस्थान, नई दिल्ली में प्राध्यापक के रूप में आया, तो उस समय मैंने निश्चय किया कि आईआईएमसी के विद्यार्थी पत्रकारों के साथ हरिवंश जी का विशेष संवाद आयोजित करना चाहिए, ताकि उन्हें भविष्य की पत्रकारिता के लिए सही दिशा मिल सके। इसलिए 2021-22 बैच के सत्रारंभ समारोह में उन्हें एक सत्र में संबोधन के लिए 28 नवंबर, 2021 को 'ऑनलाइन' माध्यम से आमंत्रित किया। हालाँकि उनकी इच्छा विद्यार्थियों से प्रत्यक्ष संवाद करने की थी, परंतु कोविड महामारी के प्रोटोकॉल के कारण यह ऑनलाइन ही संभव हो पाया। उसके बाद

6 जून, 2022 को आईआईएमसी के दीक्षांत समारोह में मुख्य वक्ता के रूप में हमने उन्हें संस्थान में आमंत्रित किया। उस दीक्षांत समारोह में हरिवंश जी का जो संबोधन हुआ, वह अद्‌भुत था। उसके बाद 21 नवंबर, 2022 को 2022-23 बैच के सत्रारंभ समारोह का उद्‌घाटन भी हरिवंश जी ने ही किया। उस संबोधन की तैयारी के लिए उन्होंने, जो गहन अध्ययन किया होगा, उसकी मैं कल्पना कर सकता हूँ। हरिवंश जी मूलरूप से पत्रकार और लेखक हैं, परंतु जून, 2022 के दीक्षांत भाषण के बाद लगा कि वे एक उम्दा अध्येता और अनुसंधानकर्ता भी हैं। वे अपने संबोधन में जो बात करते हैं, उसे संदर्भ सहित उद्धृत करते हैं। उनकी स्मरणशक्ति, तो लाजवाब है ही। अपने दीक्षांत संबोधन में उन्होंने काशी विद्यापीठ सहित अनेक शिक्षा संस्थाओं के संस्थापक रहे, भारतरत्न डॉ. भगवानदास द्वारा काशी हिन्दू विश्वविद्यालय में दिए गए एक दीक्षांत भाषण का उल्लेख किया, जिसमें दीक्षांत की समृद्ध भारतीय परंपरा का अत्यंत अर्थपूर्ण उल्लेख है। उस भाषण का मूल पाठ इंटरनेट पर तो उपलब्ध नहीं है, परंतु उसकी प्रति हरिवंश जी के पास सुरक्षित है। हरिवंश जी का वह भाषण[2] यूट्यूब पर उपलब्ध है।

आईआईएमसी 2022-23 बैच के नये सत्र की शुरुआत में हरिवंश जी का जो संबोधन हुआ, वह नवोदित पत्रकारों के लिए तो पाथेय है ही, मीडिया शिक्षा को भी नई दिशा देता है। आईआईएमसी में हुए हरिवंश जी के सभी संबोधन आईआईएमसी के फेसबुक पेज और यूट्यूब चैनल पर भी उपलब्ध हैं। अब मीडिया से जुड़े किसी भी गंभीर विषय पर जब भी विशद चर्चा की बात आती है, तो सबसे पहले हरिवंश जी का ही नाम स्मरण होता है। इसका कारण उनकी विद्वत्ता और सनातन भारतीय जीवन मूल्यों से जुड़ा होना है।

हरिवंश जी के इतने सारगर्भित संबोधन सुनने के बाद एक दिन मैंने उनसे निवेदन किया कि मीडिया की वर्तमान दशा और भविष्य की दिशा पर उन्हें कुछ लिखना चाहिए। स्वाभाविक है, हरिवंश जी को मुझसे पहले भी ऐसे बहुत से सुझाव मिले होंगे और उनकी आज जो व्यस्तता है, उसमें कुछ भी लिखने के लिए समय निकालना बहुत मुश्किल है, परंतु मुझे प्रसन्नता है कि हरिवंश जी ने अपने इस प्रयास में मुझे शामिल होने का निमंत्रण दिया। यहीं से उन्हें और भी निकट से समझने का मुझे अवसर मिला। उनके निकट जाकर मैंने महसूस किया कि उनका अध्ययन, तो बेमिसाल है ही, उनकी सादगी और सरलता भी अनुकरणीय है।

एक दिन भारतीय जन संचार संस्थान के महानिदेशक प्रो. संजय द्विवेदी के माध्यम से सूचना मिली कि हरिवंश जी ने मुझे याद किया है। मैं उनके आवास पर उनसे मिलने गया। बातचीत में तय हुआ कि हाल ही में उनके विविध विषयों

---

2. https://www.youtube.com/watch\v¾XKD28Z4ZpXY&t¾18s

पर तीन विस्तृत भाषण हुए हैं, जिन्हें पुस्तक आकार में संकलित किया जा सकता है। उन भाषणों की तैयारी के लिए उन्होंने पहले से गहन शोध किया हुआ था और शोध के बाद जो जानकारी एकत्र हुई, वह एक ग्रंथ से भी अधिक की सामग्री थी। इसलिए तय हुआ कि उन तीनों विषयों पर मुझे उनके साथ बैठना है और पूरी सामग्री एकत्र कर पुस्तक तैयार करनी है। जहाँ आवश्यकता हो वहाँ नये तथ्य भी जोड़ने हैं। उनका यह प्रस्ताव मेरे लिए उन्हें निकट से समझने के लिए एक दुर्लभ अवसर था। इस श्रद्धाभाव का प्रमुख कारण यह है कि हरिवंश जी सिर्फ मीडिया की 'बीमारियों' को ही नहीं पहचानते, बल्कि उन बीमारियों का समाधान भी उनके पास है। इसके अलावा आधुनिक विकास के नाम पर दुनिया कहाँ जा रही है और हमारे जीवन में दस्तक दे रहे खतरों से हम कैसे अनजान बने हुए हैं, उनको भी उन्होंने महसूस किया है। प्रस्तुत आलेख में स्थान की मर्यादा को ध्यान में रखते हुए मैं सिर्फ दो बिंदुओं पर ही उनसे हुई बातचीत के कुछ हिस्सों का उल्लेख करूँगा।

डिजिटल तकनीकी के दौर में मीडिया का भविष्य

सबसे पहला बिंदु है पत्रकारिता का वर्तमान और भावी टेक्नोलॉजी के दौर में इसका भविष्य। इस बिंदु पर बहस की जरूरत नहीं है कि लोग आज प्रेस पर उतना विश्वास नहीं करते, जितना पच्चीस-तीस साल पहले करते थे। दुनिया भर में इस बात पर आम सहमति है। अमेरिका में 'कमेटी ऑफ कंसर्न जर्नलिस्ट' ने इस पर काफी काम किया है। यह पत्रकारों, प्रकाशकों, मीडिया मालिकों और मीडिया प्रशिक्षण से जुड़े ऐसे लोगों की समिति है, जो पत्रकारिता के भविष्य को लेकर चिंतित हैं। हॉर्वर्ड फैकल्टी क्लब में ऐसे 25 पत्रकार इकट्ठे हुए। समिति ने दो साल तक काम करके 21 गोष्ठियों का आयोजन किया, जिनमें पत्रकारों, शोधार्थियों आदि को मिलाकर तीन हजार से ज्यादा लोगों ने हिस्सा लिया। समिति ने दो सर्वेक्षण भी किए। दस साल तक काम करने के बाद समीति ने वर्ष 2001 में एक पुस्तक भी प्रकाशित की, जिसका शीर्षक था 'द एलेमेंट्स ऑफ जर्नलिज्मः व्हाट न्यूज पीपल शुड नो एंड द पब्लिक शुड एक्स्पेक्ट'। भारत के शिक्षा संस्थानों में भी अभी तक जो सर्वे अथवा अध्ययन हुए हैं, उनका निष्कर्ष भी यही है। हरिवंश जी बताते हैं, "तकनीकी में बदलाव का प्रिंट मीडिया पर क्या असर पड़ा है, यह मानने और समझने को लोग अभी भी हमारे यहाँ तैयार नहीं हैं। यह हकीकत है, जिससे आँख नहीं मूँद सकते। यह क्यों हुआ, यह हमें समझना चाहिए। उदारीकरण के बाद की दुनिया में पत्रकारिता एक अन्य व्यवसाय की तरह है। आधुनिकीकरण मीडिया का ही नहीं, प्रबंधन

का भी हुआ है। हमारे यहाँ 'मिशन बनाम व्यवसाय' का एक बड़ा द्वंद्व है। पत्रकारिता पहले मिशन थी, अब व्यवसाय हो गई है। अब इसे 'इंडस्ट्री' का दर्जा प्राप्त है। पहले एक मकसद था, जो किसी ध्येय को समर्पित था। व्यवसाय की पत्रकारिता उस समर्पण और 'पैशन' के साथ नहीं हो सकती। इस बुनियादी बात को समझ लेना चाहिए। यह अलग बात है कि व्यवसायिक पत्रकारिता में भी यदि आप पवित्रता नहीं रखेंगे और सात्त्विक नहीं रहेंगे, तो आप अपने आपको खो देंगे। जो समर्पण मिशन की पत्रकारिता में था, आज अगर व्यवसाय की पत्रकारिता में ढूँढ़ेंगे, तो आपको निराशा होगी। यह आज का एक यथार्थ है।'

इसके दुष्परिणामों की चर्चा करते हुए वे आगे कहते हैं, 'मिशन से व्यवसाय और उदारीकरण के बदले दौर में पत्रकारिता का लक्ष्य भी अधिकाधिक मुनाफा हो गया है। अब लक्ष्य समाज की बेहतरी, समाज को ईमानदार, बेहतर और श्रेष्ठ बनाना नहीं रह गया है। हाँ, हम श्रेष्ठ विश्वसनीय और अच्छी सूचनाएँ दें, अच्छा अखबार निकालें, प्रोफेशनल अखबार निकालें और अधिकाधिक कमाएँ भी। ये दोनों चीजें होंगी। आर्थिक और प्रबंधन की शब्दावली में जो बदलाव आया है, उसे समझना होगा। देश के बहुत से अखबार अपने पाठकों की प्रोफाइल का अध्ययन कराने लगे हैं। ऑडिट ब्यूरो ऑफ सर्कुलेशन प्रसार संख्या की जाँच करने लगा है। बहुत सारे मीडिया हाउस अपनी रीडरशिप की प्रोफाइल दिखाते हुए विज्ञापनदाताओं को बताते हैं कि उनका अखबार किस वर्ग में सबसे अधिक पढ़ा जाता है। उसी के अनुसार विज्ञापन मिलता है। गाँवों, जंगलों और पहाड़ों में जो आर्थिक रूप से कमजोर और पिछड़े हैं, वे प्राथमिकता में नहीं हैं। वे हमारा अखबार पढ़ेंगे, तो विज्ञापनदाता हमें विज्ञापन नहीं देगा। विज्ञापन वहाँ जाएगा, जहाँ अधिक खरीदने वाले सामाजिक समूह हैं। आप समझ सकते हैं, कितना बड़ा बदलाव आया है। जाहिर-सी बात है कि एक मीडिया समूह सारे घाटों, चाहे वेज बोर्ड के अनुसार वेतन हो या कागज आदि की खरीद, सबकी भरपाई सिर्फ विज्ञापन से करता है। आप समझ सकते हैं कि पत्रकारिता का आर्थिक गणित बिल्कुल उलट गया है। जैसे ही यह प्रोफेशन बना, उद्योग बना, तो उद्योग के सारे पैमाने इस पर लागू हो गए। अब विज्ञापन, व्यवसाय और खबरों में संतुलन बैठाना आज अखबारों के सामने सबसे बड़ी चुनौती है। पिछले बीस-पच्चीस वर्षों में 'स्पॉन्सर्ड फीचर' से शुरू होकर, पेड न्यूज तक की यात्रा इस पत्रकारीय साख को दीमक की तरह खा रही है। उधर, हमारा समाज कैसा है? समाज या पाठक को सही सूचनाओं वाला ईमानदार अखबार कम-से-कम पैसे में या मुफ्त चाहिए। सब सुख-सुविधाएँ मुफ्त में भोगते हुए हमारे पाठक को ऐसा ईमानदार गणेश शंकर विद्यार्थी चाहिए, जो अपनी जान कुर्बान करके उसको खबर दे। संसार में ऐसा गणित कहाँ चलता है! कुछ

यथार्थ से भी दुनिया चलती है। सारा समाज उस हकीकत को समझे, परंतु समाज उस हकीकत को समझने को तैयार नहीं है।"

आपस में खत्म होता संवाद

डिजिटल तकनीकी ने मानव को बहुत ही सूक्ष्म धरातल पर अंदर और बाहर से प्रभावित किया है। परंतु वर्तमान दौर में इस डिजिटल तकनीकी का हमारे जीवन पर क्या असर हो रहा है, उसे लेकर हम कितने गंभीर हैं, इस पर चर्चा करते हुए हरिवंश जी कहते हैं, "हमारे युवा, किशोर और यहाँ तक कि वृद्ध भी डिजिटल यंत्रों जैसे फोन, टेबलेट और कंप्यूटर स्क्रीन के गुलाम बन रहे हैं। डिजिटल यंत्रों के यूजर 'एडिक्टक' होने की स्थिति में हैं। इसमें नौजवानों की बड़ी संख्या है। वे 35 प्रतिशत समय में अपने ही बारे में बात करते हैं। जब वे ऑनलाइन होते हैं, तो वे 80 प्रतिशत अपने बारे में ही चर्चा करते हैं। इसे ही आत्ममुग्धता कहते हैं। इससे पता चलता है कि टेक्नोलॉजी की सोहबत में इनसान कैसे बदल रहा है। यह भारतीय सनातन सच है, जिसे अब मनोवैज्ञानिक भी कह रहे हैं कि जो चीजें आप ज्यादा इस्तेमाल करते हैं, उनका असर आपके दिमाग पर पड़ता है। वे आपको नियंत्रित करती हैं और आपके व्यक्तित्व को प्रभावित करती हैं। आज आप यदि सोशल मीडिया की गिरफ्त में हैं या आपका दिमाग गिरफ्त में है, तो यह उसी का परिणाम है। हमने क्या खाया, क्या किया, सेल्फी लेना, यही वे सोचते हैं। अपने से बाहर की दुनिया के बारे में वे सोच ही नहीं पाते। इन डिजिटल माध्यमों ने कितने लोगों का जीवन ले लिया है, कैसे ये चीजें आपको प्रभावित कर रही हैं, यह उसका नतीजा है। सोशल मीडिया के ये 'टूल ऑफ कन्वीनियंस' हमारे जीवन पर ही काबिज हो गए हैं। दो माह के बच्चे भी अब मोबाइल फोन से 'एक्सपोज' हो रहे हैं। डिजिटल दुनिया में लोगों का आपस में संवाद खत्म हो रहा है। इनसान जब समूह में रहने लगा, तो उसकी कल्पना थी कि संवाद सबसे सशक्त माध्यम है। संवाद के माध्यम से ही समाज एक-दूसरे से जुड़ा, परंतु अब डिजिटल दौर में उस संवाद को फिर से वापस लाने की बात हो रही है। डिजिटल के कारण व्यक्ति आत्मकेंद्रित हो गया है, अलग-थलग पड़ गया है, 'सोशल एलीनेशन' हो गया है, अकेलापन बढ़ गया है। भले ही दुनिया की आबादी बढ़ी है, लेकिन इतनी आबादी में भी आदमी अकेला पड़ गया है। इसलिए कहा जा रहा है कि संवाद कायम किया जाए, ताकि अकेलापन खत्म हो। इस पर एमआईटी की प्रोफेसर शेरी टर्कल ने एक किताब लिखी है, जिसका शीर्षक है 'रिक्लेमिंग कन्वर्सेसन: द पॉवर ऑफ टॉक इन अ डिजिटल ऐज'। इस पुस्तक में वे बताती हैं कि टेक्नोलॉजी के बदलाव से क्या-क्या हुआ है? परिवारों में आपस में जो संवाद होता था, वह खत्म हो गया है। बातचीत के कई तरीके थे, कई बार व्यक्ति

अकेला अपना चिंतन करता था, परिवार के साथ चिंतन करता था, मित्रों से बात करता था, अध्यापकों, साथियों और समूह में बात करता था। यह सब तरह का संवाद खत्म हो गया है। उस संवाद की जगह ले ली है-फेसबुक, टिंडर, कंपल्सिव टैक्सिटिंग आदि ने। निष्कर्ष यह है कि डिजिटल टेक्नोलॉजी और आर्टीफीशियल इंटेलीजेंस के इस दौर में किस तरह इनसान की आदतें बदल गई और उसका क्या असर हो रहा है। 'वैल्यू सिस्टम' कहाँ चला गया है? मीडिया के समक्ष सवाल यह है कि आज की पत्रकारिता उसे कैसे वापस पाए?"

भविष्य के खतरों से अनजान मीडिया

हरिवंश जी एक और गंभीर खतरे की तरफ इशारा करते हुए अतुल जालान की पुस्तक '*Where will man take The Bold story of the man technology is creating*' का उल्लेख करते हैं, जिसमें बताया गया है कि अब वह इनसान पैदा हो गया है, जो डेढ़ सौ वर्ष जीवित रह सकता है। उसमें एक नाम का भी उल्लेख है-रेमंड क्रुजवेल, जिन्हें दुनिया टेक्नोलॉजी का जीनियस मानती है। वे दुनिया के बड़े फ्यूचरोलॉजिस्ट माने जाते हैं। ट्विटर के नये मालिक एलन मस्क ने भी कहा है कि टेक्नोलॉजी के माध्यम से बड़े प्रयास चल रहे हैं कि मनुष्य कैसे दीर्घजीवी या अमर हो जाए। मार्क जुकरबर्ग सहित अन्य अरबपति एंटीऐजिंग स्टार्ट-अप चला रहे हैं। इस तरह की चीजें उस मीडिया में हो रही हैं, जिसका इतना असर है। उसमें गलत और गैर-कानूनी चीजें हो रही हैं, जिन पर नियंत्रण नहीं है। आर्टीफीशियल इंटेलीजेंस डिजिटल गुलामी की ओर ले जा रहा है। यह तकनीकी एक कल्पवृक्ष की तरह है, पर इसके घातक असर भी हैं।

डिजिटल तकनीकी के इन खतरों के प्रति हरिवंश जी केवल सचेत ही नहीं करते, वरन् इस चुनौती का समाधान क्या है और मीडिया को इस संदर्भ में क्या करना चाहिए, उस पर भी विस्तार से चर्चा करते हुए कहते हैं, "आर्टीफीशियल इंटेलीजेंस आने के बाद विश्व के लिए जो संकट उत्पन्न" हो सकते हैं, उनके बारे में पर्याप्त नहीं लिखा जा रहा है। डिजिटल यंत्र अखबारों को 'रिप्लेस' कर चुके हैं। अब अखबारों के लिए समय कहाँ है? परंतु सवाल यह है कि क्या अखबार इन चीजों के कुप्रभाव को उजागर करने के लिए कोई 'कैंपेन' चला रहे हैं? तभी तो आप अपनी सार्थकता सिद्ध करेंगे! हम अपने लिए जगह 'क्रिएट' करने का काम नहीं कर रहे हैं। नये मीडिया के अच्छे प्रभाव हैं, तो घातक प्रभाव भी हैं। उनसे समाज को सचेत करके अपनी प्रासंगिकता बनाए रखने का काम देश में कहाँ हो रहा है? प्रिंट मीडिया जब इन चीजों को बताएगा तभी वह अपनी

जगह बना सकता है। मैं उन लोगों में हूँ, जो ये मानते हैं कि हम अपनी जगह अपने प्रयासों से ही बना सकते हैं। प्रिंट मीडिया सार्थक है, रहेगी, पर उसके लिए हमारे कामकाज का तौर-तरीका, हमारे सोचने का तौर-तरीका, हमारा कंटेंट, हमारा नवाचार, हमारा आइडिया सब कुछ बदलना चाहिए। मैंने और हमारी टीम ने मिलकर यह प्रयोग किया। हमें उसमें सफलता मिली। हमें अतीत के उदाहरणों से भी सफलता मिली। जब भी ऐसी चुनौतियाँ आयी, उनसे निपटने के रास्ते खोजे गए। उनको फिर से तलाशें। बड़ी विपरीत परिस्थितियों में जहाँ कोई गुंजाइश नहीं थी, वहाँ अखबारों को नये प्रयोगों से आगे बढ़ाया। आज की इन चुनौतियों के बीच भी हम अखबारों को आगे बढ़ा सकते हैं। ये आज की बड़ी चुनौतियाँ हैं, जिनसे हमें रास्ता निकालना है।"

नए मीडिया का प्ले ग्राउंड

हरिवंश जी आगाह करते हैं कि नये मीडिया के 'प्ले ग्राउंड' में जाकर उससे मुकाबला करने की प्रतियोगिता में प्रिंट मीडिया अपना वजूद खो देगा। वे कहते हैं, "हम अगर नये तरीके से सोचते-समझते और काम करते हैं, तो यकीन मानिए, प्रिंट मीडिया में वह ताकत है कि वह अपने को नये ढंग से, नये रूप में सामने ला सकता है। नये रूप में वह समाज को नये मुद्दों के लिए तैयार कर सकता है, जनमत बना सकता है, बड़ा प्रभाव डाल सकता है और अपने पुराने गौरव और आभा को पा सकता है। उसके लिए उसे मूल मुद्दों पर लौटना पड़ेगा। वे मूल मुद्दे, जिन्हें आज कम 'स्पेस' मिल रहा है। सोशल मीडिया सिवाय एक-दूसरे पर आरोप लगाने के और है क्या? आप अनियंत्रित रूप से किसी के लिए कुछ भी कहते हैं। हमें ऐसा लिखकर आत्मसंतोष हो जाता है कि हमने अपनी निजी भड़ास निकाल ली, परंतु गहराई से सोचें, तो ऐसा करके हम समाज को कहाँ ले जा रहे हैं? इसीलिए पहले व्यवस्था थी कि आप किसी के बारे में बिना प्रमाण के कुछ भी नहीं कह सकते। उसके पीछे आधार थे, नैतिक कारण थे। यह अराजकता और स्वच्छंदता, ऐसी आजादी नहीं है। हमें उन चीजों के बारे में सोचना होगा। प्रौद्योगिकी का यदि एक सार्थक रूप है, जो हमें बेहतर जिंदगी दे सकता है, तो दूसरा रूप उतना ही भयावह है, जो गंभीर चुनौतियाँ पैदा कर रहा है। इनसान किस तरफ जा रहा है? पत्रकारिता के जो मूल्य और मापदंड हैं, उन्हें लेकर क्या स्थिति है? वे कौन-कौन से मुद्दे हैं, जो हमें पत्रकारिता के हमारे मूल धर्म यानी लोगों को 'एजुकेट' करने का स्मरण कराते हैं। ये विषय यदि पत्रकारिता उठा रही है, तो मैं मानूँगा कि वह आज की चुनौतियों के

समाधान के लिए काम कर रही है, अगर ये विषय नहीं उठ रहे हैं, तो हम सब स्वयं आत्ममंथन करें कि लोग हमें क्यों पढ़ें और हमारा भविष्य कहाँ है?"

उस नई पुस्तक के लिए जो बातचीत हरिवंश जी से हुई, वह करीब दस घंटे से अधिक समय तक चली और जून, 2022 में कई दिन में संपन्न हुई। बात कई विषयों पर हुई। बातचीत में उन्होंने विस्तार से बताया कि आज हमारे समय के वे कौन-से बड़े सवाल हैं, जिन्हें मीडिया नजरअंदाज कर रहा है। इन सवालों को नजरंअदाज करने का मतलब है, मीडिया मानव समाज और दुनिया के प्रति अपनी जिम्मेदारी ठीक से नहीं निभा रहा है। मीडिया इस बात से तो चिंतित है कि पाठक उसे नकार रहे हैं, लेकिन वह उन मुद्दों पर ध्यान नहीं दे रहा है, जिनसे पाठकों को वह फिर से अपने साथ जोड़ सकता है। हरिवंश जी एक और महत्त्वपूर्ण सवाल उठाते हैं। वह सवाल है मीडिया की देश के विकास में सकारात्मक भूमिका। आखिर देश की राष्ट्रीय समस्याओं और देश के विकास हेतु संचालित परियोजनाओं में मीडिया उतने अपनेपन से क्यों शामिल नहीं होता, जितनी समाज उससे अपेक्षा करता है। देश के राष्ट्रीय मिशन, मीडिया के मिशन क्यों नहीं बनते? जन सामान्य से जुड़ी समस्याओं के समाधान को लेकर मीडिया में सक्रियता क्यों नहीं दिखाई देती? देश में आ रहे सकारात्मक बदलाव और उस बदलाव के कारक बन रहे व्यक्तियों और संस्थाओं को मुख्यधारा के मीडिया में उचित स्थान क्यों नहीं मिलता? ऐसे और भी अनेक सवाल हैं, जिन पर हरिवंश जी का मानना है कि मीडिया को अलग-अलग अभियान शुरू करने चाहिए, तभी वह पाठकों के बीच नई जमीन तलाश सके। उनकी सबसे बड़ी खूबी यह है कि वे जो कहते हैं वह उनके स्वयं के आचरण में दिखता है। 'सच बोलना और खरा बोलना' उनकी ताकत है। राज्यसभा के उपसभापति होकर लुटियंस दिल्ली के सरकारी आवास में रहने के बाद भी उनका जीवन नितांत सादगीपूर्ण है। इतने बड़े ओहदे पर पहुँचने के बाद भी उनका दिल जरूरतमंदों की सहायता के लिए सदैव तत्पर रहता है। इसका मैंने कई बार प्रत्यक्ष अनुभव किया है। हरिवंश जी से मिलना सदैव कुछ-न-कुछ नया सीखना है।

तीन दशकों तक पत्रकारिता की। 'ऑर्गनाइजर' और 'पाञ्चजन्य' में कई वर्षों तक काम किया। हिमाचल प्रदेश केंद्रीय विश्वविद्यालय, धर्मशाला में दीन दयाल उपाध्याय अध्ययन केंद्र की स्थापना में योगदान। 2020 से भारतीय जन संचार संस्थान, नई दिल्ली के अंग्रेजी पत्रकारिता विभाग में प्रोफेसर। 'संचार माध्यम' के संपादक। प्रमुख पुस्तकें- 'द फ्यूचर न्यूजरूम', 'दीनदयाल उपाध्याय वर्ल्ड ऑफ लिटरेचर: एनोटेटिड बिबलियोग्राफी', 'अन्संग बिल्डर्स ऑफ मॉडर्न भारत: फोलोविंग गांधी इन डीड्स', 'इनोवेशन इन एडमिनिस्ट्रेशन', 'इंडियाज विजन फॉर ग्लोबल प्रोस्पेरिटी', 'मीडियाकर्म : योग्यता और यथार्थ', 'दीनदयाल उपाध्याय : शोध के विविध आयाम', 'धर्मपाल प्रसंग', 'बापू के पदचिन्हों पर : आधुनिक भारत के गुमनाम समाज-शिल्पी।

दूर दृष्टि, कड़ी मेहनत, पक्का इरादा

-राजेंद्र तिवारी

2007-2008 से पहले मैं, हरिवंश जी को नहीं जानता था। पहली बार उन्हें जाना 'दैनिक भास्कर' में उनका लेख छपने पर। उस समय मैं 'दैनिक भास्कर' के इंदौर संस्करण का संपादक था। उनका लेख छपा। चर्चा शुरू हो गई कि वह समूह संपादक के तौर पर ज्वाइन करनेवाले हैं। यह बात आई, गई हो गयी। मैं इंदौर से भास्कर डिजिटल का संपादक होकर दिल्ली आ गया। 2009 में 'हिन्दुस्तान' का संपादक बनकर रांची पहुँचा। बात 2010 की है। एचटी मीडिया के तत्कालीन वाइस प्रेसीडेंट वाईसी अग्रवाल की बेटी की शादी थी। जमशेदपुर में। वहीं 'हिन्दुस्तान' के प्रधान संपादक शशिशेखर जी ने एक व्यक्ति से मिलवाते हुए कहा-"राजेंद्र, ये हरिवंश हैं।" हरिवंश जी से यह मेरी पहली मुलाकात थी। छोटा कद, गठी हुई काठी और देदीप्यमान ललाट। विनम्रता की प्रतिमूर्ति। इससे पहले बस एक बार फोन पर औपचारिक बात हुई थी। रांची में दैनिक 'हिन्दुस्तान' का कार्यभार सँभालने के बाद।

'दैनिक भास्कर' के झारखंड आने की सुगबुगाहट मूर्त रूप ले रही थी। जमशेदपुर में 'प्रभात खबर' का झंडा बुलंद था, तो धनबाद में 'हिन्दुस्तान' का। रांची में 'प्रभात खबर' आगे था और उसके पीछे-पीछे 'हिन्दुस्तान'। हमारी चुनौती 'प्रभात खबर' से आगे निकलने की थी। हम कंटेंट में तमाम प्रयोग कर रहे थे। इन प्रयोगों का पाठकों के बीच से अच्छा प्रत्युत्तर भी मिल रहा था। भास्कर' की गतिविधियाँ तेज हो रही थीं। 'हिन्दुस्तान' में भी सब कुछ बहुत तेजी से घटित हो रहा था। अंदरूनी राजनीति के चलते छह माह के भीतर ही मेरा तबादला चंडीगढ़ कर दिया गया। मैंने एक माह का अवकाश ले लिया। भास्कर लांच हो चुका था। जुलाई, 2010 की कोई तारीख थी। हरिवंश जी का फोन आया-"राजेंद्र जी कैसे हैं? समय हो, तो गपशप के लिए मिला जाए।" मैंने कहा, समय ही समय है मेरे पास। जिमखाना क्लब में हरिवंश जी से चाय पर

मुलाकात हुई। लंबी बातचीत। अखबारी जगत को लेकर। झारखंड के अखबारी माहौल और संभावनाओं को लेकर। भास्कर पर भी चर्चा हुई। अंत में उन्होंने साथ काम करने का प्रस्ताव रखा। कहा, यदि आप सहमति दें, तो मैं अपने यहाँ प्रबंधन से चर्चा कर संभावना बनाने की कोशिश करूँ। मैंने सोचने के लिए थोड़ा समय माँगा। मैं उस समय 'हिन्दुस्तान' से इस्तीफा दे चुका था। नयी संभावनाओं की तलाश में दिल्ली के चक्कर लगा रहा था। 'अमर उजाला' के मालिक अतुल माहेश्वरी जी से बात हो रही थी। पर, मन रांची छोड़ने का इच्छुक नहीं था। ऐसे में हरिवंश जी का प्रस्ताव मनचाही मुराद जैसा था। पत्रकारिता में मेरी परवरिश 'राष्ट्रीय सहारा' व 'अमर उजाला' में हुई थी। इन दोनों जगहों पर प्रचुर संपादकीय स्वतंत्रता के बावजूद प्रबंधन यानी मालिकों का सीधा नियंत्रण रहता था। 'दैनिक भास्कर' में भी मेरा यही अनुभव रहा। 'प्रभात खबर' में व्यवस्था इन अखबारों से अलहदा थी। लिहाजा, 'प्रभात खबर' को लेकर आशंकाएँ स्वाभाविक थीं। लेकिन, हरिवंश जी के विश्वसनीय व्यक्तित्व ने इन आशंकाओं को दरकिनार करने में मेरी मदद की। मैंने हरिवंश जी को हाँ बोल दिया। इसके बाद कुछ मुलाकातें और हुई। मैं अक्टूबर, 2010 में 'प्रभात खबर' में आ गया।

हरिवंश जी के साथ मेरा पत्रकारीय सफर उनके 'प्रभात खबर' में बने रहने तक जारी रहा। उसके बाद मैं भी सक्रिय पत्रकारिता से दूर हो गया। इस दौरान उनको नजदीक से जानने का मौका मिला। हरिवंश जी 2014 में जनता दल यूनाइटेड से राज्यसभा के सदस्य बने। उसके बाद आया 2015, बिहार विधानसभा चुनाव। हरिवंश जी की अखबार में भूमिका को लेकर तमाम तरह की चर्चाएँ थीं। बाद में भी रहीं। लेकिन इन चर्चाओं और वास्तविकता में कोई संबंध खोज पाना असंभव है। उन्होंने मुझसे कहा कि मैं, चुनाव के दौरान अखबार से अवकाश पर रहूँगा। मुझसे कोई राय मत माँगिएगा। हरिवंश जी से रोज सुबह-शाम मुलाकात होती थी। क्योंकि, हम एक ही गेस्टहाउस में रह रहे थे। लेकिन, कभी हरिवंश जी ने खबरों को लेकर कोई चर्चा नहीं की। 'प्रभात खबर' प्रबंधन भी विज्ञापनों के दबाव में था। इन सारे दबावों के बीच यदि हम संतुलित अखबार निकाल पाने में सफल हुए, तो उसके पीछे हरिवंश जी की नैतिक आभा की भी महत्त्वपूर्ण भूमिका रही। उनकी अनुपस्थिति का नकारात्मक असर भी हुआ कि उस चुनाव के आखिरी दौर में संपादकीय आपत्तियों के बावजूद दो विवादित विज्ञापन अखबार में छप ही गए।

हरिवंश जी में बहुत से गुण एक साथ मिलते हैं। इमरजेंसी के दौरान का एक नारा मुझे याद आ रहा है-'दूर दृष्टि, कड़ी मेहनत, पक्का इरादा।' इसमें धैर्य

जुड़ जाए और नैतिकता का आवरण भी हो, तो यह बहुत ही मारक अल्केमी बनेगी। हरिवंश जी इसी अल्केमी की शीशी हैं। बड़ी पूँजी वाले अखबारों की गलाकाट प्रतिस्पर्द्धा के सामने नैतिक मूल्यों एवं संपादकीय पवित्रता को बनाए रखते हुए बाजार की दौड़ में आगे बने रहने का जो अद्‌भुत कारनामा उन्होंने कर दिखाया, वह इसी अल्केमी का हासिल है। अब्दुल रहीम खानखाना का दोहा है कि 'एकै साधे सब सधै, सब साधै सब जाय।' यह दोहा हरिवंश जी पर लागू नहीं होता। वह तो एक साथ सब साध सकने की क्षमता रखते हैं।

मूल रूप से यूपी के लखीमपुर खीरी के रहने वाले वरिष्ठ पत्रकार राजेंद्र तिवारी का हिन्दी पत्रकारिता का लंबा अनुभव रहा है। 'राष्ट्रीय सहारा', 'हिन्दुस्तान', 'दैनिक भास्कर' में संपादकीय सहयोगी रहे। 'प्रभात खबर' में कारपोरेट एडिटर के रूप में काम किया। पत्रकारिता में 25 वर्षों से भी ज्यादा समय से सक्रिय भूमिका निभाने वाले राजेंद्र तिवारी को प्रिंट व डिजिटल दोनों का ही अनुभव है।

प्रकाश पुंज की सजग तलाश करते हरिवंश

-प्रो. कृष्ण कुमार सिंह

हाल के दिनों में हरिवंश की तीन नयी किताबें प्रकाशित हुईं। 'पथ के प्रकाश पुंज', 'कलश' और 'कैलास मानसरोवार-सृष्टि का मुकुट', 'पथ के प्रकाश पुंज' को पढ़ना शुरू किया। हरिवंश से निजी संबंध वर्षों से है। पर, एक पाठक के तौर पर, इस किताब को पढ़ते हुए, मन में जो ख्याल आये, उसे ही लिखने की कोशिश यहाँ कर रहा हूँ। हरिवंश की मूल पहचान पत्रकार रूप में है। पर, लेखक के रूप में उनका आयाम और विस्तार पाता है।

'पथ के प्रकाश पुंज' को पढ़ते हुए पहला ख्याल आया कि जब राष्ट्रीय जीवन पाखंड, पराजय, पाश्विकता का पर्याय बन जाए, छल-कपट और ओछापन विश्वास को खंडित कर दें, मनुष्य की सृजनात्मक क्षमता पर संहार-विनाश के बादल मंडराने लगें, मानवीय संवेदना कुंठित, खंडित और विगलित हो जाये, साहस और संकल्प का क्षय हो जाये, तब भी क्या इस घोर नैराश्य की आंधी में कोई दीप टिमटिमाता रह सकता है?

इसी चिंता के इर्द-गिर्द 'पथ के प्रकाश पुंज' के सभी शब्द-चित्र रचे गये हैं। साढ़े चार दशकों से हिन्दी पत्रकारिता के क्षेत्र में अपनी मजबूत जमीनी पकड़ तथा आत्मीय अंदाज से विशिष्ट पहचान कायम करने वाले लब्धप्रतिष्ठ पत्रकार हरिवंश की यह पुस्तक ऐसे दौर में आई है, जिसमें स्मृतिलोप के प्रसंग खबर नहीं, सामान्य घटना है। बाबा आमटे के व्यक्तित्व और कृतित्व पर केंद्रित शब्द -चित्र (1985 ई.) से उद्धृत इन पंक्तियों में लेखक के मन की जो पीड़ा अभिव्यक्त हुई है, वह आज और घनीभूत हो गई है। अपने देश-काल के परिवेश से असंतुष्ट किंतु उसे बदलने के उपक्रम में अपने स्तर पर सक्रिय संवेदनशील लेखक के मनोलोक की स्पष्ट झलक पुस्तक में दिखाई पड़ती है। बाबा आमटे को अपनी आत्मा और अपने ईश्वर के रूप में देखने-समझने वाला मन कामना करता है कि अन्य लोग भी उन्हें इसी रूप में देखें-समझें। स्वामी विवेकानंद के

देश में यह अपेक्षा एकदम स्वाभाविक है।

आकस्मिक नहीं कि पुस्तक में संकलित पहला शब्द-चित्र है 'मुक्तिनायक विवेकानंद'। विवेकानंद 'अंधेरे में प्रकाश पुंज हैं'-लेखक की इस स्थापना से भला किसे असहमति होगी? अपने गुरु रामकृष्ण परमहंस की प्रेरणा से उन्होंने भारतीय समाज में सदियों से व्याप्त जड़ता और मूर्च्छा को तोड़ा। हताशा-निराशा के अंधकार से जूझते-टकराते समाज को गतिशील बनाकर, कर्तव्य-पथ पर अग्रसर कर उन्होंने युगांतकारी उपक्रम किया। लेखक के शब्दों में 'आधुनिक भारत की अवधारणा के मूल स्रोत हैं, विवेकानंद।' 'उन्होंने भारतीय होने का गौरव याद दिलाया। पुरुषार्थ, संकल्प और श्रम से नियत-तकदीर बदल देने का संदेश देकर मुल्क के चिंतन आयाम को एक नई ऊँचाई दी।' लेखक विवेकानंद के अविस्मरणीय योगदान को सूत्र रूप में उपस्थित कर देता है। एकदम नपे-तुले ढंग से अपनी बात कहने में लेखक को महारत हासिल है। लेखक जिस संकल्प और श्रम की चर्चा करता है, उसी के बल पर उसने भी एक ऊँचाई प्राप्त की है। उनकी उपलब्धियाँ इसका प्रमाण हैं।

हरिवंश जी एक चिंतनशील व्यक्ति हैं। उनका चिंतन बहुआयमी है। समकालीन भारतीय और वैश्विक परिदृश्य को समझने के लिए राजनीति, अर्थनीति और दर्शन की भरपूर समझ उनके पास है। यह समझ प्रतिभा और परिश्रम का संयुक्त फल है। हरिवंश जी के लेखन से परिचित लोग इसका मर्म भली-भांति समझते हैं। वे बेहद पढ़ाकू व्यक्ति हैं। किसी देश-काल-परिस्थिति की चर्चा हो, बिना प्रमाण के वे कोई बात नहीं कहते हैं। संदर्भ प्रस्तुत। पुस्तक प्रस्तुत। उनका रुचि-वैविध्य कई बार चकित करता है। बात भारत की हो, पड़ोस के किसी देश की हो, धर्म की हो, कला-विज्ञान-वाणिज्य किसी क्षेत्र की हो, हरिवंशजी अपनी बात पूरी प्रामाणिकता के साथ रखते हैं। यहाँ काल-खंड कोई अवरोध नहीं। उसमें उनकी सहज आवाजाही बनी रहती है। यह आकस्मिक बात नहीं है। ठोस वैचारिक धरातल की पृष्ठभूमि के बिना ऐसे लेखन की बात सोची भी नहीं जा सकती है।

ये शब्द-चित्र ऐसे महाजनों के योगदान के रेखांकन का प्रयास है, जिन्होंने अपने विचारों और कार्यों से आधुनिक समाज को अग्रसर करने, समुन्नत बनाने और सबसे बढ़कर जीने के योग्य बनाने में अपनी ओर से कुछ उठा नहीं रखा। स्वामी विवेकानंद, महात्मा गांधी से लेकर ईमानदार और कर्तव्यनिष्ठ कस्टम अधिकारी शैलेंद्र तिवारी तथा गांधीवादी पत्रकार अजीत बाबू तक, जॉर्ज वाशिंगटन और मैडम क्यूरी से लेकर स्टीव जॉब्स तक सब इसी सूत्र में बंधे

हुए हैं। ये सभी उनके अपने हैं, जिनका सानिध्य मिला, जिन्हें देखा-सुना, जिनसे बहुत कुछ सीखा, पाया। ऐसे लोग ही उनके संस्मरण के विषय हैं। इन पर केंद्रित संस्मरण जीवंत बन पड़े हैं। इन सभी में लेखक की गहरी संवेदनशीलता दिखाई पड़ती है। जो लोग लेखक के सान्निध्य में आए हैं, उन्हें जानते-समझते हैं, वे ऐसी रचनाओं को पढ़कर आश्वस्त होंगे कि लेखक के जीवन और लेखन में कोई फांक नहीं है। उन्हें यह समझने में देर नहीं लगेगी कि लेखक के मन को झकझोरने वाली चीजें कितनी महत्वपूर्ण हैं।

हरिवंश जी की सतर्क दृष्टि अपने आसपास के समाज पर बराबर रहती है। वर्तमान राजनीति की दशा और दिशा उन्हें चिंतित करती है। आर्थिक और सामाजिक बदलाव का सबसे कारगर उपकरण राजनीति ही है। इसलिए उसके मिजाज की नरमी-गरमी से लेखक बाखबर ही नहीं है, वह उसकी खबर भी लेता है। अकारण नहीं है कि जॉर्ज वाशिंगटन के अमेरिका के राष्ट्रपति के रूप में दो कार्यकाल पूरे होने के बाद तीसरा टर्म लेने से उनके इनकार की वह सराहना करता है। इसे रेखांकित करना नहीं भूलता कि अमेरिका में राष्ट्रपति के लिए अधिकतम दो टर्म की परंपरा यहीं से आरंभ हुई। इसकी चर्चा करते-करते वह अपने यहाँ की हालत से परेशान नजर आने लगता है-'भारत के राजनेताओं को देखिए। पैर कब्र में हैं, पर चुनाव लड़ना चाहते हैं। गद्दी पाने को लालायित हैं।' व्यक्तिगत लोभ-लाभ के धंधे में बदल गई भारतीय राजनीति आज का पीड़ादायक यथार्थ है। लेकिन इसके अपवाद भी हैं, भले ही अत्यल्प। लेखक किसी प्रसंग में अपने ढंग के अकेले राजनेता मधु लिमये को अत्यंत आदर के साथ याद करता है। मूल्यविहीन, सिद्धांतहीन राजनीति के घटाटोप के बीच ऐसे एकाध आलोक स्तंभ की उपस्थिति को वह रेखांकित करना नही भूलता। इसी प्रसंग में वह लालबहादुर शास्त्री को भी स्मरण करता है।

हरिवंश जी के लेखन से परिचित सामान्य व्यक्ति भी इस बात की अनदेखी नहीं कर सकता है कि वे प्रायः प्रकाश की, तेज की तलाश में रहते हैं। अपने आदर्शों-मान्यताओं के लिए प्राण की बाजी लगानेवाले लोग उन्हें बखूबी आकर्षित करते हैं। साठ-सत्तर के दशक के भारतीय युवाओं के लिए क्यूबा का महान क्रांतिकारी लेखक चे ग्वेरा ऐसा ही एक तेज-पुंज था। सत्तर के दशक के अंतिम चरण में 'धर्मयुग' से जुड़ने के बाद लेखक प्रखर पत्रकार-चिंतक गणेश मंत्री के सान्निध्य में आता है और उनके मार्फत चे ग्वेरा के असाधारण, प्रतिभा, व्यक्तित्व तथा कार्यों से उसका गहरा परिचय होता है। अपनी समकालीन युवा पीढ़ी के लिए चे को चुंबक मानते हुए लेखक यह बताना नहीं भूलता कि अपने

जीते-जी चे किंवदंती बन गए थे। एक डॉक्टर के रूप में करियर शुरू कर, दलित-पीड़ित-पराजित लोगों की मुक्ति के संग्राम में कूद कर अपनी आहुति देने वाले अप्रतिम व्यक्तित्व के धनी चे लेखक की निगाह में ऐसी मिसाल हैं, जिसे समझने के लिए नयी दृष्टि चाहिए। हरिवंश जी अपने लेख के अंत में क्षोभ से लिखते हैं-'आज छल, षड्यंत्र, झूठ, पाखंड, आदर्शों की दुहाई, किसी भी कीमत पर पैसा, सत्ता पाना जब हमारा राष्ट्रीय चरित्र हो गया हो, लोग वसूल पर जीने को मूर्खता मानते हों, तब चे का स्मरण कोई अर्थ रखता है या नहीं, यह आप तय करें।' ऐसे वाक्यों में कितना असंतोष, कितना क्षोभ और अपने देश समाज के प्रति कितना गहरा प्रेम व्यक्त हुआ है, यह आसानी से पता चल जाता है। 'राष्ट्रीय चरित्र' में निहित व्यंग्य और विडंबना बहुत मारक है। ऐसे अवसरों पर लेखक अपने तरकश को खाली करने में चूकता नहीं। लेकिन, क्या मजाल की भाषा की शालीनता रत्ती भर भी इधर-उधर हो। सब कुछ मर्यादित, सब कुछ संयमित।

हरिवंश जी ने सभी क्षेत्रों के महत्वपूर्ण व्यक्तियों पर लिखा है। नौकरशाही, न्यायपालिका, उद्योग-जगत्, राजनीति, विज्ञान जहाँ भी उन्हें प्रकाश की किरणें दिखती हैं, वे सहज आकृष्ट होते हैं। देश और काल की दूरी उनके लिए कोई मायने नहीं रखती। पत्रकारिता के क्षेत्र के चार विशिष्ट व्यक्तियों पर उन्होंने काफी मनोयोग से लिखा है, इस पुस्तक में। रामनाथ गोयनका, नारायण दत्त, जीतेन्द्र सिंह और अजीत भट्टाचार्य पर केंद्रित शब्द-चित्र उन सबसे जुड़े लेखक के अनुभवों से पाठक का परिचय ही नहीं कराते, उनके कर्मठ, समर्पित व्यक्तित्व की बारीकियों को भी उजागर करते हैं। इन सब पर लिखते हुए, उनके गरिमापूर्ण, निष्ठावान व्यक्तित्व की चर्चा करते हुए लेखक आज के समानधर्मा लोगों को भी बराबर ध्यान में रखता है। इस उपक्रम में प्रायः उसे हताशा हाथ लगती है। वह निराश होता है, क्षोभ से भर उठता है। अपनी खीझ खुलकर प्रकट करता है। अत्यंत निष्ठावान कस्टम अधिकारी शैलेंद्र तिवारी के असाधारण व्यक्तित्व की चर्चा वह किन शब्दों में करता है, इसका एक छोटा सा नमूना देखें-'आज के संदर्भ में वह असाधारण थे। कभी पद का लाभ न लेने वाले, पर सामाजिक सरोकार वाले। व्यवस्था, समाज, संस्कृति के सवालों से बेचैन होने वाले। एक अच्छी राजनीति के इच्छुक। बौद्धिक प्रतिभा के धनी। कोई उनकी प्रशंसा करता, तटस्थ भाव से प्रसंग बदल देते। ऐसा व्यक्ति सहज ही लेखक का आत्मीय बन जाता है। वह शैलेंद्रजी के असमय चले जाने पर बेहद दुखी हैं। वह याद कर रहा है बड़े मन से उनके गुणों को, लेकिन बेचैन है। अपने पेशे के लोगों

के कार्यकलापों को देखकर। वह मीडिया की भूमिका के बारे में क्षोभ से कहता है-'बड़े राजनीतिज्ञों, बौद्धिकों, नौकरशाहों आदि को नजदीक से देखा-जाना। जीवन की विसंगति यह है कि अधिसंख्य स्वार्थी और गलत लोग सुर्खियों में रहते हैं, मीडिया के सौजन्य से।' सुर्खियों में रहनेवाले और रखनेवाले दोनों का हाल एक जैसा। जन सरोकार के सवालों की जगह हशिए पर ही रह गई है। इसी प्रसंग में लेखक व्यथित है। यह सोचकर कि 'गलत करने वालों की दुनिया कितनी खुश, आबाद और समृद्ध है? क्यों अच्छे लोगों को यातना झेलनी पड़ती है? प्रकृति और अध्यात्म का न्याय क्या है?' इन छोटे सवालों का जवाब कौन देगा? बहुत आसान से दिखने वाले ये सवाल हर संवेदनशील व्यक्ति को बेचैन करते हैं। यही बेचैनी लेखक को ऐसे लोगों का स्मरण दिलाती है, जो भारतीय मीडिया के आलोक स्तंभ हैं और आज विद्यार्थियों को उनसे बहुत कुछ सीखने को मिल सकता है। 'एक्सप्रेस' समूह के स्वामी रामनाथ गोयनका, 'नवनीत' के यशस्वी संपादक नारायण दत्त, 'टाइम्स ऑफ इंडिया' से जुड़े प्रतिष्ठित पत्रकार जीतेन्द्र सिंह तथा लोकनायक जयप्रकाश नारायण के सान्निध्य में रहे प्रखर गांधीवादी पत्रकार अजीत बाबू को केंद्र में रखकर रचे गए शब्द-चित्र इस दृष्टि से बार-बार पढ़ने लायक हैं। स्वयं लेखक ने इन सबसे जितना कुछ सीखा है, उसकी चर्चा अत्यंत श्रद्धा के साथ करता है। उसके आत्मीय स्पर्श से ये शब्द-चित्र जीवंत बन पड़े हैं।

हरिवंश अंत:करण से मानते हैं कि 'मानवीय मर्यादा, शुचिता और गरिमा ही नयी सृष्टि का निर्माण करती है। नए मूल्य गढ़ती है। नए समाज को जन्म देती है। मनुष्य को नयी ऊँचाई पर ले जाती है।' ऐसे मानवीय मूल्यों को बचाए रखने के लिए लेखक कुछ महत्वपूर्ण घटनाओं एवं प्रसंगों का उल्लेख करता है। ऐसी घटनाएँ और प्रसंग उसकी स्मृति में बराबर मौजूद हैं। उसे रास्ता दिखाते रहते हैं। लेखक पाठकों के साथ साझा कर उनको लोक स्मृति का अंग बना देना चाहता है। यह कामना उसके लेखन को गंभीरता प्रदान करती है। पुस्तक में संकलित सभी शब्द-चित्रों में इसे सहज ही लक्षित किया जा सकता है।

'राजनीति से नैतिकता की विदाई और आदर्श का खत्म हो जाना भारतीय समाज का सबसे बड़ा संकट है।' इस संकट के निवारण के प्रयास के इर्द-गिर्द ही पुस्तक के शब्द-चित्र घूमते हैं। 'नैतिक आभा का मर्म' शीर्षक लेख में इलाहाबाद के प्रख्यात वकील कैलाशनाथ काटजू और उनके पुत्र शिवनाथ काटजू से जुड़े एक प्रेरक प्रसंग की चर्चा लेखक अत्यंत भाव-विभोर होकर करता है। इसी प्रसंग में लेखक प्रतिष्ठित कानूनविद फली एस. नरीमन की

पुस्तक 'द स्टेट ऑफ द नेशन' को भारत की चिंता करने वाले लोगों के लिए अवश्य पठनीय मानता है। उसमें दर्ज कुछ प्रेरक प्रसंगों से पाठक को परिचित कराता है। ध्यातव्य है कि इस पुस्तक का लेखक अत्यंत अध्ययनशील है। उसका लेखन इसका साक्षी है। देश की पीड़ादायक स्थिति की चर्चा के प्रसंग में वह विख्यात अंग्रेजी कवि डब्ल्यू.बी. येट्स की कविता 'द सेकंड कमिंग' की अंतिम पंक्तियों का भावार्थ अपने पाठकों के लिए प्रस्तुत करता है-

जो सर्वश्रेष्ठ हैं
उनमें दृढ़ता नहीं, मनोबल नहीं
पर जो सबसे अधम हैं
उनके अंदर उत्कट-वासनामय-तीव्र प्रगाढ़ता-प्रबलता या एकजुटता है

पुस्तक में जार्ज वाशिंगटन के जीवन पर केन्द्रित शब्द-चित्र में लेखक उनकी कर्मठता और असाधारण संगठन क्षमता की प्रशंसा करते नहीं थकता। अन्य कई शब्द-चित्रों की तरह यहाँ भी वह कन्ट्रास्ट खड़ा करते हुए वर्तमान मूल्यविहीन भारतीय राजनीति को कठघरे में खड़ा करना नहीं भूलता। पुस्तक में रूस के विख्यात कवि पुश्किन पर केन्द्रित शब्द चित्र के अलावा विश्वविख्यात सोनी कंपनी के मालिक अकिओ मोरिता पर भी पठनीय शब्द-चित्र शामिल है।

'पथ के प्रकाश पुंज' में संकलित शब्द-चित्र विभिन्न काल-खंडों में लिखे गए हैं। लेकिन, ये सभी एक-दूसरे से जुड़े हुए हैं। इन सब में मानवीय संवेदना के महीन धागों से बुना लेखक का कोमल मन अत्यंत पारदर्शी भाषा में अपने भावों को अभिव्यक्त करता है। सर्वत्र आत्मीयता से सराबोर। जैसा कि संकेत किया गया है, लेखक देश-विदेश की महत्वपूर्ण पुस्तकों के प्रेरक अंशों तथा संदेशों से अपने पाठकों को अवगत कराता चलता है। रूसी एम. लाला लेखक के प्रिय रचनाकारों में शामिल हैं। उनकी एक पुस्तक के बारे में लेखक की राय है-'यह किताब मन के समुद्र में अथाह लहरें पैदा करती है।' 'पथ के प्रकाश पुंज' के बारे में भी यही बात लागू होती है। पुस्तक के किसी भी शब्द-चित्र को पढ़ कर इस बात की तसदीक की जा सकती है।

1960 में गाजीपुर, उत्तर प्रदेश में जन्म। मुरली मनोहन टाउन डिग्री कॉलेज बलिया में लंबे समय तक अध्यापन। उसके बाद महात्मा गांधी अंतरराष्ट्रीय हिन्दी विश्वविद्यालय, वर्धा में प्रोफेसर। संप्रति अनुवाद विद्यापीठ के अधिष्ठाता। हिन्दी के वरिष्ठ साहित्य समालोचक। प्रमुख कृतियां- 'मध्यकालीन कृषक और कबीर', 'संत काव्य के विकास में वर्ण', 'जाति और वर्ग की भूमिका', उपन्यास 'लोकतंत्र और सांप्रदायिकता' (सह लेखक)। संपादित पुस्तकें-'हिंदी के नामवर' (प्रो. गिरीश्वर मिश्र के साथ संपादित), 'प्रेमचंद : जीवन दृष्टि और संवेदना।'

स्वाभाविक पत्रकार के मायने

-ओमप्रकाश मिश्र

पत्रकारिता एक ऐसा धर्म-पथ है, जिस पर चलते तो बहुत लोग हैं, लेकिन उस पथ की मर्यादा, उसकी पवित्रता को अक्षुण्ण कुछ ही लोग रख पाते हैं। ऐसे ही कुछ लोगों के बीच पहली पंक्ति में बड़ी मजबूती के साथ मौजूद नजर आते हैं, हरिवंश जी। पत्रकारिता में जिस निष्ठा और समर्पण की आवश्यकता होती है, वह हरिवंश जी में कूट कूट कर भरा हुआ है। यह कहना ज्यादा ठीक होगा कि यह गुण उनमें स्वाभाविक रूप में मौजूद है। मैं ऐसा महज इसलिए नहीं कह रहा, क्योंकि मुझे उनकी पत्रकार दृष्टि या पत्रकारिता के प्रति उनके दृष्टिकोण के बारे में लिखने का सुअवसर प्राप्त हुआ है। बल्कि मैं यह इसलिए भी कह रहा हूँ, क्योंकि मुझे उनके साथ, थोड़े दिनों तक ही सही, काम करने का सौभाग्य प्राप्त हुआ है। मैंने उनमें मौजूद एक संवेदनशील और काम के प्रति पूर्ण रूप से समर्पित पत्रकार को काफी नजदीक से देखा है। न सिर्फ मैंने बल्कि जिन लोगों ने काम किया है, उन लोगों को भली-भांति मालूम है कि हरिवंश जी के व्यक्तित्व में पत्रकारिता का जुनून किस हद तक है।

मैं बात कर रहा हूँ, 1989 के उत्तरार्द्ध की। उन्हें जिम्मेदारी मिली थी 'प्रभात खबर' का कायाकल्प करने की। उस वक्त यह अखबार मृतप्राय: था। उसी दौरान कलकत्ता (उस समय तक कोलकाता नाम नहीं हुआ था) उनके संपर्क में मैं आया था। संपर्क करवानेवाले थे मेरे मित्र और विख्यात पत्रकार डॉ. कृपाशंकर चौबे। हरिवंश जी ने मुझे अपने साथ काम करने का प्रस्ताव दिया। मैंने सहर्ष स्वीकार कर लिया। उस समय 'प्रभात खबर' रांची से ही प्रकाशित होता था। यहाँ से पहले पहल हरिवंश जी के साथ हम तीन लोग-कृपाशंकर चौबे, हरिनारायण सिंह और मैं, रांची गए थे। लेकिन रांची जाने से पहले ही मानों उन्होंने उस अखबार ('प्रभात खबर') का कलेवर जैसे तय कर लिया था। अखबार के मास्ट हेड के डिजाइन से लेकर फॉन्ट तक। वे 'आनंद बाजार

पत्रिका जैसे बड़े समूह से जुड़े हुए थे और उससे पहले 'धर्मयुग' जैसी पत्रिका में पत्रकारिता कर चुके थे। अत: कहने की आवश्यकता नहीं कि वे अनुभव के सागर थे; किंतु इस बात का उन्हें तनिक भी अभिमान नहीं था। उन्होंने विशेषकर मुझे कभी यह महसूस होने नहीं दिया कि वे न सिर्फ वरिष्ठ हैं, बल्कि अनुभव का विशाल भंडार है, उनके पास। कोई भी निर्णय लेने से पहले वे मुझसे अथवा हमलोगों से राय अवश्य लेते। उन्हें यदि उचित लगता, तो परामर्श मानते भी थे। यहाँ तक कि अखबार के लिए जब कुछ महत्त्वपूर्ण व्यक्तियों से महत्त्वपूर्ण व्यक्तियों पर आलेख लिखवाने की बात आई, तो सबसे पहले जिनके पास वह गए, वे थे आचार्य विष्णुकांत शास्त्री जी। वे चित्तरंजन एवेन्यू स्थित उनके घर गए, उनसे विख्यात साहित्यकार-मूर्धन्य पत्रकार धर्मवीर भारती जी पर आलेख लिखने का आग्रह करने और वहाँ भी वे मुझे और कृपाशंकर को साथ ले गए। हालाँकि वहाँ हमलोगों का कोई काम नहीं था, लेकिन उन्होंने अपने इस व्यवहार से कदाचित यह बता दिया कि किसी भी जिम्मेदारी के निर्वाह के लिए निष्ठा, लगन और उस जिम्मेदारी के प्रति प्रेम कितना आवश्यक होता है।

एक आर्श वाक्य है-'महाजनो येन गत: स पंथा'। उन्होंने अपने पत्रकारिता जीवन में जिन्हें आदर्श बनाया होगा, उनके पथ पर वे चल रहे थे और उस पथ पर चलते-चलते अपनी विरासत से हमें अवगत भी कराते जा रहे थे। दरअसल बड़े लोग सिखाने के लिए पाठशाला नहीं खोलते, बल्कि अपने आचरण से ही सिखा देते हैं। अब यह हम पर निर्भर करता है की हम कितनी ईमानदारी से सीख पाते हैं। यह बताना इसलिए भी जरूरी समझता हूँ क्योंकि पत्रकारिता, विशेषकर समाचार पत्र एवं पत्रिकाओं की पत्रकारिता एक 'टीम वर्क' होता है, जिसमें सभी बराबर होते हैं, इस नाते सबकी दृष्टि और दृष्टिकोण मायने रखता है। अपने इस व्यवहार के माध्यम से ही उन्होंने मानों यह समझा दिया। वे अखबार के संपादक थे, सर्वेसर्वा थे, वे चाहते तो कुछ भी साझा नहीं करते, लेकिन उन्होंने ऐसा नहीं किया। इसका जिक्र करना इसलिए भी जरूरी है क्योंकि आज की तरह पत्रकारिता वातानुकूलित कमरों में बड़े पदों पर बैठकर कंप्यूटर चलाने, जुगाड़ लगाने अथवा अपने वरिष्ठ होने का रुआब झाड़ने का नाम नहीं है; इस बात को आज के परिप्रेक्ष्य में, जब पत्रकारिता मिशन से गुजरती हुई कारपोरेट में तब्दील होकर प्रोफेशन बन गई है, समझना ज्यादा जरूरी है कि पत्रकारिता एक तपस्या है, जिसमें अपने को तपाना पड़ता है। अपनी इसी तपस्या और इस पवित्र पेशे के प्रति निष्ठा की बदौलत उन्होंने एक मृतप्राय समाचार पत्र को न सिर्फ जीवित किया बल्कि क्षेत्रीय पत्रकारिता का मानक बनाया। यह अखबार हाई प्रोफाइल

घोटालों की तह तक पहुँचने के लिए भी जाना जाता है।

काफी बाद का एक वाकया मुझे याद आ रहा है। एक कथित बाबा, जो अपने भक्तों को 'यह खा-लो, वह खा-लो' खाकर परेशानियाँ दूर करने का दावा तो करते ही थे, किसी निश्चित समय पर बटुआ (पर्स, शायद काले अथवा लाल रंग का) भी खोलकर रखने को कहते थे। अपनी इस विधि से वे अपने भक्तों का आर्थिक संकट दूर करने का दावा भी किया करते थे। मैंने ही नहीं शायद न्यूज चैनलों पर समाचार देखने वाले अनेक लोगों ने देखा था कि किस तरह हरिवंश जी ने लोगों का भ्रम तोड़ कर कथित बाबा के पाखंड को उजागर किया था। तब, उन्होंने किसी चैनल पर बताया था कि जब उन्हें पता चला कि सिर्फ रांची में एक खास रंग के पर्स की बिक्री यकायक भारी तादाद में होने लगी, तो उनका ध्यान इस मामले पर गया और जब वे तह तक पहुँचे, तो पता चला कि अंधश्रद्धा के नाम पर आम लोग ठगे जा रहे हैं। ऐसे में उन्हें लगा कि इस मामले पर आवाज उठाने की जरूरत है। उन्होंने अंध श्रद्धा जैसे संवेदनशील मुद्दे पर निर्भीकता से अपनी आवाज उठाई। आज वह बाबा लोगों के मन से विस्मृत हो चुके हैं। यह है हरिवंश जी की पत्रकार की दृष्टि। ऐसे अनेक उदाहरण हैं। यहाँ यह भी बताना आवश्यक समझता हूँ कि सिर्फ दृष्टि भर होने से काम नहीं चल जाता, पत्रकार की जिम्मेदारी भी होती है कि वह समाज को सच से अवगत करवाए। यह कहने की आवश्यकता नहीं है कि हरिवंश जी ने अपनी यह जिम्मेदारी बड़ी ही ईमानदारी से निभाई है।

शुरुआती दिनों में, जब हमलोग अभी कलकत्ते में ही थे, ऐसे में जब वे हमें किसी मीटिंग के लिए बुलाते और किसी कारणवश मेरे और कृपाशंकर के पहुँचने में देर हो जाती, तो हमारे पहुँचते ही वो मुस्कुराते हुए कहते, 'तहनी लोग त हमार धड़कने बढ़ा दिहला हा लोग!' अपने इस कथन से वे यह संकेत देते थे कि उन्हें हम पर कितना भरोसा है। मेरे लिए यह किसी पारितोषिक से कम नहीं था।

हमलोग रांची, 'प्रभात खबर' पहुँचे, तो मैंने पाया कि वे भूल गए कि दिन कब हो रहा है और कब रात हो गई। उनके सामने सबसे पहला मकसद था, अखबार को स्थापित करने का, सो उस कार्य में वे प्राणप्रण से जुट गए। जुट ही नहीं गए बल्कि हमलोगों को भी उतनी ही संजीदगी से मेहनत करने की प्रेरणा दी और उत्साह भी बढ़ाया। हमलोग यानी कृपाशंकर, हरिनारायण सिंह और मैं सुबह सात-आठ बजे कार्यालय पहुँच जाते थे। देर रात अखबार के गेस्ट हाउस में लौटते थे। उस दौरान दिन-रात का भान हमलोगों को भी नहीं रहा था। इसके

प्रेरणा स्रोत हरिवंश जी ही थे।

उसी दौरान, पहुँचने के कुछ ही दिनों बाद आम चुनाव आ गए। उस दौरान हरिवंश जी की कार्यशैली देखने लायक थी। प्रतिदिन चुनावी खबरों वाले विशेष पृष्ठों से अखबार को सुसज्जित तो वे करवाते ही थे, चुनावी माहौल पर लेखकों एवं पाठकों के पत्रों को भी उन्होंने प्रथम पृष्ठ पर लीड या सेकंड लीड के रूप में प्रमुखता देना आरंभ किया। यह अपने आप में एक अनोखा प्रयोग था, जो सफल रहा और अखबारों में कम होती जा रही पाठकों की प्रतिक्रियाओं को बल मिला और अहमियत भी। इतना ही नहीं, जिस दिन चुनाव परिणाम आने थे, उस दिन जनसाधारण की सहूलियत के लिए रांची के फिरायालाल चौक में एक स्थान पर मंच बनवाया गया था, उस पर एक विशाल ब्लैक बोर्ड लगाया गया था। कुछ पत्रकारों की ड्यूटी लगाई गई थी कार्यालय से लिखित चुनावी रुझानों को मंच तक पहुँचाने की। वे लिखित चुनावी समाचार मंच पर मौजूद वरिष्ठ पत्रकार और हमारे सहयोगी गोपी कृष्ण उपाध्याय को देते थे और गोपी कृष्ण माइक से चुनावी रुझानों की घोषणा करते थे। बोर्ड पर लिखने का काम हरिनारायण सिंह का था। और मंच के सामने लोगों का हुजूम था, चुनावी हलचल जानने के लिए। लोगों में कौतूहल भी था, क्योंकि उनके लिए यह नया लेकिन सहूलियत वाला माध्यम तो था ही। अखबारी जगत में भी यह अभिनव प्रयोग था। अखबार और पाठकों के बीच संबंध को प्रगाढ़ बनाने का। निस्संदेह इसका सारा श्रेय हरिवंश जी को जाता है। उनकी पत्रकार दृष्टि का ही, तो यह कमाल था कि कालांतर में धीरे-धीरे पाठक जुड़ने लगे और एक मृतप्राय अखबार को संजीवनी मिल गई! उस संजीवनी का कितना प्रभाव पड़ा है, यह आज बताने की आवश्यकता नहीं है। यहाँ यह बताने की भी जरूरत है कि उस वक्त न तो इंटरनेट था और न ही स्मार्ट फोन और न ही सोशल मीडिया का जमाना था। आज के पत्रकारिता जगत के लिए यह किसी दंतकथा की तरह ही लगेगा, क्योंकि उस समय तक लिखने का काम कंप्यूटर से नहीं होता था, कागज पर ही लिखाई होती थी और समाचार टेलीप्रिंटर पर आते थे, जिन्हें संपादित करना पड़ता था। कुल मिलाकर उस समय की पत्रकारिता आज की तरह सहूलियत वाली पत्रकारिता नहीं थी, क्योंकि उस समय आज की तरह संसाधन नहीं थे (हालाँकि लेजर टाइपिंग शुरू हो गई थी, लेकिन उसके लिए टाइप करनेवाले रखे जाते थे, समाचार विभाग में कलम-कागज का ही इस्तेमाल होता था)। फिर भी निष्ठा, अनुशासन और समर्पण की बदौलत यह सब प्रक्रिया आसान प्रतीत होती थी।

हरिवंश जी ने हमलोगों को अखबार के हितार्थ काम करने की पूरी आजादी दे रखी थी और वे स्वयं हमारे कार्यों की समीक्षा भी करते थे। मेरे डेस्क के पास जब भी आते थे, तो अपनी चिर परिचित मुस्कुराहट के साथ मुझे 'साइलेंट वर्कर' (क्योंकि मुझे बोलने की आदत नहीं के बराबर है, यह आदत उस वक्त भी थी और आज भी है) कहकर संबोधित करते हुए मेरी पीठ पर हाथ रखते और काम की प्रगति के बारे में जानकारी प्राप्त करते और उत्साहवर्धन करते। ऐसा सिर्फ मेरे ही साथ नहीं करते, बल्कि विभाग में हर व्यक्ति के डेस्क के पास जाकर उसके कार्य की प्रगति देखते थे और यदि कोई असुविधा होती तो उसके निराकरण के लिए तुरंत प्रयास करते थे। यहाँ एक बात लगे हाथों बताता चलूँ कि हालाँकि वे मेरे संपादक थे लेकिन मैं उन्हें 'भइया' कहकर ही संबोधित करता था। और आज भी जब कभी फोन पर बात होती है, तब भी उन्हें भइया ही कहता हूँ। भोजपुरी में ही बात होती है। इतनी छूट उन्होंने उस वक्त भी मुझे दी थी। एक अधिकारी के रूप में अधीनस्थ के लिए उनकी उदारता का इससे बड़ा प्रमाण और क्या हो सकता है!

पत्रकारिता हरिवंश जी के मानस में गहरे रची-बसी है नहीं तो प्रधानमंत्री चंद्रशेखर जी के अतिरिक्त सूचना सलाहकार के पद पर रहने के बाद उनके (चंद्रशेखर जी) पद छोड़ने के बाद वे पुनः 'प्रभात खबर' क्यों लौटते! वे उसी समय अपने आपको वहाँ टिकाए रखने के लिए जोड़-तोड़ में लग जाते! ऐसा उन्होंने नहीं किया, और मुझे लगता है कि वे कर भी नहीं पाते, उनके भीतर बैठा एक सजग, ईमानदार पत्रकार उन्हें करने नहीं देता, क्योंकि वे पत्रकारिता के क्षेत्र में करियर बनाने के लिए नहीं वरन सिर्फ और सिर्फ पत्रकारिता करने आए और वही उन्होंने किया भी। आज जब लोग सरकारी क्षेत्र में अपना करियर बनाने के लिए जी तोड़ मेहनत करते हैं, वहीं हरिवंश जी बैंक की अच्छी और आरामदायक नौकरी छोड़ कर पत्रकारिता के टेढ़े मेढे रास्ते पर चल पड़े, उनका यही कदम इस बात को प्रमाणित करने के लिए पर्याप्त है कि वे कास्मेटिक पत्रकार नहीं हैं, पूरे मन से पत्रकार हैं। उनकी अपनी दृष्टि है वातावरण और घटनाओं को देखने की, जो उन्हें इस बिरादरी के बाकी लोगों से अलग करती है। मैं समझता हूँ कि यही उनकी थाती भी है। उनकी कार्यशैली को थोड़ा-बहुत जो मैंने समझा है, उसके आधार पर मुझे दुष्यंत जी की इन पंक्तियों को उद्धृत करना प्रासंगिक प्रतीत हो रहा है -

देखिए उस तरफ उजाला है,
जिस तरफ रोशनी नहीं जाती।

एक पत्रकार का यही धर्म होता है कि देश और समाज का ध्यान उस ओर आकृष्ट करे, आम तौर पर जिस ओर किसी का ध्यान नहीं जाता और हरिवंश जी ने यही तो किया है! यदि मैं कहूँ कि स्वाभाविक पत्रकारिता और पत्रकार के सही मायने हैं, हरिवंश जी, तो शायद गलत नहीं होगा।

कहने की आवश्यकता नहीं कि उनके साथ अत्यल्प काल ही सही, मुझे भी थोड़ा योगदान करने का सुअवसर प्राप्त हुआ था। इस अल्पावधि में उनके सान्निध्य में जो कुछ भी सीखने को मिला, उसे मैं अपना सौभाग्य समझता हूँ। क्योंकि वह सीख, जो आज अनुभव बन चुकी है, मेरे जीवन की बहुमूल्य निधि है।

पेशे से पत्रकार हैं। कोलकाता में रहते हैं। 'प्रभात ख़बर' में हरिवंश की आरंभिक टीम के सदस्य थे। कई मशहूर गीतों को इन्होंने लिखा, गाया है। संप्रति 'सन्मार्ग', कोलकाता में फीचर संपादक।

प्रधान संपादक से उपसभापति तक का सफर

-आशुतोष चतुर्वेदी

हम सब 'प्रभात खबर' के पूर्व प्रधान संपादक हरिवंश को एक पत्रकार के रूप में भली-भांति जानते हैं। उन्होंने पत्रकारिता को नई दिशा दी। 'प्रभात खबर' को नई ऊँचाइयों तक पहुँचाया। लेकिन, अब वे एक नई भूमिका राज्यसभा के उपसभापति के रूप में हैं। उन्होंने हमेशा जनपक्षीय पत्रकारिता की। उनका लंबा सार्वजनिक जीवन रहा है। समाज को देखने का एक अलग नजरिया रहा है। यही वजह है कि 'प्रभात खबर' हमेशा दलितों, शोषितों और वंचितों की आवाज बनकर उभरा। उन्हें विषयों और मुद्दों की गहरी समझ है। उनसे पत्रकार के रूप में जो अपेक्षाएँ थी, वैसी ही उपसभापति के रूप में भी हैं। हम सब चाहते हैं कि संसद में जनपक्षीय विमर्श को बढ़ावा मिले। वह केवल अभिजात्य वर्ग की मुद्दों की चर्चा का मंच न बने। मेरा हरिवंश जी से पुराना परिचय है। जब उदयन शर्मा के नेतृत्व में 'संडे ऑब्जर्वर' की शुरुआत हो रही थी, उस दौरान मैंने 'इंडिया टुडे' से 'संडे ऑब्जर्वर' ज्वाइन किया था। उस समय पूरी नई टीम तैयार हो रही थी। शुरुआत में सूचना यही थी कि हरिवंश जी की महत्वपूर्ण भूमिका है। हरिवंश जी, 'रविवार' में भी उदयन जी की टीम की सबसे महत्वपूर्ण कड़ी थे। उनसे 'संडे ऑब्जर्वर' में भी अहम दायित्व संभालने का अनुरोध किया गया था। 'संडे ऑब्जर्वर' के प्रोमोटर अंबानी थे। उस दौर के लिहाज से पत्रकारों को काफी अच्छे वेतन की पेशकश की जा रही थी। लेकिन हरिवंश जी ने दिल में जनपक्षीय पत्रकारिता करने का जुनून था। उन्होंने मोटी तनख्वाह के प्रस्ताव को ठुकरा कर 'प्रभात खबर' को रिलांच करने का फैसला किया। उस दौरान 'प्रभात खबर' की आर्थिक स्थिति अच्छी नहीं थी। लेकिन, उन्होंने जन सरोकार की पत्रकारिता करने का फैसला किया और दिल्ली जाने के बजाए कोलकाता से रांची आ गए। उसके बाद की कहानी हम सब जानते हैं कि कैसे उन्होंने 'प्रभात खबर' को स्थापित किया। नई ऊँचाइयों तक ले गए।

हरिवंश जी अब एक नई चुनौती से रू-ब-रू हैं। उपसभापति के रूप में

भी वह अपने कौशल का परिचय दे रहे हैं। उनकी कोशिश रहती है कि राज्यसभा सार्थक चर्चा का मंच बने। हालांकि मौजूदा दौर में यह बेहद चुनौतीपूर्ण कार्य है। हम सब जानते हैं कि संसद लोकतांत्रिक व्यवस्था का आधार स्तंभ है। संविधान निर्माताओं ने ऐसी परिकल्पना की थी कि संसद के माध्यम से कानून बनेंगे और उनके द्वारा जनता की अपेक्षाओं को पूरा किया जाएगा। सदन सार्थक चर्चा और जनता की समस्याओं के निराकरण का मंच भी हैं। संसद में गर्मा-गर्मी होना एक सामान्य प्रक्रिया है। विभिन्न विचारधाराओं और राजनीतिक दलों के नेताओं का किसी मुद्दे पर नजरिया अलग हो सकता है। इसकी वजह से थोड़े समय के लिए संसद की कार्यवाही बाधित हो सकती है। यह तो समझ में आता है। लेकिन, पिछले कुछ समय से यह देखने में आ रहा है कि अनेक अवसरों पर संसद को दोनों सदनों की कार्यवाही हंगामे के कारण ठप पड़ जाती है। सार्थक बहस नहीं हो पाती है। देश की सबसे बड़ी पंचायत में देश हित से जुड़े मुद्दों पर सार्थक चर्चा न हो पाना, यह हम सबके लिए चिंता का विषय है। यह लोकतंत्र के लिए शुभ संकेत नहीं है। राज्यसभा के सभापति और उपराष्ट्रपति जगदीप धनखड़ को उपसभापति के रूप में हरिवंश जैसा योग्य साथी मिला है। कई अवसरों पर सभापति जगदीप धनखड़ ने राज्यसभा में कामकाज न होने पर अप्रसन्नता व्यक्त की थी। एक अवसर पर जगदीप धनखड़ ने बहुत ही स्पष्ट शब्दों में कहा था कि संसद में चंद सदस्यों द्वारा कार्यवाही बाधित करने के कारण विधायिका का सम्मान कम हुआ है। दिलचस्प यह है कि हर सत्र से पहले सरकार और विभिन्न दलों के बीच संसदीय मर्यादा के पालन पर सहमति बनती है। लेकिन होता इसके उलट है। यह बैठक तो जैसे एक तरह की रस्म बन कर रह गयी है। उसका पालन कोई पक्ष नहीं करता है। सदनों की कार्यवाही सुचारू रूप से चले और विधायी कार्य हो, यह स्वस्थ लोकतंत्र और हम सबके लिए जरूरी है। ऐसे दौर में जब सत्ता पक्ष और विपक्ष में पाले खिंचे हों, हरिवंश उपसभापति के रूप में सत्ता पक्ष और विपक्ष के बीच एक सेतु बन कर उभरे हैं। मैं इस बात को लेकर आश्वस्त हूँ कि जैसी कुशलता व दक्षता उन्होंने 'प्रभात खबर' के प्रधान संपादक के रूप में दिखाई थी, राज्यसभा में उससे कहीं बेहतर प्रदर्शन की उम्मीद हम हरिवंश जी से करते हैं।

पत्रकार शिरोमणि बनारसीदास चतुर्वेदी के पौत्र आशुतोष चतुर्वेदी उन्हीं के आशीर्वाद से पत्रकारिता में आए। बड़े मीडिया घरानों में प्रिंट के साथ इलेक्ट्रॉनिक पत्रकारिता का 35 वर्षों का अनुभव। भारत ही नहीं, विदेशों में भी काम किया। करियर की शुरुआत 'माया' से। उसके बाद 'इंडिया टुडे', 'संडे ऑब्जर्वर', जागरण, 'बी.बी.सी.' लंदन व दिल्ली होते हुए 'अमर उजाला' के कार्यकारी संपादक बने। संप्रति झारखंड, बिहार और पश्चिम बंगाल के अग्रणी समाचार पत्र 'प्रभात खबर' के प्रधान संपादक। प्रकाशित पुस्तकें– 'प्रतिबिंब', 'यायावर शब्दशिल्पी पं. बनारसी दास चतुर्वेदी'।

एडिटर, मेंटर, गार्जियन

-दयामनी बरला

हरिवंश जी अब राज्यसभा में हैं। उच्च सदन में उच्च पद पर आसिन। व्यस्त पहले भी कम ना थे। पर, अब व्यस्तता और बढ़ गयी है। दिल्ली ज्यादा रहते हैं। यह सब सोचकर, खुद से ही अनुमान लगाकर पहले की तुलना में बात-मुलाकात कम हो पाती है। उनकी व्यस्तता का ध्यान रखकर ज्यादा फोन भी नहीं करती। पर, यह मालूम है कि जब भी फोन करूँगी, वे फोन उठायेंगे या सामने मिलेंगे, तो वह तीन दशक पहले वाले ही हरिवंश जी होंगे। आत्मीयता से कहेंगे, कैसी हो दयामनी? स्वास्थ्य कैसा है? घर में सब कैसा है? होटल चल रहा है न?

मैं जब भी हरिवंश जी को याद करती हूँ, पुरानी स्मृतियों में चली जाती हूँ। बतौर पत्रकार और संपादक, जिस छवि के साथ वह मुझमें में रचे-बसे हैं, उसका स्मरण करती हूँ।

हरिवंश जी रांची आये। 'प्रभात खबर' में प्रधान संपादक बने। मेरी रुचि लिखने में थी। मेरी मुलाकात हुई। 'प्रभात खबर' के लिए लिखने लगी। गाँव-गाँव जाने लगी। गाँव जाती। वहाँ से लौटकर कागज पर रिपोर्ट लिखती। हरिवंश जी के पास जाती। गर्मजोशी से मिलते। पूछते, कहाँ-कहाँ से लौटकर आयी हो दयामनी और क्या रिपोर्ट है? मैं उन्हें अपना लिखा देती। अखबार में सज-सँवरकर वह छपता। फिर अखबार लेकर उन गाँवों तक जाती, जिन गाँवों के बारे में रिपोर्ट छपी होती थी। इस तरह मेरी रुचि लिखने में बढ़ती गयी। गाँव के इलाके में पहचान भी। मनोबल भी बढ़ता गया। इस मनोबल को बढ़ाने में हरिवंश जी की भूमिका महत्त्वपूर्ण रही। वह लगातार प्रेरित करते कि ज्यादा से ज्यादा लिखो।

'प्रभात खबर' में लेखन की वजह से मुझे 'काउंटर मीडिया अवार्ड' मिला। एक बार हिन्दी के नामी पत्रकार और संपादक प्रभाष जोशी जी रांची आये।

उनके साथ हरिवंश जी थे। मैं भी थी। भरी मीटिंग में हरिवंश जी ने मेरी तारीफ की, मेरे लेखन और पत्रकारिता की भी। कहा कि दयामनी को 'प्रभात खबर' से अलग नहीं माना जाए। मुझे उनसे यह सब सुनकर बहुत अच्छा लगा। मैं बोली कि यह 'काउंटर मीडिया अवार्ड' मुझे नहीं बल्कि उनलोगों की आवाज का सम्मान है, जिसे पत्रकारिता में अब जगह मिलती है। 'काउंटर मीडिया अवार्ड' के बाद मेरा मनोबल बढ़ा। हरिवंश जी ने और उत्साहित किया। ज्यादा लिखने लगी। नियमित सुदूर गाँवों में जाने लगी। 'प्रभात खबर' में ज्यादा छपने लगी।

मुझे एक घटना याद आती है। मेरे घर-परिवार की आय का स्रोत रांची में अवस्थित एक छोटा-सा भोजनालय है, जिसे मेरे पति चलाते हैं। घर-परिवार का खर्च उसी से चलता है। एक बार वह किसी कारण से बंद हो गया। या यह कहें कि बंद कर देना पड़ा। मैं हरिवंश जी के पास गयी। कही कि मेरे सामने एक मुश्किल आ पड़ी है। अब, आप बताइये कि मैं समाज का काम करूँ, गाँवों में जाकर रिपोर्ट लिखूँ, लोगों को जागरूक करूँ कि घर-परिवार के खर्च का इंतजाम करूँ? हरिवंश जी ने कहा, तुम्हें समाज का ही काम करना चाहिए। यह बताओ कि कितना महीना खर्च आता है घर में? मैंने बताया कि किराया आदि जोड़कर तीन हजार रुपये महीना। हरिवंश जी ने कहा कि तुम निश्चिंतता के साथ समाज का काम करती रहो। तुम्हें वही करना चाहिए। यह तब तक मिलता रहेगा, जब तक कि तुम्हारा होटल फिर से शुरू नहीं हो जाता। करीब पाँच महीने तक हरिवंश जी ने 'प्रभात खबर' से पैसे दिलवाये। फिर होटल चालू हो गया, तो वहाँ से पैसा लेना छोड़ दी।

देश में मनरेगा कानून आया। गाँवों में मनरेगा के नाम पर लूट शुरू हुई। मैंने हरिवंश जी को बताया कि मनरेगा पर काम करना जरूरी है। हरिवंश जी ने कहा कि तुम गाँव, गाँव जाकर एकदम ग्राउंड के लोगों से बात कर लिखा करो, हम नियमित छापेंगे। ऐसा ही हुआ। मैं रांची से सटे खूँटी, तपकरा आदि के सुदूर गाँवों से, जंगली इलाके में बसे गाँवों से रिपोर्ट लाने लगी। 'प्रभात खबर' में वह प्रमुखता से छपने लगा।

एक बार हरिवंश जी ने कहा कि किसी एक सुदूर गाँव में तुम्हारे साथ चलेंगे दयामनी। वहाँ चलकर लोगों से बात करेंगे। उनसे बदलाव आदि पर बात होगी। और फिर हमलोग उसी गाँव में प्रयोग कर कोशिश करेंगे कि लोगों के मानस को बदलकर कैसे बदलाव संभव होता है। हरिवंश जी मेरे साथ खूँटी के एक गाँव तेगरा में गये। वहाँ अधिक संख्या में लोग जुटे। बहुत देर तक मीटिंग हुई। उस गाँव का चयन हमलोगों ने किया कि यहाँ की खबरें छापकर, यहाँ के लोगों

से संवाद कर एक प्रयोग करेंगे। लौटते समय जंगल में बेर बहुत थे। हरिवंश जी से पूछा कि भूख लगी है? वह बोले कि बेर ही तोड़ो, यही खाया जाएगा। फिर हमने बेर तोड़े। बेर खाये।

यह सब बातें और कहानी मैं उन हरिवंश जी की बता रही हूँ, जो झारखंड में एक प्रमुख व्यक्ति बन चुके थे। उन्हें हर कोई जानने लगा था। देश भर में उनकी ख्याति फैल गयी थी। 'प्रभात खबर' एक बड़ा ब्रांड बन चुका था। पर, हरिवंश जी उन तमाम प्रसिद्धि और उपलब्धियों की परछाई से दूर गाँवों में बदलाव की बुनियाद पर काम कर रहे थे। एक जमीनी रिपोर्टर की तरह। यह बेचैनी उनके अंदर हमेशा देखती थी कि बदलाव ग्रासरूट लेवल से हो और पत्रकारिता उसमें भूमिका निभाये। पत्रकारिता यही काम करे कि जो समाज जहाँ है, वहाँ से उसे थोड़ा आगे ले जाने में, उसे समृद्ध करने में अपनी भूमिका निभाये।

बतौर संपादक उनकी एक बड़ी खासियत देखी। वह कभी भी कोई विषय बताने पर यह कभी नहीं कहते थे कि इसमें यह करना चाहिए। वह पूछते थे कि जो विषय बता रही हो, वह तो ठीक है। लेकिन, यह बताओ कि तुम इसमें क्या करना चाहती हो? वह धैर्य से सुनते और फिर, जो कहने की बात उनसे आइडिया के तौर पर कही जाती, एक कुशल संपादक के रूप में उसे ही वह आगे बढ़ाते। उसी दृष्टि से करने को कहते लेकिन उसका विस्तार कर देते।

उन्होंने एक बार कहा कि दयामनी तुम 'प्रभात खबर' से स्थायी तौर पर जुड़ ही जाओ। मैं जुड़ नहीं सकी, क्योंकि मैं ज्यादा समय आन्दोलन और गाँवों में देने लगी थी। पर, हरिवंश जी चाहते थे कि मैं स्थायी तौर पर 'प्रभात खबर' से जुड़कर काम करूँ।

अब, इतने साल पीछे की बात पलटकर देखती हूँ और सोचती हूँ, तो लगता है कि वह दिन कभी नहीं लौटेंगे, जब पत्रकारिता का इतना असर था। जब हरिवंश जी जैसे संपादक पत्रकारिता के सरोकार का व्यापक विस्तार चाहते थे। आज सोशल मीडिया का दौर है। मीडिया संस्थानों की संख्या बढ़ी है। इस दौर में हर कोई पत्रकार भी है। खुद का मंच है, तो खुद से लोग अपनी समस्याओं को, बातों को साझा करते हैं। पर, मैं यह महसूस करती हूँ कि मीडिया के इतने विस्तार के बावजूद अब वह सरोकार नहीं रहा और ना ही पत्रकारिता का वह असर।

(यह आलेख बिमटेक, ग्रेटर नोएडा की प्राध्यापक प्रो. सलोनी की दयामनी बरला से हुई बातचीत पर आधारित है)

दयामनी बरला, झारखंड की प्रसिद्ध आदिवासी महिला पत्रकार, आन्दोलनकारी व सामाजिक कार्यकर्ता हैं। बरला ने पत्रकारिता के लिए कई प्रतिष्ठित पुरस्कार जीते हैं।

ऐसे हैं हरिवंश जी

-अनुज सिन्हा

जब भी कहीं से हरिवंश जी के बारे में लिखने या बोलने का मौका दिया जाता है, खुशी भी होती है, चिंता भी। खुशी इसलिए कि मुझे अपनी बात लिखने-कहने, उनके साथ बिताये गये क्षण को याद करने का इसी बहाने मौका मिलता है। चिंता इसलिए क्योंकि कम से कम शब्दों में लिखना या बोलना, वह भी हरिवंश जी के बारे में, मेरे लिए बड़ा कठिन काम है। इतना लंबा साथ, इतने सारे संस्मरण, सब एक से बढ़ कर एक, किसे लिखूँ-बोलूँ, किसे नहीं, इसी दुविधा में पड़ जाता हूँ। इस लेख-संस्मरण में मैं प्रयास करूँगा कि हरिवंश जी के बारे में उन बातों-गुणों की चर्चा करूँ, जो मेरे मन में उनके बारे में है, जैसा मैंने उनके साथ काम करते हुए महसूस किया, बिल्कुल निजी अनुभव।

हरिवंश जी के बारे में मैंने 1989 के पहले से सुना था, जब वे कोलकाता से प्रकाशित साप्ताहिक 'रविवार' में काम करते थे। लेकिन पहली मुलाकात अक्तूबर, 1989 में हुई, जब वे 'प्रभात खबर' के प्रधान संपादक बन कर आये थे। तब मैं एक्सआइएसएस (रांची) में पढ़ता था। कैंप (15 दिनों का) गया हुआ था। इसी बीच 'प्रभात खबर' का मालिकाना हक (विज्ञान, प्रकाशन) ज्ञानरंजन से उषा मार्टिन के पास आ गया था। हरिवंश जी प्रधान संपादक के तौर पर प्रभार ले चुके थे। जब मैं कैंप से आया, तो अविनाश ठाकुर जी, मुझे हरिवंश जी के पास ले गये। उसी समय मेरी पहली मुलाकात हुई। तब वे नीले रंग का जिन्स का पैंट पहने हुए थे। ठाकुर जी ने कहा था-"सर, ये अनुज जी हैं।" हरिवंश जी ने कुरसी से खड़ा हो कर हाथ मिलाया था। मैं चौंक गया कि इतने बड़े संपादक मुझसे (तब मैं सामान्य-सा उपसंपादक था) हाथ मिला रहे हैं। उस दिन का उनका पहला वाक्य मुझे आज भी याद है-"तुम्हारे बारे में मैंने सुना है। तुम जैसे युवा साथी ही चाहिए। जाओ, मेहनत और लगन से काम करो। भरोसा कर रहा हूँ। तोड़ना मत।" मुझे खुशी है कि हरिवंश जी के साथ मैंने 29 साल काम

किया और कभी भरोसा नहीं तोड़ा। वे मुझे मौका देते गये, आगे बढ़ाते गये। मैं यही प्रयास करता रहा कि जो जिम्मेवारी मुझे वे सौंप रहे हैं। बखूबी निभाऊँ।

उनके साथ काम करने का अलग ही आनंद रहा है। हमेशा एक बात दिमाग में रहती थी-अगर कुछ गड़बड़ हो गया, तो सर हैं न, सब सँभाल लेंगे। इसलिए मैं निर्णय लेने में हिचकता नहीं था। अनेक बार उन्होंने मुझे बचाया। एक ऐसी घटना मेरे जीवन से जुड़ी है, जिसका उल्लेख करना आवश्यक है। 2010 की घटना है और मेरे जीवन से जुड़ी है। तब मैं जमशेदपुर में संपादक था। नक्सलियों ने एक प्रखंड विकास पदाधिकारी (बीडीओ) का अपहरण कर लिया था। शिबू सोरेन मुख्यमंत्री थे। कई दिनों तक बीडीओ नक्सलियों को कब्जे में थे। सरकार द्वारा माँग मान लिये जाने के बावजूद वे बीडीओ को रिहा नहीं कर रहे थे। नक्सलियों ने एक संदेश भेजवाया था कि अगर 'प्रभात खबर' का कोई वरिष्ठ पत्रकार जंगल में आता है, तो वे लोग बीडीओ को उन्हें सौंप सकते हैं। जमशेदपुर में सबसे वरिष्ठ मैं ही था। बगैर सोचे-समझे, परिणाम को जाने, उत्साह में बीडीओ को रिहा कराने मैं निकल पड़ा था। इसी बीच हरिवंश जी से फोन पर संपर्क हुआ। उन्हें मैंने कहा कि ऐसा प्रस्ताव आया है और मैं खुद बीडीओ को लाने जा रहा हूँ। हरिवंश जी ने पूछा-सरकार से अनुमति ली है? बगैर अनुमति लिये किसी हाल में मत जाना। तब तक झारखंड सरकार से मैंने अनुमति नहीं ली थी। सच कहें तो मेरे ध्यान में अनुमति लेने की बात नहीं आयी थी। अंततः रांची के मेरे सहयोगी विजय पाठक ने सरकार से अनुमति ली। मैं आगे गया। जब नक्सलियों ने बीडीओ को मुझे सौंप दिया, तो लौटते वक्त पुलिस बल ने जिस तरीके से घेर कर हथियार के बल पर बीडीओ को हमलोग से छीन लिया, उसी समय पता चला कि अगर हमलोग सरकार से अनुमति लेकर नहीं गये होते, तो हमलोग का क्या हाल होता? यह हरिवंश जी की दूरदृष्टि (सरकारी अनुमति लेने की) ही थी, जिससे हमारे साथ एक बड़ी अनहोनी टल गयी थी।

हरिवंश जी, अपने सहयोगियों का निजी ख्याल रखते थे। मेरा तो खास तौर पर। एक बार रांची से देर रात जमशेदपुर लौट रहा था। रात के दो बज रहे थे। ड्राइवर गाड़ी चलाते-चलाते सो गया था। गाड़ी तेज गति से चल रही थी। एक ट्रक से टक्कर होते-होते बची थी। हमलोग बाल-बाल बच गये थे। इसकी जानकारी हरिवंश जी को जब मिली, उसके बाद वे काफी चिंतित हो गये थे। फिर तो जब भी हम मीटिंग के बाद रात में रांची से जमशेदपुर जाते, वे तब तक जगे रहते, जब तक मैं जमशेदपुर पहुँच नहीं जाता। देर रात तक फोन करते और जब उन्हें बता देता कि सर, सब ठीक है, पहुँच गया हूँ, तब ही सोने जाते। इतना

व्यक्तिगत ख्याल वे रखते थे-रखते हैं। उनके द्वारा लिखा गया पत्र इसका प्रमाण है।

1995 में प्रबंधन ने यह तय किया था कि जमशेदपुर से 'प्रभात खबर' प्रकाशित होगा। हरिवंश जी ने इसके लिए मेरा चयन किया, मुझे जिम्मेवारी सौंपी थी। मेरे लिए बिल्कुल नया काम था, बड़ी जिम्मेवारी थी, लेकिन हर दिन फोन से एक-एक चीज की जानकारी लेना, मुझे समझाना उनकी आदत बन गयी थी। पत्र के जरिये भी रास्ता बताते थे, उत्साह बढ़ाते थे। 1997 में एक पत्र में लिखा-'तुम्हारी तबीयत खराब जान कर चिंता बनी हुई है। स्वस्थ हो कर ही काम करना। दिक्कतों में काम करने का अलग आनंद है। अगर सब कुछ ठीक रहे, तो फिर काम करने का क्या आनंद होगा?' एक अन्य पत्र में हरिवंश जी ने मुझे लिखा था-'आज यहाँ के सारे फोन ठप हैं। घबड़ाना मत। समय से अखबार निकालना, यहाँ से कुछ सामग्री जा रही है।' लंबा पत्र था, जिसे उन्हें खुद लिखा था। इसमें सारी परेशानियों से निबटने के उपाय भी बताये थे। ऐसे पत्रों से मुझे विपरीत माहौल में काम करने, सीखने और परेशानियों से निबटने में बहुत मदद मिली।

जमशेदपुर में जब अखबार निकालने की तैयारी कर ही रहा था, उसी दौरान तत्कालीन प्रधानमंत्री पीवी नरसिंह राव का जमशेदपुर दौरा तय हुआ था। हरिवंश जी ने रांची से किसी को नहीं भेजा बल्कि मुझे एक पत्र लिख कर काम करने का तरीका समझाया, क्या और कैसे करना है, बताया। उन्होंने 14 फरवरी, 1995 को लिखा-'18 फरवरी को जमशेदपुर में एक्सएलआरआई में समारोह है। प्रधानमंत्री आ रहे हैं और बाहर की कंपनियों के 100 प्रमुख व्यक्ति पधार रहे हैं। यह अवसर है जब किसी अखबार को अपनी पहचान कायम करनी चाहिए।' यानी प्रधानमंत्री और देश के प्रमुख उद्योगपतियों के जमशेदपुर आगमन के महत्त्व को समझाया था। हिन्दी अखबारों में उद्योग से जुड़ी खबरें तब नहीं के बराबर छपती थीं, लेकिन हरिवंश जी ऐसी खबरों की महत्ता को पहचानते थे।

हरिवंश जी नये-नये लीडर तैयार करने में भरोसा करते हैं। 'प्रभात खबर' में भी उन्होंने यही किया। अपने साथियों को सिर्फ आदेश नहीं देते थे, रास्ता सुझाते थे, उन्हें देश-दुनिया में हो रहे बदलाव के बारे में बताते थे। न सिर्फ मौखिक तौर पर बल्कि जब भी देश के किसी बड़े अखबार या महत्त्वपूर्ण पत्रिकाओं में बेहतर लेख-आई ओपनर लेख छपते थे, उसकी प्रति भेज कर सभी को पढ़ाने के लिए कहते थे। 27 अक्तूबर, 1998 को भेजे पत्र में उन्होंने मुझे लिखा-'रिलायंस का एक इन हाउस पब्लिकेशन भेज रहा हूँ। कहीं से पढ़ने को मिला था। उसे तुम्हारे लिए जीरॉक्स कराया। ध्यान से पूरा पढ़ना। इसमें लिखी

अनेक घटनाओं को पढ़ कर पाओगे कि विपरीत से विपरीत परिस्थितियों में ह्यूमन स्प्रीट से क्या प्राप्त किया जा सकता है? संकल्प और श्रम का कोई विकल्प नहीं है। इसे पढ़ कर यह भी पाओगे कि जो व्यक्ति समाज या देश के लिए सचमुच कुछ करना चाहता है, उसे दुनिया की कोई भी ताकत पीछे नहीं धकेल सकती। देर-सबेर कामयाबी उसे मिलेगी ही। जो नहीं करना चाहता, वह सारी सुविधाओं के बीच रहते हुए खत्म हो जाता है।'

उनके द्वारा भेजा गया पत्र मैं अपने साथियों को पढ़ाता था और इससे नयी ऊर्जा मिलती थी। अधिकांश पत्रों का सार होता था कि अगर ठान लो, तो कुछ भी असंभव नहीं है। मैंने उन पत्रों से बहुत कुछ सीखा। आज भी ये सारे पत्र मेरे पास सुरक्षित है। इसे मैं धरोहर मानता हूँ।

कुछ लोग यह जानना चाहते हैं कि हरिवंश जी की सफलता (पत्रकारिता से लेकर राज्यसभा के उपसभापति के पद तक) का राज क्या है? जवाब है-कड़ी मेहनत, नेतृत्व का गुण (लीडरशिप क्वालिटी), ईमानदारी, जुनून, कड़ा अनुशासन (अपने लिए भी), योजनाबद्ध तरीके से समयबद्ध काम करना और दूर-दृष्टि। सही समय पर सही निर्णय लेने की अद्‌भुत क्षमता है, उनमें। यह मेरी निजी राय है; जैसा मैंने उनके साथ 29 साल तक काम करते अनुभव किया। प्रमाणित करने के लिए इन सारे गुणों से जुड़ी उनकी ढेर सारी यादें हैं।

काम करने के दौरान वे अपने सहयोगियों से हमेशा कहते थे, जितनी चादर, उतनी पैर फैलाना। कहने का अर्थ यह था कि जिस अखबार में हम सभी काम कर रहे थे, उसकी आर्थिक स्थिति को देख कर ही कोई निर्णय लेना। एक दौर आया था, जब अखबार गंभीर संकट के दौर से गुजर रहा था। उस दौरान हरिवंश जी ने लगातार पत्र लिख कर महत्त्वपूर्ण पदों पर बैठे साथियों को राह दिखायी, चेताया और बताया कि कैसे आगे की यात्रा की जानी चाहिए। उनके कुछ पत्रों के कुछ अंश सब कुछ बता देते हैं। 9 दिसंबर, 1996 को अपने सहयोगियों को लिखे एक पत्र में उन्होंने लिखा था-'देश की बड़ी-बड़ी कंपनियाँ और बड़े घराने किस तरह अपनी-अपनी कंपनियों में सुविधाएँ काट रहे हैं, लोग कम कर रहे हैं (छंटनी), तनख्वाह का ढांचा बदल रहे हैं, तनख्वाह सीधे उत्पादकता से जोड़ा जा रहा है। आपकी उत्पादकता अच्छी है, तो आप तनख्वाह पायेंगे, यह आनेवाले समय की पहली शर्त और झलक है। जो संस्थाएँ या व्यक्ति इसे नहीं समझ पायेंगे, उन्हें डूबने से कोई नहीं बचा सकता।' यह पत्र उनकी दूरदर्शिता को बताता है। जो घटनाएँ आज घट रही हैं, उसका आँकलन उन्होंने 26-27 साल पहले कर लिया था।

1996 या 1997 की बात है। आर्थिक संकट के कारण खर्च में कटौती के कई निर्णय लिये गये थे। एक निर्णय यह भी था कि टूर आदि पर न्यूनतम खर्च हो। एक दिन जमशेदपुर में मुझे हरिवंश जी का फोन आया-"मैं कल आ रहा हूँ। बस से आऊँगा।" वे बस से ही आये। खर्च कम करने के लिए वे कार से नहीं आये थे। उनके हाथ में एक अटैची थी। मैं अपना स्कूटर लेकर उन्हें लाने गया था। हरिवंश जी मेरे स्कूटर पर पीछे हाथ में अटैची लेकर बैठे थे और मैं उन्हें जमशेदपुर शहर घुमा रहा था। उनमें कोई हिचक-संकोच नहीं। तब साकची में भी एक बस स्टैंड हुआ करता था। उन्हें लेकर वहाँ भी स्कूटर से गया और पान दुकान से डाक (पहले बसों से भी संवाददाता न्यूज भेजा करते थे) लिया। दो कमरे का एक मकान किराया पर लिया गया था। किसी होटल में नहीं बल्कि उसी गेस्ट हाउस में हरिवंश जी रात में ठहरे। स्पष्ट है कि उन्होंने खर्च में कटौती का जो नियम बनाया, उसे खुद पर पहले लागू किया। ऐसे ही प्रयासों से 'प्रभात खबर' संकट के दिनों में बाहर निकलने में सफल रहा।

ऐसी बात नहीं कि मैं जो कुछ करता, उसकी तारीफ ही करते। जब भी गलती होती, किसी को वे नहीं छोड़ते थे। अनुशासन और अखबार की गुणवत्ता से कोई समझौत नहीं, चाहे सामने कोई भी क्यों नहीं हो। तमाम प्रयास के बावजूद, उन दिनों अखबारों में प्रूफ की गलतियाँ ज्यादा होती थी। जून, 1999 की घटना है। हरिवंश जी बंबई (मुंबई) से ट्रेन से लौट रहे थे। राउरकेला में उन्हें 'प्रभात खबर' मिल गया। उसके बाद 22 जून को उन्होंने कड़ा पत्र लिखा। एक बात बता रहा हूँ। हरिवंश जी जब तुम कह कर मुझे संबोधित करते थे, तो सब कुछ सामान्य होता था। जैसे ही आप कहना शुरू करें, समझ लीजिए आज गुस्से में हैं। पत्र में उन्होंने लिखा-'अपने संपादकीय विभाग के सारे लोगों को बैठा कर हर व्यक्ति को अखबार दिखाइए। संबंधित नोट पढ़ाइए। अगर दूसरे घटिया अखबारों की तरह पाठकों की भाषा और जानकारी को और भ्रष्ट करने के लिए हमलोग अखबार निकाल रहे हैं, तो आज की दुनिया में उस अखबार का क्या भविष्य है? कोई भी गंभीर पाठक ऐसे अशुद्ध अखबार को पढ़ेगा, वह दोबारा इस युग में अखबार क्यों लेना चाहेगा? ऐसा अखबार निकालने से बेहतर है अखबार नहीं निकालना।' बड़ा कड़ा पत्र था। लेकिन उन्होंने आगाह कर दिया था। इसका फल यह निकला कि हमारी पूरी टीम गलती को सुधारने में लग गयी। बाद के अखबारों में सुधार दिखने लगा। यह उनके काम करने का तरीका था। सिर्फ बिगड़ते ही नहीं थे, समझा कर बताते थे कि सही क्या है, कैसे आगे चीजों को ठीक करना है।

किसी को जिम्मेवारी देते थे, तो उसे समय भी देते थे, काम करने की छूट भी देते थे। मुझे याद है, जब 8 सितंबर, 1995 को 'प्रभात खबर' जमशेदपुर से निकला। मैं तो तैयारी कर रहा था। लेकिन मुझे खुद भी पता नहीं था कि संपादक कौन बनेगा? तब मेरा पद मुख्य उपसंपादक का था। 7 सितंबर की रात को अखबार तैयार किया जा रहा था। मैंने पूछा-सर, प्रिंटलाइन में किसका नाम जाएगा? उन्होंने कहा-अपना नाम लिखो। बगल में प्रभारी संपादक लिखना। मैं चौंक गया। मुख्य उपसंपादक से सीधे प्रभारी संपादक। मैं वह संपादक रहा जो कभी समाचार संपादक नहीं बना। सीधे प्रभारी संपादक। न सिर्फ प्रभारी संपादक, बल्कि यूनिट प्रभारी, मैनेजर भी मैं ही था। इतना बड़ा फैसला हरिवंश जी ही कर सकते थे और उन्होंने किया। काम करने की पूरी छूट दी।

1999 में लोकसभा चुनाव हो रहा था। हरिवंश जी का आदेश था कि अखबार न्यूट्रल रहेगा। लेकिन जनता की बात रोज दिखनी चाहिए और सही प्रत्याशी जीते, इसका ध्यान रहे। मैंने कहा-सर, मतदाता जागरूकता रथ निकालना चाहता हूँ। उन्होंने कहा कि निकालो, किसने मना किया है। लेकिन कम से कम खर्च हो। मैंने उन्हें आश्वस्त किया कि इसमें पैसा खर्च ही नहीं के बराबर होगा। मैंने अपनी टीम से बात की। अपने साथी बाबू दा को लिया। जो गाड़ी अखबार लेकर जाता था, उसी जीप में दोनों ओर एक-एक बैनर टांग दिया और पूरे कोल्हान में कार्यक्रम किया। हरिवंश जी ने आगाह किया था कि अपनी सुरक्षा पर गौर करना क्योंकि ऐसे कार्यक्रमों से कई बार कुछ प्रत्याशी-दल नाराज होकर अप्रिय कदम उठाते हैं। शानदार कार्यक्रम हुआ। अखबार भी मजबूत हुआ। लेकिन उसके आगे के चुनावों में हरिवंश जी ने कहा कि वे खुद भी मतदाता जागरूकता अभियान में जाना चाहते हैं। न सिर्फ कहा बल्कि झारखंड के कई इलाकों में वे खुद गये, बैठकें की और जनता के साथ सीधा संवाद किया। उनके साथ हमारे एक पुराने साथी निराला भी रहते थे। पटमदा जैसे इलाकों में (मैं भी उनके साथ सिंहभूम में रहा) भी उन्होंने अभियान चलाया। लीडर (यहाँ प्रधान संपादक) सिर्फ अपने चैंबर में बैठ कर आदेश नहीं देते थे, बल्कि खुद सुदूर खतरनाक इलाकों में जाने से नहीं हिचकते थे। इससे जमीनी हकीकत को समझने में मदद मिली।

ऐसे उदाहरणों की भरमार है। इन्हीं सब गुणों के कारण न सिर्फ पत्रकारिता में बल्कि संसद में उन्होंने खास जगह बनायी है। एक और निजी लेकिन बहुत ही महत्त्वपूर्ण घटना। मैं तब जमशेदपुर में काम कर रहा था। मेरी पत्नी हजारीबाग में थी। उसी समय घर से फोन आया कि मेरे बेटे आदित्य का जन्म हुआ है।

खुशी का पल था। मैंने हरिवंश जी को यह जानकारी दी। उन्होंने पूछा-तुम कहाँ हो? जब मैं कहा कि ऑफिस में हूँ और काम कर रहा हूँ, उन्होंने कहा-तुरंत ऑफिस की गाड़ी लो और पत्नी-बेटे को देखने हजारीबाग जाओ। इस समय तुम्हें वहाँ रहना चाहिए, ऑफिस में नहीं। शाम होते-होते मैं हजारीबाग में था। इतना ध्यान विरले लोग ही रखते हैं। आज भी मुझे पूरी घटना याद है।

जब वे राज्यसभा में गये, उपसभापति जैसे पद पर गये, इतना व्यस्त जीवन होने के बावजूद मुझे फोन कर हाल चाल लेते रहे। वहाँ जा कर भी नहीं भूले। ऐसे हैं हरिवशं जी। चुनौती को स्वीकारने में सबसे आगे रहने वाले। फ्रंट फुट पर बैटिंग करनेवाले। अपने साथियों का कवच बननेवाले। जब 1989 में वे रांची आये थे, तो उनके मित्र कहा करते थे-कहाँ फँस रहे हो। 'धर्मयुग' और 'रविवार' (यानी मुंबई और कोलकाता) की पत्रकारिता करनेवाला कोई बड़ा पत्रकार तब की रांची (1989 के समय रांची झारखंड आन्दोलन का केंद्र था और बेहद पिछड़ा था) में काम करने आये, कोई सोच नहीं सकता था। तब यहाँ पत्रकारिता के बहुत अवसर भी नहीं थे। 'प्रभात खबर' तब सिर्फ रांची से प्रकाशित होता था और इसकी बहुत कम प्रति छपती थी। सच कहें, तो उन दिनों 'प्रभात खबर' बंदी के कगार पर था। किसी तरह हम सभी पुराने साथी उसे जीवित रखे हुए थे। हरिवंश जी को जब रांची में काम करने और इस अखबार को ठीक करने का अवसर दिया गया, तो वे तैयार हो गये, उन्होंने जोखिम लिया। इसे जुनून-जिद ही कहा जा सकता है। इस जुनूनी व्यक्ति ने 1989 के बंद होते 'प्रभात खबर' को न सिर्फ रांची-झारखंड में नंबर एक अखबार बनाया बल्कि बिहार-बंगाल तक फैलाया।

उन्हें पाठकों के नब्ज की जानकारी रहती है। जानते थे कि झारखंड के लोगों के लिए झारखंड आन्दोलन का क्या महत्त्व है, आदिवासियों के जीवन बदलनेवाली खबरों का क्या महत्त्व है? इसलिए संपादकीय नीतियाँ बनाते वक्त इन सभी का ख्याल रखा। आदिवासी युवक-युवतियों को पत्रकारिता में आगे बढ़ाया, मौका दिया, झारखंड आन्दोलन को बौद्धिक मजबूती प्रदान करने का बीड़ा उठाया। प्रो-पीपुल पत्रकारिता की, झारखंड के लोगों को देश के महत्त्वपूर्ण लोगों से परिचित कराया। मुंबई और कोलकाता में पत्रकारिता के दौरान उनके जो बड़े-बड़े संपर्क बने, उसका लाभ 'प्रभात खबर' और झारखंड को मिला। और अब अंत में एक और घटना का जिक्र।

1993 की एक घटना है। तब झारखंड आन्दोलन चरम पर था। रोज विस्फोट हो रहे थे। हिंसा हो रही थी। दिल्ली से टेलीविजन की टीम आयी थी और

देवशरण भगत (तब आजसू के अध्यक्ष) का इंटरव्यू करना चाह रही थी। उनका हरिवंश जी से संपर्क था। हरिवंश जी इस इंटरव्यू का महत्त्व समझते थे। उन्होंने मुझे बुलाया और कहा कि इस टीम को देवशरण से मिलवा दो। मैंने कहा-सर, देवशरण को देखते ही गोली मारने का आदेश है, कैसे संभव है? उन्होंने कहा-प्रयास तो करो। अंततः देवशरण भगत को खोज निकाला, स्कूटर पर साथ लेकर आया और शहर के एक महत्त्वपूर्ण स्थान पर उनका इंटरव्यू कराया। इस इंटरव्यू से झारखंड आन्दोलन को काफी मदद मिली। ये सब हरिवंश जी के निजी प्रयास और झारखंड लगाव का ही फल था।

अपने पुराने साथियों-परिचितों के लिए वे आसानी से हमेशा उपलब्ध रहते हैं। राज्यसभा का उपसभापति बनने के बावजूद समय निकाल कर सभी को याद करते हैं। कार्यालय के बारे में नहीं बल्कि घर-परिवार की बात करते हैं। यादाश्त इतनी जबरदस्त कि कोई उन्हें बरगला नहीं सकता। अगर किसी ने कह दिया कि 20 दिसंबर तक का समय दीजिए, तो 20 दिसंबर को ही फोन करेंगे कि काम हुआ। समय के इतने पक्के हैं। लंबी यात्रा से नहीं हिचकते और यात्रा में भी पढ़ते खूब हैं। जिससे वर्षों पूर्व मिले, अगर मिल जाए, तो नाम से पुकार सकते हैं। इतना सारे अद्‌भुत गुणों के कारण ही हरिवंश जी की अलग पहचान है।

झारखंड के चाईबासा में जन्म। लगभग 35 वर्षों से पत्रकारिता में हैं। 'प्रभात खबर : पत्रकारिता में प्रयोग' समेत कई पुस्तकों के लेखक हैं। वर्तमान में 'प्रभात खबर' में झारखंड के वरिष्ठ संपादक के पद पर कार्यरत। स्कूल के दिनों से ही देश की विभिन्न विज्ञान पत्रिकाओं में लेखों का प्रकाशन। झारखंड आन्दोलन या फिर झारखंड क्षेत्र से जुड़े मुद्दे और भारतीय राष्ट्रीय आन्दोलन लेखन के प्रमुख विषय।

पत्रकारिता के एक संस्थान

-उमाशंकर

22 दिसम्बर, 1989 को मेरी मुलाकात हरिवंश जी से हुई। वे दक्षिण बिहार के रांची नामक छोटे से कस्बे के एक छोटे से हिन्दी दैनिक 'प्रभात खबर' के संपादक थे। मैं वाणिज्यिक सहायक के रूप में इसी संस्थान से जुड़ा।

मेरा पहला अनुभव था कि वे अपने काम के प्रति बेहद समर्पित हैं। उनकी सुबह, प्रात: 5 बजे से प्रारंभ हो जाया करती थी। योग और ध्यान के पश्चात रोज वे करीब 20 अखबार पढ़ते थे। वह संपादकीय लिखते थे। ऑफिस में उनकी दिनचर्या सुबह 10 बजे से प्रारंभ हो जाती थी। सबसे पहले वे पूरी संपादकीय टीम से मिलते। विभिन्न महत्त्वपूर्ण विषयों पर चर्चा करते। जैसे आसपास क्या हो रहा है, उन विषयों पर टीम की व्यापक रूप से क्या राय है आदि। वे प्रत्येक व्यक्ति के लिए रोज की कार्ययोजना निर्धारित करते। वह 'पीटीआई' और 'यूएनआई' से लेकर पेस्टिंग और पेज मेकिंग तक की प्रक्रिया से रोज-ब-रोज गुजरते थे। उन दिनों हमारे पास महज एक एडिशन होता था और वह भी लगभग एक बजे तक प्रकाशित हो जाता था। अखबार की प्रकाशित कॉपी को पढ़ने के बाद ही वह दफ़्तर से जाते थे।

वह दूरदर्शी व्यक्ति हैं। हिन्दी पत्रकारिता में एक नये मानक लेकर आए। उन्होंने अखबार के दफ़्तर में काम करनेवाले पत्रकारों के लिए आचार संहिता बनायी (कॉर्पोरेट जगत में काम करने के तरीके)। यह बड़ा कदम था। लोग आसानी से इस परिवर्तन को स्वीकारना नहीं चाहते थे। हालाँकि, उन्होंने अनुशासन निर्बाध रूप से लागू किया।

उद्देश्यपूर्ण विचार

उन्होंने हमेशा लोगों पर अपना ध्यान केंद्रित किया। दक्षिण बिहार, बिहार राज्य का पिछड़ा क्षेत्र था (हालाँकि बिहार खुद ही एक पिछड़ा राज्य था)। जनता

शासनविहीन और परेशान थी। झारखंड राज्य के गठन और इसे अलग राज्य के रुप में क्यों बनाया जाना चाहिए, विषय पर उन्होंने साहसपूर्वक लिखा। मैं देखा है कि कैसे कई प्रोफेसर, प्रतिष्ठित लेखक, विद्वान हमारे कार्यालय में आते थे और अपना योगदान (विशेष लेख के रूप में) बिना कोई शुल्क लिए देते थे। वे हम लोगों से कहते थे कि जाओ और लोगों से मिलो, उनकी समस्याओं को समझो, उसका समाधान ढूँढों और उस पर अमल करो। और यह सब कुछ केवल पत्रकारिता से ही संभव हो सकता है, इसे उन्होंने साबित कर दिखाया।

निर्भीक और भयमुक्त दृष्टिकोण

उन्होंने हमें सच के साथ खड़े रहना सिखाया। उनकी सोच थी जो, होगा देखा जाएगा, लेकिन मुखर बनो और सच बोलो। मेरा आत्मविश्वास तभी से बढ़ने लगा, जब उन्होंने मुझे सच बोलना सिखाया। यह उनके आलेखों में भी परिलक्षित होता था। (सुराज के नाम पर) मसलन-पशुपालन घोटाला, नकली दवा कांड, बिजली का मुद्दा, मार्टिन टेटे का मामला आदि। ऐसी लंबी फेहरिस्त थी।

मूल्य और नैतिकता

हरिवंश जी ने अपने सिद्धांतों से कभी समझौता नहीं किया। यह अखबार की विश्वसनीयता में भी परिलक्षित होता है। पहली बार अखबार सुर्खियों में था। 'प्रभात खबर' की न केवल भारत बल्कि विदेशों में भी सभी प्रमुख प्रकाशनों में चर्चा हो रही थी। उन्होंने हमें एक सिद्धांत सिखाया कि कभी भी ऐसा कुछ भी न लें, जिसके आप हकदार न हों। और यदि कभी कोई अच्छा अवसर मिले, तो उसे कभी हाथ से न जाने दें। अपनी इसी दृष्टि और अंतर्दृष्टि के साथ, उन्होंने मुझे मार्केटिंग समझने के लिए मुंबई भेजा। (मेरा मार्केटिंग कौशल उन्हें समर्पित है-आज मैं एचयूएल के लिए काम कर रहा हूँ) एक समय था, जब उन्होंने चिकित्सा संबंधित विज्ञापनों (जो भाषा में अश्लील थे) को प्रकाशित करना बंद कर दिया था, हालाँकि उसके प्रकाशन से अच्छे खासे राजस्व की प्राप्ति होती थी। उन्होंने कहा कि हमारा अखबार घरों में जाता है। यह एक पारिवारिक पत्र है। इसलिए ऐसे शब्दों को अखबार में प्रकाशित नहीं किया जा सकता है। हालाँकि, संयोग से हमारे राजस्व में वृद्धि हुई और अन्य विज्ञापनदाताओं ने हमें ब्रांड सुरक्षा के माध्यम के रूप में अखबार को भुगतान करना शुरू कर दिया।

सादगी भी एक तरह का फैशन है। हरिवंश जी हमें हमेशा सरल लेकिन प्रेजेंटेबल बनना सिखाते थे। यह अखबार में भी दिखता रहा है। 'प्रभात खबर'

पहला हिन्दी में प्रकाशित अखबार था, जिसने इयर पैनल प्रकाशित किया। हालाँकि राजस्व की दृष्टि से यह सबसे महत्त्वपूर्ण स्थान था, लेकिन इसके बावजूद उन्होंने कभी भी गुणवत्ता से समझौता नहीं किया। और इसी वजह से हमारा सर्कुलेशन भी बढ़ता गया। वे हमेशा किसी भी व्यक्ति से बड़ी सहजता से मिलते थे, अहंकार तो उनसे कोसों दूर था। संस्थान के सुरक्षागार्ड से लेकर राज्य के मुख्यमंत्री तक से मिलने में उनकी गर्मजोशी और स्वागत भाव सदैव समान रहा। यह ऊर्जा उनके प्रकाशन में भी महसूस की गई थी। पाठकों को अखबार से एक जुड़ाव महसूस होता था कि यह हमारा अखबार है। मैंने कई समाचार पत्र पढ़े, परंतु दुर्भाग्य से मुझे वह ऊर्जा कहीं भी अन्य अखबार में महसूस नहीं हुई कि यह मेरा अखबार है। मैं अखबार तो खरीदता हूँ, लेकिन उनका मालिक नहीं हूँ। पाठक, 'प्रभात खबर' के मालिक हुआ करते थे।

प्रेरक भावना

हरिवंश जी ने हमेशा हम सब में ऊर्जा का संचार किया। एक समय था जब घाटे की वजह से प्रबंधन ने प्रकाशन को बेचने का फैसला ले लिया था। ऐसी विषम परिस्थिति में हरिवंश जी ने कुछ समय लिया और पूरी टीम भावना से काम करते हुए एक वर्ष में ही कंपनी को घाटे से मुनाफे की स्थिती में ले आए। यह सब सिर्फ उनकी भावना से संभव हो पाया। 'रोजगार प्रभात खबर' प्रकाशन में भी यह देखने को मिलता है। उन्होंने उन युवाओं के लिए एक साप्ताहिक टैबलॉयड शुरू किया, जो प्रतियोगी परीक्षा की तैयारी के लिए महँगी सामग्री का खर्च नहीं उठा सकते थे। इसमें लेख सामान्य ज्ञान की सामग्री के साथ, व्यक्तित्व विकास, साक्षात्कार में सहभागिता के लिए आत्मविश्वास जगाने आदि विषयों को शामिल किया जाता था।

जमीन से जुड़ाव

हरिवंश जी ने दुनिया के कई देशों की यात्राएँ की। लेकिन उन्हें हमेशा भारतीय गाँव और ग्रामीणों से प्यार रहा। वह समय-समय पर गाँवों का दौरा करते रहते हैं और उनकी गर्मजोशी और आतिथ्य का आनंद लेते रहते हैं। इस दौरान उन्होंने महसूस किया कि सरकार की नीतियों और लोगों तक उनके प्रति जागरूकता में एक बड़ा अंतर है। इसी सोच के साथ उन्होंने 'पंचायतनामा' का प्रकाशन प्रारंभ किया। इस प्रकाशन में 'एचयूएल' सहित कई कंपनियाँ, अपना विज्ञापन देने लगी।

मुझे यकीन है कि मैं एक व्यक्ति और एक पत्रकार के रूप में हरिवंश जी के साथ अपनी यात्रा के बारे में लिखना बंद नहीं कर पाऊँगा। लेकिन बहरहाल, आपके समय की कद्र करते हुए संक्षेप में बहुत कम यादों और अनुभवों को साझा कर रहा हूँ।

'प्रभात खबर' के आरंभिक दिनों के सहयोगी। मीडिया मैनेजमेंट के विशेषज्ञ। वर्तमान में GroupM समूह की कंपनी MinosQhare Fulcrum के ट्रेडिंग हेड के पद पर कार्यरत हैं।

सबसे अलग

-रवि प्रकाश

वह साल 2001 के आखिरी महीनों में से कोई एक था। पटना के मौर्या होटल में एशियन डेवलपमेंट रिसर्च इंस्टीट्यूट (आद्री) और 'प्रभात ख़बर' का साझा सेमिनार था। दिग्गज कांग्रेसी नेता दिग्विजय सिंह तब मध्य प्रदेश के मुख्यमंत्री थे और राबड़ी देवी बिहार की वजीर-ए-आला। लालू प्रसाद भी सियासी तौर पर खूब सक्रिय थे। ये तीनों नेता उस सेमिनार के अतिथि थे और आद्री के सदस्य सचिव शैवाल गुप्ता व 'प्रभात खबर' के प्रधान संपादक हरिवंश जी कार्यक्रम के मुख्य आयोजक। अविनाश जी (जो अब अविनाश दास नाम से फिल्म बनाते हैं) के बुलावे पर मैं भी वहाँ पहुँचा था।

हरिवंश जी सेमिनार हॉल के दरवाजे पर खड़े थे, जब मैं उनसे पहली बार मिला। तब मेरी उम्र सिर्फ 25 साल थी और हरिवंश जी अपना 45वां जन्मदिन मना चुके थे।

अविनाश जी ने मेरा उनसे परिचय कराया।

"सर, ये रवि प्रकाश।"

"मोतीहारी वाले पत्रकार।"

हरिवंश जी ने झट से हाथ मिलाया।

बोले, "तुमने नेपाल से शानदार रिपोर्टें लिखी। किसी रोज रांची आओ। मैंने तुम्हारे लिए कुछ सोच रखा है।"

इतना बड़ा संपादक और एक अदने व अपने से करीब आधी उम्र के युवक (जर्नलिस्ट इन मेकिंग) से सहज भाव से हाथ मिलाना। खुलकर बातें करना। मेरे लिए यह घटना कभी न भूलने और करीब-करीब अविश्वसनीय जैसी थी। कोई इतना सहज और सिंपल कैसे हो सकता है।

हरिवंश जी से वह मेरा पहला साक्षात्कार था।

इससे पहले मैंने उनसे सिर्फ फोन पर बातचीत की थी। वह भी एक

असाइनमेंट के सिलसिले में। उन्होंने मुझे नेपाल के चर्चित शाही नरसंहार की रिपोर्टिंग के लिए काठमांडू भेजा था। वह मेरे पत्रकारीय जीवन का पहला बड़ा असाइनमेंट था। वहाँ से लौटने के बाद मैं उनसे मिल रहा था।

कुछ दिन बाद मैं रांची गया। 'प्रभात खबर' के सिटी ऑफिस से कोकर वाले मुख्य दफ़्तर तक वे मुझे अपनी गाड़ी में लेकर आए। खाना खिलाया। नये असाइनमेंट पर चर्चा की और आने-जाने, रहने-खाने का पैसा दिलवाया। ये बातें तब हुई, जब मैं 'प्रभात खबर' का रेग्युलर कर्मचारी नहीं था। स्ट्रिंगर था। हरिवंश जी के बारे में मेरी राय बनने के लिए, ये दो मुलाकातें काफी थी।

इसके 2-3 महीने बाद उन्होंने मुझे पूर्व प्रधानमंत्री चंद्रशेखर के पास भेजा। मैं उनके साथ करीब छह महीने तक रहा। चंद्रशेखर जी के साथ केरल, तमिलनाडु और कुछ दूसरे राज्यों में स्थित उनके भारत यात्रा केन्द्रों का भ्रमण किया। फिर साल 1983 में बहुचर्चित रही चंद्रशेखर की भारत यात्रा और उनके भारत यात्रा केंद्रों के बारे में लिखा। उनपर केंद्रित किताबों के संपादन में अविनाश जी के साथ काम किया। इस प्रकार अखबार में छपी बाइलाइन से उत्साहित होनेवाले युवक का नाम किताब के सहयोगी संपादक के रूप में छपा।

जिस पत्रकार ने कभी डीएम (जिलाधिकारी) के चैंबर में प्रवेश नहीं पाया हो, उसे पूर्व पीएम (प्रधानमंत्री) के साथ रहने के लिए भेज देने का साहस (एक नजरिये से रिस्क) कोई आम संपादक नहीं कर सकता। यह सिर्फ हरिवंश जी कर सकते थे। हालाँकि, चंद्रशेखर जी से मुलाकात से पहले मैं हरिवंश जी के ही असाइनमेंट पर नेपाल के पूर्व प्रधानमंत्री कृष्ण प्रसाद भट्टाराई से काठमांडू में मिलकर उनका इंटरव्यू कर चुका था। ये मेरे लिए असाधारण घटनाएँ थीं। मैं ताजा-ताजा पत्रकार बना था और हरिवंश जी मेरे हिस्से में एक से बढ़कर एक असाइनमेंट डाले जा रहे थे। ये घटनाएँ मेरे मानस में हरिवंश जी की व्याख्या और उनके व्यक्तित्व के निर्धारण के लिए काफी थी।

हरिवंश जी हमारे हीरो बन चुके थे और हमें उनकी हर बात ब्रह्म वाक्य की तरह लगने लगी थी। पहली मुलाकात में हाथ मिलाने वाले शख्स से अब हम नजरें भी नहीं मिला पाते थे। हमें उनके हर आदेश पर मुस्तैदी से काम करने की बेचैनी थी। यह दीवानगी का वह दौर था, जब हम हरिवंश जी से बोलना, चलना, लिखना...यूँ कहें कि जिंदगी जीना सीख रहे थे। छोटे कद-काठी का एक आदमी अपने अंदर इतनी ऊँची शख्सियत रख सकता है, यह मैंने हरिवंश जी से सीखा। शब्दों पर उनकी पकड़, हिन्दी और अंग्रेजी दोनों भाषाओं पर उनका समान अख्तियार, उनकी पढ़ाकू प्रवृति, लगातार यात्राएँ, संतुलित व्यवहार और

बातचीत, उनकी काली-सफेद दाढ़ी, छोटे बाल, साधारण कपड़े-जूते, घड़ी... क्या-क्या याद करें। किन बातों का उल्लेख करें, किन्हें छोड़ें...हरिवंश जी का हीरोइज्म मुझ पर इस कदर हावी था। मैं उनकी तरह बनना चाहता था। वे हमारे अमिताभ बच्चन थे और महात्मा गाँधी भी। मैं बहुत बाद में जान सका कि हरिवंश जी का पूरा नाम हरिवंश नारायण सिंह है। भारत की संसद में लोग उन्हें अब इसी नाम से जानते हैं। मैंने यह नाम पहली बार तब जाना, जब 'प्रभात खबर' के सालाना डिक्लियरेशन वाले विज्ञापन में उनका पूरा नाम छपा। कहने की बात नहीं कि उन्होंने कभी यह नहीं पूछा कि रवि प्रकाश के बाद क्या लिखते हो। अर्थात् तुम्हारी जाति क्या है। तुम्हारे माँ-बाप क्या करते हैं। मैं उनके लिए सिर्फ रवि था, जो लिखना जानता था। बस यही बात काफी थी कि वे मुझे संपादक बना दें। यहाँ यह उल्लेख जरूरी है कि उन्होंने बाद के दिनों में मुझे 'प्रभात खबर' का संपादक भी बनाया। जब मैं पहली बार स्थानीय संपादक बना, तब मेरी उम्र सिर्फ 29 साल थी। मुझ जैसे कितने लोगों को उन्होंने तब बेहतरीन अवसर दिए, जब हम शायद उसके काबिल नहीं थे। पटना में मेरे पास स्कूटर था। देवघर संपादक बनकर गया, तो उन्होंने मेरे लिए सफेद रंग की एंबेसेडर कार की व्यवस्था करा दी। उसके ड्राइवर खवाड़े जी थे, जो यह ख्याल रखते कि मुझे कोई दिक्कत नहीं हो। हरिवंश जी अपने हर एक्ट से हमें प्रभावित करते। यह वो दौर था।

चंद्रशेखर जी के असाइनमेंट के दिनों में दिल्ली में एक रात मैं और वे एक ही कमरे में ठहरे। मैं सुबह उनसे पहले जगना चाहता था लेकिन जब नींद खुली, तो हरिवंश जी जग चुके थे। उनके हाथ में कोई किताब थी। अगली शाम उनकी रांची वापसी थी। उन्हें राजधानी एक्सप्रेस से जाना था। वे अपना सामान व्यवस्थित करने लगे। ट्रेन यात्रा के वक्त वे प्रायः खादी का कुर्ता-पायजामा पहनते थे। उस दिन भी उन्होंने अपनी पैंट-शर्ट उतार कर कुर्ता-पायजामा पहना। इस बीच मैंने उनकी शर्ट समेटने (तह करने) की कोशिश की, तो वे एकदम से चौंक गए और उसे मेरे हाथों से ले लिया।

बोले, "अरे नहीं। ये मैं कर लूँगा। हॉस्टल में ये सब हमने सीखा है। तुम अपना काम करो। अपने काम में मन लगाओ।"

फिर उन्होंने खुद से अपने कपड़े समेटे। बैग पैक किया और निकल गए।

ऐसे ही एक बार वे ट्रेन से ही रांची जा रहे थे। मुझे दरियागंज से कुछ किताबें लेकर उन्हें नयी दिल्ली स्टेशन पर पहुँचाना था। मैं किताबें लेकर स्टेशन पहुँचा, तो ट्रेन लग चुकी थी। वे राजधानी एक्सप्रेस की एसी थ्री बोगी (मतलब सबसे

कम दर्जे वाला डिब्बा) में बैठे थे। मैंने उन्हें किताबें पकड़ायी और चलने को हुआ।

उन्होंने पूछा, 'कैसे आए?'

मैंने कहा, 'बस से।'

फिर उन्होंने मन में कुछ हिसाब किया और मुझे 25 रुपये पकड़ाए। मतलब, बस से आने-जाने में लगे पैसे से अधिक राशि। वे चवन्नी तक का हिसाब रखते थे। अव्वल तो यह कि वे पहले ही पैसे दे देते थे। किसी वजह से अगर मुलाकात नहीं हुई और हम जैसे मातहतों ने खुद खर्च कर दिया, तो खर्च किये गए पैसे से अधिक लौटाना उनकी आदत रही। वे कभी किसी को अपना सामान नहीं उठाने देते। 'प्रभात खबर' में काम करते हुए उनका पैर छूकर प्रणाम करने की मनाही थी। अखबार के प्रधान संपादक रहते हुए घर और दफ़्तर को बिल्कुल अलग रखा। शराब नहीं पी। अपने आचरण को पवित्र रखा और सामान्य बने रहे।

साल 2007-08 की बात है। मैं रांची में सिटी एडिटर था। हमारे एक रिपोर्टर साथी ने डोलोमाइट पर स्टोरी की। लिखा कि झारखंड सरकार किसी निजी कंपनी से डोलोमाइट खरीदने जा रही है। आश्चर्यजनक तथ्य यह था कि उस कंपनी ने वह डोलोमाइट झारखंड से ही कम कीमत पर खरीदा था और अब ऊँची कीमत पर झारखंड सरकार को ही बेचने वाली थी।

स्टोरी का शीर्षक था-'झारखंड का डोलोमाइट, झारखंड से खरीदा, झारखंड को ही ऊँचे दाम पर बेचा।'

तब मैंने शीर्षक पर यह कहते हुए आपत्ति की कि इसमें तीन-तीन बार झारखंड आ रहा है। क्या एक बार ही झारखंड लिखकर हम अपनी बात नहीं कह सकते। हेडिंग कैची होनी चाहिए न।

हरिवंश जी का जवाब था-"तुम ठीक कह रहे हो, लेकिन हम झारखंड में अखबार निकालते हैं। यहाँ आदिवासी रहते हैं। जिन्हें ज्यादा पढ़ पाने लायक सुविधाएँ नहीं मिली हैं। जब तीन बार झारखंड लिखोगे, तो उनके दिमाग में यह बात आएगी कि कोई झारखंड से ही खनिज खरीद कर झारखंड को ही बेच रहा है। मतलब उनके पैसे की लूट हो रही है। तब जाकर वे विरोध करेंगे और यह लूट रूक सकेगी।"

वे ऐसे संपादक थे। उन्होंने कई आदिवासी लेखकों को 'प्रभात खबर' में लिखने का मौका दिया। लगातार उनके लेख-आलेख छापे। आदिवासियों के मुद्दों को आवाज दी। जगह दी। 'प्रभात खबर' की पंचलाइन ही थी -'अखबार नहीं आन्दोलन।'

एक बार उन्होंने आदिवासी उद्यमियों पर रांची में सीरीज करायी। नाम

दिया–'ट्राइबल एंटरप्रेन्योर।'

मैंने पूछा कि सर इसका क्या फायदा। रिपोर्टर चाहें, तो सिर्फ अपनी पहचान के लोगों की कहानियाँ लाएगा। उन्हें उपकृत करेगा।

हरिवंश जी बोले, "ठीक है। ऐसा भी हो सकता है लेकिन आदिवासी नौजवानों के उद्यम की कहानियाँ छपेंगी, तो दूसरे आदिवासी प्रेरित होंगे। उनका जीवन स्तर सुधरेगा। इसलिए यह सिरीज कराओ और बेहतर प्लेसमेंट दो।"

हमने वैसा ही किया और उस सिरीज के शानदार फीडबैक मिले।

एक वाकया साल 2004 का है।

लालू प्रसाद साहब तब भारत के रेलमंत्री थे और मैं पटना में 'प्रभात खबर' का समाचार संपादक। लालू जी ने एक प्रेस कान्फ्रेंस कर कुछ कंपनियों के नाम जारी किये और कहा कि इन कंपनियों पर रेलवे के स्क्रैप चोरी के आरोप हैं। इनमें एक नाम 'प्रभात खबर' के प्रोपराइटर्स की एक कंपनी का भी था। मैंने हरिवंश जी से फोन पर पूछा कि सर क्या करना है। खबर कैसे छापी जाए। मैंने उन्हें सारी बात बतायी।

उन्होंने पूछा कि–"क्या हमलोग कंपनियों के नाम छाप रहे हैं?"

मैंने कहा–"अभी तय नहीं किया है, क्योंकि उन्होंने सिर्फ नाम जारी किये हैं, प्रमाण नहीं।"

हरिवंश जी का जवाब–"अगर हमलोग कंपनियों के नाम छाप रहे हैं, तो सबका नाम छपेगा। नहीं छाप रहे हैं, तो किसी का नाम नहीं छपेगा।"

नतीजतन, अगले दिन के अखबार में सारी कंपनियों के नाम छपे।

साल 2006 की बात है। अर्जुन मुंडा झारखंड के मुख्यमंत्री थे और मैं देवघर में 'प्रभात खबर' का रेजिडेंट एडिटर। हरिवंश जी देवघर आए थे। लौटते वक्त उनके किसी सूत्र ने उन्हें बताया कि अर्जुन मुंडा सरकार गिराने की कोशिशें की जा रही हैं और इसमें उनके ही मंत्रिमंडल के तीन सदस्य शामिल हैं। वे तीनों मंत्री तब संताल परगना में ही थे। हरिवंश जी ने मुझे फोन किया और यह बात बतायी। फैक्ट पता करने के लिए कहा। मैंने उन तीन मंत्रियों में से एक को फोन किया। बातचीत की। उस मंत्री ने मुझे देवघर में अपने घर पर चाय पीने का निमंत्रण देकर आश्वस्त करने की कोशिश की कि ऐसी कोई बात नहीं। मैंने यही बात हरिवंश जी को बतायी और कहा कि सर यह सूचना गलत है। उन्होंने कहा कि मुझे पक्की सूचना है कि सरकार गिरने वाली है और यह तुम्हारे यहाँ (संताल परगना) से हो रहा है। फिर से पता करो और खुद रिपोर्ट बनाओ। मैं फिर से उस स्टोरी पर लगा और फैक्ट वह था, जो हरिवंश जी पहले से जानते

थे। मैंने सभी तथ्यों के साथ 'प्रभात खबर' में यह न्यूज ब्रेक की कि अर्जुन मुंडा की सरकार खतरे में है। अमुक-अमुक लोग सरकार गिराने की साजिश कर रहे हैं। यह खबर सिर्फ 'प्रभात खबर' में छपी थी। बाकी अखबारों ने अगले दिन फॉलोअप किया। कुछ दिन बाद अर्जुन मुंडा की सरकार गिर गई और मधु कोड़ा झारखंड के मुख्यमंत्री बने। सूचनाओं पर उनकी पकड़ इतनी मजबूत थी।

वे खूब यात्राएँ करते। जिस देश में जाते, वहाँ से अखबार खरीदकर लाते। उनमें छपी स्टोरीज हमें पढ़ने को देते और हमें वैसी स्टोरीज करने और कराने के लिए बोलते।

बाद के सालों में 'दैनिक जागरण' समूह ने मुझे अपने अखबार 'आई नेक्स्ट' का रांची में ही संपादक बनाया। उसी दौरान 'प्रभात खबर' के 25 साल पूरे हुए। 'प्रभात खबर' ने अपनी 25वीं सालगिरह पर अखबार में आधे पन्ने का विज्ञापन छाप कर कुछ वैसे पूर्व कर्मचारियों का आभार जताया, जिनका काम इस सफर में उल्लेखनीय रहा था। उसमें सभी विभागों के लोगों के साथ सिर्फ तीन पूर्व संपादकों के फोटो छपे थे। उनमें एक तस्वीर मेरी भी थी। बाकी के दो पूर्व संपादक थे एस एन विनोद और बैजनाथ मिश्र। यह विज्ञापन तब छपा जब मैं उसी शहर में उनके प्रतिद्वंद्वी अखबार समूह में संपादक था।

हरिवंश जी की ऐसी कई कहानियाँ हैं, संस्मरण हैं, जिन्हें लिखने बैठूँ, तो पूरी किताब बन जाए। संभव है कई खण्डों की किताब बन जाए लेकिन कैंसर के बाद अंगुलियाँ अब उतना साथ नहीं देतीं। थक जाती हैं। नींद भी जल्दी आने लगती है। इसलिए इस लेख को थोड़ा संक्षिप्त करते हुए उनसे जुड़ी संसद की कहानी बताता हूँ।

साल 2020 में नरेंद्र मोदी सरकार ने संसद में नये कृषि कानूनों से संबंधित विधेयक पेश किया। जब वह विधेयक राज्यसभा में चर्चा के लिए लाया गया, तब हरिवंश जी सदन की सबसे ऊँची कुर्सी पर बैठे थे। राज्यसभा के उपसभापति के बतौर उनकी मौजूदगी में वह विधेयक पारित किया गया। मैं व्यक्तिगत तौर पर उस विधेयक के कुछ प्रावधानों पर असहमत था। मैंने यह बात फेसबुक पर लिखी, जो अगले दिन वायरल हो गई। उसमें हरिवंश जी की आलोचना की गई थी। हरिवंश जी पर मैंने 'बीबीसी' में भी एक स्टोरी की और कुछ बिंदुओं पर उनकी आलोचना भी की। उस पर मिश्रित प्रतिक्रियाएँ मिलीं। कई लोगों ने कहा कि मुझे ऐसा नहीं लिखना चाहिए था, तो कई दूसरे लोगों ने कहा कि मैंने सही लिखा। यह बहस चलती रही, लेकिन हरिवंश जी ने व्यक्तिगत तौर पर मुझे कुछ नहीं कहा। वे चाहते, तो मुझसे अपनी आपत्ति जाहिर

कर सकते थे। डाँट भी सकते थे, लेकिन उन्होंने ऐसा नहीं किया। क्योंकि, उनके व्यवहार में लोकतंत्र है। वे अपनी आलोचनाओं को अपनी प्रशंसा से ज्यादा अहमियत देते हैं। उन्होंने मुझे कुछ नहीं कहा और हमारे संबंध वैसे ही बने रहे। हालाँकि, विरोध प्रदर्शनों के बाद सरकार ने बाद में वह कानून वापस ले लिया।

इसके कुछ महीने बाद जनवरी 2021 में मुझे कैंसर हो गया। 30 जनवरी को मुझे पता चला कि मैं लंग्स कैंसर के अंतिम स्टेज का मरीज हूँ और यह बीमारी कभी ठीक नहीं होगी। मेरा पैलियेटिव ट्रीटमेंट होगा और मेरी जिदगी के कम दिन बचे हैं। मेरे सभी जानने वाले इस खबर से सन्न रह गए। यह बात उसी दिन हरिवंश जी तक पहुँची और तभी उनका फोन आया। उन्होंने मुझे कई कहानियाँ सुनाकर प्रेरित करने की कोशिश की। फिर मुंबई के टाटा मेमोरियल हॉस्पिटल में एक बड़े अधिकारी को फोन कर इलाज में मेरी मदद करने के लिए बोला। कुछ ही देर बाद उस अधिकारी ने मुझे फोन कर मेरे मुंबई आने की तारीखे जानी। जब मैं अगले दिन मुंबई पहुँचा, तो मुझे पहले ही दिन एडमिट कर लिया गया और मेरी जाँच शुरू करा दी गई।

हरिवंश जी उन चंद लोगों में थे, जिन्होंने मुझे पहले ही दिन इलाज के लिए पैसे भेजे। मैं इस गिल्ट में रहा कि मैंने हाल ही में उनकी आलोचना की थी। वे उस इत्मीनान में थे कि वे उस युवक की जिंदगी बचाने की कोशिश कर रहे हैं, जिसे उन्होंने लड़के से आदमी बनते देखा है। स्ट्रिंगर से संपादक बनाया है। मैं उनके लिए वही पुराना रवि था। वे आज भी मेरा हाल लेते रहते हैं। घर आते हैं। बातें करते हैं। कैंसर सर्वाइवर्स से जुड़ी पॉजिटिव खबरों के लिंक भेजते हैं। ताकि मुझमें पॉजिटिव एनर्जी बनी रहे।

हरिवंश जी स्वभावतः आध्यात्मिक इनसान हैं। हिन्दू धर्म में आस्था के साथ सभी धर्मों का आदर और उनके बारे में अध्ययन उनकी विशेषता है। वह लगातार आश्रमों में जाते रहे। सादा जीवन जीते रहे और सन्तों से संवाद कर लिखते भी रहे। उन्होंने अध्यात्म के वैज्ञानिक पक्षों को जिंदगी जीने के सलीके के साथ जोड़ कर बातें की है। इस क्रम में उनका रिखिया पीठ भी आना जाना रहा है। रिखिया, झारखंड के देवघर जिले का एक छोटा-सा गाँव है। मोहनपुर प्रखंड के इस गाँव में स्वामी सत्यानंद सरस्वती ने सालों पहले आश्रम बनाया था। वे सुप्रसिद्ध योगाचार्य और सन्त स्वामी शिवानंद सरस्वती के शिष्य और उत्तराधिकारी थे। उन्होंने बिहार के मुंगेर में दुनिया का पहला योग विश्वविद्यालय खोला। कुछ साल बाद योग विश्वविद्यालय के संचालन का जिम्मा अपने शिष्य और उत्तराधिकारी स्वामी निरंजनानंद सरस्वती को सौंप वे रिखिया आ गए। यहाँ

जमीन खरीदी और आश्रम बनाया। पंचाग्नि साधना की और यहीं रहने लगे।

वे अक्सर एकांतवास में रहते। कई कई महीने बाद जब उनकी सार्वजनिक उपस्थिति होती, तो उन्हें देखने-सुनने के लिए देश-विदेश के उनके भक्तों की भीड़ लग जाती। साल 2005 की बात है। मैं तब देवघर में 'प्रभात खबर' का संपादक था। रिखिया आश्रम से खबर मिली कि स्वामी सत्यानंद सरस्वती लोगों से मिलने वाले हैं। मैंने तुरंत यह बात हरिवंश जी को बतायी। हम फोन पर बात कर रहे थे, लेकिन मैं उनके उत्साह का अनुभव कर रहा था।

वे बोले, "ऐसा करो कुछ फूल ले लो। सुनो, गुलाब, रजनीगंधा जैसे फूलों का एक बढ़िया माला बनवा लो। उन्हें मेरी तरफ से पहना देना। प्रणाम कर लेना। वे दिव्य सन्त हैं। बहुत ज्ञानी हैं। उनकी बातें गंभीर होकर सुनना।" आदि-आदि।

मैं माला लेकर रिखिया गया। स्वामी जी को उनका प्रणाम बोला। उनका प्रवचन सुना। प्रसाद खाया और वापस देवघर आ गया। अब स्वामी सत्यानंद सरस्वती इस दुनिया में नहीं हैं। रिखिया आश्रम का नाम उन्होंने अपने रहते ही रिखिया पीठ कर दिया था। उनकी शिष्या स्वामी सत्संगानंद सरस्वती (स्वामी सत्संगी) इसकी पीठाधीश्वर हैं। भारत सरकार स्वामी निरंजनानंद सरस्वती को पद्मश्री सम्मान दे चुकी है। वे भी यहाँ आते रहते हैं। उसी रिखिया पीठ के परिसर में स्वामी सत्यानंद सरस्वती की समाधि है।

हरिवंश जी आज भी वहाँ जाते हैं। रिखिया पीठ की उनकी कई यात्राओं का मैं भी सहभागी रहा हूँ। कई दफा उन्हें बंद लिफाफे में आश्रम को गुप्त दान करते देखा है। वहाँ के साहित्य में उनकी रुचि देखी है। वे रांची के योगदा आश्रम, पांडिचेरी के आश्रम समेत दर्जनों आश्रमों में जाते-रहते रहे हैं। आश्रमों के कमरे में खुद झाड़ू लगाना, अपने कपड़े धोना, भीषण गर्मी में भी बगैर पंखे या एसी के रहना, योग व प्राणायाम करना और सत्संग में शामिल होना हरिवंश जी के जीवन का हिस्सा है। इन आश्रमों से मिली सीख का न केवल आध्यात्मिक, बल्कि प्रबंधन के नजरिये से भी देखना और हम जैसे लोगों से इसकी चर्चाएँ वे हमेशा से करते रहे हैं। यह हरिवंश जी का आध्यात्मिक चरित्र है।

वरिष्ठ पत्रकार रवि प्रकाश वर्तमान में 'बीबीसी' से जुड़े हैं। लंबे समय तक 'प्रभात खबर' से जुड़ाव रहा। 'दैनिक जागरण', 'दैनिक भास्कर' जैसे संस्थानों से जुड़ कर भी पत्रकारिता की।

उपेक्षितों के दर्द, अभियान का सच्चा सहभागी

-महादेव टोप्पो

1981 में 'धर्मयुग' का आदिवासी असंतोष अंक प्रकाशित हुआ। इसी अंक में मेरा पहला लेख प्रकाशित हुआ। इस अंक के लिए 'धर्मयुग' से कुछ पत्राचार हुए थे। उनमें गणेश मंत्री, राजन गाँधी के अलावा एक अत्यंत ही प्रेरक पत्र हरिवंश जी का था। तब वह 'धर्मयुग' में कार्यरत थे। उस आदिवासी असंतोष विशेषांक में छपने के बाद भी कुछ लेख, विवरण आदि 'धर्मयुग' में छपे। कई लेख समय पर नहीं भेज पाने के कारण लौटा दिए गए। लेकिन, 'धर्मयुग' में छपने के पूर्व मेरे एक छोटे से पत्र को, कन्हैयालाल नंदन जी, 'सारिका' में पूर्व प्रधानमंत्री अटल बिहारी वाजपेयी के एक संस्मरण की प्रतिक्रिया के रूप में लिखित पत्र को, एक छोटे आलेख के रूप में, छाप चुके थे। उसमें आदिवासी समाज के लेखक-पत्रकार न होने का दुख प्रकट करते सभ्य समाज के लेखकों, पत्रकारों, संपादकों के उपेक्षापूर्ण नजरिये की आलोचना की थी।

'धर्मयुग' में छपने का लाभ यह हुआ कि कुछ लोगों ने लिखने का आमंत्रण दिया। लेकिन कुछ लिखने के लिए मैं अपने लिखने के कारण से संतुष्ट नहीं था। अतः ज्यादा लिख नहीं सका। मैं क्यों लिखना चाहता हूँ? इस प्रश्न के उत्तर के प्रति खुद आश्वस्त हो जाना चाहता था। इस बीच 'न्यू रिपब्लिक' अंग्रेजी साप्ताहिक के संपादक उत्तम सेनगुप्ता ने मेरे सामने कई प्रश्न खड़े किये और उन प्रश्नों के उत्तर तलाशने के लिए प्रेरित किया। इसके पहले मैं कविता या कहानी लिखने में रुचि रखता था। लेकिन अब लेख, रिपोर्ट आदि लिखने में रुचि लेने लगा। निश्चय ही उत्तम द्वारा उठाए गए प्रश्नों के उत्तर खोजने की कोशिश ने कुछ खास विषयों पर लिखने के लिए उकसाया। उनके मार्गदर्शन में कई प्रकार की गतिविधियाँ चला करती थी, विवेटर सेंटर, फ्री लीगल ऐड कमिटी, सिने सोसायटी आदि। इन सभी गतिविधियों में मैं, सम्मिलित होता रहा। अनजाने ही वह बहुत कुछ सीख सका। यह आज मेरे लिए मार्गदर्शी सिद्धांतों के रूप

में कार्य कर रहीं है।

सिर्फ मैं ही क्यों, उस समय के पता नहीं कितनी प्रतिभाओं को 'न्यू रिपब्लिक' के माध्यम से एक नयी दिशा और ऊँचाई मिली। इसकी गिनती शायद संभव नहीं। कई स्थानीय समस्याओं, मुद्दों, घटनाओं पर आम जनता का पक्ष लेते थे। पत्रकारिता के संदर्भ में मुझ जैसे शौकिया लेखन करनेवाले के लिए, सीखने के लिए वहाँ बहुत कुछ मिला। खासकर झारखंड एवं आदिवासियों से संबंधित मुद्दे सहानुभूतिपूर्ण होने के बावजूद आलोचनात्मक अंदाज में प्रस्तुत किये जाते थे। इसके अलावा वहाँ खेल एवं सांस्कृतिक गतिविधियों के संबंध में जिस प्रकार की खबरें होती थीं। ऐसी खबरें स्थानीय हिन्दी समाचार पत्रों में नहीं मिलतीं थीं। हिन्दी अखबारों का यह नजरिया 'प्रभात खबर' के आने तक बहुआयामी नहीं बन सका था।

1980 के आस-पास धनबाद से 'आवाज', जमशेदपुर से 'उदितवाणी' एवं रांची से 'रांची एक्सप्रेस' दैनिक रूप में प्रकाशित होने लगे थे। पर, इन अखबारों में आदिवासी समस्याओं को कम स्थान दिया जाता था। साथ ही इनकी समस्याओं का विश्लेषण अधिकांशतः एकपक्षीय या व्यंग्यपूर्ण हुआ करता था। कई बार ऐसा लगता था जैसे वे उनकी समस्याओं या मुद्दों का मजाक उड़ा रहे हों। या उन्हें समस्या ही नहीं मान रहे हैं। अखबारों से परिचय के लगभग पंद्रह साल बाद भी मेरे लिए यह देखना बेहद पीड़ादायक था।

पर, 17 अक्तूबर, 1983 से दिल्ली से 'जनसत्ता' के प्रकाशन ने हिन्दी पत्रकारिता को एक ऊँचाई दी। पहली बार किसी अंग्रेजी अखबार के समकक्ष कोई हिन्दी अखबार, हिन्दी पाठकों को मिला। साथ ही इस अखबार में छोटानागपुर, संताल परगना की अनेक समस्याओं, मुद्दों को इतनी प्रखरता के साथ उठाया गया कि आश्चर्य होता है। लेकिन बाद में 'जनसत्ता' धीरे-धीरे अपनी धार खोता गया। इसके कुछ संस्करण बंद हो गए। लेकिन, तब तक वह झारखंड में कार्य कर रहे अखबारों के लिए एक उदाहरण एवं चुनौती प्रस्तुत कर चुका था।

इसी बीच रांची से 'प्रभात खबर' का प्रकाशन आरंभ हो चुका था। रविवारी अंक के साथ पत्रिका उपलब्ध करानेवाला संभवतः यह पहला हिन्दी अखबार था। इसके कुछ आरंभिक अंक बेहद पठनीय और काफी प्रभावशाली थे। बाद में यह अपना प्रभाव इतना खो चुका कि स्टॉलों में मुश्किल से ही इसकी प्रतियाँ दिखती थीं।

लेकिन, 1989 के बाद 'प्रभात खबर' का प्रबंधन बदला और तब से यह निरंतर नई प्रगति की ओर है। तब गया में रहते हरिवंश जी से कई पत्राचार हुए।

कई बातें हुईं। हरिवंश जी ने एक मुलाकात में कहा था–आप मुद्दे उठाइए। अपनी बातें बेझिझक कहिए। तब के एक अंक में पत्रकारिता पर 'प्रभात खबर' में एक लंबा लेख लिखा। कुछ मित्रों ने तारीफ की। इसके बाद भी कुछ लेख, टिप्पणी आदि पत्रकारिता पर 'प्रभात खबर' के अलावा भी प्रकाशित हुए और अब भी हो रहे है। मैं हरिवंश जी के आग्रह पर कुछ कहने का प्रयास करता रहा हूँ, क्योंकि मुझे लगता है पत्रकारिता या लेखन के माध्यम से न केवल झारखंड, बिहार बल्कि देश की विभिन्न सामाजिक, सांस्कृतिक, आर्थिक, भाषिक, आध्यात्मिक विषमता को समझने, लोगों में व्यापक ज्ञान की रोशनी भरने की सार्थक कोशिश किये जाने की संभावना आज भी बनी हुई है।

उस समय अनुभव करता था कि हिन्दी अखबारों में अंतरराष्ट्रीय समाचारों की कमी रहती है। यह कमी हिन्दी अखबारों में आज भी है, 'प्रभात खबर' में भी है। हिन्दी पट्टी के सांस्कृतिक संकट की जो बात की जाती है, उसके लिए हिन्दी अखबार बेहतर कार्य कर सकते हैं, 'प्रभात खबर' ने यह प्रयास किया है। लेकिन यह नाकाफी है। इसके आगे भी बहुत कुछ किये जाने की अनंत संभावना बनी हुई है।

छोटानागपुर-संताल परगना यानी वर्तमान झारखंड में कोई भी संस्थान, चाहे वह अखबार ही क्यों न हो, पहले दिन ही घोषणा करता है कि इसका लक्ष्य इस उपेक्षित आदिवासी क्षेत्र एवं आदिवासियों का विकास करना है। लेकिन, व्यावहारिक रूप में ऐसा होते कम देखा गया है। किंतु, 'प्रभात खबर' इस मामले में अपवाद लगता है। क्योंकि इसने झारखंड के जल, जंगल, जमीन, जमीर से जुड़े मुद्दों एवं समस्याओं को ग्रासरुट के स्तर पर न केवल जानने का प्रयास किया बल्कि सदान, आदिवासी व अन्य स्थानीय प्रतिभाओं के माध्यम से भी इसे समझने का प्रयास किया, यह बेहद सराहनीय है। इस संबंध में स्व. हेरॉल्ड सैमसन तोपनो के स्तंभ 'जंगल गाथा' का प्रकाशन 'प्रभात खबर' का एक जबरदस्त साहस कहा जा सकता है। इसके पहले पटना से प्रकाशित 'जनशक्ति' में स्व. वासुदेव बेसरा के लेख नियमित रूप से प्रकाशित होते थे। लेकिन 'जंगल गाथा' ने न केवल ग्रामीण एवं आदिवासी पाठकों को बल्कि बौद्धिक वर्ग को भी आकर्षित किया था। कई लोग समझते हैं, ये जो स्थानीय लोगों के या आदिवासियों के संकट है, इन्हें ही झेलने दो। लेकिन, भविष्य उनकी भावी संतानों के लिए भी नया संकट लेकर आयेगा, वे यह नहीं देखते। दरअसल यह संकट प्रकृति से सीधे जुड़े सभी समुदायों का है, जिसे आदिवासियों ने समझने का प्रयास किया और 'प्रभात खबर' ने समय रहते इस पहलू को समझा, विशेष

बात यह है। समस्याओं की गंभीरता को कुछ क्षणों के लिए यहाँ की धरती से जुड़कर सोचें, तो झारखंड के संदर्भ में 'प्रभात खबर' ने इसे पहचानने एवं समझने की चेष्टा की है। यही कारण है कि इसने यहाँ की उपेक्षित भाषा, संस्कृति, इतिहास, विकास, पर्यावरण, विस्थापन आदि से जुड़े बिलकुल जमीनी प्रश्नों, मुद्दों एवं समस्याओं को स्थानीय विशेषज्ञ विद्वानों, विचारकों, सामाजिक कार्यकर्ताओं के माध्यम से गहराई से छानबीन करने एवं समझने का प्रयास किया और कई मुद्दों पर तो इसने दोनों पक्षों को अपनी बातें कहने का समान अवसर देकर वास्तव में जनतंत्र के चौथे पाये होने का कर्त्तव्य भी निभाया है।

नवंबर, 2004 में जब 'प्रभात खबर' का झारखंड विशेषांक प्राप्त हुआ, तो अंक में प्रस्तुत सामग्री देख दंग रह गया। ऐसा लगा कि 'इकॉनोमिक एंड पॉलिटिकल वीकली' का हिन्दी में कोई झारखंड विशेषांक देख रहा हूँ। हरिवंश जी को फोन पर बधाई दी। हरिवंश जी ने कहा, "आप तो बधाई दे रहे हैं। पर, सरकार नाराज है।" फिर कहा, "सरकार या जनता किसी एक को चुनना था, हमने जनता को चुना।"

जून, 2004 में रांची गया था, एक आदिवासी साहित्यकार सम्मेलन में भाग लेने। इतने बड़े पैमाने पर सम्मेलन, शायद पहली बार हो रहा था। देखा सम्मेलन में वह स्वयं उपस्थित थे। याद आया कि आज से दस साल पहले आदिवासी साहित्य का विकास कैसे हो? विषय पर मेरे द्वारा आयोजित परिचर्चा की रपट, 'प्रभात खबर' में प्रकाशित कर चुके थे। उसके दस साल बाद आदिवासी साहित्य सम्मेलन हो रहा था और वह वहाँ स्वयं उपस्थित थे। निश्चय ही ऐसा आदमी एक अखबार का प्रधान संपादक भर नहीं है। वह संपादक के अलावा भी कुछ है। समर्थ एवं समाज में आगे बढ़ गए लोगों का साथ, तो सभी देते हैं। लेकिन, उपेक्षितों की बातें सुनने, देखने एवं अनुभव करने के लिए हरिवंश जी स्वयं आए। यह दर्शाता है कि वह उनकी पीड़ाओं की रिपोर्ट भर प्रकाशित करना नहीं चाहते, उनके दर्द, उनके अभियान में सच्चे दिल से शामिल होना भी चाहते हैं। ऐसा वही कर सकता है, जिसके मन में समाज को समझने की सच्ची संवेदनशीलता हो। समाज की बहुस्तरीयता को गहरे तक देखने की तीक्ष्ण, उदार एवं लचीली दृष्टि हो। स्थानीयता में संकीर्णता नहीं है, उसकी भी एक विस्तारित राष्ट्रीय संभावना है। इसे 'प्रभात खबर' ने पहचाना है, साबित किया है। यह आज इस अखबार की सबसे बड़ी शक्ति है।

'प्रभात खबर' की चर्चा करते एक मित्र ने बताया कि 'प्रभात खबर' द्वारा एक प्रतियोगिता आयोजित की गई थी। उसमें कुछ सवालों का उत्तर देने के बाद

एक स्लोगन लिखना था। मित्र के पुत्र ने स्लोगन लिखा-'प्रभात खबर न्यारा, उपेक्षितों, अल्पसंख्यकों का दुलारा।' निश्चय ही 'प्रभात खबर' ने अपनी इस भूमिका को निभाने में कोई कसर नहीं छोड़ी। पिछड़े, कमजोर, अल्पसंख्यक समुदाय के लोगों को भी अखबारों में प्रमुखता से स्थान दिया।

रांची कभी बिहार की ग्रीष्मकालीन राजधानी हुआ करती थी। लेकिन, आज रांची, झारखंड की राजधानी है। कभी रांची शहर में एक भी दैनिक प्रकाशित नहीं होता था और पटना, कोलकाता एवं वाराणसी से प्रकाशित दैनिकों पर निर्भर रहना पड़ता था। आज यहाँ से न केवल हिन्दी बल्कि अंग्रेजी, बांग्ला और उर्दू में दैनिक प्रकाशित हो रहे हैं। कभी यह शहर 'कामिल बुल्के' एवं 'राधाकृष्ण' जैसे हिन्दी लेखकों, विद्वानों के लिए जाना जाता था, तो अब यह कई युवा साहित्यकारों के लिए भी पहचाना जाने लगा है, जिनमें से अनेक लेखकों को 'प्रभात खबर' ने पहली बार प्रकाशित किया।

किसी भी स्थान से प्रकाशित अखबार उस क्षेत्र के विकास में सहयोगी भूमिका निभाने और वहाँ की जनाकांक्षाओं को समझने का दावा करते हैं। लेकिन झारखंड के संदर्भ में सभी ने अपने परदेशी नजरिये को ही बरकरार रखा। 'प्रभात खबर' अपने पहले अवतार से ही कुछ अलग रहा हेमंत मणिमाला, रमेश सिन्हा, संजीव क्षितिज आदि ने 'प्रभात खबर' के शुरुआती दिनों में नया तेवर दिया और यह तब रविवारीय संस्करणों के साथ पत्रिका उपलब्ध करानेवाला अखबार बना। संभवतः उसी पौधे की अगली पीढ़ी को हरिवंश जी ने उसके तीसरे अवतार में फलने-फूलने का अवसर दिया।

'प्रभात खबर' दूसरे अखबारों के मुकाबले यह दावा जरूर कर सकता है कि इसने बिल्कुल उपेक्षित और देशज प्रतिभाओं को भी लिखने का खुला अवसर दिया। इस तरह हरिवंश जी के नेतृत्व में 'प्रभात खबर' ने पत्रकारिता का एक नया मॉडल खड़ा करने की कोशिश की। कंप्यूटर के बारे में प्रकाशित एवं किसलय द्वारा संपादित 'प्रभात खबर' के अंकों से मैंने कंप्यूटर के बारे बहुत कुछ सीखा। इसके अलावा किसलय ने कुँड़ुख भाषा के लिए कंप्यूटर में प्रयोग हेतु 'तोलोंग सिकि (लिपि)' का निर्माण किया, जो किसी पत्रकार द्वारा किसी स्थानीय आदिवासी भाषा के विकास में किया गया एक अविस्मरणीय योगदान है।

'प्रभात खबर' के माध्यम से संभवतः यह पहला अवसर था जब स्थानीय इतिहास, भाषा, संस्कृति और सामाजिक, राजनीति विकास, विस्थापन आदि समस्याओं पर स्थानीय युवा पत्रकार, लेखक आदि लिख रहे और नया करने का

जज्बा दिखा रहे थे। इसे याद कर मैं रोमांचित हूँ।

प्रजातंत्र में भ्रष्टाचार संबंधी समाचार अत्यंत महत्त्वपूर्ण है। 'प्रभात खबर' ने इस कार्य में भी अपना योगदान दिया। लेकिन यहाँ 'गुड न्यूज' एक लोकप्रिय प्रयोग रहा। एक शहर को सिर्फ लोग नहीं, अखबार भी बनाते हैं। अखबार उस शहर की पहचान भी बन जाते हैं। अब रांची से, झारखंड से कई अखबार प्रकाशित हुए, हो रहे हैं और होंगे। हिन्दी में 'रांची एक्सप्रेस', 'प्रभात खबर', 'हिन्दुस्तान', 'दैनिक जागरण', 'झारखंड न्यूजलाइन', 'दैनिक भास्कर', बांग्ला में 'दैनिक प्रतिदिन' और उर्दू में 'कौमी तंजीम फारूकी तंजीम', 'सियासी उकूक', 'रोजनामा राष्ट्रीय सहारा', 'पिंडार' और 'अखबार-ए-मशरीक', अंग्रेजी में 'हिन्दुस्तान टाइम्स', 'टाइम्स ऑफ इंडिया', 'द पायनियर', 'टेलीग्राफ' आदि प्रकाशित हो रहे हैं। लेकिन रांची से बाहर किसी अखबार की चर्चा होती है, तो सबसे पहले पत्रकारों, बुद्धिजीवियों के मुँह में सबसे पहला नाम 'प्रभात खबर' का होता है। कारण स्पष्ट है कि इसने अन्य अखबारों के मुकाबले नया कुछ करने का जोखिम ज्यादा उठाया।

'रविवार' के प्रकाशन के पहले तक 'दिनमान' को छोड़कर मुख्य धारा के समाज के बारे लिखना ही पत्रकार का कर्त्तव्य समझा जाता था। हाशिये के लोगों के बारे लिखना वामपंथी कर्म समझा जाता था। लेकिन, आज हिन्दी पत्रकारिता कुछ हद तक इस संकीर्णता से निकलता लगता है, तो इस कारण कि पहले 'जनसत्ता' और बाद में 'प्रभात खबर' जैसे अखबारों ने जहाँ उपेक्षित जन एवं क्षेत्र को अखबार में लगातार स्थान दिया, वहीं दूसरी ओर 'प्रभात खबर' ने एक कदम आगे बढ़कर क्षेत्रीय, स्थानीय प्रतिभाओं को लिखने का मौका लगातार दिया। यह कार्य किसी अन्य हिन्दी अखबार के मुकाबले ज्यादा अच्छा है। अन्य अखबारों ने यह प्रजातांत्रिक कार्य नहीं किया, जबकि वे प्रजातंत्र के चौथे खंभे माने जाते हैं। उपेक्षित समाज के लोगों को इस काबिल कभी समझा नहीं गया कि वे अखबारों में लिख सकते हैं। इस अर्थ में 'प्रभात खबर' किसी भी हिन्दी दैनिक के मुकाबले मीलों आगे खड़ा है। शिक्षा एवं सूचना तंत्र के बढ़ते चलन में यह अब अनिवार्य है कि अखबार जनता के विविध भौगोलिक, सांस्कृतिक, रहन-सहन, खान-पान, स्वास्थ्य, शिक्षा, करियर आदि से जुड़ी विभिन्न समोच्च रेखाओं और उनकी गहराई का एहसास कराए। इस अखबार ने जनपक्षधरता को व्यावहारिक स्वरूप देने का प्रयास किया और आज भी कर रहा है।

हिन्दी पत्रकारिता में, जनता की आधी-अधूरी आवाज भरी थी। इस मायने में 'प्रभात खबर' अन्य अखबारों से आगे नजर आता है। महत्त्वपूर्ण योगदान इस

मायने में है कि 'प्रभात खबर' में पंजाबी भाषी मंजीत सिंह संधु ने मुंडारी भाषा में लिखा। आज झारखंड में पत्रकारिता के क्षेत्र में (स्व.) हेरॉल्ड सैमलन तोपनो के अलावा वासवी, दयामनी बारला, ग्लैडसन डुंगडुंग, सुनील मिंज, बरखा लकड़ा, रतन तिर्की, प्रबल महतो, वंदना टेटे, पुष्पा टेटे, जेवियर कूजूर, संतोष किडो, जेरोम जेरॉल्ड कुजूर, थॉमस सुंडी, प्रवीण मुंडा आदि अनेक देशज नाम सहज ही जुबान पर आ जाते हैं। ऐसी प्रतिभाओं को प्रोत्साहित करने एवं उनके लिए उपयुक्त वातावरण बनाने में बहुत हद तक श्रेय 'प्रभात खबर' को दिया जा सकता है। पत्रकारिता के लिए प्रशिक्षण संस्थान का आरंभ करने को, इसकी अगली गंभीर कड़ी माना जा सकता है।

हिन्दी दैनिक अखबारों में 'नई दुनिया', फिर 'जनसत्ता' को पत्रकारिता में नई दिशा देने का अगुवा माना जाता है। 'प्रभात खबर' इसकी अगली कड़ी के विकास को काफी हद तक एक दिशा दे रहा है। और आगे इसे बेहतर ढंग से कर सकता है, ऐसी आशा अवश्य की जा सकती है। क्योंकि झारखंड, बिहार एवं बंगाल की धरती से भिन्न प्रकार की राजनीतिक, सामाजिक, आर्थिक, सांस्कृतिक पर्यावरण में पत्रकारिता करने का, जो विविधतापूर्ण जमीनी अनुभव उसे प्राप्त हो रहे हैं, उन अनुभवों को नया रूपाकार देकर अपनी भावी भूमिका को और निखार एवं उभार सकता है। कई अंग्रेजी अखबारों के मुकाबले 'प्रभात खबर' ने कई रिपोर्ट एवं संपादकीय पृष्ठ कभी एकाध भटकाव को छोड़कर तुलनात्मक रूप से बेहतर एवं संतुलित ढंग से प्रकाशित किये हैं। इसके अलावा भी कोलकाता के कई बांग्ला अखबारों से तुलना की जाए, तो कई मामलों में यह उनसे उन्नीस नहीं, बीस ही ठहरता है।

बांग्ला अखबार अपनी बौद्धिकता के लिए प्रसिद्ध रहे हैं। किंतु विभिन्न मुद्दों की बौद्धिकता को बहुमंजिला बनाने, विस्तार देने की आकांक्षा एवं छटपटाहट 'प्रभात खबर' में दिखती है। वह अन्यत्र नहीं, कम-से-कम बांग्ला अखबारों में तो नहीं। यह इस अखबार की बहुत बड़ी शक्ति है कि इसने उपेक्षितों के मन में आत्मसम्मान एवं आत्मविश्वास भी भरा है। अपनी सामाजिक भूमिका निभाने की कोशिश की है। मुझे लगता है कि हिन्दी अखबारों के नये मॉडल के रूप में विकसित करने के लगभग सभी गुण एवं संभावनाएँ 'प्रभात खबर' में मौजूद हैं। फिर भी जब ओडिशा और पूर्वोत्तर के अंग्रेजी, असमिया, बांग्ला, हिन्दी, खासी आदि भाषाओं के अखबार पर नजर डालता हूँ, तो मुझे तकलीफ होती है। इसने कुछ प्रयोगों या स्तंभों का त्याग क्यों कर दिया? जैसे कभी 'प्रभात खबर' ने स्थानीय, आदिवासी भाषाओं के लिए कॉलम शुरू किया था, जो अब

बंद है। जबकि गुवाहाटी से प्रकाशित 'सेंटिनल' सप्ताह में आठ पृष्ठों का एक विशेष सप्लीमेंट प्रकाशित करता है, जिसमें हिन्दी, बांग्ला के अलावा मिजो, कार्बी, खासी, बोडो, नेपाली, आदि भाषा में कम से कम एक एक पृष्ठ की सामग्री होती है। झारखंड में झारखंडी भाषाओं के लिए एक साप्ताहिक या पाक्षिक अनुपूरक अंक की संभावना, तो बनती है।

'प्रभात खबर', 'अखबार नहीं आन्दोलन' जैसे अपने सूत्र वाक्य घोषित करता है, तो स्थानीय और आदिवासी भाषाओं के विकास एवं सम्मान के लिए नियमित कॉलम देकर एक और नया आन्दोलन तो शुरू कर ही सकता है। इससे हिन्दी को न केवल एक सामाजिक, भाषिक, सांस्कृतिक विस्तार मिलेगा, बल्कि हिन्दी पत्रकारिता द्वारा भारतीय समाज की विविधता को आत्मीयता और अंतरंगता से समझने हेतु कृत पहल के लिए, उसके योगदान को सराहा जा सकता है। याद रखा जा सकता है। क्योंकि, सूचना तकनीक के अत्यधिक विकास के बावजूद किसी भी अखबार के लिए संभावनाओं के अनंत द्वार, भारी प्रतियोगितात्मक बाजार के बाद भी खुले हैं। संभावनाओं के उन अनखुदे खदानों को, पहचान कर खोजने और खोदने की कोशिश की दरकार है। पत्रकारिता की इन अज्ञात संभावनाओं को बाजार नहीं, पत्रकारिता का हिस्सा भी मानकर चलें, तो लिखने, पढ़ने, पढ़ाने, करने और जीतने के लिए बहुत दुनिया बाकी है।

वरिष्ठ साहित्यकार, पत्रकार महादेव टोप्पो ने 'बचपन, अखबार और प्रभात खबर' शीर्षक के साथ लम्बा आलेख लिखा था। इसका प्रकाशन 2004 में हुआ था। इसी लंबे आलेख के संपादित रूप को पुन: प्रकाशित किया जा रहा है।

–संपादक

वर्तमान में साहित्य अकादमी (संस्कृति मंत्रालय, भारत सरकार) की जनरल काउंसिल (आम-सभा) के सदस्य महादेव टोप्पो, भाषा-साहित्य-संस्कृति- कला के विकास के लिए कार्यरत हैं। जन्म 1954 में रांची में। बचपन से ही पढ़ने का शौक। सरकारी नौकरी से समय निकालकर स्वतंत्र लेखन करने लगे। 'धर्मयुग', 'समकालीन जनमत', 'समयांतर', 'अरावली उद्‌घोष', 'परिकथा', 'नया ज्ञानोदय', 'आदिवासी साहित्य' आदि पत्र-पत्रिकाओं में रचनाएँ प्रकाशित। कई पुस्तकों के लेखक-संपादक भी हैं।

ऐसा संपादक कहाँ मिलेगा

-उमेश चतुर्वेदी

पिछली सदी का आखिरी दशक। कलम पकड़ने का शऊर सीखने का दौर था। दूरदर्शन के एकाधिकार के दौर में उस तक पहुँच सीमित थी। छापे के परिदृश्य में अखबारों की बाढ़ थी। कन्हैया लाल नंदन के संपादन में साप्ताहिक 'संडे मेल' पाठकों के बाजार में धूम मचाने लगा था। उद्योगपति संजय डालमिया की छापे के बाजार में उतरने की भूख ने पाठकों को एक अच्छा अखबार मुहैया करा दिया था। इसमें ब्राडशीट के साथ ही एक खूबसूरत पत्रिका भी हर हफ़्ते मिलती थी। महज दो रूपए के मूल्य पर। इतनी ही कीमत पर उदयन शर्मा के संपादन में 'संडे आब्जर्वर' भी बाजार में दस्तक दे चुका था। भारतीय पत्रकारिता जगत के सबसे बड़े घराने 'टाइम्स ऑफ इंडिया' समूह की पत्रिका 'दिनमान' भी इतने ही दाम पर बाजार में उतर गया था। इसमें हर हफ़्ते भरपूर पाठ्य सामग्री मिलती थी। यह बात और है कि तब इतने पैसे होते भी नहीं थे कि सब खरीद सकें। पढ़ने की भूख पूरा करती थी, बलिया के पीयूष शिक्षा केंद्र की अंड़साऊ दुकान। वैशाली होटल की सीढ़ी के नीचे के त्रिभुजाकार छोटी-सी दुकान के मालिक राजेंद्र प्रसाद की निगाह ने कैसे भाँप लिया कि दुबला-पतला ये लड़का लिखता है। साधारण कुर्ता पाजामा और कभी हवाई तो कभी उस दौर में मिलने वाली चमड़े की सस्ती चप्पल वाली काया इतनी पढ़ाकू भी हो सकती है। इसे परखा था राजेंद्र प्रसाद ने ही।

लिखना कैसे सीखा? पीछे मुड़कर देखता हूँ, तो सिरा पकड़ में ही नहीं आता। बस शुरू हो गया, तो कलम चल पड़ी। कभी कच्ची, तो कभी अचानक से पक्की। निम्न मध्यवर्गीय पारिवारिक पृष्ठभूमि के साथ युवावस्था उम्र के पड़ाव पर दस्तक देने लगी थी। इसी बीच पता नहीं कहाँ से लिखने की 'टुच्चई' लग गई। इस 'टुच्चई' शब्द का भी एक प्रसंग है। बाद के दिनों में जब भारत ही नहीं, दुनिया के जाने-माने पत्रकारिता संस्थान, दिल्ली के भारतीय जनसंचार

संस्थान में दाखिला मिला, तो वहीं पत्रकारिता और लेखन के संदर्भ में यह शब्द जुड़ा। संस्थान में एक जहीन प्रोफेसर थे, क्षितींद्र मोहन श्रीवास्तव। भोपाली श्रीवास्तव जी आज के दौर वाले पत्रकारिता के प्राध्यापकों की तरह प्राध्यापक नहीं थे, बल्कि खांटी पत्रकार रह चुके थे। उनका कहना था कि पत्रकारिता ऐसी टुच्चई है कि लग गई, तो लग गई। गुरूदेव श्रीवास्तव इस दुनिया में नहीं हैं। लेकिन जब भी अपनी पत्रकारिता और उससे जुड़ाव को लेकर पीछे मुड़कर देखता हूँ, तो उनका यह सूत्र वाक्य अपने संदर्भ में भी सटीक नजर आने लगता है।

किस्सा यह कि एमए हिन्दी की पढ़ाई के ही दौरान देश के जाने-माने अखबारों और पत्रिकाओं में लेखन का सिलसिला शुरू हो गया था। तब तक बलिया से महज एक ही बार अपने पाँव बाहर निकले थे। वह भी सिर्फ दो रातों के लिए। बाहर जाना तब वैसा ही सपना था, जैसे अब विदेश जाना। लिहाजा किताबों के अलावा साहित्य और पत्रकारिता की दुनिया के बड़े कहिए या छोटे-ऐसे किसी भी नाम से कोई परिचय नहीं था। पीयूष शिक्षा केंद्र के जरिए थोड़ा-बहुत बाद में जुड़ाव बना, तो वे नाम रहे विनय बिहारी सिंह, श्रीप्रकाश, भगवती प्रसाद द्विवेदी, गणेश कुमार पाठक आदि। सभी बुनियादी रूप से बलिया के ही वासी हैं।

विनय जी उन दिनों दिल्ली में पत्रकारिता कर रहे थे। शायद 1990 की होली थी-विनय जी दिल्ली से होली मनाने बलिया लौटे थे। और जब वहाँ से बाहर निकले, तो दिल्ली के लिए नहीं-रांची के लिए। पता चला कि वे रांची से प्रकाशित होने जा रहे नवेले दैनिक अखबार, 'प्रभात खबर' के फीचर विभाग में काम करने जा रहे हैं। पहली बार तभी 'प्रभात खबर' के नाम से परिचय हुआ। हालाँकि बाद में जाना कि 'प्रभात खबर' पहले से ही निकल रहा था। उसे कांग्रेस के सांसद रहे ज्ञानरंजन 1984 से ही निकाल रहे थे। लेकिन वह बाजार नहीं बना पा रहा था।

पीयूष शिक्षा केंद्र के चलते उस दौर के इस शावक पत्रकार के लिए हरिवंश का नाम कुछ जाना-पहचाना था। तब तक पता नहीं था कि हरिवंश भी बलिया के हैं। हालाँकि कलकत्ता से प्रकाशित होनेवाले 'रविवार' की क्रेडिट लाइन से गुजरते और उस साप्ताहिक को पढ़ने की वजह से हरिवंश का नाम जाना-पहचाना तो था। 'संडे आब्जर्बर' में उनका भारतीय क्षेत्रीय पत्रकारिता में आ रहे बदलाव पर एक लेख पढ़ चुका था। उस लेख में उन्होंने तेजी से विस्तारित हो रहे तेलुगू दैनिक 'ईनाडु' के उदाहरण से इस बदलाव को समझाया

था। बहरहाल विनय जी के ही जरिए पता चला कि हरिवंश जी इसके संपादक हैं। तभी पता चला कि हरिवंश जी, बलिया के ही रहने वाले हैं और 'प्रभात खबर' के दिल्ली दफ़्तर में जो कृपाशंकर चौबे बतौर विशेष संवाददाता तैनात हैं। वे भी बलिया के हैं। इसके बरसों बाद पता चला कि कृपा जी मेरे पारिवारिक हैं। बड़े भाई। मेरी माँ की अपनी फुफेरी बहन के सबसे बड़े बेटे। शायद तभी से इस अखबार से अपना अपनापा बढ़ता चला गया। 1991 में विनय बिहारी सिंह और कृपाशंकर चौबे ने 'प्रभात खबर' को छोड़कर कलकत्ता (अब कोलकाता) में 'जनसत्ता' को ज्वाइन कर लिया। कृपाशंकर जी, 'सहारा समय' और दैनिक 'हिन्दुस्तान' होते हुए आजकल वर्धा के महात्मा गाँधी अंतरराष्ट्रीय हिन्दी विश्वविद्यालय में प्रोफेसर हैं। विनय जी, 'जनसत्ता' से अवकाश ग्रहण करके कोलकाता में ही रहते हैं।

उन्हीं दिनों बलिया की उपजाऊ माटी में साहित्य का एक बड़ा कमल खिल चुका था। बस उसे माहौल का खादपानी नहीं मिल पाया था। हिन्दी साहित्य के क्षितिज का वह चमकता सितारा था। बलिया के टाउन इंटर कालेज में हिन्दी पढ़ा रहे नरेंद्र शास्त्री का शगल पत्रकारिता भी थी। रहते भले ही वह बलिया में थे, लेकिन उनके लेखन की धमक राष्ट्रीय स्तर पर जानी-पहचानी थी। उनकी जानकारी मिली राजेंद्र जी से ही। लेकिन तब बहुत संकोची था। इतना कि बोलने से भी परहेज करता था। कई बार लोग उल्टा-सीधा तक सुना देते थे। पीयूष शिक्षा केंद्र पर भी सुनने को मिला है। उस पर फिर कभी लिखूँगा। शायद निम्न मध्यवर्गीय पृष्ठभूमि का दबाव ही था कि नरेंद्र शास्त्री जैसे परिचित होने के लिए अरसे तक साहस नहीं जुटा पाया। तब तक शास्त्री जी 'चक विलियम का डॉक्टर' जैसी कहानी लिखकर विख्यात तो थे, लेकिन संकोचवश उनसे मिलने और बात करने का साहस नहीं जुटा पाया था। 'रविवार' में प्रकाशित होकर यह कहानी काफी प्रशंसा पा चुकी थी। उन दिनों हिन्दी साहित्य और पत्रकारिता में 'धर्मयुग' की धाक थी। गाहे-बगाहे शास्त्री जी वहाँ भी अपने निबंधों के जरिए पाठकों को चौंका देते। शास्त्री जी को ललित निबंधों की रचना में भी महारत हासिल थी। कभी-कभी 'आज' अखबार के साप्ताहिक परिशिष्ट में उनके ललित निबंध भी छपते थे। हिन्दी पत्रकारिता, साहित्य, भाषा और राजनीति का इतिहास रचने वाला और सृजन का साक्षी रहा, 'आज' अखबार अब निस्तेज पड़ा है। बहरहाल शास्त्री जी का एक निबंध आज भी मेरे जेहन में टँगा हुआ है-'रसबुनिया झरे'। तपते ग्रीष्म के बाद धरती पर गिरी बारिश की पहली बूंदें से बदलते माहौल और सोंधी गंध पर लिखे उनके इस निबंध में ना सिर्फ

प्रकृति के सौंदर्य का बेहतर चित्रण मिलता है, बल्कि सांस्कृतिक और शस्य परंपरा की भी अनुगूँज है। विनय बिहारी सिंह और राजेंद्र प्रसाद के संग धीरे-धीरे शास्त्री जी की संगत हासिल होने लगी थी।

'प्रभात खबर' से दिल छू लेनेवाला संपर्क इन्हीं नरेंद्र शास्त्री जी के जरिए बना। लेकिन अफसोस, यह जरिया बना भी, तो उनका असामायिक निधन। 'प्रभात खबर' में काम करते वक्त एक छुट्टी में बलिया आए विनय जी को पता चला कि नरेंद्र शास्त्री एक उपन्यास लिख रहे हैं। उस उपन्यास की पांडुलिपि वे रांची लेते गए और यह उपन्यास 'प्रभात खबर' में 'कथा सूत्र' नाम से प्रकाशित होता रहा। इसके कुछ अंश हमें पढ़ने को मिले। उन दिनों हम एमए की कक्षाओं में इस उपन्यास की चर्चा करते थे, ये गलत है या सही नहीं मालूम। पर, इस चर्चा में बलिया को लेकर जातीय गर्व बोध भी होता था।

1992 की सर्दियाँ दस्तक देने की तैयारी में थीं। दिन में सूरज की धूप तीखी हो जाती थी। लेकिन शाम के वक्त ठंड बढ़ने लगी थी। शारदीय नवरात्र की तैयारियाँ जोरों पर थीं। ऐसी ही 31 अगस्त की शाम शास्त्री जी से मिलकर रोजाना की तरह शाम की चरबज्जी ट्रेन से गाँव लौट गया। उन दिनों एमए हिन्दी की फाइनल की परीक्षा देकर परीक्षाफल का इंतजार था। तब रोजाना नहीं, बल्कि एक-दो दिन बीच लगाकर गाँव से बलिया शहर आता था। तब बलिया में दो जगह जाना ज्यादा होता था। अपने गुरु रघुवंशमणि पाठक के स्टेशन रोड स्थित किराए के घर और दूसरा पीयूष शिक्षा केंद्र। कभी-कभी जगदीशपुर मुहल्ला स्थित शास्त्री जी के प्रेस। जहाँ वे 'रससुलभ' नाम से एक पत्रिका भी निकाल रहे थे। एक सितंबर की सुबह किसी कामवश एक बार फिर बलिया जाना पड़ा। उस दिन जब बलिया पहुँचा, तो एक मनहूस खबर हमारा इंतजार कर रही थी। पता चला कि देर रात शास्त्री जी का हृदयाघात से निधन हो गया।

आज गाँवों तक में हर दूसरे के हाथ मोबाइल फोन दिखने लगा है। लेकिन उस जमाने में मोबाइल को कौन कहे, बेसिक टेलीफोन तक सिर्फ जिला मुख्यालय तक में दिखता था। ऐसे में शास्त्री जी की मौत की खबर हमें ऐसे ही मिलनी थी। समाचार मिला, तो काफी देर तक हतप्रभ रहा। क्योंकि कुछ महीनों में उनसे आमदरफ्त बढ़ गई थी। इसलिए जुड़ाव भी बढ़ गया था।

शास्त्री जी तब अपनी उम्र के पाँचवें दशक में थे। इतनी कम उम्र में लेखन का हमारा प्रेरक चला जाएगा, हमने सोचा भी नहीं था। जवानी की दहलीज पर पाँव रखते युवा पत्रकार के लिए यह हृदयद्रावक हादसा था। उदास भावनाओं का ज्वार उफान मार रहा था। उनके दाहसंस्कार के बाद, वापसी के बाद अजीब

तरह का खालीपन तारी था। इसी खालीपन में मैंने एक पोस्टकार्ड पर शास्त्री जी की मौत का दु:खद समाचार मिला। और उस औपचारिक किंतु संक्षिप्त पत्र को हरिवंश जी को लिख कर भेज दिया। उस पोस्टकार्ड की कॉपी तो मेरे पास होनी ही नहीं थी, और हरिवंश जी भी क्या रखते! लेकिन अगले हफ़्ते एक हैरत मेरा इंतजार कर रही थी। हरिवंश जी का मार्मिक पत्र मेरे पास आया, जिसमें उन्होंने लिखा था कि उस पोस्टकार्ड की सूचना को ही नरेंद्र शास्त्री जी की मौत की खबर के रूप में 'प्रभात खबर' में प्रकाशित किया गया है। लगे हाथों उन्होंने मुझसे उस पत्र में पूछा भी था कि 'कथा सूत्र' के प्रकाशन के एवज में 'प्रभात खबर' से, जो पारिश्रमिक दिया जाना है, वह किसे दिया जाये? मैंने उन्हें जवाब लिख भेजा कि पारिश्रमिक के एवज में मिलने वाली रकम उनके एकमात्र पुत्र अनीश श्रीवास्तव या उनकी पत्नी स्नेहलता श्रीवास्तव के नाम भेजी जा सकती है। मैंने उनके प्रेस का पता भी दिया। यह बात और है कि यह चिट्ठी मिलते ही हरिवंश जी ने पाँच हजार रुपये का चेक मेरे ही पास भेज दिया था-जिसे मैंने अनीश तक पहुँचा दिया था।

बाजारवाद के दौर में जब अखबार प्रोडक्ट बन चुके हैं, 'प्रभात खबर' ने अखबार नहीं आन्दोलन का नारा बुलंद किया। इसकी वजह रही, उसके संपादक रहे हरिवंश जी के मानवीय सरोकार। हरिवंश आज भले ही राज्यसभा के उपसभापति हैं, लेकिन उनकी ख्याति संजीदा संपादक की ही है। उनका संवेदनशील और गंभीर संपादन ही रहा कि झारखंड की राजधानी से निकलने वाले 'प्रभात खबर' की धाक राष्ट्रीय पत्रकारिता में बनी। पिछले कुछ दशकों में हिन्दी का यह दूसरा अखबार रहा, जिसे राष्ट्रीय पत्रकारिता में गंभीर नजर से देखा और समझा गया। पहला अखबार इंदौर से प्रकाशित, 'नई दुनिया' रहा है। दूसरा अखबार, 'प्रभात खबर' ही है। 'प्रभात खबर' की दृष्टि की राष्ट्रीय पत्रकारीय परिदृश्य में काफी अहमियत दी जाती है। हरिवंश की संवेदनशीलता कहें या कुछ और कि उन्होंने तब मुझ जैसे नवेले लेखक-पत्रकार पर भरोसा किया, जब अपनी न तो कोई पहचान थी और न पत्रकारिता की दुनिया में कोई पूछ। यह मामूली बात नहीं है कि मुझ जैसे नवेले पत्रकार के लिखे पोस्टकार्ड को ही खबर मानकर हरिवंश ने अपने प्रतिष्ठित अखबार में छाप दिया। इतना ही नहीं, अपने एक स्थापित लेखक का पारिश्रमिक भी मुझ जैसे शावक पत्रकार को भेज दिया।

माखनलाल चतुर्वेदी पत्रकारिता विश्वविद्यालय के लिए 'दिनमान' के मोनोग्राफ पर काम करते हुए पता चला कि 'दिनमान' ने कई पत्र-लेखकों को

लेखक और रिपोर्टर तक बना दिया था। 'दिनमान' के तब के सहायक संपादक जितेंद्र गुप्त ने एक इंटरव्यू में इन पंक्तियों के लेखक को बताया था कि कई पाठकों के पत्रों में इतनी साफगोई और विचारों में इतना तारतम्य होता था कि उन्हें लेख या रिपोर्ट में छापने में 'दिनमान' को कोई उज्र नहीं होता था। 'दिनमान' ने इस लीक को तोड़ा था। शायद यही वजह है कि उसने इतिहास रचा।

आज हिन्दी पत्रकारिता में लीक पर चलने की परंपरा विकसित होती जा रही है। बाजार के दबाव के अलावा नये कदम उठाने की हिचक हर जगह दिख रही है। गंभीरता और संजीदगी से विचलन हर मोड़ पर नजर आता है। ऐसी स्थिति में मुझे 'प्रभात खबर' से जुड़ा यह अनुभव बार-बार याद आता है। हरिवंश जी के बहाने 'प्रभात खबर' से हुआ यह परिचय तीन दशक बीत जाने के बाद भी मेरे मन-मस्तिष्क पर आज तक छाया हुआ है।

'हिमालय दर्पण' से पत्रकारिता की शुरुआत। 'अमर उजाला कारोबार', 'दैनिक भास्कर', 'इंडिया टीवी', 'जी न्यूज' में कार्य। 'महुआ' समूह के उत्तर प्रदेश-उत्तराखंड केंद्रित चैनल के संपादक रहे। यूएनआई के टीवी विंग में हिन्दी के कार्यकारी संपादक रहे। 'लाइव इंडिया' चैनल में डिप्टी एक्जीक्यूटिव एडिटर रहे। संप्रति प्रसार भारती में कंसल्टेंट। भारतीय जनसंचार संस्थान, नई दिल्ली, माखनलाल चतुर्वेदी राष्ट्रीय पत्रकारिता और जनसंचार विश्वविद्यालय, भोपाल, दिल्ली विश्वविद्यालय में पत्रकारिता और जनसंचार के अतिथि व्याख्याता। प्रकाशित पुस्तकें-'बाजारवाद के दौर में मीडिया', 'राजभाषा हिंदी और अस्मिताबोध'।

संपादकीय मर्यादा का रक्षक संपादक

-रीता, उमेश आनंद

1989 का साल। रांची में 'प्रभात खबर' नामक एक छोटा और अचर्चित अखबार बिक्री के लिए तैयार था। इसकी प्रतिष्ठा धूल-धूसरित थी। आठ पन्नों का यह अखबार था। महज 500 प्रतियों का प्रिंट रन था। वह भी बाबा आदम के जमाने के, पुराने प्रेस से निकलता था। उषा मार्टिन समूह ने 'प्रभात खबर' को खरीदने में दिलचस्पी दिखायी। पर, उस समूह की भी कुछ शर्तें थीं। मसलन यह सौदा सस्ता हो। और इससे भी महत्त्वपूर्ण बात यह कि इसे पुनर्जीवित करने के लिए पेशेवर पत्रकारों को लाया जाये। समूह के बिहार में व्यावसायिक हित थे। एक कारोबारी घराने के लिए खुद का अखबार होना, एक अच्छी चीज मानी जाती है। विशेष रूप से एक ऐसे राज्य में, जो उथल-पुथल भरी राजनीति से ग्रस्त है।

उसी समय कोलकाता में, हिन्दी साप्ताहिक 'रविवार' के हरिवंश नाम के सहायक संपादक गुणवत्तापूर्ण पत्रकारिता को लेकर बेचैन हो रहे थे। 'रविवार', जो एसपी सिंह के संपादकत्व में एक सम्मानित पत्रिका थी, अब कांग्रेस का मुखपत्र बन गयी थी। पेशे के भीतर हरिवंश अपने कौशल और निष्पक्षता के लिए जाने जाते थे। वह किसी का मुखपत्र बनने के लिए पत्रकारिता में नहीं आए थे। वे बेचैन थे। एक ऐसे बदलाव के लिए उत्सुक थे, जो उनके अपने आदर्शवाद की परीक्षा ले।

इसलिए, जब उषा मार्टिन समूह ने उन्हें बेदम 'प्रभात खबर' को पुनर्जीवित करने की पेशकश की, तो उन्होंने पहली बैठक में हाँ कर दी। अपना मानस बनाने में उन्हें एक मिनट से ज्यादा नहीं लगा। वह रांची के प्रति आकर्षित थे। दक्षिण बिहार के चर्चित अंतर्विरोधों में हरिवंश ने पत्रकारिता में एक प्रयोग के लिए एकदम सही प्रयोगशाला देखी। भ्रष्टाचार, हिंसक राजनीति, बेशुमार दौलत, घोर गरीबी और ढहते बुनियादी ढांचे के बीच अगर यहाँ एक आधुनिक और

स्वतंत्र अखबार बन सके, तो निश्चित तौर पर यह जीवन भर की उपलब्धि होगी।

दो दशक बाद वह सपना हकीकत में बदला। 'प्रभात खबर' की 200,000 से अधिक प्रतियाँ छपती हैं। झारखंड में इसके लगभग दस लाख पाठक बने।

इसने बेशक 'रांची एक्सप्रेस' और 'आज' को पछाड़ दिया। पर, इससे भी महत्त्वपूर्ण बात यह है कि इसने हिन्दुस्तान, (हिन्दुस्तान टाइम्स के हिन्दी अवतार) और 'दैनिक जागरण' को पछाड़ दिया। दोनों राष्ट्रीय मीडिया घराने इस क्षेत्र में अपनी पैठ बनाने के लिए उत्सुक थे। उन्होंने इस धारणा पर काम किया था कि 'प्रभात खबर' एक आसान शिकार था।

दो बड़े महारथियों की ताकत के आगे झुकना, तो दूर, 'प्रभात खबर' का सर्कुलेशन और रेवेन्यू लगातार बढ़ता रहा। इसके व्यावसायिक लाभ में भी वृद्धि हुई। यह विशेष रूप से प्रशंसनीय उपलब्ध थी। क्योंकि 'प्रभात खबर' ने अपने स्वयं के रेवेन्यु मॉडल पर काम किया। इसके बरक्स 'हिन्दुस्तान' और 'दैनिक जागरण' ने संपादकीय मिशन में कोई बदलाव नहीं किया। वह पूँजी व धन बहाते रहे। दोनों के पास अपने कल्पित विकास के लिए स्पष्ट मार्केटिंग रणनीतियाँ थीं।

'प्रभात खबर', दस संस्करण निकालने लगा। इसके झारखंड में चार और बिहार में चार, कोलकाता और सिलीगुड़ी में एक-एक प्रकाशन केंद्र हैं। इसने एक विशाल ग्रामीण नेटवर्क बनाया। कंप्यूटर और मॉडेम के माध्यम से इसे जोड़ा भी।

उषा मार्टिन समूह ने 1989 और 1994 के बीच मृतप्राय 'प्रभात खबर' को पुनर्जीवित करने के लिए छह करोड़ रुपये का निवेश किया। अब यह एक ब्रांड है। अचल संपत्ति है। इसका मूल्य प्रारंभिक निवेश से कई गुना अधिक हो गया है। आचरण आश्चर्यजनक बात है कि यह एक ऐसा व्यवसाय है, जो हरिवंश को संपादक के रूप में पूर्ण स्वतंत्रता प्रदान करने से विकसित हुआ है। यह ऐसे समय में दुर्लभ है, जब स्वतंत्र मिजाज वाले संपादक, जो एक खबर को सत्य के चश्मे से देखने पर जोर देते हैं, उन्हें मालिक द्वारा व्यापक रूप से एक बोझ माना जाता है।

आखिर 'प्रभात खबर' की सफलता का राज क्या है? अखबार ने मुख्य रूप से अपनी पत्रकारिता की गुणवत्ता पर भरोसा किया। इसने अपने संपादकीय स्तंभों को राजनीतिक और व्यापारिक हितों के प्रभाव से मुक्त रखा। उनकी मर्यादा की रक्षा उत्साहपूर्वक की। अपना संपादकीय स्थान बेचना, हिन्दी अखबारों के लिए आम बात हो गई है। पर, 'प्रभात खबर' में हरिवंश ने ऐसी स्थिति नहीं आने दी।

'हिन्दुस्तान' और 'जागरण' ने रंगीन, सनसनीखेज कंटेंट परोसा। पर, 'प्रभात खबर' संतुलन और पूर्णता प्रदान करने के लिए सॉफ़्ट फीचर पेज और सप्लीमेंट के साथ गंभीर मुद्दों पर टिका रहा। रांची में रहने के बावजूद, हरिवंश ने अपने युवा पत्रकारों और पाठकों के बीच एक विश्वदृष्टि पैदा करने के लिए काम किया। उन्हें खराब शासन की समस्याओं के आधुनिक और प्रभावी हल था समाधान की तलाश करने के लिए प्रोत्साहित किया।

आम नागरिक के प्रति अखबार की प्रतिबद्धता सतत रही। इसने 1992 में राष्ट्रीय मीडिया के जागने से चार साल पहले, बिहार के पशुपालन विभाग में बड़े पैमाने पर भ्रष्टाचार को उजागर किया। 'प्रभात खबर' ने 70 खोजी रिपोर्टें कीं, जिसकी कीमत आखिरकार लालू प्रसाद यादव को मुख्यमंत्री पद गँवाने के रूप में चुकानी पड़ी।

'प्रभात खबर' ने ही पलामू में भूख से मौत की खबर दी। सरकार ने मौतों का खंडन किया। अखबार को धमकाने की कोशिश की। लेकिन अखबार की रिपोर्ट आखिरकार भोजन के अधिकार और देश में सार्वजनिक वितरण प्रणाली के कामकाज के सवाल पर सुप्रीम कोर्ट के चल रहे हस्तक्षेप का हिस्सा बन गई। कोर्ट ने 'प्रभात खबर' को सही साबित किया।

हरिवंश के रिपोर्टर लगातार भूमि घोटालों और नकली ड्रग रैकेट की रिपोर्ट करते रहे हैं, बिजली की कमी को लेकर सरकार के खिलाफ अभियान चलाते रहे हैं। भ्रष्टाचार में आकंठ डूबे राजनेताओं और सरकारी कर्मचारियों, अधिकारियों का नाम लेने और विभिन्न विभागों में रिश्वत के रूप में वसूल की गई राशि को छापने की हद तक गये हैं।

अखबार ने खुद को जन आन्दोलनों से जोड़ा है। मसलन झारखंड का आन्दोलन। यह दक्षिण बिहार से बना। इसकी राजधानी रांची है।

'प्रभात खबर' ने कुशासन के कारण क्षेत्र से पूँजी के पलायन पर चिंता जताई। इसने भूमि अधिकारों और जंगलों तक सामुदायिक पहुँच के लिए अभियान चलाया। इसके पत्रकारों की स्टोरी ने आदिवासियों को उनसे छीनी गई संपत्ति वापस पाने में मदद की।

इसने महिलाओं के अधिकारों का निरंतर पक्ष लिया, आवाज उठायी।

यह समझना महत्त्वपूर्ण है। 'प्रभात खबर' ने अपने पाठकों के साथ भावनात्मक संबंध बनाए हैं। सच्चाई के साथ खड़े एक साहसी चैंपियन के रूप में इसकी छवि बनी है। यही इसकी व्यावसायिक सफलता के महत्त्वपूर्ण घटक रहे हैं। ऐसे समय में जब देश में और खासकर बिहार में, जब पत्रकारों को सत्ता

के ढांचे का हिस्सा माना जाता है, हरिवंश और उनकी टीम को बहादुरों के रूप में देखा जाता है।

आखिर हरिवंश कौन हैं और उन्हें क्या खास बनाता है?

हरिवंश की चुनी हुई पहचान, सादगी है। ऐसा होना जरूरी नहीं था। कारण, वह पूर्वी भारत के सबसे प्रभावशाली संपादकों में से एक हैं। लेकिन उनके पास वह आत्म-महत्त्व नहीं है, जो शक्तिशाली पत्रकार खुद को देना पसंद करते हैं। वह सेलिब्रिटी नहीं बनना चाहते हैं। भूरे बालों वाला एक छोटा आदमी। शांत। विनम्र व्यवहार। आप जिसे लोगों से भरे कमरे में भी याद करेंगे।

उन्हें दोपहर के भोजन के लिए देर हो रही है। 'प्रभात खबर' कार्यालय में अपना काम पूरा करने में हमें और थोड़ा समय लगेगा, तो वे असहज होते हैं। पर, जल्द ही घुल जाते हैं। रांची में बंगाली क्वार्टर के मध्य में उनका बड़ा मगर मामूली फ्लैट। स्थानीय दोस्तों के बीच हल्के-फुल्के मजाक के बीच इत्मीनान से नाश्ता किया जाता है। माहौल सहज है, घरेलू। पर, उनके लिए फोन की घंटी बार-बार बजती है।

हरिवंश, जो अपने उम्र के पाँचवें (2009 में) दशक के मध्य में हैं, उत्तर प्रदेश के एक गाँव में पले-बढ़े हैं। स्कूल एक पेड़ के नीचे था। रांची में अपने कार्यालय में वे हमें बताते हैं, "वहाँ कुछ भी नहीं था। जब लोग बीमार पड़ते थे, तो इलाज के अभाव में मर जाते थे।"

चूँकि वह जानते हैं कि गरीब होना क्या होता है, इसलिए उन मुद्दों को वह वास्तव में महसूस करते हैं, जो गरीबों को प्रभावित करते हैं। जब हम रांची पहुँचे, तो वह हजारीबाग में थे। वहाँ महिलाएँ शराब पर प्रतिबंध लगाने की माँग को लेकर एक साथ आई थीं। हरिवंश प्रभावित हुए। 'यहाँ अशिक्षित महिलाएँ हैं। पर, वे बड़े पैमाने पर विरोध प्रदर्शन आयोजित करने में कामयाब रही हैं', वह हमें बताते हैं। अगले दिन 'प्रभात खबर' में एक विस्तृत स्टोरी छपी, जिसे हरिवंश ने खुद की थी।

लेकिन जब वह गरीबों की परवाह करते हैं, तो वह उबाऊ नहीं होता। वह अपना दिल, खोलकर रख देते हैं। वह अनुचित ट्रेड यूनियनों के साथ उतना ही मुखर और जुझारू हो सकते हैं, जितना उन लोगों के साथ, जो मानते हैं कि मीडिया की एकमात्र भूमिका अमीरों की जीवन शैली का जश्न मनाना है।

जिस तरह 'प्रभात खबर' राजनेताओं की पड़ताल करता है, उसी तरह वह नक्सलियों और उनकी अराजकता की भी खबर लेता है। एनजीओ से पूछने के लिए हरिवंश के पास असहज करनेवाले सवाल हैं।

अपने पिता की दूरदर्शिता की बदौलत, हरिवंश पढ़ने के लिए बनारस हिन्दू विश्वविद्यालय जाने में सफल रहे। उन्होंने अर्थशास्त्र में एमए किया। उन्होंने जयप्रकाश नारायण आन्दोलन पर पत्र-पत्रिकाओं में पत्र लिखना शुरू किया। उसके बाद उन्होंने 'टाइम्स ऑफ इंडिया' के प्रशिक्षु पत्रकार कार्यक्रम के लिए परीक्षा दी। प्रशिक्षण के बाद 'धर्मयुग' के लिए काम करना शुरू किया। जब मुंबई का जीवन और पत्रिका में काम करना उन्हें पसंद नहीं आया, तो उन्होंने बैंक की परीक्षा दी और बाहर चले गए। कुछ साल बाद वे 'रविवार' में, पत्रकारिता में वापस आ गए, और वहाँ से उन्होंने रांची की निर्धारित यात्रा की।

'प्रभात खबर' को खड़ा करने का मतलब ज्यादातर चौबीसों घंटे काम करना है। हरिवंश कहते हैं, "काफी लंबे समय तक हम यहाँ सुबह नौ बजे दफ़्तर में होते और अगली सुबह दो बजे चले जाते।" संसाधन कम थे और कभी-कभी अखबारी कागज के लिए पर्याप्त धन नहीं होता था। 1996 में, उषा मार्टिन समूह ने महसूस किया कि 'प्रभात खबर' टीम अपने लिए लड़ने के लिए तैयार थी।

हरिवंश बोर्ड के निदेशकों में से एक डी.एस. शर्मा से मिले व्यवसायिक सलाह, सहयोग के लिए एहसानमंद हैं।

'प्रभात खबर' प्रबंधन में भी दो प्रमुख खिलाड़ी थे, जो व्यवसाय के साथ बढ़े। केके गोयनका और आर.के. दत्ता को उषा मार्टिन ने 1989 में प्रबंधक के रूप में नियुक्त किया था। दत्ता, मूल रूप से सिर्फ कार्मिक दायित्व को सँभालते थे। लेकिन, फिर सर्कुलेशन सँभालने लगे। गोयनका, एक चार्टर्ड एकाउंटेंट थे। वह फाइनेंस और मार्केटिंग देखते थे। दोनों के लिए मीडिया में यह पहली बार का रोजगार था। हरिवंश की तरह अखबार की बदहाल स्थिति से वे भी दंग रह गए थे। लेकिन वे छोटे शहरों के युवा थे-(रांची के ही दत्ता और पश्चिम बंगाल के बांकुड़ा के गोयनका) हरिवंश कहते हैं, "हमने एक टीम की तरह साथ काम किया है। फैसले सामूहिक रूप से लिए जाते। प्रबंधन और संपादकीय एक साथ। किसी एक पक्ष का दबदबा नहीं।" हरिवंश बताते हैं, "कोई भी शक्तिशाली ब्रांड मैनेजर या मार्केटिंग हेड नहीं।"

हालाँकि, हरिवंश जाहिर तौर पर बॉस रहे। उन्होंने ही 'प्रभात खबर' को इसकी आत्मा और सार्वजनिक उपस्थिति दी। अपने 14 साल के संपादकीय कार्यकाल में उन्होंने हर तरह के नेताओं से लोहा लिया। उनसे जब हमने पूछा, उनके खिलाफ मानहानि के कितने मामले हैं? फिर अपने वकील से उन्होंने पूछकर बताया, 30 मामले हैं।

'प्रभात खबर' को आम नागरिक का प्रहरी माना जाने लगा। लेकिन यह कई

राष्ट्रीय अखबारों के विपरीत, अपनी सफलताओं के बारे में शायद ही कोई बात करता है। वे एक छोटा-सा प्रभाव भी डालते हैं, तो भी सभी उत्साहित हो जाते हैं। 'प्रभात खबर' में, यह रोज की बात है। अखबार के लिए उसका चुना हुआ नारा है-'अखबार नहीं, आन्दोलन' ही सब कुछ है, यह सब बताता है।

एक आधुनिक उत्पाद के रूप में 'प्रभात खबर' की सफलता हरिवंश की अनूठी दृष्टि से निकली है। इसलिए, जबकि इसने भ्रष्टाचार और कुशासन पर तेजी से ध्यान केंद्रित किया है, तब इसने फीचर सेक्शन, रंगीन परिशिष्ट और करियर गाइड भी बनाया है।

उन्होंने यह देखने के लिए केरल में 'मलयालम मनोरमा' और आंध्र प्रदेश में 'ईनाडु' की यात्रा की कि कैसे इन संस्थानों का निर्माण हुआ प्रबंधन किया जाता है। उनसे पाठकों के साथ जुड़ने की प्रक्रिया सीखी। टार्गेटेड आडियंस के लिए स्थानीय स्टोरी को उजागर करने में सक्षम होने के लिए उनके कई संस्करणों के प्रयोग को दोहराया।

'द डेथ ऑफ डिस्टेंस', जैसी किताबों ने उन्हें आक्रामक रूप से कनेक्टिविटी और कम्प्यूटरीकरण की राह पर चलने के लिए प्रेरित किया। हरिवंश का मानना है, "मुझे एहसास हुआ कि हमें और अधिक कुशल व्यवस्था की ओर बढ़ना होगा, जिससे हमारे कोई भी पत्रकार यह जानकारी रखता हो कि रिपोर्ट कैसे दर्ज करें, कॉपी संपादित करें और पेज कैसे बनाएँ। दरअसल हमें गति के साथ सटीकता भी सुनिश्चित करनी थी।"

पाठकों के संपर्क में रहने की एक महत्त्वपूर्ण रणनीति रही है। 'आप के द्वार' व 'पाठक मंच' यह जानने के लिए लोकप्रिय अभियान बन गए कि अखबार से क्या उम्मीद की जाती है। इन प्रयोगों ने 'प्रभात खबर' को खरीदनेवाले लोगों और इसे बनानेवाले पत्रकारों के बीच की खाई को पाटा है। जब लोग जानकारी के भूखे होते हैं, तो वे युवा और आदर्शवादी चेहरों पर भरोसा कर सकते हैं। ऐसे में अखबार पर उनका विश्वास अडिग हो जाता है। हरिवंश की अपनी प्रतिष्ठा वाकई लाजवाब है।

बेहतर शासन सुनिश्चित करने के लिए बार-बार हस्तक्षेप, जैसे कि झारखंड में बिजली की कमी पर अभियान और सभी स्तरों पर भ्रष्टाचार के खुलासे ने अखबार को प्रहरी के रूप में स्थापित किया है।

ऐसी स्टोरी, जो गरीब आदिवासियों को उनकी जमीन वापस दिलाने में मदद करती हैं, मध्य वर्ग के लिए उनकी कोई तत्काल प्रासंगिकता नहीं हो सकती थी। पर, वे इस धारणा को मजबूत करती हैं, एक कठोर राज्य मशीनरी के

खिलाफ, एक हथियार के रूप में लोग 'प्रभात खबर' का इस्तेमाल कर सकते हैं। यह अपने पाठकों तक पहुँचने की नीति का प्रतिफल है। मिसाल के तौर पर जब 'हिन्दुस्तान' और 'जागरण' हाकर्स को 'प्रभात खबर' न बाँटने के लिए फुसलाते थे, तो पाठक जल्दी जाग जाते थे। 'प्रभात खबर' की डिलिवरी पर जोर देते थे।

हरिवंश को विशेष रूप से दो परियोजनाओं पर गर्व है। पहला, सेंटर फॉर द स्टडी ऑफ डेवलपिंग सोसाइटीज (CSDS) के योगेंद्र यादव और संजय कुमार के मार्गदर्शन में किया गया एक सोशल ऑडिट। दूसरा, 'इंडिकस' द्वारा किया गया एक पेशेवर अध्ययन, जो आगामी 20वर्षों में झारखंड का क्या होगा, इसपर आधारित था। इसमें यह अनुमान लगाया गया था कि यदि प्रशासन में सुधार नहीं होता है और भ्रष्टाचार का मौजूदा स्तर जारी रहता है, तो झारखंड के हालात जिम्बाब्वे जैसे होंगे।

इसी तरह एक पूरा विशेष संस्करण, झारखंड के सबसे बड़े उद्योग के रूप में भ्रष्टाचार पर निकाला गया। इसमें किसी को भी नहीं बख्शा गया। यहाँ तक कि नक्सलियों को भी नहीं बख्शा कि वे कितना पैसा लूटते हैं और कितना आतंक फैलाते हैं।

हरिवंश का प्रयास रहा है। उन्होंने सीखने के लिए जैसे 'ईनाडु' और 'मलयालम मनोरमा' की यात्रा की, उसी तरह उन्होंने कर्मचारियों और पाठकों को झारखंड से परे भी दिखाया। दरसअल यही वजह है, कि वह 'द इकोनॉमिस्ट' की नवीनतम प्रति अपने पास मँगवाते थे।

शायद इसी कारण 'प्रभात खबर' के संपादकीय पेज पर रामचंद्र गुहा, प्रोफेसर अरुण कुमार, चतुरानन मिश्र, नारायण दत्त जैसे लोगों के लेख छपते। प्रभात कुमार ने झारखंड के राज्यपाल के रूप में शासन पर एक कॉलम लिखा। ज्याँ द्रेज, प्रभाष जोशी, अजीत भट्टाचार्य जैसे कई अन्य लोग समय-समय पर छपते रहे। इसी तरह, 'भारत किधर' एक ऐसा आयोजन बन गया, जिसमें प्रतिष्ठित लोग शामिल होते। इसमें भारत के भविष्य पर चर्चा की जाती। हरिवंश ने अपने टीम का चुनाव सावधानी से किया। उन्होंने युवाओं को चुना। उन्हें निर्णय लेने का अधिकार दिया। 'प्रभात खबर' के कर्मचारियों की औसत आयु 35 वर्ष से कम होगी। अब अखबार एक प्रशिक्षण स्कूल चलाने लगा है। यह नई प्रतिभाओं को आकर्षित करता है।

'प्रभात खबर' अपने पत्रकारों को यथोचित भुगतान करता है। उनसे सख्त आचार संहिता का पालन करने की अपेक्षा करता है। सेमिनार, वर्कशॉप और एक

सक्रिय नोटिस बोर्ड, कम से कम इसके रांची कार्यालय में, दुनिया के साथ कदमताल करने के लिए करता है।

हरिवंश रांची में 'प्रभात खबर' के कार्यालय में आयें। वह उस सदमे के लिए तैयार नहीं थे, जो उन्हें आने पर मिला। इसमें चार जीर्ण-शीर्ण कमरे, नाखुश पत्रकार। एक बंधु एम-20 प्रिंटिंग मशीन। जो श्वेत-श्याम (ब्लैक एंड व्हाइट) रंग में आठ पेज का उत्पादन करती थी। और 250 कर्मचारियों की एक फौज।

हरिवंश बताते हैं, "सच कहूँ, तो मैंने जो देखा उससे दंग रह गया। सोच रहा था कि कहाँ आ गया। 'धर्मयुग', बैंक और रविवार सभी कई सुविधाओं के साथ आधुनिक प्रतिष्ठान थे। 1989 में 'प्रभात खबर' तुलनात्मक रूप से एक अथाह खोह की तरह लग रहा था।"

लेकिन अपना मानस बनाने के बाद, हरिवंश ने अपने साहसिक काम में कोलकाता के कुछ युवा पत्रकारों को शामिल किया। उन्होंने 'प्रभात खबर' की सामग्री और गेट-अप को फिर से आकार देने पर ध्यान देना शुरू किया। नई टीम ने स्टोरी की खोज शुरू की। कई दोस्तों की मदद से अखबार के स्वरूप में बदलाव आया। इसके बाद कई स्कूप आए। हर एक के साथ सर्कुलेशन बढ़ता गया। प्रगति बहुत धीमी थी। पर, जैसे ही 'प्रभात खबर' में नई ताकत से खबर निकली, अखबार ने विश्वसनीयता हासिल करना शुरू कर दिया।

इतने सालों में कई पत्रकार आए। चले भी गए। ज्यादातर मामलों में उन्होंने मूल्यवान अनुभव प्राप्त किया। 'हिन्दुस्तान' ने 'प्रभात खबर' को पंगु बनाने की उम्मीद में एक ही झटके में 20 पत्रकारों को तोड़ लिया। हरिवंश ने भारतीय विद्या भवन के साथ एक ट्रेनिंग सेंटर स्थापित करके इसका तोड़ निकाला। वहाँ से अनेक प्रतिभाओं को लाया।

रांची कार्यालय हमेशा गतिविधियों से गुलजार रहता है। लोग अविश्वसनीय रूप से लंबे समय तक काम करते हैं। समाचार संपादक और रेजिडेंट एडिटर, सुबह 11 बजे पहुँचते। रांची शहर के संस्करण को छोड़ कर, अगले दिन सुबह दो बजे वापस जाते है।

इतनी देर काम करना सजा की तरह था, पर सबकी हरिवंश और अखबार के प्रति निर्विवाद निष्ठा थी। रेजिडेंट एडिटर, विजय पाठक, एक जिला संवाददाता और एक डेस्क हेड से आगे बढ़े हैं। पाठक कहते हैं, "मेरे जैसे लोगों को यहाँ काम करने की पूरी आजादी है, जिसका हम आनंद लेते हैं। यदि आपके पास कोई विचार है, तो आप इसे लागू कर सकते हैं। ऑनरशीप की भावना है। हम आंतरिक राजनीति और कलह से भी मुक्त हैं। क्योंकि हरिवंश जी इसकी

अनुमति नहीं देंते।"

यह एक आधुनिक संगठन है, जिस पर हरिवंश को गर्व है। यहाँ बहुत कम या कोई पदानुक्रम नहीं है। बेशक देर से आने पर लोगों की खिंचाई होती है। हर स्तर पर जवाबदेही होती है। लेकिन पुराने जमाने के अर्थों में कोई पदानुक्रम नहीं है। बहुत काम है, इसकी इच्छा से आना होगा।

अपने पत्रकारों के लिए हरिवंश का संदेश है। हमेशा अपने काम को हल्के में नहीं लें। वह उनसे बाजार का सामना करने की उम्मीद करते हैं। एक अखबार लंबे समय तक टिकने की उम्मीद नहीं कर सकता, जब तक कि वह व्यावसायिक रूप से व्यवहारिक न हो। दूसरी तरफ, एक अखबार जो केवल एक व्यवसाय है, वह आसपास होने के लायक भी नहीं है। 1989 में उन्होंने जो बड़ी चुनौती ली, वह एक ऐसा अखबार बनाने की थी, जो अपनी सामग्री के साथ खेल खेले बिना पैसा कमा सके। 2009 में, वह कह सकते हैं कि वह सफल हुए हैं।

नवंबर 2007 में 'सिविल सोसाइटी' द्वारा पहली बार हरिवंश और 'प्रभात खबर' पर रिपोर्ट किये जाने के बाद, अखबार को बाजार की कई चुनौतियों का सामना करना पड़ा। इसे प्रतिद्वंद्वी प्रकाशनों द्वारा भी लगभग खरीद लिया गया था। एक संपादक के रूप में खुद हरिवंश की काफी डिमांड है।

(यह आलेख 'सिविल सोसाइटी' पत्रिका में 2009 में प्रकाशित हुआ। अंग्रेजी से इसका अनुवाद किया गया है।)

लेखकद्वय 'सिविल सोसाइटी' पत्रिका के प्रकाशक-संपादक हैं।

संपादकों की अंतिम कड़ी

-डॉ. लाल बहादुर ओझा

भारत में संपादकों की समृद्ध परंपरा रही है। आजादी के पूर्व और आजादी के बाद भी। हिन्दी पत्रकारिता की परंपरा में दो संपादक सम्मेलनों के नाम बड़े गर्व से लिये जाते हैं-वृंदावन और भरतपुर। 1925 में वृंदावन में आयोजित सम्मेलन में बाबूराव विष्णु पराड़कर जी का यह वक्तव्य एक तरह से भारतीय पत्रकारिता के बारे में भविष्यवाणी साबित हुआ-'पत्र निकालकर सफलतापूर्वक चलाना बड़े-बड़े धनियों अथवा सुसंगठित कंपनियों के लिए ही संभव होगा। पत्र सर्वांग सुंदर होंगे। आकार बड़े होंगे, छपाई अच्छी होगी, मनोहर, मनोरंजक और ज्ञानवर्द्धक चित्रों से सुसज्जित होंगे, लेखों में विविधता होगी, गंभीर गवेषणा की झलक होगी, ग्राहकों की संख्या लाखों में गिनी जाएगी। यह सब कुछ होगा पर पत्र प्राणहीन होंगे। पत्रों की नीति देशभक्त, धर्मभक्त अथवा मानवता के उपासक महाप्राण संपादकों की नीति न होगी-इन गुणों से संपन्न लेखक विकृत मस्तिष्क समझे जाएँगे, संपादक की कुर्सी तक उनकी पहुँच भी न होगी। वेतनभोगी संपादक मालिक का काम करेंगे और बड़ी खूबी के साथ करेंगे...'

ये पंक्तियाँ भले ही हमारे समय के अन्य समाचार पत्रों पर लागू होती हों, हरिवंश जी के संपादन में शून्य से शिखर तक पहुँचनेवाला 'प्रभात खबर' इसका अपवाद रहा है। देश के सर्वाधिक पिछड़े इलाकों में से एक इलाके में 1989 में एक डूबते हुए अखबार को फिर से खड़ा करने की, पत्रकारीय मूल्यों के साथ जो कवायद उन्होंने की वह बेमिसाल है। उपर्युक्त पंक्तियों में पराड़कर जी जिन संकेतकों को रेखांकित करते हुए अखबारों के प्राणहीन हो जाने की बात कर रहे हैं, उसके ठीक उलट 'प्रभात खबर' उन सभी संकेतकों को अपनाते हुए सुंदर, सुसज्जित और लगातार प्राणवान बना रहा, तो उसके पीछे सिर्फ हरिवंश जी का संपादकीय नेतृत्व रहा है।

नब्बे का दशक एक हर तरह से एक संक्रमण काल रहा है। इस दौर में राजनीति, अर्थनीति साथ ही पत्रकारिता के सामने भी नई तरह चुनौतियाँ आईं।

यह दौर पत्रकारिता के सरोकारों के छिजने और व्यावसायिकता के उभार के लिये जाना जाता रहा है। यहाँ तक कि संपादक नामक संस्था के ढहने की शुरुआत भी इसी समय होती है। ऐसे समय में संपादकीय संस्था को बनाये रखने में, जो गिनती के लोग रहे। उनमें से श्री हरिवंश का नाम अग्रणी है। यही वजह है कि आजादी के बाद जिन हिन्दी संपादकों की श्रृंखला बनती है, उनमें अज्ञेय, धर्मवीर भारती, रघुवीर सहाय, राजेन्द्र माथुर, राहुल बारपुते, प्रभाष जोशी, सुरेंद्र प्रताप सिंह आदि की परंपरा में हरिवंश लगभग अंतिम कड़ी हैं। उनके समांतर मालिक-संपादक और प्रबंधकों का बोलबाला केवल हिन्दी ही नहीं बल्कि पूरी भारतीय पत्रकारिता पर हावी होता गया है।

प्रश्न उठता है कि वे कौन-सी बातें हैं, जो अपने समकालीन संपादकों में श्री हरिवंश को विशिष्ट बनाती हैं? 1927 में भरतपुर में आयोजित संपादक सम्मेलन में पत्रकारिता के विविध पक्षों पर बोलते हुए माखनलाल चतुर्वेदी ने कहा था-'जगत में यदि समाचार पत्र बड़प्पन पाये हुए हैं, तो उनकी जिम्मेवारी भी भारी है। बिना जिम्मेवारी के बड़प्पन का मूल्य ही क्या है?' इन पंक्तियों के आलोक में अगर 'प्रभात खबर' के काम को देखा जाए, तो जिम्मेवार पत्रकारिता के रूप में उभरकर सामने आता है। चुनौतियाँ चाहे जो भी रही हों, श्री हरिवंश के नेतृत्व में पत्रकारिता कभी अपनी जिम्मेवारी से विमुख नहीं हुई। यह जिम्मेवारी जनपक्षधरता और लोकतंत्र के प्रति रही है।

'धर्मयुग' और 'रविवार' जैसी अपने समय की सर्वश्रेष्ठ पत्रिकाओं से पत्रकारिता की शुरूआत करनेवाले श्री हरिवंश महानगरों को छोड़कर एक अल्पविकसित वनांचल में टिके रहे, तो उसके पीछे उनके पत्रकारीय और सामाजिक सरोकार ही रहे हैं। तब तो रांची राज्य की राजधानी भी नहीं थी। एक संभागीय स्तर से राष्ट्रीय कद की पत्रकारिता करना, उनके अविश्वसनीय साहस और संकल्प को जाहिर करता है। ऐसा नहीं है कि वे इन सरोकारों के द्वीप बने रहे बल्कि उन्होंने बड़ी कुशलता से उन पत्रकारीय मूल्यों और सरोकारों के प्रति अपने सहकर्मियों का लगातार उन्मुखीकरण किया। 'प्रभात खबर' में काम करने जानेवाले लोग किसी मोटी तनख्वाह के लिए नहीं बल्कि पत्रकारीय संस्कार के लिए जाते रहे हैं। ऐसे मौके आए हैं, जब बाजार के प्रलोभनों में कुछ लोग टूटे हैं, लेकिन उसकी दूनी ताकत से लोग उससे जुड़े और उसके साथ टिके रहे हैं।

पत्रकारिता के साथ जो बातें केवल कही जाती हैं, जैसे कि वह बेजुबानों की आवाज है। 'प्रभात खबर' के जरिये श्री हरिवंश ने उसको कर दिखाया है। ऐसे कई उदाहरण हैं, जब हर जगह से हार-थक कर लोगों ने 'प्रभात खबर' को

आपबीती लिखी। ऐसे कई पत्रों का संज्ञान लेकर, तहकीकात कर 'प्रभात खबर' ने उनको अपनी लीड स्टोरी बनाई। अखबार के आरंभिक दौर से ही लोगों के बीच जाना, उनके मुद्दों के सुनना, समझना, उनको प्रामाणिक तरीके से उठाने वाले लोगों को प्रोत्साहित करना आदि ने 'प्रभात खबर' को उनका अपना अखबार और श्री हरिवंश को अपना संपादक बना दिया। उन्होंने लोगों को सवाल करना सिखाया।

अक्सर क्षेत्रीय अखबारों में वैश्विक और राष्ट्रीय स्तर के विचारक नहीं दिखते हैं। या फिर कहीं-कहीं तो केवल वही दिखते हैं और स्थानीय प्रतिभाओं, लेखकों, विचारकों की जगह नहीं मिलती। 'प्रभात खबर' में इस का विशेष रूप से संतुलन दिखता है। राजनीति, अर्थनीति, साहित्य, समाज और संस्कृति, पर्यावरण, विकास, स्वास्थ्य, सुशासन, कूटनीति, सामरिक महत्त्व, कृषि, उद्योग आदि विषयों पर अपने पाठकों को जिम्मवारी के भाव से श्रेष्ठ सामग्री उपलब्ध कराना एक निरंतर चलनेवाली प्रक्रिया रही है। सूचना के अतिरेक से बचते हुए समय और समाज की जरूरत के मुताबिक 'प्रभात खबर' को सूचना, ज्ञान और विमर्श का मंच बनाने में श्री हरिवंश की सम्यक और संतुलित दृष्टि का बड़ा योगदान रहा है।

कंटेंट के अलावा प्रकाशन की आधुनिक तकनीक और संचार के साधनों के प्रति सजग रहते हुए अपने संस्थान में उनके क्रियान्वयन को संभव बनाने में उनकी बड़ी भूमिका रही है। कम संसाधनों में तकनीक का उपयोग करते हुए अपने अखबार का किस तरह से विस्तार किया जा सकता है, उनके प्रयोग एक मिसाल हैं। 'प्रभात खबर' आधुनिक तकनीक के साथ कदमताल करता रहा है।

पत्रकारिता में उनके प्रयोगों और सफलता ने उन्हें विशिष्ट व्यक्ति बनाया। परंतु इस सफलता का अहंकार उनमें कभी नहीं दिखा। वे हमेशा विनम्रतापूर्वक अपनी धुन में लगे रहे हैं और अपना काम करते रहे हैं। नये लोगों, सहकर्मियों की पहुँच हमेशा उन तक बनी रही है। उनके साथ मित्रवत व्यवहार और संवाद में कभी कमी नहीं आई। नई प्रतिभाओं को पहचानना, उसको गढ़ना और उनको अखबार के साथ जोड़ना, उनकी योग्यता के अनुरूप काम सौंपना साथ ही उनमें काम के प्रति इस तरह का आत्मविश्वास पैदा करना ताकि वे कर्त्तव्य पथ से डिगे नहीं, यह प्रक्रिया निरंतर चलती रही। यही वजह है कि पत्रकारिता में 'नई दुनिया', 'दिनमान', 'रविवार' के बाद 'प्रभात खबर' भविष्य के पत्रकारों के लिए एक प्रशिक्षण संस्थान की भूमिका में रहा है। यहाँ से निकली संवाददाताओं और संपादकों की टोली हिन्दी पत्रकारिता को नई रौशनी दे रही है।

डॉ. लाल बहादुर ओझा, माखनलाल चतुर्वेदी पत्रकारिता एवं संचार विश्वविद्यालय में सहायक प्राध्यापक हैं। 'प्रभात खबर' के आरंभिक दिनों में संपादकीय सहयोगी के रूप में संबद्ध रहे हैं।

अपने आप में एक संस्था

-शैलेंद्र सिंह

15 अगस्त, 2003। यही वह दिन था, जब 'प्रभात खबर' के तत्कालीन प्रधान संपादक हरिवंश जी से मुलाकात हुई थी। जरिया बने थे, साथी और बड़े भाई स्वयं प्रकाश। हुआ यूँ कि 12 फरवरी, 2000 को रांची आना हुआ था। तब, मैं 'हिन्दुस्तान' अखबार में रिपोर्टर सह कॉपी एडिटर बनकर आया था, ज्वाइनिंग पटना में हुई थी। तब, रांची, बिहार राज्य का ही हिस्सा था। झारखंड नहीं बना था। तभी से हरिवंश जी के बारे में पत्रकार साथियों ने बताना शुरू किया और जो चीजें पता चलीं, उससे मन में लगातार ये धारणा बनती चली गयी कि हरिवंश जी पत्रकारिता में हमारे आदर्श हैं। हरिवंश जी के लेख भी 'प्रभात खबर' में नियमित अंतराल पर पढ़ने को मिलते थे। उससे ज्यादा ये कि उनकी छाप अखबार पर दिखायी देती थी।

'हिन्दुस्तान', जिस अखबार में हम लोगों ने ज्वाइन किया था, संसाधनों के मामले में 'प्रभात खबर' उसके सामने कहीं नहीं ठहरता था। लेकिन, संसाधन ही सब कुछ नहीं होता, ये धीरे-धीरे साबित होता चला गया। जब अखबार लांच हुआ, तो ये कहा गया कि 'हिन्दुस्तान' रांची आ गया है। ये 'प्रभात खबर' को खा (खत्म कर देगा) जाएगा। लेकिन, हुआ इसके बिल्कुल उल्टा। 'हिन्दुस्तान' के आने के बाद, 'प्रभात खबर' में और निखार शुरू हुआ, जो दिनों दिन बढ़ता गया।

'हिन्दुस्तान' और 'प्रभात खबर' अखबार के रूप में एक दूसरे के प्रतिद्वंद्वी थे। वही प्रतिद्वंद्विता मेरे अंदर भी थी। हरिवंश जी के बारे में जानने और सुनने के बाद भी उनसे मिलने के लिए इसलिए नहीं जा रहा था, क्योंकि वह हमारे प्रतिद्वंद्वी अखबार के प्रधान संपादक थे। मेरे मन में ये तय था कि हरिवंश जी से मिलना है, लेकिन मिलूँगा तभी जब इस शहर से जाने लगूँगा, क्योंकि 'हिन्दुस्तान' अखबार में काम करते हुए 'प्रभात खबर' के ऑफिस में जाना मेरे

लिए गवारा नहीं था। इसी वजह से चाह कर भी मैं हरिवंश जी से मिलने के लिए 2000 से 2003 जुलाई तक नहीं गया।

अगस्त, 2003 में मेरा तबादला 'हिन्दुस्तान' की धनबाद यूनिट में हुआ, तो मैंने स्वयं प्रकाश जी पर हरिवंश जी से मिलवाने का दबाव बनाना शुरू किया, उनका हरिवंश जी से अच्छा रिश्ता था। वह 'हिन्दुस्तान' में काम करते हुए भी हरिवंश जी से लगातार मिलते रहते थे। जेपी की जयंती के समय उनके साथ रांची से सिताबदियारा जाते थे। उनके बारे में लगातार जानकारियाँ साझा करते रहते थे, जिससे हरिवंश जी के प्रति मन में इज़्जत लगातार बढ़ती जा रही थी। हरिवंश जी 'प्रभात खबर' अखबार के दफ़्तर में साथियों से जो कहते, उसकी सूचना भी मिलती थी, तो गर्व होता था।

दरअसल, 'हिन्दुस्तान' अखबार में डेस्क पर होने की वजह से रात में डेढ़ बजे हम लोगों की शिफ़्ट छूटती थी। सिटी एडिसन में हम सब काम करते थे। तब रांची में ज्यादा डेवलपमेंट नहीं था। शाम होते ही सन्नाटा हो जाता था। लेकिन, डेस्क के पत्रकार साथियों की महफिल फिरायालाल चौक (अब अल्बर्ट एक्का चौक) के पास एक चाय की दुकान पर लगती थी। जिसमें 'हिन्दुस्तान', 'प्रभात खबर' और कभी कभी 'रांची एक्सप्रेस' के साथी जुटते थे। 'हिन्दुस्तान' और 'प्रभात खबर' के साथियों का चाय पर रात डेढ़ बजे नियमित मिलन होता था, जो डेढ़ घंटे तक चलता था। इस दौरान खबर को छोड़ कर देश दुनिया की सब चीजों पर चर्चा होती थी।

पत्रकारों की चाय पर होनेवाली बैठकी में सबसे ज्यादा चर्चा के केंद्र में हरिवंश जी रहते थे, क्योंकि वे अपने साथियों को लगातार पत्रकारिता की वर्तमान और आनेवाले चुनौतियों के प्रति आगाह करते रहते थे। साथ ही देश दुनिया में अखबार को लेकर जो नयी टेक्नोलॉजी आती थी, उसे वे 'प्रभात खबर' में ले आते थे। भले ही सीमित संसाधन थे, लेकिन टेक्नोलॉजी और सूचना क्रांति को लेकर उनका मानस साफ था। वह कहते थे कि आनेवाले समय में सूचना क्रांति में खबरों में आमूल चूल परिवर्तन आनेवाला है। इसकी चर्चा वे 'प्रभात खबर' के साथियों से बैठकों में करते थे। जब यात्राओं पर जाते थे और वापस आते थे, तो बैठक करके यात्रा का संस्मरण अपने साथियों को सुनाते थे। साथ ही उन्हें बताते कि कैसी चुनौतियों को सामना करने के लिए उन्हें तैयार रहना चाहिए?

अगर, सामान्य रूप से कहें, तो हरिवंश जी पत्रकारिता में सिर्फ एक अच्छे और आदर्श पत्रकार नहीं, बल्कि एक संस्था हैं, जिन्हें बाजार से लेकर

टेक्नोलॉजी तक की बारीकी से समझ थी और उसे लागू करने में भी वे सबसे आगे रहते थे। कोई भी चुनौती हो, उसके बारे में अखबार के साथियों को अपडेट रखते थे, ताकि किसी तरह की परेशानी खड़ी नहीं हो। वे इस बात के पक्षधर थे कि लोगों को जानना चाहिए कि अखबार की अर्थव्यवस्था कैसे चलती है, क्योंकि जिलों और प्रखंडों के रिपोर्टर, लोगों से शुभकामना या अन्य विज्ञापन की डिमांड करते हैं। उनका कहना था कि जब आपके बारे में लोग जानेंगे, तो आपकी मदद करेंगे, ये बात लोगों को भी समझ में आती थी। ये उस समय हरिवंश जी करते थे, जब बड़े-बड़े संपादक इसके बारे में बात करना पाप समझते थे, लेकिन लगभग दो दशक के बाद सभी लोग वही बात करते हैं।

खैर, हम बात हरिवंश जी से हुई पहली मुलाकात की कर रहे थे। हमने जिद की, तो स्वयं प्रकाश जी ने कहा कि 15 अगस्त आनेवाला है। उस दिन छुट्टी रहेगी, अभी आप हैं, उसी दिन हरिवंश जी के घर चला जाएगा, वहीं पर मुलाकात हो जाएगी। मैंने मन ही मन कहा कि ये ठीक रहेगा। 'प्रभात खबर' अखबार के दफ़्तर में जाने का झंझट नहीं रहेगा। उसके बाद मुझे रांची छोड़ कर धनबाद चले जाना था। समय तय हुआ। मैं 15 अगस्त की सुबह स्वयं प्रकाश जी के पास पहुँच गया। दिन में लगभग 11 बजे के आसपास हम लोग हरिवंश जी के आवास पर पहुँचे। उन्होंने स्वयं प्रकाश जी से पूछा, ये कौन हैं? तो उन्होंने बताया कि साथ में काम करते हैं। इनका नाम शैलेंद्र है। यूपी के रायबरेली के रहनेवाले हैं।

नाम जानने के बाद हरिवंश जी हमसे मुखातिब हुए। कहने लगे कि वही रायबरेली जहाँ के आरपी सिंह हैं। मैंने कहा कि जी सर, वही रायबरेली जिसमें जिला परिषद के अध्यक्ष आरपी सिंह हैं, लेकिन हमारा अनुमान गलत था। हरिवंश जी क्रिकेटर आरपी सिंह की बात कर रहे थे, जो हमारे जेहन में भी नहीं था। उन्होंने बीच में टोका और कहा कि हम क्रिकेटर आरपी सिंह की बात कर रहे हैं। इस पर मुझे अपनी समझदारी पर काफी गुस्सा आया। मन ही मन मैं सोचने लगा कि पहली बार मिला और उसमें भी ये स्थिति बन गयी। मुझे अपने ऊपर शर्म आ रही थी। थोड़ी देर तक हम लोग हरिवंश जी के पास बैठे रहे। उनसे घर परिवार के बारे में तमाम बाते हुईं। उनको कहीं जाना था। मुलाकात लंबी नहीं हुई। हरिवंश जी ने कहा कि तुमसे मिलकर अच्छा लगा। हम साथ में बैठते, लेकिन मुझे कहीं जाना है, इसलिए तुम लोग निकलो। फिर मिलेंगे। मेहनत से काम करो।

हरिवंश जी से पहली मुलाकात ने मेरे मन मस्तिष्क पर अमिट छाप डाली।

उनके आवास से निकला। मन भरा नहीं था। जैसे लग रहा था कि कुछ देर और बैठता, तो अच्छा रहता। कुछ और जानकारी मिल जाती। हरिवंश जी से हुई इस मुलाकात को लेकर लगभग सप्ताह भर मन में चीजें घुमड़ती रहीं। कोई व्यक्ति इनता सरल कैसे हो सकता है? उनके आवास में किताबों का इतना बड़ा संग्रह भी आश्चर्य में डाल रहा था, जहाँ मेरी किताबों से दूरी थी। वहीं, स्वयं प्रकाश जी लगातार बताते थे कि हरिवंश जी कहते हैं कि पत्रकार को ये किताब पढ़नी चाहिए। ये नयी किताब आयी है किसी विदेश लेखक की है, जिन्होंने आनेवाले समय का खाका खींचा। तमाम चीजें मैं सोचता रहा। धनबाद जाने के बाद लगा कि अब हरिवंश जी से देखें कैसे और कब मुलाताक होती है।

धनबाद में 'हिन्दुस्तान' में काम किया और कुछ महीने बाद ही झारखंड छूट गया और 'ईटीवी' में काम करने के लिए हैदराबाद पहुँच गया, लेकिन हरिवंश जी के बारे में नियमित अपडेट स्वयं प्रकाश जी के जरिये मिलती रहती थी। क़ारण वह 'हिन्दुस्तान' अखबार छोड़ कर फिर से 'प्रभात खबर' में चले गये थे। कोलकाता में न्यूज एडिटर बन गये थे। इसी बीच 2005 का चुनाव हुआ, तो हरिवंश जी गेस्ट बनकर 'ईटीवी' में आये, तब मैं डेस्क पर शिफ़्ट इंचार्ज था और चुनाव डेस्क के प्रभारी की जिम्मेदारी भी मुझे मिली हुई थी। हरिवंश जी जितने गेस्ट आये थे, उनमें हरिवंश जी सबसे अलग थे। विशेष कवरेज के दौरान जब एंकर के पास सवाल नहीं होते थे, तो हम लोग हरिवंश जी से रिक्वेस्ट करते थे-सर, आप ही सवाल कर लीजिये, तो वह नेताओं से सधे हुए सवाल पूछते थे, जिससे पूरा कार्यक्रम बेहतर हो जाता था।

रांची और धनबाद 'हिन्दुस्तान' इसके बाद 'ईटीवी' में काम करने के दौरान हरिवंश जी को जितना देखा-सुना और जाना, उससे मन में एक चीज तय हो गयी कि सर के साथ काम जरूर करना है। इसकी तैयारी मैंने मन ही मन शुरू कर दी, जिसके बारे में मैंने स्वयं प्रकाश जी से उस समय कहा, जब वह हैदराबाद के दौरे पर आये थे। शायद उन्होंने हमारी बात हरिवंश जी तक पहुँचायी होगी या नहीं। इसकी जानकारी नहीं है, लेकिन जब मुझे कोलकाता 'प्रभात खबर' में काम करने का न्योता मिला, तो लगा कि सपना पूरा होनेवाला है, लेकिन समय ऐसा रहा कि उस समय मैं 'प्रभात खबर' से चाह कर भी नहीं जुड़ सका।

समय बीतता गया और मैं हैदराबाद से दिल्ली पहुँच गया, लेकिन मन में ये था कि हरिवंश जी के साथ काम करना है। स्वयं प्रकाश जी से संपर्क बना रहा। दिल्ली में टीवी में काम करने में ज्यादा मन नहीं लग रहा था। मेरा मिजाज

अलग है और दिल्ली में काम करनेवालों का अलग। इसलिए मैं खुद को अलग-थलग महसूस करता था। 2010 में वह समय आया, जब 'प्रभात खबर' पटना के संपादक के रूप में काम कर रहे, स्वयं प्रकाश जी ने मुझे 'प्रभात खबर' में काम करने का न्योता दिया। उन्होंने कहा कि अगर खुद को खुद न समझना, तभी अखबार से जुड़ना, क्योंकि यहाँ भरपूर मेहनत करनी पड़ेगी। मैंने कहा कि ठीक है। हामी भरने की मुख्य वजह हरिवंश जी ही थे, जिनके सान्निध्य में मैंने काम करने का मन बनाया था।

'प्रभात खबर' पटना से मैं को-आर्डिनेटर के रूप में जुड़ा। मुझे अखबारों की समीक्षा का काम मिला। लेकिन मैं जो सपना लेकर आया था, वह पूरा होना बाकी था। मैंने 'प्रभात खबर' हरिवंश जी के लिए ज्वाइन किया था, लेकिन अखबारों में आने के बाद उनके साथ मेरी मुलाकात नहीं हुई थी। मुझे पता नहीं था कि इसके लिए लंबा इंतजार करना पड़ेगा। मन में धैर्य धारण किया हुआ था। ऐसा नहीं था कि हरिवंश जी पटना नहीं आते थे। हर पाँच-दस दिन पर उनका पटना आना होता था, लेकिन उनसे केवल प्रणाम ही हो पाता था। न मैंने कभी मिलने की इच्छा जाहिर की और न उनकी ओर से कभी बुलाया गया। स्थानीय संपादक के रूप में स्वयं प्रकाश जी की ओर से भी कभी प्रधान संपादक से मिलने की बात नहीं की गयी। जब भी बैठक का मौका आया, तो मेरा नाम उस सूची में नहीं था। इसलिए मैं चुपचाप रहता और अखबारों की समीक्षा करता।

हरिवंश जी ऑफिस आते और जाते, तो मैं अपनी डेस्क पर मौजूद रहता। वह कहते, आप बहुत अच्छा काम कर रहे हैं। उनकी यही तारीफ मेरे लिए काफी थी। 'प्रभात खबर' में काम करते हुए छह माह हो गये, तो एक दिन स्वयं प्रकाश जी ने कहा कि अब आप तैयार हो जाइये, जिस काम के लिए आपको लाया था, अब वह समय आ गया है। आपको मुजफ़्फरपुर 'प्रभात खबर' में स्थानीय संपादक के रूप में काम करना है। मैंने कहा कि मैं तैयार हूँ। मुझे लगा कि मुजफ़्फरपुर ज्वाइन करने से पहले मेरी मुलाकात हरिवंश जी से करवायी जाएगी, लेकिन ऐसा नहीं हुआ। स्वयं प्रकाश जी ने साथ में ले जाकर मुजफ़्फरपुर में ज्वाइन करवा दिया।

मुजफ़्फरपुर में काम शुरू हो गया। इसके बाद अक्तूबर, 2011 का वह महीना आया, जब पता चला कि हरिवंश जी मुजफ़्फरपुर आनेवाले हैं। इसी बीच हरिवंश जी का फोन भी आ गया कि मैं आ रहा हूँ। दो दिन रहूँगा। मैंने कहा कि अब मेरी मुलाकात की मुराद पूरी हो जाएगी। हरिवंश जी को जिस दिन आना था, मैं बहुत खुश था। सुबह ही दफ़्तर आ गया था, लेकिन हरिवंश जी ने कहा

कि तीन बजे तक पहुँचूँगा। मैं दो बजे के आसपास खाना खाने के लिए चला गया। अभी खाने के लिए बैठा ही था, तभी ऑफिस से एक साथ कई लोगों का फोन आने लगा। मैंने सोचा थोड़ी देर में उठाता हूँ। इस बीच चार पाँच मिस्ड कॉल हो गया। मैंने फोन उठाया, तो पता चला कि हरिवंश जी ऑफिस आ गये हैं और आपको खोज रहे हैं।

मैं खाना छोड़ कर तुरंत ऑफिस के लिए रवाना हो गया। कुछ देर में हरिवंश जी के सामने था। अभिवादन करके बैठा, तो उन्होंने कुछ सवाल किए। इसके बाद पूछा कि शहर की आबादी कितनी है? मैंने कहा कि साढ़े तीन लाख के आसपास। उनका दूसरा सवाल था कि कुल मिलाकर कितना अखबार बिकता है शहर में? मैंने कहा कि सब मिलाकर एक लाख बीस हजार। उन्होंने कहा कि आपको उन दो लाख तीस हजार लोगों पर काम करना चाहिए, जो अखबार नहीं पढ़ते हैं। उनको अपने साथ जोड़ना चाहिए। ये है हरिवंश जी की सोच, जिसके हम कायल हैं।

इसके बाद 'प्रभात खबर' मुजफ़्फ़रपुर में हरिवंश जी के निर्देश पर जो काम शुरू हुआ, तो पीछे मुड़कर नहीं देखा। जब कहीं फँसता, तो हरिवंश जी की सीख याद आती थी। उनका विजन ऐसा कि अगर उस पर 40 फीसदी काम हो जाए, तो अखबार की लोगों के बीच चर्चा होनी तय है। एक बार चर्चा हो रही थी कि आखिर अखबार को कैसे बढ़ाया जाए, तो हरिवंश जी ने कहा कि सरकार का जोर मनरेगा पर है। आप लोगों को पता लगाना चाहिए, मनरेगा के तहत जो काम हुए हैं, उनका क्या हुआ। अगर आप सीरीज में स्टोरी करेंगे, तो उसका असर देखिये।

अगर कोई स्टोरी होती थी, जो समाज पर पॉजिटिव असर डालनेवाली हो, उसको कैसे लगना है, कैसे लिखना है? कैसे उसको आगे बढ़ाना है, उस पर बहुत स्पष्ट तरीके से हरिवंश जी अपनी राय रखते थे। अगर उसको किसी संपादक ने इंप्लीमेंट कर दिया, तो उस दिन अखबार की चर्चा होनी तय है। हरिवंश जी की एक बात और जो उन्हें विशेष बनाती है। वे अखबार का अर्थतंत्र कैसा है, इसके बारे में हर साथी को ज्ञान होने की बात कहते थे। वे खुल कर बताते थे कि आखिर हम कहाँ खड़े हैं और कैसे आगे बढ़ रहे हैं?

आदर्शों से कभी समझौता नहीं करना हरिवंश जी आदत में शुमार रहा। उन्हीं का असर था कि अखबार में काम करनेवाले किसी संपादक और उससे जुड़े व्यक्ति का फोटो कभी नहीं छपता था। ये 'प्रभात खबर' के लिए एक अलिखित संविधान की तरह था। सब लोग इसका पालन करते थे और कहते थे कि ऐसा करना अच्छा नहीं। ऐसी सैकड़ों बातें और उदाहरण हैं, जो हरिवंश जी को अन्य संपादकों और पत्रकारों से अलग करती हैं। विशिष्ट बनाती हैं। वे लोगों को सुनते

थे। लगातार सुनते थे और पूरी बात सुनने के बाद अपनी बात, फाइनल टिप्पणी के तौर पर रखते थे।

'प्रभात खबर' में हर साल वार्षिक कानक्लेव का आयोजन होता था, तीन दिन चलनेवाले इस आयोजन में सभी यूनिट के संपादक और प्रबंधक भाग लेते थे, जिसमें हरिवंश जी खुद मौजूद रहते थे और हर व्यक्ति की बात पूरे तौर पर सुनते थे। 2016 का साल था, वार्षिक कानक्लेव में हरिवंश जी ने जो बात समापन सत्र में रखी थी। अगर उसको कोई नया व्यक्ति भी सुन लेता, तो वह बिना किसी ट्रेनिंग के अखबार निकाल सकता था। खबरों का चयन कर सकता था। आम लोग क्या चाहते हैं, इसकी नब्ज पकड़ सकता था।

अपने संबोधन की शुरुआत हरिवंश जी ने कुछ इस तरह से की थी कि अगर आज मैं किसी संस्करण का स्थानीय संपादक होता, तो क्या करता। इसके बाद उन्होंने 65 मिनट तक अखबार कैसे निकलना है, इस पर अपनी बात रखी थी। कैसे लोगों के बीच में जायेंगे, कैसे मुद्दे तय करेंगे, कैसे सर्कुलेशन बढ़ायेंगे? कैसे अखबार को आर्थिक रूप से समृद्ध बनायेंगे? ये सब बातें उनके संबोधन में थी। उस संबोधन को हमने रिकार्ड किया था, लेकिन मेरा दुर्भाग्य रहा कि वह फोन खराब होने की वजह से मेरे पास नहीं रह सका, लेकिन हरिवंश जी का वह संबोधन अद्‌भुत था।

अंत में एक बात और। हरिवंश जी में लोगों से बात करने और उसको सही परिप्रेक्ष्य में समझने की अद्‌भुत क्षमता है। वह कुछ ही देर में समझ लेते हैं कि आखिर सामनेवाले को क्या चाहिए और उसी के अनुरूप उसे सलाह देते हैं। कई बार उनके साथ यात्रा करने का मौका मिला। कई स्थानों पर उनके लेक्चर सुनने का अवसर मिला, जिसमें वह आम-अवाम में नैतिकता पर विशेष जोर देते हैं और ये बताते हैं कि कैसे नैतिक लोगों और लीडरशिप की वजह से ही देश आगे बढ़ा है और किन मूल्यों का पालन करके आज के समय में हम उसे बचा सकते हैं। देश के पूर्व प्रधानमंत्री लाल बहादुर शास्त्री के जीवन का उदाहरण हो या फिर बीएचयू के संस्थापक महामना के व्यक्तित्व से सीख लेने की बात हो, हरिवंश जी बड़े सलीके और असरदार अंदाज में लोगों को बताते हैं। महाभारत का उद्धरण हो या फिर भगवान बुद्ध के जीवन से सीख लेने की बात। उसे भी हरिवंश जी ऐसे बताते हैं कि वह आज के परिप्रेक्ष्य में कितना प्रासंगिक है?

'ईटीवी', 'दैनिक हिन्दुस्तान' जैसे संस्थान में पत्रकारिता के बाद शैलेंद्र सिंह का 'प्रभात खबर' के साथ लंबा जुड़ाव रहा। 'प्रभात खबर' मुजफ्फरपुर संस्करण के स्थानीय संपादक रहे। 'कशिश न्यूज' के संपादक भी रहे। वर्त्तमान में 'नर्मदा न्यूज' के संपादक।

एक दूरदर्शी पत्रकार

-मृत्युंजय

क्रांति कोई ऐसी चीज नहीं, जो स्वयं आ जाती हो। यह लायी जाती है। इसका नेतृत्व किसी भविष्यद्रष्टा को करना पड़ता है। हाँ, हरिवंश एक ऐसा ही नाम है, इसका पर्यायवाची। एक क्रांतिकारी सोचवाला व्यक्ति, जो एक न्यायपूर्ण समाज के निर्माण की दृष्टि रखता है, जो युवाओं को भविष्य के एक उज्ज्वल भारत के लिए तैयार करने बनाने की दृष्टि रखता है।

'प्रभात खबर' के प्रधान संपादक के रूप में हरिवंश ने अखबार को आम जनता तक ले जाने में ऐसे ही बड़े बदलाव और उत्साह का प्रदर्शन किया। इस ब्रांड को उन्होंने जनमुद्दों से जुड़ी आक्रामक पत्रकारिता का पर्याय बना दिया। मुझे 'प्रभात खबर इंस्टीट्यूट ऑफ मीडिया स्टडीज' (पीकेआईएमएस) में रहकर हरिवंश जी के मार्गदर्शन में काम करने का यादगार अवसर मिला। मैं हमेशा उन्हें एक मृदुभाषी लेकिन दृढ़ व्यक्तित्व के रूप में याद करता हूँ। वह हमेशा आगे बढ़कर नेतृत्व करते थे। वह हमेशा विनम्र रहते हैं। एक दूरदर्शी पत्रकार के बतौर उन्हें याद किया जाता है। उन्होंने 'प्रभात खबर' का नारा बनाया-'अखबार नहीं आन्दोलन।' यह नारा उनके दर्शन को स्पष्ट करता है। किसी मकसद के लिए पाठकों का मन जीतने की कोशिश दिखती है।

अपने जनपक्षधर एवं सक्रियतावादी दृष्टिकोण के साथ उन्होंने हिन्दी पट्टी में पत्रकारिता की अवधारणा को नये सिरे से परिभाषित किया। 'सिटिजन जर्नलिज्म' शब्द के प्रचलन में आने से वर्षों पहले उन्होंने नागरिक-हितैषी पत्रकारिता की अवधारणा को पेश कर इसका शानदार प्रयोग किया। झारखंड, बिहार और पश्चिम बंगाल की पत्रकारिता पर इसकी गहरी छाप साफ देखी जा सकती है।

उनके नेतृत्व में 'प्रभात खबर' ने बिहार चारा घोटाला और झारखंड के पूर्व मुख्यमंत्री मधु कोड़ा के भ्रष्टाचार सहित कई बड़े मामलों को उजागर किया।

हरिवंश को नवाचार के लिए जाना जाता है। उन्होंने अखबार की सामग्री को नया रूप दिया। समाज में बदलाव के साथ पत्रकारिता को कैसे व्यवहार करना चाहिए, इसके बीच शानदार संतुलन कायम किया। हरिवंश ने जनता के मुद्दों और सरोकारों पर ध्यान केंद्रित किया। उन्होंने हमेशा वास्तविकता को सटीक रूप से चित्रित करने पर जोर दिया।

हरिवंश ने युवा पत्रकारों को प्रशिक्षित करने पर काफी जोर दिया। आज बिहार झारखंड ही नहीं बल्कि देश भर के मीडिया संस्थानों में ऐसे लोग मिल जाएँगे, जिन्होंने इस अखबार में प्रशिक्षण पाकर अपनी यात्रा शुरू की। 2002 में 'प्रभात खबर इंस्टीट्यूट ऑफ मीडिया स्टडीज' (पीकेआईएमएस) की स्थापना ने इस प्रक्रिया को बढ़ाया। मुंबई स्थित भारतीय विद्या भवन द्वारा मान्यता प्राप्त यह शिक्षण संस्थान भी हरिवंश जी की दूरदर्शी सोच का परिणाम था। पत्रकारिता के मानकों में सुधार के लिए समय-समय पर अपने पत्रकारों तथा स्ट्रिंगर्स को प्रशिक्षित करने के अलावा इस संस्थान के प्रत्येक बैच में 35 स्टूडेंट्स को पत्रकारिता में स्नातकोत्तर डिप्लोमा (पीजीडीजे) प्रदान किया गया। हरिवंश जी की हमेशा काफी व्यापक दृष्टि थी। उन्होंने पीकेआईएमएस के युवा उभरते पत्रकारों के माध्यम से बदलाव लाने के अनूठे तरीके ईजाद किए।

हरिवंश जी-एक गुरु, जिन्होंने हमें पत्रकारिता का मकसद सिखाया। उन्होंने हमें पत्रकारिता का सार सिखाया। हरिवंश ने हमें बताया कि पत्रकारिता क्या है? संचार के विभिन्न रूप, पत्रकारिता को उद्देश्य के साथ ही 'पूर्वाग्रह' और वस्तुनिष्ठता के बीच का अंतर सिखाया। हमें बताया कि किस तरह हमेशा एक उत्सुक पर्यवेक्षक कैसे बनें? उन्होंने हमें सत्यापन और सटीकता के लिए उपकरणों का उपयोग करना सिखाया। अच्छी खबर की अवधारणा के साथ में भावनाओं को समझना, अन्वेषण करना, पाठक को सशक्त बनाना शामिल है। उन्होंने हमें सिखाया कि विकासात्मक पत्रकारिता, खोजी पत्रकारिता आदि क्या है?

उन्होंने हमेशा इस बात पर जोर दिया कि पत्रकार समाज का अहम हिस्सा हैं, जो समाज में बदलाव ला सकते हैं। उन्होंने हरदम कहा कि लोकतंत्र के चौथे स्तंभ का हिस्सा होने के नाते समाज को मजबूत बनाने के लिए पत्रकार की भूमिका महत्त्वपूर्ण है। उन्होंने हमें पत्रकारिता का सार सिखाया।

संस्थान में विभिन्न अभिनव और व्यावहारिक तरीकों के माध्यम से उन्होंने सूचना का अधिकार पर जागरूकता के लिए 'घूस को घूसा' अभियान को बढ़ावा दिया। 'मोहल्ला मिटिंग' के माध्यम से जमीनी समस्याओं को सामने लाने वाली पत्रकारिता को बढ़ावा दिया। उन्होंने हमें व्यावहारिक रूप से विकासात्मक

पत्रकारिता, खोजी रिपोर्टिंग आदि की अवधारणा दी। सड़क निर्माण की खराब गुणवत्ता, सरकारी स्कूलों में शिक्षा की खराब गुणवत्ता, स्कूलों और अस्पतालों की खस्ता हालत आदि को उजागर करने के लिए कई अभियान चलाए गए। इसके फीचर पेज पर फोकस करते हुए 'अवसर' जैसे पूरक पेज भी प्रारंभ किए। इसके अलावा, फीचर पेजों को बढ़ाने के लिए प्रयोग किये गए। प्रशिक्षु पत्रकारों के माध्यम से युवा माता-पिता, युवा पाठकों के लिए 'बाल प्रभात' और उद्यमियों के लिए 'फुरसत' आदि अनोखे प्रयोग किए।

हमें एक अनूठी शैली में प्रशिक्षित करने के अपने इस अनूठे प्रयोग में विभिन्न मुद्दों और समस्याओं पर चर्चा में हरिवंश घंटों शामिल होते। इससे हमें समाज के अन्य तीन स्तंभों को समझने की अंतर्दृष्टि मिली। इस प्रकार समाज में क्रांतिकारी परिवर्तन लाने में मदद की। उन्होंने हमेशा जनता की समस्याओं और विकास के सवालों को उजागर करने में पत्रकार की भूमिका पर बल दिया।

स्वयं एक संस्था रहे हरिवंश ने हमें सिखाया कि अगर आप चाहो, तो वांक्षित सफलता जरूर हासिल की जा सकती है-'कौन कहता है आसमान में सुराख हो नहीं सकता, एक पत्थर तो तबियत से उछालो यारों।'

हम सभी नौसिखिए थे। सभी के अलग-अलग विचार और भावनाएँ और गुण थे। उनके कुशल नेतृत्व और मार्गदर्शन में ही कई लोग बेहतर और प्रशिक्षित पत्रकार बने। उन्होंने पत्रकार बनाने के साथ-साथ एक अच्छा इनसान बनने की भी समझ दी।

वास्तव में, आज 2003 एवं 2004 के दौरान पीकेआईएमएस से प्रशिक्षण पाने वाले 30 से अधिक प्रमुख पत्रकार हैं, जो चौथे स्तंभ की सेवा कर रहे हैं और समाज को मजबूत कर रहे हैं। इनमें राहुल पराशर, संजय, मेघनाथ, कर्मवीर सिंह, विवेक चंद्र, मौमिता गांगुली, दीपक, निर्भय, ब्रजेश कुमार जैसे अनगिनत नाम हैं।

अंत में, संक्षेप में कहना चाहूँगा कि अगर हमारे पास हरिवंश जी जैसे क्रांतिकारी और दूरदर्शी हों तो हम समाज में बहुत कुछ बदल सकते हैं। हरिवंश जी ने न केवल बड़ी संख्या में युवाओं की आजीविका का साधन प्रदान किया, बल्कि उनके लिए एक करियर का मार्ग भी सुनिश्चित किया। एक अलग पहचान दी। समाज को समाज में ऐसे दूरदर्शी की आवश्यकता है, जो सामने से नेतृत्व कर सके और अच्छाई के लिए बदलाव ला सके।

श्री मृत्युंजय वर्तमान में भारतीय प्रौद्योगिकी संस्थान, धनबाद में सहायक कुलसचिव के रूप में कार्यरत हैं। 'प्रभात खबर इंस्टीट्यूट ऑफ मीडिया स्टडीज' में कार्यालय प्रभारी के रूप में काम। 'हिन्दुस्तान टाइम्स' के संवाददाता भी रहे। 'विकास प्रभात' में सहायक संपादक के दायित्व का भी निर्वहन किया है।

पत्रकार ही बनना था, पत्रकार बने, पत्रकार ही हैं

-डॉ. आरके नीरद

हरिवंश कहते हैं कि अगर वह पत्रकार न होते, तो शिक्षक होते। मैं मानता हूँ, उन्हें पत्रकार ही होना था। वह पत्रकार ही हुए। पत्रकार ही हैं। शिक्षक तो वह पत्रकारिता करते हुए भी रहे हैं। राजनीति में आ कर भी हैं। ऐसा वह नहीं कहते, अपितु समाज और चिंतक वर्ग इसे स्पष्टतः अनुभव करता है। प्रकटतः स्वीकारता भी है। उनके मन में एक आदर्श शिक्षक की धवल छवि है। यह उन्हें निरंतर प्रेरित करती है। शिक्षक के प्रति आदर प्रकट करने के लिए। अलग-अलग भूमिका में रहते हुए भी उसके अनुरूप आचरण करने के लिए। उसके अनुरूप समाज और समय के प्रति अपने दायित्वों के निर्वहन के लिए। यही वे तत्त्व हैं, जो समाज को, राजनीतिज्ञों को, पत्रकारों को, लेखकों को और बुद्धिजीवियों को उनके प्रति सम्मान प्रकट करने के लिए आकर्षित करते हैं। उन्होंने पत्रकारिता की यात्रा जहाँ से आरंभ की, वहाँ उनके पास अवसर, तो दूसरे भी थे। उसे अपनाकर जीवन को ज्यादा सहज, सुखद-संपन्न भी बनाया जा सकता था। पर, उन्होंने उस मार्ग को न चुन कर एक ऐसे मार्ग को चुना, जो संघर्ष का था। चुनौतियों का था। अनिश्चितताओं का था। एक हद तक आशंकाओं का भी। पर, उन्होंने उसी मार्ग को चुना।

बीएचयू में अर्थशास्त्र से पोस्ट ग्रेजुएट करने के साथ ही उन्हें मगध विश्वविद्यालय में अतिथि (गेस्ट) शिक्षक के रूप में काम करने का अवसर मिला। पर, उन्होंने उस अवसर को छोड़ दिया। बीएचयू के पत्रकारिता विभाग में तब शुरू हुए एक नये डिप्लोमा स्तरीय कोर्स में दाखिला ले लिया। पत्रकारिता की ओर जाने लगे। उस क्षेत्र में, जिसकी कोई पृष्ठभूमि नहीं थी। फिर जब उस ओर बढ़े तब खुद ही रास्ते तलाशे, प्रयोग किये, पत्रकारिता के प्रतिमान गढ़े। चार दशक की सक्रिय पत्रकारिता में एक युग जैसे बन गये।

एक ऐसा युग, जिसके बाद भारतीय पत्रकारिता के सामाजिक सरोकार और

पत्रकारीय धर्म के निर्वहन की दृष्टि, साहस, संकल्प, संघर्ष, परिकल्पना, प्रयोग और दायित्वबोध का संकुचन आरंभ होता है। यह किसी अतिरंजना में या भावुकता में नहीं लिख रहा। उनके साथ, उनके नेतृत्व में काम करने, उन्हें पढ़ने और जानने का प्रयत्न करने के अपने और अपने जैसे अनगिनत लोगों के अनुभवों के आधार पर कह रहा हूँ।

हरिवंश तब भी पत्रकार थे, जब राजनीति में नहीं आये थे। अब भी पत्रकार हैं, जब वे राजनीति में हैं। भारत में महात्मा गाँधी, जवाहरलाल नेहरू, डॉ. राममनोहर लोहिया, मधु लिमये, चंद्रशेखर, अटल बिहारी वाजपेयी से लेकर अरुण शौरी और एमजे अकबर तक अनेक ऐसे नाम हैं, जिन्होंने पत्रकारिता और राजनीति साथ-साथ की। दोनों के मूल्यों को समृद्धि दी। हरिवंश ऐसे ही एक नाम हैं।

1977 से 2016 तक, प्रायः चार दशक तक समर्पित पत्रकारिता करते हुए हरिवंश पत्रकारिता की एक परंपरा और विचारधारा रहे हैं। एक सफल प्रयोग की कहानी भी। इस अवधि में उन्होंने 'धर्मयुग', 'रविवार', 'प्रभात खबर' आदि में करीब डेढ़ हजार से अधिक महत्त्वपूर्ण रिपोर्ट/आलेख लिखे। करीब 20 पुस्तकों का लेखन-संपादन किया। अनेक महत्त्वपूर्ण पुस्तकों की भूमिका लिखी। देश भर में व्याख्यान दिये। यह सिलसिला अब भी जारी है।

2014 में जब उन्होंने राजनीति के प्रवेश किया और राज्यसभा के सदस्य बने, तब एक सहज प्रश्न था कि क्या हरिवंश अब पत्रकार नहीं, राजनीतिज्ञ हो गये? कुछ लोगों ने प्रत्यक्ष-अप्रत्यक्ष रूप से लिखा भी कि हरिवंश के जीवन का एक सुनहरा अध्याय विराम पा गया। पर, विगत प्रायः आठ सालों में उन्होंने जितना लिखा और जितना बोला (देश भर के प्रतिष्ठित संस्थानों और आयोजनों में में व्याख्यान दिया), इससे यही ध्वनित होता है कि राजनीति की मुख्य धारा में आ कर भी, इस क्षेत्र में अपने दायित्वों का प्रभावपूर्ण निर्वहन करते हुए भी वह पत्रकार ही हैं। न सिर्फ उनकी पत्रकारिता की यात्रा अनवरत जारी है, बल्कि नये अनुभवों के साथ उसका घनत्व भी बढ़ा है। बौद्धिकता और विश्लेषण-दृष्टि और प्रखर हुई है।

दरअसल, हरिवंश का पत्रकार मन असंतुष्ट, अतृप्त है। यह उन्हें ज्ञान के नये-नये क्षेत्र में प्रवेश कराता है। इस संदर्भ में हाल में दिये गये उनके व्याख्यानों को देखा जाना चाहिए। जैसा कि शुरू में ही लिखा कि उन्हें पत्रकार ही बनना था। 'यंग इंडियन' में छपते रहे चंद्रशेखर के आलेखों ने उनके विद्यार्थी मन और मानस असर डाला। ऊर्जान्वित किया। आपातकाल (इमरजेंसी) के दौरान की घटनाओं ने पत्रकार बनने की दबी-छुपी इच्छा को दृढ़ संकल्प में बदल दिया।

जयप्रकाश नारायण से प्रभावित तो थे ही। देश में इमरजेंसी का समय आया। अभिव्यक्ति की स्वतंत्रता कुचल दी गयी। अभिव्यक्ति की स्वतंत्रता का मूल्य उसी समय देश ने सही-सही समझा। हरिवंश ने भी उस घुटन को अनुभव किया। जयप्रकाश नारायण के प्रति सत्ता के व्यवहार ने उन्हें आंदोलित किया। संकल्प लिया कि जीवन में ऐसे ही पेशे का चुनाव करेंगे, जिसमें अपनी भावनाओं को पूरी स्वतंत्रता से अभिव्यक्त करने का अवसर और अधिकार हो। इसी संकल्प ने उन्हें बैंक या किसी बड़े घराने के अखबार की नौकरी में ज्यादा समय तक रहने नहीं दिया। बार-बार आंदोलित किया और 'प्रभात खबर' में आकर अभिव्यक्ति की स्वतंत्रता के साथ नये प्रयोग करने को प्रेरित किया।

1970 के दशक में ही, जब उन्होंने अभिव्यक्ति के अधिकार वाले पेशे को चुनने का संकल्प लिया, बड़े सर्वोदयी नेता दादा धर्माधिकारी से बनारस के राजघाट पर मिलने गये। हरिवंश उन्हें जानते थे। जयप्रकाश नारायण भी उनका बड़ा आदर करते थे। दादा धर्माधिकारी ने महात्मा गाँधी के आन्दोलन में हिस्सा लिया था। उनके पास आन्दोलन का विपुल अनुभव था। हरिवंश उन अनुभवों में अपने लिए व्यावहारिक ज्ञान प्राप्त करना चाहते थे। दादा धर्माधिकारी ने उन्हें कहा कि जब वह गाँधी जी के आन्दोलन से जुड़ने जा रहे थे, तब उनकी माँ ने उनसे कहा था, आन्दोलन के बाद जीवनयापन के लिए क्या करोगे? इस प्रश्न का दादा धर्माधिकारी ने अपनी माँ को चाहे, जो भी उत्तर दिया हो या इस प्रश्न का उन पर चाहे जिनता प्रभाव पड़ा हो, हरिवंश की दुविधा को इसने दूर कर दिया। उन्होंने अभिव्यक्ति की स्वतंत्रता के अधिकार और जीवनयापन के अनिवार्य साधन, दोनों को एक साथ साधने के लिए पत्रकारिता को पेशे के तौर पर स्वीकार करने का निश्चय किया। यही वजह थी कि 1977 में जब वह अर्थशास्त्र में एमए की डिग्री प्राप्त कर चुके थे, पत्रकारिता में डिप्लोमा कर उन्होंने मुंबई की राह पकड़ी। 'धर्मयुग' में नौकरी कर ली। पर, बड़े शहर होने के बावजूद मुंबई उन्हें रास नहीं आया। गँवई मन बेचैन रहने लगा। वहाँ से निकलने का मार्ग तलाशने लगे। तभी बैंक की नौकरी मिली। उसी बहाने वह मुंबई से निकल लिये। पहले हैदराबाद। फिर पटना। पर, कहते हैं न कि पत्रकारिता का कीड़ा जिसके जेहन में एक बार प्रवेश कर जाता है, वह व्यक्ति कभी उससे मुक्त नहीं हो पाता। वही हरिवंश के साथ हुआ। बैंक की नौकरी ज्यादा समय तक नहीं कर सके। बैंक की नौकरी में आर्थिक सुरक्षा और भविष्य की निश्चिंतता को छोड़ कर साप्ताहिक पत्रिका 'रविवार' से जुड़े, मगर कोलकाता भी मुंबई की तरह महानगर ही था। सब कुछ था, बस हरिवंश के मानस के उपयुक्त भूमि नहीं थी। यह भूमि उन्हें रांची में मिली। पहाड़ों, जंगलों, आदिवासियों,

भूखों, वंचितों और सदियों से शोषित समाज की भूमि। यही हरिवंश की वह जमीन थी, जिसकी तलाश में वह महानगरों और बड़े शहरों में भटक रहे थे।

पत्रकारिता में प्रवेश

1977 से 1981 तक 'धर्मयुग' के उपसंपादक रहे। 1981-84 तक बैंक ऑफ इंडिया के हैदराबाद और पटना में विभागीय भाषा अधिकारी रहे। उसी दौरान रिजर्व बैंक में नौकरी का अवसर मिला, लेकिन पत्रकारिता के नशे ने उन्हें वापस पुरानी दुनिया में ला दिया। कोलकाता से निकलनेवाली देश की अग्रणी पत्रिका 'रविवार' के सहायक संपादक बने। इस पत्रिका से वह 1985 से 1989 तक जुड़े रहे। इस क्रम में दक्षिण बिहार (वर्तमान झारखंड) के छोटानागपुर क्षेत्र में पत्रकारिता के उद्देश्य से उनका संबंध रहा।

उन्हीं दिनों रांची से प्रकाशित होनेवाला दैनिक अखबार 'प्रभात खबर' अपने अस्तित्व को लेकर अंतिम संघर्ष कर रहा था। हरिवंश ने इस अखबार को अपना ठिकाना बनाया। 1989 में इसके प्रधान संपादक बने। 1990 तक इससे जुड़े रहे। जून 1990 से 91 तक प्रधानमंत्री के अतिरिक्त सूचना सलाहकार (संयुक्त सचिव) रहे। वहाँ से लौटे, तो 'प्रभात खबर' से फिर जुड़े।

'धर्मयुग' : पत्रकारिता की पहली पारी

एमए करने के बाद हरिवंश ने बनारस हिन्दू विश्वविद्यालय में पत्रकारिता में डिप्लोमा कोर्स के लिए दाखिला लिया। बीएचयू के लिए यह नया-नया विषय था। उस समय तक दो-तीन बैच ही निकले थे। सीटें कम थीं। आकर्षण ज्यादा था। दाखिले के लिए परीक्षा ली जाती थी। हरिवंश प्रवेश परीक्षा में सफल रहे। दाखिला हो गया। उसी दौरान 'टाइम्स ऑफ इंडिया' में ट्रेनी जर्नलिस्ट का विज्ञापन छपा।

ट्रेनी जर्नलिस्ट होने के लिए भी तब योग्यता तय थी। उसके लिए भी चयन प्रक्रिया से गुजरना होता था। पहली शर्त थी कि केवल वे ही इसके लिए आवेदन कर सकते हैं, जो कम-से-कम ग्रेजुएट हों और युवा हों। हरिवंश, यहाँ उपयुक्त पात्र थे। दूसरी शर्त थी कि जिस विषय में आपने ग्रेजुएशन किया है, उससे जुड़े किसी सामयिक विषय पर आप लेख भेजें। लेख की गुणवत्ता के आधार पर ही लिखित परीक्षा के लिए चयन होता था। हरिवंश यहाँ भी सफल रहे। अब शुरू हुई दिल्ली की यात्रा। पहली बार दिल्ली पहुँचे। लिखित परीक्षा देने। सुबह में परीक्षा दी। शाम को नतीजा आ गया। यहीं अक्षय कुमार जैन, रघुवीर सहाय और

गिरीलाल जैन से मुलाकात हुई। तीनों चयन समिति के सदस्य थे। हरिवंश को परीक्षा में साठ फीसदी अंक की उम्मीद थी। उन्हें इससे ज्यादा अंक मिला था। अब अगली परीक्षा मुंबई में होनी थी। वहाँ धर्मवीर भारती, कमलेश्वर, खुशवंत सिंह, गिरीलाल जैन, डॉ. राम तरनेजा जैसे लोग सेलेक्शन बोर्ड में थे। वहाँ भी हरिवंश सफल रहे। अब वह एक साल के इंटर्नशिप के लिए चुने गये। 'धर्मयुग' में काम करने का अवसर मिला। वह भी डॉ. धर्मवीर भारती के साथ। डॉ. धर्मवीर भारती इस पत्रिका के संपादक थे। वहाँ गणेश मंत्री भी थे। मुंबई में रहते हुए और 'धर्मयुग' में काम करते हुए, कई बड़े लेखकों से उन्हें मिलने और नजदीक से जानने का अवसर मिला। 'धर्मयुग' में उपसंपादक बने, तो इस अवसर का कैनवास और बड़ा हुआ। स्वयं की पहचान भी अपने लेखन से बनायी, तो सबने प्रोत्साहित भी किया। ऐसे लोगों में विश्वनाथ सचदेव और विष्णु नागर जैसे लोग भी थे, जिन्होंने उनका मार्गदर्शन किया। 1977 से 1981 तक, चार साल उन्होंने 'धर्मयुग' में काम करते हुए अपनी प्रतिभा को निखारा और व्यापक अनुभव प्राप्त किया।

पहला पत्र 'जनवार्ता' में, पहला आलेख 'धर्मयुग' में

'धर्मयुग' में आने के पूर्व हरिवंश की कोई रचना प्रकाशित नहीं हुई थी। वह अत्यंत सहज भाव से कहते हैं, "पत्रकारिता में आने के पूर्व लिखना नहीं आता था"। लिखने और छपने का क्रम 'धर्मयुग' से ही आरंभ हुआ, किंतु अखबार में अपनी बात और अपना नाम छपने के सुख का स्वाद उन्हें प्राप्त हो चुका था। जेपी आन्दोलन के दौरान उन्होंने अखबारों को पत्र लिखना शुरू किया था। यह पाठक की हैसियत से लिखा जाता था। तब, पहला पत्र बनारस से निकलनेवाले अखबार 'जनवार्ता' में छपा था। वहीं से छपने की सुखानुभूति से वह अवगत हुए। जब 'धर्मयुग' में आये, तब उनका पहला आलेख छपा कि कैसे आपातकाल के दौरान बीएचयू में छात्र नेताओं की गिरफ्तारी हुई थी? उसकी बड़ी सराहना हुई। उस आलेख को स्वयं धर्मवीर भारती ने संपादित किया था। उन दिनों को याद कर हरिवंश कहते हैं, 'हम गलत लिखते थे। इसके लिए जाने भी जाते थे। भारती जी उसे संपादित करते थे। उसमें मेरा नाम डाल देते थे।"

बैंक की नौकरी

1981 में हरिवंश ने मुंबई छोड़ दिया। उन्हें बैंक ऑफ इंडिया में नौकरी मिली गयी और वह हैदराबाद चले गये। बाद में वहाँ से उनका तबादला पटना

हो गया। इस बीच रिजर्व बैंक से भी उन्हें बुलावा आ गया। 1984 तक उन्होंने बैंक की नौकरी की। मुंबई में रहते हुए पत्रकारिता और लेखन का जो स्वाद मिला था, वह बैंक की नौकरी में नहीं था। पर, बैंक की नौकरी छोड़ने का निर्णय लेना भी बहुत आसान नहीं था। आर्थिक पक्ष और भविष्य का प्रश्न स्वाभाविक रूप से अपने विशाल अस्तित्व के साथ सामने था।

यायावरी का वह दौर

'धर्मयुग' छोड़ने के बाद एक बार हरिवंश आन्दोलन को समझने के लिए असम गये। वहाँ असम छात्र आन्दोलन के नेताओं से मिले। तब उत्साह था कि देश के अलग-अलग हिस्सों में जाएँ और वहाँ के जीवन, संस्कृति, भाषा आदि को जानें, समझें। कृष्णनाथ जी, समाजवादी विचारधारा और बौद्ध धर्म के ज्ञाता थे। राममनोहर लोहिया और जयप्रकाश नारायण के निकट थे। सत्ता से निर्लिप्त रहनेवाले। उन्होंने हरिवंश को असम के एक व्यक्ति का पता दिया। धर्मवीर भारती ने वीरेन भट्टाचार्य का नाम-पता दिया था। हरिवंश, उनसे पहाड़ पर मिले। वहाँ उन्होंने एक अद्‌भुत परंपरा देखी। साहित्यकारों का जो सम्मान मराठी में देखा था, वह असम में भी था। सत्ता के मुकाबले साहित्य का सम्मान। बाद के दिनों में जब 'रविवार' में काम करना शुरू किया, तब बंगाल में भी साहित्य, साहित्यकार और पुस्तकों के प्रति वही सम्मान देखा। असम से लौटते समय कोलकाता गये। एसपी सिंह से मिलने। तब एसपी सिंह 'रविवार' छोड़नेवाले थे।

'धर्मयुग' की पत्रकारिता अलग किस्म की थी। 'रविवार' में राजनीतिक और साहसिक पत्रकारिता हो रही थी। एसपी सिंह के आग्रह पर हरिवंश बैंक की नौकरी करते हुए भी 'रविवार' के लिए पत्रकारिता कर रहे थे। उदयन शर्मा 'रविवार' से ही जुड़े हुए थे। वह जब भी हैदराबाद जाते, हरिवंश के ही घर पर ठहरते थे। वहीं स्टोरी की योजना बनती थी। उसी क्रम में हरिवंश ने उन्हें एक कस्टम अधिकारी पर स्टोरी करने का सुझाव दिया। उस अधिकारी के विषय में हरिवंश को उनके एक मित्र ने बताया था। वह अखिल भारतीय सेवा के अधिकारी थे। इलाहाबाद के रहनेवाले थे। 1975-76 की बात है। उनकी तैनाती मुंबई में हुई। उन दिनों तस्करी की दुनिया में हाजी मस्तान बड़ी पहुँच और बड़े खौफवाला नाम था। उसे उन्हीं अधिकारी ने पकड़ा था। हाजी मस्तान ने उन्हें बड़ी रिश्वत की पेशकश की। उस अधिकारी की केवल बेटियाँ थीं। इसलिए निजी जीवन में उनके लिए पैसे की बड़ी अहमियत थी। पर, अपने फर्ज से वह जरा भी विचलित नहीं हुए। रिश्वत की बड़ी रकम की परवाह नहीं की। हाजी

को गिरफ्तार किया। उन्हें इसका इनाम यही मिला कि उनका तबादला कर दिया गया। एक बेहद ही महत्त्वहीन पद पर उनकी तैनाती कर दी गयी। जनता पार्टी की सरकार के समय उन्हें एक बार फिर मुंबई भेजा गया। उनका दफ्तर एक ऐसे मकान में था, जिसके निचले हिस्से में तस्कर पृष्ठभूमि के लोग रहते थे। लिहाजा यह तैनाती उन्हें कबूल नहीं हुई और वह लौट गये।

हरिवंश को इस व्यक्ति ने बेहद प्रभावित किया। उन्होंने उदयन शर्मा को उनके बारे में बताया। उन्होंने उस पर स्टोरी की। यानी 'रविवार' में आने के पूर्व से उनका उससे रिश्ता बन चुका था।

बात चाहे मुंबई की हो या हैदराबाद की, हरिवंश के साहित्यकार और पत्रकार मित्रों की गोष्ठियाँ नियमित चलती थीं। उनमें ज्वलंत विषयों पर खूब बहस होती थी। अलग-अलग खेमा बन जाता था। हर खेमा अपनी तर्कशक्ति का खूब प्रदर्शन करता था। इससे जहाँ बौद्धिक ऊर्जा मिलती थी, वहीं नये-नये संपर्क बनते थे। इसी क्रम में हैदराबाद में तेलुगु और हिन्दी के कवियों से मिलना-जुलना होता रहा। वहीं वेणु गोपाल और उनकी पत्नी, नक्सली नेता और कवि सभी उनके घर आते थे। वहीं खाना बनता था। सभी खाते थे और जम कर बहस होती थी।

उन्हीं दिनों नागभूषण पटनायक को फाँसी की सजा सुना दी गयी। बात 1982 के आसपास की है। चंद्रशेखर जी जनता पार्टी की कार्य समिति की बैठक में हिस्सा लेने हैदराबाद आये हुए थे। हरिवंश ने उनसे मिल कर पहल करने की अपील की। फिर पटनायक जी से मिलने उड़ीसा के गुनुपुर गाँव की ओर निकल पड़े। गोदावरी एक्सप्रेस से। सुबह विशाखापत्तनम पहुँचे। वहाँ पुराने तरीके की बस मिली। उससे आगे बढ़े। पाँच नदियों को पार कर गुनुपुर पहुँचे। पहुँच तो गये, लेकिन वहाँ की भाषा नहीं जानते थे। संकेतों से पता करते हुए पटनायक जी के घर तक पहुँचे। वहाँ एक बूढ़ा आदमी मिला। वह थोड़ी-थोड़ी हिन्दी जानता था। थोड़ी सुविधा हुई। उस आदमी ने बताया कि उसके गाँव में महात्मा गाँधी और इंदिरा गाँधी आये थे। इन्हें छोड़ और किसी नेता के बारे में वह जानता ही नहीं था। पटनायक जी घर पर थे नहीं। दूसरे दिन हरिवंश ने उनका लंबा इंटरव्यू किया। वह इंटरव्यू 'धर्मयुग' में 'अजय' के नाम से छपा।

अजय, हरिवंश का घर का पुकारू नाम है। इस नाम से भी उन्होंने खूब लिखा। हरिवंश ने पटनायक जी से मदद के बाबत पूछा। पटनायक जी ने कुछ किताबें माँगीं। हरिवंश ने उन तक वे किताबें भिजवाईं। पटनायक जी ने उन्हें कई पत्र भी लिखे थे। हरिवंश ऐसे पत्रों को संग्रहित भी किया करते थे। इनमें कई

बड़े साहित्यकारों, राजनेताओं और विचारकों के पत्र थे, किंतु 1984-85 में उन्होंने उन सभी पत्रों को नष्ट कर दिया। उन्हें लगा कि वह इन पत्रों का संग्रह संभवतः इस भाव से करते हैं कि वह इनके माध्यम से स्वयं को स्थापित करने का मोह रखते हैं। यह विचार उन्हें असह्य लगा और उन्होंने सभी पत्रों को नष्ट कर उनसे मुक्ति पा ली।

'रविवार' : पत्रकारिता का दूसरा पड़ाव

हरिवंश ने प्रायः तीन वर्ष के अंतराल के बाद, 1985 में, 'रविवार' से अपनी पत्रकारिता की दूसरी पारी शुरू की। लगभग चार वर्ष तक इसके सहायक संपादक रहे। इन चार सालों में उन्होंने प्रायः डेढ़ सौ महत्त्वपूर्ण आलेख/रिपोर्ट 'रविवार' में लिखे। इनमें से सामाजिक-राजनीतिक सरोकार के 124 आलेखों में जनपक्ष का व्यापक उभार है। 'सरकारी शोषकों की नयी जमात' (28 सितंबर-04 अक्तूबर, 1986) हो या 'छोटे साहब के लिए असली चुनौती है इंडियन पीपुल्स फ्रंट' (30 अप्रैल-06 मई, 1989) या फिर 'अपराधियों के कब्जे में बिहार सरकार' (22-28 जून, 1986), पिछड़े समाज के संदर्भ में मार्क्सवाद' (22-28 जून, 1986), 'आदिवासियों को चाहिए झारखंड' (29 नवंबर-05 दिसंबरं, 1987), 'गुनाहगार हम सब हैं' (15 नवंबर, 1986), 'पिछड़ों के खिलाफ मोर्चाबंदी' (12-18 अक्तूबर, 1986), 'कैमूर घाटी के शरणार्थी', (27 मार्च-02 अप्रैल, 1988), 'सांसदों को जनहित की चिंता नहीं है' (30 नवंबर-06 दिसंबर 1986), 'घुटने टेक दिये हैं व्यवस्था ने' (11-17 मई, 1986), 'बांझ हो गयी है हमारी राजनीति' (24-30 जुलाई, 1988), 'आज के जहानाबाद का चेहरा', 'नक्सलियों के प्रभाव में पटना-गया के गाँव' (14-20 जुलाई, 1985), 'छोटानागपुर में घपले ही घपले' (29 सितंबर-05 अक्तूबर, 1985), 'वर्मा में जनक्रांति का ज्वार (02-08 अक्तूबर, 1988), 'भटक गये हैं आंध्र के नक्सली' (02-08 अप्रैल, 1989), 'रविवार' में छपी इन रिपोर्टों में हरिवंश की पत्रकारिता का जनपक्षीय स्वभाव प्रकट हुआ।

उन्होंने जनतांत्रिक मूल्यों की अवहेलना पर राज्य सत्ता और विधानसभा को भी सीधे तौर पर निशाने पर लिया। 'बिहार मर रहा है' (14-20 जुलाई, 1985), 'बौरा गये हैं आजाद' (19-25 फरवरी, 1989), 'बिहार का अनोखा राज्यपाल' (08-14 मई, 1988), 'यह है, समाजवादी सरकार का न्याय' (13-19 अप्रैल, 1986), 'क्या भागवत झा आजाद की छुट्टी होगी', 'पिद्दी साबित हुए भागवत झा आजाद', ये सभी ऐसे ही आलेख हैं।

राजनीतिक पार्टियों के चरित्र पर भी उन्होंने प्रहार किया। जब छोटानागपुर में राजनीति को आर्थिक शोषण का माध्यम बनाया जाने लगा और दलों में ऐसे लोगों का प्रभुत्व बढ़ने लगा, तब उन्होंने अपने पत्रकारीय धर्म का निर्वाह करते हुए जनपक्ष की पीड़ा को समाज के सामने लाया। 'छोटानागपुर में सूदखोरों की संस्था बन गयी है कांग्रेस' (12-18 जून, 1988), 'रविवार' में प्रकाशित उनकी यह रिपोर्ट इसका प्रमाण है।

धनबाद उन दिनों कोयला माफिया के आतंक को लेकर देशभर में चर्चा में था। कोयले की काली कमाई और दलाली में आर्थिक अपराध के वर्चस्व को लेकर कई स्तर पर संघर्ष का वह काल था। मजदूरों और कामगारों के हितों से लेकर सामान्य नागरिक जीवन तक इससे प्रभावित थे, लेकिन माफियाओं के राजनीतिक, आर्थिक और आपराधिक गठजोड़ के आगे प्रतिरोध के स्वर दबे हुए थे। यहाँ तक कि मीडिया, शासन और प्रशासन भी इसके प्रभाव से दबे हुए थे। तब हरिवंश ने उस क्षेत्र की पत्रकारीय यात्राएँ कीं। उन्होंने 1985 से 1989 तक कई स्टोरी इस पर की। हर स्टोरी पर राजनीतिक-आपराधिक जगत में खूब हलचल हुई। इनमें 'धनबाद माफिया ट्रायल का मकसद' (20-23 मार्च 1988), 'धनबाद में नया माफिया जन्म ले रहा है' (21-27 जुलाई, 1985), 'धनबाद माफिया का अर्थतंत्र' (7-11 दिसंबर, 1986) जैसी स्टोरी थी। उसका प्रभाव यह हुआ कि बिहार सरकार को उस पर संज्ञान लेना पड़ा। स्वयं मुख्यमंत्री बिंदेश्वरी दूबे को सार्वजनिक रूप से घोषणा करनी पड़ी कि सरकार माफियागिरी को नष्ट करने की मंशा रखती है। (हम माफियागीरी को नष्ट करना चाहते हैं : बिदेश्वरी दूबे, 'रविवार')। तब शुरू हुआ दूसरा खेल। हरिवंश पर आरोप भी लगे। बीसीसीएल और जिला प्रशासन अपने दामन को बचाने में जुटा। रिपोर्ट में माफियाओं के लिए कवच तैयार किये जाने लगे। हरिवंश ने उन्हें भी समाज के सामने लाया। अपने ऊपर लगे एक-एक आरोप का जवाब भी दिया। 'बीसीसीएल द्वारा प्रायोजित रपट' (05-11 फरवरी, 1989), 'धनबाद उपायुक्त द्वारा सरकार को प्रेषित टिप्पणी का रूपांतर (5-11 फरवरी, 1989), 'माफिया संस्कृति की जड़ें गहरी हैं' (05-11 फरवरी, 1989) 'रविवार' में छपी इन रिपोर्टों में इसे देखा जा सकता है। ऐसी रिपोर्टों के जरिये उन्होंने कोल माफिया के विरुद्ध अपना अभियान जारी रखा।

हरिवंश, छोटानागपुर की समस्याओं को 'रविवार' के जरिये जब प्रमुखता से उठा रहे थे, तब तत्कालीन बिहार का यह इलाका राष्ट्रीय और राज्यस्तरीय पत्रकारिता में पूरी तरह हाशिये पर था। पटना से छपनेवाले अखबार भी इस क्षेत्र

के सामाजिक, राजनीतिक, आर्थिक और सांस्कृतिक विषयों के उठाने के प्रति उदासीन थे। आदिवासी समाज के वरिष्ठ पत्रकार महादेव टोप्पो उन दिनों को याद करते हुए लिखते हैं कि 'हिन्दी पत्रकारिता जगत में अगस्त, 1977 में एक जबर्दस्त घटना घटी कोलकाता से 'रविवार' का प्रकाशन, जिसके बारे में कहा जाता है कि इसने हिन्दी की मिमियाती पत्रकारिता को गरजना सिखाया। साथ ही हिन्दी पत्रकारिता जगत में उपेक्षित छोटानागपुर-संताल परगना की ढेरों समस्याएँ 'दिनमान' के अलावा अब 'रविवार' के माध्यम से भी प्रकाशित होने लगीं, जो अब तक प्रकाशित न होती थीं या दबा दी जाती थीं। इसी पत्रिका के किसी अंक में पटना के अखबारों की तीखी आलोचना की गयी थी। कहा गया था कि ये इधर की समस्याओं के बारे में ध्यान नहीं देते, इसी कारण इधर की समयाएँ जटिल होती जा रही हैं। यह कहना अतिश्योक्ति नहीं थी।'

'रविवार' में पत्रकारिता करते हुए हरिवंश न केवल बिहार, बल्कि राष्ट्रीय और अंतरराष्ट्रीय विषयों पर भी गंभीर लेखन करते रहे। उन्होंने कई विचारोत्तेजक और विवेचनात्मक आलेख लिखे, जिनमें भारत के वैश्विक संबंधों की व्याख्या है। वैश्विक घटनाओं पर भी उनकी पैनी दृष्टि रही और उसकी पत्रकारीय विवेचना में उन्होंने अपनी वैचारिक विशिष्टताओं को अभिव्यक्त किया। 1988 में रूस में हो रहे राजनीतिक बदलाव पर उन्होंने लंबा लेख लिया, 'रूस में ब्रेजनेव युग से मुक्ति की छटपटाहट' (16-22 अक्तूबर, 1988)। रूस और चीन के राजनीतिक-आर्थिक बदलाव पर उसी समय से उनकी दृष्टि रही। यद्यपि उस समय उन्होंने कोई विदेश यात्रा नहीं की थी। उनकी पहली विदेश यात्रा 1994 में अमेरिका की थी, तब वह 'प्रभात खबर' में थे।

चीन और रूस की यात्रा उन्होंने दो-दो बार की। चीन पहली बार मई, 2005 में 20 दिनों की अध्ययन यात्रा के क्रम में गये थे। दूसरी बार प्रधानमंत्री मनमोहन सिंह के साथ 23-24 अक्तूबर, 2013 में गये। रूस की पहली यात्रा जून, 2006 में और दूसरी यात्रा अक्तूबर 2013 में की, किंतु इन दोनों देशों की राजनीतिक और आर्थिक व्यवस्था पर उन्होंने 'रविवार' के समय भी बहुत लिखा। 'गोर्बाचोव की प्रस्तावित चीन यात्रा, तीन दशक बाद दोस्ती की राह पर' में उन्होंने दोनों देशों की निकटता का भारत की आर्थिक और सामरिक स्थिति पर पड़नेवाले वैश्विक प्रभाव की भी व्याख्या की।

चीन की साम्यवादी सरकार के जनविरोधी चरित्र ने उन्हें उद्वेलित किया। इसमें उन्हें अमानवीयता का एक ऐसा चेहरा दिखा, जो किसी देश के नागरिक हितों और मानवीय अधिकारों के लिए चिंता पैदा करनेवाला था। उन्होंने इस पर 'चीन में

साम्यवाद का खूनी चेहरा' शीर्षक से प्रकाशित अपने लेख में चिंता जतायी।

चीन उन्हें इसलिए भी बार-बार लिखने और सोचने के विवश करता रहा कि वहाँ की आर्थिक-राजनीतिक बदलाव का भारत पर बड़ा असर होता रहा है। एशिया की इस महाशक्ति की राजनीतिक विचारधारा का प्रभाव अंतरराष्ट्रीय राजनीतिक जगत में होना स्वाभाविक है। इससे भारत अछूता नहीं रह सकता। हरिवंश की यह चिंता 'रविवार' में प्रकाशित उनके आलेखों 'चीन में परिवर्तन बयार' (4-10 जून, 1989) और 'बिहार में चीन व पाकिस्तान को यूरेनियम की तस्करी' (17-23 नवंबर, 1985) में देखा जा सकता है। वहीं, रूस के पराभव का विश्व राजनीति में, भारत के स्वास्थ्य पर प्रभाव पड़ रहा था। भारतीय जनमानस वहाँ हो रहे बदलाव को लेकर जिज्ञासु था। तब हरिवंश ने उसे भी अपनी लेखनी का विषय बनाया और 'रूस में ब्रेजनेव युग से मुक्ति की छटपटाहट' (16-22 अक्तूबर, 1988) में उसका मौलिक विश्लेषण किया।

हरिवंश, केवल चीन और रूस ही नहीं, भारत के अन्य पड़ोसी देशों पाकिस्तान, वर्मा, श्रीलंका, नेपाल आदि की गतिविधियों पर लिखते रहे। पाकिस्तान के चुनाव परिणाम हों या वर्मा की जनक्रांति, उनकी कलम हर विषय पर चली और हिन्दी पाठक समाज को उन्होंने भरपूर सामग्री दी। 'रविवार' में छपी रिपोर्ट 'पाक चुनाव परिणामों का अर्थ' (27 नवंबर-03 दिसंबर, 1988) एवं 'वर्मा में जनक्रांति का ज्वार' (02-08 अक्तूबर, 1988) में अंतरराष्ट्रीय विषयों पर उनकी मौलिक व्याख्या की हिन्दी पाठक समाज ने प्रशंसा की।

1980 के दशक में भारत-नेपाल द्विपक्षीय अंतरराष्ट्रीय राजनीतिक संबंधों में आयी कड़वाहट पर विस्तृत लेख लिखा। पाठकों को यह बताया कि इसका दोनों देशों के भविष्य पर कितना प्रतिकूल प्रभाव पड़ेगा। 'भारत-नेपाल रिश्ते में बढ़ती दरार' शीर्षक से यह आलेख 'रविवार' के 5-11 फरवरी, 1989 के अंक में छापा। 1989 में श्रीलंका में नयी सरकार के गठन पर श्रीलंका-भारत संबंधों के भविष्य को लेकर उन्होंने 'श्रीलंका की नयी सरकार' (5-11 मार्च, 1989) शीर्षक से लेख लिखा।

हरिवंश, 'रविवार' में केवल राष्ट्रीय-अंतरराष्ट्रीय राजनीतिक विषयों तक सीमित नहीं रहे। साहित्य, कला, संस्कृति, भाषा, शिक्षा, देश की महान विभूतियों, आदिवासियों की अस्मिता, विचारधाराओं, समकालीन पत्र-पत्रिकाओं के पत्रकारीय-साहित्यिक मूल्यांकन, सब पर उन्होंने पर्याप्त लेखन किया। 'हिन्दी के दरबारी लेखक और कवि' (9-15 फरवरी, 1986), 'पहले फिर भी गरिमा थी' (20-26 मार्च, 1988), 'पिछड़े समाज के संदर्भ में मार्क्सवाद'

(22-28 जून, 1986), 'आदिवासियों को चाहिए झारखंड' (29 नवंबर-05 दिसंबर, 1987), 'हिन्दी के नाम पर व्यापार' (15 नवंबर, 1986), 'मनुष्य के खंडित होने की पीड़ा' (5-11 अप्रैल, 1987), 'अकेले योद्धा के संघर्ष के दस्तावेज' (29 मार्च-4 अप्रैल, 1987), 'डॉ. वशिष्ठ की हत्या की जा रही है', (20-26 जुलाई, 1986), 'भारत जोड़ो यात्रा की अगली कड़ी' (31 जनवरी-6 फरवरी, 1988), 'जेपी के गाँव में जनता पार्टी' (3-9 नवंबर, 1985), 'समिति हिन्दी की, प्रस्ताव अंगरेजी में' (15-21 सितंबर, 1985), 'जब संयोग से डॉ. लोहिया की जान बची', (9-15 अक्तूबर, 1988), 'हमारी सांस्कृतिक धरोहर क्या है?' (30 जून-6 जुलाई, 1985), 'भारतीय समाजवाद के भीष्म पितामह' (19-25 फरवरी, 1989), 'पटना के पीर अली' (14-20 अगस्त, 1988), 'अब तो इतिहास के पन्नों में दफन हैं मौलवी अहमद शाह', 'नेता नहीं समाज सुधारक चाहिए' (16-22 मार्च, 1986), 'पहले भी ऐसे ही थे गोविंद जी' (08-14 मई, 1988), 'साहस की प्रतिमूर्ति योगेंद्र शुक्ल' (08-14 दिसंबर, 85), 'घुन लग गया है बनारस हिन्दू विश्वविद्यालय को', 'हिन्दी पत्रकारिता के शून्य को भरा है धर्मयुग ने', 'फर्क खास और खास आदमी के', इन आलेखों को देखा जा सकता है।

1980 के दशक के नक्सलवाद और जातीय संघर्षों को जानने के लिए हरिवंश के 'रविवार' में लिखे लेख पढ़े जाने चाहिए। उन आलेखों में केवल घटनाओं का उल्लेख नहीं है, पूरी सामयिक सोच और परिस्थितियों का विश्लेषण है। उस दशक में बिहार और झारखंड नक्सली और जातीय संघर्ष के कठिन दौर से गुजर रहे थे। समाज बारूद के ढेर पर था। जीवन खून के रंगों में सना हुआ था। सत्ता और व्यवस्था के प्रति जनविश्वास संकट में था। सत्ता बदलती थी, तो समाज की पहली अपेक्षा उस परिस्थिति में बदलाव को लेकर होती थी। ऐसे में सत्ता को सतर्क करने के पत्रकारीय धर्म का हरिवंश ने निर्वाह किया। जब सत्येंद्र नारायण सिंह मुख्यमंत्री बने, तब हरिवंश ने 'छोटे साहब के लिए असली चुनौती है इंडियन पीपुल्स फ्रंट' (30 अप्रैल-6 मई, 1989) में उनके सामने चुनौती की तसवीर पेश की थी।

हरिवंश ने 'रविवार' में जितना बड़ा योगदान किया और जितने विविधतापूर्ण दायित्वों का निर्वाह किया, उससे उन्हें नये-नये अनुभव तो हुए ही।

'प्रभात खबर' : नया ठिकाना

उन दिनों 'प्रभात खबर' बंद होने के कगार पर था। चार-पाँच सौ प्रतियाँ

ही बिकती थी। कोई पहचान नहीं थी। यह मान लिया गया था कि इसे कुछ दिनों में बंद हो जाना है। 'रविवार' छोड़ कर 'प्रभात खबर' से जुड़ने का हरिवंश का निर्णय लोगों को हैरान करनेवाला था। कुछ शुभचिंतकों ने उन्हें स्पष्ट रूप से सचेत भी किया। उनका यह निर्णय इतना हैरान करनेवाला था कि सहज रूप में किसी ने इसे विवेकपूर्ण नहीं माना। लेकिन हरिवंश अपने निर्णय पर अडिग रहे। 1989 में वह 'रविवार' से नाता तोड़ 'प्रभात खबर' में आ गये। उस समय तक 'रविवार' का प्रकाशन बंद नहीं हुआ था। हरिवंश के अलग होने के करीब डेढ़-दो साल बाद तक उसका प्रकाशन जारी रहा।

बदल रही थी अखबारी दुनिया

जिस समय हरिवंश ने 'प्रभात खबर' को चुना, उस समय अखबारी दुनिया में तेजी से बदलाव हो रहे थे। 25 अगस्त, 1986 को पटना से 'हिन्दुस्तान' और 'हिन्दुस्तान टाइम्स' का प्रकाशन शुरू हुआ। 'नवभारत टाइम्स' का पटना से 1986 में प्रकाशन शुरू हुआ। करीब नौ वर्ष के भीतर, 1995 में बंद हो गया। उस समय 'पाटलिपुत्र टाइम्स' भी पटना से निकल रहा था। बाद में वह भी बंद हो गया। 'आर्यावर्त' और 'इंडियन नेशन' भी चल नहीं पाये। करीब 1200 कर्मचारियों वाले ये अखबार पूँजी के बड़े निवेश की स्थिति में भी नहीं रह गये थे। फोटो टाइप सेटिंग और ऑफसेट मशीन जैसे आधुनिक संसाधन में पैसे लगाने की स्थिति नहीं रही। लिहाजा, अखबारों के तेजी से बदलते स्वरूप में ये पिछड़ते चले गये। हालाँकि इनके बंद होने की और भी वजहें रहीं, जिनमें वित्तीय कारण अहम था।

1995 का साल बिहार के अखबारी कारोबार के लिए सबसे अशुभ रहा। इस साल 'नवभारत टाइम्स' तो बंद हो ही गया, 'आर्यावर्त', 'इंडियन नेशन' और 'पाटलिपुत्र टाइम्स' को पुनर्जीवित करने के अंतिम प्रयास भी विफल रहे। संपादकीय टीम तीनों की अच्छी थी। हीरानंद झा शास्त्री के संपादकत्व में 'आर्यावर्त', दीनानाथ झा के संपादकत्व में 'इंडियन नेशन' और विजय भास्कर के संपादकत्व में 'पाटलिपुत्र टाइम्स' का फिर से प्रकाशन शुरू हुआ। पुरानी टीम तो थी ही, लेकिन यह प्रयास सफल नहीं हुआ। 'पाटलिपुत्र टाइम्स' को राजनीतिक संरक्षण प्राप्त था। पूर्व मुख्यमंत्री डॉ. जगन्नाथ मिश्र के राजनीतिक सहयोगी भरत राय का इसे निर्देशन मिला, लेकिन पाँच-छह माह भी यह अखबार नहीं चल सका। भरत राय बेतिया से चुनाव लड़े और हार गये। उसके बाद अखबार भी बंद हो गया। कर्मचारियों को एक माह का भी सही-सही वेतन नहीं मिल पाया।

तब पटना में दो ही बड़े हिन्दी अखबार रह गये। एक 'हिन्दुस्तान' और दूसरा 'आज'। तब 'आज' सत्ता से निकटता और बनारसी शैली को लेकर अलग धारा की पत्रकारिता कर रहा था, जबकि 'हिन्दुस्तान' देश-दुनिया के बदलते अखबारी मिजाज, आधुनिकीकरण और कारपोरेट सोच के साथ नयी दिशा में तेजी से बढ़ता गया। इससे चुनौती बढ़ी। इसी चुनौती का विस्तार उसने रांची में करना चाहा, लेकिन 'प्रभात खबर' उससे मुकाबले के लिए पूरी तरह तैयार बैठा था। हर स्तर पर उसने अपनी क्षमता बढ़ायी। संपादकीय टीम का नेतृत्व हरिवंश तो कर ही रहे थे, प्रबंधन और संसाधन के क्षेत्र में भी केके गोयनका और आरके दत्ता जी की टीम ने खुद में बड़ा बदलाव लाया। जहाँ पटना में 'आज' और रांची में 'रांची एक्सप्रेस' जैसे पुराने और जमे-जमाये अखबार नयी टेक्नोलॉजी के प्रति उदासीन रहे, वहीं 'प्रभात खबर' ने न्यूज लाइन श्रेणी की प्रिंटिंग मशीन खरीद ली।

'नवभारत टाइम्स' के पटना सहित तीन-तीन संस्करणों के बंद होने और उसी कालखंड में 'प्रभात खबर' के संस्करणों के प्रसार के मूल की पड़ताल से यही निष्कर्ष निकलता है कि 'नवभारत टाइम्स' के पास संसाधन थे, लेकिन शीर्ष नेतृत्व नहीं था, जो विपरीत परिस्थितियों में अखबार को सही दिशा दे पाता। वहीं 'प्रभात खबर' के पास संसाधन सीमित थे, लेकिन शीर्ष नेतृत्व हरिवंश जी के पास था, जो विपरीत परिस्थितियों में भी अपनी खास लेखन-चिंतन शैली और नेतृत्व की बदौलत अखबार को बेहतर दिशा दे रहे थे।

रांची की चुनौतियाँ

जब हरिवंश ने रांची में 'प्रभात खबर' से अपनी पत्रकारिता के तीसरे दौर की शुरुआत की, उस समय वहाँ पहले से मुख्य रूप से दो अखबार निकले रहे थे। एक 'रांची एक्सप्रेस' और दूसरा 'आज'। 'आज' बनारसी शैली का अखबार था और कई स्थानों से छप रहा था। वर्तमान झारखंड के रांची के अलावा धनबाद और जमशेदपुर से भी। धनबाद से 'आवाज' और जमशेदपुर से 'उदितवाणी' का भी प्रकाशन हो रहा था। 'आज' को छोड़ तीनों अखबार घरेलू थे। इसलिए क्षेत्रीय अखबार के रूप में इन्हीं तीनों से 'प्रभात खबर' का मुकाबला था।

हरिवंश ने 'प्रभात खबर' को स्थापित करने और उसके माध्यम से अपनी जनसरोकारी पत्रकारिता को आगे ले जाने के लिए जो प्रयोग किये, उनमें देश के कुछ महत्त्वपूर्ण क्षेत्रीय खबरों के संचालन-प्रबंधन के तौर-तरीकों का अध्ययन भी शामिल था। इनमें 'ईनाडु' और 'मलयालम मनोरमा' प्रमुख हैं। ये दोनो गैर हिन्दी क्षेत्रीय अखबार हैं, किंतु तेजी से प्रसार में उनके प्रयोग अत्यंत

सफल रहे। हरिवंश इन अखबारों के दफ़्तरों में गये और उनको देखा-जाना। तब उसके पास संसाधन सीमित थे। रेल के सेकेंड क्लास डब्बे और बसों में 17-18 घंटे की यात्रा करना, मामूली होटल में ठहरना, स्टेशन के क्लॉक रूम में सामान रखना, ताकि होटल का पैसा बच सके, यह सब निश्चय ही कष्टप्रद था। पर, 'प्रभात खबर' को खड़ा करने की धुन और अपने संकल्प के आगे उन्होंने इन सब बातों की कभी चिंता नहीं की।

'प्रभात खबर' बड़े घराने के अखबारों के लिए जल्द ही चुनौती बन गया। झारखंड में किसी भी बड़े अखबार के लिए 'प्रभात खबर' बड़ा प्रतिद्वंद्वी बन गया। यहाँ तक कि 'प्रभात खबर' के पुनर्जीवन काल से तीन साल बड़े दैनिक 'हिन्दुस्तान' के लिए तीन दशक बाद भी 'प्रभात खबर' की चुनौतियाँ कमजोर नहीं पड़ीं। अव्वल तो रांची से 'हिन्दुस्तान' के प्रकाशन को शुरू करने के लिए उसे 'प्रभात खबर' के 32 सदस्यों की ही टीम लेनी पड़ी। यह स्थिति उस अखबार की थी, जो देश के बड़े घराने का अखबार है और देश के कई राज्यों में अखबार निकालने का उसका अनुभव 'प्रभात खबर' की टीम से कई गुणा ज्यादा था, किंतु हरिवंश जी ने दक्षिण बिहार (अब झारखंड) में एक अलग ही किस्म की पत्रकारिता का युग शुरू किया, जिसे देश के दूसरे हिस्से की पत्रकारिता-शैली से रोक पाना संभव नहीं था। अतः उसी शैली को आगे ले जाना 'हिन्दुस्तान' की विवशता थी।

वनिता कोहली ने 'हिन्दुस्तान टाइम्स' की शोभना भरतिया पर एक रिपोर्ट लिखी 'कैन शी विन?'। इस रिपोर्ट में कोहली ने लिखा कि 'अब तक एचटी ने वर्तमान बिहार (लालू लैंड) में अपना वर्चस्व कायम किया है। झारखंड, जो पुराने बिहार का अपेक्षाकृत संपन्न हिस्सा रहा है, वहाँ 'प्रभात खबर' अब भी शीर्ष पर बना हुआ है। इस बाजार में पैठ बनाने के लिए एचटी और ज्यादा संसाधन झोंकना चाहता है और दो और शहरों से अपना संस्करण शुरू करना चाहता है।'

हरिवंश का लेखन

हरिवंश के लेखन में इतिहास झाँकता है। ऐतिहासिक संदर्भ पूरे आयाम के साथ स्थान लेते हैं। वह भविष्य की बात करते हुए भी अतीत में लौटते हैं। वहाँ से संदर्भ चुनते हैं और फिर भविष्य का चित्र उकेरते हैं। मैं मानता हूँ कि यह उनकी लेखन शैली की विशिष्टता तो है ही, यह उनके संपूर्ण व्यक्तित्व का प्रतिबिंब भी है। मैंने उन्हें खूब पढ़ा है। अनेक अवसरों पर सुना है। उनकी टीम

में काम करने के कारण यह अवसर स्वाभाविक रूप से मिला। मैंने हमेशा यह महसूस किया कि वह वर्तमान की व्याख्या और भविष्य की परिकल्पना का आधार अतीत की घटनाओं से करते हैं। उसे केंद्र में रख कर चीजों को समझने और समझाने की उनकी कला विशिष्ट है। चर्चिल के इस कथन का उनके चिंतन पर गहरा प्रभाव दिखता है, जिसमें उन्होंने (चर्चिल ने) कहा कि इतिहास में जितना पीछे देखते हो, देखो। उससे भविष्य बनाने की ताकत और ऊर्जा मिलती है।

अपने कथन और चिंतन को साक्ष्य से जोड़ना उनके लेखन की दूसरी बड़ी विशेषता है। विश्व के महान दार्शनिकों, साहित्यकारों और नेताओं से लेकर भारतीय मनीषियों के कथनों को वह संदर्भ के रूप में उद्धृत किये बिना अपनी बात पूरी नहीं करते हैं। अनेक अवसरों पर वह यहीं से अपनी बात शुरू करते हैं। उनकी यह लेखन और वाचन शैली इस तथ्य का दर्शन कराती है कि वह भोगे हुए यथार्थ को भविष्य की ऊर्जा का कितना बड़ा स्रोत मानते हैं। अपनी बात या अपने अनुभवों को समष्टि का रूप देते हैं।

अन्य पत्र-पत्रिकाएँ

हरिवंश ने अन्य पत्र-पत्रिकाओं के लिए भी खूब लिखा है। उन्होंने हिन्दी और अंग्रेजी दोनों भाषाओं में लिखा। 'पाखी', 'सिविल सोसाइटी', 'दैनिक भास्कर', 'तहलका', 'इंडिया टुडे', 'फर्स्ट पोस्ट', 'इंडियन एक्सप्रेस', 'नवभारत टाइम्स', 'मानवता', 'महाराष्ट्र मानस' (मराठी साप्ताहिक), 'सप्तक्रांतिचा उदगाता' (मराठी), 'श्रीवर्षा', 'संडे ऑबजर्वर', 'सामयिक वार्ता', 'विदुर', 'मीडिया विमर्श', 'संचार माध्यम', 'सहारा टाइम्स', 'चिंतन सृजन', 'एक मुट्ठी तनी हुई', 'प्रथम प्रवक्ता', 'आकार', 'मीडिया महारथी', 'आंचलिक पत्रकार', 'दिनमान टाइम्स', 'ग्रामजन' आदि में उनके कई आलेख प्रकाशित हुए हैं। इनमें 'पाखी' में प्रभाष जोशी पर, 'सिविल सोसायटी' में कारपोरेट सेंसरशिप के खिलाफ ('सिविल सोसायटी', 01 अगस्त, 2006), नक्सल पर ('सिविल सोसायटी', 10 मार्च, 2008) और झारखंड की प्रशासनिक विफलता पर 'द फेल्ड स्टेट' (अंगरेजी में 'सिविल सोसायटी', 18 अगस्त, 2007) आदि प्रमुख हैं।

छद्म नाम से लेखन

हरिवंश ने छद्म नाम से भी लेखन किया। अजय, दर्शक, अज्ञात, परिमल, राजेश गुप्ता और नरेश गुप्ता, इन नामों से उनके दर्जनों आलेख 'प्रभात खबर'

एवं अन्य पत्र–पत्रिकाओं में छपे। 'साप्ताहिक हिन्दुस्तान' की कवर स्टोरी अजय नाम से छपी। 'धर्मयुग' में भी छद्म नाम से आलेख–साक्षात्कार आदि आये। छद्म नामों में उन्होंने सबसे अधिक अजय, अज्ञात और दर्शक का प्रयोग किया। नरेश गुप्ता और राजेश गुप्ता नाम से उन्होंने सबसे कम लिखा।

छद्म नाम से लेखन के विषय में वह कहते हैं, कुछ चीजें और कुछ अवसर ऐसे थे, जब छद्म नाम का प्रयोग करना पड़ा। इसकी तीन वजहें थीं। पहली वजह कि बार–बार मेरे नाम से छपती स्टोरी या आलेख को लेकर पाठकों में नीरसता का भाव आ जाता था। दूसरी वजह कि अत्यंत विपरीत परिस्थितियों में कुछ बड़े सवालों को उठाने के अवसर आये। तीसरी वजह कि हमारे सूत्र नहीं चाहते थे कि सूचना लीक होने को लेकर उन पर किसी तरह का संदेह हो और वह मेरे करीब थे। ऐसे सूत्रों के बचाव के लिए दूसरे नाम से लेखन जरूरी हो जाता था। 4 जुलाई, 2019 को रांची के एक कार्यक्रम में उन्होंने उन लेखों और उसके स्रोतों को लेकर एक बार फिर चर्चा की, किंतु स्रोत सूत्र का नाम नहीं बताया। जाहिर है, इन स्रोतों में ज्यादातर राज्य सरकार के नौकरशाह थे, किंतु यह हरिवंश के व्यक्तित्व का बड़ा हिस्सा है कि उन्होंने इतने सालों बाद भी किसी नाम को सार्वजनिक नहीं किया। कुल मिला कर, हरिवंश का पत्रकारीय और लेखन संसार बहुत समृद्ध और विस्तृत रहा है। वे स्वयं में एक स्कूल हैं।

वरिष्ठ पत्रकार। शोधार्थी–अध्येता। 'प्रभात खबर' से पिछले ढाई दशक से जुड़ाव। 'जनसरोकार के पत्रकार : हरिवंश' पुस्तक के लेखक।

एक पाठक की दृष्टि में

-डॉ. विनय कुमार सिंह

पत्रकारिता साहित्य से जुड़कर समृद्ध होती है और साहित्य समृद्ध पत्रकारिता से प्रसारित होता है। इस संदर्भ में हरिवंश जी की बात करें, तो वह ऐसे शब्द-साधक हैं, जिन्होंने जीवन-दर्शन की यात्रा में पत्रकारिता को पाथेय बनाकर अध्यात्म की ओर गतिशील रहने का प्रयास किया है।

संप्रति, राज्यसभा के उपसभापति हरिवंश जी को मैं एक पाठक की दृष्टि से ही देखता हूँ। ऐसा पाठक, जिसकी अपेक्षा रहती है कि उसका प्रिय पत्रकार-लेखक कुछ लिखे, तो वह पढ़े। यह अपेक्षा निराधार नहीं है, क्योंकि मेरी साहित्यिक अभिरुचि पत्र-पत्रिकाओं को देख-देखकर, पढ़-पढ़कर ही जाग्रत हुई। अस्तु, हरिवंश जी की पत्रकारिता की शुरुआत 'धर्मयुग' से हुई। इस पत्रिका का अंक मेरे होश सँभालने से पूर्व ही मेरे घर आता था, जिसे मेरे पिता पढ़ते थे, माँ पढ़ती थीं और मैं शुरू में तो फोटो देखता रहा। पर, जब अक्षर-ज्ञान हो गया तो 'बाल जगत' पढ़ने लगा। 'धर्मयुग' के बाद हरिवंश जी ने 'रविवार' में भी काम किया वह पत्रिका भी आती थी। कुछ अन्य पत्रिकाएँ भी आती थीं और अखबार भी आते थे। इस तरह पढ़ने की आदत हो गई।

एक पाठक के रूप में हरिवंश जी के लेखन से तब सुपरिचित हुआ, जब 'प्रभात खबर' पढ़ने लगा। मैं उनके उन आलेखों को अखबार के पृष्ठों से काट कर रख लेता था, जो मुझे रोचक, ज्ञानवर्धक लगते थे। यह उनकी संपादन-दृष्टि का प्रभाव था कि कभी-कभी अखबार के विशेषांक के सभी पृष्ठ सुरक्षित रखने पड़े।

साहित्य, संगीत, कला, समाज विज्ञान, अर्थशास्त्र, मनोविज्ञान...कुछ भी हरिवंश जी की संपादन-दृष्टि से असम्पृक्त नहीं रहा। समय-समय पर विशेषांकों के माध्यम से वे पत्रकारिता को समृद्ध करते रहे। एक आलेख में उनकी दृष्टि का सम्यक विश्लेषण संभव नहीं है, पर कुछ उदाहरण ले सकते हैं।

'प्रभात खबर' के 'बिहार विशेषांक' के रूप में 12 जुलाई, 2004 को अनेक खंडों में जो विशेषांक प्रकाशित हुए, वे पत्रकारिता में शोधपरक दृष्टि के विशिष्ट उदाहरण है। खंड-5 'रोशनाई' शीर्षक से था, जिसके पृष्ठों पर शिवपूजन सहाय, नागार्जुन, रेणु, दिनकर, जानकीवल्लभ शास्त्री, भिखारी ठाकुर, जगदीश विकल सहित अनेक साहित्यकारों, कलाकारों से संबंधित शोधपरक आलेख थे।

'समय से संवाद' करते हुए हरिवंश जी कभी साहित्य से अलग नहीं रहे। विविध विषयों की चर्चा के अवांतर वे साहित्य की चर्चा भी करते हैं। 20 मई, 2012 के 'प्रभात खबर' में उन्होंने लिखा -

'हिन्दी के जानेमाने लेखक विश्वनाथ त्रिपाठी की पुस्तक, 'व्योमकेश दरवेश' (आचार्य हजारी प्रसाद द्विवेदी का पुण्य स्मरण, राजकमल प्रकाशन द्वारा छपी) पढ़ी। इस पुस्तक में कई प्रसंग हैं, जानने और सीखने योग्य। एक बार राहुल सांकृत्यायन बनारस हिन्दू विश्वविद्यालय आये। अंग्रेजी विभाग के रीडर, डॉ. रामअवध द्विवेदी के घर पर एक गोष्ठी हुई। विश्वविद्यालय परिसर में ही। गोष्ठी खत्म होने के बाद राहुल जी पैदल निकल गये। करीब दो फरलांग तक जाने के बाद, फिर वे डॉ. रामअवध द्विवेदी के घर लौटे। लोगों को लगा कि राहुल जी वहाँ कुछ भूल गये हैं, लेने जा रहे हैं, पर बात कुछ और थी। विश्वनाथ त्रिपाठी जी के शब्दों में, वे चलते समय डॉ. रामअवध द्विवेदी जी को प्रणाम करना भूल गये थे। ऐसे कम्युनिस्ट बुद्धिजीवी थे। इतना ही नहीं, विश्वनाथ जी आगे बताते हैं कि एक बार राहुल जी, चंद्रबली पांडे से मिलने गये, तो उनके निवास से काफी दूर पहले ही अपनी कार से उतर गये। वे कार से उनके दरवाजे तक नहीं जाना चाहते थे। वह काशी आते, तो शिवप्रसाद गुप्त का परिवार उन्हें गाड़ी की सुभीता मुहैया करा देता था। राहुल जी काशी में चंद्रबली पांडे और शांतिप्रिय द्विवेदी से उनके निवास पर जाकर मिलते थे।'

अगस्त, 2013 में जब हरिवंश जी 'प्रभात खबर' के प्रधान संपादक थे, चार अंकों में एक श्रृंखला प्रकाशित हुई, जिसमें सन्त भाईश्री (जो एमबीबीएस की पढ़ाई के बाद संन्यासी हो गये) से उनकी लंबी बातचीत छपी थी। हरिवंश जी का एक प्रश्न था -

'पिछले साल मानसरोवर गया था। उस परिवेश में ईश्वर है या नहीं, नहीं जानता, लेकिन वह स्थल अन्यों से अलग-सा है। कुछ तो वहाँ हैं?' ('प्रभात खबर', 12.08. 2013)

भाईश्री का उत्तर था -

'कठिनाई इसका प्रमुख कारण है। यात्रा बहुत कष्टप्रद है न। इसलिए वहाँ का वाइब्रेशन मोटिवेशनल (प्रेरक माहौल) है। आप अच्छी सड़कें, जाने की अच्छी सुविधा

कर दीजिए न, देखिए धीरे-धीरे वहाँ का वाइब्रेशन कम हो जाएगा। ऐसा अभी तक इसलिए है, क्योंकि वहाँ आने-जाने में बहुत परेशानी होती है। इसलिए वाइब्रेशन है। शिव का आवास हैं, वहाँ...'

हरिवंश जी का एक और प्रश्न था, जो उनके बारे में भी बताता है-

'आप जैसा कह रहे हैं, उससे जोड़ कर खुद को देखता हूँ। मेरी फारमेटिंग उस दौर की है, जब मध्यवर्ग कष्ट में रहा है। साल में मैं 2-3 कपड़े खरीद पाता था। बंबई में रहता था। बाद में कोलकाता, हैदराबाद या दिल्ली वगैरह में रहा। 'धर्मयुग' या 'रविवार' में काम करता था, पर वे कन्विक्शन के दिन रहे हैं। हमलोगों ने भी नहीं सोचा था कि सर्विस में जितनी सुविधाएँ अभी हैं, वे कभी जिंदगी में मिलेंगी। पर ये मिलने पर वह कन्विक्शन नहीं रहा। इसका मतलब कष्ट, मनुष्य को ज्यादा परफेक्ट बनाता है, और सुविधाएँ उसे तोड़ती हैं। आपके विचार?'

इस प्रश्न और ऐसे अनेक प्रश्नों के उत्तर हरिवंश जी की पुस्तक 'कलश' (वाणी प्रकाशन, 2022) में है।

'प्रभात खबर', 18 जनवरी, 2014 के अंक में स्वतंत्रता-सेनानी, आध्यात्मिक व्यक्तित्व रामनंदन मिश्र जी के सुपुत्र और योगीश्वर श्री कालीपद गुहाराय के शिष्य अन्ना (उदय राघव) जी से हरिवंश जी की बातचीत प्रकाशित हुई, जिसमें जीवन से जुड़े अनेक महत्त्वपूर्ण प्रश्न-उत्तर हैं।

हरिवंश जी का प्रश्न है-

'भारतीय अध्यात्म को आज दुनिया के संदर्भ में आप कैसे इवैल्यूएट करते हैं? क्योंकि एक तरफ दुनिया में डेवलपमेंट इंडेक्स बनता है, जिसमें सिर्फ और सिर्फ अंध-विकास का पैमाना है, तो दूसरी तरफ वही पश्चिम की दुनिया बड़ी तेजी से हैपीनेस की तलाश कर रही है। उसके लिए भूटान आदर्श बनता है, जिसके पास इन्फ्रास्ट्रक्चर और डेवलपमेंट कुछ भी नहीं है। इस बीच की दुनिया को, भारतीय अध्यात्म को आप कैसे देखते हैं?'

उत्तर देते हुए अन्ना कहते हैं -

'ये सब जो बड़े-बड़े लोग हैं, नौकरशाह, राजनीतिज्ञ, व्यापारी या पत्रकार उनके पास पावर है, पैसा है, लेकिन अध्यात्म नहीं है। धर्म का आधार नहीं है। बोलने-लिखने में ये भी गीता को, रमण महर्षि या रामकृष्ण परमहंस को कोट कर देंगे, लेकिन कोट करने के लिए, महज उद्धृत करने के लिए ही। ठीक वैसे ही, जैसे एक अच्छी गृहस्वामिनी, चीजों से अपने ड्राइंग रूम को सजाती है। इसी तरह ये लोग भी अच्छी-अच्छी चीजों को अपने दिमाग में सजाते हैं, जिसको वह अच्छी जगहों, सेमिनारों या भाषण देने में उपयोग करते हैं। इससे ज्यादा इसका कुछ उपयोग नहीं है.

'...आपके पास ताकत है,धन-समृद्धि है, क्षमता है, तो सबका हित सोचें। अगर आपके जीवन में अध्यात्म है, तो आपको सबका भला सोचना चाहिए। अंतिम उपाय

तो यही है।'

'प्रभात खबर' के 5 अगस्त, 2017 का अंक मेरे लिए संग्रहणीय बन गया, क्योंकि पूरे दो पृष्ठों में शिक्षाविद् और आध्यात्मिक जीवन जीने वाले श्री एम से हरिवंश जी की रोचक बातचीत प्रकाशित हुई थी। हरिवंश जी का प्रश्न था–

'जीवन में लगातार मिलनेवाले दुख और निराशा को आदमी कैसे कम करे? दुखों को कम करने का आध्यात्मिक रास्ता क्या है?'

श्री एम ने कहा –

'बहुत रास्ते हैं। जब उसे पता चल जाता है कि मन शांत होता है, तो उसका जो आनंद है, वह हमारे अंदर है। उसे आदमी एक बार चख लेगा, तो उसे कोई दिक्कत नहीं है। काम करता रहेगा। अगर वह हो जाए, तो थोड़ा भी चख लेगा, तो उसे पता चल जाएगा कि बाहर ऐसी कोई चीज नहीं है, जो उसे मिलने वाली है। उसे कोई दिक्कत नहीं होगी। उसका तनाव कम हो जाएगा, क्योंकि वह सुख को बाहर नहीं ढूँढ़ रहा है। जब आप कुछ काम करते हैं, तो जो थोड़ा आनंद है, उसे थोड़ा बाँटे, इतना ही काम है।'

अर्थशास्त्र का अध्येता पत्रकार होने के कारण हरिवंश जी समय–समय पर आर्थिक विषयों पर भी विमर्श करते रहे हैं। आधार की उपयोगिता से सम्बद्ध एक लंबे लेख की अंतिम कड़ी में उन्होंने लिखा –

'एक तरफ सब्सिडी और गरीबों के कल्याण के सरकारी खर्च पर बेतहाशा वृद्धि हुई, पर उसका परिणाम नीचे तक नहीं पहुँच रहा था। कुछ राज्यों में तो जितने घर थे, कहीं उससे अधिक राशन कार्ड थे। इस तरह भारत का भविष्य और विकास, भ्रष्टाचार के अंधेरे ने निगल लिया था। 'आधार' ने उम्मीद पैदा की है कि सही आदमी को पहचानकर उसकी मदद की जाये। सीधे उसके हाथ में उसका हिस्सा देकर, पहुँचाकर, ताकि वह अपनी नियति का खुद मालिक बन सके। किसी बिचौलिये या भ्रष्ट अफसर के रहमोकरम या दया पर मयस्सर न रहे।' ('प्रभात खबर', 04.09.2017)

राष्ट्रपिता महात्मा गाँधी के जन्म की 150वीं वर्षगांठ पर 'गाँधी के अंतिम दिन' शीर्षक से शृंखलाबद्ध रूप से उनके विशेष आलेख प्रकाशित हुए। उसकी पहली कड़ी 27 अक्टूबर, 2018 को प्रकाशित हुई। इस शोधपरक आलेख में गाँधी से सम्बद्ध गंभीर विमर्श है।

हरिवंश जी के संपादन में समाचार–पत्र के विशेषांकों के अतिरिक्त 'प्रभात खबर' के दीपावली विशेषांक भी प्रकाशित होते रहे, जिसका प्रत्येक अंक साहित्यिक, सांस्कृतिक, आर्थिक, सामाजिक विषयों पर विमर्श की दृष्टि से महत्त्वपूर्ण है।

पत्र–पत्रिकाओं के अतिरिक्त अगर पुस्तकों की बात करें, तो सतत

अध्ययनशील लेखक हरिवंश जी की अनेक महत्त्वपूर्ण पुस्तकें प्रकाशित हुई हैं और एक पाठक की दृष्टि से कहूँ, तो पुस्तकों के लिए पाठक और पाठक के लिए पुस्तकें अपेक्षित हैं, क्योंकि पुस्तकें हमारी चिंतन-प्रक्रिया में हस्तक्षेप कर हमें संवाद के योग्य बनाती हैं, हम विमर्श कर पाते हैं।

कहा गया है कि 'भाषा के द्वारा ही मानव का सम्पूर्ण व्यवहार चलता है' (वाचामेवप्रसादेन लोकयात्रा प्रवर्तते/काव्यादर्श:1/3) और जो भी सृजनशील होते हैं, स्वयं को शब्दों से साहित्य में अभिव्यक्त करते हैं। वाक्यपदीयम् (1/112) में कहा गया है-

अथेदमान्तरं ज्ञानं सूक्ष्मवागात्मना स्थितम्
व्यक्तये स्वस्य रूपस्य शब्दत्वेन विवर्तते।

अर्थात् मनुष्य के शरीर में सूक्ष्म वाक् के रूप में स्थित जो आंतरिक ज्ञान है, वही अपने रूप की अभिव्यक्ति के लिए शब्द रूप में परिणत होता है। एतदर्थ, शोधप्रज्ञ पत्रकार, लेखक हरिवंश जी की कृतियों की चर्चा अपेक्षित है।

हरिवंश जी की प्रमुख पुस्तकें हैं-'झारखंड : समय और सवाल', 'झारखंड : सपने और यथार्थ', 'झारखंड : अस्मिता के आयाम', 'झारखंड : सुशासन अब भी सम्भावना है', 'जोहार झारखंड', 'सन्ताल हूल', 'झारखंड दिसुम मुक्तिगाथा और सृजन के सपने', 'बिहारनामा, बिहार : रास्ते की तलाश', 'बिहार : अस्मिता के आयाम', 'जन सरोकार की पत्रकारिता', 'शब्द संसार' तथा 'दिल से मैंने दुनिया देखी'। उन्होंने चन्द्रशेखर जी से जुड़ी पाँच किताबों का संपादन भी किया, जो हैं-'चन्द्रशेखर के विचार', 'चन्द्रशेखर के बारे में', 'उथल-पुथल और ध्रुवीकरण के बीच' (चन्द्रशेखर से संवाद भाग-1), 'रचनात्मक बेचैनी में' (भाग-2), 'एक दूसरे शिखर से' (भाग-3) तथा 'चन्द्रशेखर की जेल डायरी' (दो भागों में)। अंग्रेजी में एक पुस्तक 'द लास्ट आइकन ऑफ आइडियोलॉजिकल पॉलिटिक्स' है जो चन्द्रशेखर की जीवनी है।

सच कहूँ, तो एक पाठक के तौर पर मैंने 4 दिसंबर, 2022 से पूर्व हरिवंश जी की कोई पुस्तक नहीं पढ़ी थी। हाँ, सूचनात्मक रूप से पढ़ने के लिए मिल गया कि 15 अप्रैल, 2012 को रांची में 'प्रभात खबर' के प्रधान संपादक श्री हरिवंश जी की प्रभात प्रकाशन से प्रकाशित दो पुस्तकों, 'झारखंड : सपने और यथार्थ' और 'झारखंड : समय और सवाल' का विमोचन हुआ (साहित्य अमृत, 2012, पृष्ठ -63)। 2016 में 'हिन्दुस्तान' में 'पढ़िएगा जरूर' कॉलम के अन्तर्गत हरिवंश जी की पुस्तक 'शब्द-संसार' की संक्षिप्त समीक्षा पढ़ी कि प्रस्तुत पुस्तक में 28 पुस्तकों की चर्चा है। ये पुस्तकें विभिन्न विषयों की हैं

इत्यादि। पर, यह पुस्तक न उपलब्ध हुई, न पढ़ सका।

हरिवंश जी की पुस्तकों को पढ़ने का सुखद संयोग तब बना, जब मैंने 3 दिसंबर को उनके फेसबुक पर पढ़ा-*'कल (04 दिसंबर, 2022) पटना पुस्तक मेला में प्रतिष्ठित वाणी प्रकाशन द्वारा प्रकाशित मेरी तीन पुस्तकों का लोकार्पण (दिन के 11 बजे) होगा। ये पुस्तकें हैं-'कलश', पथ के प्रकाश पुंज', 'सृष्टि का मुकुट : कैलास मानसरोवर'। पटना के सभी मित्रों, पुस्तकप्रेमियों-अनुरागियों से आग्रह है कि इस लोकार्पण समारोह में आप आयें। आप सभी की प्रतीक्षा रहेगी।'*

मुझे लगा कि यह आमंत्रण मेरे लिए ही है। इसके अतिरिक्त, उस दिन ही प्रिय कवि अरुण कमल और राकेश रंजन जी का कार्यक्रम भी था। हम 3 दिसंबर के अपराह्न में ही पुस्तक मेला पहुँच गये। साथ में थे, मित्र और कवि गुलरेज शहजाद और दो बच्चे -सुशांत और अन्वित। अगले दिन हमने विमोचन के पश्चात हरिवंश जी की दो पुस्तकें खरीदीं -'कलश' और 'पथ के प्रकाश -पुंज'। इन पुस्तकों पर लेखक के हस्ताक्षर पाकर हम प्रसन्न हुए।

घर आकर 'पथ के प्रकाश पुंज' और 'कलश' पढ़ी और 11 दिसंबर को 'पथ के प्रकाश पुंज' की एक संक्षिप्त समीक्षा अपने फेसबुक वॉल पर प्रेषित की और उसे हरिवंश जी के पास भी प्रेषित की-

'आज वाणी प्रकाशन से प्रकाशित 'पथ के प्रकाश पुंज' पढ़ी। इसमें हरिवंश जी द्वारा समय-समय पर लिखे गये आलेख, पुस्तक-समीक्षा और संस्मरण हैं।

पुस्तक के अनुक्रम में 27 शीर्षकों में जो पाठ हैं, वे समाज, शिक्षा, उद्योग-जगत, राजनीति, विज्ञान, पत्रकारिता आदि से जुड़े रहे लोग से सम्बद्ध हैं। पुस्तक प्रारंभ से ही प्रभावित करती है। समर्पण में लेखक ने उन सबको याद किया है, जिन्होंने उनके जीवन को प्रभावित किया -

'जिनके ऋणबोध से अन्तिम साँस तक बँधा हूँ-

पिता के संघर्ष, जिजीविषा के प्रति, जिन्होंने खेत बेचकर पढ़ाया।

वे अध्यापक, जिन्होंने खड़िया, पटरी, स्लेट पकड़वायी। नीम पेड़ तले बैठाकर अक्षर ज्ञान कराया।'

पुस्तक में प्रथम आलेख 'मुक्तिनायक विवेकानन्द' है, जिसमें समकालीन भारतीय समाज के संदर्भ में विवेकानंद के जीवन से सम्बद्ध व्यक्तियों, पुस्तकों का प्रेरक विश्लेषण है।

'विकल्पहीन गाँधी' शीर्षक अध्याय में गाँधी के जीवन-दर्शन की महत्ता और उपयोगिता को प्रमाणित करते अनेक प्रेरक ऐतिहासिक प्रसंग हैं। पं. राजकुमार शुक्ल की मृत्यु होने पर उन्हें प्रताड़ित करनेवाला बेलवा कोठी का अधिकारी एमन अपने चपरासी को तीन सौ रुपए देकर शुक्ल जी के घर भेजता

है। लेखक के शब्दों में, *'पण्डित शुक्ल के श्राद्ध में डॉ. राजेन्द्र प्रसाद, अनुग्रह बाबू, ब्रजकिशोर प्रसाद उनके गाँव सतवरिया जाते हैं। वहाँ एमन भी मौजूद था। राजेन्द्र बाबू एमन से कहते हैं-अब तो आप खुश हैं एमन। आपका दुश्मन चला गया। वह कहता है -चम्पारण का अकेला मर्द चला गया। अब मैं ज्यादा दिन नहीं बचूँगा।'*

'गाँधी के अन्तिम दिन' और 'गाँधी : अग्नि परीक्षा के पल' शीर्षक पाठों में विभाजन के दिनों की विभीषिका और गाँधी के जी-जान से किये जा रहे प्रयासों का चित्रण है।

'डॉ. लोहिया की प्रासंगिकता' शीर्षक पाठ में हरिवंश जी लिखते हैं कि महापुरुषों की स्मृति और मूल्यांकन से समाज ऊर्जा ग्रहण कर निखर सकता है। उन्हें गाँधी के बाद डॉ. राममनोहर लोहिया सबसे प्रखर विचारक-चिंतक लगते हैं। वे लिखते हैं-

'द्रौपदी को आदर्श मानने वाले डॉ. लोहिया 'ईश्वर' और 'औरत' को जीवन में सबसे महत्त्वपूर्ण मानते थे। गाँधी के रामराज्य के स्थान पर 'सीताराम राज' की कल्पना की। राधा के चरित्र के नये व्याख्याकार मीरा के सात्त्विक सौन्दर्य-भक्ति से प्रभावित। हिन्दी के नये शब्दों-मुहावरों के प्रणेता। उस दौर की पूरी की पूरी सृजनशील पीढ़ी को झकझोरने वाले।'

इस पाठ में लोहिया से सम्बद्ध अनेक प्रसंग हैं।

'सादगी, शास्त्री जी और राजनीति' में डॉ. कुरियन के साथ तत्कालीन प्रधानमंत्री शास्त्री जी और गुजरात के तत्कालीन मुख्यमंत्री के एक किसान के घर पहुँचने और गाँव में घूमने का रोचक प्रसंग है।

'लौटा दो हमें कामराज' शीर्षक पाठ में गरीब परिवार से आनेवाले कामराज के भारतीय राजनीति में योगदान के अनेक प्रसंगों की चर्चा है।

'अविश्वसनीय हैं बाबा आमटे की उपलब्धियाँ', 'सुपर पावर के जन्मदाता : जॉर्ज वाशिंगटन', 'चे का जादू', 'क्रान्ति और प्रेम का कवि : पुश्किन', 'क्यूरी : साहस और मूल्य की मूर्ति', 'मुकम्मल जहाँ नहीं मिलता : स्टीव जॉब्स', शीर्षक पाठों में इनके जीवन के उन पक्षों का विश्लेषण है, जिनसे हम प्रेरणा ले सकते हैं।

'सलाम! अकियो मोरिता' शीर्षक पाठ में जापान के एक प्रेरणास्पद व्यक्ति की चर्चा है। जापान के प्रसिद्ध उद्योगपति, सोनी कंपनी के चेयरमैन अकियो मोरिता के बारे हरिवंश जी लिखते हैं -

'वह उद्योगपति परिवार में नहीं जन्मे पाँच सौ डॉलर (भारतीय कीमत में लगभग 16 हजार रुपये) की पूँजी से ध्वस्त बिल्डिंग की तीसरी मंजिल के एक कमरे में उस 'सोनी' कम्पनी का जन्म हुआ, जो विश्वविख्यात हुई। विश्वयुद्ध में परास्त और हताश

समाज-देश में, इस कम्पनी की बुनियाद डाली अकियो मोरिता ने। वह हारी हुई जापानी सेना में सिपाही थे। टोकियो शहर ध्वस्त हो गया था। मानसिक पराजय और गहरी राष्ट्रीय हताशा के उस दौर में, 7 मई, 1946 की दोपहर लगभग 20 लोग, बम से ध्वस्त भवन के जले कमरे में तीसरी मंजिल पर जुटे। वहीं सोनी कॉर्पोरेशन का जन्म हुआ। तब अकियो मोरिता पच्चीस साल के थे। ...सोनी कंपनी का पहला प्रोडक्ट (उत्पाद) प्रेशर कुकर था, जो बाजार में सफल नहीं हुआ। फिर रेडियो सफल हुआ।'

इस अध्याय अकियो मोरिता से संबंधित अनेक रोचक प्रसंग है, उस उद्योगपति से संबद्ध, जो 73 वर्ष की उम्र में अपनी अर्जित उपलब्धि और धन से निरपेक्ष हो संन्यास ले लेता है।

'भाषा और भाव के धनी : शंकर दयाल जी', 'मकसद की तलाश : रूसी एम.लाला', 'गृहस्थ साधक : एस.के. चाँद', 'प्रकृति प्रदत्त प्रतिभा के धनी : डॉ. सिन्हा', 'आर.के. तलवार : दैवीय स्वर का नुस्खा', 'शैलेन्द्र जी : साहस और गरिमा का समन्वय' शीर्षक अध्याय हमें उन व्यक्तित्वों से परिचित कराने के शब्द-साक्षी बनते हैं। एस.के. चाँद के बहुआयामी व्यक्तित्व और योगदान की चर्चा करते हुए लेखक के शब्द हैं-

'आज हम रोते हैं कि समाज में रोल मॉडल नहीं रहे। शायद इसलिए कि रोल मॉडल (नायक) हम नेताओं-बुद्धिजीवियों-प्राध्यापकों के बीच ढूँढ़ते हैं। समाज के भद्र-अगुआ वर्ग में। सामान्य लोगों के बीच जो जीवित रोल मॉडल हैं, उन्हें हम जानना-पहचानना नहीं चाहते।'

'नैतिक आभा का मर्म' और 'फर्क 'निपुणता' और 'नैतिकता' में' शीर्षक पाठ में उनकी चर्चा है, जिनकी नैतिक आभा मनुष्यता में विश्वास बचाये रखने का प्रेरणास्रोत बन जाती है।

'नारायण दत्त : संपादन का सत्त्व' शीर्षक संस्मरण में मूलतः कन्नड़भाषी विद्वान, पत्रकार नारायण दत्त जी के व्यक्तित्व की चर्चा है। निस्संदेह, वे पत्रकारिता के कीर्तिस्तंभ हैं।

'साहस की प्रतिमूर्ति : गोयनका जी', 'पत्रकारिता के प्रेरणास्रोत : जीतेन्द्र बाबू', 'गाँधीवादी पत्रकार : अजीत बाबू', 'महाजनो येन गतः सा पन्था' शीर्षक सभी पाठ तथ्यात्मक और सकारात्मक दृष्टिकोण से लिखे गए हैं।

यह पहली पुस्तक है, जिसे विमोचन के दिन खरीदा और लेखक ने हस्ताक्षर किये। एक पठनीय पुस्तक।'

अस्तु, 8 जनवरी, 2023 को हरिवंश जी के ईमेल पर 'पथ के प्रकाश पुंज' से सम्बद्ध कुछ सुझाव प्रेषित किये। सुखद अनुभूति हुई, जब शाम में उनका जवाब भी मिला-'*बहुत आभारी हूँ। विनय जी, आप कहाँ रहते हैं? मिल कर, बात कर खुशी होगी। आपने ध्यान से पढ़ा, सही सुझाव दिये, इन्हें आगे ठीक करने को*

कहूँगा।' और इससे भी अधिक प्रसन्नता तब हुई, जब 9 जनवरी को उनका फोन आया, बातें हुईं और उन्होंने अपनी अन्य पुस्तकें भेजने की बात कही। इसी संदर्भ में 12 जनवरी को निराला बिदेसिया जी से बात हुई और 13 जनवरी को पुस्तक प्रेषित होने के सम्बन्ध में पी.एन. सिंह जी का फोन आया और 14 को डाक से चार पुस्तकें ('दिल से मैंने दुनिया देखी', 'गणेश मंत्री : आधुनिक हिन्दी पत्रकारिता के यशस्वी स्तंभ', 'चंद्रशेखर : द लास्ट आइकन ऑफ आइडियोलॉजिकल पॉलिटिक्स', 'सृष्टि का मुकुट : कैलास मानसरोवर') मिल भी गयीं। इन सभी पर आशीष की ऊर्जा से आपूरित शब्दों के साथ हरिवंश जी के हस्ताक्षर हैं। सप्रेम प्रेषित ये पुस्तकें मेरे लिए अमूल्य हैं।

जो क्षण-क्षण जीवन जीते हैं, उनकी अनुभूतियाँ सघन होती हैं और फिर वे जो लिखते हैं, अक्षर अक्षर आख्यान हो जाता है। और हरिवंश जी भी ऐसे ही लेखक हैं, जो शब्द और समय के महत्त्व को समझते हैं। पुस्तकों के शब्दों से गुजरना लेखक की अनुभूतियों से होकर गुजरना है। इसलिए, मैं आदरणीय हरिवंश जी की कृतियों को, सस्नेह प्रेषित पुस्तकों को पढ़ूँगा।

हम सबकी प्रार्थना और शुभकामना है कि आदरणीय हरिवंश जी दीनतारहित भाव से सौ वर्ष जीवित रहें -

अदीनाः स्याम शरदः शतम् (यजुर्वेद, 36/24)।

वे लिखते रहें, हम पढ़ते रहें।

मोतीहारी में रहनेवाले डॉ. विनय कुमार सिंह, कवि, लेखक व समीक्षक हैं। अध्ययन-अध्यापन और साहित्यिक पत्रकारिता से संबद्ध। संयोजक, 'क्षितिज : साहित्यिक-सांस्कृतिक वितान', सदस्य, हिन्दी साहित्य परिषद्, बीआरए बिहार विश्वविद्यालय, मुजफ्फरपुर।

गणेश मंत्री के हरिवंश

-डॉ. अनुपमा

यह पिछले साल (2022 के मध्य महीने) की बात है। एक पुस्तक का विचार आया। स्वतंत्र भारत में हिन्दी पत्रकारिता को दिशा देनेवाले, चुनिंदा यशस्वी, पुरखे पत्रकारों पर एक पुस्तक तैयार करने का विचार। अनेक नामों को सामने लिखी। एक नाम प्रमुखता से आया, गणेश मंत्री का।

गणेश मंत्री का नाम आते ही, हरिवंश जी की याद आई। 'प्रभात खबर' में हरिवंश जी के साथ काम करते हुए उनसे अनेक बार यह नाम सुनती थी। श्रद्धा के भाव से चेहरे पर उम्मीदों की चमक लिये हरिवंश जी, गणेश मंत्री का नाम लेते। हरिवंश जी से आग्रह किया कि आप गणेश मंत्री पर एक आलेख लिख देते। हालाँकि हरिवंश जी के साथ काम कर चुके साथी जानते हैं कि वह आग्रह का मौका कम देते हैं। उनके अपने लोग उनसे साधिकार ही आग्रह भी करते हैं।

हरिवंश जी ने कहा, मुझे खुशी होगी उन पर लिखकर। उन्होंने शब्द-सीमा पूछी, मैंने। उन्होंने कहा कि ठीक है, मैं कोशिश करता हूँ कि निर्धारित शब्द सीमा में उन पर लिखूँ। पर, ऐसा हो न सका। लगभग महीने दिन बाद हरिवंश जी का फोन आया। बोले, अनुपमा, मैंने लिख तो दिया, पर अनुशासन से परे जाकर। तुम्हारे द्वारा निर्धारित शब्द सीमा में नहीं लिख सका। क्योंकि, जब गणेश मंत्री पर लिखने बैठा, तो प्रवाह में लिखता गया। अब वह 100 पेज के आसपास हो गया है, जबकि तुमने दस पेज की ही बात कही थी। हरिवंश जी ने कहा कि मंत्री जी के साथ इतनी यादें हैं, इतने संस्मरण हैं, इस कदर का भाव है, उनके प्रति कि संक्षेप में लिखकर उनके व्यक्तित्व-कृतित्व को समेटना संभव नहीं हो सका।

पर, जो उन पर लिखा हूँ, तुम्हें भेज रहा हूँ, उसे भी संक्षेप ही मानकर चलो।

लेख आया। स्वाभाविक तौर पर प्रवाह ऐसा कि एक बार में पूरा पढ़ ली।

पर, मन में यह विचार चलता रहा कि हरिवंश जी आखिर गणेश मंत्री जी से कितनी आत्मीयता से जुड़े हैं? खुद को कितना करीब रखते हैं गणेश मंत्री के या गणेश मंत्री के करीब खुद को कितना पाते हैं? सचमुच वह खुद को उनके बहुत करीब पाते हैं, तभी तो एक संक्षेप लेख लिखने का आग्रह करने पर उन्होंने प्रवाह में, स्वाभाविक रूप से इतना लंबा लिखा। आलेख पढ़ने के बाद हरिवंश जी से आग्रह की कि यह, तो एक अलग ही किताब बन सकती है। उन्होंने बड़ी सहजता से कहा कि मैंने, तो बस लिख दिया। तुम्हें पढ़ने को भेज दिया। जैसा चाहे, करो। अभी तो बहुत कुछ है मंत्री जी पर लिखने को। उन पर लिखने की बहुत इच्छा थी। तुम्हारे माध्यम से थोड़ा लिख पाया।

गणेश मंत्री को आज की हिन्दी पत्रकारिता में कम याद किया जाता है। याद की क्या बात, जाना ही कम जाता है। पहले मैं भी थोड़ा ही जानती थी। हरिवंश जी का लेख पढ़कर गणेश मंत्री का मर्म, महत्त्व समझ सकी। गणेश मंत्री, यानी समाज से सरोकार रखनेवाले, सरोकार निभाने वाले, एक अनूठे पत्रकार। यशस्वी संपादक। अपने समय के सवालों को देश, काल, परिस्थिति और चुनौतियों को दस्तावेज का रूप देनेवाले एक महान लेखक। राजनीति के गहरे अध्येता और विश्लेषक। सत्ता और सियासत की राजनीति की संभावनाओं को नजर अंदाज कर समाज निर्माण के लिए, राजनीति में समाजवादी विचारों को आगे बढ़ाने में सक्रिय भूमिका निभाने वाले राजनीतिक कार्यकर्ता व देशज तरीके से मौलिक सवालों पर विचार करनेवाले चिंतक, विचारक। मंत्री जी का इतना परिचय पानी में तैरते आइसबर्ग की तरह है। पानी में तैरते हुए बर्फ का बड़ा हिस्सा उतना ही दिखाई देता है, जितना कि वह ऊपर तैर रहा होता है। लेकिन हकीकत यह है कि पानी के अंदर का हिस्सा ऊपर से कहीं अधिक पानी में डूबा हुआ होता है। गणेश मंत्री जी के व्यक्तित्व-कृतित्व के विविध आयामों का परिचय देने के साथ-साथ यह बताना जरूरी है कि वह अपने कृतित्व तथा कर्मयोग से इतर अपने करीबियों के मानस में ताजगी और जीवंतता के व्यक्तित्व की वजह से ज्यादा रचे-बसे हुए हैं। वह यारों के यार थे और कथनी-करनी में एकरूपता रखनेवाले दृढ़ चरित्र वाले इनसान।

'धर्मयुग' में तो वह काम करते ही थे, पर उनके पास लिखने को इतना कुछ होता था कि वह नाम बदलकर दूसरे संस्थानों में भी लिखते थे। मशहूर पत्रिका 'रविवार' और 'चौथी दुनिया' में वो 'गजानन चिटणिस' के नाम से लेखन करते थे। गजानन यानी गणेश और चिटणिस यानी मराठी में मंत्री। गणेश मंत्री की पत्रकारिता को जानना-समझना हो, तो 'धर्मयुग' में उनके लेखों को

देख सकते हैं या फिर उन पत्रकारों को, जिनकी उन्होंने मेंटरिंग की। पत्रकार बनाया। यदि पत्रकारिता को बड़े कैनवास पर समझना हो, तो गोवा मुक्ति संग्राम पर या गाँधी और अंबेडकर पर लिखी गयी उनकी पुस्तक से इसे समझा जा सकता है कि वह कितनी गहराई से राजनीतिक विषयों को समझते थे। देखते-आँकते और दर्ज करते थे। गाँधी और अंबेडकर पर सैकड़ों पुस्तकें लिखी गयी हैं। पर, अधिकांश पुस्तकों में 'गाँधी बनाम अंबेडकर' पर ज्यादा जोर रहा। गणेश मंत्री इस 'बनाम' से अलग आकलन और विश्लेषण करते हैं। उनका मानना है कि गाँधी और अंबेडकर एक-दूसरे के प्रतिस्पर्द्धी नहीं बल्कि पूरक हैं। इन दोनों से एक साथ प्रेरणा लेकर ही एक ऐसी सामाजिक व राजनीतिक शक्ति उभारी जा सकती है, जो भारतीय समाज में फैली जातिप्रथा और उससे जुड़ी सामाजिक विषमताओं से जूझने तथा जीतने में सक्षम होगी।

इसी तरह गोवा मुक्ति संग्राम पर लिखी पुस्तक अलग दृष्टिकोण से लिखी गयी है। गोवा को 451 साल की गुलामी से डॉ. राममनोहर लोहिया जी ने कैसे आजादी दिलायी थी, उसका विश्लेषण गणेश मंत्री जी अलग नजरिये से करते हैं।

गोवा के बारे में यह तथ्य सर्वविदित है कि 'वास्को द गामा' 1498 में भारत आया और इसके 12 वर्षों के भीतर ही पुर्तगालियों ने गोवा पर कब्जा जमा लिया। गोवा के लोगों को 451 सालों तक पुर्तगालियों का राज झेलना पड़ा। 19 दिसंबर, 1961 को उन्हें आजादी मिली। यानी, भारत के आजाद होने के करीब साढ़े 14 साल बाद। गोवा में आजादी की अलख प्रखर समाजवादी नेता डॉ. राममनोहर लोहिया ने 1946 में, गर्मियों में जगायी थी। लोहिया जी को गिरफ़्तार भी किया गया था। 1954 में, लोहिया जी की प्रेरणा से 'गोवा विमोचन सहायक समिति' बनी, जिसने सत्याग्रह और सविनय अवज्ञा के आधार पर आन्दोलन चलाया। महाराष्ट्र और गुजरात में आचार्य नरेंद्र देव की प्रजा सोशलिस्ट पार्टी के सदस्यों ने भी उनका भरपूर साथ दिया।

डॉ. लोहिया, जब गोवा की आजादी की लड़ाई लड़ रहे थे, तो बड़े नेताओं में सिर्फ गाँधी जी का ही समर्थन उन्हें मिला था, कांग्रेस पार्टी के बड़े नेताओं जैसे नेहरू और पटेल का ध्यान गोवा की तरफ नहीं था। उन लोगों का ये मानना था कि इससे अंग्रेजों के खिलाफ चल रही मुख्य लड़ाई से ध्यान भटक जाएगा। नेहरू ने यहाँ तक कह दिया था कि गोवा का प्रश्न महत्त्वहीन है। पर डॉ. लोहिया गोवावासियों के मन में स्वतंत्रता का अलख जगा चुके थे। डॉ. लोहिया के साथ दूसरा नाम प्रखर समाजवादी नेता मधु लिमये का आता है, जो गोवा की आजादी

के लिए 1955 से 1957 के बीच दो सालों तक गोवा की पुर्तगाली जेल में रहे। तमाम तकलीफों का सामना किया। इन दो प्रखर समाजवादी नेताओं की भूमिका को समाजवादी विचारधारा वाले पत्रकार गणेश मंत्री ने अपनी पुस्तक में विस्तार से लिखा है।

गणेश मंत्री पर, उनकी पुस्तकों पर थोड़ी चर्चा इसलिए की ताकि हम हरिवंश जी के मेंटर गणेश मंत्री जी की पत्रकारिता और लेखन के बड़े कैनवास को समझ सकें। साथ ही पत्रकार के रूप में हरिवंश जी के बनने की प्रक्रिया को भी। हमारी पीढ़ी का गणेश मंत्री से सीधा रिश्ता-वास्ता नहीं रहा। उनके लिखे को पढ़कर ही जानने-समझने का मौका मिला। पर, हम सौभाग्यशाली हैं कि मेरी पत्रकारिता की शुरुआत ही हरिवंश जी के मार्गदर्शन में हुई। हरिवंश जी का गणेश मंत्री पर लिखा हुआ आलेख पढ़ते हुए बार-बार यह महसूस हुआ कि जैसे पत्रकारिता में इतने दिनों तक हरिवंश जी के माध्यम से ही सही, थोड़ा बहुत मार्गदर्शन गणेश मंत्री जैसे महान व्यक्तित्व का हमलोगों को मिला था।

हरिवंश जी ने जो संस्मरणात्मक लेख भेजा, उसमें गणेश मंत्री जी के अनुशासन, व्यवहार आदि की चर्चा की है। उन प्रसंगों से जब मैं गुजर रही थी, तो 'प्रभात खबर' अखबार में काम करने के दौरान के वे दिन मुझे भी याद आ रहे थे। हरिवंश जी का अनुशासन, व्यवहार, गरिमा, आचरण, सादगी विनम्रता...

गणेश मंत्री के बारे में पढ़ते हुए लगा कि कितने मनोयोग से वे अपने साथ काम करनेवाले लोगों को गढ़े होंगे! गणेश मंत्री जी का व्यक्तित्व कैसा रहा होगा कि उनके साथ काम करनेवालों पर इसका इतना गहरा असर पड़ा।

मैंने अपने पत्रकारिता कर्म की शुरुआत 'प्रभात खबर' से की। जब 'प्रभात खबर' के ही मीडिया इंस्टीटयूट से पढ़ाई कर बतौर ट्रेनी जर्नलिस्ट, 'प्रभात खबर' में काम करने गयी, तो मन में एक भय रहता था कि यहाँ के प्रधान संपादक हरिवंश जी हैं। इतना बड़ा नाम है, इतने बड़े पत्रकार हैं, तो कितने सख्त होंगे? कितने कड़े नियम बना कर रखे होंगे? तब, ये प्रश्न मेरे मन में सहजता से उठनेवाले प्रश्न थे। पर, 'प्रभात खबर' में जाने के बाद लगा कि हरिवंश जी से ज्यादा सहज-सरल व्यक्ति कोई नहीं। वक्त के इतने पाबंद कि उनके ऑफिस आने के समय को देखकर घड़ी भी मिलायी जा सकती थी। सामने कोई पत्रकार या गैर पत्रकार स्टाफ भी दिख गया, तो मुस्कुराकर बात करना। कोई सवाल हो मन में कहीं कुछ पूछने या सीखने की जिज्ञासा हो, तो तमाम व्यस्तताओं के बीच वह हमेशा अपने चैंबर में सुलभ। देश और दुनिया में क्या चल रहा है, पत्रकारिता में क्या प्रयोग हो रहे हैं, इस पर वह सिर्फ अकेले नजर भर नहीं रखते थे, बल्कि

उससे अपने सहयोगियों को अवगत भी कराते थे। देश भर के अखबार, तमाम पत्रिकाओं को मँगवाते थे। विज्ञान, खेल, इकोनॉमी, टेक्नोलॉजी से लेकर वर्ल्ड पालिटिक्स आदि तक की पत्रिकाएँ और अद्यतन किताब। उसे घर से मार्क कर लाते थे। फिर एक-एक कर संबंधित विषय में रुचि रखनेवाले या संबंधित विषय पर काम करनेवाले साथियों को बुलाते थे। उन्हें उस विषय को समझाते थे। वह पत्रिका या अखबार के कतरन को देकर मार्क करते और बताते थे कि इस पर कैसे रिपोर्ट लिखना चाहिए। साल के हरेक दिन उनके काम का सलीका ऐसा ही होता था। करने का भी और करवाने का भी।

'प्रभात खबर' से निकले अरसा गुजर गया। बहुत कम समय काम की। उसके बाद दूसरे कई संस्थानों में काम की। अब अकादमिक जगत में हूँ। पर, मुड़कर देखती हूँ, आकलन करती हूँ, तो पाती हूँ कि जीवन सफर में, कार्यक्षेत्र में जो कुछ भी थोड़ा बहुत अनुशासन आ सका या काम करने का तरीका जान सकी, तो वह हरिवंश जी की मेंटरिंग की देन है। गणेश मंत्री पर लिखे उनके संस्मरण से गुजरते हुए इन सवालों के जवाब मिले कि हरिवंश जी में ऐसे गुण कहाँ से आये? असल में हरिवंश जी की यह खासियत है कि वह हमेशा एक विद्यार्थी की तरह सबसे सीखने को तैयार मिलते हैं।

सिर्फ कामकाजी जीवन की बात नहीं। हरिवंश जी ने गणेश मंत्री के बारे में लिखा है कि मंत्री जी कैसे अपने साथ काम करनेवालों का निजी तौर पर भी ख्याल रखते थे और हमेशा ही खैरियत पूछते रहते थे। गणेश मंत्री जी को नहीं देखी, पर लगता है कि हरिवंश जी में यह गुण उनसे भी ज्यादा है। उनके साथ काम किये लोग आज देश के कोने-कोने में हैं। न सिर्फ पत्रकारिता में, बल्कि दूसरे क्षेत्रों में भी। आज भी वह अपने साथ काम किये लोगों को उसी तरह से स्नेह देते हैं। चाहे वह कस्बे का एक रिपोर्टर हो या कोई और।

अब हरिवंश जी राजनीति में बड़े पद पर पहुँच गये हैं। राज्यसभा के उपसभापति हो गये हैं, पर आज भी यह अधिकार उन्होंने अपने साथ काम करनेवाले हरेक व्यक्ति को दे रखा है कि वे कभी भी फोन कर उनसे खैरियत ले सकते हैं, खैरियत दे सकते हैं और अपनी निजी बातों को साझा कर सकते हैं। हर त्योहार, अवसर पर आज भी वह उसी तरह से अपने पूर्ववर्ती सहयोगियों को फोन कर उनका हाल-चाल लेते हैं और किसी भी मुश्किल में साथ खड़े रहते हैं।

गणेश मंत्री जैसे मनीषी पत्रकारिता के पाठ्यक्रम में, नायकों की श्रृंखला में शामिल नहीं किये जा सके हैं। वैसे लोग शामिल होते, तो नये पत्रकार सबक

लेतें कि पत्रकारिता का पेशा सौदेबाजी का नहीं बल्कि ज्ञान का पेशा है। ज्ञान ही यहाँ प्रधान है। लेकिन, वैसा ज्ञान नहीं जो व्यक्ति को अहंकारी बना दे या आत्ममुग्धता का शिकार बना दे। यह भी समझ में आता कि हरिवंश जी जैसे लोग अगर हिन्दी के सफल और सार्थक पत्रकारिता के पर्याय बनते हैं, प्रयोगधर्मिता की मिसाल बनते हैं, उसमें उन्हें मिले प्रशिक्षण का कितना महत्त्व होता है। एक लंबी साधना, कठिन परिश्रम के बाद ही कोई गणेश मंत्री बनता है, कोई हरिवंश बनता है।

डॉ. अनुपमा कुमारी गुरु घासीदास केंद्रीय विश्वविद्यालय, बिलासपुर, छत्तीसगढ़ के पत्रकारिता एवं जनसंचार विभाग में सहायक प्राध्यापक हैं। रांची में जन्मी, पली, बढ़ीं। करीब डेढ़ दशक तक सक्रिय और सरोकारी पत्रकारिता में रहीं। पत्रकारिता, मीडिया, साहित्य, भाषा, समाजविज्ञान, सिनेमा, कला आदि विषयों पर लेखन में दिलचस्पी है। हरिवंश की प्रकाशित पुस्तक–'हिन्दी पत्रकारिता के यशस्वी स्तंभ : गणेश मंत्री' की संपादक।

हर रूप में एक व्यवहार, समान जीवनशैली

-अशोक अकेला

1984 से हरिवंश जी को जानता हूँ। तब से उन्हें अनेक रूपों में देखा, जाना। एक अर्थशास्त्री, पत्रकार, संपादक, समाजसेवी, राजनीतिज्ञ व देश-प्रदेश के लिए सदैव अच्छी सोच रखनेवाले बेहतर नागरिक के रूप में। उनकी एक पहचान लेखक, विचारक और शिक्षाविद् के रूप में भी हैं। 'प्रभात खबर' के प्रधान संपादक, राज्यसभा के सदस्य, राज्यसभा के उपसभापति के रूप में हरिवंश जी के करीब रहकर मुझे बहुत कुछ देखने को मिला। चकाचौंध, दिखावा, निजी पहचान व स्वार्थ से कोसों दूर रहनेवाले हरिवंश जी की कथनी और करनी में सदैव एकरूपता नजर आई। वे जिस सोच-विचार के इनसान हैं, उसी तरह की सोच और विचार अपने करीबियों में देखना पसंद करते हैं। जैसे ही कोई भ्रष्ट व्यक्ति उनके करीब आने का प्रयास करता हैं, उससे वे दूरियाँ बना लेते हैं। अच्छे लोगों को उन्होंने सदैव आगे बढ़ाने की कोशिश की। अराजकता, भ्रष्टाचार, असहिष्णुता और वैमनस्यता के घोर विरोधी रहे हैं। करूणा, स्नेह और सम्मान उनके व्यक्तित्व का हिस्सा है।

रहन-सहन एकदम साधारण। पढ़ने के लिए उनकी अटैची में किताबों का भंडार हमेशा रहता है। जब पत्रकार या संपादक थे, तब भी। अब, जबकि सांसद बन गये या उपसभापति बन गये, तब भी।

1984 से लेकर, अभी जब 2023 के मार्च महीने में यह लिख रहा हूँ, तब तक उन्हें इसी हाव-भाव और रहन-सहन, वेश-भूषा के साथ देखा। इस बीच उन्हें पूर्व प्रधानमंत्री चंद्रशेखर जी के साथ प्रधानमंत्री कार्यालय में संयुक्त सचिव जैसे रैंक पर बहाल होकर काम करते हुए भी करीब से देखने का मौका मिला। तब भी बिना किसी बदलाव के साथ वहाँ रहे। इस गुमान से निकलकर कि वे देश के सबसे ताकतवर आफिस (पीएमओ) से जुड़ गये हैं।

झारखंड राज्य बनने के करीब एक दशक पहले वह 'प्रभात खबर' से जुड़े।

2000 में अलग झारखंड बना। राज्य बनने से पहले अलग झारखंड के लिए चल रहे आन्दोलन को अखबार से बल देते रहे। अलग राज्य बना, तो प्रधान संपादक के रूप में पूरे झारखंड की गतिविधियों पर नजर रखने लगे। पर, तब भी नहीं बदले। झारखंड के मुख्यमंत्रियों में शामिल बाबूलाल मरांडी, अर्जुन मुंडा, शिबू सोरेन, मधु कोड़ा से लेकर हेमंत सोरेन की सत्ता उनको आकर्षित नहीं कर पाई। ये मुख्यमंत्री हमेशा चाहते थे कि उनसे मिलकर सत्ता के पक्ष में माहौल बनाया जाए। वह 'प्रभात खबर' के माध्यम से सरकार को संरक्षण प्रदान करें। पर, इन सभी चीजों से दूर झारखंड की ग़रीबी, बेरोजगारी, असमानता जैसे मुद्दों पर वे लिखते रहें। उनके आलेख, रिपोर्ट सदैव जनमानस को आकार देते रहे।

उनके नेतृत्व में 'प्रभात खबर' एक रांची शहर के दायरे से निकलकर देश के जाने-माने अखबारों में गिना जाने लगा। जब वह उपसभापति बने, तो प्रधानमंत्री ने अपने संबोधन में इस अखबार की चर्चा की।

उनके नेतृत्व में केके गोयनका, विज्ञापन व प्रशासनिक कार्य सँभालते। आरके दत्ता के नेतृत्व में प्रसार विभाग का कार्य होता। अखबार रांची से निकलकर जमशेदपुर, धनबाद, पटना, कोलकाता, सिलीगुड़ी, भागलपुर, मुजफ़्फ़रपुर, गया तक पहुँच गया। यह उनके कुशल नेतृत्व व क्षमता की ही देन है। एक प्रधान संपादक के रूप में उन्होंने जिस तरह से स्वतंत्र होकर काम किया, अब इस तरह का अवसर अखबारों में देखने को नहीं मिलता है।

उन्होंने अखबार को प्रबंधन के प्रभाव से अलग रखा। इसका परिणाम हुआ कि किसी भी .रिपोर्टर को रखने, बदलने व हटाने का निर्णय बिना उनकी अनुमति के संभव नहीं था। इससे जमीन से जुड़े पत्रकारों को ऊर्जा और ताकत मिलती थी। उनसे कोई भी पत्रकार मिलकर अपनी बात रखता था। गंभीरता से उस पर विचार होता था। अब तो अधिकांश समाचार पत्रों में प्रबंध संपादक होने लगे हैं। इस कारण पत्रकारिता की स्वतंत्रता पर भी आंच आने लगी है।

अभाव में भी एक बेहतर व सफल अखबार कैसे निकाला जा सकता हैं, यह हमलोगों ने उन्हीं से सीखा। 15 अगस्त और 26 जनवरी के दिन उनके नेतृत्व में 50 से 75 पेज तक का अखबार प्रकाशित किया गया। झारखंड स्थापना दिवस पर 15 नवंबर को, तो 100 पन्ने का भी अखबार निकला। यह एक कीर्तिमान ही है। इसके लिए अखबार की पूरी टीम एक माह पहले से तैयारी में लग जाती थी। हरिवंश जी के नेतृत्व में जो भी पत्रकार, संवाददाता रहा या काम किया, उसने समाज में एक बेहतर मापदंड स्थापित किया। झारखंड के सभी 24 जिलों में पत्रकारों को उन्होंने तैयार किया, जिनमें से एक मैं भी रहा। यही कारण है कि 'प्रभात खबर' से अलग होने के वर्षों बाद भी आज हम जैसे

लोग उन्हें गरिमा और आदर के साथ याद करते हैं। 'प्रभात खबर' में कार्यरत गढ़वा के बिनोद पाठक, पलामू से अविनाश, रामगढ़ से मनोज सिंह, हजारीबाग से सलाउद्दीन, बेरमो से राकेश वर्मा, गोमिया से नागेश्वर, चंद्रपुरा से विनय कुमार गिरी हों या वरीय साथियों में शामिल विजय पाठक, जीवेश रंजन सिंह सभी हरिवंश जी को अपना आदर्श मानते हैं।

देश के प्रधानमंत्री चंद्रशेखर के साथ अति निकट संबंध होने के बाद भी वह सत्ता के लाभ से काफी दूर रहे। वह चाहते तो अपने व अपने परिवार के लिए पेट्रोल पंप, गैस एजेंसी, मारुति, टाटा मोटर्स, हुँडई मोटर की एजेंसी, डीलरशीप ले सकते थे। पर, सत्ता के करीब रहकर भी सत्ता के नशा को पास फटकने नहीं दिये।

राजनीति में आने से पहले भी खुद 'प्रभात खबर' के प्रधान संपादक के रूप में उनकी, जो पहचान झारखंड, बिहार में रही, उसका भी वह लाभ उठा सकते थे। लेकिन उनके मन में कभी इस तरह की लालसा नहीं रही। उनसे जुड़ी कई छोटी-छोटी बातें हमेशा याद आती हैं। एक बार उनके गाँव में बारात आई थी। बारात दरवाजे लगने जा रही थी। उनकी धर्मपत्नी आशा जी ने उन्हें कपड़े बदल लेने की सलाह दी। मुझे अच्छी तरह याद है हरिवंश जी ने कहा, "बाराती अगर मेरे कपड़े देखकर कुछ सोचते हैं, तो सोचें। मैं दिखावा में विश्वास नहीं करता। उनका स्वागत करूँगा, आदर करूँगा। पर, इसके लिए दोहरे मापदंड की जरूरत नहीं है। जिस तरह हूँ, उसी तरह रहूँगा।"

शायद बहुत कम लोगों को पता होगा वह, गरीब बच्चों को पढ़ाने के लिए आर्थिक सहयोग प्रदान किया करते हैं। वह बोकारो, गिरिडीह, हजारीबाग, बगोदर के रास्ते अक्सर रिखिया आश्रम आते-जाते थे। आश्रम में हर साल गरीब कन्याओं की शादी कराई जाती थी, जिसमें वह गुप्त दान कर सहयोग किया करते हैं। इसी तरह गरीब बच्चों को पढ़ाने की जिम्मेदारी भी उठाते हैं। निजी बातचीत में गरीब बच्चों को पढ़ाने, आगे बढ़ाने, आर्थिक सहायता प्रदान करने की चर्चा उनसे होती रहती थी। उनके मन में सदैव यह भावना रहती है कि कई प्रतिभावान बच्चे धन के अभाव में पढ़ नहीं पाते, इस पर ध्यान देना जरूरी है।

वह सत्ता के माध्यम से हो रहे भ्रष्टाचार पर अंकुश लगाने के सदैव पक्षधर रहे हैं। आज राज्यसभा सदस्य के रूप में दूसरी पारी खेल रहे हैं, दूसरी बार राज्यसभा के उपसभापति जैस महत्त्वपूर्ण पद पर आसीन हैं। लेकिन यहाँ आकर भी वह उसी सहजता से रहते हैं। मिलते हैं।

अक्सर लगता है कि लोकनायक जयप्रकाश नारायण के गाँव के होने का

गहरा प्रभाव उनके व्यक्तित्व पर है। उन्होंने आपातकाल से लेकर चंद्रशेखर जी की पदयात्रा को करीब से देखा है। आचार्य नरेंद्र देव, राममनोहर लोहिया, जयप्रकाश नारायण तथा चंद्रशेखर जी से उन्हें प्रेरणा मिलती है। उसे अपने जीवन में उन्होंने अपनाया भी है। जनमुद्दों, जनसमस्याओं पर सदैव पैनी नजर रखते हैं। उनसे हमलोगों ने बहुत सीखा है।

एक बार उन्होंने कहा था कि जमीन बेच देना, पर, बच्चों को जरूर पढ़ाना। मेरे जीवन में आज जो खुशी है, उसके प्रेरणादायक हरिवंश जी जरूर रहे हैं। उनकी प्रेरणा से हमारी तीन संतानों ने उच्च शिक्षा ग्रहण की। एक बार बोकारो के पत्रकार साथियों के साथ मिटिंग करने के लिए वह बोकारो आये। बोकारो स्टील प्लांट के गेस्ट हाउस में मैंने उनके लिए एक कमरा आरक्षित करा दिया। मेरे आग्रह पर उस गेस्ट हाउस में वह रुके जरूर, लेकिन मुझे सवालों के घेरे में ले लिया। यह गेस्ट हाउस कैसे मिला? यह गेस्ट हाउस क्यों बुक किया? इस कमरे का चार्ज कितना है? अब, प्रधान संपादक के समक्ष मेरी बोलती बंद। मुझे पता था कि इसके लिए मुझे डाँट पड़ेगी, फिर भी मैंने उनके लिए बेहतर व्यवस्था का चयन किया था। इसलिए बीएसएल के एक अधिकारी के नाम पर कमरा बुक कराया था। हरिवंश जी ने कहा कि जब तक मैं इस कमरे का शुल्क जमा नहीं करूँगा, इस कमरे से बाहर नहीं जाऊँगा। इसके बाद बोकारो निवास के मैनेजर अजय कुमार आये और उन्होंने भी आग्रह किया, सर आप कंपनी के गेस्ट हैं, इसलिए राशि जमा नहीं करनी हैं। लेकिन, वह नहीं माने और कमरे का शुल्क जमा कर, रसीद लेकर ही अगले गंतव्य की ओर रवाना हुए।

एक और घटना मुझे याद आती है। बोकारो के माराफारी में भूंजा चना मिलता है। बड़ा मशहूर है। एक बार मैं वहीं से चना लेकर रांची गया। 'प्रभात खबर' के दफ़्तर में। प्रधान संपादक के चैंबर में गया। उनकी टेबल पर दो किलो चने का पैकेट रखते हुए कहा कि सर यह आपके लिए लाया हूँ। हरिवंश जी यह देखते ही नाराज़ हो गये। उन्होंने कहा कि यह सब क्यों किया? इस तरह का काम मुझे कतई पसंद नहीं है। मैंने अफसोस जाहिर किया और भविष्य में कभी भी कोई सामग्री लेकर नहीं आने का वादा किया। इसके बाद उन्होंने पूछा, इसके कितने पैसे लगे हैं? मैंने बताया, तीन सौ रुपये। बस, घंटी बजी और उनके निजी सचिव ने मुझे तीन सौ रुपए दिए। मैं, चैंबर से बाहर निकल पड़ा। उनके दफ़्तर, घर आज तक कोई गिफ़्ट लेकर गया हो, यह मैंने कभी नहीं देखा।

उनके रांची स्थित उमा शांति अपार्टमेंट के फ़्लैट में गृहप्रवेश का दिन था। इतने बड़े अखबार के प्रधान संपादक के घर, गृहप्रवेश और कोई भीड़-भाड़

नहीं! किसी को आमंत्रण तक नहीं। मुझे भी आमंत्रण नहीं मिला। लेकिन मैं बोकारो से रांची यह सोचकर गया कि घर के कामों में सहयोग करूँगा। अंदर से यह डर भी था कि कहीं डाँट न खा जाऊँ। खैर, हरिवंश जी के बड़े भैया रघुवंश भैया पहुँचते ही मिल गये। उन्होंने गले लगा लिया। अब, थोड़ा आश्वस्त हुआ कि रघुवंश भैया हैं, तो डाँट नहीं पड़ेगी। फिर क्या था मेरी हिम्मत बढ़ गई और मैंने हरिवंश जी को नमस्कार किया। फिर पूछा कि सर विमल कीर्ति सिंह, तत्कालीन उद्योग सचिव और आईपीएस अमिताभ चौधरी जी को मैं, गृहप्रवेश के प्रीतिभोज में बुला लूँ? इसका उत्तर इस रूप में मिला कि मैंने किसी को आमंत्रण नहीं भेजा है। अगर तुम्हारे कहने से कोई आता है, तो मुझे कोई आपत्ति नहीं है। मैंने विमल कीर्ति सिंह जी को फ़ोन किया और उन्हें गृहप्रवेश में शामिल होने का आग्रह किया। विमल कीर्ति सिंह जी और अमिताभ चौधरी एक ही गाड़ी में सवार होकर आये। हरिवंश जी ने कहा कि ऊपर ले जाकर घर दिखा दो। कुछ देर के बाद वह भी ऊपर आ गये। उस कमरे में जाकर बैठकर बातें करने लगे, जिस कमरे में फर्श पर नीचे गद्दा लगा हुआ था।

एक बार देश के पूर्व प्रधानमंत्री चंद्रशेखर जी बोकारो आ रहे थे। उनसे मिलने के लिए हरिवंश जी भी रांची से बोकारो आ गये। चंद्रशेखर जी कोलकाता से रेलगाड़ी में सफर करते बोकारो रेलवे स्टेशन पहुँचे। पूर्व प्रधानमंत्री के स्वागत में स्टेशन पर भारी भीड़ थी। एसपीजी वाले चंद्रशेखर जी के करीब जाने नहीं दे रहे थे। पर, मैं चंद्रशेखर जी को यह बताने के लिए व्याकुल था कि हरिवंश जी भी आये हैं। आगे-पीछे करते-करते मैं चंद्रशेखर जी के करीब पहुँचा। महज इतना कहा कि भैया हरिवंश जी आये हुए हैं। इतना कहना था कि चंद्रशेखर जी के कदम रूक गये। उन्होंने जोर से बोलते हुए कहा, 'कहाँ बाड़ऽ हो हरिवंश हेने आवऽ...' यह आवाज सुनते ही हरिवंश जी आगे बढ़ें। चंद्रशेखर जी के साथ चलने लगे। स्टेशन के बाहर चंद्रशेखर जी को लेने के लिए सरकारी गाड़ी खड़ी थी। चंद्रशेखर जी और वह एक ही गाड़ी में सवार होकर बोकारो शहर और कार्यक्रम स्थल की ओर निकल पड़े। झारखंड के जल, जंगल, जमीन व मानुष की बात उनकी लेखनी, संपादकीय में सदैव नजर आई। झारखंड के प्रथम राज्यपाल प्रभात कुमार हों या चर्चित आईएएस विमल कीर्ति सिंह, चर्चित आईपीएस अनिल पाल्टा, बिहार के डीजीपी डीएन गौतम रहे हों या वर्तमान ऊर्जा मंत्री, भारत सरकार ऐसे लोगों ने जिन्होंने अपने कार्यकाल में ईमानदारी से सेवा की हरिवंश जी के मित्र मंडली में शामिल रहे हैं।

पत्रकार। लगभग दो दशक तक 'प्रभात खबर' से जुड़ाव। 'प्रभात खबर' के बोकारो-ब्यूरो प्रमुख रहे। फिलहाल बेंगलुरु में रहते हैं।

उनने कहा था...

-डॉ. देवेन्द्र

हरिवंश की पत्रकारिता की शुरुआत देश के बड़े मीडिया संस्थान 'टाइम्स ऑफ इंडिया' समूह की हिन्दी पत्रिका 'धर्मयुग' से हुई। इसके बाद दूसरे संस्थान के रूप में 'आनंद बाजार पत्रिका' समूह की पत्रिका 'रविवार' से जुड़ाव हुआ। इन दो बड़े पत्रकारिता संस्थानों से जुड़कर बड़े और नामचीन पत्रकारों के संग काम करने का लाभ मिला। मेंटरिंग, ट्रेनिंग का असर यह हुआ कि कम उम्र में ही परिपक्वता आ गई। दूसरा सबसे बड़ा लाभ हुआ कि देश भर के लेखकों, पत्रकारों, संस्कृतिकर्मियों, राजनीतिक-सामाजिक कार्यकर्ताओं से संबंध बने। बाद में जब हरिवंश 'प्रभात खबर' आये, तो इन्होंने जितना महत्त्व स्थानीय लेखकों, पत्रकारों, बुद्धिजीवियों को देना शुरू किया, उतना ही महत्त्व देश के बड़े साहित्यकारों, बुद्धिजीवियों, लेखकों, पत्रकारों आदि को भी। हरिवंश ने 'प्रभात खबर' के लिए 'पत्रिका' की शुरुआत की, जिसके कई अविस्मरणीय अंक निकले। बाद में इस पत्रिका का नाम 'प्रभात खबर रविवार' हो गया। इसने भी खूब लोकप्रियता अर्जित की। इन अंकों में देश के नामचीन लेखकों के लेख/विचार प्रकाशित हुए।

हरिवंश के 'प्रभात खबर' से जुड़ने के आरंभिक दिनों में उनकी टीम में कृपाशंकर चौबे जैसे पत्रकार भी जुड़े, जिनकी साहित्यिक रुचि थी। कृपाशंकर चौबे ने आरंभ से ही देश भर के हिन्दी साहित्यकारों को 'प्रभात खबर' से जोड़ा। बाद में इसे ठोस रूप देने में अहम् भूमिका निभाई, हिन्दी साहित्य के प्रसिद्ध आलोचक रविभूषण ने। हरिवंश ने रविभूषण को आरंभिक दिनों से ही ना सिर्फ नियमित स्तंभ लेखक के रूप में जोड़ा, बल्कि सालाना साहित्यिक पत्रिका 'दीपावली अंक' के संपादक का दायित्व भी उन्हें ही दिया।

दीपावली अंक में हरिवंश और रविभूषण के संयुक्त प्रयास से हर साल नायाब अंक निकले और देश भर के बुद्धिजीवियों का जुड़ाव 'प्रभात खबर' से

हुआ। साथ ही 'प्रभात खबर' के अलग-अलग विशेषांकों में भी देश के चर्चित साहित्यकारों, अर्थशास्त्रियों, समाजशास्त्रियों, बुद्धिजीवियों के विचार प्रकाशित होने लगे। *इस आलेख में कुछ ऐसे बुद्धिजीवियों, साहित्यकारों के विचार दिये जा रहे हैं,* उन्होंने अलग-अलग समय में पत्रकारिता के बहाने 'प्रभात खबर' और हरिवंश, दोनों के बारे में अपनी राय दी थी। हालांकि ये लेखक अब दुनिया में नहीं हैं। पर, उनका कहा, एक दस्तावेज के रूप में समय के पटल पर दर्ज है। इनमें से कुछ टिप्पणी यहाँ, दी जा रही हैं।

प्रख्यात आदिवासी संस्कृतिकर्मी, चिंतक व शिक्षाविद् डॉ. रामदयाल मुंडा ने अपने एक आलेख (2009) में हरिवंश जी के भूमिका को याद करते हुए लिखा-

"झारखंड आन्दोलन में 'प्रभात खबर' की महती भूमिका रही। आन्दोलन में प्रयोग में लाये जा रहे पंफ्लेट और पोस्टर 'प्रभात खबर' में ही छपते थे। झवर जी का बड़ा योगदान है इसमें, आन्दोलन की लगातार रिपोर्टिंग इसी ने की। बौद्धिक स्तर पर इस आन्दोलन को चर्चा के केंद्र में रखा। 'प्रभात खबर' का सहयोग किसी पॉलिसी के तहत नहीं था बल्कि वे अंतर्मन से आन्दोलन से जुड़े हुए थे। आन्दोलनों के कवरेज के कारण ही हमारा आन्दोलन जिंदा रहा। आन्दोलन की आग को इसने जलाये रखा, यह सारा कार्य व्यक्तिगत नहीं बल्कि सामूहिक स्तर पर हुआ। हरिवंश जी इससे जुड़े और वैचारिक मंथन शुरू हुआ। इसने आन्दोलन की भावना को जिंदा रखा। इसके प्रसार का यह एक प्रमुख कारण रहा है।"

वहीं झारखंड आन्दोलन के बौद्धिक अगुआ व साहित्यकार डॉ. बीपी केसरी ने लिखा है-

"लिखने की बीमारी मुझे बहुत पहले लग गयी थी, लेकिन उसका दायरा साहित्य तक सीमित था- नागपुरी या हिन्दी में। 1972 से मैं झारखंड आन्दोलन से जुड़ा। एनइ होरो हमारे अजीज नेता थे। तब उनके द्वारा संपादित 'झारखंड टाइम्स' और रामेश्वरम द्वारा संपादित 'हलधर' में झारखंड के लिए कुछ-कुछ लिखा करता था। मन में झिझक थी, लेकिन हरिवंश जी की आत्मीयता से मेरा विश्वास और उत्साह बढ़ा। मेरी कई रचनाएँ-'मैं झारखंड में हूँ', 'झारखंड के सदान', 'ओम विश्वविद्यालय नमः' पूरी गरिमा के साथ 'प्रभात खबर' में सिलसिलेवार प्रकाशित हुईं। इस एहसान को मैं भूल नहीं पाता। मैं जानता हूँ मेरी तरह और भी अनेकों को 'प्रभात खबर' ने प्रतिष्ठा दी है। उनकी रचनाओं को धारावाहिक रूप से, और दूसरे प्रकार से भी, आदर के साथ प्रकाशित कर। नाम

गिनाने की जरूरत नहीं, ऐसे लोगों के नाम अब लोगों की जुबान पर है। इनकी सूची बहुत लंबी है। इस लंबी सूची से झारखंड का एक बौद्धिक आधार (इंटलेक्चुअल बेस) मिला है। हम लोग बराबर सोचते रहे हैं, बौद्धिक आधार के अभाव में ही झारखंड की राजनीति भटकती है। हमारे राजनेता कारपोरेट बुद्धिजीवियों के जाल में असानी से फँस जाते हैं। वे 'घुधरा' खाने के लोभ में उनके 'लासा ठोंगी' में 'मैना' की तरह फँस जाते हैं या 'घाइ पंडकी' बनकर रह जाते हैं। झारखंड की दुर्दशा के इस मूल कारण को दूर करने के लिए झारखंड को एक देशज बौद्धिक आधार चाहिए। वैसे लोगों की एक जमात चाहिए, जो झारखंड की पीड़ा को वाजिब आवाज दे सके। 'प्रभात खबर' ने इस जमात को खड़ा करने में और झारखंड की आंतरिक पीड़ा को वाजिब अवाज देने में जो पहल की है, वह पत्रकारिता की दुनिया में एक मिसाल साबित होगी, मेरे मन में ऐसी आशा जगती हैं। इस अर्थ में मुझे लगता है कि 'प्रभात खबर' झारखंड के जन गण का एक चौकस पहरेदार है। सिर्फ शब्द से नहीं, कर्म से भी। मन, वचन और कर्म से ऐसी चौकसी बरतने वाले और भी अखबार हो सकते हैं। उनकी संख्या बढ़नी चाहिए, तभी वे 'चौथे स्तंभ' की भूमिका को सार्थक कर पायेंगे।"

नागपुरी भाषा के एक प्रमुख साहित्यकार, संस्कृतिकर्मी और विद्वान प्रो. गिरिधारी राम 'गोंझू' ने महत्वपूर्ण टिप्पणी की। अपने एक आलेख (2009) में वह लिखते हैं–

"सच पूछा जाए, तो 'प्रभात खबर' ने झारखंड आन्दोलन के बुझते हुए दीये में तेल डालने का काम किया है और पहली बार झारखंडी जनजातीय समुदाय के पत्रकारों को अपने अखबार में स्थान दिया। इससे ये धीरे-धीरे मँजते चले गये। आज इस समुदाय में अच्छे सुलझे हुए पत्रकार हो गये हैं और बन भी रहे हैं। कई तो इस नये पत्रकारिता जगत में स्वतंत्र स्थान बनाने में लगे हैं, इसका भी श्रेय 'प्रभात खबर' को जाता है। 'प्रभात खबर' का सबसे बड़ा योगदान रहा है, झारखंड आन्दोलन एवं इसके निर्माण में 'मरङ गोमके' जयपाल सिंह के अनछुए प्रसंगों का, जो झारखंड आन्दोलन से संबंधित उसको उजागर करना, झारखंड आन्दोलन के जनक की दुर्लभ आत्मकथा को (अपूर्ण) 'लो वी सेंदरा' के नाम से प्रकाशित (2004 में) करना, डॉ. राम दयाल मुंडा जैसे अंतरराष्ट्रीय छवि के संस्कृति विशेषज्ञ एवं आदिवासी राजनीति (इंडीजिनस पीपुल्स) के ज्ञाता के अनेक साक्षात्कार एवं उनके आलेख ने झारखंड आन्दोलन को दिशा देने में महत्त्वपूर्ण भूमिका निभायी। झारखंड समन्वय समिति के संयोजक डॉ. बीपी

केशरी, जो झारखंडी इतिहास के उपनिवेशी शोषण के मुखर इतिहासकार भी हैं, उनके महत्त्वपूर्ण आलेखों को भी प्रमुखता से 'प्रभात खबर' ने छापा है। बलबीर दत्त की 'कहानी झारखंड आन्दोलन की' लंबी धारावाहिक कड़ियाँ सदैव स्मरणीय रहेंगी, दिलचस्प अंदाज में लिखे जाने के कारण।

वर्तमान में झारखंड के नवनिर्माण में 'प्रभात खबर' की क्या भूमिका होगी? इसके सर्वांगीण विकास का क्या स्वरूप होगा? लोग क्या चाहते हैं? कैसा झारखंड बनाना चाहते हैं? राजनेता, प्रशासक, मंत्री झारखंड को किधर ले जा रहे हैं? आदि इत्यादि महत्त्वपूर्ण प्रश्नों को उठाने एवं उसके दिशा निर्देशित करने में भी 'प्रभात खबर' कभी पीछे नहीं रहा है।"

हिन्दी भाषा के ख्यात कवि और साहित्यकार नंद चतुर्वेदी (1923-2014) अपने एक आलेख (2009) में हरिवंश जी के अवदान, योगदान का मूल्यांकन करते हुए लिखते हैं-

"पत्रकारिता के बदलते और व्यवसायोन्मुखी होते जाते दिनों में भी 'जनोन्मुखी' के सपने देखनेवाले पत्रकार विलुप्त नहीं हुए हैं। उनमें से मैं हरिवंश और 'प्रभात खबर को चुनूँगा। संशय और निराशा और लालच तथा उपभोक्तावाद के क्रूर और लालची समय में भी उजाले और लोकतंत्र के अच्छे दिन अगर बचते हैं, तो इसलिए कि मनुष्य के मन में सिर्फ अपनी दुनिया ही नहीं होती, एक बृहत्तर दुनिया भी होती है, जिसको बचाकर वह खुद बचा हुआ महसूस करता है। समाचार पत्र एक 'दूसरी दुनिया' है, जिसकी खबरों, विचारों, विश्लेषण और संकेतों पर लोग सत्य की तरह अटल विश्वास करते हैं, यदि इन सबके चुनावों में कहीं कोई गफलत होती है, तो एक 'दूसरी दुनिया' मरने के साथ समाचार-तंत्र की अपनी दुनिया भी मर जाती है। इसलिए 'प्रभात खबर' का महत्त्व है कि वह इसका अर्थ जानता है यानी अपने आस-पास की, पड़ोस की, उनके अभावों की, उन पर बरसनेवाले क्लेशों की, जानबूझ कर पिछड़े रखे गए बिहार झारखंड के दुख-दारिद्रय की चिन्ता करता है। इसके सबूत में हरिवंश का वह पहला संपादकीय उद्धृत करूँगा, जो उन्होंने 3 नवम्बर, 1989 में 'प्रभात खबर' के लिए लिखा था। इस संपादकीय आलेख के कुछ सुतार्किक अंश और संकल्प इस प्रकार हैं-

....हमारी विनम्र चेष्टा है कि पत्रकारिता के मूल सत्य और मापदंड निष्पक्षता और तथ्यों के प्रति प्रतिबद्धता के तहत ही हम इस पत्र को सजाएँ सँवारें और प्रो. पीपुल यानी जनोन्मुख अखबार निकालें।

...दरअसल 'प्रभात खबर' शाब्दिक अर्थों में पाठकों का अखबार बने। यही,

हमारी सर्वोपरि कोशिश होगी। मौजूदा उपभोक्ता समाज में कुछ हद तक बाजार के दबाव के कारण अखबारों की दृष्टि में पाठक महज क्रेता रह गए हैं। अखबार अधिक से अधिक मुनाफा अर्जित करने की प्रक्रिया में पाठकों की सुधि नहीं ले पा रहे। इस प्रवृत्ति धारा के खिलाफ जूझना हमारा संकल्प है।"

वहीं मशहूर अर्थशास्त्री व 'आद्री' के संस्थापक डॉ. शैबाल गुप्ता से हरिवंश जी का आत्मीय संबंध, सरोकार रहा। इसे याद करते हुए शैबाल जी लिखते हैं-

"मुझे पूरी हिन्दी पट्टी में उनके (हरिवंश) कद का कोई संपादक नहीं दिखता। वे न सिर्फ हिन्दीभाषी क्षेत्र के हैं बल्कि यहाँ की समस्याओं से भली-भांति परिचित भी हैं। व्यक्तिगत रूप से आगे बढ़ने के अनेकों अवसर मिलने के बावजूद उन्होंने 'प्रभात खबर' को स्थापित करने में ही अपना सर्वस्व झोंक दिया। 'प्रभात खबर' के प्रति हरिवंश जी में सेंस ऑफ ओनरशिप है। आज जहाँ देश भर के अखबारों में मालिकों का वर्चस्व है। 'प्रभात खबर' एक ऐसे अखबार के रूप में अलग दिखाई देता है कि जहाँ संपादक ही नीतियाँ तय करता है। एक अखबार में ऐसा होना भी चाहिए। हरिवंश जी के नेतृत्व में 'प्रभात खबर' पूरी हिन्दी पट्टी में बुद्धिजीवियों के फोरम के रूप में सामने आया है। बाकी अखबारों में लेख जहाँ अखबार के हित को ध्यान में रखते हुए छपते हैं, 'प्रभात खबर' विषय के मुद्दों को ध्यान में रखकर छापता है। शेष अखबार बाजार केंद्रित हैं और 'प्रभात खबर' विषय केंद्रित। जहाँ तक हरिवंश से व्यक्तिगत संबंध की बात है, तो हमारी घनिष्ठ व्यक्तिगत अंतरंगता है। हम अक्सर विचारों-आलेखों का आदान-प्रदान करते रहते हैं। विकास नीति को लेकर चर्चा करते रहते हैं। एक संस्मरण के साथ मैं अपनी बात समाप्त करना चाहूँगा। पिछले दिनों में मैं एम्स में भरती था। वे मुझसे मिलने भी आये। एक दिन मैंने उन्हें फोन किया तो फोन उनके किसी मित्र ने उठाया। बताया कि हरिवंश अभी मुंबई में हैं एवं फोन छोड़कर कहीं गये हैं। बाद में जब मैंने पुनः फोन कर उनके फोन छोड़कर जाने का कारण पूछा, तो उन्होंने बताया कि वे फोन छोड़कर आपकी ही सलामती के लिए दुआ माँगने एक स्थानीय मंदिर में गये हुए थे।"

मशहूर लेखिका व सामाजिक कार्यकर्ता रमणिका गुप्ता ने अपने एक लेख (2009) में एक महत्त्वपूर्ण प्रसंग का उल्लेख किया है। इसमें हरिवंश जी के पत्रकारीय योगदान व संपादकीय भूमिका की चर्चा करती हैं। वह लिखती हैं-

"स्थानीय समस्याओं, खासकार आदिवासियों से जुड़े मुद्दों पर 'प्रभात खबर' ही एकमात्र अखबार है, जिसने प्रमुखता से जगह दी है। मुझे याद है, हजारीबाग के मांडु क्षेत्र के गाँव में एक दलित लड़के का कुर्मी लड़की से प्रेम हो गया

था। इसको लेकर लगभग 400 कुर्मी लोगों के घर से और 400 रविदास के घर से लोग इकट्ठे हो गये। लड़का रविदास घर का था। लड़के के बाप का पक्का घर था। लड़की ऊँची जाति की होने के बावजूद गरीब थी। दोनों में प्रेम हो गया और वे भाग गये। भागने का कारण यह था कि जाति पंचायत ने कहा कि इस लड़की का दो-चार दिन में विवाह कर दें। ऐसा नहीं करने पर हम उन्हें सजा देंगे। उस लड़की की उम्र 17 से 18 साल के बीच थी। आनन-फानन में उसके बाप ने महज आठ साल का लड़का ढूँढ़ा। लड़की ने इसके लिए मना कर दिया। वह अपने प्रेमी, जिसका नाम महावीर था, उसके साथ भाग गयी। उस लड़की का नाम मालती था। जाति पंचायत को यह नागवार गुजरी। उन्होंने उसकी 10 साल की लड़की को बंधक बना लिया। उसे रस्सी से बाँधकर कब्जे में कर लिया गया। ऐसा उन्होंने दबाव बनाने के लिए किया, ताकि वे दोनों लौट सकें। आखिरकार वे दोनों लौटे। लड़के को पत्थरों से मार-मारकर अधमरा कर दिया। लड़के की इससे मौत हो गयी। लड़की को नंगा कर जलती हुई लाठियों से मारा गया। लड़की ने भी दम तोड़ दिया। उसके बाद यह खबर तीन दिन तक किसी अखबार वाले ने नहीं छापी। विपरीत पार्टी से वे पैसा खाकर चुप थे। मैं उसी गाँव की रहनेवाली हूँ। जब मुझे इस घटना का पता चला, तो मैं वहाँ गयी। जब मुझे पता चला कि कैसे उन दोनों को बर्बरता से मारा गया है, तो इसकी खबर लेकर मैं विभिन्न अखबारों में गयी। लेकिन इस खबर को किसी ने नहीं छापा। लेकिन 'प्रभात खबर' ने इसे छापा। सभी ने विपरीत पार्टी से पैसा खाया था, इसलिए इसे दबा गये। थाने को खबर देने भी गयी, लेकिन किसी ने कुछ नहीं किया। तब मैं रांची गयी। सीधा 'प्रभात खबर' के संपादक हरिवंश जी से मिली। उन्होंने मुझे कहा आप अपना डिक्टेशन दीजिए, बस आगे हम देख लेंगे। दूसरे दिन यह खबर पहले पन्ने पर आयी और तहलका मच गया। फिर तो रोज मैं कमिश्नर से इस संबंध में पत्र व्यवहार करती, वे मुझे जवाब भेजते। मतलब 'प्रभात खबर' की एक खबर ने कमाल कर दिखाया।"

हरिवंश जी के प्रयोगों व भाषिक योगदान का उल्लेख जाने-माने भाषाविद् डॉ. दिनेश्वर प्रसाद ने अपने एक आलेख में किया है। वह लिखते हैं-

"पुराने हिन्दी समाचार पत्रों की भाषायी स्तर संबंधी चिंता 'प्रभात खबर' में मुझे पहले के दिनों की तरह ही जिंदा दिखाई देती है। मैं इसे इसकी कम बड़ी उपलब्धि नहीं मानता। एक पाठक के रूप में मेरी यह शुभकामना है कि इसकी विविधता निरंतर समृद्ध होती रहे, जिससे इसके पाठक का कलात्मक और बौद्धिक स्तर समृद्ध होता रहे। किंतु मैंने अबतक जो कुछ कहा है, अधूरा

रहेगा जब तक कि मैं इसके यशस्वी संपादकों व पत्रकारों का उल्लेख न करूँ। मैं इसके प्रधान संपादक हरिवंश जी के उल्लेख के बिना सब कुछ अधूरा मानूँगा, क्योंकि उन्होंने इसे सच में केवल अखबार नहीं रहने दिया। एक आन्दोलन बना दिया। आन्दोलन इस अर्थ में कि यह निरंतर अपने पाठक वर्ग की वैचारिक जकड़न को तोड़ता है और बराबर जागरूक और प्रबुद्ध बनाये रखता है।"

वहीं वरिष्ठ कवि व साहित्यकार वीरेन डंगवाल ने एक वेबसाइट को दिये गए साक्षात्कार में कहा है-

"हरिवंश जी की बहुत कद्र करता हूँ। उन्होंने मुझे रांची में काव्यपाठ करने के लिए बुलाया था। तब मैंने 'प्रभात खबर' ऑफिस के छत पर कविता पाठ किया था। वह मूल्यबद्ध पत्रकारिता से कभी अलग नहीं हुए। वह घटिया पत्रकारिता को मुँह चिढ़ा रहे हैं।"

ये कुछ उदाहरण हैं। देश के अनेक विद्वानों, चिंतकों, सामाजिक कार्यकर्ताओं की राय हरिवंश और उनकी पत्रकारिता को लेकर इस तरह की ही रही है। इसके पीछे की मूल वजह रही, एक संपादक और पत्रकार के तौर पर हरिवंश का व्यापक सरोकार। पत्रकारिता में जनपक्षधारिता जड़ता को तोड़ नयी लीक बनाने, उस पर चलने का साहस।

लेखक महात्मा गांधी अंतरराष्ट्रीय हिन्दी विश्वविद्यालय, वर्धा में पत्रकारिता एवं जनसंचार के शोधार्थी रहे हैं।

बलिया में जेपी, चंद्रशेखर की अगली कड़ी हैं हरिवंश

-डॉ. अखिलेश कुमार सिन्हा

पूर्व प्रधानमंत्री चंद्रशेखर जी को 'यंग इंडियन' संपादक के रूप में सम्मानित करने का कार्यक्रम तय हो चुका था। कार्यक्रम की आधारशिला कृपाशंकर चौबे ने रखी थी। प्रेस क्लब बलिया आयोजक था। समारोह में आमंत्रित अतिथियों की सूची को अंतिम रूप दिया जा रहा था। 'मणिमय' के संपादक पंडित राम व्यास पांडेय समारोह की अध्यक्षता करेंगे, यह निर्णय हो चुका था। वक्ताओं की लड़ी तैयार की जा रही थी। 'जनसत्ता' के वरिष्ठ पत्रकार रामबहादुर राय, 'यंग इंडियन' के मुख्य उप संपादक अनिल अत्री, मानवाधिकारवादी नेता चितरंजन सिंह और कवि व लेखक भगवती प्रसाद द्विवेदी के अलावा अन्य वक्ताओं का नाम आने ही वाला था कि कृपाशंकर चौबे ने कहा-'चंद्रशेखर जी का यह सम्मान समारोह हरिवंश जी के बिना सूना लगेगा। इसी के साथ हरिवंश जी के आने का कार्यक्रम तय हो गया। यह मेरा हरिवंश जी के नाम से पहला परिचय था। उनसे सामना तब हुआ, जब मैं कार्यक्रम के दिन वरिष्ठ पत्रकार रामबहादुर राय को लेकर कृपा जी के साथ डाक विभाग के डाक बंगले (अतिथियों के ठहरने की व्यवस्था यहीं की गई थी) में पहुँचा था। डाक बंगले में साथियों ने सूचना दी कि हरिवंश जी आ गए हैं। हम सभी उनके कमरे की ओर चल दिए। कमरे का दरवाजा खुला था। हरिवंश जी बिस्तर पर पेट के बल लेटे तकिए का सहारा लेकर कुछ लिख रहे थे। हमें देखते ही वह उठ खड़े हुए। चेहरे पर ताजगी भरी मुस्कान थी। मुस्कराते हुए ही उन्होंने कृपा जी को डांट लगाई थी। कहा था, अरे! तू टिकट काहे भेजले रहल ह, टिकट भेजबअ तबे हम आइब? फिर हंसते हुए टिकट का पैसा कृपा जी के जेब में रख दिया था। हरिवंश जी की यह सहजता और सरलता मुग्ध करने वाली थी।

हरिवंश जी से मिलने का यह सिलसिला चलता रहा। चंद्रशेखर जी के चुनाव में भी वह आए थे। चुनाव के दौरान ही चंद्रशेखर जी का जन्मदिन मनाया

गया था। हरिवंश जी, चंद्रशेखर जी पर लिखी ढेर सारी किताबों को लेकर जन्मदिवस पर आए थे।

हरिवंश जी का एक नया रूप मेरे सामने उस समय आया था, जब जयप्रकाशनगर में जेपी जयंती के अवसर पर उप राष्ट्रपति भैरो सिंह शेखावत का कार्यक्रम हुआ था। मैं, कृपा जी, चितरंजन भैया, हरिवंश जी और बहुत सारे साथी वहाँ उपस्थित थे। कार्यक्रम के समापन पर नारा लगाया गया, लेकिन जयप्रकाश जी का नारा नहीं लगा। इसको लेकर चितरंजन भैया आयोजकों पर काफी नाराज थे। उन्होंने जब इस पर कड़ी टिप्पणी की, तो हरिवंश जी ने चितरंजन भैया से कहा कि भैया आप नारा लगाइए, हम लोग पीछे से नारा बुलंद करेंगे। कार्यक्रम के बाद उप राष्ट्रपति भैरो सिंह शेखावत जब मंच से उतर कर सामने से आते दिखे, तो चितरंज़न भैया ने 'लोकनायक जय प्रकाश अमर रहें!' का नारा लगाया और हरिवंश जी के साथ हम सभी ने 'अमर रहें-अमर रहें!' का नारा बुलंद किया। एक बड़े अखबार के समूह संपादक का इस तरह से नारा लगाना, आज भी प्रेरणादाई घटना की तरह मेरे सामने है।

हरिवंश जी का गाँव जयप्रकाशनगर के दलजीत टोला में है। वे जेपी के गाँव को अपना गाँव मानते हैं। 'धर्मयुग' में उन्होंने लिखा भी था-'जेपी का गाँव मेरा गाँव।' हरिवंश जी के राज्यसभा के उपसभापति निर्वाचित होने के बाद जब उनका गाँव और यह इलाका सुर्खियों में आने लगा, गाँव में अखबार और टीवी पत्रकारों की चहलकदमी बढ़ने लगी और पुलिस की गाड़ियों के सायरन बजने लगे, तो गाँव वालों को जेपी की याद आने लगी। गाँववाले कहने लगे कि जयप्रकाश बाबू और चंद्रशेखर जी के बाद गाँव और इलाका सूना हो गया था। हरिवंश बाबू के राज्यसभा का उप सभापति बनने के बाद इलाके का सूनापन खत्म हो गया है। डीएम-एसपी की गाड़ियाँ आने लगी हैं। हरिवंश जी के राज्यसभा के उप सभापति बनने की गौरवपूर्ण घटना को गाँव और इलाका जेपी और चंद्रशेखर से जुड़ी अगली कड़ी मानता है। उत्तर प्रदेश के मुख्यमंत्री योगी आदित्यनाथ की हाल ही में की गई जयप्रकाशनगर और दलजीत टोले के दौरे को इसी नजरिए से देखा जाता है।

हरिवंश जी को निकट से जानने का अवसर उस समय मिला, जब चंद्रशेखर जी के निधन के तीन साल बाद उन पर किताब लिखने की योजना बना रहा था। मेरे जेहन में किताब का शीर्षक था चंद्रशेखर के बगैर तीन साल। किताब की योजना पर मैं और मनोरंजन साथ-साथ काम कर रहे थे। मनोरंजन उस समय रांची में 'हिन्दुस्तान' अखबार में वरिष्ठ समाचार संपादक थे। मैं रांची पहुँचा था।

रांची जाने से पहले हरिवंश जी से किताब को लेकर चर्चा हुई थी। उन्होंने मिलने के लिए बुलाया था। रांची पहुँचने के एक दिन बाद मैं 'प्रभात खबर' के दफ्तर पहुँचा। किसी अखबार के समूह संपादक से मिलने का मेरा यह पहला अवसर था। जेहन में एक दबाव सा महसूस कर रहा था। रिसेप्शन से मेरे आने की सूचना भेजी गई। अंदर से बुलावा आया। मैं समूह संपादक के केबिन में हरिवंश जी के सामने था। उनका केबिन सादगी का प्रतीक था। मेज के पीछे बैठे उनको देखकर कहीं से ऐसा नहीं लगा कि मैं झारखंड के अग्रणी अखबार के समूह संपादक के सामने बैठा हूँ। हरिवंश जी से उस दिन लंबी बातचीत हुई। किताब को लेकर भी विस्तार से चर्चा हुई। उनके सुझाव पर ही किताब का शीर्षक 'चंद्रशेखर के बगैर' रखना तय हुआ। उन्होंने कहा कि आप ओम प्रकाश श्रीवास्तव जी (चंद्रशेखर जी के निकटवर्ती साथी) से मिलिए और उनसे लंबी बातचीत कीजिए। ओम प्रकाश जी की हिन्दी बहुत अच्छी है। आप बात करेंगे, तो चंद्रशेखर जी से जुड़ी नई बातें सामने आएँगी। हरिवंश जी का यह सुझाव किताब के लिए बहुमूल्य साबित हुआ। हरिवंश जी ने किताब के लिए न केवल स्वयं लेख लिखा, बल्कि अपने अखबार में चंद्रशेखर जी पर छपी ढेर सारी सामग्री उपलब्ध कराई। इस मुलाकात में अपनत्व ने ऐसा जाल बुना यह आगे और कसता गया। मैं हरिवंश जी के और निकट आता गया।

हरिवंश जी का राज्यसभा में जाना हम सभी के लिए बहुत सुखद था। जब उच्च सदन के उप सभापति निर्वाचित हुए तो ऐसा लगा कि फूलों के गुलदस्तों का सुनहरा संसार बस गया। बलिया में श्रमजीवी पत्रकार यूनियन द्वारा उन्हें सम्मानित किया गया। उस समय की एक घटना है। मैं कार्यक्रम के संबंध में उन्हें फोन कर रहा था, लेकिन बात नहीं हो पा रही थी। दो दिन बाद उनका फोन आया, कह रहे थे-अखिलेश जी मैं देश के बाहर था। फोन फ्लाइट मोड में था। अभी एयरपोर्ट से बाहर निकला हूँ। देखा तो आपका फोन था। उनसे कार्यक्रम को लेकर बातचीत हुई। वह आने के लिए सहर्ष तैयार हो गए। वह निजी संबंधों को लेकर हमेशा संजीदा रहते हैं। हरिवंश जी से मिलने का सिलसिला जारी है। आगे भी जारी रहेगा।

उनसे गाँव मिलने के लिए मैं, मनोरंजन और राजेश ओझा गए थे। गाँव में घर के बाहर दरवाजे पर उप सभापति हरिवंश जी गंवई अंदाज में बंडी और पैजामा में बैठे थे। गाँव-जवार के लोग उनको घेरे हुए थे। हरिवंश जी उनसे गंवई भाषा में ही बात कर रहे थे। वहाँ की एक घटना यादगार है। एक व्यक्ति चंद्रशेखर जी के गाँव इब्राहिमपट्टी से लगभग सत्तर किलोमीटर की दूरी तय

करके उनसे मिलने पहुँचा था। उसने कहा कि वह केवल यह देखने यहाँ आया है कि राज्यसभा के जिस पद पर अब तक दक्षिण का बोलबाला होता था, उस पर उत्तर भारत के किस व्यक्ति ने सुशोभित किया है? वह देखने में कैसे लगते हैं? गाँव से लंबी दूरी तय कर हरिवंश जी को देखने के लिए आने वाले उस व्यक्ति की बात हरिवंश जी के विराट व्यक्तित्व को आलोकित करती है। गाँव में हम सभी से आत्मीयता से मिलना और रामगढ़ की टिकरी खिलाना आज भी सुखद याद है।

वरिष्ठ पत्रकार एवं लेखक डॉ. अखिलेश कुमार सिन्हा, मुरली मनोहर टाउन कॉलेज, बलिया के प्राचार्य हैं। पत्रकारिता में 'हिन्दुस्तान' एवं 'यूनिवार्ता' से संबद्ध रहे। बलिया प्रेस क्लब के पूर्व अध्यक्ष रहे। हरिवंश से पुराना जनपदीय रिश्ता रहा है। पूर्व प्रधानमंत्री श्री चंद्रशेखर, जेपी के निजी सचिव जगदीश बाबू तथा मानवाधिकार कार्यकर्ता चितरंजन सिंह के विशेष स्नेहभाजन श्री सिन्हा, बलिया के अनेक मंचों पर हरिवंश के साथ सहभागी रहे हैं।

मीडिया संस्थान से संसद तक

-डॉ. नंदिनी सिन्हा

एक संपादक के रूप में हरिवंश की छवि ऐसी रही, जिन्होंने मीडिया संस्थानों के बीच के रहनेवाले फासले को भी पाट दिया। जब राज्यसभा के उपसभापति निर्वाचित हुए, तब सिर्फ 'प्रभात खबर' और वहाँ के कर्मचारियों ने ही नहीं, बल्कि झारखंड और देश के तमाम मीडिया संस्थानों ने इस उपलब्धि पर गर्व महसूस किया था। उस दिन विभिन्न मीडिया संस्थानों में काम कर रहे लोगों के सोशल मीडिया अकाउंट पर यह नाम सुशोभित होता दिखा। उनमें ऐसे मीडिया पेशेवर भी शामिल थे, जो अब उस संस्थान से किसी अन्य संस्थान में जा चुके थे। ऐसे लोग भी थे, जो कभी व्यक्तिगत रूप से हरिवंश से मिले भी नहीं थे। पर, उन सबके लिए हरिवंश एक प्रेरणा रहे। आप कैसे किसी व्यक्ति से बिना व्यक्तिगत रूप से मिले भी प्रभावित हो सकते हैं, इसके उदाहरण अनेक मिलेंगे, जो हरिवंश से मिले बिना उनसे प्रभावित रहे हैं।

मैं और मेरे जैसे कई विद्यार्थी जो मास कम्युनिकेशन की पढ़ाई कर प्रिंट मीडिया में आए, उनके लिए हरिवंश स्वयं एक संस्था रहे। कुछ मित्रों को उनके संस्थान में उनके साथ काम करने का मौका मिला तो कुछ को अन्य संस्थानों में। बावजूद इसके हरिवंश जितना अपने संस्थान की युवा पीढ़ी के पत्रकारों के लिए आदर्श रहे, उतना ही दूसरे संस्थानों के पत्रकारों के लिए भी। इसके पीछे ठोस कारण भी हैं। आभासी पटल में भी हरिवंश को लेकर कई पोस्ट ऐसे होते हैं, जो पत्रकारों ही नहीं, बल्कि आम लोगों के लिए प्रेरणादायी हैं। फेसबुक, ट्वीटर (अब एक्स) पर कई ऐसे पोस्ट देखने को मिलते हैं, जो हरिवंश के व्यक्तित्व के विभिन्न आयामों से रू-ब-रू कराते हैं। हरिवंश अपने एक पूर्व संपादकीय सहयोगी, पत्रकार रवि प्रकाश के कैंसर जैसी गंभीर बीमारी से ग्रसित होने की सूचना पाते ही मदद के लिए न सिर्फ आगे आए बल्कि स्वयं उनके घर जाकर मुलाकात कर उनका आत्मबल भी बढ़ाया। इस घटना का जिक्र रवि

प्रकाश ने खुद कई बार अपने इंटरव्यूज और सोशल मीडिया पोस्ट पर किया है।

पत्रकार, लेखक और फिल्मकार अविनाश दास (2018 के) अपने फेसबुक पोस्ट में उस घटना को बताते हैं, जब हरिवंश उन्हें अचानक ही बुलाकर देवघर में 'प्रभात खबर' के संस्करण को शुरू करने की जिम्मेदारी देते हैं। इसी तरह पत्रकार और उनके सहयोगी निराला (2016 के) अपने फेसबुक पोस्ट में बिहार के भभुआ में हुई एक घटना का जिक्र करते हैं जिससे हरिवंश के भावनात्मक पक्ष को जाना जा सकता है। निराला लिखते हैं कि कैसे कैमुर जिले के एक स्कूल के आयोजन में शामिल होने के लिए जाते वक्त वहाँ के हाटा बाजार के पास स्थित एक सुदूरवर्ती गाँव में हरिवंश अचानक जाने की योजना बनाते हैं। वे वहाँ के मास्साब (वहाँ बच्चों को पढ़ाने वाले एक व्यक्ति) से मिलने गए। इस पोस्ट में निराला ने लिखा कि उस गाँव में हरिवंश की बुआ रहती थीं। वहाँ हरिवंश बचपन में जाते थे और मास्साब के पास बैठते थे। जब हरिवंश उस गाँव में जाकर मास्साब से मिले तो वह भेंट करीब पौन घंटे चली। उस आत्मीय मुलाकात ने सभी को प्रभावित कर दिया। जितनी उत्सुकता से हरिवंश उनसे मिले उतनी ही उत्सुकता के साथ वह बुजुर्ग व्यक्ति, जो झुककर चलते थे। दोनों एक दूसरे के हाथ पकडे बात करते रहे और विदा लेते वक्त दोनों की आँखें नम थीं।

कुछ माह पूर्व वरिष्ठ पत्रकार सुरेंद्र किशोर ने फेसबुक पोस्ट पर हरिवंश की तीन किताबें-'कलश', 'पथ के प्रकाश पुंज' और 'सृष्टि का मुकुट: कैलाश मानसरोवर' एक साथ प्रकाशित होने पर प्रेरक टिप्पणी लिखी थी। लेखक-संपादक-सांसद हरिवंश की संवेदनशीलता का परिचय तब भी मिलता जब 'प्रभात खबर' के प्रधान संपादक रहते या सांसद रहते या राज्यसभा के उपसभापति रहते वे जब भी कोलकाता जाते तो बुजुर्ग साहित्यकार डॉ. कृष्णबिहारी मिश्र से मिलने उनकी कुटिया में अवश्य जाते।

जीवन के विभिन्न क्षेत्रों के लोगों ने ऐसे संस्मरण लिखे हैं, जो हरिवंश के संवेदनशील व्यक्तित्व को सामने लाते हैं। हरिवंश ने भी कई व्यक्तियों पर लिखा है। वह एक प्रभावकारी वक्ता भी हैं, जिन्हें सिर्फ सुनने के लिए अनुभवी पत्रकारों से लेकर स्ट्रिंगर और पत्रकारिता के विद्यार्थी कतारबद्ध हो जाते हैं। राज्यसभा के उपसभापति रहते हुए भी पत्रकारिता और पत्रकारों के प्रति उनका लगाव कभी कम नहीं हुआ। तभी तो तमाम राजनीतिक उथल-पुथल और अपने व्यस्ततम कार्यक्रमों के बीच भी हरिवंश 2019 में महात्मा गांधी अंतरराष्ट्रीय हिन्दी विश्वविद्यालय, वर्धा के पत्रकारिता के छात्रों से संवाद करने वर्धा पहुँचे। वर्धा

में तीन दिन रहे। 'मूर्धन्य संपादकों की कहानी: हरिवंश की जुबानी' कार्यक्रम से पत्रकारिता, राजनीति और अकादमिक जगत के बीच एक प्रामाणिक, रचनात्मक और सार्थक संवाद की शुरुआत हुई थी। हिन्दी के वे मूर्धन्य संपादक पत्रकारिता के किसी संस्थान और विश्वविद्यालय से प्रशिक्षित नहीं थे। बल्कि उनमें से कई तो ऐसे थे, जिनके पास उच्च अकादमिक डिग्रियाँ भी नहीं थीं। तब पत्रकारिता अकादमिक अध्ययन का विषय भी नहीं था। लेकिन वे मूर्धन्य संपादक अपने आप में प्रशिक्षण संस्थान थे। स्वयं में पाठ्यक्रम थे और प्रयोगशाला भी। उनके भीतर अपने समाज को देखने और समझने की अद्‌भुत दृष्टि थी। वैसे ही मूर्धन्य संपादकों के वैशिष्ट्य पर हरिवंश ने प्रकाश डाला। पहले दिन 27 मार्च, 2019 की शाम गणेश मंत्री के कृतित्व व व्यक्तित्व पर, दूसरे दिन 28 मार्च, 2019 को नारायण दत्त और धर्मवीर भारती पर और तीसरे दिन 29 मार्च, 2019 की सुबह प्रभाष जोशी के व्यक्तित्व पर हरिवंश ने सुचिंतित और सारगर्भित व्याख्यान दिए। पुरोधा संपादकों का पुण्य स्मरण करते हुए हरिवंश ने कहा था कि आज की पत्रकारिता में विचार, मूल्य और चरित्र की कमी है। आज की पत्रकारिता पूँजी प्रधान है, इसलिए वह उन मुद्दों पर ध्यान नहीं दे पा रही है जो मानवता के भविष्य के लिए जरूरी हैं।

स्वयं हरिवंश की पत्रकारिता ने उन मुद्दों पर ध्यान दिया जो मानवता के भविष्य के लिए जरूरी हैं। समझ, दृष्टि, भाषा संस्कार, संचार कौशल जैसे विशिष्ट गुणों में हरिवंश एक आदर्श हैं। जाहिर है कि विचार, मूल्य, समझ और दृष्टि के उनके गुणों का लाभ उच्च सदन को भी मिल रहा है।

छह वर्षों तक 'दैनिक जागरण' समूह के टेबलॉयड 'आईनेक्स्ट' में पत्रकारिता। 'टेलीग्राफ' और 'टाइम्स आफ इंडिया' में कंटेंट राइटर के रूप में काम। दूरदर्शन झारखंड के लिए डेढ़ वर्ष तक हर हफ्ते अक्षय ऊर्जा कार्यक्रम को प्रस्तुत किया। 2021 में आईसीएसएसआर की डाक्टोरल फेलोशिप। यू.जी.सी. नेट उत्तीर्ण। महात्मा गांधी अंतरराष्ट्रीय हिन्दी विश्वविद्यालय, वर्धा से 'बांग्लादेश मुक्ति संग्राम के प्रति एशियाई तथा गैर एशियाई प्रिंट मीडिया का दृष्टिकोण' विषय पर पीएच.डी.। 'संचार माध्यम', 'कम्युनिकेटर', 'जन मीडिया', 'आंचलिक पत्रकार', 'मीडिया विमर्श', 'बहुवचन' में कई शोध आलेख अनुवाद और समीक्षाएँ प्रकाशित। दैनिक समाचार पत्रों में समसामयिक मुद्दों पर लेखन। झारखंड में रहती हैं।

खंड-2

हरिवंश के आलेखों से एक चयन

जेपी का गाँव, मेरी जन्मभूमि

हरिवंश घुमक्कड़ प्रवृत्ति के हैं। यात्राओं से उनका रिश्ता पत्रकारिता के आरंभिक दिनों से ही रहा। करियर के आरंभिक दिनों में ही मुंबई, हैदराबाद, कोलकाता जैसे तीन बड़े शहर उनके पड़ाव बने। बाद में पत्रकारिता करते हुए। लगभग हर राज्य की यात्रा की। बड़े महानगरों से लेकर सुदूर गाँव तक की यात्रा। दुनिया के कई मुल्कों की यात्रा भी। जहाँ से लौटे, यात्रा रिपोर्ताज लिखे। दुनिया के दूसरे मुल्कों की यात्रा पर उनकी किताब 'दिल से मैंने दुनिया देखी' छपी। पर, देश-दुनिया घूमते हुए भी हरिवंश गँवई मन-मिजाज के रहे। तमाम व्यस्तताओं के बीच वह अपने गाँव आने-जाने का सिलसिला कभी कम नहीं किया। गाँव, हमेशा उनके मन में रहा। गाँव से प्रेरणा लेते रहे। 'गाँव के हरिवंश' कड़ी में दो आलेख दिये जा रहे हैं। पहला आलेख है, 'जेपी का गाँव, मेरी जन्मभूमि।' हरिवंश का यह आलेख 'धर्मयुग' के 09 अक्तूबर, 1977 के अंक में प्रकाशित हुआ था। तब, हरिवंश 'धर्मयुग' में ट्रेनी पत्रकार थे। पत्रिका के यशस्वी संपादक धर्मवीर भारती के कहने पर उन्होंने यह आलेख लिखा।

–संपादक

बहुत पहले अंग्रेजी में विलियम कॉपर की एक कविता पढ़ी थी। इस कविता का नायक जब दुनिया के दु:ख, संघर्ष और पीड़ा से उब जाता है, तो उसके अंदर राजा बनने की भावना जाग्रत होती है। और अचानक एक बार अपनी समुद्री यात्रा के दौरान एक निर्जन टापू में अकेला छूट जाता है, तो उसकी कल्पना साकार हो उठती है, और वह कह उठता है, "आइ एम मोनार्क ऑफ आल आई सर्वे" (जहाँ तक मेरी दुष्टि जाती है। वहाँ तक का राजा मैं ही हूँ), क्योंकि उस निर्जन और एकांत स्थान में भयानक सूनापन और अकेलापन है। वहाँ उसके अधिकार को चनौती देनेवाला कोई प्राणी नहीं है। कुछ इसी प्रकार की अनुभूति मुझे बराबर हुई है, जब कभी भी जेपी के जन्मस्थान सिताबदियारा (जो संयोग से मेरा भी गाँव है) जाता हूँ। गंगा और सरयू के बीच स्थित यह गाँव ठीक टापू सदृश ही है। यहाँ आवागमन का कोई साधन नहीं। बाढ़ के मौसम में तो

हर साल इसका संपर्क बाहरी दुनिया में पूरा कटा रहता है। जब कभी भी आप इस गाँव को जाने के लिए गंगा या सरयू (घाघरा) को पार कर रेत पर उतरेंगे, तो शायद मीलों आपको दूर-दूर तक कुछ दिखाई न दे। नवागंतुक को लग सकता है कि वह किसी मानव-विहीन सुनसान स्थान की ओर बढ़ रहा है। लेकिन इसी गाँव में जयप्रकाश जी का जन्म हुआ। यहीं पर जेपी की शेष पैतृक संपत्ति तथा अपना घर है। आवागमन की इन कठिनाइयों के बावजूद जेपी को अपने गाँव से विशेष लगाव रहा है। अमरीका से शिक्षा ग्रहण कर लौटने के बाद तथा सन् 1942 में गिरफ्तार होने के पूर्व तक जेपी प्रायः प्रतिवर्ष अपने गाँव आते रहे। 1943 में जेल से छूटने के बाद करीब 1974 तक उनका यह क्रम चलता रहा। कभी बहुत अस्वस्थ या व्यस्त रहने के कारण ही इस कम में व्यवधान पड़ा हो।

जेपी के व्यक्तित्व के विविध पहलू हैं। उनमें से एक महत्वपूर्ण है, उनका यह अलग विशिष्ट ग्रामीण व्यक्तित्व। गांधी और लोहिया के बाद भारतीय राजनीति में यदि गाँव के सामान्य, गरीब, पिछड़े लोगों से मिल कर उनको आत्मीय एवं अपना बना लेने की कला और क्षमता अब किसी में है, तो वह है जेपी में। जेपी जब भी ग्रामीणों से मिलते हैं, उनके तथा मिलनेवालों के बीच विशिष्टता की कोई रेखा दिखाई नहीं देती। सामान्य व्यक्ति को भी वे अपनत्व के घेरे में बांध लेते हैं। सबके सुख-दुख के साथ भावुक और बोझिल हो उठते हैं। सांत्वना एवं धीरज देते हैं। उनकी यह विशिष्टता रही है कि जहाँ कहीं भी वे अपने गाँव के लोगों से मिलते हैं, बड़े आत्मीय ढंग से मिलते हैं तथा भोजपुरी में ही बातें करते हैं।

व्यस्त क्षणों में भी

सन् 1974 में जब वे अपने व्यस्त कार्यक्रम के बीच तीन दिन का समय निकाल कर गाँव आये, तो उनके साथ आया था एक बड़ा मजमा। सुरक्षा-कर्मचारी, चिकित्सक, आंदोलन से संबंधित बुद्धिजीवियों, पत्रकारों एवं राजनीतिज्ञों का एक बड़ा जुलूस। इसके अतिरिक्त आंदोलनकारी छात्रों को वैचारिक स्तर पर शिक्षा देने तथा अनुशासित करने के लिए एक शिविर का भी आयोजन किया गया था। जिसमें जेपी के अतिरिक्त कृष्णनाथ जी, वर्तमान संसद सदस्य चौधरी ब्रह्मप्रकाश आदि महत्वपूर्ण व्यक्तियों ने भाग लिया था। जेपी के तीन दिन के इस कार्यक्रम के बीच जनता सरकार की भावी रूप-रेखा तय करने का भी कार्यक्रम था। लेकिन इस व्यस्त कार्यक्रम के बीच भी वे ग्रामीणों से मिले। एक सभा को संबोधित किया तथा उनके साथ काफी समय व्यतीत किया। नवंबर मास की कड़ाके की सर्दी के बीच वे काफी रात को घर पहुँचे। रास्ते में आग जला कर

इंतजार में बैठे व्यक्तियों से वे अपने खराब स्वास्थ्य के बावजूद मिले।

जेपी के कर्मठ व्यक्तिगत् सचिव जगदीश बाबू (जिन्होंने सन् 1942 में हजारीबाग रेल से जेपी को भगाने में महत्त्वपूर्ण भाग अदा किया था) में, संगठन तथा उत्तम प्रबंध की भी अद्‌भुत क्षमता है। लेकिन स्वयं जेपी सबके प्रबंध के विषय में जान कर आश्वस्त होते हैं–सुबह दूसरे दिन प्रशिक्षण शिविर में जाते वक्त बीच में वे कई जगह रुके। जहाँ बाहरी लोगों के ठहरने का प्रबंध था। अपनी सुरक्षा के लिए आये सुरक्षा कर्मचारियों के सोने का प्रबंध देखने के लिए स्वयं अंदर गये। उनकी आवश्यकता एवं कठिनाई के संबंध में पूछा। रास्ते में मिल रहे ग्रामीणों से कुशल-क्षेम तथा परिवार के संबंध में पूछा। तब तक भीड़ में अलग खड़े, फटा-पुराना, मैला कपड़ा पहने एक व्यक्ति को देख उसे पहचान लिया तथा उसकी ओर मुड़ कर उससे पूछते हैं–'का हाल बा आपन, स्वास्थ कईसन बा, परिवार के नया लोग का करत बा, अमुक आदमी के का हाल बा?' और जब उन्हें पता चलता है कि अमुख बूढ़े व्यक्ति की तबीयत खराब है, तो वे शाम के समय, घूमने के वक्त उस व्यक्ति के घर पहुँच गये। अपने साथ आये डॉक्टर को उन्होंने उस व्यक्ति के उपचार का आवश्यक निर्देश दिया। उनके व्यक्तित्व का यही वह केंद्र-बिंदु है, जहाँ उनके विरोधी, प्रशंसक, सभी आकर उनमें उसी भांति मिल जाते हैं, जैसे छोटी-बड़ी नदियाँ, विशाल शांत, स्थिर और अंतहीन समुद्र में। भारत की आगामी पीढ़ी तथा राजनीतिज्ञों के लिए उनका यह रूप विशेष लुभावना, आकर्षक तथा साथ में शिक्षाप्रद भी है कि जिस व्यक्ति के अंतर्गत गरीब ग्रामीणों से एकाकार होने की क्षमता नहीं, वह भारत का कर्णधार या परिवर्तन का वाहक नहीं हो सकता।

'गाँवे सब समाचार बतादीह'

जेपी चाहे पटना रहे हों या बंबई या चंडीगढ़ बंदीगृह में, अपने गाँव की याद उन्हें बराबर बनी रही। सन् 1975 की असाधारण बाढ़ के बीच चंडीगढ़ जेल में अपने गाँव की कल्पना कर उसकी मार्मिक स्थिति का उल्लेख उन्होंने किया है। जेल से छूटने के बाद रोग-शय्या पर पड़े जब वे प्रथम बार अपने व्यक्तिगत सचिव जगदीश बाबू से मिले, तो गाँव तथा अन्य लोगों की बाढ़ में स्थिति तथा कुशल-क्षेम के बारे में पूछा। दिसंबर 1975 में अचानक एक दिन उनकी तबीयत काफी खराब हो गयी। सभी लोग आशंकित एवं चिंतित थे। उसी दौरान गाँव का एक व्यक्ति उन्हें देखने आया जिसे देख कर के पूछ बैठे, 'रउआ लोग बाढ़ में कइसे रहनी ह! सुनायी सब समाचार, फसल वगैरह कइसन बा।' गाँव से आया वह व्यक्ति हतप्रभ होकर उन्हें देख रहा है। कैसा है यह व्यक्ति? क्या सीमा है, इसके व्यक्तित्व की? जो व्यक्ति खतरे के दौर से गुजर रहा है, उसका ध्यान

कहीं और है।

जेपी के विशाल व्यक्तित्व का यही यह स्रोत है जहाँ शिक्षित, बौद्धिक, अपढ़ आ कर सभी समान रूप से मिल जाते हैं। अपने व्यक्तित्व के इसी बिंदु पर वे विशिष्ट हो जाते हैं, आपसी-संघर्ष, सीमित एवं संकीर्ण दृष्टि के धरातल से बहुत ऊँचे, मानवीय परिधि की सीमा से बाहर लगते हैं। अपनी जन्मभूमि से तथा वहाँ के लोगों से उनका यह लगाव कहीं सीमा का अतिक्रमण नहीं कर पाया है। वहाँ के लोग हर वर्ष भयानक बाढ़ के आदी हो चुके हैं। जहाँ साल में केवल एक फसल होती है, जहाँ बाढ़ के दिनों में एक घर से दूसरे पर जाने के लिए चंद मिनट के रास्ते को तय करने में घंटों लग जाते हैं, जहाँ हर साल सितंबर-अक्तूबर में लोग अपनी नयी गृहस्थी बसाते हैं, नया जीवन शुरू करते हैं, नये घर का निर्माण करते हैं। जहाँ शिक्षा एवं चिकित्सा की समुचित व्यवस्था नहीं है। वहाँ के अधिकतर लोगों का यह ख्याल रहा है कि अगर जेपी चाहें, तो वहाँ क्रांतिकारी तब्दीली हो सकती है। लेकिन वे नहीं जानते कि इस तरह के हजारों-लाखों गाँव भारत में अभी अविकसित एवं पिछड़े हैं, जिनके विकास के लिए जेपी प्रयत्नरत हैं। यह बात उस दिन वहाँ के लोगों को और भी अधिक स्पष्ट हो गयी, जब 1974 के अपने दौरे के अंतर्गत अपने गाँव में आयोजित एक सभा में स्त्रियों की पर्याप्त संख्या देख कर जेपी ने कहा था, 'जब इस गाँव की सभा में इतनी मात्रा में औरतें आ गयी हैं, तो अब मैं समझता हूँ कि आंदोलन का उद्देश्य पूरा हो गया है।' उनका तो उद्देश्य है, सपना है, कल्पना है देश के इस तरह के लाखों पिछड़े गाँवों को एक साथ देश की मुख्यधारा से जोड़ना, जिन्हें स्वतंत्रता के बाद भुला दिया गया।

अपनी व्यस्तता, अस्वस्थता, चिंता या तनाव के क्षणों में भी वे गाँव को नहीं भूल पाते हैं। नवंबर, 1976 में जब आपातकाल का दौर था, उस वक्त के विरोधी दल तथा आज के जनता पार्टी के कुछ वरिष्ठ लोगों ने उनसे आंदोलन वापस लेने का आग्रह किया था। 42वें संविधान संशोधन के परदे में तानाशाही को दृढ़ किया जा रहा था। इस प्रकार की विषम स्थिति में गत् वर्ष नवंबर को जब जेपी पटना में 42वें संविधान संशोधन पर कृष्णकांत एवं वी.एम. तारकुंडे के साथ आयोजित गोष्ठी को संबोधित कर लौटे, तो बातचीत के दौरान गाँव की विभिन्न चीजों के संबंध में उन्होंने पूछा। जब उन्हें जगदीश बाबू के द्वारा मालूम हुआ कि मैं गाँव जा रहा हूँ तो उन्होंने मुझे याद दिलाया, 'गाँवे सब समाचार बतादीह यहाँ के सब समाचार जगदीश बाबू बतवलहीं होइहें।'

(धर्मयुग, 9 अक्तूबर, 1977)

मेरा गाँव

यह आलेख हरिवंश ने 2020 में पत्रकार संतोष सिंह के वेब पोर्टल 'पंचायत खबर' के लिए 'मेरा गाँव सीरीज' में लिखा था।

–संपादक

जहाँ मैं पैदा हुआ, उस गाँव का नाम सिताबदियारा है। थोड़ा समझना शुरू किया, तो पता चला कि गाँव में कुल 27 टोले हैं। यह गाँव दो नदियों 'गंगा और घाघरा' के बीच है। गाँव के उत्तर घाघरा या सरयू, तो दक्षिण में गंगा। चौथी क्लास में पहुँचा, तो पता चला कि यह गाँव दो राज्यों और तीन जिलों में पसरा हुआ है। दो राज्यों (उत्तर प्रदेश और बिहार) के तीन जिलों बलिया (उत्तर-प्रदेश), सारण (छपरा-बिहार) और भोजपुर (आरा-बिहार) के बीच बसा, पसरा। दियर का इलाका। बचपन में हम बच्चे हर साल बाढ़ का इंतजार करते। प्रतिवर्ष तीन, चार महीने गाँव बाढ़ के पानी में घिरा रहता या डूबा रहता। बाढ़ का इंतजार इसलिए होता, क्योंकि हम बच्चों के लिए वह स्कूल में छुट्टी लेकर आता था। नदी के पानी में घंटों नहाने, उछलने, मछली पकड़ने की नाकामयाब कोशिश या छोटी नाव (जिसे डेंगी कहते) पर सवार होकर घर-घर जाने का अवसर मिलता। यही बाढ़ बच्चों के लिए जश्न-उत्सव का अवसर होता, तो गाँववालों के लिए आफत व जीवन-मरण का द्वंद्व।

जुलाई आते-आते नदियों में पानी बढ़ने की सूचना आती। किसान, बुजुर्ग, व्यस्क पुरुष-महिलाओं के चेहरे पर चिंता की लकीरें उभरने लगतीं। हम बच्चे झुंड में भाग-भाग कर नदी किनारे जाते कि पानी कितना बढ़ा, किस रफ़्तार से बढ़ रहा है, कब तक घर तक पहुँचेगा? भारी बरसात होती, तो घर वगैरह में पानी टपकता। बाढ़ कम आयी, तो खरीफ की कुछ फसल हो जाती। रहर, मसुरिया, ज्वार वगैरह। कास बड़े-बड़े उपजते। घोड़पड़ास, सियार, हुड़ाड़-आवारा पशुओं से बचाव के लिए मचान बनता, रात-दिन खेतों की फसल अगोरने या बचाने के लिए। वहाँ रहनेवालों के लिए घर से खाना जाता। गाँवों में सावन की अद्भुत

हरियाली के चटक रंग अब भी याद हैं। तेज व भयावह लू के थपेड़ों, धूल की आंधी व भयावह गर्मी के बाद यह हरियाली आती। पढ़ाई में हमारी कक्षा बदलती, नयी किताबें आतीं। आपसी झंझट होता, खेत या किसी और कारण तो खराब माहौल होता। पर गाँव के पंचों का इकबाल तब तक था। बड़े-बुजुर्ग पहल कर सुलझाने की कोशिश करते।

गाँव के नजदीक का रेलवे स्टेशन लगभग 15 किमी की दूरी पर था। वहाँ जाने के लिए 10-12 किमी पैदल चलकर नदी पार करना होता था। बाढ़ के दिनों में यही यात्रा पूरे दिन की हो जाती थी। नदी में पानी के बहाव और हवा की दिशा पर निर्भर करता था कि उसे पार करने में कितना समय लगेगा! घर से घूमते-घुमाते नाव से 18-20 किलोमीटर की यात्रा। नाव डूबने का खतरा हमेशा रहता। नदियाँ जब भी अपनी धारा बदलती थीं, कटाव होता, तब घर गिरते थे। टोले के टोले डूब जाते थे। जिनके साथ ऐसा होता, वे फिर कहीं और बसते थे। इस बाढ़ का असर यह होता था कि महज एक फसल होती थी। रबी की। वजह, बाकी समय जमीन पानी में डूबी रहती थी। गाँव की बसावट ऐसी थी कि घर एक जिला या एक प्रदेश में है, तो खेत दूसरे प्रदेश के दूसरे जिलों में भी। एक ही आदमी का घर यदि यूपी के इलाके में है, तो जमीन का एक हिस्सा बिहार के छपरा में है, तो दूसरा आरा में।

जब कक्षा पाँच में गया, तो एहसास हुआ कि हमारे गाँव के सबसे मशहूर व्यक्ति जयप्रकाश नारायण (जेपी) हैं। उनका घर बिल्कुल हमारे घर के पास था। बचपन में गाँव के दो उत्सव या मेला स्मृति में हैं। ये आयोजन हम बच्चों की उत्सुकता का केंद्र होते। पहला 12 फरवरी, दूसरा 11 अक्टूबर। 11 अक्टूबर जेपी का जन्मदिन था। 12 फरवरी गाँधी जी का स्मृति दिवस। जेपी ने अपनी जमीन में, अपने घर के परिसर से जुड़े स्थल पर सर्वोदय आश्रम और गाँधी खादी भंडार के लिए जगह दी थी। उस दियारे में पैदल पहुँचे विनोबा भावे ने इसका उद्घाटन किया था। वहीं यह आयोजन होता। गाँव के स्थानीय लोग 11 अक्टूबर को उनका जन्मदिन मनाते। हम बच्चों के लिए वह उत्साह का दिन होता। हमारी समझ सीमित थी। कक्षा पाँच में 12 फरवरी का अर्थ ज्यादा पता चला। हमारे टूटे-फूटे प्राथमिक विद्यालय के अध्यापक ने कहा कि वहाँ बच्चों का भाषण होता है, तुम्हें गाँधी पर भाषण देना होगा। उन्होंने भाषण लिखकर रटाना शुरू किया। बोलने का अभ्यास भी। स्कूल के अन्य बच्चे भी दूसरे कार्यक्रमों में थे। याद है, खादी टोपी और गाँधी कुर्ता पहनकर गया था। पहला भाषण डरते-काँपते माइक पर वहीं दिया। गाँव के बड़े लोगों ने कितना स्नेह दिया, मनोबल बढ़ाया,

वह अब भी याद है। यह आयोजन जेपी ने आरंभ किया था। गाँधी जी नहीं रहे, तो जेपी ने हिन्दू परंपरा के अनुसार 13 वें दिन उनकी स्मृति में मेले का आयोजन कराया कि लोग गाँधी को याद करें। भारतीय रीति-रिवाज के तहत श्राद्ध दिवस को एक तरह से गाँधी स्मृति दिवस के रूप में मनाने की परंपरा की शुरुआत। इस अवसर पर ग्राम स्वराज्य को समझें, गाँव की स्वायत्ता को पहचानें, विकेंन्द्रीकरण को जानें, यही कोशिश थी। विनोबा जी भी आए थे। सूत कातना, खेती, स्वदेशी इन सब की चर्चा लोगों की जुबान पर रहती थी। महिलाएँ या पुरुष चरखा कातते। सूत बिकता। खादी आश्रम चलता। छोटी जगह में। एक खादी दुकान भी थी।

हमारे परिवार और गाँव के लोगों ने जमीन देकर जेपी के नाम पर हाई स्कूल बनवाया। प्राइमरी के बाद कक्षा छह में वहीं पढ़ने गया। गाँव के अधिकतर लोग अपढ़ थे। बहुत ज्यादा धन-संपत्ति नहीं थी। खेत थे। परंपरागत ढंग से खेती होती। बाढ़ के कारण, एक ही फसल। अच्छी बाढ़ से खेतों की मिट्टी उर्वर हो जाती, तो परिवार के गुजारा भर अन्न हो जाता। जातिगत विभेद था, पर लोगों का एक दूसरे के प्रति अपनत्व, स्नेह अद्‌भुत था। लोग गाँव छोड़कर जाना नहीं चाहते थे। कई लोगों के विषय में सुनता। आईए-बीए करते ही पुलिस की नौकरी मिल गई। पर नौकरी छोड़कर गाँव लौट आये। गाँव का जीवन, माहौल उन्हें ज्यादा प्रेरक लगा। सड़कें नहीं। बिजली नहीं। आवागमन के साधन नहीं। आधुनिक साधन-सुविधाएँ नहीं। पर मानवीय रिश्ते बेहतर थे। आत्मीय थे। संवेदना पर आधारित थे। संयुक्त परिवार का दौर था। बुजुर्गों की अलग अहमियत थी।

रामायण और महाभारत पर चर्चा होती। रामायण का गायन भी। हरिकीर्त्तन होता। अनेक अपढ़ लोग थे, लेकिन रामचरितमानस उन्हें कंठस्थ था। भिखारी ठाकुर का नाच बड़ा मशहूर था। खेती जमकर होती। पशुधन बड़ा महत्त्वपूर्ण माना जाता था। पशुओं से मानवीय स्नेह, बचपन में यहीं घर से सीखा। बड़े स्नेह एवं सेवा से लोग पशुओं की देखभाल या जतन करते। गाय दूध की स्रोत थी। बैल हल का माध्यम, खेत जोतने वाले। भैंस भी होती। घोड़ा या घोड़ी भी लोग पालते। दियारे या रेत में सवारी के लिए। हाथी पालने की परंपरा छीज रही थी। सार्वजनिक चर्चा के विषय रहते, गाँवों की समस्याएँ। लोगों के दैनिक दुख-दर्द। आपस की समस्याएँ। मुकदमें, साधु-संत, खेती, फिर राजनीति वगैरह। आपस में कठोर कटुता होती, फिर भी मरने या शादी में बैर रखनेवाले भी दुश्मन के घर मदद में खड़े होते। बाहरी झगड़ों में गाँव के व्यक्ति की इज़्जत, गाँव की इज़्जत मानी जाती। साधु-संतों का बड़ा आदर होता। वे अधिसंख्य साधु-सन्त भी आज

जैसे नहीं थे। एक घर से एक शाम भिक्षाटन करते या बहुत आग्रह पर कहीं एकाध रात ठहरते। कहा भी जाता था, रमता जोगी, बहता पानी। गाँव में ही गोरखपंथी व नाथ संप्रदाय के योगियों को देखा। उनका गायन सुन आँखों में आँसू आते। खासतौर से महिलाएँ असहज होतीं। वे एक रात बमुश्किल एक जगह ठहरते। एक त्यागी बाबा आये। विलक्षण सन्त। मेरे एक गृहस्थ सन्त चाचा ले गये। बियाबान में ठहरे थे। सरयू के किनारे। रात में अकेले रहते। आध्यात्मिक रूप से जाग्रत सन्त के रूप में उनकी कई विलक्षण यादें अब भी स्मृति में है। आमतौर से धोखा, झूठ, छल-प्रपंच जैसे प्रसंग बड़ी हेय दृष्टि से देखे जाते।

फिर धीरे-धीरे राजनीति ने आहट दी। तब कांग्रेस का जोर था। सोशलिस्ट पार्टी भी थी। कहीं-कहीं वामपंथियों की आवाज भी सुनाई देती थी। चुनाव तब एक साथ होते थे। कुछ वर्षों बाद बार-बार चुनाव की स्थिति बनने लगी। फिर विकास योजनाओं की चर्चा, ठेकेदारी की चर्चा, रिश्वत की बातें हवा में तैरने लगीं।

गाँव का वह माहौल जब भी याद करता हूँ, कह सकता हूँ कि जो भी अच्छे संस्कार मिले, वह उसी गाँव की मिट्टी, आबोहवा और बुजुर्गों की देन थी। हमारे घर जो बुजुर्ग खेती का काम सँभालते, वे भिखारी भाई या ओस्ताद बाबा या अन्य वस्तुतः हमारे अभिभावक ही थे। हमने कभी नहीं जाना कि वे किस जाति के थे। शाम को खेलकर समय से घर नहीं लौटे, लालटेन जलाकर पढ़ने नहीं बैठे, तो पता था कि उनकी फटकार मिलेगी। वह पिता के लौटते ही शिकायत करेंगे। यह मेरी ही स्थिति नहीं थी। गाँव का कोई भी बुजुर्ग गलत काम करते बच्चे को मना कर सकता था। घोर जाड़े में लोग आग जलाकर बैठते। उसे अलाव या कउड़ा कहते। उसमें गोबर से बना गोईठा, लकड़ी वगैरह जलाई जाती। वह एक तरह से गाँव का यह सबसे जीवंत ड्राइंग रूम होता। खुले आसमान तले, जहाँ पूरे गाँव-घर की समस्या, कभी-कभार देश की राजनीति या राज्य की राजनीति या नेताओं के कामकाज पर चर्चा होती। रेडियो किसी-किसी घर होता। अखबार नहीं आते थे। यह सार्वजनिक मिलन स्थल एक तरह से गाँव-सभा का छोटा रूप होता। इसी गाँव-सभा में बचपन में ऐसी जगहों पर सुनी कुछ चीजें स्मृति में अटक गयी, हमेशा के लिए दर्ज हो गई। उस अपढ़ समाज से समझ मिली कि भारत की परंपराएँ क्या हैं? यह हजारों साल पहले से आती हमारी सनातन संस्कृति का ही विस्तार था। लिच्छवी के ग्राम गणराज्य की बात बहुत बाद में पढ़ी। वह यही था कि गाँव में एक आचारसंहिता थी। बुजुर्गों का आपस में भरोसा था। महत्त्वपूर्ण बात यह थी कि समाज चलाने के श्रेष्ठ मूल्यों पर एक अलिखित आपसी समझौता था। यह नैतिक व्यवस्था थी। हर घर में 'दो चारा' (मड़ई,

पलानी, बइठका भी कहा जाता) होता, जहाँ सामान्य दिनों में लोग बैठते। हर गाँव के घर का यह 'सार्वजनिक ड्राइंग रूम' होता। कहीं-कहीं पेड़ के नीचे चबूतरा होता। खेती के दिनों में खलिहान। इन जगहों पर खाली समय में घर-गाँव के पुरुष, वयस्क लोग बैठते-बतियाते। सुख-दुख बाँटते। सपनों-समस्याओं पर बातें साझा करते। गाँव का जीवन सामूहिक था। आमतौर से व्यक्तिवाद या अकेलापन का अवसाद नहीं था। साझा दुख-दर्द का माहौल, 'गँवई जीवन' के मूल में था।

ऐसा नहीं था कि सब कुछ ठीक था। अनेक घटनाएँ होतीं। पर, गलत को सही कहने पर शायद ही कोई आमादा होता। अनैतिक ढंग से महत्त्वपूर्ण बन जानेवालों या धनी हो जानेवालों के प्रति समाज का सम्मान या स्वीकृति नहीं थी। गरीबी भयावह रूप में थी। चिकित्सा की बातें, तो सपना थीं। न बिजली, न पानी। न पढ़ाई की समुचित व्यवस्था। तब आवागमन के दो ही साधन थे। बिहार की तरफ रिविलगंज (छपरा) से घाघरा नदी पार कर पैदल 8-10 किलोमीटर चलना या आरा की तरफ से गंगा पार कर इससे कुछ अधिक दूरी तय करना। उत्तर प्रदेश की तरफ से नजदीक के रेलवे स्टेशन उतरकर लगभग 20 किलोमीटर चलना। लोग बिहार की ओर से दोनों घाटों से ही गाँव आते थे। नाव चलाने वाले मल्लाहों-नाविकों और घाट के घटवार के पास पूरे 27 टोलों के घर-घर की खबर होती। कारण ये विभिन्न टोलों से ही थे। रोज सुबह मिलना होता और इन्हीं दो जलमार्गों से छपरा और आरा जाना आसान था। बलिया काफी दूर था।

आज यह गाँव तीन सांसदों और तीन विधायकों (बिहार एवं उत्तर प्रदेश) का चुनाव क्षेत्र है।

पर धीरे-धीरे गाँव के सामाजिक परिवेश में बदलाव की बाढ़ आयी। घर-घर वही हाल। स्वार्थ का रिश्ता अहम होने लगा। संयुक्त परिवार अतीत की व्यवस्था होने लगी। हर आदमी की अलग दुनिया। पहले गाँवों में परिवार के मालिक-मुख्तार होते थे। पूरे परिवार की देखभाल, उनके जिम्मे होता। वह अपने बाल-बच्चों से अधिक दूसरों का ध्यान रखते। पिता का महत्त्व परिवार में अलग होता था। आज उसी गाँव की हालत देखता हूँ, घर में पिता निर्णय लेते हैं, पुत्र नहीं सुनता। गाँवों में भी मोबाइल, व्हाट्सऐप पर चिपकी पीढ़ी, दुनिया बदल चुकी है। श्रम के प्रति भी वह सम्मान व समर्पण नहीं रहा। चीजें आसानी से मिलें, यही आकांक्षा-चाहत है। घर बैठे-बैठे बगैर श्रम करोड़ों कमाने का ख्वाब व मानस। यह नयी युवा पीढ़ी की चाहत है। कोलतार (अलकतरा) की काली सड़क भी गाँव में पहुँच गयी है, जो तब अनहोनी बात थी। स्कूल भी बन गये

हैं। बिजली आई, जो बचपन में 13-14 साल की उम्र होने पर पहली बार देखने को मिली थी। पर कभी नियमित नहीं रही। जयप्रकाश जी के कारण टेलीफोन की लाइन आई थी। सबसे बड़ी बात अब वह गरीबी नहीं रही। न अब हर साल विनाशकारी बाढ़ आती है। पर, जिस गाँव ने संवेदना, आपसी सद्भाव, मर्यादा, बड़ों का सम्मान, स्त्रियों के प्रति आदर जैसे जो दुर्लभ मूल्य, हमारी पीढ़ी को दिया, अब वह नहीं दिखता। यह सिर्फ स्मृतियों में है, जो बार-बार कुरेदता है। खींचता है, तो गाँव की प्रायः यात्रा करता हूँ। पर वे पुराने लोग, स्मृतियों में ही बचे हैं। सिर्फ वह पीढ़ी ही नहीं गयी, अपने साथ गाँवों के उन पुराने आत्मीय रिश्तों को भी लेती गयीं। अपनी ही वह मिट्टी परायी लगती है।

बहुत बाद में अखबार का संपादन करते हुए बिहार के पूर्व वित्तमंत्री और प्रतिभावान नेता डॉ. प्रभुनाथ सिंह के दो लेख छापे, 'कहाँ गईल मोर गाँव रे' और दूसरा, अपनी माँ को केंद्र में रखकर लिखा संस्मरण। उनकी दोनों रचनाएँ आज भी जेहन में चुभती हैं। कैसे बूढ़े माँ-बाप भी हमारे गाँव में पराए हो गए। जिन बुजुर्गों को सबसे ज्यादा सम्मान गाँवों में मिलता था, उनका जीवन कैसे अकेलापन की ठोकरें खा रहा है। तब गाँव में पैसा, भगवान नहीं था।

इसी तरह जेपी के बारे में गाँव के बुजुर्गों से सुनी दो बातों से, बाद की राजनीति को समझने में मदद मिली। जेपी मशहूर हो चुके थे। प्रायः गाँव आते। पूरे टोले और गाँव के सभी लोग उनके यहाँ जाते। वे सबसे मिलते। गाँव उनकी कमजोरी थी। अपनी भोजपुरी भाषा में ही बात करते थे। एक बार गाँव के लोगों ने उनसे कहा कि हमलोगों की दो समस्याएँ हैं, जिसे बड़े संकोच के साथ आपके सामने रखने आए हैं। जेपी ने कहा, "आप सब बताएँ।" लोगों ने कहा कि हमारा गाँव एक है, पर यह दो राज्यों और तीन जिलों में बँटा है। कटाव यहाँ की नियति है। घर यहाँ (बलिया) है, तो खेत बिहार में है। बिहार के भी दो जिलों में यानी आरा और सारण। या फिर घर बिहार में है, तो खेत-खलिहान, कुछ ही दूर पर उत्तर प्रदेश में। बिहार में भी, दो-दो जिलों के अंतर्गत जमीन-घर हैं। इस तरह तीन जिलों के सरकारी नियंत्रण में गाँव का विकास, जीवन है। अगर आप कह दें या प्रयास करें, तो यह पूरा गाँव एक राज्य, एक जिले के मातहत हो जाए। इससे बड़ी राहत मिलेगी। उत्तर प्रदेश-बिहार सीमा रेखा पर तब सरकार ने काम करने के लिए त्रिवेणी कमीशन गठित किया था। खासकर प्रशासनिक कामों की सुविधा लोग चाहते थे। गाँव से सबसे नजदीक छपरा जिला है। इसके बाद आरा है। गाँव से इन दोनों जिलों की दूरी जोड़ दें, तो उस संयुक्त दूरी से भी बलिया अधिक दूर है। बेहतर होता कि छपरा जिले में यह पूरा गाँव शामिल

हो जाये। आप एक ही प्रांत और एक ही जिले में इसको करा दें। दूसरी बात गाँव वालों ने जेपी से कही कि इस गाँव में न सड़क है, न बिजली है, न स्कूल। यहाँ आना-जाना इतना कठिन है कि कोई आना नहीं चाहता। बाढ़ के दिनों में हमारा जीवन पानी में घिरे टापू बन जाता है। साक्षात नरक। तब हम नियति के भरोसे रहते हैं। यहाँ कुछ जरूरी विकास का काम हो जाए, तो बड़ी राहत होती।

गाँव के बुजुर्ग बताते थे कि जेपी ने धैर्य से दोनों बातें सुनीं। शिष्टता और मर्यादा से कहा, "रउआ सभे ठीक कहतानी, कई लोग ईहाँ बड़-बुजुर्ग भी बइठल बा। ई बताई कि ए देश में लगभग छह लाख गाँव बा। आजादी के कुछे दिन भईल बा। हर गाँव में कुछ न कुछ समस्या बा। यदि हम कहीं कहके, अपना गाँव में कुछ काम कराई, त पूरा देश में लोग का कही कि जेपी अपने गाँव में कुछ काम कराव ताड़े। आजादी के लड़ाई लड़ल गइल कि पूरा देश हमार ह। छह लाख गाँव हमार ह। आज हम अपना गाँव लागी बात करीं, त लोग का कही।" गाँव के बुजुर्ग भाँप गए। कहा कि बिल्कुल मत करिए। आपकी नैतिक मर्यादा, पूरे देश के प्रति आपकी सोच, हमें बड़ा बनाते हैं।

यह प्रकरण पहले बुजुर्गों से सुना, तब समझा कि लोक व्यवहार में मर्यादा व नैतिकता की क्या परंपरा रही है।

बाद में गाँधी जी का यह भाव पढ़ा कि 'लोग अपने खिलाफ कोई बात कहना-सुनना नहीं चाहते हैं, इसलिए उन्हें यह एहसास ही नहीं होता कि जिसे वे सभ्यता का विकास कहते हैं, वह वास्तव में रोग है। उन्होंने लिखा कि लोग 'बाहरी दुनिया की खोजों और शरीर के सुख में सार्थकता और पुरुषार्थ मानते हैं। सौ साल पहले यूरोप के लोग जैसे घरों में रहते थे, उनसे ज्यादा अच्छे घरों में आज वे रहते हैं, यह सभ्यता की निशानी है। पहले लोग चमड़े के कपड़े पहनते थे और भालों का इस्तेमाल करते थे, अब वे लंबे पतलून पहनते हैं और भाले के बदले एक साथ पाँच गोलियाँ छोड़ने वाली बंदूक का इस्तेमाल करते हैं। पहले मामूली हल से मेहनत करके जमीन जोतते थे, उसकी जगह भाप के यंत्रों से हल चलाकर एक आदमी बहुत सारी जमीन जोत लेता था और बहुत सारा पैसा कमा लेता है। यह सभ्यता की निशानी है। पहले लोग बैलगाड़ी से बारह कोस मंजिल तय करते थे। अब रेलगाड़ी से चार सौ कोस की मंजिल तय करते हैं। यह सभ्यता की चोट मानी गई। फिर लोग सोचते हैं कि हवाई जहाज से चंद घंटों में दुनिया के किसी भी कोने में पहुँच सकेंगे। हाथ-पैर हिलाने की जरूरत नहीं रहेगी। एक बटन दबाया, सामने पहनने की पोशाक हाजिर। दूसरा बटन दबाया और अखबार हाजिर। तीसरा बटन दबाया गाड़ी चलने के लिए

तैयार। उसे हमेशा नये भोजन मिलेंगे। हाथ-पैरों को काम नहीं करना पड़ेगा। सारा काम यंत्रों से ही हो जाएगा। आज तोप के एक गोले से हजारों जानें ली जा सकती हैं। यह सभ्यता की निशानी है। पहले लोग खुली हवा में अपने को ठीक लगे, उतना काम स्वतंत्रता से करते थे। अब हजारों आदमी कारखानों में या खानों में इकट्ठा होकर काम करते हैं। उनकी हालत जानवर से भी बदतर है। पहले लोगों को मार-पीटकर गुलाम बनाया जाता था। अब पैसों और भोग का लालच देकर गुलाम बनाया जाता है। पहले ऐसे रोग नहीं थे, जैसे आज लोगों में पैदा कर दिए गए हैं। डॉक्टर इलाज खोज रहे हैं कि इन्हें कैसे मिटाएँ? ऐसे में अस्पताल बढ़े हैं, यह सभ्यता की निशानी है। सभ्यता के इन अनुभवों में नीति या धर्म की बात ही नहीं है।'

गाँधी जी ने यह स्पष्ट किया कि 'नीति से हटकर हासिल किया गया आविष्कार, आखिर में संकट को ही जन्म देगा।' समाज अपनी आकांक्षाओं का गुलाम तो है ही, ऐसे में हमारी व्यवस्था और बाजार उस कमजोरी का भरसक लाभ उठाता है। हम देख रहे हैं कि जिसे गाँधी जी ने सभ्यता कहा, उसे आज हम बोलचाल की भाषा में 'विकास' कहने लगे हैं। अपने लाभ और लोभ के लिए जिस तरह से धरती का शोषण किया गया, जिस तरह से नदियों, पहाड़ों, ग्लेशियर्स और मिट्टी के साथ बुरा बरताव किया गया, उसने दुनिया और मानव समाज के अस्तित्व पर संकट बिछा दिया है।

गाँधी ने चेतावनी भी दी थी कि यह सभ्यता ऐसी है कि अगर हम धीरज धरकर बैठे रहेंगे, तो सभ्यता की चपेट में आये हुए लोग खुद की जलाई हुई आग में जल मरेंगे।

अब बार-बार गाँव आने-जाने के क्रम में लगता है कि मेरे पुराने गाँव की वह भयावह गरीबी तो गयी, आधुनिकता ने उस सुदूर जगह पर भी दस्तक दी, पर क्या यही असल प्रगति है?

एक बार चंद्रशेखर जी से मैंने कहा कि आज जो भी राजनेता हैं, वे सभी अपने संसदीय या विधानसभा क्षेत्र के विकास में डूबे हुए हैं। जयप्रकाश जी का यह गाँव पीछे छूट गया था, आपने कुछ काम कराया। उनका जवाब था, देखो, उत्तर प्रदेश से कितने प्रधानमंत्री और बड़े नेता हुए। हाल की बात छोड़ दें, तो जवाहरलाल जी लंबे समय तक देश के प्रधानमंत्री रहे। उसके बाद लाल बहादुर शास्त्री जी हुए। इसके बाद इंदिरा जी रहीं। ये सभी प्रभावी प्रधानमंत्री इतिहास के बड़े व्यक्तित्व थे। क्या यह उचित होता कि ऐसे बड़े लोग अपने प्रदेश या संसदीय क्षेत्र पर ही ध्यान केंद्रित करते। फिर समग्र देश या समूचा देश किसकी

निगाह में रहता? इस रास्ते यही आदर्श स्थापित होता कि देश हमारे लिए हमारा राज्य या संसदीय क्षेत्र ही है। याद रखो, गाँव की परंपरा है कि संयुक्त परिवार में पिता अपने बच्चे पर ध्यान देने के बजाय, अपने भाई-भतीजों के विकास की बात करते हैं। फिर परिवार के मुखिया के बच्चे की जिम्मेवारी या वह लाड़-दुलार घर के दूसरे बड़े लोग देते हैं। इस तरह समग्र परिवार का उत्थान होता है। तब लगा कि पहले आसपास या दूसरों का भला करें। फिर खुद पर ध्यान केंद्रित करें। यह सोच उन लोगों की रही।

अपने पिता को याद करता हूँ। बचपन से जो छवि बनी, गंभीर। कामकाज-परिवार के प्रति अद्‌भुत समर्पण। अधिकतर खेती के काम से या मुकदमों, शादी वगैरह परिवारिक कामों से बाहर रहते। 16 वर्ष की उम्र में उनके पिता (यानी मेरे बाबा) असमय गये। परिवार की पूरी जिम्मेदारी सँभाली। बहनों की शादी। भतीजे-भतीजियों की शादी-देखभाल। चाचा का असमय निधन। आय सीमित। उनसे यानी पिता से हमारा संवाद बहुत नहीं होता था। भय लगता, पर चाचा, जिन्हें हम लाला कहते, उनका स्नेह मिलता। पर पिता अनुशासन, लालन-पालन व पढ़ाने के प्रति सचेत थे। जीवनशैली उनकी निगाह में रहती। मामूली फूस-मिट्टी या कच्चे ईंटों का घर। पर सफाई अद्‌भुत। एक-एक पाई का हिसाब रोज लिखते। डायरियाँ रखते। लाल बही खाता रखते। हर साल कहाँ कितना खर्च हुआ, सबका ब्योरा दर्ज होता। आज भी उनके हाथ से लिखा हर साल का आमद-खर्च, सालाना डायरियों में है। पचासों वर्षों के घर का खर्च। पाई-पाई हिसाब। युवा दिनों में कैसे अधिसंख्य 'रेहन' (कर्ज लेकर खेत गिरवी रखना) पर रखे खेतों को छुड़ाया। गाँव के प्रधान रहे।

माँ की स्मृति, ममतामयी व सात्त्विक है। कोई घर से बिना खाये नहीं लौटता था। मिट्टी के चूल्हे पर धुएँ में चार बजे सुबह से दर्जनों लोगों का खाना बनातीं। दिन के 11-12 बजे नहाना-पूजा। महीने में 15-20 दिन व्रत। कार्तिक स्नान। सुबह चार बजे उठकर ठंडे पानी से। आंवले के पेड़ के नीचे दीया जलातीं। एक बार बस से गंगासागर गयीं। गाँव की 25-30 महिलाओं के संग। अकसर देखता कलकत्ता के विक्टोरिया मैदान में वैसी बसें कुछ देर ठहरतीं। वहीं लोग नीचे मैदान में सोते। बनाते-खाते। बाथरूम जाते। उन दिनों मैं कलकत्ता में ही था, जब वह गंगासागर होकर इस विक्टोरिया मैदान में पड़ाव डालकर गयीं। अत्यंत असुविधाओं में। पर न मुझे सूचना थी, न उन्हें यह एहसास कि मैं भी पास में ही काम करता हूँ। दूसरों की मदद, दान, सहनशीलता जैसे विलक्षण गुणों ने उन्हें अद्‌भुत गरिमा दी थी। वह हमारे पिता के मुकाबले संपन्न घर से थीं। काफी

गहने लेकर आयीं थीं। पर, पिता को घर की जरूरतों को पूरा करने के लिए सब सौंप दिया। कभी ऊँची आवाज में किसी ने उन्हें बोलते नहीं सुना। आसपास के घरों या गाँव में उनकी एक अलग छाप थी। अपनी दयालु प्रवृति के कारण वह बड़ा सम्मान पातीं।

इसी रूप में जयप्रकाश जी के निजी सचिव जगदीश बाबू को पाया। हम बच्चे थे, तो समझते थे कि वे जेपी के घर के हैं। थोड़ी उम्र हुई, तो पता चला कि वे वहाँ से 50 किलोमीटर दूर सोनपुर के गोविंदचक निवासी हैं। अच्छे किसान परिवार से हैं। वह काफी गंभीर रहते थे। उनकी बड़ी प्रतिष्ठा थी। बड़ा हुआ तो उनका स्नेह मिला। उन्होंने दुबारा शादी नहीं की। परिवार नहीं बसाया। विद्यार्थी दिनों में ही उन्हें समाजवादी आन्दोलन ने आकर्षित किया था। उसके सिद्धांतों, आदर्शों के प्रति उनका आजीवन समर्पण। वे जेपी के साथ नया समाज बनाने निकल पड़े। अनेक बार जेल गए। 1942 में जब जेपी हजारीबाग जेल से भागे, तो वही उनके बेड पर सोए थे। न जाने कितनी यातनाएँ झेलीं। देश आजाद हुआ, वे सत्ता की राजनीति की ओर नहीं गए। उन्हें जेपी ने अपने साथ रखा। आधुनिक शब्दावली या मुहावरे में उनके निजी सचिव। पाँच दशकों से अधिक साथ रहे। जेपी के घर के मालिक-मुख्तार, गाँव की भाषा में या सर्वेसर्वा। वही उनके घर, खेती वगैरह की सारी व्यवस्था देखते। गाँव के आश्रम आदि की देखभाल करते। बाद में जब उनके निजी जीवन के विषय में पूछना शुरू किया, तो पाया कि सारे दिग्गज समाजवादी उन्हें व्यक्तिगत तौर पर जानते थे, क्योंकि वे उनके संघर्ष के साथी रहे। उनके करीबी मित्रों में रहे कर्पूरी ठाकुर वगैरह। प्रारंभिक समाजवादी चिंतन शिविरों में (1940-50 व 60 के दशक में) शामिल रहे। दुनिया के साम्यवाद, उसके अंतर्विरोध, रूस की नयी साम्यवादी व्यवस्था, चीन के माओ, रूस के स्टालिन वगैरह के विषय में उन्हें गहरी जानकारी थी। पर शायद ही कभी इन विषयों पर सार्वजनिक रूप से बोलते। कोई दिखावा नहीं। न श्रेष्ठता का बोध या विशिष्ट होने का भाव। फिर भी उन्होंने सत्ता राजनीति का रास्ता नहीं अपनाया। वे जेपी के सबसे भरोसेमंद आदमी थे। पर हमेशा जान बूझ कर नेपथ्य में रहते। अब सोचता हूँ, तो उनके नैतिक बल या नैतिक आभा का गाँव पर या मुझ पर जो असर था, वह अविश्वसनीय लगता है। तब ऐसे लोग गाँव में प्रेरणा के केंद्र थे।

रोल मॉडल

उन्हीं के साथ खेती के कामकाज में मदद के लिए जेपी ने सरयू भाई को

रखा। सरयू भाई भी छपरा के पास किसी गाँव के थे। विचारों से कम्युनिस्ट। राहुल सांकृत्यायन के साथ जेल में बंद रहे। उनके अनुयायी थे। आजीवन कुँआरे रहे। जेपी का काम सँभालने आ गए। फिर अंत तक जेपी के घर ही रहे। खेती की तकनीक में माहिर। तब वह खद्दर पैंट और हाफ गंजी पहने, दिन भर खेतों में काम करते। आधुनिक ढंग से। जेपी ने उन्हें खेती के अधुनातन तौर-तरीके सीखने के लिए इजरायल भिजवाया। गाँव वापस लौटे, जेपी के घर की खेती का काम नये ढंग से करने लगे। जेपी के खेत में पहला ट्यूबवेल लगाया। जेपी के घर पहला गोबर गैस प्लांट भी लगवाया। सरयू भाई के जिम्मे था। वह जगदीश बाबू के मातहत थे। पर समाजवादी व अत्यंत गंभीर व्यक्तित्व के धनी जगदीश बाबू के ठीक विपरीत व्यक्तित्व था, सब सरयू भाई का। वह बिल्कुल वाणी व आचरण में मुखर क्रांतिकारी थे। साम्यवाद की लौ उनके अंदर हमेशा दहकती रहती। जेपी कभी गाँव आते, तो वे उनके सामने हाथ से लिखकर पोस्टर लगा देते कि आपके गाँव के अमुक लोग, जो आपके आसपास बैठते हैं, वे गलत लोग हैं। शोषक हैं। वगैरह-वगैरह। जेपी व जगदीश बाबू देखते। आगंतुक भी देखते ही थे। सभी मुस्कुराते। बिना कहे जान जाते यह एक कम्युनिस्ट का गाँधीवादी या अहिंसक संवाद है। उधर सरयू भाई बिना किसी की परवाह किये अपने काम में डूबे रहते।

इसी तरह एक सर्वोदयी हमारे चंद्रिका चचा थे। वे जेपी के कट्टर भक्त और अनुयायी थे। गाँव में कोई अतिथि आ जाए, तो बगैर उचित सत्कार के लौटता नहीं था। एक रासबिहारी भैया थे। सुबह-सुबह चार बजे उठकर किसी दरवाजे पर पहुँच सकते थे। यह लड़का सुबह उठकर पढ़ रहा है या नहीं? या घर में कोई समस्या है? या किसी के घर कोई घटना या झंझट हो गया है, तो उसके निदान या हल में जुटे रहते। खेत में बुवाई समय से नहीं हुई या मवेशी के लिए चारा की समस्या है या कोई बीमार है, शादी-विवाह का मामला है, कोई आपसी झंझट है, घर-घर की समस्याओं की फेहरिस्त या सूचनाएँ उनके पास होतीं। क्या मदद हो, इसका उपाय भी होता। लंबे थे, तेज चलते थे। गाँधीवादी टोपी पहनते। उन्हें लोगों ने आजीवन सरपंच बनाकर रखा।

फिर हमारे ओस्ताद बाबा थे। दियारे में गंगा और घाघरा की धारा, कटाव में खेतों या टोलों को निगल जाती। फिर उस जमीन को निकलने में 25 या 50 वर्ष लगते या नहीं भी निकलता। पर अगर नया दियारा बने, तो वहाँ खेती कर रात में रहना भी होता। उस सुनसान, बियाबान में वह रहते। खेती के माहिर और दियारे की जमीन पहचानने की उनमें अद्‌भुत क्षमता थी। हमेशा दूसरों का भला

कैसे हो, सोचते थे। कभी कोई हल्की या ओछी बात नहीं करते।

उसी तरह एक समा बाबा थे। अपढ़। अद्‌भुत गायक। हार्मोनियम बजाते। शाम को सुंदर राग में टेरते या गाते या अलापते। अपने बड़े भाई बहोरन बाबा के साथ गांजा भी पीते। दोनों भाई मशहूर पहलवान थे। लाठी भाँजनेवाले। एक रामकेवल थे, शाम को गांजा पीने में वह साथ होते। गांजा चढ़ता, तो प्राय: झगड़ा होता, आपस में। बैठे-बैठे बँटवारा वगैरह सब हो जाता। सुबह रामकेवल पूछते कि बँटवारा का क्या हुआ? दोनों भाई रामकेवल पर गुस्साते, बुरबक हो क्या? जीते जी भाइयों में बँटवारा होता है? वह तो नशे में हुआ बँटवारा था। परिश्रम से काफी चीजें अर्जित की, कोलकाता में। अपने धुन और मौज के पक्के। भूत के किस्से बताने-सुनाने वाले। आतिथ्यप्रेमी। रामायण-महाभारत, चइता (चैता), फगुआ कंठस्थ। बगैर संगीत शिक्षा हार्मोनियम के जानकार। लोकसंगीत के ज्ञाता। पर मुकदमा लड़ने में माहिर। आनबान, शान की लड़ाई में न जाने आज के मूल्य में कितने सौ करोड़ की संपत्ति गँवा दी। खासतौर से कोलकत्ता में अर्जित। फिर भी गम नहीं। उतने ही सहज, आत्मीय और भले। कोई छल-कपट नहीं।

हमारे एक अन्य चाचा बिंदा सिंह थे। '50 के दशक में टीएनबी कॉलेज, भागलपुर से पढ़कर आए। उनके साथ के लोग पुलिस में दारोगा हुए। फिर डीजीपी हुए। वे भी नौकरी में गए। लेकिन छोड़ कर गाँव लौट आए। खेती और भगवान की भक्ति। साधुओं का स्वागत और सत्संग, यही उनकी दिनचर्या थी। सबसे अधिक स्नेह वे अपने भतीजों से ही करते। उन्होंने हमें सबसे पहले नेसफिल्ड की अंग्रेजी ग्रामर पढ़ने को कहा। घर में लुंगी पहनकर कोई घूम नहीं सकता था या शाम को, समय से दरवाजे पर लौटना जरूरी था। लालटेन जलाकर महावीर स्थल को दिखाना और पढ़ना तय कार्यक्रम थे। परिवार बँट चुका था, फिर भी हर दरवाजे के गार्जियन लाला ही थे। वह सुबह-सुबह उठकर 4 से 5 के बीच सूरदास के भजन गाते। उनसे सुने 'भ्रमर गीत' आज भी कानों में गूँजते हैं। तब समझा। बहुत नहीं, पर यह एहसास हो गया था कि यह जीवन बहुत कुछ है नहीं। भौतिक कामनाओं की एक सीमा है। इसी तरह स्कूल में एक बुजुर्ग पंडित जी थे। हर मंगलवार की, सुबह वह स्कूल के मैदान में बच्चों को बैठा कर गीता का पाठ व प्रवचन करते। तब कुछ समझ में नहीं आता। बच्चे उनकी बकुली चुरा लेते। बहुत गुस्साते। बकुली लेकर दौड़ाते। फिर भी कथा की शैली में गीता और पुरानी, पौराणिक सांस्कृतिक धरोहरों की अनमोल बातें बताते।

एक टकमानो आजी थीं। बचपन में ही विधवा हो गईं। ससुराल से लौट आयीं। गाँव के लोगों ने एक मड़ई लगा दी। आजीवन उसी में रहीं। अकेले ही।

गाँव उनकी सुध लेता था। उनके घर में कोई था नहीं। गाँव के बुजुर्ग, सम्मानित लोगों को भी फटकार सकती थीं। कोई उनकी बात का जवाब नहीं देता था। न जाने ऐसे कितने लोगों से ही मेरा गाँव बना था या देश के हर गाँव लगभग ऐसे ही मिजाज और संस्कार के थे। ये सदियों से उस भारतीय ग्रामीण संस्कृति के प्रवाह के हिस्से या अंग थे, जिसे देख राष्ट्रकवि मैथिलीशरण गुप्त ने कहा,

'अहा ग्राम्य जीवन भी क्या है,
क्यों न इसे सबका मन चाहे,
थोड़े में निर्वाह यहाँ है,
ऐसी सुविधा और कहाँ है'

ग्राम्य जीवन को गाँधी ने भी नजदीक से देखा था। उनका सही निष्कर्ष था कि इन गाँवों को स्वायत्त बनाकर विकसित करना ही भारत के हक में होगा। शायद गाँव की सांस्कृतिक धारावाहिकता या पुरातनता के कारण ही मुहम्मद इकबाल को लिखना पड़ा-

'यूनां, मिस्र, रोमा, सब मिट गए जहाँ से,
बाकी मगर है अब तक, नामो निशां हमारा'

इसीलिए गाँधी ने गाँव के विषय में कहा, 'गाँव कितने प्राचीन रहे हैं, कितनी प्राचीन संस्कृति रही है हमारी।' महात्मा गाँधी जहाँ गाँव की खराबियों को दूर कर उन्हें सुंदर, स्वच्छ बनाना अपना कर्त्तव्य समझते थे, वहीं वे ग्रामवासियों की जीवन शैली से भी सात्विक, आध्यात्मिक जीवन सूत्र सीखना वांछनीय समझते थे।

पर हमारे देखते-देखते आधुनिकता नये रूप में प्रवेश कर रही थी। विकास की पश्चिमी अवधारणा भारत की आत्मा गाँवों को, उसकी खूबियों को लीलने व प्रदूषित करने लगी थीं। कई बार लगता है कि बचपन और छात्र जीवन के मेरे गाँव में न सड़क थी। न बिजली। न सुविधा व चिकित्सा के साधन। दूर संचार की बात, तो सपना था। गरीबी थी। अशिक्षा थी। आज इसमें बहुत सारी चीजों का एक सीमा तक हल निकला है। न वैसी गरीबी है। न अन्य चुनौतियाँ। जगह-जगह स्कूल खुल गए। अब नीम के पेड के नीचे पढ़ने की मजबूरी नहीं। बोरा और पटरी लेकर जाने की जरूरत नहीं। ये सारी चीजें बदलीं, पर कुछ अनमोल खो गया। वह रिश्ता, वह अपनत्व, वह बुजुर्गों के स्नेह की छाया। अपना-पराया के फर्क की वह आग दरवाजे-दरवाजे दस्तक दे रही है। भौतिक होड़ है, पैसा भगवान है। जाति, उभर रही है।

बचपन में मेरे गाँव में बाजार नहीं थे। तुरहा-तुरहिन घूम-घूमकर चीजें बेचते।

आम, तरबूज, खरबूज वगैरह भी। लोगों का उनसे आत्मीय रिश्ता होता। बर्तन बेचने वाले ठठेरा घूमते। फुलहा, पीतल और जस्ता या अल्युमिनियम के बर्तन होते। वे घोड़े पर या माथे पर बेचते। जूते वगैरह गाँव में ही बनते। याद है 14 वर्ष की उम्र में पहले जूते बने थे। घर से लगभग तीन किलोमीटर दूर। जूते बनाने वाले ने बनाया। महीने-डेढ़ महीने का समय लिया होगा। बचपन था। उत्सुकता थी। जूते का आकर्षण था। घोड़ी पर बैठ कर उसे कई बार देखने गया। जूता बन गया, तो घोड़ी पर ही हाथ में लेकर लौटा। कीमत याद नहीं। शायद 10-12 रुपये कुछ था। कपड़ा साल में एकाध बार, घर में शादी वगैरह के अवसर पर बनता। तब कपड़ों के लिए बाजार जाना होता था। लगभग 15-20 किलोमीटर दूर। नाव से, फिर टमटम या रेलगाड़ी से छपरा। फिर रिक्शा से या पैदल बाजार तक।

आज जब याद करता हूँ, तो वे सामान्य बाजार थे। कस्बानुमा। पर वही छपरा, आरा शहर के रूप में मान्य थे। शादी-विवाह या गमी (किसी के मरने) पर किसी आयोजन या भंडारे में टायरगाड़ी या नाव से उन्हीं जगहों पर लोग बाजार करने जाते थे। खेती होती। अन्न उपजता। लोग जमीन में गाड़ देते। ऊपर से मिट्टी से ढँक देते, उसे गाँव में खाद या बखार कहते हैं। कुछ मिट्टी से बने बड़े-बड़े 'छोड़' (मिट्टी के बड़े बर्तन) में रखते।

गाँव में खेती-प्रधान उत्सव अधिक थे। आसपास लगने वाले बड़े मेलों की धूम होती। जहाँ मवेशी भी बिकते। हुनर के तहत बनी चीजें उपलब्ध होतीं। जब बरसात के बाद हल, विश्राम के बाद खेतों में उतरता, तो पूजा-पाठ से शुरूआत होती। गाँव के मुहावरे में 'समहुत' कहते।

होली का उत्सव होता। होली के गीत ढोल-मंजिरे लेकर घूम-घूम कर गाते। अमीर हो या गरीब, सबके दरवाजे जा कर फाग गाते। चैता होता। रातों में ढोल और झाल लेकर चैता, फाग वगैरह के गीत होते। रामायण का पाठ होता। हरिकीर्तन होते। पर्व अनेक थे। शायद कृषि-प्रधान समाज या खेतिहर समाज को लगातार जीवंत रखने, बाँधने और मनोवैज्ञानिक रूप से व्यस्त रखने के लिए। शादियाँ होतीं। घर-घर से बिस्तरें या चौकी या खाट जुटाये जाते। बारात एक दिन ठहरती थी। लड़की की शादी में माड़ो सजाये जाते। पूरे गाँव के सक्रिय युवा उत्साह से भाग लेते। मृत्यु हो, तो पूरा गाँव एकत्र होता। हर मदद के लिए लोग तत्पर होते। गरुण पुराण का पाठ कहीं-कहीं होता। गाँव के लोग एकत्र होते। किसी के घर मौत (गमी कहा जाता) होने पर लोग हमेशा उसके दरवाजे पर काम-क्रिया तक रहते। अपने-अपने घरों से खाना बनवा कर लाते। गाँवों में उत्सव, शादी-व्याह, पूजा-पाठ, श्राद्ध वगैरह के काम 'इवेंट मैनेजरों' के भरोसे

नहीं होते। अब हालात बदले हैं।

धीरे-धीरे समय के प्रवाह ने उन रीति-रिवाजों को भी बदला। पहले गाँवों से जो लोग बाहर जाते थे, वे रिटायर होकर गाँव ही आकर बसते। गर्मियों की छुट्टियों में सपरिवार बाल-बच्चों समेत गाँव रहने आते। अब लोग गाँव छोड़ने के लिए निकलते हैं। प्रतिभाएँ गाँवों से बाहर निकल गयीं। खेती में अब रूचि नहीं। खेत बोझ हैं। हाँ, सरकारी योजनाओं से अधिक से अधिक लाभ मिल सके, यह कोशिश रहती है। बिना परिश्रम धन कमाने की भूख प्रबल है। इसी अंचल से निकले देश के जानेमाने साहित्यकार-निबंधकार पद्मश्री डॉ. कृष्ण बिहारी मिश्र, ने गाँवों में आये बदलावों और पराभाव को देखकर ही यादगार पुस्तक दशकों पहले लिखी 'बेहया का जंगल'। तब भोजपुरी में अश्लील गाने कम होते थे। भोजपुरी की शान थे, कबीर के निर्गुन। गोरखपंथी योगियों के विह्वल करनेवाले गीत। महेंद्र मिश्र, भिखारी ठाकुर या भोलानाथ गहमरी जैसे लोगों के गीत। इसी अंचल से हुए, हजारी प्रसाद द्विवेदी। पंडित परशुराम चतुर्वेदी (सन्त साहित्य के मर्मज्ञ), महान इतिहासकार भागवतशरण उपाध्याय। लेखक अमर कांत, कवि केदारनाथ सिंह, दूधनाथ सिंह वगैरह-वगैरह। जेपी, चंद्रशेखर का इसी अंचल से रिश्ता रहा।

अब इस गाँव में पहुँचने के कई माध्यम हो गए हैं। बिहार की तरफ से आने के लिए मांझी में बना सरयू नदी पर पुल है। इधर दक्षिण से गंगा पर आरा होकर गाँव पहुँचने के लिए पीपे का पुल है। बलिया से आने के लिए सड़क मार्ग से, सड़क भी बन गयी है। पर भीड़ बेतहाशा बढ़ी है। गाड़ी लगभग घर-घर है। दोपहिया व चारपहिया। सरकारी योजनाओं में मीडिलमैन बनने की मारामारी है। राजनीति ने बाकी हर चीज को पीछे छोड़ दिया है। यही अहम है। रिश्ते में, सामाजिक संबंधों में, जातीय संबंधों में, राजनीति ही प्रभावी भूमिका में है। गाँव के आपसी बरताव में भी अब राजनीति है। इंच-इंच जमीन की लड़ाई है। घर में। आपस में फिर बाहर है। नैतिक-अनैतिक का द्वंद्व मिट रहा है। जो सबल, सक्षम और प्रभावी, वही आगे है। जो जीता, वही सिकंदर है। अब पहले की तुलना में बुनियादी चीजों के मापदंड बदल चुके हैं।

तब पूजा-पाठ का दिखावा नहीं था। पर, श्रद्धा से पूजा होती। बिना तड़क-भड़क। अब दुर्गा पूजा, सरस्वती पूजा वगैरह में चंदा वसूली है। शराब का सेवन है। तब जरूरत के अनुसार बाजार जाना होता। आज बाजार पर जाकर शाम की बैठकी, साथ चाय या शराब सेवन 'मर्यादा' है। उस पुरानी व्यवस्था में बड़ी चुनौतियाँ थी। मुसीबतें भी। लोग साल भर का उधार लेते, खेती होने पर चुकाते।

शादी या बीमारी में कर्जदार बन जाते। दुकानदार अपनी बही-खाते में नोट कर लेते। अब उस गाँव में न जाने कितनी संख्या में मिनी बाजार उपज गये हैं। गाँव की भाषा में इसे चट्टी कहते हैं। इन चट्टियों पर हर चीज उपलब्ध है। मादक पेय और नशीली चीजें भी। यानी शराब। यह देखता हूँ, तो बचपन की एक स्मृति उभरती है। 69-70 की बात। गाँव में उत्तर की ओर से एक व्यक्ति घइला (घड़ा) में ताड़ी लाया (ताड़ से निचोड़े जानेवाला मादक पेय)। अगले दिन पूरे 27 टोलों में (बिहार-उत्तर प्रदेश स्थित तीनों जिलों के इस गाँव में) यह चर्चा का विषय था। बुजुर्गों के लिए नैतिक सवाल था। सर्वोदयी चाचा चंद्रिका सिंह ने सभी टोलों के प्रमुख लोगों को खबर भेजी कि हम कहाँ जा रहे हैं? बच्चों, समाज, गाँव का क्या भविष्य होगा? उस व्यक्ति को उसके ही गाँव के बुजुर्ग लोगों ने बुलाया। तहकीकात की। उसे नष्ट करवाया। कहा आइंदा ऐसा न करें। घाट के घटवार और मल्लाह (नाविक) को आगाह किया कि सावधान रहें कि इसके बाद दियारा में उधर से ऐसी चीजें न आये। अब, तो गाँव-गाँव में चट्टी पर पीने वालों की भीड़ रहती है। शराब बनती है। कम ही घर बचे हैं, जहाँ पीने का शौक नहीं पहुँचा है। शहर से इस दियारे में आकर शराब पीना बढ़ गया है, क्योंकि बिहार के शहरों में सख्त पाबंदी है। बिहार के गाँवों में असर है। पर, यूपी इलाके में मुक्त है।

पहले बाजार दूर होने की तकलीफें बहुत थी। अब घर में बाजार पहुँच चुका है, तो उसकी चुनौतियाँ अलग हैं। प्रायः गाँव जाता हूँ। जब भी इन चट्टियों से होते हुए लौटता हूँ, तो एक खालीपना और उदासी का बोध होता है। कठिनाइयों और मुसीबतों से निकले जरूर, पर पहुँच कहाँ गये? पहले ऋण लेने से परहेज था। अब चार्वाक लोकप्रिय हैं। सरकारी बैंकों-संस्थानों से ऋण लें, फिर न लौटायें। यह चलन है। यकीन है कि यह तो माफ हो ही जाएगा।

जिस गाँव में शिक्षा की भूख बढ़ी, वह भी खुद के कारण नहीं, अध्यापकों के कारण। वे पुराने किस्म के अध्यापक थे। धोती-कुर्ता वाले। हर साल इंक्रीमेंट और तनख्वाह बढ़ाने के लिए आन्दोलन करनेवाले नहीं, बल्कि अपने बच्चों को शिक्षित करने की प्रक्रिया में आत्मसुख पाने वाले (अपवाद हर दौर में होते हैं, तब भी थे, आज भी हैं)। एक खास अध्यापक को मैं याद करूँगा वह मेरे हाई स्कूल के अध्यापक थे। घर पर ही रहते थे। परिवार के सदस्य की तरह।

न कभी डाँटना। न कभी फटकारना। न छड़ी दिखाना। पढ़ाई के प्रति मोटिवेशन पैदा करना। नैतिक बोध कराना। एक घटना तो मामूली थी, पर उसने गहरा असर डाला। घर से थोड़ी दूर बड़ा दोचारा था (देशज अर्थ में पुरुषों को

रहने-ठहरने का ड्राइंग रूम)। फूस की बड़ी झोपड़ी, जिसमें 8-10 लोग सोते थे। जाड़े के दिनों में पुआल लगता था। 15-20 लोगों की सोने की जगह होती थी। जीवन बड़ा सादा-सरल था। प्रकृति पर निर्भर। बहुत बाद में हेनरी डेविड थोरो को पढ़ा। कैसे वह सब नगर, भौतिक सुख-सुविधाएँ छोड़ कर एक तालाब के किनारे रहने चले गए थे। बिल्कुल प्रकृति के भरोसे। कम से कम जरूरतें। थोरो 19वीं सदी के चिंतक थे। उन्हें ट्रांससींडेंटलिस्ट कहा गया। अपने निबंध 'सिविल असहयोग' के लिए वे प्रख्यात थे। गाँधी जी इस अमेरिकी विचारक से प्रभावित रहे। थोरो का निष्कर्ष था कि संसार में स्वविवेक ही अंतिम कानून है। ईश्वर ने मनुष्य को शक्ति दी है कि वह स्वविवेक का इस्तेमाल करे। थोरो का यही दर्शन गाँधी जी के लिए सत्याग्रह का आधार बना। थोरो की प्रार्थना को गाँधी जी ने 'प्रार्थनाओं की प्रार्थना' माना।

'हे प्रभो! मुझे इतनी शक्ति दे दो कि मैं अपने को अपनी करनी से कभी निराश न करूँ। मेरे हस्त, मेरी दृढ़ता, श्रद्धा का कभी अनादर न करें। मेरा प्रेम मेरे मित्रों के प्रेम से घटिया न रहे। मेरी वाणी जितना कहे-जीवन उससे ज्यादा करता चले। तेरी मंगलमय सृष्टि का हर अमंगल पचा सकूँ, इतनी शक्ति मुझ में बनी रहे।'

थोरो दार्शनिक थे। प्रकृतिवादी नैतिक सिद्धांतों के आग्रही। 1817 में वह कॉनकॉर्ड मैसाचुसेट्स अमेरिका में जन्मे। हार्वर्ड विश्वविद्यालय से स्नातक किया। जीवन में अनेक प्रयोग किये। वह तालाब के किनारे रहे। कुछ दिन तपस्वी जीवन जिया। मांस, शराब, तंबाकू सब कुछ छोड़कर। प्रकृति के साथ तादात्म्य बैठाते हुए। आस-पास के पौधे और जीवों का विस्तार से रिकॉर्ड तैयार किया। अपने इन अनुभवों को वाल्डेन में लिखा। इस तरह से दुनिया को नयी राह दिखाने वाले इनसान रहे। कम से कम सुविधा के बीच प्रकृति से लय बैठाकर जियें, यह चाहत रही।

आज दुनिया में मिनिमलिस्ट (कम से कम सुख-सुविधा के बीच रहने की आदत बनाना) आन्दोलन चल रहा है। बढ़ते उपभोग की अपनी चुनौतियाँ हैं। प्रकृति पर असर है। पर्यावरण संकट है। पीने का पानी दूषित हो रहा है। उपभोक्ता संस्कृति और इस टेक्नोलोजी से चलने वाली दुनिया से जो अवशिष्ट (कचरा) पैदा हो रहा है, उससे निपटना दुनिया के लिए नयी चुनौती है। पर तब के मेरे गाँव, परिवेश कठिन चुनौतियों से घिरे थे। फिर भी प्रकृति से न्यूनतम साधनों को लेकर इनसान जीता था। पुरुषों के रहने-सोने के लिए जो बइठका या दोचारा बनता, वह भी खर-पतवार और सरकंडा से। रात को आठ बजते-बजते लगता

आधी रात हो गयी। शाम में ही लगभग भोजन का रिवाज था। घर से अपने उस अध्यापक सुरेश गिरी का शाम का खाना लाया। घर और दोचारे के बीच घुप्प अंधेरा। साँप, बिच्छू के डर होते थे। टार्च घर में होता था, पर एकाध। मिल-बाँट कर काम करने की परंपरा थी। जाड़े के दिन थे। गिरी जी की तबीयत नासाज थी। खाने के बाद पानी लाया, लोटे में। उन्होंने पूछा, पानी छनवा लिये हो? हमने कहा, हाँ। कुएँ से पीने का पानी आता था। मैं गलत बोला था। जाड़े में दोबारा दोचारा से घर जाने, अंधेरे से बचने और ठिठुरन से बचने के कारण। शायद! तब तक एक लालटेन मिल गया था, पढ़ने के लिए। लालटेन की रोशनी में उन्होंने पानी को निहारा। देखा उसमें मेढक का छोटा बच्चा है। गलत बोलने पर छड़ी से पिटाई की भी परंपरा थी, पर गिरी जी ने कुछ नहीं कहा। उन्होंने बस दिखाया पानी और कहा कि तुमने कहा कि छनवा लिए हो, देखो। इसके बाद और कोई टिप्पणी नहीं। सिर्फ यही कहा: दूसरा पानी ला दो।

मेरे किशोर मन-मस्तिष्क पर इस घटना का गहरा असर हुआ। आमतौर से जीवन में ऐसी स्थिति न आए, इसकी शिक्षा ऐसे ही अध्यापकों से मिली। पढ़ने की आदत विकसित हुई। क्योंकि ऐसे अध्यापकों ने बताया कि शिक्षा का मर्म क्या है? पढ़ने की भूख या ललक पैदा करना, ऐसे लोगों ने किया। गिरी जी ने एक आदत डलवाई। गाँव में शाम सात-आठ बजे खाकर सो जाने की परंपरा थी। पढ़कर अच्छे नंबर पाने की मनोवैज्ञानिक लालसा उन्होंने पैदा की। फिर कहा, शाम को खाकर सो जाना। रात में दो-ढाई बजे उठकर सुबह तक पढ़ो। लगभग दो साल, उन्होंने इस कार्यक्रम को अपनाने को कहा। मैट्रिक परीक्षा के पहले। याद है यह प्रक्रिया शुरू हुई, तो कितनी दिक्कतें आईं। कुर्सी पर बैठकर नींद आती। धीरे-धीरे आदत पड़ी, उठकर पाँच-सात मिनट बाहर चाँदनी रात होने पर टहलता। आज लगभग पाँच दशक हो गए, प्रकृति की जिस निस्तब्धता, मुखर मौन का तब एहसास हुआ, वह अब नहीं मिलता। चाँद का जो सौंदर्य देखा, वह फिर कहाँ मिला? कृष्णपक्ष के अंधियारे में आसमान में, जो तारों का सौंदर्य देखता, सामने के बगीचे के पेड़ दिखाई देते। दरवाजे के आगे का विशाल पाकड़ पेड़ या लंबा अशोक पेड़ झलकता। तब पंत की कविता कि पंक्तियाँ, जो बाद में पढ़ी, का एहसास होता-

'स्तब्ध ज्योत्सना में जब संसार
चकित रहता शिशु-सा नादान ,
विश्व के पलकों पर सुकुमार
विचरते हैं जब स्वप्न अजान,

न जाने नक्षत्रों से कौन
निमंत्रण देता मुझको मौन!'

पूस और माघ के भयावह जाड़े में जो खेखर, सियार वगैरह की आवाज गूँजती, अब वो आवाज सुनने को नहीं मिलती। प्राकृतिक घास पर जो ओस की बूँदे होतीं, वे रजत कण याद आते हैं। खुले आसमान के नीचे गाँव में सोने की परंपरा थी। उसका जो आनंद मिलता, प्रकृति के छत के साये में रहने का, वह अब दुर्लभ है। न मेरे गाँव में उसके दूर-दूर तक चिह्न रह गये और न इस पीढ़ी ने यह देखा या जिया है। प्रकृति से एक रूप होने की भूख, गाँव ने ही मन-मस्तिष्क में पैदा की। बहुत बाद में काका कालेलकर का एक प्रसंग पढ़ा।

वह मध्यप्रदेश के झाबुआ के एक भील बच्चे को दिल्ली लाए, उसके पढ़ने से लेकर सब चीजों का बंदोबस्त किया। गाँव की अपेक्षा अधिक भौतिक सुविधाएँ मिली।

कुछ महीने बाद उन्होंने पाया कि रात में, उसके सुबकने की आवाज आ रही थी। छत पर खुले आसमान में कई लोग सोये थे। कालेलकर भी थे। वह बच्चा भी था। आवाज दी। पूछा, क्यों सुबक रहे हो? पहले, तो वह लड़का बोला नहीं। बहुत कुरेदने पर, उनके सवालों का जवाब दिया। काका साहब ने पूछा, क्या तुम्हें खाने की दिक्कत है, कोई और असुविधा है, कोई चीज चाहिए, क्या परेशानी है? गाँव या घर पर कोई घटना हो गयी है या शहर में तुम्हारे साथ कोई अप्रिय प्रसंग हुआ है?

बच्चे ने कहा, कुछ भी नहीं। यहाँ तो बहुत सुविधाएँ हैं। हमने बिजली पहली बार देखी। खाना बहुत अच्छा मिलता है। लोग बहुत अच्छे हैं। कपड़ा अच्छा पहनता हूँ। पहली बार शहर में रहता हूँ। बहुत-सी चीजें जीवन में पहली बार यहाँ आ कर देखी। बहुत सुख से हूँ। पर मुझे अपना गाँव चाहिए। रातों के सुनसान आसमान में जंगल के बीच वे चमकते तारे, आसमान का वह अक्षत सौंदर्य, गाय के बछड़े का वह फूदकना, गायों का रंभाना, गाँव का वह सामूहिक गीत-नृत्य सब कुछ बहुत याद आते हैं। मैं यहाँ रह नहीं सकता, कृपया मुझे गाँव, मेरे परिवेश में वापस कर दें।

यह पढ़ा प्रसंग जब-जब स्मृति में उभरता है, मुझे अपने गाँव में गुजारे दिन, खासतौर से देर रात में उठकर देखा गया वह आसमान, प्रकृति का वह रूप या उन अँधेरिया (अंधकार) रातों या टह-टह अंजोरिया (चाँदनी) में देखे, वे पौधे-पेड़, मवेशियों के दृश्य, दूर तक मीलों-मीलों पसरे खेत-खलिहान, दरवाजे का एक मात्र कुँआ, खेती, अपने पशु गाय, भैंस, बैल, घोड़ी, बछड़े, पालतू

देहाती कुत्ते वगैरह याद आते हैं। यह मालूम है कि अब न वह गाँव है, न वे लोग हैं, न वह परिवेश है। गाँव में ही गीता के उपदेश में पंडित जी ने कहा था, असल चीज काल यानी समय है। यह निरंतर प्रवाहमान है। गतिमान है। चरैवेति-चरैवेति।

इस बदले हुए परिवेश को समझने के लिए मेरे गाँव में आए बदलाव (शायद देश के सभी गाँव में आए बदलावों) के लिए लगभग चार दशक पहले पढ़े गए चार उपन्यास याद आते हैं। राही मासूम राजा का 'आधा गाँव'। शिव प्रसाद सिंह का 'अलग-अलग वैतरणी'। फणीश्वरनाथ रेणु का 'मैला आँचल' और श्रीलाल शुक्ल का 'रागदरबारी'। आजाद भारत में गाँव बदले, कैसे मूल्य परिवर्तित हुए, इसका समाजशास्त्रीय अध्ययन बहुत है। पर हिन्दी के इन उपन्यासकारों की ये चार क्लासिक रचनाएँ, '60-70 के दशकों में गाँव के समाज व परिवारों में आए बदलाव का श्रेष्ठ अध्ययन है। इस अध्ययन की पृष्ठभूमि में ही अपने उस गाँव को बार-बार समझने की कोशिश करता हूँ। पाँच दशकों के काल-प्रवाह में बार-बार मुड़कर लौटता हूँ। निजी घर में कोई स्वजन लगभग बचा नहीं, फिर भी प्रायः साल में कई बार जाता हूँ। अपने गाँव, उस धरती पर। घर में आज भी मामूली सुविधाएँ ही हैं, रहने की दिक्कत। बिजली संकट वगैरह। फिर भी मन नहीं मानता, बार-बार आना जाना है। शायद, अतीत को जीने, अपनी जड़ समझने, ऊर्जा पाने, उस धरती को प्रणाम करने, पर हर बार कैलाश गौतम की कविता का भाव लेकर ही लौटता हूँ-

'गाँव गया था, गाँव से भागा
रामराज का हाल देखकर
पंचायत की चाल देखकर
आंगन में दीवाल देखकर
सिर पर आती डाल देखकर
नदी का पानी लाल देखकर
और आँख में बाल देखकर
गाँव गया था, गाँव से भागा।

नए धनी का रंग देखकर
रंग हुआ बदरंग देखकर
बातचीत का ढंग देखकर
कुएँ-कुएँ में भंग देखकर

झूठी शान उमंग देखकर
पुलिस चोर के संग देखकर
गाँव गया था, गाँव से भागा।

नए नये हथियार देखकर
लहू-लहू त्योहार देखकर
झूठ की जै जैकार देखकर
सच पर पड़ती मार देखकर
भगतिन का श्रृंगार देखकर
गिरी व्यास की लार देखकर
गाँव गया था, गाँव से भागा।'

(2020)

पलाश और महुआ की धरती पर बसंत की उदासी

पलामू। कहते हैं कि पलाश और महुआ के पेड़ों की अधिकता, सघनता के कारण इस इलाके का नाम पलामू पड़ा। देश, अविभाजित बिहार और राज्य विभाजन के बाद झारखंड का एक अनूठा इलाका। पत्रकार हरिवंश ने कई बार इस क्षेत्र की यात्राएँ कीं। 1993 के फरवरी महीने में 22, 23 और 24 तारीख को डालटनगंज और गढ़वा के नौ पहाड़ी गाँवों में घूमकर, रहकर लौटने के बाद यह रिपोर्ट किश्तों में लिखी गयी थी। इन लेखों का प्रकाशन किश्तवार मार्च, 1993 के पहले सप्ताह में 'प्रभात खबर' में हुआ था। वही रिपोर्ताज, शब्द चित्र के रूप में।

–संपादक

सुगी (महुआटांड़, पंचायत का एक गाँव)। आधी रात का उतरता पहर। लगा कोई दरवाजा खटखटा रहा है। उठा। बगल में त्रिदीव दा और कृष्णानंद जी हैं। पहाड़ी गाँवों में अति सुबह ही जीवन शुरू होता है। रात में देर से सोने के कारण, गहरी नींद है। दरवाजे से बाहर आते ही कृष्णनाथ जी के भाव में कहें, तो तेज हवा का झोंका, मुँह और हाथ मानों छीलने लगा। आसमान का अक्षत सौंदर्य, अंधेरा, ठंड और सर्द हवा। कुछ भी दिख नहीं रहा था। बस सुनाई दे रहा था। उस धरती, जिस पर हम सो रहे थे, का स्वरूप पिछले दो-तीन दिनों में देखा था, कहीं मन में अटक गया था।

डालटनगंज, गढ़वा के गाँवों की स्मृति एक-एक कर उभरने लगती है। वह लोग, वे गाँव और उसकी बेचैनी। स्मृति भी एक बंधन है। लगा, क्यों ये चीजें बार-बार उभरती हैं? बेचैन करती हैं? जो हम सबने देखा। क्या लिख कर फिर उसे जीवित किया जा सकता है? अगर जीवित हो भी गयीं, तो कौन सुनेगा? क्या फर्क आयेगा? यह संशय है। गीता कहती है, 'संशयात्मा विनश्यति'। पर, विनाश की ओर तो हम सब आँख बंद कर दौड़ रहे हैं। डालटनगंज और गढ़वा के पहाड़ी-पिछड़े गाँवों के एक-एक इनसान इस भावी विनाश के संकेत हैं।

प्रकृति के संतुलन में यह संभव नहीं है कि कुछ करोड़ लोग दाने-दाने के लिए बरसों से बेचैन रहें। कुछ उनके सवालों-समस्याओं से अनजान भोगवाद बढ़ाते रहें। यह माल्थस का सिद्धांत नहीं, बल्कि पलामू और गढ़वा की समस्याओं से उपजे तथ्य हैं।

अकाल से तबाह पलामू में जल संकट गहरा रहा है। कुएँ सूख रहे हैं। जलस्तर तेजी से नीचे चला गया है। अप्रैल-मई में संकट बढ़ेगा। पिछले कई वर्षों से अनावृष्टि की स्थिति है। यह दुष्चक्र है। जंगल कटेंगे। कम होनेवाली वर्षा और कम होगी। जल संकट बढ़ेगा। डालटनगंज और गढ़वा इसी दुष्चक्र की गिरफ़्त में हैं। डालटनगंज में शत्रुघ्न जी ने बताया था कि जंगल महकमा ने लकड़ी बेच कर हाल ही में विभाग के आला व्यक्ति को भारी रकम दी है। पैसे की इस भूख से यह प्राकृतिक विपत्ति बढ़ रही है।

सरगुजा से आये प्रताप भाई कहते हैं, डालटनगंज सदर, चैनपुर, मनातू, पांकी, विश्रामपुर (कुछ इलाके), मनिका (कुछ जगहें), लेस्लीगंज में पानी संकट है। बालूमाथ और महुआटांड़ में स्थिति गंभीर है। प्रताप भाई से लगभग छह वर्षों बाद मुलाकात हुई थी। तब वह मिर्जापुर-सोनभद्र (दुधी-चोपन) में भूमि हकदारी मोरचा बना कर संघर्ष चला रहे थे। आक्रामक और जुझारू तेवर में। अब उन्होंने सृजन की चुनौती स्वीकारी है। मिर्जापुर के दक्षिणांचल में 4000 से अधिक चेकडैम बनवाये हैं।

डालटनगंज प्रशासन ने उन्हें मदद के लिए आमंत्रित किया है। उन्होंने सुना कि हम लोग आ रहे हैं, सो मिलने आ गये। पुरानी स्मृतियाँ उभर आती हैं। मिर्जापुर और सोनभद्र के जंगलों में उनके साथ घूमते हुए, साथी प्रताप भाई और बीरेंद्र का हुँकार सुनते हुए, वह कहते हैं-तत्काल डालटनगंज जिले के सभी कुएँ 8-10 फीट गहरे किये जायें, और स्थायी हल की कोशिश हो, तभी इस संकट से निबटा जा सकता है।

प्रताप भाई अपना अनुभव बताते हुए, अचानक खामोश हो जाते हैं। फिर कहते हैं, पांकी में जो देखा, वह दृश्य आँखों के सामने नाच रहा है। सैकड़ों नंग-धड़ंग औरतें, लड़कियाँ और बच्चे लकड़ी के गट्ठर लेकर कतारबद्ध खड़े थे। पर, कोई खरीदार नहीं। दिन-दिन भर खड़े रहते हैं।

मैं देखता हूँ त्रिदीव दा ऐसी चीजें सुन कर बेचैन हो जाते हैं। उठते हैं-बैठते हैं। बार-बार आँखें बंद कर खो जाते हैं। जर्मनी पलट। विदेशी कंपनी में इंजीनियर पद ठुकरा कर गरीबों के लिए काम करनेवाले व्यक्ति की पीड़ा मुझे महसूस होती है। आज समाज में त्रिदीव दा जैसे लोगों की संख्या लगभग नगण्य है। मिश्र

जी बार-बार राजनीतिक दलों पर उबल पड़ते हैं। सुनते-सुनते मैं भी भटक जाता हूँ।

मीडिया में भारत के भविष्य सँवारने-बनाने के सवाल पर हर दल, वर्ग संस्थाओं की चिंता रोज जाहिर हो रही है। पर, क्यों पलामू-गढ़वा के ऐसे गाँवों (देश में ऐसे गाँवों की तादाद लाखों में है, जो विभिन्न प्रांतों में हैं) के सवाल न संसद में उठ रहे हैं, न विधानमंडल में और न मीडिया में। क्यों 'गाँधी का अंतिम आदमी' और समाज का सबसे हाशिये पर रहनेवाला इनसान आज इतना अप्रासंगिक हो गया है? इन गाँवों के युवकों-बूढ़ों और महिलाओं के भी सपने हैं या वे संवेदनहीन इनसानों की जमात हैं? इनके लिए संसद, विधानमंडल, न्यायपालिका, मीडिया की क्या प्रासंगिकता है? देश की मुख्यधारा से ये कटे हैं, या मुख्यधारा इनसे कट कर भारत-इंडिया का फर्क जाहिर करती है। सवाल अनंत हैं। पर, देश में इन सवालों के जवाब देनेवाली संस्था कौन-सी बची है? किस गाँधी, विनोबा, जेपी, लोहिया से आज इन सवालों पर रोष जाहिर करने और पूछने का हमें हक है?

भविष्य कभी इतनी अंधकारमय, त्रासद और निराशाजनक नहीं लगा। 'अंधायुग' (लेखक डॉ. धर्मवीर भारती) की सबसे प्रिय पंक्ति अचानक कौंधती है-

'जब कोई भी मनुष्य, अनासक्त हो कर चुनौती देता है, इतिहास को, उस दिन नक्षत्रों की दिशा बदल जाती है।'

इस डालटनगंज से देश के दो बड़े नेता हुए। भीष्म नारायण सिंह और सुबोधकांत सहाय। राज्य स्तर पर मंत्री भी कई हुए, और हैं। पर, अपने सिवा कितने लोगों की तकदीर इन्होंने बदली? क्योंकि यह व्यवस्था इतनी असहाय, मानव-विरोधी हो गयी है?

सरगुआ गाँव से आगे बढ़े ही थे कि जीप में मामूली गड़बड़ी आ गयी। रामगढ़ में चाय की दुकान पर बहस हो रही थी। लोग बेचैन थे कि चैनपुर ब्लॉक के बीडीओ और मुखिया, जवाहर रोजगार योजना के तहत 10-10 फीसदी कमीशन क्यों ले रहे हैं, जबकि स्वीकृति दर है, पाँच फीसदी। यानी जवाहर रोजगार योजना के तहत डालटनगंज के हर ब्लॉक का कमीशन स्ट्रक्चर है, बीडीओ पाँच फीसदी, मुखिया पाँच फीसदी, ओवरसियर पाँच फीसदी, पंचायत सेवक पाँच फीसदी, बड़ा बाबू दो फीसदी और डीआरडीए कार्यालय तीन फीसदी। स्वीकृति राशि का लगभग 30 फीसदी स्वतः बँट जाता है। शेष राशि मदद में मिलती है। राजीव गाँधी ने इसे ही मुखर रूप में कहा था कि ऊपर से चलनेवाला एक रुपया, नीचे आते-आते तक पंद्रह पैसे रह जाता है।

फर्ज कीजिए कि कुएँ के निर्माण के लिए 16000 रुपये मिलते हैं, तो ऋण

लेनेवाला गरीब दस्तखत करेगा 16000 पर और पायेगा 11200। फकीटाडीह (भंडरिया प्रखंड) के हरिजन हरूक तुरी को आइआरडीपी के तहत 10000 रुपये ऋण दिये गये। भूमि विकास बैंक की ओर से। पर, असल हरूक तुरी को ऋण ही नहीं मिला। बीच में ही बंदरबाँट हो गयी। अब असल हरूक तुरी दर-दर गिड़गिड़ाते घूम रहा है कि वह सब कुछ बेच दे, तब भी 1000 रुपये कर्ज नहीं चुका पायेगा, 10000 रुपये तो सपना है। सरकारी भ्रष्टाचार पर कोई सवाल नहीं उठता, लोग चिंतित हैं कि तयशुदा कमीशन से अधिक क्यों ले रहे हैं, अधिकारी? इधर भ्रष्टाचार के पर्याय बन चुके भूमि विकास बैंक, ग्रामीण बैंक व अन्य सहकारी संस्थाओं ने तगादा आरंभ कर दिया है। गढ़वा के उपायुक्त ऐसी शिकायतों पर सख्ती से कार्रवाई करते हैं। पर, पलामू के अधिकारी इन सवालों के प्रति असहज नहीं हैं।

पानी संकट पर चर्चा करते हुए गोकुल बसंत और साथी अर्जुन ब्योरा देते हैं। आजादी के बाद अब तक बाँध, मध्यम सिंचाई, लघु सिंचाई, 'लिफ़्ट एरिगेशेन' और वृहत सिंचाई परियोजना पर लगभग 14-15 अरब रूपये पलामू में खर्च हो चुके हैं। पर, पलामू-गढ़वा प्यासे हैं। खेत-सूखे हैं, क्योंकि अधिकतर योजनाएँ अधूरी रह गयीं या कागज पर रहीं। कई करोड़ रुपये खर्च होने के बाद औरंगा प्रोजेक्ट बंद है। कुटकु बाँध पर 20 साल से काम हो रहा है। 120 करोड़ लागत खर्च था, अब तक 550 करोड़ खर्च हो चुके हैं। काम अधूरा है। मलय मध्यम सिंचाई पर 350 करोड़ खर्च हुए हैं। अब पता चला वह 'डिफेक्टिव' है। पलामू में मात्र 16 हजार एकड़ भूमि है। 1952 से पलामू के लिए जितने बाँध, तालाब, कुएं, डैम स्वीकृति हुए? अगर उनका कुल क्षेत्रफल जोड़ दिया जाए, तो पलामू में न घर के लिए जमीन बचेगी और न खेती के लिए। स्पष्ट है कि बड़े पैमाने पर सरकारी अधिकारियों-ठेकेदारों-राजनेताओं ने धोखाधड़ी की। एक-एक कुएँ पर सरकार के चार-चार विभागों से पैसे लिये गये और आपस में बाँट लिये गये। अरबों रुपये बहाये जाने के बाद भी बड़े बाँध-डैम परियोजनाएँ अधूरी हैं।

अगर किसी काम पर कोई व्यक्ति खर्च करता है और वह काम अधूरा रहता है, तो वह भाग-दौड़ करता है। बेचैन होता है। पर, देश-राज्य की इस संपत्ति के नाश-लूट से किसे चिंता है?

पलामू की पीड़ादायी स्मृति

1952 से शुरू परियोजनाओं में, लूट का पलामू प्रसंग सुनते ही आर्नाल्ड टायनबी याद आते हैं। 1955 के लगभग वह भारत आये थे। सामुदायिक विकास

योजनाओं को देख कर मुग्ध थे। उनका निष्कर्ष था कि विकास का केंद्र गाँव-पंचायत या ब्लॉक बना देने से 'विकास की पुरानी अवधारणा' बिल्कुल पलट जाएगी। तब विकास की कल्पना थी, ऊपर से योजना बना कर नीचे थोपना। सामुदायिक विकास योजना का स्वरूप गाँधी के ग्राम स्वराज्य के आसपास था। चूँकि हर विकास मॉडल अपने साथ एक नयी संस्कृति-स्वरूप लेकर आता है, इसलिए आर्नाल्ड टायनबी को लगा कि गाँधी के भारत में सतह के आदमी की आवाज, पीड़ा, विचार, समस्याएँ ऊपर तक जायेंगी। उसकी आवश्यकता-अनुरूप योजनाएँ बनेंगी। इन योजनाओं से एक नयी मानवीय संस्कृति प्रस्फुटित होगी। गाँधी का भारत, दुनिया के लिए अनुकरणीय होगा। शायद इसी कारण आर्नाल्ड टायनबी ने कहा कि दुनिया को नयी सभ्यता-संस्कृति की रोशनी पूरब से ही मिलेगी। पश्चिम की भौतिक भूख के खिलाफ नये जीवन दर्शन या संस्कृति के पूरब से उद्‌गम से उनका आशय भारत से ही था।

पर, सब कुछ कितना जल्द बिखर गया। सृजन और स्वाधीनता की प्रात: बेला में ही शोक गीत गूँजने लगे। जब देश अंगरेजों के सामने मत्थे टेक रहा था, तब आजादी की लड़ाई शुरू होने के काफी पहले, नीलांबर-पीतांबर ने पलामू की धरती पर ही स्वाभिमान और अस्मत बचाने की लड़ाई लड़ी थी। इन दोनों के पिता भी अंगरेजों से लड़ते हुए फाँसी चढ़े। फिर पीतांबर-नीलांबर चढ़ती जवानी में पेड़ पर लटका दिये गये। उन महान सपूतों की जन्मभूमि आज, पलामू में निर्माणाधीन किसी बाँध के कारण डूब चुकी है और वह बाँध भी 20 वर्षों में नहीं बन पाया है। तप-त्याग और शौर्य की मिट्टी को आजादी के बाद का भ्रष्टाचार इसी तरह डूबो गया। आज पलामू, जापान के पास होता, तो उसके धरती पुत्र दुनिया के सबसे समृद्ध होते। समृद्ध तो वे आज भी हैं, पर यह समृद्धि पलामू के बाहर के लोगों के लिए है।

प्राकृतिक संसाधन की दृष्टि से देश में जो दो-तीन समृद्ध जिले हो सकते हैं, उनमें से पलामू एक है। एशिया का सर्वश्रेष्ठ ग्रेफाइट यहाँ है। बड़ा भंडार है। 95 फीसदी कार्बनयुक्त ग्रेफाइट शायद ही कहीं और हो। ग्रेनाइट है, जो काला हीरा कहा जाता है। चैनपुर में संगमरमर है। मैगनेटाइट है, डोलोमाइट है, फायर क्ले, लाइमस्टोन, बेरिल, और दो-ढाई फीट खोदते ही बेहतर कोयला। आबाद जंगल-कत्था। पर, इस समृद्धि का उपयोग कौन कर रहा है? तस्कर, राजनेता और बिचौलिये। कत्था की तस्करी हो रही है। बनारस, इलाहाबाद, कानपुर और दिल्ली के बाजारों में प्रतिवर्ष अनुमानित रूप से 10-12 करोड़ रूपये का अवैध कत्था भेजा जाता है। जंगल कट रहे हैं। अवैध कोयला भर कर ट्रकें बाहर जा

रही हैं। जंगल में लाह, गोंद, चिरौंजी और महुआ के 'कैश क्राप' हैं। पर, इन सबका बाजार उन लोगों के हाथ में है, जिनके हाथ-पाँव दिल्ली-पटना और काले बाजार में प्रभावी हैं। हर्रे, बहेड़ा और आँवला के समृद्ध जंगलों पर भी सूखे की छाया पड़ चुकी है।

सरहुआ पहुँचने के पहले ही दूर-दूर से पीपल के पेड़ों के सूखे-नंग-धड़ंग, पत्तेविहीन दरख्त नजर आने लगे थे। साथी अर्जुन ने बताया कि चारे के अभाव में पीपल के सभी पेड़ों के पत्ते-हरे डाल तोड़े जा चुके हैं। बाहर से चारा मँगाने का प्रयास चल रहा है। जल संकट में पशु सबसे अधिक प्रभावित हैं। प्रकृति का रहस्य सचमुच अजीब है। पलामू के लोगों की वेदना-पीड़ा के साझीदार और मूक साथी हैं, पशु। इन पशुओं की पीड़ा की चर्चा सुन-देख कर बरसों पहले (लगभग 22 वर्ष पूर्व) छोड़े गये अपने गाँव की याद आ गयी।

'भिखारी भाई'! इसी नाम से लोग और हम उन्हें पुकारते थे। अपढ़, नितांत गरीब। पर, चरित्र और संवेदना के स्तर पर आज 80 करोड़ के देश में वैसे लोग गिनती के होंगे। उनकी चर्चा फिर कभी। पर, तब के भारत के गाँवों में 'भिखारी भाई' जैसे लोग की बहुतायत थी। अपढ़-गरीब पर चरित्र, ईमानदारी और मानवीय दृष्टि से अद्भुत। वह अनेक मवेशियों को खिलाते थे। तड़के चार बजे सुबह से ही। खिलाते-बोलते, मानो उन पशुओं से बतिया रहे हों। कभी कोई पशु बीमार हो और भिखारी भाई खाना खा लें या सो लें, यह संभव नहीं था। कभी भिखारी भाई बीमार पड़ जायें, तो मवेशी खाने के पास न फटकते। भारत के गाँवों के किसानों की यही आत्मा रही है। पशु-पक्षी से उनकी जीवंतता व संवेदना इसी मानवीय स्तर पर रही है।

आज पलामू के सूखे की जहाँ-तहाँ चर्चा हो भी जाती है। पर, उन मूक पशुओं और बेतला जंगल के जानवरों की सुध किसे है? बेतला जंगल के दौड़ते-फाँदते बंदर कम दिखने लगे हैं। हिरणों की उन्मुक्त छलाँगें नहीं लग रहीं। जंगल में पेयजल-स्रोत सूख रहे हैं। मई-जून में क्या होगा, यह अटकलबाजी और कयास लग रहा है। यह वसंत ऋतु है। जंगल और पलामू के पठार इस वसंत में रौनक से भर जाते थे। पुटूस के लाल फूलों के आकर्षण की चैतरफा चर्चा होती थी। पलामू में शायद 1967 के बाद यह सबसे उदास वसंत है।

जिन पेड़ों-जंगलों पर वसंत की शोभा थिरकती थी, आज पलामू में वे सिकुड़ रहे हैं। 1926 में पलामू में 3200 वर्ग मील में जंगल पसरा था। कुल भूमि के 65.3 फीसदी में जंगल था।

40 वर्षों बाद 1966 में 65.3 फीसदी से घट कर जंगल क्षेत्र 45.99 फीसदी

रह गया। अब शायद 20 फीसदी भूमि में जंगल हो। वह भी समृद्ध जंगल नहीं। शोभाविहीन और श्रीहीन जंगल। महज झाड़ी और कमजोर पेड़ों से आच्छादित। ठेकेदारों, अफसरों और राजनेताओं के रातोंरात समृद्ध होने की आकांक्षा के शिकार। इस जंगल क्षरण से बड़े पैमाने पर भूमि क्षरण हुआ। जब जंगल समृद्ध थे, तो लगभग 50,000 लोग फरवरी-मार्च में जंगल महकमा पर निर्भर थे। तरह-तरह के कामों में। अब जंगल सिमट रहे हैं, तो जंगल पर निर्भर लोगों की यातना बढ़ रही है। उधर जंगल कटवानेवालों की भूख भी बढ़ रही है।

'गीता' के अनुसार भोग से भोग की वृद्धि होती है। सार्वजनिक संपत्ति लूटनेवाले शायद यह नहीं जानते कि उनके द्वारा एकत्र वैभव से उनके वंशज सुख नहीं भोग पायेंगे। अगर समाज ही तितर-बितर और अस्थिर हो जाए, अपराध और अराजकता का माहौल बढ़े, तो उस एकत्र वैभव का उपयोग कौन कर पायेगा? अपनी भावी पीढ़ी के लिए अनिश्चित और अंधकारमय भविष्य छोड़ने वाले नहीं जानते कि वैभव-समृद्धि से वर्तमान या भविष्य नहीं निखरता। फ्रांस के लुई सोलहवें (1789) से समृद्ध और सुखी कौन परिवार था?

बीडीओ ताकतवर हैं उपायुक्त से

यह कहना असत्य होगा कि पलामू या गढ़वा में सूखे या अकाल की स्थिति को लेकर डालटनगंज पहुँचते ही अदालत परिसर में भीड़ दिखी। झकाझक सफेद खद्दर धारण किये कुछ लोग खड़े थे। उनके अगल-बगल सुरक्षा के लिए पुलिस के मुस्तैद जवान। आस-पास इस भीड़ को निहार रही भदेस जनता। मालूम हुआ, ये कांग्रेसी हैं। सूखे से मर्माहत हैं। राहत मंत्री का घेराव करने आये हैं। दिल्ली के शासक कांग्रेसी जिस तरह का ताना-बाना धारण करते हैं, क्रीज न टूटनेवाला खद्दर पोशाक पहनते हैं, वही कांग्रेसी, कचहरी परिसर, डालटनगंज में सूखे की अपनी पीड़ा सार्वजनिक करने आये थे।

यह दृश्य देखते ही न जाने कितनी चीजें एक साथ कौंध गयीं। दरअसल पलामू-गढ़वा का अकाल, तो मौजूदा सामाजिक-राजनीतिक परिस्थितियों का परिणाम है। यह ईश्वरीय प्रकोप या प्राकृतिक, विपदा नहीं है। व्यवस्था की विफलता का परिणाम है। इस अकाल ग्रस्त क्षेत्र और आजाद देश में सबसे अधिक बरसों तक शासन किया है, इन्हीं कांग्रेसियों ने। अपनी विफलता-करतूत से उपजे अकाल पर शोक जाहिर करने आये कांग्रेसियों के चेहरे पर रत्ती भर भी शिकन, आत्मशर्म और बेबसी नहीं थी। इनमें से शायद ही कोई पलामू-गढ़वा के सुदूर पहाड़ी गाँवों में गया हो।

न जाने क्यों रामवृक्ष बेनीपुरी की याद आयी। संभव है, शिवपूजन सहाय और रामवृक्ष बेनीपुरी को आज बहुत लोग न जानते हों। स्वराज्य के बाद उन्होंने राजनीति को नमस्कार कर दिया था। यह कहते हुए कि अब राजनीति में तीन पार्टियाँ होंगी। एक चोरी करनेवालों की, दूसरी गाली देनेवालों की और तीसरी सबसे बड़ी पार्टी वैसे लोगों की होगी, जो चोरी भी करेंगे और गालियाँ भी देंगे। यही कांग्रेसी करते आ रहे हैं। प्रख्यात अर्थशास्त्री अमर्त्य सेन ने अकाल की राजनीति पर काफी गहराई से काम किया है। अर्थशास्त्र में उन्हें नोबल पुरस्कार मिलने की चर्चा होती है। अगर वह नोबल पुरस्कार से पुरस्कृत हो जाएँगे, तो हम ढिंढोरा पीटेंगे कि वह भारतीय हैं। दुनिया में 'भूख', 'राजनीति' और इन दोनों के अंतर्संबंध पर अमर्त्य सेन से बेहतर काम किसी ने नहीं किया है। उनका निष्कर्ष है कि अकाल, व्यवस्था खत्म हो जाने, राजनीति कौशल प्रबंध की विफलता और राजनेताओं की अकुशलता के परिणाम हैं। इस कसौटी पर कांग्रेसी अपना आत्म अवलोकन करें, तो उनके हित में होगा।

दूसरे दलों की स्थिति भी बेहतर नहीं है। रामविलास सिंह (जनता दल) बिहार सरकार के वरिष्ठ मंत्री हैं। राहत का काम देख रहे हैं। 22 फरवरी को डालटनगंज आये थे। कहा कि जो लोग भूख से मरने की बात कहेंगे और जाँच से प्रमाणित नहीं होगी, उनके खिलाफ प्रशासन मुकदमा करेगा। भारत के विरोधी दलों की यही सबसे बड़ी विडंबना रही है कि वे कुरसी पर बैठते ही 'कांग्रेसी' भाषा बोलते हैं। कांग्रेसी आचरण को और समृद्ध करते हैं। अपना सत्त्व, अपनी जड़ और अपना आधार भूल कर।

मंत्री महोदय, क्या बतायेंगे कि भूख से मरने के लक्षण क्या-कौन से हैं? दुनिया के किस मेडिकल कॉलेज में विशेषज्ञ डॉक्टरों ने भूख से मरने की कसौटी तय की है? पलामू में भूख से जूझ रहे लोग किस कसौटी पर चिह्नित किये जायेंगे? आज तक पलामू-गढ़वा के भूखे लोगों को लाल कार्ड मुहैया नहीं कराया गया है। जिस एक ईमानदार अधिकारी ने जोखिम लेकर कुछ कार्ड बँटवाये हैं, उसे बदलने का गुपचुप अभियान चल रहा है।

ठेकेदार-नेता सक्रिय हैं कि उनकी रूझान के अनुरूप अफसर इन जिलों में भेजे जायें, ताकि सूखे के नाम पर आनेवाली सरकारी राशि में उन्हें हिस्सा मिल सके। इस महान उद्देश्य के लिए अब उपायुक्त या विकास उपायुक्त को रखने-हटाने की जरूरत नहीं है। बीडीओ पर्याप्त हैं। विकास राशि या योजनाओं पर खर्च की जानेवाली राशि उनके हाथ में होती है। नेता उनके आगे-पीछे घूमते हैं। बीडीओ अपने हमदर्द-संरक्षक नेताओं की मदद लेकर बयानबाजी करते हैं।

पटना में अड्डा लगाते हैं। हकीकत तो यह है कि उपायुक्त या आयुक्त के मुकाबले भ्रष्ट बीडीओ ज्यादा ताकतवर और सत्ता गलियारे में दखल रखता है। डालटनगंज के प्रभावशाली नेताओं-विधायकों ने अपने प्रिय अधिकारियों को अपने-अपने ब्लॉकों में तैनात करा रखा है। यह जाल बड़ा असरदार और मजबूत है। इसे तोड़ने या इसके खिलाफ अभियान चलानेवाला कोई जत्था या समूह नहीं है। राजनीति में सक्रिय लोगों के लिए यह अकाल मानवीय मुद्दा नहीं महज राजनीतिक सवाल है। भाजपा के लिए तो अकाल कोई मुद्दा नहीं है। भाकपा और माकपा की भी कोई विशिष्ट भूमिका नहीं है।

राजनीतिक दलों के लिए मुद्दा नहीं है पलामू-गढ़वा

डालटनगंज से सरहुआ के रास्ते में न कहीं कोई तालाब मिला, न ही हरियाली। सरहुआ से रामगढ़ मौजा जाने के रास्ते में एक तालाब दिखा। यह सुखद आश्चर्य था। पता चला, यह बाँध और तालाब आजाद हिन्दुस्तान में निर्मित नहीं हुए। महज 700 रुपये में अंगरेजों के जमाने में इस बाँध के ठेकेदार के मुंशी के रूप में काम करनेवाले बैजनाथ जी अब भी जीवित हैं। इस तालाब के कारण आसपास खेती हो रही है। हरियाली है। अंगरेजों के सृजन का फल अब भी जीवित है। पर, आजाद हिन्दुस्तान में पलामू में सिंचाई-कुएँ आदि के मद पर खर्च 1400-1500 करोड़ रुपये से हुए सृजन दिखाई नहीं देते।

गाँवों के बड़े-बुजुर्ग झल्लाकर कहते हैं कि इससे तो अच्छे अंगरेज थे। तब उनकी बात समझ में नहीं आती थी। अब यह गुत्थी स्पष्ट नजर आ रही है। आजादी के साथ ही शायद नये निर्माण का सपना खत्म हो गया। बंबई (मुंबई) में पत्रकारिता करने के दौरान का एक संस्मरण अचानक स्मृति में उभरता है। यह प्रसंग जेपी के एक गहरे गैर राजनीतिक मित्र ने 1978 में बंबई में सुनाया था।

1951-52 के आसपास की घटना है। जेपी अस्वस्थ थे। बंबई में अपने मित्र रूपारेल के पाली हिल स्थित आवास पर ठहरे थे। जिस कमरे में ठहरे थे, उसकी खिड़की समुद्र की ओर खुलती थी। सामने अरब सागर का न खत्म होनेवाला क्षितिज था। शाम का वक्त था। सूर्यास्त की बेला। जेपी गुपचुप समुद्र में उतरते सूर्य का मोहक दृश्य देख रहे थे। अचानक रामवृक्ष बेनीपुरी जी मिलने आये। जेपी ने चहक कर कहा कि आइए-आइए बेनीपुरी जी, कितना सुहावना-मोहक दृश्य है। अरब सागर में सूर्यास्त की इस बेला में उस खूबसूरत जहाज को देखिए। जेपी डूब कर यह दृश्य देखते रहे। कुछ क्षण बाद पूछा कि बेनीपुरी जी, कैसा लगा यह दृश्य? बेनीपुरी जी ने कहा, अद्‌भुत। पर, एक बात

है, इस अवर्णनीय सौंदर्य के दौरान अगर सामने दिख रहा खूबसूरत जहाज डूब जाए, तो कैसा लगेगा? कवि-हृदय जेपी उबल पड़े? कैसी अशुभ बातें करते हैं आप? खूबसूरत क्षणों-दृश्यों को मनुष्य बाँधता है, उदात्तता-विराट की कल्पना करता है। संसार-समाज को शुभमय बनाने की सोचता है। आप ऐसा सोचते हैं?

बेनीपुरी जी, गंभीरता से जेपी का प्रतिवाद सुनते रहे। जेपी चुप हुए, तो बोले कि ऐसा हुआ है। जेपी ने तुरंत पूछा, कब और कहाँ? बेनीपुरी जी ने कहा कि आजादी की लड़ाई के बाद आजादी की बेला, ऐसी ही सुहावनी-मोहक थी। सृजन का दौर था। निर्माण के लिए सुंदर जहाज समुद्र में तैर रहा था। पर, जेपी जैसे महारथी अचानक उससे उतर गये। जहाज डूब गया। बेनीपुरी जी ने कहा कि उस भीषण दौर में उनके जैसा मामूली व्यक्ति भी लाइफ जैकेट के सहारे तैर गया। पर, देश निर्माण-मनुष्य निर्माण के सपने से प्रेरित हजारों-हजार प्रतिबद्ध लोग डूब गये। जेपी रोने लगे। जोर-जोर से। कुछ देर बाद पूछा कि क्या सारी गलती मेरी ही थी? स्पष्ट रूप से नहीं।

पर, जिन लोगों ने नये सपने दिखाये-देखे, उनके निष्क्रिय होने से राजनीति में उन दृष्टिहीन लोगों का साम्राज्य हो गया, जिनकी दृष्टि महज स्व-विकास तक सीमित थी। पलामू का पिछड़ापन का भूख-अकाल इन्हीं स्वकेंद्रीय लोगों के सत्तारूढ़ होने का परिणाम है।

रामगढ़ में ही आजादी के बाद का उत्तर विकास प्रकरण दिखा। 1988 में इंदिरा आवास योजना के तहत 24 घर बने। 24 हरिजन परिवारों के लिए, आज तक ये घर किसी भी हरिजन को नहीं दिये गये। अब ढहने लगे हैं।

ग्राम सरजा में भी इस योजना के तहत 24 घर बने। ग्राम काचन में भी 24 हरिजन परिवारों के लिए 24 घर बने। यानी कुल 72 घरों में से एक भी किसी हरिजन परिवार को आवंटित नहीं किये गये। अब ये घर गिर रहे हैं। ढह रहे हैं। 72 घरों पर अनुमानतः 20 लाख रुपये खर्च हुए होंगे। निरुद्देश्य। 15 लाख अफसर-ठेकेदार खा चुके होंगे। पाँच लाख से निर्माण कराया होगा, तभी ये घर ढहने लगे हैं। ऐसी अराजकता, उत्तरदायित्वहीनता और गैर जिम्मेदारी बिहार में ही संभव है। हाल में एक लाख येन भ्रष्टाचार के लिए चीन में एक पुलिस आयुक्त को फाँसी दी गयी। भ्रष्टाचार में हिस्सेदार होने के लिए उनके परिवार को जेल की सजा। नेहरू जी, परतंत्र भारत में ख्वाब देखते थे कि आजाद भारत में सटोरिये, भ्रष्टाचारी और कालाबाजारी करनेवाले, चौराहों पर लटका दिये जायेंगे। पर क्या हुआ? राजगोपालाचारी ने इस लाइसेंस, कोटा-परमिट राज के खिलाफ चेताया था। आज क्या स्थिति है? सटोरिये, कालाबाजारी करनेवाले और

भ्रष्ट, जनता को लूटनेवाले अफसर-राजनेता (हर दल के) पग-पग पर छा गये हैं। जन कल्याण की बातें करते हैं और दोनों हाथ से देश-समाज की नींव खोखला कर रहे हैं।

इस नींव खोखला करनेवाली राजनीति के कारण ही आज सूखा-अकाल और पलामू मुद्दा नहीं बन पा रहा है। इस सूबे के लोगों की तकदीर सँवारने के लिए, जो अलग राज्य का ख्वाब देखते हैं, उनके लिए पलामू में भूख से मरते लोग, सवाल नहीं हैं। झारखंड के लिए गठित सर्वदलीय मंच के कितने नेता डालटनगंज-गढ़वा गये हैं? झारखंड मुक्ति मोर्चा के कौन से सांसद उन इलाकों के गाँवों और भूखे लोगों के बीच गये हैं? क्या अलग झारखंड बनने पर ऐसे लोगों का सवाल हाशिये पर ही रहेगा? झारखंड के प्रति प्रतिबद्ध राजनेता अगर पलामू-गढ़वा का सघन दौरा कर, इस मुद्दे पर छोटानागपुर के लोगों को गोलबंद करते, तो उनकी राजनीति समझ में आती। पर, सत्ता पाने की राजनीति में, भूख से मरते लोगों का सवाल मुद्दा नहीं बना करता। इस कारण पलामू-गढ़वा के मुद्दों पर राजनीतिक दलों से उम्मीद छोड़ देनी चाहिए।

कारपोरेट राजनीति की गिरफ़्त में पलामू

शायद पररो गाँव के सुगन राम ने कहा था-"हुजूर! साहब कह गेलन कि पानी के मैनेजमेंट होबे।" पानी संकट देख कर कोई अफसर दिलासा दे गया होगा। पर, आश्चर्य हुआ, पहाड़ के पिछड़े गाँव के हाशिये पर जी रहे इनसान से 'मैनेजमेंट' शब्द सुन कर। हिन्दुस्तान की नयी राजनीति के नये फिकरे। प्रयोग होनेवाले शब्द बहुत कुछ कहते हैं। अभिप्राय, सोच और संस्कृति की झलक मिलती है। हिन्दुस्तान की राजनीति में 'मैनेज करना', 'मैनिपुलेटर', 'ऑपरेटर', 'ब्रोकर' जैसे शब्द पहले इस्तेमाल नहीं होते थे। अब तो इन्हीं शब्दों की बहुतायत है। और, ये शब्द! पूरी भारतीय राजनीति का वह चेहरा स्पष्ट करते हैं, जिसे लोग समझ नहीं पा रहे।

अमेरिकी संस्कृति-जीवन दर्शन से कारपोरेट कल्चर पहले उद्योग जगत में आया। अब अमेरिकी मीडिया भी प्रभु वर्ग की बातों-स्वार्थों को उछाल कर 'कारपोरेट मीडिया' की भूमिका का निर्वाह कर रही है। उसी रास्ते भारतीय उद्योग में कारपोरेट कल्चर आया। लब्बोलुबाब इस संस्कृति का अभिप्राय है 'येन केन प्रकारेण' सफलता। नैतिकता, मानवीय संवेदना, ममता, स्नेह और उदात्त मानवीय भावों के ठीक विपरीत। क्रूर, अनैतिक, अमानवीय, असंवेदनशील धरातल पर अर्जित सफलता ही इस कारपोरेट कल्चर में सर्वोपरि है। सर्वश्रेष्ठ

है। इस संस्कृति के तहत इसी आकांक्षा, भूख और उद्देश्य से प्रेरित-संचालित है, इनसान। लाभ और दूसरे का कद छोटा कर ऊपर बढ़ने की ख्वाहिश। आज भारतीय राजनीति इसी कारपोरेट कल्चर से प्रेरित है।

इस राजनीति के तहत नेता अब 'मास लीडर' नहीं बनते। 'मास को मैनेज' करते हैं। कुछ ही महीनों पूर्व कर्नाटक के बंगरप्पा ने अपने समर्थन में 20-25 लाख लोगों की रैली की थी। फिर वह मुख्यमंत्री पद से हटा दिये गये। अब उनका कोई नामलेवा नहीं। जिस नेता के पीछे 20-25 लाख लोग हों, वह जननायक राजनीति की धारा बदल सकता है। पर, ये '20-25 लाख लोग' धन-बल से मैनेज किये गये थे। बंगरप्पा को मुख्यमंत्री बनाये रखने की साजिश के तहत पैसे से जुटायी गयी भीड़। ऐसे असंख्य उदाहरण हैं। आजकल राजनीति में भीड़ 'मैनेज' कर राजनीतिक पद-सत्ता हथियाने की होड़ है। इस स्पर्द्धा के केंद्र में मनुष्य नहीं पैसा, पद और सफलता है। इस कारण इस राजनीति में मानवीय मुद्दे अब अप्रासंगिक बन गये हैं। भूख, प्यास, हत्या, बलात्कार, अपराध से जुड़े सवाल इस 'कारपोरेट राजनीति' में बड़ा और निर्णायक मुद्दा नहीं बनते।

राजीव गाँधी ने पहली बार कांग्रेस के बंबई अधिवेशन (1986) में राजनीतिक दलालों को चित्रित किया था। इन दलालों की राजनीति में करूणा और संवेदना के लिए ठौर नहीं है। और इसी राजनीति की गिरफ्त में है, 'पलामू'।

'महुआ टांड़', पलामू का बड़ा ब्लॉक है। 14 मौजा, नौ पंचायत। पर, पूरे ब्लॉक में आज तक बिजली नहीं पहुँची है। 1967 से नेता आश्वासन दे रहे हैं। भाजपा के यमुना सिंह 1967 से ही इस अंचल के विधायक हैं। पर, कभी-कभार 'राजनीति आपरेट' करने और 'वोट मैनेज' करने के लिए ही इधर पधारते हैं। सिंचाई साधन नहीं है। रोजगार नहीं है। सूखा है। पर, कोई सरकारी योजना नहीं है। और इन मानवीय समस्याओं-सवालों के जवाब देने के लिए कोई नहीं है। दायित्व लेने-स्वीकारने को कोई तैयार नहीं है। और भूख-प्यास से बेचैन लोग भी अपने तकदीर का फैसला करने के लिए तैयार नहीं हैं। इस पूरे नकार के प्रति कोई अनास्था नहीं है। यह सवाल डॉ. लोहिया ने छेड़ा था कि 800 वर्षों से गुलाम रहनेवाले लोग क्यों अपने अधिकारों के लिए तन कर खड़ा नहीं हो पाते? मरने के कगार पर हैं, शरीर पर मक्खियाँ भिन्ना रही है, फिर भी जीवन के प्रति गहरी ललक-ममत्व है। विरोध में उठ खड़ा होने की इच्छा नहीं। इच्छाहीन लोगों की जमात अपना तकदीर नहीं बदला करती।

1967 में सर्वोदय और दूसरे दलों के लोगों ने पलामू में काफी सघन काम किया था, फिर भी अनास्था का अभाव है। अनास्था के इस माहौल में जो अछूते,

पर प्रासंगिक सवालों को उठा रहे है, उनमें एक हैं, अशोक भगत। विशुनपुर में 'विकास भारती' के माध्यम से। अशोक जी, कभी विद्यार्थी परिषद के बड़े नेता हुआ करते थे। उत्तर प्रदेश में उनके अनुयायी आज सांसद हैं, मंत्री भी। राष्ट्रीय स्वयंसेवक संघ से भी अशोक जी का संबंध रहा। पर, आज सृजन के जिस काम में वह तन-मन से लगे हैं, वह असाधारण है। सत्ता की राजनीति से स्वतः अलग होकर ग्रामोत्थान के प्रति प्रतिबद्ध। उन्होंने भी सूखे से निबटने के लिए समिति बनायी है। लातेहार के नरेशगढ़ में उनका काम देख रहे है, राम संजीवन। गारू प्रखंड के पीरी गाँव में दयाली सिंह। गारू प्रखंड के ही दल दलिया गाँव के राम हरी उरांव और कुजानपाठ के लालदेव असुर। इन लोगों को अशोक भगत ने 5-5 बोरा चावल भिजवाया है। समिति के प्रभारी लोगों को दायित्व सौंपा है कि उनके इलाके में कोई भूख से मौत न हो। अशक्त, गरीब और असहाय को ही राशन की मदद वे पहुँचा रहे हैं। सीमित साधन के बावजूद, साहस है। मानवीय आपदा से जूझने के लिए रतौंधी, दस्त, पेचिश और मलेरिया की दवाएँ भी भिजवायी है। घाघरा प्रखंड में ही गाँव है, बुरजू जामगाई। ईचा पंचायत है, सुमति उरांव का गाँव। वहाँ से तीन आईएएस अफसर हैं, टीपी भगत, नरेंद्र भगत भी वहीं के हैं। आजाद भारत के नये जमींदार, तो अफसर और नेता ही हैं। फिर भी उस गाँव में न शिक्षा का प्रबंध है और न पानी का।

बगल के सांतों गाँव में सूखे का असर नहीं पड़ा है। कारण, विकास भारती ने पहाड़ से आनेवाले प्राकृतिक नाले के बेकार बहते पानी को पाँच वर्षों पूर्व बाँध दिया। 500 एकड़ की सिंचाई हो रही है। उस चेक डैम से सांतों गाँव में सूखे का असर नहीं है। पर, पास के 20 गाँव सूखे से प्रभावित हैं। खासतौर से चंपा टोली, लोंगा, हेलता, डीपाडीह, तेंदार, देवरागानी, भंवरगानी, बलातू पाठ और जेहन गुटुवा। पर, सरकार तो बड़ी-बड़ी परियोजनाएँ बनाती है, पर इन गाँवों के लिए चेक डैम उसकी सूची में नहीं हैं।

पीरी गाँव के दयाली सिंह कहते हैं-धान-चैती नहीं हुई। पूर्वज कहते हैं-'अकाल साल में ही बेर फलता है', सो इस बार बेर बहुत फले भी हैं।

पौरुष मर गया है देश का

महुआटांड़ ब्लॉक में वह अंतिम रात थी। पलामू यात्रा का अंतिम छोर। सुगी गाँव के एक क्रिश्चियन परिवार में हम ठहरे थे। क्रिश्चियन बनने के पूर्व हरिजन थे। रात में अयाचित अतिथि के रूप में चार लोगों को देख कर वे मायूस नहीं हुए। हुलास और उमंग से स्वागत किया। पानी लेकर पैर धोने आये। त्रिदीव दा

अनमने लगे। कहा, पैर धुलवाना सामंती प्रथा का अवशेष है। सही है। हमारा आग्रह उनसे हाथ धोने का हुआ। उन्होंने हाथ धोकर अतिथि स्वागत किया। मेरा मन अटक गया था। भारत के उन गाँवों में जहाँ आज भी उदात्त मन है, अभाव-गरीबी के बावजूद अतिथियों के प्रति सम्मान भाव है। शहर में हर सुख-सुविधा के बावजदू, अयाचित अतिथियों को देख कर लोग मुरझा जाते हैं। क्या समृद्धि और संकीर्णता में परस्पर रिश्ता है?

हड्डी भेदनेवाली उस ठंड में भी घर की महिलाओं ने बुझे चूल्हों को पुनः सुलगाया। इस परिवार के पुरुष बातचीत करने लगे। महिलाएँ पानी लायीं। सुबह उठ कर पाया कि वह पानी दूर नदी से लाया गया था। क्या हो गया, इस देश के पौरुष को? क्यों कोई महान काम-बड़े सपने देखने में भी हम असमर्थ हो चुके हैं? लगभग दो वर्षों पूर्व लीबिया जैसे छोटे देश के लोगों ने अपने रेगिस्तान में लगभग साढ़े चार हजार किलोमीटर लंबी नदी बना कर, मानव संकल्प का नया इतिहास रचा। लीबिया में नदी नहीं है, जो उनकी प्यास बुझा सके या उनकी धरती को हरा-भरा कर सके। सर्वेक्षणों से पता चला कि सहारा रेगिस्तान के लीबियाई हिस्से के कुफा, तजबों और सरीर के नजदीक स्थित लगभग पौने तीन सौ कुओं में अपार जल है। कर्नल गद्दाफी ने एक महत्त्वाकांक्षी योजना बनायी। कृत्रिम नदी बनाने की। योजना कितनी बड़ी थी, इसका अनुमान इसी से लगाया जा सकता है कि जल ले जाने वाले पाइपों को बाँधने के लिए प्रयुक्त धातु के तार की लंबाई इतनी थी कि उससे पृथ्वी को ढाई सौ बार लपेटा जा सकता है। कोरियाई इंजीनियरों की मदद और लगभग सवा तीन सौ खरब रुपये के खर्च से यह योजना सिर्फ छह साल में पूरी हो गयी। 40 लाख की आबादी का देश यह कर सकता है, पर 80 करोड़ लोगों के देश में आज भी महिलाएँ दूर-दूर से पानी ढो कर लाने के लिए विवश हैं। चीन में ह्वांगहो नदी, अभिशाप मानी जाती थी। माओ के नेतृत्व में करोड़ों चीनियों ने इसे बाँध दिया। 30 साल पहले डॉ. केएल राव ने गंगा को कावेरी से जोड़ने का सपना देखा। क्या हुआ? हमारी नदियों का चौथाई पानी समुद्र में बेकार बह जाता है। पर, बड़ी आबादी पानी के लिए तरस रही है।

मिस्र के साहित्य में नोबल पुरस्कार विजेता नागुइब महफूज याद आते हैं। हाल ही में उन्होंने कहा है कि उदासी और अनमनेपन से उबरने और महान सपने देखने के लिए मैं गाँधी, टैगोर और इकबाल की ओर मुखातिब होता हूँ। आगे कहते हैं कि भारत के वे महान सपने अब बिखर रहे हैं। महान पुरुष और विजनरी नेता अब नहीं रहे, जो भारत को महान बना सकें।

सुगी गाँव के उस परिवार की व्यथा, उस पूरे सूबे की पीड़ा का प्रतिबिंब है। परिवार का मुखिया सेना में रहा, पर उसे नौकरशाही के सौजन्य से पेंशन नहीं मिल रही। दो वर्षों पूर्व एक कथित क्रांतिकारी युवा संगठन का काम करने एक युवा उस गाँव गया। उसी घर में रहा। उस घर की लड़की से शादी का प्रस्ताव किया। साथ रहे। बच्चा हुआ, तो वह रांची आ गये। फिलहाल वह उस संगठन के एक बड़े नेता के साथ रहते हैं। अब दूसरी शादी करने जा रहे हैं। उस परिवार और गाँव के अनेक लोगों ने कहा, रांची में आप हमारी फरियाद उन तक पहुँचाएँ। वह परित्यक्त लड़की एक वर्ष का बच्चा लिये भीगी आँखों से सुबकते हुए पूरा दास्तान सबको सुनाती है। राजनीति का पाठ पढ़ाने और लोगों का भाग्य सँवारने गाँवों में गये ऐसे क्रांतिकारी युवक या राजनीतिक कार्यकर्ता क्या कर पाएँगे? शायद खीझ कर रामनंदन मिश्र कहा करते थे कि बिहार की मिट्टी इतनी अनुर्वर या बंजर हो गयी है कि कोई भी बीज डालो वे उगते नहीं सड़ जाते हैं। सौराष्ट्र के 86 वर्षीय डॉ. शिवानंद याद आते हैं। वीरानगर के नितांत पिछड़े गाँव में (आबादी, 8000) 225 बेड के अस्पताल का निर्माण करवाया, जनसहयोग से। पिछले 36 वर्षों से प्रत्येक माह हजारों आँखों का मुफ्त ऑपरेशन वे कराते हैं। गरीबों की उचित चिकित्सा, 4 बजे सुबह उठना। 'गीता -कुरान' पढ़ना। उनकी इच्छा है 'बीमार की सेवा करते हुए मरना।'

18 वर्षों पूर्व एंथ्रोपालॉजी के विद्यार्थी पीके एस माधवन, अपनी जन्मभूमि केरल से आंध्र के महबूब नगर आये। चेंचू जनजाति का अध्ययन करने। तेलंगाना के चार जिलों में हरिजनों-आदिवासियों की भयावह स्थिति देख कर माधवन अपना अध्ययन भूल गये। वह वहीं बस गये। आंध्र के हजारों आदिवासी गाँवों में उन्होंने जीवन को बेहतर और समृद्ध बनाया है। वह 'बेयरफूट, मसीहा' (नंगे पैर चलने वाले देवदूत) कहे जाते हैं।

डॉ. शिवानंद या माधवन पर अलग से लंबी रिपोर्ताज हो सकती है। पर, बिहार या पलामू की धरती पर ऐसे निःस्वार्थ लोगों के आगे आने का माहौल भी क्यों और कब खत्म हो गया? यह हर बिहारवासी के लिए सोच-चिंता का विषय होना चाहिए।

(1993)

धारा के विरुद्ध

'प्रभात खबर' में आने के बाद, प्रधान संपादक हरिवंश का, पहले पेज पर पहला संपादकीय। 3 नवंबर, 1989 को प्रकाशित। इस संपादकीय को लिखकर हरिवंश ने साफ कर दिया था कि वह किस रास्ते अखबार को ले जाएँगे और उनकी पत्रकारिता की राह क्या होगी।

–संपादक

नये प्रबंधन 'न्यूट्रल पब्लिशिंग हाउस प्राइवेट लिमिटेड' के तत्त्वावधान में प्रकाशित दैनिक 'प्रभात खबर' आपके सामने है। अखबारों की निर्मम दुनिया में हो रहे ऐसे परिवर्तन, पाठकों के लिए तब तक कारगर नहीं होते, जब तक अखबार और उसके पाठकों के बीच सीधा संवाद कायम नहीं होता। यह दुखद, पर हकीकत है कि पिछले दशक के दौरान यांत्रिक प्रगति चकाचौध-रंग बिरंगी उत्कृष्ट छपाई के बावजूद अखबारों की आत्मा मलिन, तेजहीन और निष्प्रभावी होती गयी है। अब तो आलम यह है कि खुद पत्रकारिता जगत् दो ध्रुवों में विभाजित होकर एक-दूसरे के खिलाफ छींटाकशी और छानबीन कर रहा है। हिन्दी पत्रकारिता अपनी समृद्ध विरासत, गौरवमय अतीत के बावजूद राष्ट्रीय फलक पर इस दुष्चक्र में फँस गयी है। हमारी विनम्र चेष्टा है कि पत्रकारिता के मूल सत्व और मापदंड निष्पक्षता और तथ्यों के प्रति प्रतिबद्धता के तहत ही हम इस पत्र को सजायें-सँवारें और प्रो-पीपुल यानी जनोन्मुख अखबार निकालें। हालाँकि अखबार की सामग्री या विषय-वस्तु में यह परिवर्तन अचानक नहीं, बल्कि धीरे-धीरे ही संभव है।

हाल के दिनों में इस पेशे में एक और अस्वस्थ परंपरा विकसित हुई है। अब अखबार पाठकों के नहीं, बल्कि संपादकों और संपादकीय मंडल के रह गये हैं। लफ़्फाजी और विज्ञापन की दृष्टि से बने लोक-लुभावन नारों के बावजूद, हकीकत तो यही है कि अखबार घटनाओं और पाठकों की जिज्ञासा, रुझान और

मनोभाव के प्रतिबिंब नहीं रह गये हैं। विश्वविद्यालय से निकलते ही जब पहली बार हमने पत्रकारिता की जो धमक सुनी ('धर्मयुग'-टाइम्स ऑफ इंडिया, बंबई), उसकी गूँज आज भी मस्तिष्क में कायम है। आदरणीय डॉ. धर्मवीर भारती ने 'धर्मयुग' में काम की पहली कसौटी बतायी थी कि पाठकों के मनोभाव, पत्र, प्रतिक्रिया के एक-एक शब्द, हमारे कार्यों का अंतिम हलफनामा (फाइनल जजमेंट) हैं। वही हमारे लिए सीमा है—अग्निरेखा या लक्ष्मण रेखा है। पत्रकारिता जगत् में आज, जो यह लक्ष्मण रेखा मिट गयी है, उसमें बंधना और उस आचार-संहिता के तहत आचरण ही हमारा अभीष्ट है।

दरअसल, 'प्रभात खबर' शब्दश: पाठकों का अखबार बने, यही हमारी सर्वोपरि कोशिश होगी। मौजूदा उपभोक्ता समाज में कुछ हद तक बाजार के दबाव के कारण भी अखबारों की दृष्टि में पाठक महज क्रेता रह गये हैं। अखबार अधिक-से-अधिक मुनाफा अर्जित करने की प्रक्रिया में पाठकों की सुधि नहीं ले पा रहे, इस प्रवृत्ति-धारा के खिलाफ जूझना हमारा संकल्प है।

उपभोक्ता-क्रेता बनाम उत्पादक के बाजारू, रसहीन संबंध में आत्मीयता-स्पंदन पैदा करना ही हमारी कसौटी होगी। लेकिन साथ-साथ विनम्रतापूर्वक हम इस पहलू को अनदेखा नहीं करना चाहेंगे कि अखबारों की जिम्मेदारी पाठकों को सुरुचिपूर्ण बनाना है। नये पाठक पैदा करना है। उन कमियों को पूरा करना है, जो जागरूक हिन्दी पाठक पत्रकारिता में पाते रहे हैं। इस तरह सामाजिक-सांस्कृतिक, आर्थिक, राजनीतिक क्षेत्र में पूरी दुनिया समेत आसपास में जो घट रहा है, उसका हम दर्पण बनें, यह हमारी चाह है। हालाँकि धारा के विरुद्ध बहने, तैरने की इस कठिनाई से हम वाकिफ है।

छोटानागपुर की इस धरती पर काम करते हुए हमारा मन गौरव से भर आता है, जहाँ बिरसा मुंडा जैसे पूर्ण पुरुष पैदा हुए, जिन्होंने आत्महीनता की स्थिति, अन्याय व शोषण के खिलाफ बगावत की। यह बगावत उस ताप-शक्ति के विरुद्ध थी, जो पूरी दुनिया में दहक रही थी। उस विश्वविख्यात ताकत के खिलाफ बिरसा मुंडा ने हथियारों के जखीरे के बल विद्रोह नहीं किया, बल्कि संकल्प और साहस की पूँजी के बल आत्मोत्सर्ग कर, इतिहास के उन पन्नों को रचा, जो आज भारत के अतीत का गौरव व अमूल्य धरोहर हैं। उस धरती पर रोमांचित होकर काम करना स्वाभाविक है, जहाँ स्वतंत्रता आन्दोलन के पूर्व ही संपूर्ण विद्रोह और विदेशी गुलामी के खिलाफ बगावत हुई। इतिहास का यह रोचक प्रसंग है कि 17वीं-18वीं शताब्दी में जब लगभग पूरा हिन्दुस्तान अंगरेजों के सामने नतमस्तक था, उस समय छोटानागपुर की धरती के मूल बाशिंदे

आदिवासी लोगों ने हमारे आत्मस्वाभिमान, गौरव और तनकर खड़ा होने की धरोहर को सुरक्षित रखा। खंडित व्यक्तित्व को पूर्ण बनाने की कोशिश की। इतना ही नहीं, महात्मा गाँधी के आदर्शों के अनुरूप टाना भगत लोगों ने जो बलिदान स्वेच्छा से मूक कार्यकर्ता बनकर किया, वह अप्रतिम है। लेकिन आजाद भारत में इन लोगों के ऋणों से भी हम उबर न सके, बल्कि शर्मनाक बात तो यह हुई कि आदिवासियों की जमीन, निरंतर कोलोनाजइर के पास जा रही है। अब तो रांची का जिला प्रशासन भी यह तथ्य स्वीकार करता है। जिन टाना भगत लोगों की जमीन अंगरेजों ने ले ली, आजाद मुल्क में वे फिर उस भूमि के हकदार न बन सके। इससे शर्मनाक घटना दूसरी नहीं है। अलग झारखंड की माँग के मूल में इस अंचल में व्याप्त विषमता व शोषण है, ऐसी समस्याओं के प्रति हम पूरे देश में संवेदनशील दृष्टि विकसित करें, यह हमारी चाह है। हमारी नजर उन समस्याओं के उत्स में भी है, जो बिहार की बदहाली-गरीबी के कारण बने हैं। आखिर विपुल प्राकृतिक संपदा के बावजूद यह धरती लुटी-पिटी क्यों है? इस भूमि पर विकास का रास्ता अवरुद्ध क्यों है, यह तलाश भी हमारी मंजिल है।

दुनिया में महिलाओं के साथ समान व्यवहार के लिए न जाने कितने आन्दोलन चले और चल रहे हैं, लेकिन जिस आदिवासी समाज में सदियों से यह परंपरा कायम रही, उस विरासत को हम आगे बढ़ायेंगे। महिलाएँ, नौजवान सचमुच समाज की मुख्य धारा में निर्णायक बनें, इस दृष्टि से हम स्थानीय संस्कृति-समस्याओं को उजागर करेंगे। छोटानागपुर आदर्श भारत का शायद सबसे बेहतर नमूना है, जहाँ हर राज्य, बोली, परंपरा और धर्म के लोग बसे हैं। इस मिश्रित संस्कृति को मजबूत और जीवंत बनाने के प्रति हम जागरूक रहेंगे। धर्मनिरपेक्षता और स्थानीय समस्याओं के प्रति आरंभ से ही यह अखबार मुखर रहा है, उसे शिद्दत से हम आगे ले जायेंगे। बढ़ती कट्टरता, द्वेष-घृणा के बीज समाज को तोड़ते हैं, इस घटाटोप अंधेरे में ऐसे दिग्भ्रमित तत्त्वों के खिलाफ जूझना युगधर्म है। दिग-दिगंत में हो रहे आधुनिक प्रयोगों से हम पाठकों का तालमेल करा सकें, तो यह हमारी उपलब्धि होगी। लेकिन उपर्युक्त संकल्प-सपने तब तक अधूरे है, जब तक इस कार्य में छोटानागपुर के प्राध्यापकों, विवेकशील राजनीतिक कार्यकर्ताओं, बुद्धिजीवियों, वरिष्ठ लेखकों-पत्रकारों, नवयुवकों, महिलाओं, यानी सभी पाठकों से हमारा आत्मीय रिश्ता नहीं कायम होता।

(1989)

हमारी राह अलग है

वर्ष 2003 का आखिरी महीना। गोवा में एक कार्यशाला का आयोजन हुआ। विषय था-'इज डेवलपमेंट न्यूज कॉमर्शियली वॉयबल?' इस कार्यशाला में हरिवंश, बतौर वक्ता आमंत्रित थे। कार्यशाला उनके प्रिय विषय पर था। उस समय हरिवंश के लिए पत्रकारिता से जुड़े विषय महज किसी किताबी सैद्धांतिक चिंतन भर नहीं थे, बल्कि उनके जीवन और दैनंदिन की दिनचर्या का अंग था। उक्त कार्यशाला में हरिवंश का जो व्याख्यान हुआ, वह 'प्रभात खबर' के 20 वर्ष पूरे होने पर 2004 में अखबार में प्रकाशित हुआ। उसी का संपादित और विस्तारित अंश, आलेख के रूप में है।

–संपादक

'इज डेवलपमेंट न्यूज कॉमर्शियली वायबल?', अगर यह सिर्फ सवाल होता, तो इसका एक शब्द में जवाब देता, 'बिलकुल'। लेकिन यह कार्यशाला में चर्चा का विषय था। प्रारंभिक वक्ता था। लिहाजा अनायास ही एक मौका था, उस विषय पर सोचने-बोलने का, जिस विषय को पहले कभी 'कॉमर्स' के हिसाब-किताब से देखा-सोचा ही नहीं। हालाँकि जिस अखबार से हूँ, उसकी पूरी यात्रा ही इसी मान्यता पर रही। 'प्रभात खबर' के साथ वर्ष 1989 में हमने नयी यात्रा की शुरुआत की। तब ऐसा कोई जोड़-घटाव नहीं किया, जिसमें यह आकलन हो कि विकास और जनता से जुड़ी पत्रकारिता के जरिये इस बंदप्राय अखबार को आत्मनिर्भर बनाने, आगे बढ़ाने में हम किस हद तक सफल हो पायेंगे? लेकिन 'प्रभात खबर' का अनुभव बताता है कि विकासात्मक समाचार न सिर्फ किसी अखबार के लिए वॉयबल हो सकते हैं, बल्कि इससे भी बढ़कर, यह किसी अखबार के लिए 'संजीवनी बूटी' साबित हो सकते हैं। किसी अखबार की यूएसपी बन सकते हैं, किसी मीडिया समूह की मुख्य जीवनधारा बन सकते हैं। सच तो यह है कि 'प्रभात खबर' लगभग मृतप्राय था। महज एक शहर रांची से निकलने वाला। आज उसी अखबार ने इसी रास्ते तीन राज्यों के

छह शहरों से, 20 संस्करणों वाले दैनिक की हैसियत पा ली है। झारखंड राज्य का नंबर वन। यह सब हुआ, तो इसका श्रेय विकासात्मक समाचारों के प्रति इस अखबार के गहरे जुड़ाव को ही है। कालांतर में इसी अखबार ने गर्व के साथ अपनी पहचान 'अखबार नहीं आन्दोलन' के रूप में बनायी।

'प्रभात खबर' के आरंभिक दिनों की चर्चा के साथ ही एक न भूलने वाला दृश्य बार-बार उभरता है। 'प्रभात खबर' में काम शुरू करने से दो सप्ताह पहले मैं और संजीव क्षितिज[1]। एक दिन के लिए रांची आये थे। तब रांची के होटल आर्या का कायाकल्प नहीं हुआ था। हमें वहीं ठहराया गया। हमारे डायरेक्टर डीएस शर्मा (जिनसे धैर्य-संयम सीखा। आरंभ में वह नहीं होते, तो 'प्रभात खबर' शुरू में ही इतिहास बन गया होता) होटल में ही मिलने आये। वहाँ से श्री शर्मा 'प्रभात खबर' जा रहे थे। साथ में संजीव गये। कार्यालय, माहौल और व्यवस्था की झलक पाने। संजीव से मेरा आग्रह था, पहली बार तुम्हीं देखो और अपना 'इंप्रेशन' लाओ। जिस दिन काम शुरू करूँगा, उसी दिन पहली बार जाऊँगा। होटल के कमरे में ही उत्सुकता से प्रतीक्षा करता रहा, संजीव के लौटने की। हालाँकि व्यवहार के गणित का तकाजा था कि सब देख जानकर, भविष्य समझ-बूझकर इस नये लगभग अनजान लोगों-संस्थान के साथ काम की सहमति देता, पर मैं पहले ही 'हाँ' कह चुका था।

'टाइम्स ऑफ इंडिया' समूह (बंबई) के मशहूर और उस दौर में सबसे अधिक बिकने वाले हिन्दी साप्ताहिक 'धर्मयुग' और 'आनंद बाजार पत्रिका' समूह के 'रविवार' हिन्दी साप्ताहिक के बाद बंदप्राय 'प्रभात खबर' (कांग्रेसी लेबल अलग) में नौकरी। न संस्थान का नाम अस्तित्त्व, न अखबार में जान, न रांची से पहचान। बंबई, कलकत्ता जैसे बड़े शहरों के बाद रांची की पत्रकारिता। राजधानी, राजनीति और महानगरों की पत्रकारिता का ग्लैमर छोड़कर जंगलों-पहाड़ों की पत्रकारिता! करियर भविष्य से जुड़े अनेक प्रश्न उन दिनों मथते रहते थे। कई मित्र पत्रकार-कलीग, तो मेरे पत्रकारीय जीवन के अंत की बात मुझे बता चुके थे। शुभचिंतक नहीं चाहते थे कि छोटी व अनजान जगह जाकर गुम हो जाऊँ। दिल्ली और बंबई के वरिष्ठ पत्रकार (जिनसे पत्रकारिता सीखी) मित्र वहीं आने का प्रस्ताव-सलाह दे रहे थे। बरसों रांची के इस संस्थान में गुजारने के बाद भी ऐसे शुभचिंतक मित्र नहीं भूले, पर झारखंड के आदिवासी समाज की सादगी पर मुग्ध था। फादर बुल्के, फादर पी पोनेट, बीपी केसरी जी से मेरी

---

1. संजीव क्षितिज मध्य प्रदेश से हैं। 'रविवार' साप्ताहिक, आनंद बाजार, कोलकाता में हम सहकर्मी थे। 'प्रभात खबर' के आरंभिक कुछ वर्षों में वह हमसे जुड़े रहे।

पहले की मुलाकातों (रविवार, धर्मयुग में काम करते हुए) ने इस समाज की ओर खींचा था। महानगरों की पत्रकारिता से सफलता की निकली सीढ़ियाँ (मेरे साथ के कई पत्रकारों ने इन रास्तों को चुना) ही सत्ता, धन, यश (सही शब्द अपयश) ग्लैमर और संसद तक पहुँचती है, यह मामूली सच समझता था। पर अपना गणित अलग था। लेक्चरर, बैंक ऑफ इंडिया, रिजर्व बैंक व अन्य कई महत्त्वपूर्ण प्रस्ताव या नौकरियाँ छोड़ कर 'पत्रकारिता' चुना था। बदलते समाज का हिस्सा बनने के लिए। युवा दिनों में लगता था कि पत्रकारिता, सामाजिक ठहराव व सड़ांध तोड़ने की सशक्त विद्या है। सिक्यूरिटी, घर, गाड़ी, संपत्ति और संभावित बैंक बैलेंस के गणित और कैलकुलस से नौकरी के ऑफर स्वीकारने की शिक्षा हमारी पीढ़ी तक कम थी। मेरी पृष्ठभूमि के युवा तो इन चीजों से अनजान थे। अवसर भी कम थे। जिनसे संस्कार, सामाजिक सरोकार ग्रहण किये, जिनकी सोहबत में रहा, वे सब एक उद्देश्यपूर्ण ईमानदार जीवन के पुंज थे।

गरीब रहे हों, पर आत्मसम्मान वाले लोग थे। एक रचनात्मक बेचैनी, हमेशा कुछ नया करने का उत्साह, जोखिम व चुनौतियों में जीने का मनोबल, स्वाभिमान से समझौता नहीं, हमारी पीढ़ी को हमारे गाँवों से, जेपी आन्दोलन से, विरासत में मिले थे। ग्लोबल दुनिया की बाजार व्यवस्था के सूत्रों (पद, पैसा, भविष्य में सत्तारूढ़ होने की जगह) से भविष्य-नौकरी, पर विचार करने का मौजूदा दौर होता, तो मैं रांची नहीं होता। 'प्रभात खबर' का अनुभव नहीं होता। फिर भी जिस 'प्रभात खबर' को, बिना पूरा जाने या देखे 'हाँ' कह चुका था, अपना जीवन, भविष्य जिससे जोड़ चुका था, उसका पहला प्रामाणिक इंप्रेशन जानने-सुनने के लिए बेसब्र था। होटल आर्या के कमरे में उत्सुकता से संजीव की राह देख रहा था।

कमरे में संजीव के घुसते ही उसके चेहरे से मजमून भाँप गया। जोखिम बहुत बड़ा है, सुनकर डर पैदा हुआ। अखबार, संस्थान और इन्फ्रास्ट्रक्चर के बारे में जो सूचनाएँ प्रबंधन द्वारा पहले दी गयी थीं, वे लगभग गलत थीं। उदास मन, भविष्य के प्रति डर, पर ऊपर से चेहरा सामान्य बनाये हुए, हम उसी शाम कलकत्ता लौट गये। ट्रेन यात्रा में, देर रात जब दुनिया व स्टेशन सोये हों, नीरवता-खामोशी का राज हो, तब तेज चलती ट्रेन की खिड़की से बाहर निहारना मेरा प्रिय शगल है। मनुष्य, दुनिया, जीवन जीने के उद्देश्यों पर चुपचाप सोचते हुए अंधकार को निहारना। उस रात 'प्रभात खबर' और भविष्य को लेकर बेचैन करते सवालों के अलावा कोई दूसरी बात नहीं सूझी। वह रात और स्मृति जेहन में ताजा है। हर इनसान के जीवन में कोई-न-कोई निर्णायक मोड़ होता है। मेरे

लिए यह ऐसा ही अवसर था। पर अपना स्वभाव, जिद और मन जानता था। पीछे नहीं लौटना है, यह संकल्प था। सत्ता चाटुकारों की जमात में खड़ा होकर विरुदावली गाना या जोखिम व चुनौतियाँ उठाकर कुछ नया करना, इन्हीं में से एक चुनना था, वह चुन चुका था। शानदार पराजय या हार, आत्मसम्मान स्वत्व-विवेक की कीमत पर अर्जित विजय, सुख या भौतिक उपलब्धियों से ज्यादा गौरवपूर्ण है। चाटुकारिता, जी हुजूरी, जीते जी मौत है। इसलिए अवसर स्वाभिमान के अनुरूप हो। आपातकाल में सर्वेश्वरदयाल सक्सेना की पढ़ी एक कविता युवा दिनों में जीवन का मर्म बन गयी, जिसका आशय था कि संघर्ष का अपना सौंदर्य है। अन्य पेशों को छोड़कर पत्रकारिता चुना था। मेरे किसान पिता को आजीवन अफसोस रहा कि मैंने रिजर्व बैंक में अफसर की नौकरी का प्रस्ताव अस्वीकार कर दिया था। चुपचाप रांची से कलकत्ता पहुँचते-पहुँचते पुनरुद्धार की दृष्टि से असंभव 'प्रभात खबर' में ही किस्मत आजमाने का संकल्प मजबूत हो चुका था।

बंबई और कलकत्ता में काम करने के बाद, दिल्ली को नजदीक से देखने-जानने के बाद पत्रकारिता का ग्लैमर समझा। बड़े लोगों से संपर्क बनाने और समाज में अपनी हैसियत कायम करने की विधा भी बन गयी है, पत्रकारिता। '80 के दशक के बाद लाइजनिंग की पत्रकारिता भी फली फूली है। पहले ऐसा नहीं था। पत्रकारिता बौद्धिक कर्म है। पढ़ने-समाज को नजदीक से देखने-जानने की विधा। ईमानदारी और प्रतिबद्धता से ही यह सात्त्विक और नैतिक आभा पाती है। यह जड़ व्यवस्था और अनीति से सत्ता-पूँजी के बने ताकत केंद्रों से लड़ने के हथियार है। जब हमारी पीढ़ी ने पत्रकारिता को पेशा चुना, तब पत्रकारिता की यही धारणा-आभा थी। नैतिक आभा व्यक्ति की पहचान होती थी, धन, अहंकार, गुण नहीं माने जाते थे। कम वेतन और नौकरी की अनिश्चितता, इस पेशे के खास पहलू थे। उद्देश्यपूर्ण पेशा पत्रकारिता, समाज में चेतना बनाने और सत्ता पर अंकुश रखने का माध्यम है, यह समझकर यह पेशा अपनाया था। 11 वर्षों की महानगरों की पत्रकारिता और पत्रकारिता के ग्लैमर से मुक्त होकर, छोटी जगहों में पत्रकारिता के माध्यम से कुछ नया करने का प्रयोग चाहता था। जोखिम बड़ा था। फिर भी 'प्रभात खबर' में इस प्रयोग के लिए अवसर मिल रहा था। एक सप्ताह बाद हम रांची लौटे। पहली बार 22 अक्तूबर, 1989 को 'प्रभात खबर' दफ्तर गये। हफ्ते-दस दिनों तक चीजों को देखा। आदमी थे, लगभग 240। कंपोजिंग, प्रोडक्शन, बैठने की जगहें सब अव्यवस्थित। काम कम, पर आदमी ज्यादा। कंपोजिंग के लिए दो पुरानी

सियाट्रानिक मशीनें अखबार की जान थीं। वे भी ध्वस्त हालत में। छपाई के लिए आठ पेज छापने वाली खस्ताहाल बंधु मशीन थी। सर्कुलेशन, विज्ञापन में लोग भरे थे। संपादकीय में भी भरमार थी। कुल काम था, छह पेज का अखबार निकालना, 500 प्रतियाँ छापना। अधिकांश प्रतियाँ कांप्लिमेंट्री जाती थीं। बहुत बाद में पता चला काफी लोग आजीवन पाठक बनाये गये थे। कुछ प्रतियाँ उनके यहाँ जाती थीं। न्यूज एजेंसियाँ बंद थीं। खबरों का स्रोत, बाहर के अखबारों से न्यूज काटकर, हू-ब-हू पेस्ट करना, छपाई का समय तय नहीं। 'कटिंग-पेस्टिंग' पत्रकारिता का नाम यहीं सुना। सियाट्रानिक मशीनों से (जो अकसर खराब ही रहती थीं) खबरों के शीर्षक निकाले जाते थे। शीर्षक नहीं निकले, तो हाथ से लिखकर काम चलाया जाता था। कोई सिस्टम नहीं था। समय की पाबंदी नहीं। प्लानिंग नहीं होती थी। न कोई सप्लीमेंट निकलता था, न रविवार की पत्रिका। स्टेशनरी कहाँ से कौन देगा, कोई व्यवस्था नहीं थी। कहीं रिस्पोंसिबिलिटी नहीं थी? कौन आदमी क्या काम करता है? कौन नियंत्रण करता है? सब कुछ रहस्यवाद जैसा था। पर्सनल विभाग में इंप्लाइज के रेकॉर्ड ही नहीं थे। पुराने प्रबंधन ने कार्यरत लोगों की जो सूची पहले दी थी, और जो सूची 22 अक्तूबर, 1989 को 'हैंडओवर टेकओवर' में मिली, उसमें गंभीर अंतर थे। दफ़्तर में 'फंक्शनल एनार्की' से सीधा सामना था। ऐसी अनियंत्रित स्थिति-अव्यवस्था से जीवन में पहली मुलाकात थी। धैर्य-संयम और सब्र के बाँध पग-पग पर टूटने की स्थिति।

कहाँ 'टाइम्स ऑफ इंडिया' (बंबई) और 'आनंद बाजार पत्रिका' समूह की व्यवस्था या सिस्टम (जहाँ संपादकीय विभाग के लोगों को शायद ही दूसरे विभागों से वास्ता होता था) और कहाँ 'प्रभात खबर' की यह अव्यवस्था? समझ में नहीं आता था कि छोर को कहाँ से पकड़ा जाये? ऐसी स्थिति किसी दफ़्तर या अखबार की हो सकती है, इसे देखने के पहले नहीं जानता था। सचमुच अगर हाँ कहने के पहले देखा होता, तो निश्चित रूप से इस संस्थान में पाँव नहीं पड़ते। प्रबंधन से आरंभिक बात यही हुई थी कि संपादकीय का दायित्व ही सँभालना है। पर पहले दिन से लगने लगा कि हर विभाग को 'प्रोफेशनल' बनाने की जरूरत है। नयी शुरुआत आसान लगी, पर पटरी से उतर चुकी चीज को ठीक करना लगभग असंभव। इसलिए न्यूजपेपर इंडस्ट्री के जानकारों की एक सूची बनी। प्रोडक्शन, सर्कुलेशन, मार्केटिंग के जानकारों से सुझाव लिए जायें, यह तय हुआ। इन विशेषज्ञों को प्रबंधन की टॉप टीम के साथ बैठक में भी बुलाया जाता। मशहूर अखबार घरानों में बड़े पदों पर रहे व अखबार उद्योग के बड़े जानकार

अशोक दत्ता (जो बाद में एक आईआईएम के डाइरेक्टर बने) भी साथ थे। उन दिनों के अखबार उद्योग ट्रेंड, 'प्रभात खबर' की वस्तुस्थिति और भविष्य को देखते हुए, अशोक दत्ता ने ऐसी ही एक टॉप मैनेजमेंट मीटिंग में कहा कि इस अखबार को चलाना असंभव है। इसका भविष्य नहीं है, साफ व स्पष्ट लफ़्जों में तथ्यों के साथ बाताया। इस बैठक से पूर्व हम से भी आपस में विस्तृत चर्चा हो चुकी थी। तत्कालीन मीडिया ट्रेंड पर। उन्होंने अपने नोट में भी साफ-साफ यही लिखा। बाकी विशेषज्ञों, अनुभवी लोगों की भी यही आम राय थी। हम उनकी बीतों से सहमत थे।

दरअसल अखबार उद्योग का युग 1977-85 बीत चुका था। विजुअल मीडिया का दौर दस्तक दे रहा था। जहाँ विकास अधिक होगा, वहाँ विज्ञापन अधिक होंगे। अखबारों की आय का एकमात्र स्रोत विज्ञापन ही है। 'रांची एक्सप्रेस' काफी मजबूत अखबार था। 'आज' रांची, जमशेदपुर और धनबाद तीनों जगह से छपकर एक रुपये में बेचकर बड़ा बाजार बना चुका था। इन दो स्थापित दिग्गजों के सामने किसी तीसरे के खड़ा हो पाने के खिलाफ सारे लाजिस्टिक्स थे। उधर जमशेदपुर में 'उदितवाणी' और धनबाद में 'आवाज' का वर्चस्व था। पटना से आकर 'हिन्दुस्तान' भी दक्षिण बिहार में बड़ा बाजार बना चुका था। हम अखबार इंडस्ट्री के लोग, इस यथार्थ को साफ-साफ समझ रहे थे। इस प्रसंग का उल्लेख इसलिए, क्योंकि मोरचे के हिरावल दस्ते को यह मालूम हो कि पराजय तय है, विधि के विधान जैसा, तब काम करना, मोरचे पर जी-जान से डटे रहना, अपने जीवन के सबसे उर्वर संकल्प के दिनों को झोंक देना, इसका एहसास ही हो सकता है, वर्णन नहीं। जब सफल होने के कतई आसार न हों, महीने डेढ़ महीने से अधिक लंबा भविष्य न दिखता हो, तब भी जीतने के लिए संघर्ष करना, कितना कठिन होता है, यह हमने जाना। 'प्रभात खबर' के इस ज्ञात भविष्य की बात, अखबार में मुझसे नीचे टीम तक न पहुँचे, यह मेरी सायास कोशिश रही। यह आरंभिक दिनों की बात है। बाद के बरसों में केके गोयनका (मार्केटिंग, फाइनेंस और डेवलपमेंट के इंचार्ज) और आरके दत्ता (पर्सनल, सर्कुलेशन, एक्सपेंशन के इंचार्ज) के साथ ऐसी टीम बनी, जिसकी जानकारी में एक-एक तथ्य होते। सर्वानुमति से फैसले हों, यह मेरी सायास कोशिश रही। गोयनका और दत्ता ने 'प्रभात खबर' से ही नौकरी शुरू की। इन युवा लोगों को अखबार का अनुभव नहीं था, पर उत्साह अद्‌भुत था। अखबार के विकास के लिए एक स्थापित मॉडल था। आक्रामक (एग्रेसिव) प्रचार। अखबार की कीमत कम करना (इनविटेशन प्राइस -'आज' अखबार एक रुपये में बिकता था)।

पाठकों, हॉकरों और एजेंटों को लुभाने वाली स्कीम व योजनाएँ। हिन्दी के दो करोड़ पाठक बनाने वाले अखबार 'दैनिक भास्कर' और 'दैनिक जागरण' ने 'टाइम्स ग्रुप' द्वारा गढ़े गये इसी मॉडल को अपनाया। अखबार विकास के इस मॉडल में ज्यादा पूँजी की जरूरत थी। हम पूँजीविहीन थे। साथ ही अखबार उद्योग के मार्केटिंग पक्ष से अनुभवशून्य लोग। यह वह दौर था, जब संपादकीय सत्त्व को प्रबंधन और मार्केटिंग की ऊर्जा का ग्रहण लगने लगा था। हमारी टीम के पास नया विकास मॉडल गढ़ने के अलावा कोई विकल्प नहीं था, हमने वही किया।

शुरू में एक-एक विभाग को 'सिस्टेमेटाइज' करना, हमारा पहला सामूहिक प्रयास था। इसी क्रम में संपादकीय विभाग को व्यवस्थित करना, पहली प्राथमिकता बनी। ड्यूटी चार्ट बना। रोज रिपोर्टरों के साथ बैठकें तय हुईं। समयबद्ध संपादन के नियम तय हुए। 'प्रभात खबर' में काम करनेवालों के लिए आचार संहिता बनी। शुरुआत संपादक से ही हुई। अपने ही अखबार में संपादक की तस्वीरें व बयान छापना बंद किया गया। बताया गया कि यह अपनी स्थिति या पद-प्रभाव का दुरुपयोग है। क्षेत्रीय अखबारों में यह बड़े पैमाने पर होता है। रांची में भी हो रहा था, यह बंद हुआ। खबरें कैसे लिखी जायें, पत्रकारों की भूमिका पक्षकार की नहीं है, हमारी एकाउंटबिलिटी क्या है, जैसे गंभीर विषयों पर परामर्श के साथ-साथ प्रतिदिन छपने वाली खबरों पर विमर्श आरंभ हुआ। एक गंभीर पत्रकारिता और उसके अनुकूल निष्पक्ष कार्यशैली विकसित करना, हमारी टीम की पहली संपादकीय प्राथमिकता थी। एक प्रेस कॉन्फ्रेंस में एक ही संवाददाता जाये और गिफ़्ट न ले, ऐसी अनेक चीजें हमने सामूहिक रूप से तय की। अखबारों में बड़े-बड़े गिफ़्ट भेजने व स्वीकारने की प्रथा बंद हो, यह कोशिश शुरू हुई।

उन्हीं दिनों एचईसी से दीपावली पर महँगे ड्राईफ्रूट्स वगैरह के तोहफे भेजे जाते थे। अक्तूबर, '89 में हम लोग आये थे। नवंबर में दीपावली थी। एचईसी से जो सज्जन गिफ़्ट लेकर आये, उन्हें मर्यादित रूप से हमने कहा कि यह सार्वजनिक निगम है। घाटे पर चल रहा है। फिर गिफ़्ट क्यों भेजते हैं? हमारा कोई व्यक्तिगत संबंध-रिश्ता तो है नहीं। वह वापस हुआ और इसके साथ ही एक स्वस्थ परंपरा हमने मिलकर डाली। गिफ़्ट की संस्कृति (अगर आप आत्मीय मित्र या रिश्ते में न हों) लाइजनिंग और मैनेज करने का हथियार है। पत्रकारिता में इसका प्रचलन गलत है। यह व्यवहार उन लोगों से सीखा था, जिनसे पत्रकारिता का ककहरा पढ़ा। 'धर्मयुग' उन दिनों प्रति सप्ताह सात लाख बिकने

वाली पत्रिका थी। संपादक डॉ. धर्मवीर भारती का अपना विशिष्ट व्यक्तित्व था। देश के बड़े-बड़े राजनेता उनसे मिलने के लिए घंटों प्रतीक्षा करते थे, पर वह अपने काम में मगन रहते थे। बाहर के लोगों से वह रोजाना दोपहर बारह से एक बजे के बीच मिलते थे। वहीं काम करते थे, गणेश मंत्री। पत्रकारिता में देश के जाने-माने नाम। देश के एक बड़े घराने के मालिक के बेटे की शादी थी। निमंत्रण पत्र के साथ, महँगा तोहफा लेकर उनके लोग संपादकों व विशिष्ट पत्रकारों को न्योतने, बंबई के टाइम्स ऑफ इंडिया बिल्डिंग में आये। डॉ. भारती, पत्रकारीय संबंधों के कारण कोई गिफ़्ट नहीं लेते थे, लौटा देते थे। कभी-कभार मिठाई वगैरह ऐसी जगह से आ गयी, जिसे लौटाना संभव नहीं था, तो वह दफ़्तर में बँट जाती या चपरासी रामजी/शशि को सौंप दी जाती।

गणेश मंत्री का संस्कार-पिंड अत्यंत सात्त्विक था। गणेश शंकर विद्यार्थी से गणेश मंत्री का नाम ही नहीं मिलता था, संस्कार भी मिलते थे। गिफ़्ट लाने वाले उद्योग समूह के दूत को उन्होंने बैठाया। चाय पिलायी। विनम्रता से पूछा कि उनसे मेरा दूर-दूर तक परिचय नहीं है, फिर महँगे गिफ़्ट के साथ निमंत्रण क्यों? अगर मैं अपने बेटे की शादी करूँगा, तो क्या वह आयेंगे? मैं तो महँगे गिफ़्ट के साथ निमंत्रण भी नहीं दे सकता। मेरे और उनके बीच क्या बराबरी का संबंध है? मित्रता है? हमारे उनके बीच वह कौन-सा पुल है, जिस पर चढ़कर हम बराबरी से मिल सके?

शालीनता से अपनी बातें कहकर गणेश मंत्री ने वह गिफ़्ट लौटा दिया। कर्मणा वह मेरे बड़े भाई-गुरु थे। उन्हीं से सीखे इस पाठ को आरंभिक दिनों में हमने 'प्रभात खबर' का उसूल बनाया। आज इस प्रसंग का उल्लेख, पागलपन या अहं माना जाएगा। पर आज पत्रकारिता को अविश्वसनीय बनाने में क्या ऐसी चीजों का हाथ नहीं है? एक दफ़्तरीय संस्कृति विकसित करने के साथ-साथ हमारी टीम की नयी चुनौती थी, अखबार की संपादकीय नीति बनाना। कंटेंट व इनपुट के बारे में तय करना। उन दिनों हमसे जो बड़े अखबार रांची-झारखंड में थे (सभी बड़े ही थे), कभी भी उनसे अस्वस्थ प्रतिस्पर्द्धा हमने महसूस नहीं की। 'प्रभात खबर' के सामने लक्ष्य इन अखबारों को पीछे छोड़ना नहीं, हिन्दी का एक बेहतर अखबार बनना था। यह प्रथा बंद हुई कि प्रेस विज्ञप्तियाँ भी संपादक की इच्छानुसार छपेंगी। बल्कि हमने हर विषय पर एक खुली नीति बनायी। साथियों को उसके तहत काम करने को कहा। आज भी यही परंपरा है, खबरें, प्रेस विज्ञप्तियाँ, संपादक की इच्छानुसार छपने लगें, तो प्लांटेड और मैनिपुलेटेड पत्रकारिता को आप न्योत रहे होते हैं। हाँ, रिपोर्ट लिखने में किस

आचार-संहिता व मापदंड को अपनाया जाए, यह बार-बार बैठकों में हम चर्चा करते। यह एक पारदर्शी नीति थी। आरंभ से ही, जब हम पहचान के लिए संघर्षरत थे, हमारी कसौटी बनी कि हिन्दी का एक बेहतर, साफ-सुथरा और आधुनिक अखबार हम बनें। एप्रोच एटीट्यूड में आधुनिक भारत की बात करनेवाला। धर्म, जाति, समुदाय के बंधनों से ऊपर उठना मानक बना। हमने अपना स्वर तय किया।

याद करिए उन दिनों, धर्म और जाति ही हमारे हिन्दी अखबारों के मुख्य विषय-वस्तु थे। भागलपुर दंगों की अंदरूनी खबरें और सही तस्वीरें छापने वाला 'प्रभात खबर', बिहार का पहला अखबार था। यह जान-बूझकर उठाया गया साहसिक कदम था। एक तरफ कुछ बड़े दल व लोग, दंगों की असली खबरें व तस्वीरें दबाना चाहते थे, दूसरी तरफ कुछ लोग व दल, अल्पसंख्यकों पर हुए जुल्म में राजनीतिक लाभ देख रहे थे। हमारी मान्यता थी और है कि आधुनिक भारत में हर नागरिक का सम्मान होना चाहिए। इसलिए किसी एक समुदाय पर अनाचार, आधुनिक भारत या गाँधी के सपनों की बुनियाद पर हमला है। कहने की जरूरत नहीं कि भागलपुर दंगों पर बेबाक अखबारनवीसी से समाज को हमारी उपस्थिति का एहसास हुआ।

हमारी प्राथमिकता थी कि स्थानीय लोगों की हम आवाज बनें। आदिवासी समाज की पीड़ा और स्वर का मंच बनें। हमने नागपुरी, मुंडारी, कुडुख, खड़िया वगैरह (आदिवासी भाषाएँ) के स्तंभ शुरू किये। शायद किसी हिन्दी अखबार में आदिवासी भाषाओं के स्तंभ यहीं छपने शुरू हुए। परंपरा यह थी कि दिल्ली के बड़े नाम और उनके लेख छापना ही बड़ा काम माना जाता था। हमने इस आदिवासी अंचल में पहली बार स्थानीय बौद्धिकों की एक बड़ी जमात खड़ी की। यह हिन्दी पत्रकारिता में नया प्रयोग था। स्थानीय सरोकार के नये-नये कॉलम शुरू किये। रोज केरकेट्टा, प्रभाकर तिर्की, प्रो. अमर कुमार सिंह, रामदयाल मुंडा, बीपी केसरी और संजय बसु मल्लिक जैसे लोगों के तर्क, चिंतन और बेचैनी को हमने मंच दिया। ये झारखंड से थे। परंतु, देश और दुनिया के स्तर पर इनकी बौद्धिक पहचान थी। झारखंड के जल, जंगल और जमीन के सवाल को हमने सबसे अहम माना। विस्थापन और विकास के आधुनिक दंश हमारे सरोकार बने। इस अंचल को चरागाह बनाने वालों के खिलाफ 'प्रभात खबर' ने अभियान चलाया। उसी क्रम में '92 के आसपास पशुपालन घोटाले पर लगातार तीन महीनों तक हमने खोजपूर्ण खबरें छापी। फिर वर्षों तक, जाँच प्रक्रिया तक यह मुहिम चली। किसलय पहली रपट लाये थे। पशुपालन घोटाले

के भंडाफोड़ का श्रेय 'प्रभात खबर' को मिला, पर इस श्रेय के हकदार किसलय हैं। देश ने इस घोटाले को '96 में जाना।

आज ग्लोबल दुनिया में अखबार 'लोकलाइजेशन' का नारा लगा रहे हैं। अब लंदन के 'टाइम्स' से लेकर देश के बड़े अंग्रेजी अखबार 'द टेलीग्राफ', 'टाइम्स' वगैरह सामान्य नागरिक के साथ घटी मानवीय घटना को लीड बनाते हैं। लेकिन उन दिनों पत्रकारिता में मापदंड था-बड़े लोगों के साथ घटित घटनाएँ ही लीड बन सकती हैं। हिन्दी पत्रकारिता में तो और खराब स्थिति थी। हमारी शुरूआत ही इस परंपरा को तोड़ कर हुई। यही नहीं, तब पत्रकारिता के जो अनेक स्थापित मापदंड-प्रचलन थे, उन्हें हमने सायास अपने नये प्रयासों-कामों से तोड़ा। हम लीक छोड़कर ही चले।

'प्रभात खबर' ने 1989-90 में (उदारीकरण के पहले) महत्त्वपूर्ण व मानवीय लोकल खबरों को, पहले पेज का लीड बनाना शुरू किया। यह बड़ा बोल्ड प्रयोग था। तब पत्रकारों की दुनिया में इसे नासमझी माना गया। पर पाठकों की दुनिया में हमें जगह मिलनी शुरू हुई। हमने 'प्रभात खबर' को निखारना शुरू किया। 1989 में लोकसभा के चुनाव आये। बिहार समेत रांची की कानून-व्यवस्था गंभीर मुद्दा थी। लोकसभा चुनावों का माहौल था। रांची के हवाईनगर (एयरपोर्ट के पास) में एक घर में एक महिला अपनी दो बेटियों के साथ रहती थी। उसके घर में डकैती हुई, शाम पाँच बजे। लोकसभा के प्रत्याशी रांची में कानून-व्यवस्था पर वोट माँगते घूम रहे थे। हमारे अखबार के लिए वह खबर 'लीड' बनी। अन्य अखबारों में अंदर महज कुछेक पंक्तियों में यह खबर थी। तब स्थानीय अखबार भी ग्लोबल या देश के संदर्भ में सोचते थे। वही खबरें लीड या प्रमुख होतीं। यह घटना इसलिए याद है, क्योंकि उस दौर का यह नया प्रयोग था। इस घटना ने रांची लोकसभा चुनावों पर शहरी क्षेत्रों में असर डाला। हम उन दिनों 'लोकल' हुए, जब इसकी आहट अखबारों को नहीं थी। आज यही काम देश के बड़े अखबार कर रहे हैं। जहाँ से छपते हैं, वहीं की मानवीय घटनाओं को लीड बनाते हैं। हमारी शुरुआत ही इस परंपरा से हुई। उस दौर में पहले पेज का लीड, बड़ी घटनाएँ, बड़े लोग, बड़ी पूँजी व उद्योग बनते थे। 'प्रभात खबर' ने मामूली लोगों की पीड़ा को 'लीड' बनाना शुरू किया। खूब आलोचना हुई, खासतौर से मीडिया के साथियों में। उन्होंने यह कह कर खारिज किया कि संपादक, साप्ताहिक पत्रिकाओं की पृष्ठभूमि से हैं। ऐसे लोगों ने इन प्रयोगों को देख कर अखबार की उम्र भी कुछेक माह बमुश्किल दी। पर हम सब इन चीजों से दूर अपने काम में लगे रहे। हमारी टीम ने तय कर रखा था कि ऐसी आलोचनाओं

से कान बंद कर, हम काम में ही डूबेंगे।

अव्यवस्थित कार्यालय में सब कुछ ठीक करना था। काम का अंत कहीं दिखाई नहीं देता था। समय का अभाव। सुबह 9.00 बजे से 'प्रभात खबर' की टीम काम शुरू करती। रात तीन-चार बजे तक। शुरू के अनेक वर्षों तक काम का यही सिलसिला चला। हमारे लिए तो दशकों तक। हर विभाग में कई साथी दफ़्तर में ही रुक जाते। शायद ही कोई साप्ताहिक अवकाश लेता हो, यह परंपरा आज भी कुछ लोग अपनाये हुए हैं। नवंबर, '89 में नेहरू के जन्म के 100 वर्ष पूरे हो रहे थे। दीवाली अलग थी। दोनो विषयों पर बेहतर सप्लीमेंट की योजना हमने बनायी। देश के बड़े लेखकों को निजी संपर्क से अनुरोध किया। साथी कृपाशंकर चौबे (मेधावी युवा पत्रकार, अब सहारा समय बंगाल के प्रभारी), साहित्य के दिग्गजों नामवर जी, डॉ. रामकुमार वर्मा, काशीनाथ जी, उपेंद्रनाथ अश्क, नरेश मेहता, वगैरह से मिलकर 'प्रभात खबर' में लिखने का आग्रह कर आये थे। ऐसे लोगों के लेख आने लगे थे।

समस्या थी कि छह पेज से अधिक छापने या सप्लीमेंट बनाने का इन्फ्रास्ट्रक्चर ही नहीं था। 14 नवंबर, 1989 का नेहरू अंक या दीवाली अंक कैसे निकले? हमने वह प्रबंध भी किया। टीम में हौसला, प्रतिबद्धता और जोश हो, तो कुछ भी नामुमकिन नहीं। 'प्रभात खबर' में नयी टीम आने के 20-25 दिनों के अंदर ही दोनों परिशिष्ट, नेहरू अंक और दीवाली अंक निकले। बेहतर तरीके से, समृद्ध सामग्री के साथ। बिना प्रचार हमारे ऐसे प्रयासों का परिणाम हुआ कि पाठक हमें, ढूँढने लगे।

बंद[2] 'प्रभात खबर' बदल रहा है, इसकी सूचना पाठकों तक कैसे पहुँचे? यह हमारी बड़ी चुनौती थी। उन दिनों इनोवेशन का भूत हम सब पर सवार था। बड़ा आसान रास्ता था, जिसे आज सब अपना रहे हैं। कोई नया अखबार लांच हो या रिलांच। बड़े समारोह, कई-कई करोड़ के प्रचार-प्रसार, उसकी आरंभिक-आवश्यक सीढ़ियाँ हैं। हमारे पास प्रचार-प्रसार की 'लक्जरी' नहीं थी। हम संपादकीय के लोग अपने अखबार के नये कॉलमों, परिवर्तनों का खुद आकर्षक ढंग से विज्ञापन बनाते, पैंफलेट बनाते और बँटवाने की व्यवस्था करते। जुनून में काम होता। प्रसार, विज्ञापन विभागों से रोजाना बैठक और नये आइडियाज पर काम, यह हमारा दैनिक एजेंडा था।

शुरू के दो-तीन महीनों में हमारी टीम ने अखबार के संपादकीय टोन को

2. चूँकि अख़बार का नियमित सरकुलेशन नहीं था इस कारण कुछेक लोग कहते कि यह अखबार, तो बहुत पहले बंद हो चुका है।

साध लिया। राजनीति, अपराध और सनसनीखेज कंटेंट (विषय वस्तु व सामग्री) के विकल्प में स्थानीय प्रतिभाओं, स्कूल-कॉलेज के टॉपर छात्रों, सफल किसानों, उद्यमियों, महिलाओं, दुकानदारों को प्रमुखता देनी शुरू की। संघर्ष से सफल हुए आम लोगों के जीवन को, उनकी उपलब्धियों के साथ सीरीज में हमने छापना शुरू किया। 'प्रभात खबर' ने तय किया था कि विशिष्टों, भद्रजनों और शासक वर्गों की पत्रकारिता की जगह, हमें साधारण लोगों के दुख-दर्द और जीवन से जुड़ना है। पत्रकारिता में हाशिये के लोगों को केंद्रबिंदु में लाना है। हमारा मानना था कि पत्रकारिता में एक ताजा बयार की जरूरत है। हम इसी उद्देश्य में लगे थे और हमारा प्रयोग मंच था 'प्रभात खबर'।

उन दिनों की दो महत्त्वपूर्ण घटनाएँ और 'प्रभात खबर' का इन पर स्टैंड अखबार के भविष्य का संकेत देनेवाला था। अयोध्या मामला गरमा रहा था। अक्तूबर, '90 के दिन थे। हिन्दी अखबार, अफवाहों को सुर्खियाँ बनाकर समाज में तनाव पैदा कर चुके थे। रांची शहर में कर्फ्यू जैसा माहौल था। अफवाह खबरें नहीं बनतीं और इस होड़ में हम सिद्धांततः नहीं जाने वाले थे। 'प्रभात खबर', इस पूरी राजनीति और अफवाह आधारित पत्रकारिता के खिलाफ खड़ा था। छह अक्तूबर, '90 को अयोध्या में कितने लोग मारे गये, यह छापने की होड़ थी। हमने अपने पुराने मित्र और लखनऊ 'नवभारत टाइम्स' के संपादक व वहाँ उपलब्ध 'बीबीसी' की टीम से सही सूचनाएँ लेकर छापना शुरू किया। अयोध्या में सिर्फ छह मरे, जिस दिन हमारा लीड था, अन्य अखबार 200-400-800 लोगों की मौत का बैनर छाप रहे थे। यहाँ तक कि एक ही अखबार के आठ संस्करणों में अयोध्या में मरने वालों की संख्या अलग-अलग थी। बढ़ा-चढ़ाकर तथ्यों के साथ इतना बड़ा खिलवाड़ आजाद हिन्दुस्तान में शायद ही कभी हुआ हो। कोई एकाउंटिबिलिटी नहीं। कानून का भय नहीं। प्रेस काउंसिल ने अपनी ऐतिहासिक रिपोर्ट में हिन्दी के छह बड़े अखबारों के खिलाफ गंभीर टिप्पणी की और उनका असली चेहरा सामने रखा। दुनिया के किसी भी लोकतांत्रिक देश में झूठी खबरों-अफवाहों से दंगे कराकर अखबार ताकत के केंद्र नहीं बन सकते। पर ये हिन्दी अखबार मौज में रहे। समाज व व्यवस्था ने इसकी भारी कीमत चुकायी। उन दिनों 'प्रभात खबर' के प्रसार विभाग ने तत्कालीन डायरेक्टर डीएस शर्मा (संभवतः छह अक्तूबर को ही) को सूचना दी कि बाजार में 'प्रभात खबर' अखबार की माँग नहीं है। लोग मुसलमानों का अखबार कह रहे हैं। खिलाफ में परचा बाँट रहे हैं। (मुझे अनेक धमकी भरी चिट्ठियाँ मिल चुकी थीं)। उस दिन मुझे तेज बुखार था, फिर भी शर्मा जी से बात कर हम शाम

को कार्यालय में मिले। सबको पहले से बुला लिया था। सर्कुलेशन के सभी लोगों को भी। सर्कुलेशन विभाग की बातें सुनीं। मीटिंग से ही सीधे लखनऊ 'नवभारत टाइम्स' में सबके सामने बात की। संयोग से 'बीबीसी' लंदन से आये कुछ मित्र (जो अयोध्या प्रकरण कवरेज के लिए वहाँ थे) भी लखनऊ 'नवभारत टाइम्स' में उस समय मौजूद थे। 'प्रभात खबर' में मरने वालों के आँकड़े समेत अन्य छपी रपटों के बारे में पुनः लखनऊ के ऐसे क्षेत्रों से छानबीन की। लखनऊ व अयोध्या से मिले तथ्यों के आधार पर बैठक में ही पुनः प्रमाणित हुआ कि 'प्रभात खबर' ही तथ्यों को सही छाप रहा है, अन्य अखबार अफवाहों को खबर बना रहे थे। हमने डाइरेक्टर शर्मा जी से कहा कि हमें चुनना है कि हम सच के साथ होंगे या अफवाह के साथ। कहने की जरूरत नहीं कि उस बैठक में पूरी टीम ने एक स्वर में सच और तथ्यों के साथ रहना तय किया। उन दिनों जो अखबार लाखों प्रतियाँ झूठ अफवाह के आधार पर बेच रहे थे, वे आज बंद की स्थिति में हैं। जिस 'प्रभात खबर' की 500 प्रतियाँ बिकती थी, एनआरएस के अनुसार उसके दस लाख के आसपास पाठक हो गये हैं। यह 'प्रभात खबर' की ताकत नहीं, सच और तथ्य पर होनेवाली पत्रकारिता की ताकत है।

अफवाहों की पत्रकारिता की एक और स्मृति। अयोध्या प्रकरण से पहले कुछ शरारती तत्त्वों ने ईसाई मिशनरियों के कुछ लोगों पर गुमला वगैरह के इलाके में कुओं में जहर घोलने जैसा दुष्प्रचार किया। यह शरारत की पराकाष्ठा थी। इसके खिलाफ भी 'प्रभात खबर' ने आवाज उठायी। 'प्रभात खबर' के पत्रकारों ने उन दिनों अनेक खोजी रपटें लिखीं। टेटे प्रकरण, नंदलाल केमिस्ट दवा प्रकरण, जमीन घोटाला, पुलिस बहाली, पलायन, बिजली संकट वगैरह, जो राष्ट्रीय अखबारों की सुर्खियाँ बने। इस प्रसंग में अनेक मुकदमे हुए। दर्जनों में जमानत लेनी पड़ी। हाँ, 'प्रभात खबर' अखबार संवाददाताओं को कहता रहा है कि हम पक्षकार नहीं हैं, रिपोर्ट लिखने में ध्यान रखें, पर तथ्य हों, तो हम पीछे नहीं हटेंगे। हमने इस पत्रकारिता की कीमत चुकायी है। दूसरी तरफ, उन्हीं दिनों छठ के अवसर पर एक हिन्दी अखबार की भूमिका से रांची में दंगे हो गये। पहली बार 'प्रभात खबर' ने इस दंगे में उक्त अखबार की भूमिका के बारे में लिखा। प्रेस काउंसिल में शिकायत की। प्रेस काउंसिल की पूरी टीम जस्टिस सरकारिया के नेतृत्व में रांची आयी। खुली सुनवाई हुई और प्रेस काउंसिल ने हिन्दी अखबारों की दंगाई भूमिका पर ऐतिहासिक रिपोर्ट दी। इस टीम में देश के मूर्धन्य पत्रकार व साहित्यकार रघुवीर सहाय भी थे। 'प्रभात खबर' की इस पत्रकारिता में सपना, साहस और नये प्रयोगों का सामंजस्य था।

उन्हीं दिनों रांची में आये तूफान में बिजली के टावर गिर गये। सरकारी तंत्र ने घोषणा कर दी कि 15 दिनों तक शहर में बिजली नहीं आयेगी। टेलीफोन, अस्पताल वगैरह में क्या हालात होंगे, यह गौर करने लायक बात थी। अफसर, खुद सरकारी जेनरेटर से सुखपूर्वक रह रहे थे, जनता भुगत रही थी। खासकर महिलाएँ! 'प्रभात खबर' ने एक एक्टिविस्ट अखबार की भूमिका में नागरिक आन्दोलन का आह्वान किया। महिलाएँ-सड़कों पर थीं, यह जनांदोलन-बदलाव की पत्रकारिता थी। हर दल के नेताओं को हमने नेपथ्य में रहने का अनुरोध किया। इस आन्दोलन में महिलाएँ-सामान्य नागरिक आगे थे। 'इकोनॉमिक टाइम्स' ने 'प्रभात खबर' की इस भूमिका का पहले पेज पर उल्लेख किया।

यह वह दौर था, जब एडवरटोरियल (संपादकीय प्रायोजित विज्ञापन) का पदार्पण हो चुका था। विज्ञापन, संपादकीय शक्ल में छप रहे थे। बाजार का दबाव बढ़ रहा था। हमारी टॉप टीम ने नीति तय की। इस नीति का श्रेय केके गोयनका, आरके दत्ता और प्रबंधन को भी है। हमने तय किया कि जहाँ बड़े मुद्दे होंगे, लाखों जनता के हितों का सवाल होगा, हम जनता को चुनेंगे, विज्ञापन नहीं। 1994-95 में नॉन बैंकिंग कंपनियों जेवीजी, हेलियस, कुबेर वगैरह का जोर था। बड़े-छोटे अखबार लगातार पेज-पेज भर विज्ञापन छापते थे, साथ ही उनकी प्रशंसा में संपादकीय कसीदे पढ़ते थे।

सब जानते थे कि जनता को ये नॉन बैंकिंग कंपनियाँ ठग रही हैं। 'प्रभात खबर' ने सीरीज में तब इन चीजों के सच के बारे में छापा। इन पारा बैंकिंग कंपनियों ने 'प्रभात खबर' के खिलाफ कानूनी कार्रवाई आरंभ की। भविष्य में ऐसे अनेक मुद्दे आये, जब 'प्रभात खबर' ने जनहित के पक्ष में खड़ा होकर लाखों -लाख के विज्ञापन गँवाये। केंद्र सरकार और राज्य सरकार का कोपभाजन बना 'प्रभात खबर'।

वे घटनाओं के दिन थे और 'प्रभात खबर' सार्थक हस्तक्षेप की भूमिका में था। पलामू से अकाल, भूख से मौत की खबरें आयीं। हमने पत्रकारिता की ताकत भूख से लड़ते लोगों के पक्ष में झोंक दी। रांची में एक जन समिति बनी। डॉ. सिद्धार्थ मुखर्जी, त्रिदिव घोष, सेना के कर्नल बख्शी जैसे लोग सामने आये। कमेटी ने लोगों से तत्काल राहत के लिए मदद माँगी। जुलूस, निकाले। बैठकें कीं। लोगों से कहा, कपड़ा, अन्न की मदद दें। नकद पैसा नहीं। दान देनेवालों के नाम-विवरण रोज 'प्रभात खबर' में छपता था। दर्जनों ट्रक सामान लेकर कर्नल बख्शी, त्रिदिव घोष, फैसल अनुराग, वासवी वगैरह अकालग्रस्त क्षेत्रों में गये। हम भी गये। 'प्रभात खबर' की पत्रकारिता ने पलामू अकाल को बड़ा सवाल बना दिया। अंततः प्रधानमंत्री नरसिंह राव को वहाँ आकर राहत की

घोषणा करनी पड़ी। उन दिनों 'प्रभात खबर' की प्रसार संख्या सीमित थी, फिर भी जन मुद्दों के साथ अपने को आत्मसात् करने का प्रयोग, उसे ताकत दे रहा था। सच तो यह है कि जनमुद्दों के साथ ईमानदार तरीके से आत्मसात् होने की प्रक्रिया से पत्रकारिता को जो त्वरा, आभा और ताकत मिलती है, उसे बाजार के प्रचार, गिफ़्ट नहीं दिला सकते।

राजनीति करवट ले रही थी और 'प्रभात खबर' इस बदलाव से उभरती प्रगतिशील धारा का प्रतीक बन रहा था। मंडल आयोग की घोषणा ने यथास्थिति की राजनीति को झकझोरा। दुनिया के स्तर पर जाने-माने राजनीतिक समीक्षक चिंतक प्रो. रजनी कोठारी की मशहूर सीएसडीएस ने अपनी पत्रिका 'लोकायन' में 'प्रभात खबर' की भूमिका का उल्लेख किया।

'लोकायन' ने इस प्रसंग में हिन्दी के सिर्फ दो अखबारों के प्रगतिशील रवैये का उल्लेख किया। एक था 'नवभारत टाइम्स', दूसरा 'प्रभात खबर'। रांची में रहकर, कम प्रसार के बावजूद, हम देश के सबसे जाने-माने समाज विज्ञानियों की संस्था व पत्रिका में 'उल्लेख' पा रहे थे। यह उत्साह बढ़ाने वाला प्रसंग था। इसी तरह झारखंड स्तर पर आदिवासियों की जो समस्याएँ अखबारों, बिहार व देश के लिए मुख्यधारा की समस्या नहीं थी, उन्हें 'प्रभात खबर' ने मुख्यधारा के ही विषय माने। यह कहना ज्यादा तर्कसंगत होगा कि इस अंचल में पत्रकारिता के पीछे मूल मकसद था कि हाशिये पर पड़ा यह समुदाय समाज के वृत्त का केंद्रबिंद बने। 'रविवार' में काम करते हुए, रांची के हेराल्ड एस तोपनो से पत्राचार हुआ था। पत्र से हमारा परिचय आत्मीय संबंधों में बदल गया। हमारे आग्रह पर बिरसा मुंडा के जन्मदिन 15 नवंबर पर वह उन दिनों बिरसा के गाँव उलीहातू गये। एक पेज में स्मरणीय रिपोर्ट लिखी। उनका असमय जाना 'प्रभात खबर' की एक बड़ी क्षति थी। वह अत्यंत प्रतिभावान, सजग और तेजस्वी युवा विचारक थे। उन्हें हमने 'रविवार' में छापना शुरू किया था।

झारखंड में 'प्रभात खबर' के माध्यम से जन सरोकार की पत्रकारिता की संभावना तलाशने के लिए पहले हेराल्ड को ही हमने कलकत्ता न्योता। लंबी चर्चा हुई। संभावनाएँ और चुनौतियाँ, दोनों पक्षों पर उन्होंने खुलकर बातें बतायीं। वह सरकारी नौकरी में थे। फिर भी उन्हें 'प्रभात खबर' से जोड़ा। 'जल, जंगल और जमीन' पर, हेराल्ड के लेख मील के पत्थर हैं। हेराल्ड का जंगलगाथा स्तंभ, संपादकीय पेज पर छपना शुरू हुआ और एक-दो लेखों के बाद ही उस स्तंभ की ताजगी, धरातल और विषय, राष्ट्रीय निगाह में आ गये।

इसी तरह इस आदिवासी बहुल अंचल के महादेव टोप्पो, दयामनी वरला,

वासवी, सुनील मिंज, ज्योत्स्ना डांग, फिलीप कुजूर, जेराम जेराल्ड कुजूर, मिखाइल डहंगा, सुषमा कुजूर जैसे अनेक प्रतिभावान युवा 'प्रभात खबर' के संपर्क में आते गये। आदिवासी, मुस्लिम, सदान (झारखंड क्षेत्र के बाशिंदे) और पिछड़ों को पत्रकारिता से जोड़ने के लिए 'प्रभात खबर' ने एक गंभीर कोशिश की। इन वर्गों के अनेक तेजस्वी युवा पत्रकार आज पत्रकारिता में उम्दा काम कर रहे हैं।

हमारी अगली कोशिश थी, संपादकीय पेज को स्तरीय बनाना। हम अपनी सीमाओं से वाकिफ थे। छोटा अखबार, वह भी रांची से, पूँजी की कमी अलग। पुराने परिचय-संबंधों के लाभ मिले। 'प्रभात खबर' टीम की मान्यता थी कि विचारों व मुद्दों की पत्रकारिता ही समाज की सबसे बड़ी जरूरत है। यह वह दौर था, जब दुनिया के स्तर पर घोषणाएँ हो रही थीं कि विचारों का अंत हो गया है। भारतीय पत्रकारिता में भी (अंग्रेजी-हिन्दी में खासतौर से), विचारहीनता का दौर शुरू हो गया था। बाजार और फैशन मूल विषय बन रहे थे। हमने विषयों के साथ खुद को जोड़ा। हमारे संपादकीय पेज पर मधु लिमये, किशन पटनायक, सच्चिदानंद जी, रघुवीर सहाय, गणेश मंत्री, सुरेंद्र प्रताप सिंह, अरुण शौरी, मेघनाथ, केवल वर्मा, प्रो. ईश्वरी प्रसाद, नारायण दत्त जी, प्रो. कृष्णनाथ, धर्मवीर भारती, चतुरानन मिश्र, प्रो. अमर कुमार सिंह, डॉ. शिवप्रसाद सिंह, रामदयाल मुंडा, बीपी केसरी, जाबिर हुसैन, अगम प्रकाश जैसे लोगों के विचार आने लगे। इस प्रयास ने अखबार को नयी पहचान दी और 'प्रभात खबर' की इस धारणा को स्थापित किया कि विचार मरे नहीं हैं।

'रविवार पत्रिका' (साप्ताहिक परिशिष्ट) में हमने गाँधी, जेपी, लोहिया पर नये संदर्भों में कई विशिष्ट अंक निकाले। इनमें देश के जाने-माने लोगों ने लेख लिखे। यह संकेत था कि विचार, सिद्धांत या साफ-सुथरी राजनीति का आग्रह जनता में खत्म नहीं हुआ है। सिर्फ शासकवर्ग और मौजूदा राजनीति को ही विचारों से भय है, इसलिए वे विचारों के अंत के नारे लगा रहे हैं। इसी तरह हिन्दी के बड़े साहित्यकारों (पुराने से लेकर डॉ. धर्मवीर भारती तक) को हमने श्रद्धा से स्मरण किया। कृष्ण बिहारी मिश्र जैसे विशिष्ट लोगों ने इन्हें नये सिरे से परखा। पाठकों ने इसे अपनाया। इसके पीछे हमारा मानना था कि हम हिन्दी समाज में अपने बौद्धिकों, विचारकों के लिए एक सम्मानजनक धरातल खड़ा करें। हिन्दी क्षेत्र का दुर्भाग्य है कि राजनीति को उसने जरूरत से ज्यादा अहमियत, सम्मान दे दिया है। इसी तरह समाज के पाखंड, भ्रष्टाचार और कुरीतियों के खिलाफ लंबा अभियान चला। सामाजिक कुप्रथा के खिलाफ

आवाज उठाने का मंच बना, अखबार।

जो लोग मानते हैं कि भ्रष्टाचार मुद्दा नहीं है, वे भ्रम में हैं। इस समाज का सबसे गंभीर मुद्दा भ्रष्टाचार है। सरकारी साधनों के दुरुपयोग, आधे-अधूरे कामों पर सरकारी पूँजी का व्यय, एकाउंटिबिलिटी का अभाव। राजनेताओं के झूठ को उजागर करने के लिए 'प्रभात खबर' ने अनेक नये-नये तरीके अपनाये। गाँव-गाँव 'प्रभात खबर आपके द्वार' कार्यक्रम लेकर हमारे संवाददाता गये। पाठकों से गाँव के लोगों की पीड़ा सुनी। बुनियादी समस्याओं की सूची बनायी और लगातार छापे। मतदाता जागरण अभियान में पाठकों को वोट का महत्त्व बताने का काम हुआ। साथ ही स्थानीय समाज के ईमानदार नायकों को एक मुहिम चलाकर नेपथ्य से हम प्रकाश में लाये। गाँव-देहात जाकर ऐसे लोगों को हमने तलाशा। अनेक आदिवासी नेता (जो मंत्री रहे हैं, कई-कई बार सांसद-विधायक रहे हैं) गाँवों में हल चलाते हैं, गरीबी में रह रहे हैं। राजनीति में बड़े पदों पर वर्षों रहने के बावजूद, ऐसे लोगों को दूर-देहात से तलाश कर हमने अखबारों की सुर्खियाँ बनायीं।

जमशेदपुर 'प्रभात खबर' के स्थानीय संपादक अनुज सिन्हा ने जिस पैशन से ऐसी पत्रकारिता को समृद्ध किया, वह उल्लेखनीय और अनुकरणीय है।

एक तरफ संपादकीय मोरचे पर नये प्रयोग चल रहे थे, तो दूसरी ओर पाठकों से जुड़ने के लिए अनोखी पहल भी हो रही थी। '90 में 'प्रभात खबर' ने पहली बार पाठकों की अदालत बुलायी। 'प्रभात खबर' की कमियों को सुना। पाठकों की यह पहली बैठक लगभग सात घंटे चली थी। अखबारी दुनिया में पिछले दो-चार वर्षों में पाठकों से जुड़ने की आवाजें सुनाई देने लगी हैं। शहर, गाँव, देहात में 'प्रभात खबर' संपादकीय टीम के साथी, दस-बारह वर्ष पहले पत्रकारिता का यह नया स्वर लेकर गये और लोगों से जुड़ गये। झारखंड की मिट्टी और जीवन के हिस्से बन गये। आज भी यह परंपरा चल रही है।

एक उद्वेलित मानस तैयार करने का काम भी साथ हो रहा था। एक तरफ नये संपादकीय प्रयोग चल रहे थे, तो दूसरी ओर क्षेत्र-राज्य की समस्याओं झारखंड के पिछड़ेपन पर विमर्श का आयोजन भी। 1990 में दिल्ली में 'प्रभात खबर' ने देश के सिरमौर राजनेताओं-बौद्धिकों को न्योता। झारखंड आन्दोलन के बड़े नाम एक जगह आये। साथ ही रांची में ऐसी गोष्ठियों-विमर्शों का दौर चला। अमर बाबू से इस कार्य में बड़ा सहयोग मिला। वह मानते थे कि झारखंड आन्दोलन या झारखंड की समस्याओं को बौद्धिक दृष्टि से सामने लाना जरूरी है। 'प्रभात खबर' के आग्रह पर उन्होंने कई वर्षों तक इन विषयों पर मौलिक

लेख लिखे। उनके न रहने पर उनके इन लेखों का संग्रह, राजकमल प्रकाशन से 'जोहार झारखंड' छपकर आया। अलग राज्य झारखंड बनने के पहले उस आन्दोलन को बौद्धिक ऊष्मा देना, गति देना और उसे जीवित बनाये रखने का काम 'प्रभात खबर' ने किया।

उन दिनों लोग आरोप लगाते थे कि समाज में आन्दोलन, मंद-शिथिल और ओझल हो गया है। सिर्फ 'प्रभात खबर' के पन्नों पर यह जीवित है। यह आरोप बिलकुल गलत नहीं था। दूसरा महत्त्वपूर्ण तथ्य। भाजपा जब अलग राज्य के लिए सहमत हुई, तब वह 'वनांचल' नाम से नया राज्य चाहती थी। 'झारखंड' नाम से अलग राज्य नहीं चाहती थी। 'प्रभात खबर' शुरू से आखिर तक स्थानीय जनभावनाओं के अनुरूप झारखंड बनने से दशकों पहले 'झारखंड' ही कहता आया। अंततः 'झारखंड' नाम से ही राज्य बना। इस तरह 'झारखंड' गठन से 'प्रभात खबर' का भावनात्मक रिश्ता रहा है। उन्हीं दिनों 'प्रभात खबर' ने 'भारत किधर', 'बिहार किधर' और 'झारखंड की स्थिति' पर पटना, रांची, जमशेदपुर और धनबाद में व्याख्यानमालाएँ आरंभ कीं।

'प्रभात खबर' ने जीवंत और जागरूक समाज के लिए इन व्याख्यानमालाओं का आयोजन शुरू किया। महाराष्ट्र और मध्य प्रदेश की तर्ज पर। कोशिश रही है कि हर विचार को सुनने और फिर उस विशेष वक्ता से सीधे संवाद का अवसर पाठकों को मिले। पटना, रांची (सबसे अधिक व्याख्यान यहीं हुए हैं) जमशेदपुर और धनबाद में ऐसे अनेक आयोजन हुए। 1990 में ही यह प्रयास आरंभ हुआ। रूसी मोदी, किशन पटनायक, लालू प्रसाद यादव, जगदानंद सिंह, सीताराम येचुरी, अरुण शौरी, जावेद अख्तर, दिग्विजय सिंह (मध्यप्रदेश), अरुणा राय, चंद्रशेखर, प्रो. कृष्णनाथ, कॉमरेड विनोद मिश्र, दत्तोपंत ठेंगड़ी, यू.एन. विश्वास, प्रभाष जोशी, अजित भट्टाचार्य, न्यायमूर्ति पीवी सावंत, पूर्व मुख्य न्यायाधीश रंगनाथ मिश्र, कैंब्रिज के प्रोफेसर सत्येंद्रनाथ श्रीवास्तव, पूर्व राज्यपाल प्रो. सिद्धेश्वर प्रसाद, डॉ. नामवर सिंह, प्रो. योगेंद्र यादव जैसे प्रबुद्ध लोग इन कार्यक्रमों में बोल चुके हैं।

इन नये संपादकीय प्रयोगों ने बहुत कम समय में हमें पहचान दी। यह हमारी टीम के लिए प्रेरक प्रसंग था। वर्ष भर के ऐसे प्रयासों के परिणाम आने लगे। इसके बाद देश के सफल क्षेत्रीय अखबारों की कार्यशैली, रणनीति और एप्रोच देखने-जानने की जरूरत हमने महसूस की। 'मलयालम मनोरमा', 'ईनाडु' 'नई दुनिया', 'दैनिक भास्कर' (इंदौर), 'राजस्थान पत्रिका' और 'महाराष्ट्र टाइम्स' को नये सिरे से मैंने जाकर देखा व जाना। इस अध्ययन यात्रा से बहुत कुछ सीखने को मिला। 'ईनाडु' के रामोजी राव से मुलाकात यादगार स्मृति है। इस

यात्रा में सफल क्षेत्रीय अखबारों से सीखी चीजों को हमने 'प्रभात खबर' में भी अपनाया। हर यात्रा से लौट कर अच्छी और गलत चीजों के बारे में अपने सहयोगियों से खुली बातचीत होती थी। यह बड़ा सार्थक और उपयोगी रहा। इस यात्रा से स्पष्ट हुआ कि आधुनिक तकनीक और ग्रामीण इलाकों में नेटवर्किंग में ठोस प्रयास होने चाहिए। जब देश में, हिन्दी के बड़े अखबारों में संपादकीय विभाग, कंपोजिंग, संपादन और पेज बनाने का काम एक साथ नहीं करता था, तब 'प्रभात खबर' में यह काम शुरू हुआ। ग्रामीण इलाकों को मोडम-फैक्स से जोड़ने का प्रयास '91 से आरंभ हुआ। आधुनिक टेक्नॉलोजी से जुड़ने के इस प्रयास ने हमें आगे बढ़ाया। तब केके गोयनका और आरके दत्ता, हमेशा नये आइडियाज, नये प्रयोगों के सुझावों से लैस रहते थे। नये कामों के लिए हमारे पास पूँजी नहीं थी। हमने सोचा, बगैर पूँजी के क्या नये काम हो सकते हैं? इस दिशा में सोच का पहला परिणाम था, 'रोजगार प्रभात खबर' का प्रकाशन। लालू प्रसाद यादव इसके उद्घाटन के लिए रांची आये। यह प्रयोग सफल रहा। फिर हमने जमशेदपुर, धनबाद से 'प्रभात खबर' के प्रकाशन की योजना बनायी। दोनों जगहों पर दो लोग 'प्रभात खबर' का फ्रेंचाइजी' लेने को तैयार थे। हमने सूझबूझ से 'एग्रीमेंट' किया। 'प्रभात खबर' दोनों जगह से निकलने लगा। कुछ ही वर्षों में लगा कि यह प्रयोग नहीं चल सकता, हम मित्रवत अलग हो गये।

इसके बाद हमारी 'टॉप टीम' इस जुगाड़ में लगी कि जमशेदपुर, धनबाद से कैसे हम अपना अखबार आरंभ करें। पूँजी का अभाव गंभीर समस्या थी। केके गोयनका और आरके दत्ता, जालंधर जाकर एक 'थर्ड हैंड' ब्लैक एंड व्हाइट मशीन खरीद लाये। अत्यंत कम कीमत पर। तब तक 'प्रभात खबर' रांची में जिस मशीन से छपाई होती थी, वह (बंधु मशीन) इंडस्ट्री से काफी पहले स्क्रैप घोषित हो चुकी थी। जालंधर से आयी थर्ड हैंड मशीन को रांची में लगाया गया। रांची की स्क्रैप 'बंधु मशीन' को हम जमशेदपुर ले गये, वहाँ से फिर धनबाद। रांची में लगी थर्ड हैंड 'ओरिएंट' पुरानी मशीन ने भी गंभीर संकट में डाला। दो-तीन महीनों तक अकसर सुबह पाँच-छह बजे केके गोयनका और मैं दफ़्तर में होते। अखबार लेट होने के कारण। पता चलता आरके दत्ता आधी रात से ही हैं। धीरे-धीरे यह भी ठीक हुआ।

जमशेदपुर और धनबाद दोनों जगहों पर, उसी स्क्रैप ब्लैक एंड व्हाइट आठ पेजी बंधु मशीन से हमने 'प्रभात खबर' की शुरुआत की। मामूली इन्फ्रास्ट्रक्चर खड़ा कर के। नये संस्करण खोलने के पहले हर जगह हम किराये पर एक गेस्ट हाउस लेते थे। उसमें प्रधान संपादक से लेकर चपरासी तक साथ रहते थे। साथ

खाते थे। हर गेस्ट हाउस के हमने नुस्खे बना रखे थे। चौकी कहाँ से बनेगी? लकड़ी के जो बॉक्स, छपाई मशीन ढोकर लाते हैं, उनसे सोने के लिए चौकियाँ बनीं। अत्यंत कम खर्चे से बिस्तर या अन्य इंतजाम। गेस्ट हाउस में हमने साथ खाना बनाने-सब्जी काटने का काम किया। कई वर्षों तक रेल के सेकेंड क्लास और बस में हमारी टॉप टीम (केके गोयनका-आरके दत्ता वगैरह) ने यात्रा की। अखबार का प्रचार-प्रसार कैसे हो? इसके भी नये-नये तरीके ईजाद किये। आज जो लोग एक-एक संस्करण करोड़ों-करोड़ों निवेश कर चलाते हैं, वे इन चीजों पर हँसेगे। पर यह सब एक प्रयोग की स्मृति है।

हमने तय किया कि जैसे एक व्यक्ति संकट के लिए रेकरिंग डिपाजिट' एकाउंट बैंकों में खोलता है, उसी तरह हमने 'प्रभात खबर' के विभिन्न संस्करणों में रेकरिंग एकाउंट खोलें। 10, 5 हजार के। हमारे इस प्रस्ताव पर हमारे ग्रुप कंपनी के लोग तब हँसे थे। कुछेक वर्षों बाद इसी रेकरिंग एकाउंट के पैसे से हमने रांची में सिटी ऑफिस खोला। धनबाद, जमशेदपुर में 'प्रभात खबर' की जमीन लेने में मदद मिली। हमारी संपादकीय टीम में भी ऐसे प्रशिक्षित लोग निकले, जो एक-एक पैसे फालतू खर्च पर नियंत्रण खो बैठते थे या बैठते हैं। बहुत पहले 'प्रभात खबर' ने संपादकीय विभाग के घेरे को तोड़कर, अखबारी उद्योग की नब्ज पर हाथ रखने के लिए संपादकीय सहयोगियों को तैयार किया।

हिन्दी अखबारों में आज भी मान्यता है कि संपादकीय विभाग को, संपादन काम के अतिरिक्त कुछ जानना नहीं चाहिए। आज से दो दशक पहले 'प्रभात खबर' की टीम ने इस धारणा को ध्वस्त किया। अखबार के हर विभाग की कार्यप्रणाली जानने, सबके साथ टीम बनाकर काम करने और इंडस्ट्री में आ रहे नये बदलावों को जानने की सायास पहल की। अब अखबार उद्योग में 'ऑलराउंडर' होने की जरूरत पिछले दो-तीन वर्षों से महसूस की जा रही है। बड़े अखबारों में युद्ध स्तर पर यह कोशिश हो रही है। हमने शुरुआत ही 'ऑलराउंडर' बनने की कोशिश के साथ की थी। और इसी कार्य पद्धति से 'प्रभात खबर' की टीम ने एक नया अध्याय लिखा।

याद करिए 1991 में जिस अखबार के बारे में, न्यूजपेपर इंडस्ट्री के विशेषज्ञ लिखित रिपोर्ट व राय दे चुके थे कि जितना जल्द यह बंद हो, नुकसान बचेगा। उस संस्थान को इन्हीं नये प्रयोगों ने आज यहाँ पहुँचा दिया है। हाँ! 1990-95 के बीच अनेक नये प्रयोगों ने दम भी तोड़ा। हिन्दी में पहली बार आर्थिक समाचारों का साप्ताहिक 'कारोबार खबर' कलकत्ता से, 'प्रभात खबर' ने निकाला। डेढ़-दो साल चलकर यह स्थगित हो गया। महिलाओं के लिए 'घर' पत्रिका आरंभ हुई,

जो चार वर्षों तक चली। आज यह काम जागरण समूह 'सखी' निकाल कर बहुत अच्छी तरह कर रहा है।

हमने सामयिक समस्याओं पर पाक्षिक 'पत्रिका' भी निकाली। कुछ समय बाद इसे भी स्थगित करना पड़ा। ये सारे प्रयोग बिना एक पैसा निवेश किये हुए आरंभ किये गये थे। गलती यह हुई कि इन पत्र-पत्रिकाओं के लिए आर्थिक कारणों से हमने नये स्टाफ भी नहीं रखे। 'प्रभात खबर' के संपादकीय साथियों को ही इनके दायित्व अतिरिक्त तौर पर सौंपे गये। यह एक गंभीर भूल थी। पर इन प्रयोगों ने हमारी टीम को परिपक्व और अनुभव समृद्ध बनाया।

इस पूरे अफसाने में सीखने को बहुत मिला। खासतौर से मैनेजमेंट के बारे में। संपादकीय पृष्ठभूमि से आने के कारण मैं इस क्षेत्र से अनभिज्ञ था। 'प्रभात खबर' के मैनेजमेंट अनुभवों के बारे में अलग से हम पुस्तक लिख सकते हैं। मुख्यतः 22 अक्तूबर, 1989 से 1995 तक 'प्रभात खबर' में हुए प्रयोगों की यही कहानी है।

बाद का अध्याय, और रोचक व रोमांचक अनुभवों से भरा है। मोटे तौर पर सारांश यही है कि पहले फेज (1990-95) या दूसरे फेज (1995-अब तक) में 'प्रभात खबर' की प्रगति, उसकी टीम की प्रतिबद्धता का परिणाम है। टीम नीचे से ऊपर तक। आज न्यूजपेपर इंडस्ट्री में आवश्यक पूँजी निवेश एक क्रिटिकल फैक्टर है। फैलाव और पाठक बढ़ाने की होड़, न्यूजपेपर इंडस्ट्री में रहने की अनिवार्य शर्त हो गई है। किसी एक घराने ने चार वर्षों में 400 करोड़ निवेश किये, तो किसी ने 200 करोड़। पर पूँजी महत्त्वपूर्ण होने के बावजूद टीम में दृष्टि, प्रतिबद्धता हो, तो नये रास्ते निकलते ही हैं। 'प्रभात खबर' इसका ज्वलंत उदाहरण है। इसी दौर में सितंबर, 2003 में 'राजस्थान पत्रिका' का सर्वेक्षण विज्ञापन कहता है कि देश के सबसे आगे बढ़ते छह अखबारों में से 'प्रभात खबर' एक है। यह दूसरे फेज (1995-2003) की कहानी है। 'प्रभात खबर' की टीम (हर विभाग) के उल्लेखनीय काम का दूसरा पहलू। बनी-बनायी लीक पर, भारी पूँजी उपलब्धता और सुविधाओं के बीच यात्रा तो सब करते हैं, पर खुद राह बनाने और अभावों, संकटों और विपरीत परिस्थितियों में अपनी जगह बनाने का काम अपवाद ही करते हैं। इस संदर्भ में 'प्रभात खबर' की टीम अपवाद है।

'प्रभात खबर' में पिछले चौदह वर्षों में जो अनुभव ग्रहण किये हैं, वे पत्रकारिता के बदले मिजाज के बारे में बहुत कुछ बताते हैं। उदारीकरण (1991) के बाद प्रेस पर दबाव का स्वरूप और चरित्र बदला है। अंग्रेजी के बड़े अखबार और उनको आदर्श मानकर हिन्दी के उभरते बड़े अखबार (जो करोड़ों में पाठक संख्या बताते हैं) समाज के 'हैव्स' (संपन्न, शासक व दबंग)

के प्रवक्ता बन गये हैं। अगर आप 'हैव नॉट्स' (गरीब, विपन्न) की बात करते हैं, तो आपके ऊपर चैतरफा दबाव पड़ते हैं। सरकार से, विधायिका से, अपराधियों से, उद्योग घरानों (विज्ञापनदाताओं) से और अपने प्रबंधन से। इस ग्लोबल अर्थव्यवस्था और ग्लोबल दुनिया में ऐसे दबाव इतने ताकतवर और कई स्रोतों से हैं कि इनसे परंपरागत ढंग या अर्थ में लड़ना कठिन है।

अपने अनुभव के संदर्भ में कुछ तथ्य रखना चाहूँगा, ताकि चीजें स्पष्ट हो सकें। हमने पत्रकारिता की शुरुआत 'टाइम्स ऑफ इंडिया' समूह, बंबई से प्रशिक्षु पत्रकार के रूप में की। 1977, एक मार्च से। एक वर्ष प्रशिक्षण के बाद 'धर्मयुग' में रहा। बाद में 'रविवार' में काम किया। कोलकाता रहा। आपातकाल और उससे पहले के राजनीतिक, आर्थिक और सामाजिक माहौल ने घर के विरोध के बावजूद, पत्रकारिता में जाने की मन:स्थिति तैयार की। महानगरों का जीवन-हालात देखते हुए और महानगरीय पत्रकारिता करते हुए, बार-बार सवाल उठते रहे कि पत्रकारिता में आने के उद्देश्य क्या थे? छोटी जगह से पत्रकारिता कर 'हैव नाट्स' के जीवन में कोई परिवर्तन संभव है? पत्रकारिता, सामाजिक-आर्थिक हालात पर असर डाल सकती है? स्थानीय जीवन को प्रभावित कर सकती है? समाज बदलाव में असरदार भूमिका निभा सकती है? इसी क्रम में आदिवासियों की जीवन शैली, सहजता और सामूहिकता ने पत्रकारिता में जोखिम लेने के लिए तैयार किया।

अलग 'झारखंड' प्रदेश की एक लंबी लड़ाई में हम 'मंच व स्वर' बने। बौद्धिक अगुवाई की भूमिका में रहे। पर 'झारखंड' बनते ही बड़े अखबार आने लगे। उल्लेखनीय है कि यहाँ की पीड़ा-संघर्ष के दौरान कोई नहीं आया। घाटे में रहने और यहाँ के लोगों के दुख में साझीदार बनने के लिए कोई समाचार समूह नहीं पहुँचा। पर लाभ व धन कमाने के लिए अंग्रेजों की तरह कंपनियाँ झारखंड में दौड़ पड़ीं।

यह धारणा बनी कि यह खनिज संपदा से संपन्न राज्य होगा। सरप्लस बजट का राज्य होगा। इसके बाद तो नये बिजनेस घराने दौड़ पड़े। साथ ही वर्ष 2000 में 'हिन्दुस्तान' और 2003 में 'दैनिक जागरण' ने झारखंड में तीन जगहों से अपना प्रकाशन आरंभ किया। भारी पूँजी निवेश, प्रचार, आक्रामक मार्केटिंग के अतिरिक्त नैतिक रूप से अनेक विवादास्पद व आपत्तिजनक कदम उठाये गये, पर झारखंड की धरती से प्रकाशित 'प्रभात खबर' की प्रसार संख्या लगातार बढ़ती रही। इन अखबारों से मुकाबले के लिए 'प्रभात खबर' ने पत्रकारिता की एक नयी जमीन तलाशी। कंटेंट और विषय वस्तु, वह जिसे उदारीकरण के बाद

की पत्रकारिता खारिज कर चुकी है। उदारीकरण में जो लोग या विषय, समाचारपत्रों मीडिया के विषय-वस्तु या केंद्र नहीं रहे, उन्हें हमने मुख्य विषय माना। वे गरीब आदिवासी, किसान, महिलाएँ, जो समाज में हाशिये पर हैं, उनकी आवाज बनने का फैसला किया। 'हैव नॉट्स' की इस पत्रकारिता ने ही इस अखबार को नयी ऊर्जा और व्यापक पाठक आधार दिया। इसी बल यह अखबार आज भी अपनी जमीन पर मजबूती से खड़ा है। पर यह राह कंटकाकीर्ण है। कठिन और मुख्यधारा से अलग। आज समाज में जैसे विचारों का निर्वासन हो गया है, उसी तरह यह राह भी अनजानी बन गयी है। तरह-तरह के दबाव और संकट इस यात्रा को असंभव बनाते हैं।

'प्रभात खबर', पटना संस्करण का प्रकाशन 1996 में हुआ। 'प्रभात खबर', जमशेदपुर संस्करण का प्रकाशन 1997 में, 'प्रभात खबर', धनबाद संस्करण का प्रकाशन 1999 में शुरू हुआ। एक वर्ष के अंदर ही जमशेदपुर और धनबाद में स्थानीय अखबारों के मुकाबले 'प्रभात खबर' काफी आगे निकलकर नंबर एक बन गया था।

सरकारी नियमों के अनुसार प्रकाशन के छह माह बाद भारत सरकार के सूचना मंत्रालय के तय मानदंडों के तहत डी.ए.वी.पी. की मान्यता के लिए आवेदन देना होता है। यह मिलने पर राज्य सरकार के पास पंजीकरण (राज्य स्तरीय मान्यता, ताकि राज्य सरकार का विज्ञापन मिल सके) के लिए आवेदन देने की पात्रता होती है। फिर राज्य सरकार का खुफिया व गृह विभाग जाँच कर मान्यता देती है। कई वर्षों तक 'प्रभात खबर' के लोग सारी मान्यताओं-औपचारिकताओं को पूरा कराकर, 'प्रभात खबर' के पटना, धनबाद और जमशेदपुर संस्करणों की मान्यता के लिए बिहार सरकार के पास दौड़ते रहे। सेक्रेटेरिएट के चक्कर काटते रहे। नीचे से अफसरों की हर गोपनीय रिपोर्ट 'प्रभात खबर' के अनुकूल थी। पर धनबाद और जमशेदपुर संस्करण को (जो अपने इलाके में सबसे आगे थे) अंत-अंत तक बिहार सरकार ने मान्यता नहीं दी। पटना संस्करण को छह वर्ष बाद 2002 में मान्यता मिली। तब, जब 'दैनिक जागरण' के पटना संस्करण (जो वर्ष 1999-2000 में पटना से शुरू हुआ) को बिहार सरकार ने मान्यता दी। यह गौर करने लायक तथ्य है कि अयोध्या प्रकरण में जिन अखबारों की भूमिका पर प्रेस काउंसिल ने लंबी रिपोर्ट दी है, जो अपने सामाजिक विद्वेष की भूमिका के लिए जाने जाते हैं, उन्हें बिहार राष्ट्रीय जनता दल की धर्मनिरपेक्ष ताकतों ने तुरंत मदद की। अनेक फर्जी अखबार, बिना प्रसार संख्या वाले अखबार ऊपर से नीचे तक को खुश कर सारे सरकारी विज्ञापन पा रहे थे। पर अपने-अपने इलाकों में अपनी पहचान बना चुके,

नंबर वन बन चुके 'प्रभात खबर' के जमशेदपुर और धनबाद संस्करणों को सरकारी मान्यता नहीं दी गयी, न विज्ञापन। पटना संस्करण को कई वर्ष बाद मान्यता मिली।

1991-95 के दौर में ही आर्थिक उदारीकरण के गर्भ से जो चिटफंड कंपनियाँ, शेयर बाजार के दलाल और नॉन-बैंकिंग कंपनियाँ अवतरित हुईं, उनकी भूमिका शायद ही देश जान पाये। एक अनुभवी बैंकर के अनुसार देश भर में लगभग 85,000 करोड़ रुपये इन कंपनियों ने जनता से वसूले, गाँवों से, छोटे शहरों से गरीबों से, रिक्शा चालकों से, घर में काम करनेवाली दाइयों से। पिछड़े बिहार, झारखंड, उड़ीसा, बंगाल, असम व उत्तर-पूर्व राज्यों के गरीब लोगों को सपना दिखाकर छला गया। दो वर्ष-तीन वर्ष में धन दोगुना करने या ऐसे अन्य लोक लुभावन योजनाओं को लेकर इस 'भारत लूट' में राजनीतिज्ञ, सरकार और अफसर साथ-साथ थे। तब पूरे बिहार में हेलियस, जेवीजी, कुबेर जैसी अनेक कंपनियाँ सक्रिय थीं। इनमें से कुछ के मालिक इतने व्यस्त हो गये कि वे हेलीकॉप्टर लेकर यात्रा करने लगे। उनमें बड़े राजनेता भी साथ होते थे। हेलीकॉप्टर से दौरा कर, निवेशकों को मुक्तिदायक बचत योजनाएँ बताकर, राज्य सरकारों और कानून के संरक्षण में ठगी का दौर चला। राजनीतिज्ञों के वरदहस्त से बड़े-बड़े अखबारों-मीडिया को करोड़ों-करोड़ों के विज्ञापन देकर मुँह बंद कर दिये गये।

इन कंपनियों की बचत योजनाएँ महज ठगी अभियान का हिस्सा थीं। 'प्रभात खबर' ने तब आर्थिक विशेषज्ञों से बात कर ऐसी कंपनियों के षड्यंत्र को सिलसिलेवार उजागर करना आरंभ किया। पूरी तैयारी के साथ। इन सत्ता पोषित आर्थिक ठगों के खिलाफ जनता को सचेत करना अखबारों का पहला धर्म था। इस अभियान की कीमत स्पष्ट थी, विज्ञापन बंद हुए। फिर लीगल नोटिस-मुकदमों का दौर आरंभ हुआ। धमकियाँ अलग। इन धमकियों के बावजूद 'प्रभात खबर' का यह अभियान चलता रहा। अंततः हुआ वही, जो 'प्रभात खबर' कह रहा था। जेबीजी, कुबेर, हेलियस जैसी अनेक कंपनियाँ अरबों-अरबों वसूल कर गायब हो गयीं। इन कंपनियों के बारे में बड़े-बड़े अखबारों में 'एडवरटोरियल' छपते थे। इन कंपनियों के प्रमोटरों के बारे में बड़े घरानों से लेकर हिन्दी के उभरे बड़े अखबार पाजिटिव लेख, फीचर छापने की होड़ में जुटे थे। स्तुतिगान की स्पर्द्धा में अखबारों में इनके 'इंटरपेन्योरशिप' (उद्यमशीलता) के गीत गाये गये। उस दौर में हमने इन बैंकिंग कंपनियों के खिलाफ धारावाहिक अभियान चलाया। पैसे डूबने के कारण वर्षों बाद अनेक लोगों ने आत्महत्याएँ की। अपनी गाढ़ी कमाई लुटाकर उन्होंने अपनी जिंदगी खत्म कर ली। आश्चर्य तो यह था कि अंग्रेजी व हिन्दी के बड़े अखबार एक स्वर में इन कंपनियों के बारे में एक ही 'इडियम-

फ्रेज' (मुहावरे) में बातें कर रहे थे। शासक वर्ग (हैव्स) की इस भारत लूट में सब साझीदार थे। आज ये सब मौन हैं, उस प्रसंग की चर्चा नहीं करते। हिन्दी के अखबारों से अपेक्षा थी कि उनकी जड़ें मिट्टी में हैं, वे अपने पाठकों के हितों का ध्यान रखेंगे। अपने इलाकों व राज्यों में हो रहे इस आर्थिक लूट के खिलाफ आवाज उठायेंगे। पर, हिन्दी अखबारों ने 'बड़ा होने' के लिए अंग्रेजी के तर्ज पर 'हैव्स' का प्रवक्ता बनना चुना। यह अखबारों की भूमिका में बड़ा बदलाव है। पूँजी की ताकत के आगे संपूर्ण आत्मसमर्पण है। जनता की लूट में साझीदार बड़े हिन्दी अखबारों की यह भूमिका (प्रो हैव्स) लगातार मुखर होती गयी। आप गौर करिए, उदारीकरण के बाद प्रधानमंत्री, वित्त मंत्री, अन्य मंत्री, मुख्यमंत्री या विरोधी पक्ष के नेता, एकेडमिशियन, सीआईआई (कन्फेडरेशन ऑफ इंडियन इंडस्ट्रीज), चैंबर ऑफ कॉमर्स या ऐसे अन्य उद्योग-संगठनों के मंच से बोलने के लिए लालायित थे। ऐसे ही मंचों से प्रधानमंत्री, वित्त मंत्री प्रमुख नीतियों की घोषणा करते हैं। अंग्रेजी अखबार तो इसी वर्ग के हितैषी हैं। एकाध अपवाद हैं। अब बड़े हिन्दी अखबार भी इसी भूमिका में उतर पड़े हैं। हुआ यह है कि दिल्ली में सीआईआई जैसी संस्थाओं में प्रधानमंत्री, वित्त मंत्री वगैरह बोलते हैं, तो राज्य की राजधानियों में मुख्यमंत्री। जिलों में ऐसे उद्योग मंचों से कलक्टर, एसपी, विधायक, मंत्री इनके हितों को प्रमोट व प्रचारित करते हैं। इन अखबारों में रातोंरात, बिना श्रम के अमीर बने लोग, समाज के नये नायक के रूप में प्रस्तुत होते हैं।

अब बड़े पैमाने पर अखबार भी गलत ढंग से ब्लैकमनी कमाने में लग गये हैं, ब्लैकमेल कर। 1998 में मध्यप्रदेश में विधानसभा चुनाव हुए। वहाँ के दो बड़े अखबारों ने कैसे विज्ञापन छापे, कितने पैसे वसूले, कैसे करोड़ों कमाये, यह जानना, मीडिया और अखबारों में आये बदलाव को समझने की दिशा में एक आवश्यक कदम होगा। चुनाव आयोग ने चुनावी विज्ञापन की सीमा तय कर दी थी। इन अखबारों ने नायाब तरीके ढूँढे। चुनाव लड़ रहे प्रत्याशियों के पक्ष में एडवरटोरियल छपे। प्रत्याशियों ने विज्ञापन देने के बदले 'न्यूज आइटम' अपने पक्ष में छपवाये। सूचना है कि सीधे अखबारों के प्रबंधन या उसके बड़े पत्रकारों ने इन प्रचार आइटमों के विज्ञापन दर से पैसे वसूले। ब्लैक में करोड़ों कमाये गये। चुनाव आयोग द्वारा तय आचार संहिता, चुनावी प्रचार विज्ञापन पर खर्च की सीमा तय करने की सारी कोशिशें धरी रह गयीं।

इसके बाद उत्तर प्रदेश, राजस्थान, गुजरात और पंजाब में विधानसभा चुनाव हुए। फिर हिमाचल प्रदेश में चुनाव हुए। इन चुनावों में हिन्दी के बड़े अखबारों

(दैनिक ट्रिब्यून को छोड़कर) ने किस तरह चुनावी विज्ञापन वसूले? एडवरटोरियल छपे। फर्ज कीजिए, एक विधानसभा क्षेत्र से दस चुनावी प्रत्याशी थे, तो दसों के जीतने संबंधी 'न्यूज आइटम' छपे। ये 'पेड न्यूज आइटम (पैसा लेकर छपी खबरें) थे। बड़े प्रभावशाली हिन्दी अखबारों की पत्रकारिता यहाँ पहुँची है। अखबारों का मूल फर्ज व धर्म सही सूचनाएँ देना है। जब पैसे लेकर गलत सूचनाएँ अखबारों में छप रही हों, तब उदारीकृत ग्लोबल अर्थव्यवस्था में हिन्दी अखबारों का नया रोल समझा जा सकता है। एंटी पीपुल। देश में हैव्स यानी भद्रलोक-शासक वर्ग का समर्थन। अनेक बड़े अखबार पैसे लेकर प्रेस विज्ञप्ति छाप रहे हैं। इससे बड़ी आमद हो रही है और ऐसी काली कमाई से सस्ते सीन और भारी भरकम अखबार (अधिक पृष्ठों के साथ) अत्यंत सस्ती दर पर पाठकों को मिल रहे हैं।

अखबारों का यह नया अर्थशास्त्र, छोटे अखबारों (जो जमीन से जुड़े हुए हैं) के खिलाफ है। यह नया दबाव है, जिसे जनता व पाठक नहीं समझ पा रहे हैं। नये रूस पर एक अत्यंत महत्त्वपूर्ण पुस्तक आयी है, 'द ओलिगार्कस : वेल्थ एंड पावर इन न्यू एशिया' (लेखक-डेविड इ हाफमैन)। इस पुस्तक में तथ्यात्मक विवरण है कि किस तरह चंद बड़े घरानों ने येल्तसिन के चुनाव प्रचार में अघोषित रूप से पैसे खर्च किये। भारी मात्रा में विज्ञापन पर पैसे खर्च किये गये। बड़े अखबारों को झूठी सूचनाएँ देने के लिए खरीद लिया गया। अखबार माफिया सिंडिकेट के हिस्से बन गये। उन्हें विज्ञापन के नाम पर भारी भुगतान हुए। बड़े उद्योग घरानों ने बदले में (जिन्होंने येल्तसिन का यह प्रचार बजट फाइनेंस किया) शासक वर्ग के पक्ष में खबरें छपवा कर चुनाव जीता। फिर 'स्टेट पावर' व 'राजकोष' को अपनी ताकत-प्रभाव व संपदा के तंत्र के रूप में इस्तेमाल किया। राजकोष लूटा गया। यह सब देखकर कभी-कभी डर लगता है कि क्या भारत में भी शासक वर्ग, उद्योग घराने और अपराधी, रूस की तरह सिंडिकेट बनाकर भारत में मीडिया का इस्तेमाल करना चाहते हैं? और केंद्र व राज्य सरकारों की भूमिका? अपने अनुभव के संदर्भ से सत्ता प्रतिष्ठान के अनुकूल खबरें न देने के संबंध में, 'प्रभात खबर' का अनुभव बता चुका हूँ। पर, नये राज्य झारखंड का अनुभव जानिए। वर्ष 2000 में नया 'झारखंड राज्य' बना। इस राज्य का सर्वाधिक प्रसारित अखबार 'प्रभात खबर' हुआ। प्रसार आँकने के जो भी सर्वमान्य राष्ट्रीय मापदंड, कसौटी हैं-'एबीसी', 'एनआरएस', आईआरएस, सबके अनुसार वर्ष 2000 से ही, अलग राज्य बनने के बाद, प्रसार संख्या का सर्वे, अध्ययन व निष्कर्ष इन मान्य एजेंसियों के आने लगे। तब से आज भी 'प्रभात खबर' झारखंड का सर्वाधिक बिकने वाला अखबार था और है।

वर्ष 2000 में 'प्रभात खबर' ने प्रेस काउंसिल में इन दोनों मुद्दों पर शिकायत की। प्रेस काउंसिल ने राष्ट्रपति-प्रधानमंत्री की विदेश यात्राओं में जाने वाले पत्रकारों के लिए कसौटी तय की है। तत्कालीन प्रेस काउंसिल चेयरमैन पीवी सावंत ने इसे सुनवाई के लिए स्वीकार किया। पक्ष को नोटिस दी गयी। इसके फलस्वरूप 'प्रभात खबर' के विज्ञापन में तो बढ़ोतरी हुई, पर भाजपा समर्थक कम प्रसार वाले अखबार के विज्ञापन नहीं घटे।

प्रधानमंत्री के साथ इस अखबार के दो भाइयों के बारी-बारी यात्रा प्रकरण में प्रेस काउंसिल ने वर्ष 2003 के आरंभ में 'प्रभात खबर' के पक्ष में निर्णय दिया। संयोग से नये झारखंड राज्य में भी भाजपा गठबंधन राजग की ही सरकार बनी। बाबूलाल मरांडी, राज्य के पहले मुख्यमंत्री बने। झारखंडी आकांक्षाओं और अलग झारखंड के लिए 'प्रभात खबर' दशकों से लड़ रहा था। आदिवासियों, वंचितों, जंगलों में जीने वालों की आवाज बनकर। झारखंड लूटने वालों के चेहरे बेनकाब कर। बाबूलाल मरांडी की सरकार भी बिहार की पुरानी कार्यशैली पर चल पड़ी। राज्य को निजी जागीरदारी की तरह चलाने की कोशिश शुरू हुई। इस सरकार की कारगुजारियों को सामने रखने का काम 'प्रभात खबर' ने किया। तत्कालीन मुख्यमंत्री और उनके मंत्रियों के इशारे पर राज्य सरकार ने दो बार 'प्रभात खबर' के विज्ञापन घटा दिये, जिसका लिखित प्रतिरोध किया गया। अखबार का नाम लिए बगैर, तब के मुख्यमंत्री और उनके मंत्रियों ने अखबार के बंद होने व अन्य धमकियों का सार्वजनिक सिलसिला शुरू किया। झारखंड राज्य की इस पहली सरकार ने स्वघोषित विरोधी 'प्रभात खबर' को कमजोर करने के लिए एक नायाब काम किया। गैर कानूनी ढंग से अन्य अखबारों को मान्यता एवं विज्ञापन देकर, प्रमोट कर, मनपसंद अनुकूल अखबारों को प्रमोट कर, 'प्रभात खबर' को कमजोर करना।

झारखंड की राजधानी से अन्य 'राष्ट्रीय अखबार' आये। नियमतः इन्हें छह माह प्रकाशन के बाद, पहले केंद्र सरकार के डी.ए.वी.पी. से विज्ञापन पाने हेतु मान्यता लेनी थी। फिर उस मान्यता के आधार पर राज्य सरकार के गृह विभाग में पंजीकरण के लिए आवदेन देना होता।। इस पूरी प्रक्रिया में कम-से-कम तीन वर्ष लग जाते हैं, पर इन अखबारों को बगैर मान्यता के झारखंड सरकार से तुरत विज्ञापन मिलने लगे। एक अखबार को भुगतान भी मिला। उल्लेखनीय है कि विज्ञापन दर, केंद्र सरकार तय करती है। वही दर राज्य सरकार, अपनी जाँच प्रक्रिया के बाद स्वीकार करती है। कानूनन यह सवाल उठना चाहिए कि भुगतान और विज्ञापन, बिना केंद्र सरकार की स्वीकृति के कैसे मिल रहे हैं? यह

'गैरकानूनी छूट' कभी 'प्रभात खबर' को नहीं दी गयी। इतने कम समय में 'प्रभात खबर' के किसी संस्करण को कभी सरकारी विज्ञापन नहीं मिले क्यों? क्योंकि उसका सुर, सत्ताधीशों को नहीं सुहाता और सत्ताधीश 'राजव्यवस्था' को निजी जागीरदारी की तरह चला रहे हैं।

2002 में पलामू के एक प्रखंड (मनातू) के एक गाँव में भुखमरी से हुई मौतों की खबर 'प्रभात खबर' में छपी। उल्लेखनीय है कि यह खबर छपने के छह माह पहले राज्य सरकार ने इस अंचल को सूखाग्रस्त घोषित किया था। गजट में सूखाग्रस्त की घोषणा के साथ ही कानूनन उस प्रखंड में राहत के काम शुरू होने चाहिए थे। सार्वजनिक वितरण के काम तेज होने चाहिए थे, पर कोई काम आरंभ तक नहीं हुआ। भूख से मौत के संबंध में डालटनगंज में एफीडेविट प्रस्तुत हुआ। इसी आधार पर 'प्रभात खबर' में समाचार छपा। भुखमरी से मौत की खबर छपते ही जैसे भूचाल आ गया। अगले दिन ही सरकार के मंत्री व अफसर हेलिकॉप्टर से वहाँ गये। अफसरों की बड़ी फौज सड़क से गयी। न सड़क, न कोई सुविधा, न बिजली, न पानी। बहरहाल सरकार ने माना कि सूखाग्रस्त घोषित होने के बाद राहत काम शुरू नहीं हुए, पर कोई भी भूख से नहीं मरा है। लोग बीमारी से मरे हैं। 'प्रभात खबर' ने सरकार की बातों को भी प्रमुखता से छापा। पर अपने संवाददाता को उस अंचल के गाँवों में दस दिनों के लिए भेजा। जिन गाँवों में आज तक सरकार का कोई नुमाइंदा नहीं पहुँचा था, वहाँ संवाददाता गया। उस अंचल की गरीबी-भुखमरी की खबरें हमने लगातार छापी। अंततः झारखंड सरकार ने लिखित धमकी दी कि आप गलत खबर छाप रहे हैं, खबरें छापना बंद करें, नहीं तो आपके खिलाफ कार्रवाई होगी। तब तक अन्य अखबार या तो खामोश थे या सरकार की बातें छाप रहे थे।

इस अंचल में भुखमरी की सूचना 'प्रभात खबर' से मशहूर अर्थशास्त्री प्रो. ज्याँ द्रेज (जिन्होंने अमर्त्य सेन के साथ दर्जनों पुस्तकें लिखी हैं) को मिली। वह आये। वह उस कुसुमाटांड़ गाँव में गये। चार दिन रहे। देखा, जन अदालत लगी। टीवी अखबारों के लोग आये। बड़ा कवरेज मिला। ज्याँ द्रेज ने खुद बड़े अंग्रेजी अखबारों में लेख लिखा 'फ्रंटलाइन' पत्रिका (26 अगस्त, 2002) में उन्होंने यह खबर छापने के लिए 'प्रभात खबर' को कैसे सरकार ने धमकाया, इसका उल्लेख किया। बाद में उच्चतम न्यायालय इस मामले की मानिटरिंग करने लगा। तब अन्य अखबारों ने वहाँ की भुखमरी के बारे में छापना शुरू किया और झारखंड सरकार ने राहत का काम शुरू किया। यह है सही रास्ते की पत्रकारिता की कीमत।

इसी तरह झारखंड सरकार के बिजली विभाग ने भ्रष्टाचार के बारे में खबरें

छापने पर धमकी दी। ऐसे अनंत प्रकरण हैं। ताजा प्रसंग है, झारखंड विधानसभा ने विधायकों के भ्रष्टाचार पर लिखने के कारण विशेषाधिकार हनन का मामला शुरू किया है। ये सारे प्रसंग मैंने 'प्रभात खबर' के अनुभवों के संदर्भ में उठाये। इस बहाने 'केस स्टडी' के तौर पर तथ्यों को आपके सामने रखा, अपने अनुभवों के आधार पर।

क्यों ऐसा हिन्दी पत्रकारिता में हो रहा है? दरअसल हिन्दी पत्रकारिता की मूल धारा अपनी जड़ से कट रही है। वह हिन्दी में उभरे मध्य वर्ग को कैटर-प्रमोट (आगे बढ़ाना) कर रही है। बड़े अंग्रेजी अखबारों में इस उच्च मध्यवर्ग के टेस्ट-संस्कार-जीवनशैली के अनुरूप पत्रकारिता की एक नयी धारा चल पड़ी है। पेज तीन की पत्रकारिता। यह क्या है? बड़े महानगरों में रोज शाम होनेवाली कॉकटेल पार्टियों की खबरें, तसवीरें। इन पार्टियों में कौन लोग शरीक होते हैं? फैशन, फिल्म, राजनीति, दलाली, नौकरशाही, उद्योग के शीर्ष नाम और चेहरे। इनकी बातचीत के विषय क्या होते हैं? सौदर्य, सेक्स, धनार्जन की शैलियाँ, महँगे कपड़े, लेटेस्ट प्रेम प्रसंग, परदे के पीछे की राजनीति के चटक प्रसंग, महँगे ड्रिंक्स, दुनिया के बेहतरीन होटल, दुनिया के बाजार, महँगी चीजें वगैरह-वगैरह। ऐसी पार्टियाँ, चर्चा की विषय होती हैं। रोचक खबरों का विषय। फिल्मकार सांसद सुबी रेड्डी की चर्चित पार्टियों में निमंत्रण के लिए लोग मचलते हैं। विशाखापट्टनम की उनकी हाल की पार्टी में पटना से लालू प्रसाद गये। अमर सिंह के ऐसे आयोजनों में जाना स्टेटस सिंबल है। भारत का यह वर्ग सही रूप में ग्लोबल दुनिया, अमेरिकी चर्चित पार्टियों की चटक खबरें, रंगीन तस्वीरें छापकर इसी वर्ग की पत्रकारिता हो रही है। अंगरेजी के बड़े अखबार ('हिन्दू' जैसे अपवाद भी हैं भी ऐसी ही पत्रकारिता के उद्गम केंद्र हैं। भ्रष्टाचार की नदी के स्रोत से हिन्दी इलाकों में भी ऐसा मध्यवर्ग उभर आया है। हिन्दी के बड़े अखबार (जो करोड़ों पाठक का दावा करते हैं या जो धड़ल्ले से नये संस्करण खोल रहे हैं) भी हिन्दी के इसी नव समूहवर्ग की पत्रकारिता कर रहे हैं, क्योंकि यही वर्ग प्रभावी व मुख्य क्रेता, उपभोक्ता व विज्ञापनदाता हैं। कोई गंभीरता से इन हिन्दी अखबारों का कंटेंट एनालिसिस (सामग्री विश्लेषण) करे, तो पायेगा कि हिन्दी पत्रकारिता, रूमर, गॉसिप, सेनसेशन, क्राइम और घटिया पालिटिक्स के घेरे में कैद हो रही है।

हिन्दी पत्रकारिता का यह पहला गंभीर संकट है। अपनी जड़, विरासत और मिट्टी से कटना। हिन्दी समाज की मूल समस्याएँ पत्रकारिता का विषय वस्तु नहीं है। एक दूसरा गंभीर संकट। याद करिए हिन्दी साहित्य का हिन्दी समाज

को योगदान। हिन्दी के लेखकों ने आजादी के पहले, आजादी के बाद, '74 के छात्र आन्दोलन तक हिन्दी समाज को दुनिया में हो रहे बड़े बदलावों से जोड़ा। सपने जगाये, बदलाव का साहित्य रचा। समाज विज्ञान वगैरह में दुनिया में जो कुछ हो रहा था, हिन्दी साहित्य में वह छप रहा था। महावीर प्रसाद द्विवेदी की पत्रिका 'सरस्वती' में मार्क्स के लेखन के अनुवाद छप रहे थे। रूसी क्रांति, फ्रांस क्रांति पर सामग्री आ रही थी। पिछले 10 वर्षों का हिन्दी लेखन देखिए। दुनिया में हो रहे बदलावों, सूचना क्रांति के असर वगैरह पर कितनी चीजें आ रही है? इस देश के राज्य, आर्थिक मोरचे पर क्या नया कर रहे हैं, कितने हिन्दी पाठक और लेखक जानते हैं? 'नॉन फिक्शनल' विषयों पर जब तक अधिकाधिक गंभीर व सटीक चीजें हिन्दी में हम पाठकों को नहीं देंगे, हिन्दी समाज का ठहराव नहीं टूटेगा। ठीक ऐसा ही हिन्दी पत्रकारिता में हो रहा है। पुराने हिन्दी पत्रकारों ने हमें गौरव दिया। इस विधा को सम्मानित बनाया। कंटेंट से, त्याग से, हिन्दी पत्रकारिता को समृद्धि दी। खासतौर से पिछले 15 वर्षों से बड़े हिन्दी अखबारों की पत्रकारिता 'फिक्शनल और सेनसेशनल' हो रही है। भ्रष्टाचार की दुनिया से उसका आत्मीय ताल्लुक रहा है। गरीबी, बढ़ती विषमता, बेरोजगारी, नवधनाढ्यों के जुल्म, जड़ से कटती और आपराधिक बनती राजनीति, पिछड़ापन, 21वीं शताब्दी की नयी दुनिया जैसे प्रासंगिक विषय हिन्दी पत्रकारिता के 'फोकस' नहीं रहे।

'91 के बाद एक और बुराई उभरकर आयी है। हिन्दी पत्रकारिता में जातिवाद। बड़े पदों पर बैठे पत्रकार जाति व क्षेत्र के आधार पर पत्रकारों का चयन करते हैं। हिन्दी के एक करोड़पति पाठक समूह वाले अखबार के विभिन्न विभागों में एक ही जाति के लोगों का वर्चस्व है, ऊपर से नीचे तक। वहाँ चयन का आधार ही जाति या क्षेत्र है। एक नयी जानकारी पिछले वर्ष मिली। हिन्दी के एक बड़े घराने द्वारा (जिसके कई राज्यों में संस्करण खुल रहे हैं) गाली-गलौज से बात होती है। मालिक भी इसी भाषा में अपने वरिष्ठ साथियों से बात करते हैं। फिर वरिष्ठ लोग सहकर्मियों से इसी भाषा में व्यवहार करते हैं। अब बताइए, जातिवाद और गाली-गलौज वाले माहौल में पल-पनप और बढ़ रहे हिन्दी पत्रकार, समाज को कौन-सी रोशनी देंगे! दुनिया की राजनीति में दो धाराएँ है। गाँधी की धारा और मैकियावेली की धारा। पिछले 2000 वर्षों में दुनिया की राजनीति की मुख्यधारा मैकियावेली के दर्शन से प्रभावित रही है। इस धारा में षड्यंत्र, पाखंड, झूठ, छल, छद्म, राजनीति के स्वाभाविक अंग माने गये हैं। पश्चिम में जब प्रिंट मीडिया का जन्म हुआ, तो उसने भी इसी राजनीति के संस्कार-मूल्य ग्रहण किये।

मानवीय इतिहास में पहली बार ऐसा हुआ कि गाँधी ने पश्चिमी राजनीति की इस मूलधारा को चुनौती दी। विकल्प भी बताया कि 'साध्य और साधन' के सवाल अहम हैं। इस सूत्र से राजनीति के लिए नयी कसौटियाँ बनीं। राजनीति में, नीति, शुचिता, मूल्य, सच और नैतिक आयाम के पहलू जुड़े। आजादी की लड़ाई में भारतीय राजनीति इन्हीं कसौटियों के इर्द-गिर्द घूमती रही। भारतीय क्रांतिकारियों का चरित्र देखिए। सुभाष बाबू, भगत सिंह, चंद्रशेखर आजाद या उनके पहले के या बाद के क्रांतिकारी सबका चरित्र, जीवन मूल्य, प्रतिबद्धता, स्वानुशासन प्रेरित करते हैं। भारत की हिन्दी पत्रकारिता (स्वर्णयुग) ने गाँधी की इसी राजनीति से ऊर्जा पायी। मैकियावेली के छल-छद्म से नहीं। खासतौर से उदारीकरण के बाद की हिन्दी पत्रकारिता, गाँधीवादी राजनीति के अपने मूल जनाधार से कट गयी है। वह मैकियावेली के छल-छद्म से ऊर्जा पा रही है।

हिन्दी के बड़े अखबारों के प्रसंग में कह रहा हूँ, प्रायः झूठ छापना और उसी बेशर्मी से उसका खंडन करना, हमारी आदत बन गयी है। यह एकाध दिन की बात हो, तब भी गंभीर प्रसंग है। हर सप्ताह ऐसी गंभीर भूलें हों। छोटी भूलें रोज हों, फिर भी कहीं कोई जवाबदेही नहीं। यह पत्रकारिता की नयी धारा है। पाठक, समाज, व्यवस्था, संस्था किसी के प्रति जवाबदेही नहीं। ट्रांसफर, पोस्टिंग, ठेकेदारी, सरकार बचाने-गिराने की खरीद-फरोख्त में साझेदारी, जब वरिष्ठ पत्रकारों-संपादकों के शगल बन जायें, तो पत्रकारिता का हश्र वही होगा, जो आज हिन्दी इलाको में हो रहा है।

इसका एक और कारण है। हिन्दी पत्रकारिता में पूँजी आज भी कम है। बड़े घरानों के हिन्दी अखबारों के पत्रकारों की भी वेतन-सुविधाएँ पहले से ही कम है। पैसे कम होने से हिन्दी पत्रकारिता में प्रतिभाएँ नहीं आयीं। जो प्रतिभावान लोग हिन्दी पत्रकारिता में आये, वे अपनी प्रतिबद्धता सरोकार के कारण आये। प्रतिबद्ध पत्रकारों की अंतिम जमात तैयार करनेवाली सामाजिक पाठशाला, बिहार आन्दोलन था। समाज, राजनीति से विचार गायब हो गये। इस कारण 1980 के बाद वैचारिक राह (चाहे मार्क्सवाद या समाजवाद या राष्ट्रीय स्वयंसेवक संघ के राष्ट्रवाद) से पत्रकार निकलने बंद हो गये। उदारीकरण के वर्षों बाद, टीवी के आने और नये संस्करण खोलने की होड़ के दौरान दृश्य बदला। हिन्दी के बड़े अखबारों में वेतन काफी बढ़े हैं, सुविधाएँ बढ़ी हैं। पर प्रतिभाएँ, ज्ञान और विचार सिमट गये हैं। इसलिए पत्रकारों को दलाल बनने या अनैतिक बनने में जरा भी संकोच नहीं है, अपराध बोध नहीं है।

मैनेजमेंट स्तर पर भी एक गंभीर संकट है। अधिकतर अखबार, उद्योग घरानों के हैं। उद्योग घराने 'परहित' के लिए तो अखबार चलाते नहीं। इस सवाल को

लेकर आजादी के बाद (जूट प्रेस) से अब तक बहस होती रही है। उद्योग घराने अखबारों के लाभ लेते हैं, यह स्थापित सच है। पिछले 15 वर्षों में एक नया फर्क हिन्दी इलाकों में आया है। मालिकों के बड़े नौकरों (पहले लोग प्रबंधक कहे जाते थे, अब प्रेसीडेंट, वाइस प्रेसीडेंट वगैरह वगैरह) में भी अखबारों के नाम पर धनार्जन-लाभ लेने की होड़ मच गयी है। कोई चाय बागान ले रहा है, कोई नया सोने की खान ले रहा है। चाय की पत्रकारिता, और सोने की पत्रकारिता। गहराई में उतरेंगे, तो इस पत्रकारिता के अनेक नये, अनजाने विविध चेहरे दिखाई देंगे। हिन्दी पत्रकारिता की नयी चुनौती, यह नया परिवर्तन है। अब मालिक ही अखबार के नाम का दोहन नहीं कर रहे हैं या भुना रहे हैं, उनके नये प्रबंधक भी रातोंरात अमीर बनने के लिए अखबार को उपयोगी औजार मान रहे है। यह उसी तरह हो रहा है, जैसे राजनीति में हुआ।

राजनीतिज्ञ पहले अपराधियों का इस्तेमाल करते थे। अपराधियों को लगा कि राजनीति के सीधे लाभ वे खुद क्यों न लें? अब दोनों ले रहे हैं। यही पत्रकारिता में हो रहा है। मालिकों के साथ-साथ बड़े पत्रकार, बड़े प्रबंधक भी इस फन में माहिर हो गये हैं। इस कमाई का स्रोत, सूत्र, जानना रुचिकर होगा। संक्षेप में कहें तो भ्रष्ट अपराधी, नेता (विधायक, सांसद, मंत्री) नौकरशाह और पत्रकार मिल गये हैं। इन चारों का एकजुट होना सिर्फ पत्रकारिता के लिए ही नहीं, देश-समाज, लोकतंत्र के लिए खतरनाक है। इन बदलावों से पत्रकारिता 'मैनेज' होने लगी है, 'प्लांट' होने लगी है। स्वाभाविक है कि मैनेज्ड पत्रकारिता, प्लांटेड पत्रकारिता, सच की पत्रकारिता से दूर होगी ही। आग और बारूद साथ-साथ रह नहीं सकते। यह अंतर्विरोध हिन्दी पत्रकारिता का सबसे गंभीर संकट है। वैसे और भी अनेक संकट हैं, भाषा का संकट, इथिक्स का संकट, कोड ऑफ कंडक्ट पालन न करने का संकट।

ऐसे में मुझे विश्व के मशहूर कवि रॉबर्ट फ्रास्ट की क्लासिक कविता 'स्टॉपिंग बाई वुड्स आन ए स्नोवी इवनिंग' (Stopping by Woods on a Snowy Evening) की पंक्तियाँ याद आती हैं, जिसका हिन्दी अनुवाद हरिवंश राय बच्चन ने किया था-

'गहन-सघन मनमोहक वन तरु मुझको आज बुलाते हैं
किन्तु किये जो वादे मैंने, याद मुझे आ जाते हैं
अभी कहाँ आराम बदा यह मूक निमंत्रण छलना है
अरे, अभी तो मीलों मुझको मीलों मुझको चलना है'

(2004)

चुनौतियों के बीच : सफलता से ज्यादा सार्थकता के सपने

'प्रभात खबर' में, बतौर प्रधान संपादक हरिवंश समय-समय पर सहयोगियों-सहकर्मियों से पारस्परिक सामूहिक संवाद करते थे। प्राय: सीधे सामूहिक संवाद। कभी-कभी पत्रों के जरिये भी। इसी क्रम में एक जनवरी, 2011 को उन्होंने 'प्रभात खबर' के सहयोगियों से संवाद किया। वही संवादी संबोधन, आलेख के रूप में है। इसे आलेख के रूप में तैयार करते हुए, उस संबोधन के बाद भविष्य में आयी चुनौतियों के संदर्भ में, सामयिक बनाने के लिए अन्य तथ्यों को हरिवंश से बातचीत कर जोड़ा गया है।

–संपादक

'प्रभात खबर' के पुनर्जन्म (1989, अक्तूबर) से ही हर बड़े निर्णायक और महत्त्वपूर्ण अवसरों पर हम आपस में संवाद करते रहे हैं। पूरे दफ़्तर की एक साथ बैठक। संभावित चुनौतियों पर विचार। कंपनी की रणनीति पर खुली चर्चा। यह पूरा विचार 'प्रभात खबर' में हो रहें बदलाव, उसकी जरूरतों और चुनौतियों को तो रेखांकित करता ही है, समाज की मौजूदा कार्य-संस्कृति (खासतौर से हिन्दी इलाकों) को भी समझने की कोशिश करता है। इस अर्थ में यह सार्वजनिक सवालों से भी जुड़ा है।

एक वर्ष और गुजरा। 'प्रभात खबर' में इस वर्ष के अंत में मैं 23वें वर्ष में प्रवेश करूँगा। आप में से भी किसी ने एक साल पूरा किया होगा, किसी ने पाँच, दस या पंद्रह या बीस या बाइस वर्ष, या बिलकुल नया या कुछ महीनों पुराना होगा। कुछेक लोग हैं, जो मुझसे भी पहले से यहाँ हैं। तात्पर्य यह है कि दुनिया की सबसे गतिशील चीज है, समय। यह कभी नहीं ठहरता। बड़े संदर्भ में कहें, तो यही काल है। यह अजीब है। अगर आज हम यहाँ गुजरा अतीत लौटाना चाहें, तो क्या ये पिछले 22-23 वर्ष लौट सकते हैं? एक पल भी या एक क्षण भी वापस मिल सकता है? यह सोचता हूँ, तो पाता हूँ कि जीवन के लिए इसमें एक संदेश है। जो गया, सो गया। नहीं लौटने वाला, इसलिए क्यों नहीं सामूहिक रूप से सब संकल्प लें कि हम एक पल भी ऐसा नहीं गुजारेंगे, व्यर्थ नहीं गँवायेंगे

कि अफसोस हो कि हमने अतीत में यह गँवाया। जब से चेतना या सुधि, तब से ही यह सजगता। पीछे के व्यर्थ गुजरे क्षणों वर्षों पर पश्चात्ताप से भी कुछ नहीं हासिल होनेवाला। भविष्य के लिए, बीते वर्ष 2010 के अवसर पर यह संदेश है हम सब के लिए, किसका? काल का, समय का।

बंदी के कगार पर पहुँचकर सँभला

बचपन में ही सुना था, समय होत बलवान। इस तरह समय या काल, परिस्थितियों को धार, मोड़ और पहचान देता है। सामयिक या मौजूदा चुनौतियों के मुकाबले इनसान को खड़ा होना पड़ता है। इस रूप में 'प्रभात खबर' के जीवनकाल में (1984 में स्थापना के बाद से ही) लगातार चुनौतियाँ आयीं। कुछेक संघर्ष के यादगार वर्ष हम लोगों की स्मृति में टँके है। मसलन 1984 में इसका पुनः जनमना या पुनर्जन्म। 1987-88 आते-आते बंदी के कगार पर पहुँचना। चार या पाँच सौ प्रतियों में सिमट जाना। कुल छह पेज का अखबार बन जाना। इसके बाद 1989 के अंत में नये प्रबंधन का पदार्पण। 1991 में अखबार उद्योग के एक शीर्ष एक्सपर्ट का लिखित सुझाव आना कि इसे जितना जल्द बंद कर दिया जाए, उतना ही अच्छा, क्योंकि इस समाचार पत्र का भविष्य नहीं है। यहाँ पहले से ही स्थापित, कई धुरंधर और संपन्न अखबार है। देश का यह सबसे पिछड़ा इलाका है। विज्ञापन का कोई स्कोप नहीं है। विज्ञापन, आर्थिक विकास का बाइ प्रोडक्ट है। यहाँ आर्थिक विकास देश में सबसे कम है। देश के सबसे अधिक अशिक्षित यहाँ हैं। क्या ये गरीब और अशिक्षित लोग कई अखबार पढ़ेंगे? 1991 में मीडिया के एक एक्सपर्ट ने 'प्रभात खबर' की वायबिलिटी और भविष्य पर अध्ययन कर अपनी रपट में ये तर्क दिये थे। ये तर्क या कारण हमारी नजरों में भी सही थे। फिर भी इन तर्कों के विपरीत प्रबंधन चलाकर देखना चाहता था। (तत्कालीन प्रबंधन ने जिस मशहूर मीडिया विशेषज्ञ को 'प्रभात खबर' के भविष्य पर रिपोर्ट तैयार करने को कहा था, बाद में एक आईआईएम के डायरेक्टर बने)।

कारपोरेट ताकत की पहली धमक

इसके कुछेक वर्ष बाद ही, उन्हीं दिनों आर्थिक उद्योग जगत् में भारी मंदी आयी। बड़े अखबार घराने भी अछूते न रहे। अंबानी, थापर, डालमिया और सिंघानिया जैसे बड़े समूहों से निकले अखबार, असमय काल के गाल में चले गये। उन्हीं दिनों आर्थिक संकट के दौर में हमें भी बताया गया कि 'आइदर सिंक

आर स्विम ऑन योर ओन।' अपने बूते या तो तैरिये या डूबिये। वे दिन, वे वर्ष भी 'प्रभात खबर' की स्मृति में हैं। यह 1994-96 का दौर था। इसके बाद आये दिल्ली और बाहर के अखबार। उनके पास थे पैसे, साधन और नेटवर्क। हैव्स और हैव नॉट्स की प्रतियोगिता शुरू हुई। संपन्न और सर्वहारा के बीच स्पर्द्धा। पहली कोशिश हुई कि हर विभाग के की-पर्सन (सबसे महत्त्वपूर्ण और क्रिटिकल आदमी) को तोड़ लो, ताकि अगले दिन से अखबार निकले ही नहीं। जंगल और आदिवासी इलाके में यह कारपोरेट ताकत या वार की पहली धमक थी। 'प्रभात खबर' से अचानक सुनियोजित षड्यंत्र के तहत जून, 2000 में 33 लोग गये, एक साथ। बिना सूचना या नोटिस पीरियड सर्व किये या मोहलत दिये, तत्काल प्रभाव से। यह सब एक रणनीति के तहत था, ताकि पूँजी संपन्न के आगे सर्वहारा टिके ही नहीं और अगली सुबह अखबार न निकले।

पत्रकारिता में आक्रामक पूँजीवाद

फिर आया 2002 का दौर। बाजार की भाषा में कहें, तो झारखंड में एक और बड़े प्लेयर का आगमन। एक ही साथ तीन संस्करणों की धमाकेदार शुरुआत। पाठकों के लिए अत्यंत आकर्षक और लुभावने स्कीम। हॉकरों को तरह-तरह के प्रलोभन, एजेंटों को अपने पक्ष में कर लेने की होड़। अखबार विक्रय केंद्रों पर अवांछित और असामाजिक तत्त्वों की स्पर्द्धा। यह आक्रामक पत्रकारिता नहीं, आक्रामक और आतंक के बल अखबार के वितरण पर कब्जा कर पाठकों तक पहुँचने की शुरुआत थी। इसी दौर से पाठक बेबस होते गये। लोभ से उन्हें लुभाने की होड़ शुरू हुई। अखबारों की भीड़ से सर्वश्रेष्ठ या अपने बौद्धिक पसंद का अखबार पाठक खुद चुनें, यह खत्म हो गया। पाठकों को अखबार घरानों ने अपनी पूँजी के बल पर प्रभावित करना शुरू किया। प्रचार से, स्कीम से, घर पहुँचाकर, अन्य लाभ देकर। पाठकों को अन्य वजहों से प्रभावित कर। मनोवैज्ञानिक ढंग से उन्हें अपने फंदे में फाँस कर, पाठकों पर अखबार थोपने की शुरुआत। इसके साथ ही पूँजीविहीन, पर विचार संपन्न अखबारों के खत्म होने का सिलसिला भी शुरू हो गया। बहुदलीय लोकतंत्र में विचारों की बहुलता भी जरूरी है। पर पूँजी के बल एकाधिकार बनाकर छोटी पूँजीवालों को बंद कराने की शुरुआत हुई। पत्रकारिता में आक्रामक पूँजीवाद के प्रवेश की धमक। आवारा पूँजी (क्रोनी कैपिटलिज्म) और काले धन का मीडिया में पदार्पण। विदेशी पूँजी इक्विटी और शेयर बाजार से मीडिया में निवेश का दौर। इसका सकारात्मक पक्ष रहा कि अखबारों में नौकरियों की शर्तें बेहतर हुईं। पर

समाज की सफाई के लिए निकले अखबार, बाजार और विज्ञापन पर एकाधिकार कायम करने के लिए हर वह काम करने में माहिर हुए, जुट गये, जिनके खिलाफ वे अपने पन्ने भरा करते हैं। राष्ट्रीय महारथियों से घिरा 'प्रभात खबर', इसी बदलते दौर में, 'प्रभात खबर' ने वर्ष 2004 में 20 वर्ष पूरे किये। फिर 2006 में लगा कि प्रबंधन जेनुइनली इससे अलगाव चाहता है, पर 'प्रभात खबर' के लोगों की भावनाओं को देखकर निर्णय बदला। 'प्रभात खबर' को पटरी पर लौटने में समय लगा। तरह-तरह की अफवाहें-चर्चाएँ वर्षों तक पीछा करती रहीं। ये सब चीजें जब तक थिराएँ, ठहरे या वहीं पर विराम लगे, तब तक नयी स्पर्द्धा आरंभ। देश के दूसरे बड़े प्रतियोगी का आगमन। हिन्दी संसार में अपने को नंबर वन मानने वाले। हिन्दी पाठकों के बीच नंबर दो का खिताब या शोहरत विज्ञापित करनेवाले और हिन्दी के नंबर तीन का दावा करनेवाले सभी एक साथ, एक जगह और एक-दूसरे के सामने देश में कहीं खड़े हुए, तो सबसे पहले झारखंड में। ये तीनों अखबार देश के बड़े अखबारों (पाठकों की दृष्टि में) की सूची में नंबर एक, दो, तीन हैं। हिन्दी, अंगरेजी समेत सभी क्षेत्रीय भाषाओं में। इस तरह एक क्षेत्रीय अखबार 'प्रभात खबर' तीन राष्ट्रीय महारथियों और दिग्गजों से घिरा। यह वर्ष 2010 में हुआ। इस अर्थ में 2010 भी 'प्रभात खबर' के लिए यादगार वर्ष है।

प्राइस-वार में पहल

हिन्दी अखबारों में प्रतियोगिता के लिए मानक बन जाने वाले, अपनी आक्रामक मार्केटिंग से आतंक का पर्याय बन जाने वाले घरानों से भी 2010 में मुकाबला। 'प्रभात खबर' के प्रतियोगी तीनों बड़े घराने, स्टॉक मार्केट की लिस्टेड कंपनियों में हैं। कोई 5000 करोड़ का घराना है, तो कोई इससे भी अधिक का है। इन ताकतवर और धनी घरानों के मुकाबले 'प्रभात खबर' को बाजार में उतरने का गौरव मिला। यह भी 2010 का बड़ा लैंडमार्क है, हमारे लिए। हमने प्रतियोगिता का हर संभव चेहरा और सबसे बड़ी चुनौती देखी। प्राइस वार (अखबार की कीमत घटाना) में हम भी उतरे, सबसे पहले। यह स्पर्द्धियों को उम्मीद नहीं थी। सिर्फ झारखंड में आज 'प्रभात खबर' की तीन लाख साठ हजार से अधिक प्रतियाँ रोज बिक रही हैं। अयोध्या निर्णय प्रसंग पर उस दिन सिर्फ झारखंड में पाँच लाख से अधिक प्रतियाँ बिकी।

ओछी प्रतिस्पर्द्धा से अलग

अपने जन्म के 3-4 माह बाद देश के दूसरे नंबर के सबसे बड़े अखबार

ने रांची में एक सर्वे टीम से सर्वे कराकर छापा और पाया कि 'प्रभात खबर' कैसे झारखंड का सर्वाधिक प्रसारित अखबार है? हालाँकि अपने पैसे से कराये गये, इस सर्वेक्षण के पीछे भी राजनीति है। कुछ ही दिनों बाद, ऐसे अखबार किसी और मार्केटिंग सर्वे टीम को भारी पैसे देकर खुद घोषित करा लेंगे कि हम सबसे बड़े अखबार हो गये हैं। यह आज की आक्रामक प्रचार शैली है, या मार्केटिंग। इन अखबारों की निर्लजता की पराकाष्ठा भी देखने को मिली। एक दिन रांची में अनेक होर्डिंग लगाकर कहा, आभार हम एक (1), रांची के सर्वाधिक पढ़े जाने वाले अखबार हम हैं। बिना कोई आधार, सर्वे या प्रमाण के। अपने मुँह मियाँ मिट्ठू बनना। फिर एक मार्केटिंग एजेंसी को पैसे देकर सर्वे कराया, दावा किया कि समाज के एक वर्ग (पैसेवालों), में हम नंबर एक हो गये हैं, पर झारखंड का सबसे बड़ा अखबार 'प्रभात खबर' है। इस अखबार के शुरू के दावे (होर्डिंग में आभार व्यक्त करनेवाले) पर एडवरटाइजिंग काउंसिल ऑफ इंडिया में लोगों ने शिकायत की कि किस आधार पर यह अखबार नंबर एक होने की होर्डिंग लगा रहा है, विज्ञापन छाप रहा है, तो एडवरटाइजिंग काउंसिल ने सख्त टिप्पणी की। भविष्य में ऐसे विज्ञापन देने से मना किया। पर सच, समता और समाज की सफाई का ढोंग रचने वाले अखबार खुद गोयबल्स के सिद्धांत पर चलते हैं कि एक झूठ को सौ बार बोलो, ताकि सच लगे। 'प्रभात खबर' शुरू से ही इस ओछी प्रतिस्पर्द्धा से बाहर रहा है। हम पाठकों के विवेक और समाज में स्थापित मापदंडों पर चलते रहे हैं, चलेंगे। इसी वर्ष 'प्रभात खबर' हिन्दी के सबसे बड़े दस अखबारों (देश के) में आईआरएस के अनुसार आठवें स्थान पर पहुँचा।

काम और दायित्व का विकेंद्रीकरण

वर्ष 2010 का सबसे महत्त्वपूर्ण बदलाव। सोची-समझी रणनीति के तहत 2009 तक यह संस्था कुछेक लोगों (इंडिविजुअल) के नेतृत्व में चली। घर के माहौल में। वर्ष 2010 में पहली बार इसे इंस्टीट्यूशनल (संस्थागत) रूप देने की सायास कोशिश हुई। तब मैं, केके गोयनका और आरके दत्ता ड्राइविंग सीट पर थे। हमने महसूस किया कि बड़े सपने देखने के लिए बड़ी टीम होनी चाहिए। इस तरह संस्था को सही रूप देने के लिए, इंस्टीट्यूशनल शक्ल देने के लिए, काम और दायित्व का विकेंद्रीकरण जरूरी लगा। अगुआ मैं था। तय किया कि नयी शुरुआत ऊपर से हो। महीनों लगे, मुझे अपने वरिष्ठ साथियों को राजी करने और फिर कई महीने गुजरे, प्रबंधन को सहमत कराने में, समझाने में। 'प्रभात

खबर' को नया इंस्टीट्यूशनल रूप देने के लिए शुरुआत हमने ऊपर से की। पहल कर मैं स्वतः हटा, केके गोयनका एमडी बने, आरके दत्ता एक्जीक्यूटिव डायरेक्टर। ये दोनों वे लोग है, जिन्होंने जीवन के सर्वश्रेष्ठ वर्ष चुपचाप 'प्रभात खबर' को बनाने में दिये हैं।

इसके बहुत वर्षों पहले शुरू में भी मैं एमडी रहा। स्वतः हटा। नया संस्थागत रूप दिया। पहली बार की वह कोशिश बहुत आगे नहीं बढ़ी।

यह दोबारा बदलाव यही नहीं रुका। पूरे झारखंड को सँभालने के लिए दूसरी पंक्ति की एक निर्णायक टीम खड़ी की गयी, जो रोज-रोज के महत्त्वपूर्ण मसलों पर निर्णय ले। दीर्घकालीन रणनीति के तहत संपादकीय में हमने टॉप टीम के बीच स्पष्ट कार्य-विभाजन किया, ताकि कहीं किसी के कार्यक्षेत्र में अस्पष्टता न रहे। फिर हर प्रकाशन केंद्र में स्थानीय संपादकों ने अपनी-अपनी यूनिट का ऑरगेनाइजेशन चार्ट बनाया। ऊपर से नीचे तक एक-एक का काम साफ-साफ बाँटकर। पहले भी ऐसा था, पर इसको और स्पष्ट व साफ किया गया, ताकि काम का बँटवारा ऊपर से नीचे तक साफ रहे। कोई कन्फ्यूजन न रहे। इसके पीछे जवाबदेही तय करने का मकसद रहा। अन्य विभागों में भी काम का विभाजन, बँटवारा और पावर डेलिगेट करने की यह प्रक्रिया चली। संभव है कि इसमें और स्पष्टता आने में थोड़ा समय लगे, पर 'प्रभात खबर' के संपादकीय क्षेत्र में यह एक बड़े परिवर्तन की कोशिश रही। समझ-बूझ कर की गयी पहल। नया परिवर्तन।

संक्रमण का दौर

'प्रभात खबर' के लिए ट्रांजिशन (संक्रमण) का फेज (दौर)। इस अखबार इंडस्ट्री के सबसे बड़े और स्थापित तीन घरानों से एक ही साथ मुकाबला रहा। दो-दो मोरचों पर एक साथ जूझना। इस बड़ी लड़ाई के लिए यह बदलाव या परिवर्तन जरूरी था, यह हमने किया। 2010 के आरंभ में इसकी योजना हम वरिष्ठ साथियों के दिमाग में आयी। हमने इसकी पहल की, क्योंकि हम पुराने स्वरूप और पाँच-छह संस्करणों के बल कैसे उन महारथियों से लड़ सकते थे?

यह परिवर्तन क्या है?

सत्ता का विकेंद्रीकरण। पदों के अनुसार काम का साफ-साफ बँटवारा, ताकि लगातार चौकस मॉनिटरिंग हो सके। कोई अपनी जवाबदेही से न बचे। वर्ष 2010 के पहले 'प्रभात खबर', अंगरेजी में कहे तो पर्सनालिटी बेस्ड ऑरगेनाइजेशन

(व्यक्ति आधारित संस्था) था। इंडिविजुअल ओरिएंटेड ऑरगेनाइजेशन। किसी एक व्यक्ति या दो या तीन लोगों पर आधारित संस्था का भविष्य उज्ज्वल नहीं होता। संस्थाएँ हमेशा व्यक्तियों या व्यक्ति के समूहों से बड़ी होती हैं। टीम से ही लड़ाई जीती जाती है। इससे पहले तक 'प्रभात खबर' में हर कामकाज या मंच पर, हम कुछेक चेहरे ही दिखते थे। कहें, तो जूता सिलाई से चंडी पाठ की भूमिका में कुछेक ही थे। संस्था के दीर्घजीवी होने के लिए यह मिथ तोड़ना जरूरी था। इसलिए 'प्रभात खबर' द्वारा आयोजित बड़े समारोहों, आयोजनों में वर्ष 2010 से मैंने जाना कम किया या बंद किया। गोयनका जी से कहा, शीर्ष मार्केटिंग बैठक में भी नहीं रहूँगा। कारण, अगर हर बैठक और हर मोरचे पर मैं या हम कुछेक चेहरे ही रहेंगे, तो फिर नये नेतृत्व नहीं पैदा होंगे। नया नेतृत्व पैदा करने के लिए पहली शर्त है, अधिकार या पद देकर काम करने की आजादी देना। नये लोगों से गलतियाँ होंगी, पर वे गलतियाँ ही विकास की सीढ़ी बनेंगी। नये नेतृत्व विकसित करने का यही स्थापित फार्मूला है दुनिया में।

एक अलग पहल

संभव है, पावर डिसेंट्रलाइजेशन या शीर्ष पर नयी टीम खड़ा करने के इस प्रयास को लोगों ने अलग-अलग समझा हो। उनके समझने के अपने तर्क या कारण हो सकते हैं। आज के समाज के मौजूदा मानस में बुनियादी तौर पर यह भूख और लस्ट है कि हम पद पायें, तो छोड़ें ही नहीं। शरीर छूटे, पर पद नहीं। कुरसी पकड़ या जकड़कर बैठ जायें। भौतिक चीजों के प्रति यह वासना, मोह, आज हमारे समाज में चरम पर है। जहाँ यह मानस है, वहाँ लोग इस पहल और प्रयास के पीछे की सही भावना समझें, यह संभव नहीं। जहाँ चीजों को पकड़ कर बैठ जाने का मानस या मनोवृत्ति हो, वहाँ स्वत: पहल कर अपना दायित्व अपने कनिष्ठ साथियों को सौंपना, एक अलग और मौलिक पहल है।

यह पहल क्यों?

'प्रभात खबर' को इंस्टीट्यूशन का रूप देने के लिए जरूरी था कि हर क्षेत्र में और युवा साथी सामने आएँ। नयी भूमिकाओं और महत्त्वपूर्ण पदों पर नये लोग आएँ, ताकि टीम का आधार या फलक बड़ा और विस्तृत हो। हमारे अंदर यह कोशिश रही है कि यह संस्था दीर्घजीवी बने। वरना यहाँ बैठे वरिष्ठ साथी जानते हैं कि वर्ष 2006 में यह संस्था बिकने को थी, तब मैनेजमेंट ने कहा था कि जिन तीन लोगों ने इस संस्था को गढ़ने व बनाने में शुरू से कोशिश की है, उन्हें

इसमें हिस्सा मिलेगा। इस तरह मुझे जो हिस्सा मिलता, वह आप कल्पना नहीं कर सकते। मैंने तो सपने में भी नहीं सोचा था। आज मैं लाखों वेतन पाता हूँ। इतने ही पैसों की नौकरी कई जन्मों तक करता, तब भी उतने पैसे एकमुश्त नहीं मिलते। ये पैसे हमारे श्रम के जायज अर्निंग (कमाई) थे। मुझे याद है एमजे अकबर ने अपने प्रयास से 'एशियन एज' खड़ा किया, जिस दिन उस अखबार में 'डेकन क्रॉनिकल' ने स्टेक (हिस्सा) लिया, तो उनका जवाब था कि यह मेरे लिए प्रसन्नता की घड़ी है। कारण यह उनके श्रम से, ईमानदारी से अर्जित आय थी। उसी तरह 'प्रभात खबर' में हम वरिष्ठ साथियों को यह मौका था।

पर, हम सब ने प्रबंधन से अनुरोध किया कि नहीं, हम इसे चलाने की गंभीर कोशिश करना चाहते हैं। महज एक सुरक्षित जिंदगी नहीं चाहते। तब हमारे निजी जीवन के हित में था कि उक्त प्रस्ताव के तहत अपना हिस्सा लेकर हम निश्चिंत हो जाते। बैंकों में यह राशि रखकर, सूद के बल सुखपूर्वक रहते। एक कमजोर मध्यवर्ग की पृष्ठभूमि से आये, हम लोगों के लिए यह श्रेष्ठ समय था। पर अंततः हमने चुना कि नहीं, संस्था की लांगिविटी (दीर्घ जीवन) के लिए हम सामूहिक पहल करें। टीम साथ हो, समूह में नयी कोशिश हो, उसी लांगिविटी के कांसेप्ट (विचार) को आगे बढ़ाने के क्रम में, वर्ष 2010 में, यह दूसरी बड़ी पहल थी कि संस्था को 'पर्सनालिटी बेस्ड ऑरगेनाइजेशन' से निकालकर, उसे संस्थागत पहचान देना। टीम की पहचान। सामूहिकता की पहचान, जहाँ सारे काम करनेवालों की पहचान मिलकर एकाकार हो जाये। इस मानस के पीछे दो लोगों की प्रेरणा रही है। गुजरे लोगों में डॉ. लोहिया की, जीवित लोगों में इन्फोसिस के संस्थापक नारायण मूर्ति की।

बढ़ रही है भोग व लालसा

मेरा प्रिय निबंध है, 'निराशा के कर्त्तव्य'। डॉ. राममनोहर लोहिया द्वारा लिखित। अक्सर अपने लेखों या भाषणों में इसका उल्लेख भी करता हूँ। यह प्रेरक निबंध है, इसके कुछ अंश तो अद्‌भुत हैं, हर भारतीय को इसे याद रखना चाहिए। जीवन के लिए संदेश से भरा। एक पंक्ति में कहूँ, तो यह सीख देता है कि जीवन में निराशा रहें और काम करें। यह फलसफा है। जीवन दर्शन है। एक जगह वह इस निबंध में कहते हैं कि भारत में आदमी अपनी चीज के लिए, स्वतंत्रता भी जिसका एक अंग है, अपनेपन, अपने अस्तित्त्व के लिए मरने-मिटने के लिए ज्यादा तैयार नहीं रहता। वह झुक जाता है और उसमें स्थिरता के लिए भी बड़ी इच्छा पैदा हो जाती है। चाहे जितना गरीब हो, शरीर चाहे सड़ रहा हो,

लेकिन फिर भी जान के लिए कितना जबरदस्त प्रेम, आप अपने देश में पाओगे। कोई भी काम करते हुए, हमारे लोग घबराते हैं कि जान चली जाएगी। चाहे जितने गरीब हैं हम लोग, लेकिन फिर भी एक-एक, दो-दो कौड़ी से मोह है। मुझे कुछ ऐसा लगता है कि आदमी जितना ज्यादा गरीब होता है, उसका पैसे के प्रति मोह, उतना ही ज्यादा हो जाया करता है। एक विचित्र-सी अव्यवस्था हो गयी है कि शरीर खराब, जेब खराब, लेकिन फिर भी पैसे और जान के लिए इतनी जबरदस्त ममता और अनुराग हो गया है कि आदमी कोई भी जोखिम उठाने को तैयार नहीं रहता। आज देश में यही हाल है।

डॉ. लोहिया के इस निबंध को पढ़कर देश के मानस को समझने में मदद मिलती है, हम ऐसे क्यों हैं? भ्रष्टाचार के अनेक गंभीर मामलों के विस्फोट के बाद हाल में एक विदेशी अखबार (वालस्ट्रीट) में पढ़ा। एक विशेषज्ञ के अनुसार हमारे खून में ही दोष है। हम स्वाभिमान-आत्मसम्मान रहित ऐसे ही लोग हैं। आजादी के 60 वर्षों के बाद यह भोग व लालसा और बढ़ गयी है। बढ़ता लोभ-बाजारवाद और उपभोक्तावाद, इस आग में घी का काम कर रहे। आज पद पा जाने के बाद कोई छोड़ना नहीं चाहता। सत्ता से लेकर हर जगह, स्वत: कोई पहल कर, अपने साथियों-सहकर्मियों के लिए जगह नहीं बनाता। रोज ही हम-आप देख रहे हैं कि राजनीतिज्ञों के पाँव कब्र में है, पर सत्ता से चिपके हैं। लोग कुरसी से उन्हें बाँह पकड़ उठाते-बैठाते हैं, शरीर-इंद्रियों पर नियंत्रण नहीं रहा, पर हमारा व आपका भाग्य तय कर रहे हैं। सार्वजनिक पदों पर कुंडली मार कर बैठे ऐसे लोग देश की किस्मत लिख रहे हैं। पर राजनीतिज्ञ ही क्यों?

रिटायर्ड ब्यूरोक्रेटों के भी यही हाल हैं। डॉक्टर, प्रोफेसर रोज ही रिटायरमेंट की उम्र बढ़ाने के लिए हड़ताल करते रहते हैं। कहीं 60 से 62, तो कहीं 62 से 65 की उम्र में रिटायरमेंट चाहते हैं। न्याय के क्षेत्र में यही है। यह वासना है। वासना की यह आग कभी तृप्त होती नहीं दिखती। क्या यही जीवन है? यही हमारा सार्वजनिक-निजी एप्रोच होना चाहिए? क्या जीवन में एक वीतराग बोध या भाव नहीं होना चाहिए? अनासक्ति का अंश? हमारे यहाँ यह भी दर्शन चलता है कि आसपास किसी को पनपने न दो, ताकि अपनी गद्दी सुरक्षित रहे। कितना छोटापन या संकीर्ण सोच! क्या इस रास्ते कोई संस्था, समाज या मुल्क दीर्घजीवी या मजबूत होंगे? हम यानी एक व्यक्ति या इनसान, समाज की दृष्टि से बहुत छोटी इकाई हैं, नगण्य या अस्तित्वविहीन। हमें कोई भ्रम नहीं है कि मेरा निजी वजूद क्या है? इस सृष्टि-ब्रह्मांड में तिनके से भी कमजोर। पर मेरे सोच-विचार और जीवन दर्शन में यह बात रही है कि अपने स्तर पर हम जैसा सोचते हैं, बनने

की कोशिश करें। संभव सीमा तक, अपनी हजारों-लाखों कमियों के साथ। यह कहने बताने में कोई अहंकार या प्रगल्भता नहीं है, यह बू आये, तो माफ करेंगे।

मानसिक शांति जरूरी

रांची में योगदा मठ है। 'ऑटोबायोग्राफी ऑफ योगी' के लेखक और 20वीं सदी के महान योगी परमहंस योगानंद द्वारा स्थापित। वहाँ मेरा जाना होता है। वर्ष में एक बार वे 'शरद संगम' का आयोजन करते हैं। भारत के कोने-कोने से और लगभग 40 देशों के साधक आते हैं। एक से एक लोग, वैज्ञानिक, विद्वान, फिल्म से जुड़े, साहित्य से जुड़े, श्रेष्ठ मस्तिष्क के लोग। वर्ष 1996 (नवंबर) में पहली बार इसमें शरीक हुआ। यहीं वैज्ञानिक सीवी रमण के परिवार से आये एक साधक मिले, पहुँचे हुए। उनके विचार (टॉक) सुन रहा था। वह जीवन की सफलता पर बोल रहे थे। कहा-सीवी रमण की आत्मकथा पढ़ें। रिटायर होने के बाद वह अशांत और परेशान रहने लगे। वैज्ञानिक मान्यताओं पर उनके मन में बुनियादी सवाल उठने लगे। जीवन के मौलिक सवाल बेचैन करने लगे। घर के आगे बोर्ड लगवा दिया 'विजिटर्स टू कीप ऑफ नॉट टू डिस्टर्ब' (अतिथि आकर परेशान न करें)। वह कहने लगे 'माई लाइफ हैज बीन ए अटर फेलियर' (मेरा जीवन नितांत विफल रहा है)। यह भी माना कि मैंने जो काम किया, वह पश्चिमी वैज्ञानिक मान्यताओं के तहत था। हमारे देश के विज्ञान, परंपराओं के तहत मैं कुछ नहीं कर सका। फिर उन्होंने नोबेल पुरस्कार पाये वैज्ञानिक चंद्रशेखर के जीवन के प्रसंग सुनाये। चंद्रशेखर जब शीर्ष पर थे, तो पूछा गया, क्या आपका निजी जीवन सुखी है? उनका उत्तर था, किसी वैज्ञानिक का निजी जीवन नहीं होता। अब प्राय: मैं सोचता-परखता हूँ कि जो किया, वह कितना उपयोगी था? जीवन के अंतिम पहर में उन्होंने अपने एक और इंटरव्यू में कहा कि जीवन पुन: मिला, तो वह हिमालय में जा बैठेंगे। ऋषियों की राह पर चलेंगे। यह भी उन्होंने माना कि सब कुछ पा लेने के बाद भी 'पीस ऑफ माइंड' (मानसिक शांति) नहीं है। एक और वैज्ञानिक (शायद लार्ड कैल्विन) का उन्होंने (साधक संत) उल्लेख किया। वह 55 वर्ष तक वैज्ञानिक रहे। महान वैज्ञानिकों में से एक। एक शब्द में उन्होंने अपने लंबे वैज्ञानिक जीवन का निचोड़ सुनाया 'फेलियर' (विफल)।

जीवन में नवीनता जरूरी है

योगदा के उन साधक सन्त ने कहा यह सब मैं क्यों सुना या कह रहा हूँ, क्योंकि जीवन में संतुलन होना चाहिए। मैं अत्यंत मामूली इनसान हूँ, मुझे अपने

बारे में भ्रम नहीं है। मैं देश की 111 करोड़ की भीड़ का एक हिस्सा भर हूँ। हम सबका परिचय इतना, इतिहास यही, 'उमड़ी कल थी, मिट आज चली' की तरह है। मैं ऐसा इसलिए हूँ कि ऐसे ही तथ्यों से, मुझे जीवन के बारे में निखरने-जानने की प्रेरणा मिलती रही है। समझ विकसित होती रही है। इस दृष्टि से ही एक निस्संगता का भाव पैदा होता रहा है। इसलिए जीवन के बड़े निर्णय करते समय ऐसे शाश्वत सच मेरे मन-मस्तिष्क में रहते हैं। यह बोध और भाव नहीं रहता, तो दो बड़े घरानों (टाइम्स ऑफ इंडिया और आनंद बाजार पत्रिका) महानगरों की पत्रकारिता, ग्लैमर सत्ता सोहबत की पत्रकारिता छोड़कर यहाँ आना नहीं होता। 'धर्मयुग', 'रविवार' जैसी पत्रिकाओं में काम। हिन्दी पत्रकारों के बीच से अकेले पीएमओ में रह लेने और उसके बाद लगातार बड़े ऑफरों को छोड़ कर मुसीबतों-संघर्षों का जीवन नहीं चुनता। पर एक ही रोल (भूमिका) में रहने या अटक जाने से, क्या जीवन में नवीनता रहेगी?

अनैतिक है प्रतिभाओं को बढ़ने से रोकना

डॉ. लोहिया के इस निबंध-विचार ने युवा दिनों से ही प्रेरित किया कि चीजों से चिपकना या लगातार बंधकर दूसरों को आगे आने की जगह न देना, नीचे के नेतृत्व को या साथ की प्रतिभाओं को फलने-फूलने या बढ़ने का मौका नहीं देना अनैतिक है। लगभग 22 वर्ष ड्राइविंग सीट पर रहना, सबसे कठिन दिनों में रहना, क्या यह कम है? क्या पद पुश्तैनी होने चाहिए? राजनीति में बढ़ते वंशवाद की तरह लाभ और लस्ट (लालसा) के इस दौर में हमें भी वैसा ही होना चाहिए, जैसा दूसरे हैं? पाँव कब्र में, पर पद किसी कीमत पर चाहिए। हिन्दी के कवि श्रीकांत वर्मा ने काशी के अपने एक रिश्तेदार का संस्मरण लिखा है। अत्यंत शिक्षाप्रद। उनके वह रिश्तेदार मृत्युशय्या पर थे। बोल नहीं पाते थे। रसगुल्ले के शौकीन थे। दिल्ली से श्रीकांत जी काशी आये। वह मिठाई लेकर गये, आवाज दी, तो गले से घरघराने की आवाज आने लगी। लगातार कोमा में थे, सुन्न पड़े थे। पर मनपसंद मिठाई का नाम सुनकर भाव उभरा। इंद्रियाँ हिली डुलीं। संसार से इतना बंधना भी क्या सही है? चाहत यह है कि जीवन के ऐसे मोड़ पर ऐसा बंधन प्रभु न दें, मुक्ति दें। पर क्या यह हाथ में है? या हम परवश हैं?

हम और हमारे साथ अनेक साथी युवा दिनों में 'प्रभात खबर' से बंधे। माओ की सांस्कृतिक क्रांति के नारे ने भी हमारी पीढ़ी पर असर डाला। हालाँकि बाद में चीनी समाज के साहित्य को पढ़ते हुए हमने पाया कि सांस्कृतिक क्रांति के दौरान माओ का यह नारा 'हजारों फूलों को एक साथ खिलने दो', अपनी निजी

गद्दी मजबूत करने के लिए, अपने कद के बराबर या सम प्रतिभाशाली नेताओं को अपने रास्ते से हटाने के लिए था। यह खुले और बंद समाज का भी फर्क है। खुले समाज में निजी जड़ें मजबूत करने के लिए, सार्वजनिक जीवन में लोक-लुभावन नारे देकर बच निकलना कठिन है। पर विचार के आधार पर, प्रेरणा के आधार पर, हजारों फूल (प्रतिभाओं) को एक साथ खिलने दो, क्रांतिकारी अवधारणा है। हजारों-हजार प्रतिभाएँ साथ निखरें, तो कोई भी संस्था-समाज या देश बढ़ेगा। 'प्रभात खबर' में भी यह जरूरी है कि अनेक युवा प्रतिभाएँ एक साथ कई क्षेत्रों में उभरें, ताकि संस्था मजबूत हो। दीर्घजीवी हो ।

विचार और आचरण में प्रतिस्पर्द्धियों से अलग

एक संतोष की बात बताऊँ। 2000 में जब बड़े घरानों ने 'प्रभात खबर' को बंद कराने की साजिश रची, तब कुछेक लोग ही थे, जो किसी कीमत पर 'प्रभात खबर' से नहीं डिगे। आज 'प्रभात खबर'(सभी संस्करणों को मिलाकर) में अनेक हैं, जो बड़े घरानों के लगातार लुभावने प्रस्तावों को ठुकराकर यहाँ हैं। वह कहावत है न कि चले थे अकेले, कारवाँ बनता गया। बड़े घरानों के शीर्ष लोग, हमारे ऐसे साथियों के घर जाकर, महीनों वर्षों उन्हें चेज (पीछा) कर, अपने साथ मिलाने की कोशिश करते रहे हैं, कर रहे हैं। अपरोक्ष यह धमकी भी देते हैं कि आपके सब लोगों को हम उठा ले जायेंगे, तब आप क्या करेंगे? पूँजी की गरमी? यह उन्हें कौन बताये कि गुजरे दस वर्षों में वे सैकड़ों से अधिक लोगों को तोड़ ले गये। एक-एक कर। फिर भी 'प्रभात खबर' उनके लिए चुनौती बना ही हुआ है। हम छोटे हैं, सीमित संसाधन के हैं, पर गरिमा, मर्यादा, विचार और आचरण में अपने प्रतिस्पर्द्धियों से अलग हैं। इन स्पर्द्धी अखबारों का कोई व्यक्ति शायद ही कहे कि आज तक मैंने किसी अखबार में किसी को अचानक तोड़ने या समूह तोड़कर साजिश के तहत उन्हें नुकसान पहुचाने की कोशिश की या किसी को फोन किया, घर गया, तिकड़म रचा, अंगरेजी में कहें, तो बिलो द बेल्ट (कमर के नीचे चोट पहुँचाना) हिट किया, ताकि प्रतिस्पर्द्धी अखबारों को नुकसान हो। ऐसा भी नहीं है कि यह कर नहीं सकता था। ऐसी स्थिति या पद पर हूँ कि कर सकता हूँ। यह भी नहीं है कि किसी को उपकृत करने के लिए हमने यह आचरण किया। यह जन्मजात संस्कार है। निजी आत्मगरिमा है। स्वनिर्धारित सीमा के विपरीत आचरण कर (किन्हीं भी परिस्थितियों में) हमें लगता है कि हम अपने स्तर से फिसल रहे हैं। गिर रहे हैं। हर इनसान का एक स्तर होता है, निजी डिगनिटी होती है। स्वतः बनायी या

इवाल्व (विकसित) की हुई। इस गलाकाट प्रतियोगिता के पूरे दशक में हमने आज तक अपनी गरिमा या लक्ष्मण रेखा का उल्लंघन नहीं किया। क्या यह कम संतोष की बात है? इस आचरण या फिसलन के लिए बाहर से सर्टिफिकेट नहीं चाहिए। इस रास्ते पर चलने पर दुनिया को बाद में पता चलता है, पहली आवाज आपके अंदर से आती-उठती है। यदि अपनी आवाज सुनना आपने बंद नहीं किया हो। लोभ के इस युग में जहाँ कुछेक लोग अपने जीवन के उर्वर दिनों में, संघर्ष और तप के दिनों में, पग-पग पर अस्तित्त्व की लड़ाई लड़ने के दिनों में साथ हैं, यह क्या कम सुख की बात है?

निराशा के वे पुराने क्षण

आज 2010 का अंत है। सोच रहा था कि क्या 'प्रभात खबर' में गुजरे संघर्ष के, तप के, निराशा के, वे पुराने क्षण एक पल भी वापस मिल सकते हैं? तब हम साथियों को 'प्रभात खबर' के अलावा कुछ सूझता नहीं था। न घर, न परिवार, न भविष्य की सुरक्षा। एक जुनून था। क्या वह लौट सकता है? मकसद था, संस्था बचाना और बढ़ाना। एक जिद, इस जिद के पीछे कोई आर्थिक आग्रह था? निजी स्वार्थ लोभ था? यह होता तो हम सब फेंस (सीमा) के उस पार होते। औरों की तरह बड़े महानगरों-बड़े प्रकाशनों में सुख-सुविधा के संसार में।

क्या इस रास्ते पर चलने के लिए आज दो दशकों बाद, हम इस उभरती संस्था में कोई युवा टीम न उभरने दें? तब उन युवा साथियों के लिए भविष्य का मार्ग प्रशस्त करने का काम कौन करेगा? वरिष्ठ होने के कारण हम ही न! आज 'प्रभात खबर' में ऐसे अनेक लोग हैं, जो प्रतिस्पर्द्धी बड़े अखबारी से अधिक पैसा, महत्त्वपूर्ण पद और भौतिक सुख, ठुकराकर साथ टिके हैं।

आप सही हैं, तो मददगार मिलते हैं

मेरी ख्वाहिश है, नये वर्ष में कामना है कि किसी भी सूरत में न डिगने वाले ऐसे लोगों की यह संख्या इस संस्था में कुछेक से बढ़कर, कई सौ में तब्दील हो। यह कौन करेगा? आप युवा टीम ही न। अब आप नयी लकीर खींचें। हर आदमी अपने आसपास से, चाहे जिस भी क्षेत्र में हों (संपादकीय, विज्ञापन, प्रसार वगैरह) अपने तहत की प्रतिभाओं को अवसर दे। उन्हें योग्य लीडर के रूप में विकसित करे। यह या ऐसा रास्ता हम आपके लिए ऊपर से ही बना रहे हैं। हम उन साथियों को भी आज विशेष याद करना चाहेंगे, जो सीधे या नियमित 'प्रभात खबर' से जुड़े नहीं रहे, पर हमारे संघर्ष के दिनों में उनकी निर्णायक

मदद रही। हमारा अस्तित्व बचाये रखने-बढ़ाने में। हम उनके भी ऋणी हैं, जो लंबे समय तक साथ रहे, पर आज कहीं और हैं। कुछेक को अच्छे अवसर मिले, तो हमने उन्हें जाने के लिए प्रोत्साहित किया। नयी शुरुआत के लिए। बाहर से, अंदर से, साथ रहकर फैसल अनुराग, दयामनी बरला और वासवी वगैरह ने इसे बनाने व बचाने में जो मदद की थी, वह बता नहीं सकता। अगर आप सही रास्ते हैं, तो मददगार मिलते हैं।

नारायण मूर्ति ने हमेशा प्रेरित किया

जो पुराने साथी हैं, उन्हें याद होगा। शुरू के वर्षों में फर्स्ट फ़्लोर खुला था। बाद में एसबेस्टस की छत बनी। उसी छत पर खुले आसमान के नीचे हम बैठते थे। सामूहिक रूप से एक साथ। नीचे धरातल पर भी। 'प्रभात खबर' के सभी लोग, अपनी चुनौतियों और कठिनाइयों पर बोलने-बतियाने संवाद करने, फिर रणनीति बनाने। घर के सुख-दुख बाँटने और भविष्य के लिए रास्ता बनाने के लिए। तब से अपनी बातों में इन्फोसिस के नारायण मूर्ति का उल्लेख करता रहा हूँ। उस व्यक्ति ने हमें प्रेरित किया है। किस तरह कुछेक लोगों ने पत्नियों के गहने गिरवी रख कर 10-20 हजार से कंपनी शुरू की। हर विपरीत स्थिति देखी-झेली। तब इन्फोसिस दुनिया की इतनी प्रतिष्ठित, सम्मानित व बड़ी कंपनी बनी। हम सफलता देखते हैं, उसकी बाह्य काया परखते हैं, पर उसके पीछे का तपना, जलना और आत्माहुति नहीं जानते। जब इन्फोसिस कंपनी संपन्न हुई, तब अपने यहाँ काम करनेवालों को हिस्सा या स्टॉक ऑप्शन देकर अपने यहाँ कार्यरत पुराने लोगों को करोड़पति व अरबपति बनाया। 'प्रभात खबर' में जब हमने शुरुआत की, तब 240 लोग थे। और कुल वेतन लाख के लगभग। आज प्रति माह वेतन पर लगभग दो करोड़ 'प्रभात खबर' में औसत खर्च है। अभी कुछेक रोज पहले खूँटी के एजेंट आये थे। 25 वर्षों से 'प्रभात खबर' बेचने का ही काम कर रहे है। साधु इनसान हैं। बता रहे थे कि आज वहाँ एक-एक हॉकर 12 से 16 हजार 'प्रभात खबर' बेचकर कमा रहा है। प्रतिमाह। 'प्रभात खबर' की सामाजिक भूमिका (जो मुख्य चीज है) छोड़ दीजिए, तो भौतिक रूप से भी अपना काम करते हुए 'प्रभात खबर' ने हमारे जीवन में यह असर डाला है।

इन्फोसिस ने नयी लकीर खींची

'आनंद बाजार' पत्रिका छोड़कर प्रतिमाह कुछेक हजार की नौकरी पर यहाँ आया। कभी जीवन में कहीं वेतन पैसे या सुविधाओं के लिए सौदेबाजी,

मोलतोल नहीं किया। कंपनी द्वारा दी गयी, पुरानी थर्ड हैंड मारुति वैन। किराये का घर, यही तब पाता था। आज 'प्रभात खबर' में वरिष्ठ होने के कारण सबसे अधिक तनख्वाह पा रहा हूँ। इससे काफी अधिक के प्रस्ताव भी आये। पर मन के अनुरूप काम और ठीक-ठाक वेतन, सुविधाएँ, इसका संयोग एक साथ कहीं और नहीं पाया। इसलिए हमने यहाँ काम करना चुना। इस गरीब इलाके में पत्रकारिता करने की प्रेरणा हमें यहाँ खींच लायी। ऐसा ही काम बड़े पैमाने पर इन्फोसिस में हुआ। ईमानदार तरीके से। भारतीय परंपरा में अर्थ, धर्म, काम, मोक्ष चार लक्ष्य हैं। अर्थ का नकार नहीं है। पर अर्थ ईमानदारी से। श्रम से। किसी से याचना या हाथ पसारकर नहीं। घूस या ब्लैकमेल से नहीं। इस रास्ते चलकर इन्फोसिस ने नयी लकीर खींची है। नये युग की कई कंपनियाँ ऐसा कर रही हैं। आज जो युवा कैंपस से ही लाखों-करोड़ों की तनख्वाह पर जा रहे हैं, वे ईमानदारी से खटकर उपार्जन कर रहे हैं। यह अलग बात है कि इतने उपार्जन के बावजूद वह जीवन नहीं जी पा रहे, क्योंकि कंपनियाँ उन्हें 20-22 घंटे काम कराकर निचोड़ लेती हैं। बहरहाल, हम बात कर रहे थे कि कैसे 1989 में स्थापित एक कंपनी को एक इनसान नारायण मूर्ति ने उसूलों-सिद्धांतों पर खड़ा किया। टीम के बल ही, अकेले नहीं। उस कंपनी पर एक पुस्तक आयी है, 'लीडरशिप@इन्फोसिस'। संपादक मेंट बार्ने। उसकी भूमिका की कुछ चीजें आपको सुनाता हूँ।

गलतियों से तुरंत सबक लिया

यह पृष्ठभूमि याद रखिए कि नारायण मूर्ति कंपनी के एमडी पद से हटे। अपने साथियों को मौका दिया। अब एक-एक कर वहाँ, नये-नये लोग, नये सक्षम लीडर के रूप में सामने आ रहे हैं। कंपनी को सँभाल रहे हैं। आगे ले जा रहे हैं। इस पुस्तक की भूमिका में नारायण मूर्ति कहते हैं कि इन्फोसिस की रहनुमाई हमारे 'जीवन का काम' (लाइफ वर्क) है। शुरू में हमारे अंदर सपने थे। साझा मूल्य थे। हम एक-दूसरे के पूरक थे। हुनर, काम वगैरह में कंपनी के बड़े हितों या उसके लाभ के लिए हमने निजी हितों की कुरबानी दी। हमने मिलकर वे चीजें हासिल कीं, जो हम अलग-अलग रहकर अकेले नहीं कर पाते। इस दशक में अपनी 'लीडरशिप टीम' के बल हमने लगातार अपनी कंपनी को बदला। सिर्फ 11 वर्ष पहले 1999 में इन्फोसिस में कुल 3000 इंप्लाइज थे। अब लगभग 1.22 लाख से अधिक हैं। नारायण मूर्ति कहते हैं कि हम हर समय बिलकुल सही ही नहीं रहे। पर जब-जब कोई गलती हुई, तुरंत सबक लेकर

हम पुनः और ऊर्जा के साथ सही राह पर लौटे। हमें कंपनी को अगर 200 वर्षों तक बनाये रखने का विजन (दृष्टि) विकसित करना है, तो इसके लिए प्रभावी नेतृत्व चाहिए। हर स्तर पर लीडरशिप का अर्थ है कि कंपनी की जरूरतें, सपने पहले। निजी बाद में। वह आगे बताते हैं कि हमने हमेशा वह भूमिका निभायी, जिसकी कंपनी को जरूरत थी। हमने कंपनी के बड़े और सार्वजनिक हित के हक में हमेशा निजी पसंद-नापसंद को पीछे रखा।

भविष्य आपके हाथ में है

एक-एक पंक्तियाँ मैंने उक्त पुस्तक की भूमिका से आपको सुनायी, कितनी प्रेरक हैं। सफल होने का राज बताती हैं, ये लाइनें। आज आप पूछिए कि हम जिस कंपनी में हैं, उसका भविष्य क्या है? शायद इसका कोई उत्तर न दे पाये। 1991 के बाद बार-बार आपके बीच यह बात दोहराता रहा हूँ कि भविष्य आपके व हमारे हाथों में है। '91 में भी यह सवाल हम साथी शिद्दत से आपस में करते थे। 1991 में जब समाचार उद्योग के एक एक्सपर्ट ने 'प्रभात खबर' के भविष्य पर अपनी रपट दी, तब से यह बात मैं सारे कलिग्स (सहयोगियों) को सार्वजनिक बैठक में बताता रहा हूँ। कोई दूसरी कंपनी होती, तो यह रिपोर्ट कानफिडेंशियल (गोपनीय) रहती। पर तब से ही साथ में यह भी दोहराता रहा हूँ कि कंपनी का भविष्य आपके हमारे हाथों में है। हम अपनी तय भूमिका अच्छी तरह निभाएँगे, तो आगे जायेंगे। कोई टाटा, बिड़ला, अंबानी हमारे लिए कुबेर का खजाना या दरवाजा खोल दे, पर हमारे अंदर टीम स्पिरिट, दृष्टि, अनुशासन नहीं, तो हम डुबो देंगे। बड़े–बड़े घरानों के दर्जनों उदाहरण देकर मैं आपको यह बता सकता हूँ। पर देखिए कि एक विजन, सपने और स्वानुशासन से इन्फोसिस ने क्या किया? हमें यही माडल दीर्घजीवी बना सकता है। जो जहाँ है, अपने-अपने स्तर पर अपनी भूमिका का सही निष्पादन करे। अखबार के हित में, कंपनी के हक में। हम सबने मिलकर 'प्रभात खबर' में शुरू से एक भिन्न संस्कृति अपनायी।

स्वभाव है हिन्दी मानस

शुरू से ही 'प्रभात खबर' में एक अलग कार्य-संस्कृति विकसित करने की कोशिश हुई। हरेक बैठक में विशेष रूप से इसकी चर्चा मैं करता रहा कि टिपिकल मौजूदा हिन्दी मानस से उबरना होगा। यह मानस एक विशेषण के तौर पर देखता हूँ। यह एक प्रवृत्ति है, स्वभाव है। यह कहीं भी हो सकता है, पर

हिन्दी इलाकों में यह स्वभाव या रुझान या यह प्रवृति आमतौर से है। उसके अपवाद भी बहुत मिलते हैं। मेरी नजर में यह मानस क्या है? हिन्दी राज्यों में परनिंदा, परचर्चा जीवन का अंग है। जीवन का परमसुख। निरर्थक गप्पे मारना। पीठ पीछे दूसरों की शिकायत करना। किसी अच्छे काम को इग्नोर कर प्रशंसा न करना। कोई अच्छा करे, तो उसे तबाह-बदनाम करने में लगना। हर बात और काम में हमारी यह कुछ सामान्य आदतें हैं। दूसरों का छिद्रान्वेषण ।

हमने यहाँ 'प्रभात खबर' में कोशिश की कि मेरे पास कोई दूसरे की शिकायत लेकर न आये। अगर कोई शिकायत है, तो जिसके संबंध में शिकायत है, जब तक वह मौजूद न हो, तब तक उसकी चर्चा नहीं हो, जिसके खिलाफ शिकायत है। उसके सामने बात हो। इसका परिणाम हुआ कि मेरे पास कोई अनर्गल बात या किसी की शिकायत लेकर नहीं आता। हम लोगों ने यह माहौल बनाने की कोशिश की कि दफ्तरों में पीठ पीछे रस लेकर अनर्गल चर्चाएँ होती हैं, उन्हें कम से कम वरिष्ठ लेवल पर इंटरटेन न किया जाये। यह खत्म होना असंभव है, क्योंकि यह हमारी रगों में है। स्वभाव का हिस्सा है। फिर भी हम यह मान सकते हैं कि 'प्रभात खबर' में हमलोगों ने इस प्रवृत्ति को नियंत्रित करने की कोशिश की। इसी कारण कई बार 'प्रभात खबर' के अंदर की चीजें मुझे बाहर से पता चलती हैं। इसे आप मेरी कमी कह सकते हैं। आधुनिक प्रबंधन शैली भी इसे सही नहीं ठहराता, पर यहाँ मेरे कारण यह कमी है।

पिछले दिनों, लगभग तीन सप्ताह पहले, बाहर से एक मित्र का फोन आया कि किसी वेबसाइट पर यह खबर आने वाली है कि 'प्रभात खबर' से आप विदा हो रहे हैं। ऐसी बहुत सारी चीजें चलती रहती हैं। न मैं ऐसी चीजों पर गौर करता हूँ और न ही ऐसी चीजों के बारे में चर्चा। न मुझे किसी को यह सफाई देनी है, न पक्ष रखना है। मैं मानता हूँ कि 'प्रभात खबर' के हमारे साथियों को भी पता है कि हमें करना क्या है? किस रास्ते जाना है? पुनः अपने साथियों से कहना चाहूँगा कि 'प्रभात खबर' का भविष्य छोटी-छोटी चीजों से तय होगा। ये छोटी-छोटी चीजें हमारी हद-पहुँच में है। आज भी देखता हूँ, दफ्तर में कहीं कोई मौजूद नहीं है, पर पूरी बिजली जल रही है। कहीं कुरसी का पाँव टूटा है और वह महीनों से वहीं पड़ी है, कोई ठीक कराने वाला नहीं। यानी छोटी चीजें भी, आप उम्मीद रखते हैं कि वरिष्ठ लोग आकर करेंगे। हमारा कोई फर्ज नहीं है। किसी खास जगह पान की पीक या गुटखा वगैरह के पैकेट पड़े रहते हैं। इस्तेमाल के बाद बाथरूम साफ नहीं किया जाता। ऐसी अनेक चीजें हैं। इन चीजों को देख कर लगता है कि हमारे मानस में है कि साफ रखने का काम

कोई बाहर से आ कर करेगा। या साफ जगह को गंदा करना हमारा संवैधानिक हक है। जीवन में इन छोटी-छोटी चीजों के प्रति अगर हम और आप सजग होंगे, तो स्वभावतः अपने काम में भी हम इसी एप्रोच को अपनायेंगे। इसलिए स्पष्ट रहिए। हम ठीक होंगे, हमारी कार्यसंस्कृति बेहतर होगी, हमारा मानस पॉजिटिव होगा, तो अखबार भी ठीक रहेगा।

संपादन एक कला है और पत्रकारिता बौद्धिक काम

बाहर में 'प्रभात खबर' के बारे में धारणा है कि काम न करते हुए भी आप समय काट सकते हैं। इसका एक कारण है कि शुरू से हम सब ने मिलकर यह सायास कोशिश की है कि यहाँ एक मित्रवत माहौल रहे। ऑफिस का आतंक नहीं। संपादन काम एक कला है, पत्रकारिता बौद्धिक काम है। यहाँ डिस्कशन-डिबेट का माहौल होना चाहिए। अपशब्द, गाली-गलौज, मानसिक दबाव या टेंशन का माहौल नहीं। हमारी अपनी आचार संहिता है। शराब पीकर कोई दफ़्तर आये, स्वीकार्य नहीं है। किसी से गलत आचरण मान्य नहीं है। वरिष्ठ पदों पर बैठे लोगों का सम्मान हमारी शिष्टता है। इसलिए हम एक बेहतर, स्व-अनुशासित और बौद्धिक माहौल चाहते हैं, क्योंकि हम परिवार के मुकाबले, आपस में, दफ़्तर में ज्यादा समय साथ गुजारते-बिताते हैं। जब जीवन का बड़ा हिस्सा साथ गुजारते हैं, तो बेहतर और सुखद माहौल में रहें, तनाव में नहीं। यह माहौल सोच-समझकर हम सब ने बनाने की कोशिश की है। आज की दुनिया में और इस प्रतिस्पर्द्धा में, अब आपको ध्यान रखना होगा कि हर जिम्मेदार आदमी खुद निर्णायक हो। जवाबदेह बने, क्योंकि अब कोई बैठकर बोझ बनकर चलेगा, तो संस्था का भविष्य नहीं रहेगा। यह सरकारी संस्थान नहीं है। न चैरिटी संस्थान है। हर आदमी पहले खुद से पूछे कि वह कंपनी से जितना ले रहा है, उससे कई गुना रिटर्न अपने बेहतर काम के रूप में कंपनी को दे रहा है? हमारे लिए यही मानक और कसौटी है। जैसे हम घर चलाते हैं, वैसे ही जहाँ से रोजी-रोटी चलती है, उसके बारे में सोचें व करें, तो किसी भी स्पर्द्धा में हम टिके रहेंगे। समय की चुनौतियों के अनुसार हम बदलते रहें। अगर यह सकारात्मक मानस 'प्रभात खबर' की टीम में रहा, तो हम किसी से भी मुकाबला कर सकते हैं। स्पर्द्धा, चुनौतीपूर्ण है। तीन बड़े घरानों के खिलाफ ऐसी स्पर्द्धा के बारे में वर्ष 1991 से ही अपने साथियों-सहकर्मियों से कहता रहा हूँ। साफ-साफ बेबाक तरीके से। उन दिनों भी आधा दर्जन स्थापित व पुराने अखबारों से मुकाबला था।

कभी किसी को रोका नहीं

हर साल होनेवाली 'प्रभात खबर' की ऐसी सार्वजनिक बैठक में प्रायः अपनी प्रिय पुस्तक 'समरगाथा' (अनुवाद अमृत राय) के अंश सुनाता था। उस पुस्तक का एक अंश जो बार-बार आपको सुनाया है, यह है। 'अगर आपका घर अब तक खड़ा है, तो आप वापस उसमें चले जाइए। मैं सिर्फ ऐसे लोगों को अपने साथ लेना चाहता हूँ, जिनके पास गँवाने के लिए अपनी जंजीरों को छोड़कर दूसरा कुछ नहीं है। अगर आपके पास अशर्फियों की ढेर है, तो जाइए उसे सँभाल कर रखिए, हमारे साथ मत आइए। अगर आप अपनी आजादी से ज्यादा अपने बच्चों को प्यार करते हैं, तो चले जाइए और कोई इसके लिए आप पर उंगली नहीं उठा सकेगा और अगर आपकी मंगनी हो गयी है, तो आप अपनी मंगेतर के पास चले जाइए, क्योंकि हमारी मंगेतर तो आजादी है, लेकिन अगर आप लोगों के बीच एक आदमी भी ऐसा है, बस एक, जो आजादी के लिए अपनी जान दे सकता है और देखिए, पक्की बात है, मैं जो कुछ करने जा रहा हूँ, उसमें मौत के सिवा कुछ नहीं है, तो वह आदमी इसके बाद मेरे तंबू में आकर मुझसे, मिले। मुझे एक आदमी की जरूरत है, सिर्फ एक आदमी की।'

बार-बार प्रायः तीन-चार वार्षिक बैठकों में पुस्तक का यह अंश सार्वजनिक रूप से आपको सुनाने के पीछे मकसद रहा है। साथियों व सहकर्मियों को बताना कि हम विपरीत परिस्थितियों में कार्यरत हैं। इस कारण गिनती के कुछेक लोगों को छोड़कर, कभी किसी को दूसरे संस्थानों या सुरक्षित पनाहगारों में जाने से रोका नहीं। कोई कल जाने की बात करता था, मेरा जवाब होता कि आज और अभी जाना बेहतर है। कारण, एक बार अलगाव का मानस बन जाने के बाद आप भावनात्मक रूप से यहाँ नहीं होंगे। इसलिए तत्काल अलग होना ज्यादा बेहतर है। आपसी व्यवहार में बिलकुल स्पष्टता और साफगोई जीवन में अनिवार्य मानता रहा हूँ। इन पर अमल भी करता रहा हूँ।

लोगों को न छोड़ें, भले ही लोग छोड़ दें

'प्रभात खबर' में जब चुनौतियों के दिन शीर्ष पर थे, तो हर बार (वर्ष में कई बार ऐसे संकट भरे अवसरों पर) 'प्रभात खबर' की सामूहिक बैठक बुलाता था। आदतन यहाँ बहुत कुछ गोपनीय नहीं रहता था। उन बैठकों में साफ-साफ कहता था कि जिन्हें सुरक्षित भविष्य चाहिए, अच्छा पैसा चाहिए, वे वैकल्पिक रास्ता तलाश सकते हैं। क्योंकि यहाँ भविष्य अनिश्चित है, संघर्ष है। परिस्थितियाँ विपरीत हैं। जिनके पास दूसरे अखबारों से प्रस्ताव आते थे, उनमें से आरंभिक

दौर में अचानक जाने वाले कुछेक को छोड़कर सब मिले थे। अपनी आर्थिक विवशता बताते। मैं उन्हें जाने को प्रोत्साहित करता। कहता था कि आप कम पैसे पर अगर यहाँ काम करेंगे या निश्चित भविष्य छोड़कर, अनिश्चित भविष्य में हमारे साथ रहेंगे और अगर यह अखबार नहीं चला, तो मेरे ऊपर आपका मानसिक व नैतिक बोझ बड़ा गहरा होगा। मेरी अंतरात्मा मुझे परेशान करेगी। इसलिए आप अवसर न छोड़ें। पर जो जोखिम चाहते हैं, कुछ करना चाहते हैं, वे रहें। यह भी साथियों से अनुरोध करता था। कुछेक लोग बाहरी आकर्षण छोड़कर रहे भी। दोहरा रहा हूँ कि उम्मीद से अधिक लोग साथ आये। कारवां बनता गया। आज अनेक लोग हैं, जो आकर्षक प्रस्ताव ठुकराकर साथ कार्यरत हैं। 'समरगाथा' पुस्तक के अंश बाँचकर यह भी कहता था कि जो आत्मगौरव चाहते हैं, कुछ करने का आत्मसंतोष चाहते हैं, ऐसे लोगों का साथ चाहिए। कभी किसी साथी को भ्रम में नहीं रखा। किसी को बढ़ा-चढ़ाकर, सुरक्षित भविष्य बताकर नहीं बरगलाया। बुलाने के पहले पैकेज कुछ और कहा और आने पर हाथ में कुछ और मिला, 'प्रभात खबर' में यह नहीं हुआ। अभाव में, संघर्ष में, अनिश्चितता में चलने वाले साथियों को जरूर न्योता। आज फ़ख्र के साथ हम सब कह सकते हैं कि मामूली पदों से लेकर बड़े पदों पर बैठे कुछेक ऐसे लोग हैं, जिन्होंने अभाव, संघर्ष और अनिश्चितता की राह चुनी। मुझे जब-जब बाहर के बड़े संस्थानों-घरानों से बड़ा न्योता या आकर्षक प्रस्ताव आये, इससे बड़ा ओहदा-पद लाभ के प्रस्ताव मिले, तो सबसे पहले मेरे मस्तिष्क में यही चेहरे उभरे। उन्हें हम क्या मुँह दिखायेंगे? लोकलाज और नैतिक भय। यह बोध भी कि भले कोई हमें धोखा दे, पर हम अपनी ओर से कुछ भी ऐसा न करें। एक जगह से यह भी प्रस्ताव था कि जितने लोगों को साथ ला सकते हैं, लाइए। पर हमारा मकसद अलग था। हम लोगों को न छोड़ें, भले ही लोग हमें छोड़ें। यही जीवन का सुंदर पक्ष है। हम दूसरे की राह कैसे बदल सकते हैं? पर अपनी राह तो चुन ही सकते हैं ।

पत्रकारिता का फोकस सामान्य आदमी

एक और संदर्भ में वर्ष 2010 हमारे लिए बड़ा लेशन (सबक) है। 2010 में राडिया प्रकरण ने दिखा दिया कि पत्रकारिता कहाँ पहुँच गयी है? पतन में भी सबसे आगे। पर इस प्रकरण में अंगरेजी के महारथी पत्रकारों, बड़े अखबार, संस्थानों और मीडिया हाउसों की चर्चा तो हो ही रही है। पर हिन्दी के जो दिग्गज घराने इसमें शरीक हैं, वे चर्चा केंद्र से बाहर हैं। दरअसल, यह रातोरात नहीं हुआ

है। इसकी शुरुआत भी 1990-91 में ही हो गयी। 'प्रभात खबर' के पुनर्जन्म के दिन (1989) पहला संपादकीय लिखा था, 'धारा के विरुद्ध'। भविष्य की अपनी पत्रकारिता का स्वरूप और रूपरेखा रेखांकित करते हुए। इसमें साफ था कि हम गवर्नेंस की बात करेंगे। भ्रष्टाचार की चर्चा करेंगे। बीमारू हिन्दी पट्टी के गंभीर सवाल हमारे विषय होंगे। आदिवासी, पिछड़े, अशिक्षा के सवालों पर गहराई से विचार करेंगे। पत्रकारिता का फोकस विशिष्ट जन से उठाकर सामान्य आदमी को बनायेंगे। अपने बूते लकीर खींचने वाले संघर्षशील नायकों को सामने लायेंगे। समाज में हो रही अच्छी चीजों-बदलावों को फोकस करेंगे।

इसी पत्रकारीय कर्म-फर्ज के लिए तो हमने स्वेच्छया यह संस्थान चुना। आते ही तब सुनने को मिलता, कितने दिनों तक यह अखबार चलेगा? कुछेक महीने या खींच-तान कर एकाध वर्ष। बड़े-बड़े घरानों के स्थापित अखबार नये ताकतवर उद्योग घरानों के धूम-धाम से निकले प्रकाशन, एक-एक कर बंद हो रहे थे। तब इस संस्थान में काम करते पल-पल, जोखिम-अनिश्चितता में जीना स्वाभाविक था। जहाँ भविष्य की कोई गारंटी नहीं थी। पर साफ-सुथरी पत्रकारिता का पैशन ही तो मूल ध्रुव था, जिसके इर्द-गिर्द हमारी सारी कोशिशें होतीं। अपनी अलग आचार संहिता, व्याख्यानमालाएँ, जन-संवाद, अनगिनत नये प्रयास, तो साथ ही गलत को गलत कहने, बिना किसी के प्रति राग-द्वेष के, अकेले पड़ते हुए। यही तो हम साथियों का 'ड्राइविंग फोर्स' (प्रेरक ताकत-ऊर्जा) थी।

लाइफ स्टाइल की पत्रकारिता

उन्हीं दिनों देश की पत्रकारिता में बड़ा बदलाव आया। लाइफ स्टाइल की पत्रकारिता की शुरुआत। माना गया कि अखबारों का काम सूचना देना और इंटरटेन करना भर है। अंगरेजी अखबारों में धारावाहिक बहस चली कि पत्रकारिता में पेज थ्री की संस्कृति कैसे जायज है? एक मुहावरा बन गया था, जिसके तहत लाइफ स्टाइल, उपभोक्तावादी जीवन, फैशन, अप मार्केट की चीजें छापना ही अखबारनवीसी माना गया। इसी पेज थ्री की पत्रकारिता का क्लाइमेक्स है, राडिया प्रकरण। पत्रकारिता के पतन की यह शैली भी 1991 से तेज हुई। आर्थिक उदारीकरण के साथ यह फिसलन 2010 में शिखर पर है। सबके सामने है। सार्वजनिक है। क्या सामर्थ्यवान व धनी वर्ग की निजी पार्टियों की खबरें-तसवीरें, पैसे देकर बड़े अखबारों में छपवाने की शुरुआत 1992-93 से नहीं हुई? हिन्दी-अंगरेजी के बड़े अखबारों द्वारा, प्राइवेट कंपनियों के शेयर स्टेक

लेकर, उन्हें खबरों के रूप में प्रमोट करने का काम बहुत पहले शुरू नहीं किया? इसके बाद शुरू हुआ, चुनावों में पेड न्यूज का सिलसिला? कौन नहीं जानता, पेड न्यूज का सिलसिला 1995 के आस-पास हुए मध्यप्रदेश के चुनावों से शुरू हुआ। फिर मध्यप्रदेश के बाद हुए राजस्थान के चुनावों में यह फला-फूला। अखबार वाले खूब संपन्न हुए। हरियाणा, पंजाब के चुनावों में पहुँच कर यह एक नये दौर में पहुँच गया। करोड़ों करोड़ के खेल में। फिर दिल्ली में हुए चुनाव में यह परवान चढ़ा। उत्तर प्रदेश के पिछले चुनावों में इसकी धूम मची। शरद यादव ने प्रेस कॉन्फ्रेंस कर इस मामले को सार्वजनिक किया। शायद प्रेस काउंसिल में शिकायत भी की थी। पर 2009 के लोकसभा चुनावों में जब यह बिहार और झारखंड पहुँचा, तो ही यह राष्ट्रीय मुद्दा बना। यह उल्लेखनीय तथ्य है। झारखंड और बिहार के अखबार चाहे जितने भी गलत हों, पर जो धंधा 1991 और 1995 के बाद पूरे देश में फल-फूल रहा था, उफान पर था, वह राष्ट्रीय मुद्दा तभी बना, जब बिहार और झारखंड में पहुँचा। यह दर्ज और स्थापित तथ्य तो है ही कि झारखंड और बिहार के लोकसभा चुनावों के बाद ही यह मुद्दा राष्ट्रीय बन पाया।

ठीक 20 वर्ष पहले प्राय: एक बंद, अचर्चित सुविधाविहीन, देश के सबसे पिछड़े इलाके से निकलने वाले अखबार 'प्रभात खबर' ने एक नयी राह चुनी। इस पेज थ्री की पत्रकारिता के विकल्प में चलकर। इसी अखबार ने अपनी इसी वैकल्पिक पत्रकारिता के तहत सबसे पहले पशुपालन भ्रष्टाचार का धारावाहिक उजागर किया। आज भी इसे सामने लाने वाले पत्रकार किसलय उसी जीवनशैली में हैं। वैसे ही प्रतिबद्ध हैं, जैसे तब थे। फिर कुशासन के अन्य गंभीर प्रसंगों को सामने लाने तथा झारखंड राज्य बनाने में भूमिका से लेकर नये राज्य बनने के बाद, हर सरकार पर अंकुश रखने की पत्रकारिता। मधु कोड़ा प्रसंग को सामने लाने की पत्रकारिता की राह। 20 वर्ष पहले ही 'प्रभात खबर' ने चुनी। हम यह आत्मसंतोष कर सकते हैं कि हमने सही राह चुनी। समय ही सबसे बड़ा गवाह होता है। समय फिसलता है। आज एक और वर्ष गुजरा। क्या हम चाहें, तो यह समय ठहर सकता है? नहीं। यह मान लें कि ईश्वर ने अवतार लिया, तो वह भी इस सृष्टि को काल से नहीं बचा पाये।

काल की गति

अर्जुन का एक किस्सा मशहूर है। जब भीलों ने द्वारिका से उनके साथ आ रही महिलाओं का अपहरण कर लिया, तब का प्रसंग। वही अर्जुन, वही गांडीव,

वही तीर, पर कुछ नहीं कर सके। महाभारत के पहले, लोगों ने महर्षि व्यास से पूछा, आप तो ईश्वरावतार हैं, क्या होने जा रहा है? उन्होंने कहा, दोनों हाथ उठाकर चिल्ला रहा हूँ, सर्वविनाश, पर कोई सुनता नहीं। यह है काल की गति और महिमा। यह सिर्फ पूर्वी सभ्यता की बात नहीं है। पश्चिमी सभ्यता के महान नायकों में माने जाते हैं, नेपोलियन। इसी इनसान ने कहा था इम्पॉसिबल (असंभव) शब्द मेरी डिक्शनरी (शब्दकोश) में नहीं है। यह वाक्य आज दुनिया के कोने-कोने में लोग कोट करते हैं। लोगों को मोटिवेट करने के लिए। पॉजिटिव थिंकिंग के रास्ते पर डालने के लिए। पर वही महान नेपोलियन, जब हेलेना द्वीप पर बंदी बन गया, तो वह कहता रहा, मेरे दिन बदल गये। मैं परिस्थितियों का दास हूँ। हालात का बंदी। समय बदल गया, बड़ा ही रोचक प्रसंग है। सीखने और स्मरणयोग्य। ब्रिटिश पत्रकार पॉल ब्रंटन की मशहूर पुस्तक 'गुप्त भारत की खोज' में। पॉल ब्रंटन 20वीं सदी के आरंभिक दौर में नीरव जंगलों में, हिमालय की तराइयों में, उत्तर से दक्षिण के छोटे-छोटे शहरों में आध्यात्मिक भारत का चेहरा देखने के लिए भटके। उन्हीं की पुस्तक का यह अंश है।

'चकित जगत् के सामने बड़ी दिलेरी के साथ आल्प्स पर्वत को अपनी सेना के साथ लाँघ जाने पर, नेपोलियन ने जो बहुत ही महत्त्वपूर्ण बात कही थी, वही आज मुझे याद आयी। असंभव, मेरे कोश में ऐसा शब्द नहीं है, लेकिन मैंने उनके सारे जीवन की सारी बातों का बार-बार अध्ययन किया है। हेलेना के टापू पर अपने पूर्व कार्यों की समीक्षा करते हुए उस महान बुद्धिशाली ने जिन चंद बातों को लिखा था, सो मेरे स्मृति पटल पर चमक जाती हैं। मैं हमेशा नियतिवाद का कायल था। विधि का बदा, एकदम बदा ही...। मेरे सितारे मंद पड़ गये, मेरे हाथों से बागडोर फिसलती दिखाई दी, तब भी मेरा वश नहीं था।'

याद रखिए ये वाक्य नेपोलियन द ग्रेट के बारे में एक अत्यंत पढ़े-लिखे ब्रिटिश पत्रकार के है। यह काल है।

ब्रह्मांड में मनुष्य की हैसियत

दशकों पहले एक बार, रात में चंद्रशेखर जी के साथ दिल्ली में जा रहा था। सड़क की बगल में मुगल सल्तनत के एक बादशाह का मकबरा था। दिखा कर कहा, देखते हो, दिल्ली में बड़े बादशाहों के अनेक मकबरे हैं। आज उनके क्या हाल हैं? किन्हें याद है ये? चिराग जलाने वाले भी नहीं। दरअसल, इस सृष्टि, संसार या ब्रह्मांड में मनुष्य की क्या हैसियत है? गाँधी जैसे महान लोग, जब

मानव इतिहास में कॉमा, फुलस्टॉप जैसे हैं, तो हम लोग क्या हैं? इन मकबरों को देखकर भी दिल्ली के शासक नहीं देखते कि हमारी हैसियत क्या है?

हम अपने को अमर और संसार का अंतिम सच मानने लगते हैं। चंद्रशेखर जी में अद्‌भुत इतिहास बोध था। यह बोध हर इनसान में होना चाहिए। एक बार मैंने कोशिश की, महान लोगों के जीवन का उत्तरार्द्ध पढ़ा। गाँधी, लेनिन, माओ, स्टालिन वगैरह के अंतिम दिनों को पलटा। यकीन मानिए उनकी विवशता देखकर, उनके भी मानव होने का एहसास हुआ। खुद भारत के पंडित जवाहरलाल नेहरू के जीवन का एक प्रसंग हमेशा याद रहता है। कुछ वर्ष पहले एक पश्चिमी स्कालर ने पुनर्जन्म पर अध्ययन किया था। उन्होंने पंडित नेहरू के बारे में बताया था कि यह पूर्व जन्म में कोई महान बौद्ध भिक्षु थे। पुनर्जन्म का रहस्य नहीं मालूम, पर पंडित नेहरू का जीवन सचमुच कुछ ऐसा ही था। वह भारत के महान लोगों में से एक थे।

नायकों का करिश्मा

बचपन से ही कुछेक बड़े नेताओं की छाप हम बच्चों पर पड़ी। उनमें पंडित जी भी थे। प्राइमरी स्कूल की आरंभिक कक्षाओं में रहा होगा, तब पंडित जी की मौत हुई थी। बस से पिताजी के साथ ननिहाल जा रहा था। हर आदमी पंडित जी की बात कर रहा था। लगभग अपढ़ समूह-इलाका। यह था उनके व्यक्तित्व का करिश्मा। जब बड़ा हुआ, विश्वविद्यालय में पढ़ने गया। अंगरेजी बहुत समझ में नहीं आती थी। पर पंडित जी की पुस्तक 'डिस्कवरी ऑफ इंडिया' खरीदने की स्मृति अब भी है। जुलाई का महीना था, बनारस हिन्दू विश्वविद्यालय में छात्रों की संख्या बढ़ने लगी थी। नया सत्र शुरू हो रहा था। विश्वविद्यालय के सुंदर हरे-भरे मैदानों में 'वॉलीबॉल' खेलना और राजनीति पर बहस, ये हमारे मुख्य काम थे। उसी महीने की एक बरसाती शाम को छात्रावास से पैदल बाजार (लंका) गये। यूनिवर्सल बुक डिपो से वह पुस्तक खरीद लाये। शायद 15 या 18 रुपये में। बचा खुचा पैसा यही था। फिर पंडित जी पर और किताबें पढ़ने की धुन सवार हुई। आज विश्वविद्यालय की लाइब्रेरी की स्मृति एक ज्योतिपुंज की तरह उभरती है। देर रात तक बिलकुल शांत माहौल में पढ़ते छात्र। वहीं हमने पूर्व सांसद और पूर्व आईसीएस एचवी कामत का पंडित जी पर संस्मरण पढ़ा। साम्यवादी और अत्यंत प्रखर वक्ता प्रोफेसर हीरेन मुखर्जी का पंडित नेहरू के बारे में संस्मरण पढ़ा। बाद में चौधरी चरण सिंह ने भारत की आर्थिक नीति पर एक पुस्तक लिखी, उसमें भी पंडित जी के उतार (उम्र ढलने) के दिनों के संस्मरण

हैं। इन तीनों संस्मरणों को पढ़कर लगा कि पंडित नेहरू के व्यक्तित्व में भी एक वीतरागी धारा थी। पंडित नेहरू के इस व्यक्तित्त्व ने मुल्क पर छाप छोड़ी, इसका असर अब भी है।

अहं ग्रंथि से पीड़ित

हम पत्रकार भी एक अद्भुत अहं ग्रंथि से पीड़ित रहते हैं। अहंकार या दंभ कुछ विशिष्ट होने का। सत्ता के पास होने का, सत्तामद। यह सब है, माया है, कम से कम दशकों के पत्रकारीय जीवन में इस प्रसंग में मेरे मन में कोई अस्पष्टता नहीं रही। कम से कम वर्ष के अंत में, नये वर्ष की दहलीज पर खड़े होकर इन चीजों को याद रखने से नयी ताकत, ऊर्जा और दृष्टि मिलती है। इसलिए यह सब आपसे शेयर कर रहा हूँ। 'प्रभात खबर' को पुख्ता करने के कुछ नये काम क्या हो सकते हैं, उन्हें मैं सोच रहा हूँ। अपनी भूमिका संपादकीय निगरानी के अलावा उन्हीं चीजों में लगाना चाहता हूँ। छात्र दिनों में अंगरेजी में एक कविता पढ़ी। शायद कीट्स की थी। आज भी उसकी ये पंक्तियाँ उत्साह भरती है। 'आई वाज एवर ए फाइटर, सो वंस फाइट मोर, द वेस्ट एंड द लास्ट।'

कुप्रचार और षड्यंत्र से मुकाबला

क्या नया सृजनात्मक संघर्ष हो सकता है? संपादकीय निगरानी के अलावा? यह विषय मेरे मस्तिष्क में घूम रहा है। संभव है, कोई विषय न सूझे, प्रयास विफल हो, पर फिलहाल यही सवाल मस्तिष्क में है। बड़े घरानों, बड़े महानगरों की पत्रकारिता की चकाचौंध छोड़कर जंगल (तब रांची को महानगरों के साथी यही कहते थे) में प्रायः बंद अखबार में आया। अच्छे विकल्प छोड़कर। यह जीवन में प्रयोग की एक कड़ी थी। इसके बाद लगातार बड़े घरानों की बड़ी पूँजी, अनेक संस्करण वाले अखबारों से हम प्रतिस्पर्द्धा में रहे। रोज हर पल कंपीटीशन में लगातार संघर्ष, इनोवेशन। अब तीन सबसे बड़े अखबारों से स्पर्द्धा। उनके छल, छद्म, कुप्रचार और षड्यंत्र से मुकाबला। उनकी बड़ी पूँजी से पूँजीविहीन होकर लड़ना। तकरीबन 51, 47, 40, संस्करणों वाले अनेक राज्यों में फैले अखबारों से 8-9 संस्करणों के बल लड़ना। क्या पहले की स्थिति में रहकर हम सब इस नयी स्थिति से जूझ सकते हैं या नया विकल्प ढूँढना होगा?

दूसरी राणनीति क्या होगी? यह सोचने की रणनीति पर फोकस करना होगा। रोज–रोज का काम जिम्मेदार हाथों, टीमों को सौंप दिया है। नरेंद्रपाल जी, राजेंद्र जी, अनुज, स्वयंप्रकाश, विनय की टीम, विजय पाठक, रंजीत, अनुराग, संजय,

जीवेश, नरेंद्र, माधव वगैरह युवा साथियों की टीम। यह टीम मुझसे बेहतर काम कर रही है, शर्त है, मिलकर काम करे। निजी अहं किसी में हो, तो इन्फोसिस के आदर्शों से प्रेरित होकर 'अखबार' को सबसे आगे रखकर यह टीम निर्णय करे। एकजुट हो कर। आप परिणाम देखेंगे। उसी तरह विज्ञापन, सर्कुलेशन, प्रोडक्शन, इवेंट, रेडियो, इंटरनेट हर विभाग में नयी टीम अपना दायित्व समझे और सँभाले। इनोवेशन के अलावा हमारा 'सस्टेनेबुल मॉडल' क्या हो सकता है, मैं और 'प्रभात खबर' के अन्य वरिष्ठ साथी इसमें समय लगाना चाहते हैं।

समय व संयोग बार-बार नहीं

मैं कहना यह चाहता हूँ कि समय का महत्त्व हम समझें। समय और परिस्थितियों ने हमें एक मंच दिया है। 'प्रभात खबर' में 23 वर्ष पहले हम अभाव में थे। आज मजबूत हैं। आज देश के तीन सबसे बड़े घरानों से हमारा मुकाबला है। यह परिस्थितियों और समय की देन है। हमारी भूमिका ही आगे का रास्ता तय करेगी कि हम किधर जायेंगे? समय ने हमको एक अवसर दिया है, कुछ कर दिखाने का। बार-बार यह समय और संयोग किसी को नहीं मिलता। समय गुजर जाने के बाद, हाथ से बालू की तरह चीजें फिसल या निकल और बिखर जाती हैं। आइए हम चीजों को बिखरने न दें। समय को न गँवाकर एक दीर्घजीवी संस्था की नींव डालें, जिससे हमारा निजी भला भी हो और समाज का हित भी सधे।

हमारी ताकत

अंत में एक और महत्त्वपूर्ण बात कहना चाहता हूँ। प्रबंधन का सहयोग और मार्गदर्शन नहीं रहता, तो हम यहाँ नहीं पहुँचते। मैं तो शुद्ध संपादकीय का आदमी रहा। 'टाइम्स ग्रुप' और 'आनंद बाजार पत्रिका' में काम करते हुए, अन्य विभागों से संपादकीय का संपर्क नहीं रहता था। हाँ, वह संपादकीय श्रेष्ठता से उपजा अहं बोध का दौर था। तब '90 के दशक में पत्रकारों का यही मानस था। पर 'प्रभात खबर' आकर हमने बृजकिशोर झंवर (लाली बाबू) से मैनेजमेंट की बारीकियाँ सीखीं। तत्कालीन चेयरमैन बसंत कुमार झंवर के विजन-प्रोत्साहन और दृष्टि ने 'प्रभात खबर' को हमेशा नयी प्रेरणा दी।

मैं क्यों यह सब बता रहा हूँ, क्योंकि कोई संस्था, इतनी विपरीत परिस्थितियों में भी खड़ी हुई, तो हमारे पीछे अनेक लोगों का सामूहिक प्रयास, पहल और भागीदारी है। इसी तरह हम अपना मस्तिष्क खुला रखकर सबके

सुझावों से सीखें, तो हमारे सामने हमेशा एक बेहतर संसार मौजूद रहेगा। मीडिया इंडस्ट्री में विशेषज्ञ मानते हैं कि मामूली संसाधनों के बल 'प्रभात खबर' का टिकना, बढ़ना और फैलना, एक प्रबंधकीय चमत्कार है। अगर यह चमत्कार है, तो इसका श्रेय प्रबंधन समेत आप में से एक-एक को है।

आभार

सबसे अंतिम पंक्ति में सबसे पहले जिनके प्रति ऋण व्यक्त करना है, उनका उल्लेख करना चाहूँगा। अंत में इसलिए, ताकि यह भविष्य में सबसे महत्त्वपूर्ण ढंग से स्मरण रहे। झारखंड-बिहार-बंगाल के हिन्दी पाठकों ने, जिन्होंने हमें बचाये बनाये रखने और बढ़ाने में सबसे कारगर काम किया। वे पाठक हमारे पूज्य हैं। प्रेरणास्रोत हैं और वे ही हमारी असली ताकत हैं।

(2010)

असहिष्णुता, भय और हिंसा

यह आलेख 2017 में लिखा गया था। इसका संपादित-संक्षिप्त अंश 'दीपावाली अंक पत्रिका' (प्रभात खबर) में प्रकाशित हुआ था। इसे पुनः संशोधित कर इस पुस्तक में प्रकाशित किया जा रहा है।

-संपादक

केंद्र में भाजपा-एनडीए की सरकार आने के बाद, मई 2014 से यह विषय बहस के केंद्र में है। देश-दुनिया में लगातार ऐसी घटनाएँ भी हुई। गोरक्षा के नाम पर हत्याएँ। 'लव जिहाद' के नाम पर कानून हाथ में लेने की मानसिकता। 2014 में ही दादरी में हुई हत्या, हालाँकि वहाँ सरकार समाजवादी पार्टी के अखिलेश यादव की थी। पर, आरोप भाजपा पर लगे। इस घटना के लगभग महीने भर बाद, कर्नाटक में कुलबर्गी की हत्या हुई। राज्य में सरकार, कांग्रेस या सिद्धारमैया की थी। पर, आरोप बीजेपी पर लगे। इसी तरह महाराष्ट्र के पुणे में एक हत्या हुई, दाभोलकर की। तब, केंद्र और महाराष्ट्र, दोनों जगह कांग्रेस की सरकारें थीं। पर, आरोप दक्षिणपंथी हिन्दूवादी ताकतों पर लगा। इसके बाद अनेक घटनाएँ हुई, जिन्हें लेकर भाजपा की केंद्र सरकार आरोपों और आलोचना के केंद्र में रही। विरोध में जाने-माने बौद्धिकों ने पुरस्कार और सम्मान लौटाये। यह आवाज उठी कि देश में असहिष्णुता का माहौल है। भय और हिंसा का वातावरण है। कुछ भारतीय बौद्धिकों की आवाज पूरे देश और दुनिया में गूँजी या अभियान चला कि भारत में उदारता खतरे में है। खुली अभिव्यक्ति का माहौल नहीं है। भीड़तंत्र का जोर है।

यह बात शुरू में ही स्पष्ट और साफ हो जानी चाहिए कि सभ्य समाज के लिए कानून को अपने हाथ में लेनेवाले सबसे गंभीर खतरा हैं। चाहे कोई संगठन हो, किसी भी धर्म, समुदाय, जाति से जुड़ा ऐसा मंच या समूह या संगठन, सभ्य

समाज, देश और मानव समुदाय के लिए खतरा है। दुनिया के किसी कोने या कौम में यह मानस रहेगा, तो यह जहर सबसे पहले उस मुल्क को ही तबाह कर देगा।

पर, ये तत्त्व कौन हैं? क्या महज विश्व हिन्दू परिषद, बजरंग दल ही ऐसे हैं? यह स्थिति क्या अचानक पैदा हुई? या कई दशकों से समाज के अंतर्मन में जो चल रहा था, जो सतह पर था, उसका यह सब प्रस्फुटन है। ऐसे हालात इस बात के भी प्रमाण हैं कि पिछले सत्तर वर्षों में हमने ऐसा ही समाज बनाया है। सत्तर वर्षों में जिस आबोहवा, विचार, माहौल और नेतृत्व ने हमें गढ़ा है, वही अभिव्यक्त हो रहा है। पर, पहले बात गौ रक्षकों की ही। इनके कामों-कृत्यों ने, देश में माहौल बिगाड़ा है। पिछले साल (2016) प्रधानमंत्री नरेंद्र मोदी ने कहा, "गाय भक्त बनना भिन्न है, गोसेवा भिन्न है। हमने देखा है। जो रात भर अपराध में रहे हैं, वे दिन में गोरक्षक का चोगा पहन लेते हैं। सत्तर-अस्सी फीसदी ऐसे ही हैं, जो गैरकानूनी गतिविधियों में रहे हैं, और अपने पाप छुपाने के लिए गौभक्त हैं। अगर वे सचमुच के गौ भक्त हैं, तो उन्हें पता होना चाहिए कि अधिकतर गायें, प्लास्टिक के कारण मरती हैं, बजाय कत्लखाने के।"

पर, प्रधानमंत्री की इस बात पर उनके विरोधी यकीन नहीं करते। उनका मानना है कि देश में, वैचारिक जगत में विश्वविद्यालयों में, समाज में, चैतरफा असहिष्णुता, भ्रम और हिंसा का माहौल भाजपा की देन है। दरअसल ऐसे लुंपेन तत्त्वों का इस्तेमाल भारतीय राजनीति में सबने किया है और कर रहे हैं। लोगों को याद नहीं है। नरेंद्र मोदी विरोधियों की जमात बड़ी है। इसलिए वे जान-बूझ कर याद नहीं रखना चाहते। ऐसे तत्त्व किसी के नहीं होते और इन्होंने नरेंद्र मोदी को भी नहीं छोड़ा। पर, नरेंद्र मोदी ने मुख्यमंत्री के रूप में गुजरात में इन्हें, इनकी राह दिखायी व हैसियत बतायी।

2008 नवंबर की घटना है। गुजरात की राजधानी, गाँधीनगर में राज्य सरकार के अफसर, अवैध रूप से निर्मित भवनों को ढाह रहे थे। इस प्रक्रिया में महीने भर में 200 से अधिक मंदिर सिर्फ गाँधीनगर में टूटे। पूरे राज्य में तो और अधिक। विश्व हिन्दू परिषद ने मुख्यमंत्री नरेंद्र मोदी के खिलाफ बड़ा आन्दोलन चलाया। उनके नेता अश्विन पटेल, गंभीर आरोपों, उत्तेजक एसएमएस भेजने के कारण गिरफ्तार किये गये। तब विश्व हिन्दू परिषद के अध्यक्ष थे, अशोक सिंघल। वे दौड़े-दौड़े अहमदाबाद पहुँचे। अशोक सिंघल ने वहाँ जा कर कहा कि मंदिरों को तोड़ कर गुजरात सरकार, महमूद गजनी जैसा काम कर रही है। तोगड़िया से लेकर अन्य नेताओं ने नरेंद्र मोदी के खिलाफ अनेक ऐसे विशेषण लगाये। किसी

ने 'आधुनिक औरंगजेब' कहा, तो किसी ने कुछ और उपाधि दी। ये सारे तथ्य 'गूगल' पर उपलब्ध हैं। पर, अहमदाबाद व गुजरात के अन्य बड़े शहरों से सड़क पर अवरोध पैदा करनेवाले सैकड़ों मंदिर टूटे। इसी तरह बड़ौदा में, म्यूनिसिपल कॉरपोरेशन ऐसे अवैध निर्माण तोड़ रहा था। वहाँ भी अनाधिकृत बने सैकड़ों मंदिर टूटे। इसी क्रम में एक मजार भी टूटा, फिर क्या था? देश भर के सेक्युलरिस्ट टूट पड़े, नरेंद्र मोदी के खिलाफ। कर्फ्यू लगा। एक की मौत हुई थी। खुद अपने विधानसभा क्षेत्र मणिनगर में, नरेंद्र मोदी ने गैरकानूनी ढंग से बने अनेक मंदिरों को तोड़वाया। तब भाजपा-आरएसएस के लोग, नरेंद्र मोदी से काफी नाराज थे।

यह प्रसंग, इसलिए कि प्रधानमंत्री नरेंद्र मोदी, ऐसे तत्त्वों को जानते हैं, अच्छी तरह। इसलिए वह जब ऐसे तत्त्वों के खिलाफ बोलते हैं, तो उसमें गंभीरता होती है। वे समझते हैं कि ये तत्त्व सफल हुए, तो उनकी सरकार समेत देश किस मुसीबत में होगा? पर, चुनौती यह है कि राज्यों की कानून-व्यवस्था उनके हाथ में नहीं, मुख्यमंत्रियों के हाथ में है। ये मुख्यमंत्री शायद बजरंग दल, विश्व हिन्दू परिषद या संघ के ऐसे तत्त्वों के खिलाफ खड़ा नहीं हो पा रहे। भाजपा शासित राज्यों के मुख्यमंत्रियों का पहला फर्ज है कि वे अपने-अपने राज्य में ऐसे तत्त्वों के खिलाफ कठोर कदम उठायें, अन्यथा भाजपा संकट में होगी।

नरेंद्र मोदी ने भारतीय राजनीति में एक बड़ा साहसिक और अनोखा काम किया है। कोई दल, अपना मूल आधार (बेस) या समर्थक वर्ग नहीं छेड़ता। नरेंद्र मोदी के प्रधानमंत्री बनने से पहले, भाजपा के बारे में धारणा थी कि वह मुख्यतया बनियों, व्यापारियों एवं ब्राह्मणों की पार्टी है। नरेंद्र मोदी ने यह आधार वर्ग ही बदल दिया है। अब भाजपा पिछड़ों-गरीबों की पार्टी बन रही है। यह बड़ा बदलाव है। शेर की सवारी जैसा। पर, धार्मिक उन्माद या कट्टरता बढ़ी, तो ये सारे प्रयोग विफल होंगे।

यह देश हित में है कि धर्म व जाति आधारित राजनीति बंद हो। यही नफरत-द्वेष के मूल में है। हर धर्म-जाति से अपने-अपने धार्मिक ठेकेदारों के खिलाफ आवाज उठे। ओवैसी और साक्षी महाराज जैसे तत्त्व साथ-साथ ही पनप सकते हैं। यह भी स्पष्ट है कि किसी भी धर्म, जाति के बहुसंख्यक गरीबों को छोड़ कर यह देश महान और ताकतवर नहीं बन सकता। सबके विकास में ही देश का बेहतर भविष्य निहित है।

दो बातें हैं, पहली कि इस तरह के समाज या संगठनों के लुंपेन तत्त्व किसी के नहीं होते। इन्हें सिर्फ और सिर्फ कठोर कानून ही ठीक कर सकता है। दूसरी

बात कि सूचना क्रांति या सोशल मीडिया के इस दौर में यह सवाल भी उठता है कि मंदिर की तरह अन्य धर्मों के पवित्र स्थल, सड़क पर हों, तो भारत में कोई सड़क चौड़ा करने के नाम पर उन्हें हटाने की बात कह सकता है या साहस कर सकता है? असहिष्णुता की शुरुआत ऐसी चीजों से होती है कि मेरे इबादतगाह या पूजास्थल की जगह, तो आप हटा सकते हैं। पर, ऐसी ही स्थिति में दूसरे धर्म उपासकों के पवित्र स्थलों के साथ, ऐसी स्थिति क्यों नहीं? आज ग्लोबल दुनिया में यह सच सब जानते हैं कि बड़े मुस्लिम देशों में भी आधुनिकता ने कैसे पुरानी जड़ता, कट्टरता और दृष्टि को बदला है? उन देशों में सड़कों पर इबादत स्थल रहे हैं, तो उन्हें हटाने का काम हुआ है। इस तरह, जलन, द्वेष और हिंसक भावना की शुरुआत इस बात से होती है कि कानून 'एक' है, तो एक वर्ग के लिए अलग कानून या कृपा और दूसरे के लिए दूसरा क्रियान्वयन या कठोरता! कैसे हो सकता या चल सकता है? हमारे समाज, देश, सरकार और राजनीति ने 70 वर्षों में ऐसे सवालों का हल नहीं निकाला। यह इस गंभीर समस्या का स्रोत या जड़ है। इस कारण असहिष्णुता की स्थिति पनपी है।

दूसरी स्थिति है कि 70 वर्षों में हमारे समाज और कानून ने लुंपेन व अराजक तत्त्वों से निबटना नहीं सीखा है। आजादी के बाद की स्थिति देख कर प्रो. गुन्नार मिर्डल ने अपनी पुस्तक 'एशियन ड्रामा' (जिस पर नोबेल पुरस्कार मिला) में उल्लेख किया कि भारत कैसे 'साफ़्ट स्टेट' (लुंज-पुंज व्यवस्था) बन गया है। भारत की स्थिति देख कर, तब ही इसे 'फंक्शनल एनार्की' कहा जाने लगा। यह स्थिति देख कर दुनिया के मशहूर पत्रकार सेलिग हैरिस ने भारत पर इस दौर की सबसे चर्चित पुस्तक लिखी-'इंडिया : द मोस्ट डेंजरस डिकेड अहेड।' निष्कर्ष था '60 के दशक में ही कि भारत ऐसे उपद्रवी तत्त्वों से टूट-बिखर जाएगा। हमारे कानून, न्यायपालिका, अराजक व लुंपेन तत्त्वों से निबटने में विफल रहे हैं।

ताजा उदाहरण राम-रहीम बाबा का है। पर, इसके पहले संजय गाँधी के कार्यकाल में यूथ कांग्रेस, कैसे लोग, तत्त्वों का जमावड़ा थी? जीवन-व्यवस्था, इस तर्क से नहीं चलती कि मेरे लुंपेन समर्थक सही हैं, तो उन पर कानून लागू न हो, विरोधी पक्ष के लुंपेन गलत हैं, तो उन पर हर धाराएँ लगे। अब समाज या लोग यह सहन करने को तैयार नहीं हैं। इसलिए भी टकराव है।

इसका एकमात्र हल है, कुछ चीजों पर सारे दलों की एक राय होना, एकमत होना। मसलन स्वयंभू बाबा राम-रहीम प्रकरण में, भाजपा को वोट का नुकसान दिखे, तो कांग्रेस लाभ उठाने की राजनीति करे या किसी राज में कांग्रेस की

सरकार ऐसी अराजक स्थिति को नियंत्रित करे, तो भाजपा उसका लाभ उठाये। ऐसे मानस से मुल्क नहीं चलेगा।

कानून या संविधान ही, नागरिक समाज का भगवान हो सकता है और यह सबको मानना होगा। सिद्धांत में, आचरण-व्यवहार में अगर कोई नहीं मानता, तो कानून का भय समाज में कायम करना होगा। 2014 के इस बयान के बाद, प्रधानमंत्री नरेंद्र मोदी तीन बार इस विषय पर ऐसी ही सख्त बातें कर चुके हैं। उनकी बातों का असर झारखंड राज्य में इस रूप में दिखाई दिया कि गोरक्षा के नाम पर हत्या करनेवाले भाजपाई पकड़े गये। यह काम भाजपा राज्य सरकार ने किया। यही किसी भी विचार या सिद्धांत की सरकार का राजधर्म है। पता चला झारखंड में पकड़े गये लोगों ने व्यक्तिगत शत्रुता को अंजाम देने के लिए गोरक्षा नारे को हथियार बनाया। इसी तरह देश के अन्य जगहों पर समाज के लुंपेन तत्त्वों को गोरक्षा के नाम पर एक नया काम मिल गया है। धंधा और वसूली का। हरियाणा, छत्तीसगढ़, राजस्थान से सूचनाएँ आयीं कि गोसेवा के नाम पर कैसे-कैसे पैसों का खेल हो रहा था। जब तक इनके खिलाफ देशव्यापी माहौल बनता या कानून अपना काम करता, कई निर्दोष मारे जा चुके थे। यह तथ्य है।

साथ ही यह भी तथ्य है कि इस देश में वाम या उदारवादी या मध्यमार्गी रूझान के बौद्धिकों का वर्चस्व रहा है। इसके ऐतिहासिक कारण हैं। इस अनुपात में दक्षिणपंथी विचारों की दुनिया, भारत में न समृद्ध है और न विकसित। पर, आज राजनीति के स्तर पर वाम, कांग्रेस या मध्यमार्गी अपनी जमीन खो चुके हैं। वहाँ दक्षिणपंथ की ताकतें मजबूत हुई हैं। पर, आजादी के बाद से हाल-हाल तक सत्ता व समाज की मुख्यधारा पर संस्थाओं पर कौन लोग काबिज रहे हैं? महत्त्वपूर्ण पदों पर बैठ कर दिशा दिखाने का काम, तो इन्हीं वाम, उदार (या कांग्रेसी रूझान के) धारा के लोगों ने किया है। सत्ता की रहनुमाई भी इन्होंने की और बौद्धिक जगत में भी इनका एकछत्र साम्राज्य रहा। पर, वाम या उदारवादी ताकतों ने सत्ता और बौद्धिक जगत में जो नेतृत्व किया, जिस तौर-तरीके से रहनुमाई की, उसके गर्भ से निकला है, आज का माहौल।

सच यह है कि जिन संस्थाओं की बागडोर इन उदारवादी या वाम ताकतों के हाथ रही, उन्होंने भारत में संस्थाओं को स्वायत्त, ताकतवर और अनेक विचारों के केंद्र के रूप में विकसित होने ही नहीं दिया। यह तथ्य है कि असहमति या वैकल्पिक विचार के प्रति उनमें भी गंभीर कटुता रही है। वैमनस्य तक। पर, हुआ क्या?

आजादी के बाद मुल्क की राजनीति में जो राजनीतिक दल सत्ता में था, ताकतवर था, वह दूसरे दलों के लिए आदर्श बन सकता था। पर, दूसरों के लिए

प्रेरक बनने के पहले ही वह व्यक्ति-केंद्रित हो गया, परिवार पूजक हो गया। याद रखिए, यह आजादी का शैशवकाल था। या तो कांग्रेस, गाँधी की इच्छा का सम्मान करते हुए खुद को भंग करती या आजादी के बाद नये नाम, नये बैनर और नये विचारों के साथ नये दल के रूप में अपनी राजनीति शुरू करती, तो वह एक ईमानदार प्रयास होता, अनुकरणीय उदाहरण होता। अपने यहाँ महाभारत में कहा भी गया है-'महाजनों येन गतः स पन्था' जो अगुआ लोग होते हैं, सामान्य जन उनका ही अनुकरण करते हैं। इस तरह कांग्रेस, आजादी की अगुआ थी। आज भी खुद को यही मानती है। पर, अगुआ की भूमिका क्या रही? कैसे भविष्य का समाज संयमित, अनुशासित और संवेदनशील बने, क्या कांग्रेस का राज-काज इस दृष्टि से चला?

धीरे-धीरे खुद कांग्रेस के अंदर का लोकतंत्र खत्म होने लगा। नेहरू जी के रहते इंदिरा जी, कांग्रेस अध्यक्ष बन गयीं। फिर केरल में नंबूदिरिपाद की सरकार बर्खास्त कर दी गयी। क्या यही थी गाँधी के कांग्रेस की वैचारिक सहिष्णुता? उन्हीं दिनों आजादी की लड़ाई की अगली पंक्ति के नेता, कांग्रेस सरकार के बड़े मंत्री महावीर त्यागी ने पंडित नेहरू से पत्र लिख कर सार्वजनिक रूप से पूछा कि गाँधी के कांग्रेस में परिवारवाद कैसे?

यह सही है कि पंडित जी के कद के आगे कांग्रेस छोटी हो गयी थी। पटेल के न रहने पर, पंडित जी कांग्रेस और कांग्रेस पंडित जी की अघोषित स्थिति थी। कांग्रेस में सरदार पटेल, राजेंद्र प्रसाद, मौलाना आजाद वगैरह नेपथ्य में चले गये। गाँधी की कांग्रेस, सत्ता की कांग्रेस में बदलने लगी। वह भूल गयी कि सामाजिक संयम व सौहार्द की राजनीति, 'वोट बैंक' के गलियारे से होकर नहीं गुजरती। वह लोगों के मन बदलने, विचार बदलने और सोच बदलने से नहीं जुड़ी। तब आजादी के इस शैशवकाल में यह काम आसान था। देश को आजादी तुरंत मिली थी। हर मन में देश को लेकर बड़े अरमान थे। उस दौर में कांग्रेस अपनी राजनीति को, नये भारत को, गढ़ने या बनाने के गाँधीवादी सोच, नीति और आदर्शों के तहत विकसित करती, उस पर चलती, तो शायद भारत की राजनीति ही बदल गयी होती।

गाँधी के अंतिम दिनों की राजनीति क्या थी? वह बँटे भारत का मन जोड़ रहे थे। भारत और पाकिस्तान दो मुल्कों में गाँधी के सपनों का देश बँट चुका था। चैतरफा हिंसा, उन्माद, क्रूरता, असहिष्णुता का माहौल था। अकेले गाँधी ने कैसे उस असहिष्णु माहौल, भय और हिंसा के वातावरण में एक नयी उम्मीद जगायी। वह अपने काम से इस माहौल में नयी रोशनी बन कर उभरे।

हाल में राजमोहन गाँधी की एक पुस्तक आयी है-'व्हाई गाँधी स्टिल मैटर्स' (अलेफ बुक कंपनी)। उसमें एक अध्याय है, 'द लास्ट डेज ऑफ गाँधी'। उसमें से महज दो घटनाओं का उल्लेख। जनवरी-फरवरी, 1947 में 76 वर्ष के गाँधी अपने चंद साथियों के साथ पैदल घर-घर, गाँव-गाँव, नोआखाली में घूम रहे थे। 47 गाँवों में वह गये। 8 जनवरी को वह नोआखाली के फतेपुर गाँव में मौलवी इब्राहिम के अतिथि थे। 24 जनवरी को मुरेम में हबीबुल्ला पटवारी ने उन्हें अपने घर न्यौता था।

मनु गाँधी ने अपनी डायरी में नोट किया है कि कपड़ा बुननेवाले, मछली मारनेवाले और जूता सिलाई करनेवाले लोगों ने गाँधी का स्वागत किया। धोबी, रायमोहन माली के घर, गाँव 'दलता' में वह 23 जनवरी की रात रुके। 27 जनवरी को एक बुनकर के घर में ठहरे। गाँधी ने कहा, इन लोगों के स्नेह और प्यार में हम आकंठ डूबे हैं। यह भी कहा कि इनके घर, स्नेह और प्रेम से इतने लबालब हैं कि राजमहलों से भी भव्य और बेहतर हैं, जहाँ स्नेह और सौहार्द के लिए जगह नहीं है।

हर दिन गाँधी, निर्मल बोस से बांग्ला भाषा सीखते थे। वह सुबह चार बजे उठते। किरोसिन लैंप की रोशनी में पढ़ते थे। सूत कातते थे। गाँववालों का स्वास्थ्य सुधरे, इस पर बात करते थे। शुद्ध हवा की चर्चा करते थे। धूप-स्नान का महत्त्व बताते थे। पेट और सिर पर मिट्टी लेप का गुण और महत्त्व बताते थे। उनका अधिक समय उन हिन्दू औरतों के बीच गुजरता, जो भय की प्रतिमूर्ति बन चुकी थीं। निर्मल बोस ने लिखा है कि एक-एक व्यक्ति से गाँधी, जिस संवेदना-स्नेह से मिलते थे और उसकी पीड़ा को आत्मसात करते थे। वह अद्भुत था। 10 जनवरी को नोआखाली के जगतपुर में गाँधी ने बिलखते हिन्दू महिलाओं से कहा कि उनके आँसू मरे हुए लोगों को वापस नहीं ला सकते। जब वे महिलाएँ चली गयीं, तो गाँधी ने अपने पास के लोगों से कहा कि उन महिलाओं के चेहरे और पीड़ा मेरे दिलोदिमाग पर हैं। उस रात वे खाना नहीं खा पाये। थोड़ा गुड़ लिया। लगातार कई दिनों तक गाँधी नंगे पाँव, नोआखाली में भटकते रहे। आमतौर पर घास नरम होती थी। पर, एक रात मनु ने गाँधी के पैर को कटा हुआ देखा। पूछा, तो गाँधी का जवाब था, *"हम मंदिरों में जाते हैं, मस्जिदों में जाते हैं, चर्च में जाते हैं, तो क्या जूते पहनते हैं? नंगे पाँव जाते हैं। यह धरती मेरे लिए मंदिर ही है। यहाँ लोगों ने अपने स्वजनों को खो दिया है।"*

गाँधी लोगों की पीड़ा को, इस मनोभाव से देखते थे। आजादी मिली, तो यह देश इसी मन:स्थिति में था। इसी रास्ते एक नया भारत बन सकता था। जहाँ

आपसी घृणा, द्वेष, पीड़ा कम होते, लेकिन हमने गाँधी को ही आजादी के बाद, 'खोटा सिक्का' मान लिया। नोआखाली का उनका चमत्कार आज भी रास्ता दिखाता है कि विषम परिस्थितियों में कैसे समाज बनाने या सही बातें कहने का काम होता है। नोआखाली में गाँधी रोज शाम में 'वैष्णव जन' भजन या टैगोर की पंक्ति 'एकला चलो रे' सुनते। एक शाम एक मौलवी ने कहा कि जिन हिंदुओं ने धर्म परिवर्तन कर लिया, कम से कम उनका जीवन तो बच गया। गाँधी इस बात से आहत हुए। उन्होंने तत्काल मौलवी से कहा कि मैं स्तब्ध हूँ कि ईश्वर ने आप जैसी दृष्टि रखनेवाले को इस्लाम का अध्येता या विद्वान बनने दिया है।

उन दिनों वह चार घंटे से अधिक नहीं सो पाते थे। तब गृहमंत्री पटेल नोआखाली में उनकी सुरक्षा को लेकर चिंतित थे। गाँधी ने उन्हें पत्र लिखा कि वह सिर्फ एक है...हम सबसे ऊपर, जो हमारी देख-रेख करता है। वह बहुत योग्य और कुशल है। एक शाम मनु, लकड़ी जलाकर गर्म पानी कर रही थी, ताकि गाँधी गर्म पानी से अपने हाथ-पाँव धो सके। यह देख कर गाँधी नाखुश हुए कहा कि जब लोगों को रोटी बनाने के लिए लकड़ी नहीं है, तब तुम मेरे चेहरे धोने के लिए लकड़ी जलाओ, यह सही नहीं है।

निर्मल बोस नोआखाली में गाँधी के उद्धरणों-बातों का संग्रह कर रहे थे। गाँधी ने उनसे कहा कि मेरे (गाँधी के) अच्छे वाक्यों से वह भ्रमित न हों, क्योंकि वे गाँधी की महत्त्वाकांक्षा को दिखाते हैं। सही उपलब्धियों को नहीं। इस पर निर्मल बोस ने टैगोर को उद्धृत करते हुए, यह वाक्य कहा कि किसी व्यक्ति को समझने के लिए उसके जीवन के सर्वश्रेष्ठ क्षण से आँकना चाहिए, उसकी सर्वश्रेष्ठ कृति से, न कि उसके जीवन की छोटी-मोटी घटनाओं से। निर्मल बोस का आशय था कि नोआखाली में गाँधी के काम उनके जीवन के श्रेष्ठ अध्यायों में से है। इसका गाँधी ने ऐतिहासिक जवाब दिया-हाँ, यह कवि के लिए सही है, क्योंकि उनको सितारों की रोशनी को धरती पर लाना है, पर मेरे जैसे आदमी को समझने के लिए जीवन के बड़े क्षणों से नहीं, बल्कि अपने जीवन की यात्रा में अपने पैर पर कितनी धूल एकत्र की है, इससे परखना चाहिए।

वह समाज जहाँ लोग एक दूसरे की व्यथा को संवेदनशील मन से समझे, उनकी जड़ता या अंधविश्वास पर उनके लोगों के बीच ही सवाल कर सके, जैसा गाँधी ने एक मौलवी की बात पर टिप्पणी कर अपनी राय बता दी। यह काम ही एक सहिष्णु समाज, अहिंसक समाज और भयमुक्त समाज को जन्म दे सकता है। पर, हमने पेड़ तो बबूल के लगाये और आज आम खोज रहे हैं।

धीरे-धीरे नोआखाली में यह माहौल बन गया कि जो हिन्दू घर छोड़ कर

भागे थे, वे घर वापस लौट आये। भजन ओर प्रार्थनाएँ गूँजने लगीं। शंख की आवाज ध्वनित होने लगी। हिन्दू औरतों के सिर पर टीका लगाना शुरु किया। उनके हाथों से चूड़ियाँ की आवाज आने लगी। कई गाँवों में मुसलमानों ने संकल्प लिया कि वे अपना जीवन खतरे में डालेंगे, पर हिंदुओं पर हमला नहीं करेंगे। यह थी, नोआखाली में गाँधी की 'राजनीति'। टूटे और बुझे मनों में प्रेम और सौहार्द के बीज बोने का काम।

यह सिर्फ उन्होंने नोआखाली में ही नहीं किया, बल्कि ऐसा काम उन्होंने भारत में घूम-घूम कर किया। उन दिनों दिल्ली में बराबर शरणार्थियों के बीच जाते। उनके साथ काम करते। ठहरते और समझाते। एक शाम अचानक पानीपत पहुँच गये। पाकिस्तान से भारी तादाद में आये शरणार्थी, स्थानीय मुसलमानों पर हमला करने के लिए समूहों में आगे बढ़ रहे थे। पगलाई भीड़ से गाँधी का साबका हो गया।

गाँधी को अकेले देख कर भीड़ स्तब्ध। वह निहत्थे, उनके बीच पहुँचे। हथियारों को फेंकने और मुसलमानों से गले मिलने को कहा। भीड़ से आवाज आयी। क्या आपके लड़के की हत्या हुई है? आपकी पत्नी, बच्ची से किसी ने बलात्कार किया है?

उस भीड़ के सामने निहत्थे गाँधी ने कहा, *"जी हाँ, हिन्दू-मुसलमान, सिख, ईसाई सबों को मैं समान मानता हूँ। इनमें किसी भी एक समुदाय के साथ अत्याचार होता है, तो मैं समझता हूँ कि मेरी माँ/बहन/भाई के साथ हो रहा है।"* गाँधी के आने की खबर पानीपत में आग की तरह फैली। अपने घरों में दुबके मुसलमान, डरी औरतें, बूढ़े और नौजवान निकल आये। जहाँ चंद क्षणों में खून की नदियाँ बहनेवाली थीं, वहीं गाँधी ने संध्या-सभा की। बिहार, पंजाब, हरियाणा, कोलकाता, दिल्ली वगैरह में भयभीत मुसलमानों के बीच कैसे अकेले साहस से काम किया, अनशन किया, वह मानव इतिहास की श्रेष्ठ धरोहर है। पर, गाँधी की शहादत पर सत्ता पानेवाले इसे भूल गये।

यह थी गाँधी की विरासत। इस विरासत की नींव पर भारत की राजनीति खड़ी हो सकती थी। लोगों के मन बदलने, विचार बदलने और एक दूसरे के प्रति सद्भाव विकसित करने से। क्योंकि आजाद भारत की राजनीति जिस जमीन से शुरू हुई, वह रक्तरंजित थी। एक दूसरे के प्रति अविश्वास से भरी थी। नफरत-द्वेष का लंबा इतिहास था। वह क्षण था, नयी राजनीति, संस्कृति और नये राजनीतिक मूल्यों की बुनियाद की।

गाँधी को आहट थी कि बँटवारे के बाद राजनीति, कैसे इस देश को

प्रभावित करनेवाली है। दिल्ली की भंगी कालोनी में एक मई, 1947 को गाँधी अपनी झोपड़ी में, कांग्रेस महारथियों से बँटवारे से संबद्ध दलीलें सुन रहे थे। अपनी इस झोपड़ी में महज 15 दिनों पहले, बँटवारे के खिलाफ अपने इन्हीं सहयोगियों को समझाया-बुझाया था। उन्होंने कहा था-*"बँटवारा शल्य चिकित्सा नहीं है, इससे इस महाद्वीप में मानव संहार का खतरा है। मित्र, पड़ोसी एक दूसरे के जानलेवा शत्रु बन जायेंगे। खून की नदियाँ बहेंगी। आनेवाली पीढ़ियाँ शताब्दी तक बँटवारे के इस नासूर को झलेती रहेंगी।"* लेकिन गाँधी 01 मई, 1947 की शाम में ही आगत भविष्य की पीड़ा से आकुल हो गये थे। उस रात वह सो नहीं सके। अपने एक मित्र को उन्होंने कहा भी, *"ये (कांग्रेसी नेता) मुझे महात्मा कहते हैं, लेकिन मेरे साथ दोयम दर्जे का बरताव करते हैं।"*

बहुत पीड़ित होकर उस शाम उन्होंने कांग्रेसी नेताओं के सामने अंतर्नाद किया था-*"अंगरेजों से कहो कि हमें अव्यवस्था, अराजकता और भगवान के भरोसे ही छोड़ कर चले जायें, हम खुद इस दरिया से गुजरने के बाद पाक हो जायेंगे।"* पर, गाँधी की पीड़ा और बेचैनी उन तक ही सीमित रही। माउंटबेटन ने उन दिनों को याद कर, बाद में कहा, *"मुझे अजीब लगता था कि कांग्रेसी के चोटी के नेता गाँधी के करीबी सभी उनके खिलाफ और मेरे साथ थे। यह सब मिल कर मेरे माध्यम से चुनौती देने के लिए उकसा रहे थे।"*

जिस दिन माउंटबेटन लंदन से भारत विभाजन का मसविदा स्वीकार करा कर भारत लौट रहे थे, उसी शाम गाँधी ने अपनी प्रार्थनासभा में कहा कि *"पूरे राष्ट्र को जलने दो, लेकिन हम देश नहीं बँटने देंगे।"* गाँधी ने अपने एक नौजवान सहयोगी से कहा, *"आज सभी लोग मेरी तस्वीरों और मूर्तियों को माला पहनाने के लिए उतावले हैं, लेकिन मुझे कोई पूछता नहीं।"* उनका इशारा कांग्रेस के नेताओं की ओर था। उन्हीं दिनों एक रात गाँधी आत्मप्रलाप कर रहे थे। बगल में लेटी मनु ने सुना, *"आज मैं अकेला हो गया हूँ, यहाँ तक कि नेहरू और पटेल भी यही मानते हैं कि मैं गलत हूँ और उन्हें यकीन है कि बँटवारे के बाद शांति कायम होगी, काश मैं आज इतना बूढ़ा न होता! शायद वे सही हैं, मैं अकेले अंधेरे में छलांग लगा रहा हूँ।"* और कांग्रेस ने अकेले गाँधी को अंधेरे में छलांग लगाने के लिए छोड़ दिया। सत्ता ले ली, फिर बँटवारे के उस घाव को भरने, मिटाने का प्रयास, गाँधी की उस विरासत, लीगेसी को भी कांग्रेस ने छोड़ दिया।

कांग्रेस की राजनीति का मर्म था, सत्ता की राजनीति। पंडित नेहरू बड़े नेता थे। गाँधी के साये में अनुभव-संपन्न और पश्चिम की उदार बौद्धिक परंपरा में प्रशिक्षित व विकसित। उनके बाद कांग्रेस पूरी तरह वोट बैंक की पालिटिक्स

में कैद हो गयी। राजीव गाँधी के आते-आते, अयोध्या के ताले को खुलवाना, शाहबानो मामले में अलग-अलग स्टैंड। जिस दल ने गाँधी का राजनीतिक या सत्ता का उत्तराधिकार सँभाला, यह उसका दायित्व था कि गाँधी की परंपरा में वह लोगों के बँटे मन को जोड़ता। सरकार और शासन अगर सही अर्थ में धर्मनिरपेक्ष हैं, तो वहाँ सत्ता को हज दर्शन कराने या इफ़्तार की राजनीति से क्या संबंध? जब आपने यह बुनियाद डाली, तो आपने यह दरवाजा खोल दिया कि कोई मानसरोवर के लिए सरकारी कोष से अपने समर्थकों को खुश करेगा। मुल्ला, मौलवी, इमाम को प्रतिमाह पैसे देंगे, तो कल पंडित भी पैसे माँगेंगे फिर पारसी, सिख, जैन और क्रिश्चियन सन्तों का क्या गुनाह है? उनका भी हक बनता है। धर्मनिरपेक्ष देश में सरकार का कोष इन धर्मावलंबियों के लिए नहीं, इन धर्मों के गरीबों के जीवन बदलने के लिए होना चाहिए।

देश में खान अब्दुल गफ़्फ़ार खान, मौलाना आजाद और रफी अहमद किदवई जैसे लोगों की उदार मुस्लिम परंपरा थी। बाद में महाराष्ट्र में मुस्लिम सत्यशोधक मंडल बना। हामिद दलवई, मुसलमानों के बीच प्रखर विचारक या समाजसुधारक निकले। समाजवादियों ने उनके महत्त्व को समझा और पूरा समर्थन दिया। एक तरफ मोहम्मद करीम छागला जैसे लोग थे। उनके संस्मरणों की बहुचर्चित किताब है-'रोजेज इन दिसंबर।' उसमें जिन्ना से लेकर तत्कालीन मुस्लिम लीग की राजनीति का वर्णन है। वह जिन्ना के सहयोगी थे। पर, धीरे-धीरे भारत में यह उदार धारा सूखने लगी, मुसलमानों के बीच से यह उदार पुनर्जागरण या सुधारवादी धारा या आन्दोलन लगभग ठप होने लगा। लोहिया या मधु लिमये ने हामिद दलवई की सुधारवादी भूमिका व उनकी चर्चित किताब का जिक्र किया है। इस तरह मुसलमानों के बीच उन्हीं ताकतों, नेतृत्व को जगह मिलने लगी, जो उग्रता की भाषा जानते हैं। मसलन, हैदराबाद के ओवैसी बंधु, इसी अनुपात और प्रतिक्रिया में हिंदुओं में वोट बैंक बनाने की प्रक्रिया शुरू हुई। कांग्रेस ने अयोध्या का ताला खोला, मुद्दा भाजपा के हाथ दे दिया।

याद करिए, राजीव गाँधी ने कैसे आरिफ खान जैसे प्रगतिशील, समझदार नेता का इस्तेमाल किया? शाहबानो के प्रकरण पर पहले समर्थन दिया। आरिफ खान का हौसला बढ़ाया। बाद में पलट गये। आरिफ खान जैसे समझदार, शालीन नेता ने इस मुद्दे पर मंत्री पद छोड़ दिया। इस तरह राजनीति में, या किसी तबके में, विवेक की आवाज को ताकत या समर्थन न मिले, यह उदाहरण कांग्रेस ने पेश किया। अपने आचरण से। यह सत्ता की राजनीति थी। देश हित की नहीं। तब कांग्रेस अयोध्या मुद्दे का लाभ नहीं ले सकी। अब भाजपा इस पर अपनी

राजनीति कर रही है।

सही अर्थ में सेकुलर व्यवस्था या राजनीति, इतिहास के पन्नों को पलट कर, इतिहास के दुखद घावों को ताजा कर, देश नहीं बना सकती।

देश बनाने की राजनीति अलग होती है। 03 अक्तूबर, 1963 को हैदराबाद में डॉ. लोहिया ने 'हिन्दू और मुसलमान' के सवाल पर बोला। कहा, "हिन्दू-मुसलमान दोनों के बीच ऐतिहासिक मतभेद-मनभेद हैं।" "यह कांग्रेस का दायित्व था कि आजादी के बाद वह इस मनभेद को खत्म करती। खासतौर से वैसे हालात या परिवेश के बीच, जब पाकिस्तान एक धर्म आधारित देश बन चुका था, वहाँ हिंदुओं के साथ उनके धर्मस्थलों के साथ, जो कुछ हुआ उसकी प्रतिध्वनि भारत की फिजां में बार-बार गूँजती थी। इधर पूर्वी पाकिस्तान, बाद में बांग्लादेश में, जो कुछ वहाँ के अल्पसंख्यक हिंदुओं के साथ हो रहा था, उस पीड़ा की आहट, भारत की हवा में गूँज रही थी। इस माहौल और परिवेश में भारत को सहिष्णुता, अहिंसा और निर्भयता के माहौल में खुद को विकसित करना था। पर, हमारी सत्ता-राजनीति के काम इस भावना के विपरीत रहे। राजनीति ने कोशिश नहीं की कि पता करें कि भारत बनते ही भारतीयों के बीच कौन-सी ऐतिहासिक खाई है, जिसे भरना राजनीति का पहला धर्म और फर्ज दोनों है। डॉ. लोहिया ने उस हालत की पहचान की थी। अपने लेख-'हिन्दू और मुसलमान' में इस ग्रंथि का उल्लेख किया है। कहा, *"हिन्दू सोचता है कि पिछले 700-800 वर्ष तो मुसलमानों का राज रहा, मुसलमानों ने जुल्म किया और अत्याचार किया, और मुसलमान सोचता है, चाहे वह गरीब से गरीब क्यों ने हो, 700-800 सालों तक हमारा राज था, अब हमको बुरे दिन देखने पड़ रहे हैं।"*

डॉ. लोहिया मानते थे कि आजादी के बाद ऐसा मनोभाव कैसे देश से खत्म किया जाए, यही सबसे बड़ी चुनौती थी। और गाँधी उस समय यही कर रहे थे। वह मन के घाव पाट रहे थे। उस पर मरहम-लेप लगाते, भारत की गलियों-कूचों में, रेल के तीसरे दर्जे से घूम रहे थे। याद रखिए डॉ. लोहिया ने इस अद्‌भुत लेख-'हिन्दू और मुसलमान' (1963) में यह सब बताया है। इसमें आगे कहा है, *"इसके समाधान या हल का रास्ता है कि हरेक बच्चे को सिखाया जाए, हरेक स्कूल में, घर-घर में कि क्या हिन्दू, क्या मुसलमान, शेरशाह, रजिया, जायसी वगैरह, हम सभी के पुरखे हैं। हिन्दू और मुसलमान दोनों के। मैं यह कहना चाहता हूँ कि रजिया, शेरशाह और जायसी को मैं अपने माँ-बाप में गिनता हूँ, यह कोई मामूली बात इस वक्त मैंने नहीं कही है, लेकिन इसके साथ-साथ मैं चाहता हूँ कि हम में से हरेक आदमी, क्या हिन्दू और क्या मुसलमान? यह*

भी कहना सीख जाये कि गजनी, गोरी और बाबर लुटेरे और हमलावर थें। यह दोनों जुमले साथ-साथ हों, हिन्दू और मुसलमान दोनों के लिए कि गजनी, गोरी और बाबर हमलावर और लुटेरे थें। सारे देश के लिए परदेशी होते हुए भी, देशी लोगों की स्वाधीनता को खत्म करनेवाले लोग थें और रजिया, शेरशाह और जायसी वगैरह हमारे सबके पुरखे थे। अगर 700 वर्ष को देखने की यह नजर बन जाए, तो फिर हिन्दू और मुसलमान दोनों पिछले 700 वर्ष को अलग-अलग निगाह से नहीं देखेंगे, लड़ाई करनेवाली निगाह से नहीं देखेंगे। और फिर देखने लग जाएँगे, जोड़नेवाली निगाह से कि हमारे इतिहास में यह तो मामला था देशी का, यह था परदेशी का, यह अपने, यह थे पराये, और दोनों का नजरिया एक हो जाएगा।"

पर, यह नजरिया एक करने का जो राजनीतिक काम आजादी के बाद का सबसे पहला धर्म था, उसे तत्कालीन कांग्रेस ने आगे बढाया ही नहीं। डॉ. लोहिया ने अपने इसी लेख में कहा था कि असल में देश के दोनों मानस के बीच मुसीबत क्या है? *"हिन्दू, मुसलमान दोनों के मन में यह गलतफहमी धंसी हुई है। यह सच्ची नहीं है। अगर सच्ची होती, तो इस पर मैं कुछ नहीं कहता! असलियत यह है कि पिछले 700-800 वर्षों में मुसलमान ने मुसलमान को मारा है। मारा है, कोई रूहानी अर्थ में नहीं, जिस्मानी अर्थ में मारा है। तैमूरलंग जब चार से पाँच लाख आदमियों का कत्ल करता है, तो उसमें से तीन लाख लोग तो मुसलमान थे, पठान मुसलमान थे, जिनका कत्ल करनेवाला मुगल मुसलमान था। यह चीज अगर मुसलमानों के घर-घर में पहुँच जाए कि कभी तो मुगल मुसलमान ने पठान मुसलमान का कत्ल किया और कभी अफ्रीकी मुसलमान ने मुगल मुसलमान का, तो पिछले 700 वर्षों का वाकया, लोगों के सामने अच्छी तरह से आने लग जाएगा कि यह हिन्दू-मुसलमान का मामला नहीं है, यह तो देशी-परदेशी का है। सबसे पहले अरब के या और कहीं के मुसलमान आये। वे परदेशी थे। उन्होंने, यहाँ के राज को खत्म किया। फिर धीरे-धीरे सौ-पचास वर्ष में, देशी बने। लेकिन अब वे देशी बन गये। फिर एक दूसरी लहर परदेशियों की आयी। उसने इन देशी मुसलमानों को उसी तरह से कत्ल किया, जिस तरह से हिंदुओं को। फिर वे परदेशी भी सौ-पचास वर्षों में देशी बन गये। फिर दूसरी लहर आयी। हमारे मुल्क की तकदीर इतनी खराब रही है, पिछले 700-800 वर्षों में कि देशी तो रहा है, नपुंसक और परदेशी रहा है, लुटेरा या समझो जंगली। यह है, हमारे 700 वर्ष के इतिहास का नतीजा।"*

जरूरत थी कि आजादी के बाद इतिहास से लेकर लोगों को बाँटनेवाले

अन्य मुद्दों-सवालों पर देश की समझ एक बनती। इसके लिए राजनीतिक प्रयास होता। पर हुआ कुछ और। चूँकि कांग्रेस सत्ता में थी। कांग्रेस ने आजादी की लड़ाई की रहनुमाई की थी, इसलिए उसका बुनियादी फर्ज था कि तत्कालीन सामाजिक, धार्मिक और राजनीतिक परिस्थितियों के अनुसार, वह राजनीति-शासन की नयी इबारत लिखती। लेकिन इसके बदले कांग्रेस ने क्या रास्ता अपनाया? और कांग्रेस की देखा-देखी अन्य पार्टियों ने, क्या किया? वह भी डॉ. लोहिया 1963 में ही बताते हैं, *"वोट माँगनेवाले हमेशा इस बात का ख्याल रखते हैं कि कोई ऐसी चीज न कह दें कि सुननेवाला नाराज हो जाए। नतीजा होता है कि हिन्दुस्तान में जितनी भी पार्टियाँ हैं, वे हिन्दू-मुसलमान को बदलने की बात बिल्कुल नहीं कहती। मन में जो पुराना कूड़ा पड़ा हुआ है, जो गलतफहमी है, जो भ्रम है, उन्हीं को तसल्ली दे, दिलाकर वोट ले लेना चाहते हैं। यह है आज हमारे राजनीतिक जीवन की सबसे बड़ी खराबी कि हमलोग वोट के राज में, नेता लोग खासतौर से सच्ची बात कहने से घबरा जाते हैं। इसका नतीजा है कि हिन्दू और मुसलमान दोनों का मन खराब रह जाता है, बदल नहीं पाता।"*

डॉ. लोहिया के इस उद्धरण की अंतिम पंक्ति का स्पष्ट निष्कर्ष है कि आजादी के तुरंत बाद ही हिन्दू और मुसलमान दोनों के मन खराब करने की राजनीति शुरू हुई। बदलने की नहीं। अगर उन्हीं दिनों धर्म जीवन का निजी प्रसंग बन जाता, राजनीति, सत्ता और वोट बैंक से नहीं जुड़ता, तो शायद आज इस विषय पर बहस नहीं होती। लेकिन उस दौर में क्या-क्या चीजें हुई? माकपा की पहली सरकार नंबूदिरिपाद के नेतृत्व में देश में बनी। उसने देश का पहला मुस्लिम बहुल जिला बनाया। मुस्लिम लीग पार्टी की माँग-शर्तों पर। हालाँकि वह राज्य देश का सबसे विकसित समझदार और प्रगतिशील राज्य माना जाता है। उसी केरल में मशहूर इतिहासकार केएन पणिक्कर, श्री शंकराचार्य संस्कृत विद्यालय (कांची के निकट कालाडी) के कुलपति बनाये गये, हालाँकि उन्हें संस्कृत नहीं आती थी। पर, संस्कृत विश्वविद्यालय का कुलपति पद स्वीकार किया। पद सँभालते ही उन्होंने पहला काम किया, आदि शंकराचार्य की मूर्ति हटाने का। पिछले दिनों देश के कुछ विद्वानों ने जिसमें श्री पणिक्कर भी थे, एक संयुक्त बयान जारी किया, जिसमें कहा गया था कि मतों की भिन्नता या वैचारिक मतभेद को हिंसा के माध्यम से सुलझाने की कोशिश हो रही है। तर्कों के जवाब वैकल्पिक तर्कों से नहीं दिये जा रहे, बल्कि बुलेट से दिये जा रहे हैं।

सही कहा पणिक्कर जी और उनके ऐसे साम्यवादी मित्रों ने। पर, वे खुद बताएँ कि केरल में जो दो दलों के बीच (माकपा-आरएसएस) खूनी प्रतियोगिता

दशकों से चल रही है, उसके बारे में कभी कोई बयान जारी हुआ? बंगाल में मार्क्सवादी कम्युनिस्ट पार्टी का लंबा शासन रहा। उनके काडर आतंक के बारे में खुद ममता बनर्जी और कांग्रेस ने देश में घूम-घूम कर जो आरोप लगाये, वे उस बंगाल की जीवंत घटनाएँ है, जो पुनर्जागरण का केंद्र रहा। साहित्य, संगीत, कला में अद्‌भुत प्रतिभा पुत्रों को जन्म दिया। विरोधियों का सफाया, इस दर्शन पर बंगाल की राज्य सरकारें चलीं। यह किस तरह की सहिष्णुता या वैचारिक मतभेदों के प्रति सम्मान था? उसी बंगाल में सिद्धार्थ शंकर राय के कांग्रेसी राज में नक्सली संहार की बात कौन लोग उठाते रहे हैं? जो ममता बनर्जी, ज्योति बसु के 'लाल आतंक' या 'वाम आतंक' पर, संसद से बंगाल की सड़कों पर दशकों लड़ती रहीं, प्रामाणिक अत्याचारों की सूची ले कर घूमती रही, उनके राज में अब विरोधियों के क्या हालात हैं? यह कैसी सहिष्णु दृष्टि है?

बंगाल के बारे में, बंगाल के ही एक पत्रकार सौराज्य भौमिक की पुस्तक आयी है, 'गैंगेस्टर स्टेट'। यह पुस्तक जरूर देश के सभी जागरूक लोगों को पढ़नी चाहिए। लेखक खुद प्रेसीडेंसी कालेज के प्रतिभाशाली छात्र रहे हैं। स्टूडेंट फेडरेशन ऑफ इंडिया (एसएफआई) की युवा शाखा के सदस्य, पदाधिकारी भी। यानी सीपीएम से जुड़ाव रहा है। उनके प्रामाणिक अनुभवों का यह दस्तावेज है, तथ्यों, स्वअनुभवों और प्रत्यक्ष देखे-भुगते सच का। पुनर्जागरण का केंद्र, बंगाल कहाँ खड़ा है? जिस राज्य के बारे में यह कहा जाता था कि बंगाल जो आज सोचता है, देश कल उसे अपनाता है। वह राज्य, 'गैंगेस्टर स्टेट' का विशेषण पाये! यह देश के लिए चिंता व चिंतन का विषय है। भारत की अनुदार होती राजनीति के उद्‌गम में ऐसे सवाल हैं। किस दल की राजनीति ने शिवसेना को महाराष्ट्र में आगे बढ़ाया? कौन-सा दल पंजाब में भिंडरांवाले के उदय का कारण बना था?

यह हर राजनीतिक दल को समझ लेना होगा कि बेहतर कामों से आप अपना, अपनी कौम या मुल्क का नया इतिहास बना सकते हैं। पुराने इतिहास के घावों को जिंदा कर, कोई नवनिर्माण नहीं होता। इतिहास के पुराने घावों की पूँजी से जो लोग भविष्य बनाना चाहते हैं, वे देश तोड़क साबित होंगे।

जिस समाज में आसाराम, रामपाल, रामवृक्ष यादव, फ्रीजर बाबा, नित्यानंद, स्वामी भीमानंद, राधा माँ, सारथी बाबा, इच्छाधारी बाबा, राम रहीम वगैरह (ये सभी हाल के वर्षों में अपने कारनामों के लिए सुर्खियों में रहे हैं) अध्यात्म जैसी पवित्र चीज (जो किसी धर्म के बंधन से नहीं बंधा है) के प्रवक्ता बन जायें, उस समाज का भविष्य क्या होगा? ऐसे तत्त्वों का राजनीति और समाज में

प्रभाव-असर बढ़ रहा है। इतिहास, सीखने की वस्तु है, भविष्य सँवारने के लिए। पर चार दशकों पहले कांग्रेस ने जो काम किया, उसका क्या अंजाम निकला? तब पंजाब से, कांग्रेस का सफाया हो गया था। पंजाब कांग्रेस नेता ज्ञानी जैल सिंह और संजय गाँधी ने जरनैल सिंह भिंडरांवाले को प्रोत्साहरित किया। मार्क टली और सतीश जैकब की पुस्तक, 'अमृतसर: मिसेज गाँधी लास्ट बैटल' (1985) पढ़ लें। एक-एक तथ्य का ब्योरा है। पुस्तक में उल्लेख है कि जब भिंडरांवाले जत्था ने निरंकारी बाबा गुरबचन सिंह पर हमला किया, तो उस संहार में 12 सिख मारे गये और तीन निरंकारी। तब कांग्रेस प्रचार मशीन ने भिंडरांवाले को, निरंकारी सम्मेलन पर हमला करनेवाले नायक के रूप में बताया। 1980 के चुनावों में भिंडरांवाले ने तीन क्षेत्रों में कांग्रेस उम्मीदवारों के लिए खूब प्रचार किया। दो महत्त्वपूर्ण प्रत्याशियों ने, भिंडरांवाले के नाम अपने समर्थन के पोस्टर में छापे। उनमें से एक प्रत्याशी थे, आरएल भाटिया, जो पंजाब कांग्रेस के अध्यक्ष थे, बाद में मंत्री भी बने।

पर, धर्म-राजनीति के गठजोड़ से जो आग लगी, वह 'आपरेशन ब्लूस्टार' तक पहुँची। देश ने उसकी क्या कीमत चुकायी? यह सबने देखा है। लंबा इतिहास है। लगातार मुस्लिम धर्मगुरुओं से कांग्रेस अपने पक्ष में फतवा जारी कराती रही है, ठीक चुनावों के वक्त। इंडियन यूनियन मुस्लिम लीग, ऑल इंडिया मजलिस-ए-इतेहादुल मुस्लमीन, इसके विरोध में अलग फतवा जारी कराती रही। पंजाब और हरियाणा में बाबा का यह वोट बैंक, तो समाज के लिए अभिशाप सिद्ध हो चुका है। कांग्रेस ने यह खेल शुरू किया, अब दूसरे दल उसी रास्ते पर चल रहे हैं। राम-रहीम प्रकरण, इसका ताजा प्रमाण है। किस दल के आधे दर्जन से अधिक वरिष्ठ केंद्रीय मंत्री, तत्कालीन केंद्रीय मंत्री प्रणव मुखर्जी की अगुवाई में बाबा रामदेव (जब वह तत्कालीन यूपीए की केंद्र सरकार के खिलाफ दिल्ली में धरना देनेवाले थे) की प्रतीक्षा दिल्ली एयरपोर्ट पर कर रहे थे?

एक पत्रकार के रूप में स्मरण है, जिस अखबार से जुड़ा था, एक बड़ा अभियान चलाया कि दुर्गा पूजा में रांची शहर की सड़कें न खोदी जाये। सड़कों पर पूजा पंडाल न लगे। बार-बार सड़कें बनती हैं, खोदी जाती हैं, पुनः सरकार का पैसा लगता है। इस सामाजिक सरोकार के तहत यह अभियान चला। हम सबका इस प्रयास के पीछे यह मानना भी था कि यह काम आधुनिक जीवन, व्यस्तता के खिलाफ है। दो वर्षों तक लगातार अभियान चला, तो दफ़्तर में एक समूह आया। शहर में पूजा पंडाल लगाने वालों का। कहा, हम आपके साथ हैं।

हम आपकी बात मानेंगे। परंतु शर्त यह है कि रांची की मुख्य सड़कों पर रमजान का बाजार भी न लगे। इस सवाल का उत्तर, तो कानून दे सकता था। पर, ऐसा कानून आजादी की बेला में आसानी से बन सकता था। अब वोट बैंक की राजनीति ने असंभव कर दिया है। अगर हमें सभ्य नागरिक समाज बनना है, तो कुछ अनिवार्य अनुशासन की बंदिशें होंगी ही। मसलन धर्म, निजी मामला है। इसका सरकार, प्रशासन या कानून से क्या सरोकार है? कानून तो सबके लिए बराबर होगा। वह चाहे किसी समूह, जाति व धर्म से जुड़ा हो। एक-एक इनसान की हिफाजत-सुरक्षा, चाहे वह किसी धर्म या मजहब का हो देश का आधुनिक धर्म है। संविधान सभा के सदस्य वकील तजमुल हुसैन ने संविधान सभा में साफ-साफ गुजारिश की कि भारत के नये संविधान में अलगाववादी प्रवृत्तियों को जगह नहीं मिलनी चाहिए। 31 मुस्लिम प्रतिनिधियों में वह अकेले शिया समुदाय से थे।

आज देश में जिस धर्म व जाति के लोग कम संख्या में हैं, वोट बैंक ने उनकी स्थिति दयनीय बना दी है। मसलन आदिवासियों में उन समूहों को देखें, जो अपने को आदिम मानते हैं, पर कम संख्या में हैं। मसलन बिरहोर, पहाड़िया वगैरह। क्या इनकी सामाजिक व सांस्कृतिक हैसियत वही है, जो मुंडा, उरांव व संथाल वगैरह की है? यही स्थिति कमोबेश पूरे देश में, छोटे समूहों के साथ है। बौद्ध, पारसी, जैन, यहूदी या आदि धर्म मानने वाले किस हाल में और कहाँ हैं? याद रखें, 14 अगस्त, 1947 को संविधान सभा में आजादी मिलने के कुछ घंटों पहले पंडित नेहरू ने कहा-*"इस समय जब हम आजादी के द्वार पर हैं, याद रखना चाहिए कि भारत किसी एक दल का नहीं, समूह का नहीं, जाति का नहीं, यह किसी एक धर्म मानने वाले का भी नहीं है। यह देश सबका है। हर धर्म और मत का है। हमने बार-बार उस आजादी की व्याख्या की है, जो हम चाहते हैं। पहले प्रस्ताव में जिसे मैंने पहले पेश किया है, यह उल्लेख है कि हमारी आजादी, बराबर रूप में हर भारतीय द्वारा एहसास (शेयर) होना है। हर भारतीय को समान अधिकार है और उस आजादी में हर एक को बराबर की साझेदारी करनी है।"*

पर, आज वास्तविकता क्या है? वोट बैंक की राजनीति ने आज यह स्थिति बना दी है कि जिस जाति, उपजाति, धर्म या समूह का जहाँ बोलबाला या दबदबा है, बहुमत है, वहाँ उसका रुतबा और प्रभाव अधिक है। किसी दबंग जाति का बड़ा नेता, देश को बेचने की सौदेबाजी जैसा भ्रष्टाचार कर ले, अदालत द्वारा दोषी पाकर जेल में रहे, फिर भी उसके समूह के लोग उसके साथ खड़े

रहते हैं। चुनाव जिताते हैं। इसी तरह धर्म के मामले में स्थिति बन गयी है। ताजा मामला डेरा सच्चा सौदा प्रमुख का है, गुरुमीत राम रहीम के खिलाफ बलात्कार के मामले का फैसला आने के पहले उनके एकत्र डेढ़ लाख समर्थकों के भय से 115 बटालियन अर्धसैनिक बलों की व्यवस्था हुई। दस सीनियर आईपीएस ऑफिसर, हालात सँभालने के लिए लगाये गये। पहले से घोषणा कर दी गयी की उनके 15 लाख समर्थक मौजूद रहेंगे। इसके बाद जो हिंसा हुई, देश ने देखा। सेना बुलायी गयी। ऐतिहासिक तथ्य है कि 'डेरा' में पहले सूफी सन्त या आध्यात्मिक लोग रहते थे। डेरा यानी फूस की झोपड़ी। बिहार, पूर्वी उत्तर प्रदेश में जिसे मड़ई कहा जाता है। यानी साधारण निवास में रहकर, जो आध्यात्मिक चिंतन में लगे लोग थे, वे डेरावासी थे।

आज के सन्तों का डेरा, आलीशान भवन-अट्टालिकाएँ व सुख-सुविधा के आश्रय स्थल हैं। यह सब सत्ता संरक्षण में हुआ है। इसके पहले उसी हरियाणा में कांग्रेस राज में रामपाल महाराज के डेरा के समर्थकों का उत्पात मुल्क ने देखा है। हमारी वोट बैंक की राजनीति ने प्रश्रय देकर इसे बढ़ाया है। क्या इन्हें सख्त कानून बनाकर रोकने का प्रावधान नहीं हो सकता था? संभव था, पर वोट बैंक की पॉलिटिक्स ने नहीं होने दिया और इसकी अगुवाई कांग्रेस ने की है। पर, ये सारी हाल की घटनाएँ हैं। आजादी के बाद से ही कांग्रेस की नीयत, नीति और मंशा, इस दिशा में साफ नहीं थी। सरदार पटेल तो आजादी मिलते ही चले गये। पंडित जवाहरलाल नेहरू पर यह दायित्व सर्वाधिक था। उनके लंबे कार्यकाल में ही इस संवेदनशील सवाल पर सरकार ने अपना रूख, निश्चय और प्रशासनिक मंशा साफ नहीं रखा। इसकी पृष्ठभूमि समझने के लिए युवा तुर्क चंद्रशेखर की राज्यसभा में कही बातें, इस गंभीर मुद्दे की जड़ और मूल कारण को समझने में मदद करती हैं। उन्होंने भारतीय समाज और धर्मनिरपेक्षता के संदर्भ में हुकूमत या सरकार की भूमिका पर गंभीर प्रश्न उठाये।

राज्यसभा में 'एप्रोपिएशन बिल' पर बोलते हुए चंद्रशेखर ने (28 अप्रैल, 1964) धर्मनिरपेक्षता पर जो बातें कहीं, वह कोई भविष्यवक्ता ही कह सकता है। वह ऐतिहासिक व दूरदृष्टि का भाषण है। उनका कहना था-

"मैं दूसरा सवाल सांप्रदायिक समस्याओं पर उठाना चाहता हूँ। आज इधर-उधर की बातें कही जाती हैं कि पाकिस्तान में झगड़ा हो गया और उसका असर हो गया हिन्दुस्तान में। हुआ होगा उसका असर, मैं इसको इंकार नहीं करता। लेकिन कोई बुनियादी बात है, जो हिन्दुस्तान की हुकूमत की

नीति में गलत है। मैं बहुत अदब के साथ यह जिक्र करना चाहूँगा कि जिस समय पंडित जवाहरलाल नेहरु ने हिन्दू कोड बिल इस सदन में पेश किया, उस समय उनका दिमाग साफ होना चाहिए था कि मुस्लिम पर्सनल ला में यह संशोधन होगा, लेकिन यह काम नहीं किया गया। हिन्दू कोड बिल पेश किया गया, उसके लिए मैं, उनको मुबारकबाद देता हूँ। लेकिन जब मुस्लिम पर्सनल ला में संशोधन करने की बात आई, तो उसके लिये पंडित जवाहरलाल नेहरू तैयार नहीं हुए...

...सेकुलर स्टेट का मतलब यह होता है कि जहाँ तक सिविल राइट्स का सवाल है, जहाँ कर, प्रापर्टी राइट्स का सवाल है, उसमें कोई दखलन्दाजी नहीं करेगा और अगर दखलन्दाजी करता है, तो माननीय चौरड़िया [1] जी को इस बात के लिए अवसर देता है कि यह हिंदुओं के बीच में जाकर कहें कि हिंदुओं, यह हुकूमत तुम्हारे कानून बदलती है, मुसलमानों का कानून नहीं बदलता है। इसका क्या जवाब है पंडित नेहरु के पास, इसका क्या जवाब है हमारे पास?

...सेकुलर स्टेट का मतलब यह होता है : *Religion is the instrument of communion between man and God. No sooner it enters the domain of social political and economic life it becomes a dangerous concept and need cautious approach.*

...मैं यह कहना चाहूँगा कि इस पर कितना ही आप बौखलाएँ, लेकिन हिन्दुस्तान में जब तक कुरान की आयतें कही जाएँगी, तब तक उसके साथ शंकराचार्य के सूत्र भी कहे जाएँगे, अगर आपके लिए कुरान पाक है, तो माननीय चौरड़िया जी और माननीय अटल बिहारी वाजपेयी के लिए यह भी पाक है कि सारी दुनिया को आर्य बनाओ। क्या कोई हुकूमत इस बात के लिए इजाजत देगी? मैं आपसे बड़े अदब से कहूँगा कि हुकूमत का नजरिया साफ नहीं है। एक दबाव पड़ता है, तो वह दूसरी तरफ को दुलक जाती है। अगर हिन्दुस्तान में कम्युनलिज्म के प्राबल्मस को हल करना है या सांप्रदायिकता की समस्या को हल करना है, तो एक ही तरीका है कि वे सारे पर्सनल ला, ये सारे सिविल ला, ये जितने प्रापर्टी राइट्स हैं, ये सारे हिन्दुस्तान के लिए एक होने चाहिए। इसमें हिन्दू-मुसलमान का कोई भेद कोई फर्क नहीं किया जा सकता। जब तक यह फर्क रहेगा तब तक उस फर्क के साथ वह हिन्दू-मुसलमान की जेहनियत का फर्क भी रहेगा। इसको कोई रोक नहीं सकता। मैं आपसे कहूँ

1. विमल कुमार चौरड़िया, 1962 से 1968 तक राज्यसभा के सदस्य रहे। वह भारतीय जनसंघ की मध्य प्रदेश राज्य इकाई के उपाध्यक्ष भी थे।

कि इसी सदन में मैंने एक बार कहा, बड़े दुख के साथ कहा, मैं समझता हूँ कि इससे कितनी बदनामी हो सकती है। कितनी परेशानी मुझे व्यक्तिगत रूप से हो सकती है, लेकिन मैंने कहा कि माननीय लाल बहादुर शास्त्री कश्मीर में हजरतबल की चोरी[1] के ऊपर जाते हैं और जाने के बाद फोटो छाप कर सारी दुनिया में बाँटा जाता है कि हमने इस मुल्क के अंदर एक करिश्मा कर दिया लेकिन मैं यह सोचता हूँ कि केवल हजरतबल की चोरी हुई और तीन लाख मुसलमान भाई 15 दिनों तक श्रीनगर की गलियों में डोलते रहे, उन्होंने सारे सिविल एडमिनिस्ट्रेशन को पैरालाइज किया...

...आप आखिरकार क्या कर रहे हो? प्रगतिशील, प्रोग्रेसिव आदमी होते हुए यह बात कहते हो कि इस मसले के ऊपर हुकूमत इस्तीफा दे? तो मैं नहीं जानता कि कल चौरड़िया जी क्या कहेंगे अगर बनारस के मंदिर की एक मूर्ति गायब हो जाए, तो क्या सारे हिन्दुस्तान की हुकूमत को इस्तीफा देना पड़ेगा। चार मौलवी या चार पंडे अगर चाहे, तो इस हुकूमत को करोड़ों लोगों के जरिए बनी हुकूमत को उठा कर फेंक दें, चार मौलवी या पंडों के जरिये हुकूमत में एक हंगामा फैला दिया जाय कि किसी मंदिर से मूर्ति चोरी चली गई, जैसे कि चौरड़िया जी ने अभी कहा कि हजरतबल तो ले आए, लेकिन जम्मू के मंदिर से चोरी गई दो मूर्तियों को भूले हुए हैं, इसका मुझे अफसोस है। इनके साथ मैं हमदर्दी रखता हूँ। लेकिन मुझे ज्यादा हमदर्दी है, इस राष्ट्र से। इस राष्ट्र के भविष्य से मुझे ज्यादा हमदर्दी है हिन्दुस्तान के उन तमाम लोगों के साथ, जो यहाँ पर एक नागरिक की हैसियत से, एक सिटीजन की हैसियत से रहते हैं।'

यह सवाल चंद्रशेखर ही उठा सकते थे कि सेकुलर स्टेट में विश्वविद्यालयों के नाम के साथ 'हिन्दू और मुस्लिम' शब्द जोड़े जाएँ, तो उसे सरकारी मदद क्यों? सरकार का धर्म से क्या लेना देना? ताकतवर लोगों के नाखुश होने के बाद भी, अकेले चंद्रशेखर ही देश की राजनीति में यह सवाल उठा रहे थे। इस अर्थ में सत्ता पक्ष में कोई दूसरा नाम आजतक दिखाई नहीं देता।

अयोध्या विवाद के एक महत्त्वपूर्ण प्रसंग का साक्षी रहा हूँ। चंद्रशेखर की केंद्र में सरकार, कांग्रेस के सहयोग से नवंबर, 1990 में बनी। सरकार बनते ही

---

1. मान्यता है कि हजरतबल दरगाह (श्रीनगर) में पैगंबर मुहम्मद साहब की दाढ़ी का एक बाल रखा हुआ है। 26 दिसंबर, 1963 को हजरतबल दरगाह से बाल चोरी होने की खबर आयी। यह बात तेजी से फैली। कश्मीर व देश के अन्य हिस्सों में तनाव का वातावरण पैदा हो गया। कलकत्ता में हिन्दू-मुस्लिम दंगे भड़क उठे, इसकी खोज के लिये एक आवामी एक्शन कमेटी का गठन हुआ। 31 दिसंबर को प्रधानमंत्री नेहरू राष्ट्र के नाम रेडियो संदेश दिया। लाल बहादुर शास्त्री को श्रीनगर भेजा गया। 4 जनवरी 1964 को बाल फिर से मिल गया।

उन्होंने अयोध्या विवाद के हल के लिए पहली गंभीर आधिकारिक कोशिश की। सत्ता सँभालते ही विश्व हिन्दू परिषद को संदेश भिजवाया कि इस विवाद को सुलझाने के लिए बातचीत हो। विश्व हिन्दू परिषद का तब दर्प-अहंकार बड़ा था। उन्होंने सीधे विश्व हिन्दू परिषद की निर्णायक समिति या महत्त्वपूर्ण बैठक में तत्कालीन प्रधानमंत्री को न्यौता। बैठक राजमाता सिंधिया के घर हो रही थी। प्रधानमंत्री चंद्रशेखर उस बैठक में गये। विश्व हिन्दू परिषद के लोगों को यह उम्मीद नहीं थी कि वह बैठक में आयेंगे, प्रधानमंत्री की मौजूदगी में अशोक सिंघल से लेकर गिरिराज किशोर ने बड़ी-बड़ी बातें की। कहा, मंदिर वहीं बनेगा, खून की नदियाँ बहेंगी। वगैरह वगैरह। कुछ देर सुनने के बाद चंद्रशेखर ने कहा कि आप लोगों के विचार सुने, कुछ कहना चाहूँगा। सहर्ष उन्हें आमंत्रित किया गया।

याद रखिए, वहाँ सभी विश्व हिन्दू परिषद के लोग थे। प्रधानमंत्री चंद्रशेखर के साथ कुछ सुरक्षाकर्मी और दो-एक सहयोगी। वह खड़ा हुए। नपी-तुली संयमित आवाज में साफ-साफ दृढ़ता से वह बोलते थे। कहा, *"आप सभी की बातें, बहुत गौर से सुनी। हमें भी थोड़ा इतिहास का ज्ञान है। हमें मालूम है कि कितने पंडे-पुजारियों ने कुर्बानी दी है। पर, मैं इतिहास में नहीं जाना चाहता। याद रखिए मैं संवैधानिक पद पर हूँ, और संविधान की शपथ से बंधा हूँ। अयोध्या के उस ढांचे को सुरक्षित रखने की मेरी कानूनी जिम्मेवारी है। उसे तोड़ने का प्रयास मेरे रहते कोई अगर करेगा, तो हजारों लोगों को मारना होगा, सरकार मारने का आदेश देगी। पर, संविधान व कानून की रक्षा, किसी भी कीमत पर होगी।"*

यह वाक्य सुनते ही पूरी सभा सन्न। कुछ देर बैचेन करनेवाली मौन के बाद, अशोक सिंघल ने कहा कि फिर रास्ता क्या है? चंद्रशेखर ने कहा कि संविधान इसका रास्ता बताता है कि साथ बैठें और हल निकालें? बताया गया कि दूसरा पक्ष तो बात करने के लिए राजी नहीं है और न उसका प्रस्ताव है। प्रधानमंत्री का जवाब था, वह आपकी चिंता का विषय नहीं है। आप अपना पक्ष बताइए। इस तरह विश्व हिन्दू परिषद बातचीत के लिए राजी हुआ।

यही हाल बाबरी मस्जिद एक्शन कमिटी का था। उन लोगों को भी साफ-साफ संदेश गया कि देश के साढ़े पाँच लाख से अधिक गाँवों में हिन्दू-मुसलमान साथ रहते हैं। इन गाँवों में दंगे पसरेंगे, और हालात बिगड़ेंगे, तो यह जिम्मेवारी आपकी होगी। सरकार चुप और मूक नहीं बैठेगी। इस प्रसंग का लंबा विवरण है, पर संक्षेप में जान लें। दोनों पक्षों के बीच बातचीत शुरू हुई। इस बातचीत का ब्यौरा गृह मंत्रालय की फाइलों में होगी। इसके बाद नरसिंह राव, देवगौड़ा,

गुजराल और अटल बिहारी वाजपेयी प्रधानमंत्री हुए। सबने यह स्वीकार किया (कुछ ने संसद में और कुछ ने बाहर बयान दिया), कहा और माना कि इस गंभीर समस्या के हल की शुरुआत चंद्रशेखर के कार्यकाल में उनके प्रयास से हुई। अगर चंद्रशेखर की सरकार रही होती, तो इस समस्या का हल निकल गया होता। यह बतानेवाले अनेक साक्षी अफसर आज भी मौजूद हैं। उन्हीं दिनों ऑर्कियोलॉजिकल सर्वे ऑफ इंडिया को भी इसके साथ जोड़ा गया। कहा गया कि जरूरत हुई, तो खुदाई होगी। मामला सुप्रीम कोर्ट को समयबद्ध सुनवाई के साथ भेजा जाएगा। यह भी शर्त थी कि इसके बाद काशी, मथुरा या अन्य मंदिरों का प्रसंग कभी नहीं उठेगा। दोनों पक्ष इस रास्ते इस हल के लिए सहमत थे और दोनों के बीच बातचीत होने लगी।

पर, यह प्रयास मुकाम तक पहुँचे, इसके पहले चंद्रशेखर की सरकार कांग्रेस ने गिरा दी। खुद तत्कालीन राष्ट्रपति वेंकटरमण ने अपने संस्मरणों में लिखा है कि कैसे कांग्रेस अध्यक्ष राजीव गाँधी ने उन्हें भरोसा दिया था कि न्यूनतम एक साल वह चंद्रशेखर सरकार को समर्थन देंगे, तब राष्ट्रपति वेंकटरमण ने चंद्रशेखर को प्रधानमंत्री पद की शपथ दिलाई। बहुत कम लोग जानते हैं कि अयोध्या मसले का हल, पंजाब विवाद पर बातचीत और कश्मीर के हल के लिए, तीन मोरचों पर जो गंभीर पहल, चंद्रशेखर सरकार ने की, वही उनकी सरकार के पतन के कारण थे। जिस देश की राजनीति में दल का हित, निजी हित, देश के हित से बड़ा होगा, वहाँ का समाज तो बँटा ही होगा। असहिष्णु ही बनता जाएगा।

यह स्थिति व भूमिका रही है, राजनीतिक दलों की। जिनके आचरण-कामकाज और वोट बैंक की राजनीति ने लोगों को आपस में लड़ाने का काम किया। एक को दूसरे के खिलाफ खड़ा किया। मुल्क में ही कई मुल्क बन गये। पर, भारत जैसा विभिन्न जातियों, भाषाओं-समूहों का देश, अलग-अलग संस्कृतियों का देश, संयम और सह अस्तित्व की बुनियाद पर ही खड़ा हो सकता है। तार्किक विचार ही ऐसे समाज में रोशनी का काम कर सकते हैं। इंसाफ और इंसानियत की जंजीर ही लोगों के बीच अपनापन ला सकती है। राजनीतिक दलों की आपसी प्रतिस्पर्द्धा और घोर कटुता ने ऐसे माहौल को पनपने ही नहीं दिया। दरअसल सभी दलों को मिलकर अतार्किक सवालों और गैरकानूनी चीजों के खिलाफ एक मंच पर खड़ा होना था, एक स्वर में बोलना था। पर, वोट-बैंक के सवाल पर आपसी प्रतिस्पर्द्धा आजादी के बाद से ही शुरू हो गयी।

यह सही बात है कि पाकिस्तान और बांग्लादेश के अंदर, जो धार्मिक कटुता

रही है, धार्मिक असहिष्णुता है, उसके बीच पड़ोस के भारत में एक उदार लोकतंत्र को खड़ा करना चुनौतीपूर्ण काम था। पर, गाँधी के नेतृत्व में आजादी की लड़ाई के मनीषियों ने ऐसे समाज का सपना देखा। उस कटुता के बीच भी एक नागरिक और सभ्य समाज बनाने की पहल की। क्यों? क्योंकि इस तरह का मिलाजुला सहिष्णु समाज, संयमित समाज, उदार मानस ही, प्रगति का, विकास का, सृजन का केंद्र बन सकता है। किसी एक जाति, समूह या धर्म का जहाँ वर्चस्व होगा, वहाँ सृजन, कल्पना, सहिष्णुता और स्वस्थ समाज की संभावना नहीं होगी।

आजादी की लड़ाई के हमारे मनीषियों को मालूम था कि गैलिलियो को सच कहने के लिए भारी मुसीबत का सामना करना पड़ा। कारण, उन्होंने तब आम धारणा के विपरीत बात कही कि सूर्य, सौर मंडल के केंद्र में है। धरती नहीं। इसी तरह डार्विन को इस असहिष्णुता का शिकार होना पड़ा क्योंकि उन्होंने जो ऐतिहासिक काम किया, 'द ओरिजिन ऑफ स्पेसीज', उसके लिए उन पर बड़े हमले हुए, उन्हें धर्म का दुश्मन करार दिया गया। देश में राजा राममोहन राय के काम, उनके विरोध के इतिहास से हम सब वाकिफ हैं। इसलिए हमारे देश के मनीषियों, ऋषियों और सन्तों ने कहा कि सत्य एक है। वह बहुविध बोला, कहा और सोचा जाता है। पर, यह चिंतन तो एक मूल्यपरक चरित्रवान समाज ही कर सकता है। व्यक्ति चरित्रवान हो और वह जीवन में मूल्यों को अपनाएँ, इस तरह समाज आत्मसंयमी व विवेकसंपन्न हो, इसके लिए तो कोई कानून नहीं बन सकता। यह तो दैनंदिन आचरण और कानून के राज से ही संभव है।

हमारे देश के सामने अप्रिय प्रसंग बराबर आते हैं। पर, राजनीतिक बौद्धिकों की भाषा या नजरिया, इन सवालों पर अलग-अलग रहता है। अपनी सुविधा या राजनीति के अनुरूप। कानून या संविधान के अनुरूप नहीं। ऐसा ही सवाल कश्मीर का है। आजाद भारत का एक संवेदनशील मुद्दा रहा है, कश्मीर का। पिछले दिनों सीबीआई के निदेशक रहे जोगिंदर सिंह ने यह सवाल उठाया कि जब कश्मीर घाटी से लगभग चार लाख हिन्दू और सिख भगा दिये गये और अपने देश में ही शरणार्थी बन गये, तो किसने उनकी सुध ली? जब अमरनाथ यात्रा को कश्मीर का 'कोलोनाइजेशन' (कश्मीर का उपनिवेशीकरण) कहा गया, तब देश में धर्मनिरपेक्षता की बात करनेवाले कहाँ थे? उसी तरह पाकिस्तान में शिया और अहमदिया मुसलमानों की क्या स्थिति है?

उधर अफगानिस्तान, सीरिया और इराक में जिहाद करनेवाले आतंकवादी मुस्लिम संगठनों का क्या रोल है? ये अप्रिय सवाल, कोई चाहे या न चाहे उठेंगे

ही। ठीक है, आज देश में असहिष्णुता है, तो उसका विरोध होना चाहिए, पुरस्कार लौटने चाहिए, पर आपातकाल में 34 बौद्धिकों ने साहित्य अकादमी के पुरस्कार कैसे स्वीकार किया? उसमें सर्वपल्ली गोपाल और भीष्म साहनी जैसे लोग थे।

राजनीतिक बौद्धिकों की भूमिका पर चर्चा के बाद, आजादी के बाद न्यायपालिका के कामकाज पर भी गौर किया जाना चाहिए। देश में विधायिका, कार्यपालिका और न्यायपालिका श्रेष्ठ रूप में प्रभावी रहते, तो कानून का राज ही देश में चलता। न्यायपालिका से भी बड़ी अपेक्षाएँ थीं, पर उसका इतिहास भी बहुत प्रेरक नहीं है। याद कीजिए, 1973 में केशवानंद भारती मामले में सुप्रीम कोर्ट का फैसला आया। इस फैसले में उच्चतम न्यायालय ने संविधान के बुनियादी ढाँचे में संसद को बदलाव की अनुमति नहीं दी। इस फैसले के कुछ ही घंटों के अंदर प्रधानमंत्री इंदिरा गाँधी ने सुप्रीम कोर्ट के तीन जजों की वरीयता की अवहेलना की, जिन्होंने उनकी सरकार के खिलाफ यह फैसला दिया था। उन्होंने इन तीन जजों की वरीयता या प्रतिष्ठा की अवमानना कर न्यायमूर्ति एएन राय को मुख्य न्यायाधीश बनाया, जिन्होंने बैंक राष्ट्रीयकरण, प्रिवीपर्स और केशवानंद भारती केस में सरकार के अनुकूल फैसले दिये थे।

फर्ज कीजिए, न्यायमूर्ति एएन राय ने अपने तीन वरिष्ठ जजों की तरह इस्तीफा दे दिया होता! इस प्रस्ताव को अस्वीकार कर दिया होता, तो देश में, आपातकाल में न्यायपालिका की गरिमा क्या होती? आपातकाल में ही देश के दस उच्च न्यायालयों ने यह फैसला दिया था कि जीवन का अधिकार अक्षुण्ण है। इमरजेंसी इसे प्रभावित नहीं कर सकती। पर, उच्चतम न्यायालय के सिर्फ एक न्यायमूर्ति एचआर खन्ना को छोड़कर अन्य सभी ने खुशी-खुशी यह फैसला दिया कि आपातकाल में जीवन का अधिकार निरस्त है। इस फैसले के परिणाम स्वरूप न्यायमूर्ति एचआर खन्ना को 'सुपर सीड' कर उनके जूनियर एमएच बेग को मुख्य न्यायाधीश बना दिया गया। अगर न्यायमूर्ति बेग ने न्यायमूर्ति एचआर खन्ना को सुपरसीड कर, मुख्य न्यायाधीश बनने का प्रस्ताव ठुकरा दिया होता, तो देश में संस्था और न्यायपालिका का इतिहास शायद दूसरा होता।

इंदिरा गाँधी पुनः 14 जनवरी, 1980 को सत्ता में लौटी। उसके ठीक अगले दिन न्यायमूर्ति पीएन भगवती (जो मुख्य न्यायाधीश बननेवाले थे) ने श्रीमती गाँधी को एक पत्र लिखा, 'आप उन लाखों भूखे और गरीब भारतीयों की उम्मीद और आकांक्षाओं की प्रतीक बन गयी हैं।' आगे पत्र में श्रीमती गाँधी की दृढ़ इच्छाशक्ति और संकल्प की तारीफ की। उनकी दृष्टि और गतिशील विजन का

उल्लेख भी किया। महान प्रशासनिक क्षमता और विशेष अनुभव के बारे में तथा उनके प्रति जनता के अतिशय प्यार और स्नेह का उल्लेख किया। आगे कहा कि इन सबके ऊपर, उनका हृदय गरीबों के दुख और पीड़ा के साथ घुल-मिल गया है। अंत में लिखा कि आज उगते सूरज की लालिमा या आभा, सुंदर सूर्य की किरणों की रोशनी की संभावनाओं से भरी है।

राजनीतिज्ञ कहते हैं कि उगते सूरज का प्रयोग अपरोक्ष रूप से, उगते पुत्र संजय गाँधी से जुड़ा था। जब यह पत्र 'इंडियन एक्सप्रेस' में छपा, तो अचंभित (शॉक्ड) न्यायमूर्ति तुलजापुरकर ने कहा कि अगर जज राजनीतिक नेताओं को, उनके राजनीतिक विजय पर बधाई पत्र या गुलदस्ते भेजना शुरू कर दें, उनकी प्रशंसा में कसीदे पढ़ें, तो न्यायपालिका से लोगों का विश्वास उठ जाएगा। इस प्रकरण के तुरंत बाद न्यायमूर्ति भगवती ने अपने पहले मुकदमे में श्रीमती इंदिरा गाँधी की सरकार की जो माँग-इच्छा थी कि न्यायाधीशों की नियुक्ति एवं स्थानांतरण के सारे अधिकार सरकार के पास हो, उन्हें सौंप दिया। इस फैसले के तुरंत बाद इंदिरा गाँधी जो अब तक सुप्रीम कोर्ट द्वारा कुछ महत्त्वपूर्ण प्रसंगों में केंद्र सरकार के विरोध में निर्णय देनेवाले जजों को सुपरसीड कर चुकी थी, तत्काल न्यायमूर्ति भगवती को देश का मुख्य न्यायाधीश बना दिया।

अरुण शौरी ने 'इंडियन एक्सप्रेस' में लिखते हुए, न्यायमूर्ति जैक्सन को उद्धृत किया कि जज आमतौर से अपनी महत्त्वाकांक्षा और अपनी लॉयलिटी का घूस लेते हैं, पैसे की अपेक्षा। याद रखिए न्यायमूर्ति भगवती ने अगर आपातकाल में न्यायमूर्ति एचआर खन्ना या इसके पहले के तीन जजों की तरह सरकार विरोधी फैसला दिया होता, तो न्यायमूर्ति भगवती, मुख्य न्यायाधीश बने होते?

दरअसल आज चरित्र का संकट है, मूल्यों का संकट है। पद, पैसा सबकुछ है। एक तरफ यह उपभोक्तावादी मानस है। दूसरी और दुनिया स्तर पर उदारवादी सोच की व्यवस्था से लोगों का मन टूटा है। यह खतरनाक है, क्यों? गौर करने की चीज है कि उदारवादी, लोकतांत्रिक व्यवस्था से दुनिया भर में यह मोह क्यों भंग हो रहा है? क्यों राष्ट्रीयता के नाम पर दुनिया के देशों में नया उभार हो रहा है? जो देश '80-'90 के दशकों में ग्लोबलाइजेशन, ग्लोबल दुनिया के समर्थक थे, वे अमरीका, यूरोप या पश्चिमी देश इसके खिलाफ हो गये हैं। क्योंकि वे मानते हैं कि इससे सर्वाधिक चीन, फिर भारत लाभान्वित हुए हैं? बड़े पैमाने पर विदेशी अमरीका, यूरोप वगैरह में नौकरी करने आ गये हैं। ये सवाल उन देशों में निर्णायक बन गये हैं कि हम अपनी नौकरियाँ क्या विदेशियों को देंगे? वैसे ही जैसे महाराष्ट्र या दक्षिण भारत में उत्तर भारतीयों के खिलाफ आवाज उठती

रही है। इस पृष्ठभूमि में दुनिया में राष्ट्रीयता की नयी लहर चल रही है।

ब्राजील में पहली समाजवादी महिला राष्ट्रपति डिलमा रूसेफ पर भ्रष्टाचार के कारण महाभियोग लगा। उन्हें इस्तीफा देना पड़ा। दक्षिण कोरिया की पूर्व महिला राष्ट्रपति पार्क को घूसखोरी के कारण लगे महाभियोग के कारण जाना पड़ा। फिलीपींस ने रोड्रिगो को राष्ट्रपति के रूप में चुना। उन्होंने लोगों को आश्वासन दिया था कि वे मादक या नशीले पदार्थों के डीलरों को सीधे गोली मरवा देंगे। बिना किसी कानून का पालन किये, उनके लिए मानवाधिकार जैसी कोई चीज की जरूरत नहीं। ब्रिटेन में 72 फीसदी मतदाताओं ने भारी बहुमत से यूरोपियन यूनियन, से अलग होना तय किया। 1972 में ब्रिटेन ने इसे ज्वाइन किया था। ब्रिटेन की इस घटना ने राजनीतिक व्यवस्था को स्तब्ध कर किया। माना गया कि इलीट के खिलाफ यह पॉपुलिस्ट रिवोल्ट है। इटली में पूर्व प्रधानमंत्री मेरो रेंजी ने संवैधानिक सुधार का जो प्रस्ताव दिया था, उस प्रस्ताव को अमान्य कर दिया गया। उन्हें इस्तीफा देना पड़ा। उस वक्त इटली में बैंकिंग उद्योग पर गहरा संकट था, लेकिन मतदाताओं पर इसका कोई असर नहीं हुआ।

ग्रीस, स्पेन, इटली, नीदरलैंड, जर्मनी और फ्रांस में द्विपक्षीय पार्टी व्यवस्था, टूट चुकी है। वामपंथी और अति दक्षिणपंथी ताकतें उभर पायी है। नीदरलैंड में एक मुस्लिम विरोधी पार्टी (पार्टी फॉर फ्रीडम) का जन्म हुआ है। अप्रैल-मई में फ्रांस में स्थापित वामपंथी और दक्षिणी ताकतें, ध्वस्त हो चुकी हैं। पूरी दुनिया में डोनाल्ड ट्रंप की जीत ने एक नई बहस को जन्म दिया है। क्या वजह है कि पूरी दुनिया की राजनीति में एक बेचैनी और बौखलाहट है। अब चीन की दिलचस्पी कश्मीर में है। वह बगैर पूछे भारत के हिस्से के विवादास्पद जगह गिलगिट में ओबीओआर (वन बेल्ट वन रोड) का साम्राज्य फैला रहा है। दरअसल, पूरी दुनिया के स्तर पर यह सभ्यता के संकट के दिन हैं। विचारों और मूल्यों की दरिद्रता की उपज हैं।

दरअसल, यह भी स्पष्ट है कि, भारत में कट्टरता, हिंदुओं के बीच बढ़ी, तो सबसे पहला खतरा उदार हिंदुओं की बहुसंख्यक जमात को ही है। हिंदुत्व का सौंदर्य है कि उसमें नास्तिक, आस्तिक, अलग-अलग पंथों-मतों-विचारों के सब साथ हैं। चार्वाक भी हमारे हैं, तो रहीम, सूर, तुलसी व कबीर भी। यह सहस्रों वर्ष की अलिखित परंपरा और सौगात है। इस परंपरा को बचाये रखना बड़ी चुनौती है। जब एक सामान्य भारतीय, यह सवाल पूछता है कि म्यांमार के रोहिंग्या मुसलमानों के साथ क्या हो रहा है, उसका प्रतिकार हमारे शहर-जीवन में तोड़फोड़, हिंसा और कर्फ्यू से क्यों हो? हम और हमारा समाज, विदेश में

होनेवाली ऐसी घटना के प्रति कैसे जिम्मेवार हैं और क्यों इसकी कीमत चुकायें? क्या ये सवाल अपने आप खत्म होंगे?

देश के उच्चतम न्यायालय में एक दिलचस्प मामला चल रहा है। मोहम्मद सलीमुल्लाह और मोहम्मद शाकिर की ओर से। प्रशांत भूषण वकील हैं। याचिकाकर्ताओं की दलील है कि बर्मा से भागे 40,000 रोहिंग्या मुसलमानों को भारत अपने यहाँ जगह दे। उल्लेखनीय है कि बर्मा के हाल की अशांति में ये लोग वहाँ से भागे हैं। बांग्लादेश ने 10,000 से अधिक रोहिंग्या को तुरंत अपनी सीमा से बाहर किया है, जो हाल में आये थे। माना जाता है कि बांग्लादेश से ही कई सौ वर्षों पूर्व ये बर्मा गये। पिछले वर्षों में बड़ी संख्या में रोहिंग्या लोगों को कश्मीर में बसाया गया। इसे लेकर सवाल उठा कि कश्मीरी पंडितों और सिखों को वहाँ से भगा रहे हैं और रोहिंग्या लोगों को किस नीति के तहत बसा रहे हैं? ऐसे सवालों पर एक नीति ही चल सकती है। पाकिस्तान-बांग्लादेश से जो हिन्दू, सिख, बौद्ध वगैरह भागकर आते हैं, उन्हें नागरिकता या शरण मिलने में भारी मुसीबतें हैं। ये मामले नागरिकता संबंधी संसदीय समिति के सामने हैं। सवाल है कि इन लोगों के लिए कोई सुप्रीम कोर्ट में नहीं लड़ता। इनके मामले नहीं उठाता। विदेशी भारत में बसे, इसके लिए सुप्रीम कोर्ट में देश के मानिंद वकील खड़े होते हैं। क्या यह नैसर्गिक न्याय है? यह कब तक चलेगा?

इसी तरह असम या पूर्वोत्तर के राज्यों या बांग्लादेश से जुड़े राज्यों में, पिछले कई दशकों से जो बांग्लादेशियों की अबाध बाढ़ आयी, उसने स्थानीय सामाजिक-आर्थिक जीवन को गहराई से प्रभावित किया है। लोगों के इस आक्रोश या ऐसे जेनुइन सवालों के प्रति वोट बैंक की दृष्टि से ही राजनीतिक दल, देश के बुद्धिजीवी व प्रगतिशील विचार करेंगे, तो वे उदार और सहिष्णु जमात को भी कट्टरता की ओर धकेलेंगे। पिछले 70 वर्षों से यही हो रहा है। आज जब एक सामान्य हिन्दू, बिना छल-प्रपंच सरलता से पूछता है कि हमारी दुर्गा को सबसे खराब अपशब्द विशेषण के साथ संबोधित किया जाता है, पर दूसरे पक्ष के मामूली धर्म प्रतीकों पर टीका-टिप्पणी से क्यों आग लगती है? क्या यह एक देश के एक कानून का एक समान व्यवहार है?

ऐसे अनेक असहज सवालों के उत्तर जितना जल्द हमारी व्यवस्था ढूँढ़ेगी, लोगों के बीच दीवारों का बनना बंद होगा। एक सच यह भी है कि पिछले कई दशकों से देश में राजनीतिक मुहावरे-शब्दावली में कहें, तो वाम, कांग्रेस, लोकतांत्रिक उदारवादी व प्रगतिशील ताकतों ने ही भारत की सत्ता में, मीडिया में, बौद्धिक जगत में, शिक्षण संस्थान में राज किया है। इसकी एक वजह शायद

यह सच भी है कि भारत में दक्षिणपंथ या कंजरवेटिव ताकतों के पास विचार, विद्वता की वह संपदा या पूँजी नहीं थी, जो वामपंथी, लोकतांत्रिक, उदारवादी विचारों के पास थी। पर, इनकी राजनीति आज जमीन पर, वोट में हार गयी है। व्यवहार में पराजित हो चुकी है। पर, ये उदार ताकतें, यह सच स्वीकारने के लिए मानसिक रूप से तैयार नहीं हैं कि अब वे सत्ता में नहीं हैं। कम से कम संसद में साफ दिखता है कि कांग्रेस, आज भी यह मानने को तैयार नहीं कि वह 2014 के चुनावों में सत्ता से जनता द्वारा बेदखल हो चुकी है। भाजपा उन्हें पराजित कर चुकी है। नरेंद्र मोदी प्रधानमंत्री हैं, यह अब तक व्यवहार में कांग्रेस मानने को तैयार नहीं है।

क्यों और कैसे जमीन-व्यवहार की राजनीति में वैचारिक संपन्नता के बावजूद कांग्रेसी, उदारवादी ताकतें पराजित हुईं? क्योंकि वे जमीनी सवालों पर गौर करने-विचार करने के लिए तैयार ही नहीं हैं। 1980 में असम आन्दोलन अध्ययन करने गया, 'धर्मयुग' के लिए। असमी लोग, बांग्लादेशियों की बाढ़ से आक्रांत थे। हर क्षेत्र में शीर्ष पर बंगाल मूल के लोगों की उपस्थिति से क्षुब्ध थे। बाद में यही स्थिति मुंबई, पुणे, बेंगलुरू, चेन्नई वगैरह में दिखती है। बिहार, यूपी, झारखंड वगैरह में बांग्लादेशी आबादी के प्रति, इन राज्यों-शहरों में दूरी लगातार बढ़ती गयी है। हिन्दी विरोध का नया आन्दोलन केंद्र, बेंगलुरू बन गया है, जो भारत का 'सिलिकन वैली' है। सूचना क्रांति का केंद्र। अब कर्नाटक अलग गीत और झंडा चाहता है, कर्नाटक की कांग्रेस सरकार ने इसको खुला समर्थन दिया है।

कुछ वर्षों पहले झारखंड के बांग्लादेश की सीमा से लगे जिलों में घूम रहा था। मुसलमान बस्तियों में वहाँ के मूल बाशिंदों ने बांग्लादेश से आये मुसलमानों द्वारा उत्पन्न हालात-चुनौतियों का विशद वर्णन किया। आक्रोश के साथ। उत्तर -पूर्व के राज्यों, बंगाल, बिहार व झारखंड के कुछ जिलों में, तो बांग्लादेश से आये लोगों ने स्थानीय 'पापुलेशन प्रोफाइल' ही बदल दिया है। अब ऐसे सवाल आप उठायें, तो उदारवादी, वामपंथी या प्रगतिशील लोग, क्षणभर में आपको प्रतिक्रियावादी, भाजपाई घोषित कर देंगे। पर, ऐसे ही जमीनी सवालों से लगातार आँख मूँदने के कारण, कांग्रेस, वामपंथ या अन्य उदारवादी ताकतों के नीचे की जमीन खिसक गयी।

उधर, शिक्षा केंद्रों या शोध केंद्रों में क्या होता रहा? एक दौर था कि जेएनयू में महज एक खास विचारधारा के लोग ही, अध्ययन-अध्यापन में जा सकते थे। पढ़ने-पढ़ाने के लिए प्रवेश पाते थे। हिन्दी राज्यों के लड़के तो बाद में जाने लगे।

इन शिक्षा केंद्रों में नियुक्तियों में भी विचारधारा व अन्य कारक ही निर्णायक थे। कमोबेश यही हाल देश भर के शिक्षण संस्थाओं में रहा। आजादी के कई दशकों बाद तक। बंगाल और केरल, तो खुलेआम अपने लोगों-काडरों को प्राइमरी स्कूल से विश्वविद्यालयों में शीर्ष तक रखते-पहुँचाते थे। कलकत्ता विश्वविद्यालय के एक पूर्व विद्वान कुलपति ने, वाम-राज में कुलपतियों की नियुक्ति पर लगभग एक दशक पहले अत्यंत प्रामाणिक व चर्चित किताब भी लिखी है। पर, उन नियुक्तियों को लेकर हमारा बौद्धिक समाज कभी आहत नहीं हुआ। यही हाल, आइसीएचआर जैसे संगठनों का रहा। न्यूटन की कहावत हम भूल गये कि हर क्रिया की, इसी गति में प्रतिक्रिया होती है। आज यही हो रहा है।

देश की जो शिक्षण संस्थाएँ, राजनीतिक मुद्दों को उठाने में अग्रणी हैं, उनके बौद्धिक योगदान या कामकाज की समीक्षा होनी चाहिए या नहीं? कई बड़े विश्वविद्यालय या शोध संस्थान ऐसे हैं, जहाँ पठन-पाठन के अतिरिक्त विरोध, प्रदर्शन, जुलूस जैसे काम, नियमित चलते हैं। बड़े-बड़े प्रोफेसर, जिनके नाम 'बड़े' हैं, वे कितनी कक्षाएँ लेते हैं? कितने शोध छात्रों को गाइड करते हैं? विश्वविद्यालय या शोध संस्थानों के नियम कितना मानते हैं? कभी यह सब सार्वजनिक हो, तो समाज स्तब्ध रह जाएगा?

क्या कारण है कि गुलाम भारत में प्रो. सीवी रमण, प्रो. एससी बोस, प्रो. जेसी बसु जैसे मनीषी वैज्ञानिक हुए, पर आजाद भारत में शिक्षा का इतना बड़ा बजट होने के बाद भी, दुनिया स्तर पर हमारी शिक्षण संस्थाएँ कहाँ हैं? कितने नोबल पुरस्कार विजेता पैदा हुए?

आज भारत की अंदरुनी स्थिति को चीन-पाकिस्तान का नया संबंध गहराई से प्रभावित कर रहा है। चीन दुनिया की नयी महाशक्ति है। वह ओबीओआर (भारत अधिकृत कश्मीर में निर्माण) के भारतीय इलाके में जो विवादित है, निर्माण कार्य में जुटा है। वह भारत, पाक व अफगानस्तिान की सीमा पर बसे अपने मुस्लिम बहुल प्रांत शिंगजियांग में खुले रूप से उइगर मुसलमानों की हत्या करता है। इनके विद्रोह को टैंक, गोलियों और हथियारों की बदौलत कुचलता है। वहाँ के मुसलमानों को रमजान में लेकर नमाज तक की इजाजत नहीं है। चीन के हान समुदाय के लोगों को वहाँ ला कर जबरन बसा रहा है, ताकि वहाँ का पापुलेशन प्रोफाइल बदल जाये। वहाँ के स्थानीय मुसलमान, विस्थापित कर ऐसे इलाके में भेजे जाते हैं, जहाँ वे सरवाइव नहीं कर सकते। ठीक उसी तरह जैसा उसने तिब्बत में किया।

तिब्बत की प्राचीन परंपरा, आबादी को दमन से खत्म कर वहाँ मुख्य चीन

के हान चीनियों को बसा कर बहुसंख्यक बना दिया। वही चीन अपने यहाँ मुसलमानों या तिब्बतियों के आन्दोलनकारी नेताओं की खुलेआम हत्या करता है। पर, भारत में आतंकवाद के सौदागरों को बार-बार यूएन में जा कर वीटो लगा कर बचाता है। ये ऐसे कारण हैं, जो आज मुल्क में 'राष्ट्रीयता' की चर्चा को बढ़ा रहे हैं।

पर, यह सच और यथार्थ है कि ये रास्ते, ये सवाल, इन मुद्दों पर राजनीति भारत के अंदरूनी समाज में कलह पैदा करनेवाले हैं। आपसी कटुता बढ़ानेवाले हैं, जो देश के लिए ऐसे सवालों से चिंतित हैं, उन्हें यह समझना होगा। फिर रास्ता क्या है?

सभी राजनीतिक दलों के बीच कुछेक सवालों पर आम सहमति हो। एक स्वर में कानून का राज पहली शर्त है, इस पर किसी धर्म, दल, व्यक्ति, समूह के साथ भेदभाव नहीं। साथ ही धार्मिक उन्माद, धर्म की राजनीति करनेवालों के खिलाफ सख्त सजा। समयबद्ध दंड का प्रावधान। राजनीति, धर्म की चेरी या दास नहीं, बल्कि वैज्ञानिक सोच, श्रेष्ठ गवर्नेंस, अनेकता में एकता, सर्वधर्म समभाव की प्रतीक बने। भ्रष्टाचार, धर्मनिरपेक्षता का मुखौटा न बने। धर्म-निरपेक्षता के चोगे जिन लोगों ने पहन रखे हैं, उनकी पहचान भी जरूरी है। भ्रष्टाचार के नाम पर भारी पारिवारिक संपत्ति खड़ा करना, निजी लोगों को राजसत्ता कोष से मदद देना। क्या ऐसे ही काम धर्मनिरपेक्षता को मजबूत करते हैं? उत्तर प्रदेश में विद्वानों के नाम पर 2012-2017 के बीच यश भारती जैसे सम्मानित पुरस्कार किनको मिले हैं? एक लड़की, जो एक आईएएस की 19 वर्षीय बेटी है। सैफई महोत्सव में 'यादव परिवार' की आरती उतारनेवाले टीवी एंकरों को। एक-एक पुरस्कार 11 लाख के और आजीवन 50,000 का मासिक पेंशन। अधिकतर समाजवादी पार्टी के समर्थकों को 'विद्वानों' के लिए तय यह पुरस्कार दिये गये। पुरस्कार पानेवाले इन यशस्वी विद्वानों की उपलब्धि-नाम पढ़ कर आप दंग रह जायेंगे। मुख्य सचिव की पत्नी से लेकर मुलायम सिंह के भक्त या अखिलेश यादव के प्रशंसक सभी विद्वान हो गये। राजकोष की यह लूट, धर्मनिरपेक्ष राजनीति के नाम पर चलेगी, तो उसकी प्रतिक्रिया होगी। क्या कभी इन चीजों के खिलाफ हमारे विद्वानों-बौद्धिकों की आवाज गूँजी?

अंगरेजों के जमाने के अप्रासंगिक कानून खत्म हों। रोजगार पहली प्राथमिकता हो। योग्यता, चरित्र को महत्त्व मिले। प्राइमरी स्कूल से विश्वविद्यालयों तक शिक्षण केंद्र, सेंटर ऑफ एक्सीलेंस के रूप में विकसित हो। घर व प्राइमरी स्कूल, बच्चों में चरित्र, अनुशासन मूल्यों के सृजन का केंद्र बने। देश में

इंफ्रास्ट्रक्चर पर बड़ा काम हो। युवाओं को रोजगार, पहली प्राथमिकता बने। पूरे देश में वेतन विषमता पर चर्चा हो और इसका रास्ता निकले। प्रशासनिक सेवाओं के लोग एकाउंटेबल (जवाबदेह) बनाये जायें। 'काम में सिफर, पर आजीवन नौकरी' की व्यवस्था सरकारों में न रहे। आज सरकारों के कई विभाग हैं, जहाँ वेतन, पेंशन पर 70-80 फीसदी खर्च होते हैं, विकास के लिए धन नहीं बचता। ब्लैकमनी व भ्रष्टाचार पर कठोर दंड की व्यवस्था हो। पार्टियाँ, पारिवारिक लिमिटेड कंपनी न बनें, ऐसे अनेक बुनियादी सवाल हैं। अगर इन पर सरकारें व राजनीति गौर करती हैं, तो एक नया भारत बन सकता है। वह भारत जहाँ, असहष्णुता, भय, हिंसा और आतंक की जगह न हो।

दरअसल समाज, देश में मौजूद असहिष्णुता के पीछे मौजूदा उपभोक्तावादी संस्कृति भी है। इस अर्थप्रधान दौर में भौतिक 'भोग' और 'आइडेंटिटी'(पहचान) की भूख-संसार स्तर पर बढ़ी है। एक अर्थ में हटिंगटन ने 'सभ्यताओं के संघर्ष' की जो बात की थी, वह इस भौतिक व भोगवादी संसार का एक यथार्थ तो है ही। बलात्कार के बढ़ते वारदात, पिता की पुत्रों द्वारा हत्या की बढ़ती घटनाएँ ऐसी चीजें क्या संकेत देती हैं? परिवार में तनाव, अशांति, समाज में बेचैनी, फिर जातियों के बीच आर्थिक हितों के लिए टकराव, फिर धर्मों के बीच बढ़ता संघर्ष...यह सब समाज में मौजूद हो, तो वह समाज सहिष्णु, अहिंसक और निर्भय कैसे बनेगा? अगर उत्स ही मैला है, तो स्वच्छता कहाँ मिलेगी?

व्यापक अर्थ में, मानव सभ्यता के इतिहास की दृष्टि से, यह दौर, भौतिक-उपभोक्तावादी संस्कृति की पराकाष्ठा का दौर है। उसके अंतर्विरोध व संकट से भी दुनिया, हर कौम या देश गुजर रहे हैं। बढ़ते, आत्मघाती, आतंकवादी हमलों, हिंसा के पीछे धार्मिक कट्टरता के साथ-साथ मौजूदा बाजार-उपभोक्तावादी दर्शन भी है। इसका स्थायी हल तो गाँधी की बातों या बताये रास्ते में ही है, जिसे दुनिया भूल गयी है। गाँधी ने इसी कारण कहा कि किसी सभ्यता की असली पहचान, तो नैतिक साहस और आध्यात्मिक (धार्मिक अर्थ में नहीं) ताकत द्वारा ही संभव है। भौतिक प्रगति या उपभोक्तावादी भूख से नहीं। उन्होंने प्रगति-विकास की आधुनिक अवधारणा पर ही सवाल उठा दिया? गाँधी ने कहा, यह मायावी है, छली है। मानव समाज की सही प्रगति का दुश्मन है। यंत्रों या मशीनों के द्वारा आर्थिक प्रगति, प्रकृति व मनुष्य के दोहन या शोषण द्वारा विकास, मानव जाति को पशुवत बनाता है। मनुष्य में जो पशु है, उसे समृद्ध करता है। इस तरह मनुष्य अपनी आत्मा से दूर हो जाता है और निरुद्देश्य महज शारीरिक कल्याण-प्रगति के लिए काम करने लगता है।

व्यापक अर्थ में यह ग्लोबल दुनिया, सीमा रहित दुनिया, या कहें हर धर्म, भाषा, देश का समाज, प्रगति-विकास के इसी रास्ते पर चल पड़ा है, जहाँ आत्मा से उसका संपर्क टूट गया है। वह महज शारीरिक सुख और भोग की प्रवृत्ति (जो मनुष्य में पाशविक-पशुवत अंश है) की सुख के पीछे दौड़ रहा है। यह अंधदौड़ या स्पर्द्धा, तो हिंसा को ही जन्म देगी। इसलिए दुनिया स्तर पर हिंसा, असहिष्णुता के इस दौर को पलटने का रास्ता, मौजूदा आर्थिक विकास मॉडल से हो कर नहीं गुजरता।

(2017)

संकल्प से ही सृजन

2015 की बात है। मार्च-अप्रैल महीने की। बिहार में मैट्रिक व इंटर के इम्तिहान खत्म हुए। उस दौरान नकल की कुछ ऐसी तस्वीरें आयीं, जो देश-दुनिया में चर्चित हुईं। फेसबुक, ट्विटर व सोशल मीडिया के अन्य माध्यमों से। बहस-चर्चा इस पर सिमटी कि बिहार में क्या प्रशासन इतना ढीला है कि खुलेआम नकल होती है? पर, किसी ने यह विचार करने की जहमत नहीं उठायी कि हमारी शिक्षा व्यवस्था इस हाल तक पहुँची कैसे? नकल की चर्चा प्रकरण के लगभग महीने-डेढ़ महीने पहले, 07 फरवरी, 2015 को हरिवंश ने एक व्याख्यान जैन कॉलेज, आरा में दिया था। पूर्ववर्ती छात्रों के सम्मेलन में दिये गये इस मूल वक्तव्य में कुछ तथ्य और जोड़ कर, शिक्षा की मौजूदा स्थिति पर यह आलेख है। इस व्याख्यान में महत्त्वपूर्ण तथ्य, अंश रविदत्त वाजपेयी द्वारा 'प्रभात खबर' में दशकों पहले लिखे गये लेखों से साभार लिये गये हैं। तब महत्त्वपूर्ण अमेरिकी शिक्षण संस्थानों पर उन्होंने अखबार के सुझाव पर एक श्रृंखला लिखी थी।

-संपादक

सबसे पहले उन प्राचार्यों के प्रति आदर-सम्मान, जो आज सम्मानित हुए हैं। क्योंकि ये वो लोग हैं, जो हजारों लोगों को बनाते हैं, शिक्षा की रोशनी से। इनके माध्यम से निकले छात्र ही दुनिया और समाज को नया रास्ता दिखाते हैं। पुनः इनका अभिनंदन। किसी भी समाज या देश-दुनिया को आगे ले जाते हैं, उसके इंस्टीट्यूशंस।

आज पूरी दुनिया में आश्चर्य का विषय है कि महज 30-40 वर्षों में चीन, अमेरिका जैसे स्थापित देश को पीछे छोड़ कर कैसे आगे बढ़ने की स्थिति में है? इतनी तेजी से आर्थिक विकास कैसे संभव हुआ? चीन यह भी जानता है कि अमेरिका से आगे बढ़ने के लिए अब उसे क्या करना है? उसको मालूम है कि अमेरिका की असली ताकत उसके इंस्टीट्यूशंस (संस्थाएँ) हैं। उसके

सेंटर ऑफ एक्सलेंस (श्रेष्ठ अध्ययन केंद्र) हैं। चीन समझता है कि जब तक इस तरह की श्रेष्ठ शिक्षण संस्थाएँ, शोध के बेहतर संस्थान, अमेरिका में रहेंगे, तब तक दुनिया में चीन का वर्चस्व नहीं हो सकता। हम सब जानते हैं कि आधुनिक दौर में दुनिया, एक नॉलेज सोसायटी बन रही है, जहाँ ज्ञान ही संपदा ही असली पूँजी है। चीन ने इस दिशा में जो किया, वह हमारे लिए सबक है। चीन, मूलतः साम्यवादी है। वैचारिक आधार पर उसे सबसे अधिक नफरत है, पूँजीवादी देश अमेरिका से। हालाँकि कम्युनिस्ट व्यवस्था के तहत ही उसने मार्केट इकोनामी अपनायी। पर चीन ने कहा कि हम अपने यहाँ भी अमेरिका की तरह सेंटर ऑफ एक्सलेंस बनायेंगे। चीन, जो अमेरिका से वैचारिक मतभेद रखता है, नफरत करता है, वही चीन कहता है कि अध्यापक के तौर पर दुनिया के अच्छे लोगों या नोबल पुरस्कार पाये अमेरिकी विद्वानों को अमेरिका से बुलायेंगे, अपने छात्रों को पढ़ाने के लिए। मुँहमांगी कीमत देकर। ताकि सर्वश्रेष्ठ अमेरिकी शिक्षकों से पढ़े चीनी छात्र, दुनिया के अव्वल छात्र बनें। क्योंकि भविष्य की दुनिया में उसी देश का वर्चस्व होगा, जिसके पास ज्ञान की ताकत होगी।

मेरे एक वरिष्ठ व आत्मीय मित्र हैं, डॉ. नागेश्वर प्रसाद शर्मा। वे बिहार विद्यालय परीक्षा समिति के अध्यक्ष रहे हैं। शिक्षा पर बहुत गहराई से काम करते रहे हैं। कई किताबें लिखी हैं। बिहार में उच्च शिक्षा के संदर्भ में आठ सौ पन्नों की वह एक किताब लिख रहे हैं, जो बहुत जल्दी प्रकाशित होनेवाली है। उन्होंने बिहार की स्थिति से अवगत कराते हुए दो-चार बातें बतायीं, जिसे मैं संक्षेप में बता रहा हूँ। बकौल शर्मा जी, 1967 से ही उच्च शिक्षा की जो अर्थी बिहार में निकली, वह आज भी जारी है। किसने क्या किया, मैं इस पर नहीं जाना चाहता। बिहार में आज 14,000 से अधिक शिक्षकों के स्वीकृत पद हैं। फिलहाल इनमें करीब छह हजार कार्यरत हैं। लेकिन एक अनुभवी आदमी (मैं नहीं, प्रो. शर्मा) कह रहा है कि इन छह हजार शिक्षकों में से मात्र एक हजार ही शिक्षक ऐसे हैं, जो पढ़ाने योग्य हैं। पर मैं इन सवालों पर नहीं जा रहा हूँ। मैं बताना चाहता हूँ कि इस गोष्ठी का जो दूसरा पहलू है कि इसका निदान, हल कैसे हो? इसकी चर्चा।

सुझाव के तौर पर सबसे पहले मानता हूँ कि अगर आप सरकार के भरोसे सबकुछ छोड़ेंगे, तो समाज का विकास नहीं हो सकता। हमने अपनी ताकत पहचाननी बंद कर दी है। आप बताइए कि हम अभिभावक के तौर पर विश्वविद्यालय-कॉलेजों में चोरी कराते हैं। बच्चे चोरी करते हैं। फिर हम उम्मीद

करते हैं कि हमारे बच्चे ज्ञान में बृहस्पति हो जायेंगे? यह मैंने बिहार और उत्तर प्रदेश में देखा है कि उच्च विद्यालयों से ही बच्चों को चोरी कराने की लत अभिभावक लगाते हैं। हम अपने बच्चों को कैसा बना रहे हैं? यह काम पिछले 30-40 सालों में अनवरत चल रहा है। इस पर कोई ध्यान नहीं देता, न चर्चा होती है। पहली बार उत्तर प्रदेश-बिहार की सीमा पर स्थित (बिहार के) एक स्कूल के इर्दगिर्द हजारों लोगों को एकत्र देखा, तो लगा कि कोई बड़ी घटना हो गयी। तब पता चला कि एक छात्र को नकल कराने, चिट पहुँचाने में पाँच-पाँच लोग लगे हैं। मास्टर व पुलिस असहाय खड़े थे। तब से यह चल रह है।

पर आज सोचिए, आप चोरी कराके उन्हें डिग्री दिला देंगे, लेकिन जब वे इस नॉलेज सोसायटी में जायेंगे, उनका क्या हाल होगा? वे नौकरी नहीं कर सकते। उन्हें कोई कंपनी नहीं रख सकती। आपको जानना होगा कि यह योग्यता की दुनिया है। इस दृष्टि से आप बतौर अभिभावक उस बच्चे के भविष्य से खिलवाड़ कर रहे हैं। आप समझ रहे हैं कि चोरी करा के आप उसका भविष्य गढ़ रहे हैं, लेकिन दरअसल उसके भविष्य की हत्या हो रही है। कम से कम इस बात को हम अभिभावक समझना शुरू करें। प्रो. शर्मा मानते हैं कि सभी नियुक्त शिक्षकों का मूल्यांकन होना चाहिए। अगर योग्य शिक्षक नहीं होंगे, तो योग्य छात्र नहीं निकल सकते। तीसरा, शिक्षकों की नियुक्ति यूजीसी के दिशा निर्देशों के तहत हो। चौथा, कुलपति, योग्य, ईमानदार और ज्ञानी हो, जिसमें नेतृत्व-क्षमता होनी चाहिए। पाँचवां, शिक्षा से सरकार को और पार्टियों को अलग रहना चाहिए। सरकार, शिक्षा में हस्तक्षेप के बदले सहयोग करें। ये पाँच सुझाव एक विशेषज्ञ के हैं, जिनसे उच्च शिक्षा को बेहतर बनाया जा सकता है। अब मान लेते हैं कि सरकार कुछ नहीं कर रही है, तो क्या हम अपने भविष्य को कुरबान करते रहेंगे या कोई रास्ता है? रास्ते हैं। आज दुनिया में जो शोध हो रहे हैं, बेहतर या मौलिक काम हो रहे हैं, उसमें 1996 में भारत का हिस्सा ज्यादा था, 2010 में 3.5 फीसदी रह गया। चीन, जिसका दुनिया के शोध में, 1996 में पाँच फीसदी हिस्सा था, आज बढ़कर 26 फीसदी हो गया है।

आप जानते हैं कि दुनिया का भविष्य वहीं तय होता है, जहाँ नये ढंग से शोध हो रहे हैं। जहाँ नये विश्वविद्यालय तैयार हो रहे हैं। आपने कभी सोचा कि हमारे पास इतने कॉलेज हैं, बड़ी-बड़ी बिल्डिंगें हैं, बेहतर वेतन-सुविधाएँ हैं, लेकिन पिछले 66 वर्षों में हमारे यहाँ एक भी सीवी रमण पैदा हुआ? एक भी सत्येंद्र नाथ बोस पैदा हुआ? कोई एक वैज्ञानिक चंद्रशेखर पैदा हुआ? इतने सारे

इन्फ्रास्ट्रक्चर, इतनी सारी सुविधाओं के बाद भी क्यों नहीं हुआ? गौर करिए, शिक्षा सिर्फ साधन से नहीं आती, शिक्षा समर्पण और चरित्र से आती है। हमारे समाज ने ये दोनों चीजें खो दी हैं। आज हमारी शिक्षा की कैसी स्थिति है? हमारे 40 फीसदी ग्रेजुएट्स ऐसे निकलते हैं, जिन्हें मिकेंजी जैसी दुनिया की सर्वश्रेष्ठ संस्था 'अनइंप्लायेबुल' यानी नौकरी के योग्य नहीं मानती। करियर बिल्डर संस्था ने हाल में 400 कंपनियों का सर्वे किया और पाया कि हर चौथी कंपनी ग्रेजुएट्स की क्षमताओं से असंतुष्ट है। इस सर्वे के अनुसार 60 फीसदी अपनी समस्या सुलझाने में नाकाम हैं। मैं खुद अखबार में काम करता रहा हूँ, जहाँ पीएचडी किये लोग आवेदन देते हैं, पर चार लाइन शुद्ध लिख नहीं सकते। ऐसे शिक्षित हमने पैदा किये हैं। हाल की खबर है कि देश के 147 मैनेजमेंट कॉलेज बंद हुए हैं। क्योंकि जब आप ऐसे ही लोगों को निकालेंगे, तो उन्हें नौकरी कहाँ मिलनेवाली है? हाल ही में दुनिया में शिक्षण संस्थाओं की रैंकिंग का अध्ययन आया, टाइमर हायर एजुकेशन, वर्ल्ड रेपुटेशन रैंकिंग 2015, जिसमें भारत की एक भी संस्था का नाम नहीं है। रैंकिंग के संपादक फिल कहते हैं कि यह सचमुच चिंता का विषय है कि एक देश जिसका बौद्धिक अतीत रहा है और जो तेजी से बढ़ती हुई अर्थव्यवस्था है, वहाँ एक भी ऐसा विश्वविद्यालय या संस्थान नहीं है, जिसे वैश्विक स्तर पर सम्मान से नवाजा जा सके।

दुनिया की एक मशहूर अंतरराष्ट्रीय कंपनी ने हमारे 70 फीसदी इंजीनियरिंग और एमबीए ग्रेजुएट्स को अनइंप्लायेबुल माना। हालात यहाँ पहुँच गये हैं कि आज कक्षा आठ के बच्चे, कक्षा दो का गणित हल नहीं कर पाते। शिक्षा से हुनरमंद और दक्ष (स्किल्ड) व निपुण लोग तो नहीं ही निकल रहे, पर क्या हम इस शिक्षा पद्धति से एक अच्छा इनसान गढ़ पा रहे हैं? बहुत पहले मनीषी राजनेता सी राजगोपालाचारी ने कल्पना की थी कि भारत के विश्वविद्यालय आधुनिक भारत के श्रेष्ठ आचरण वाले नेताओं को जन्म देंगे। विद्वान शिक्षक यहाँ से निकलेंगे। दक्ष और ईमानदार नौकरशाह इन संस्थाओं से पढ़ कर बाहर आयेंगे। ये वो लोग होंगे, जो इस जटिल दुनिया में राजसत्ता के विकास का फर्ज निभायेंगे और समाज के सांस्कृतिक उत्थान के रास्ते में पथ-प्रदर्शक बनेंगे। ऐसा माहौल होगा, जहाँ मूढ़ता के बदले लोग तर्क पसंद करेंगे। आवेग के बदले लोगों के दिलो-दिमाग में बड़े ऊँचे आदर्शों के बीज होंगे। जहाँ सिद्धांत और आदर्श जीवन के पाथेय होंगे। अवसरवादिता जैसी चीजें नहीं होंगी। मोटे तौर पर विश्वविद्यालयों-शिक्षा संस्थानों से यही परिकल्पना है।

आज हमारे शिक्षण संस्थान इन मापदंडों पर कहाँ खड़े हैं? पिछले कुछेक

वर्षों में बड़ी तेजी से हमने नयी संस्थाएँ खड़ी की हैं। आइआइएम, आइआइटी वगैरह। पर हमारे शिक्षण संस्थान आज किस हाल में हैं? कुछ वर्षों पहले रिजर्व बैंक के तत्कालीन गवर्नर सुब्बा राव ने कहा था, भारत में हर साल लगभग साढ़े तीन लाख इंजीनियर निकलते हैं। पर उनमें से एक चौथाई ही शायद नौकरी पाने योग्य होते हैं। आज भारत में सात हजार आइटीआइ (इंडस्ट्रीयल ट्रेनिंग इंस्टीट्यूट) हैं, लेकिन उनके पाठ्यक्रम बहुत पुराने और आउटडेटेड हैं। मशहूर शिक्षाविद् कांति वाजपेयी ने भी हाल ही में कहा कि हमें इस सच या हकीकत का सामना करना चाहिए कि हमारी शिक्षा पद्धति और वोकेशनल एजुकेशन (व्यावसायिक शिक्षा) संस्थान, कॉलेज और विश्वविद्यालय बहुत खराब हाल में हैं। क्या इसी तरह की शिक्षा पद्धति से निकले युवा, भारत को नयी ऊँचाई पर ले जा पायेंगे?

सूचना है कि पिछले 10 वर्षों में रेट ऑफ इंप्लायमेंट नहीं बढ़ा, इसलिए 15-20 करोड़ नौजवान रोजगार की तलाश में हैं। दूसरी तरफ मौजूदा केंद्र सरकार ने स्वीकार किया है कि हर साल दो करोड़ लोगों को नौकरी नहीं दे सके, तो यह व्यवस्था चलनेवाली नहीं है। आखिर ये बेरोजगार जायेंगे कहाँ? यह मैं किसी को निराश करने के लिए नहीं कह रहा हूँ, बल्कि यहाँ बैठे लोग या नौजवान जानें कि हमने क्या-क्या अपराध किये हैं? हाल में मैं संसदीय कामों से यूरोप गया था। यूरोप में बड़े पैमाने पर बहस हो रही है। वहाँ का नौजवान कह रहा है कि हमारी पिछली पीढ़ी यानी हमारे पिता की पीढ़ी, हमारे चाचा-दादा की पीढ़ी ने हमारे साथ अपराध किया है। जब जरूरत थी, तब उन्होंने देश में कठोर सुधार नहीं किये, जिनका परिणाम हमें भुगतना पड़ रहा है। हम बेरोजगार हैं। भारत में ऐसी चीजें न हों, इसलिए मैं पुरानी चीजों का उल्लेख कर रहा हूँ। इसे हमें ठीक करना चाहिए। यहाँ 1980 के दशक में शुरू हुआ कि कॉपी में पैरवी कीजिए। नंबर बढ़वाइए। विभाग के हेड जिसकी जाति के हों, वही लोग टॉप करने लगे। शिक्षा में प्रतिभा की हत्या, पैरवी, जातिवाद वगैरह ने की।

कुलपति जाति के आधार पर नियुक्त होने लगे। इसका लॉजिकल अंत तो यही होना था, जैसे शिक्षक आपको आज मिले हैं। 25-30 वर्षों में हमने अयोग्य पैदा किये और अब शिक्षक के रूप में बृहस्पति ढूँढ़ रहे हैं? यह कैसे संभव है? अब समाज का दायित्व है कि स्थिति कैसे बेहतर हो, इस पर गौर करे। विशेष ट्रेनिंग के द्वारा कैसे हालात बदलें। कोई दूसरा विकल्प या रास्ता नहीं है। हाल का उदाहरण है। रांची में ईस्ट जोन यूथ फेस्टिवल हुआ। इसमें बिहार,

झारखंड, यूपी, बंगाल, ओडिशा के विद्यालयों के प्रतिभावान छात्र चुन कर भेजे गये। स्पोर्ट्स, कल्चर, पेंटिंग, भाषण वगैरह की प्रतियोगिता हुई। सबसे श्रेष्ठ विश्वविद्यालय कौन-सा निकला, इस प्रतियोगिता में? मणिपुर विश्वविद्यालय, जिसे 70 फीसदी अवार्ड मिले। हिन्दी क्षेत्र का कोई विश्वविद्यालय यहाँ तक नहीं पहुँच सका।

अब सोचिए, हम कहाँ पहुँच गये हैं? हर चीज की हम सरकार से उम्मीद करेंगे, तो पीछे छूट जायेंगे। समाज इनिशिएट (पहल) करता है। व्यक्ति का इनिशिएटिव होता है। इस धरती (आरा-बक्सर) में कई ऐसे लोग हुए, जिन्होंने निजी कोशिश से हालात बदले। इसलिए मैं यह प्रसंग आपको बता रहा हूँ। इतिहास की बात करें, तो मैं दो-तीन नाम आपको सुनाऊँगा। शंकराचार्य जैसे व्यक्ति, जिनका जन्म केरल में हुआ, जिन्होंने चार धाम बनाये। उनका योगदान क्या है या नहीं, यह बहस का विषय है। लेकिन एक किशोर अपनी मेहनत से ऐसा इतिहास लिख जाता है, जिस पर सैकड़ों वर्षों से चर्चा चल रही है। नानक, जो भारत भी घूमे, बगदाद गये और मक्का भी गये। आज भी उनका नाम घर-घर गूँजता है। ये पुराने उदाहरण है। मैं हाल के उदाहरण सुनाता हूँ। आजादी के दौर का। जब हमारे पास कुछ भी नहीं था, तो कैसी प्रतिभाएँ निकलीं, जिन्होंने दुनिया में सिक्का जमा लिया। धर्मानंद कौशांबी। कई लोग उनका नाम जानते होंगे। 1899 में गोवा के एक गरीब घर में पैदा हुए। लगभग अपढ़। कोंकणी और गोवा की भाषा छोड़ कर उन्हें कुछ आता नहीं था। उनकी इच्छा हुई कि बौद्ध धर्म को अच्छी तरह जानें। भारत में बौद्ध धर्म को पुनरस्थापित करें। बीसवीं सदी में एशिया के इस हिस्से में बौद्ध धर्म को किसी ने पुनरस्थापित करने का काम किया, तो वह धर्मानंद कौशांबी थे। जब वह घर से निकले। पास में एक पैसा नहीं। भिक्षु के रूप में पुणे गये। ग्वालियर गये। नेपाल गये। श्रीलंका गये। आपको पता है, उस अपढ़ आदमी की सबसे बड़ी उपलब्धि क्या रही? दुनिया के सर्वश्रेष्ठ विश्वविद्यालय कहे जानेवाले हार्वर्ड यूनिवर्सिटी में पढ़ाया। सिर्फ हार्वर्ड में ही नहीं। रूस का हार्वर्ड कहा जानेवाले लेनिनग्राड एकेडमी में भी पढ़ाया। 1947 में गाँधी जी के आश्रम में रह कर, उपवास रख कर अपना जीवन खत्म कर लिया। गाँधी जी ने कहा कि मेरा आश्रम ऐसे व्यक्ति के रहने के कारण पवित्र हो गया। यह निजी चरित्र और कमिटमेंट का उदारण है।

राहुल सांकृत्यायन जी, जिन्होंने बिहार में काम किया। वह 1910 में आजमगढ़ में जन्में। केदारनाथ पांडे उनका नाम था। प्राइमरी स्कूल की शिक्षा ली और घर से निकल गये। कोई भाषा नहीं जानते थे। बनारस, लद्दाख, श्रीलंका,

जापान, कोरिया गये, फिर रूस जाकर लेनिनग्राड एकेडमी ऑफ साइंसेज में पढ़ाया। धर्मानंद कौशांबी की तरह संस्कृत, पाली, उर्दू, तिब्बती, परशियन, फ्रेंच, रूसी आदि भाषाओं का ज्ञान हासिल किया। हाल का उदाहरण है। आजादी की लड़ाई के बाद तय हुआ कि कोई ऐसा विश्वविद्यालय बने, जो भारत की आत्मा के अनुकूल हो। तब हमारे यहाँ काशी विद्यापीठ बना। इस विद्यापीठ की हीरक जयंती मनायी गयी, तो उन लोगों के भाषणों का संकलन छपा, जो समय-समय पर वहाँ वक्ता के रूप में आये। उस संकलन को भारत के हर स्कूल-कालेज में हर अध्यापक-छात्र या अभिभावक के लिए अनिवार्य होना चाहिए। हम जानते हैं कि यह विश्वविद्यालय अभावों में बना। लेकिन उस विश्वविद्यालय से कैसे-कैसे रत्न निकले? किस चरित्र के लोग निकले? इसी आरा इलाके के रामसुभग सिंह। लालबहादुर शास्त्री, भोला पासवान शास्त्री, जिनकी ईमानदारी-निष्ठा के बारे में देश जानता है। यानी एक अभावग्रस्त विश्वविद्यालय ने ऐसे चरित्रों को गढ़ा। लेकिन आज जब ऐसे बड़े-बड़े विश्वविद्यालय बन रहे हैं, तो इस चरित्र के कितने लोग सामने आ रहे हैं? आज हालत क्या है? देखता हूँ कि छात्र स्कूल नहीं जायेंगे, पर उसके शिक्षक को अभिभावक विवश करते हैं कि उसकी उपस्थिति बना दी जाये। क्योंकि छात्रवृत्ति लेनी है। अभिभावक यह भी कहेंगे कि स्कूल में अगर ठेकेदारी का कोई काम आ गया और वह काम मुझे नहीं मिला, तो उक्त शिक्षक पर मुकदमा कर देंगे। अगर हमारा मानस ऐसा है, हमारी प्रवृत्ति ऐसी है, तो हम कहाँ से बढ़िया समाज और बड़ी शिक्षा की कल्पना कर सकते हैं?

हमारे इलाके में कोई नया आन्दोलन चलना चाहिए। सांस्कृतिक पुनर्जागरण का। मानस बदलने का। मैं अपने इलाके में देखता हूँ कि आज भी जब कोई लड़की की शादी करने के लिए आता है, तो हम मामूली हैसियत के बावजूद उसके सामने ऐसे पेश आते हैं, जैसे हम कोई बहुत बड़े आदमी हैं। गौरव से बखानते हैं। पान पर हमारा इतना खर्च है। इतने मुकदमें लड़ रहा हूँ। सिल्क का ही कपड़ा पहनता हूँ। इतने बंदूकधारी मेरे पीछे चल रहे हैं। याद रखिए उन्हीं राज्यों ने प्रगति की है, जिन राज्यों ने झूठी शान-शौकत से मुक्ति पा ली है। हमारे यहाँ यह अभियान चलना चाहिए कि हम इन झूठी चीजों से मुक्ति पायें, तब हमारा चरित्र निखरेगा। हमारे अंदर जो प्रतिभा है, इस इलाके की जो प्रतिभा है, उसकी गूँज पूरी दुनिया में होगी।

बेंगलुरू, जिसे पूरब का सिलिकन वैली कहा जा रहा है, वह भारत के दक्षिण में है। हमने कभी सोचा कि यह हिन्दी इलाके में क्यों नहीं हुआ? हिन्दी

राज्य, जैसे-बिहार, उत्तर प्रदेश, मध्य प्रदेश, राजस्थान आदि को 'बीमारू' राज्य कहा गया। मध्य प्रदेश और राजस्थान अब इस चक्र से आगे निकल गये हैं, लेकिन हम अब भी बीमारू राज्य माने जाते हैं।

हम कैसे पीछे रह गये? दक्षिण कैसे आगे निकल गया? 'टाइम्स ऑफ इंडिया' समूह के 'धर्मयुग' में मैंने काम करना शुरू किया। 1978 के आसपास यह पत्रिका छह लाख बिकती थी। प्रति सप्ताह। तब से महाराष्ट्र या दक्षिण के अन्य राज्यों के लोग कहते थे और हाल तक (2000) आंध्र प्रदेश के चंद्रबाबू नायडू कहते थे कि अमीर राज्य कमायें और केंद्र उसे उत्तर के गरीब राज्यों को दे दे, ऐसा कब तक चलेगा? हमलोग रहते थे, महाराष्ट्र में। हमने उनके सवालों का सामना किया। वे कहते थे कि आपके राज्य में कुछ नहीं हो सकता कि आपको वहीं नौकरी मिले? यह सब हमारे यहाँ क्यों नहीं हो सका? इसकी वजह क्या है?

मैं 1972 में छात्र था। छात्र के रूप में ऑल इंडिया एनसीसी कैडेट शिविर में मेरा चयन हुआ। मैं गया बेंगलुरू। वहाँ पहली बार देखा कि बेंगलुरू के एमजी रोड में एक लड़की स्कूटर चला रही थी। 1972 में। तब हमारी स्थिति क्या थी? हमने अपने घर की औरतों को बंद करके रखा। उन्हें अधिकार नहीं दिया। बदलाव नहीं किया। इसलिए हम पीछे छूट गये। हमने शिक्षण संस्थाएँ नहीं खोलीं। आज चीन अगर आगे बढ़ा है, तो वहाँ पुरुष और स्त्री दोनों कदम मिला कर चलते हैं। आगे बढ़ते हैं। यह मानस हमें बदलना होगा। सिर्फ यही कारण नहीं है कि बेंगलुरू पूरब का सिलिकन वैली बना? वहाँ बड़े पैमाने पर शिक्षण संस्थान खुले। आज भी जब आप बेंगलुरू घूमते हैं, तो गाड़ियों पर बड़े-बड़े इश्तेहार दिखते हैं कि हमारे यहाँ यह पद खाली हैं, इंटरव्यू देने के लिए यहाँ आयें। दूसरी तरफ हमारा इलाका है। जहाँ एक पद खाली होता है, तो लाखों आवेदन आ जाते हैं। वहाँ इसलिए ऐसा हुआ कि उन्होंने अपनी शिक्षण संस्थाओं को बेहतर बनाया।

दुनिया के जाने-माने पत्रकार फ्रीडमैन ने एक किताब लिखी, 'द वर्ल्ड इज फ़्लैट' यानी दुनिया समतल हो गयी है। इस किताब में बेंगलुरू को पूरब का सिलिकन वैली कहा गया। अब दुनिया के जो बड़े राष्ट्राध्यक्ष आते हैं, वे दिल्ली के बदले पहले बेंगलुरू जाना चाहते हैं। वहीं ठहरना चाहते हैं। वह देखना चाहते हैं कि बेंगलुरू में कैसे यह क्रांति हो गयी। ऐसा हमारे यहाँ हिन्दी इलाके में भी संभव है। हमें हमारी व्यवस्था की वह पुरानी चीज और जो गौरवमय इतिहास रहा है, उसे लौटाना होगा। अकेला व्यक्ति वह दिन नहीं लौटा सकता। समाज

को खड़ा होना पड़ेगा। बाकी लोगों को खड़ा होना पड़ेगा। तब यह स्थिति बन सकती है। आज हम सपना पालते हैं कि हमारे बच्चे किसी तरह डिग्री पा लें। उन्हें सर्टिफिकेट मिल जाये। उसके लिए जरूरत होने पर हम अभिभावक चोरी कराते हैं। पर जिन देशों ने दुनिया में शीर्ष पर अपनी जगह बनायी, उनके यहाँ के अभिभावक कैसा सोचते रहे हैं, अपने बच्चों के लिए, इसका एक उदाहरण देना चाहूँगा।

हम सबने लिंकन का नाम सुना है। जीवन में बारह बार उन्हें विफलता ही मिली। पिता शराबी थे। माँ चल बसी। भारी मुसीबत से वह गुजरे। उन्होंने उस स्कूल के प्रिंसिपल को एक पत्र लिखा, जहाँ उनका बच्चा पढ़ता था। यह पत्र हर बच्चे को, हर अभिभावक को पढ़ना चाहिए। वह अद्‌भुत पत्र क्या था? इसका कुछ अंश याद है, आपको बताता हूँ। लिंकन ने स्कूल के प्राचार्य को पत्र लिखा कि मैं अपने बच्चे का चरित्र नहीं गढ़ सकता। वह आप कर सकते हैं। वह क्षमता आप में है। हमारे बच्चे को सफलता का आंनद तो बताइए, पर उससे भी महत्त्वपूर्ण उसे बताइए कि जीवन में विफल होने का भी आनंद है? वह जाने कि असफल होने की मन:स्थिति कैसी होती है? वह उस मन:स्थिति से गुजरे, ताकि वह अंदर से मजबूत बन सके। मेरे बच्चे को यह भी बताइए कि दुनिया में वह अकेले नहीं है। यह सृष्टि बड़ी है। वह इसका एक मामूली हिस्सा है। ताकि उसका अहंकार न बढ़े। उसको नदी, पेड़, पहाड़ से जोड़िए, ताकि वह समझे कि दुनिया कितनी विराट और भिन्न है। उसे ऐसी शिक्षा दीजिए कि जब वह नौकरी के बाजार में जाए, तो जो सबसे अधिक पैसा दे, वहाँ अपना दिमाग गिरवी रखे, पर अपनी आत्मा कहीं गिरवी न रखे। यह पूरा पत्र (मैंने पत्र के भाव सुनाये, शब्दश: नहीं), हर उस घर-विश्वविद्यालय या शिक्षा केंद्र में होना चाहिए, जहाँ भारत का भविष्य गढ़ा जा रहा है। जहाँ का समाज ऐसी कल्पना करता है, वहाँ से निकले लोग नोबल पुरस्कार विजेता होते हैं, मौलिक होते हैं और दुनिया का इतिहास बनाते हैं। चोरी या नकल करनेवाला समाज क्या कर सकता है? अपनी स्थिति देखकर हम यह समझ सकते हैं।

याद करिए, रवींद्र बाबू का शांति निकेतन प्रयोग? अभावों में संस्था शुरू हुई, पर किस चरित्र के विद्वान वहाँ से निकले? उनका चरित्र कितना प्रेरक रहा? कैसे-कैसे छात्र वहाँ से पढ़ कर, समाज की धरोहर बने। पथप्रर्दशक बने। आज जिन्हें हम सेंटर ऑफ एक्सलेंस कहते हैं, वहाँ नयी खोजें होती हैं। नयी टेक्नोलॉजी ईजाद होती है। ज्ञान-विज्ञान के क्षेत्र में नयी चीजें होती हैं। मनुष्य, समाज या देश, अज्ञान के जिस धरातल पर हैं, उससे ऊपर उठा कर और उदार,

बेहतर, दृष्टिवान और संकल्पवान बनाने के काम इन शिक्षण संस्थाओं में होते हैं। जहाँ मेडिकल, विज्ञान, टेक्नोलॉजी, स्पेस साइंस इन सब क्षेत्रों में लगातार नये अनुसंधान या खोजें हो रही हैं, वही देश आगे जाते हैं। इसलिए आप पायेंगे कि आज अमेरिका दुनिया के शीर्ष देशों में है, तो इसके मूल में वहाँ के शिक्षण संस्थान हैं। दुर्भाग्य से भारत में कभी इन गंभीर विषयों पर चर्चा ही नहीं हुई। भारत और खासतौर से हिन्दी इलाके का आधुनिक मानस है, एक-दूसरे को जितना हम नीचा दिखा सकें, एक-दूसरे को जितना हम नंगा कर सकें। हम कोई संस्था नहीं खड़ी कर सकते? वह कुव्वत नहीं, पर बनी-बनायी श्रेष्ठ संस्थाओं को पलक झपकते ही खत्म करने की क्षमता हममें अद्‌भुत है। पौरुष नहीं, कर्म नहीं, अद्वितीय भंजक हैं, हम। पर समाज हमारा कैसे बेहतर हो, कैसे हम सामूहिक रूप से पहल कर एक नयी दुनिया बना सकें, यह हमारी कोशिश नहीं रहती।

मसलन, याद रखिए, पुनः दोहरा रहा हूँ कि अमेरिका अगर आज दुनिया में बड़ा है, तो उसके पीछे उसकी शिक्षण संस्थाओं का बहुत बड़ा योगदान है। हमें गौर करना चाहिए कि हार्वर्ड विश्वविद्यालय की स्थापना धार्मिक प्रचारकों, ईसाई पादरियों के प्रशिक्षण के लिए हुई थी। आज वही हार्वर्ड विश्वविद्यालय दुनिया का श्रेष्ठ शिक्षण संस्थान बन गया है। समय के साथ जो नहीं बदलते या देश, काल, परिस्थितियों के अनुरूप जो तालमेल नहीं रखते, भविष्य उनका नहीं होता। हार्वर्ड विश्वविद्यालय ने समय के साथ अपना स्वरूप कैसे बदला? 1636 में इंग्लैंड से अमेरिका आये प्यूरिटन मत के गिरिजाघरों में योग्य पादरियों की जरूरत पड़ी। एक पादरी थे, जान हार्वर्ड। उन्होंने अपनी 400 पुस्तकें और अपनी आधी संपत्ति देकर एक धार्मिक प्रशिक्षण केंद्र शुरू किया। तब विश्वविद्यालय का मकसद था, यीशु व चर्च के लिए काम। समय के साथ प्यूरिटन मतवालों का असर कम हुआ। और यही हार्वर्ड 1801 के आसपास उदारवादियों के लिए वेटिकन जैसा हो गया। सीखिए कि एक समाज कैसे प्रगति करता है? अमेरिका जैसे-जैसे विकसित होने लगा, उदारवादी विचारों की ताकत वहाँ बढ़ती गयी। हार्वर्ड विश्वविद्यालय में यादगार परिवर्तन या स्वर्णयुग 1869 से शुरू हुआ। चार्ल्स विलियम एलियट, हार्वर्ड विश्वविद्यालय के अध्यक्ष बने। उन्होंने कई ऐसे कदम उठाये, जिन्होंने शिक्षा की दुनिया बदल दी। उनके कार्यकाल में स्नातकोत्तर के विद्यार्थियों को चर्च की अनिवार्य उपस्थिति से छूट मिली। तब तक स्नातक में एडमिशन के लिए ग्रीक भाषा जानना जरूरी थी, उसकी अनिवार्यता से छूट मिली। रट कर शिक्षा पाने या विद्वान बनने का सिलसिला

बदल गया। छात्रों के चाल-चलन को आँक कर उनकी योग्यता का पैमाना, जिसे 'स्केल ऑफ मेरिट' कहा जाता था, खत्म किया गया। पहली बार छात्रों को हार्वर्ड में ही वैकल्पिक पाठ्यक्रम या अंग्रेजी में कहें, तो 'इलेक्टिव सिलेबस' चुनने की शुरूआत हुई। छात्र को खुद अपना पाठ्यक्रम चुनने की आजादी देकर हार्वर्ड ने शिक्षा की पुरानी रूढ़िवादी परंपरा को तोड़ा। हार्वर्ड का यह नया प्रयोग, अमेरिका में फैला। इस प्रयोग ने शिक्षा का मर्म बदल दिया। 1894 में खुद एलियट ने कहा कि यह नयी प्रणाली इस विश्वविद्यालय में होनेवाला सबसे उपयोगी काम है। 1879 में एलियट ने पहली बार महिलाओं को भी हार्वर्ड की शिक्षा में सहभागी बनाने का निर्णय किया। एलियट ने इतने बड़े-बड़े बदलाव किये कि इस विश्वविद्यालय को एलियट का हार्वर्ड कहा जाने लगा। हार्वर्ड विश्वविद्यालय की चर्चा 'बोस्टन ब्राह्मणों' की बात के बिना अधूरी है।

कौन थे, बोस्टन ब्राह्मण? उन्नीसवीं सदी में अमेरिका में अमीर, शिक्षित, बोस्टन समाज के अभिजात्य (इलिट) लोगों का यह वर्ग था। इस नाम का प्रयोग पहली बार ओलिवर वेंडेल होम्स ने 1861 में अपने एक उपन्यास में किया। ये सब लोग बोस्टन के वैसे कुलीन परिवार थे, जिनका संबंध न्यू इंग्लैंड इलाके से था। इनमें अधिकतर प्यूरिटन समुदाय के प्रवासी वंशज थे। यह अमीर व्यापारी या पेशेवर लोग थे। ये समाज में समता के पक्षधर नहीं थे। ये दूसरे प्रवासियों के अमेरिका आने के सख्त खिलाफ थे। ये अपने चुनिंदा परिवारों के बीच में ही शादी-विवाह करते थे। इनमें सबका कहीं न कहीं, किसी न किसी रूप में हार्वर्ड विश्वविद्यालय से संबंध था। ऐसा कहा जाता है कि 19वीं शताब्दी में हार्वर्ड विश्वविद्यालय में इन बोस्टन ब्राह्मणों का आधिपत्य था। इनके वंशज खानदानी परंपरा और सामाजिक प्रगति के लिए यहाँ पढ़ने आते थे। दूसरे विश्व युद्ध के बाद हार्वर्ड विश्वविद्यालय ने एडमिशन और पाठन-पाठन के तरीकों में मौलिक बदलाव किया। समय के साथ हार्वर्ड विश्वविद्यालय का स्वरूप बदला। जो महज धार्मिक शिक्षा के उद्देश्य से बना था, अच्छे पादरी तैयार करने के लिए बना था, वह हार्वर्ड विश्वविद्यालय आज पूरी दुनिया में, उच्च शिक्षा का प्रकाश स्तंभ बन गया। रंग, जाति, धर्म, क्षेत्र के संकीर्ण दायरे से ऊपर उठ कर। हार्वर्ड विश्वविद्यालय की श्रेष्ठता उच्च शिक्षा के नये आयाम गढ़ने में है। इसी तरह अपने समय के साथ तालमेल रखनेवाले बेहतर संस्थान अगर हम भारत में नहीं बना सकते या खास तौर से हिन्दी इलाके के राज्यों में नहीं बना सकते, तो हमारी कहानी अविकसित समाज की ही रह जाएगी। आज दुनिया में माना जाता है कि हम नॉलेज एरा (ज्ञान युग) में रह रहे हैं। ऐसी ही संस्था या सेंटर ऑफ एक्सलेंस

से ज्ञानयुग का समाज जन्मता है।

आज हमारे भारत में, खास तौर से हिन्दी इलाकों का क्या मानस है? हम चाहते हैं कि सबकुछ सरकार कर दे। सरकार बेहतर से बेहतर संस्थान बना दे। सरकार अच्छे से अच्छे शिक्षक नियुक्त कर दे। सरकार घर बैठा के लाखों-करोड़ों का वेतन दे दे। बच्चे बिना श्रम, तप-त्याग या पढ़ाई के घर बैठे नकल कर डिग्री पा लें, उन्हें नौकरी मिल जाये। वह भी घर बैठे-बैठे। यह नौकरी भी सरकार दे, पर यह न पूछे कि ऐसे लोग किस स्तर या क्वालिटी का काम करते हैं? यह संभव नहीं। दुनिया, इस रास्ते कहीं आगे बढ़ी है? इसलिए दुनिया का कुछ यथार्थ हमें समझ लेना चाहिए। अगर हमें आगे बढ़ना है। अगर हमें कुछ करना है, तो हमें खुद भी रास्ता बनाना होगा। महज सरकार के भरोसे हम नहीं रह सकते। इसी प्रसंग में अमेरिका के कुछ अन्य विश्वविद्यालयों का उल्लेख कर रहे हैं, ताकि लोग जानें कि आज दुनिया के जो सर्वश्रेष्ठ शिक्षण संस्थान बन गये हैं, जहाँ हमारे बच्चों को दाखिला मिल जाता है, तो हम इतराते हैं, फ़ख़्र करते हैं, उनके बनने की कहानी के पीछे सरकारें नहीं, बल्कि व्यक्ति हैं या समाज है।

सरकार नहीं, समाज गढ़ता है श्रेष्ठ संस्थान

दुनिया के श्रेष्ठतम विश्वविद्यालयों और शैक्षणिक संस्थानों का उदाहरण है कि कैसे इन्हें किसी सरकार ने नहीं, बल्कि व्यक्तियों और समाज ने गढ़ा। अमेरिका के जितने भी महान विश्वविद्यालय हैं, उन्हें बनाने के लिए बड़े-बड़े पूँजीपतियों ने अपनी जिंदगी भर की कमाई लगा दी। एक झटके में करोड़ों डॉलर का दान कर दिया। क्या भारत में पैसेवालों की कमी है? नहीं। फिर क्यों यहाँ ऐसे संस्थान नहीं खड़े होते? क्यों हम लोग हर चीज के लिए सरकार का मुँह देखते रहते हैं। सरकार अपना काम करे, यह जरूरी है। पर समाज और लोगों की भी तो कोई जिम्मेदारी है?

इसी तरह अमेरिका के एक और विश्वविद्यालय का बहुत संक्षेप में उल्लेख। इस मकसद से कि कैसे वहाँ की सरकारों ने वहाँ के श्रेष्ठ विश्वविद्यालयों को नहीं बनाया। या तो समाज ने बनाया या समाज के ऐसे लोगों ने, जिनके पास पैसा था, साधन थे। 'खुद' से ऊपर उठ। परिवार, जाति, धर्म और संपत्ति लोभ से आगे निकल कर। उन लोगों ने समाज का ऋण महसूस किया, अपने देश के प्रति अपनी जिम्मेदारी महसूस की, इसलिए अपने देश के भविष्य के लिए अपना सबकुछ इन संस्थानों को खड़ा करने में लगा दिया।

कार्नेगी मेलोन विश्वविद्यालय (अमरीका) की नींव रखनेवाला इनसान कैसा था? अमेरिकी, महान अमेरिकी स्वप्न की बात करते हैं। बड़ी शिद्दत और भावना से। कुछ ऐसा ही जीवन एंड्रयू कार्नेगी का था। 12 वर्ष की उम्र में स्कॉटलैंड से वह अमेरिका आये। बिल्कुल कंगाल। पर अपने परिश्रम, हुनर, श्रम के बल पर अपने दौर की दुनिया के धनवान लोगों में से वह हुए।

फिर अपनी पूरी संपत्ति परोपकार, लोक कल्याण और अमेरिकी समाज के लिए लगा दी। दरअसल, उस दौर में अमेरिका में जो भी बड़े धनवान या पैसेवाले हुए, एंड्रयू कार्नेगी भी उनमें थे, उन्हें 'रॉबर बैरंस' कहा गया। यानी लुटेरे धनवान। 1889 में एंड्रयू कार्नेगी ने एक लेख लिखा, गास्पेल ऑफ वेल्थ (संपन्नता के सुसमाचार)। कार्नेगी ने कहा कि धनी लोग संपत्ति के ट्रस्टी मात्र हैं। धनवानों का यह नैतिक दायित्व है कि वे अपने धन का उपयोग सामान्य लोगों की बेहतरी और उनके हित में करें। कार्नेगी ने यह भी लिखा, जो व्यक्ति सिर्फ धनवान होकर मरता है, वह यशहीन होकर मरता है।

1900 में, एंड्रयू कार्नेगी ने जेपी मॉर्गन को अपना सारा स्टील व्यवसाय 480 मिलियन डॉलर में बेचा। जब यह सौदा हुआ, तो मॉर्गन ने कार्नेगी से हाथ मिलाते हुए कहा, बधाई हो, आप दुनिया के सबसे धनवान आदमी बन गये। 1901 में एंड्रयू कार्नेगी ने धन कमाने के उद्योग से संन्यास लिया। फिर 1919 में अपनी मृत्यु तक सिर्फ संचित धन बाँटने का काम किया। 19 वर्षों तक जिंदगी की पूरी कमाई बाँटी। कंगाल प्रवासी के रूप में वह अमेरिका आये थे, दुनिया से जाने से पहले अपनी सारी संपत्ति अमेरिका को वापस कर गये।

एंड्रयू कार्नेगी ने हजारों सार्वजनिक पुस्तकालय, कॉलेज, स्कूल, अध्यापकों की पेंशन, छात्रवृत्ति, म्यूजियम के साथ विश्व शांति व युद्ध की समाप्ति के लिए कार्नेगी अंतरराष्ट्रीय शांति संगठन की नींव भी डाली। 1900 में पिट्सबर्ग शहर में कार्नेगी टेक्निकल स्कूल की स्थापना की। इस अवसर पर कहा कि मेरी हार्दिक इच्छा है कि इस शहर को एक विश्व स्तरीय तकनीकी संस्थान देने का मुझे सौभाग्य मिले।

1912 में इस टेक्निकल स्कूल 'कार्नेगी टेक्निकल संस्था' को पूर्ण डिग्री देने की मान्यता मिली। कंप्यूटर विज्ञान के या कंप्यूटर क्रांति के बहुत पहले कार्नेगी टेक्निकल संस्था के हर्बर्ट साइमन व एलन नेवेल ने मिल कर मशीन को भी इनसानों की ही तरह सोचने, विचारने की क्षमता देने का सिद्धांत और कंप्यूटर प्रोगाम बनाये थे।

1958 में कार्नेगी टेक्निकल संस्थान, अमेरिका का पहला संस्थान था,

जिसने अपने पहले वर्ष के पाठ्यक्रम में कंप्यूटर प्रोग्रामिंग को शामिल किया। उस समय से ही कंप्यूटर विज्ञान के शोध-अनुसंधान-शिक्षण क्षेत्र में कार्नेगी टेक्निकल संस्था प्रमुख वैज्ञानिक संस्था के रूप में पहचानी जाने लगी। 1913 में पिट्सबर्ग शहर में मेलोन टेक्निकल संस्था बनी। जिसका मकसद औद्योगिक इकाइयों के शोध व अनुसंधान का काम ठेके पर करने के लिए था।

अपने दौर में यह आउटसोर्सिंग का एक कामयाब और नया तरीका था। 1967 में मेलोन टेक्निकल संस्था और कार्नेगी टेक्निकल संस्था ने विलय किया। इस विलय के बाद कार्नेगी मेलोन विश्वविद्यालय बना। 1988 में कार्नेगी मेलोन विश्वविद्यालय, दुनिया का पहला विश्वविद्यालय बना, जिसके पूरे कैंपस के हजारों कंप्यूटर एक दूसरे से एक नेटवर्क द्वारा जोड़ दिये गये। 1990 के दशक के बीच में इस कंप्यूटर नेटवर्क को पूरी तरह से वायरलेस संपर्क से भी जोड़ दिया गया।

उच्च शिक्षा के क्षेत्र में कंप्यूटर नेटवर्किंग बहुत महत्त्वूर्ण उपलिब्ध थी। इस विश्वविद्यालय के स्थापक एंड्रयू कार्नेगी ने अपने जीवन के अंतिम 19 वर्षों में तकरीबन 350 मिलियन डॉलर की संपत्ति परोपकार के काम में लगा दी। कार्नेगी के दुनिया में न रहने के बाद भी उनके ट्रस्ट फंड से हर मिनट 150 डॉलर किसी न किसी परोपकार के काम में लग रहे हैं। कार्नेगी मेलोन विश्वविद्यालय, आज दुनिया के 10 सर्वश्रेष्ठ शिक्षण संस्थाओं में से एक है और अद्वितीय भी।

जब इस तरह के इनसान या समर्पित लोग समाज में पैदा होते हैं, तो वह समाज आगे जाने के लिए सरकार के भरोसे नहीं रहता। दरअसल, अमेरिका में ऐसे शिक्षण संस्थाओं की एक लंबी सूची है, जिन्होंने नये ढंग से सोच कर, काम कर, नये शोध कर अपने आसपास के इलाकों को खुद से जोड़ कर विकास किया। आसपास के इलाके को बढ़ाने के सूत्रधार बने। इस तरह ऐसे विश्वविद्यालय या शिक्षा केंद्र दुनिया में नये उदाहरण बन गये।

आज भारत में आप गौर करें, न जाने कितने कृषि विश्वविद्यालय हैं, जिन पर नहीं मालूम कितना सरकारी फंड खर्च होता है? क्या हमारे कृषि विश्वविद्यालय अपने आसपास के इलाकों के विकास, उनमें नये कृषि अनुसंधान का काम हाथ में नहीं ले सकते? युवा किसान या खेती में युवा उद्यमी नहीं पैदा कर सकते? क्या आसपास के जिलों या राज्य को नये कृषि अनुसंधान देकर या कृषि में नये प्रयोग से व्यावहारिक स्तर पर खुद को जोड़ कर बड़ा काम नहीं कर सकते?

एक कृषि विश्वविद्यालय के होने का असर अगर आसपास के इलाकों के

आर्थिक बदलाव पर नहीं पड़ता, अगर आसपास के खेतों पर नहीं पड़ता, अगर किसानों का जीवन बेहतर नहीं होता, तो उस कृषि विश्वविद्यालय के होने का अर्थ क्या है? प्राध्यापक क्या महज बड़ी तनख्वाह पाने के लिए हैं या कोई समयबद्ध परिणाम देना भी उनका फर्ज है? कहीं न कहीं कोई दायित्व तो तय होना चाहिए। ऐसा योगदान, जो दिखायी दे। क्या आज भारत के विश्वविद्यालय महज सरकारों से अरबों-अरबों रुपया पायें?

अध्यापकों को सिर्फ तनख्वाह मिले? फिर भारी पेंशन, आजीवन। और वे अध्यापक अपने काम से क्या असर डाल पाते हैं, इसको मापने-तौलने का कोई फार्मूला तय न हो? आखिर ये कृषि विश्वविद्यालय अगर अपने इलाके में होने का सबूत नहीं दिखा सकते कि हमारे न रहने के पहले इस इलाके में कृषि की हालत इतनी खराब थी, किसानों की आर्थिक हालत इतनी खराब थी। और जब यह कृषि विश्वविद्यालय बन गया, तो उसके नये प्रयोगों से किसानों के दिन बदले। उनकी नयी आर्थिक प्रगति हुई। प्रति व्यक्ति आमद बढ़ी। नये रोजगार पैदा हुए। अगर आप यह साबित नहीं कर सकते, अपने काम से, तो आपके होने का क्या अर्थ है? इसी तरह अन्य क्षेत्रों के कॉलेज और विश्वविद्यालय अगर अपने होने की प्रासंगिकता साबित नहीं कर सकते, समाज को आगे ले जाकर, अपने विद्यार्थियों को योग्य बना कर, तो हालात कैसे बदल सकते हैं?

क्या महज बेरोजगारों की फौज खड़ी करने के लिए विश्वविद्यालय हैं? अगर विश्वविद्यालयों से निकले विद्यार्थी चार लाइन शुद्ध लिख नहीं सकते, अगर पीएचडी करके निकलनेवाले ऐसे लोग हों, जो दस पुराने पीएचडी शोधों को मिला कर ग्यारहवीं, थीसिस तैयार कर लें, तो इस देश का क्या भविष्य होगा, दुनिया में? एक तरफ आप ऐसे-ऐसे विश्वविद्यालयों की चर्चा सुन रहे हैं, जो दुनिया की तकदीर नये ढंग से लिख रहे हैं। उनके मुकाबले अगर हम इस तरह की नकली प्रतिभाएँ पैदा करेंगे, तो हम कहाँ खड़े रहेंगे?

इसलिए हमें सोचना चाहिए कि दुनिया की शिक्षण संस्थाओं से हम क्या सीख सकते हैं? समाज के तौर पर। व्यक्ति के तौर पर। क्योंकि सब कुछ सरकार के भरोसे नहीं हो सकता। हाँ, सरकारें अपना फर्ज पूरा करें, इसके लिए जन-दबाव बनायें, पर समाज की नयी तकदीर लिखने में आज राजनीतिक दल विफल हो रहे हैं, तो क्या खामोश रहा जाये?

19वीं सदी में अमेरिका के कुछ बड़े अमीरों को कहा गया, 'लुटेरे व्यवसायी'। इसके पीछे यह धारणा थी कि इन लोगों ने जो अपनी संपत्ति अर्जित की, उसके पीछे अनैतिक तौर-तरीके थे। प्राकृतिक व मानवीय संसाधनों के

शोषण और दोहन से यह संपदा बनी। समाज के धन की डकैती से ये लोग संपन्न बने, ऐसा तब कुछ अमेरिकीयों ने कहा। पर खास बात रही कि अमेरिका के ऐसे धनाढ्य लोगों ने अपनी अर्जित संपत्ति का बड़ा भाग या पूरा, परोपकार में लगा दिया। अमेरिका के निर्माण में लगा दिया। अमेरिका के निर्माण की कथा ऐसे 'लुटेरे धनवानों' के मुक्त हाथ से दिये गये दान से हो कर गुजरती है।

लेलैंड स्टैनफोर्ड भी ऐसे ही एक संपन्न व्यक्ति थे। रेल बनाने के उद्योग में उन्होंने अपार धन कमाया। 'लुटेरे सामंत' कहे गये। बाद में वह गाँधी की तरह मानने लगे थे कि उद्योग-व्यापार के मालिकाना हक को एक व्यक्ति या एक परिवार के प्रभाव से बाहर निकाल कर मजदूरों की सहकारी संस्था को सौंप दिया जाये। 1876 में लेलैंड स्टैनफोर्ड ने सैन फ्रैंसिसको डी क्विटो के पास हजारों एकड़ जमीन खरीदी। घुड़साल बनवाया। इसे पालो आल्टो फार्म कहा जाने लगा। दुर्भाग्यवश लेलैंड का इकलौता पुत्र 15 वर्ष की आयु में ही इस दुनिया में नहीं रहा। इस सदमे के बाद स्टैनफोर्ड दंपती ने तय किया कि कैलिफोर्निया शहर के बच्चे, अब हमारे बच्चे होंगे। अपने बेटे की स्मृति को स्थायी बनाने के लिए स्टैनफोर्ड ने कई विश्वविद्यालयों का दौरा किया। वह हार्वर्ड गये। हार्वर्ड के तत्कालीन कुलपति या प्रभारी से मिलने का उनका बड़ा रोचक वर्णन है। फिर वह एमआइटी गये। कार्नेल विश्वविद्यालय गये।

जॉन्स हॉपकिन्स विश्वविद्यालय भी देखा। तय किया कि कैलिफोर्निया में एक नया विश्वविद्यालय बनायेंगे। एक संग्रहालय भी बनायेंगे। अक्टूबर 1891 में स्टैनफोर्ड विश्वविद्यालय बना। तब कुछेक अखबारों ने लिखा कि स्टैनफोर्ड के प्रोफेसर संगमरमर हाल में खाली कुर्सियों को पढ़ायेंगे। स्टैनफोर्ड का सपना था कि इस विश्वविद्यालय के माध्यम से आम लोगों का कल्याण हो। अमीर लोग तो कहीं से भी शिक्षा पा सकते हैं।

पर 1893 में लेलैंड स्टैनफोर्ड नहीं रहे। उनकी संपत्ति के उपयोग पर रोक लग गयी। विश्वविद्यालय में आर्थिक संकट आ गया। तब स्टैनफोर्ड की पत्नी, जेन स्टैनफोर्ड ने अपनी निजी आमदनी को इस विश्वविद्यालय में लगाने का फैसला किया। जेन स्टैनफोर्ड लंदन गयीं, अपने गहने बेचने के लिए। ताकि दुनिया की आर्थिक मंदी के दौरान भी यह विश्वविद्यालय बंद न हो।

1899 में स्टैनफोर्ड की संपत्ति पर लगी रोक हटी, तो जेन स्टैनफोर्ड ने अपने पति के रेल व्यवसाय को बेच कर 11 मिलियन डॉलर इस विश्वविद्यालय को दे दिया। तब इस विश्वविद्यालय के अध्यक्ष ने कहा, "इन छह कठिन सालों में इस विश्वविद्यालय का भविष्य एक बेहद नाजुक धागे से बंधा था, और यह

धागा है, एक बेहतरीन औरत का स्नेह।''

1908 में अपने गहनों को बेच कर जेन स्टैनफोर्ड ने 'ज्वेल फंड' स्थापित किया, ताकि पुस्तकालय बने। स्टैनफोर्ड विश्वविद्यालय ने उन्हें कुलमाता का पद दिया। इसी स्टैनफोर्ड विश्वविद्यालय ने शोध में ऐसे-ऐसे काम किये, जिनसे 21वीं शताब्दी की यह आधुनिक दुनिया आकार ले रही है। आज दुनिया तकनीकी क्रांति के दौर में है। कंप्यूटर और सूचना क्रांति का दौर। ग्लोबल विलेज का दौर। इसकी नींव इसी स्टैनफोर्ड विश्वविद्यालय में पड़ी। 1939 में डेविड पेकार्ड व विलियम हेवलेट ने मिलकर अपने गैराज में एक इलेक्ट्रॉनिक कंपनी स्थापित की।

यहीं सिलिकन वैली का जन्मस्थान माना जाता है। जिस सिलिकन वैली ने दुनिया के कामकाज का तरीका, सोचने का तरीका, सबकुछ बदल दिया है। अधुनातन खोजों से। उन अधुनातन खोजों के पीछे इस विश्वविद्यालय का बड़ा हाथ है। कंप्यूटर विज्ञान के क्षेत्र में तो इस विश्वविद्यालय ने दुनिया की रहनुमाई की। 1970 में इंटरनेट के जन्मदाता प्रोफेसर विन्टन सर्फ ने कंप्यूटर नेटवर्क के लिए टीसीपी/आइपी (इंटरनेट प्रोटोकॉल) बनाया। इंटरनेट जमाने की सबसे बड़ी कंपनी, गूगल के संस्थापकों ने अपने छात्र जीवन में स्टैनफोर्ड विश्वविद्यालय में नये प्रयोग किये। फिर अपने शोध को व्यापारिक स्वरूप दिया।

याहू के संस्थापक भी इसी संस्थान के छात्र रहे हैं। स्टैनफोर्ड विश्वविद्यालय सबसे पहले पालो आल्टो के घुड़साल में शुरू हुआ। आज यही विश्वविद्यालय दुनिया में, जो तकनीकी क्रांति आ रही है, तकनीकी बदलाव आ रहे हैं, उसकी रहनुमाई कर रहा है, जो सिलिकन वैली आज की दुनिया में नयी खोजों का केंद्र है, जहाँ दुनिया के कोने-कोने से प्रतिभाशाली लोग जा कर काम कर रहे हैं और अपने शोधों से दुनिया को प्रभावित कर रहे हैं, उसके पीछे इसी स्टैनफोर्ड विश्वविद्यालय का बड़ा योगदान है।

इसी तरह जॉन्स हॉपकिन्स विश्वविद्यालय की कथा है। 1795 में जॉन्स हॉपकिन्स का जन्म तंबाकू फार्म में हुआ। बचपन में वह अपने चाचा के थोक किराना व्यापार में सहयोग करते थे। दो वर्षों में ही वह इस व्यवसाय में पारंगत हो गये। अपनी चचेरी बहन से प्रेम कर बैठे। इसका विरोध हुआ। जॉन्स हॉपकिन्स और उनकी चचेरी बहन आजीवन अविवाहित ही रहे।

पर, जॉन्स हॉपकिन्स खूबी वाले व्यापारी बन गये। उन्होंने अपना व्यवसाय बढ़ाया। दासता उन्मूलन में भी उनका यकीन था। उनके एक मित्र ने 1857 में एक पीबोडी तकनीकी संस्थान खोला। अपने इस मित्र जान पीबोडी के इस काम

का उन पर बड़ा प्रभाव पड़ा। 1867 में, जॉन्स हॉपकिन्स ने संस्थान निर्माण के लिए बारह सदस्यीय बोर्ड बनाया। 1873 में उनकी मौत हुई। लगभग 7 करोड़ डॉलर उन्होंने इन दोनों संस्थाओं के लिए छोड़ा। अमेरिका के इतिहास में इतने बड़े दान की यह सबसे बड़ी वसीयत थी। माना जाता था कि अमेरिका में ज्यादातर विश्वविद्यालय या तो चर्च की देन हैं या सरकार के संस्थान हैं।

कहा गया कि हमारे संस्थापक यानी जॉन्स हॉपकिन्स ने इस विश्वविद्यालय को धार्मिक और राजनीतिक पूर्वग्रहों से दूर रख ज्ञानार्जन व शाश्वत सत्य की खोज का संस्थान बनाने का प्रयास किया। 19वीं सदी के अंत में अमेरिका में मेडिकल शिक्षा बहुत खराब हाल में थी। उस वक्त कोशिश हुई कि एक बढ़िया चिकित्सा विश्वविद्यालय बने। यह विश्वविद्यालय आज दुनिया में सबसे ख्यातिप्राप्त चिकित्सा अध्ययन केंद्र माना जाता है। गुजरे 25 सालों में चिकित्सा के क्षेत्र में सबसे बड़ी दो महत्त्वपूर्ण खोजें जॉन्स हॉपकिन्स विश्वविद्यालय ने ही की हैं।

नोबेल पुरस्कार से सम्मानित प्रतिबंध एंजाइमों पर हुए अनुसंधान ने जेनेटिक इंजीनियरिंग उद्योग को जन्म दिया है। इस खोज को अनेक जाने-माने लोग, परमाणु विखंडन के बराबर की दूसरी खोज मानते हैं। दिमाग के प्राकृतिक ओपीएट्स (मादक द्रव्य) की खोज, जिसके बाद न्यूरो ट्रांसमीटर्स पर बड़ा अनुसंधान, यहीं हुआ। ब्लू बेबी का पहला ऑपरेशन भी यहीं हुआ, जिसने आधुनिक हृदय शल्य चिकित्सा के लिए रास्ता खोला। हॉपकिन्स चिकित्सा केंद्र को ही न्यूरोसर्जरी, मूत्रविज्ञान, एंडोक्रिनॉलजी और बाल रोग सहित कई चिकित्सा विशेषज्ञताओं का जन्मस्थान माना जाता है।

अब तक हॉपकिन्स चिकित्सा केंद्र, जॉन्स हॉपकिन्स विश्वविद्यालय से कुल 36 नोबेल पुरस्कार विजेता निकले हैं। इस तरह के शिक्षण संस्थान जब बनते हैं, निजी प्रयासों से बनते हैं, जिनका सपना होता है समाज और देश को श्रेष्ठता की ओर ले जाना, तो अपने काम से महज अपने शहर को या समाज को या अपने देश को ही प्रभावित नहीं करते, बल्कि दुनिया पर असर डालते हैं। यही काम आज जॉन्स हॉपकिन्स विश्वविद्यालय कर रहा है। याद रखिए, इस विश्वविद्यालय की नींव एक मामूली किराना व्यापारी ने रखी थी।

दरअसल, इनसान को उसके सपने बड़े बनाते हैं। चाहे स्टैनफोर्ड विश्वविद्यालय हो या येल विश्वविद्यालय हो। इनके जन्मदाता मामूली लोग रहे, पर अपने काम से ये दुनिया में अद्वितीय बन गये। इसी तरह येल विश्वविद्यालय का प्रसंग है। अतीत में गये बगैर यह जान लें कि येल विश्वविद्यालय बड़ा बना, तो इसके

पीछे एलिहू येल जैसे एंग्लिकन समुदाय के कट्टर अनुयायी थे।

1670 और 1699 के बीच वह ब्रिटिश ईस्ट इंडिया कंपनी की सेवा में थे। 1687-1692 के दौरान चेन्नई में फोर्ट सेंट जॉर्ज के गवर्नर थे। एलिहू येल ने अपनी पुस्तकें, सामान और विश्वविद्यालय की इमारत निर्माण के लिए वस्त्र और हथियार दान में दिये। फोर्ट सेंट जॉर्ज के गवर्नर के रूप में, एलिहू येल ने ईस्ट इंडिया में बड़े पैमाने पर लूट का राज चलाया।

येल ने लुटेरी कंपनी, ईस्ट इंडिया कंपनी को इतना लूटा कि 1692 में ईस्ट इंडिया कंपनी ने उन्हें गवर्नर पद से हटा दिया। पर, उन्होंने अमेरिका में यह विश्वविद्यालय बनाने में अपना धन लगाया। इस विश्वविद्यालय ने अनेक उल्लेखनीय काम किये। 1861 में अमेरिका में पीएचडी देनेवाला यह पहला संस्थान बना। किसी अफ्रीकन-अमेरिकन को पीएचडी देनेवाला पहला अमेरिकी विश्वविद्यालय भी। 1830 के दशक में पहली बार किसी लैटिन अमेरिकी छात्र ने यहाँ दाखिला लिया।

1850 में पश्चिमी कॉलेज या विश्वविद्यालय में एक डिग्री पाने के लिए आया पहला चीनी नागरिक भी इसी विश्वविद्यालय में पढ़ा। 1918 में येल के पूर्व छात्र जॉन विलियम स्टर्लिंग ने अपने विश्वविद्यालय के लिए अपनी सारी संपत्ति, लगभग 18 मिलियन डॉलर (सन् 2011 के 240 मिलियन डॉलर के बराबर) का दान दिया। तब के समय में अमेरिकी इतिहास में किसी संस्थान को दिया गया यह सबसे बड़ा अनुदान था। आज येल विश्वविद्यालय का कैंपस दुनिया का सबसे खूबसूरत कैंपस माना जाता है।

यहाँ मेडिकल शिक्षा के क्षेत्र में भी क्रांतिकारी काम हुए, जिसे सफलता की येल प्रणाली माना जाता है। कहा जाता है कि येल विश्वविद्यालय के मेडिकल छात्रों ने चिकित्सा विज्ञान में अनेक नयी खोजें कीं। इनमें एक्स-रे, अमेरिका में पेनिसीलिन का क्लिनिकल उपयोग, कैंसर के लिए कीमोथेरेपी, कृत्रिम हृदय पंप वगैरह प्रमुख हैं। यह विश्वविद्यालय अपने उच्च मापदंडों व अपनी गुणवत्ता के लिए दुनिया में अपनी जगह बना चुका है।

ब्रिटेन के स्काटलैंड स्थित सेंट एंड्र्यूज विश्वविद्यालय की कथा मनुष्य के संकल्प, कुछ कर गुजरने की इच्छा और असंभव को संभव बनाने के मानस का प्रतीक है। मध्य युग (400-1499) के दौरान स्कॉटलैंड में उच्च शिक्षा का कोई संस्थान नहीं था। यहाँ के छात्र ऑक्सफोर्ड या कैंब्रिज जाते थे। तब ब्रिटेन के खिलाफ स्कॉटिश स्वतंत्रता संग्राम चल रहा था। इंग्लैंड के संस्थानों ने स्कॉटिश छात्रों को अपने यहाँ से निकाल दिया। इन विद्यार्थियों ने फ्रांस जाना शुरू किया।

पर वहाँ से भी इन्हें हटना पड़ा। अब स्कॉटलैंड में उच्च शिक्षण संस्थान बनाना, उनकी मजबूरी बन गयी। इसके लिए सेंट एंड्रयूज को ही सबसे सही जगह जाना माना गया। क्योंकि यहाँ बिशप का सबसे बड़ा मठ भी था। 1410 में पेरिस से पढ़ कर लौटे कुछ छात्रों ने मिल कर सेंट एंड्रयूज में उच्च स्तर का एक स्कूल शुरू किया। यही स्कूल अनेक मुसीबतों और परेशानियों से गुजरता हुआ 1411 में पूर्ण विश्वविद्यालय का दर्जा पा सका।

इस विश्वविद्यालय के पास अपना भवन नहीं था। कक्षाएँ शहर में कहीं और होती थीं। अनेक मुसीबतों से यह विश्वविद्यालय गुजरा। 17वीं से 19वीं सदी के दौरान इस विश्वविद्यालय पर भारी आर्थिक संकट रहा। बमुश्किल 100-150 छात्र ही यहाँ पढ़ने आते थे।

स्कॉटलैंड में संपन्न लोग भी नहीं थे। पर आस्ट्रेलिया के न्यू साउथ वेल्स के एक डेविड वेरी हुए, जो सेंट एंड्रयूज के पूर्व छात्र थे। वह एक सफल सर्जन, व्यापारी, एक्सप्लोरर बने। अपनी वसीयत से एक लाख पौंड उन्होंने सेंट एंड्रयूज को दान में दिया। यह मदद वरदान साबित हुई। 1967 में यह सेंट एंड्रयूज से अलग हट कर विश्वविद्यालय बन गया। सेंट एंड्रयूज विश्वविद्यालय आज दुनिया के विश्वविद्यालयों के बीच काफी ऊँचा स्थान रखता है। ब्रिटेन के पाँच बड़े विश्वविद्यालयों में से एक माना जाता है। अब उसने अपनी स्थापना के छह सौ वर्ष पूरे कर लिये हैं। पर दुनिया के स्तर पर उसकी विशिष्ट पहचान है, क्योंकि इस मुल्क के उन लोगों ने इसकी स्थापना की, जिसके पास न दौलत थी, न सुविधाएँ थीं, न संसाधन थे। फिर भी सपना था, अपने देश में एक बेहतर संस्थान बनाने का, जिसे उन्होंने अपने लगातार संकल्प, कर्मठता और जिद से सच साबित किया।

यूरोप और अमेरिका के विश्वविद्यालयों को छोड़ दीजिए, तो बहुत कम वर्षों में जिन मुल्कों ने स्तब्धकारी तरक्की कर अपनी तकदीर खुद लिखी है, उनमें से एशिया का दक्षिण कोरिया भी है। सैमसंग इलेक्ट्रानिक्स, हुँडई मोटर्स, एलजी इलेक्ट्रानिक्स, पोस्को, एसके होल्डिंग आदि ब्रांड्स दुनिया में अपना सिक्का जमा चुके हैं। भारत में भी घर-घर तक पहुँच गये हैं।

याद रखिए, दक्षिण कोरिया की कुल आबादी लगभग पाँच करोड़ (2014 के अंत तक, स्रोत-कंट्रीइकानॉमी डॉट कॉम) है। और भारत की आबादी, लगभग 1.21 अरब (जनगणना 2011 के अनुसार) है। पर भारत अपनी कंपनियों के कारण दुनिया में बाजार नहीं बना सका। यह काम जिस दक्षिण कोरिया ने किया, उसने अपने यहाँ शिक्षा की कैसी व्यवस्था की? 1886 में दक्षिण कोरिया

को लगा कि विज्ञान और टेक्नोलॉजी में आत्मनिर्भर होना चाहिए।

1986 में पोहांग आयरन एंड स्टील कंपनी (पोस्को) ने पहल की। पोहांग स्टील प्लांट की स्थापना खुद में एक बड़ी प्रेरक कथा है। पर वह अलग प्रसंग है। इसी पोस्को कंपनी ने पोहांग विज्ञान एवं तकनीकी विश्वविद्यालय (पोस्टेक) की नींव डाली। इस संस्था के स्थापक चेयरमैन ने तब कहा कि आप कोयला और मशीनें बाहर से खरीद सकते हैं, लेकिन प्रतिभा नहीं।

लगभग 28-29 वर्षों में ही यह विश्वविद्यालय दुनिया के विश्वविद्यालयों की प्रवीणता सूची में छठे स्थान पर आ गया। संसार में श्रेष्ठता में 28वें स्थान पर। इतने कम समय में किसी संस्था का इस तरह तेजी से शीर्ष पर पहुँचना, अभूतपूर्व सफलता है। पोस्टेक का सपना है कि वह 2020 तक दुनिया के सर्वश्रेष्ठ विश्वविद्यालय की सूची में से एक हो।

1980 के दशक में कोरिया में उच्च शिक्षा का बुरा हाल था। शिक्षण संस्थानों का माहौल खराब था। छात्रों के लगातार राजनीतिक प्रदर्शन, संस्थागत साधनों का अभाव, शिक्षा और अनुसंधान में तालमेल न होना जैसी अनेक चुनौतियाँ। 1977 में कोरिया विज्ञान और इंजीनियरिंग फाउंडेशन तथा 1981 में कोरिया रिसर्च फाउंडेशन की नींव डाली गयी। इसी दौर में बड़ी घरेलू निजी कंपनियों ने भी नये संस्थान बनाने या चल रहे संस्थानों को खरीदना शुरू किया।

1970 में हुँडई ने अल्सान इंजीनियरिंग की नींव डाली। देवु के तत्कालीन प्रेसिडेंट ने अपनी निजी संपत्ति से अजोउ इंजीनियरिंग कॉलेज खरीदा और इसे विश्वविद्यालय बना दिया। 1981 में एलजी समूह ने एक डिजिटल प्रौद्योगिकी संस्थान की नींव डाली।

इन सबके बीच पोस्टेक विश्वविद्यालय अनूठा प्रयोग था। इस विश्वविद्यालय का मकसद था, ऐसा अनुसंधान उन्मुख विश्वविद्यालय बनाना, जिसमें उद्योग, औद्योगिक अनुसंधान संस्थान और विश्वविद्यालय के बीच बेहद घनिष्ठ संबंध हो। कंपनी के लोग चिंतित थे कि यह लाभ कमानेवाला निवेश नहीं था। कोरिया में पहली बार कोई इतना बड़ा संस्थान राजधानी सिओल से बाहर छोटे शहर पोहांग में खोला जा रहा था। पोहांग के स्थानीय लोग इस विश्वविद्यालय में अपने शहर के बच्चों का प्राथमिकता के आधार पर प्रवेश चाहते थे।

पर इस विश्वविद्यालय ने क्वालिटी से समझौता नहीं किया। हर पूर्णकालिक शिक्षक पद पर पीएचडी किये लोगों को रखा गया। इन नियुक्तियों में से 60 से 70 फीसदी ऐसे कोरियाई वैज्ञानिक थे, जिन्होंने विज्ञान और इंजीनियरिंग के क्षेत्र में विदेशों में नाम कमाया था और अपने देश के विकास के प्रति समर्पण के

कारण स्वेच्छा से इस विश्वविद्यालय में लौटे थे।

इन्हीं कोरियाई प्राध्यापक वैज्ञानिकों ने विदेशों में अपने विषयों के होनहार युवा विद्वानों को खोज कर यहाँ लाने का काम किया। इस विश्वविद्यालय में स्नातक के पहले वर्ष में छात्रों की संख्या तीन सौ होती है। इसमें बेहद कड़ी स्पर्द्धा होती है।

पूरे देश के सबसे प्रतिभाशाली छात्र ही इसमें चुने जाते हैं। शिक्षण का माध्यम यहाँ अंग्रेजी रखा गया है। अपने संस्थान में सर्वश्रेष्ठ छात्रों को लाने के लिए इस विश्वविद्यालय ने वियतनाम, चीन और भारत में भी अपने दफ़्तर खोले हैं। यहाँ अध्यापक और छात्रों को अनुपात 1: 6 है। पोस्टेक विश्वविद्यालय के प्रबंधन के लिए भी पोस्को कंपनी के प्रबंधन के गुर अपनाये गये। इस तरह यह विश्वविद्यालय एक उच्चस्तरीय कंपनी के प्रबंधन जैसा ही चलता है।

यह विश्वविद्यालय अध्यापकों के प्रमोशन के लिए उनके विषय के छात्रों से फीडबैक, दुनिया के मशहूर जर्नल में चार-छह शोधपत्रों का प्रकाशन, रिसर्च में योगदान जैसे तथ्यों को निर्णायक मानती है। न कि सिर्फ लेक्चर देने का वर्षों का अनुभव। इस श्रेष्ठ विश्वविद्यालय के अध्यापकों का वेतन वरिष्ठता से तय नहीं होता। बल्कि गुजरे तीन वर्षों में किये गये उच्च गुणवत्ता के काम पर उन्हें वेतन मिलता है।

आज इस विश्वविद्यालय के पास दो बिलियन डॉलर का एनडावमेंट फंड (अक्षय निधि) है, जो कार्नेगी मेलोन विश्वविद्यालय से दोगुना है। इन दोनों संस्थानों के संस्थापक स्टील किंग्स थे। और आज भारत के हालात देखिए। यहाँ शिक्षकों को बैठ-बिठाये वेतन चाहिए, न विश्वस्तर का शोध करते हैं, न दुनिया के मशहूर जर्नल्स में छपने की स्पर्द्धा है? कुछेक अपवाद हैं, पर यह मुख्यधारा नहीं है।

आज बड़े पैमाने पर भारत के शिक्षण संस्थानों के निर्माण का ऐसा स्वैच्छिक प्रयास, जनता की ओर से हो, लोगों की ओर से हो, तो सचमुच भारत भी सर्वश्रेष्ठ संस्थानों वाला देश बन सकता है। यह सब एक दिन में मुमकिन नहीं है। यह सिर्फ सरकार के बूते भी संभव नहीं। अंदर से जगना होता है। आज हम हर चीज के लिए सरकार पर निर्भर हो गये हैं, इसलिए हमारी अपनी उड़ने की क्षमता या जोखिम लेने की क्षमता सिमट गयी है।

(2015)

यातना, पीड़ा से पुरुषार्थ तक

हरिवंश की यात्राओं में गहरी रुचि है। देश के सुंदर इलाके, गाँव-कस्बे से लेकर दुनिया के दूसरे देशों को जानने-समझने में। 2011 में कैलास-मानसरोवर की यात्रा भी की। जहाँ गये, कोशिश रही उन स्मृतियों को शब्द देने की। कभी यात्रा-वृत्तांत के रूप में। कभी रिपोर्ताज के रूप में। कभी रिपोर्टर की डायरी के रूप में। कभी स्मरण लेख के रूप में। यात्रा पर उनकी दो किताबें आ चुकी हैं। पहली अनेक मुल्कों की यात्रा पर लिखे रिपोर्टों का संकलन, 'दिल से मैंने दुनिया देखी' नाम से। दूसरी किताब, 'सृष्टि का मुकुटः कैलास-'मानसरोवर' नाम से। नमूना के तौर पर उनकी यात्रा रिपोर्ट में से एक रिपोर्ट। यह मॉरीशस की यात्रा रिपोर्ट है। बतौर पत्रकार, 2011 में मॉरिशस की यात्रा तत्कालीन राष्ट्रपति प्रतिभा देवीसिंह पाटिल के साथ हुई थी।

-संपादक

हम अप्रवासी घाट गये थे। भारत की राष्ट्रपति श्रीमती प्रतिभा देवीसिंह पाटिल के साथ। वह चुपचाप उस घाट को देखती रहीं। मानो अतीत के पन्ने पलट रही हों। इस अप्रवासी घाट में भारतीय इतिहास सोया है। साफ कहें, तो हिन्दी पट्टी का इतिहास। इसी घाट पर 02 नवंबर, 1834 को भारतीय गिरमिटिया मजदूरों या जहाजियों का पहला बेड़ा उतरा था। तब से लेकर 1910 के बीच 4.5 लाख से अधिक भारतीय मजदूर/जहाजी/गिरमिटिया मॉरीशस आये। या ले जाये गये। अधिकतर गुमराह कर, यह सही बयान है। आज उनकी संख्या वहाँ की आबादी की 68 प्रतिशत है। तब से 02 नवंबर को अप्रवासी दिवस के रूप में याद किया जाता है। इस दिन मॉरीशस में राष्ट्रीय छुट्टी रहती है।

इस घाट पर एक पत्थर लगा है, जिस पर लिखा है-

'कुली का आगमन ता: 2.11.1834 और अंत ता: 31.5.1924
उद्घाटन तिथि डॉ. रामगुलाम प्रधानमंत्री द्वारा ता: 4.6.1978'

वहीं अंगरेजी और हिन्दी में अलग-अलग पट्टी लगी है। अंगरेजी की पट्टी

पर लिखा है-

'द अननोन इमीइग्रेंट्स
हिस्ट्री टर्न ए ब्लाइंड आइ बिफोर हिम।
नॉट विटनेस, हिस्ट्री स्टैंडिंग म्यूट,
टोल्ड हिज फुल स्टोरी,
हि हू फर्स्ट हैड वाटर्ड दिस लैंड
विथ हिज स्वेट एंड टर्न स्टोन इन टू ग्रीन फील्ड्स इन टू गोल्ड।
द फर्स्ट इमीइग्रेंट्स, हि, सन ऑफ दिस लैंड।
हि वाज माइन। हि वाज योर्स। हि वाज ऑवर वेरी ओन।'

अभिमन्यु अनत ने 'अनजान अप्रवासी' के शीर्षक से इसका अनुवाद किया है-

'इतिहास ने उससे आँखे मूँद ली,
उसका गवाह नहीं बना, इतिहास यूँ ही मूक खड़ा रहा,
अपनी पूरी कहानी सुनायी,
वही जिसने पहले पहल अपने पसीने से इस भूमि को सींचा
और हरे खेतों में पड़े पत्थर को भी सोने में बदल दिया।
पहला अप्रवासी, वह, इस धरती का बेटा।
वह मेरा था। वह आपका था। वह हमारा बिल्कुल अपना था।'

शायद अंगरेजी का हिन्दी अनुवाद, हिन्दी पट्टी पर है। पर, जाने की जल्दी है। वीवीआइपी विजिट है। हिन्दी टिप्पणी नोट नहीं कर पाता। अफसोस है। पर, यहाँ का अतीत दिल-दिमाग पर छा जाता है। याद आता है 8-9 वर्षों पहले सूरीनाम में सागर के उस तट पर खड़ा रहने का दृश्य, जहाँ भारतीयों के पहले जत्थे को लेकर पहला जहाज आया था। वहाँ भी ऐसे ही छोटे-छोटे घाट। यहाँ घूमते हुए मुझे अपने पहले संपादक डॉ. धर्मवीर भारती की मॉरीशस यात्रा के चार बड़े अंश याद आये। हालाँकि उनका मॉरीशस अनुभव या पूरा लेख ही अत्यंत पठनीय और श्रेष्ठ है। मॉरीशस का अतीत, भारत की पीड़ा समझने के लिए डॉ. भारती के यात्रा अंशों के पढ़ें-

'यहाँ भारत से इस बात का अंदाजा भी नहीं लगाया जा सकता था कि वह द्वीप इतना सुंदर है। इतना प्यार भरा है। दक्षिणी तट का शांत, कहीं अंगूरी, कहीं धानी, कहीं फीरोजी, कहीं मंदिर के पुराने पवित्र काई जमे पोखरों जैसे रंगवाला सुहावना समंदर। द्वीप को चक्र की तरह घेरे हुए लहरें उछालती प्रवाल रेखाएँ और उत्तरी तट का गहरा नीला और चट्टानों से टकराकर फेन उगलता विक्षुब्ध महासागर। गाढ़ी काली रात में ज्वालामुखी के शून्य वृत्ताकार क्रेटर पर खड़े होकर

सचमुच आकाश छूने और तारे तोड़ लाने का अहसास। नीले धुंध में ढके पहाड़, मीलों फैले गन्ने के खेत, चीड़ के जंगल, पानी की लहराती झीलें, सारे द्वीप में हर सड़क पक्की, छोटे-छोटे कलात्मक कॉटेज, शामारेल की वह रहस्यमयी रंग-बिरंगी धरती और पापिलेमूस के थालीदार पत्तोंवाले शतदल कमल और सैकत तटों के जादू रेखाओं वाले शंख और चीड़ वनों के बारहसिंगे। अचरज होता है कि इस छोटे से द्वीप को विधाता ने कैसे प्रेरित क्षणों में गढ़ा होगा। कौन-सा देश है दुनिया में जहाँ प्रकृति ने इतना सौंदर्य बाहर बिखेरा हो और इतना भावभीना प्यार लोगों के हृदयों में। ये दो आयाम हैं, इस इंद्रधनुषी द्वीप के आंतरिक और बाह्य सौंदर्य के।

लेकिन एक तीसरा आयाम और है, जिसके बिना इस द्वीप की कहानी अधूरी रहती है। वह आयाम प्रत्यक्ष नहीं है। अंतर्निहित है। पर, एक बार जान लेने के बाद वह भी इस इंद्रधनुष की अदृश्य प्रत्यंचा की तरह हर क्षण इस यात्रा में मन में टकराता रहा। वह आयाम है, उस अभागे इतिहास का, जो इस सुंदर द्वीप के इन प्यार भरे लोगों के पूर्वजों की दुखद नियति से जुड़ा रहा। आज से सौ, डेढ़ सौ साल पहले चंद फ्रांसीसी और अंगरेज उपनिवेशवादी मालिकों द्वारा इन भारतीयों के पूर्वज धोखाधड़ी से शर्तबद्ध कुलियों के रूप में पकड़ कर इस द्वीप में लाये गये थे। तब यहाँ ये खुशनुमा खेत नहीं थे, ये सड़कें नहीं थीं, जंगल विषैली झाड़ियों, नुकीली चट्टानों, घातक नागफनियों और रोगाणु फैलानेवाले मच्छरों, डांसों और बिच्छुओं से भरे पड़े थे। आरामतलब फ्रांसीसी और अंगरेज उनमें पाँव रखते डरते थे और गुलाम बना कर पहले लाये गये अफ्रीकी क्रियोल अनुशासनबद्ध नहीं थे। इस विश्वव्यापी उपनिवेशवादी पैशाचिकता के विरुद्ध सबसे बड़ा विद्रोह किया था, भारत में हिन्दी प्रदेश के बहादुर निवासियों ने, क्योंकि उनकी मातृभाषा हिन्दी लल्लो-चप्पो और खुशामद की नहीं, वरन अक्खड़ आत्माभिमान की भाषा रही थी। वह विद्रोह सबसे ज्यादा चला था, वीर कुँवर सिंह के नेतृत्व में भोजपुर प्रदेश में और विद्रोह के असफल हो जाने के बाद अंगरेज सबसे कठोर दंड उसी हिन्दी प्रदेश को देने पर तुले थे। वहाँ के गृह उद्योग बरबाद कर दिये गये, खेत रौंद डाले गये, गाँव के गाँव उजाड़ दिये गये और जब वहाँ के निवासी आश्रयहीन होकर भटकने लगे, तब उन्हें फुसला कर, धमका कर, धोखा देकर, लालच दिखा कर, कभी-कभी जबरदस्ती उड़ा कर जहाजों में ठूँस दिया गया और कलकत्ता से इन बेबस गुलामों के झुंड पोर्ट लुई पर लाकर उतारे गये और जानवरों की तरह उन्हें काम में झोंक दिया गया। आज भी वे पत्थर की सीढ़ियाँ, वह नहाने का हौदा, वे कोठरियाँ सुरक्षित हैं,

जहाँ उन्हें सैकड़ों-हजारों की संख्या में घास-पात की तरह ठूँस दिया जाता था।' आगे डॉ. भारती बताते हैं-

'हमने वह स्थान बाद में देखा, पर यह पहले से पढ़ा हुआ इतिहास द्वीप पर उतरने के साथ ही, एक अदृश्य प्रत्यंचा की तरह मन में झनझनाने लगा था। यह मीलों लंबा गन्ने का सुहावना खेत-इसमें कितने भारतीय कुलियों को कोड़ों से मार-मार कर गड्ढे खोद कर गाड़ा गया होगा? यह सुहावना नीले फूलोंवाला विशाल वृक्ष, इसमें कितने कुलीन भारतीय, म्लेच्छ फिरंगी के हाथों अपमानित होकर फाँसी लगा कर मर गये होंगे? पुराने लोगों ने बताया था कि शाम होते ही कोई घर से नहीं निकलता था, क्योंकि फाँसी लगा कर मरे हुए कुलियों की प्रेत आत्माएँ 'फंसियारा' बन कर, झील में डूबे कुलियों की प्रेतात्माएँ 'पनडुब्बे' बन कर शाम होते ही तांडव करने लगती थीं। आज भी उनके जीवन पर उस इतिहास की एक खौफनाक छाया अनजाने ही बैठी हुई है। इतने सुहावने मॉरीशस द्वीप की बहारदार शामें किस कदर उदास और सूनी होती हैं-वहाँ अब भी शाम होते ही द्वीप की सारी चहल-पहल अकस्मात मर जाती है। उस पूरे द्वीप में गन्ने के हजारों खेतों के बावजूद किसी को गन्ने के रस की एक बूँद पीते नहीं देखा। क्योंकि पीढ़ी दर पीढ़ी जिस गन्ने को वे अपना खून-पसीना एक कर उगाते थे, उसका एक टुकड़ा चूसने पर, उनके हाथों और जबड़ों को दो शहतीरों के बीच कस कर तोड़ दिया जाता था। आज वे भूल चुके हैं कि गन्ने का रस मीठा होता है, ताजगी देता है। गला सूखने पर पिया जा सकता है। उनकी प्यास इतिहास की यंत्रणाओं ने सूखा दी है।

इतिहास की यह कड़वी झनझनाहट कभी-कभी बड़े बेमौके मेरे मन को झकझोरने लगती थीं। आज वहाँ के भारतीय परिवार समृद्ध हैं, सुशिक्षित हैं, देश-विदेश के अनुभव लेकर आये हैं। फ्रेंच, क्रियोल, अंगरेजी में निष्णात हैं। किसी सेमिनार में कोई अभी-अभी फ्रांस में शिक्षा पाकर या अमेरिका में अध्ययन करके लौटा हुआ भारतीय-मॉरीशन बोल रहा है और मेरा मन है कि सौ साल पहले लौट गया है। इसके पूर्वज आरा, शाहाबाद, आजमगढ़ किस जिले के किस गाँव के कुलीन किसान रहे होंगे? किस मेले-त्योहार में दलालों ने मिल कर उन्हें समझाया होगा कि मारीच द्वीप में सोना ही सोना भरा है? जाओ और थैली भर लाओ, कैसे कलकत्ता गये होंगे? किन सपनों के साथ? और जहाज पर चढ़ते ही उनकी मुश्कें बाँध दी गयी होंगी। उन्हें अंधेरे तेल भरे तहखाने में धकेल दिया गया होगा। द्वीप पर उतार कर उन्हें कोठरी में डाल दिया गया होगा। किसी फ्रांसीसी मालिक ने उन्हें खरीदा होगा। एक बोरी पहनने, एक बोरी बिछाने

को दी गयी होगी। कोड़ों, ठोकरों, गालियों के साथ। वे अपने गाँव को कैसे याद करते होंगे। क्या अर्थ रहा होगा उनके लिए, इन झरनों, झीलों, पहाड़ों, सौंदर्य भरे समुद्र तटों का। जब उन्हें कोड़े पड़ रहे होंगे, तो क्या वैसा इंद्रधनुष इनके खेत पर भी उगा होगा, जैसा मेरी राह पर उग आया था।'

आगे का परिदृश्य डॉ. भारती बताते हैं,

'लेकिन अगर हिन्दी भाषियों का यह इतिहास केवल इस अत्याचार के समक्ष आत्मघात का इतिहास होता, तो आज मॉरीशस, मॉरीशस न होता और मुझमें उसकी कथा सुनाने की उमंग न होती। इन दानवी अत्याचारों के समक्ष गुलामी के इस सबसे शर्मनाक दौर में इन भारतीयों ने अनथक श्रम और निष्ठा का परिचय दिया। जिस प्रकार नागफनियों, जहरीली झाड़ियों, डांसों, बिच्छुओं, फ्रांसीसी और अंगरेज उपनिवेशवादी राक्षसों से भरे द्वीप को आज संसार का सबसे सुहावना द्वीप बना दिया, वह तो अपनी जगह एक करिश्मा है ही, पर उन्होंने जिस तरह गुलामी की कड़ियों में पोर-पोर जकड़े हुए होने पर भी अपनी आत्मा को मरने नहीं दिया, अपनी संज्ञा को विस्मृत नहीं होने दिया। अपनी भारतीयता को मरने नहीं दिया, अपनी भाषा, अपनी संस्कृति, अपनी परंपरा को जितनी विचित्र स्थितियों में कठिन प्रयासों से जिंदा रखा, वह किसी भी जाति के लिए गर्व से सर ऊँचा करनेवाली उपलब्धियाँ हैं। उनकी कोई जाति-पांति नहीं रहने दी गयी थी। उनको नंबर बोल कर किसी व्यक्ति को किसी भी औरत के साथ रहने के लिए विवश किया गया था। एक स्त्री को बारह-बारह व्यक्तियों के साथ रखा गया था। उनको एक टाट का टुकड़ा छोड़ कर कोई कपड़ा पहनने की मनाही थी। उन्हें घर के बाहर बीड़ी पीने की इजाजत नहीं थी। वे पूजा नहीं कर सकते थे। जरा-सी भूल होने पर उनके घुटने और कलाई की हड्डियाँ तोड़ दी जाती थीं। दंड विधान इतना कड़ा था कि हर व्यक्ति के दो नाम होते थे। एक खेत पर, एक घर पर, ताकि पुलिस से बच सकें (मुस्लिम निवासियों के साथ कुछ रियायत थी, क्योंकि वे लश्कर थे। यानी सैनिक के रूप में अंगरेजों के सहयोगी पहरेदार सिपाही। वही पुरानी, बाँटो और शासन करो वाली नीति। क्रियोलों को रियायत थी, क्योंकि उन्होंने अपनी पैतृक संस्कृति त्याग कर ईसाई धर्म और संस्कृति अपना ली थी। पादरी भी उनकी रक्षा करते थे। लेकिन शेष भारतीय कुली पशुवत जीवन बिताने को बाध्य थे) फिर भी वे हारे नहीं। अपनी संस्कृति बचा ले गये।'

(साभार: 'यात्रा-चक्र', लेखक-डॉ. धर्मवीर भारती, प्रकाशक-वाणी प्रकाशक)

बिहारियों के श्रम से मॉरीशस स्वर्ग बना

बहुत वर्षों बाद, (डॉ. भारती की मृत्यु के कुछ महीने पहले) हम सपरिवार उनके घर गये थे। उनका स्नेह था। हिन्दी राज्यों को लेकर उनकी बेचैनी, उनकी पीड़ा, उनके लेखन में तो है ही, उनकी बातचीत में भी प्रमुख विषय रहता था। हिन्दी इलाकों के प्रति इतना कंसर्न (लगाव), उनके स्वाभिमान की बातें, तेवर की बातें, इतिहास में उनके साथ किये गये छल, उनकी कुरबानियों और बलिदान की बातें, बहुत कम लोगों से मैंने सुनी है।

जोगिया रंग की खद्दर की आधे बांह की गंजी और उसी रंग की लुंगी में उन्होंने मुझे शारदा सिन्हा से मिलने की बात सुनायी। और फिर उनके कई गीतों के मर्म समझाये। बताया कि महज गीत नहीं, इनमें हिन्दीभाषियों की पीड़ा और व्यथा की एक-एक दास्तान है। 'पनिया के जहाज से पलटनिया बन के अइहा पिया' महज गीत नहीं है, यह भोजपुरी इलाके की धरती की व्यथा का काव्य है। इसी तरह डॉ. भारती ने शारदा सिन्हा के उस गाने का भी उल्लेख किया, जिसमें पति अपनी तुरंत ब्याही पत्नी को छोड़ कर जाता है, ताकि उसे सुख से रख सके। जब वह कमा कर लौटता है, तो उसे आँखों से दिखायी नहीं देता। वह कुएँ पर खड़ी एक महिला से पूछता है, अपने घर का पता। संयोग से वह उसकी पत्नी होती है। फिर उन्होंने कहा कि भोजपुरी गानों और गीतों में क्या भाव, तथ्य और दर्द है, वह आज के लोग नहीं जानते-समझते। भोजपुरी धरती ने अपने स्वाभिमान की कीमत चुकायी।

मेरे एक युवा साथी हैं, जो जगदीशपुर इलाके से आते हैं, उन्होंने मॉरीशस से लौटने पर बताया कि आज भी लोग याद करते हैं कि कैसे लोग किन गाँवों से वहाँ गये। बहुत स्पष्ट तो नहीं, पर बड़े-बुजुर्ग बताते हैं कि उनके दादा-परदादा कहते थे कि आरा के निकट कई गाँवों से लोग परदेश गये थे। हरिगाँव जो हाल में चर्चित रहा, वह भी इसी इलाके में पड़ता है। बिहिया, बेलबनिया, सलेमपुर इलाकों में कई गाँव हैं, जहाँ से लोगों के बाहर जाने की बात कही जाती है।

26 अप्रैल की शाम को भारत की राष्ट्रपति प्रतिभा देवीसिंह पाटिल 'इंदिरा गाँधी सेंटर फॉर इंडियन कल्चर' में बोल रहीं थीं, तो उन्होंने मॉरीशस के ही एक कवि विश्वामित्र गंगा आशुतोष की कविता का हवाला दिया।

'नो गोल्ड डिड दे फाइंड
अंडरनिथ एनी स्टोन
दे टच्ड एंड टर्न्ड
येट, एवरी स्टोन दे टच्ड

इन टू सॉलिड गोल्ड दे टर्न्ड'
(किसी पत्थर के नीचे
दबा कोई सोना
उन्हें नहीं मिला,
उन्होंने उसे छुआ
और बदल दिया
हरेक पत्थर को
ठोस सोने के रूप में)।

मेरे मित्र राज हीरामन मुझे मॉरीशस के सुदूर गाँव में ले गये। यह 1978 की मित्रता है, जब राज हीरामन को मॉरीशस से, डॉ. रामगुलाम ने बंबई के टाइम्स ऑफ इंडिया ग्रुप (धर्मयुग) में प्रशिक्षण के लिए भेजा था। तब से राज से गहरा जुड़ाव है। वह कई बार भारत आये। बिहार-झारखंड भी आना हुआ। मुझसे मिले भी। उन्होंने कई चर्चिच किताबें लिखीं हैं। फिलहाल महात्मा गाँधी इंस्टीट्यूट में वह 'वसंत' और 'रिमझिम' पत्रिकाओं के वरिष्ठ सहायक संपादक हैं। अत्यंत जीवंत। उन्होंने रात में ही कहा-फजिरे में बात करूँगा।

यह शब्द खटका। न जाने कितने दशकों के बाद सुना। क्योंकि गाँवों में भी अब ऐसे शब्द आधुनिकता की भेंट चढ़ रहे हैं। प्रयोग से गायब हो रहे हैं। गाँवों या पोर्ट लुई शहर में देखा, भारत से गये हिन्दू घरों में ठीक बाहर, हर घर में तुलसी चौरा और महावीर स्वामी यानी महावीर जी। यहाँ लगभग 51 प्रतिशत हिन्दू हैं। 17 प्रतिशत मुसलमान हैं। इनमें से भी अधिक हिन्दी राज्यों से ही गये थे। आज 28 प्रतिशत क्रियोल, शेष अन्य हैं। हालाँकि भारतीयों ने खूब प्रगति की है। पर, आज भी यहाँ की अर्थव्यवस्था पर एक प्रतिशत फ्रांसीसी मॉरीशस समूह के लोगों का कब्जा है। तीन प्रतिशत चीनी लोगों का, रिटेल व्यवसाय और अन्य प्रोफेशनल क्षेत्रों में दबदबा है। क्रियोल ग्रुप आंशिक और सामाजिक रूप से पीछे है। हालाँकि सरकार इन्हें खूब राहत देती है। कुछ लोग कहते भी हैं कि दान और याचना ने इन्हें कर्म विमुख कर दिया है। इनके लिए पग-पग राहत, मदद के बंदोबस्त हैं। एक बड़ा समूह मानता है कि सरकार की खैरात ने इन्हें परजीवी बना दिया है। श्रम करने की ताकत हर ली। पर, उल्लेखनीय बात है कि इस तरह की मिली जुली जनसंख्या के बावजूद कभी कोई दंगा नहीं हुआ। भारतीय संस्कृति पूरी तरह जीवंत है। राज ने सुनाया, नरसिंह राव का एक बयान। भारत के लोग जब अपनी संस्कृति भूल जायेंगे, तो उसके पार्ट-पुरजे कल मॉरीशस से ही मिलेंगे। आज भी यहाँ हिंदुओं में संयुक्त परिवार की व्यवस्था है। फिजी,

सूरीनाम, त्रिनिदाद-टोबैगो, गुयाना वगैरह देशों में जहाँ भारतीय मूल के लोग हैं, वहाँ ओल्ड एज होम बन रहे हैं। पर, मॉरीशस में अब भी अनाथालय या वृद्धाश्रम नहीं हैं।

एक गाँव प्रेमनगर जाना हुआ। इसका पुराना फ्रेंच नाम क्योंतोरेल था। उस गाँव में देखा, सूरन, गागल, लीची, लौकी, आम के पेड़-खेती और बगीचा। एक गाँव का नाम चित्रकूट है, जो कि राम की याद में है। दूसरा पंचवटी भी है। रामगुलाम के नाम पर केवलनगर भी है। घर में लोग मोटिया बोलते हैं। मोटिया यानी गाँव की पुरानी भाषा। यहाँ साई बाबा (पुर्थी) के बहुत अनुयायी हैं। उनके बाद बाबा रामदेव लोकप्रिय हैं। घर-घर में मंदिर, घरों के अंदर सरस्वती, कृष्ण, महावीर स्वामी। गाँव-गाँव मंदिर। प्रेमनगर में 300-350 परिवार रहते हैं। बताया गया कि सब भोजपुरिया हैं। सबके घर में कारें हैं। टोयोटा कारें, अन्य वाहन। हर घर में गाँधी की तस्वीर भी है। यहाँ बड़े-बड़े तूफान आते हैं। समुद्री द्वीप हैं। इसलिए, तूफानों के नाम औरतों के नाम पर हैं।

1960 तक यहाँ अगौर के घर थे। अगौर यानी ईख की सूखी पत्तियाँ से बने। यहाँ हल्दी, बैंगन, प्याज, लहसुन, चावल, टमाटर, कोहड़ा, लौकी, भिंडी, पपीता, लीची, नींबू, लागैन (सब्जी) सब थे। गाँव के बाहर काली मंदिर। गाँव में घरों के बड़े-बड़े गेट नहीं, न कहीं मजबूत बाउंड्री। पता चला, क्राइम रेट कम है। पर, अमेरिकी आधुनिकता की लहर यहाँ के युवाओं पर भी है। लेकिन इन सबसे अलग उल्लेखनीय पहलू है, अपने श्रम, साहस और धीरज से पत्थर को भी सोने में बदल देनेवाले भारतीय मूल के लोगों की भूमिका की दास्तान। मॉरीशस के सुविख्यात रचनाकार और दुनिया में चर्चित अभिमन्यु अनत से मुलाकात में यह बात और साफ हुई। उनके घर में हम बतिया रहे थे। पूछा, आजकल क्या लिख रहे हैं? उनका जबाव था। नाटक लिख रहा हूँ। वह पहले भी नाटक लिख चुके हैं। मंचन भी किया है। निर्देशन भी। मॉरीशस के जागरण में इन सांस्कृतिक या साहित्यिक हस्तक्षेपों की बड़ी भूमिका रही है। उनके नये नाटक का मूल मर्म एक गरीब किसान पर आधारित है। शीर्षक है, 'प्रगति'। वह पूछते हैं, मॉरीशस को किसने स्वर्ग बनाया? न तो मुंबई वालों ने, न दिल्ली वालों ने, न कोलकाता वालों ने। संघर्ष किया बिहारियों ने। जब वे बिहारी बोलते हैं, तो उनका आशय हिन्दी इलाकों से गये सभी प्रांतों के लोग हैं।

फिर बताते हैं, आज बिहारी अच्छे घरों में हैं। उनके पास एक टुकड़ा जमीन है। घर-आँगन है। गाड़ी है। 30 वर्षों पहले ऐसा नहीं था। वह कहते हैं चाचा रामगुलाम और विष्णु दयाल, आर्थिक और सामाजिक स्थिति में बदलाव के

प्रणेता थे। इन दोनों की बदौलत आजादी मिली। देश में एकता हुई। वह कहते हैं, आज की नयी पीढ़ी नहीं समझ रही कि लंगोटी पहने, लोटा लेकर शौच जानेवाला कैसे रहता था? यह एक व्यक्ति की कहानी नहीं, घर-घर की कहानी है। दास्तान है। घरों के दरवाजे छोटे होते थे, मांद जैसे। हर घर में निहुर कर घुसना होता था। घर का छाजन गन्ने के पत्तों से होता था। हमारे श्रम ने हमारी किस्मत बदली। 30 वर्षों बाद सिर से गन्ने का छाजन हटा। टीन की चादर चढ़ी। पुनः 30 वर्षों बाद कंक्रीट की छत हुई। यह हमारे श्रम और खून के उत्सर्ग से मिली प्रगति है। खून-पसीना और श्रम ने हमें जिंदगी में रास्ते दिये। यह समृद्धि या बेहतरी अचानक नहीं आयी। धीरे-धीरे श्रम से आयी। हर घर में।

अभिमन्यु अनत मानते हैं कि इसमें सबसे बड़ा योगदान महिलाओं का रहा। घर की महिलाएँ, गाय-बकरियाँ पालती थीं। पुरुष खेतों में काम करते थे। कुली-मजदूरों के रूप में। अगर हमारी महिलाएँ, गाय-बकरियाँ नहीं पालतीं, तो हमारे घर कैसे होते? महिलाएँ जंगल से घास काटतीं, बोझा के बोझा ढोतीं, तब मवेशी जीते थे। मर्दों से ज्यादा संघर्ष महिलाओं ने किया है। उन्होंने बताया कि जिस होटल में आप ठहरे हैं, वहाँ जंगल था। वहाँ से घास ढोकर लाते थे। घर में महिलाएँ जाँत (आटे की घरेलू चक्की) पीस कर काम करती थीं। ओखल-मूसल से। भोजपुरी-हिन्दी की पूरी सांस्कृतिक थाती, इन्होंने ही बचा कर रखी। अभिमन्यु अनत के घर में बैठा, स्तब्ध यह दास्तान सुन रहा था। कैसे परिश्रम से तकदीर बदली जाती है? याद आयी, सिंगापुर की यात्रा। वहाँ हम सिंगापुर का इतिहास जानने संग्रहालय गये थे। कैसे मछुआरों के पिछड़े, साधनहीन और लगभग जंगली इलाकों को श्रम, संकल्प और दृष्टि से लोगों ने बदल दिया। विश्व के श्रेष्ठ देशों में से एक बना दिया। अपने श्रम से निर्जन और पथरीले जंगलों से घिरे द्वीप को स्वर्ग बना दिया।

मगन भाई बने थे, भारतीयों की आवाज

24, अप्रैल (2011) को मॉरीशस रवाना होते ही राष्ट्रपति श्रीमती प्रतिभा देवीसिंह पाटिल ने अपने विशेष विमान में अखबारनवीसों से बात की। अपनी यात्रा के उद्देश्य और मकसद बताये। और बातों के साथ उन्होंने यह भी कहा कि हम दोनों देशों के तटों को न सिर्फ समुद्र पखारता है या जोड़ता है, बल्कि वहाँ रह रहे लोगों के पुरखों और हमारे बीच के एक अद्‌भुत रिश्ते को भी रेखांकित करता है।

यह सही है। यहाँ आकर गाँधी का एक और प्रकाशमान चेहरा दिखता है।

गाँधी सामान्य या परंपरागत अर्थों में महान नहीं थे। उनके एक-एक कदम उनके इतिहास पुरुष होने के उदाहरण यहाँ (मॉरीशस में) भी हैं। वह डरबन से मुंबई की यात्रा पर थे। 30 अक्तूबर, 1901 को उनका जहाज नौसेरवा पोर्ट लुई पहुँचा। किसी कारण या तकनीकी खराबी होने से वह 19 नवंबर तक वहीं लंगर डाले रहा। गाँधी, समय का महत्त्व और इस्तेमाल जानते थे। हालातों के नब्ज पर उनके हाथ थे। उन्होंने मॉरीशस द्वीप पर बसे प्रवासी भारतीयों की हालत देखी। 13 नवंबर, 1901 को सार्वजनिक सभा की। कहा मॉरीशस के चीनी उद्योग को भारतीयों ने खड़ा किया है। पर, उनके जीवन में दुख और कठिनाइयाँ हैं। 27 सितंबर को राष्ट्रीय कांग्रेस के कोलकाता अधिवेशन में उन्होंने एक रपट दी। यह प्रतिवेदन दक्षिण अफ्रीका और मॉरीशस में रह रहे भारतीयों की स्थिति से जुड़ा था। गोरे सामंतों के अनाचार की बातें थीं। उनका मानना था कि जिन भारतीयों के श्रम, स्वेद (पसीना) और खून से अफ्रीकी देशों को समृद्धि मिली, वे खुद दुखों से घिरे हैं। कांग्रेस ने पहल की। पर, कुछ हुआ नहीं। फिर महात्मा गाँधी ने नया कदम उठाया। अपने एक साथी बैरिस्टर डॉ. मणिलाल-मगन लाल को मॉरीशस भेजा। भारतीयों के बीच काम करने के लिए। भाई मगनलाल की कहानी आज के राजनीतिक हालातों में जानना राजनीति के सही और प्रभावी चेहरे को समझने जैसा है। बदलाव की नींव कहाँ होती है? संघर्ष या क्रांति की शुरुआत कैसे होती है? बिना साधन, संगठन, संसाधन कैसे आन्दोलन खड़े होते हैं। महज आत्मविश्वास, सदाचार और प्रतिबद्धता से कैसे हालात बदलते हैं? सात्त्विक प्रतिकार और नैतिक प्रतिबद्धता कैसे नये माहौल को जन्म देते हैं?

एक लंगोटीधारी (भारतीयों के बीच गाँधी इसे नाम से जाने जाते थे) ने अपने तेज, प्रताप और कौशल से कैसे भारतीयों को एक नयी पहचान दी, देश-दुनिया में। 1901 में ही कैसे गाँधी के सरोकार बाहर के भारतीयों से भी जुड़े थे। न जाति की ताकत थी, न समुदाय की। न युवा वर्ग था और न पक्ष में कहीं कोई माहौल था। तब कैसे गाँधी ने इतिहास बनाया। यह डॉ. मणिलाल-मगनलाल के जीवन प्रयोग से पता चलता है। भाई मगनलाल मॉरीशस पहुँचे। कोई जाननेवाला नहीं। उन्हें गाँधी का सुझाव था। रंगभेद और जातिभेद के विरुद्ध काम करना। प्रवासी भारतीयों के कानून सम्मत अधिकारों के लिए लड़ना।

गाँधी का आदेश, उनके लिए मिशन था। यानी तब नेता के प्रति कार्यकर्ता की कैसी अटूट आस्था थी। यह आस्था ही संबंधित लोगों के लिए संकल्प और प्रतिबद्धता का स्रोत थी। मॉरीशस में आज भी श्रद्धा से मणिलाल याद किये जाते हैं। 1907 में वे मॉरीशस पहुँचे। चार वर्ष रहे। इसी अवधि में राजनीतिक जागरण का एक नया

इतिहास लिखा। गुलाम भारतीय मजदूरों के मुक्ति आन्दोलन की शुरुआत हुई। भाई मणिलाल ने गाँधीवादी तौर तरीके अपनाये। सार्वजनिक सभाएँ करते। प्रेरक भाषण देते। प्रस्ताव पारित कराते। भारतीयों के दुख और पीड़ा के दस्तावेज शासन को सौंपते। भारतीयों की पीड़ा को लेकर आवेदन लिखते। वे 'एकला चलो रे' के रास्ते पर थे। स्वावलंबी या अकेले कार्यकर्ता। सुख-सुविधा कुछ थी नहीं। भारतीय मजदूरों को परिचय पत्र साथ में लेकर घूमना होता था। अन्यथा वे जेल भेज दिये जाते थे। भारतीय खेतिहर ईंख देते, तो गोरों की चीनी की कोठियों में उसका वजन कम मापा जाता। गोरों की कोठियों में सुबह-सुबह हाजिरी होती। उस वक्त गाली-गलौज, मारपीट, मामूली बात थी। हालाँकि इस द्वीप में बसे उन लोगों में से दो तिहाई भारतीय थे। पर, किसी संस्था में उनका प्रतिनिधित्व नहीं था। सामंतों के भय और जुल्म अलग थे। उनके प्रति कहीं दया-ममता नहीं थी।

सहृदय लोग उनकी स्थिति देख पसीज जाते। ऐसे ही एक गोरे सज्जन थे। जर्मनी में जन्मे फ्रांसीसी डॉ. आल्दोफ दे प्लेवित्ज। अपने ससुर के घर मॉरीशस आये थे। उनकी कोठी सँभालने। भारतीय मजदूरों की हालत देख कर वे पसीजे। विरोध शुरू किया। फिर पोर्ट लुई के चौराहे पर बेंत से उनकी पिटाई हुई। डॉ. आल्दोफ के बारे में सुन कर एक दूसरे मशहूर फ्रांसीसी याद आये। फैनन, 'द रेचड ऑफ द अर्थ' के लेखक। इसी तरह गाँधी जी के कई गोरे साथियों की स्मृति उभरी। सेंट एंड्रयूज की भी। मनुष्य का विवेक अद्‌भुत है, जब उसके अंदर का इनसान जगता है, तो वह जाति, धर्म, रंग सब छोड़ कर न्याय के साथ खड़ा होता है।

मगन भाई और गाँधी के काम ने विश्व जनमत बनाया। मॉरीशस में भी भारतीयों की दुर्दशा जाँचने के लिए एक रॉयल कमीशन बना। इसके अध्यक्ष थे, सर फ्रैंक स्वेनेथम। 18 जून, 1908 को कमीशन मॉरीशस आया। भारतीयों की ओर से बोलनेवाला कोई नहीं था। न कोई स्थानीय नेता। तब मणिभाई ने कमीशन के सामने भारतीय समुदाय का पक्ष रखा। 72 वर्ष पहले शर्त्तबंद भारतीय मजदूर यहाँ आये थे। उसके बाद भारतीयों की पहली आवाज कोई बना, तो वे थे मगन भाई। इसके पहले तक भारतीय समझते थे कि यातनाएँ और शोषण उनके जीवन का हिस्सा हैं। भाग्य में बदा, ललाट पर लिखा। मणिभाई ने कौशल के साथ भारतीयों का पक्ष रखा। नैतिक सवाल उठाये। फ्रेंच सामंतों ने डराया-धमकाया, उन्हें गवाही नहीं देने दी।

मणिभाई के पास सबूत नहीं थे, फिर भी उन्होंने शिकायत की कि छोटे खेतिहरों के गन्ने, गोरों के चीनी कोठियों में कम कर तौला जाता है। गोरे चीनी मालिकों का भय था। कोई गवाह नहीं था। भाई मगन की प्रतिष्ठा दांव पर थी।

उन्हें खेतिहरों के पक्ष में सबूत नहीं मिल रहा था। प्रकृति या ईश्वर ने चमत्कार किया। जयपाल मराज नामक एक छोटा खेतिहर उठ खड़ा हुआ। और सारी बातें साफ-साफ रख दी। भूचाल आ गया। मॉरीशस के सबसे प्रभावशाली गोरे घराने से यह शिकायत जुड़ी थी। बाद में मालिक ने एक थानेदार के माध्यम से जयपाल को बुलाया। पर, वहाँ वह डट गया। भारतीयों की मुक्ति के लिए लड़नेवाले ऐसे अनेक अनाम योद्धा हुए। कमीशन ने अपनी रिपोर्ट दी। उसने भारतीयों की बदतर हालात को माना।

मणिभाई ने 'श्री हिन्दुस्तानी' नाम से साप्ताहिक प्रकाशन भी शुरू किया। इसमें मानव स्वतंत्रता, उसके नैतिक रूप, इन विषयों पर बात होती थी। लोगों को जागरूक बनाने का प्रयास। दासत्व प्रथा की आलोचना। कुली प्रथा की पीड़ा, रंगभेद के दुष्परिणाम। कुछ ही दिनों यह पत्रिका चली। फ्रेंच पूँजीपति उन्हें बहुत तंग करते थे। उन पर ईंट-पत्थर, टमाटर वगैरह फेंके जाते थे। अभद्र व्यवहार होता था। पर, मणिभाई गाँधीवादी थे। उनमें धीरज था। वह कभी झुके नहीं। कुछ वर्षों तक काम करने के बाद चले गये। फिजी में प्रवासी भारतीयों के बीच काम करने, उन्हें सहायता करने।

'श्री हिन्दुस्तानी' प्रेस और उसके स्टाफ को आर्यसभा पोर्ट लुई को सौंप दिया। सामाजिक सुधार के लिए। उन्होंने रंगून से एक भारतीय डॉक्टर चिरंजीवी भारद्वाज को मॉरीशस बुलवाया। तीस साल बाद जब मॉरीशस की राजनीति में भारतीय निर्णायक स्थिति में पहुँचे, तब मणिभाई मॉरीशस आये। तत्कालीन प्रधानमंत्री सर शिवसागर रामगुलाम ने उनके स्वागत में कहा-महाभारत के योद्धाओं के समान आप दीर्घकाल के बाद वापस आये हैं। यह संपूर्ण देश, आपके चरणों पर है।

मगनभाई 1956 में भारत में मरे, तो पूरे मॉरीशस ने उन्हें याद किया। उनकी प्रतिमा वहाँ है। मणिभाई की कहानी प्रेरक अध्याय है। कैसे एक संकल्पवान राजनीतिक कार्यकर्ता अपने नैतिक बल और प्रतिबद्धता की पूँजी के साथ एक समूह को जगा सकता है। सात्त्विक और नैतिक तरीके से अकेले वह दुनिया की सबसे ताकतवर सत्ता (ब्रिटिश साम्राज्य) से टकरा सकता है।

आज मॉरीशस के लोग उन्हें प्रकाश पुंज के रूप में याद करते हैं। मगनभाई जैसे लोगों द्वारा रखी नींव पर ही आज भारतीय समाज मॉरीशस में विकास और उपलब्धि का नया अध्याय लिख रहा है।

बइठकों से बदले हालात

राज हीरामन, मेरे मॉरीशसवासी मित्र ने बइठकों की चर्चा की। हिन्दी में

जिन्हें बैठका कहते हैं। अपनी धरती से 6000 किमी दूर यह भोजपुरी शब्द सुनते ही अपना गाँव याद आया। 40 वर्ष पहले के दृश्य। गाँवों में कउड़ा, दालान, पकड़ी या बरगद के नीचे ही लोग बैठते थे। सामूहिक। मंदिरों के प्रांगण में भी। आज की तरह ये स्थल ही ड्राइंग रूम होते थे। इन बैठकों में सामूहिक चर्चाएँ होती थीं। गाँव-घर से लेकर दुनिया-जहान की बात। कलकत्ता में देखा अड्डा जमाना, महाराष्ट्र में इसका अलग रूप देखा। आंध्र प्रदेश में भी। झारखंड के गाँवों में तो पहले से ही पंचायत पद्धति रही है। पंचों या अखाड़ों का महत्त्व है। ये कैसे मंच हैं? नाम अलग-अलग पर, भाव-भंगिमा में लगभग समान। ये सभी सार्वजनिक मंच हैं, जहाँ लोग साझा दुख बाँटते हैं, देश-दुनिया की बातें करते हैं, मुद्दे तय करते हैं।

पानी के जहाज से भले ही मॉरीशसवासी अपनी धरती से दूर हो गये हों, पर वे 'बैठका' को मॉरीशस ले गये। परायी धरती, नया माहौल, गोरे शासक, पर बइठका ही वह मंच था, जब वे आपस में मिलते। अपनी पीड़ा बाँटते। इसका सामाजिक स्वरूप लगातार निखरा। अर्थशास्त्री और समाजशास्त्री अध्ययन कर सकते हैं कि मॉरीशस के विकास में बइठका का क्या योगदान रहा। बइठका यानी सामूहिक मंच। सबके सवालों पर परामर्श का फोरम। आधुनिक आर्थिक विकास में निजत्व पर जोर है। यह मर्म में व्यक्तिवादी है। व्यक्तिवाद से बड़े बदलाव नहीं होते। पर, सामूहिक मंच, सामाजिक बदलाव का सबसे कारगर मंच है। यह साबित हुआ, मॉरीशस में बइठकों के प्रयोग से।

बइठका, भारत से आये लोगों के लिए शिक्षा का एक मंच भी बना। संपूर्ण विकास का मूल स्रोत। वह मंच जहाँ उत्सवों और पर्वों के माध्यम से धर्म, भाषा, संस्कृति आदि का प्रचार-प्रसार हुआ। हर गाँव में खटनेवाले भारतीय को लगा कि शाम में मिलने-जुलने का कोई मंच होना चाहिए। अलग कमरा हो या बइठका। बइठका का अर्थ मॉरीशस में लोग बताते हैं, रमयनियों (रामायण बांचनेवाले) के बैठने का स्थान। सभासदों या पंचों के बैठने की जगह या कमरा। या वह स्थान जहाँ प्रायः बच्चों के लिए हिन्दी कक्षाएँ चलती थीं। इस बइठका का रखरखाव, निर्माण, लिपाई-पुताई आदि सार्वजनिक जलसे में होता था। इन बइठकों का महत्त्व मंदिर जैसा होता। दिनभर खटनेवाले भारतीय मजदूर शाम को घर लौटते, तो उन्हें बच्चों की चिंता सताती। उनका भविष्य कैसे बने? इसपर चर्चाएँ होतीं। इस तरह बच्चों के लिए स्कूल शुरू हो गये। जो थोड़े पढ़े-लिखे लोग थे, वे अध्यापक बन गये। बिना तनख्वाह के। बच्चे नंगे पाँव ही बइठका पहुँचते। मारकीन का कुरता और खाकी की निक्कर पहन कर, पटसन की चटाई पर पाल्थी मार कर बैठते थे।

पूजानंद नेमा ने बइठका के उद्‌गम, महत्त्व और भूमिका पर प्रभावी अध्ययन किया है। उनके इस अध्ययन का नाम है-'बैठका : भारतीय अप्रवासियों का सर्वोदय स्रोत।'

पूजानंद नेमा कहते हैं, बइठका दो बजे खुल जाता था। तीन बजे विद्यार्थी जुटते। छह बजे तक चलती। शनिवार को भी बइठका खुलता। शनिवार पाटी पूजन का विशेष दिन होता था। सभी बच्चे अपनी पाटी धोकर करीने से केले के पत्ते पर रखते। फिर उस पर पान-फल-मिठाई आदि चढ़ा कर पाटी की पूजा करते थे। संझा (संध्या) दी जाती थी। कभी बच्चे सरस्वती देवी को चना, चावल, चीनी आदि भी चढ़ाते थे।

दूसरे साल तक बच्चे रामायण पढ़ने लग जाते थे। साथ ही भारत का इतिहास भी पढ़ाया जाता था। इस तरह बइठका सामाजिक नवजागरण के केंद्र बन गये। बइठकाओं और मठियाओं में पढ़ाई शुरू हो गयी। 1911 में एक कन्या पाठशाला खुली। कई लोगों ने अपनी कमाई लगा कर बइठकों का निर्माण कराया। गीता, पुराण की भी पढ़ाई होती। 1950 तक मॉरीशस में बइठकाओं की संख्या 400 से अधिक हो चुकी थीं। इनमें शादी, विवाह, उत्सव होने लगे। महिला समाज का भी गठन हुआ। बर्त्तन-हांडी की भी व्यवस्था हुई। कहीं कोई गाँव में मर जाता, तो पहले से बनी सभा का छड़ीबरदार या धावन (धावक) गाँव भर घूम कर सबको मरनी का हाल देता था। शादी-ब्याह का न्योता भी धावन ही देता या गाँव का ठाकुर।

1939 में प्रो. वासुदेव विष्णुदयाल भारत से पढ़ कर मॉरीशस लौटे। उन्होंने इन बइठकाओं को सामाजिक, धार्मिक और सांस्कृतिक आन्दोलन का मंच बनाया। वह गीता के जाने-माने वक्ता थे। मॉरीशस निर्माण में इनकी बड़ी महत्त्वपूर्ण भूमिका थी। इस तरह नवजागरण के मंच बने ये बइठका। हिन्दी बइठकाओं की तरह ही तमिल, तेलुगू, मराठी और उर्दू भाषियों के यहाँ भी पाठशाला या मंच बने। तमिल मंदिर में ऐसी ही गतिविधियाँ होती थीं। मराठी भाषा में समानार्थक शब्द धर्मशाला है। इसी तरह बइठकाओं ने मॉरीशस में जागृति और उत्थान का नया अध्याय रचा।

रोटी के लिए अंगरेजी दर्द की दास्तान हिन्दी में

मॉरीशस से लौटते हुए, राष्ट्रपति के विमान में उनसे मेरा पहला सवाल था-आपकी मॉरीशस यात्रा के सबसे यादगार क्षण, उपलब्धि और पहलू आपकी नजर में क्या हैं? जवाब सटीक था-"हर क्षण यादगार। हर चीज में वहाँ की

सरकार ने रुचि ली। हर वक्त वहाँ के प्रधानमंत्री साथ रहे। जब मुझे डॉक्टरेट की उपाधि दी गयी, तब राष्ट्रपति और प्रधानमंत्री साथ थे। वह क्षण भी यादगार है।"

इसी तरह इस धरती पर पाँव रखते ही मुझे अपने 35 वर्ष पुराने मित्र राज हीरामन की याद आयी। हम बंबई में मिले, जब सपने देखने की उम्र थी। अभाव था, पर हौसले थे। उन्हीं दिनों मॉरीशस के प्रमुख लेखक अभिमन्यु अनत की चर्चा थी। उन्हें पढ़ा था। उनकी चीजें मन को छूती थीं। मॉरीशस की धरती पर उतरते ही उनकी चर्चित कृति 'लाल पसीना' की स्मृति हो आयी।

राष्ट्रपति यात्रा से छिटक कर राज हीरामन के साथ हम अभिमन्यु अनत जी के घर मिलने गये। 70 से अधिक की उम्र। लोगों से बहुत कम ही मिलते हैं। उनकी इस कृति का अनुवाद कई भाषाओं में हो चुका है। फ्रेंच में भी। 'लाल पसीना' के फ्रेंच अनुवाद की भूमिका लिखी, नोबेल पुरस्कार विजेता जां मारी गुस्ताव लेक्लेज्वो ने। वह अब फ्रांस में ही रहते हैं। कभी मॉरीशस में रहे। वह अभिमन्यु जी के निजी मित्रों में से हैं। तीन दर्जन से अधिक पुस्तकों के रचनाकार, अनंत जी के घर में घुसते ही तुलसी चौरा और महावीर स्वामी के मंदिर मिले। नीचे की मंजिल पर उनके भाई रहते हैं। ऊपर के मंजिल पर अनंत जी। बड़े प्रेम और आत्मीयता से मिले। 'धर्मयुग' से उनका जुड़ाव था। किताबों से सजा एक बड़ा कमरा था, उसी में उनसे मिलना हुआ।

देखते ही बोले, डॉ. धर्मवीर भारती, महावीर अधिकारी और कमलेश्वर की देन हूँ, मैं। मेरे निर्माण में उनका बड़ा योगदान रहा है। स्मरणीय है कि डॉ. भारती 'धर्मयुग' के संपादक थे। तब यह पत्रिका औसतन 6-7 लाख प्रति सप्ताह बिकती थी। महावीर अधिकारी, 'नवभारत टाइम्स', बंबई के संपादक थे, जबकि कमलेश्वर, 'सारिका' सँभाल रहे थे। तीनों ने मॉरीशस के हिन्दी रचनाकारों को हिन्दी की दुनिया से जोड़ने का बड़ा काम किया।

मेरी जिज्ञासा थी कि आप हिन्दी लेखन में कैसे मुड़े? जवाब था-पढ़ता था। मेरे पिता 'आर्यमित्र पत्रिका' के पाठक थे। पर, मुझे कहते थे कि हिन्दी से रोटी नहीं मिल सकती। अंगरेजी, फ्रेंच पढ़ो। हिन्दी की पुस्तकें छिपा कर पढ़ता था। अंगरेजी और फ्रेंच पत्रिकाओं में छिपा कर। पर, माँ ने कहा तुम हिन्दी में ही बढ़ोगे। इस तरह मेरी पहली कहानी सांस्कृतिक पत्रिका 'रानी' में छपी। पत्रिका हाइकमीशन से मिली थी। अध्यापक था, कहानी भेजी। 3-4 सप्ताह बाद यह पत्र मिला कि मेरी कहानी छाप रहे हैं। 40 रुपये का चेक मिला। कारवाँ चल पड़ा। घूम-घूम कर चेक देखता था। मॉरीशस के पुनर्जागरण के अग्रणी इतिहास

नायक विष्णु दयाल ने कहा कि तुम लेखक बनोगे। तब से अब तक 75 पत्रिकाओं में अभिमन्यु जी का लिखा छपा। पहला उपन्यास था 'और नदी बहती रही।' यह बड़ा ही रोमांटिक उपन्यास था। मेरी माँ ने हौसला बढ़ाया। मैं स्कूल में अध्यापक था। बड़े संघर्ष से हिन्दी मॉरीशस में भाषा बनी थी। तब बइठका में समाज बैठता था। अगर गलत काम किया, तो बइठका में ही फैसला होता। कोर्ट और परिवार की तरह। शादी में मदद पर बइठका में ही फैसले होते। बइठका से ही हिन्दी मॉरीशस में फैली। हिन्दी के लिए संघर्ष बइठका मंच से हुआ। उन्हीं दिनों विष्णु दयाल का भी नारा गूँज रहा था-

'छोड़ो मोटिया, छोड़ो क्रियोली
घर-घर हिन्दी बोलो।'

मैंने जानना चाहा कि वह किन दो पुस्तकों को महत्त्वपूर्ण मानते हैं। उन्होंने बताया-'लाल पसीना' और 'लहरों की बेटी'। 'लहरों की बेटी', समंदर के जीवन में संघर्ष की कथा है। वह भी महिला द्वारा। पूछता हूँ, इसका यथार्थ से ताल्लुक है! जवाब देते हैं, हाँ है। यह अनुभवों के संसार से उपजा है। अनंत जी की बहन की शादी समुद्र के किनारे के गाँव में हुई थी। वहाँ जाकर वह रहे। समुद्र का जीवन देखा। बहन के घर पर ही कविताएँ लिखनी शुरू की।

तब विकट तूफान आते थे। वहाँ की भाषा में टाइकॉन। घर-बार सब कुछ उड़ा ले जानेवाला तूफान। तब अभिमन्यु जी हिन्दी में कविताएँ लिखते थे। बताते हैं कविता की पुस्तक ऐसे ही तूफान में देखते-देखते उड़ गयी।

मेरे मन पर 'लाल पसीना' का इतिहास बोध दर्ज है। पूछता हूँ 'लाल पसीना' की पृष्ठभूमि? बताते हैं, इसमें मेरे मामा की कथा है। वह बिहार से आये थे। क्रांतिकारी थे। गन्ना काटते थे। अन्य साथियों के साथ। एक साथी थक गया था। कमर सीधी करने के लिए खड़ा हुआ। गोरे मालिक ने चाबुक से मारा। मेरे मामा से रहा नहीं गया। तब इन मजदूरों के सरदार या मेठ, हमारे बीच के लोग ही होते थे। हमारे लोग भी अपने लोगों पर अत्याचार करते थे। गोरों के इशारे पर। मेरे मामा बरदाश्त न कर सके। उन्होंने हमलावर गोरे को पत्थर पर धकेल दिया। फिर भाग निकले। वह जानते थे कि पकड़े गये, तो बचेंगे नहीं। इसलिए वे भाग कर बनारस चले गये। बनारस भारत में नहीं, मॉरीशस में ही एक दूर के इलाके का नाम रखा था, भारतीयों ने। वह वहीं बस गये। हिन्दी पढ़ाते। एक निश्चित अवधि तक ऐसे अपराध करनेवाले पकड़ में न आते, तो वे लुप्त हो जाते थे।

मेरे पिताजी की दुकान थी। सिगरेट, मिठाई और सब्जियों की। वहाँ बैठ कर

फ्रेंच पढ़ता था। वहाँ भारत से दादा जी, नानी जी, दादी माँ और नाना जी आये हुए थे। मेरे पिता का जन्म यहीं हुआ। वह कहते हैं, जब वह संघर्ष याद करता हूँ, तो रोमांचित होता हूँ। फिर अभिमन्यु जी बताते हैं-मेरे घनिष्ठ मित्र जां मारी (नोबेल पुरस्कार विजेता) कहते हैं कि पुरखों का संघर्ष जबरदस्त था। मगर आज युवाओं में भटकाव है। वे गुमराह हो रहे हैं।

फिर अभिमन्यु जी बताते हैं-चाचा रामगुलाम की पत्रिका के बारे में। पत्रिका थी 'एडवांस।' उसमें कुछ दिन लिखा। भारत में नियमित लिखता रहा। पारिश्रमिक भी मिला। राजकमल से पहली पुस्तक छपी। तब शीला संधू मालकिन थीं। उन्होंने कहा, अब इस नदी को बहते रहने दो। अभिमन्यु जी की पुस्तक का शीर्षक था, 'नदी को बहते रहने दो'। वह कहते हैं दिल्ली में प्रकाशकों का बड़ा स्नेह और सहयोग मिला। दिल्ली जाने पर उन्होंने होटल में नहीं ठहरने दिया। सभी प्रकाशकों ने सही भुगतान किया। पर, अपना फ्रेंच अनुभव बताते हैं। भुगतान जो फ्रेंच में मिलता है, उसका एक तिहाई भी हिन्दी में नहीं है। फिर वह साफ करते हैं कि पैसे के लिए कभी नहीं लिखा। फ्रेंच में किसी कृति पर वर्ष में दो बार भुगतान किया जाता था। जनवरी और अगस्त में।

पूछता हूँ, इन दिनों क्या लिख रहे हैं? कहते हैं, नाटक। अभिमन्यु जी ने अनेक नाटक लिखे, उनका निर्देशन और मंचन किया। गाँव-गाँव घूम कर नाटक दिखाते। हर जगह 2000-4000 की भीड़ जुटती। वह मानते हैं कि मॉरीशस के जागरण में इस नाटक अभियान का बड़ा योगदान रहा है। वह हिन्दी भाषियों के श्रम और योगदान को रेखांकित करते हैं। फिर विद्यानिवास मिश्र का स्मरण करते हैं। उनकी एक कथा सुनाते हैं। मॉरीशस की धरती पर उन्होंने कहा था, हिन्दी धमनियों में बहनेवाली भाषा है, पढ़ो और खूब पढ़ो। पर, एक बात न भूलो, जो तुम्हारे शोषक हैं, उनकी भाषा जरूर सीखो। उन्हीं की भाषा में अधिकारों की माँग करो। उन दिनों को याद करके वह कहते हैं, आज टीवी में फ्रेंच, अंगरेजी और क्रियोल में जो उद्घोषक हैं, उनमें से अधिकांश हिन्दी भाषी युवक-युवतियाँ हैं। 23-24 साल की उम्र के। फिर निष्कर्ष में बताते हैं कि हमने हिन्दी की सेवा नहीं की, हिन्दी ने जरूर हमारी सेवा की है।

फिर वे बताते हैं, अंगरेजी और फ्रेंच अच्छी तरह जानता हूँ। 15 वर्षों तक इन भाषाओं में लिखा। इन पर मुझे अच्छे पेमेंट भी मिले। पर, छोड़ दिया। कहते हैं, उपन्यास लिखने की इच्छा हुई। जाति और धर्म के प्रसंग को लेकर। आज मॉरीशस में चार समूह रहते हैं। क्रियोल, हिन्दू, मुसलमान और गोरे। चीनी भी हैं। वे धनी हैं। पर बहुत नहीं हैं। 5 प्रतिशत गोरे हैं। 17 प्रतिशत ईसाई। धीरे-धीरे

गन्ने के कारखाने सिमट रहे हैं। तब 40-50 कारखाने थे, अब 4-5 रह गये हैं। गोरे भारतीयों के मुँह पर थूकते थे। हमारे पास पसीने की पूँजी थी। उस 'लाल पसीना' को चुका कर, हमने इस धरती को स्वर्ग जैसा सुंदर बनाया। भोजपुरी आज भी घर-घर की भाषा है। 50 साल की उम्र के लोग बोलते हैं। आपस में आत्मीयता से भोजपुरी में बात करते हैं। नस-नस में, धमनियों में यह भाषा और संस्कृति बहती है। हालाँकि पुरानी धमनियों में अब पहले वाली शक्ति भी न रही। नयी पीढ़ी भोग के पीछे भाग रही है। पुराने लोग दिल की बात करते हैं। कहते हैं, भोजपुरी के शब्द लोकप्रिय हैं-जांता, ओखली, मूसल, सिल, लोढ़ा, पीढ़ा, शादी के रिवाज-गीत आदि। अब बइठका को भी आधुनिक रूप दिया जा रहा है। पर, यहाँ आधुनिकता का जोर ज्यादा है, भारतीयता का कम।

अभिमन्यु जी के लेखन में भारत के शुरुआती दिनों के दुख और पीड़ा के विवरण हैं। 'लाल पसीना' पढ़ने से ध्वनित होता है कि जब महामारी में हल खींचनेवाले बैलों की कमी होती थी, तब भारतीय मजदूरों के कंधे ही काम आते थे। यह अप्रवासियों के वंश क्रम की पहली पीढ़ी की पीड़ा है। 'गूँगा इतिहास' नाटक में वह उल्लेख करते हैं कि जिस दिन अपनी आँखों से उसने अपने बाप को बैल की जगह ईख के बोझ को खींचते देखा था, उस दिन उसके भीतर के प्रश्नों ने पिघल कर आक्रोश को उभार दिया।

दूसरी पीढ़ी के आक्रोश ने बदलाव की बुनियाद डाली। सवाल पूछने का माहौल बना था। एक जगह वह कहते हैं कि अगर शुरू से ही प्रश्न किया गया होता, तो स्थिति यह नहीं होती।

इस माहौल में भारतीय जीवन पद्धति और प्रतीक, जीवन को ताकत देते हैं। गोदना तब प्रचलित और प्रिय भारतीय प्रतीक था। अभिमन्यु जी कहते हैं, भारतीय मजदूरों के साथ पौरुष और सहनशीलता थे। गठरियों में रामचरितमानस, हनुमान चालीसा और आल्हा से जुड़े ग्रंथ होते थे। ये पुस्तकें इन्हें आत्मबल दिया करती थीं। शून्य के बीच उन्हीं पुस्तकों से अपने संघर्षों को बनाये रखने की प्रेरणा और शक्ति पाते थे। गन्ने के खेतों में खून-पसीना एक करनेवाले मजदूरों को मामूली भूल पर भी कोड़ों की मार और गालियों की बौछार पड़ती थी। रामायण का पाठ अपराध माना जाने लगा। आल्हा पढ़ने पर दंड दिया जाता। मजदूरों के हाथ से हिन्दी पुस्तकें छीन कर जला दी जाती थीं। समूह में रामायण और आल्हा पढ़ना वर्जित था। किसी झोपड़ी की दीवार पर राम का नाम लिखा होता, तो घर के मालिक को गोरे के सामने उपस्थित होकर दंडित होना पड़ता। इन हालात में भारत से गये लोगों ने अपनी भाषा, संस्कृति, धर्म, पहचान आदि

बनाये रखी। हर बंदिश के बावजूद सत्संग के कार्यक्रम होते। हवन-पूजा होती। वे कहते हैं, हिन्दी की निःशुल्क पढ़ाई शुरू हुई। कई लोग खेतों में कड़ी मेहनत करने के बाद शाम को बइठकों में हिन्दी पढ़ाने जाते। इस तरह पूरे देश में हिन्दी की निःशुल्क कक्षाएँ चलीं। अभिमन्यु जी कहते हैं, भाषा और विधा के इतिहास में इतना बड़ा आन्दोलन शायद ही कहीं हुआ हो। हालाँकि वहाँ भी बुद्धिजीवी कहलाने के लिए अंगरेजी और फ्रेंच अनिवार्य थीं। फिर भी अपनी अस्मिता के लिए हिन्दी पढ़ना नहीं छोड़ा। जिन संस्थाओं ने हिन्दी की अलख जगाये रखी, वे हैं-आर्यसभा, सनातन हिन्दू सभा, हिन्दी प्रचारिणी सभा।

अभिमन्यु जी उन दिनों को याद करते हैं। चाँदनी रात में जब भारतीय मजदूर थकान मिटाने के लिए चबूतरे पर जमा होते, लोकगीत गाते, तो कोठी का सरदार ऐसा करने से रोकता। उन्हें पीड़ा भी है कि मॉरीशस के फ्रेंच और अंगरेजी लिखनेवालों को जो मान्यता फ्रांस और इंग्लैंड में मिलती है, वो हिन्दी लेखकों को भारत में नहीं। उनके अनुसार, मॉरीशस में 300 से अधिक पुस्तकें लिखी गयी हैं। सबके पीछे लंबी संघर्ष कथा है। वह कहते हैं, हिन्दी में पढ़ना-लिखना, केवल रोटी से जुड़नेवाला सवाल नहीं है।

(इस लेख को लिखने में डॉ. धर्मवीर भारती की मॉरीशस यात्रा, डॉ. धर्मेंद्र प्रसाद के लेख से पर्याप्त जानकारी व तथ्य मिले हैं।)

(2011)

भाषाई पत्रकारिता और हिन्दी

1990 के दशक का आरंभिक दौर। तब भारत में पत्रकारिता एक नयी अंगड़ाई ले रही थी। तब यह बदलाव उथल-पुथल के रूप में था। उदारीकरण के दौर में पत्रकारिता की जगह मीडिया शब्द तेजी से चलन में बढ़ रहा था। बाजार में अंग्रेजी का दबदबा बढ़ रहा था। हिन्दी पत्रकारिता के सामने अलग-अलग किस्म के संकट आ रहे थे। साख और विश्वसनीयता का संकट बढ़ रहा था। उसी दौर में 01 मई, 1993 को हरिवंश का मध्यप्रदेश के डॉ. हरिसिंह गौर, सागर विश्वविद्यालय में एक व्याख्यान हुआ। विश्वविद्यालय के पत्रकारिता विभाग ने यह व्याख्यान 'भाषाई पत्रकारिता और हिन्दी' विषय पर आयोजित कराया था। उसी व्याख्यान का संपादित रूप आलेख के रूप में।

–संपादक

हिन्दी को राष्ट्रभाषा या बहुसंख्यकों की भाषा कहकर हम चाहे जी भर अपनी पीठ थपथपा लें। पर, हकीकत यही है कि अन्य भाषाई पत्र-पत्रिकाओं की तुलना में हिन्दी पत्रकारिता हीन स्थिति में है। मेरा आशय बेहतर सेवा शर्तों या लेखकों-फ्रीलांसरों को बेहतर भुगतान से नहीं है। ये अलग मुद्दे हैं। गंभीर भी हैं। पर, इन पर अलग से विचार करना होगा। विचार, सूचना, विश्लेषण, खबर, ले-आऊट और स्तर की दृष्टि से कई भाषाओं की पत्रकारिता, हिन्दी के मुकाबले बहुत आगे, आधुनिक और संपन्न है। हालाँकि एक कटु सत्य है कि हिन्दी भाषा को सरकारी स्तर पर केंद्र सरकार और छह राज्य सरकारों का प्रत्यक्ष समर्थन और संरक्षण है।

दरअसल, अंगरेजी अखबारों को राष्ट्रीय अखबार मान लिया गया है। यह एक बड़ी भ्रांति है। अंगरेजी के किसी भी अखबार की प्रसार संख्या पूरे देश में नहीं है। 'इंडियन एक्सप्रेस' जो अपने को 'एकमात्र राष्ट्रीय अखबार' मानता है, 11 केंद्रों से छपता है। पर, पूर्वोत्तर भारत के किसी भी केंद्र से नहीं। 'द हिन्दू' भी खुद को 'भारत का राष्ट्रीय अखबार' घोषित करता है। पर, मद्रास (अब

चेन्नई) में इसका कार्यालय है। और उपग्रह संचार माध्यम के बाद दिल्ली से इसका प्रकाशन आरंभ हुआ है। इसके पहले दक्षिण के कुछ और शहरों से इसका फेसिमाइल संस्करण निकलता रहा है।

अंगरेजी पत्रकारिता सिकुड़ रही है, फिर भी सत्ता और शक्ति के स्रोतों पर उसका आधिपत्य है। 1983-1990 के बीच अंगरेजी पाठकों की संख्या घटी है। इसके अनुपात में हिन्दी पाठकों की संख्या बढ़ी है। हिन्दी अखबारों की आज कुल 25 लाख प्रतियाँ बिक रही हैं, तो अंगरेजी की 8.29 लाख (स्रोत-एनआरएम -4)। लेकिन इस अनुपात में हिन्दी अखबारों को विज्ञापन नहीं मिल रहा। अंगरेजी अखबारों को हिन्दी अखबारों के मुकाबले पाँच गुना अधिक विज्ञापन मिल रहे हैं। ओआरजी ऑडिट रिपोर्ट के अनुसार अंगरेजी अखबारों के कुल विज्ञापन मद में 56.2 फीसदी खर्च होता है, तो हिन्दी अखबारों पर 13 फीसदी। 1989 में अंगरेजी अखबारों पर विज्ञापन का 56 फीसदी खर्च होता था, तो हिन्दी पर 15 फीसदी, जबकि 1990 के दशक में हिन्दी अखबारों की विकास दर 147 फीसदी रही है। पर, अंगरेजी पत्रकारिता 'पावर' से जुड़ी है। शासक वर्ग और प्रभु वर्ग की भाषा है। राजकाज-बड़े कारपोरेट घरानों (यानी कारोबार) की पसंदीदा है। इस कारण उसका आर्थिक स्रोत मजबूत है।

भाषाई पत्रकारिता में ही नये पाठकों का वर्ग उभरा है। हालाँकि भाषाई पत्रकारिता के विकास मार्ग में दो प्रमुख अड़चनें हैं। संचार माध्यमों में अंगरेजी का वर्चस्व। रोमन वर्णमाला के माध्यम से अभिव्यक्ति। हिन्दी टाइप भी आ गये हैं। पर, गैर हिन्दी भाषाओं के लिए दूर-दूर तक रोमन लिपि से छुटकारा पाने की संभावना नहीं है। क्योंकि 'इंडियन लैंग्वेज वायर न्यूज सर्विस' अंगरेजी और हिन्दी में ही है।

देवनागरी या रोमन लिपि में बहुभाषी समाचार एजेंसी विकसित करने का प्रयास विफल हो चुका है।

भाषाई दैनिक पत्रों की प्रसार संख्या अंगरेजी अखबारों के मुकाबले काफी बढ़ी है। 1952 में अंगरेजी अखबारों की प्रसार संख्या कुल प्रसार संख्या के 27.6 फीसदी थी, जो गिरकर 1979 में 22.5 फीसदी रह गयी। पहली बार हिन्दी अखबारों ने अंगरेजी अखबारों को 1979 में पीछे छोड़ दिया।

स्पष्ट है कि अंगरेजी के पाठकों में इस अवधि में लगभग पाँच फीसदी की गिरावट हुई, तो हिन्दी पाठकों की संख्या में आठ फीसदी की वृद्धि हुई। 1952 से 1979 के बीच हिन्दी अखबारों की प्रसार संख्या आठ गुना (1952: 379000, 1979: 2548000) बढ़ी। लेकिन इस आँकड़े की असलियत हिन्दी

भाषी लोगों को समझना होगा। हिन्दी भाषी इलाकों में प्रति 1000 पढ़े-लिखे लोगों में से 12.9 पाठक थे, 1979 में। 1952 में 2.8 पाठक थे। मलयालम, बांग्ला और कन्नड़ के मुकाबले हिन्दी में पाठकों की वृद्धि दर बहुत पीछे और अमहत्त्वपूर्ण है। 1953 में मलयालम के पाठक थे, 14 मिलियन। 1980 में यह संख्या बढ़कर हो गयी 26.6 मिलियन। 1952 में मलयालम अखबारों की प्रसार संख्या थी 196000। 1979 में हो गयी 1,273,000। 1960 में प्रति 1000 साक्षर लोगों में मलयालम अखबारों के पाठक थे 67.81, यह बढ़कर हो गया 73.90।

1953 में 26.2 मिलियन लोग बांग्ला बोलते थे। 1980 में यह संख्या बढ़कर दो गुनी हो गयी 54.8 मिलियन। 1952 में बांग्ला अखबारों की कुल प्रसार संख्या थी 2,40,000। तब मलयालम अखबारों की तुलना में यह प्रसार संख्या अधिक थी। हालाँकि मलयालम भाषी लोगों की तादाद बांग्ला भाषी लोगों के मुकाबले कम थी। 1960 में प्रति हजार बांग्ला भाषी लोगों में से 23.45 फीसदी लोग अखबार पढ़ते थे, जबकि 1979 में 39.57 फीसदी।

आश्चर्यजनक ढंग से साक्षर लोगों के बीच सबसे अधिक अखबार पढ़नेवालों की संख्या कन्नड़ में है। हालाँकि साक्षरता के मामले में कर्नाटक पूरे देश के राज्यों की सूची में, बीच में होगा। 1960 में प्रति हजार पढ़े लिखे में 54.20 कन्नड़ी अखबारों के पाठक थे। 1960 में यह संख्या बढ़ कर 78.72 हो गयी। 1980 में 78.76 फीसदी। तमिलनाडु इस संदर्भ में पहेली है। कर्नाटक के मुकाबले तमिलनाडु में साक्षर अधिक हैं। पर, अखबार पाठकों की संख्या में गिरावट आयी है। तमिल में 1960 में प्रति 1000 साक्षर लोगों में 60.63 पाठक थे, तो 1970 में 56.01 हो गये। 1979 में घटकर उनकी संख्या हो गयी 38.86।

अखबारों के पाठकों की संख्या निर्भर करती है-साक्षरता, जागरूकता और क्रय शक्ति पर। अगर साक्षरता और जागरूकता हो, पर क्रय शक्ति न हो, तो अखबारों की प्रसार संख्या में बढ़ोत्तरी नहीं होगी। भारत के ग्रामीण इलाकों में ऐसी ही स्थिति है।

आंध्रप्रदेश में 'ईनाडु' की सफलता गौरतलब है। उसके साढ़े तीन लाख ग्राहक हैं, अनेक संस्करण हैं। इस समाचार पत्र के संवाददाता, मंडल (14-15 गाँवों का समूह) तक फैले हैं। जिला मुख्यालय में फैक्स या टेलीप्रिंटर है, जो सीधे मुख्य कार्यालय से जुड़े हैं। 'ईनाडु' में रिक्तियों के अनुरूप प्रशिक्षार्थी पत्रकार चुने जाते हैं, जिन्हें दो वर्षों तक गहन प्रशिक्षण दिया जाता है। 'ईनाडु' में मुख्य भूलें क्या छपती हैं, प्रति पखवारे इसकी सूची उस संस्था में कार्यरत पत्रकारों में वितरित होती है। वहाँ के पत्रकार इस पर शिद्दत से आपस में चर्चा

करते हैं। एक दूसरे के गुण-दोष पर बहस नहीं करते और न ही साथी पत्रकार को नीचा दिखाने की कोशिश करते हैं। दो वर्ष तक गहन प्रशिक्षण के बाद ही पत्रकार 'ईनाडु' में काम आरंभ करते हैं।

केरल में 'मलयालम मनोरमा' अखबार है। 14 जिलों के लिए 22 संस्करण निकलते हैं। छह जगहों से अखबार छपता है। छोटी जगह कोट्टयम में मुख्यालय है। छह लाख से भी अधिक की बिक्री है। इस समाचार-पत्र ने 'समाचार' की परिभाषा को ही पलट दिया है। आमतौर पर राजनेता या विशिष्ट व्यक्ति या बड़ी घटनाओं के इर्द-गिर्द ही समाचार बनते हैं। पर, 'मलयालम मनोरमा' ने मामूली आदमी को भी समाचार का केंद्र बना दिया है। वृहद (मैक्रो) से लघु (माइक्रो) को समाचार का केंद्र व मापदंड बनाया है। उद्योग, विज्ञान, टेक्नोलॉजी पर भरपूर सामग्री छपती है। 'मलयालम मनोरमा' के प्रसार-फैलाव के पीछे कई रोचक तथ्य हैं। 1888 में स्थापित यह अखबार मात्र कोट्टयम से छपता था। 1967 में कोझिकोड से इसका संस्करण आरंभ हुआ। अब यह कोचीन, त्रिवेंद्रम, पालघाट से भी प्रकाशित होता है। कुल 607175 प्रतियाँ इसकी बिकती हैं। इसका मुख्य प्रतिद्वंद्वी अखबार है, 'मातृभूमि'। 1922 में इसकी स्थापना हुई। कोझिकोड, कोचीन और त्रिवेंद्रम से यह छपता है। 1911 में त्रिवेंद्रम से 'केरल कौमुदी' छपना आरंभ हुआ। अब कोझिकोड से भी छपता है। यह तीसरे नंबर पर है। 138000 प्रसार संख्या है। चौथे नंबर पर है मार्क्सवादी कम्युनिस्ट पार्टी का अखबार 'देशाभिमानी'। कोझिकोड, कोचीन और त्रिवेंद्रम से यह छपता है और बिकता है, 104224 प्रतियाँ।

मलयालम अखबार एक दूसरे के दुर्ग में प्रवेश करना चाहते हैं। निष्पक्ष और प्रोफेशनल तौर-तरीके से। 'मलयालम मनोरमा' अखबार को एक हिन्दू रजवाड़े के शासन क्षेत्र में ईसाई कॉफी बगान के मालिकों ने अपनी हित रक्षा के लिए आरंभ किया। 'मातृभूमि' की स्थापना कोझिकोड में की गयी, जो मद्रास प्रेसिडेंसी के अंतर्गत आता था। आजादी की लड़ाई में इस अखबार की महत्त्वपूर्ण भूमिका थी। 'केरल कौमुदी' पत्र पिछड़ी इजवा जाति की हित रक्षा के उद्देश्य से आरंभ किया गया।

'मलयालम मनोरमा' ने गैर ईसाइयों के बीच अपना आधार पुख्ता करने और विश्वसनीयता बनाने का काम आरंभ किया। उधर 'मातृभूमि' ने ईसाई पाठकों के बीच अपनी पैठ बनाने की कोशिश की। 1967 में 'मलयालम मनोरमा' ने कोझिकोड में 'मातृभूमि' को चुनौती दी। वहाँ उच्चवर्ण के हिन्दू रहते हैं। 'केरल कौमुदी' ने कोझिकोड से अपना प्रकाशन आरंभ किया, क्योंकि वहाँ इजवा जाति

से मिलती-जुलती पिछड़ी जातियाँ थीं। अब तो मार्क्सवादी कम्युनिस्ट पार्टी भी अपना प्रकाशन मालावार क्षेत्र से बाहर ले जाने की योजना बना रही है। मालावार में मार्क्सवादी कम्युनिस्ट पार्टी का काफी बोलबाला, गढ़ है। कर्नाटक के मलयालम भाषी लोगों के लिए कुर्ग और कन्नूर से मलयालम अखबार प्रकाशन के लिए बेचैन हैं।

केरल के सभी अखबार माकपा समेत, व्यावसायिक तौर तरीके से काम कर रहे हैं, ताकि उनकी विश्वसनीयता बनी रहे। उनके पास अत्याधुनिक तकनीक है।

मलयालम अखबार अंतरराष्ट्रीय खबरों, विकास संबंधी खबरों, सामाजिक मुद्दा, खेल, स्टॉक मार्केट आदि पर बेहतरीन सामग्री देते हैं। बांग्ला अखबार भी इसी तरह की समृद्ध चीजें अपने पाठकों को देते हैं। खास तौर से बांग्ला, मलयालम, तमिल, तेलुगु, गुजराती और मराठी अखबार अपने पाठकों को जागरूक बनाने का काम करते हैं। राजनीतिक, सामाजिक सुधार और आर्थिक विकास से संबंधित भरपूर खबरें देते हैं। शहरीकरण, शिक्षा में बढ़ोत्तरी और आर्थिक विकास के कारण इन भाषाओं के अखबार संबंधित राज्यों के सुदूर गाँवों तक अब पहुँचने लगे हैं, जबकि हिन्दी की स्थिति ठीक इसके विपरीत है। जनसंख्या और पाठकों के अनुपात पर नजर डालें, तो हिन्दी की दयनीय स्थिति स्पष्ट होती है। देश भर में लगभग 40 करोड़ हिन्दी भाषा-भाषी हैं। 40 करोड़ लोगों की भाषा में महज 25 लाख हिन्दी अखबार बिकते हैं। जबकि केरल की कुल जनसंख्या है, लगभग 3 करोड़। पर, दैनिक अखबारों के ग्राहक हैं, लगभग 17 लाख।

गुजराती में 'जन्मभूमि', 'प्रवासी' और 'प्रजावाणी' अखबार हैं। तमिल में 'दिनतंदि' व 'दिनमनि' हैं। महाराष्ट्र में 'लोकसत्ता', 'महाराष्ट्र टाइम्स', 'महानगर', 'नवाकाल' जैसे पत्र हैं। बांग्ला में 'आनंद बाजार', 'आजकल', 'गणशक्ति', 'वर्तमान', 'संवाद प्रतिदिन' आदि दैनिक पत्र हैं। ले-आऊट, भाषा, आधुनिकीकरण या सूचना संपन्नता की दृष्टि से उत्तर प्रदेश या बिहार के अखबारों से ये समाचार पत्र आगे हैं। इन भाषाओं में निकलनेवाले दूसरे समाचार पत्र भी बेहतर स्थिति में है। इनके पास समृद्ध लाइब्रेरी (रिफरेंस सेक्शन) और आधुनिक टेक्नोलॉजी हैं। अन्य भाषाई पत्रकारों में संचार माध्यमों (टीवी-वीडियो) की प्रतिस्पर्द्धा में अपने अखबारों को ताजा, आकर्षक व अधिक सूचना संपन्न बनाने पर बहस होती है।

हिन्दी में राष्ट्रीय स्तर पर यह बहस बंद है, तो हिन्दी के क्षेत्रीय अखबारों से यह अपेक्षा ही भूल है। राष्ट्रीय पाठक सर्वेक्षण (चार) के अनुसार पिछले आठ

वर्षों में टीवी का विकास नौ फीसदी से 68 फीसदी हुआ है। अखबारों के पाठकों में कुल 13 फीसदी की गिरावट हुई है। एक अपढ़ या अविकसित समाज में टीवी का प्रबल आकर्षण है, हिन्दी इलाके के अखबार और अखबारनवीस इस भावी संकट से अनजान हैं। राष्ट्रीय स्तर पर (एनआरएस-4) प्रेस विज्ञापन में टीवी के कारण 16 फीसदी की कमी आयी है।

उन ऐतिहासिक-सांस्कृतिक-राजनीतिक कारणों के मूल में नहीं जा रहा कि हिन्दी पत्रकारिता अन्य भाषाई पत्रों के मुकाबले पिछड़ी और हीन स्थिति में क्यों हैं? क्यों सुरुचिपूर्ण पाठकों का वर्ग नहीं बढ़ रहा है? क्यों पाठकों की संख्या में तेजी से इजाफा नहीं हो रहा है? हिन्दी पत्रकारिता में आज पत्रिकाएँ लगभग खत्म हो चुकी हैं। तमिलनाडु की कुल जनसंख्या 1981 की जनगणना के अनुसार साढ़े चार करोड़ के आसपास है। साढ़े चार करोड़ में 15 लाख लोग पाठक हैं। बिहार-पूर्वी उत्तर प्रदेश की जनसंख्या लगभग 14 करोड़ होगी। अगर इस इलाके से प्रकाशित सभी अखबारों को मिला दें, तो पाठकों की कुल संख्या 20-25 लाख से अधिक नहीं बढ़ती। ग्राहक तो 5-6 लाख हैं। 'मनोहर कहानियाँ' हिन्दी में कुछ लाख लोगों तक पहुँचने का दावा करती है। (स्रोत-एनआरएस-4) 'नवभारत टाइम्स' अनेक संस्करण निकाल कर कितने लाख पाठकों तक पहुँचता है? गुजराती अखबारों के साढ़े सैंतीस लाख पाठक हैं। महाराष्ट्र में साढ़े सतासी लाख पाठक हैं। आंध्र में छत्तीस लाख के लगभग। कर्नाटक में 40 लाख के ऊपर। केरल में एक करोड़ से ऊपर। तमिलनाडु में 54 लाख के ऊपर। पश्चिम बंगाल में लगभग 48 लाख। पर, बिहार में कुल पाठक हैं-लगभग 20 लाख और उत्तर प्रदेश में 60 लाख। जनसंख्या के अनुपात में इन पाठकों की संख्या पर गौर करना होगा।

यह दलील भी गलत है कि हिन्दी में पाठकों की संख्या कम है। 'मनोहर कहानियाँ, 54 लाख लोगों तक पहुँचती है। सवाल लोगों के रूझान-रुचि का है। समाचार पत्रों का बुनियादी धर्म और कर्म है, पाठकों के सुरुचिपूर्ण और जागरुक बनाना। हिन्दी अखबार यह काम नहीं कर पा रहे हैं। आँकड़ों को पढ़ते यह ध्यान में रखें कि एक प्रति के कई पाठक होते हैं। पत्रिका या अखबार के। अखबार या पत्रिकाएँ सर्वे के आधार पर दावा करती हैं कि उनके एक प्रति के कितने पाठक हैं। इस गणना के अनुसार अगर अखबार की एक लाख प्रति छपती है, तो उसके पाठक कहीं तीन लाख हो सकते हैं, कहीं चार लाख, कहीं छह लाख या आठ लाख।

दूसरी भाषाई पत्रकारिता अचानक समृद्ध और आधुनिक नहीं हो गयी। बांग्ला

में गौर किशोर घोष जैसे समर्पित लोग 25-30 वर्ष पूर्व गाँवों में जा कर रहते थे। किसानों से चौपालों में बहस-बातचीत करते थे। इस श्रमसाध्य तरीके से उन्होंने 'गौरव' हासिल किया है। आंध्र में 'ईनाडु' का जन्म 1974 के लगभग हुआ। वह तेलुगु भाषा-संस्कृति की धड़कन बन गया। महज 10 वर्षों में। पर, हिन्दी के जिन अखबारों में 'महाराष्ट्र टाइम्स', 'लोकसत्ता', 'ईनाडु', 'मलयालम मनोरमा' या 'आनंद बाजार पत्रिका' बनने और आजादी की संघर्षशील पत्रकारिता की तरह क्षेत्रीय पत्रकारिता को नेतृत्व देने की संभावनाएँ थीं, वे चूक गयें। कितने हिन्दी के पत्रकार-पाठक इस बात से चिंतित हैं कि आज हिन्दी में कोई 'आनंद बाजार', 'ईनाडु' या 'मलयालम मनोरमा' क्यों नहीं है? भावी पत्रकारों के लिए हम कैसी पत्रकारिता की जमीन तैयार कर रहे हैं या छोड़ रहे हैं।

यह तर्क भी अब अधूरा-आंशिक लगता है कि देश के हृदय प्रदेशों-उत्तर प्रदेश, बिहार में चूँकि पुनर्जागरण जैसा माहौल नहीं बना, इस कारण सामाजिक चेतना की लहर प्रस्फुटित नहीं हुई। इन क्षेत्रों में संघर्षशील चेतना रही है। कबीर, रैदास की जीवंत परंपरा है, सूर्यकांत त्रिपाठी निराला, जयशंकर प्रसाद, हजारी प्रसाद द्विवेदी, पराड़कर जी, शिवपूजन सहाय, बेचन शर्मा 'उग्र', गणेश शंकर विद्यार्थी, रामवृक्ष बेनीपुरी की विरासत है। फिर भी उत्तर प्रदेश-बिहार में आज सांस्कृतिक दरिद्रता है। कुरुचि है।

सेवा शर्तों-सुविधाओं के संदर्भ में खुद जाकर देखा कि 'ईनाडु', 'आनंद बाजार' या 'मलयालम मनोरमा' देश के कथित बड़े राष्ट्रीय समाचार संस्थानों से बहुत आगे और बेहतर हैं। पर, यह अचानक या रातोंरात नहीं हुआ। हिन्दी में आर्थिक पिछड़ेपन के कारण व्यावसायिक विज्ञापनों का लाभ बहुत कम छोटे अखबारों को मिलता है। उत्तर प्रदेश-बिहार की सरकारों की आर्थिक स्थिति ऐसी नहीं कि वे अखबारों को नियमित विज्ञापन का भुगतान कर-करा सकें। इस कारण हिन्दी अखबार बहुत तेजी से बंद हो रहे हैं। अब सरकार कहती है कि रुग्ण सार्वजनिक इकाइयाँ नहीं चल सकतीं, तो आप समझ सकते हैं कि निजी क्षेत्र में अखबार कब तक घाटे पर चलेंगे? हिन्दी के बड़े राष्ट्रीय अखबार दो-ढाई सौ रुपये स्ट्रिंगर्स को देते हैं? हिन्दी में 'फ्रीलांसिंग' कर कोई भी पत्रकार गुजारा नहीं कर सकता। क्यों? हिन्दी पत्रकारिता आर्थिक पिछड़ेपन के दुष्चक्र में फँसी है। आप 'फ्रीलांसिंग' या दूर-दराज गाँव-देहात से खबर भेजनेवालों की स्थिति समझ सकते हैं। कुछ अखबार, तो फ्रीलांसरों को 'परिचय-पत्र' देकर 'वसूली' का अधिकार देते हैं। रोग समझने से उसका निदान आसान होता है। 'हिन्दी पत्रकारिता' की मौजूदा स्थिति को इसी दृष्टि के तहत परखने की

कोशिश की है। हिन्दी पत्रकारिता का भविष्य 40-50 करोड़ लोगों से जुड़ा है। हमारे-आपके भविष्य से बहुत ऊपर। व्यक्तिगत हैसियत से हम-आप एक दूसरे की नजर से इस पेशे में गलत-भ्रष्ट हो सकते हैं। पर, आज जरूरत है कि व्यक्तिगत दुराग्रहों से ऊपर उठकर हम इस पेशे को पवित्र-समृद्ध-बेहतर बनाने का सामूहिक संकल्प लें।

(1993)

आन्दोलन नहीं, आत्ममंथन करिए

अप्रैल, 1995। हिन्दी की लोकप्रिय पत्रिका 'धर्मयुग' तब पाक्षिक से मासिक हुई। उसी महीने की 10 तारीख को सरकारी कागज मिलों द्वारा तीन से चार हजार रुपये प्रति टन कागज के भाव में वृद्धि हुई। इन दोनों घटनाओं के पहले ही यह लेख, हरिवंश ने लिखा था। तब कागज का भाव पिछले सात-आठ महीनों में सरकारी मिलों में छह-सात बार बढ़ गये थे। 'धर्मयुग' हिन्दी में सबसे अधिक बिकनेवाला (छह लाख तक) साप्ताहिक था। साप्ताहिक से वह पाक्षिक बना, फिर पाक्षिक से मासिक। तब जानकारों ने कहा कि मासिक से कभी भी यह 'स्थगन' की स्थिति में पहुँच जाएगा। यह वह समय भी था, जब 'नभाटा' (नवभारत टाइम्स, पटना) का प्रकाशन बंद हुआ। अखबारी जगत में खासकर हिन्दी पत्रकारिता में देश भर में खलबली मची। तब यह बड़ी घटना थी। हरिवंश ने लंबा लेख लिखकर पड़ताल की कि क्यों हिन्दी पत्रकारिता इस स्थिति में पहुँच गयी है? इसका प्रकाशन 15-16 अप्रैल, 1995 को 'प्रभात खबर' में हुआ था।

-संपादक

'नवभारत टाइम्स' (नभाटा, पटना संस्करण) के बंद होने पर एक राष्ट्रीय दल के बड़े नेता ने बड़े समाचार समूह के एक महत्त्वपूर्ण व्यक्ति को फोन किया। पूछा 'नवभारत टाइम्स' (पटना) के लोगों के लिए हम क्या कर सकते हैं? बहुत संजीदगी से उस व्यक्ति ने परामर्श दिया। आरंभ में तकरीबन सात करोड़ लगा कर अखबार निकालने का संस्थान बनाइए। मशीन, कंप्यूटर वगैरह लगाइए। कागज और वेज बोर्ड की मौजूदा दर स्थिर मान कर प्रतिमाह 30-40 लाख घाटा, कई वर्षों तक उठाने की व्यवस्था करिए। हाँ एक चीज का ध्यान रखिएगा कि कागज के भाव और वेज बोर्ड में जैसे-जैसे परिवर्तन हों, उसी अनुपात में घाटे की भरपाई के लिए तैयार रहिएगा। अगर यह तैयारी हो सकती है, तो दूसरा अखबार निकालिए, इसी तरह आप 'नवभारत टाइम्स' के पत्रकारों-

कर्मचारियों की मदद कर सकते हैं।

यह सुझाव, बिहार की हिन्दी पत्रकारिता, उद्योग जगत की सही झलक है। 'नवभारत टाइम्स' (नभाटा) बंद होने के संदर्भ में प्रबंधन का कहना है कि सालाना घाटा बढ़ कर करोड़ों में पहुँच गया था। प्रसार संख्या में लगातार गिरावट आ रही थी। प्रबंधन के बयान के अनुसार (देखें, 'इंडिया टुडे' -15 अप्रैल पेज-34-35) 'पिछले तीन-चार वर्षों से यह अखबार लगातार 15-17 लाख रुपये प्रतिमाह घाटे पर चल रहा था। इसे लाभप्रद बनाने के तमाम प्रयास विफल रहे, तो इसे बंद कर देना ही श्रेयस्कर समझा गया।'

हिन्दी के शुभचिंतक और पत्रकार 'नभाटा' के बंद होने से चिंतित हैं। राजनेता भी चिंतित होने का दिखावा कर रहे हैं। मामला संसद में उठा। ज्ञानपीठ पुरस्कार समारोह में, जहाँ प्रधानमंत्री और टाइम्स मैनेजमेंट के चेयरमैन अशोक जैन समेत टॉप लोग मौजूद थे, वहाँ शोर-शराबा हुआ। धरना-आन्दोलन चल रहे हैं। पर, इनमें अब अगति है। मुख्यमंत्री की हैसियत से लालू प्रसाद यादव ने बयान दिया कि 'शेषन ने 'नवभारत टाइम्स' को बंद करा दिया, क्योंकि वह अखबार सच लिख रहा था। मैंने कर्मचारियों से कहा है कि वे पेपर खुद चलायें। यदि मालिक हस्तक्षेप करते हैं, तो मैं उन्हें जेल भेज दूँगा।' उन्होंने श्रमायुक्त को इस मामले को देखने का खास निर्देश दिया है। टाइम्स ऑफ इंडिया भवन के आगे जब पत्रकार वगैरह धरने पर बैठे, तो अंगरेजी 'टाइम्स ऑफ इंडिया' अखबार का कामकाज प्रभावित होने लगा। पहले पुलिस मूकदर्शक रही। 'टाइम्स ऑफ इंडिया' के लोगों ने राज्यपाल से शिकायत की, तब पुलिस 21 पत्रकारों को पकड़ कर थाने ले गयी। थाने में लालू प्रसाद यादव, नीतीश कुमार समेत अनेक नेता पहुँचे। मुख्यमंत्री देर तक वहाँ रहे। जिलाधिकारी को आदेश दिया कि वह जाँचें कि पत्रकार कैसे पकड़े गये? पत्रकारों को जुटे रहने को कहा?

'नवभारत टाइम्स' (पटना) के प्रसंग में ऐसे अनेक तथ्य होंगे या हैं, जो जाने या अनजाने हैं। पर, कुल मिला कर कुछ सवाल उठ रहे हैं-

(i) अखबार क्यों बंद हुआ?

(ii) यह हिन्दी के साथ अन्याय है।

(iii) अखबार के मालिक को किसी भी स्थिति में अखबार चलाना चाहिए, नहीं तो सरकार विवश करेगी।

ऐसे कुछ और तीखे सवाल हैं। पर, इन सवालों को संदर्भों से काट कर नहीं समझा जा सकता, न इनके उत्तर मिल सकते हैं।

इस पूरे प्रसंग को देश की सामाजिक-आर्थिक-राजनीतिक स्थिति के

आलोक में ही समझा जा सकता है। इसे हिन्दी इलाके की सांस्कृतिक पृष्ठभूमि में देखना होगा। हिन्दी के लिए चिंतित लोगों का असल मानस समझना होगा, अन्यथा ऐसी घटनाएँ बराबर होती रहेंगी। हिन्दी की दुर्दशा भी होगी। याद करिए, लखनऊ में 'नवभारत टाइम्स' का प्रकाशन स्थगित हुआ, तब भी मुलायम सिंह और हिन्दी समर्थकों ने क्या-क्या घोषणाएँ की थीं? कितने दिनों तक आन्दोलन चला। धरना-प्रदर्शन, उपद्रव हुए। पर, क्या हुआ? 'नभाटा' (लखनऊ) खुला? जितने सारे सवाल 'नभाटा' (पटना) के संदर्भ में उठ रहे हैं, वे सब 'नभाटा' (लखनऊ) के बंद होने पर उठे थे। पर, क्या उनमें से एक का भी समाधान निकला?

अगर रास्ता यही रहा, तो समाधान न तब निकले थे, और न अब निकलेंगे। क्योंकि हिन्दी इलाके के राजनेता, शासक, जनता, नौकरशाह, हिन्दी के बुद्धिजीवी, प्रेमी और पत्रकार, कोई भी ऐसी समस्याओं की जड़ या तह में जाने के लिए तैयार नहीं है। वास्तविकता से लोग आँखें चुरा रहे हैं। सच और तथ्यों से आँखें मूँद कर आन्दोलन चलाये जा सकते हैं। पर, इससे समाधान नहीं मिलते। इन चीजों से तोड़फोड़-अव्यवस्था फैलायी जा सकती है। पर, सृजन नहीं हो सकता। आज हिन्दी इलाके को सृजन चाहिए। हिन्दी राज्यों खासतौर से उत्तर प्रदेश-बिहार में यह सृजनबोध नहीं है। अंग्रेजी में कहें, तो 'क्रिएटिव रिस्पांस टू क्राइसिस' (संकट से निबटने के लिए सृजनात्मक कोशिश) हमारे पास नहीं है। क्रूरता, संवेदनहीनता, नफरत और गलत आक्रामकता से समस्याओं का समाधान नहीं होता। इसलिए ऐसे मुद्दों पर आत्ममंथन हो, तो बेहतर। सृजनात्मक प्रयास और संकल्प हो, तो ठीक है। वरना झूठे, आरोप-प्रत्यारोप और आन्दोलन से शायद ही राह मिले।

वस्तुस्थिति क्या है?

प्रेस काउंसिल जैसी स्वायत्त, निष्पक्ष और संविधान द्वारा स्थापित संस्था ने अपनी स्थापना के बाद पहली बार हाल में कागजों के भावों में लगातार बेतहाशा वृद्धि पर चिंता प्रकट की। प्रेस काउंसिल के चेयरमैन न्यायमूर्ति सरकारिया देश के जाने-माने न्यायविदों में से हैं। जब कागज के भावों की वृद्धि की चिंता वह जाहिर कर रहे थे, तब संसद में मौन क्यों था? जो सांसद अब 'नभाटा' के बंद होने से चिंतित हैं, तब वह संसद में क्या सवाल उठा रहे थे? बहुत पहले, 1960 के दशक में ही प्रेस आयोग ने सरकार से कागजों के भावों में स्थिरता रखने का मुकम्मल बंदोबस्त करने को कहा था। दुर्भाग्य है कि इस अनुशंसा के बाद भी 1960 से 1995 तक हमारे सांसद सोते रहे, और कागजों के भावों में बेतहाशा

वृद्धि होती रही। पिछले पाँच महीनों में कागज के भाव कितना बढ़े हैं? कितनी बार बढ़े हैं? देशी कागज में 80 फीसदी की बढ़ोत्तरी हुई, तो विदेशी कागज दो गुने से अधिक भाव से बिकने लगे। 1989 में जो कागज 8720 रु प्रति टन बिक रहा था, अब 1995 फरवरी में वह 22500 रुपये प्रति टन बिक रहा है। सरकारी क्षेत्र के कागज मिलों के भाव देख लीजिए। मात्र चार माह के दौरान नेपा मिल ने चार बार दाम बढ़ाये, जबकि इस मिल ने पाँच वर्षों में कागज का मूल्य नौ बार बढ़ाये हैं। 10 अप्रैल के आसपास इन सरकारी मिलों ने पुनः प्रति टन तीन से चार हजार रुपये भाव बढ़ा दिये हैं, जो इस चार्ट में नहीं है–

कागज मूल्य में बढ़ोत्तरी (सरकारी न्यूजप्रिंट मिल्स)

मिल्स	18 मई 1989	19 मई 1989	मई–1990	जून–1991	जून–1993	अक्तू–1994	जन–1995	फर–1995
तमिलनाडु न्यूज़प्रिंट	11309	14800	15500	17300	11880	20230	20700	उपलब्ध नहीं है
मैसूर पेपर	10733	14800	15300	16915	18870	20393	21500	24150
लिमिटेड हिन्दुस्तान न्यूज़प्रिंट	10121	13300	14165	15760	17555	18550	20500	23500
नेपा लिमिटेड	8720	12100	13144	14900	17600	18800	19500	22500

देश के निजी कागज मिलों द्वारा मनमाने ढंग से की जा रही बढ़ोतरी की बात ही छोड़ दें। इन मिलों के लिए, तो स्वर्णयुग है। महीने में दो–दो, तीन–तीन बार कागज की कीमत बढ़ने के बावजूद आज यह नहीं मालूम कि देश में बननेवाले अत्यंत भद्दे, रद्दी और मशीन तोड़क कागजों के भाव कल क्या होंगे? विदेशी कागज के इस्तेमाल का सपना, तो छोटे अखबार या प्रकाशन देख ही नहीं सकते।

कागजों के भाव जिस तरह बढ़े या बढ़ाये गये, शायद ही इस तरह की भाववृद्धि किसी दूसरी अवधि में हुई हो। पर, पूरी व्यवस्था, सरकार, राजनीतिज्ञ और कथित बेचैन लोग इस मुद्दे पर चुप रहे। इसकी दो वजहें हो सकती हैं। अखबारविहीन लोकतंत्र, शासकों का सपना रहा है। कागज के दामों में बेतहाशा वृद्धि से अगर अखबार अपने आप बंद हो जाते हैं, तो सरकार या राजनेताओं या अखबारों के लिए इससे बेहतर बात और क्या हो सकती है? शासक चाहे कांग्रेसी हों या भाजपाई या समाजवादी या साम्यवादी या जनता दल के, किसी को निष्पक्ष, खरा और बेलाग बात कहनेवाला अखबार पसंद नहीं है। इसलिए कागज

के भाव बढ़ते रहे। पर, कहीं कोई सुगबुगाहट नहीं हुई।

यह तर्क आयेगा कि उन्मुक्त और उदारीकरण के इस दौर में किसी क्षेत्र में कीमत वृद्धि पर अंकुश संभव नहीं है। ऐसी स्थिति में समाज को अपनी प्राथमिकता तय करनी पड़ेगी। अगर समाज-संसद या विधानमंडल तय करते हैं कि निकम्मे राजनेता बगैर कुछ किये राजकोष के खर्चे पर शहंशाह की तरह रहेंगे, बगैर परिश्रम किये पाँच सितारा जीवन जीयेंगे, दलाली में करोड़ों-अरबों की हेराफेरी करेंगे, महँगे सरकारी भूखंडों की मामूली कीमत देकर उस पर भव्य अट्टालिकाएँ बनवायेंगे, अपने सुरक्षा बंदोबस्त में भारी खर्च करायेंगे और ऐसे अनेक कामों पर सरकारी कोष लुटाएँगे, बहायेंगे, पर, कागज के भावों को महँगा करते जायेंगे, ताकि लोग हकीकत न जानें। अगर ऐसी बात है, तब ये राजनेता अखबारों के बंद होने पर नाटक क्यों करते हैं? सिर्फ अखबार ही क्यों? कागज के भाव बढ़ने से पाठ्य पुस्तक-पुस्तिकाएँ लगातार महँगी होती जा रही हैं। पर, किस राज्य सरकार ने इसकी चिंता की है? मुलायम सिंह की सरकार ने तो पुस्तक विक्रेताओं पर टैक्स ठोक दिया था। अगर सरकार की प्राथमिकता यह है कि राजकोष का बड़ा हिस्सा अनुर्वर (अनप्रोडक्टिव) नेताओं पर खर्च हो, उनकी राजशाही, ठाट-बाट, सुरक्षा पर खर्च हो, पर, कागज के भाव बढ़ते रहें, तो ऐसे राजनेताओं को अखबारों के बंद होने पर झूठे आँसू बहाने का अधिकार किसने दिया? अखबारों के कागज के भाव उन्मुक्त रुप से बढ़ें, उन्हें सब्सिडी न दी जाए, वह भी सही। तब साथ ही साथ यह भी होना चाहिए कि विधायकों, सांसदों की आय, सुरक्षा, तामझाम पर करोड़ों-अरबों सरकारी कोष से न बहाया जाये। देश के नौकरों (नौकरशाही) की लूटपाट और शाही जीवन पद्धति पर रोक लगायी जाये।

अखबार ही नहीं, अन्य उद्योग भी बंद होंगे

1991 में देश कंगाल हो गया था, इन्हीं राजनेताओं और उनके द्वारा गढ़ी व्यवस्था से। 1991 में उदारीकरण बाजार व्यवस्था का दौर आरंभ हुआ। बाजार व्यवस्था की बुनियादी शर्त है कि बाजार की प्रतिस्पर्द्धा में जो टिकेगा, वही चल पायेगा। अनेक सरकारी उपक्रम, कारखाने बंद हो गये। रांची स्थित एचइसी जैसा कारखाना बंदी के कगार पर है, पिछले तीन वर्षों में लगभग आठ हजार लोग वीआरएस (स्वैच्छिक अवकाश योजना) लेकर गये, फिर भी वह संकट में है। रांची में चार-पाँच सरकारी कारखाने हैं, जो 20 से 25 महीने से बंद हैं।

हजारों लोगों को तनख्वाह नहीं मिल रही है। उनके बाल-बच्चों के नाम

स्कूलों से कट रहे हैं। कुछ लोग दवा के अभाव में दम तोड़ रहे हैं। पर, किसी को सरकार वेतन नहीं दे पा रही, क्यों? क्योंकि जिस सरकारी शैली सब्सिडी, राहत और कामचोरी की संस्कृति से सार्वजनिक कारखाने चल रहे थे, वे बाजार व्यवस्था में टिक नहीं सकते। परिणाम स्वरूप, वे बोझ बन गये और बंद होने के लिए अभिशप्त हैं।

जिस सरकार के मातहत विभिन्न विभागों में काम करनेवाले 25-30 माह से बगैर वेतन गुजारा कर रहे हों, विश्वविद्यालय कॉलेजों के प्राध्यापक कई महीनों से बगैर वेतन काम चला रहे हों, पीएफ में पैसे जमा नहीं हो रहे हों, (याद रखियेगा कि कानूनन यह गंभीर अपराध है) वह सरकार या व्यवस्था किस मुँह से घाटे पर चलनेवाली इकाइयों को चलते रहने का उपदेश देगी? ऐसी स्थिति में किसी अखबार की आय (विज्ञापन) में लगातार गिरावट हो, कागजों का भाव बेतहाशा बढ़े, बिहार सरकार के विज्ञापन के पैसे न मिलें और वेज बिल बढ़ता जाए, तो वह अखबार बाजार में कैसे और कहाँ से टिकेगा?

1991 की बाजार व्यवस्था के बाद पूरे देश में और खासतौर से बिहार में सरकारी कारखाने-निगमों की जो हालत होने लगी, उसमें अखबारवालों ने कितनी सीख ली? क्या यह समझा कि सरकार, सब्सिडी पर जब कोई कल-कारखाना नहीं चला सकती, तब निजी उद्यमी 20-25 फीसदी सूद पर बाजार से पैसे लेकर, घाटे पर अखबार क्यों और किसलिए चलायेंगे? किन विचारों के फैलाव के लिए? अंबानी जैसे बड़े घराने ने जब अपना हिन्दी साप्ताहिक 20-25 करोड़ गँवा कर बंद किया, तब कितने लोगों ने बाजार की स्थिति, बदलती दुनिया की तसवीर और नयी उभरती विश्व व्यवस्था की स्थिति समझी?

अगर हिन्दी प्रेमी उसी समय यह आहट पाकर इस बाजार में अपनी प्रतिभा, श्रम, क्वालिटी और कुशलता निखारते, तो आज हिन्दी अखबारों की यह गति न होती। साल में एक संस्करण पर कई करोड़ घाटा, अब कौन-सा समूह उठा पायेगा? हिन्दी पत्रकारिता आज भी पुराने सोच से उबर नहीं पायी है। यह सोच क्या था?

रामनाथ गोयनका या शांति जैन या रमा जैन या बिड़ला जी घाटा उठा कर भी अखबार निकालते थे, तो उनमें पुराने देशज मूल्य थे। श्री गोयनका तो अखबारों को घाटे का सौदा ही मानते थे, इस कारण आरंभ से ही बड़ी-बड़ी बिल्डिंगें बना कर किराये से उस घाटे की भरपाई करते थे।

आज की इस भौतिक दुनिया के दर्शन बदल गये हैं। अब इस प्रतिस्पर्द्धा या बाजार व्यवस्था में घाटा उठा कर कोई काम नहीं हो सकता। यह मामूली सच भी हिन्दी की दुनिया समझने के लिए तैयार नहीं है। इस कारण उसे बार

-बार झटके लग रहे हैं।

योग्यता-उत्पादकता और क्वालिटी की बदौलत ही चीजें बाजार में खड़ा रहेंगी या टिकेंगी। अखबारों के संबंध में भी यही नियम लागू होगा। हिन्दी इलाके के सारे दलों के राजनीतिज्ञ अगर इस मामले में आत्ममंधन करें, तो वे हिन्दी अखबारों और हिन्दी समाज की सेवा कर पायेंगे। पिछले कुछ वर्षों से बिहार सरकार के विज्ञापनों का नियमित भुगतान नहीं हो रहा। सरकारी निगमों-कॉरपोरेशनों के विज्ञापन के पैसे नहीं मिलते।

बड़े अखबारों के करोड़ों रुपये बाकी हैं, तो मामूली अखबारों के कई लाख रुपये सरकार और उसके मातहत विभागों पर विज्ञापन मद में बकाया हैं। पिछले कई वर्षों से जो व्यवस्था विज्ञापनों के पैसे नहीं चुकाती, वह किस तरह अखबारों के चलते रहने का माहौल बना सकती है? अब वही एक अखबार चलेगा, जिसका प्रसार-क्वालिटी सर्वश्रेष्ठ होगा, यानी जो सचमुच नंबर एक होगा। दूसरे नंबर के अखबारों के दम घुटते रहेंगे। वे कभी भी बुझ सकते हैं।

हाँ, वे अखबार भी चलेंगे, जो कुछ सौ रुपये पर 14-20 घंटे लोगों से काम कराते हैं, जिनके यहाँ कागज-रजिस्टर पर 10-20 लोग ही काम करते हैं, जो विज्ञापन बाजार को भरमा कर विज्ञापन कमा सकते हैं। बाकी साफ-सुथरे सरकार द्वारा तय सेवा के अनुसार चलनेवाले हिन्दी अखबारों के लिए इस बाजार व्यवस्था में कोई गुंजाइश नहीं है। यही चीज दूसरे उद्योगों के लिए भी लागू होंगी। इसका स्रोत बाजार व्यवस्था है।

बिहार की आर्थिक-सामाजिक राजनीतिक व्यवस्था लगातार अखबारों के प्रतिकूल बनती जा रही है। अखबारों की आय का एकमात्र साधन है, विज्ञापन। आज की तारीख में अखबार सिर्फ लागत मूल्य लेने लगें, तो उन्हें आठ पेज के घटिया पेपर पर छपे अखबार की एक प्रति के लिए पाँच रुपये चुकाने पड़ेंगे! पर, यह दाम कवर कैसे होता है, विज्ञापन के कारण। बिहार में विज्ञापन की क्या स्थिति है? विज्ञापन, आर्थिक विकास की स्वाभाविक उपज है। बिहार राज्य में उद्योगविहीनता के कारण विज्ञापन का बाजार लगातार सिकुड़ रहा है। पर, अखबारों की संख्या बढ़ रहा है। आप इंदौर जायें या मध्य प्रदेश के किसी दूसरे नगर में और देखें। इंदौर, दूसरी बंबई बन रहा है। वहाँ सात-आठ हिन्दी अखबार हैं। दर्जनों साप्ताहिक पाक्षिक-मासिक हैं। सब खुशहाल हैं। मुनाफे में हैं। कुछ तो भारी मुनाफे में चल रहे हैं, क्यों? क्योंकि इंदौर में या मध्य प्रदेश में होनेवाली औद्योगिक गतिविधियों से उन्हें काफी विज्ञापन मिलते हैं। सरकारी विज्ञापनों की परवाह वहाँ बड़े अखबार नहीं करते। जयपुर से प्रकाशित एक हिन्दी अखबार की प्रतिदिन की विज्ञापन आय 15 लाख रुपये है। दूसरी ओर बिहार के सबसे बड़े

अखबार की क्या स्थिति है?

कलकत्ता जाकर देखें। जबसे माकपा सरकार ने बंगाल के आर्थिक कायाकल्प का नारा दिया है, औद्योगिक गतिविधियाँ बढ़ी हैं, तबसे अखबारों में विज्ञापन की मात्रा काफी बढ़ी है। जाहिर है, जिस राज्य में विज्ञापन नहीं होंगे, वहाँ के बेहतर अखबार, जो अच्छी सेवा शर्तों के साथ चल रहे हैं, नहीं चल पायेंगे। क्योंकि घाटे पर बरसों-बरसों चलनेवाले उद्योगों का जमाना अब अतीत बनता जाएगा। पिछले कुछ वर्षों में बिहार की आर्थिक प्रगति क्या रही? इस चार्ट में यह स्पष्ट है-

आर्थिक स्थिति बतानेवाले आँकड़े

बिहार	1987-90	1992-93
कुल विकास दर (प्रतिशत में)	3.5	1.5
प्रति व्यक्ति आय (रुपये में)	1100	1090
मुद्रास्फीति	790	1180
बेरोजगारी (हजार में)	20540	3315
कुल संरचना का विद्युत उत्पादन	33.5	30

(स्रोत : सेंटर फॉर मॉनिटरिंग इंडियन इकॉनामी से साभार)

जब यह स्थिति थी, तब क्या पत्रकार समझ नहीं रहे थे कि बिहार जिस रास्ते पर जा रहा है, उसके स्वाभाविक परिणाम क्या होंगे? ऐसे माहौल में संस्थाओं, उद्योगों और अखबारों का भविष्य क्या है? सरकारी कल-कारखानों-निगमों की क्या स्थिति होगी? क्या ये सवाल अखबार में मुद्दा बन कर उभरे और उठे? अखबारवालों ने राजनीतिज्ञों-सरकार को बाध्य किया कि अपनी राजनीति या दाँव-पेंच जहाँ करना हो, करें। पर, राज्य के एजेंडा का मुख्य विषय आर्थिक विकास, कृषि विभाग, भूमि सुधार और उद्योगिकीकरण हो।

राज्य में अपराधियों के हाथ जा चुकी ट्रेड यूनियनों की राजनीति साफ-सुथरी हो और उद्योगिकीकररण की रफ्तार तेज हो। बिहार सारे प्राकृतिक संपदा-खनिज के बावजूद क्यों पिछड़ रहा है? और गुजरात, महाराष्ट्र, मध्य प्रदेश, बंगाल वगैरह कैसे आगे जा रहे हैं? अगर राजनीति के केंद्र बिंदु में अखबारों ने यह मुद्दा ला दिया होता, तो आज बिहार में अखबार बंद होने की स्थिति नहीं आती। और दूसरे उद्योग भी बंद नहीं होते। बाहरी पूँजी-उद्योग आते, तो रोजगार बढ़ता। कृषि क्षेत्र में विकास होता, तो गाँवों की गरीबी जाती। आपने सुना है कि हाल के वर्षों में महाराष्ट्र, गुजरात, कर्नाटक, आंध्र, केरल वगैरह में कोई बड़ा अखबार बंद हुआ है?

(1995)

क्षेत्रीय पत्रकारिता की चुनौतियाँ

2012। हिन्दी पत्रकारिता जगत में प्रतिष्ठित और क्षेत्रीय हिन्दी पत्रकारिता में मानक की तरह स्थापित, दैनिक 'नई दुनिया' के बिकने की खबर फैली। इंदौर से प्रकाशित होनेवाले इस दैनिक का मतलब सिर्फ हिन्दी पत्रकारिता का एक संस्थान भर नहीं था। हालाँकि वह दौर ऐसा भी नहीं था कि किसी पत्रकारिता संस्थान या अखबार के बंद होने बिकने की घटना, बड़ी घटना मानी जाए। पत्रकारिता शब्द का चलन खत्म हो रहा था और उदारीकरण के बाद मीडिया इंडस्ट्री कहे जाने का चलन बढ़ गया था। अखबार व्यवसाय एक उद्योग का रूप ले चुका था। इस स्थिति में अखबारों के खरीद-बिक्री की बात साधारण थी। पर, इस लेख ने इंदौर के इस अखबार के बिकने की खबर को क्षेत्रीय पत्रकारिता के भूत, वर्तमान और भविष्य के पड़ताल के अवसर के रूप में देखा, आँका है। 'नई दुनिया' को केंद्र में रखकर 'क्षेत्रीय पत्रकारिता की चुनौतियाँ' पर यह लंबा हरिवंश ने लिखा गया। यह लेख कई किश्तों में तब 'प्रभात खबर' में प्रकाशित हुआ। इसका प्रकाशन, बिहार-झारखंड से प्रकाशित होनेवाले अखबार 'प्रभात खबर' में हुआ, पर प्रतिक्रियाएँ देश भर से आईं।

-संपादक

65 साल पहले इंदौर से शुरू होनेवाले अखबार, 'नई दुनिया' के बिकने की खबर इन दिनों चर्चा में है। कुछेक पत्रकारों में (शेष अन्य को मतलब भी नहीं) चिंता और सरोकार है। एक मित्र ने वेबसाइट पर लिखा है, 'नई दुनिया' केवल एक अखबार नहीं रहा है। बल्कि यह एक संस्कार की तरह पुष्पित और पल्लवित हुआ। हिन्दी पत्रकारिता के इतिहास में 'नई दुनिया' ने वह मुकाम पाया, जो देश के नंबर एक और नंबर दो अखबार (महानगरों व बड़े शहरों से छपनेवाले), कभी सपने में भी नहीं सोच सकते। इस अखबार ने देश को सर्वाधिक संपादक और योग्य पत्रकार दिये हैं।

यह बिलकुल सटीक आकलन व निष्कर्ष है। पर, इसमें जोड़ा जाना चाहिए

कि 'नई दुनिया' सिर्फ अच्छे पत्रकारों को देने के लिए ही नहीं जाना जाएगा। सबसे प्रमुख और महत्त्वपूर्ण बात यह है कि 'नई दुनिया' ने अपने दौर, काल या युग के जलते-सुलगते सवालों को जिस बेचैनी और शिद्दत से उठाया, वह इस अखबार की पहचान और साख है। इसने हिन्दी पत्रकारिता को एक संस्कृति दी। बहुत पहले स्वर्गीय राजेंद्र माथुर ने (1983-84 के आसपास) राहुल बारपुते पर एक लेख लिखा था। उसमें उन्होंने मालवा की संस्कृति, पुण्यों के प्रभाव और गंगा किनारे की उत्तर प्रदेश-बिहार की भिन्न संस्कृति की चर्चा की थी। उनकी बातों का आशय था, अपने को हिन्दी की मुख्यधारा माननेवाली पट्टी और उसके बौद्धिक, मालवा की संस्कृति और उसमें 'नई दुनिया' का योगदान और राहुल बारपुते के व्यक्तित्व का आकलन नहीं कर पायेंगे।

यह सही है। एक शिष्टता, संस्कार और मर्यादा से राहुल बारपुते, राजेंद्र माथुर, अभय छजलानी जैसे लोगों ने 'नई दुनिया' को शीर्ष पर पहुँचाया। क्या इतने बड़े अखबार को सिर्फ चापलूसों की फौज डूबा सकती है? नहीं, साम्राज्यों या संस्थाओं के पतन में षड्यंत्रकारी या दरबारी चापलूसों की एक सीमा तक ही भूमिका रहती है। क्या सफलता से चल रहे बड़े या छोटे घरानों में ये चापलूस या षड्यंत्रकारी नहीं होते। दरअसल, साम्राज्यों या संस्थाओं के पतन के मूल में अन्य निर्णायक व मारक कारण होते हैं। समय की धार को न पहचानना और उसके अनुरूप कदम न उठाना, पतन का मूल कारण होता है। फिर सबसे बड़ा मारक कारक, तो आर्थिक व्यवस्था है। इस तरह की किसी चीज के पतन के मूल में, ऐसी चीजों के प्रभाव जरूर होते हैं। पर, इससे अधिक विध्वंसकारी तत्त्व अलग होते हैं।

'नई दुनिया' का अवसान, इस युग के धाराप्रवाह का प्रतिफल है। यह बड़ा और व्यापक सवाल है। यह सिर्फ 'नई दुनिया' तक सीमित नहीं है। देश की अर्थनीति और राजनीति से जुड़ा यह प्रसंग है। मार्क्स-एंगेल्स की अवधारणा सही थी। आर्थिक कारण और हालात ही भविष्य तय करते हैं। डार्विन का सिद्धांत ही बाजारों की दुनिया में चलता है। मार्केट इकोनॉमी का भी सूत्र है, बड़ी मछली, छोटी मछली को खा जाती है। निगल जाती है। आगे भी खायेगी या निगलेगी। बाजार खुला होगा, अनियंत्रित होगा, तो यही होगा। जिसके पास पूँजी की ताकत होगी, वह अन्य पूँजीविहीन प्रतिस्पर्द्धियों को मार डालेगा।

1983-85 के बीच, राजेंद्र माथुर का राहुल बारपुते पर एक लेख पढ़ा था। लेख का शीर्षक था-'हिन्दी पत्रकारिता, संदर्भ राहुल बारपुते।' माथुर जी से मुलाकात तो 'धर्मयुग' में काम करने के दिनों में हुई थी। 1980 के आसपास।

गणेश मंत्री के साथ। तब से उनकी प्रतिभा से परिचित था। 'नई दुनिया' की श्रेष्ठ परंपरा से भी। उस लेख में माथुर जी ने लिखा था, *'पाँच साल दिल्ली में 'नवभारत टाइम्स' की संपादकीय के बारे में कह सकता हूँ कि नयी-पुरानी और दुर्लभ किताबों की दृष्टि से, बीसियों किस्म की पत्र-पत्रिकाओं की दृष्टि से, पत्रकारिता की ताजा पेशेवर सूचनाओं की दृष्टि से और संसार में, जो ताना-बाना प्रतिक्षण बुना जा रहा है, उसे छूकर देखे जाने के सुख की दृष्टि से, जो 27 अखबारी वर्ष मैंने 'नई दुनिया' में गुजारे, वे दिल्ली की तुलना में कतई दरिद्र नहीं थे। एक माने में बेहतर ही थे, क्योंकि तब सार्थक पढ़ाई-लिखाई की फुरसत ज्यादा मिलती थी।'*

यह थी, 'नई दुनिया' की परंपरा। 'नई दुनिया', महज एक अखबार नहीं रहा है। वह हिन्दी के बौद्धिक जगत का सांस्कृतिक आलोड़न करनेवाला एक विचार मंच रहा रहा है। हिन्दी क्षेत्र में संस्कार और संस्कृति गढ़ने-बताने-समझने और विकसित करने का मंच भी। आज अखबारों में बाइलाइन या क्रेडिट पाने की छीना-झपटी होती है। उस अखबार ने कुछ मूल्य और प्रतिमान गढ़े। गंभीर और मर्यादित पत्रकारिता के लिए। माथुर साहब ने लिखा था कि 'राहुल बारपुते हर रोज मेरे कॉलम के साथ, मेरा नाम छापने को तैयार थे। मुझे यह अश्लील लगा। मैंने आग्रह किया कि मैं प्रतिदिन अहस्ताक्षरित ही लिखूँगा।' क्योंकि माथुर साहब को प्रेरणा मिली थी, उन दिनों के चोटी के स्तंभकारों से, जो अपना नाम नहीं छापते थे। तब ए.डी. गोरवाला जी, 'विवेक' नाम से लिखते थे। शामलाल जी, 'अदिव' के नाम से लिखते थे। दुर्गादास जी, 'इंसाफ' के नाम से लिखते थे। तब शरद जोशी जी भी 'नई दुनिया' में 'ब्रह्मपुत्र' नाम से लिखते थे।

यह संस्कार और परिपाटी-मर्यादा विकसित करने का पालना रहा है, 'नई दुनिया'। आज देख लीजिए, संपादक, अपने ही अखबार में अपनी तस्वीर, अपने लोगों की फोटो, अपने परिवार का गुणगान कर किस मर्यादा और अनुशासन का पालन करते हैं? यह दरअसल धाराओं की लड़ाई है। एक सामाजिक धारा है, जिसका प्रतिबिंब 'नई दुनिया' का पुराना अतीत रहा है। मूल्यों से गढ़ा गया। तब 'नई दुनिया' ने वैदेशिक कॉलम की शुरूआत की। जब इसकी कोई खास जरूरत नहीं थी, पाठकों के बीच इसकी माँग नहीं थी। पर, अपने पाठकों का संसार समृद्ध करना उसने अपना फर्ज समझा। आज बड़ी पूँजी से निकलने वाले अखबारों का फर्ज क्या है? वे पाठकों को उनकी रुचि का सर्वे करा कर फूहड़ और अश्लील चीजें भी देने को तैयार हैं। पाठकों की इच्छा के विपरीत, उनके संस्कार गढ़ने, ज्ञान संसार समृद्ध करने का जोखिम लेने को तैयार नहीं। पर, 'नई

दुनिया' ने यह किया। आज पहला मकसद है, अखबारों का, प्राफिट मैक्सीमाइजेशन। यह नयी पत्रकारिता बाजार को साथ लेकर चलती है। हर वर्ग को खुश रखना चाहती है। उपभोक्तावादी संसार उसे ताकत देते हैं, इसलिए यह धारा आज ज्यादा प्रबल है। यह तामसिक है। पहली धारा (जिससे 'नई दुनिया' का अतीत जुड़ा है) वह सात्त्विक रही है। आज सात्त्विक और तामसिक धाराओं के बीच संघर्ष है। फिलहाल तामसिक धारा का जोर है। सात्त्विक, कमजोर और उपहास के पात्र। पर, अंततः जय सात्त्विक धारा की होगी। इसमें भी किसी को शंका नहीं होनी चाहिए? उस दौर में हिन्दी का सबसे अच्छा अखबार, 'नई दुनिया' कहा गया। क्यों? क्योंकि माथुर साहब के शब्दों में, 'नातों-रिश्तों, ठेका और फायदों का जमाना शुरू ही नहीं हुआ था।' पत्रकारिता का पैमाना क्या था? माथुर साहब के ही शब्दों में ही पढ़िए-

"नई दुनिया' में रह कर आप कह सकते हैं कि जो मैं लिखता हूँ, वह मैं हूँ। लेखन से जो सराहना की गूँज लौट कर आती है, वही मेरा पद है, और समाज निर्मित तथा समाज प्रदत्त होने के कारण यही सचमुच प्रमाणिक है।"

अखबारों का अर्थशास्त्र समझना जरूरी

'नई दुनिया' 1967 में, भारत का शायद पहला अखबार था, जिसने ऑफसेट प्रिंटिग पर अपनी छपाई शुरू की। तकनीक में भी यह औरों से आगे था। इन सबके पीछे एक पवित्र संकल्प और उद्देश्य था, क्योंकि उसके कर्ता-धर्ता लोगों में से एक राहुल बारपुते 'क्षमता के अनुसार काम और आवश्यकता के अनुसार पारिश्रमिक' सूत्र पर चलते थे। यह एक जीवन दर्शन या समाज दर्शन था, जिसका वैचारिक प्रस्फुटन था, 'नई दुनिया'। इसे भी पढ़िए माथुर जी के शब्दों में -

"राहुल जी ने आठ साल से अपना वेतन डेढ़ सौ रूपये प्रतिमाह तय कर रखा था, और उनका कहना था कि इससे ज्यादा मैं लूँगा नहीं, क्योंकि यह मेरी जरूरत के लिए पर्याप्त है। स्वैच्छिक गरीबी को वह संपादकीय प्रमाणिकता के लिए जरूरी मानते थे। पाँच सौ रुपये से ज्यादा पानेवाले को वह चोरों की श्रेणी में गिनते थे।"

इस अर्थशास्त्र और सोच के तहत 'नई दुनिया' आगे बढ़ा। जब राजेंद्र माथुर से पूछा गया, आपको क्या तनख्वाह चाहिए, तो उनका उत्तर भी उन्हीं के शब्दों में-

"मैंने कहा कि पाँच साल पहले जब मैं हॉस्टल में रहता था और फर्स्ट इयर में था, तब मुझे खर्च के लिए 75 रुपये महीना मिलते थे। मेरी आवश्यताएँ इन पाँच सालों में ज्यों की त्यों है। इसलिए आप मुझे 75 रुपये दे दीजिएगा। और

वह राजी हो गये।"

बारपुते जी का जीवन कैसा था? वर्षों तक वह लीपे हुए दलान में जमीन पर सोते थे और चटाई के पत्तों पर खाते और खिलाते थे।

यह सब पत्रकारिता के सतयुग की बातें हैं। जब पत्रकारिता में ऐसे चरित्र थे, तब ऐसे अविष्कार जिंदा रहे। खुद गणेश मंत्री, नारायण दत्त जी जैसे लोगों की सोहबत में रहा हूँ। गणेश मंत्री, 'धर्मयुग' के स्टार पत्रकार थे। चिंतक, लेखक व विचारक भी। ईमानदारी, सात्त्विकता और साधन-साध्य की शुचिता के प्रतिमान। पिता, जनता पार्टी शासन में राजस्थान में राजस्व मंत्री रहे। अत्यंत सम्मानित व प्रतिष्ठित। पर गणेश मंत्री कभी उनकी गाड़ी पर नहीं चढ़े, क्योंकि वह सरकारी होती थी। नारायण दत्त जी, 'नवनीत' के संपादक रहे। हिन्दी के सर्वश्रेष्ठ वैचारिक-सांस्कृतिक-साहित्यिक-आध्यात्मिक पत्रकार। इंदिरा जी के लंबे समय तक प्रेस सलाहकार रहे, अद्वितीय और अनोखे गाँधीवादी विद्वान, एचवाइ शारदा प्रसाद के छोटे भाई। कई भाषाओं के जानकार। सच्चे गाँधीवादी। इन दोनों के घर, सत्ता के ताकतवर केंद्र रहे। दोनों अपने-अपने क्षेत्र में अपने कार्यकाल में, देश के चोटी के पत्रकार-संपादक रहे, पर इन दोनों (गणेश मंत्री और नारायण दत्त) का जीवन, नितांत गाँधीवादी, सामान्य और सरल रहा। अपने जीवन के दो मेंटर (पथ प्रदर्शक) इन दोनों को पाता हूँ। नजदीक से इन्हें देखा कि कैसे ये सभी 24 कैरेट का सोना रहे। ताउम्र।

आज इस पत्रकारिता में पैसे की हवस है। रातोंरात धनकुबेर बनने की भूख है। जायज-नाजायज कोई प्रतिमान नहीं रह गया। न आदर्श, न मूल्य। इस धारा का जोर इन दिनों ज्यादा सशक्त और प्रबल है। हर शहर से लेकर दिल्ली तक देख लीजिए, जो स्वनाम-धन्य पत्रकार खुद को समाज का सबसे महत्त्वपूर्ण व्यक्ति मानने लगे हैं, उनकी योग्यता क्या है? आमद क्या है? उनकी कुल संपत्ति क्या है? ठाठ-बाट कैसे हैं? क्या समाज में कोई मूल्य रह गया है या नहीं? क्या कोई उसूल बचा है? जब लड़ाई, सिद्धांत और सिद्धांतविहीनता के बीच हो, साधु और गैर साधु के बीच हो, नीति और अनीति के बीच हो, तो अनीति-षडयंत्र को ही कामयाबी मिलेगी। आज के संसार में। यही हो रहा है।

'टाइम्स ऑफ इंडिया' में 750 रुपये, ट्रेनी के रूप में प्रतिमाह हमें मिलता था। 1977-78 के दौर में। तब कई लोगों ने इससे अधिक की नौकरी छोड़ कर पत्रकारिता को चुना और पत्रकारिता को ही करियर अपनाया। रिजर्व बैंक व अन्य संस्थाओं की नौकरी (अधिक तनख्वाह) छोड़ कर हमने भी यही पेशा चुना। आज खुद लाखों पाता हूँ, जो कभी सोचा नहीं था। वह भी क्षेत्रीय अखबार में

(इससे कई गुना अधिक के ऑफर मिले, यह अलग बात है कि फिर भी यहीं रहा), पर, अपने काम से जोड़ कर देखता हूँ, तो तब ('धर्मयुग', 'रविवार' या 'प्रभात खबर' के आरंभिक दिनों में) जितना परिश्रम कर पाता था। पूरा डट कर। जुट कर। डूब कर। उतना ही आज भी करता हूँ। पर, तनख्वाह कई गुना अधिक।

राहुल बारपुते और राजेंद्र माथुर के प्रतिमान से खुद को सोचता हूँ, तो अपराधबोध होता है। कई बार खुद से पूछा, क्यों गलत मानते हुए भी इतनी तनख्वाह लेता हूँ। कारण, सुरक्षा का सवाल है। पहले समाज में 'सेफ्टीनेट' (सुरक्षाजाल) था। संयुक्त परिवार, उदार परिवार। एक दूसरे की देखभाल करनेवाला। आज एकल परिवार (न्यूक्लीयर परिवार) हैं, स्वास्थ्य पर बढ़ता खर्च और इस पेशे में नौकरी की असुरक्षा, शाश्वत चुनौतियाँ हैं। भविष्य में स्वाभिमान रहे, हाथ न पसारना पड़े, इसलिए आज यह तनख्वाह और उसमें से लगातार भविष्य के लिए बचत जरूरी है। फिर भी, जब पूरे भारतीय समाज के बारे में नैतिक और गाँधीवादी विचारों से सोचता हूँ, तो लगता है, यह चोरी है।

पहले संयुक्त परिवार और खेतिहर परिवेश का भरोसा था कि कोई निर्णय लेने के बाद, सड़क पर नहीं रहना होगा। समाज, गाँव और परिवार पीछे है। आज ये संस्थाएँ टूट गयी हैं। आज भविष्य के प्रति डर है। ऐसा समाज हमने बना लिया है। इसलिए अधिक तनख्वाह का सवाल हमें बहुत कुरेदता नहीं, जैसा राजेंद्र माथुर व राहुल बारपुते को लगता था।

पूरे मीडिया उद्योग की तनख्वाह में बेशुमार इजाफे को अगर देश की अर्थव्यवस्था से जोड़ कर देखें, तो उत्पादन लागत और आय के आधार पर आंकें, तो यह कृत्रिम अर्थप्रणाली है। यह किसी भी दिन भहरायेगी। धवस्त होगी। भारत की पेट्रोलियम कंपनियों को देख लीजिए। उनके यहाँ मैनपावर कॉस्ट से लेकर स्टेब्लिशमेंट कॉस्ट इतने अधिक हैं कि हम पाकिस्तान, बांग्लादेश से भी प्रति लीटर 30 रुपये अधिक पर पेट्रोल बेचते हैं। ओएनजीसी जैसी महारत्न कंपनियों में चपरासी की भी तनख्वाह 60 हजार से अधिक है। यह आपको मालूम होगा कि भारत की पेट्रोलियम कंपनियाँ दो लाख करोड़ के घाटे में चल रही हैं। आमद चवन्नी और खर्च अठन्नी का मामला है। यही स्थिति आज 'नई दुनिया' और छोटे अखबारों के साथ है। अगर 'नई दुनिया' को बाजार में रहना है, तो उसे अपने पत्रकारों को भी हिन्दी के बड़े अखबारों के पत्रकारों के समकक्ष वेतन देना होगा। पर, 'नई दुनिया' की आमदनी तो बड़े अखबारों जैसी है नहीं। न उसके पास विदेशी पूँजी (एफडीआइ) है। न शेयर बाजार का पैसा है। न इक्विटी है। उधर हिन्दी के कुछेक बड़े अखबारों को देख लीजिए। उनकी

बैलेंस शीट देख लीजिए। किसी के पास पाँच सौ से छह सौ करोड़ जमा है। किसी के पास चार सौ से पाँच सौ करोड़ जमा है। बड़े अखबार भी मैनपावर कॉस्ट इतना बढ़ा चुके हैं कि इन्हें भी प्रॉफिट मैक्सिमाइजेशन के लिए पेड न्यूज का सहारा लेना पड़ता है। उपभोक्ता बाजार के फैलाव में सशक्त मंच के रूप में ये बड़े अखबार काम करते हैं। बाजार को फैलाना-बढ़ाना इनका पहला ध्येय है, क्योंकि बाजार बढ़ेगा, तो आमद बढ़ेगी। पाठकों के बौद्धिक संसार और समाज को बेहतर बनाने से इनका क्या संबंध रह गया है? यह बदले अर्थयुग (उदारीकरण) का प्रभाव है।

हिन्दी इलाकों में यह कुछ गंभीर समस्याएँ हैं। हम हीन मानस के झगड़ालू लोग हैं। उसमें भी यदि राजेंद्र माथुर के शब्दों में कहें, "क्योंकि बलिया और पुणे में एक फर्क है, जो गंगा-यमुना के बीच रहनेवाले उत्तर भारतीयों को कभी समझ में नहीं आयेगा।" वैसे तो हिन्दुस्तान में ही समस्या है, पर हिन्दी इलाकों में खासतौर से। इस बीमारी का लक्षण भी माथुर साहब के शब्दों में ही-*"समाज के नाते अथवा संस्था के नाते हम हिन्दुस्तानी आकृष्ट होना जानते ही नहीं। हिन्दीभाषियों में यह खासियत दूसरों से कुछ ज्यादा ही है। नौ कनौजिए यहाँ नौ सौ चूल्हे जलाते हैं। सारे संस्कार ही हिन्दी में हीनता, विपन्नता और ईर्ष्या में हैं।"*

राजेंद्र माथुर ने हिन्दी इलाके के इस मानस पर कब टिप्पणी की थी, तब से आज के 25 वर्षों बाद, यह और अधिक विकृत हुई है। पर उससे क्या? 'नई दुनिया' का अपना रोल रहा। देश, काल और परिस्थितियों के अनुसार उसने अपने प्रयास से हिन्दी समाज को सँवारा। उसकी बौद्धिक क्षमता बढ़ायी। अपने समय-दौर में देश, काल और परिस्थितियों के अनुरूप श्रेष्ठ रोल प्ले (भूमिका अदा की) किया। अब वह 'नई दुनिया', नयी परिस्थितियों में अपना पुराना चोला उतार रहा है। राजेंद्र जी, राहुल जी, 'नई दुनिया' के अतीत बन रहे हैं। भविष्य के साथ उनके रिश्ते क्षीण होते जायेंगे। यही काल है। पुरानी कहावत है, 'समय होत बलवान!' वही अर्जुन, वही गांडीव, पर भील उनकी औरत को हर ले गये। ऐसा तो होना ही है। दर्शन में कहें, तो यह काल की गति है। इस असार-संसार में ना, तो हम अपने परिवेश या अस्तित्व के स्थायी होने का ठेका ले सकते हैं और न उसके भविष्य का, क्योंकि दोनों ही चीजें समय के साथ खिसक जाती हैं। तानपुरे ढीले पड़ जाते हैं, या महफिलें बदल जाती हैं। सफेद पर्दे मैले हो जाते हैं। परेशानियाँ अपनी पहचान के लिए अलग पृष्ठभूमि खोजती हैं।

'नई दुनिया' के साथ उत्पन्न स्थिति को समझने के लिए 'नई दुनिया' के अर्थशास्त्र को समझना जरूरी है। एक औसत बीस पेज का अखबार रोज

निकालने के लिए सिर्फ स्याही और प्लेट पर खर्च लगभग चार रुपये है। अन्य ओवरहेड खर्च जोड़ दें, तो एक प्रति की कीमत लगभग सात रुपये होगी। यह खर्च तब, जब अखबार मामूली या औसत न्यूजप्रिंट पर निकलता है। यह एक अखबार निकालने का खर्चा है। अब आमद का पक्ष समझ लीजिए। फर्ज कीजिए आपका अखबार, एक सप्ताह में तीन दिन दो रुपये, और चार दिन तीन रुपये में बिकता है। तब आमद गणित समझिए। अखबार बिकता है, दो या तीन रुपये में। सप्ताह की कुल कीमत जोड़ दें, तो औसत कीमत 2.5 रुपये होगी रोज। इस 2.5 रुपये में हॉकर और एजेंटों का कमीशन है, लगभग 1.40 रुपये। आपके पास बचा (2.5-1.40) 1.10 रुपये प्रति कॉपी। एक अखबार का उत्पादन लागत यानी एक अखबार निकालने में खर्च हुए सात रुपये। इस तरह, हर एक कॉपी में खर्च हुए (7-1.10) 5.90 रुपये। इस तरह, एक दिन में एक कॉपी पर घाटा हुआ लगभग 6 रुपये। अगर किसी अखबार की दस लाख प्रतियाँ रोज बिकती हैं, तो एक दिन में लॉस (घाट) हुआ लगभग 60 लाख रुपये। महीने में यह घाटा हुआ (60×30) 18 करोड़ रुपये। साल में यह घाटा हुआ (18×12) 216 करोड़। अब इस 216 करोड़ का लॉस फाइनेंसिंग सिर्फ और सिर्फ, विज्ञापन से होना है।

एक स्वाभाविक सवाल उठता है कि जब उत्पादन लागत सात रुपये है, तो दो रुपये में क्यों बेचते हैं? घाटा उठा कर। बड़े अखबार, जो पूँजी संपन्न हैं, वे कीमत घटा देते हैं, ताकि कमजोर को मार सकें। जो जमे-जमाये अखबार हैं, उनके बीच बाजार बनाने के लिए ऐसा कदम उठाते हैं। बाध्य हो कर आपको कीमत कम करनी पड़ती है, ताकि पाठक अखबार खरीद-देख सकें। अंततः प्रसार रहेगा (सर्कुलेशन बढ़ेगा), तभी विज्ञापन भी मिलेंगे। इसलिए घाटे पर चलनेवाले अखबार भी प्रसार बढ़ाने या अपना आधार बचाये रखने के लिए कीमत कम करने को विवश हैं।

अगर अंबानी समूह से 200 करोड़ का लोन 'नई दुनिया' ने लिया भी होगा, तो उसका हश्र यही हुआ होगा। इसके ऊपर दफ़्तर में बढ़ती बेशुमार तनख्वाह, जिसका कोई वास्ता प्रोडक्टिविटी (उत्पादकता) से नहीं है। उत्पादकता और तनख्वाह के बीच कोई अनुपात नहीं है। एक मामूली अखबार में कुल आमद (रिवेन्यू) कितने फीसदी है? हिन्दी के जो तीन बड़े अखबार है, उनमें 12 फीसदी, 11 फीसदी और 14 फीसदी हैं। क्योंकि इनके अनेक संस्करण हैं, तो कुछ खर्चे कामन निकल जाते हैं। छोटे अखबार जिनके पास अनेक राज्यों के संस्करण नहीं हैं। न शेयर बाजार का पैसा है, न एफडीआइ है, न इक्विटी है, उनका वेज बिल (स्टॉफ कास्ट, यानी तनख्वाह वगैरह पर खर्च) वर्ष

2009-10 में कुल आमद का 15 फीसदी था। इसी तरह वर्ष 2010-11 में, हिन्दी के तीन बड़े अखबारों का स्टाफ कास्ट टोटल रेवेन्यू का 14 फीसदी, 14 फीसदी और 12 फीसदी था। पर, जो छोटे अखबार इनसे कंपीट करना चाहते हैं, उनका स्टॉफ कास्ट 20 फीसदी। इसी तरह वर्ष 2011-12 में हिन्दी के तीन बड़े अखबारों का स्टॉफ कास्ट (परसेंटेज ऑफ टोटल रेवेन्यू) था, 12 फीसदी, 16 फीसदी और 12 फीसदी। पर, अन्य छोटे अखबरों का लगभग 19-20 फीसदी। यानी 'नई दुनिया' जैसे मंझोले या छोटे अखबार का स्टॉफ कास्ट भी बड़े अखबारों के मुकाबले अधिक और आमद भी कम, तो अर्थशास्त्र के किस नियम के तहत ऐसे संस्थान चल सकेंगे?

बढ़ती लागत-महँगा कर्ज तोड़ रहे कमर

नयी अर्थव्यवस्था ने छोटे अखबारों के लिए संकट पैदा किया है। यह शुद्ध अर्थशास्त्र का मामला है। ऊपर से पिछले एक साल में आये अन्य आर्थिक परिवर्तनों को जान लीजिए, जिन्होंने छोटे अखबारों की कमर तोड़ दी है। पिछले तीन सालों में रंगीन स्याही पर कितना खर्च बढ़ा है, लगभग नौ लाख प्रतिदिन बिकनेवाले अखबारों का? अगर कीमत वृद्धि की यही रफ्तार रही, तो आगामी दो वर्षों में यह कितना बढ़ेगा? यह आकलन भी चार्ट में हैं।

कीमत	2009-10	2010-11	2011-12	2012-13	2013-14
रंगीन स्याही/किग्रा	139.55	146.84	166.86	183.00	195.00
वृद्धि (प्रतिशत में)	5 फीसदी	5 फीसदी	14 फीसदी	10 फीसदी	7 फीसदी
काली स्याही/ किग्रा	54.55	60.54	70.52	77.50	83.00
वृद्धि (प्रतिशत में)	11 फीसदी	11 फीसदी	16 फीसदी	10 फीसदी	7 फीसदी
सीटीपी प्लेट / प्लेट	153.78	152.98	150.25	159.00	165.00
वृद्धि (प्रतिशत में)-	1 फीसदी	1 फीसदी	1 फीसदी	6 फीसदी	4 फीसदी

(नोट : 2012-13 और 2013-14 के भाव, अनुमान पर निकाले गये हैं।)

कच्चे माल और स्याही के खर्च को प्रभावित करनेवाले कारक -

(i) डॉलर का बढ़ता भाव बनाम भारतीय रुपये का घटता भाव।

(ii) पेट्रोलियम पदार्थो के बढ़ते भाव।

(iii) कमोडिटी प्राइस परिवर्तन और बाजार का अनुमान।

सूद का बढ़ा दर या कर्ज की कीमत

इस दौर में जो अखबार बाजार से या बैंक से लोन लेकर चल रहे हैं, उन पर क्या असर पड़ा है? यह जानना जरूरी है। ब्याज की कीमत आज क्या है?

पिछले एक-डेढ़ साल में लगातार खबरें आयीं कि रिजर्व बैंक ने रिवर्स रेपो रेट बढ़ाया। यह वह दर है, जिसके तहत आरबीआई दूसरे बैंक से उधार लेता है और इससे एक फीसदी अधिक दर पर अन्य बैंकों को पैसा देता है। जनवरी, 2004 से जनवरी, 2012 के बीच का चार्ट देख लीजिए।

वर्तमान रेपो रेट 8.5 फीसदी है। जनवरी 2010 में यह 4.25 फीसदी था। वाणिज्यिक बैंक, इस रेट से छह से सात फीसदी अधिक सूद पर अच्छी साखवाले संगठनों को लोन देते थे। आज सूद की दर है, 18-20 फीसदी। फर्ज कीजिए जिस अखबार की कंपनी ने 75 करोड़ का लोन 2010 में लिया था। तब उसे 8.4 करोड़ रुपये प्रतिवर्ष सूद देना पड़ता। अब वह बढ़ कर 12.5 करोड़ से अधिक होगा। यानी चार करोड़ सूद अदायगी में, भारत सरकार की नीतियों के कारण, एक वर्ष में वृद्धि। अगर 75 करोड़ से अधिक लोन है, तो और अधिक सूद। इसका क्या असर होता है? अन्य प्रतिस्पर्द्धी कंपनियों के मुकाबले बाजार में सूद की देनदारी बढ़ जाना। उदाहरण के तौर पर वित्तीय वर्ष 2009-10 में हिन्दी के तीन बड़े अखबारों का सूद और वित्तीय चार्ज ऐसे लोनों पर था, एक फीसदी, तीन फीसदी और दो फीसदी। छोटे अखबारों का भी तब दो फीसदी था। इस बीच लोन लेकर 'नई दुनिया' की तरह, जिन छोटे या मंझोले अखबारों ने अपने संस्करण बढ़ाये और खर्च बढ़ाया, यह बढ़ कर चार फीसदी हो गया। वर्ष 2010-11 में। जबकि हिन्दी के तीन बड़े अखबारों (जिनके पास एफडीआई है, इक्विटी और शेयर बाजार का पैसा है) उनके लिए यह घट कर एक फीसदी हो गया। 2011-12 में तीन बड़े घरानों का यह इंट्रेस्ट और फाइनेंस चार्ज (परसेंटेज ऑफ टोटल रेवेन्यू) रहा-पहले का एक फीसदी, दूसरे का दो फीसदी और तीसरे का जीरो फीसदी। यानी उसने अपना लोन चुकता कर दिया। जिस छोटे अखबार ने अपने संस्करण फैलाये, उनके लिए अब खर्च हो गया, 6 फीसदी। अब आप बतायें, कौन-सा आर्थिक गणित छोटे अखबारों के पक्ष में है? यानी सामान्य भाषा में कहें, तो सूद मद में बड़े अखबारों की देनदारी शून्य और छोटे अखबारों पर 10-20 करोड़ का सालाना कहर। ये और ऐसे अन्य खर्चे तो छोटे और मंझोले अखबारों को मार ही रहे हैं।

पर, सर्वाधिक असर डालने वाली चीज है, न्यूज प्रिंट की कीमत। औसत दर से न्यूज पिंट्र की कीमत में क्या बढ़ोतरी हुई है। और आनेवाले वर्षों का क्या अनुमान है, यह जान लीजिए -

वर्ष	2009-10	2010-11	2011-12	2012-13	2013-14
न्यूज प्रिंट / किग्रा	26 रु	29 रु	32 रु	34.50 रु	35.50 रु
वृद्धि (प्रतिशत)	11 फीसदी	12 फीसदी	7.5 फीसदी	3.5 फीसदी	2.8 फीसदी

दरअसल, कागज की बढ़ती कीमतों ने अखबारों की कमर तोड़ दी है। दुनिया में लगातार बड़ी अखबारी कागज मिलें बंद हो रही हैं। कच्चा माल न मिलने की वजह से। मिलों के बंद होने से बाजार में कम माल आ रहा है। भारत में उतनी मिलें नहीं हैं। किसी भी अखबार का सर्वाधिक खर्च न्यूजप्रिंट पर ही है। लगभग 80 से 90 फीसदी। पिछले एक साल में पाँच कारणों से न्यूजप्रिंट की कीमत में भारी बढ़ोतरी हुई है-

(i) अमेरिकी डॉलर के मुकाबले भारतीय रुपये का कमजोर होना।

(ii) पूरी दुनिया में कई कागज मिलों का बंद होना।

(iii) भारतीय कागज मिलों की खराब आर्थिक स्थिति।

(iv) असंगठित बाजार में रद्दी कागज की कीमत।

(v) बाजार में पालीथीन बैगों का घटता इस्तेमाल

इस तरह से गुजरे एक साल में न्यूजप्रिंट, अखबारी कागज की कीमतों में भारी वृद्धि। रंगीन स्याही, प्लेट और अन्य आवश्यक उपकरणों के भाव में वृद्धि। तनख्वाहों में बेशुमार वृद्धि। सूद और ब्याज की दरों में भारी वृद्धि। इन सबको मिला कर कुल असर एक अखबार के अर्थशास्त्र पर क्या पड़ेगा? क्या इसका अनुमान लगाये बगैर आप 'नई दुनिया' के साथ हुए इस प्रकरण को समझ पायेंगे?

विज्ञापन बाजार भी बड़ों के साथ है

अखबारों की आमद का एकमात्र स्रोत, विज्ञापन का गणित या संसार भी समझ लीजिए। आज 2011-12 में कुल विज्ञापन बाजार है, 25,594 करोड़ का। इसमें से 10,791 करोड़ प्रिंट मीडिया के पास है। कुल विज्ञापन का लगभग 46 फीसदी हिस्सा, अंगरेजी अखबारों पर खर्च होता है। अब देश में कुल अंगरेजी अखबार कितने हैं? यह जोड़ लीजिए, तो पता चलेगा कि हिन्दी या क्षेत्रीय भाषाओं की संख्या से कम हैं। पर, उनके लिए विज्ञापन का बाजार ज्यादा बड़ा है। यानी 46 फीसदी। लगभग 4.5-4.6 हजार करोड़। प्रिंट मीडिया का लगभग 30 फीसदी हिन्दी अखबारों पर खर्च होता है। हिन्दी में कितनी पत्र-पत्रिकाएँ हैं, यह जोड़ लीजिए, तो साफ हो जाएगा कि प्रति अखबार कितना कम विज्ञापन उपलब्ध है। हिन्दी के जो तीन-चार बड़े अखबार हैं, वे इसका लगभग 70-80 फीसदी (यानी 3-3.5 हजार करोड़) अकेले ले जाते हैं। अपना रेट घटा कर। अधिक संस्करण होने की बारगेनिंग कर। आक्रामक मार्केटिंग कर। बड़े होने का लाभ लेकर। कई राज्यों में होने और अनेक संस्करण निकालने के बल। अन्य क्षेत्रीय भाषाओं के लिए स्थिति है कि लगभग 10800 करोड़ के प्रिंट विज्ञापन

बाजार में से अकेले मराठी को सात फीसदी मिलता है। तेलुगु को चार फीसदी। तमिल को तीन फीसदी। बांग्ला, गुजराती, मलयालम और कन्नड़ को दो-दो फीसदी। उड़िया को एक फीसदी।

इसके और अंदर जायें, तो पता चलेगा, मध्य प्रदेश या राजस्थान जैसे हिन्दी राज्य, जो बीमारू हिन्दी राज्यों के दुष्चक्र से बाहर आ गये हैं, उनके यहाँ विज्ञापन बाजार की स्थिति क्या है? झारखंड-बिहार जैसे बीमारू माने जानेवाले, कम विकसित राज्यों में क्या स्थिति है? मध्य प्रदेश में लगभग 770 करोड़ का विज्ञापन बाजार है, जिसमें अकेले भोपाल और इंदौर में 460 करोड़ का व्यवसाय है। इसी तरह राजस्थान में भी लगभग 650 करोड़ का विज्ञापन बाजार है। अकेले जयपुर 350 करोड़ का विज्ञापन बाजार है। इसके उलट बिहार में लगभग 350 करोड़ का बाजार है, जिसका 60 फीसदी यानी लगभग 200 करोड़ पटना का बाजार होगा। झारखंड का बाजार लगभग 170-200 करोड़ का होगा। इसमें से 50 फीसदी का विज्ञापन बाजार रांची से होगा।

अब आप गौर करें कि मध्य प्रदेश, राजस्थान, बिहार और झारखंड का फर्क क्या है? मध्य प्रदेश और राजस्थान में शहरीकरण अधिक है। बाजार अधिक विकसित है। तुलनात्मक रूप से संपन्नता अधिक है। इसलिए वहाँ विज्ञापन अधिक हैं। विज्ञापन बाजार का बजट बड़ा है। बिहार और झारखंड़ पिछड़े हैं, इसलिए यहाँ विज्ञापन बाजार कम है। यहाँ पर सरकार ही सबसे बड़ी विज्ञापनदाता है। क्योंकि बाजार विकसित ही नहीं हुआ है या कम विकसित हुआ है। अब बड़े अखबार क्या कर रहे हैं? वे मध्य प्रदेश से भी कई संस्करण निकाल रहे हैं। राजस्थान से भी निकालते हैं। पंजाब हरियाणा, दिल्ली, उत्तर प्रदेश, बिहार और झारखंड सब जगह से निकालते हैं। उनका सारे बाजारों पर कब्जा है। 'नई दुनिया' जैसे अखबार या अन्य मंझोले अखबार, जो सिर्फ अपने प्रदेश में ही रह गये और जिन्हें अपने राज्य के बाजार या सरकार से विशेष मदद नहीं मिली, वे तो बंद होंगे ही। यह तो वैसी ही स्थिति है कि शेर के सामने मेमने को खड़ा कर दीजिए या एक व्यक्ति को 25-30 वर्ष तक खूब खिलाइए-पिलाइए और एक को 25-30 वर्षों तक कुपोषण का शिकार रखिए, ताकि वह सिर्फ नरकंकाल भर रह जाये और दोनों के बीच अखाड़े में कुश्ती- मुकाबला कराइए। तब अगर नरकंकाल हार जाता है, तो आप सवाल पूछिए कि आप हार क्यों गये?

दरअसल, ऐसी जगहों पर सरकारी हस्तक्षेप की जरूरत पड़ती है। क्यों सरकारें छोटे अखबारों को, अपने राज्य से निकलने वाले अखबारों को, कम प्रसार वाले अखबारों को प्राथमिकता के आधार पर विज्ञापन देकर नहीं बचातीं?

जब ऐसे अखबार बिक या बंद हो जायेंगे, तब वे सवाल उठायेंगे कि ऐसा कैसे हो गया? इंदिरा जी अपने जमाने में, बड़ी कंपनियाँ छोटी कंपनियों को न खायें या बड़ी मछली, छोटी मछली को न निगले, इसके लिए एमआरटीपी एक्ट लायी थीं। किसी राजनेता या दल द्वारा, आज आप इस तरह की बात सुनते हैं? क्या आपको याद है कि 1990-2000 के दशक के बीच हिन्दी के कितने अखबार बंद हो गये? या अपने दम पर घिस-घिस कर चल रहे हैं। गौर करिए, 'दिनमान', 'दिनमान टाइम्स', 'धर्मयुग', 'माधुरी', 'हिन्दुस्तान साप्ताहिक', 'नवभारत टाइम्स' (जयपुर, लखनऊ, पटना), 'आवाज', 'आर्यावर्त्त', 'प्रदीप', 'संडे मेल' या जेवीजी ग्रुप का अखबार 'कुबेर टाइम्स', 'स्वतंत्र भारत'। वगैरह-वगैरह। दलों द्वारा संचालित मुखपत्रों को भी याद कर लीजिए। 'नेशनल हेराल्ड' (कांग्रेस), 'नवजीवन' (कांग्रेस), 'गणशक्ति' (माकपा), 'मदरलैंड' (भाजपा)। पता नहीं, 'नवज्योति' और 'वीर अर्जुन' जैसे अखबार कहाँ और किस हाल में हैं? यह सूची और बड़ी हो सकती है। 'नई दुनिया' जैसे अखबार भी इसी द्वंद्व और हालात से गुजरे होंगे।

ब्रिटेन के राज्य में, क्यों सूर्यास्त नहीं होता था? उसने नयी तकनीक खोज कर आर्थिक साम्राज्य कायम किया। वह आधुनिक राष्ट्र बना। उसके पास पूँजी थी, नयी तकनीक थी। सबसे तेज चलनेवाले समुद्री जहाज थे। इसलिए उन्हें कई इतिहासकारों ने माडर्न राबर्स (आधुनिक लुटेरा) कहा है, जो नये हथियारों से, पूँजी से लैश थे। बाबर या मुगल, भारत के खिलाफ हमलों में क्यों कामयाब हुए? क्योंकि उनकी सेना में, तोप चलाने की ताकत थी। भारतीय सेना बिदकते हाथियों-घोड़ों और जंग लगी तलवारों तक सीमित थी। यही स्थिति मीडिया की दुनिया में भी है। जिसके पास साधन है, ताकत है, वह टिकेगा। कहाँ गये, 'आर्यावर्त', 'द इंडियन नेशन', 'आवाज'? आज 'आज' कहाँ खड़ा है?

यह सूची लंबी है। अनेक ऐसे अखबार हैं, जो दशकों पुराने हैं। कुछ खत्म हुए, कुछ कहने को जिंदा हैं। साँसे गिन रहे हैं। दरअसल, पिछले दो दशकों में मीडिया की सबसे बड़ी घटना है कि अखबार निकालने का अर्थशास्त्र पलट गया है। बाजार में जो नंबर एक और नंबर दो या नंबर तीन की होड़ में हैं, उनके पास क्या विशिष्ट ताकत है? विदेशी पूँजी है। शेयर बाजार का पैसा है। इक्विटी है। वे कई राज्यों से अनेक संस्करण निकालते हैं। कई भाषाओं में अखबार निकालते हैं। इंटरनेट पर उनका कब्जा है। रेडियो और टीवी पर भी। यानी एक तरफ ऐसे समूह हैं, जिनके पास हर तरह की ताकत है (प्रसार संख्या, संस्करण संख्या, नया मीडिया यानी रेडियो, टीवी और इंटरनेट वगैरह)। ये मजबूत मीडिया घराने, बाजार में कमजोर अखबार को नहीं टिकने देंगे। यही छोटे और मझोले

अखबारों के साथ हो रहा है। वे नहीं चलने को अभिशप्त हैं। जिनके पास बड़ी पूँजी है, वे सस्ता अखबार निकालते हैं। यानी बीस पन्नों के अखबार की लागत कीमत अगर 10 रुपये है, तो अखबार बिक रहे हैं, दो रुपये में। जिसमें से हॉकर कमीशन और एजेंट कमीशन अलग है। यानी लागत कीमत दस रुपये हैं, तो हॉकर और एजेंट को कमीशन देने के बाद बमुश्किल रुपये-सवा रुपये वापस आये। यानी एक बीस पेज के अखबार पर शुद्ध घाटा लगभग 8.50-9 रुपये है। अगर आपका सर्कुलेशन सात-आठ लाख है, तो जोड़ लें कि महीने में आपका कुल नुकसान कितना है। 'डीएनए' की कहानी आपने सुनी है।

दरसअल, 1999 के उदारीकरण के बाद अखबारों का अर्थशास्त्र पलट गया है। पूरी मीडिया का। समाज का समाजशास्त्र भी पलटा है। गाँवों में एक ठेठ कहावत है कि लोभियों के गाँवों में ठग उपास नहीं रहते। भारत का उभरता मध्यवर्ग, लोभी हो गया है। उपभोक्तावादी अर्थशास्त्र और बाजार की देन है, यह मध्यवर्ग। इसे मोटा (अधिक पन्नों का) अखबार चाहिए। लगभग मुफ़्त में। अखबारवाले अलग से सब्सक्रिप्शन योजना चलाते हैं। मामूली कीमत पर साल भर मुफ़्त अखबार पढ़िए। हर राज्य में पता कर लीजिए। दस-दस वर्षों से यह योजना चल रही है। इसी तरह अखबार भी। ऊपर से पाठकों को गिफ़्ट भी चाहिए। हाकर और एजेंटों के लिए अलग पुरस्कार व इंसेंटिव योजनाएँ है। सौ से दो सौ रुपये का सामान लेने के लिए कार से आयी महिलाएँ घंटों खड़ी रहती हैं। लाइन में। मुफ़्त मनोरंजन के कार्यक्रम अलग चाहिए। जिस रफ़्तार से कागज के भाव बढ़ रहे हैं। मैनपावर खर्च बढ़ रहा है। अखबारों की संख्या बढ़ रही है, उस अनुपात में विज्ञापन नहीं बढ़ रहा है। बाजार या विज्ञापनदाता उन्हीं अखबारों को विज्ञापन देते हैं, जो नंबर एक और नंबर दो हैं। इस बाजार में नंबर तीन और चार की गुंजाइश है ही नहीं।

भविष्य में चाहिए 'साक्षी' जैसी पूँजी, सरकारी समर्थन

अब यह कतई आवश्यक नहीं है कि आप सर्वश्रेष्ठ अखबार निकाल रहे हैं। बेस्ट (सर्वश्रेष्ठ) टीवी चैनल हैं, तो आप अपनी गुणवत्ता के आधार पर कायम रह पायेंगे। आपका प्रतिस्पर्द्धी अगर आपसे कम कीमत पर अखबार निकालता है, जिसमें अच्छी साज-सज्जा है, कंटेंट भी ठीकठाक है, वह पाठकों को पुरस्कार देता है, लाटरी ड्रा जैसे कार्यक्रम कराता है, उसके मल्टीस्टेट संस्करण हैं, तो वह बाजार में टिकेगा। गणित इस तरह बन गया है कि कुछेक घराने अंगरेजी से लेकर अन्य क्षेत्रीय भाषाओं में प्रकाशन और साथ ही साथ कई

हिन्दी राज्यों से प्रकाशन कर रहे हैं। इंटरनेट, रेडियो, टीवी या लोकल चैनलों पर भी उपस्थित हैं। एक ही घराना। इस तरह के घरानों की ताकत के पीछे एक बाजार है। देहाती कहावत है, 'कहाँ राजा भोज कहाँ गंगू तेली।' माफ कीजिएगा, यह जाति पर कोई टिप्पणी नहीं है। गंगू तेली कितना भी अच्छा इनसान हो। सच का पुंज हो। नैतिकता का अवतार हो। अनुशासित हो। मर्यादित हो। देश, समाज और दुनिया के बारे में सोचता हो। इसके विपरीत राजा भोज, हर अवगुण की खान हो। पर, हम इतिहास के जिस मोड़ पर जी रहे हैं, उसमें राजा भोज ही कारगर, सम्मानित और आदर्श है। इसलिए बाजार की ताकत और इन आर्थिक नियमों का खेल समझना जरूरी है।

क्या यह शुद्ध रूप से पूँजी की लड़ाई है? 'नई दुनिया' ने अगर दो सौ करोड़ की पूँजी लगायी, तो वह पूँजी इस बाजार की कठिन लड़ाई से है। इस बाजार में यह 200 करोड़ कोई बड़ी पूँजी नहीं है। दफ़्तर के अंदर अक्षमता, चापलूसी, अयोग्यता वगैरह बाद में आते हैं। इसलिए बड़े अखबारों के सामने अच्छा प्रोडक्ट लेकर, अच्छी मार्केटिंग कर, प्रोफेशनल बन कर भी आप बेहतरीन ब्रांड को आसानी से बचा नहीं सकते। यह छोटे अखबारों की सफाई-धुलाई का दौर है। बड़े अखबारों के संचालक मानते हैं कि यह मार्केट कांसोलिडेशन का दौर है। कुछ ही दिनों की बात है। इसके बाद कुछेक ही बड़े अखबार बचेंगे। क्योंकि यहाँ बेमेल मुकाबला है। शुद्ध पत्रकारिता और बाजार बल से पोषित पत्रकारिता के बीच असामान्य मुकाबले की स्थिति है।

अर्थशास्त्र में 'इकोनॉमिक स्टेज ऑफ ग्रोथ' (आर्थिक विकास के अलग-अलग चरण) पढ़ाया जाता है। उसी तरह मीडिया में भी आर्थिक विकास का दौर आया। उस आर्थिक दौर में, जिन लोगों ने अपना फैलाव तेजी से कर लिया। जो बाहरी-भीतरी या शेयर बाजार से पूँजी जुटा कर पसर गये। बढ़ गये। बाजार पर कब्जा जमा लिया। वे सिकंदर हैं। एक ही अखबार घराना 50-50 जगहों से फैल कर अखबार निकालने लगा। वह दौर ही पत्रकारिता में आनेवाले भविष्य की नींव तैयार कर गया। 1990-2000 के बीच जो अखबार पसर गये। फैल गये और ताकतवर हो गये। अब वे बड़े घराने बन कर उभर चुके हैं। बैठने और जमने की दृष्टि से, व्यवसाय की दृष्टि से, वह हिन्दी पत्रकारिता का स्वर्ण युग रहा। कम निवेश में तब वे नयी जगह चले गये। आज किसी बाजार में निवेश कर मुकाबला करना, पहले से ज्यादा खर्चीला और कठिन हो गया है। नया संस्करण खोलना और अखबार जमाना लगातार 'कास्ट इंटेंसिव' (अधिक खर्चीला) हो गया है। पैसे वाले प्रतिस्पर्द्धी हैं। ब्रेक इवन पीरियड (खर्च और

आय बराबर होने की स्थिति) का समय अब पाँच वर्ष माना जाने लगा है। पहले वह तीन वर्ष माना जाता था। विशेषज्ञों का यह भी अनुमान है कि हिन्दी प्रिंट मीडिया का विज्ञापन बाजार अब धीरे-धीरे ठहराव (स्टेगनेंट) की स्थिति में होगा या घटेगा। क्योंकि मीडिया में कई नये माध्यम आ गये हैं। इंटरनेट, रेडियो, रोज बढ़ते टीवी चैनल्स वगैरह। अब बाजार हासिल करना कठिन हो गया है।

90 के दशक में एमजे अकबर ने 'एशियन एज' निकाला। अपने ढंग का अनूठा और नया अखबार। कठिन प्रतिस्पर्द्धा में। भारी मुसीबतों से उस अखबार को भी गुजरना पड़ा। कई जगहों पर अनेक प्रकाशक, इंवेस्टर, निवेशक बदल गये। कुछेक वर्षों में ही। एक दौर आया, जब उन्होंने इसे 'डेक्कन क्रानिकल' को बेच दिया। तब शेयर बाजार की स्थिति अच्छी थी। देश की आर्थिक स्थिति के भी अच्छे दिन थे। उन्हें इस अखबार की अच्छी कीमत मिली। याद है, उन्होंने इस सौदे पर अपनी टिप्पणी दी थी-"इस दिन के लिए मैं बहुत दिनों से प्रतीक्षा कर रहा था।" अपने हुनर, कौशल और योग्यता से उन्होंने विपरीत परिस्थितियों में अखबार को सींचा, जमाया और बेच डाला। एक व्यक्ति के जीवन में आर्थिक स्थायित्व की दृष्टि से यह अत्यंत ईमानदार प्रयास था। शायद यह पहली बार हुआ कि किसी योग्य पत्रकार ने अपनी योग्यता के आधार पर कंपनी बना कर, उसकी कीमत पायी।

ऐसा क्यों हुआ? इसके गणित पर गौर करना जरूरी है। पहले मामूली लोग भी कुछ पैसे उधार लेकर प्रेस लगा लेते थे। अखबार शुरू कर देते थे। 'तोप मुकाबिल हो, तो अखबार निकाल' लेते थे। वे दिन जज्बात के दिन थे। विचारों के दिन थे। साधन और साध्य में एका के दिन थे। साधन और साध्य में संतुलन के दिन थे। अखबार के बाजार या व्यवसाय में एक सीमा के बाद, गलत मापदंड (अनफेयर प्रैक्टिस) स्वीकार्य नहीं था। इसलिए तब बहुत अखबार चलते थे। लगातार निकलते थे। धीरे-धीरे अखबार में या मीडिया में प्रवेश कीमत (इंट्री कास्ट), यानी निवेश वगैरह इतना बढ़ गया कि अब कोई सामान्य निवेशक 50-100 करोड़ लेकर भी अखबार शुरू नहीं कर सकता। सामान्य भाषा में इसे इस रूप में समझिए, जैसे पुराने दिनों की तरह आज बिना पैसा के कोई चुनाव नहीं लड़ सकता। दल चलाने के लिए अरबों चाहिए। एक चुनाव लड़ने के लिए न्यूनतम 5-10 करोड़ हो, तो आप चुनाव लड़ने का सपना देख सकते हैं। लोकतंत्र में कहने के लिए चुनाव लड़ने का अवसर सबको उपलब्ध है। पर, सच्चाई यह है कि अब धनवान ही चुनाव लड़ सकते हैं। यह लोकतंत्र का फैलाव है या सिमटना। इसकी व्याख्या और बहस बौद्धिक लोग करें। उसी तरह या इसी पैटर्न पर आज मीडिया में या प्रिंट मीडिया में सामान्य पूँजी वाले या

औसत 50-100 करोड़ के निवेशकों के लिए अघोषित प्रतिबंध लग गया है। चुनाव खर्च की तरह यहाँ भी इंट्री कास्ट इतना बढ़ गया है कि आप 500-1000 करोड़ के बिना अखबार क्षेत्र में उतर ही नहीं सकते। पहले माना जाता था कि ब्रेक इवेन न्यूनतम पाँच वर्षों में हो जाएगा। पर, अब इंडस्ट्री (अखबार) का निष्कर्ष है कि न्यूनतम सात-आठ वर्ष ब्रेक इवेन के लिए चाहिए। इस प्रकरण को समझने के लिए वर्ष 2008 (28 मार्च) में आंध्र प्रदेश से शुरू हुए अखबार 'साक्षी' का उदाहरण सबसे अच्छा है।

'साक्षी', तेलुगु का अखबार है। यह वहाँ के सबसे स्थापित अखबार 'ईनाडु' को चुनौती देने के लिए निकाला गया। 'ईनाडु' के संस्थापक रामोजी राव की जीवन यात्रा और 'ईनाडु' की सफलता की कहानी बेमिसाल है। भारतीय क्षेत्रीय पत्रकारिता में हुई क्रांति का यह प्रतीक है। भारतीय क्षेत्रीय पत्रकारिता में बदलाव पर जो सबसे गंभीर और चर्चित पुस्तक लिखी गयी, प्रो. राबिन जेफ्री द्वारा उसमें इस अखबार का विशेष अध्ययन है। जिले-जिले तक का संस्करण इस अखबार ने निकाला। आंध्र के अतियुवा, महत्त्वाकांक्षी मुख्यमंत्री वाई. राजशेखर रेड्डी इससे परेशान थे। उन्होंने अपने बेटे जगन रेड्डी को आगे किया। बड़ी कंपनी बनायी और बेटे जगन रेड्डी की रहनुमाई में 'साक्षी' निकाला। यह एक साथ 23 जगहों से निकला। आंध्र के 19 जिलों से। साथ में चार बड़े महानगरों से भी। दिल्ली, मुंबई, चेन्नई और बेंगलुरु से। 24 पन्नों का अखबार। सभी रंगीन पेज। साथ में 12 पन्नों का फैमिली एडिशन था। यानी कुल 36 पेज का अखबार रोज। विदेशी न्यूजप्रिंट पर। सभी कलर पेज। सूचना यह मिली की दो वर्षों तक वह घाटे पर चला। हालाँकि अखबार का व्यवसाय समझनेवाले इसे बहुत कम आकेंगे। शुरू के दिनों से ही इस अखबार को पिता मुख्यमंत्री ने कॉमर्शियल दर से विज्ञापन देना शुरू किया। कुछ राज्य डीएवीपी द्वारा स्वीकृत सरकारी दर पर अखबारों को विज्ञापन देते हैं। बिहार और झारखंड, उत्तर प्रदेश वगैरह। कुछ राज्य सरकारें, अखबारों को कॉमर्शियल दर पर सरकारी विज्ञापन देती हैं। आंध्र भी ऐसा करता है।

आमतौर से एक अखबार के निकलने के बाद, राज्य सरकार द्वारा विज्ञापन मिलने की प्रक्रिया में वर्षों लग जाते हैं। जैसे नया निवेशक होगा, तो छह माह लगातार प्रकाशन के बाद उसे केंद्र सरकार के सूचना मंत्रालय में आवेदन देना होगा। वहाँ से रेट स्वीकृत होकर मिलेगा। तब राज्य सरकार मान्यता देगी। इसमें वर्षों लग जाते हैं। पर, इस 'साक्षी' अखबार को शुरू से ही विज्ञापन मिलने लगा। अब अनुमान लगाइए कि 23 संस्करण निकालने के लिए कुल निवेश कितना हुआ होगा? खबर तो आयी 400 करोड़ की। पर वाई राजशेखर रेड्डी सरकार समर्थित

इस अभियान में पहले से ही पुत्र जगन रेड्डी के पास हर जगह प्राइम लोकेशन पर अपनी जमीन थी। हर जिले में। लगभग मुफ्त। इस जमीन की कीमत और अन्य चीजें निवेश के तौर पर जोड़ दें, तो न्यूनतम निवेश 1000 करोड़ से अधिक का रहा होगा। 19 संस्करण शुरू करने में। शुरू करने के बाद कई वर्षों तक इसका भारी वर्किंग लॉस (कार्यकारी घाटा) अलग। चूँकि यह कंपनी एक मुख्यमंत्री और उनके बेटे की थी, तो इसमें आधुनिक कारपोरेट वर्ल्ड के गणित लगाये गये। 'डेलाइट' जैसी मशहूर कंपनी से इसका मूल्यांकन कराया गया। 2010 में। 4500 करोड़। पिता मुख्यमंत्री थे, इसलिए बड़ी कंपनियों को कहा गया कि इस वैल्यूएशन पर आप इसके शेयर लें और इसमें निवेश करें। विदेशों से भी निवेश आया।

राजशेखर रेड्डी के न रहने पर, जगन रेड्डी के बागी होने पर, कांग्रेस ने जगन रेड्डी के खिलाफ सीबीआई जाँच बैठा दी। इस सीबीआई जाँच से जो तथ्य सामने आये हैं, उसके तहत कई बड़े आईएएस अधिकारी जेल में हैं। जेल जाते हुए, उनके रोने की तस्वीरें छपी हैं। वाई राजशेखर रेड्डी के मुख्यमंत्रित्व काल में हुए स्तब्ध करनेवाले घोटाले सामने आये हैं। बड़ी-बड़ी कंपनियों को आंध्र में काम मिलता था। साथ ही मौखिक निर्देश भी कि 'साक्षी' में कितना विज्ञापन देना है। कोई डील करोड़ों से कम की नहीं होती थी। अखबार लाँच के समय, एक साथ 12000 सर्वेयर बाजार में उतारने का काम 'साक्षी' के प्रोमोटरों ने किया। उनका पहला लक्ष्य था कि 'ईनाडु' अगर प्रतिदिन दस लाख बिकता है, तो पहले दिन से ही 'साक्षी' के 11 लाख ग्राहक बना लेना। वह भी लगभग मुफ्त अखबार देकर। तीन माह तक मुफ्त अखबार बँटवा कर। 30-40 पेज का अखबार तीन महीने तक मुफ्त बँटा। सैंपलिंग के तौर पर। 11 लाख लोगों के बीच। पूरे राज्य में कोई होर्डिंग नहीं बची, जहाँ प्रचार का विज्ञापन नहीं लगा हो। साथ में 'साक्षी टीवी' चैनल भी खोला गया। अब इन सब चीजों में हुए निवेश को जोड़ दीजिए, तो आप स्तब्ध हो जायेंगे। यह न्यूनतम 1000-1500 करोड़ के बीच रहा होगा। इसके बाद 4-5 वर्षों तक घाटा उठाने का सामर्थ्य अलग, यानी इतनी राशि वर्किंग लॉस के लिए अलग से चाहिए। तब आप, आज के अखबार बाजार में टिकने का सपना देख सकते हैं।

अब, आप सोचें कि 'साक्षी' के मुकाबले कोई प्रतिस्पर्द्धी अगर तेलुगु में अखबार निकालना चाहे, तो उसे आज 3000 करोड़ की न्यूनतम राशि चाहिए। फिर पीछे से सरकार का वह समर्थन, जो एक अंधभक्त पिता अपने पुत्र को देता है। ईमानदार पिता का सहयोग नहीं। देश के एक मशहूर अखबार घराने ने एग्रेसिव मार्केटिंग और इस तरह के खर्चीले मॉडल से अपनी जगह बनायी है।

पूरे देश में। उसने मध्य प्रदेश, गुजरात और राजस्थान की सफलता के बाद तेलुगु में भी जाने का कार्यक्रम तय किया था। हैदराबाद में जगह ले ली गयी। मशीनें चली गयी थीं। इसी बीच 'साक्षी' का उदय या धमाका हुआ। अब इस धमाके के मुकाबले बड़ा धमाका करने का सामर्थ्य चाहिए था। तेलुगु पत्रकारिता में आने के लिए। पर, उसे लौटना पड़ा। यही हाल है हिन्दी के मझोले या छोटे अखबारों का। बड़े अखबारों के मुकाबले वे सामर्थ्य, पूँजी, पहुँच और प्रभाव में असहाय हैं। अब जगन रेड्डी के खिलाफ चल रही सीबीआई जाँच में एक से एक विस्मयकारी और हिला देनेवाले तथ्य सामने आ रहे हैं। कैसे 'साक्षी' के लिए तरह-तरह के गोरखधंधे हुए?

'साक्षी' अखबार का प्रकाशन एक घटना है। यह समझने और समझाने के लिए कि आज के दौर में ऐसी ही पृष्ठभूमि के नये अखबार घरानों का उदय हो सकता है, जिनके पीछे व्यवस्था की पूरी ताकत हो, यानी राजनीति, उद्योग, प्रशासन और नौकरशाही की मिलीभगत से पनपी नाजायज ताकत। ऐसी ताकतों से समर्थित अखबार घराने ही इस दौर के मुकाबले में ठहर और टिक सकते हैं। 13 मार्च की खबर है। उच्चतम न्यायालय ने आंध्र प्रदेश में छह मंत्रियों और आठ आईएएस अफसरों के बारे में नोटिस जारी किया है। आरोप है कि राजशेखर रेड्डी के कार्यकाल में हुए स्तब्धकारी घोटालों की सीबीआई जाँच में इन सबके नाम हैं। इनके खिलाफ पर्याप्त साक्ष्य हैं। इन सबने पूर्व मुख्यमंत्री को धन एकत्र करने के लिए भरपूर सहयोग दिया। पर, इनके खिलाफ सीबीआई जाँच आगे नहीं बढ़ रही है। न कार्रवाई हो रही है। पेंच यह है कि कई आईएएस, आइपीएस इस मामले में जेल गये हैं। अगर इन छह मंत्रियों और आठ आईएएस अफसरों पर कार्रवाई हो गयी, तो कांग्रेस की आंध्र की सरकार ही चली जाएगी। उधर सीबीआई जाँच में इन सबके खिलाफ पुख्ता सबूत हैं। इसके तहत इन लोगों ने मुख्यमंत्री वाई राजशेखर रेड्डी के कार्यकाल में उनके बेटे जगन मोहन रेड्डी को अवैधानिक तरीके से, आय कराने में हरसंभव मदद की। आठ मार्च को इस मामले में चल रही जाँच में यह भी खबर आयी कि सीबीआई को लगातार जगन रेड्डी के खिलाफ पर्याप्त सबूत मिल रहे हैं। इसके तहत विशेष अदालत के सामने यह सूचना भी दी गयी कि सीबीआई द्वारा वाई राजशेखर रेड्डी के जमाने में 20 हजार एकड़ जमीनों का आबंटन अगल-अलग लोगों और कंपनियों के बीच किया गया। इसके बदले जगमोहन रेड्डी को 850 करोड़ की राशि मिली। यह एक तरह का कमीशन था। जिन लोगों के खातों से यह पैसा जगन मोहन रेड्डी की कंपनियों तक पहुँचा, वे हिरासत में हैं और उनके खिलाफ ठोस और पुख्ता प्रमाण मिल गये हैं।

इस तरह, एक सरकार समर्थित अखबार घराना, इतने बड़े पैमाने पर निवेश कर सका और मैदान में उतरा। इस तरह से एकत्र बड़ी पूँजी के बल पुराने, पहले से जमे-स्थापित व बड़े अखबारों को चुनौती दे सका। अब 'साक्षी', आंध्र में एक स्थापित अखबार है। कल्पना करिए, ब्लैक मनी की ताकत से निकले इस अखबार की भूमिका क्या होगी? क्या यह सच के लिए लड़ेगा? देश की बात करेगा? समाज-राज्य के मूल सवालों से इसका सरोकार होगा? गरीबी की बात करेगा। इसे नैतिकता से सरोकार होगा? या जगन मोहन रेड्डी जिस तरह की राजनीतिक ताकतों का प्रतिनिधित्व करते हैं, उन्हीं को मजबूत करेंगे? इस तरह समझ लीजिए कि आजकल के अखबार मूल्यों की बात क्यों नहीं करते? सात्त्विकता, ईमानदारी या सच की ताकतों के साथ क्यों खड़े नहीं होते? क्योंकि इनका उदय या उद्गम स्रोत ही गलत है।

अब मार्केट में स्पर्द्धा कितनी कठिन है। जानना हो, तो 'साक्षी' (तेलुगु) के उदय के तथ्य जानने चाहिए। कई जगहों से प्रकाशक, प्रतिस्पर्द्धी अखबार 'ईनाडु' के मुकाबले 'साक्षी' ने अनेक नयी-नयी चीजें कीं। बड़ी पूँजी के बल। फिर भी उसके आरंभिक दिनों में बड़े घाटे रहे। इस अखबार में इतना बड़ा निवेश भी इसलिए संभव हो पाया क्योंकि, इसके पीछे थे, आंध्र के मुख्यमंत्री वाई राजशेखर रेड्डी। अत्यंत प्रभावशाली, सामर्थवान और संपन्न। अगर आप आज की कारपोरेट पॉलिटिक्स में दखल रखते हैं, तो आपके लिए बड़ी पूँजी या पैसा बड़ा सवाल नहीं है। आपका प्रभाव अलग ढंग से काम करता है। आप बड़े घराने हैं या प्रभावकारी हैं, तो बाजार में कोई भी अखबार सर्कुलेशन में आगे रहे, पाठक संख्या की दृष्टि से आगे रहे, मजबूत रहे। पर, आप उस परसेप्शन (अवधारणा) को प्रभावित कर लेते हैं, जिससे बाजार किसी अखबार के प्रभाव या असर को मापता है। अंततः यह मैनेज्ड असर या प्रभाव ही विज्ञापन लाने का कारक बनता है। आपकी ईमानदार स्थिति नहीं। गौर करिए, सिर्फ अच्छा अखबार निकाल लेना आज अपर्याप्त और अधूरा है। हर स्टेज पर मैनेज करने की कला अगर आपमें नहीं है, तो अखाड़े की कुश्ती हारना तय है।

आंध्र की कपटी राजनीतिक ताकतों को परास्त करने के लिए अगर सच की ताकत, ईमानदारी की ताकत, न्याय की ताकत, सात्त्विकता की ताकत आगे बढ़ना चाहे, तो उसके समर्थन में कौन खड़ा होगा? आजादी की लड़ाई में मान्यता थी कि यदि तोप मुकाबिल हो, तो अखबार निकालो। गाँधी ने अखबार निकाला। महर्षि अरविंद ने निकाला। कांग्रेस ने नेहरू के नेतृत्व में 'नेशनल हेराल्ड' की नींव डाली। अब अगर आज सात्त्विक ताकतों को सिर्फ सच बातों

के लिए कोई अखबार निकालना हो, तो वे 'साक्षी' जैसे अखबार को परास्त करने के लिए कहाँ से और कितनी पूँजी लायेंगे? 'साक्षी' सिर्फ एक संकेत है, एक अकेली घटना नहीं। यह हड़िया का एक चावल है, जो बताता है कि पूरे चावल या भात की क्या स्थिति है? लेकिन अब वह अखबार चल निकला है। पाठकों को कम कीमत पर 36 पेज का बढ़िया अखबार मिल रहा है। 'ईनाडु' ने क्षेत्रीय पत्रकारिता में जिला संस्करण निकाल कर सबको चौंकाया था, तो 'साक्षी' ने हर विधानसभा क्षेत्र पर संस्करण निकाल कर 'ईनाडु' को सांसत में डाला। अब कोई तीसरा प्रतिस्पर्द्धी इसका मुकाबला करना चाहता है, तो आंध्र के सभी पंचायत स्तर पर संस्करण निकालने होंगे। यानी वो कई हजार की संख्या में होंगे।

अब इस उपभोक्तावादी समाज का दर्शन जान लीजिए। इसे सच्चा अखबार चाहिए। सही अखबार चाहिए। सत्य हरिश्चंद्र जैसे पत्रकार चाहिए। पर, यह सब लगभग मुफ्त में चाहिए। ऊपर से पढ़ाने का गिफ्ट भी चाहिए। अब 'साक्षी', जिसके 12-14 लाख पाठक हैं, क्या वे साधन और साध्य की शुचिता पर सोचते हैं? जगन रेड्डी के खिलाफ सीबीआई जाँच से इस अखबार के बारे में असंख्य स्तब्धकारी जानकारियाँ सामने आयीं। 'साक्षी' के किसी एक पाठक ने या समाज ने एक भी अखबार छोड़ा? हिन्दी में भी यही स्थिति है।

'नई दुनिया' का शानदार और गौरवमय अतीत, साधन और शुचिता के प्रति उसका आग्रह, आज किसे याद रहा? इंदौर और मध्य प्रदेश के कितने पाठकों ने कहा कि दूसरा कोई भी बड़ा घराना या बड़ी पूँजी का अखबार, हमें कम कीमत पर या मुफ्त में भी अखबार दें, तो हम नहीं पढ़ेंगे। क्योंकि इंदौर के ऐतिहासिक, सांस्कृतिक परिदृश्य का पटल या मंच रहा है, 'नई दुनिया'। उसके तब के पत्रकार जो लिखते थे, वैसे होते थे। एक जगह राजेंद्र माथुर ने लिखा है-*"अर्थात शुरू में ऐसा था, जब कोई समारोह या जलसा हो, 'नई दुनिया' में उसका वर्णन छपे, संयोजकों के नाम छपे, फोटो छपे तब। और बाद में ऐसा होने लगा कि जलसे आयोजित ही इसलिए किये जायें कि दूसरे दिन 'नई दुनिया' में नाम और फोटो छपेंगे। लाल बाग के सामने 'नई दुनिया' के दफ्तर पर मानो एक इमारत-कद आईना लगा हुआ है, इसलिए इंदौर के राजनेता राजवाड़े में भाषण देते हैं। आईना लगा है, इसलिए इंदौर की प्रभावशाली सुंदरियाँ सज-धज कर सामाजिक क्लबों में जाती हैं। इसलिए छात्र नेता कॉलेजों में आन्दोलन करते हैं, और शहर को सिर पर उठाते हैं। कभी-कभी ऐसा लगता है कि 'नई दुनिया' जैसा अखबार इंदौर में न होता, तो इंदौरवालों को 'नई दुनिया' का आविष्कार करना पड़ता। क्योंकि अपना दैनंदिन टेब्लो किसी विराट आईना में देखे बगैर इस*

शहर को यकीन कैसे होता, टेब्लो हुआ था।"

अब इंदौर का समाज वह नहीं रहा, वह मूल्य नहीं रहा। इसलिए उस तेवर के अखबार की पूछ भी नहीं रही।

'इंडिया फोर्ब्स' पत्रिका के 27 सितंबर, 2010 के अंक को पढ़िए। 'डीएनए न्यूजपेपर अटैंप्ट्स मिशन इंपासिबल।' अखबार जगत के एक स्थापित घराने और एक स्थापित चैनल समूह के मालिक ने मिल कर मुंबई में 'टाइम्स ऑफ इंडिया' के साम्राज्य को चुनौती देने की योजना बनायी। वर्ष 2005 में। मुंबई का विज्ञापन बाजार 800-1000 करोड़ का है। बड़ी तैयारी से यह प्रोजेक्ट शुरू हुआ। इतना आक्रामक प्रचार, शायद देश के अखबार उद्योग जगत ने पहले नहीं देखा। पर, क्या हुआ? 'डीएनए' में पाँच वर्षों में 1100 करोड़ रुपये निवेश हो चुके हैं। लेकिन भविष्य में भी ब्रेक इवेन के आसार नहीं दिखायी दे रहे हैं। ये तो बड़े घराने हैं, जो घाटा उठा कर चला रहे हैं। क्या कोई मझोला या छोटा अखबार घराना ऐसे चला सकता है? 'डीएनए' बड़ा प्रयोग था। बड़े शहर से था। औसत शहरों से भी आज आप औसत निवेश के साथ अखबार निकालें, तो शुरुआती निवेश और आनेवाले वर्षों का घाटा जोड़ दें, तो 200-400 करोड़ ऐसे ही चले जायेंगे। कौन चलायेगा और किस तरह चलायेगा, इस अखबार उद्योग को? वह भी कर्ज से पूँजी बंदोबस्त वाला?

इस तरह 'नई दुनिया' की स्थिति के पीछे मूल वजहें कुछ और हैं, जो गहरी हैं। गंभीर हैं। पर, लोगों की निगाह से परे हैं। हमारी आदत है, हम गंभीर सवालों को नहीं उठाते। क्योंकि वे सवाल फिर जवाब मागेंगे। ये जवाब सिर्फ 'नई दुनिया' के प्रबंधन से नहीं मिलेंगे, राज्य सरकारों को भी बताना होगा। बोलना होगा। और सबसे अधिक कठघरे में केंद्र सरकार होगी। क्योंकि केंद्र और राज्य सरकारों की नीतियाँ ही छोटे अखबारों को मार रही हैं। बड़े अखबार अपनी बड़ी पूँजी के साथ मजबूती से खड़े हैं। इसलिए अखबार के दफ्तर के अंदर एक दूसरे के खिलाफ षड्यंत्र के कारण 'नई दुनिया' बिकने की स्थिति में पहुँचा, यह सही निष्कर्ष नहीं है, ऐसी बातें कुछ दिनों बाद हम भूल जायेंगे। जब तक कोई दूसरी 'नई दुनिया' की घटना न हो।

'नई दुनिया' के वरिष्ठ व्यक्ति ने मीडिया वेबसाइट पर एक लेख लिखा है। वह अनेक अंदरूनी सूचनाओं से संपन्न है। यह सोचने का एक तरीका और पद्धति है। पर, यह आपसी गुटबाजी, आपसी सिर फुटव्वल, पीठ पीछे पैर खींचना, परनिंदा, परचर्चा, एक दूसरे के खिलाफ षडयंत्र वगैरह, तो हमारी हिन्दी पट्टी की संस्कृति का अंग हैं। हमारी नसों में है। हमारे खून में है। बेवजह किसी

के खिलाफ षड्यंत्र कर देना, हमारा प्रिय शगल है।

इतिहास में भी बाहर के हमलावरों से ज्यादा नुकसान अंदर के षड्यंत्रकारियों ने किया। यह तो इतिहाससिद्ध बात है। इसके बीच और इसके साथ ही हमें जीना है। जो बड़े अखबार चल रहे हैं। उनमें क्या कम गुटबाजी है? फिजूलखर्ची है? एक दूसरे की टाँग खींचने की प्रवृत्ति कम है या उनके अंदरूनी कार्यकलाप बिलकुल पाक-साफ हैं? फर्क सिर्फ इतना है कि बड़े अखबार बाजार के बदलते हालात को समझ रहे हैं और उसके अनुरूप सही-गलत कदम उठा रहे हैं। उसी तरह जैसे इतिहास में हमारे राजा अंदरूनी षड्यंत्र के शिकार तो होते ही थे, पर बाहरी मोरचे पर नितांत असक्रिय रहते थे। वे प्रो-एक्टिव नहीं थे। आज बाजार की प्रवृत्तियों को देखते हुए, जो अखबार प्रो-एक्टिव हैं, वे अंदरूनी बुराइयों, कमियों और संकट के बावजूद मार्केट में हैं।

'नई दुनिया' के प्रभाव में कमी की बड़ी वजह यह भी थी कि उसने खुद अपनी जमीन छोड़ी। वह उन्हीं बड़े अखबारों का अनुयायी बन गया, जिनसे उसकी प्रतिस्पर्द्धा थी। 2007 के आसपास, 'नई दुनिया' ने अपने अखबार का मूल स्वर (या नारा) ही बदल दिया। पुराना नारा था, 'विश्वास की परंपरा।' उन्होंने अपनी यह आधारभूमि ही छोड़ दी। अपना पुराना चोला ही उतार दिया। होना तो यह चाहिए था कि अपनी पुरानी धरती को नये माहौल और हवा के अनुरूप वह बदलते और उर्वर बनाते।

'नई दुनिया' के बिकने की खबर हवा में है। कोई भी बड़ा अखबार घराना, इसे लेगा, तो इसे नया जीवन ही मिलेगा। यह संस्था दीर्घायु होगी। कम से कम अतीत नहीं बनेगी, यह संस्था। अपने बूते चलने की कोशिश करती, यह संस्था, तो शायद संकट और गहरे होते। परिणाम और गंभीर। इसलिए 'नई दुनिया' का सुरक्षित और मजबूत हाथों में जाना, सकारात्मक कदम होगा।

वैसे भी जीवन में निस्संगता तो होनी चाहिए। जो जन्मा है, देर-सबेर जाएगा। एक टेक्नोलॉजी, दूसरे को 'रिप्लेस' (बदलती) करती है। 244 वर्षों बाद मशहूर 'ब्रिटेनिका इनसाइक्लोपिडीया' के प्रिंट संस्करण (किताब स्वरूप) का प्रकाशन मार्च, 2010 में महज 4000 रह गया। अत्यंत प्रामाणिक और स्टेट्स सिंबल रहा है, यह ग्रंथ सीरीज। पर, समय ने उसे अप्रासंगिक बना दिया। अब सिर्फ साफ़्ट कॉपी उपलब्ध है। यह समय की मार है। देश, काल और परिस्थितियों का परिणाम। इसके लिए कौन दोषी है या कसूरवार, यह तय करना आसान नहीं।

(2012)

खंड-3

साक्षात्कार

पत्रकारिता आदर्श है, राजनीति कर्म

हरिवंश से निराला की बातचीत

यह किसी एक मौके पर हुई बातचीत नहीं। पिछले दो दशकों में, अलग-अलग विषय पर, अलग-अलग मौकों पर, यात्राओं में, सामान्य बातचीत में, कभी किसी संदर्भ में, कभी अकारण हुई बैठकी में बातचीत का सारांश है।

-संपादक

● ***अपने बारे में कहें।***

● नितांत पिछड़े गाँव 'सिताबदियारा' में पैदा हुआ। यह गाँव दो राज्यों, बिहार और उत्तर प्रदेश में है। तीन जिलों में बँटा हुआ, छपरा (सारण), बलिया और आरा (भोजपुर)। बड़ा हिस्सा बलिया में है। गाँव में 27 टोले हैं। हमारा जन्म बलिया के इलाके में हुआ, तो पुरखों-स्वजनों का आरा या छपरा (सारण) के क्षेत्र में। प्रकृति ने विचित्र तरीके से इस गाँव को बनाया-बसाया। दोनों तरफ, दक्षिण व उत्तर में दो नदियाँ, गंगा और घाघरा (सरयू)। अब आने-जाने का रास्ता है, हमारी उम्र के लगभग 25 वर्षों बाद तक नदी पार करने के बाद 10-12 किलोमीटर पैदल चलना होता। फिर गाँव पहुँच पाते। गाँव से पुनः 10-12 किमी पैदल चल कर उत्तर या दक्षिण में जाना होता। तब घाघरा-गंगा पार कर, कस्बेनुमा बाजार में पहुँच पाते थे। आम दिनों में भी गाँव से आरा, बलिया, छपरा जाने में 10-12 घंटे लग जाते थे। बरसात के दिनों की तो बात ही अलग थी। हर घर टापू बन जाता था, अलग-अलग टोले, द्वीप जैसे दूर। हर साल भयावह बाढ़ आती थी। तब, हम सिमट जाते थे। कुछ-कुछ प्रलय-सा दृश्य होता था। तब तक समुद्र नहीं देखा था। वह बहुत बाद में देखा। पर गाँव में दो नदियों के बाढ़ से घिरा जीवन और दृश्य, समुद्र तब लगता था। चारों तरफ जल ही जल।

गाँव में रहते हुए करीब से गाँव के लोगों का संघर्ष देखा। एक ही फसल की उपज। उसी की आय से शादी-ब्याह, मरना-जीना, हित-नाता, बीमारी व रोजमर्रा के खर्च। मेरा जन्म जिस घर में हुआ, उसके पहले हमारे परिवार के चार

घर गिर चुके थे। पाँचवें में जन्म हुआ। इस तरह कोई घर छपरा में था, तो कोई आरा में। बाद में बलिया में बना। सिर्फ हमारा ही नहीं, हमारी तरह प्राय: सबके घर गिरते थे। कटते थे। नदी भसान में, कटाव में, अत्यंत विकट परिस्थितियाँ होतीं। फिर भी सामाजिक एकता, एक-दूसरे के प्रति उदारता रहती। कष्ट भरे उन दिनों को याद कर अब लगता है कि अभाव व संघर्ष लोगों को, समाज को जोड़ते हैं। जाति-धर्म से ऊपर उठाते हैं। संवेदना और सबके मनुष्य होने का बोध कराते हैं। इसके उलट वैभव, भोग और प्रचुरता, व्यक्तिवाद, अहंकार, श्रेष्ठता का बोध कराते हैं। यह अनुभवजन्य बोध है, कोई प्रमाणिक वैज्ञानिक निष्कर्ष नहीं। यह सब कुछ गाँव में ही देखा। यह भी देखा कि निजी दुश्मनी होने के बावजूद लोग लड़की की शादी में एक-दूसरे की मदद करने को तत्पर रहते थे। आज जो बहुत पढ़ा-लिखा समाज दिखाई देता है, वह संकीर्ण है। व्यक्तिवादी अहं से भरा और मूल्यविहीन। आपसी कटुता और दुश्मनी को आज आदमी, एक-दूसरे को खत्म करने तक ले जाना चाहता है। स्थिति ऐसी हो गयी है कि यदि आपस में दुश्मनी है, तो या तो आप रहेंगे या हम! यह बोध! लेकिन गाँव में जहाँ अपढ़ रहते थे, जिनके पास पैसे का अभाव रहता था, वहाँ अद्‌भुत मानवीय मूल्य देखने को मिले। उनकी जिंदगी के मूल्य देखकर, यह साफ एहसास होता कि वे अपढ़, गरीब पर बड़े लोग थे। जिन्हें आज हम बड़े लोग कहते हैं, दरअसल वे काफी छोटे मन के लोग हैं। यह सब अपने गँवई जीवन के अनुभव के आधार पर कह रहा हूँ।

कामराज लगभग अपढ़ थे। देश के सर्वश्रेष्ठ मुख्यमंत्रियों में से एक। उनके कई कल्याणकारी कार्यक्रम आज भी कई राज्यों में सर्वश्रेष्ठ मानक के रूप में हैं। औपचारिक शिक्षा से वंचित रामकृष्ण परमहंस भारत में नयी राष्ट्रीय चेतना, आध्यात्मिक उन्नति के मूल स्रोत बने। जयशंकर प्रसाद जैसे महाकवि बड़े पढ़े-लिखे, तो नहीं थे, पर क्या श्रेष्ठ सृजन किया, उन्होंने। ऐसे अनेक उदाहरण हर क्षेत्र में मिलेंगे। असल चीज है, चरित्र, ईमानदारी, संकल्प, संवेदना वगैरह। यह चीजें प्रचुरता से गावों की संस्कृति में थीं, जिसे गाँधी-विनोबा और बाद में जेपी ने पहचाना। असल बात है कि तब भी बहुत गंभीर कमियाँ थीं, जाति का अहंकार भी था, भेदभाव था। पर, इनके साथ-साथ इनसान होने का एक बोध भी लोगों में था। अगर गँवई संस्कृति की कमियों को सामाजिक सुधारों से बदला गया होता, जो गाँधी चाहते थे, विनोबा चाहते थे, तो आज भारत की 'आत्मा' पश्चिमी रंग में नहीं रंगती।

एक बार दशकों पहले हम और हमारे मित्र अनुराग चतुर्वेदी साथ-साथ लंदन

में थे। वहाँ उन्होंने मेरी कुछ आदतों को देखकर मुझे 'गँवई' की उपाधि दी। यह सुखकर लगा कि मुंबई, हैदराबाद, कोलकाता, दिल्ली जैसे महानगरों में लंबे समय तक रहने व दुनिया घूमने के बाद भी कुछ आदतों में अपनी जड़ से कटा नहीं हूँ।

● ***आरंभिक दिनों की कुछ बातें बतायें। बचपन की स्मृतियाँ, पारिवारिक परिवेश कैसा था?***

● घर में सभी लोग खेतीहर थे। दो भाइयों में मैं छोटा हूँ। दो बड़ी बहनें। एक शादी के तत्काल बाद विधवा हो गयी। दूसरी बोल नहीं पाती थी। हम सबसे छोटे थे। गाँव के स्कूल में पढ़ना-लिखना शुरू किया। इसके बाद मैं बोरा-पटरी लेकर बिना चप्पल-जूता के प्राइमरी स्कूल, टोला काशी राय जाता था। 1969-70 में हाई स्कूल में था। अब भी याद है, तब पहली बार मेरा जूता बना। गाँव के ही एक मोची ने बनाया। जूता बनाने में महीने भर का समय लगा। रोज उसको देखने जाता था। मन में उतावलापन था कि मेरे लिए जूता बनने वाला है। यह इतना अच्छा लग रहा था कि उसे बार-बार देखने जाता था। मोची से पैरवी करता कि जल्दी इसे बना दें। ऐसे घर में था, जहाँ अभाव रहता, पर भुखमरी नहीं थी। प्रचुरता भी नहीं थी। परिवार पूरी तरह से कर्ज में डूबा रहता। चाँदी के सिक्के तब चलते। डुमरांव महाराज से उन दिनों भारी कर्ज ले कर जमीन पुरखों ने लिया था। हम गरीब थे, पर पुरखों की साख अद्‌भुत थी। उनकी बात-जुबान की कीमत थी, बाद में जाना। हमारे पिताजी की डायरी में दो-दो पैसे का हिसाब दर्ज है। वे नियमित डायरी लिखते थे। बड़े सिस्टमेटिक थे। अब याद करता हूँ, तो लगता है कि दूरद्रष्टा थे। जब लोग खेत बेच रहे थे और शानखर्ची में रहते थे, तब उन्होंने हम लोगों को पढ़ाने के लिए खेत बेचा। मेरी माँ का मुझ पर बहुत गहरा असर है। कर्ज में उनके सभी जेवर चले गये। उफ्फ तक नहीं की। आधी रात को भी यदि कोई अतिथि आता, तो वह बिना खिलाये नहीं सोती। मैंने उन्हें कभी किसी को, नाराज होकर बोलते नहीं सुना। मामा का परिवार हमारे परिवार से ज्यादा सुखी-संपन्न था। लेकिन हमारी माँ विपरीत परिस्थितियों में भी घर चलाती रहीं। कर्ज के दबाव को सहीं। वह सुबह चार बजे उठतीं। लकड़ी के चूल्हे पर खाना बनाती थीं। मुझे याद है कि हमारा घर थोड़ी ऊँचाई पर था। जब बाढ़ आती, तो सब लोग यहीं आकर ठहरते थे। सबका साथ खाना बनता। एक आदमी का दुख, सबका दुख होता। आपस में स्पर्द्धा थी, प्रतियोगिता थी, वैमनस्यता भी थी, पर संकट के समय साथ निभाने की सोच, सबसे महत्त्वपूर्ण थी। आज वह खत्म हो रही है। बड़े शहरों में, तो इस परंपरा

का नामोनिशान तक मिट गया है। गाँवों में भी चीजें बदल रही हैं।

अपढ़ समाज था गाँवों का, लेकिन इथिकल सेंस विकसित था। शत्रुता ऐसी होती कि एक-दूसरे की जान के प्यासे हो जायें, पर ऐसी स्थिति में भी बेटी की शादी में हर काम करते थे। भले ही वहाँ खाना नहीं खायें। किसी की मौत हो जाए, जिनसे शत्रुता होती, वे भी संग-साथ रहते। इस मायने में वह विकसित समाज था। लोगों में ऊँचाई थी। मर्यादा थी। गाँव की लड़की को अपनी लड़की समझते थे। शराब-ताड़ी गाँव में वर्जित था। किसी भी जाति या किसी के अभिभावक गलत आचरण पर डाँट सकते थे। ऐसा नहीं कि सब कुछ बहुत अच्छा था। पर, समाज की मुख्यधारा-प्रभावी धारा में यह माहौल था। संकीर्णता, छोटापन, अपराध, बेईमानी जैसे तत्व, तो मानव समाज के उद्गम से ही साथ हैं। जब तक जीवन है, सृष्टि है, शायद रहे। पर, मुख्य बात है कि समाज में किस धारा की मान्यता है? उन दिनों गलत ढंग से अर्जित आय या व्यक्ति को समाज सम्मान नहीं देता था। अब समाज का मन, मिजाज व मूल्यों के मापदंड बदल गये हैं। पहले शराब पीना सही नहीं माना जाता था, अब घर-घर यह महारोग है, फैशन।

हमारे घर में एक थे, भिखारी भाई। वही हमारे अभिभावक जैसे थे। वह खेती का काम सँभालते। मवेशियों को खिलाने-पिलाने का काम करते। घर के हर चीज पर नजर रहती। हमारे पिता घर के ही कामों से अधिकतर गाँव से बाहर रहते। पर, शाम हो जाये और हम बाहर रहें या पढ़ें नहीं, तो सबसे ज्यादा डर भिखारी भाई का ही रहता था। उनका मोरल बहुत हाई था। गाँव के ही एक बड़े किसान और प्रभावी व्यक्ति थे। पिताजी के मित्र भी। एक बार वह घर आये। हाथी से। बिगड़ैल हाथी रखना, उनका शौक था। पिताजी के बारे में पूछा। पता चला कि बाहर हैं। भिखारी भाई से कहा, हमें 20-25 बोझा सरकंडा (झोपड़ी का छत छाने के लिए) चाहिए। आपके पास है, दे दें। कुछ दिनों बाद वापस कर दूँगा। उनका जवाब था, मालिक! उनकी अनुपस्थिति में एक तिनका इधर-उधर नहीं करूँगा। ऐसे लोग थे, इंट्रीग्रिटी के।

घर में एक विधवा बुआ थीं। उन्हीं का कहा घर में चलता था। उस वक्त विधवा और बूढ़ों का शासन होता। उनका सम्मान था। मैंने एक अंगरेजी चिंतक को पढ़ा कि किसी समाज की ऊँचाई को जानना हो, तो वहाँ वृद्धों और औरतों के साथ कैसा बर्ताव होता है, यह देखना होगा। लौटकर अतीत देखता हूँ, तो पाता हूँ कि अपढ़ गाँव में भी किस ऊँचाई पर महिलाओं और बुजुर्गों को रखा जाता था? इन संस्कारों का बालमन व जीवन पर गहरा असर रहा।

1992 में पिताजी गुजर गये। 2002 में माँ गुजर गयीं। ऐसे समाज में हम पले–बढ़े, जहाँ पिता अपने बेटों से ज्यादा अपने भतीजों को स्नेह करते। हमें भी चाचाओं से स्नेह मिला। पर, पिता का स्नेह अव्यक्त होता, आचरण में। संयुक्त परिवार में मेरी चाची मुझे बहुत मानती थीं। पर, माँ का गहरा असर रहा। खुद परेशानियों में रहकर दूसरों के लिए काम करना, घोर विपरीत परिस्थितियों में रहकर भी माथे पर शिकन तक नहीं आना उन्होंने ताउम्र कभी किसी से कोई शिकायत नहीं की।

● ***गाँव से बनारस आने, फिर बीएचयू पहुँचने के बारे में बतायें?***

● बाद की पढाई करने बनारस चला आया। उन दिनों मेरे गाँव में सारे लोग बिहार पढ़ने जाते थे। भौगोलिक रूप से बिहार आना–जाना ज्यादा सुविधाजनक था। मैट्रिक में मेरा रिजल्ट बेहतर हुआ। घरवालों ने, विशेषकर मेरे किसान पिता ने सोचा कि इसे बिहार भेजेंगे, तो नकल आदि के कारण, इसकी पढ़ाई पर असर पड़ेगा। उन दिनों आसपास में देखा, जो छात्र बिहार में पढ़ते थे, उनमें से अधिसंख्य छात्रों के गार्जियन बेचैन रहते थे कि वे कैसे नंबर बढ़वायें। पैरवी से अच्छी डिग्री, अंक दिलायें। टॉप करने का जुगाड़ लगायें, ताकि बच्चे का भविष्य सँवर जाये। पर, मेरे पिता को लगा, यह रास्ता सही नहीं है। शायद इसलिए उन्होंने मुझे बनारस भेजा। हालाँकि उनकी आर्थिक स्थिति बहुत अच्छी नहीं थी, फिर भी उन्होंने बाहर भेजा। तब, बनारस का उदय प्रताप कॉलेज नामी था। इंटर में दाखिला लिया। अपेक्षित परीक्षा परिणाम नहीं आया। इंटर के बाद की पढ़ाई करने इलाहाबाद चला गया। वहाँ हॉस्टल अलॉट हो गया। पर, बनारस रह गया था, तो इलाहाबाद में मन नहीं रमा। एक माह में ही फिर बनारस वापस आ गया। बनारस हिन्दू यूनिवर्सिटी (बीएचयू) में दाखिला मिल गया।

● **अर्थशास्त्र की पढ़ाई के बाद, पत्रकारिता में आने का विचार कैसे बना?**

● करीब 20 साल की उम्र आते–आते एमए (अर्थशास्त्र) की पढ़ाई पूरी कर ली। उन दिनों प्रतियोगी परीक्षाओं में बैठने की उम्र 21 साल हुआ करती थी। बचपन से अनेक चीजों का असर मानस पर पड़ा। एक दिन में कोई गढ़ा नहीं जाता, ना किसी का मानस तैयार होता है। जिस गाँव का रहने वाला हूँ, वह गाँव जयप्रकाश नारायण जी (जेपी) का गाँव है। जेपी और हमारे परिवार में पुराना रिश्ता रहा है। जेपी को बचपन में मैंने देखा। घर के लोग भी उनके बारे में बहुत कुछ बताया करते थे। जब वह गाँव आते, तो इलाके के दूर–दराज के लोग कठिनाइयाँ उठाकर भी उनसे मिलने आते थे। छात्र मन पर, युवा मन पर जेपी

का प्रभाव पड़ा। फिर स्कूल जीवन में भी भाषण आदि प्रतियोगिता में भाग लिया करता था। गाँधी, नेहरू, चंद्रशेखर आजाद, भगत सिंह आदि के विषय में बोलने के लिए बचपन में शिक्षक तैयारी कराते थे। इस तरह इन बड़े नामों के बारे में कुछ जान भी जाता था। यह सब उन दिनों गाँव के प्राइमरी के अध्यापकों के कारण संभव हुआ। उम्र के इस पड़ाव पर जब उन दिनों को याद करता हूँ, तो पाता हूँ कि उन आयोजनों (15 अगस्त, 02 अक्तूबर, 26 जनवरी वगैरह पर गँवई स्कूलों में होनेवाले आयोजनों) का कितना महत्त्व है?

बाद में जब बनारस आना हुआ, तो अच्छे नेताओं के भाषण सुनने के लिए पैदल कोसों चलकर जाया करते थे। रहते थे, काशी हिन्दू विश्वविद्यालय परिसर में और भाषण सुनने के लिए कभी-कभार (पैसे के अभाव में) पैदल ही बेनियाबाग जाया करते थे। उसी दौरान बीएचयू छात्रसंघ के चुनाव में कला संकाय का प्रतिनिधि चुना गया। बिड़ला हॉस्टल में महासचिव का चुनाव लड़ा। कह सकते हैं कि सामाजिक-राजनीतिक चेतना विकसित होने की शुरुआत किशोरवय दिनों से ही हो गयी थी।

जेपी से जुड़ाव-लगाव होने के कारण '74 के आन्दोलन का असर पड़ा। जेपी उन दिनों बीएचयू परिसर में आते थे। कृष्णनाथ जी जैसे वक्ता को भी पहली बार उन्हीं दिनों सुनने का अवसर मिला था। जेपी खुद ही गहराई से प्रभावित करते थे। उन्होंने भारतीय राजनीति में कोई छोटा-मोटा काम नहीं किया। 1942 में उनके हजारीबाग जेल पलायन से भारतीय राजनीति में नया मोड़ आया। सत्ता को उन्होंने शुरू से ही ठुकरा दिया। इन्हीं सब बातों का प्रभाव शुरू से मानस पर पड़ता रहा।

बीएचयू में पढ़ रहा था, तो कई ऐसे शिक्षक थे, जिन्हें देखकर डर लगता था। डर उनके आतंक से नहीं, बल्कि उनकी नैतिकता, आचरण, विद्वता, सम्मान और प्रतिबद्धता देखकर। एक स्मृति है, उस समय की, जिसका भी प्रभाव पड़ा। बनारस में 'मानस चतुश्शती' समारोह का आयोजन हुआ था। श्रीरामचरितमानस की रचना के 400 वर्ष पूरे होने पर। शायद '74 के आरंभ में या '73 के अंत में। उस आयोजन में जेपी आये थे। आचार्य हजारी प्रसाद द्विवेदी भी थे। तत्कालीन वाइस चांसलर डॉ. केएल श्रीमाली थे। जब द्विवेदी जी बोलने लगे, तो बीच-बीच में माइक खराब होता। हम छात्रों ने ताली बजा दी। यह व्यवधान और हमारी ताली देख जेपी गुस्से में बोले-मालवीय जी ने इस यूनिवर्सिटी का निर्माण भीख माँग कर करवाया। आप लोगों को ताली बजाने में शर्म नहीं आ रही कि एक आदमी भीख माँगकर इतनी बड़ी यूनिवर्सिटी का निर्माण करवा

सकता है और आप इतने लोग, इतनी पढ़ाई-लिखाई कर के भी एक माइक तक को ठीक नहीं रख सकते। वह बोले, यहाँ इतना बड़ा इंजीनियरिंग कॉलेज है, क्या एक माइक ठीक रखने, बनवाने का काम भी नहीं करवा सकते? फिर कैसे बनेगा आधुनिक भारत? मालवीय जी ने यह विश्वविद्यालय खोला कि यहाँ के छात्र आजाद भारत का कायाकल्प करेंगे। तब इंजीनियरिंग कालेज बनाया कि देश के आधुनिकीकरण में हमारा योगदान होगा। आज हम एक माइक के लिए भी आत्मनिर्भर नहीं हैं? हमें उस दिन उन्हें सुनकर लगा कि असल नेता वही होता है, जो धारा बदल दे। समाज के अनुरूप खुद को न बदले, बल्कि समाज को बदल दे। तालियों के अनुसार अपने भाषण को न बदल दे। उस कार्यक्रम में वीसी (वाइस चासंलर) के तौर पर नेहरू के पहले मंत्रिमंडल के पहले शिक्षा मंत्री रहे डॉ. केएल श्रीमाली मौजूद थे। ऐसी घटनाओं ने हमें प्रेरित किया, सीख दी।

इन सबके साथ बीएचयू में पढ़ते हुए राजनीतिक गतिविधियों में भाग लेने लगा था। इमरजेंसी के दिनों में जेपी के साथ जैसा व्यवहार हुआ, वह युवा मन पर आघात जैसा था। उसी समय से मन में रहता था कि कोई ऐसा पेशा चुनें, जिसमें अपनी भावनाओं को अभिव्यक्त कर सकें। उन्हीं दिनों सर्वोदय आन्दोलन के बड़े नेता, जिनका जेपी बहुत सम्मान किया करते थे, दादा धर्माधिकारी से मिलना हुआ। मैं और मेरे मित्र रामकृपाल उनसे मिलने गये थे। बनारस स्थित राजघाट में, तब दादा धर्माधिकारी ने एक बात बतायी थी। उनकी माँ ने गाँधी जी के आन्दोलन से जुड़ने के पहले कहा था कि आन्दोलन से जुड़ रहे हो, यह अच्छी बात है लेकिन आन्दोलन खत्म होने के बाद जीवनयापन के लिए क्या करोगे? इसके बारे में भी सोच लेना। तब मेरे जेहन में पत्रकारिता ही वह विधा या पेशे के तौर पर दिख रही थी, जिसमें जाने की इच्छा थी।

बीएचयू में नया-नया पत्रकारिता में डिप्लोमा कोर्स शुरू हुआ था। दो-तीन बैच निकले थे। कंपीटीशन से चयन होता था। सीटें कम थीं। वहीं दाखिला ले लिया। उसी दौरान 'टाइम्स ऑफ इंडिया ट्रेनी जर्नलिस्ट' का विज्ञापन प्रकाशित हुआ। हमारे विभागाध्यक्ष ने प्रोत्साहित किया कि मुझे उसमें कोशिश करनी चाहिए। हालाँकि इसके पहले मेरा एमए का रिजल्ट अच्छा हुआ था। उस आधार पर मगध विश्वविद्यालय में अस्थायी लेक्चररशिप के लिए अप्लाई किया था। वहाँ से भी कॉल लेटर आ गया था।

'टाइम्स ऑफ इंडिया ट्रेनी जर्नलिस्ट' के लिए परीक्षा देने पहली बार दिल्ली जाना हुआ। तब 'टाइम्स ऑफ इंडिया' में ट्रेनी जर्नलिस्ट बनने के लिए

योग्यता या पैमाना हुआ करता था कि आप युवा हों। ग्रेजुएट हों। विज्ञान, कला, वाणिज्य किसी भी पृष्ठभूमि से हों। आपको उस विषय से संबंधित सामयिक विषय पर 1500 शब्दों का आलेख आवेदन के साथ भेजना होता। बायोडाटा व उस आलेख की गुणवत्ता के आधार पर लिखित परीक्षा के लिए आमंत्रित किया जाता था।

मुझे भी लिखित परीक्षा के लिए बुलाया गया। दिल्ली में पहली बार 'टाइम्स ऑफ इंडिया' (बहादुर शाह जफर मार्ग) बिल्डिंग पहुँचा। सुबह में परीक्षा दी। शाम को रिजल्ट आ गया। अगले दिन इंटरव्यू था। उसमें अक्षय कुमार जैन, रघुवीर सहाय, गिरिलाल जैन जैसे लोग बोर्ड में थे। मुझसे पूछा गया कि लिखित परीक्षा में कितने नंबर की उम्मीद करते हो? बोला कि कम से कम 60 प्रतिशत तो जरूर। तब अक्षय जैन जी ने कहा कि काफी मोडेस्ट लगते हो, लेकिन हम लोगों ने उससे ज्यादा नंबर दिया है। शाम को सफल लोगों की सूची, नोटिस बोर्ड पर लग जाएगी। यह बताया गया। तब तक हमलोग दिल्ली की सड़कों पर भटकते रहे। लौट कर पाया कि सफल लोगों की सूची में अपना भी नाम है। कहा गया कि कुछ महीनों बाद फाइनल इंटरव्यू, मुंबई 'टाइम्स ऑफ इंडिया' समूह में होगा। दो-तीन माह बाद मुंबई में इंटरव्यू की तिथि की सूचना मिली। फिर मुंबई फाइनल इंटरव्यू देने गया। वहाँ धर्मवीर भारती, कमलेश्वर, खुशवंत सिंह, श्यामलाल, गिरिलाल जैन, डॉ. राम तरनेजा जैसे लोग इंटरव्यू बोर्ड में बैठे थे। इंटरव्यू के बाद उस दिन शाम में वहाँ भी चयनित लोगों की सूची सार्वजनिक हुई। एक साल की इंटर्नशिप के लिए चयनित हो गया। ट्रेनिंग विभाग में, 'नवभारत टाइम्स' में आरंभिक प्रशिक्षण के बाद 'धर्मयुग' में काम करने लगा। तब 'धर्मयुग' में अपना नाम छपा देखना ही गौरव की बात होती थी।

डॉ. धर्मवीर भारती संपादक थे। अद्‌भुत व्यक्तित्व था, उनका। वहाँ गणेश मंत्री थे, जिनका सदा ही बड़े भाई की तरह स्नेह मिला। मुंबई में ही नारायण दत्त जी से आत्मीय सरोकार कायम हुआ। वहीं विश्वनाथ सचदेव, विष्णु नागर जी जैसे बहुत लोग मिले। सुरेंद्र प्रताप सिंह और उदयन शर्मा से भी वहीं मुलाकात हुई। हालाँकि तब तक ये लोग वहाँ से जा चुके थे। सभी हम युवकों को प्रेरित करते थे। मुंबई के संघर्षपूर्ण जीवन में मदद भी।

● ***'धर्मयुग' को आप बेहतरीन संस्थान बता रहे हैं, फिर बैंक की नौकरी में क्यों गये?***

● जिन परिवेश से आया था, उसमें आर्थिक सुरक्षा बड़ा विषय था। गाँव-परिवार के आर्थिक हालात ऐसे थे। शुरू से एक बोध यह भी रहा कि जीवन में जो मिले, उसमें ही गुजारा करना है। यह आत्मस्वाभिमान की पहली

शर्त है। जीवन अपनी शर्तों पर जीने की बुनियाद। पत्रकारिता की चुनौतियाँ देखता था। एक बार इसी मनःस्थिति में बैंक की परीक्षा दिया। हो गया, फिर चला गया। एक बात और है। मुंबई से कुछ ही दिनों में मन भी भर गया था। शहर छोड़ना चाहता था। बलिया के गाँव से बनारस आना हुआ, तो लगा कि बड़ा शहर शायद ऐसा ही होता है। बनारस से मुंबई आया, तो लगा कि शायद सबसे बड़ा यह शहर है। मुंबई के जीवन, भागदौड़ की अपनी चुनौतियाँ थीं। उस शहर की अपनी खूबियाँ भी थी। उस शहर का सबसे बड़ा सबक यह रहा कि आपको खुद अपने लिए सोचना-करना है। कोई बैसाखी जीवन में नहीं होती। फिर मुंबई छोड़कर, बैंक ऑफ इंडिया की नौकरी करने हैदराबाद गया। फिर हैदराबाद से पटना आ गया। इसी बीच मेरा सेलेक्शन अधिकारी के तौर पर रिजर्व बैंक के लिए हो गया। शायद कोचिन में पहली पोस्टिंग मिली। नहीं गया। पिता बीमार थे। लगा, पटना ही रहा जाये। इस तरह पत्रकारिता छोड़कर गया था बैंक की नौकरी करने। वहाँ अनुभव भी बढ़ियाँ रहा। बहुत कुछ सीखा। पर, वहाँ टिक कहाँ सका! बैंक की नौकरी करते हुए भी पत्रकारिता मन से गई नहीं, इसलिए, बैंक की सुरक्षित नौकरी छोड़कर, रिजर्व बैंक में नौकरी के अवसर को छोड़कर एक बार फिर से पत्रकारिता में ही लौट गया। कोलकाता के 'रविवार' में।

● ***पर, फिर बैंक की नौकरी से पत्रकारिता में क्यों?***

● बैंक की नौकरी में आने के बाद भी पत्रकारिता छूटा नहीं था। मेरे कई अनन्य लोग थे, जो मेरे बैंक में आने पर बहुत उत्साहित नहीं थे। मेरे पहले संपादक धर्मवीर भारती जी ने पत्र लिखकर कहा कि तुम पत्रकारिता के लिए ही बने हो। बैंक की नौकरी में परिचित का पता देना था। मैंने बीएचयू में पत्रकारिता विभाग के अध्यक्ष डॉ. एके बनर्जी साहब का नाम और पता दिया था। बनर्जी साहब के पास बैंक से कॉल गया था। मेरे बारे में जानकारी लेने के लिए। बनर्जी साहब ने बैंक को मेरे बारे में जानकारी तो ठीक से दे दी, पर तुरंत उन्होंने मुझे पत्र लिखा कि तुम बैंक में क्या करने चले गये?

बैंक जाने के पहले 'धर्मयुग' छोड़ा। शायद नोटिस काल था। असम छात्र आन्दोलन के कवरेज का दायित्व डॉ. भारती ने दिया। असम, गुवाहाटी से लौटकर कोलकाता सुबह आया। रात की ट्रेन थी। स्टेशन पर लगेज रूम में सामान रखकर 'रविवार' (आनंद बाजार) सुरेंद्र जी से मिलने गया। बहुत आत्मीयता से मिले। उन्होंने भी कहा, यहाँ आ जाओ। उत्तर दिया। आपके प्रस्ताव पर जरूर अमल करूँगा। कुछ दिनों में वह 'नवभारत टाइम्स' के संपादक बनकर मुंबई चले गए।

बैंक की नौकरी करते हुए हैदराबाद में रह रहा था। एक बार वहाँ चंद्रशेखर जी आये। जनता पार्टी कार्यकारिणी की बैठक थी। उनसे भेंट हुई। उन्होंने भी यही बात कही, पत्रकारिता क्यों छोड़ दिया? हैदराबाद में रविवार के संपादक उदयन शर्मा अक्सर आते। घर जरूर आते। साथ खाना खाते। उनसे मुलाकात होती थी। वह हमेशा कहते कि चले चलो 'रविवार' में। क्या कर रहे हो बैंक की नौकरी में? मेरे अनेक वरिष्ठ जन पत्रकारिता में होने या जाने को लेकर भरोसा जता रहे थे। मैं खुद पत्रकारिता कर चुका था, तो लगातार दिमाग में चलता रहता था। इस बीच 'आनंद बाजार पत्रिका' से 'रविवार' पत्रिका से जुड़ने का ठोस प्रस्ताव आया। सिर्फ पत्नी को बताया कि रिजर्व बैंक के अवसर छोड़ने के साथ ही बैंक की नौकरी भी छोड़ना चाह रहा हूँ। पिताजी या बड़े भाई को इसलिए नहीं बताना चाहता था, क्योंकि जिस तरह की आर्थिक असुरक्षा हमने गाँव में देखी थी, उस स्थिति में ये रिजर्व बैंक की नौकरी छोड़ने की सलाह कभी नहीं देते। उसके बाद 'रविवार' में सहायक संपादक के तौर पर ज्वाइन कर लिया। पत्नी ने प्रोत्साहित किया। वह मेरे मानस को समझती हैं। उदयन शर्मा ज्यादातर बाहर ही रहा करते थे, इसलिए 'रविवार' में अधिक से अधिक काम मेरे पास ही आ गया।

● ***'धर्मयुग' से बैंक की नौकरी, फिर पत्रकारिता में आना...लगता है, शुरू के दिनों में पत्रकारिता को लेकर मन में दुविधा थी?***

● बताया कि सोच समझकर ही पत्रकारिता पेशे को चुना था। पर, यह भी बताया कि अन्य बातों के साथ मुंबई मुझे रास नहीं आ रही थी। वहाँ से ऊब जैसा गया था। महानगर से जुड़ नहीं सका। निकलना चाहता था। उसी निकलने की छटपटाहट में लगा कि बैंक की नौकरी कर लेना ही शायद सही है। लेकिन पत्रकारिता पैशन बन चुकी थी। यह बैंक में रह कर जाना। चूँकि बैंक में रहते बाहर-नाम से कहीं कुछ लिख नहीं सकता था। राजनीति, भ्रष्टाचार या अन्य विषयों पर अर्धसरकारी संस्थानों में रहते आप नियमतः नहीं लिख सकते। फिर भी नाम बदलकर लगातार अनछुए प्रसंगों पर लिखता था, जो पढ़ा जाता। वरिष्ठ संपादक विषय बताते। इस तरह बैंक में रहते हुए सक्रिय पत्रकार बना रहा। तब लगा कि मन-मिजाज व स्वभाव पत्रकार का है। यही करना चाहिए। इसलिए बैंक में भी टिक नहीं सका। यदि पत्रकारिता के प्रति कोई दुविधा मन में होती, तो रिजर्व बैंक की नौकरी का श्रेष्ठ और सर्वोत्तम अवसर नहीं छोड़ता।

● ***पत्रकारिता के आरंभिक दिनों में धर्मवीर भारती, गणेश मंत्री जैसे***

लोगों का सान्निध्य आपको मिला। नारायण दत्त की चर्चा आप बार-बार करते हैं। मुंबई जैसे बड़े शहर से शुरुआत के बाद आपने करीब तीन दशक रांची में समय दिया। पत्रकारिता के आरंभिक दिनों को कैसे याद करते हैं?

भारती जी के साहित्य व लेखन से हमारा परिचय विद्यार्थी जीवन से ही था। 21 साल का था, तो टाइम्स ग्रुप में प्रशिक्षु पत्रकार बनकर गया। भारती जी का ग्लैमर था कि विद्यार्थी दिनों में उनके उपन्यास 'गुनाहों का देवता' को हम लोगों ने कई-कई बार पढ़ा। यह युवाओं में बेहद लोकप्रिय था। पर, जब उन्हें पास से देखा, तो पता चला कि भारती जी बहुत रिजर्व किस्म के आदमी हैं। काम में बहुत ही रमे। उनके बारे में तरह-तरह की चर्चाएँ वहाँ सुनीं। यह भी पता चला कि वह एक निश्चित समय में ही लोगों से मिलते हैं। उनका व्यक्तित्व हर काम करनेवालों पर छाया रहता। आरंभिक प्रशिक्षण के बाद, 'नवभारत टाइम्स' फिर 'धर्मयुग' में काम करने का मौका मिला। ट्रेनिंग के बाद संपादक काम देख कर अपने प्रकाशन के लिए ट्रेनी पत्रकारों का चयन करते। हमारा चयन, एक वर्ष के प्रशिक्षण के बाद भारती जी ने 'धर्मयुग' के लिए किया। भारती जी उन दिनों पावरफुल एडिटर हुआ करते थे। ट्रेनिंग के दौरान मेरा पहला लेख 'धर्मयुग' में छपा। वह मुझे अब तक याद है। वह बीचएयू में इमरजेंसी के दौरान 15 अगस्त को एक छात्रनेता द्वारा कुलपति के झंडोतोलन में आपातकाल के विरोध में हुई नारेबाजी पर लिखा गया था। वह छात्रसंघ के उपाध्यक्ष थे, भूमिगत थे। वहीं उनकी गिरफ्तारी हुई। भारी हंगामा हुआ। इस लेख पर बहुत पत्र आये। इतने लोगों ने प्रतिक्रियाएँ दी, भेजीं कि लगने लगा कि रातोंरात बड़ा आदमी बन गया हूँ। 'धर्मयुग' के यह पहले लेख का युवामन पर उत्साहवर्धक असर था। यह अनुभव बहुत अच्छा लगा। लोग पहला प्यार याद रखते हैं, हमें पहला लेख आज भी याद है।

'धर्मयुग' में ही बहुत सारी चीजें सीखी। भारती जी के प्रति गलत धारणाएँ, सुन रखी थीं, वह सब गलत लगीं। पाया कि वह एक हार्ड टास्क मास्टर थे। वह सुबह साढ़े नौ बजे दफ्तर आ जाते थे। पाँच बजे तक रहते थे। हम लोग ट्रेनी थे, इसलिए हम लोगों का एक अलग रजिस्टर था। जो ट्रेनी विभाग में रहता। एक साल बाद हम लोग 'धर्मयुग' में आ गये, तो सुबह आकर वहाँ रजिस्टर में 9:35 (सुबह) तक हस्ताक्षर करना होता। साथी उसे 'काला रजिस्टर' कहते। इस पर हमें साढ़े नौ बजे तक दस्तखत करना होता था। फिर यह रजिस्टर, हर प्रकाशन से पर्सनल डिपार्टमेंट का आदमी आकर ले जाता था। यदि पाँच मिनट भी विलंब

हुआ, तो रजिस्टर पर रेड मार्क हो जाता था। भारती जी के लिए यह अनिवार्य नहीं था कि वह साढ़े नौ बजे ही आयें। वह कभी भी आ सकते थे। एडिटर के लिए कोई रूल नहीं था। पर साढे नौ बजे से पहले आने वाले वह हमेशा पहले व्यक्ति होते थे। दूसरी बात, उनके पास 'धर्मयुग' की अगले चार-छह माह की अग्रिम प्लानिंग हुआ करती थी। वह बारह से एक बजे के बीच ही किसी से मिलते थे। बीच में अपने सहकर्मियों से मिला करते थे। बहुत ही प्लांड-वे (सुनियोजित तरीके) में काम करने की, जो थोड़ी-बहुत नींव मेरे अंदर पड़ी, वह वहीं से पड़ी।

गणेश मंत्री और भारती जी की यह खासियत थी। वहाँ ट्रेनिंग में किसी सीनियर के साथ जूनियर को अटैच किया जाता था। मुझे गणेश मंत्री जी के साथ अटैच किया गया। उनके करीब जाने पर पता चला कि उनका व्यक्तित्त्व कितना बड़ा है? गणेश शंकर विद्यार्थी के बारे में जो सुन रखा था, कुछ वैसा ही रूप था उनका। बड़े ही ईमानदार। उनके पिता राजस्थान के पुराने समाजवादी थे। उन्होंने अपने घर का सबकुछ (जेवरात वगैरह) बेचकर समाजवादी सम्मेलन तब कराया था, जब वहाँ लोहिया का कोई नामलेवा नहीं था। उनका नाम पुरुषोत्तम मंत्री था। 1977 के बाद राजस्थान के वित्तमंत्री बने थे। हम लोगों को वे बहुत स्नेह करते। वे जब तक मंत्री रहे, गणेश मंत्री राजस्थान नहीं गये। न ही कोई सुविधा ली। जब वे मंत्री के रूप में बंबई आते थे, तो उनके साथ पुलिस स्क्वाड चलता था। यह किसी भी मंत्री को दूसरे राज्य में मिलने वाली सामान्य औपचारिकता थी। प्रोटोकाल। गणेश मंत्री गोरेगाँव रहते थे। वहाँ से 'टाइम्स ऑफ इंडिया' बिल्डिंग वीटी स्टेशन की दूरी काफी थी। वे बंबई आते, तो हमें याद है कि उनसे मिलने गणेश मंत्री, हम लोगों को रेल से लेकर जाते थे। कभी सरकारी गाड़ी से नहीं। यह उन दिनों लोगों का इथिकल कमिटमेंट था। उन दिनों तेजस्वी पॉलिटिकल एनालिस्ट के रूप में गणेश मंत्री की पूरे देश में पहचान थी, साख भी। उन दिनों एक समाचार-विचार कॉलम उनके नेतृत्व में भारती जी ने शुरू करवाया। जिसमें मैं भी उनके साथ था। हम आठ-दस पन्नों का काम किया करते थे। नया होने से हमसे गलतियाँ भी होती थीं। मैं इकोनॉमिक्स का छात्र था। भारती जी बहुत ही संयम से चीजों को समझाया करते थे। मैं उनसे सीखता था। डायरी में नोट करता था कि मैंने यह गलती की है, इसे आगे ठीक करना है। यह संस्कार धर्मवीर भारती ने दिया। गणेश मंत्री ने दिया। जीवन में अनुशासित होने का संस्कार गणेश मंत्री और धर्मवीर भारती ने ही डाला। वहाँ देखा कि दीपावली के अवसर पर बड़े-बड़े उपहार आते थे। डॉ.

धर्मवीर भारती जी उनको नीचे से ही लौटा दिया करते थे। यानी पत्रकारिता को कैसे पवित्र रखें, इसकी नींव हम सब में जो थोड़ी-बहुत पड़ी या हम सब में थोड़ी-बहुत अच्छाई है, तो इसका श्रेय ऐसे ही लोगों को है।

'धर्मयुग' में प्रशिक्षण के दौरान हर किसी को हर बीट पर काम करना होता। यानी ऑलराउंडर बनाने की कोशिश होती थी। हमने भी फिल्म पर काम किया। खेल पर भी किया। फिल्म कवरेज के लिए फिल्म रिलीज होती, तो जाना पड़ता। या उसके प्रमोशन के आयोजन हों, तो वहाँ भी जाना पड़ता। बड़ी पूछ होती। जब फिल्म रिलीज होती, तो फिल्म के टॉप अभिनेता आते। प्रेस के लिए आयोजन कर हम लोगों को फिल्म दिखायी जाती। रात होती, तो टैक्सी से पहुँचाया जाता। 'टाइम्स ऑफ इंडिया' संस्थान में पत्रकारों को फिल्म रिव्यू के आयोजन में जाने के लिए नियम था। संस्थान खुद रात में घर लौटने के लिए टैक्सी फेयर देता। कुछ पत्रकारों को फिल्म बनाने वाले ऐसी सुविधाएँ उपलब्ध कराते।

भारती जी की खासियत थी। फिल्म जगत की बड़ी-बड़ी हस्तियाँ, उनसे दफ्तर में ही मिलने आया करती थीं। दूसरे एडिटर उनके पास जाते थे। इस तरह पद की जो गरिमा डॉ. भारती ने बनायी, वह असाधारण थी। हिन्दी जगत में भी ईर्ष्या-जलन बोध बहुत है। लोग उनके बारे में जान-बूझकर आधारहीन बातें करते रहते थे। वह हार्ड-टास्क मास्टर थे। इससे भी कुछ लोग परेशान रहते। कामचोर लोगों को इससे अधिक परेशानी होती। फांकी मारने वाले अलग नाराज रहते थे। वह इस बात के सख्त खिलाफ थे कि पत्रकारिता के नाम पर आप जाकर किसी पार्टी में शराब पीयें, कोई गिफ्ट लें या कोई लाभ उठायें। मनमोहन सरल, गणेश मंत्री, योगेन्द्र कुमार लल्ला, एसपी सिंह, उदयन शर्मा, अनुराग चतुर्वेदी समेत बहुल लोग लंबे समय उनके साथ रहे। यह कह सकते हैं कि ऐसे लोगों को उन्होंने हमेशा महत्त्व दिया। दफ्तर के बाहर भारती जी परिवार के आत्मीय सदस्य जैसा व्यवहार किया करते। पर, दफ्तर के अंदर, ऑफिस का संस्कार प्रबल रहता। जब 'धर्मयुग' छोड़कर आ गया, तो उन्होंने हमें कई पत्र लिखे। आज पाता हूँ कि यदि 'धर्मयुग' में हमारा प्रशिक्षण नहीं हुआ होता, तो उम्र के इस पड़ाव (छठे दशक) तक पत्रकारिता में नहीं ठहर पाता। आज कहा जाता है कि पत्रकारिता में 'ओनली यंग कैन सर्वाइव'। ऐसे माहौल में आउटडेटेड हो गया होता। दशकों पहले, जो कुछ भी इन लोगों से सीखा, शायद वही काम आ रहा। या यूँ कहें कि मेरा यहाँ ('प्रभात खबर' में) होना, उनलोगों के साथ रहकर सीखने-जानने का प्रतिफल रहा। जो भी अच्छाइयाँ हैं, उन्हीं की देन है। जो

कमजोरियाँ हैं, वे हमारी खुद की हैं।

मुंबई में ही मेरी मुलाकात नारायण दत्त जी से हुई। वे अलग किस्म के व्यक्ति थे। उन्होंने भी मुझ पर गहरा असर डाला। नारायण दत्त, एचवाई शारदा प्रसाद के छोटे भाई थे। एचवाई शारदा प्रसाद, इंदिरा गाँधी के प्रेस सलाहकार थे। सिर्फ प्रेस सलाहकार ही नहीं, वे बड़े पढ़े-लिखे और अद्‌भुत जानकार थे। उनके जैसे पत्रकार विरले ही होते हैं। हार्वर्ड से वे पढ़ कर लौटे थे। फ्रीडम स्ट्रगल में उनका रोल रहा। 1941 में जेल गये थे। 'इंडियन एक्सप्रेस' में टॉप जर्नलिस्ट थे। बड़े थिंकर थे। नेहरू के सारे प्रकाशन का संपादन उन्होंने ही किया। कहावत है, 'ब्रिलियेंट मैन आर नॉट ओनली ब्रिलियेंट, बट ऑलसो मैन ऑफ कैरेक्टर एंड कनविक्शन।'

पर, इन सब से ऊपर वह चरित्र, ईमानदारी, श्रेष्ठ संस्कारों जैसे अव्वल मानवीय गुणों के प्रतीक थे। भारत सरकार के सेक्रेटरी भी उनसे मिलने से संकोच करते। कैबिनेट सेक्रेटरी तक। उनका नैतिक कद बहुत ऊँचा था! उन्हीं एचवाई शारदा प्रसाद के छोटे भाई थे, नारायण दत्त जी। शुरू के कुछ वर्षों में दोनों मुंबई के कोलाबा में किराये की एक खोली (कमरे) में वर्षों साथ रहे। नारायण दत्त जी को 'लिविंग लीजेंड ऑफ जर्नलिज्म' कहता हूँ। कई भाषाओं के जानकार। विद्वता, गरिमा, शालीनता, शिष्टता, मर्यादा के पुंज। उनसे हमेशा स्नेह मिला। प्रायः घर-परिवार का हाल-चाल पूछते। नारायण दत्त जी से पहली मुलाकात हुई, तब वह 'नवनीत' के संपादक हुआ करते थे। गणेश मंत्री के अभिन्न मित्रों में थे। मंत्री जी हम सब युवा पत्रकारों को बड़ा स्नेह करते। तब मुंबई में हमें कोई पूछता नहीं था, प्रायः वह और भाभी हमें संडे को घर खाने पर बुलाते। नारायण दत्त जी भी वहीं होते थे। खाने पर चार-छह घंटे पत्रकारिता की बातें होतीं। एक तरह से बौद्धिक विमर्श हुआ करता।

हम सब शुरू-शुरू में टाइम्स समूह में ट्रेनिंग सेंटर में थे। हमें सार्वजनिक पार्टियों में ले जाया जाता था। यह भी बताया गया कि पत्रकारों को थोड़ी-बहुत ड्रिंक करनी चाहिए। पहली बार वहीं बीयर पीया। एक शाम एक वरिष्ठ पत्रकार के घर पर पार्टी थी। हम और गणेश मंत्री भी गये थे। मंत्री जी कुछ भी नहीं लेते थे। बीयर के मामले पर मंत्री जी ने कहा था कि थोड़ी मर्यादा, तो रहनी चाहिए। मुझे यह बात आज तक याद है। उसके बाद हमने बीयर कभी भी नहीं पी। मुंबई जाने पर जीवन में शुरूआत, फिर बंद। यानी कह सकते हैं कि इन लोगों ने एक संस्कार भी डाला।

गणेश मंत्री, नारायण दत्त क्लोज मेंटर थे। भारती जी, घर पर अपने

सहकर्मियों के साथ बहुत ही सम्मानपूर्वक व्यवहार करते थे। नारायण दत्त जी की चार-पाँच भाषाओं पर जबर्दस्त कमांड थी। वह मूलतः कन्नड़भाषी थे। पर, तमिल भी बहुत बढ़िया जानते थे। उनका ननिहाल चेन्नई में था। वहीं परवरिश हुई। गुजराती, मराठी, मलयालम तो जानते ही थे। संस्कृत पर उनकी पकड़ थी। तेलुगू क्षेत्र से ही पूर्वज कर्नाटक (मैसूर) गये थे। तेलुगू मातृभाषा जैसी थी। हिन्दी और अंगरेजी के तो मास्टर थे ही। जिस पुस्तक की वह समीक्षा लिखते, उसे पूरा पढ़ते। 'नवनीत' सर्वश्रेष्ठ पत्रिका थी। उसके पुराने अंकों को देखकर कहा जा सकता है कि उतना बेहतर, समृद्ध पत्रकारिता शायद ही हो। एक कसौटी, मानक व प्रतिमान थी, उनके द्वारा संपादित 'नवनीत'।

एचवाई शारदा प्रसाद बड़े पावरफुल लोगों में थे। पर, पावरफुल स्थान या पद पर रहते हुए अपने पद का कभी भी, कहीं इस्तेमाल नहीं किया। यह ऊँचाई मैंने उन लोगों से सीखी। यह जरूर सीखा कि इस रास्ते चलना चाहिए। नारायण दत्त जी की आँख में कुछ बीमारी आ गयी। उनके साथ मुंबई अस्पताल में हम, अनुराग और कुछ मित्र रहा करते थे। वह ठीक हो रहे थे। अचानक एक दिन दफ्तर में पता चला कि एचवाई शारदा प्रसाद जी आ रहे हैं। हमारे 'टाइम्स ऑफ इंडिया' के एडिटर, जनरल मैनेजर सब उनके पीछे-पीछे। शारदा प्रसाद जी ने चौथी मंजिल पर पहुँचकर पूछना शुरू किया कि हरिवंश कौन हैं? अनुराग कौन हैं? हमें आश्चर्य हुआ कि यह हम लोगों के बारे में क्यों पूछ रहे हैं? हमारे सामने सारे टॉप बॉस व मैनेजमेंट के लोग थे। जिनके सामने जाना हमारे लिए बहुत मुश्किल होता था। शारदा प्रसाद जी ने कहा कि मुझे नारायण ने कहा है कि आप सबको मिलकर धन्यवाद दूँ। आप लोगों ने उनकी बहुत सेवा की है। टाइम्स समूह में उस समय पाँच पैसे की चाय आती थी। उस व्यक्ति की महानता देखिए। जो व्यक्ति इंदिरा जी के जमाने में पीएमओ में पावरफुल व्यक्ति थे। श्रेष्ठ पद पर थे। देश में उनकी विद्वता, मर्यादा की अलग पहचान थी। उन्होंने हम लोगों के साथ बैठकर पाँच पैसे की चाय पी। हमें धन्यवाद दिया। यह कल्चर हम सबने उनसे सीखा। उसके बाद पटना, कलकत्ता गया। नारायण दत्त जी इन दोनों जगहों पर आये। हमारे साथ रहे। वह 'पीटीआई फीचर सर्विस' में थे। उनसे आजीवन संबंध रहा। प्रायः उनसे मिलने बेंगलूरु जाता। परिवार के साथ। उनका स्नेह-संवाद कभी भूलता नहीं। दुख यह है कि हिन्दी पत्रकारिता में ऐसे लोगों को सम्मान नहीं मिला, जिसके वे हकदार है। ऐसे लोग खुद ही नेपथ्य में रहे। जीये। इन लोगों का हम सब पर नैतिक असर रहा। मनुष्य की ऊँचाई जिनके बारे में हम पाठ्य पुस्तकों में पढ़ते थे, ऐसे ही जीवित लोगों में देखी है।

'प्रभात खबर' में काम करना शुरू किया, तो गणेश मंत्री जी से आग्रह किया कि आप लिखें। वह 'प्रभात खबर' में नियमित कॉलम लिखा करते थे। नारायण दत्त जी से आग्रह किया। वह भी लिखते। ऐसे लोगों के साथ होने की वजह से ही हम लोगों में थोड़ा-बहुत मूल्य, वैल्यूज का आग्रह बढ़ा। इस बात से आत्मपीड़ा होती है कि आज की पीढ़ी में ऐसा नहीं है। दोष नहीं दे रहा हूँ। इन लोगों (नारायण दत्त, गणेश मंत्री, डॉ. धर्मवीर भारती) का ऋण है हमारे ऊपर, जिनसे हमने सीखा है। अब तक पत्रकारिता में सर्वाइव किया। ऐसी चीजों को अगर हम नयी पीढ़ी को नहीं दे पाये, तो यह हम सबकी गलती है। शायद नयी पीढ़ी के वैल्यूज भी बहुत बदल गये हैं।

'टाइम्स ऑफ इंडिया' प्रेस्टिजियस संस्थान था। बड़ी प्रशासनिक नौकरियाँ छोड़कर लोग पत्रकार बनने इस समूह में आते थे। उसी संस्थान से एमजे अकबर, विक्रम राव जैसे लोग निकले। ब्रिलिएंट पत्रकारों को उस संस्थान ने तैयार किया। पर, पैसे की मारामारी नहीं थी। मेरी तनख्वाह आज जैसी होगी, तब जीवन में कभी नहीं सोचा था। पर, शायद वह सात्त्विकता, जिज्ञासा अंदर नहीं रह गयी। वहाँ बहुत कम तनख्वाह थी। पर, ऐसे लोगों का साहचर्य था। आज ऐसे लोगों को अनुपयोगी माना जाता है। समाज इस राह पर चलनेवालों को पागल कहता है। यह पैसे का प्रभाव है। भौतिकता का असर। क्या किया गणेश मंत्री ने? कौन जानता है? क्या किया नारायण दत्त ने? क्या किया एचवाई शारदा प्रसाद ने? यह किन युवा पत्रकारों को पता है। लेकिन किसी समाज को बनना है, रि-इनवेंट करना है, आगे जाना है, तो बिना ऐसे मूल्यों के समाज ऊपर नहीं उठ सकता। मेरे जीवन में आये ऐसे लोगों (भारती जी, नारायण दत्त जी, मंत्री जी वगैरह) श्रेष्ठ मूल्यों के प्रतिमान थे। कोई समाज मूल्यों के अभानव में पतन की ओर ही जाएगा, यह मेरा निजी कनविक्शन है।

● ***जो संस्मरण आप सुना रहे हैं, बाद में वैसे मूल्य, आदर्श पत्रकारिता में क्यों नहीं बच सके?***

● जिस तरफ बढ़ रहे हैं, उसमें 'जंगल राज' ही भविष्य है। जिसके पास ताकत होगी, वह सर्वाइव करेगा। हम उस दौर में जा रहे हैं, जहाँ 'माइट इज राइट' होगा। यानी जिसकी लाठी, उसकी भैंस। आज पत्रकारिता में अनैतिक रूप से लोगों ने बहुत पैसे इकट्ठे कर लिये हैं। संपदा बना ली है। लॉबिंग करते हैं। बिचौलिये की भूमिका में हैं। अरबपति होकर अखबारों और चैनलों के मालिक हो गये हैं, ऐसे अनगिनत नाम हैं। नाम महत्त्वपूर्ण नहीं, यह संस्कृति ही मुख्यधारा बनने की ओर है। यह सब योग्यता के आधार पर नहीं हो रहा। गणेश मंत्री जी,

नारायण दत्त जी या धर्मवीर भारती की क्वालिटी, कैरेक्टर, कमिटमेंट, शुचिता, तेजस्विता और प्रखरता के पासंग में जो नहीं टिकते, परिस्थितियों और बाजार की इकोनॉमी ने ऐसे लोगों को शिखर तक पहुँचा दिया है; यानी जिस रास्ते पर आज ऐसे लोग आगे बढ़े हैं, वे रास्ते, तौर-तरीके ही लोगों को प्रेरक लगेंगे। वीभत्स रूप देखने को मिलेगा। जिसके पास पैसा होगा, साधन होगा, वही सर्वाइव करेगा। वही महान होगा। वही पवित्र और बेहतर भी माना जाएगा। सफल कहलायेगा। ऐसे ही दौर में हम प्रवेश कर रहे हैं। पर, यह स्थायी नहीं होगा। क्योंकि जब पूरा का पूरा समाज 'माइट इज राइट' पर चलेगा, तब अंततः कितने लोग, कितनों को खत्म करेंगे! आज इसे रोकने की शुरुआत राजनीति ही कर सकती है। पत्रकारिता नहीं। आइडियोलॉजी और वैल्यूज आधारित राजनीति ने ही भारत को आजाद कराया। इसी रास्ते चलकर कई सौ साल बाद हमें आजादी मिली थी।

● ***रिपोर्टर के तौर पर आपके यादगार अनुभव?***

● चार दशकों के अनेक प्रसंग हैं। मार्मिक, आध्यात्मिक, ऐतिहासिक, स्तब्धकारी पलों से भरपूर यादें, मन पर पड़े अमिट छाप। बिहार के गाँवों में वे दृश्य, जहाँ नरसंहार के बाद घरों की आग नहीं बुझी थी, लाशें पड़ी थी, बचे लोगों की आँखों में दर्ज भय नहीं भूलता। एक फरार नक्सल नेता से हुई भेंट। नागभूषण पटनायक से मिलने उनके गाँव (गूनूपुर, उड़ीसा) जाना। एक रिपोर्ट की श्रृंखला की, जिन गाँवों में वर्षों पहले जातीय संहार हुए। उनकी वीरानगी। औरतों की हालत। वर्षों-दशकों से परती पड़े-सूने खेत। गाँव के गाँव पलायन के दृश्य। इसी तरह आदिवासियों-जंगलों के बीच जा कर सूखे पर लगातार रिपोर्ट श्रृंखला। 'धर्मयुग', 'रविवार' और 'प्रभात खबर', तीनों जगह मुख्य काम संपादन-प्रकाशन से जुड़े थे। पर, तीनों प्रकाशनों में गाँव, देश-विदेश जहाँ गया, लिखने की कोशिश की। रिपोर्ट्स लिखे।

बाबा आमटे के आश्रम में रहकर 1985 के आसपास मैंने रिपोर्ट की थी। 'आनंद वन के चार दिन'। 'रविवार' के लिए। कुष्ठ रोगियों के साथ रहकर उनपर कई रिपोर्टें लिखी। वे बेहद चर्चा में रहीं। हिंसक घटनाओं, नरसंहारों की रिपोर्ट घटनास्थल जा कर लिखा। उनकी जीवंत रिपोर्टिंग की। आंध्र, बिहार, उड़ीसा, उत्तर प्रदेश व झारखंड से आदिवासियों पर लगातार रिपोर्ट लिखी। चुनावों की रिपोर्टिंग के लिए देश के कई भागों में गया। 1980 की बात है। डॉ. भारती ने यूपी लोकसभा चुनाव कवरेज के लिए भेजा। पहली बार प्लेन पर चढ़ा। साथ ही शुरू से वैचारिक सवालों पर लिखता था। 'धर्मयुग' में एक लेख लिखा-'क्रांतियाँ हुईं, पर क्या हुआ?' यह 'धर्मयुग' की कवर स्टोरी बनी। इस

पर काफी प्रतिकियाएँ आयी थी। स्वामी अग्निवेश, प्रो. रामजी सिंह जैसे लोगों ने सोचा कि किसी बुजुर्ग ने लिखा है। जब ये पहली बार मुझसे मिले, तो इन्हें हमें देखकर आश्चर्य हुआ। नया युवा था। नेपाल जाकर 1980 में हमने रिपोर्टिंग की थी। दो किश्तों में 'धर्मयुग' में छपी। वह काफी चर्चा में थी।

जेपी का अंतिम इंटरव्यू 'धर्मयुग' के लिए किया। असम छात्र आन्दोलन के कवरेज के लिए 1981 में असम घूमा। 'धर्मयुग' की कवर स्टोरी बनी। मिर्जापुर के आदिवासियों के बीच जाकर 'रविवार' के लिए रिपोर्टिंग की। प्रधानमंत्रियों-राष्ट्रपति के साथ विदेशों से रिपोर्टिंग की। लंबा दौर रहा। लंबी स्मृति है।

● ***'प्रभात खबर' में कैसे आना हुआ?***

● 'प्रभात खबर' में आने की कहानी दिलचस्प है। बात करीब 1984 की है। उसी साल 'प्रभात खबर' की शुरुआत हुई थी। इसे शुरू किया था, ज्ञानरंजन ने। उनके साथ एक पत्रकार एस.एन. विनोद जी भी थे। ज्ञानरंजन, रांची के और छोटानागपुर के बड़े नेता थे। कांग्रेसी थे। विधायक थे, फिर सांसद (राज्यसभा) बने। उनका श्रीमती इंदिरा गाँधी से सीधा और निकटवर्ती संबंध था। संजय गाँधी के भी निकट रहे थे। कई ट्रेड यूनियनों से भी जुड़े हुए थे। उनके पिता मशहूर स्वतंत्रता सेनानी थे। समाज में उनकी प्रतिष्ठा थी। ज्ञानरंजन का उद्देश्य था कि छोटानागपुर से एक अखबार निकले, जो झारखंड आन्दोलन को स्वर दे। यहाँ की बात दूर तक जाये। तब 'रांची एक्सप्रेस' का दबदबा था।

1984 में 'प्रभात खबर' की शुरुआत हुई। उस वक्त मेरे पुराने मित्र विजय भास्कर ने इसे ज्वाइन किया। विजय भास्कर हमारे साथ टाइम्स समूह में ट्रेनी जर्नलिस्ट थे। फिर 'नवभारत टाइम्स' में रहे। हम 'धर्मयुग' में थे। मुंबई में हम साथ रहते थे। फिर बैंक में चला गया। इसके बाद 'रविवार' पत्रिका से जुड़ गया। 'रविवार' पत्रिका से जुड़ने के बाद, अक्सर छोटानागपुर इलाके में रिपोर्टिंग के लिए आता था। 'धर्मयुग' से लेकर 'रविवार' में काम करने के दिनों में ही झारखंड में बलबीर दत्त जी, राम दयाल मुंडा जी, बीपी केशरी जी आदि से परिचय हो गया था। जब बैंक (पटना) में कार्यरत था, तब एक बार आफिस के काम से रांची आना हुआ। विजय जी को फोन किया। उन्होंने कहा कि 'प्रभात खबर' का दफ्तर रांची के कोकर में है। एक बार आप यहाँ देखने आइए। हाँ, अगर आइएगा, तो शाम पाँच बजे से पहले ही आ जाना होगा। शाम पाँच बजे के बाद साधन नहीं मिलेगा। यह इलाका ठीक नहीं है। रांची शहर के लालपुर चौक तक आटो मिला। वहाँ से शाम बजे के बाद कोई सवारी कोकर के लिए

नहीं मिलता था। सुनसान इलाका। निर्जन रास्ते में अपराधी सब कुछ ले लेते थे। इस कारण पाँच बजे शाम से पहले वहाँ पहुँचा। कैंपस में गया। 'प्रभात खबर' की तैयारी चल रही थी। तब, सोचा भी नहीं था कि कभी इसी अखबार में आकर काम करना पड़ेगा। जीवन का सबसे लंबा समय इसी परिसर में देना पड़ेगा।

खैर! 'प्रभात खबर' का दफ्तर देखा। वापस लौट गया। कलकत्ता में अपना काम करने लगा। ज्ञानरंजन ट्रेड यूनियन में बड़े नेता थे, तो अक्सर उनका कलकत्ता आना-जाना हुआ करता था। 'रविवार' के संपादक उदयन शर्मा जी से उनका पुराना परिचय था। 'प्रभात खबर' शुरू हुआ, तो दो-तीन सालों में ही आपसी विवाद और कुप्रबंधन आदि के कारण अखबार बुरी स्थिति में पहुँच गया। ज्ञानरंजन कलकत्ता गये। उन्होंने उदयन शर्मा को कहा कि आप हमारे अखबार के बारे में एक अध्ययन करवा दें कि यह चल पाएगा या नहीं? उदयन शर्मा ने हमें बुलाया। ज्ञानरंजन से परिचय कराया। ज्ञानरंजन से यह मेरी पहली मुलाकात थी। उदयन शर्मा ने मेरा परिचय कराते हुए कहा, यह हरिवंश हैं। छोटानागपुर जाते रहते हैं। उस इलाके की समझ भी है इनकी। यह वहाँ जाकर एक रिपोर्ट बना देंगे। कुछ दिनों बाद जादूगौड़ा यूरेनियम खनन पर रिपोर्टिंग करने गया। वहीं से रांची चला गया। रांची में तीन-चार दिनों तक रूका। अखबार के दफ्तर में जाना नहीं हुआ। बाहर ही अखबार के कुछ टॉप लोगों से मिलकर, बातचीत कर, सभी विषयों को समझकर एक रिपोर्ट बनायी। तब, समझ में आया कि इस संस्थान में अराजकता, यूनियनबाजी और अनियमितता भारी पैमाने पर है। गुटबाजी है। पत्रकारिता न जाननेवाले लोग भी पत्रकार बनाकर रखे गये हैं। निष्कर्ष था कि मौजूदा हालात में इसका चलना मुश्किल है। विस्तृत रिपोर्ट उदयन शर्मा को सौंप दी। यह रिपोर्ट देने के बाद अपने काम में लग गया। कुछ दिनों बाद ज्ञानरंजन जी, फिर उदयन जी के पास पहुँचे। उदयन जी ने उन्हें रिपोर्ट दी। अगले दिन फिर अखबार के दफ्तर आये, ज्ञानरंजन। वह रात में रिपोर्ट पढ़ चुके थे। उदयन जी ने अपने केबिन में मुझे बुलाया। ज्ञानरंजन पास ही बैठे थे। उन्होंने मेरी ओर इशारा करते हुए कहा कि जब यह सब देख आये हैं, बीमारी समझ चुके हैं, तो इन्हें ही कुछ दिनों के लिए हमारे संस्थान में भेज दीजिए। फिर ये वापस आ जाएँगे। उदयन शर्मा ने मुझसे कहा कि कुछ दिनों के लिए चले जाओ। तब, तक मन में किसी अखबार में काम करने की इच्छा जग चुकी थी। पर, वहाँ जाने से तत्काल हमने वहीं मना कर दिया। कहा, किसी राजनेता के अखबार में काम करना नहीं चाहूँगा। इस अखबार में बड़ी चुनौती है। फिर कुछ दिनों बाद

वह आये। उनके राजनीतिक करियर के लिए यह संस्थान बाधक बन गया था। उदयन जी के सामने दूसरी बार ज्ञानरंजन जी ने वही प्रस्ताव दुहराया। छूटकारा पाने के लिए हमारा जवाब था कि यह अखबार कोई पेशेवर घराना या बिजनेस समूह के हाथ होता, तो चला जाता। बात आयी-गयी हो गयी। कुछ दिनों के बाद 'प्रभात खबर' की स्थिति और गड़बड़ाई। ज्ञानरंजन ने रांची में ही कार्यरत एक बिजनेस समूह को अखबार देने का फैसला कर लिया। बाद में पता चला कि उस बिजनेस समूह से उनका नजदीकी रिश्ता था। उस बिजनेस समूह का कोर बिजनेस रोप वायर का था। ज्ञानरंजन से निजी संबंधों की वजह से वह घराना, 'प्रभात खबर' टेकओवर के लिए तैयार हुआ।

फिर ज्ञानरंजन आये, कोलकाता। उदयन जी के सामने कहा, इनकी रिपोर्ट के अनुसार सब कर दिया। कहने के अनुसार एक बिजनेस समूह को भी दे दिया। अब इन्हें वही भेजिए। हमारे लिए नैतिक द्वंद्व हो गया। इच्छा थी कि साप्ताहिक का अनुभव रहा है, दैनिक का अनुभव हो। पर, इस संस्थान की बदहाल स्थिति साफ देख व बता चुका था। ज्ञानरंजन को मेरी साफगोई व संस्थान की चुनौती बताना जंच गया था। वह किसी कीमत पर चाहते थे कि उनके द्वारा शुरू किया गया संस्थान चले। लगभग में मुफ्त में यह संस्थान उन्होंने इस उद्योग समूह को दे दिया। ऐसा उन्होंने वहाँ कहा। कारण उनसे यह चल नहीं रहा था। अखबार उद्योग घाटे का सौदा था, इसलिए इसे चलाने के लिए कोई तैयार नहीं हो रहा था। मुफ्त में भी संस्थान लेने से निवेशक भागते थे। वह बिजनेस घराना भी, निजी संबंध के कारण अनमने ढंग से यह काम सँभाला। कुछ ही दिनों बाद गलती का एहसास हुआ। लगा कि वह उद्योग समूह लगभग मशीनों-इंफ्रास्ट्रक्चर में कबाड़ बन चुके संस्थान में नया निवेश करेगा या नहीं, यह यहाँ आने के पहले पता कर लेना था। पूछ लेना था। पर, देर हो चुकी थी। कह सकता हूँ नियति यहाँ लायी।

● ***आप 'रविवार' जैसी पत्रिका में कार्यरत थे। जिस अखबार को अपनी ही रिपोर्ट में आखिरी मुहाने पर आंका, उसी अखबार में काम करने के लिए क्यों तैयार हो गये?***

● बैंक की तुलना में पत्रकारिता जोखिम भरा पेशा है, यह जानते हुए दोबारा लौटा था। इस तरह से कहें, तो 'रविवार' जैसी पत्रिका में भी रिस्क लेकर ही गया था। सेफ जोन में रहने की चुनौती से मानसिक तौर पर निकल चुका था। बैंक की नौकरी छोड़, रिजर्व बैंक में नौकरी का अवसर छोड़कर दुबारा पत्रकारिता में आया था। इसलिए, इस चिंता से लगभग मुक्त था कि आगे क्या

होगा? दूसरी बात थी कि मुंबई और कोलकाता जैसे शहरों में काम करते लगा कि क्या महानगरीय पत्रकारिता के लिए ही इस पेशे में आया था। पहले बताया हूँ कि बीएचयू में रहते हुए, जेपी आन्दोलन के दौरान पत्रकारिता से जुड़ने का मन बना था। इस पेशे को चुनने के पीछे एक मकसद था। क्या इसके जरिये समाज में कोई भूमिका हो सकती है? क्या पत्रकारिता के माध्यम से सामाजिक बदलाव में भूमिका संभव है? मन में यह भाव उठा कि क्या किसी पिछड़े इलाके में जाकर पत्रकारिता नहीं करनी चाहिए? एक बेचैनी रहती थी कि बैंक की नौकरी छोड़कर पत्रकारिता में फिर आया, तो नया क्या कर रहा हूँ ? उसी समय राजीव गाँधी, वीपी सिंह, बोफोर्स आदि का प्रकरण देश भर में छाया हुआ था। उस मसले पर 'रविवार' ने जो स्टैंड लिया था, उससे डिफर करता था। अपनी राय से संपादक उदयन जी को अवगत भी करा दिया। पर, मेरी मान्यता है कि अखबार या पत्रिका हमेशा संपादक के अनुसार चलना चाहिए। किसी और सहयोगी का काम अपना सुझाव देना होता है। ऐसे समय में फिर रांची में 'प्रभात खबर' में काम करने का प्रस्ताव आया। पत्रकारिता में रिपोर्टिंग करने के क्रम में छोटानागपुर के इलाके को और फिर बाद में बैंक की नौकरी करते हुए भी करीब से देखा था। 'रविवार' में काम करने के दौरान, तो यहाँ बार-बार आता ही था। बैंक की नौकरी में था, तो बैंक ऑफ इंडिया के ट्रेनिंग सेंटर में क्लास लेने के लिए भी रांची आता था। एक्सआइएसएस संस्थान में बैंक ऑफ इंडिया के अधिकारियों व कर्मियों का प्रशिक्षण होता था। उसमें ट्रेनर के रूप में रहता था। बैंक में मेरी नौकरी राजभाषा अधिकारी के रूप में जरूर हुई थी, पर बैंक ने हमेशा मुझे मुख्य बैंकिंग काम में लगाकर रखा। उसका लाभ हुआ कि बिहार व छोटानागपुर के ग्रामीण इलाके (1982-83) और आम जनों की परेशानियों को करीब से देखने का मौका मिला। झारखंड आने पर आदिवासियों को करीब से देखना, जंगल आदि देखना हमेशा अच्छा लगता था। साथ ही यहाँ के लोगों की उपेक्षा, अपेक्षा सबको करीब से देखा था। शुरू में 'प्रभात खबर' प्रस्ताव को टाल दिया था। पुनः बदली मनः स्थिति और माहौल में जब एक बार फिर प्रस्ताव आया कि अब 'प्रभात खबर' संस्थान एक कारोबारी घराने के पास चला गया है, आप जुड़ें, तो हामी भर दी। हामी तो भर दी थी, पर तब तक अखबार के दफ्तर को भी एक बार नहीं देखा था। जीवन के ऐसे फैसले भी भावना में ही लेना था। शुरू से भावनात्मक स्वभाव का ही जीवन मिला। बहुत दुनियादारी नहीं जानता था। भविष्य, आर्थिक चुनौतियों के प्रश्न, तब हमारी पीढ़ी, आज की पीढ़ी की तरह सजगता से नहीं सोचती थी। इस मानस के तहत बिना दफ्तर देखे,

भावी प्रबंधन के बारे में कुछ भी जाने वगैरह जाने की सहमती दी। इस तरह अपने कुछ साथियों के साथ कोलकाता से रांची गया।

● ***कभी मुंबई, फिर मुंबई की नौकरी छोड़ बैंक में हैदराबाद। फिर पटना। फिर बैंक की नौकरी छोड़ पुनः पत्रकारिता में कोलकाता। फिर से छोटी जगह, छोटे अखबार में जाने का फैसला। क्या घर-परिवार के लोग परेशान नहीं हुए?***

● घर पर पिताजी को इस संबंध में सूचना नहीं दी। वे नाराज होते। उन्हें यह फैसला सही नहीं लगता। बाद में उन्होंने जाना, तो नाराज भी हुए। जब यह मालूम चला कि रिजर्व बैंक की नौकरी का प्रस्ताव भी छोड़ चुका हूँ, तो और नाराज हुए। पर, अपने हर फैसले पर अपनी पत्नी से जरूर पूछा। पत्नी मुझसे ज्यादा पढ़ी-लिखी हैं। जब बैंक की नौकरी छोड़ रहा था, पूछा। उन्होंने कहा कि आपको जो अच्छा लगता है, वह करें। बैंक की नौकरी छोड़कर 'रविवार' के बाद रांची आने का फैसला किया, तो भी उनसे पूछा। उन्होंने कहा कि जो अच्छा लगता है, वह कीजिए। हालाँकि उस समय मेरे दोनों बच्चे, दस साल से छोटे ही थे। मुश्किलें थीं, पर उनकी सहमति से परिवार को पटना में छोड़कर रांची आ गया।

● ***रांची काम करने आये तो आरंभिक अनुभव या प्रतिक्रिया क्या रही?***

● कोलकाता में रहते हुए 'प्रभात खबर' पर जो रिपोर्ट तैयारी की, वह अनेक लोगों से बातचीत कर के तैयार की। इसमें 'प्रभात खबर' को जानने वाले लोग थे। अखबार के जानकार थे। भावी राजनीति व चुनौती को लेकर शुरूआती रिपोर्ट थी। उन्हीं दिनों एक बार चुपचाप रांची आया। कोलकाता 'रविवार' के अनुभवी मित्र भी साथ थे। संजीव क्षितिज। उन्हें 'प्रभात खबर' दफ्तर भेजा। उनके साथ प्रबंधन के एक सज्जन थे। संजीव को 'प्रभात खबर' कोई पहचानता नहीं था। शाम को लौटकर जो स्थिति बतायी, उससे लगा कि कहाँ और क्यों आ फँसा? 'प्रभात खबर' दफ्तर से आने के बाद संजीव हताश व निराश थे कि यह फैसला सही नहीं है। इसके एक पखवाड़े बाद जब ज्वाइन किया, उस दिन पहली बार दफ्तर गया। जाकर देखा, तो अवाक् रहा। अराजक स्थिति थी। पाया कि संस्थान के पास पूँजी का अभाव है। नये प्रॉपराइटर कोई बड़ा निवेश नहीं करना चाहते। जो साधन, संसाधन हैं, उनका उपयोग करना संभव नहीं। छपाई के लिए पुरानी 'बंधु मशीन' थी। प्रायः रोज ही खराब रहती, यह पता चला।

कागज का अभाव अलग। स्टाफ के बैठने की प्रर्याप्त व समुचित जगह नहीं। समय पर अखबार नहीं छपता था। बात-बेबात यूनियनबाजी अलग थी। ज्ञानरंजन जी से अखबार टेकओवर करनेवाली कंपनी का कोर बिजनेस अलग था। उन्होंने ज्ञानरंजन से निजी संबंधों या रिश्ते का निर्वहन करते हुए इसे लिया था। पर, आगे चलाने या बढ़ाने में उनकी कोई खास रूचि नहीं थी। हाँ, इस बात के लिए तैयार थे कि वेतन आदि के जो खर्च हैं, फिलहाल जो घाटा है, उसकी भरपाई अभी करेंगे। यह भी पता चला कि ज्ञानरंजन जी का यह संस्थान, जब से मुसीबत में था, पहले से मदद करनेवालों में यह घराना भी था।

टेकओवर के पहले पुराने प्रबंधन ने किसी सुझाव पर 'प्रभात खबर' का अंग्रेजी अखबार भी शुरू कर दिया था। इसे संचालित करने के लिए कुछ पार्ट टाइम प्राध्यापक रखे गये थे। पहले दिन ही लगा कि क्या एकाध-दो माह भी यह संस्थान चल पायेगा?

● ***उस समय तो दूसरी चुनौतियाँ भी थीं। कई बड़े अखबार बंद हो रहे थे। कारपोरेट घरानों के अखबार जैसे 'संडे मेल', 'संडे आबजर्वर', 'नवभारत टाइम्स' के संस्करण, 'पाटलीपुत्र टाइम्स' जैसे अनेक अखबार बंदी की राह पर थे।***

● हाँ, वह बड़ी चुनौती अलग थी। डालमिया समूह का 'संडे मेल', अंबानी समूह का 'संडे आबजर्वर', जेवीजी ग्रुप का 'कुबेर टाइम्स', एक-एक कर सब बंद हो चुके थे। 'नवभारत टाइम्स' का पटना संस्करण बंद हो गया था। बाद में लखनऊ-जयपुर भी नहीं चले। पटना में दरभंगा महाराज का पुराना स्थापित, सबसे अधिक बिकनेवाला अखबार-'आर्यावर्त' और 'इंडियन नेशन' बंदी की राह पर था। बिहार के प्रसिद्ध कांग्रेसी नेता जगन्नाथ मिश्र, 'पाटलीपुत्र टाइम्स' नहीं चला पा रहे थे। थापर समूह ने 100 करोड़ लगाकर बड़ी तैयारी से 'पायनियर' की शुरुआत की थी। कुछ ही दिनों में विवश होकर एक रुपये में संपादक चंदन मित्रा को सौंप दिया था। तब, 'प्रभात खबर' में भी इसी हश्र की संभावना थी। ज्ञानरंजन 'प्रभात खबर' चलाने में असमर्थ हो गये थे। तब उन्होंने उक्त घराने को हमारे नाम पर दे दिया। एक डेढ़ वर्ष बाद ही 'पायनियर' जैसे हालात हुए। आर्थिक संकट आया। प्रबंधन इससे मुक्त होना चाहता था। कोई विकल्प नहीं मिला। वह बंद कर नहीं सकते थे। यूनियनबाजी के डर से। अखबार बंद की घोषणा होने पर यूनियन से लेकर राजनीतिक दल के नेता धरना, प्रदर्शन करते। इसलिए उस समय यही रास्ता था कि किसी को सौंपकर तत्कालीन नया प्रबंधन अपनी साख बचाता। अपने दायित्वों से मुक्त हो जाता।

इस दिशा में हम एक बार भी सोचते, तो हालात के अनुसार 'प्रभात खबर' हम पत्रकारों के पास होता। जिस उद्योग परिवार या नये प्रबंधन ने 'प्रभात खबर' का टेकओवर किया, उनके परिवार में व कंपनी में शुरू से ही यह धारणा बनी रही कि यह उनका मूल बिजनेस नहीं है, इसलिए इसमें कोई अतिरिक्त इनवेस्टमेंट ठीक नहीं। यह घाटे का सौदा है। इस तरह से उस समूह में हम लोग बहुत भेदभाव के शिकार थे। कमाऊ घर में, जैसा डूबाने वाले के साथ व्यवहार-बरताव होता है, वह इस संस्थान का रोज का अनुभव था। एक तरीके से रिश्ता निभाते हुए टेकओवर कर लेने के बाद भी नया प्रबंधन उससे मुक्ति ही चाहता था। पर, हम गाँव के लोग थे। पराये धन की ओर लालच की निगाह से एक बार देखना भी पाप समझते थे। गाँवों में बचपन से यही समझाया गया था। यह जो बंद हो जाने का माहौल चहुँओर एक के बाद एक कर बन रहा था, उसी चुनौती को हमने अवसर के रूप में माना। हाँ उस समूह के उन दिनों जो चेयरमैन थे, वे लगातार विपरित परिस्थितियों में भी उत्साहित करते। उनसे हम सब ने बहुत कुछ सीखा।

● ***इस हालात में काम कहाँ से शुरू हुआ?***

● स्व-इच्छा (सेल्फ च्वाइस) से आया था 'प्रभात खबर' में। कोई दबाव नहीं था। खुद का निर्णय था। आ गया था, तो काम शुरू करना ही था। खुद को आँकने का एक अवसर भी था। बचपन से गाँव में हर साल देखता। बाढ़ तबाही ले कर आती। घर-खेती बरबाद हो जाते। पर, गाँव में पाया कि कैसे घर के लोग, पिता, चाचा, गँवई नये उत्साह-ऊर्जा से हर साल नयी शुरूआत करते। इस मानस ने 'प्रभात खबर' में टिके रहने और हर विपरित परिस्थिति में अग्रिम मोरचे पर रहने का मानस बनाया। पत्रकारिता (रविवार) के दिनों में बाबा आमटे के आश्रम में रहा था। रिपोर्टिंग की। वह रिपोर्टिंग जीवन के पसंदीदा कामों की सूची में है। बाबा आमटे ने छह कुष्ठ रोगियों और एक लंगड़ी गाय के साथ चंद्रपुर के जंगल में 'आनंद वन' बसाने का काम शुरू किया था। वह देश-दुनिया में कुष्ठ रोगियों का एक मॉडल बना। उनके संकल्प से। बताया कि बचपन गाँव में गुजरा था। वहाँ देखा था कि हर साल आनेवाली चुनौतियों से घबराकर, हाथ पर हाथ धरकर बैठते नहीं, बल्कि हर बार एक नयी शुरुआत करते हैं। विनाश की नींव पर सृजन के पसीने। यह सब करीब से देखा था। इन सबसे सीखा था। इस गँवई मानस से इन चुनौतियों से भागा नहीं। पलायन नहीं किया। काम शुरू किया। नये प्रॉपराइटर को कहा कि आप अपने यहाँ से प्रबंधकीय सपोर्ट करें। फाइनेंस, मैनेजमेंट, पर्सनल आदि की चीजों में आप सबों की एक्सपर्टीज है, उसके लिए आप उचित लोग समय-समय पर जाँच के लिए यहाँ भेजे। फाइनेंस जैसे मसले

को खुद देखें। यह सपोर्ट मिला। सबसे पहले शुरुआत हुई, मशीन को दुरूस्त करने की, ताकि उसी पुराने मशीन से ठीक से छपाई हो सके। फिर पुराने कंप्यूटर वगैरह को ठीक कराया गया, ताकि कंपोजिंग आदि का काम ठीक से हो सके। अखबार में छपाई-कंपोजिंग बेसिक जरूरत होती है। स्थिति यह थी कि कई बार टाइपराइटर से हेडिंग लगाकर अखबार छपा। कल्पना कीजिए हालात। अखबार में 200 से अधिक लोग थे। अनेक राजनीतिक कार्यकर्ता थे। उन्हें भर्ती कर लिया गया था। ऐसे लोग काम नहीं जानते थे, तो अंदर ही राजनीति करते थे। यूनियनबाजी में उनका ज्यादा भरोसा था। यह नियम बनाया कि जो भी काम करते हैं, वे रोजाना अपने आने और जाने का समय रजिस्टर में लिखेंगे। हस्ताक्षर कर हाजिरी बनायेंगे। इस नियम का विरोध हुआ। कहा गया कि पत्रकार के स्वाभिमान के विरूद्ध है कि वह अटेंडेंस बनाये। पर, अनुशासन से कोई समझौता नहीं हुआ। अब, कई बार लौटकर सोचता हूँ, तो लगता है कि मन के संकल्प, युवा उत्साह से ही वह सब संभव हो सका। सभी चुनौतियों के बीच सबसे बड़ी चुनौती, यह कहूँगा कि एक पराजित या अंधकारमय भविष्य के मनोभाव के साथ काम करते, अपने साथियों में रोज-रोज उम्मीदों को भरना ही तब सबसे बड़ी चुनौती थी। स्वभाविक था, भविष्य को लेकर संस्थान में हर रोज (महीने की बात छोड़ दें) गॉसिप चलता था। इस अनिश्चितता के बीच अखबार की कमान सँभालना, रोज नयी परिकल्पना, उत्साह-ऊर्जा कायम रखना, बड़ा कठिन था। आज सोचता हूँ, तो लगता है कि यह सब प्रकृति या ईश्वर ने कराया। हम सब माध्यम भर थे।

- ***अखबार में आरंभ में किन विषयों पर काम हुआ?***

- मानसिक तौर पर खुद को तैयार किया। अखबार में नौकरी करनेवाले की बजाय इसे अपना अखबार माना। इसके ओनरशिप को ओन किया। वह भाव लाया। यह मानकर काम करना शुरू किया कि, अपना ही अखबार है। करीब ढाई दशक तक इसी भाव से अखबार से जुड़कर काम किया। अगर नौकरी के भाव के साथ काम करता, तो शायद यह सब संभव नहीं हो पाता। शुरुआत के डेढ़ दशक, तो अखबार का काम और अखबार का दफ्तर, यही मेरी दुनिया रही। शुरुआत में अंदरूनी हालात को बदलने के लिए किये जानेवाले प्रयास के साथ ही पहली प्राथमिकता रही, श्रेष्ठ लेखकों और स्तंभकारों को अखबार से जोड़ना। ले-आउट और डिजाइन बदलना। 'धर्मयुग' और 'रविवार' में काम करते हुए देश भर के साहित्यकारों, लेखकों, स्तंभकारों से जो संबंध बने थे, उनसे निजी आग्रह कर लिखवाना शुरू किया। लगभग बिना किसी मानदेय के। अखबार के पास

तब इन सभी चीजों पर खर्च करने के लिए पैसे नहीं थे। इस काम में हमारे साथ कोलकाता से आये पत्रकार-लेखक कृपाशंकर चौबे, (जो अभी मीडिया अध्येता और महात्मा गाँधी अंतरराष्ट्रीय हिन्दी विश्वविद्यालय, वर्धा में प्राध्यापक हैं) की सक्रिय भूमिका रही। इसी तरह ले-आउट और डिजाइन के लिए निजी स्तर पर जो पहले से संपर्क थे, उनसे सहयोग माँगा। यह काम भी मामूली शुल्क देकर। तब, हिन्दी के जो बड़े अखबार थे या अब भी, वे ले-आउट और डिजाइन तैयार करवाने के लिए दुनिया के प्रतिष्ठित कंपनियों की सेवा लेते हैं। इसी तरह अखबार से जुड़ा, तो लीगल मामले को देखने के लिए एक नौजवान को तैयार किया। वह वकालत पढ़ना चाहता था। उसे आगे बढ़ाया। वह सारे मामले को देखने लगा। देखता रहा। बड़े से बड़े मुकदमे और मामले भी। पर, इन मामलों में सलाह देने के लिए विजीत बसु से आग्रह किया। उन्होंने हमेशा सहयोग किया। विजीत बसु 'आनंद बाजार पत्रिका' के लीगल आफिसर थे। उदयन शर्मा जब 'रविवार' पत्रिका के संपादक थे, तब ना जाने कितने मुकदमे होते थे, 'रविवार' पर। कई मुख्यमंत्रियों के केस, बड़े नेताओं, अधिकारियों के केस। सभी मुकदमों को बसु जी ही देखते थे। जब 'रविवार' में काम करता था, मेरे जिम्मे लीगल मामलों को भी देखना था। उसी संबंध के आधार पर बसु जी से आग्रह कर 'प्रभात खबर' अखबार में जुड़ने के बाद उनकी सेवा लेता रहा। वह भी बिना शुल्क, मानदेय दिये।

फिर उन शुरुआती दिनों में ही व्याख्यानमाला की शुरुआत करवाई। अलग-अलग क्षेत्र के, अलग-अलग विचारों के विद्वानों को बुलाकर 'भारत किधर' विषय पर। बाद में इसका विस्तार 'बिहार किधर', 'झारखंड किधर' जैसे विषय के रूप में हुआ। मकसद था, व्याख्यान के माध्यम से स्थानीय लोगों से, जागरूक पाठकों से जीवंत संवाद। इसका सार्थक और गहरा असर हुआ पाठकों पर। बाद में इसका विस्तार सोशल आडिट रिपोर्ट, डेवलपमेंट रिपोर्ट आदि प्रकाशित करने के रूप में हुआ। निजी संबंधों के आधार पर देश के टॉप इकोनॉमिस्टों से सहयोग लेकर। मामूली शुल्क देकर। इसके माध्यम से यह अध्ययन होता कि आज जो हालात हैं, उसमें आपका इलाका, राज्य कहाँ है? आपकी तुलना में दूसरे राज्यों की क्या स्थिति है? देश की क्या स्थिति है? अगले दशक के बाद, वे कहाँ होंगे और आप तरक्की कर कहाँ तक पहुँच सकेंगे। यह सब रिपोर्ट के रूप में भी प्रकाशित करते। पर, यह सब मैंने अकेले नहीं किया। पूरी टीम ने किया। बेहतर टीम के बगैर मुश्किल दिनों में ऐसे प्रयोग, जो प्रयोग चालू फार्मूले पर ना हो और लोकप्रिय भी नहीं, करने का साहस नहीं जुटाया

जा सकता था। हालाँकि आरंभ से ही कुछ नकारात्मक लोग भी रहे। पर, उनको भी बहुत सम्मान के साथ रखा।

● ***तब मदर कंपनी से या नये प्रॉपराइटर या कहें कि प्रबंधन से क्या सहयोग मिला?***

● महत्त्वपूर्ण सहयोग इस अर्थ में रहा कि हमारे आग्रह को मानते हुए फाइनेंस, पर्सनल आदि के मामले को देखने के लिए कंपनी ने आदमी दिये। शुरू में प्रबंधन ने डीएस शर्मा जैसे अनुभवी व्यक्ति को निदेशक के रूप में भेजा। वह रोज शाम को 'प्रभात खबर' में आते थे। वह फाइनेंस से लेकर पर्सनल तक की चीजों को सही दिशा में लाने की कोशिश करते थे। हम और शर्मा जी एक ही जगह बैठते थे। उनके अनुभव का लाभ मिला। उनसे बहुत कुछ सीखने को मिला। इसी तरह समय-समय पर प्रबंधन के और लोग आकर अपनी एक्सपर्टीज की सेवा देते थे। हर माह सैलरी वगैरह का सपोर्ट प्रबंधन से होता था। पुराने प्रबंधन के समय के विज्ञापन-सर्कुलेशन के एक-एक हिसाब की वस्तुस्थिति पता करने के लिए दो आदमी पैरेंट कंपनी से हमने माँगे। एक-एक चीज पता कर चला कि कितनी पुरानी चीजें-पैसे डूबे हैं। कागज में चल रहे हैं। बैलेंसशीट की हकीकत पता चली। इसमें कुछ वर्ष लगे। पर, कंपनी की ओर से बार-बार यह कहा जाता था कि इस वेंचर को आगे-बढ़ाने फैलाने के पक्ष में नहीं है। इसके लिए कोई निवेश नहीं करेंगे। हाँ फिलहाल हर माह वेतन वगैरह का जो खर्च है, जब तक संभव है, मदद करेंगे। अंततः इस एक संस्करण को अपने ही पैर पर खड़ा होना पड़ेगा। सर्वाइव करने के लिए। लगभग दो वर्षों बाद आर्थिक चुनौती समूह में आयी। उन्होंने वेतन की यह मदद भी प्रति माह बंद कर दी। बात समझ में आ गयी कि यहाँ जो करना है, खुद ही करना होगा। कंपनी के तत्कालीन चेयरमैन से बात की। आग्रह किया कि आप या फिर आपके भाई, अखबार के संस्थान में आयें। उनके छोटे भाई डिप्टी चेयरमैन थे, कंपनी के। रांची में ग्रुप का बिजनेस देखते थे। कहा, आकर एक बार अखबार परिसर में सभी वरिष्ठ जनों को संबोधित करें। कंपनी की ओर से बंद होनेवाले सहयोग को स्पष्ट करें। चेयरमैन बहुत समझदार व्यक्ति थे। वह कोलकाता (कंपनी के कारपोरेट आफिस) में बैठते थे। उन्होंने इस प्रस्ताव को स्वीकार किया। रांची रहनेवाले अपने भाई (डिप्टी चेयरमैन) को भेजा। कंपनी के डिप्टी चेयरमैन आये। अखबार परिसर में आकर सभी वरिष्ठ जनों से कहा कि हम मूल रूप से औद्योगिक संगठन हैं। हमारे यहाँ से टेक्निकल, मैनेजरियल आदि जो सहयोग संभव होगा, हम देंगे। लेकिन हम वित्तीय सहयोग जारी रखने की स्थिति

में नहीं हैं। उनके शब्द थे, 'आइदर सिंक और स्विम ऑन योर ओन।' अर्थ था कि डूब जाइए या फिर तैरकर पार निकलिए, यह सब आप सबों पर ही निर्भर है।

यह स्थिति आ रही है, चेयरमैन ने पहले बता दिया था। कोई विकल्प न देख, अंतिम कोशिश करने के मानस के तहत तब मैंने कहा कि फिर आप यह भी तय कीजिए कि आज के बाद अखबार में खबरों को छापने को लेकर आपकी ओर से कोई हस्तक्षेप नहीं होगा। हाँ, हम अपनी ओर से आपको आश्वस्त करते हैं कि पत्रकारीय और संपादकीय मर्यादा, नियम, अनुशासन के अनुसार ही खबरें छापेंगे या अखबार निकालेंगे।

● ***इसके लिए वे तैयार हो गये?***

● उन्होंने कहा कि आप अपने तरीके से अखबार चलायें। बताया हूँ कि तत्कालीन चेयरमैन का इस अर्थ में बड़ा सहयोग रहा है। वे सभी बड़े समझदार लोग थे। हमारी मुसीबतें जानते-समझते थे। पर, उनकी सीमा थी। पर, वह चेयरमैन विजनरी व्यक्ति थे। हमारे लिए मुश्किल समय आया। पर, स्वतंत्रता भी मिली। पूँजी शून्यता के साथ आगे बढ़ना था, उसी अनुसार हमने तैयारी शुरू की। सबसे पहले एक-एक पैसे के अपव्यय पर रोक लगी। ट्रेन के दूसरे दर्जे या बस से हमलोगों ने यात्रा शुरू की, जो स्क्रैप बिकता था, उससे आरडी अकाउंट खुला। भविष्य के लिए हर माह दस-पाँच हजार जमा होने लगा। अखबार में कागज का जो कतरन निकलता था, उससे नोट पैड बनने लगा। बिजली से लेकर टेलीफोन तक पर नियंत्रण कि मिसयूज ना हो। इस तरह छोटी-छोटी बचत और अनुशासन से हम पाई-पाई जोड़ने लगे। यह भी गाँव में पिता से सीखा था। अभावों के जीवन के नुस्खे, संस्थान चलाने में अनुभव बने। एक बड़ी दिक्कत थी। एक बड़ी दिक्कत थी। अखबार स्टाफ का मानस। '60 या '70 के दशकों में सरकारी नीतियों से हिन्दी राज्यों में मानस बन गया कि सरकारी या निजी संस्थान, कितने भी घाटे में हो बंद नहीं किये जा सकते। सरकार या मालिक कहीं से घाटा पूरा करें, यह उनका काम है। हमारा मौलिक अधिकार है। हम इंप्लाई हैं, काम करें या नहीं, वेतन नियमित मिले। या फिर हड़ताल। अखबारों में यह मानस कुछ ज्यादा था। 'प्रभात खबर' में, तो यूनियनबाजी का जमावड़ा था।

● ***फिर आगे राह कैसे निकली?***

● हमने सबसे पहले अखबार को सही समय पर छापना और लोगों तक पहुँचाना शुरू किया। 400-500 प्रति छपती थी, उसे चार-पाँच हजार कॉपी तक पहुँचाने की कोशिश हुई। तथ्यात्मक खबरों को छापने लगे। आदिवासी और

स्थानीय मुद्दों को जगह देने लगे। झारखंड आन्दोलन से जुड़े लोग लिखने लगे। जिस समय 'प्रभात खबर' ज्वाइन किया, उसके कुछ महीने बाद ही अखबारों की कतरन से एक प्रेजेंटेशन बनाकर दिल्ली में एक आयोजन किया। उस आयोजन में दक्षिण बिहार के पिछड़ापन और उपेक्षा के विषय पर कई नेताओं को बुलाया। उन्हें वस्तुस्थिति से अवगत कराया। चंद्रशेखर जी, शिबू सोरेन, शत्रुघ्न सिन्हा, सुबोधकांत सहाय समेत अनेक नेता उसमें आये। अलग रास्ता अपनाने, अलग पहचान बनाने की यह आरंभिक शुरुआत थी। पर, साथ ही यह समझ में भी आ रहा था कि अखबार तभी बचेगा या चलने की स्थिति में आ सकेगा, जब हम इसके और संस्करणों की शुरुआत करें। प्रबंधन नये विस्तार के लिए बात करने के लिए तैयार नहीं था। हर माह मिलनेवाली आर्थिक सहायता बंद हुई, तो उसके साथ छूट मिली कि आप खुद इस अखबार को मालिक प्रमोटर की तरह सोंचे। अखबार ने हमें, प्रकाशक, मुद्रक, प्रधान संपादक के साथ सीइओ का दायित्व सौंप दिया। बड़े संस्थानों से आया था। वहाँ संपादकीय का कोई रिश्ता प्रकाशक, मुद्रक, प्रसार, विज्ञापन से नहीं होता था। प्रमोटर, मालिक के रूप में दायित्व सँभालने की अवधारणा, तो दूर की बात थी। कहूँ कि हम राजगोपालचारी के शब्दों में 'लाइसेंस, कोटा, परमिट' राज के मानस-दौर में पले-बढ़े लोग थे। संपादकीय खुद को सर्वश्रेष्ठ समझता था। जातिवादी मानस की तरह। संपादकीय खुद को द्विज, पवित्र, शब्द ही ब्रह्म है का उत्तराधिकारी मानता था। दूसरे विभागों को हेय दृष्टि-अहं भाव के साथ देखता था। इसलिए शुरू-शुरू सीइओ बनने या प्रमोटर के रूप में दायित्व सँभालने पर विरोध किया। परिस्थितियों ने हालात ही नहीं बदला, पुराने मानस को नये ढंग से सँवारने की जमीन भी तैयार की। कहते हैं, संकट, अवसर लेकर आता है। आर्थिक मदद बंद हुई, तो लगा संस्करण बढ़ाने की कोशिश निर्णय लेने के लिए खुद तय करने का यह अवसर है। वही हम और हमारी टीम ने किया। तब, रांची में 'रांची एक्सप्रेस' नंबर वन अखबार था। जमशेदपुर में 'उदितवाणी' था। धनबाद में 'आवाज'। इन तीनों जगहों से 'आज' अखबार का भी प्रकाशन होता था। ऐसे में हमने जमशेदपुर और धनबाद में अपने विस्तार की पहल की। दोनों जगहों पर दो लोगों ने रुचि दिखायी। तैयार हुए कि फ्रेंचाइजी के जरिये वे 'प्रभात खबर' निकालेंगे। उनसे साफ-साफ बात हुई कि आप पार्टनर रहेंगे लेकिन संपादकीय निर्णय और नेतृत्व हमारा होगा। तैयार हो गये।

अखबार निकलने लगा। पर, एक साल में ही लगा कि चीजें अपने अनुरूप नहीं चल रही। हम कहीं ना कहीं संपादकीय नीति से समझौता कर रहे हैं। एक

साल के अंदर ही हमने फ्रेंचाइजी लेनेवाले लोगों से साफ-साफ बात की। समझौता तोड़ दिया। अलग हो गये। कहीं कोई तनाव नहीं आया। एकदम स्पष्टता के साथ, सौहार्द्रपूर्ण माहौल में यह सब हुआ। तब, हमने 'प्रभात खबर' के मैनेजमेंट से कहा कि आप जमशेदपुर के अपने कारखाने में थोड़ी जगह उपलब्ध करवा दें। हम वहाँ से अपने संस्करण की शुरुआत करेंगे।

जमशेदपुर में कंपनी ने जगह दी। एक खुला मैदान मिला। वहाँ हमलोगों ने मोटे तिरपाल का छत तैयार करवाया। उसी के नीचे मशीन लगाई। मशीन रांची से गयी। उसी पुरानी मशीन को। इसी पर '84 में 'प्रभात खबर' शुरू हुआ। तब तक यह 'बंधु मशीन', इंडस्ट्री खारिज कर चुकी थी। ऊपर से यह हमेशा खराब रहती। रांची के लिए पटियाला से मशीन खरीदकर लाये। थर्ड हैंड पुरानी मशीन। हमारी नयी टीम के युवी साथी केके गोयनका-आरके दत्ता इन कामों में लगे थे। अखबार और हमारे लिए यह अभूतपूर्व समय था। एक मैदान में तिरपाल के नीचे मशीन लगाकर अखबार चालू करना। वहाँ शुरू में आफिस के लिए, जो जगह ली गयी, उसमें बाथरूम तक नहीं था। जमशेदपुर में अनुज सिन्हा पहले ही इस काम के लिए भेजे गये थे। शुरू में इन्हें लगा कि हमें हटाने के लिए यहाँ भेजा गया है। एक रांची संस्करण चल नहीं रहा है, नया कहाँ से निकलेगा? पर, जैसे युवा टीम को लीड कर रहे थे। अनुज उत्साही थे और समझदार भी। उन दिनों वह पंडितों से भी अपना और अखबार का भविष्य पूछते थे। पर, उस मुश्किल हालात में भी अनुज दिन-रात लगे रहते थे। ऐसे ही सफर बढ़ा। जमशेदपुर के बाद हम धनबाद गये। वह जो हर महीने स्क्रैप के पैसे से आरडी में पैसा जमा हो रहा था, उससे हमने वहाँ भी जमीन खरीदी। शहर के बिल्कुल बाहर। भुतहा कोठी एक कही जाती थी, उसके बगल में। अफसोस रहा कि पूरा प्लाट खरीद सकने की क्षमता नहीं थी, तो उस बियावान में, शहर से बाहर थोड़ी ही जमीन खरीद सके। हर यात्रा में वहाँ जाता, उसे डेवलप करवाने व अंततः वहाँ आफिस खड़ा करने के लिए। इस तरह जमशेदपुर-धनबाद में 'प्रभात खबर' ने अपनी जमीन ली। तब ये जगहें, शहर से दूर थीं। पर, आज मुख्य शहर का हिस्सा हैं। असुविधाओं में हर माह थोड़ी-बहुत बचत से यह सब हुआ। आज वे जमीनें कई करोड़ों की संपत्ति हैं। बहुमुल्य संपत्ति है।

आरंभिक मुश्किलें अलग किस्म की थीं। अनेक मोरचों पर रोज का संघर्ष। जब जमशेदपुर में संस्करण शुरू हुआ और रांची से कुछ लोगों को जमशेदपुर जाने को कहा गया, तो विरोध हुआ। यूनियन के लोग सामने आये। यह बात फैलायी गयी कि यह स्टाफ को निकालने की साजिश है।

- *फिर आगे?*

- ज्वाइन करते ही समझ में आ गया कि यहाँ 'मैनपावर' बहुत अधिक है। उन दिनों 'प्रभात खबर' के प्रमोटरों की एक बड़ी कंपनी थी, पररातू में बासल, बाद में वह बंद हुई। तत्कालीन चेयरमैन वहाँ एक 'मैनपावर अध्ययन' करनेवाली कंपनी से मैनपावर का सर्वे करा रहे थे। हमने उनसे अनुरोध किया कि यहाँ भी करा दें। वह तुरंत सहमत हो गये। ऐसे कामों में उनकी बहुत मदद रहती। रिपोर्ट मेरे पास थी, लगभग 240 लोग थे। एक संस्करण। बंदप्राय पेपर था, उस कंपनी ने बताया कि 70-75 से अधिक लोग यहाँ नहीं चाहिए। यह लगभग '91 की बात है। फिर हम सबने मीटिंग शुरू की। इस रिपोर्ट का सारांश बताया, कहा कि इस संस्थान व अखबार को बचाने के लिए ऐसा किया जा रहा है। किसी को निकालना हमारा उद्देश्य या मकसद नहीं। प्रयास भी नहीं करेंगे, तो इसका भविष्य नहीं है। प्रयास में एक उम्मीद है। पर, जैसा बताया लोग समझते थे एक बार नौकरी मिल गयी, तो वह हमारी जागीर है। शाश्वत मौलिक अधिकार है। पैसा लाना, वेतन देना, हर साल इंक्रीमेंट, बोनस, अन्य सुविधाएँ देना मालिक का परम और पुनित काम है। इसमें कोताही, व्यवधान असह्य है, चाहे अखबार बिके या नहीं। एक विज्ञापन मिले या नहीं। इस मानस को बैठकों में तोड़ना-प्रहार शुरू किया। सब तथ्य-सच बता कर पूछना शुरू किया, आप मालिक हैं या मेरी जगह हैं, तो रास्ता बताइए। चुप्पी छा जाती। इस तरह फिर पटना की योजना भी बनी। हमारे पास पैसे नहीं थे, पर हम थर्ड हैंड मशीन और जुगाड़ से विस्तार करने की योजना बनाये जा रहे थे। इस बीच एक अच्छी बात यह हुई कि हमलोगों ने 'रोजगार प्रभात खबर' की शुरुआत की। सरप्लस मैनपावर से नयी शुरूआत करने एवं आमद बढ़ाने में लगातार लगा था। इसी का परिणाम था, यह प्रकाशन तत्कालीन मुख्यमंत्री लालू प्रसाद यादव ने रांची आकर उसका लोकार्पण किया। 'साप्ताहिक रोजगार पत्रिका' चल निकली। लाखों में सर्कुलेशन हो गया। इससे थोड़ी आमदनी होने लगी। तब, तय हुआ कि अब बिहार भी जाएँगे। प्रारंभ में आरंभिक रिपोर्ट में निष्कर्ष निकला कि पटना में शुरुआत होगी। ध्यान देना होगा कि कुछेक वर्षों में बिहार यूनिट अपना खर्च खुद निकाले। जब तक वह सस्टेन नहीं कर जाता, झारखंड यूनिट से महीने के वेतन आदि के खर्च के लिए छह-सात लाख रुपये का सपोर्ट दिया जाएगा। पटना में हमने गेस्ट हाउस लिया। खुद वहाँ ज्यादा समय देने लगा। एक ही गेस्ट हाउस में मशीन मैन से लेकर हम सब साथ रहते। इसके बाद लगा कि झारखंड में और भी विस्तार हो। फिर देवघर संस्करण की शुरुआत हमने की। देवघर भी खुद

ही ज्यादा समय दिया। इसके पीछे मानस या रणनीति थी कि झारखंड में सबसे आगे निकल जाये। हमारे साथी-प्रबंधन, देवघर संस्करण के बिल्कुल खिलाफ थे। वे अपनी जगह सही थे। तथ्य, आँकड़े, संथाल परगना का पिछड़ापन (जहाँ एक भी विज्ञापन का तब स्कोप नहीं था), वहाँ से अखबार प्रकाशन योजना को असंभव मानते थे। पर मेरी सोच दूर की थी। झारखंड में हमारे संस्करण सबसे अधिक हों, पाठकों की संख्या, दूसरों से बहुत ज्यादा हो, तो हमें राष्ट्रीय स्तर पर विज्ञापन में अवश्य असर पड़ेगा। इसका कारण, झारखंड अलग राज्य बन गया है, तो देर-सबेर संथाल परगना का विकास अपरिहार्य है। तब इस अखबार समूह या देवघर संस्करण का महत्त्व लोगों की समझ में आयेगा। आज भी यह अखबार ताकतवर है। आर्थिक रूप से मजबूत, तो देवघर संस्करण की उपयोगिता समझी जा सकती है। अब तो सुनता हूँ, वह आमद का केंद्र भी है। शुरू के महीनों में देवघर में अकेले महीनों रहकर अखबार लांच करवाया। सर्किट हाउस में रहता था। शुरू में अखबार दफ्तर में स्वामी निरंजनानंद जी, स्वामी सत्संगी जी (मुंगेर योग स्कूल, रिखिया पीठ) को आमंत्रित किया। वे लोग कहीं बाहर जाते नहीं थे। पर दोनों अखबार दफ्तर में आये बड़े स्वामी जी, दुनिया में योग के असल प्रवर्त्तक, महान संत, मुंगेर योग स्कूल के संस्थापक सत्यानंद जी जीवित थे। उनका, इस आश्रम का स्नेह मिलना, जीवन का अविस्मरणीय अनुभव है। वह इसे अपना अखबार कहते। हम, जहाँ भी संस्करण शुरू करते, वहाँ पहले गेस्ट हाउस किराये पर लेते। ताकि होटल आदि का खर्च बचे। जो भी स्टाफ वहाँ सपोर्ट करने को आये, उनके रहने आदि पर अतिरिक्त खर्च न आये। देवघर शुरू करने में फिर से मशीन की समस्या सामने आयी। हम और 'प्रभात खबर' के वरिष्ठ साथी केके गोयनका 'ईनाडु' गये। वहाँ रामोजी राव से मिले। रामोजी राव से पहले मिल चुका था। वहाँ से उनके स्क्रैप से दो मशीन लेकर हमलोग आये। उनमें से एक से देवघर संस्करण की शुरुआत की।

● ***मालिकों से संबंध कैसे रहे?***

● मालिकों से हमारा ट्रेडिशनल संबंध नहीं रहा। आमतौर पर जैसा मालिकों और संपादक का संबंध होता है, वैसा नहीं रहा। उन्होंने हमेशा सहयोग किया। सम्मान दिया। शुरू में ही चेयरमैन या उनके छोटे भाई, हमेशा मार्गदर्शन करते। फाइनांसियल अनुशासन के बारे में बताते। पहली बार चेयरमैन से 'रेट्रोफिट इंजीनियरिंग' के बारे में जाना। पुरानी चीजों को, मशीनों को दुरूस्त कराकर उसे काम लायक, उपयोगी बनाकर काम लेना। उसी पैटर्न पर हमने पुरानी मशीनों से अखबार के कई संस्करण शुरू किये। जब प्रबंधन ने अपनी

नियति के कारण फाइनेंस बंद किया, पारदर्शी रास्ता हमने अपनाया। आ कर स्टाफ को बताया। फिर मेरी शर्त्त अनुसार संपादकीय नीति या पूरे अखबार का दायित्व हम पर रहा। इसके परिणाम भी मिले। जिस दौर में अंबानी, थापर, डालमिया वगैरह जैसे समृद्ध समूह के मीडिया हाउस बंद हो रहे थे, उस दौर में इस छोटे से अखबार ने उभार पाया। अपनी अलग पहचान बनाई।

● ***आपने बतौर संपादक अपनी भूमिका या कसौटी क्या तय की?***

● बगैर संपादक कुछ कसौटियाँ तय की। यह अपने अग्रजों से सीखा। जहाँ सफलता आई, वहाँ टीम को आगे किया। जहाँ मुश्किलें आई, खुद को फ्रंट पर रखा। कभी भी किसी तूफान में साथियों को आगे कर, पीछे नहीं रहा। शुरू से यही कार्यसंस्कृति रही हमारी। अखबार से जुड़ा, तो हॉकर यूनियन के आक्रामक माहौल से लेकर, आगे अनेक प्रकार के केस-मुकदमों और मामलों को फेस किया। अंदरूनी-बाहरी दोनों मोरचों पर। सबमें खुद को फ्रंट पर रखा। इसी तरह जब देवघर एडिशन निकालने की बारी आई, तो वह टफ था। वहाँ से कोई बड़ा अखबार नहीं था। एक प्रयोगात्मक निर्णय था। खुद जाकर वहाँ शुरू-शुरू लंबे समय तक रहता। एक-एक चीजों को तय करने की कोशिश करता। पटना में रहता या अन्य जगहों पर भी। पर, यह सब इनहाउस की बात है। साथ में अखबार के अन्य साथी रहते। पब्लिक डोमेन में इंट्रोवर्ट संपादक के तौर पर रहा। कारण, यह स्वाभाविक स्वभाव है। घर से दफ्तर और दफ्तर से घर। कभी प्रेस लिखवाकर गाड़ी पर नहीं रखा। कभी किसी मंत्री, अधिकारी, मुख्यमंत्री के यहाँ आवाजाही नहीं करता। कभी मौके पर आमंत्रण आया और लगा कि यह कर्टसी है, इसे निभाना चाहिए, तो गया। संपादक के रूप में काम करते हुए साथियों से संबंध को लेकर मुझे कलाम साहब की बात हमेशा याद रहती। कलाम साहब के गुरू थे, विक्रम साराभाई। मशहूर स्पेस साइंटिस्ट। वर्षों मेहनत के बाद जब सैटेलाइट लांचिंग में वह असफल हुए, तो उन्होंने उसका जिम्मा खुद लिया। टीम को विफलता का श्रेय नहीं दिया। फिर जब सफलता मिली, तो खुद पीछे हो गये। सफलता का श्रेय टीम को दे दिया। यह मानता हूँ कि नेतृत्वकर्ता को अपनी पीड़ा, अपनी चुनौती, अपना संकट टीम से सार्वजनिक तौर पर साझा करने से बचना चाहिए। टीम में अगर निराशा का भाव जगता है, तो फिर आगे का सफर मुश्किल होता है। बतौर संपादक, इसे भी एक मंत्र की तरह रखा। केके गोयनका जी जानते हैं कि जब हम प्रबंधन की मीटिंग में कोलकाता जाते थे, तो लौटते हुए हम दोनों रात-रात भर जगकर बातें करते सफर कर लौटते। आगे की चिंता रहती। यह भी लगता था कि चुनौतियों से पार पाने के लिए देश-दुनिया की

मीडिया में किस तरह के प्रयोग हो रहे हैं, उससे अपडेट रहा जाए। इस प्रसंग में इतिहास और वर्त्तमान इतिहास जाना जाए। इसी प्रयास में यूएसआइएस (अमेरिकी लाइब्रेरी), कोलकाता का सदस्य बना। वे प्रबंधन, विज्ञान, पत्रकारिता, राजनीति, दुनिया की अर्थव्यवस्था, मीडिया, टेक्नोलॉजी वगैरह कर दुनिया के श्रेष्ठ चिंतकों के लेख, जीराक्स करा कर भेजते, उन लेखों से बहुत कुछ सीखा, जाना। इसलिए मीडिया से संबंधित चीजों को, किताबों को खूब पढ़ता। वर्ल्ड एसोसिएशन ऑफ न्यूजपेपर से जुड़ा, तो उसकी मीटिंग में जाता था। वहाँ टेक्नोलॉजी, आइडिया, मार्केट सब पर विचार सुनता। सबमें भाग लेता। वहीं पर पहली बार प्रोजेक्ट सिंडिकेट के लोगों से मुलाकात और मित्रता हुई। पहली बार जॉन नाइकी की पुस्तक 'सॉफ्ट पावर' उनलोगों ने ही भेंट की। प्रोजेक्ट सिंडिकेट से अखबार का करार हुआ। निजी संबंधों के कारण बहुत रियायत दी, उन लोगों ने। दुनिया के टॉप लेखक, थिंकर, स्तंभकारों व नोबेल पुरस्कार विजेताओं के लेख एक क्षेत्रीय अखबार में छपना शुरू हुआ। देश में यह करनेवाला शायद पहला, दूसरा अखबार था। बाद में बड़े अंगरेजी अखबारों ने यह सेवा ली। सबका मकसद था, पाठकों को देश-दुनिया से अवगत कराना। पर, यह सब भी सुचारू रूप से लागू इसलिए होता गया, क्योंकि हमारी टीम बहुत अच्छी थी।

शुरू से यही मानता रहा कि हमारे पास सबसे बड़ी ताकत या पूँजी टीम है। केके गोयनका, आरके दत्ता, अनुज कुमार सिन्हा, विजय पाठक वगैरह जैसे अनेक साथी थे। पूरे समर्पण से काम करनेवाले। जान जोखिम में डाल कर। यह नौकरी करनेवाली टीम नहीं थी, चौबीसों घंटे, अखबार को जीनेवाली टीम थी। इस वजह से ही अखबार अपनी जगह बना पाया। यह असंभव काम हुआ। इसी तरह अकाउंट्स, सर्कुलेशन, मशीन वगैरह में भी लोग थे। सबका विभाग अलग था। पर, एक परिवार की तरह कलेक्टिव निर्णय होता था। कुछ मौके ऐसे आये, जब मैंने कुछ निर्णय लिया, पर साथियों के सुझाव पर उसे बदला भी। गलत मानकर। कैसे समर्पित साथी रहे? एक उदाहरण विजय बहादुर विज्ञापन में थे, प्राय: संपादकीय खूबियों-खामियों पर बहुत अच्छी सूचनाएँ वह लाते। इवेंट के सभी साथी थे। उनका फीडबैक मिलता। इस तरह सामूहिक प्रयास से एक संस्था बनी। अखबार की पहचान व साख भी।

हमारा लक्ष्य या ध्येय सिर्फ अखबार का प्रसार बढ़ाना नहीं रहा। उतनी ही प्राथमिकता पत्रकारिता के सरोकार, गंभीरता को लेकर रही। अखबार के प्रसार के साथ इसकी पूँजी में भी बढ़ोत्तरी हो, यह कोशिश भी रही। कुछ हद तक इसके सुखद परिणाम भी मिले। इसे 'पीपुल्स डेली' कहा गया। अखबार के

कैपिटल और एसेट में भी बढ़ोत्तरी हुई। अखबार की ही कमाई से रांची में सिटी आफिस, जमशेदपुर, धनबाद, देवघर, पटना में जमीन ली गयी, जहाँ संस्करणों की शुरुआत हुई। आज सब सैकड़ों करोड़ की संपत्ति है। शुरू में जिस अखबार का वैल्यूशन दो-तीन करोड़ रुपये होता था, छोड़ते समय, वह कई सौ करोड़ में था।

● ***क्या रिस्पांस मिल रहा था?***

● मोटे तौर पर तीन वर्षों के दौरान झारखंड में हमारी पहचान बन चुकी थी। खबरों में अनेक प्रयोग कर, तथ्यगत खबरों को पहली कसौटी बनाकर हमने अलग पहचान बना ली थी। अपने अखबार की, पत्रकारों की खबरों के छापने की आचार-संहिता सार्वजनिक बनाकर पाठकों की मीटिंग, उनकी शिकायतें सुनने का अभियान या नया प्रयोग 'प्रभात खबर' ने शुरू किया। ऐसे अनेक अभिनव प्रयोग किये गये। हॉकरों के बीच जाना। छपी खबरों पर पाठकों के या प्रभावित पक्ष को भी सुन और महत्त्व देकर। पर, बिहार में बड़े अखबार सामने थे। बिहार के बाजार के लिए बड़ी पूँजी की जरूरत थी। हमारे पास, तो धेला नहीं था। हम अपने बल पटना गये। 1994 के आसपास। अपनी उपस्थिति बनायी। कुछेक वर्ष चलते रहे। फिर झारखंड में 'दैनिक जागरण' और 'दैनिक भास्कर' आ गये। यह 2000 के बाद की बात है। 'हिन्दुस्तान' के झारखंड आने के काफी दिनों बाद। तब तक झारखंड में हम बहुत आगे चले गये थे। 'हिन्दुस्तान' द्वारा पूँजी की आक्रमता की हर रणनीति के बावजूद। उन दिनों दोबारा लगा कि बिहार में और फैलने या नये संस्करण जरूरत है। साथ ही पटना को मजबूत करना होगा।

हमने प्रबंधन से कहा कि बिहार में विस्तार के लिए पूँजी चाहिए। उन्होंने कहा कि पहले हम अखबार का आर्थिक मूल्यांकन करा लें। यह पता चले कि अखबार की हैसियत क्या है, तभी आगे की रणनीति बनायें। यही सुझाव था। इस तरह मैनेजमेंट ने एडलवाइस[1] कंपनी का चयन किया। वाणिज्यिक, व्यापारिक और वित्तीय दृष्टि से न्यूट्रल पब्लिशिंग हाउस ('प्रभात खबर' की पैरेंट कंपनी) का पहली बार किसी बड़ी प्रोफेशनल व मशहूर कंपनी से यह मूल्यांकन व आकलन हुआ। पता चला कि इसका वैल्यूएशन लगभग 100 करोड़ है। एडलवाइस के चयन के पीछे एक तर्क यह भी था कि इसके आकलन के आधार पर बैंक वगैरह से ऋण मिलने में सहूलियत होगी। जब एडलवाइस कंपनी ने 100 करोड़ का वैलुएशन बताया, तो मालिकान और प्रबंधन शायद चौकें।

---

1. एडलवाइस भारत में अग्रणी वित्तीय सेवा कंपनियों में से एक है। यह कारपोरेट घरानों, व्यक्तियों और परिवारों को धन प्रबंधन सेवाएँ प्रदान करती है।

इसके पहले उन्होंने दो, तीन बार बिकने का वैल्यूएशन करवाया था, तो कभी चार करोड़, कभी करीब आठ करोड़ तक वैल्यूएशन पहुँचा था। इस बार वैल्यूएशन 100 करोड़ पता चला, तो मालिकों ने तय किया कि अब इसे बेचेंगे। कहा गया कि हम विस्तार नहीं चाहते क्योंकि यह हमारा कोर बिजनेस नहीं है। टॉप प्रबंधन ने कहा कि मुझे वे कुछ शेयर दे देंगे। तत्काल प्रतिक्रिया थी कि सिर्फ मैं शेयर कैसे लूँगा? शीर्ष के दो साथी केके गोयनका और आरके दत्ता ने भी इसे आगे बढ़ाने में भूमिका निभायी है। प्रबंधन तुरंत सहमत हो गया कि उन्हें भी हिस्सा मिलेगा। यह प्रस्ताव या चर्चा ही हमारे लिए स्तब्ध करनेवाली थी। पर, इतना समझता था कि कारपोरेट जगत में कंपनी का जो मालिक है, वही निर्णायक है। हमारे पास (टीम) संस्था को जीरो से खड़ा कर देने का नैतिक बल था। बंद हो रहे या लगभग असंभव चुनौती को अपनी मेहनत, श्रम और समर्पण से दिन-रात, निजी जीवन भूल कर संस्थान को यहाँ तक पहुँचाने की सात्विक उपलब्धि टीम के पास थी। कंपनी के शेयर, तो थे नहीं। उन्हीं दिनों टाटा समूह में रतन टाटा-रूसी मोदी प्रकरण हम सब देख चुके थे। रूसी मोदी जी को रांची 'प्रभात खबर' मंच पर बोलने के लिए भी बुला चुका था। सच्चाई व तथ्य से हम वाकिफ थे कि कंपनी, तो मालिक की ही होती है। पर, यह निर्यण सुनकर मन बड़ा खिन्न हुआ था।

- ***फिर बिकने की बात रूक कैसे गयी?***

● 'प्रभात खबर' को खरीदने के लिए 'दैनिक जागरण', 'अमर उजाला' आदि सब आये। लगातार डीयूजिलेंस चलता रहा। महीनों क्रेता आते रहे, इस प्रक्रिया को अपनाते। उस मनः स्थिति का अंदाज आप नहीं कर सकते। पूरा जीवन झोंक कर, जिस लगभग असंभव कार्य को टीम ने किया, वह मुट्ठी की रेत की तरह हाथ से निकल रहा था। यह देखते-जानते रोज का अखबार भी हम निकालते। अंततः डेढ़-दो माह में एक संस्थान से बात तय हो गयी। 'प्रभात खबर' के बिकने की चर्चा, देश की मीडिया में स्वतः मुद्दा व चर्चा का विषय बन गया, अखबार बिकने के प्रसंग को लेकर 'बिजनेस स्टैंडर्ड' में आलेख प्रकाशित हुआ था। तीन-चार किश्तों में 'टेलीग्राफ' में छपा। तब 'टेलीग्राफ' के संपादक उत्तम सेनगुप्ता जी हुआ करते थे।

अखबार बिकने के प्रसंग के समय, हिन्दी के यशस्वी पत्रकार और संपादक, प्रभाष जोशी जी, राम बहादुर राय जी जैसे लोग लगातार संपर्क करते। पूछते। मार्गदर्शन करते। 'सिविल सोसाइटी' के जाने-माने पत्रकार उमेश आनंद जी साथ खड़े रहे। अखबार बिकने की बात हो चुकी थी। 'दैनिक जागरण' से,

मेरे पास फोन भी आ चुका था कि आगे मुझे ही अखबार का एमडी बनाकर, सारा जिम्मा देंगे। पर, अखबार में काम करनेवाले साथियों का सुझाव था कि ऐसा ना हो। साथियों की बात में चिंता के स्वर थे। घर पर पत्नी से भी सुझाव लिया। उन्होंने कहा कि साथ काम करनेवालों का हित पहले होना चाहिए, अपना बाद में। सबका कहना था कि बिकना नहीं चाहिए। बिकने का निर्णय अंतिम क्षणों में हमने बदला। एक दिन पहले। बदल गया। इस प्रसंग के बाद 'इंडिया टुडे' के सालाना 'महारथियों' वाले विशेष अंक में 'दैनिक जागरण' समूह के मालिक महेंद्र मोहन गुप्त जी का इंटरव्यू छपा। उन्होंने कहा था, 'प्रभात खबर' को नहीं खरीद पाना, उनका बड़ा रिग्रेट रहा।

कई वजहों से बिकने के एक दिन पहले हमने मना कर दिया। अगली सुबह उस डील पर मुहर लगनेवाली थी। प्रबंधन को लिखित सूचना दी कि मैं इस पक्ष में नहीं हूँ। मूलत: 'प्रभात खबर' में काम करनेवाले सभी लोगों का मुझसे सवाल था और चिंता थी कि यह अखबार अगर बिक गया, तो जो भी इसे लेगा, वह अपने मूल ब्रांड को आगे बढ़ायेगा, ना कि 'प्रभात खबर' को। फिर धीरे-धीरे यह बंद हो जाएगा। जो घराना इसे ले रहा था, झारखंड में एक साथ, एक ही दिन भारी तैयारी व खर्च से तीन संस्करण शुरू कर चुका था। वर्षों हर आक्रामण रणनीति के बावजूद वह 'प्रभात खबर' में काफी पीछे था। उसी से हमारी कंपनी का सौदा हुआ था। हमारे साथियों की आशंका थी कि कुछ ही वर्षों में विलय से वह घराना खरीद राशि अर्जित करेगा, फिर उसकी प्राथमिकता मूल ब्रांड होगा न कि 'प्रभात खबर'। दशकों घोर परिश्रम के बाद टीम ने इसे खड़ा किया था, निजी लाभ, तो हम को मिल रहा था, पर अन्य फिर उसी अनिश्चित भविष्य से घिर रहे थे। यह सही नहीं लगा। घर में पत्नी से चर्चा की, किसके साथी ऐसा सोचते हैं, उन्होंने भी कहा, यह गलत होगा। इस कारण अंतिम क्षण हमारा मन बदल गया। यह सौदा नहीं हो सका। मालिकों को यह लग गया कि अगर हम ही सहमत नहीं हैं, तो तय कर पाना इतना आसान नहीं होगा। इस बीच बहुत चीजें हुई। अंतत: प्रबंधन ने कहा कि इसे चलायें। हम साथ हैं। प्रबंधन तैयार हुआ, तो रास्ता कुछ सुगम हुआ। वरना, इसके पहले बैंकों से जो लोन लिये गये, उसमें निजी गारंटी हमने और केके गोयनका ने निजी स्तर पर दी थी।

इस तरह 2005-06 के बाद हमने बिहार में पटना को रि-लांच किया। मुजफ्फरपुर, भागलपुर में नये संस्करण की शुरुआत की। फिर गया पुरानी मशीन लेकर शुरू किया। इसके पहले बंगाल में कोलकाता और सिलिगुड़ी से हम अखबार का संस्करण शुरू कर चुके थे। इस तरह 1989 में रांची में एक

संस्करण (सिर्फ सिटी) का दायित्व हमारी टीम ने सँभाला था। 2007 आते-आते दस प्रकाशन केंद्र हो चुके थे। हर प्रकाशन केंद्र में कई-कई संस्करण।[2]

● ***आप 'प्रभात खबर' में बतौर संपादक गये। फिर आपने प्रबंध निदेशक या सीइओ का पदभार सँभाला। संपादकीय से प्रबंधन की ओर जाने का कारण?***

● 'प्रभात खबर' में आया, तभी यह तय हो गया कि अखबार सँभालूँगा। पहले बता चुका हूँ कि किन परिस्थितियों में यह दायित्व सँभाला। अखबार में जब आया प्रबंधन की ओर से एकमात्र डीएस शर्मा वहाँ डायरेक्टर के तौर पर आते थे। प्राय: दोपहर बाद कुछ देर के लिए आते। शेष सभी पुराने लोग थे। सुलझे हुए इनसान थे। जीवन और व्यावहारिकता का समृद्ध अनुभव था। दो-तीन वर्ष बाद ही वे चले गये। इसके बाद तीन डायरेक्टर और आये। कोई टिका नहीं। किसी की रुचि जगती ही नहीं थी। इसकी दो वजहें थीं। एक तो जिस कंपनी से वे आते थे, उस कंपनी का मूल काम अलग था, कोर बिजनेस अलग था। दूसरी बात यह कि इस अखबार का भविष्य अंधकारमय दिखता था। घाटे पर चलनेवाली कंपनी को ग्रुप कंपनियाँ या कारपोरेट ऑफिस के लोग हेय व याचक मानते थे। हमारे वरिष्ठ स्टाफ को घंटों-घंटों बैठाने के बाद मिलते। यह भेदभाव मानसिक पीड़ादायक होता। पर, जीवन का यथार्थ यही है, यह अपने साथियों से कह, उनका मनोबल बढ़ाता। जिस दिन अखबार अपने बूते खड़ा हो गया, उसकी अपनी पहचान, साख और लोकप्रियता बढ़ गयी, तब कंपनी अखबार के नाम से उन जगहों पर परिचय पाती। मशहूर लोग हमारे कार्यक्रमों में आते। तब उसी समूह में, हमारे साथियों के साथ बरताब बदल गया। बाद में यह लोक सच, जीवन का यथार्थ उन्हीं वरिष्ठ साथियों को बताता, जो इस मन:स्थिति -पीड़ा से गुजरे थे। पर, शुरू के कठिन वर्षों में जब कोई कंपनी से आने को तैयार नहीं हुआ, ऐसे हालात में मैनेजमेंट ने कहा आप ही सभी चीजों को देखें। तैयार हो गया। साथ ही यह भी कहा कि फाइनेंस का काम सिर्फ लुकओवर कर सकूँगा, बाकि उसे पूरी तरह से समूह के जानकार बीच-बीच में निगरानी रखें। इस तरह की परिस्थितियों ने मजबूर किया कि सारे काम अपने हाथ में लूँ। जिस पृष्ठभूमि से आया, वह दौर अलग था। तब संपादक ही प्रमुख माना जाता था। अब सीइओ आदि बनना, संपादक बनने से ज्यादा प्रमुख हो गया है।

प्रभात खबर विभिन्न संस्करणों की लांचिंग की तिथि

(1. रांची-14/08/1984, 2. जमशेदपुर-08/09/1995, 3. पटना-07/04/1996, 4. धनबाद-15/08/1999, 5. कोलकाता- 31/10/2000, 6. देवघर-29/07/2004, 7. सिलीगुड़ी-10/03/2006, 8. मुजफ्फरपुर-10/10/2010, 9. भागलपुर- 10/02/2011, 10. गया-21/10/2011)

प्रबंध निदेशक के रूप में काम करता रहा, पर कभी अपने नाम के आगे पद नहीं लगाया। नाम सिर्फ संपादक के रूप में प्रयोग में रहा।

संस्थान में काम शुरू करते ही तय किया, रोज हर विभाग की मीटिंग करेंगे। सुबह की शुरुआत केके गोयनका और आरके दत्ता के साथ मीटिंग से होती थी। केके गोयनका फाइनेंस व विज्ञापन का काम देखते थे। आरके दत्ता प्रोडक्शन, सर्कुलेशन आदि का काम। यह व्यावहारिक विभाजन था। जब हम मीटिंग करते, तो हर विभाग पर तीनों चर्चा करते। इनकी राय पर अपना मानस-निर्णय बदलता। हमने अखबार में टीम स्पिरिट बनायी। इनसे मिलने के बाद इनके नीचे भी जो लोग थे, एक-एक विभाग के साथ मीटिंग होती।

कामकाज के शुरू दिन में एक नियम बना लिया था कि किसी की शिकायत, पीठ पीछे नहीं सुनूँगा, बल्कि उसके सामने ही बताना होगा। समूह में खुल कर एक-दूसरे की कमियों पर हम चर्चा करते। अखबार की प्रगति के लिए। एक-दूसरे की शिकायत या कमी की दृष्टि से नहीं। हर विभाग को पूरी स्वायतता दी। हर विभाग में को-आर्डिनेशन बेहतर हो, इस दिशा में ही हमने सबसे ज्यादा प्रयास किया। प्राय: संपादकों के खिलाफ भी शिकायतें आतीं। तुरंत जाँच करवाकर शिकायत सही पाई जाती, तो कार्रवाई होती। यह सब टॉप टीम में परामर्श के साथ होता। कई पुराने सहयोगी थे, उनके खिलाफ भी कार्रवाई हुई। संपादकों के खिलाफ भी। जिसकी कीमत हमें इस रूप में चुकानी पड़ी कि वे आज तक सोशल मीडिया में निराधार कुछ भी खिलाफ लिखते रहते हैं। यह सब जानता हूँ। पर बोलता नहीं। जब 'प्रभात खबर' छोड़ा, तो अनेक लोगों के खिलाफ शिकायतों के अनेक पत्र थे। जिनकी टॉप टीम में चर्चा के बाद पर्सनल व अन्य स्रोतों से जाँच के बाद रिपोर्ट बनती। वे मेरे पास रहती थी। ऐसे सभी पत्र वहीं अखबार के दफ्तर में फाड़ आये, क्योंकि वे कामकाजी जीवन के दस्तावेज थे। उन्हें रखे रहने का मतलब नहीं था। मेरे लिए वह सब निजी मामला नहीं था।

● ***'प्रभात खबर' ज्वाइन करते ही आप प्रधानमंत्री चंद्रशेखर के साथ काम करने पीएमओ चले गये? वहाँ कैसे गये? काम करने का अनुभव कैसा रहा?***

● चंद्रशेखर जी से जुड़ाव की कहानी अलग है। निजी जीवन में दिलचस्प भी। चंद्रशेखर जी जिस जिले से आते हैं, उसी जिले का बाशिंदा हूँ। चंद्रशेखर जी, बलिया के पश्चिमी छोर, जो आजमगढ़ से लगा है, वहाँ के थे। हम बलिया के पूर्वी छोर से, जो बिहार से जुड़ा है। वहीं हमारा गाँव है। चंद्रशेखर जी से मेरी पहली मुलाकात उनके लेखन से हुई। उनका नाम सुना था। 1974 में काशी हिन्दू

विश्वविद्यालय का छात्र था। जयप्रकाश जी के गाँव से होने की वजह से थोड़ी-बहुत राजनीतिक जागरूकता थी। बचपन से ही या जिसे ब्लड में कहते हैं, उसी ढंग से। यह जिज्ञासा हुई कि यह कौन आदमी है कि जिनकी पत्रिका 'यंग इंडियन' में लिखे संपादकीय, बड़े अखबारों के बैनर-हेडलाइन बनते हैं। हमें याद है कि 'हिन्दुस्तान टाइम्स' ने चंद्रशेखर जी के लिखे एक संपादकीय को बैनर-हेडलाइंस बनाया था। चंद्रशेखर जी ने जेपी के संदर्भ में एक लंबा एडिटोरियल लिखा। इंदिरा जी को संबोधित करते हुए साफ-साफ कहा कि सन्त से राजसत्ता न टकराये, नहीं तो उसके परिणाम बुरे होंगे। कांग्रेस में रहते हुए, एक व्यक्ति कांग्रेस के सबसे ताकतवर नेता के खिलाफ मुद्दों पर लिखे, मजबूती से अपनी बात कहे, उन दिनों यह साहस फैसिनेट करता था। यानी वह दौर था, जब इंदिरा जी जैसी हस्ती के खिलाफ पार्टी के अंदर से सही-साहसिक आवाज उठानेवाले के प्रति आदर स्वत: उपजता था। जीवन का सार्थक काम लगता था, साहस के प्रति सम्मान दिखाना। बहादुरी के प्रति आदर भाव होना। ईमानदार, आत्मस्वाभिमानी को तरजीह देना। चंद्रशेखर की यह छवि युवा मन में आदर से बैठी। पर, उनके बारे में और कुछ नहीं जानता था।

1967 के आसपास फ्रांस में छात्र आन्दोलन हुए थे। हिन्दुस्तान में भी छात्र आन्दोलन हुआ। 1974 की पृष्ठभूमि हमारे दिमाग में थी। वह दौर था, जब व्यवस्था की गलत चीजों से असहमत होना, संघर्ष की राह चुनना प्रेरक माना जाता था। पिछलग्गू होना, सत्तापूजक होना नहीं। चंद्रशेखर के बारे में यह बात कि उसी दल में रहते हुए, खरी बातें करते, हमें आकर्षित करता। कुछ ही दिनों बाद फिर चंद्रशेखर जी का एक एडिटोरियल छपा। उसकी भी देश में काफी चर्चा रही। यानी लगातार एक आदमी का लिखा संपादकीय सभी प्रमुख अखबारों में सुर्खियाँ व लीड बने, ऐसा पहली बार देखा। उन्हीं दिनों की बात है। चंद्रशेखर ने जयप्रकाश जी को अपने घर चाय पर आमंत्रित किया। उसमें कांग्रेस के 60 सांसद पहुँचे। यह वह दौर था, जब जयप्रकाश जी और इंदिरा जी बिलकुल आमने-सामने थे। कांग्रेस पार्टी में इंदिरा गाँधी इतनी ताकतवर महिला थीं कि उस वक्त उनकी मरजी के खिलाफ कोई जेपी के पास जाए, यह सपने में भी कोई सोच नहीं सकता था। पर, चंद्रशेखर की चाय पार्टी में कांग्रेस के 60 सांसद गये। यह अखबारों की सुर्खियों में रहा। कई महीनों तक। इसी पर कांग्रेस में नरौरा शिविर हुआ। वास्तव में यह बड़ी घटना थी। उस वक्त छात्र था, पर इस घटना ने अंदर से झकझोरा कि इस आदमी में गजब का साहस है। छात्र यह चर्चा करते कि यह कौन आदमी है। पता चला कि बलिया के ही रहने वाले हैं। इलाहाबाद

में इनकी पढ़ाई-लिखाई हुई है। यह भी पता चला कि इंदिरा गाँधी के खिलाफ चंद्रशेखर 1972 में शिमला कांग्रेस वर्किंग कमेटी में चुने गये। उन दिनों इस कमेटी का चुनाव होता था। कांग्रेस के अंदर लोकतांत्रिक परंपरा बची थी। 1969 में कांग्रेस विभाजन के समय बैंकों के राष्ट्रीयकरण व अन्य प्रोगामों के लिए जो ब्लूप्रिंट तैयार हुआ, उसमें चंद्रशेखर की निर्णायक भूमिका थी। 'युवा तुर्क' के रूप में वह देश के मानस में सम्मान पा चुके थे। राष्ट्रपति वीवी गिरि के चुनाव में उनकी महत्त्वपूर्ण भूमिका थी। पिछड़े जिला बलिया से उठकर, अपने बूते चंद्रशेखर देश के निर्णायक नेता बने। फिर उन्हें एक पत्र लिखा। लेख के फलां-फलां बिंदु अच्छे लगे। उन दिनों अंगरेजी नहीं आती थी। पर, अंगरेजी में ही पत्र लिखने की कोशिश की। कुछ दिनों बाद जवाब भी आ गया। अच्छा लगा। मेरी उनसे यह पहली मुलाकात थी, पत्रों के माध्यम से।

इंदिरा कांग्रेस के समय, एकाध लोगों में ही यह साहस था, जो जेपी की बात करे, चंद्रशेखर जी करते थे। मुझे ही नहीं, मेरी तरह अन्य युवाओं को भी चंद्रशेखर ऐसी वजहों से आकर्षित करते थे। इमरजेंसी में जब वह जेल गये, तो उनके प्रति आदर और बढ़ा। 1977 के आरंभ में नौकरी में चला गया था। चंद्रशेखर जब जेल से निकले, तो देश के नायक थे। तब तक आमने-सामने उनसे परिचय तब तक नहीं था। उन्हीं दिनों उनकी जेल डायरी 'रविवार' पत्रिका में छपने लगी, धारावाहिक। प्रतिकूल परिस्थितियों में ही व्यक्ति की असल पहचान होती है। यह उस डायरी को पढ़ने से पता चला। इसे पढ़ने के बाद मन में और अधिक सम्मान बढ़ा। व्यक्ति का व्यक्तित्त्व कितना ऊँचा हो सकता है, इस तरह उनसे बिना मिले ही उनके बारे में जाना। फिर वह जनता पार्टी के अध्यक्ष बने। उन दिनों वे स्टार थे। बेहद लोकप्रिय। उन्हीं दिनों 1978 के आसपास मुंबई आये। तब 'जनता' पत्रिका निकलती थी। जिसकी नींव पुराने समाजवादियों ने डाली थी। आज भी निकलती है। उस वक्त 'टाइम्स ऑफ इंडिया' समूह के 'धर्मयुग' में काम करता था। 'जनता' साप्ताहिक के दफ्तर हम सब गये, उन्हें सुनने। भारी भीड़ थी। पहली मुलाकात हुई। संक्षिप्त। बताया कि जयप्रकाश नगर, सिताबदियारा का रहनेवाला हूँ। उन्होंने पूछा किस टोले के? किस घर से? बताया तो उन्होंने भोजपुरी में कहा-गइल रहीं तहरा घरे। तहरा घर के लोग त, बहुत बढ़ियाँ आदमी बा। एक जोड़ी धोती, देलस लोग आ पार्टी खातिर पाँच सौ एक रुपया चंदा भी।

बाद में करीब से देखने का मौका मिला। जेपी बीमार हुए। उन्हें जसलोक अस्पताल में भरती किया गया। जेपी के पास आता-जाता था। डॉ. धर्मवीर भारती

ने मुझे और मेरे मित्र अनुराग चतुर्वेदी को वहाँ ड्यूटी पर लगा दिया था। जेपी की स्थिति नाजुक थी। बड़े-बड़े फिल्म स्टार जेपी को देखने अस्पताल में आया करते थे। हम दोनों वहाँ बैठे रहते थे। पूरे दिन चंद्रशेखर, वहीं कैंप कर रहे थे। कोई उनका आत्मीय या साथी, बीमार हो, तो बढ़कर देखभाल करनेवाला ऐसा दूसरा नहीं देखा। भारती जी ने मुझसे कहा कि उनका इंटरव्यू करो। 'धर्मयुग' के लिए। मेरा पहला इंटरव्यू चंद्रशेखर जी का यही है। 1978 में आमने-सामने का यह पहला परिचय था। इंटरव्यू के माध्यम से। उस इंटरव्यू का कैसेट आज भी मेरे पास है, जिसमें उन्होंने अपने बारे में बताया कि 12वीं कक्षा तक बिना चप्पल के ही आठ किलोमीटर स्कूल पढ़ने जाया करते थे। किन-किन परेशानियों से गुजरे, बताया। कहा युवा थे, क्रांतिकारी विचार के थे। चंवर में 'ब्रह्म बाबा' को पत्थर मारकर कहा करते थे कि अब हम क्रांतिकारी हो गये हैं। लेकिन वह क्रांतिकारिता नहीं थी। बाद में यदा-कदा उनके कार्यक्रमों में जाता रहा। लेकिन मेरे अंदर हमेशा संकोच रहता है। किसी से बढ़-चढ़कर नहीं मिल पाता। उनसे एक ही बार मिला था, पर भीड़ में कहीं भी दिखता था, तो बुलाते थे। उनमें और बहुगुणा जी में अद्‌भुत गुण था कि वे एक बार किसी से मिल लिए, तो वे उसे नाम से पास बुलाते। स्नेह से घर-परिवार के बारे में पूछते। यह आत्मीयता किसी नेता की तरह नहीं, बल्कि परिवार के सदस्य के रूप में होती थी। फिर 'धर्मयुग' छोड़कर हैदराबाद चला गया। उन दिनों चंद्रशेखर जी जनता पार्टी अध्यक्ष थे। जनता पार्टी की वर्किंग कमिटी की बैठक हो रही थी, हैदराबाद में ही। वहाँ पता कर मिलने गया।

देखते ही पूछा कि तुमने 'धर्मयुग' क्यों छोड़ दिया? कहा-यूँ ही चला आया, पर उनका गर्मजोशी से मिलना बहुत अच्छा लगा। अशोक मेहता और सुरेंद्र मोहन जी मिलवाया। हैदराबाद के बाद पटना होते हुए 'रविवार' में कोलकाता आ गया। उन दिनों 1984 चंद्रशेखर चुनाव हार गये थे। यह इंदिरा जी की हत्या के बाद का समय था। उस दौर में दिल्ली छोड़कर उनका कालाहांडी और जयप्रकाश नगर बलिया गाँव में रह कर काम करना, गहराई से छूता था। एक बात और, वह इंदिरा जी से हमेशा कहते रहे कि पंजाब में सावधानी बरतें। मैं, जेल में रहा हूँ और उनकी कुर्बानियों को पढ़ा हूँ। आग से खेलने की कोशिश मत करें। इंदिरा जी मार दी गयीं। लोग सड़कों पर निकल आये। पंजाबियों के खिलाफ। तब उन्होंने सड़क पर निकलकर लोगों की अंध कट्टरता का विरोध किया। सिख समूहों-कालोनियों में गये। उनकी सुरक्षा में मदद की। कांग्रेसियों ने उन्हें 'बलिया के भिंडरांवाले' की उपाधि दी।

इसी तरह जब पंजाब में उग्रवादियों का आन्दोलन हुआ, तो उन्होंने कहा कि आप उग्रवादियों को देश के बच्चों की तरह ट्रीट कीजिए, नहीं तो देश बिखर जाएगा। उनकी जो माँगे हैं, उन्हें सुनिए। यानी धारा के खिलाफ बात करना, अपनी पॉपुलरिटी, अपने करियर को दाँव पर लगा देना, बड़ी बात होती है, लेकिन चंद्रशेखर यह सब करते रहे। चंद्रशेखर ने पदयात्रा की, भारतीय राजनीति में शीर्ष पर पहुँचे।

उस वक्त की बात है। एम्स में था। पिता जी का ऑपरेशन कराया था। इंदिरा जी ने तब 'इंडियन एक्सप्रेस' को दिये एक इंटरव्यू में अपने बाद संभावनाओं से भरे नेता के बारे में संकेत दिया था और कहा कि चंद्रशेखर जी समझदार नेता हैं। देश को जानते हैं। चंद्रशेखर की यह खासियत थी कि राजनीति में मतभिन्नता होने के बावजूद, सारे दलों के नेताओं से उनके व्यक्तिगत संबंध बहुत अच्छे थे। जनता पार्टी के शासन में जब इंदिरा जी को सरकारी घर से हटाने की बात होने लगी, तो उन्होंने कहा था कि राजनीति को बच्चों की लड़ाई के स्तर पर मत लाइए।

उन्हीं दिनों सूरजदेव सिंह का मामला उछला। अकेले उनसे मिलता, तो खुलकर बातें करता। कहा, इससे आपका नुकसान हो रहा है। कहा था कि लोग आपसे घबराते हैं, इसलिए नहीं कहते। उनका व्यक्तित्त्व बड़ा था। किसी भी बात को सहजता से लेते थे। जैसे बाहर से थे, वैसे ही अंदर से भी। कहते कि मैं वह नहीं हूँ कि हाजी मस्तान से देर रात घर के अंदर मिलता हूँ। फिर दिन में आदर्श की बातें करता हूँ। पीएम के रूप में उन्होंने कारपोरेट घरानों पर सबसे अधिक टैक्स लगाये। इसका बहुत नुकसान उठाना पड़ा, उन्हें। पर वे छद्म नहीं थे। खुले विचारों के थे। चंद्रशेखर ने जेपी स्मारक बनाने के लिए जेपी के गाँव को चुना। वह गाँव जो दोआब कहलाता है, दियारा भी। तब उन्हें दिल्ली में राज्यसभा का सदस्य बनाया जा रहा था। उन्होंने एक सिरे से मना कर दिया था। वह भी एक मिसाल है।

उनमें सृजन की अद्‌भुत क्षमता थी। श्रम से रेत में महल बना सकते थे। उन्होंने गाँव में जेपी का जो स्मारक बनाया है, वह नायाब है। कई रचनात्मक काम किये हैं। कई बार गाँवों में उनके काम को देखने जाता था। उन्होंने पदयात्रा की। चंपारण के भितहरवा गाँधी आश्रम की स्थिति पर सवाल उठाने वाले वे पहले नेता थे। 'रविवार' में था। इन विषयों पर लिखता था, बात करता था, संपर्क करता था। इसके बाद रांची आ गया। इन्हीं दिनों 1990 में वे रांची आये। उन्हें गुमला होते हुए छत्तीसगढ़ के इलाके में जाना था। छत्तीसगढ़ स्थित अवधूत

भगवान आश्रम की यात्रा के लिए। उनसे मिला। देखते ही उत्साहित होकर मुझसे कहा कि तुम यहाँ (रांची) कहाँ से आ गये? बताया कि 'रविवार' छोड़कर अब यहीं आ गया हूँ। उन्होंने हँसते हुए कहा कि तुम्हारा दिमाग ऐसे ही चलता है। वे रांची के युवराज होटल में रूके थे। सुबह-सुबह उनसे मिलने पहुँचा, एयरपोर्ट निकल रहे थे। उनके साथ कई लोग थे। वे अपनी ही गाड़ी में बिठा लिये। एयरपोर्ट पहुँचने पर पता चला कि फ्लाइट दो घंटे लेट है। उन्होंने कहा कि अब क्या करें? मोबाइल का जमाना नहीं था। कहा कि हमारे घर चल चलिए। वह तैयार हो गये। तब रांची के अशोक नगर मोहल्ले में किराये के घर में रहता था। वह चले, दो गाड़ियाँ और थीं। अशोक नगर से पहले कडरू में विपरित दिशा से राम-शीला पूजन का जुलूस आ रहा था। रास्ता जाम। आगे जा नहीं सके। अशोक नगर (घर) तक पहुँचने की स्थिति में हम नहीं थे। चंद्रशेखर जी ने कहा कि चलो वापस अब एयरपोर्ट चलते हैं। कहा कि रास्ते में होटल अशोक है। चलें। चाय पी कर एयरपोर्ट चले जायेंगे। हम होटल अशोक पहुँचे। पहली बार उस होटल में गया। चंद्रशेखर के वहाँ पहुँचते ही तुरंत सारी तैयारी हो गयी। चेहरा से सब उन्हें पहचानते थे। तब, वहाँ के मैनेजर बनर्जी साहब थे। बनर्जी साहब ने खूब आवभगत की। स्वागत किया, चंद्रशेखर जी का। नाश्ता पानी के बाद बिल चंद्रशेखर जी के लोग पे करने लगे। मैंने मना किया मैं कर दूँगा। बनर्जी साहब ने कहा कि यह बिल होटल ही पे करेगा। आग्रह किया इसका बिल पे करूँगा, पर अभी नहीं, क्योंकि अभी मेरे पास पैसा नहीं है। इस तरह यह रांची में पहला उधार हुआ, जो घर पहुँचते ही तुरंत भिजवा दिया।

चंद्रशेखर जी दिल्ली चले गये। अपने काम में लग गया। लगभग एक महीने बाद वह प्रधानमंत्री बने। शपथ ग्रहण समारोह में गया। फिर एक इंटरव्यू किया। इंटरव्यू कर निकल रहा था, तो उन्होंने कहा कि दिल्ली आ जाओ। पीएमओ में। एडिशनल इनफार्मेशन एडवाइजर बन कर। मालूम चला कि इस पद पर जाने के लिए अनेक बड़े-बड़े लोग लगे थे। मेरे सीनियर भी। खैर! कहकर निकला कि ठीक है। उसी शाम सुबोधकांत सहाय के यहाँ एक भोज समारोह था। चंद्रशेखर भी वहाँ आये थे। सुबोधकांत सहाय को चंद्रशेखर जी ने कहा कि हरिवंश को इस पद पर आना है। हम पीछे दूर थे। उसी शाम पीएमओ के कुछ अधिकारियों ने कहा कि कल सुबह प्रधानमंत्री जी चेन्नई जा रहे हैं, आप भी यात्रा में चले। सुबह चेन्नई गया। पहले शंकराचार्य जी की जन्मस्थली और फिर जयललिता जी के घर। वहाँ तब 20-25 रुपये में गणेश जी की प्रतिमा खरीदी थी, जो अब भी एक याद के रूप में घर पर है। इस तरह पहली बार प्रधानमंत्री के साथ मेरी

यात्रा हुई। वहाँ से रांची लौट आया।

रांची लौटकर प्रबंधन को बताया कि इस तरह का प्रस्ताव आया है। प्रबंधन ने पूछा कि आप वहाँ से लौटकर, तो यहीं आयेंगे न! यही तय हुआ कि फिलहाल दिल्ली से प्रस्ताव आता है, तो वहाँ जाना है, फिर वापस लौटकर 'प्रभात खबर' ही आना है। कुछ दिनों के बाद एक शाम अचानक 'प्रभात खबर' के मालिकों का फोन आया कि दूरदर्शन में खबर आ रही है, न्यूज रीडर सलमा जैदी बता रही हैं कि आप पीएमओ में सूचना सलाहकार नियुक्त कर लिये गये हैं।

उनके साथ काम करने का अनुभव सुखद रहा। बहुत कुछ सीखने को मिला। चंद्रशेखर जी का काम करने का तरीका, अपने कामों के प्रति कमिटमेंट, दृढ़ इच्छाशक्ति व स्पष्टता, ऐसी अनेक बातें। पीएमओ में हमलोगों ने कई नई शुरुआत की। जैसे, तभी यह तय हुआ कि प्रधानमंत्री से जुड़ी कोई खबर दूरदर्शन या रेडियो पर डायरेक्ट जाएगी। पहले वह पीएमओ में जाँच होकर जाती थी। प्रधानमंत्री के साथ यात्रा में क्षेत्रीय अखबारों के प्रतिनिधियों व संपादकों को अधिक मौका देने की शुरुआत हुई। प्रभावशाली पत्रकार अन्य अनेक प्रकार की सुविधा आदि का लाभ उठाते थे, उसे बंद किया गया। पीएमओ में काम करते हुए देखा कि किस तरह से चंद्रशेखर ने अनेक कठोर फैसले किये। अयोध्या से ले कर देश को आर्थिक रूप से कंगाली बचाने के लिए।

जब प्रधानमंत्री पद से चंद्रशेखर जी ने इस्तीफा दिया, उसी शाम मैं भी इस्तीफा देकर घर, गाड़ी की चाभी सौंपकर अगले दिन रांची लौट आया। हालाँकि उस समय अनेक प्रस्ताव थे। कई महत्त्वपूर्ण जगहों पर काम करने के अवसर थे। पर, पहले के कमिटमेंट के अनुसार सब छोड़कर रांची (प्रभात खबर) आ गया। चंद्रशेखर जी की छवि इतनी मजबूत थी कि पीएम पद से हटने के कई वर्ष बाद भी 'इंडिया टुडे' वार्षिक सर्वे कराता था, तो देश के ताकतवर-महत्त्वपूर्ण शख्सियतों का, तब ताकवतर नेता के रूप चंद्रशेखर उस सूची में देश के टॉप प्रभावशाली लोगों में होते। वह पद से बड़े नहीं बने, अपने व्यक्तित्व से आजीवन स्वीकार्य रहे।

● ***शुरू से ही 'प्रभात खबर' के माध्यम से चारा घोटाले से लेकर अनेक ऐसे विषय आपने उठाये, जो सीधे सत्ता से ही टकराव था। झारखंड के भी ऐसे अनेक सवाल मुद्दे या इश्यू अखबार ने उठाया। क्या आपको कभी धमकी मिली या डर नहीं लगा? फिर ऐसा करते हुए मालिकों के हित का भी तो नुकसान होता होगा, उनका दबाव नहीं पड़ा?***

● 'प्रभात ख़बर' ने भ्रष्टाचार के अनगिनत मामले उठाये, संयुक्त बिहार में रहते वहाँ के। फिर अलग झारखंड बनने पर दोनों ही राज्यों के। ये मुद्दे देशव्यापी बने। देश की राजनीति को इन्होंने प्रभावित किया। राजनीतिक घोटालों, प्रशासनिक विफलता या लूट के अलावा, दवा घोटाला, पारा-बैंकिंग घोटाला मनरेगा लूट आदि भी प्रमुख हैं। मुख्य उद्देश्य था, जनसरोकार की पत्रकारिता करना। तात्कालिक मकसद था, गरीब मुल्क में समर्थ ताकतें गरीबों की कीमत पर अपनी संपदा न बढ़ाये। पर एक संपादक के तौर पर हमारी दृष्टि, प्रतिबद्धता साफ थी। गाँधी, जेपी के मूल्यों के प्रति। भ्रष्टाचार से अनैतिक समाज, राजनीति व व्यवस्था जनमती है। इसी कारण तो युवा आन्दोलन में जेपी ने आकर्षित किया। गाँधी साहित्य जीवन ने प्रेरित किया कि समाज नैतिक बने। भ्रष्टाचार, सभ्य समाज के लिए पाप है, यह गाँधी ने बताया। सनातन परंपरा में भी बिना श्रम अर्जित धन पाप माना गया है, यह प्रेरणा, अपढ़ गाँवों, परंपराओं ने मूल्य के रूप में मन-मस्तिष्क में ढाला। इसी पत्रकारिता के लिए, तो बड़े घरानों-बड़े महानगरों की पत्रकारिता का ग्लैमर छोड़ यहाँ आया। इस कारण हमारी सोच पहले दिन साफ थी, हमें क्या करना है? कई मामले ऐसे हुए, जो न्यायालय तक पहुँचे। न्यायालय में जाने का एक मामला पारा-बैंकिंग घोटाले से जुड़ा हुआ था। अर्थशास्त्र की पृष्ठभूमि थी, पत्रकार बनने पर खबर सूंघने की क्षमता भी प्रकृति ने दी। पहले दिन से ही यह लूट मन में साफ हो गया। उदारीकरण का ताजा प्रभाव था। उस समय पारा-बैंकिंग कंपनियों का पूरे देश में बोलबाला था। तरह-तरह के विज्ञापन सभी अखबारों में छपते थे। जैसे हमने यह सब शुरू किया, हमारे विज्ञापन बंद हुए। विज्ञापन के प्रलोभन भी आये। फिर धमकियाँ। पारा-बैंकिंग कंपनियों का दावा होता था कि दो तीन साल में पैसा दोगुना कर देंगी। लोग पैसा जमा कर रहे थे। 'हेलियस', 'जेवीजी', 'कुबेर' जैसे कई नाम इस सेक्टर में थे। उनके हेलीकॉप्टर पर बड़े-बड़े केंद्रीय नेता, मुख्यमंत्री घूमा करते थे। हमने इस विषय पर देश के जाने-माने अर्थशास्त्रियों व वित्तीय मामलों की समझ रखनेवाले लोगों से बातचीत करवानी शुरू की कि क्या कोई ऐसा फंडा है, जिसमें दो तीन साल में पैसा दोगुना किया जा सकता है? अर्थशास्त्रियों ने कहा कि यह शुद्ध और साफ फ्रॉडिज्म है। 'प्रभात खबर' ने उसे प्रमुखता से छापना शुरू किया। धारावाहिक। हम जब भी कोई मुद्दा उठाते, मुकाम तक पहुँचाने तक ले जाते। अखबार को नोटिस मिली। मुकदमा हुआ। लोगों को लगा, 'प्रभात ख़बर' का कोई बायस (पूर्वग्रह) है, बाद में सबने अंजाम देखा। एक आँकड़े के अनुसार देश में गरीबों के लगभग 75-80 हजार करोड़ रुपये डूबे।

यह जनता के पैसे पर सत्ताधीशों के संरक्षण में सार्वजनिक डकैती थी। कई-कई लोगों ने इन कंपनियों के चक्कर में आत्महत्या कर ली। बिहार-झारखंड में।

इन पारा बैंकिंग कंपनियों के फुल-फुल पेज के विज्ञापन छपते थे। इन्होंने अखबार वालों को बाध्य किया कि वे इनके पक्ष में 'एडवरटोरियल' लिखें। यानी संपादकीय में, खबरों में इस अभियान की तारीफ करें। विज्ञापनदाता मानते थे कि विज्ञापन से अधिक पक्ष में लिखी जानेवाली खबरों से लाभ मिलता है। यह पत्रकारिता पर उदारीकरण की पहली छाप थी। पहली बार हमने 'एडवरटोरियल' शब्द सुना। बाजार या विज्ञापनदाताओं की यह माँग भी पहली बार सुनी कि विज्ञापनदाता की बातें खबरों में, संपादकीय में छपे यानी न्यूज के कंधे पर चढ़कर विज्ञापनदाता लोगों को ठग सकें। पत्रकारिता में 'ठगी' की शुरुआत का यह आरंभिक दौर था। इसके बाद तो कई राज्यों के विधानसभा चुनावों में खबरों के 'पेड पैकेज' की शुरुआत हुई।

हमने शुरू से ही ऐसी चीजों के खिलाफ मुहीम चलायी। हर प्रतिरोध के बावजूद। राजनीतिक भ्रष्टाचार के बड़े मुद्दों के बजाय हम ऐसे मुद्दों का उल्लेख कर रहे हैं, जो सत्ताधीशों के संरक्षण में खुली डकैती हुई। राजनीतिक घोटालों के अभियान में, तो जब मामले कभी आगे बढ़ जाते, तो दूसरे अखबारों की विवशता होती, फालो करने या छापने की। पर आर्थिक लूट के अन्य माध्यम, जो गंभीर थे, उनपर इस अखबार ने लगभग अकेले अंत-अंत तक यात्रा की। हर डर, धमकी के बावजूद।

2009 में तो देश ने देखा कि लोकसभा चुनावों में किस तरह खबरों का धंधा हुआ? इसकी शुरुआत 1991 की अर्थनीति में है, जिसमें लाभ, लोभ और भोग की धारा को पूजा जाने लगा। अब पत्रकारिता भी इसके प्रभाव में है। हमने इन धाराओं के खिलाफ शुरू से काम किया। ये कुछ उदाहरण हैं।

इसी तरह बुनियादी इंफ्रास्ट्रक्चर से जुड़े मुद्दे 'प्रभात खबर' ने उठाये। बिजली, सड़क के मामले, सुशासन, कुशासन के प्रसंग, स्कूलों-चिकित्सालयों के हालात, क्राइम के खिलाफ। क्राइम को संरक्षण देनेवालों को बेनकाब कर। कॉलेजों में 1990-91 में रैगिंग के मुद्दों को बड़ा इश्यू बनाया। आम लोकप्रिय धारणा के खिलाफ, धारा के विपरीत हमने कई सवालों पर पहल की। कोशिश थी कि पत्रकारिता की धुरी बदले। कॉमन मैन के इश्यूज और उनसे जुड़े प्रसंग ही पत्रकारिता में हमारे विषय बनें। इसी क्रम में पशुपालन, घोटाला सामने आया। 'रविवार' में पत्रकारिता करते हुए कई सवाल उठाया था कि कैसे बिहार-तत्कालीन छोटानागपुर में सड़के-बड़े बाँध वगैरह कागज पर ही बने, अरबों-खरबों की

सार्वजनिक राशि की खुलेआम डकैती हुई। ये चीजें बेचैन करती थीं। आक्रोश पैदा करतीं। उसे अवसर मिला, तो कलम से या अखबार के माध्यम से स्वर दिया। अभियान चलाया।

ऐसे अनेक प्रसंग हैं। जब 'प्रभात खबर' में आया, तभी रांची में एक फादर की मौत के मामले को अखबार में उठाया। फादर मार्टिन टेटे हत्याकांड। सभी अखबार अलग दिशा में थे, क्योंकि इस मामले में शक की सुई एक ताकतवर कांग्रेसी नेता की ओर जा रही थी। हमने इस मामले को तथ्यामक रूप से छापना शुरू किया। उक्त नेता ने पटना में प्रेस कांफ्रेंस किया कि 'प्रभात खबर' जिस कंपनी का अखबार है, वह कंपनी बिजली चोरी करती है। हमने उनके आरोप भी छापे। पर, ऐसे दबावों से हम डरे नहीं। चारा घोटाले के समय तो अनेक दबाव रहे। धमकियाँ मिलीं। यही क्यों, हमने तो शहाबुद्दीन से लेकर आनंद मोहन तक के खिलाफ उसी दौर में छापा। ऑफिस में पहुँचकर धमकी मिली। झारखंड के नेताओं के बारे में लिखा। कीमत यह चुकानी पड़ी कि बिहार में या झारखंड के ही कई संस्करणों को मान्यता मिलने में लेट हुई। विज्ञापन कई बार बंद हुए। पर, हमने गाँधीवादी रास्ता अपनाया था। जब भी सरकारों ने विज्ञापन बंद किये, हमने अखबार में लिखा, पाठकों से संवाद किया कि हमने यह खबर छापी थी, जिसके बदले में सरकार ने विज्ञापन बंद कर दिया है। विज्ञापन के बिना अखबार निकालना कितना मुश्किल होगा, आप समझ सकते हैं। पर, प्रबंधन ने परिस्थिति विवश हो कर अखबार चलाने का दायित्व हमें सौंपा था। उस वक्त ही यह तय हो गया था कि हम बिना प्रमाण, द्वेषवश या प्रतिशोधवश कोई काम नहीं करेंगे। यह मेरी पत्रकारीय जीवन के शुरू से अंत तक कसौटी रही। किसी से निजी द्वेष नहीं करना।

एक बार एक एसएसपी अचानक दफ्तर आये। साथ में पुलिसवालों को लेकर आये थे। उन्हें कुछ ठोस इनपुट मिले थे। यह भी कहा कि आपको सुरक्षा देंगे। आपके अखबार में इतनी खबरें इस तरह की छप रही हैं, आप अकेले नहीं चल सकते। हमने विनम्रता से मना किया। पर कुछेक वर्षों तक सादी वरदी में पुलिस-प्रशासन द्वारा नियुक्त एक पुलिस सिपाही, घर से दफ्तर जाने-लौटने में रहता। हमेशा यह मानता रहा कि हमारा जब तक किसी खबर से व्यक्तिगत लाभ, लोभ, स्वार्थ का रिश्ता नहीं है, तब तक यह पूरी तरह से अपना पेशेवर कर्म है। हमारा काम ही है तथ्यात्मक खबरें छापना। ऐसा करते हुए पत्रकार को भला क्यों डरना चाहिए?

- ***आप 'प्रभात खबर' में आये, तब साथियों की क्या प्रतिक्रिया***

थी? जब आपने साबित किया, तो उनकी क्या प्रतिक्रिया थी?

● 'रविवार' की नौकरी छोड़कर बंदप्राय अखबार में आया, तो निजी साथियों ने कहा कि हमने अपना करियर खत्म कर लिया। कुछेक प्रिय मित्रों की टिप्पणी थी की कि खुद अपनी पत्रकारिता की श्रद्धांजलि हमने लिख ली है। ऊपर 'प्रभात खबर' में पहले से कार्यरत लोग, संस्थान को एक माह का भी समय नहीं दे रहे थे। रोज मर्सिया लिखते थे। कारण, 'प्रभात खबर' के हालात, वे मुझसे बेहतर जानते थे। मैं 'प्रभात खबर' आया, तो कुछ दिनों बाद पहले केके गोयनका, फिर आरके दत्ता आये। गोयनका-दत्ता नये थे। इस संदर्भ में कि इन्होंने मीडिया जगत में करियर की शुरुआत ही 'प्रभात खबर' से की। हम 'प्रभात खबर' के पहले दो बड़े संस्थानों के साथ काम कर चुके थे। 'प्रभात खबर' में आया, तो बताया ही कि यहाँ डायरेक्टर आते थे। छोड़ते थे। लगभग दो-तीन सालों में तीन डायरेक्टर आये-गये। फिर कोई डायरेक्टर मिला नहीं। हमारे सुझाव पर नये प्रबंधन ने एक जाने-माने मीडिया विशेषज्ञ को 'प्रभात खबर' के भविष्य और वाइविलिटी पर नोट बनाने को कहा। वह बड़े-बड़े मीडिया घरानों में प्रबंधन के बड़े पदों पर काम कर चुके थे। 1991 में उन्होंने लिखित रिपोर्ट दी कि इस समाचार पत्र का कोई भविष्य नहीं है। यह बंद होने को अभिशप्त है। उन्होंने इसके पक्ष में ठोस कारण गिनाये थे। यह काम मेरे ही सुझाव के तहत हुआ था। चूँकि हालात समझ रहा था। इसलिए चाहता था कि कोई 'एक्सपर्ट' ये तथ्य आधारित रिपोर्ट तैयार करे, ताकि जमीनी हकीकत समझने में मदद मिलेगी। मेरी निजी समझ के मूल्यांकन का अवसर होगा। अखबार उद्योग के विशेषज्ञ के नाम की पुष्टि हमने ही की थी, तब प्रबंधन ने उन्हें इंगेज किया था। गाँव के अनुभवों से शुरू से समझा कि कुछ करने के पहले हकीकत जानना जरूरी है। इस रिपोर्ट को ले कर प्रबंधन से साफ-साफ बैठक हुई। हमने कहा कि तय आपको करना है। फिर जो निर्णय हुआ, उसका उल्लेख पहले कर चुका हूँ। अब। 'प्रभात खबर' में आने के बाद मेरे सामने तीन सवाल थे। सृजन, संघर्ष और अस्तित्व को बचाने के सवाल। सृजन पक्ष पर हमने सबसे पहले ध्यान दिया।

'सच' जो सामने आना चाहिए, उस पर फोकस करना मुख्य विषय बना। साथ ही उन दिनों झारखंड आन्दोलन प्राय: खत्म हो रहा था। 'प्रभात खबर' ने स्थानीय सवालों पर तैयारी के साथ फोकस किया। इससे उस आन्दोलन को बल मिला। आन्दोलन का विचार पक्ष पहली बार सशक्त रूप में सामने आया। यह अखबार उसका प्लेटफॉर्म बना। डॉ. रामदयाल मुंडा, बीपी केशरी, डॉ. अमर कुमार सिंह जैसे कई विद्वान, नियमित तौर पर झारखंड आन्दोलन के बौद्धिक

पक्ष, सैद्धांतिक पक्ष, झारखंड के पिछड़ेपन, आदिवासी समाज के विभिन्न पहलुओं पर 'प्रभात खबर' के लिए नियमित लिखने लगे। इस तरह इस आन्दोलन को बौद्धिक ऊर्जा मिली। फिर राज्य का निर्माण 2000 में हो गया, लेकिन उसके बाद एक बड़ी चुनौती राज्य को पटरी पर लाने की थी। 'प्रभात खबर' आने की एक और वजह थी। पत्रकारिता में जाते ही आदिवासी, जंगल, गरीब, पीछड़ापन वगैरह ऐसे विषय थे, जिन्हें समाज की मुख्यधारा की चिंता-बहस के विषय बनाने में काम-दायित्व-पेशे की सार्थकता देखता था। जेपी ने १६67 में पलामू-अकाल में ऐतिहासिक काम किया था। प्रो. कृष्णनाथ की भूमिका (पलामू अकाल '67 में) का स्मरण था। उनसे सीधे सुना था। इस कारण छोटानागपुर से भावात्मक लगाव महसूस करता था। 'धर्मयुग' में रहते, 'रविवार' में काम करते इस क्षेत्र के लोगों को इन पत्रिकाओं से जोड़ा था। खुद भी इधर आता था। घूम कर लिखता था। इस तरह छोटानागपुर में एक भावनात्मक लगाव, आने के पहले ही बन चुका था।

'प्रभात खबर' ने इन चीजों के अलावा कई नये प्रयोग किये। हिन्दी मीडिया जगत में कई नयी परंपराओं की शुरुआत 'प्रभात खबर' ने की। पहली बार सोशल इकोनॉमिक, पॉलिटिकल ऑडिट का काम 'प्रभात खबर' ने नये झारखंड राज्य में शुरू किया। हर साल राज्य स्थापना दिवस पर (15 नवंबर) सौ-सौ पेजों का अखबार निकालते। कई खंडों में राज्य के समग्र हालात का विशेषज्ञों द्वारा मूल्यांकन, यह देश की पत्रकारिता में विशिष्ट पहल थी। दिल्ली के जाने-माने समाजशास्त्रियों, अर्थशास्त्रियों ने सोशल व इकोनॉमिक ऑडिट का विश्लेषण किया। मुझे एक बात याद है। एक दिन मशहूर समाजशास्त्री प्रो. रजनी कोठारी का मेरे पास फोन आया। उन्होंने 15 नवंबर का विशेष अंक देखा था। 15 नवंबर, 2000 को झारखंड बना, तब से हर साल 15 नवंबर पर विशेष सोशल ऑडिट अंक हम निकालते हैं। भ्रष्टाचार, विकास, संस्कृति, प्रशासन वगैरह पर विशेष अध्ययन। वही एक अंक प्रो. कोठारी ने देखा था। देख-पढ़कर दिल्ली से फोन किया। कहा कि यह पत्रकारिता में अद्‌भुत प्रयोग है। ऐसा देश में कहीं नहीं होता। उनसे इस अंक की प्रशंसात्मक टिप्पणी सुनकर सार्थकता का एहसास हुआ। उसी दौरान देश-दुनिया की मशहूर संस्था 'इंडिक्स एनालिटिक्स' के साथ मिलकर 'प्रभात खबर' ने पहली बार झारखंड डेवलपमेंट रिपोर्ट (अंग्रेजी) प्रकाशित की। हमने 'इंडिक्स' से आग्रह किया कि ले-मैन लैंग्वेज (आम आदमी की भाषा, सहज भाषा) में रिपोर्ट चाहिए, ताकि झारखंड का आम नागरिक भी यह जान सके कि उसका राज्य विकास के पैमाने पर आज कहाँ खड़ा है? भविष्य क्या

है? विकसित राज्यों की तुलना में, झारखंड के साथ ही बने नये राज्यों की तुलना में यह राज्य कहाँ ठहरता है? इस रिपोर्ट को प्रकाशित करने का एक प्रमुख उद्देश्य रहा कि हकीकत और तथ्यों को जानकर लोगों के मन में विकास की इच्छा जगे।

सृजन के मोरचे पर ऐसे अनेक प्रयास चल रहे थे। साथ ही अस्तित्व को बचाने का संघर्ष भी चलता रहा। कई-कई बार सरकारी विज्ञापन रोके गये। हर मुख्यमंत्री अपनी विफलता उजागर होते ही विज्ञापन रोक देता। धमकियाँ अलग मिलतीं। कई और तरह से 'प्रभात खबर' को नुकसान पहुँचाया गया। बहुत-सी बातें, मानकर चलता कि जिस रास्ते हम अग्रसर हैं, उसका परिणाम है। अनेक बार हमारे संस्थान की ओर से संबंधित मुख्यमंत्रियों को लिखा जाता कि कैसे अन्य अखबारों की तुलना में 'प्रभात खबर' के साथ विज्ञापन समेत अन्य चीजों में भेदभाव किया जाता है। हमारा प्रयास होता कि तथ्यों को रिकार्ड करा दिया जाये। इन तमाम विपरीत परिस्थितियों में भी 'प्रभात खबर' की टीम श्रेष्ठ अखबार निकालने में लगी रहती। अपनी राह हम बनाते रहे। यह एहसास प्राय: होता रहा कि 'प्रभात खबर' संघर्ष के लिए ही बना है। प्रतिस्पर्द्धा इसके भाग्य-नसीब में ही है। बाद में एक-एक कर देश के दो बड़े हिन्दी घरानों के अखबार झारखंड आये। आक्रामक नीति, प्रचार एवं आधुनिक प्रिंटिंग के साथ। इन दोनों घरानों-'हिन्दुस्तान' और 'दैनिक जागरण' के साथ 'प्रभात खबर' का मुकाबला रहा। दोनों संस्थानों के पास बड़ी पूँजी थी। मानव संसाधन की ताकत थी। देश भर में इनका फैलाव था। इन बड़े संस्थानों के पास पूँजी के स्रोत भी बहुत थे। कई-कई मौके ऐसे आये, जब इन बड़े संस्थानों ने 'प्रभात खबर' के कर्मियों को तत्काल प्रभाव से समूह में तोड़ने की कोशिश की, ताकि 'प्रभात खबर' बंद करवाया जा सके। लेकिन साथियों की प्रतिबद्धता के कारण 'प्रभात खबर' न अपनी जगह पर बना रहा, बल्कि और मजबूत होकर बढ़ता रहा। हमारे सामने सबसे बड़ी मजबूरी पूँजी की रही। उसके अभाव में हम कभी आक्रामक नहीं हो सके। पूँजी रहती, तो तेजी से संस्थान का विकास-विस्तार करते। और बहुत आगे निकल गये होते।

- ***कब-कब बहुत बड़ी चुनौतियाँ दिखीं?***

- पहली बार 'प्रभात खबर' आया, तब सबसे बड़ी चुनौती दिखी। यहाँ आने से पहले जो जानकारी दी गयी थी या मैंने अपने स्तर से जुटायी थी और यहाँ आकर स्थितियों को देखा, तो दोनों में बहुत फर्क था। यहाँ कुछ भी पटरी पर नहीं था। लेकिन कई मामलों में थोड़ा जिद्दी रहा हूँ। एक जिद रही कि नहीं अब चुनौती हाथ में ले ली, तो इससे पार पाना ही होगा। दूसरी सबसे बड़ी चुनौती

तब आयी, जब प्रबंधन ने अधिग्रहण के कुछ दिनों बाद, जो थोड़ी मदद प्रतिमाह देता था, वह भी बंद कर दिया। ग्रुप के आर्थिक संकट में। बड़ी चुनौती फिर आयी, जब अपने कारणों से प्रबंधन ने 'प्रभात खबर' को बेचने का फैसला किया। वैसे तो चुनौती बार-बार आती, क्योंकि 'प्रभात खबर' की पत्रकारिता ही लीक से हटकर थी। उसमें चुनौतियों का आना, निहित था। हमारे यहाँ कहावत व मान्यता है कि लीक छोड़ कर चलेंगे, तो चुनौतियाँ हर पग पर साथ होंगी।

● ***कभी ऐसा भी अवसर आया जब आपने 'प्रभात खबर' छोड़ने का मन बनाया हो?***

● हाँ कुछ ऐसे अवसर आये। पहली बार मेरे मन में द्वंद्व कायम हुआ, जब एक टीवी चैनल से दिल्ली में बड़े पद का ऑफर मिला। वह टीवी चैनल तब शुरू हो रहा था। बाद में देश का प्रतिष्ठित और नामी न्यूज चैनल बना। इस प्रस्ताव पर मेरे मन में द्वंद्व भी रहा कि पता नहीं टीवी पत्रकारिता में खप पाऊँगा या नहीं? फिर कि पत्रकारिता का यह नया आयाम है, तो इसमें शामिल होकर देखना चाहिए। मेरे साथ के अनेक साथी प्रिंट पत्रकारों को टीवी पत्रकारिता शुरू करने व स्थापित करने का श्रेय मिला। वे टॉप पर रहे। कुछ दिनों तक द्वंद्व में रहने के बाद 'प्रभात खबर' की चुनौती ने ही मन को बाँधा। पर, मैंने मना कर दिया।

दूसरा अवसर तब आया, जब देश के एक बड़े मीडिया समूह ने बड़े पद के लिए ऑफर दिया। दो वर्षों के अंतराल पर पुनः दोबारा ऑफर। बार-बार उस समाचार समूह से यह कहा जाता रहा कि इस पद के लिए देश के सबसे ताकतवर कार्यालयों से पैरवी के फोन आते हैं, लेकिन आप कुछ कह नहीं रहे। उस समूह ने लंबे समय तक इंतजार किया, लेकिन मेरे सामने 'प्रभात खबर' का जुड़ाव था। प्रतिबद्ध साथी थे। इसलिए विनम्रता से उन्हें, दोनों बार मना कर दिया। यह बात प्रबंधन को बता दी थी, दोनों बार।

तीसरा अवसर तब आया, जब अखबार बिकने लगा। खरीदनेवाले समूह से, जब सौदा तय हो गया, उनके तत्कालीन प्रबंध निदेशक ने फोन कर कहा कि आपको ही चलाना है। तब प्रबंधन से निवेदन किया कि मुझे छोड़ दें। बाद में प्रबंधन ने अपना फैसला बदल लिया। चौथा ऑफर देश के बड़े समाचार पत्र समूह के प्रधान संपादक के लिए आया। उनका खुला ऑफर था आप अपने साथ जिनको लाना चाहते हैं, लायें। इच्छा थी कि कार्यक्षेत्र बदलकर दिल्ली जाऊँ, पर बार-बार सवाल उठा कि 'प्रभात खबर' में कई साथी थे, जो मुझसे बंधे थे। खुद जाऊँ, तो उनके सामने मेरा नैतिक चेहरा क्या होगा? कारण वही समूह एक बार दशकों पहले, एक साथ अचानक प्रभाव से 33 महत्त्वपूर्ण लोगों को

ले गया, ताकि अगली सुबह से 'प्रभात खबर' न छप सके। पर, हर कोशिश के बावजूद वे पीछे रहे, तो हमें यह प्रस्ताव मिला था। तनख्वाह, सुविधाएँ और अखबार में शेयर का प्रस्ताव, भौतिक रूप में जो कुछ 'प्रभात खबर' में पाता था, उससे बहुत आकर्षक और अधिक था। अपनी पत्नी और एक नैतिक साथी प्रो. रविभूषण जी पूछा, क्या करूँ? इन दोनों ने कहा कि इस समूह के ऐसे ही प्रयास का आपने बहुत विरोध किया था, जब आपके बहुत लोग अचानक वहाँ चले गये। आप उसी रास्ते जायेंगे? कैसे सही होगा?

जीवन में महत्त्वपूर्ण निर्णयों में नैतिक इश्यूज की कसौटी रही है। अंतत: नहीं गया। 'प्रभात खबर' में ही रहा। इस अंतरद्वंद्व में कुछेक माह जरूर रहा। हालाँकि आज की दुनिया इन चीजों को मूर्खता मानती है। किसी कीमत पर सफल हों, अब यह मकसद है। आपकी सफलता का मापदंड है। इस प्रस्ताव के बारे में अपने प्रबंधन को भी बता दिया था। इस दौर में मन में कई तरह के दूसरे ख्याल भी आने लगे थे। सोचता था कि किसी भी काम की डेडलाइन, तो होनी चाहिए। जीवन में हर काम की एक सीमा होनी ही चाहिए। अपने साथियों को अवसर देना चाहिए कि वे इस यात्रा को आगे बढ़ायें। वैसे मैं अपने करियर में भी चाहे वह 'धर्मयुग' हो, 'रविवार' हो या बीच में बैंक की नौकरी, कहीं इतने दिनों तक टिक नहीं पाया, जितना लंबे समय तक 'प्रभात खबर' के साथ रहा।

● ***किसी व्यक्ति की पहचान संस्थान से होती है, लेकिन 'प्रभात खबर' के मामले में उलटा हुआ। यह धारणा नहीं बनी कि 'प्रभात खबर' वाले हरिवंश जी, बल्कि हरिवंश जी वाला 'प्रभात खबर' कहा जाने लगा। आप पर्याय की तरह बन गये थे। पर, व्यक्ति आधारित संस्थान की पहचान खतरनाक भी होता है, किसी संस्थान के लिए?***

● ऐसी स्थिति में खतरा ज्यादा होता है। कोई संस्था या परिवार, व्यक्ति आधारित बन जाए, तो उसका लंबा भविष्य नहीं होता। इसलिए समय रहते 'प्रभात खबर' में सुनियोजित रूप में हमने इस विषय पर काम शुरू किया। चाहता था कि दो दशकों के अथक प्रयास के बाद अब 'प्रभात खबर' अपने रास्ते, अपनी गति से चले। युवा और अनुभवी साथी मिलकर चलायें। हमारे जैसे लोग कुछ दिनों नेपथ्य में रहें। किसी भी संस्था में एक न एक दिन अपना काम, तो समेटना ही होता है हर किसी को। यही प्रकृति का नियम है। जब जीवन से ही इनसान को हाथ समेटना पड़ता है, संस्थान तो संस्थान ही होता है। इसीलिए 'प्रभात खबर' के 28वें वर्ष में और इस संस्थान में अपनी यात्रा के 22वें वर्ष में ही बदलाव शुरू कर दिया था। सारा काम प्रॉपर तरीके से बाँटना शुरू कर

दिया। एमडी का पद खुद छोड़ा। हर कार्यक्रम में नेपथ्य में रहने लगा। हर कार्यक्रम में मंच पर जान-बूझकर जाने से बचने लगा। पर, एक-एक चीज पर बारीक नजर रखता।

बड़ा मुश्किल होता है, अपना पद-अधिकार छोड़ना। पर, समय रहते सब करना शुरू कर दिया था। 56 वर्ष की उम्र में अपना पद-दायित्व छोड़कर, अपने साथ के लोगों को आगे लाया। इसे ठोस संस्थागत रूप देने के लिए ही इस दिशा में कदम बढ़ाया था।

● ***आप पर आरोप लगा कि आपने पत्रकारिता का और जिस अखबार में काम करते थे, उसका नीतीश कुमार और बिहार सरकार के पक्ष में खबर लिखने या माहौल बनाने में पक्ष लिया, जिसके एवज में आपको राज्यसभा भेजा गया।***

● मानता हूँ कि सार्वजनिक जीवन में आया हूँ, तो लोगों को आरोप लगाने का हक है। ऐसे आरोपों पर पक्ष रखने का धर्म मेरा है। अच्छा प्रश्न है, अब तक लगातार ऐसी चीजें बाहर से सुनाई पड़ती है। कभी जवाब नहीं दिया। तथ्य आपके माध्यम से रख रहा हूँ। शुरू से हमने व्यक्ति केंद्रित संस्कृति के बदले टीम भाव को आगे बढ़ाया। हमेशा खुद को पीछे रखता। आप पायेंगे 'प्रभात खबर' की जब अपनी विशिष्ट पहचान बन गयी, या हमें देश भर में मीडिया से जुड़े कार्यक्रमों-फोरमों सामाजिक आयोजनों में बुलाया जाने लगा, तो हर जगह अपनी टीम-सामूहिक नेतृत्व की भूमिका को ही बताता। 'प्रभात खबर' को पहचान दिलाने में टीम की ही बात करता। वैसे भी जीवन में खुद को पीछे रखने का जन्मजात स्वभाव है। बचपन से ही सनातन धर्म का यह सच जीवन का हिस्सा बन गया कि व्यक्ति बड़ा नहीं होता प्रकृति व परिस्थितियाँ बड़ी होती हैं। इस असार संसार में बड़े-बड़े ऐतिहासिक नायक आये, गये, कौन याद रखता है? जीवन का मूलधर्म है, अपने समय की चुनौतियों को स्वीकारना। अपने स्वधर्म, दायित्व के प्रति पूर्ण समर्पण-निष्ठा। 'प्रभात खबर' में काम करते, ढाई दशकों से अधिक समय तक निजी जीवन नहीं रह गया। न परिवार के साथ समय दे पाया। चौबीस पहर उस संस्थान की चिंता, योजना और काम। घर से दफ्तर, दफ्तर से घर। कोई सार्वजनिक जीवन नहीं। यह कर्म, कर्म की साधना, एकाग्रता और पूर्ण समर्पण का दौर था। सुकून यह था कि चुनौती के प्रति स्वधर्म का निर्वाह किया। शायद इस कारण दफ्तर के अंदर और बाहर इस 'पैशन' और 'इनवाल्भमेंट' से ऐसी पहचान बन गयी। पर हमारी शैली हमेशा सामूहिक रूप से पत्रकारिता की थी। टीम के साथ मिलकर व्यवस्थागत कमियों को उजागर

करने का काम किया। उसी तरह अच्छे काम की प्रशंसा भी की। आप याद कीजिए बिहार को। 2005 से पहले, शाम के बाद, पटना स्टेशन से कोई पटना शहर स्थित अपने घर नहीं जाता था। पटना से छपरा 70 किलोमीटर जाने में न जाने कितने घंटे लगते थे। कानून-व्यवस्था की बात दुनिया की खबरों की सुर्खियाँ थीं। सड़कों की हालत कैसी थी? सामाजिक हालात कैसे थे? दुनिया के बड़े पत्र 'गार्डियन', 'टाइम', 'न्यूजवीक', 'इकोनॉमिस्ट' आदि ने लिखा कि बिहार लाइलाज है। अराजक है। यह वह समय था जब देश के दूसरे हिस्से में बिहार की खबरें बमुश्किल दो-चार लाइन जगह पाती थीं। देश-दुनिया में अव्यवस्था-कुव्यवस्था का विशेषण बन गया था, यह राज्य। मुख्य रूप से भयावह अपराध की खबरें, 'नरसंहार की खबरें', जातिगत उन्माद की सुर्खियाँ। बाद में दुनिया की प्रतिष्ठित इन्हीं पत्रिकाओं 'न्यूजवीक', 'गार्डियन', 'टाइम', 'इकोनॉमिस्ट' वगैरह ने नीतीश कुमार के आने के बाद लिखा कि बिहार में कितना परिवर्तन हुआ है। देश के कुछ बड़े अर्थशास्त्रियों ने लिखा कि जो बिहार देश पर बोझ था, वह राज्य डबल डिजिट में ग्रोथ करने लगा है। क्या बिहार का अखबार होने के कारण हमारा धर्म नहीं था, बिहार के इस परिवर्तन से लोगों को अवगत कराना? हम वही कर रहे थे।

आप याद कीजिए, बिहार के सारे अखबारों पर प्रेस काउंसिल में एक आधारहीन आरोप लगा कि वे सरकार के पक्ष की खबरें छापते हैं। प्रेस काउंसिल के तत्कालीन चेयरमैन थे, सुप्रीम कोर्ट के न्यायधीश रहे मार्कंडेय काटजू। प्रेस काउंसिल ने एक नोटिस जारी की, सभी अखबारों को कि आप लोग सरकार के दबाव में पत्रकारिता कर रहे हैं। हम इकलौते थे, जिन्होंने प्रेस कांउसिल को लंबा लिखित प्रतिवाद, दस्तावेज समेत भेजा कि हमने कितनी खबरें सरकार के खिलाफ छापी हैं? हमने जो दस्तावेज आधारित अपना उत्तर प्रेस काउंसिल को भेजा। उसे अखबार में तीन पेज में छापा, ताकि पाठक भी जाने कि प्रेस काउंसिल का यह आरोप नितांत गलत व निराधार था। यह हमारा सार्वजनिक-नैतिक पक्ष था। बिहार में आये बदलाव की चर्चा जब देश-दुनिया के सबसे प्रमाणिक-प्रतिष्ठित संस्थान, व्यक्ति या मीडिया कर रहे थे, तो बिहार के अखबार का स्वधर्म क्या था? याद रखिए लालू प्रसाद के कुशासन, पशुपालन घोटाला, अहं के दिन-माहौल। एक तथ्य यह भी स्मरण रखें। लालू प्रसाद के उदय के साथ सामाजिक बदलाव आया। उसका महत्त्व भी हमने तब श्रेष्ठ ढंग से बताया। फिर मंडल के दिनों को स्मरण करें। हिन्दी में दो ही अखबारों ने एक प्रतिष्ठित संस्था (सीएसडीएस) के सर्वे के तहत इस बदलाव के प्रति श्रेष्ठ कवरेज (खबर,

विचार) दिये, उनमें एक था-'प्रभात खबर'। दूसरा सुरेंद्र प्रताप सिंह के नेतृत्व में 'नवभारत टाइम्स'। 'प्रभात खबर' में ये मेरे शुरूआती दिन थे। पर, लालू प्रसाद लोक उम्मीदों, आकांक्षाओं के प्रतीक बन गये, तो उसी मजबूती से हमने पत्रकारिता धर्म का निर्वाह किया। हर प्रतिकूल परिस्थितियों के बावजूद। यह अखबार कुशासन, अपराध, अपहरण, सत्ता पोषित अहंकार के खिलाफ 'धर्मयुद्ध' के अग्रिम मोरचे पर था। हर जोखिम उठाते हुए, लोहिया, जेपी के नाम पर सत्ता में आये लोगों के परिवारवाद, आतंक, सार्वजनिक कोष के निजी लूट के खिलाफ। जब हमने खतरे उठाकर ये काम किये, तो बिहार में अच्छे दिन आ रहे थे, बदलाव दिख रहा था, तो क्या अखबार या हम अपना आँख बंद रखते? चुप, मौन या तटस्थ रहते। अब इस बदलाव का कवरेज देने, महत्त्व देने, प्रमुखता देने को आप, नीतीश कुमार के पक्ष या राज्य सरकार के अनुकूल होने की दृष्टि से देखें, तो यह देखनेवालों का अपना विवेक है।

हमारे अखबार में यह जरूर होता रहा कि देश-दुनिया में बिहार के बदलाव की जो खबर छपती रही, जो बिहार नहीं पहुँचती थीं, उनको भी हमने छापा। आलोचनात्मक या व्यवस्थागत कमियों की खबरों के साथ-साथ। लेकिन सिर्फ बिहार या राजनीति के मामले पर ही नहीं। विज्ञान से लेकर बदलती दुनिया के बारे में श्रेष्ठ चीजें छपीं। कैसे उन दिनों अखबार की प्रसार संख्या बढ़ी थी, कंटेंट के आधार पर। कम कीमत पर यह अखबार नहीं बढ़ा। पाठकों को लुभाकर, गिफ्ट देकर, हॉकरों को अनुकूल बना कर अखबार का सर्कुलेशन नहीं बढ़ा। पाठकों की माँग पर 'प्रभात खबर' का सर्कुलेशन बढ़ा।

अब यह सोशल मीडिया का दौर है। बिना जवाबदेही का अराजक समय। कोई किसी के बारे में कुछ भी कह-बोल लिख रहा है। दुनिया के दूसरे मुल्कों में इस मीडिया को लेकर गंभीर बहस चल रही है। पर, हम नींद में हैं। इसलिए मेरे जैसे अति सामान्य इनसान के लिए भी लोग ऐसी व्याख्या करने को स्वतंत्र हैं।

● ***आखिर क्या कारण रहा कि राजनीति में आने पर आपके अपने ही लोगों ने आलोचना की?***

● सोशल मीडिया पर सक्रिय नहीं हूँ। कभी-कभी जानकारी मिलती है। मेरे साथ काम किये साथी अधिक आलोचना करते हैं। उदाहरण स्वरूप बतौर उपसभापति एक सरकारी बिल पारित हुआ, तो उसे लेकर पूरे देश में बहुत आलोचना हुई। सैद्धांतिक पद्धति को लेकर सवाल उठे। यह मानता हूँ कि सबको यह अधिकार है कि अपने तरीके से चीजों की व्याख्या करें। सार्वजनिक जीवन

में हूँ, तो लोगों को आलोचना का हक है। आलोचनाओं से और निगेटिव अप्रोच से घबराता भी नहीं। पर, व्यक्तिगत, आधारहीन हमलों को समझने की कोशिश की। मसलन, उन दिनों लंबे समय तक साथ रहे, एक सज्जन ने लिखा कि 'रविवार' में हमने 'सूरजदेव सिंह का दूसरा चेहरा' लेख लिखा था। यथार्थ है, जब यह लेख छपा, तो बैंक सेवा में था। इस पत्रिका के संपादक कोई और थे। लेख जिन्होंने लिखा, वे तब दिल्ली स्थित इस पत्रिका के देश के मानिंद पत्रकार थे। कई वर्षों बाद हम 'रविवार' गये। सबूत नहीं देना है, दशकों बाद कुछ भी लिख दें। बीसों वर्ष आप साथ काम करते हैं, तब हमारे अंदर खूबियाँ नजर आती हैं। अचानक आप रिटायर हो जाते हैं या अलग, तो आपको सब खराबी, झूठे आधारहीन तथ्य नजर आते हैं। यह शायद इनसान की अपनी निजी कुंठा है। जिस अखबार में काम करता था, उसमें कुछेक लोग निगेटिव अप्रोच के भी थे। पर, उनके साथ हमेशा सम्मान का भाव रखा। कभी यह कोशिश नहीं की कि वे साथ काम नहीं करे। अब तो सोशल मीडिया का जमाना है। जिसे जो समझ में आता है, किसी के बारे में लिखता है। बात जहाँ तक राजनीति में आने की है, तो अखबार में काम करते हुए, 2014 तक यह लगने लगा था कि एक ही जगह पर इतने दिनों से, एक काम में लगा हुआ हूँ। जीवन में बदलाव चाहता था। 2016 तक यह साफ महसूस करने लगा था कि जिस अखबार को यहाँ तक पहुँचाने में लगा रहा, उसमें पूरी टीम की भूमिका है। बेहतरीन टीम है। अनेक योग्य लोग ऐसे हैं, जो इसे अब आगे की यात्रा पर ले जाएँगे। स्वभाव से वीतरागी भी हूँ। जिस काम को छोड़ दिया, फिर उसके मोह में नहीं रहता। राजनीति में मौका मिला, तो आ गया। अब साथ काम कर चुके लोगों में ही कइयों को यह भी लगता है कि हमारा ही साथी सांसद कैसे बन गया? यह किसी व्यक्ति विशेष की प्रवृत्ति की बात नहीं। सामान्य तौर पर हमारे हिन्दी पट्टी का यह मानस है।

कृष्णनाथ जी इन प्रवृत्तियों के लिए एक किस्सा सुनाते थे। उन्होंने सारनाथ में यह देखा था। सारनाथ में बौद्ध स्तूप के सबसे उपरी हिस्से पर रोज कौवे बैठते थे। उसमें भी एक त्रिशूल था। उसके सबसे ऊपरी हिस्से पर ही एक कौआ बैठ सकता था, शेष नीचे बैठते। पर दूसरे सभी कौवे उड़-उड़ कर, सबसे ऊपर बैठे कौवे को चोंच से मार कर वहाँ से हटाने की कोशिश करते, जिसे मौका मिलता, वह बैठ जाता। फिर टॉप पर बैठनेवाले के साथ यही व्यवहार दुहराया जाता। यानी टॉप पर एक ही कौआ, एक बार बैठ सकता था। जो बैठता, उसके साथी कौवे उसको किसी तरह से वहाँ से हटा देते। फिर खुद कोई अकेला कौआ तुरंत उस पर जाकर बैठ जाता। जिस कौवे को वहाँ से भगाया जाता, वह तुरंत दूसरे के

साथ मिलकर, बैठे कौवे को वहाँ से हटाने में लग जाता। ऐसा ही होता है शायद जीवन में, पत्रकारिता में, या प्रबंधन में या कहीं आप जब आगे जाते हैं, तो साथ के लोग, वहाँ से हटाने की मुहिम में जुट जाते हैं। आधारहीन आलोचना, तथ्यहीन आरोप, कुछ भी कह कर यह अभियान चलता है। अगर आप जीवन में विफल रहते हैं, तो तो कोई पूछने नहीं आएगा, सहानुभूति भी शायद न मिले। पर आप परिश्रम से, समर्पण से काम कर संयोग से जगह पा लेंगे, तो सारनाथ के कौवों के इस प्रसंग जैसा व्यवहार, शायद जीवन का यथार्थ है।

● ***पब्लिक डोमेन में कुछ लोग यह आरोप लगाते हैं कि 'प्रभात खबर' संस्थान से सबसे अधिक आर्थिक लाभ आपको मिला? तथ्य क्या हैं?***

● यह जरूरी सवाल पूछा। पहले स्पष्ट कर दूँ कि जब मैं सांसद बना था, तब मैं जिस अखबार से जुड़ा था, उस अखबार में एक-एक संपत्ति का ब्योरा सार्वजनिक किया था। यहाँ तक कि जिस संपत्ति से प्रत्यक्ष रूप से मेरा जुड़ाव नहीं था, उसका भी उल्लेख किया। सार्वजनिक जीवन में और पत्रकारिता, जो मैं मानता हूँ कि सार्वजनिक जीवन का ही हिस्सा है, आदमी को नैतिक होना चाहिए, यह शुरू से मेरी धारणा रही है। कहने में संकोच नहीं किया कि यही अपनी पूँजी-ताकत मानता हूँ। जीवन में शुरू से प्रवृत्तियाँ, संस्कार रहा कि कभी भी किसी से प्रत्यक्ष या परोक्ष लाभ लेने की स्थिति ईश्वर पैदा न करें। ईश्वर का धन्यवाद कि अब तक की जिंदगी उसी रूप में गुजरी। नौकरी शुरू की थी 21 वर्ष की उम्र में। टाइम्स ऑफ इंडिया समूह में। प्रशिक्षु पत्रकार (हिन्दी) के रूप में। अपने समय का यह सबसे प्रतिष्ठित ट्रेनी जर्नलिस्ट प्रोग्राम था। तब ट्रेनी जर्नलिस्ट प्रोग्राम की तनख्वाह हमारे समय में छह सौ के करीब थी। पत्रकारिता में यह अच्छी तनख्वाह मानी जाती थी। वहाँ छोड़कर बैंक अधिकारी बना। कई गुना वेतन पर। फिर रिजर्व बैंक की नौकरी मिली, जो और अधिक वेतन की थी। लेकिन उस प्रस्ताव को छोड़कर 'रविवार' पत्रिका में आया। कलकत्ता के 'आनंद बाजार पत्रिका' समूह में। अगर धन की लिप्सा रहती, तो बैंकों को छोड़कर पत्रकारिता में नहीं आता। बताने की जरूरत नहीं कि अधिक लाभ के पीछे भागने का मानस नहीं रहा। हालाँकि यह बोध हमेशा रहा कि एक साधारण किसान परिवार से हूँ। यह जानता था कि परिवार ने मुझे अपनी आवश्यकताओं को काटकर पढ़ाया है, ताकि परिवार पर बोझ न बनकर मददगार बनूँ। जीवन में तीन बार मित्रों से कर्ज लिया। एक बार मुंबई में अपने वरिष्ठ-गणेश मंत्री जी से 600 रुपये का। दूसरी बार गाँव के ही रहने वाले-एक फल के दुकानदार

से। दो हजार रुपये का ऋण। घर की पगड़ी देने के लिए। तीसरी बार उधार लिया जब कोलकाता, 'रविवार' में आया। पहली बार सेकेंड हैंड ब्लैक एंड व्हाइट छोटा टीवी छह सौ रुपये में लिये थे। इसके लिए अपने वरिष्ठ योगेंद्र कुमार लल्ला जी से कर्ज लिया। यह सभी कर्ज तनख्वाह मिलते ही किश्तों में लौटाता था। फिर जब फ्लैट खरीदा या घर बनाया, तो बैंकों से कर्ज लिया। समय से चुकाया। पर कभी कर्ज लेना पसंद नहीं किया।

गाँव में देखा था कि अंतिम समय में लोग अपने बच्चों को बुलाकर बताते थे कि उनका कर्ज यहाँ-यहाँ है, चुका दो। यह आपसी लेन-देन मामूली होते थे। जुबानी भी। इस विश्वास परंपरा में पला-बढ़ा। वहीं से संस्कार मिला। बिना श्रम के धन को पाप समझना। आज कह सकता हूँ कि उसी रूप में जिंदगी चली। बैंक की नौकरी छोड़कर 'रविवार' में आया। अपने किसान पिता को नहीं बताया। क्योंकि जानता था कि उन्हें पसंद नहीं होगा। 'रविवार' बंद होने के एक साल पहले बिहार के एक क्षेत्रीय अखबार में आ गया। अपने समय की दो प्रभावकारी पत्रिकाओं और देश के दो सबसे बड़े समाचार घरानों 'टाइम्स ऑफ इंडिया' और 'आनंद बाजार पत्रिका' समूह में काम करने के बाद लगने लगा कि पत्रकारिता में इसलिए नहीं आया था। तब एक बंदप्राय अखबार चुना, जिसका कोई भविष्य नहीं था। जिस समय 'प्रभात खबर' आ रहा था, उसी समय ऑफर था। देश के सबसे बड़े औद्योगिक घराने से निकलने वाले साप्ताहिक हिन्दी अखबार में संपादक के बाद, दूसरे नंबर पर काम करने का। वहाँ हमारे पुराने संपादक ही प्रमुख थे। वहाँ का वेतनमान-सुविधाएँ जिस क्षेत्रीय अखबार को चुना, उससे कई गुना अधिक था। पर नहीं गया।

पत्रकारिता में जेपी आन्दोलन से प्रभावित होकर आया था। विद्यार्थी था, तो पहला पत्र 'जनवार्ता' (बनारस) में छपा था। श्यामा प्रसाद 'प्रदीप' संपादक होते थे। किसी ने कहा नहीं था, यह पत्र लिखने को। खुद मन में आया था। पत्रकारिता में, इससे प्रेरित होकर आया। जिस अखबार में आया, उस समय उसका कोई भविष्य नहीं था। यह खुला तथ्य था, पर टीम बनी। चुनौतियों के बीच काम करना अच्छा लगता था। हम सबने मिलकर खड़ा किया। उस अखबार के मुकाबले हिन्दी जगत के तीन सबसे बड़े घरानों के तीन अखबार आये। तीनों का लक्ष्य था कि 'प्रभात खबर' को खत्म करना। तभी आगे बढ़ पायेंगे। ऐसी हर मुमकिन कोशिश भी इन समूहों ने की। अपने अखबार के सभी लोगों की (मशीन-प्रोडक्शन समेत सभी विभागों का) सामूहिक बैठक कर कहता था कि जिसे जहाँ बेहतर मौका मिले, वहाँ जायें। एक बार 33 लोग एक साथ, दूसरे बड़े

समूह में बड़े वेतन पर गये। अचानक। बगैर सूचना। तैयारी थी कि अगली सुबह अखबार ही नहीं निकले। फिर जाने का लगातार सिलसिला चला। एक-एक कर बड़े घरानों के अखबार आये। उनका मकसद जिस अखबार से हमलोग जुड़े थे, उसे कमजोर कर आगे बढ़ना था। उनके पास पूँजी, आक्रामक प्रचार, हॉकरों को रियायत, पाठकों को लुभावने स्कीम देने की ताकत थी। हमारे स्टाफ में हमेशा संशय रहता कि हमारा भविष्य इन पूँजी संपन्न घरानों के सामने नहीं है। हमारे जो सहकर्मी जाते, वे अधिक वेतन पर जाते। या हमारे यहाँ से हमें कमजोर करने के लिए तोड़े जाते।

यह संघर्ष और सृजन का दौर था। नये युवकों को लगातार जुटाना, काम कराना। जिन्हें दूसरे अखबारों से लुभावक प्रस्ताव आते, वे मेरे पास आकर जाने की अनुमति माँगते। अखबार का भविष्य पूछते, तो सामूहिक मीटिंग कर कहता कि जिन्हें प्रस्ताव मिले, जायें। क्योंकि मैं नहीं चाहता था कि किसी को मेरी वजह से नुकसान हो। कल यह 'प्रभात खबर' अखबार न चले, तो वे आकर पूछें या कहें कि आपने रोका था? यह नैतिक अपराध का बोझ नहीं उठा सकता था। कल को कोई यह नहीं कहे कि मेरी वजह से वह नहीं गये और आज उनका भविष्य अंधकारमय हो गया। इसलिए कभी किसी सहकर्मी को नहीं रोका। प्रोत्साहित किया। तब हम दिन-रात भूलकर चौबीसों घंटे, 'प्रभात खबर' जीते। पल-पल नयी सूचनाएँ। इतने लोग गये, हॉकरों के बीच नयी स्कीम आयी, वहाँ पाठकों को ये लुभावने पुरस्कार मिले। सभी पेज कलर प्रिंटिंग की श्रेष्ठ मशीनें। अधुनातन टेक्नोलाजी, लगातार पूँजी के बल होनेवाली नयी-नयी चीजें व प्रयोग। दुनिया के श्रेष्ठ ले-आउट डिजाइनरों से ले-आउट। अखबार सिर्फ कटेंट की बदौलत लड़ पा रहा था। लेकिन जो बच गये, वह टीम रही, उन लोगों ने कोशिश की। अखबार खड़ा किया। धीरे-धीरे हमने कोशिश की कि अखबार में सबकी सुविधाएँ ठीक हो। अखबार में आया, तब लगभग ढाई तीन लाख रुपये प्रतिमाह स्टाफ का वेतन था। जब अखबार छोड़ा, दो करोड़ से ज्यादा प्रतिमाह वेतन मद का खर्च था। हमारी टीम ने मिलकर सबकी सुविधाएँ बेहतर करायी। सोशल सिक्यूरिटी से लेकर काम करनेवालों को निजी लाभ मिले। शुरू के दिनों में मशीन में कुछेक जो पेरोल पर नहीं थे, उनके इलाज में लाखों रुपये तक खर्च करवाया। वहाँ के प्रबंधन से मैंने अपने लाभ के लिए कभी नहीं कहा, जब 'रविवार' (आनंद बाजार पत्रिका) से 'प्रभात खबर' आया, तो 'रविवार' की तुलना में एक हजार रुपये अधिक वेतन पर आया था। लेकिन वहाँ पर 27 वर्ष रहा। वह तो आखिरी कुछेक वर्षों में वेतन बढ़ा। प्रबंधन ने कुछ सोचा होगा। हमें

बड़े ऑफर आने लगे थे। प्रबंधन को बता दिया, लेकिन मैं यह भी मानता था कि जहाँ पत्रकारिता कर रहा हूँ, वहाँ स्वायतता है। अपनी बनायी टीम है। शायद दूसरी जगह ऐसी स्थिति बनाने में समय लगे या न बने। पर, 'प्रभात खबर' को खड़ा करने में वहाँ मेरा योगदान था। इस कारण बड़े लुभावने प्रस्तावों के बावजूद वहीं रहा। क्योंकि अपनी स्वायत्तता, सुविधाओं या भौतिक उपलब्धियों के बजाय पसंद थी। लेकिन मन में हमेशा रहा कि रिटायरमेंट के करीब पहुँच रहा हूँ। शुरू से जीवन में कभी फिजूलखर्जी नहीं रही। न क्लब, न शराब, न मॉल। साधारण कपड़े। आफिस की गाड़ी से ही दफ्तर आता-जाता था। सो बचत की प्रवृत्ति थी। शुरू से ही बचाने की आदत रही थी। बैंकों में आरडी (रेकरिंग डिपॉजिट) रखने की। घर में बचपन से देखा था। शुरू से ही शिक्षा थी कि स्वाभिमान के साथ जीने के लिए, अपनी शर्तों पर जीने के लिए, जितना चादर है, उतना ही पाँव फैलाना है। वर्ष 2007-08 के बाद 'प्रभात खबर' एक मुकाम पर पहुँच गया, तो हम टॉप टीम की भी तनख्वाह, सुविधाएँ ज्यादा बढ़ायी गयी। उसके पहले एक बार अखबार का बिकना तय हो गया था। हम तीन सीनियर लोग थे। उस समय अखबार प्रबंधन ने कहा कि आपलोगों को अमुक राशि दे रहे हैं, क्योंकि अखबार खड़ा करने में आपकी भूमिका रही है। हम तीनों को मिलाकर प्रबंधन द्वारा जो दिये जाने का प्रस्ताव था, उसमें भी पचास प्रतिशत अकेले मेरे हिस्से में आ रहा था। लेकिन टीम के अधिसंख्य लोगों ने मुझे कहा कि इसके बाद दूसरे प्रबंधन में हमारा क्या होगा? टीम के लोगों की बात के बाद में इस पूरी प्रक्रिया से हट गया।

अखबार नहीं बिका, जबकि उस समय अधिक पैसा लेकर अलग हो जाने का बड़ा मौका था, लेकिन उस समय अपनी टीम और स्टाफ के साथ खड़ा रहा। उसके बाद फिर लगकर अखबार को आगे बढ़ाने का काम साथियों ने किया। प्रबंधन ने फिर हम तीन वरिष्ठ लोगों को शेयर में हिस्सा दिया। 2008 के लगभग, तब भी फाइनेंसियल विशेषज्ञों ने कहा कि हमारी भूमिका के अनुसार यह हिस्सा कम है लेकिन हमने उस ओर ध्यान नहीं दिया। कारण, कभी जीवन में जरूरत से ज्यादा की कामना ही नहीं की। कभी हाथ न फैलाना पड़े इससे ज्यादा की चाहत नहीं रही। 2015 में हम तीन वरिष्ठ लोगों को शेयर मिला। साथ ही हमारी टीम ने अखबार में सभी लोगों की सुविधाएँ बढ़े, तनख्वाह बढ़े, इसके लिए लगातार काम हुआ। सोशल सिक्यूरिटी का प्रबंध काम करनेवालों का हुआ। आज हमारे अलग हो जाने के बाद भी अखबार अच्छे तरीके से चल रहा है। हाँ, हमें अपना शेयर मिला, जिस अखबार के न चलने की

घोषणा बाजार कर चुका था, जहाँ से न जाने कितने लोग छोड़कर दूसरे अखबारों में गये कि बड़े संस्थानों के सामने इसका भविष्य नहीं है, वहाँ हम शुरू से टिके। उदारीकरण के दौर की एक खूबी यह है कि अब कंपनियाँ संस्थान को शून्य से खड़ा करनेवालों को शेयर देती हैं, हिस्सा देती हैं। यह उनके जोखिम-काम का पुरस्कार होता है। ऐसा कई बड़े अखबारों में हुआ है, हो रहा है, उस अनुपात में हमें तो कम हिस्सा मिला।

यह भी बता दूँ कि 2008 के आसपास देश के एक सबसे बड़े घराने से मुख्य संपादक होने का प्रस्ताव आया, जहाँ काम करता था, यहाँ से अधिक वेतन, सुविधाएँ एवं शेयर का प्रस्ताव भी, जो हमारे पुराने संस्थान से काफी अधिक था, पर नहीं गया, क्योंकि उक्त संस्थान ने हमारे संस्थान से कई दर्जन लोगों को अचानक भारी तनख्वाह सुविधाएँ दिलाकर तोड़ा था कि वह अखबार न चले। यह प्रस्ताव उसी संस्थान से था कि जो लोग अपने साथ लाना चाहें लाये, पर नैतिक संकट था कि जो लोग अचानक साथ छोड़कर उसी अखबार में गये, उसी संस्थान में मैं भी अपनी टीम लेकर बड़े पद-सुविधाओं-तनख्वाह शेयर के साथ जाऊँ, तो खुद को क्या जवाब दूँगा? मन में आकर्षण के बावजूद यह सवाल उठा कि मैं भी 'प्रभात खबर' क्या संस्थान को कमजोर करने की भूमिका में जाऊँ, जिसे खड़ा करने में करने में औसतन 15-18 वर्षों तक दिन-रात काम किया? दो दशकों से अधिक। इस कारण उस बड़े घराने के अधिक पैसे, राशि और बड़े पद के आफर को छोड़ा।

- ***आपकी निजी संपत्ति पर भी सवाल उठाते हैं कुछ लोग?***

- गाँव में मेरे पास पैतृक संपत्ति है। उसमें मैंने सांसद बनने के बाद कुछ जोड़ा नहीं। हाँ सांसद बनने के पहले कुछ जमीन ली थी। मन था कि स्कूल खोलूँगा। एक जगह पौन बिगहा। एक जगह एक बिगहा, मामूली रकम में।

निजी संपत्ति को लेकर सवाल उठते हैं। यह इलेक्शन कमीशन को भी दिया हुआ है। सार्वजनिक है। पिछले करीब चार दशक से इनकम टैक्स रिटर्न फाइल करता हूँ। उसमें एक-एक बात का विवरण है। जीवन में पहला फ्लैट 'प्रभात खबर' में आने के बाद पटना में खरीदा। अखबार प्रबंधन से लोन लेकर। कुछ बैंक से भी लोन। उसको बेचा, रांची में 11 लाख रुपये में एक तीन कमरे का फ्लैट लिया। झारखंड आने के लगभग 15 सालों के बाद। प्रबंधन और बैंक से कर्ज लेकर दिल्ली में एक फ्लैट खरीदा। बाद में वह भी बेच दिया। बैंक की नौकरी में जब से गया, तब से रिटर्न फाइल कर रहा। एक-एक चीज का विवरण दर्ज कराता रहा हूँ। राजनीति में आने के बाद एक नई चीज नहीं खरीदी है।

2007-08 में गाँव में जमीन का टुकड़ा खरीदा। इरादा था कि गाँव में स्कूल खोलूँगा। रांची में रहते हुए यह मन था कि एक किताब की दुकान रखूँगा। एक शॉपिंग काम्पलेक्स में छोटा स्पेस है। पटना, दिल्ली का घर बेच दिया। रांची का भी तीन कमरे का वह फ्लैट, जिसमें वर्षों रहा, बेच दिया। अब, कुल तीन संपत्ति है, रांची में। एक घर, एक दुकान का छोटा स्पेस और रांची से सटे ओरमांझी में भूखंड। देश की दो प्रतिष्ठित पत्रिकाओं में, बैंक में, प्रधानमंत्री कार्यालय में, फिर एक अखबार में करीब तीन दशक तक काम करने के बाद कुल संपत्ति यही है। जिस अखबार में करीब तीन दशक तक काम किया, उस अखबार से कुछ शेयर का हिस्सा मिला। उसका विवरण भी इनकम टैक्स रिटर्न में दर्ज है। तीन-चार करोड़ की वैलुएशन वाली कंपनी को सौ करोड़ से पार की कंपनी हमने बनाया, तो हमे प्रबंधन ने कुछ शेयर दिया। आज तो बड़े संस्थानों में काम करने से पहले ही शेयर तय होते हैं। तब भी होते थे।

इतने दिनों पत्रकारिता में काम करते हुए कोई यह नहीं कह सकता कि कभी किसी मौके पर किसी का मामूली फेवर लिया। ईश्वर ने यह मौका नहीं दिया। एक बार एक एडमिशन के सिलसिले में फेवर लिया। अपनी कंपनी से ही।

जब प्रधानमंत्री कार्यालय छोड़ रहा था, तब भी अनेक ऑफर थे कि मैं कहीं ज्वाइन कर लूँ। पर, वापस अखबार में आया। अखबार में काम करते हुए अनेक ऑफर मिले। बड़े अखबार समूहों के ऑफर। झारखंड में राज्य योजना आयोग का अध्यक्ष बनने का ऑफर। माखनलाल चतुर्वेदी पत्रकारिता विश्वविद्यालय (भोपाल) के वीसी बनने का प्रस्ताव। 2006-07 में एक बड़े समाचार समूह के हिन्दी अखबार का चीफ एडिटर बनकर दिल्ली आने का प्रस्ताव मिला। जो तनख्वाह थी, उससे बहुत अधिक का प्रस्ताव। साथ में शेयर व अन्य सुविधाएँ। पर, एक अखबार में लगा, तो लगा रहा।

जीवन में एक-एक चीज फ्रिज या घरेलू उपकरण भी कब, कहाँ से अर्जित की है, प्रमाण है। फिर भी लोगों का काम है कहना, वे कुछ भी आधारहीन कह सकते हैं। अगर कोई प्रमाण के साथ कहे, तो वह सारी संपत्ति उसे सौंप दूँगा, लेकिन अगर नहीं, तो सार्वजनिक रूप से ऐसी बात कहनेवालों को भूल स्वीकार कर क्षमा माँगनी चाहिए। इस रास्ते चलकर ईमानदारी से जीवन अपनी शर्त के साथ जीने के लिए कोई भी अर्जित कर सकता है। जो लोग ऐसी चीजों पर टिप्पणी करते हैं, वे चुनौती-पुरुषार्थ-श्रम का ऐसा रास्ता चुनकर परिश्रम, अपनी योग्यता के बल इससे अधिक हासिल कर सकते हैं। ऐसा सुझाव है कि जो ऐसा सवाल उठाते हैं, वे यह रास्ता क्यों नहीं अपनाते? गाँव का आदमी हूँ। यह सिद्धांत

रहा, 'साई इतना दीजिए, जामे कुटुम समाय। मैं भी भूखा ना रहूँ, साधु ना भूखा जाए।'

● ***पत्रकारिता में आपका कोई रोल मॉडल, जो आपको बहुत प्रभावित करते हों या किये हों?***

● पत्रकारिता में प्रेरक पुरुष भरे पड़े हैं। आजादी की लड़ाई के पत्रकार मनीषी, जो तप, त्याग, चरित्र और विद्वत्ता में अप्रतिम थे। वे पूरे समाज के पथ-प्रदर्शक हैं। रामराव, चिंतामणि, विष्णुराव पराड़कर जी, गणेश शंकर विद्यार्थी जी, माखन लाल चतुर्वेदी जी, चलपति राव...अनेक नाम हैं। 'स्वराज' जैसा समाचार पत्र था, जिसमें काम करनेवाले सभी संपादकों को कालापानी की सजा हुई। उसमें संपादक बनने की योग्यता थी कि वही आवेदन देगा, जो कालापानी की सजा के लिए तैयार हो। इमरजेंसी में, चलपति राव जैसे पत्रकार, एक सामान्य चाय की दुकान पर बैठे-बैठे मर गये। हार्ट अटैक से। कई घंटे बाद पता चला कि मरने वाले चलपति राव है। 'नेशनल हेरल्ड' के यशस्वी संपादक। जिनकी कलम से अंगरेज राज की चूल हिलती थी। वैसा यशस्वी, प्रखर और प्रेरक पुरुष एक सामान्य आदमी की तरह मरे। यह एक घटना ही परिभाषित करती है कि उस युग के लोग कितने ऊँचे थे? फिर फ्रैंक मोरिस, दुर्गादास, शिरीष मुलगाँवकर, देवदास गाँधी, गौर किशोर घोष, अज्ञेय, धर्मवीर भारती, रघुवीर सहाय, राजेंद्र माथुर, प्रभाष जोशी जैसे लोग रहे, जिन्होंने गहराई से मन को छुआ।

इस तरह अलग-अलग दौर के अलग-अलग लोग हैं। काम और चरित्र की दृष्टि से गणेश मंत्री, जिनका बड़े भाई की तरह हमेशा स्नेह मिला, प्रभावित करते रहे हैं। धर्मवीर भारती का प्रभाव, उनकी कार्यशैली, उनके विवेक का मैं हमेशा सम्मान करता रहा हूँ। 'नवनीत' के यशस्वी ऋषि संपादक नारायण दत्त जी की प्रेरणा को कैसे भूल सकता हूँ। एसपी सिंह में अद्‌भुत प्रतिभा थी। अरुण शौरी की पत्रकारिता का कायल रहा हूँ। राजदीप सरदेसाई, एमजे अकबर प्रतिभाशाली पत्रकार हैं। लेखकों में रामचंद्र गुहा प्रिय लेखक हैं। बीजी वर्गीस, अजीत भट्टाचार्य, कुलदीप नैयर गहराई से प्रभावित करते हैं। ऐसे ही कई नाम है। इनमें से कई से व्यक्तिगत संपर्क रहा है, लंबे समय से।

● ***चार दशकों की पत्रकारिता यात्रा में सबसे खराब और श्रेष्ठ यादगार अनुभव, बताना चाहेंगे?***

● कटु स्मृति की बात पहले। एक अवसर याद रहता है। 'प्रभात खबर' से ही जुड़ा। उस अखबार में अनेक साथी आये, जिनकी कुशलता से, संपादकीय

हुनर से, प्रतिभा से 'प्रभात खबर' निखरा। स्वभावत: सब पर पूरा भरोसा किया। पर, इस यात्रा में कुछेक ऐसे सहयात्री या साथी भी मिले, जिन्होंने अचानक विश्वास तोड़ा। जिन्हें छाया नहीं थी, खड़ा होने का ठौर नहीं था, ऐसे लोगों को, दूसरों से आगे बढ़ाया। पर, अचानक रातोंरात बदल कर, वे इसी संस्थान को बंद कराने के अभियान में बड़े समूह से जुड़े। आना-जाना, सहज प्रक्रिया है। पर उपकार के बदले प्रतिशोध की तरह स्तब्ध करने की सीमा तक हर ओछा काम। एक बड़े समूह के आने के बाद पूरी की पूरी टीम तोड़ने की भरपूर कोशिश की। ऐसी प्रवृत्तियों ने इनसान का दूसरा रूप दिखाया। हालाँकि मेरे एक मित्र ने एक बार मजाक में कहा कि आप अपनी कुँडली किसी ज्योतिषी को दिखायें। आपके आसपास के एक-दो विश्वस्त ही ऐसा क्यों करते रहे हैं? पर जीवन क्रम में अनुभव मिला कि हमने हजारों लोगों के साथ काम किया है। यदि एकाध ऐसे भी मिल गये, तो यह स्वाभाविक ही मानना चाहिए।

अच्छे अनुभव के तौर पर बहुत यादें हैं। कई वरिष्ठ पत्रकारों, बुद्धिजीवियों से मिलना। उनकी मदद व सहयोग। डॉ. धर्मवीर भारती के साथ काम करना, उनका मार्गदर्शन प्राप्त करना यादगार है। मुंबई के आरंभिक दिनों में प्राय: हर रविवार, गणेश मंत्री के घर गुजारना। उनसे कई चीजों को जानना, समझना बेहतर यादों में है। उदयन शर्मा के साथ रहा करता था। उनके साथ गुजारे गये दिन यादगार अनुभव हैं। बेहद ही यारबाज किस्म के जीवंत इनसान थे, उदयन शर्मा। चंद्रशेखर जी के साथ कुछ दिनों तक प्रधानमंत्री कार्यालय में अतिरिक्त सूचना सलाहकार के तौर पर काम करने का अवसर मिला, वह अनुभव भी दिलचस्प है। सत्ता को करीब से पहली बार देखा। उससे जीवन में कई तरह की नयी धारणाएँ बनीं, कई बदलाव हुए। हिन्दी का शायद पहला पत्रकार रहा, जो प्रधानमंत्री कार्यालय में संयुक्त सचिव बना।

● ***पत्रकारिता करते हुए सबसे ज्यादा संतुष्टि किन बातों से मिलती थी?***

● अशक्त व गरीब आदमी की खबर छपने पा सिस्टम ने नोटिस लिया, तो लगता था कि सार्थक काम हुआ। दुमका से पहाड़िया आदिवासी फोन करते थे कि सर, यह चीज छपी है। उससे मुझे यह लाभ हुआ, तो बहुत सुकून मिलता था। खुद आदिम जनजाति के बिरहोरों के यहाँ गया था, तो पता चला कि 'प्रभात खबर' में खबर छपने के बाद उन्हें लाभ मिला। रांची के ओरमांझी में गरीब आदिवासियों की जमीनों पर बैंकों से ऋृण लेकर, उन्हें असहाय-भूमिहीन बना दिया था। समर्थ और ताकतवर लोगों ने। 'प्रभात खबर' अभियान से बैंकों द्वारा

बंधक जमीनें मुक्त हुईं, तो जो व्यापक प्रसन्नता उनमें हुई, वे यादगार है। ऐसे अनेक अवसर 'प्रभात खबर' के अभियानों के दौरान, पत्रकारिता की सार्थक भूमिका का स्मरण करते हैं। इस तरह की खबर छपने के बाद कुछ होता, तो सुकून मिलता। ताकतवर-से ताकतवर आदमी के जुल्म, अत्याचार, उसके कुकर्म, भ्रष्टाचार को खतरे उठाकर सामने लाने पर लगता कि सही काम हो रहा है। हाँ लेकिन गलती पर घोर पश्चात्ताप की आदत भी रही। कोई भूल हुई, तो उसी महत्त्व में छापा गया। यह ईमानदार भूल स्वीकारोक्ति भी सीख होता। यह सब उन्हीं लोगों का असर है, जिनके साथ में पला-बढ़ा, पढ़ा, काम किया और सीखा।

● ***राजनीति पर लिखना आपका प्रिय विषय रहा। पर, राजनीति की तरह ही पत्रकारिता में भी धुंध रहा हमेशा!***

● पत्रकारिता के बारे में एक बड़ा सच यह है कि यह पूरी तरह पूँजी संचालित है। और जब मुनाफे के लिए पत्रकारिता होगी, तो उसका स्वरूप कैसा होगा, उसकी कल्पना की जा सकती है। तब वही होगा, जो देखने को अब मिलता है। चुनाव में पैकेज के अनुसार खबरें लिखी जायेंगी, यह इसी मुनाफे की संस्कृति का विस्तार है। पत्रकारिता का मूल चरित्र ही बदल गया है। लेकिन इसके लिए सिर्फ पत्रकारिता को दोषी नहीं ठहराया जा सकता। पत्रकारिता की इस विडंबना के पीछे असल दोष कहीं और है। उसमें बदलाव किये बिना कोई भी बदलाव संभव नहीं है। आज जो पत्रकारिता हो रही है, उसमें आप लाभ तो कमा सकते हैं, लेकिन वह पत्रकारिता समाज में कोई बड़ा असर डाले, इसकी उम्मीद आप नहीं कर सकते। हाँ, छोटे स्तर पर कुछ इंपैक्ट दिख जाता होगा। यह सिर्फ पत्रकारिता का संकट नहीं, बल्कि सामाजिक, बौद्धिक, नैतिक और राजनीतिक चरित्र का भी संकट है। गाँधी जी कभी अपने काम के बारे में बताने के लिए अखबार वालों को नहीं बुलाते थे। अखबार वालों के पास नहीं जाते थे। उनके कामों में इतनी ताकत थी कि उन्हें मीडिया की जरूरत ही नहीं पड़ती थी। मीडिया खुद उनके पास याचक के रूप में पहुँचती थी। दुनिया के कोने-कोने से। यह कर्म की ताकत थी। आजादी की लड़ाई ने जिन मूल्यों को गढ़ा, उसने राजनीति को बहुत हद तक प्रभावित किया। समाज को बेहतर बनाने का काम किया। तब सीआर दास जैसे लोग आ रहे थे, इस राजनीति में। जिन्होंने लाखों रुपये की प्रैक्टिस छोड़ दी। आजीवन देशसेवा ही करते रहे। आर्थिक कठिनाइयों में, रहकर ऐसे हजारों लोग आये, जिन्होंने गुमनाम रहकर काम किया। तब राजनीति समाज को प्रभावित करती थी और पत्रकारिता भी उस राजनीति

से ही प्रेरित व प्रभावित थी। अब पत्रकारिता को रास्ते पर लाने का सामर्थ्य समाजनीति, अर्थनीति, राजनीति में नहीं। क्या कारण था कि पंडित मदन मालवीय भीख माँगकर एक विश्वविद्यालय का निर्माण करवाते हैं, और वहाँ पढ़ाने के लिए एक-एक रुपया प्रतिमाह की सैलरी पर देश के जाने-माने प्राध्यापक पहुँचते हैं। यह चरित्र का, त्याग का, प्रताप-पुण्य है। जब वैसे मूल्य थे, तो गंदगी स्वतः ही दूर हो रही थी। पत्रकारिता का दोष सिर्फ पत्रकारिता का नहीं, उसकी जड़ें कहीं और हैं। यह मैकियावेली और गाँधी की राजनीति का द्वंद्व है। यह साधन व साध्य का प्रसंग है। पहले राजनीति में साधन की शुचिता थी, कसौटी थी। समाज, चरित्र को महत्त्व देता था। पूँजी-पूजक नहीं। अब येन-केन-प्रकारेण सत्ता हथियाने की महिमा को पूजता है। यह अंतर आया है।

● ***उदारीकरण या यूँ कहें कि 1991 की अर्थनीति बदलाव फैक्टर ने पत्रकारिता को किस तरह बदला?***

● निस्संदेह, 1991 देश के लिए एक लैंडमार्क की तरह है। 1991 के बाद देश में कई बदलाव हुए। सबसे बड़ा बदलाव आर्थिक स्तर पर हुआ। अर्थव्यवस्था के खुलते या अर्थनीतियों में बुनियादी बदलाव के अनेक दूरगामी असर पड़े। अच्छे-बुरे, दोनों। सबसे ज्यादा प्रभाव तकनीकी बदलाव ने किया है। एक मोबाइल फोन ने दुनिया को कितना बदल दिया, यह देखने वाली बात है। लेकिन यह भी एक सच है कि स्थायीपन मौलिकता में ही है। जब तक हम किसी भी क्षेत्र में मौलिक रास्ते पर नहीं चलेंगे, कुछ नहीं कर सकते। पत्रकारिता में 1991 के बाद जो बदलाव आये है, उनके सकारात्मक पहलुओं को गौर करना होगा और मौलिकता को बनाये रखना होगा।

● ***लेकिन सच तो यह भी है कि आज इस पेशे में संस्थानों को पत्रकार के रूप में एक बेहतर रोबोट की तलाश रहती है, फिर मौलिकता का स्थान कहाँ?***

● टेक्नोलॉजी एरा में या आर्टिफिशियल इंटेलिजेंस दौर में रोबोट तो चाहिए ही। प्रतियोगिता में बने रहना है, तो बिना रोबोटिक एक्ट के कुछ नहीं किया जा सकता। आपने देखा, रोबोट न्यूज रीडर का काम। ऐसे अनेक हतप्रभ करनेवाले क्षण आते हैं। यह टेक्नोलॉजी संचालित बदलाव का युग है। प्रतिस्पर्द्धा 1991 के बाद की अर्थनीतियों की देन है। अब पहले के दिनों की तरह ऐसा नहीं हो सकता कि एक पत्रकार सिर्फ रिपोर्ट लिखे। उसे रिपोर्ट भी लिखनी होगी, पेज भी बनाना होगा। संपादन कला का भी ज्ञान रखना होगा। तभी वह टिक पायेगा।

यह बाजार की माँग है। वही उद्योग या अखबार घराना इस प्रतिस्पर्द्धा में टीकेगा, जो श्रेष्ठ टेक्नोलॉजी का इस्तेमाल अधिकाधिक करेगा। बदलाव की आंधी से कदमताल मिला कर चलेगा। इस उदारीकरण या भूमंडलीकरण ने कई चीजें दी हैं, जिनमें कई अच्छी हैं। हम पुराने लोगों की नजर में बुरे, कुछ ज्यादा हैं। उदारीकरण ने दुनिया को एक बाजार में बाँधने की कोशिश की है। बाजार में वही टिकेगा, जो इस प्रतिस्पर्द्धा में अपने को प्रतिस्पर्द्धियों के मुकाबले श्रेष्ठ साबित कर सके। इस तरह पत्रकारिता में भी प्रतिस्पर्द्धा का ही जोर है। जो संस्थान इस प्रतिस्पर्द्धा में पीछे छूटेगा, वह बाजार से बाहर होगा। यहाँ करुणा-संवेदना की जगह कहाँ है? उदारीकरण की बड़ी देन यह जरूर है कि यह युग, अब ज्ञान युग हो गया है। पहले के जमाने में जन्मना लोग महान हो जाते थे, अब कर्मणा भी महान होने लगे हैं। नारायण मूर्ति, अजीम प्रेमजी जैसे लोगों ने तो यह साबित किया कि ज्ञान और उद्यमिता के बल पर लक्ष्यों को प्राप्त किया जा सकता है। ये फर्स्ट जेनरेशन उद्यमी है। पहले टाटा-बिडला, यानी स्थापित उद्यमी परिवारों के उत्तराधिकारी ही उद्यमी-उद्योगपति बनते थे। अब ज्ञानयुग ने गणित बदल दिया है। यह साधारण बदलाव नहीं है।

● ***आपका लंबा अनुभव प्रिंट मीडिया का रहा है। अब मल्टीमीडिया का जमाना है। प्रिंट के सामने आज बड़ा संकट क्या है?***

● प्रिंट एक माध्यम है। माध्यम बदलते रहते हैं। प्रिंट मीडिया की बजाय पत्रकारिता में मौजूदा संकट की बात करना चाहूँगा। बड़ा संकट है, योग्य लोगों का अभाव। अच्छे और प्रतिभावान लोगों की कमी। हमने 'टाइम्स ऑफ इंडिया' समूह के साथ पत्रकारिता की शुरुआत की, तो मुझे लगभग 650 रुपये मिलते थे, प्रतिमाह। मुंबई जैसे शहर में इतने कम पैसे में हम काम करते थे। तब भी इस पेशे में अच्छे व प्रतिभावान लोग अन्य महत्त्वपूर्ण अवसर छोड़कर आते थे। स्थितियाँ पूरी तरह बदल गयी हैं। अब तो क्षेत्रीय अखबारों में भी लाख-लाख रुपये तक तनख्वाह मिल रहे हैं। फिर भी इस पेशे में प्रोफेशनलिज्म का अभाव दिख रहा है। संवेदना, शिद्दत और समझदारी वाले लोग पेशे में कम आ रहे हैं। हिन्दी पत्रकारिता का सबसे बड़ा संकट ह्यूमन रिसोर्स का है। इस पर हिन्दी मीडिया के बड़े घरानों में काम करने की जरूरत है। कभी-कभी सोचता हूँ कि जितने दिनों तक एक छोटे अखबार में रहा, अगर उतने दिनों तक किसी बड़े अखबार में होता, तो ह्यूमन रिसोर्स को ही बेहतर बनाने में सबसे ज्यादा ध्यान देता। भारत के श्रेष्ठ, उर्वर मस्तिष्क से प्रशिक्षण का बंदोबस्त करवाता। पत्रकारों के श्रेष्ठ प्रशिक्षण की व्यवस्था करवाता। मानव संपदा बेहतर होनी चाहिए।

माध्यम प्रिंट हो या कोई अन्य, उसे श्रेष्ठ बनाने के लिए प्रतिभाशाली व संवेदनशील मन-मस्तिष्क और समर्पण चाहिए।

● ***यह सवाल भी उठता है कि अंगरेजी की तर्ज पर और अनुवाद के सहारे कब तक हिन्दी पत्रकारिता चलती रहेगी?***

● यह संकट सिर्फ हिन्दी पत्रकारिता के साथ नहीं, बल्कि हिन्दी समाज के साथ है। यह भाषा और संस्कृति का संकट भी है। अंगरेजी इस तरह ताकतवर स्थिति में कैसे पहुँची? उसमें एक गुण है, ग्राह्यता का। फ्लेक्सिबिलिटी है। आज हिन्दी को समृद्ध बनाने का काम कहाँ हो रहा है? पत्रकारिता में बात करें, तो प्रभाष जोशी जी ने इस पर बहुत काम किया। 'जनसत्ता' का प्रयोग लैंडमार्क है। हिन्दी में बोलियों व जनभाषाओं का अधिक-से-अधिक प्रयोग करना होगा, तभी वह मजबूत होगी। पत्रकारिता में भी। तमिल में एक अखबार है-'दिनतंदि'। इस अखबार को जिन्होंने शुरू किया था, वह ऑक्सफोर्ड से पढ़कर आये थे। उन्होंने भारत आते ही कहा कि मुझे एक ऐसा अखबार निकालना है, जिसे पढ़कर रिक्शावाला, मजदूर, ग्रामीण, बौद्धिक वर्ग सब समझ लें। तब तमिल भाषा के पंडितों ने उनका भारी विरोध किया कि यह अखबार, तो तमिल भाषा के मूल प्राण-सत्व को नष्ट कर रहा है। आज वह अखबार सर्वाधिक बिकने वालों में से है। तमिल को समृद्ध करने में उसकी महत्त्वपूर्ण भूमिका रही है।

दूसरी बात जो मुझे समझ में आती है, वह यह कि हिन्दी पट्टी में सांस्कृतिक चेतना का अभाव रहा है। जैसे कोई हिन्दी वाला थोड़े भी पैसे कमा ले, तो उसके घर में हिन्दी की जगह अंगरेजी-'इंडिया टुडे', 'आउटलुक' दिखने लगता है। लेकिन यह स्थिति बांग्ला, मराठी या तमिलभाषियों वगैरह के साथ नहीं है। उनके घरों में चाहे जितनी भी समृद्धि आ जाए, अपनी भाषा की पत्र-पत्रिकाएँ दिखेंगी ही। आज यदि बंगाल में 'आनंद बाजार पत्रिका' इतनी मजबूत स्थिति में है, तो इसके पीछे, वहाँ हुए सांस्कृतिक पुनर्जागरण का प्रभाव है। इसी तरह अन्य भाषाओं में भी। लेकिन इन सभी बातों के बीच एक बात, जरूर कहना चाहूँगा कि आज के समय में अंगरेजी से भागकर आप कुछ नहीं कर सकते। हम उस पीढ़ी से हैं या उस आन्दोलन से जुड़े रहे हैं, जिसमें अंगरेजी का विरोध हुआ। अंगरेजी निषेध की पीढ़ी रही है, हमारी। हमने भी अंगरेजी की पढ़ाई नहीं की। अब यह साफ-साफ दिखता है कि इस ज्ञान युग में अंगरेजी से दुराव कर आप दुनिया के संपर्क में नहीं रह सकते। मेरा तो यह भी कहना है कि यदि दुनिया को देखने की खिड़कियाँ, अंगरेजी से ही खुलती हैं, तो अंगरेजी से दूरी बनाने की जरूरत नहीं। आज चीन, दुनिया की महाशक्ति बनने की राह पर है। वहाँ आज

अंगरेजी जानने-सीखने को लेकर जिस तरह का उत्साह दिखता है, वह अद्‌भुत है। पर साथ ही उन्होंने अपनी 'मंदारिन' भाषा को अभूतपूर्व ढंग से समृद्ध किया है। आधुनिक बनाया है। टेक्नोलॉजी दौर के अनुरूप समृद्ध-संपन्न किया है। हिन्दी को ऐसा करने से किसने रोका है? यह हमारा फर्ज है। क्या हम कर पा रहे हैं। आर्टिफिशियल इंटेलिजेंस एरा में हिन्दी को समृद्ध करने, देश की सभी क्षेत्रीय भाषाओं से जोड़ने का अभूतपूर्व अवसर है। यह हम कर रहे हैं? आत्ममूल्यांकन करना चाहिए। चीन को भी यह बात बहुत पहले समझ में आ गयी कि दुनिया की महाशक्ति बनने के लिए अंगरेजी को सीखना ही होगा। एक साधारण उदाहरण दूँ, तो आज यदि प्रभाष जोशी जी अंगरेजी में लिख रहे होते, तो देश में उनका प्रभाव और अधिक होता, क्योंकि अंगरेजी में कोई लिखने वाला अपनी धरती से उतना जुड़ा नहीं है। अंगरेजी सीखने-जानने के साथ हम हिन्दी पत्रकारिता साहित्य-समाज के लोग अपनी हिन्दी भाषा को इतना संपन्न बनायें कि खुद अन्य भाषाभाषी ज्ञान के लिए यह सीखें। विवश होकर हिन्दी पढ़ें। सवाल यह है कि हम हिन्दी पत्रकार अपनी भाषा, पत्रकारिता, विचार को श्रेष्ठ बनाने के कर्म में क्यों नहीं लगें? क्या दया, याचना और सरकारी अनुदानों से ही हिन्दी मजबूत होगी? हिन्दी अधिकारी, हिन्दी कमेटियाँ और हिन्दी की संसदीय समितियाँ हिन्दी की जड़ों को मजबूत बनायेंगी? हम हिन्दीभाषियों की एक और खासियत है। हम संस्थाएँ बनाने की क्षमता नहीं रखते। हम झगड़ालू, ईर्ष्यालु और द्वेष भाव से ग्रस्त लोग हैं। काशी नागरी प्रचारिणी जैसी संस्था हिन्दी में थी। आज कहाँ है उसका गौरव? एक हिन्दीभाषी क्षेत्र में हिन्दी में जुड़ा कोई सेंटर ऑफ एक्सेलेंस है? सब राजनीति के अखाड़े हैं। वाद के झगड़े हैं। हम समूह में एक साथ रहकर काम नहीं कर सकते।

आजादी बाद लगता है कि हम हीन भावना से ग्रस्त, पराजित और पस्त मानसिकता से पीड़ित होते गये हैं। याद कीजिए आजादी की लड़ाई में 'आज' अखबार का योगदान? स्वर्णाक्षरों में है। पर आज कहाँ है वह संस्था? यह पूरे हिन्दी समाज की विफलता है। मधु लिमये स्वदेशी भाषाओं और हिन्दी के लिए लड़ने वाले नायकों में से थे। उन्होंने अपने बेटे को मराठी-हिन्दी में पढ़ाया। लोकसभा में हमेशा हिन्दी में श्रेष्ठ तकरीर की। उनकी और डॉ. लोहिया जैसी बहस, बात समझने के लिए अंगरेजीदां लोग हिन्दी समझते थे, क्योंकि उनके लेखन भाषण के कंटेंट और सत्व में ताकत थी।

पर, दुर्भाग्य कि आजादी के बाद जो सरकार हमें मिली, और आगे भी जो सरकारें आती रहीं, करीब छह दशकों तक हिन्दी थोपती रही। खुद का व्यवहार अंग्रेजी में रहा, अंग्रेजी और अंग्रेजीदां लोगों को बढ़ाती रहीं। यह स्वीकारने में

संकोच नहीं कि वर्तमान केंद्र सरकार (2014 के बाद) ने इस दिशा में नये सिरे से प्रयास शुरू किया है। स्थानीय भाषाओं, मातृभाषाओं को बढ़ावा दे कर। राजभाषा और राष्ट्रभाषा के रूप में हिन्दी एक मजबूत औजार की तरह देश में काम कर रहा है। सिर्फ भाषा के रूप में नहीं बल्कि विकास के टूल के रूप में भी।

● ***हिन्दी पत्रकारिता के साथ आप कई दशक तक जुड़े रहे। आपने हमेशा अंगरेजी समृद्ध करने पर जोर दिया। हिन्दी पत्रकारिता में एक्सपर्ट पत्रकार, अंगरेजी की पत्रकारिता की तरह क्यों नहीं रखे जाने का चलन विकसित हो सका?***

● इसकी बड़ी वजह शुद्ध रूप से आर्थिक है। पूँजी की बदौलत अंगरेजी मीडिया जो कदम उठाने में सक्षम है, जैसे लोगों को जोड़ने में सक्षम है, वह हिन्दी मीडिया नहीं कर सकी। अब तो हालात ठीक भी हैं, वरना दो दशक पहले तक हिन्दी मीडिया के सामने पूँजी का अभाव रहा। हिन्दी के बड़े अखबारों में जब एफडीआई (विदेशी निवेश), इक्विटी शेयर बाजार की पूँजी लगनी शुरू हुई, तब हिन्दी के बड़े अखबार संपन्न होने शुरू हुए। पर यह संपन्नता जिन घरानों के पास गयी, उनका मोटिव (उद्देश्य) प्रॉफिट मैक्समाइजेशन (अधिकाधिक मुनाफा) रहा, कंटेंट एक्सेलेंस नहीं। श्रेष्ठ विषय वस्तु नहीं। पर, समानांतर रूप से अधिसंख्य हिन्दी अखबार पूँजी संकट से, संसाधनों के अभाव से ही जूझते रहे। इसके अभाव में न तो पी साईनाथ जैसे कृषि विशेषज्ञ को पत्रकार के रूप में हिन्दी मीडिया घराने रख पाते, न कई और काम हो पाते। असली सवाल यह है कि यह पूँजी आयेगी कैसे? इस पूँजी का आना तभी संभव है, जब हिन्दी पट्टी समृद्ध होगी। आर्थिक विकास होगा। इन इलाकों में सांस्कृतिक पुनर्जागरण होगा। हिन्दी पट्टी में कितने लोग खरीदकर किताबें पढ़ते हैं, बहुत ही कम।

मेरा ऐसा मानना है कि हिन्दी पट्टी का विकास होने पर, इस इलाके में पूँजी आने पर ही हिन्दी पत्रकारिता में तमाम तरह की मजबूती और समृद्धि आयेगी। एक खास बात यह भी देखने वाली है कि आखिर कितने सेंटर ऑफ एक्सेलेंस, हिन्दी इलाके में है? हिन्दी इलाके के विश्वविद्यालयों आदि की क्या स्थिति रही या बना दी गयी? हिन्दी इलाके के पिछड़ेपन को दूर कर के, अधिक-से-अधिक पूँजी सृजित करने का उपाय कर के और सांस्कृतिक पुनर्जागरण का आन्दोलन चलाकर ही हिन्दी पत्रकारिता को अंगरेजी की तरह समृद्ध किया जा सकता है।

अंगरेजी ने भी अचानक विशेषज्ञ पत्रकारों व बड़े दिग्गजों को पत्रकारिता की विधा से जोड़ने का काम नहीं किया। वर्षों विज्ञापन का बड़ा हिस्सा अंगरेजी

अखबारों के पास जाता रहा है, जबकि प्रसार की दृष्टि से देखें, तो हिन्दी और क्षेत्रीय अखबारों का प्रसार 90 फीसदी से अधिक रहा है। पूँजी अगर उनके पास जा रही थी, तो श्रेष्ठ लिखने वाले लोग भी उनके पास ही जा रहे थे। अगर हिन्दी में प्रतिभाओं का विकास करना है, तो उसके लिए पूँजी जरूरी है। एक बात और, हिन्दी अखबारों के अब बड़े घराने हो गये हैं। देश में सबसे अधिक बिकने वाले अखबारों की सूची में 'टॉप टेन' में ज्यादातर अखबार हिन्दी के आ गये। पर, इन अखबारों में प्रोफेशनलिज्म का विकास उस तरह से नहीं हुआ। कंटेंट को सर्वश्रेष्ठ बनाने पर कम खर्च हो रहा। यह दूसरा बड़ा संकट है। हिन्दी पत्रकारिता में अधिकाधिक लाभ मिले, यह उद्देश्य है। कंटेंट सर्वश्रेष्ठ हो, यह नहीं।

● ***राजनीति के बाद भ्रष्टाचार पर लिखना आपका पसंदीदा विषय रहा है?***

● हाँ, ऐसे विषयों पर पत्रकारिता में आने के बाद से ही लिखना शुरू कर किया था। जेपी आन्दोलन, भ्रष्टाचार के खिलाफ जन आन्दोलन था। इसी आन्दोलन की पृष्ठभूमि-प्रेरणा से पत्रकारिता में आया। स्वाभाविक था कि एक आदर्श समाज के लिए यह सबसे बड़ी बुराई है। यह मान्यता थी, है और रहेगी। 'रविवार' पत्रिका में भी अनेक इस विषय पर महत्त्वपूर्ण रिपोर्ट लिखी। बिहार की कुव्यवस्था-राजनीतिक लूट पर। कोयलांचल इलाके के माफियाओं पर, जिसे लेकर बहुत बवाल हुआ। 'प्रभात खबर' आया, तो और उसका विस्तार किया। पहले बता चुका हूँ कि 'प्रभात खबर' ने जनसरोकार की पत्रकारिता ही की। इसलिए ऐसे विषय उठाये जाते रहे। पुनः स्पष्ट कर दूँ, बात जहाँ तक भ्रष्टाचार की है, तो जेपी का प्रभाव हमारी पीढ़ी पर रहा है। जेपी बार-बार सार्वजनिक जीवन से भ्रष्टाचार दूर करने का आह्वान किया करते थे। 1984-85 में मुंबई के कांग्रेस अधिवेशन में राजीव गाँधी ने कहा कि केंद्र से चलने वाले एक रुपये का 10-15 पैसा ही गाँवों तक पहुँच पाता है। जो झारखंड को जानते हैं, उन्हें यह पता है कि वहाँ एक रुपया के पाँच पैसे भी नहीं पहुँच पाते। एनपी सक्सेना सीनियर व चर्चित आईएएस अधिकारी रहे हैं। योजना आयोग के पूर्व सचिव। उन्होंने जयपुर में आयोजित एक सेमिनार में वर्षों पहले पद पर रहते हुए महत्त्वपूर्ण बात बतायी थी। कहा था कि देश में विकास की जितनी भी योजनाएँ चल रही हैं, उन्हें बंद कर दिया जाए, और उन योजनाओं में लगाये जा रहे पैसे को यदि सीधे-सीधे मनीऑर्डर से संबंधित गरीबों को भेज दिया जाए, तो लोगों की गरीबी दूर हो जाएगी। प्रो. गुन्नार मिर्डल ने नोबल पुरस्कार से पुरस्कृत पुस्तक 'द एशियन ड्रामा' में भारत के 'पुअर गवर्नेंस' और 'साफ्ट स्टेट' होने का विस्तार

से वर्णन किया था। पी. चिंदबरम वित्तमंत्री थे, तो एक महत्त्वपूर्ण सरकारी अफसर का बयान आया था कि एक रुपया गाँवों तक भेजने में केंद्र को पाँच रुपये का खर्च आता है। ऐसे सवाल हमें शुरू से मथते रहे हैं। राजनीति या भ्रष्टाचार पर जो कुछ लिखता था, वह अंदर की छटपटाहट होती थी, जिसे महसूस करता था। 'प्रभात खबर' ने भ्रष्टाचार के मसले पर आर्थिक व तमाम तरह के नुकसान झेलकर भी अपने अभियान को जारी रखा। मुख्यमंत्रियों व कई मंत्रियों अधिकारियों के खिलाफ सार्वजनिक तौर पर अभियान छेड़ा। कई मामले अदालत में गये। कई-कई बार विधानसभा में 'प्रभात खबर' के मसले को लेकर हंगामा हुआ। पत्रकारिता का काम है, ऐसे सवालों को उठाना, यह किया। पर, आज हम सब देख रहे हैं। वर्तमान केंद्र सरकार ने इन स्थितियों में सुधार किया। डायरेक्ट बेनेफिट ट्रांसफर स्कीम से वही स्थिति कैसे बदली, यह हम सब देख रहे हैं।

● ***जिस झारखंड में 'प्रभात खबर' का सर्वाधिक आधार है वहाँ नक्सल भी एक चुनौती है। नक्सली समस्या को आपने कैसे देखा?***

● इसे राजनीति में विचारधारा की मौत और सार्वजनिक जीवन में बढ़ते भ्रष्टाचार से जोड़कर देखता रहा। ऐसा मानना है कि समाज में जन-जीवन में राजनीति ने अपनी जगह खाली कर दी थी, इसीलिए नक्सलियों ने अपनी जगह बना ली। राजनीतिक दलों में कार्यकर्ता खत्म हो रहे थे। जो थे, वे या तो ठेकेदार या दलाल बनते गये। अधिकांश पॉलिटिकल वर्कर दलाल और ठेकेदार ही बनना चाहने लगे थे। पॉलिटिक्स में आयी रिक्तता के कारण समस्या उत्पन्न हुई। यह जेपी ने बहुत पहले ही महसूस किया था। इसे पाटने की दिशा में उन्होंने कोशिश की थी। नक्सली अनुभव पर बहुत पहले एक किताब उन्होंने लिखी-'आमने-सामने' (फेस-टू-फेस)। उस किताब का भी हम पर प्रभाव पड़ा। उन्होंने गाँवों को घूमने के बाद अपने अनुभवों से लिखा कि जिस तरह गाँवों में सरकारी भ्रष्टाचार चरम पर पहुँच रहा है, उससे नक्सलियों का उदय होना स्वाभाविक था। हमारा ऐसा मानना रहा कि राजनीति में बदलाव किये बिना और भ्रष्टाचार को खत्म किये बिना नक्सलियों की समस्या से पार पाना संभव नहीं था। नक्सली समस्या व चुनौती को इसी दृष्टि से महसूस करता हूँ। समाधान यही मानता हूँ कि राजनीति को लोगों की चेतना में फिर से जगह बनानी होगी। राजनीति और लोगों के बीच उत्पन्न दूरी या खाई को फिर से पाटना होगा।

अब राजनीति में वंशवाद या परिवारवाद देखिए। क्यों राजतंत्र को समाज ने, मनुष्य ने बदला? राजा का बेटा राजा? सामंत का बेटा सामंत? और गरीब का बेटा गरीब। हजारों वर्ष तक समाज-मनुष्य की यही नियति रही। यही गणित

समाज में चलता रहा। लोकतंत्र ने पहली बार मनुष्य को मनुष्य होने का गौरव दिया। समता का अधिकार, स्वतंत्रता मुक्ति का अधिकार। मानव नियति तय करनेवाला तत्त्व जन्मना न हो, यह इनसान ने किया, लोकतंत्र गढ़कर। पर आजादी मिलने के बाद इस लोकतंत्र को फिर नेपथ्य से, परदे के पीछे से राजतंत्र के रास्ते लाया जाने लगा। आंध्र प्रदेश के मुख्यमंत्री राजशेखर रेड्डी की चिता भी नहीं जली थी कि उनके बेटे को सीएम बनाने की कोशिश या पहल जैसे शर्मनाक प्रकरण देश ने देखा। करुणानिधि परिवार के 200 सदस्य राजनीति में देश का भाग्य तय कर रहे हैं। एचडी देवगौड़ा परिवार से वही स्थिति है। डॉ. लोहिया ने राजनीति में वंशवाद के खिलाफ आवाज उठायी, पर अब उनके शिष्यों को देखें? कई नेताओं के दल क्या है? परिवारों की प्राइवेट लिमिटेड कंपनी ही न? ये नये राजघराने हैं। यह नये शासकों का वंश है। नये राजा, नये सामंत, नये जमींदार क्या यही लोकतंत्र है? इस देश में अधिसंख्य राजनेता नेहरू परिवार ही बनना चाहते हैं। क्यों आज की राजनीति में यह मुद्दा नहीं है? ऐसे अनेक बुनियादी सवाल हैं। राजनीति ने इन बुनियादी सवालों पर बहस बंद कर दी, तो नक्सलियों को ऊर्जा मिली? राजनीति ने इन इश्यूज को डील करना छोड़ दिया था, इसलिए नक्सली पसरे।

● ***इसे आप किस तरह से देखते हैं कि एक ओर ग्लोबल विलेज की बात की जा रही है। दूसरी ओर संकीर्ण क्षेत्रवाद व जातीय अस्मिता की लड़ाई भी तेज हो रही है?***

● जब ग्लोबल विलेज की बात करता हूँ, तो तकनीकी समृद्धि से दुनिया में आये परिवर्तन व घटती दूरी की बात करता हूँ। इस मायने में देखें, तो दुनिया की दूरी कम हुई है। पहले के यात्रा संस्मरण पढ़ने पर मालूम होगा कि कैसे एक देश से दूसरे देश में जाने के लिए लोगों को पानी जहाज में वर्षों रहना पड़ता था। असुरक्षित समुद्री यात्राएँ, लेकिन रोजगार के लिए लोग लंबा समय यात्रा में गुजारते थे। अब नौकरियाँ बढ़ी हैं, टेक्नोलॉजी के बदलाव से अवसर बढ़े हैं। लेकिन दूसरी ओर आदमी के मूल अस्तित्व पर संकट भी बढ़ा है। वह उसे बनाये बचाये रखना चाहता है, इसलिए आइडेंटिटी के सवाल पर मतभेद भी रोज-ब-रोज गहरा रहा है। आदमी उसे अपनी अस्मिता से जोड़ रहा है। यह स्थिति दुनिया में बनती दिख रही है। गाँधी, लिंकन, आइजनहावर जैसे नेतृत्वकर्ता चाहिए, जो देश को, दुनिया को एक साथ प्रभावित कर सके। पेटभरुआ, घरभरुआ या परिवार को सत्तारूढ़ कराने वाले नेता नहीं। संयोग से भारत से फिर से ऐसी उम्मीद जगी है कि यह दुनिया को रास्ता दिखाने की राह पर बढ़ रहा है।

● *जिंदगी में सबसे दुखद क्षण कौन-सा लगा?*

● स्वाभाविक है, प्रिय जनों का जाना पीड़ा दायक होता है। शब्दों से परे की पीड़ा। माँ और पिता की मृत्यु ने मन को पीड़ा दी। सार्वजनिक जीवन में भी जिनसे जुड़ते हैं, उनका न रहना कष्टकर अनुभव होता है। जयप्रकाश जी के न रहने पर उम्र कम थी, पर उस समय लगा था कि कुछ खत्म हो गया। फिर चंद्रशेखर जी के न रहने पर। पर बचपन का अनुभव पुनः बताऊँ। मेरे एक चाचा भागलपुर से उस जमाने में टीएनबी कॉलेज से पढ़े थे। उन्हें दारोगा की नौकरी मिली थी, लेकिन वे उस नौकरी को छोड़ गाँव में रहते थे। उनके ना रहने पर बड़ी पीड़ा हुई। वे मुझे बहुत स्नेह देते थे। सुबह 'भ्रमर गीत' गाते थे। उनका नाम बिंदा सिंह था, लोग उन्हें लाला कहते थे। उस वक्त स्कूल में पढ़ता था, तब गुजरे थे लाला। कहा जाता है कि श्मशान, वैराग्य का भाव पैदा करता है। पहला सदमा लाला के जाने से ही हुआ। इसी तरह की अनुभूति माँ-पिताजी के जाने से भी हुई, लेकिन तब तक मैं, मैच्योर हो गया था। गणेश मंत्री की मृत्यु की खबर से बहुत आहत हुआ। उन्होंने हमें उंगली पकड़कर पत्रकारिता सिखायी थी। पुरानी प्रवृत्ति का हूँ। जिन लोगों से हमने जीवन में कुछ भी सीखा, उनके न रहने से पीड़ा होती है। पर, अब लगता है कि शायद जीवन यही है। एक पीढ़ी आती है, तो दूसरी जाती है।

● *कई जगहों की यात्रा आपने की, पसंदीदा जगह बतायें?*

● पत्रकारिता के दौरान की गयी यात्राओं की बात तक ही सीमित रहूँगा। राजनीति में आने पर भी अनेक यात्राएँ हुई हैं। फिलहाल उन दिनों की बात कर रहा हूँ, जब पत्रकारिता में था। भारत के शहरों में चेन्नई, हैदराबाद हमें पसंद हैं। कई कारणों से। वहाँ के लोगों के जीवन में, तमाम आधुनिकता व बदलाव के बावजूद अपने सांस्कृतिक मूल्यों के साथ जीना आकर्षित करता है। दुनिया के देशों में चीन, कोरिया, अमेरिका, यूरोप, फीजी समेत कई देशों में गया। विदेशों में वे जगहें सबसे अधिक अच्छी लगीं, जहाँ इनसान ने नेचर को, अपनी धरोहर व विरासत को संजोकर खूबसूरत बना दिया है। 1994 में एक निमंत्रण के तहत एक माह के लिए अमेरिका गया। यह हमारी पहली विदेश यात्रा थी। वहाँ पूर्वी से पश्चिमी छोर तक घूमने का मौका मिला। लौटते वक्त लंदन भी गया। वहाँ लोगों ने कई अच्छी चीजें दिखायी। ऑक्सफोर्ड देखने की इच्छा थी, वह देखा अमेरिका में हार्वर्ड देखा। फिर भारत आया। दोबारा 1999 में लंदन गया। वहाँ से मित्रों के साथ जर्मनी गया। फिर यूरोपीय देशों में फ्रांस, ब्रिटेन होते हुए वापस आया। उसके बाद दक्षिण कोरिया, रूस (मॉस्को), दक्षिण अफ्रीका आदि देशों

में गया। वर्ल्ड न्यूजपेपर एसोसिएशन की बैठकों में। सूरीनाम विश्व हिन्दी सम्मेलन में भी गया। फिर हम ऑस्ट्रिया गये। उसके बाद ब्रिटेन। फिर लौटकर मुंबई आया। बाद में मौका मिला, तो कंबोडिया गया। सिंगापुर, हांगकांग, चीन दोबारा भी जाना हुआ। प्रधानमंत्री के साथ जी-20 की बैठक में रोम जाना हुआ था। 2002 में दो बार अमेरिका भी गया। फिर, जापान, मलेशिया, वियतनाम गया। हम जिस परिवेश से आते हैं, उसमें अमेरिका हमारे जनमानस में गहराई से बैठा हुआ है। हमें लगा कि इस देश को बारीकी से देखना चाहिए। यह देश यूँ ही दुनिया की महाशक्ति नहीं बन बैठा, बल्कि अपने संस्थान, पब्लिक कैरेक्टर और अपने देशवासियों के प्रति रागात्मक लगाव के कारण बड़ा बना है। देखा कि हार्वर्ड जैसे संस्थान कैसे बने हैं? देखा कि कैसे कचरे पर वाशिंगटन शहर बसाया गया है? यह मानव प्रयास-कर्म अद्‌भुत और चमत्कारिक है। इफिसिएंट व्यवस्था है। जो टैलेंट से समझौता नहीं करती। कोशिश करते हैं कि जो व्यवस्था बेस्ट हो, वह बनायी जाये। वे अपने शैक्षणिक संस्थानों को बेहतर बनाते हैं। वहाँ की दूसरी गंभीर कमजोरियाँ हैं। पर हमारी निगाह हर पक्ष की सकारात्मक खबरों की ओर पहले जाती है। जब ब्रिटेन गया था, तो लगा कि ब्रिटेन पराभव की ओर है। उसके कई कारण हैं। सूरीनाम में महसूस किया कि कैसी मानसिकता रही होगी, जब सौ-दो सौ साल पहले भारत के लोग यहाँ आये होंगे। रूस को जितना जानता था, उस नजरिये से देखा। उसके विकास को देखा। व्यवस्था देखी। ऐतिहासिक चीजों को देखा। सबसे खास गोर्बाचोव को बिलकुल पास से मिलना हुआ। जापान, मलेशिया और वियतनाम ने गहरे से प्रभावित किया। इसके पहले जब ऑस्ट्रिया गया था, तो पाया कि वह बेहद खूबसूरत है। पूरा यूरोप ही खूबसूरत है। फ्रांस में पेरिस देखा। बिलकुल साफ और नफासतवाली जगह। अमेरिका सबसे ताकतवर कैसे बन सकता है, चीन एक ही पीढ़ी में कैसे पलट सकता है, जापान का आत्मसम्मान क्या है? वियतनाम अतीत का बोझ उठाते हुए खुद दुनिया में श्रेष्ठ बनने में लगा हुआ है। हर देश की अपनी खासियतें है। इस तरह अलग-अलग मुल्कों की अलग-अलग चीजों ने प्रभावित किया।

● ***कहाँ जाने की इच्छा शेष है अभी?***

● वर्षों पुरानी दो-तीन इच्छाएँ हैं। एक इच्छा है कि भारत में हिमालय के चप्पे-चप्पे में घूमूँ। अपने पूरे देश की सड़क मार्ग से यात्रा करूँ। दुनिया की सबसे खूबसूरत धरती है, भारत। हर राज्य जाऊँ, यह कामना है। खासतौर से राजस्थान के चप्पे-चप्पे में जो शानदार अतीत, इतिहास है, उसका दरस-परस करूँ। फिर बीजिंग से तिब्बत तक की यात्रा करूँ। रेलवे से। फिर साइबेरिया से लेकर फ्रांस तक रेल से घूमूँ, पूरा यूरोप एक बार देखूँ। एक और इच्छा है कि

पूरे अमेरिका को ट्रेन से देखूँ। मैक्सिको को देखना चाहता हूँ। हिमालय को बार-बार देखने की इच्छा है। मन लौट कर बार-बार भारत ही आता है। नार्थ-ईस्ट के सातों राज्य प्रकृति की अद्भुत सौगात हैं।

● ***लगता है कि खुद के नास्तिक अथवा आस्तिक होने को लेकर आप कई बार द्वंद्व में रहते हैं।***

● हमारा परिवार पूर्णतः शाकाहारी था। घर में लहसुन-प्याज तक सावधानी से प्रयोग होता था। हमारे घर के पास गड़ही यानी एक छोटा तालाब था। हमारे यहाँ परंपरा थी कि जब उसमें पानी कम होने लगता था, तो मछलियाँ पकड़वाकर नदी में छुड़वा दिया जाता था। घर में पूरी तरह से पूजा-पाठ और धार्मिक माहौल था। लेकिन बचपन में जो नींव पड़ी, जेपी और समाजवादी संग की, तो वह नास्तिकता की थी। लेकिन जब रांची आया और 'प्रभात खबर' में काम करना शुरू किया, तो बदला। आज भी जब पीछे मुड़कर देखता हूँ, तो रांची प्रवास एक चमत्कार लगता है। जो विपरीत परिस्थितियाँ थीं, उन्हें बदल नहीं सकता था, पर हम उससे उबर गये। यह 'प्रभात खबर' के ढ़ाई दशक का दौर था। पीछे मुड़कर देखता हूँ, तो यह लगना स्वाभाविक है कि किसी प्राकृतिक या ईश्वरीय शक्ति ने साथ निभाया। धीरे-धीरे यह आस्था बढ़ती गयी। योगानंद की ऑटोबायोग्राफी, फिर बनारस से साधुओं के बारे में 16 वोल्यूम में किताबें खरीदकर लाया और पढ़ा। फिर रिखिया गया। पहले 4-5 बार सत्यानंद जी से मिलने की विफल कोशिश रही। अंततः यादगार मुलाकातें हुई। रमण आश्रम गया, दक्षिण में। रामकृष्ण परमहंस दक्षिणेश्वर, विवेकानंद के बेलूर मठ, पांडिचेरी के अरविंदो आश्रम आना-जाना लगा रहा। इन जैसे लोगों का जीवन चरित्र, इनकी लेखनी मुझे गहरे प्रभावित करती है। शिरडी के साई बाबा के मंदिर भी बार-बार जाना हुआ। अब विश्वास है कि सब कुछ मनुष्य के हाथ में नहीं है। मनुष्य से इतर कोई बड़ी ताकत है। मुझे इन जगहों पर जाकर बहुत ऊर्जा, सुकून और ताकत मिलती है।

● ***व्यक्तिगत तौर पर आप टेक फ्रेंडली नहीं रहे, लेकिन तकनीक के साथ कदमताल करने में आप आगे रहना चाहते हैं!***

● एलविन टॉफलर की किताबों का पाठक कई दशकों से रहा हूँ। उन्हें बहुत चाव से पढ़ता रहा। टॉफलर अपनी किताबों में भविष्य के बारे में बड़ी स्पष्ट रेखा खींचते हैं। विदेशों में फ्यूचरोलॉजी बहुत ही गंभीर विधा है। टॉफलर ने बहुत पहले ही लिखा था कि कैसे भविष्य में बदलाव होंगे। स्थितियाँ ऐसी

होंगी कि पति-पत्नी को साथ रहने की जरूरत नहीं होगी। आज ऐसा ही हो रहा है। इतने सारे बदलाव देखते ही देखते हो गये। नयी-नयी तकनीक से क्या-क्या बदलाव होंगे, यह मुझे अपने साथियों से बातचीत में हमेशा एहसास होता रहा है। इसका क्या प्रभाव पड़ेगा और किस हद तक जरूरी होगा, यह समझने की कोशिश लगातार करता रहा हूँ। तकनीक से आ रहे बदलाव को समझने में विलंब नहीं करता। जैसे बहुत पहले ही 'प्रभात खबर' में आते ही समझ में आ गया कि अखबार में अब डेस्क पर काम करनेवाले संपादकीय सहयोगियों को पेज बनाना भी जानना होगा। संपादन भी। डिजाइन भी करना होगा। रिपोर्टर को भी पेज बनाना, संपादन करना जान लेना होगा। प्रूफ रीडर व पेज डिजाइनर की जरूरत नहीं होगी। शायद देश में आरंभिक पहले एक-दो अखबारों में 'प्रभात खबर' होता, जिसने यह व्यवस्था की। इस कदम ने हमें आर्थिक रूप में मजबूत होने-आत्मनिर्भर होने में बड़ी मदद की। पर खुद यह सब नहीं कर पाता, यह मेरी कमजोरी है। शुरू-शुरू में जब यह समझ में आ गया, तो 'प्रभात खबर' में। इसके प्रशिक्षण की व्यवस्था की, ताकि नयी तकनीक व व्यवस्था के अनुसार पत्रकार अपने को तैयार रख सकें। ऐसे ही हर मौके पर यही सोचता हूँ कि यदि आप बदलाव के साथ कदमताल नहीं कर सकते, तो समय आपको बहुत पीछे छोड़ देगा। हालाँकि यह बात भी सच है कि तकनीक की गुलामी ने कई तरह की परेशानियाँ भी बढ़ा दी है। जैसे पहले के जमाने में, जब फोन इतना सुलभ नहीं था। तो लोग प्रतीक्षा करते थे, पत्रों का। जीवन ज्यादा शांतिपूर्ण तरीके से चलता था। आज रोज बात होती है, तो भी उतनी शांति नहीं।

● ***आप किताबें बहुत पढ़ते हैं। आपकी प्रिय पुस्तक ?***

● किताबों से लगाव बचपन से ही हुआ। रुचि, पसंद, महत्त्व आदि की दृष्टि से किसी एक किताब का नाम लेना हो, तो 'समरगाथा' का नाम लेना चाहूँगा। 'समरगाथा', 'फाइव ग्लोरियस ब्रदर्स' का हिन्दी अनुवाद है। अमृत राय ने अनुवाद किया है। यह बेहद मशहूर है। दशकों पहले हैदराबाद में इसे एक मित्र ने भेंट की थी। तब से न जाने कितनी बार किताब को पढ़ा है। लोगों को सजेस्ट भी करता हूँ कि लोग उसे पढ़ें। हर प्रसंग में आत्मसम्मान की, मूल्यों की बात है। जीने की जो अद्भुत ललक, उस उपन्यास में दिखाई देती है, उसे मानस बनाने के लिए जरूर पढ़ना चाहिए। लगता है कि देश में मुफ्त बाँटकर उसे बच्चों को पढ़ाना चाहिए। दूसरी पुस्तक हैं, 'बाबरनामा'। बेसिकली यह बाबर की डायरी है, रोजनामचा। भारत सरकार को उसे भी बच्चों को बाँटकर पढ़ाना चाहिए। उसमें बाबर लिखता है कि लाखों लोग सड़क के किनारे खड़े हैं और

हम कुछेक हजार लगभग ढाई-तीन हजार सेना लेकर आते हैं और फतह हासिल कर लेते हैं। अगर ये लोग जुट जायें, तो हड्डी-पसली तक नहीं बचेगी। पर, यह कैसी कौम है, जो इस बात को समझती नहीं।

मनु शर्मा की महाभारत पर प्रकाशित सभी किताबें। खास तौर पर कृष्ण पर आठ खंडों में प्रकाशित किताबें, जीवन का हिस्सा हैं। 'कर्ण की आत्मकथा', शिवाजी सावंत की। विल डूरंड की 11 खंडों में छपी इतिहास श्रृंखला की किताबें। अध्यात्म में मेरी गहरी रुचि रही है। पॉल ब्रंटन की किताब, 'गुप्त भारत की खोज' बार-बार पढ़ता हूँ। परमहंस योगानंद की अमर आत्मकथा, 'ऑटोबायोग्राफी ऑफ एन योगी' सर्वकालिक पसंदीदा किताब है। इन किताबों के अलावा हिन्दी इलाके के समाजशास्त्र, राजनीतिक हालात, सांस्कृतिक परिवेश, आर्थिक तंत्र, पारिवारिक ताना बाना को (1960-70 के दशक का) समझना हो, तो इन पाँच किताबों को पढ़ने के बाद किसी समाजशास्त्री को पढ़ने की जरूरत नहीं। श्रीलाल शुक्ल की 'राग दरबारी', शिवप्रसाद सिंह की 'अलग अलग वैतरणी', राही मासूम रजा का 'आधा गाँव', फणीश्वर नाथ रेणु का 'मैला आंचल' और कृष्ण बिहारी मिश्र का ललित निबंध संग्रह 'बेहया के जंगल'। कुलदीप नैयर की किताब, जिसे विद्यार्थी जीवन में बहुत ही रोचकता से पढ़ता था। उस किताब में पालिटिक्स के पीछे की चीजों को बेहतर ढंग से बताया गया है। फिर अरुण शौरी की पुस्तकें। भारत-चीन रिश्तों में हो रहे बदलाव पर उनकी एक महत्त्वपूर्ण पुस्तक भी मुझे पसंद है। थॉमस फ्रीडमैन की 'वर्ल्ड इज फ्लैट' किताब भी अच्छी है। यदि हिन्दी में यादगार किताबों में कहें, तो अज्ञेय का साहित्य मुझे आकर्षित करता रहा है। 'शेखर-एक जीवनी', बहुत पसंद है। नेहरू की किताब 'डिस्कवरी ऑफ इंडिया' पसंद है। किताबों की दुनिया में मन रमता है।

● ***आपने नेहरू के किताब की चर्चा की तो यह प्रश्न आया कि अनेक लेखों में या अपने भाषणों में आप नेहरू के पक्ष में दिखते हैं, लेकिन कांग्रेस के प्रति हमेशा ही दूसरा नजरिया रहा है आपका?***

● आजादी की लड़ाई से बड़े नेता निकले। उनको इस रूप में देखता हूँ कि समुद्र मंथन की प्रक्रिया चल रही थी, जिसमें हलाहल निकलने के बाद अमृत निकला था। सुभाष चंद्र बोस, आचार्य नरेंद्र देव, जेपी, पटेल, लोहिया, गाँधी आदि निकले। नेहरू उन्हीं में से एक थे। नेहरू 'कंटेंपररी वर्ल्ड' के नायक थे। प्रधानमंत्री नेहरू के कई कामों के प्रति मन में गहरा संकोच है। पर आजादी की लड़ाई के सेनानी के रूप में, मन में आदर है। नेहरू को जितनी छूट मिली थी, वो चाहते तो डिक्टेटर हो सकते थे, पर वे ऐसा नहीं हुए। छात्र जीवन में

हमने 'डिस्कवरी ऑफ इंडिया' पढ़ने की कोशिश की। पर, अंगरेजी अच्छी नहीं थी, इसलिए नहीं पढ़ सका। दोस्तों से इस पर चर्चा होती थी। भारत को समझने की ललक व दृष्टि उनमें थी। यह उनका सकारात्मक पक्ष था। यह देखिए कि जिस व्यक्ति के बारे में यह अफवाह या धारणा फैल गयी या फैलायी गयी कि उसके कपड़े पेरिस से धुलकर आते हैं, वह व्यक्ति आजादी की लड़ाई में मोटा खद्दर पहनने लगा। सुना था कि शुरू में उस कपड़े को पहनने से नेहरू के शरीर पर रैसेज (दानें) उभर आते थे। 11 साल तक वह व्यक्ति जेल में रहा। प्रो. हीरेन मुखर्जी का संस्मरण पढ़िए। एक आईसीएस थे सुभाष बाबू की पार्टी से मध्य प्रदेश से वे सांसद थे। बहुत बड़ा नाम था उनका। एच.वी. कामत। उनके संस्मरण पढ़िए। प्रो. एमजी रंगा के संस्मरण पढ़िए। अलग-अलग विचारधारा के लोग हैं। सबने लिखा कि जीवन के अंतिम समय में नेहरू ने कहा था कि 'मैं, गाँधी के रास्ते से भटक गया, यह मेरी भूल थी।' बड़ा आदमी ही अपनी गलती स्वीकार कर सकता है। उनके जीवन में कुछ और भी भूलें थीं, देश को सपने दिखाने, आधुनिक विजन में, जो उनका कंट्रीब्यूशन रहा, वह प्रशंसनीय है। बौद्धिक रूप से वे बड़े इनसान थे। इसलिए उनके प्रति मन में सम्मान रहता है। पर उन्होंने खुद को देश से बड़ा समझा। अशोक के बाद भारत के दूसरे महान इनसान बनने की उनकी कामना रही। इसमें कोई गलती नहीं है। पर इस सोच में उन्होंने कई भयंकर भूलें की, जिसकी कीमत मुल्क आज तक चुका रहा है, भविष्य में भी चुकायेगा। उसके बाद से कांग्रेस में जिस तरह से इंदिरा गाँधी ने शासन चलाया, यह सब जानते हैं। बेशक इंदिरा गाँधी निर्णायक महिला थीं। साहसी भी। कई गलतियाँ कीं। पर, एक पक्ष और है। इंदिरा जी के दौर में कांग्रेस में पतन की नींव पड़ी। दलबदल को प्रश्रय देने में कांग्रेस आगे हो गयी। वंशवाद को प्रश्रय देने में भी। आज इंडियन पालिटिक्स में जो भी बुराइयाँ आप देखते हैं, वह कांग्रेस की देन हैं। स्रोत है कांग्रेस। इसलिए जब विचार करता हूँ, कांग्रेस के बारे में सोचता हूँ, तो दुख होता है।

याद है, जब विद्यार्थी था, तो माओवाद फैसिनेट करता था। जिस दिन माओ की मृत्यु हुई, हम छात्र, छात्रावास में रेडियो पर उनके बारे में सुन रहे थे। माओ किसान पृष्ठभूमि से थे, तो लगता था कि किसानों के बीच से कोई है। उन्हीं दिनों हमने नक्सल मूवमेंट को भी जाना। याद है कि कैसे एलीट क्लास से आये युवा, प्रख्यात शिक्षण संस्थानों के नौजवान इनमें जुड़े थे। यानी आजादी के बाद या यूँ कहें कि 1966 से लेकर 1974 तक ब्रिलिएंट नौजवानों की पीढ़ी इसमें आयी। वह गलत थी या सही, इस पर नहीं जा रहा? पर नक्सलवाद के लिए

उन्होंने आहुति दी। वे सत्ता नहीं चाहते थे, फिर भी उन्होंने आहुति दी। इस तरह से माओ के बारे में फैसिनेशन बना। फिर 1978 के बाद जिस तरह से चीन ने अपने आप को रिवाइव करना शुरू किया और चीन यात्रा पर गया, वहाँ का साहित्य पढ़ा। उससे गहराई से प्रभावित रहा। उसके पहले एडगर स्नो की किताब पढ़ी थी। चीन व माओ पर वे बड़े पत्रकार थे। उसके बाद चीन के प्रति आकर्षण पैदा हुआ। अपने को क्रियेटिव बनाने का, जो अभियान चीन ने शुरू किया, वह मेरे लिए बहुत फैसिनेटिंग है। खुद को सुधारने के लिए शुरू हुआ यह अभियान इसी पीढ़ी में दिखने लगा है और चीन दुनिया के सबसे ताकतवर देश के रूप में उभरा है।

जीवन के इस मोड़ पर आकर लगता है कि आलोचना करना सबसे आसान काम है। बैठे-बैठे हम लोग सभी का मूल्यांकन कर देते हैं, लेकिन वहीं कुछ कर के दिखाना उतना ही कठिन है। पर, चीन ने कर के दिखा दिया। वह महाशक्ति बनकर उभरा है। नेहरू ने संघर्ष किया, वह आकर्षित करता है। कांग्रेस ने सृजन के रास्ते पर भारत को नहीं डाला। भ्रष्टाचार, वंशवाद, राजनीतिक मूल्यों के अध:पतन की संस्कृति को सींचने का काम भी कांग्रेस राज में ही हुआ। दुनिया की दौड़ में भारत पिछड़ा, इसका श्रेय भी कांग्रेस को है।

● ***अगर आपके दिमाग में लिखने-पढ़ने की बात आती है, तो क्या आप संस्मरण व आत्मकथा भी लिखना चाहेंगे?***

● फिलहाल आत्मकथा के योग्य पात्र नहीं मानता, खुद को। आत्मकथा वे लिखते हैं, जिन्होंने देश, समाज, दुनिया को बदला या प्रभावित किया है। इतिहास नायक। अन्य आत्मकथा महज आत्मप्रचार ही लगती है। निज प्रशंसा, परनिंदा, आत्मप्रशंसा। मेरे जैसे मामूली आदमी की आत्मकथा में क्या सत्त्व होगा? इसलिए आत्मकथा लिखने की बात अभी दिमाग में नहीं आती। हाँ, आत्मकथा या दूसरों के जीवन वृत्तांत पढ़ने में बहुत रुचि है। वह करता हूँ। प्रेरित करनेवाली किताबों पर लिखता भी हूँ। निजी रुचि अध्यात्म में है। उसमें कुछ-कुछ जानना चाहता हूँ। मेरे लिखने या अपने बारे में बताने से क्या होगा? एक मनुष्य की क्या हैसियत होती है? आत्मप्रचार से वैसे भी मैं हमेशा बचने की कोशिश करता रहा हूँ। पर कभी कुछ लिखा भी, तो वह समय का इतिहास होगा, जिसका साक्षी रहा हूँ। बचपन से लेकर बड़े होने तक, संभव है, वह अनुभवों का वृत्तांत हो। इसे लोग आत्मकथा भी कह सकते हैं।

● ***चार दशक तक सक्रिय पत्रकारिता करते हुए, बाहर से राजनीति***

का आँकलन आपने किया, अब खुद राजनीति में हैं। बाहर से राजनीति को देखना, आँकना, फिर उसका हिस्सा बनना। क्या फर्क है? पत्रकारिता से राजनीति में क्यों आये?

● लौटकर पीछे देखता हूँ, तो पाता हूँ कि आजादी के बाद से लगभग 70 के दशक तक देश में जो पत्रकारिता थी, उसके कुछ मूल्य थे, कुछ प्रतिबद्धताएँ थीं। वे प्रतिबद्धताएँ, आजादी की लड़ाई में संघर्ष से उपजे मूल्य थे। गाँधी के नैतिक आग्रह, आत्मसंयम व मर्यादा की छाप, पूरे समाज पर थी। राजनीति में थी। जीवन के अन्य हिस्सों में थी। पत्रकारिता में थी। शिक्षा में थी। वकालत में भी। यानी जीवन के हर पक्ष में थी। इसलिए 70 के दशक तक वैसे संपादक रहे, जो आजादी की लड़ाई के हिस्सेदार, साक्षी, गवाह थे। सी.वाई. चिंतामणि जी, के. रामाराव, बाबू राव विष्णु पराड़कर, अमृत लाल चक्रवर्ती, बालमुकुंद जी, 'नेशनल हेराल्ड' के चलपति राव, श्यामलाल जैसे लोग। 'लीडर' जैसा अखबार। सिर्फ 'लीडर' ही नहीं, इस धारा में देश के अलग-अलग हिस्सों में जो भाषायी अखबार भी निकलते थे, उनमें भी इसी तरह के संपादक और पत्रकार थे, जो मानते थे कि समाज के अंदर आदर्श, ईमानदारी, प्रतिबद्धता और गाँधीवादी मूल्य सर्वोपरि हैं। पत्रकारिता के लिए भी यही कसौटी हैं। पत्रकारिता के लिए भी गाँधी का कहा 'साध्य व साधन' का सूत्र प्रासंगिक, प्रेरक व पाथेय है। आप जानते हैं, चिंतामणि जी (लीडर के संपादक) पहले 35 रुपये प्रतिमाह पर एक अनाम रिपोर्टर थे। फिर दैनिक पत्र (लीडर) के संपादक बने। फिर प्रांत के मंत्री और एक पार्टी के लीडर भी हुए। आजादी की लड़ाई के दौरान। यह उनकी साख थी। गाँधी का मूल मंत्र क्या था? एक पंक्ति में कहें तो साधन ओर साध्य में एका। जो आपके आदर्श हैं, आकांक्षा है, कल्पना है, सपने हैं, उनको पूरा करने के लिए आप कौन-सा रास्ता अपनाते हैं, वह रास्ता कैसा है, यह मूल सवाल है। गाँधी ने माना कि यदि जीवन में बेहतर काम करना है, तो वह रास्ता सच का, अहिंसा का, ईमानदारी का, नैतिक मूल्यों का ही हो सकता है। इस गाँधीवादी विचारधारा से प्रेरित जो आजादी की लड़ाई की धारा थी, उसमें क्रांतिकारी लोग भी थे। उनकी धारा हिंसा में विश्वास करती थी, लेकिन जीवन में रहन-सहन में वे भी गाँधीवादी ही थे। इस विचारधारा का असर पत्रकारिता पर रहा। उस दौर के कई शीर्ष राजनेता भी पत्रकार थे। हमने जब पत्रकारिता शुरू की, तो उस दौर में आजादी के बाद की दूसरी पीढ़ी अलग-अलग क्षेत्रों में नेतृत्व सँभालने लगी थी। पर वह पीढ़ी, पहली पीढ़ी से प्रशिक्षित थी। कुछ पहली पीढ़ी के भी थे। जैसे हमारे पहले संपादक-धर्मवीर भारती। उन

दिनों गैर कांग्रेसवाद की हवा थी। इस पर समाजवादी, कम्युनिस्टों, जनसंघ के लोगों का अलग-अलग चिंतन चला। उसी समय दीनदयाल उपाध्याय ने अर्थनीति के लिए 'एकात्म मानववाद' की चर्चा शुरू की। समाजवादियों ने सबसे अधिक प्रखर ढंग से अपनी विचारधारा सामने रखी। डॉ. लोहिया, आचार्य नरेंद्रदेव, मधु लिमये, चंद्रशेखर, जॉर्ज फर्नांडिस, राजनारायण वगैरह। ये सब समाजवादी धारा से निकले लोग थे। पर, जब राजनीति में समाजवादी धारा एक थी, तो उसका नयी पीढ़ी पर असर था। उसी तरह साम्यवादी धारा का भी। साम्यवादी धारा में एक धारा थी, जिसने कहा कि परिवर्तन सत्ता के रास्ते नहीं, बंदूक के रास्ते संभव है। वह धारा नक्सलवाद की थी। हमारे समय में उसका जोर था। आप पायेंगे कि सोशलिस्ट पार्टी बँट चुकी है। प्रजा सोशलिस्ट, सोशलिस्ट वगैरह में। कम्युनिस्ट भी बँट गये। सीपीआइ और सीपीएम हो गया। भारतीय जनसंघ में दीनदयाल जी के एकात्म मानववाद की चर्चा शुरू हुई, पर इन सबके बीच नक्सलवाद की धारा ने भी प्रतिभावान युवकों को अपनी ओर आकर्षित किया। समाज-देश के इसी माहौल या पृष्ठभूमि में हमारी पीढ़ी किशोर से युवा हो रही थी। हमारे मानस पर इन विचारधाराओं का प्रभाव था, क्योंकि तब विचारों का आकर्षण था। विचारों और वादों ने ही मानव इतिहास को अलग-अलग मोड़ पर बदला व प्रभावित किया। हालाँकि उनकी जगह अब टेक्नोलॉजी ने ले ली है। पर, जब हमारी पीढ़ी पढ़ रही थी, तब जेपी आन्दोलन शुरू हुआ, आप पायेंगे कि आन्दोलन में ऐसे ही विचारधारा के युवा जुड़े और इसी विचारधाराओं से प्रभावित युवा तब पत्रकारिता में भी रहे थे। आजादी के दौरान जो पत्रकारिता में आ रहे थे, वे आजादी की लड़ाई के मूल्यों से प्रेरित व प्रभावित होकर आये। जब हम लोग आये, तब ऐसे लोगों को हमने अपने बीच देखा, वह समय भी अलग लगा। लोक-लाज, मान-सम्मान-मर्यादा का समय मुझे याद है। बड़े-छोटे के बीच व्यवहार में संयम-मर्यादा, वह नैतिक दौर था। स्वअनुशासन का दौर। इस पृष्ठभूमि में पत्रकारिता में आया था।

इमरजेंसी का समय लैंडमार्क बना। फिर उदारीकरण का समय आया। नये दौर की शुरुआत हुई। इस नये दौर में एक मंत्र चला, प्रॉफिट मैक्सिमाइजेशन, यही मूल मंत्र बन गया। '91 के बाद भारतीय समाज इस रास्ते चल पड़ा। चीजें तेजी से बदलीं। पर, संयोग से इस दौर में एक ऐसे अखबार में काम करने का मौका मिला, जहाँ मुझे अपने ढंग से काम करने की एक सीमा तक छूट थी। '91 में भारत सुराजी लीक (लाइसेंस कोटा-परमिट राज) से हटकर उदारीकरण के रास्ते चल पड़ा, तो उसका असर पत्रकारिता पर भी गहराई से पड़ा। 'न्यूज

यू कैन यूज' का स्लोगन आया। '50 से लेकर '91 तक की पत्रकारिता में समाज की पीड़ा, वंचितों की आह, नैतिक सवाल या जो किसी धर्म-जीवनपद्धति के स्वस्थ सनातन मूल्य हैं, उनको बचाये रखना पत्रकारिता थी। अपवाद भी हैं, आपातकाल जैसी भूमिका पर, मोटे तौर पर पत्रकारिता का स्वर एक नया समाज वर्गविहीन-जातिविहीन बने, संकीर्णता से मनुष्य ऊपर उठे, औरतों, पीछे छूटे लोगों, बच्चों को विशेष अवसर मिले, ये प्रेरक तत्त्व थे। लेकिन '91 के बाद आदर्श या सूक्तवाक्य बना, अधिकतम लाभ कमाना यानी प्रॉफिट ही सब कुछ है, तब आया-'न्यूज यू कैन यूज'। उसी समय किसी फिल्मी गीत की एक पंक्ति चलन में आयी 'दिल माँगे मोर'। यानी भौतिक सुख की चाह। उपभोग में ही आनंद की तलाश। का एक हमारे यहाँ आजादी के बाद ही विनोबा जी ने कहा कि 'हम इंद्रियजीवी पीढी गढ़ रहे हैं। इंद्रियों का सुख ही सब कुछ, इस रास्ते बढ़ रहे हैं।'

हमारे ऋषियों ने तो बहुत पहले इन चीजों से सावधान किया है। पर बाद के दौर में विज्ञापन ही सब कुछ बन गया। अखबारों में मार्केटिंग हेड-विज्ञापन हेड अहम हो गये। संपादक व संपादकीय टीम गौण। यह परिवर्तन का दौर रहा। संयोग से जहाँ हमने काम किया, वहाँ हमने साथियों के साथ मिलकर ऐसा अवसर बनाया कि संपादक की गरिमा, पुरानी चीजें, पुराने मूल्य रहे। अर्थशास्त्र का विद्यार्थी रहा और पत्रकारिता में आया, तो आर्थिक सवालों को समझने की कोशिश करता था। आज भी मानता हूँ कि आर्थिक सवाल राजनीति व समाज को सर्वाधिक प्रभावित करते हैं। मार्क्स का मत था कि इतिहास को मोड़नेवाले क्षणों में अर्थिक विषयों की निर्णायक भूमिका रही है। जिस अखबार से जुड़ा था, उसका मालिक नहीं था। हमारी सीमा थी। आजादी या स्वतंत्रता हमेशा सीमा में होती है, अराजक नहीं। इस एहसास के साथ हमने काम किया। पर, 27 वर्षों तक रहने के बाद लगने लगा था कि अब नेतृत्व नयी जमात को सौंपनी चाहिए, और उम्र तो जीवन की एक कठिन सच्चाई है।

चार दशक तक इस पेशे में रहा। उसी मनः स्थिति या दौर में राजनीति में जाने का अचानक मौका मिला। लगा कि यह देखने का अवसर मिला है कि बदलाव के सबसे सशक्त माध्यम राजनीति की दुनिया कैसी है? पत्रकारिता में राजनीति पर प्रायः लिखता था कि राजनीति ही समाज को दिशा देती है। समाज को बदलती है। एक बार बीच में अलग मौका मिला था, तो प्रधानमंत्री चंद्रशेखर जी के साथ पीएमओ में काम किया। तब ब्यूरोक्रेसी व सिस्टम को समझने की अंदर से उत्सुकता थी।

राज्यसभा का इतिहास पढ़ा था। अलग-अलग पेशे से राजनीति में और विशेषकर इस उच्च सदन में लोग आये, जिनके बारे में हमेशा मन पर एक प्रभाव रहा। लोगों को अब शायद याद नहीं कि इस उच्च सदन में कैसे-कैसे लोग आये? केएस हेगड़े। जनता पार्टी की सरकार के समय लोकसभा के अध्यक्ष बने थे। पर, हेगड़े साहब पहले राज्यसभा में थे। 1957 में ही राज्यसभा के सदस्य बने थे। फिर वे मैसूर हाइकोर्ट के जज बने। बाद में उन्होंने इस्तीफा दिया। न्यायमूर्ति रंगनाथ मिश्र भारत के मुख्य न्यायधीश, वे भी राज्यसभा के सदस्य रहे। एक धारा और रही। भगवतीचरण वर्मा, रामधारी सिंह 'दिनकर', श्रीकांत वर्मा, अमृता प्रीतम, ताराशंकर बंदोपाध्याय, डी चटोपाध्याय, हरिवंश राय बच्चन, बनारसी दास चतुर्वेदी, आरआर दिवाकर, राजमोहन गाँधी, प्रो. हुमायू कबीर, उमाशंकर जोशी, डॉ. ताराचंद, काका साहब कालेलकर, धर्मशास्त्र के जानकार डॉ. पीबी काणे, वैज्ञानिक कस्तूरीरंगन, डॉ. विद्यानिवास मिश्र, डॉ. अशोक मित्र, लीलावती मुंशी, आरके नारायण आचार्य नरेंद्रदेव, डॉ. राजा रमन्ना, सालिम अली, पंडित अलगू राय, अरूण शौरी, खुशवंत सिंह, कुलदीप नैयर...ऐसे अनेक नाम। कुछ नामिनेटेड, कुछ चयनित होकर आये। इसी के लिए राज्यसभा बनी थी कि ऐसे लोग आये। यह जरूर है कि बाद में वह धारा कमजोर पड़ी। जब अवसर मिला, तो मन किया कि अंदर जाकर देखूँ। यह जरूर है कि ऐसे नामों की सूची में हम कुछ नहीं हैं, इनकी पंक्ति में खड़ा होने की योग्यता भी मेरे पास नहीं, लेकिन इन्हें समझने की उत्सुकता हमेशा रही। राजनीति में इन्हीं लोगों से प्रभावित होकर आया।

● ***आपने पत्रकारिता के सरोकार, प्रभाव और ताकत को देखा। अब राजनीति की ताकत देख रहे हैं। सरोकार बनाये रखने और बदलाव लाने में कौन महत्त्वपूर्ण है? पत्रकारिता और राजनीति में कैसा संबंध होना चाहिए?***

● यह सवाल कि पत्रकारिता, राजनीति या पत्रकारिता, न्यायपालिका के बीच क्या रिश्ता होना चाहिए, ऐसा ही है जैसे यह कि समाज के अन्य वर्गों के बीच क्या रिश्ता हो? सब आपस में गहरे ताल्लुक रखनेवाली संस्थाएँ हैं। हमारे संविधान में न्यायपालिका, कार्यपालिका और विधायिका में संतुलन की व्यवस्था है ही। लेकिन इन तीन स्तंभों के अतिरिक्त अपने महत्त्व के कारण पत्रकारिता चौथा स्तंभ बनी। हर का महत्त्व है, जब हमने पत्रकारिता की, तो हमारी पत्रकारिता का मूल विषय या स्वर समाज के बदलाव का ही रहा। जेपी आन्दोलन ने ही विद्यार्थी जीवन में पत्रकारिता में जाने के लिए प्रेरित किया। इस

कारण हमेशा मानता रहा कि समाज को बड़े स्तर पर राजनीति बदलती है। इस विषय पर अनेक लेख भी लिखा याद है कि 'धर्मयुग' पत्रिका में हमारा एक लेख आमुख कथा (कवर स्टोरी) के रूप में छपा कि क्रांतियाँ हुईं, फिर क्या हुआ? यह '77 में बदलाव की पृष्ठभूमि के संदर्भ में था। व्यापक रूप से फ्रांस, रूस, चीन की क्रांतियों का अध्ययन कर उसमें पाया था कि लेखन साहित्य-कविता-पत्रकारिता की समाज बदलने में क्या भूमिका रही? फिर खुद अपने देश की आजादी की लड़ाई में पत्रकारिता की भूमिका से भी अवगत था। इस लेख की खूब चर्चा हुई। गाँधीवादी प्रोफेसर रामजी बाबू '77 में सांसद बने थे, मुंबई 'धर्मयुग' कार्यालय आये, तो इस लेख के बारे में पूछा। गणेश मंत्री जी ने मिलाया, तो कहा कि मैं समझा था कि कोई अधेड़ या बुजुर्ग होगा। तारीफ की। युवा था, उत्साह बढ़ा। इस तरह पत्रकारिता में रहते हुए राजनीति पर लिखता था कि यह कैसी होनी चाहिए? अवसर मिला, राजनीति में अंदर आया। अब पत्रकारिता और राजनीति के बीच क्या रिश्ता होना चाहिए? हमें लगता है कि जो जहाँ, जिस पेशे या काम में है, उस समय उसे अपना वह काम, विवेक और समर्पण के साथ करना चाहिए। आपको पहले भी कई नाम बताया कि किस-किस पेशे से लोग राजनीति में आये। एक और नाम बताता हूँ। वीके कृष्ण अय्यर साहब का भारत के लीजेंड्री ज्यूरिस्ट।

पत्रकारिता का धर्म है, अपने समय के सवालों को उठाना। समाज जहाँ खड़ा है, उसे उससे आगे ले जाने का माध्यम बनना। सेंसेशन पैदा करनेवाली खबरों के दौर में, काम किया। लेकिन, वैसी पत्रकारिता के विपरीत चलकर, अपनी मान्यताओं के अनुरूप। एक प्रसंग बताता हूँ। अयोध्या में घटना हुई, उसकी वजह से कई जगहों पर दंगे हुए। संभवतः उस समय हम पहले थे, जिसने प्रेस काउंसिल से शिकायत की कि कैसे अखबारों ने दंगे कराये हैं, इसकी जाँच हो। दंगों में अखबारों की भूमिका की जाँच हो। प्रेस काउंसिल की टीम रांची आयी। रघुवीर सहाय सदस्य के रूप में उस समय रांची आये। शायद सरकारिया साहब उन दिनों सुप्रीम कोर्ट में जज रहे, प्रेस काउंसिल के चेयरमैन थे। उनके नेतृत्व में प्रेस काउंसिल की पूरी बेंच रांची आयी थी। मेरे कंप्लेन के आधार पर पूरी सुनवाई करने। जिला प्रशासन के हॉल में खुली सुनवाई हुई। हमने स्थानीय अखबारों के नाम लेकर शिकायत थी। खुद ही अपने पेशे के खिलाफ, यह मेरी अंतिम शिकायत थी। इसमें अखबारों को दोषी माना गया। हमारे अखबार को तब 'मुसलमानों का अखबार' कहा गया। परचे बाँटे गये। हमारे प्रसार विभाग का दबाव अलग था, पर संपादकीय स्वायतता पर अखबार चलाया। अपने कार्यालय

में सामूहिक बैठक सभी विभागों की बुलायी। बताया कि अखबारों का धर्म क्या है? सच और सही छापना। उन्माद के दौर में भले हमारा अखबार तुरंत न बिके, पर ऐसे उसूलों से समझौता नहीं की। कारण यह था कि प्रसार विभाग ने शिकायत की थी कि अखबार का कैश सेल नहीं हो रहा। जिन अखबारों में अयोध्या घटना की सनसनीखेज चीजें छप रही हैं, वे खूब बिक रहे हैं। सभी विभागों के लोगों को हमने बताया कि हमारी अयोध्या की खबरों का स्रोत क्या है? कैसे हम सही हैं? देर-सबेर हमारा सच समाज जानेगा। पर, हम उन्माद भावना में नहीं बहेंगे। इन्हीं प्रयोगों से हमारी साख बनी। ऐसी कई बड़ी घटनाएँ हैं। उपभोक्ताओं के हित के पक्ष में खड़े होकर करोड़ों के विज्ञापन छोड़े। सरकारों के पाप उजागर करने के कारण न जाने कितने करोड़ के विज्ञापनों का नुकसान हुआ होगा। मानसिक प्रताड़ना और हर तरह से परेशान-भयभीत करने के तथ्य अलग हैं। वह जिस रास्ते पर हमारी पत्रकारिता थी, उसके स्वाभाविक परिणाम थे। इसलिए न उनकी चर्चा करता हूँ, न अपने को बड़ा बताता हूँ। एक-एक घटना याद है। पर, इन्हीं ईमानदार प्रयोगों से अखबार की साख बनी जड़ें मजबूत हुईं। जो आज भी बनी हुई है। दीर्घकाल में अखबार को इस साख के रास्ते चल कर विज्ञापन मिले। बिजनेस बढ़ा। इसी तरह सामाजिक कुरीतियों-डायन प्रथा या अंध विश्वास के खिलाफ वही काम किया। पत्रकारिता का स्वधर्म मानकर।

'गुड न्यूज' का स्तंभ शुरू हुआ। सोशल आडिट का काम भी अखबार में शुरू करवाया। मूल बात यह है कि जब पत्रकारिता में हैं, तो पत्रकार की तरह काम करें। उसके धर्म का अनुपालन करें। जब राजनीति में हैं, तो राजनीति को समझें, राजनीति, समाज को बदलने का माध्यम है। कैसे सिस्टम प्रभावी हो, संसद प्रभावी हो, विधायिका असरदार हो, सदन में सिर्फ बहस न हो, हल भी निकले, इस दिशा में कोशिश हो।

पत्रकारिता और राजनीति, दोनों समाज को बदलने के माध्यम हैं। दोनों के बीच स्वस्थ रिश्ते की जो बात की गयी है, वही कायम रहे, दोनों अपने धर्म का पालन करें। जहाँ तक ताकत की बात है, तो पत्रकारिता की ताकत को काफी प्रभावी और दूरगामी माना गया है। हमारे यहाँ तो शब्द को ब्रह्म माना गया, लेकिन शब्द या वह जिसका सत्व सच के साथ हो। विज्ञापन से निकले हुए शब्द नहीं। पेड न्यूज, 'न्यूज यू कैन यूज', पेज-थ्री की पत्रकारिता ने शब्दों के ब्रह्मत्व को खत्म किया। उसके सत्व व साख को खत्म किया है।

आज लोग भूल गये हैं। एक दौर आया कि गाँधी ने विज्ञापन लेना बंद कर,

पत्रकारिता की। आज पत्रकारों को विचार करना चाहिए कि अधिक मुनाफा की जो पत्रकारिता है, उसकी साख कितनी है? इसके लिए सिर्फ अखबार मालिकों को दोष ठीक नहीं। आज एक अखबार शुरू करने के लिए कितने करोड़ चाहिए, हर कोई जानता है। बाजार से पूँजी मुफ्त नहीं मिलता, उसकी अलग कीमत है। इसलिए पत्रकारिता के मूल तत्त्व अप्रभावी होते जा रहे हैं। इसी तरह राजनीति का प्रसंग है। गाँधी ने क्या कहा था। साधन और साध्य के बीच रिश्ता। उधर पत्रकारिता भटकी, इधर राजनीति भी। गाँधी ने राजनीतिक कार्यकर्ताओं के लिए दर्जनों मापदंड तय किये। हम उस पर कितने खरे हैं? पत्रकारिता और राजनीति दोनों समाज, बदलाव के माध्यम हैं। दोनों को आत्मविश्लेषण करना चाहिए। यह विषय है। गीता में कहा गया है-'महाजनो येन गतः सा पन्था'। बड़े लोग जिस रास्ते जायेंगे, समाज के अन्य लोग उसी रास्ते का अनुकरण करेंगे। इस तरह नेतृत्व कर रहे लोगों को अतिरिक्त सजग रहना चाहिए।

● ***राज्यसभा को पीछे का दरवाजा कहा गया था। बाद में पैसेवाले ताकतवर लोग भी यहाँ पहुँचने लगे, यह आरोप लगा। इस सदन में आपका कैसा अनुभव रहा?***

● राज्यसभा का जब गठन हुआ, उसके लिए जो बहस हुई। उसे पढ़ना चाहिए। यह सरासर गलत और राजनीतिक प्रेरित आरोप है कि यह पीछे का दरवाजा है। माना गया कि लोकसभा में जो लोग चुन कर आते हैं, वे जनता से सीधे चुनकर आते हैं। उन पर सीधे जन दबाव होता है। कई बार जन दबाव में, भावनाओं के आधार पर कानून बन सकते हैं। ऐसी स्थिति में सोचा गया कि राज्यसभा में जो लोग होंगे, वे गंभीरता से विचार करेंगे। इस सदन में ऐसे लोग आयें, जो चुनाव या राजनीतिक प्रभाव से नहीं आ सकते। विचारवान। विवेक संपन्न। अपेक्षा की गयी कि ऐसे जानकारों, विद्वानों, अनुभवी व विशेषज्ञों का यह सदन होगा, जो गुण, दोष की कसौटी पर सही विवेक सम्मत देशहित में फैसला करेगा। इस सदन के गठन के पीछे यह धारणा थी। बाद में राजनीतिक दलों ने इसका मूल स्वरूप बदल दिया। इस सदन के सदस्यों से अपेक्षा है कि भावनाओं के आधार पर वे काम नहीं करेंगे। इसलिए पढ़े-लिखे या अनुभवी या समझदार लोगों को लाया जाएगा। ऐसे ही लोग पहले आते थे। दिनकर जी, ताराशंकर बंदोपाध्याय, डॉ. रघुवीर, लोकेश चंद्र मिश्र, राधाकुमुद मुखर्जी जैसे कई असाधारण लोग इस सदन में रहे। बाद के दिनों में भटकाव आया। जैसे कि पत्रकारिता में भटकाव की बात बतायी, वैसे ही राजनीति में भी यह हुआ। विजय माल्या उसके बड़े उदाहरण हुए। लेकिन राजनीति की मूल धारा यह नहीं। आज

भी राज्यसभा में जब बहस होती है, तो उसका स्तर देख लीजिए। यह सही है कि राजनीतिक दल अपने हारे लोगों को भी यहाँ भेजते हैं, लेकिन आप राज्यसभा की बहस देख लीजिए। जीएसटी पर बहस देखिए। पक्ष-विपक्ष दोनों की। जब 12 घंटे सर्वण गरीबों को आरक्षण देने की बात पर बहस चली, उसे देख लीजिए। जब-जब शांति से बहस चले, तो वहाँ बहस की गंभीरता व स्तर देखिए। उस तरह से अगर सदन चले या बहस हो, तो जिस चीज के लिए राज्यसभा बनी थी, उसकी भूमिका देख सकते हैं।

● ***अभी के समय में आपको फिर से पत्रकारिता करनी हो, तो आप क्या करना चाहेंगे?***

● बिल्कुल क्लियर हूँ, इस मामले में। अगर आज मुझे पत्रकारिता करने का अवसर मिले, तो बताऊँगा टेक्नोलॉजी के बारे में। उसे आधार बनाकर लोगों को जागरूक करता। आर्टिफिशियल इंटेलिजेंस के बारे में समाज को जागरूक करता। देश का मानस कैसे तैयार हो, इसके लिए काम करता। इनफ्रास्ट्रक्चर उस रूप में कैसे तैयार हो, इसकी एडवोकेसी करता। आज दुनिया की नियति एक हो गयी है, यह सब आम जनों को बताता। इकोनॉमी इंटिग्रेट हो गयी है, उसे टेक्नोलॉजी चला रही है, यह गाँव-गाँव को बताने की कोशिश करता। बताता कि कैसे साउथ के स्टेट कैसे, कहाँ पहुँच गये और हम उत्तर भारत के लोग कहाँ हैं? अगर इसी मानस के साथ रहे, तो आगे 20 साल में कहाँ होंगे? इकोनॉमिकली लोगों को कंसस करता। पॉलिटिकली कंसस करता कि कैसे 70-70 वर्षों से एक ही परिवार के लोग, एक ही पार्टी के अध्यक्ष बने हुए हैं और वे लोकतंत्र पर खतरे की बात करते हैं। वे खुद कितना लोकतंत्र मानते हैं, इसे लेकर जागरूक करता। यह जो देश में सालों भर इलेक्शन का माहौल रहता है, सालों भर देश में कहीं न कहीं इलेक्शन चलता है, उसके लिए जनमानस तैयार करता कि सभी इलेक्शन एक साथ हों। यह अगर संकट है, तो इसका समाधान भी चाहिए। हम पूछते कि 1978 से 1980 के बीच भारत और चीन की आर्थिक स्थिति एक जैसी थी, तो फिर भारत कब से और कैसे पिछड़ना चालू हुआ। ऐसे विषयों पर लोगों को सूचना संपन्न बनाता, राष्ट्रहित के मसले पर देश का जनमानस तैयार करता।

बड़े स्तर पर गवर्नेंस के मसले पर काम करता। इस मसले पर हिन्दी पत्रकारिता में गंभीर काम नहीं हुआ या नहीं हो रहा है। जनता को उसके अधिकारों के प्रति सचेत करने का काम भी हिन्दी पत्रकारिता में होना शेष है अभी। हिन्दी पट्टी में यह एक जरूरी व व्यापक अभियान का विषय है। गवर्नेंस

पर काम करने की जरूरत है। मुझे लगता है कि ऐसी पत्रकारिता की संभावना अब भी है। संभावना ना भी हो, तो यह करना चाहिए और संभावनाओं के नये द्वार, पत्रकारिता को खोलने चाहिए। मेरी इच्छा रही है कि किसी ऐसे अखबार में काम करूँ या ऐसा अखबार निकालूँ, जो बिना विज्ञापन के निकले। जो वैचारिक रूप से पूरी तरह इश्यूज के प्रति प्रतिबद्ध हो।

(2023)

खंड-4

पत्र खंड

इस खंड में कुल 12 व्यक्तियों से हरिवंश के पत्र संवाद दिये जा रहे हैं। इन पत्रों को देखकर यह स्पष्ट होता है कि वह किस तरह जीवंत संवाद रखकर, एक जिज्ञासु विद्यार्थी की तरह हमेशा अपने वरिष्ठों, मेंटरों से मार्गदर्शन लेते रहे। उदार मन से। इन पत्रों में बीएचयू के पत्रकारिता विभाग के अध्यक्ष डॉ. एके बनर्जी, 'धर्मयुग' के यशस्वी संपादक धर्मवीर भारती के पत्र को पढ़ने से साफ होगा कि हरिवंश जब पत्रकारिता से बैंक की नौकरी में गये, तो किस तरह इन दो वरिष्ठों ने कहा कि तुम पत्रकारिता के लिए ही बने हो। अपने आत्मीय जनों, वरिष्ठों द्वारा पक्की सरकारी नौकरी, बैंक की नौकरी छोड़कर पत्रकारिता में आने को फिर से प्रेरित करना, यह बताता है कि शुरू से ही पत्रकारिता में किस कदर मन रमा कि इतना गहरा विश्वास जमा।

इस खंड में जिन 12 व्यक्तियों के पत्र दिये जा रहे हैं, उनमें सभी लोग अपने तरीके के अनूठे व्यक्ति हैं और हरिवंश का सबसे खास, गहरा नाता रहा है। इस पत्र खंड में पूर्व प्रधानमंत्री चंद्रशेखर से हरिवंश का संवाद है, तो साथ ही धर्मवीर भारती, गणेश मंत्री, नारायण दत्त, अशोक सेकसरिया, नंद चतुर्वेदी, कृष्णनाथ, कृष्ण बिहारी मिश्र जैसे लेखकों, चिंतकों से संवाद। राज हीरामन जैसे परम मित्र से संवाद है, तो मशहूर नक्सली नेता विजय कुमार आर्य का संवाद भी।

–संपादक

नारायण दत्त के चार पत्र

नारायण दत्त। शब्द शिल्पी। भाषाविद। बहुभाषी पत्रकार। कुशल संपादक। उत्कृष्ट अनुवादक। 'नवनीत' जैसी प्रतिष्ठित पत्रिका के संपादक रहे। 'पीटीआई फीचर' के संपादक रहे। हरिवंश का उनके प्रति आदर, सम्मान, वरिष्ठता और स्नेह का संबंध रहा। यहाँ हरिवंश के नाम लिखे गये उनके चार पत्रों से दोनों के बीच रिश्ते की आत्मीयता का भी पता चलेगा और नारायण दत्त जैसे लोगों के ज्ञान की सीमा, सृजन के सरोकार और निरंतर सक्रियता का भी।

–संपादक

(i)

28/02/1994
बंबई

प्रिय हरिवंश,

मैं 11 फरवरी को दिल्ली चला गया था। 18 फरवरी को लौटा। वापस आने पर जो डाक मेरा इंतजार करते मिली, उसमें 'घर' और 'पत्रिका' के अंक थे। दोनों के दर्शन यों मुझे दिल्ली में श्री जगदीश प्रसाद जी चतुर्वेदी के यहाँ हो गये थे (वे इस बात से खुश थे कि तुमने दोनों पत्रिकाएँ उनके पास भेजी)। मैं, एक शादी के सिलसिले में दिल्ली गया था। मेरे जमशेदपुर वाले मित्र की बेटी का विवाह था। उनकी यही एक बेटी अविवाहित थी और इसके बाद इस पीढ़ी में उस घर में कन्या विवाह नहीं होनेवाला है, इसलिए मैं अवश्य जाना चाहता था (मुझे सबसे पहले इसी परिवार के बच्चों ने ताऊजी कहा)। मैं न जाता तो माफ न किया जाता।

'प्रभात खबर पत्रिका' की संकल्पना की चर्चा करनेवाली तुम्हारी पुस्तिका अच्छी लिखी हुई है। उसमें कही गयी इस बात से मैं सहमत हूँ कि टीवी की चुनौती का सामना करने के लिए प्रिंट मीडिया को फिर से अपने मूल और वास्तविक उपादान शब्द पर लौटना होगा। इसलिए चित्रमयता और रंगों की तड़क-भड़क से रहित शब्द निर्भर पत्रिका की तुम्हारी कल्पना बहुत अर्थपूर्ण

और सराहनीय है। फिर भी यह जोखिम भरी है और इसे सफलता से कार्यगत करने के लिए बहुत सूझबूझ, सब्र और ठोस परिश्रम की आवश्यकता होगी। मैं महसूस करता हूँ कि जब तुम इस साहस कार्य में हाथ डाल रहे हो, तो यह मेरा फर्ज है कि लेखों के रूप में जो अच्छे से अच्छा योगदान मैं कर सकूँ, वह करूँ और साथ ही जो भी अच्छा विषय सूझे, तुम्हारे ध्यान में लाऊँ। इस दृष्टि से जो कुछ मुझसे बन पड़ेगा, वह करूँगा।

साथ ही चेतावनी के तौर पर कुछ बातें कहना अपना फर्ज समझता हूँ। मुझे लगता है कि शायद यह अधिक ठीक होता कि तुम एक वर्ष तक अपनी सारी अतिरिक्त शक्ति-यानी 'प्रभात खबर' में व्यय होने से बची हुई शक्ति 'घर' पर केंद्रित करते और उसे संपादकीय और व्यापारिक दोनों दृष्टि से मजबूत स्थिति में पहुँचा कर उसके बाद ही 'पत्रिका' का काम हाथ में लेते। व्यावहारिक अनुभव यह बताता है कि 'घर' जैसी पत्रिका को आर्थिक दृष्टि से लाभप्रद बनाना अपेक्षाकृत कम श्रमसाध्य है। हालाँकि 'सरिता', 'गृहशोभा' आदि जमी-जमायी पत्रिकाओं की सारे हिन्दी प्रदेश की महिलाओं के मन पर खासी मजबूत पकड़ है। 'पत्रिका' जैसे प्रकाशन को 'आय-व्यय बराबर' की अवस्था तक लाने में भी काफी समय लग जाएगा। 'घर' को सफल बना कर, उससे अर्जित प्रतिष्ठा और उसकी बचत के बल पर 'पत्रिका' की योजना को कार्यगत करना, तुम्हारे लिए थोड़ा ज्यादा आसान होता। मैं, नहीं जानता कि इस बारे में तुम्हारा क्या सोचना है। एक साथ दो-दो नयी योजनाएँ हाथ में लेने पर बौद्धिक और भौतिक साधन दोनों में बँट जाते हैं, जिससे हमारी कार्यशक्ति पर बोझ पड़ता है, कल्पनाशक्ति बासी होने लगती है और काम का स्तर ऊँचा उठाना और ऊँचा बनाये रखना मुश्किल हो जाता है। यों मैं नहीं जानता कि 'पत्रिका' के लिए तुम कितना स्टॉफ जुटा सके हो।

किसी पत्र को शब्दों के बल पर चलाना हो, तो जरूरी होगा कि शब्द खूब चमकीले, प्राणवान और अर्थगर्भित हों। रचनाएँ खूब ठोक बजा कर चुनी जाएँ। संपादन चुस्ती से हो। प्रूफ्र रीडिंग उत्तम दर्जे की हो। हम नये विषयों और नये लेखकों की खोज निरंतर करते रह सके। अक्सर होता यह है कि बहुत जल्दी पत्र ऐसी स्थिति में पहुँच जाते हैं कि पाठकों को उनमें वही-वही विषय और वही-वही लेखक नजर आने लगते हैं। अगर हमें सचमुच शब्दों के बल पर 'पत्रिका' बेचकर दिखानी है, तो इस गड्ढे में गिरने से बचना होगा।

'पत्रिका' बिके और बिक्री अंक बढ़ता जाए, इसके लिए यह भी जरूरी है कि हम 'पत्रिका' को किसी विचारधारा का मुखपत्र न बनाएँ, बल्कि उसमें

एक खुलापन रखें, जिससे अलग-अलग विचारों वाले रचनाकार उसमें लिखने को और अलग-अलग विचारों के पाठक उसे पढ़ने को उत्सुक हों। जो हाल 'दिनमान' का हुआ, वह हमारे लिए सबक है। बहुत शीघ्र ही 'दिनमान', लोहियाई समाजवाद का प्रचार पत्र बनकर रह गया और उसने आम पाठक को खींचना बंद कर दिया। उस समय हिन्दी में कोई समाचार पत्रिका न थी। 'दिनमान' उस बाजार को हथिया सकता था। पर, उसने विचार पत्रिका बनने की ठानी। मगर वह भी वह बन नहीं पाया। कारण, एक सीमित और निरंतर सिकुड़ती व क्षीण होती विचारधारा के प्रचारक का रूप उसने ग्रहण कर लिया और जब उस विचारधारा के अनुयायी छितरा गये, तो उसके लिए कोई पाठक नहीं रहे। 'दिनमान' की ट्रेजडी से हमें यह भी सीखना है कि यदि कोई पत्रिका बहुत बनावटी किस्म की भाषा अपना बैठे, तो उसका आम पाठक वर्ग से कट जाना अनिवार्य है।

हम अगर अपनी कुछ आस्थाएँ रखते हैं, तो वह हमारी पत्रिका में प्रतिबिंबित होंगी ही। मगर पत्रिका को प्रबुद्ध पाठकों के बड़े तबके का समर्थन प्राप्त करना है, तो उसे वैचारिक स्तर पर खुले मंच का रूप धारण करना होगा। जिस पर केवल लिमये, किशन पटनायक और विनोद मिश्र या नागभूषण पटनायक ही नहीं, नरसिम्हा राव और अर्जुन सिंह, अटल बिहारी वाजपेयी और जसवंत सिंह, शाहबुद्दीन और फारूख अब्दुल्ला भी अपनी बात कह सकें। ठीक है कि हम साध्वी ऋतंभरा और पुरी के शंकराचार्य का 'अनर्गल प्रलाप' न छापना चाहें, पर अगर कोई ठंडे और तथ्य-तर्क-आधारित ढंग से यह दिखाये कि गाँधी के हिन्दू-मुस्लिम एकता प्रयत्नों में चिंतनदोष क्या था या कि आंबेडकर के कार्यक्रम में क्या न्यूनता है, तो उसे छापने में कोई हर्ज नहीं होना चाहिए। लोगों को हम देव-वर्ग और दानव-वर्ग में न बाँटें।

अभी देखने के बाद मुझे एक चीज और कहनी है। पाठक पर अगर सही या गलत यह छाप पड़ गयी कि 'प्रभात खबर' के लिए आयी या लिखवायी गयी कुछ रचनाएँ अलग रख ली जाती हैं और उनसे 'पत्रिका' तैयार कर दी जाती है, तो फिर हमारे Venture (उपक्रम) का सफल होना संभव न रहेगा। पाठक पर यह छाप डालना जरूरी है कि 'पत्रिका' के लिए सब चीजें अलग तौर से मँगवायी-लिखवायी जाती हैं। जिस प्रकार के विषय 'प्रभात खबर' में प्रायः आते हैं, उससे 'पत्रिका' बचे। वरना वह स्वतंत्र व्यक्तित्व नहीं बना पायेगी और बिना स्वतंत्र व्यक्तित्व के उसका सफल और आर्थिक रूप से जीवन दान हो पाना मुश्किल होगा, उसी में छपे कुछ लेख ऐसे थे जो 'प्रभात ख़बर' की रिपोर्टों में भिन्न नहीं। जैसे- कोल इंडिया के विमानों का दुरुपयोग और जमशेदपुर की झील के किनारे हो रहे अपराध कांड। उसी में मुझे विज्ञान, नयी पुस्तकें आदि पर सामग्री

कम लगी। मेरा ख्याल है विज्ञान आदि में नये क्षितिज क्या खुल रहे हैं, इसके बारे में सामग्री पाने का प्रयत्न हमें ज्यादा करना चाहिए। व्यापार-वाणिज्य में भी नयी Trenrds (रुझान) का परिचय देने में हमारी शक्ति ज्यादा खर्च हो। पिछले सप्ताह शायद 'टाइम्स' के व्यापारिक पन्नों पर एक लेख था, जिसमें अमेरीका और यूरोप में रोजगार के पैटर्न में आ रहे बदलाव का परिचय दिया गया था। मुझे बहुत दिलचस्प लगा। आज इतनी बातें सूझीं, सो लिख दीं। कुछ और सूझा, तो फिर लिखूँगा। तुम चारों को स्नेह।

तुम्हारा

नारायण दत्त

(ii)

16/09/03

बेंगलुरु

प्रिय भाई,

9/9 का पत्र और 'आंगन का उल्लास-9' आज मिले। लेख अभी पढ़ नहीं पाया हूँ, रात को पढ़ूँगा। ग्लूकोमा बड़ा कष्टदायी रोग है। आँख पर जोर न पड़े इसके लिए डॉक्टर जो उपाय बताएँ, उसका मुस्तैदी से पालन करें। मैं हर बार जाँच के बाद यह जरूर पूछता हूँ कि आँखों में Pressure (दबाव) ठीक है न? अभी तक ठीक है, आगे की कौन जाने।

बीच में तीन दिन मैसूर में बिताये। मेरा जन्मस्थान मैसूर ही है। पिछली एक सदी से हमारा परिवार कभी मैसूर में, तो कभी बेंगलुरु में रहता आया है। यों पिछले 40 वर्ष से मैसूर छूट-सा गया था, पर अब मेरी सबसे छोटी बहन और बहनोई वहाँ रहने लगे हैं। नौकरी के सिलसिले में बहनोई 35 साल तमिलनाडु में रहे। अब निवृत्त हैं। उनका घर भी मैसूर में ही था।

अमरीका से मेरे छोटे भाई डॉ. राजगोपाल आये हुए हैं। उन्हीं के संग मैसूर गया था। अब वे दिल्ली चलने को कह रहे हैं। शायद जाना पड़े। जाऊँगा तो कलकत्ता आने की इच्छा बहुत है। रांची का निमंत्रण वर्षों से है। पर, यात्रा शुरू न होते हुए भी यात्रा के प्रति अनुत्साही हूँ।

20 या 22 सितंबर को रवाना होऊँगा और अगले माह के आरंभ में कभी वापस बेंगलुरु पहुँचूँगा। वापसी यात्रा में भोपाल व मुंबई जाने की इच्छा है।

'पत्रकारिता : भाषा का प्रश्न' को अवश्य दुबारा पढ़ूँगा। आरंभ में मैं, प्रभाष जी की इस बात से सहमत था कि पत्रकार को अधिक सहज हिन्दी लिखने का

अभ्यास करना चाहिए। बाद में मैंने अनुभव किया कि 'सहज' का जो अर्थ मेरे मन में है, उससे बहुत भिन्न अर्थ उनके मन में है। व्याकरण को धता बताना कर्तृवाच्य व कर्मवाच्य में घोटाला करना आदि को मैं सहजता मानने को तैयार नहीं। यह जानकर खुशी हुई कि नाट्य विद्यालय की पत्रिका ने बीवी कारंत पर विशेषांक निकाला है। कैसी है सामग्री?

शेष फिर।

आपका

नारायण दत्त

(iii)

02/02/2009

श्री हरिवंश,

तीन दिन पूर्व तुमने फोन किया, यह अच्छा लगा। असल में पिछले कुछ दिनों से मेरा मोबाइल ठीक से काम नहीं कर रहा था। बैटरी बदलवायी। संयोग से उसी दिन तुमसे बात भी हो गयी। कैसा सुखद संयोग!

डॉ. विश्वनाथ टंडन 93 वर्ष की उम्र में भी बौद्धिक दृष्टि से जितने चुस्त और सक्रिय हैं, वह आश्चर्य की चीज है। मेरा उनसे काफी पत्र-व्यवहार चलता है और उनके हर पत्र से मुझे कुछ न कुछ नयी जानकारी प्राप्त होती है। उनके सुझाव पर मैंने श्री बरनवाल की पुस्तक 'जिन्ना : एक पुनर्दृष्टि' हाल में पढ़ी। निश्चय ही जिन्ना पिछली सदी के पूर्वार्ध के सबसे बड़े और विशिष्ट भारतीयों में से थे और उन्हें खुले मन से समझने की कोशिश अब अवश्य की जानी चाहिए। बरनवाल ने यह काम बड़ी सहृदयता से किया है। मगर कुछ गुत्थियाँ सुलझाने के लिए तटस्थ, बल्कि निर्मम वस्तुनिष्ठता आवश्यक होती है, तब ही सच तक पहुँचा जा सकता है। उदाहरण के लिए जिन्ना के व्यक्तित्व का केंद्रीय तत्त्व क्या था? मेरा अपना मानना है कि यह तत्त्व ego (अहंभाव) था। शायद जैसे एटिक एरिकसन ने गाँधी जी की मनोरचना का सहृदयता पूर्वक विवेचन व विश्लेषण किया है, वैसे ही अध्ययन-विश्लेषण जिन्ना की मनोरचना का भी होना चाहिए। असल में मैंने जिन्ना पर लिखी गयी भारतीय लेखकों की ही पुस्तकें पढ़ी हैं। उनसे मुझे पूर्ण संतोष नहीं हुआ। बरनवाल ने जिन्ना की त्रुटियाँ भी दिखलायी हैं। और कई मामलों में उनकी आलोचना भी की है, मगर उनका मुख्य उद्देश्य जिन्ना को लेकर अलग है।

इस पत्र में मुझे तुमसे एक याचना करनी है। गाँधी शांति प्रतिष्ठान (नई

दिल्ली) के श्री अनुपम मिश्र की पुस्तक 'आज भी खरे हैं तालाब' का ब्रेल संस्करण प्रकाशित हुआ है। मिश्र जी उसकी बिक्री के विषय में चिंतित हैं, जो कि स्वाभाविक है। मैंने उन्हें सुझाव दिया कि वे विभिन्न हिन्दीभाषी राज्यों के नेत्रहीनों के विद्यालयों से भी संपर्क करें। इसके लिए उन्हें नेत्रहीनों के विद्यालयों की नामावली की जरूरत है। क्या तुम अपने रिपोर्टरों के जरिए बिहार व झारखंड के ऐसे विद्यालयों की सूची प्राप्त करके अनुपम जी के पास भिजवा सकोगे? इसे मैं, निजी उपकार मानूँगा। अनुपम जी की पुस्तकें 'आज भी खरे हैं तालाब' और 'राजस्थान की रजत बूंदें' को मैं, स्वतंत्र भारत हिन्दी में प्रकाशित सबसे विशिष्ट पुस्तकों में गिनता हूँ। उनमें पर्यावरण-विज्ञान, पत्रकारिता और कविता का सुंदर संगम हुआ है। ये पुस्तकें कन्नड़ में लिखी गयी होतीं, तो निसंदेह उन्हें केंद्रीय साहित्य अकादमी का पुरस्कार मिलता। दुर्भाग्य से हिन्दी में ऐसी पुस्तकों को 'साहित्य' नहीं गिना जाता। अनुपम जी का पता तुम्हें मालूम ही होगा, फिर भी तुम्हारी सुविधा के लिए नीचे लिख रहा हूँ।

पुनश्चः जिस लेख के विषय में मैंने चर्चा की थी, उसके लिए मुझे कुछ तैयारी करनी पड़ेगी।

सस्नेह
नारायण दत्त

(iv)

बेंगलुरु
16/02/2012

प्रिय हरिवंश,

तुम्हारे सुझाव के अनुसार मैंने श्री रेड्डी के गाँधी-विषयक लेख का अनुवाद 13 फरवरी को कूरियर के जरिए तुम्हारे नाम रवाना कर दिया। मैंने लेख कूरियर के बजाय ई-मेल के जरिये भेजना इसलिए शुरू किया था कि इसमें काम ज्यादा तेजी से और कम खर्च में होता है। मगर अनुभव उल्टा ही कहता है। साइबर कैफे वाले कहते हैं कि चीज चली गयी है, पर वह तीन-तीन दिन तक वहाँ नहीं पहुँचती! यही लेख मैंने 10 फरवरी को भी harivansh@prabhatkhabar.net इस पते पर रवाना किया था। शायद तुम्हारी अनुपस्थिति में तुम्हारी ई-मेल देखी न जाती हो।

भाई कमलेश जी की बेटी के विवाह पर तुमने मेरी ओर से 1000 शगुन में देकर उपकार किया। साथ में एचडीएफसी बैंक के नाम 1000 का चेक रख

रहा हूँ। मेरा ख्याल है, उस बैंक में तुम्हारा खाता होगा। तुम्हारे दफ़्तर का तो है।

मैंने तीन अनुवाद पिछले साल की अंतिम तिमाही में भेजे थे। उनका उपयोग शायद हुआ होगा। अगर पारिश्रमिक भिजवाया जा सके, तो मुझे सुविधा होगी। वे लेख निम्न तारीखों को यहाँ से कूरियर से रवाना हुए थे।

तारीख	लेखक
15. 10. 2011	नाम दर्ज करने से रह गया
12. 10. 2011	जस्टिस मार्कंडेय काटजू
23. 11. 2011	रामस्वामी अय्यर

नया लेख

13. 02. 2012 रेड्डी (गाँधी और द.अफ्रीका)

दिल्ली में मेरी भाभी जी को अस्पताल में भर्ती कराया गया है। अपने भतीजे का काम का बोझ कुछ कम हो, इस ख्याल से फिर दिल्ली जाने की सोच रहा हूँ। पहले मार्च के मध्य में जाने की योजना थी।

अभी (इस हफ़्ते) मैंने फली एस नरीमन की पुस्तक-'India Legal System: Can it Be Saved?' पढ़ी। ज्यादा बड़ी नहीं, बल्कि छोटी ही समझी जा सकती है। पेंग्विन बुक्स ने 2006 में छापी थी। बहुत उपयोगी जानकारी और विचार, सरल भाषा और शैली में प्रस्तुत करती है। न पढ़ी हो, तो पढ़ना। जैसा कि मैंने कल अपने एक पढ़ाकू पत्रकार मित्र को लिखा, जिस बात को जस्टिस कृष्ण अय्यर 50 कठिन शब्दों में एक लंबे उलझे वाक्य में कह पाते हैं, उसे नरीमन सात-आठ सरल शब्दों के दो सीधे वाक्यों में समझा देते हैं। अगर वे कभी कानून के अध्यापक रहे हों, तो विद्यार्थी उनके अध्यापन से बहुत लाभान्वित हुए होंगे।

आजकल नया पढ़ा हुआ शीघ्र बुद्धि-पटल पर से पुंछ जाता है। बढ़ती उम्र का यह अनिवार्य दुष्परिणाम है। झेलने के सिवा कोई चारा नहीं। मगर हार मानकर बैठ जाने से तो काम नहीं बन जाएगा।

तुम सबको स्नेह।

तुम्हारा
नारायण दत्त

संलग्न चेक नंबर-325868 (एचडीएफसी)

मित्र राज हीरामन के दो पत्र

मॉरीशसवासी में रहने वाले प्रवासी लेखक-पत्रकार हीरामन हरिवंश के निजी मित्रों में हैं। पत्रकारिता से जुड़े रहे हैं। हरिवंश से उनका पत्राचार निरंतर चलता रहा। उनके दो पत्र यहाँ दिये जा रहे हैं।

–संपादक

(i)

मॉरीशस
09/03/1994

प्रिय हरिवंश,

तुम्हारा 22 फरवरी का लिखा पत्र मुझे कल ही प्राप्त हुआ है। आशा है, तुम लोग सब उधर ठीक ही हो। हम लोग इधर अच्छे हैं। भारी तूफान ने 15 दिनों पहले इस देश को तबाह कर दिया है। पानी, बिजली और फोन नहीं। सब्जी भी खत्म। बस समझो कि हम डब्बों के खाने में जी रहे हैं। तुम्हारा पत्र पढ़ते, हमेशा आँखें भर आती हैं। मुझे भी लगता है कि मैं, तुम लोगों से कब मिल पाऊँगा। बेटी पूजा और पत्नी स्वस्तिका भी अब चाह रही हैं कि अबकि मैं भारत जाऊँ, तो वे भी साथ जाएँ ताकि मेरे साथ तुम लोगों से मिले। वैसे डॉ. सक्सेना से तो मिल ही चुकी हैं। उनके दो पत्र आ गए। एक तो कुछ पोस्ट कार्ड मँगवाए और दूसरा धन्यवाद पत्र और एक डायरी भी है।

हम तीनों साथ आएँ, इसके लिए तो आर्थिक स्थिति अच्छी होनी चाहिए। रांची से हैदराबाद तक हमारे मित्र हैं। खाने-पीने-रहने का पैसा खर्च नहीं होगा, तो क्या हुआ! मार्ग व्यय के खर्चे तो बैठेंगे ही! मार्च में, मतलब अभी, मुझे भारत चला जाना चाहिए था! पर, हैदराबाद उस्मानिया यूनिवर्सिटी से मेरा हॉल टिकट आया नहीं, जिसके आधार पर मुझे वहाँ छुट्टी और पासपोर्ट भी मिल पाते! नहीं तो अगले 13 को यहाँ से रवाना होकर वहाँ 14 को पहुँचता और 16 को मेरी परीक्षा है।

अभी लिख रहा था कि एक फोन आया। कई लोगों को उधार में पैसे दिए हैं, अब तो वापस कर ही नहीं रहे हैं। उन्हीं पैसों को लेकर या टिकट खरीद कर आना था।

घर पर कैसे हैं? भाभी जी को प्रणाम और बच्चों को प्यार कहना। कहना कभी न कभी, तो हम रांची पहुँच ही जाएँगे। पहले तुम लोग तो इधर आओ! देखो यह सुंदर देश और मिलो यहाँ के लोगों से! सच हरिवंश! तुम इधर आने की कोशिश तो करो! और अब तुम्हारी आर्थिक परिस्थिति तो अच्छी होगी ही! पर, मैं भी एक बार रांची आकर तुम्हारी पत्रकारिता का दबदबा देख लेना चाहता हूँ। तब तो गर्व से कह पाऊँगा यह मेरा मित्र है! मेरा लंगोटिया! मेरा क्लासमेट।

हमारे विजय सिंह का पता लिखने को कहा था। ऐसा ना हो कि उसे मिलने के लिए तुम से बाद, एक बार फिर भारत आना पड़े। मैं तुरंत पत्र, डाक में डालने जा रहा हूँ। गलती हो, तो क्षमा।

तुम्हारा,
राज हीरामन

(ii)

दिनांक: 09/10/1993

प्रिय हरिवंश,

तुम्हें मेरा बहुत-बहुत प्यार। आज ही दिन में तुम्हारी रांची से लिखी, गत महीने की 25 तारीख की, चिट्ठी मिली। सुखद आनंद का अनुभव करते-करते मेरे आँसू भी निकल पड़े। सालों बाद तुम्हारा पत्र मिला है। विजय का तो पता ही नहीं। आशा है लौटते पत्र के साथ, उसका पता अवश्य भेजोगे। हमारे साथ रहने के दिन याद दिला कर, तुमने सचमुच उन दिनों को 'हमारे जीवन के सर्वश्रेष्ठ वर्ष' बिताए हैं। मैं सच में रोने लगा, बच्चों की तरह! गत मई में एक व्यापारी मित्र से तुम्हारा पता, मैंने 'रविवार' से लगवाया था। वह मित्र कलकत्ता ही रहता है। मैं उस समय भारत में कुछ हफ़्तों के लिए था। तुम दोनों का पता न लगने से मैं तुमसे मिल ना सका।

मैं, बंबई से होता हुआ, हैदराबाद चला गया था। वहाँ कुछ मित्र रहते हैं। जिनमें से एक की शादी थी। बंबई में मैं, डॉ. भारती के यहाँ खाने पर गया था। कुछ यादें ताजा की। वहीं पर गणेश मंत्री का भी घर है। कई बार वहाँ गया और फोन भी किया। वह कोटा गए हुए थे। उनको पत्र डालकर मैं, घर लौट गया था। मैंने उन्हीं से तुम दोनों के पतों की आशा की थी। फोन करता और आ जाता।

खैर बड़ा दुर्भाग्य था मेरा! मैंने तुम लोगों की धरती को छुआ। फिर तुम लोगों से मिले बगैर आ गया। मुझे बड़ी खुशी है कि तुम तीन शहर से निकलने वाले पत्र 'प्रभात खबर' का संपादन कर रहे हो। विजय तो बंबई के करीब (नागपुर) ही में है। 1986 से 1989 तक मैं भी यहाँ के हिन्दी सप्ताहिक का संपादन कर रहा था।

1990 से महात्मा गाँधी संस्थान में कार्यरत हूँ। यहाँ बच्चों की पाठ्य पुस्तकें लिखी जाती हैं और उन्हें छाप कर सरकारी स्कूलों में भेजने का काम है, जिसमें मैं भी हूँ। बेटा विपिन 18 का हो गया है। अभी बारहवीं पूरी करने में लगा है। शायद 1995 तक भारत पढ़ाई के लिए आ सकता है। बेटी पूजा अभी नौवीं में है। पत्नी ठीक हैं। वैसे तो इधर से तकरीबन हर महीने कोई न कोई भारत जाता रहता है, परंतु तुम्हारी ओर तो कोई जाता ही नहीं है। आज तो कई बार मैंने तुम्हारा फोन मिलाया पर मिला नहीं। कभी बात कर लेंगे। मेरा फोन अभी तक वही है–2482618।

भारत के भूकंप को लेकर यहाँ के हिन्दू बहुत चिंतित हैं। हम लगभग 50 लाख भारतीय रूपये यहाँ से इकट्ठा करके भूकंप पीड़ित लोगों को भेज रहे हैं। प्रार्थना सभाएँ भी की जा रही हैं। गत अगस्त में हमारी संस्था ह्युमन सर्विस ट्रस्ट ने इंडियन डायसपोरा का सम्मेलन आयोजित किया। दुनियाभर से भाग लेने लोग आए। भारत से बहुत बड़ा प्रतिनिधिमंडल यहाँ आया था। उसमें लगभग 150 लोग थे। चतुर्थ विश्व हिन्दी सम्मेलन अगले 2 से 4 दिसंबर तक होगा। कमेटी में मैं भी शामिल हूँ। क्यों न तुम भी आ जाते हो?

मैं संभवत: अगले साल मार्च में भारत आऊँगा। हैदराबाद के उस्मानिया यूनिवर्सिटी से डिग्री कोर्स कर रहा हूँ। पत्राचार द्वारा। वहाँ परीक्षा देने जाऊँगा। फिर कुछ दिनों का प्रोग्राम पटना के लिए बनाऊँगा। फिर भी लिखते रहना। मैं, जवाब देते देता रहूँगा। अगली बार विश्व हिन्दू सम्मेलन पर एक लेख भेजूँगा।

भाभी को मेरा प्रणाम बोलना। बेटा विकास को मेरा प्यार और बेटी रिचा को भी मेरा प्यार। तुम्हें भी। लिखते रहना। अबकी खोना नहीं है। देखा भारत आया था, पर पता न होने के कारण मैं लौट गया।

तुम्हारा ही
राज हीरामन

नंद चतुर्वेदी के दो पत्र

हिन्दी के यशस्वी कवि नंद चतुर्वेदी का हरिवंश से रिश्ता एक स्नेहिल अभिभावक की तरह रहा। नंद चतुर्वेदी के बेटे अनुराग चतुर्वेदी, हरिवंश के पुराने और आत्मीय मित्र हैं। अनुराग चतुर्वेदी और हरिवंश ने 'धर्मयुग' में साथ पत्रकारिता शुरू की। उस समय से दोनों की मित्रता दिन-ब-दिन गाढ़ी आत्मीयता में बदलती गयी। बेटे से मित्रता से इतर हरिवंश का संवाद नंद चतुर्वेदी से अलग होता था। पत्राचार के माध्यम से दोनों एक दूसरे से निरंतर संपर्क में रहते।

-संपादक

(i)

30, अहिंसापुरी, उदयपुर
04/07/2006

प्रिय हरिवंश,

इधर बहुत दिनों से आप से बात ही नहीं हुई। आप प्रसन्न होंगे, यह तो सोच ही लेता हूँ और देश के बारे में सोचने के लिए ज्यादा जगह नहीं है। जिंदगी के बारे में बात करना भी विकल्पों के दौर में इधर फिजूल माने जाने लगा है। अभी-अभी कुछ ही दिनों पहले हम अमूमन जीवन-सौंदर्य और महान-निष्ठाओं की बात करते थे। लेकिन अब सारे समाचार अवैध संपत्ति जमा करनेवाले लंपटों के हुनर का वर्णन करते हैं और प्रकारांतर से उस लालच की तरफ आकर्षित करते हैं, जो अखाद्य और अवांछनीय है।

इधर हमारे एक मित्र चौधरी नरेंद्रपाल सिंह का निधन हो गया, जो 104 वर्ष के थे और एक अप्रतिम आस्था और संकल्प के साथ समाजवादी रहे। इस पत्र के साथ जो आलेख है, उन्हीं के बारे में है।

आपके पाठकों के लिए यह शायद अर्थहीन हो, यह मानकर मैं नहीं भेज रहा था। मगर अनुराग के कहने पर भेजता हूँ। मेरा अकिंचित भी मोह नहीं कि

इसे आप छापें। आप पढ़ेंगे, तो जरूर आपको अच्छा लगेगा, क्योंकि यह आदमी की उन सच्चाइयों और मुद्दों के बारे में है, जिन्हें पसंद करना धार के विरूद्ध चलना कहा जाता है। अगर छापो, तो एक प्रति अवश्य भेज देना।

स्नेह सहित
नंद चतुर्वेदी

(ii)

30, अहिंसापुरी, उदयपुर
18/08/2008

प्रिय हरिवंश,

बहुत दिनों बाद आपसे बात हो सकी। मिलना तो दिल्ली में ही हो सकता है। लेकिन अब शरीर थकता जाता है। और मन भी। न अकेला तन कल पाता है, न अकेला मन। दोनों की मैत्री है, इसलिए एक थकता है, तो दूसरा भी थका-थका-सा अनुभव करता है। आपके साथ जो थोड़ा समय बंबई में गुजरा उसकी कैसी मनोरम स्मृतियाँ हैं। मारक्यूज ने लिखा है, आदमी आयु में नहीं, स्मृतियों में जीता है। शायद वह कुर्ला था, जहाँ आप रहते थे। पास में शायद अनुराग। मैं आपके यहाँ ही सोया था। गणेश (बाबू) गोरेगाँव पश्चिमी में रहा करता था। बाबू विनम्र और महत्त्वाकांक्षाओं से कुछ दूर था। उसे मैं कोटा से ही जानता था। वह मुझे नंद काकाजी कहता था। अब वे दिन चले गये। उत्तर रामचरित में (भवभूति) एक चित्र-पोथी में अपना पुराना चित्र देख कर लक्ष्मण कहते हैं, तेहि नो दिवसा गताः (अब वे हमारे दिन चले गये)।

अब एक स्मृतिविहीन समय में हम आ ही गये हैं। हिंसक समाज पहले स्मृति विहीन होता है, फिर हिंसक। मैं भी किस तरफ आपको ले आया।

जिन तीन छोटे आलेखों का फोन पर हवाला दिया था, वह भेज रहा हूँ।

प्रभाष जी का जीवन बताता है कि वे जीवन की पाठशाला में पढ़कर ही महत्त्वपूर्ण पत्रकार हुए हैं, जो अब मुश्किल है।

आशा करता हूँ कि स्वस्थ और प्रसन्न हैं।

रविभूषण जी को याद करें।

सस्नेह,
नंद चतुर्वेदी

नक्सली नेता विजय कुमार आर्य का जेल से पत्र

विजय कुमार आर्य चर्चित नक्सल नेता रहे हैं। अपने विचारों के प्रति प्रतिबद्ध। एक जमाने में उनका नमा बिहार, झारखंड में लोकप्रिय था। उन्होंने यह पत्र 'प्रभात खबर' के संपादक हरिवंश के नाम लिखा और यह माँग की कि उन्हें आंध्र प्रदेश के जेल में भी एक प्रति भिजवायी जाए। विजय आर्य का यह पत्र हरिवंश के संपादन में निकलनेवाले अखबार 'प्रभात खबर' की सिर्फ लोकप्रियता को नहीं दिखाता, बल्कि उसकी सार्वभौमिकता, तटस्थता को भी दिखाता है

–संपादक

(i)

प्रिय हरिवंश जी,

प्रणाम!

मेरे साथ कई एक राजनीतिक बंदी विशाखापट्नम सेन्ट्रल जेल में बंद हैं, जो मुख्यत: बिहार-झारखंड के निवासी हैं। दशकों से वहाँ के नक्सलवादी आन्दोलनों से जुड़े हुए रहे हैं, जैसे-जगदीश मास्टर, अमिताभ बागची, बसराज जी आदि। इस जेल में हिन्दी अखबार की भारी समस्या है। एक तो भाषा की, दूसरा शहर से दूर जेल होने के कारण वितरक, आमतौर पर हिन्दी अखबार नहीं पहुँचा पाते हैं। एकमात्र अंग्रेजी अखबार पर निर्भरशीलता बनी रहती है। उसमें भी स्थानीयता होने के कारण बाहरी (बिहार-झारखंड) सामाचार कम ही रहता है। फलत: उसको पढ़ने (भकोसने) में न मजा मिलता है, न रस, न सूचना और न वैचारिक खुराक, साथ ही अपनी भाषा (हिन्दी) जितना संप्रेषित भी नहीं करती।

गत 20-25 सालों से बुरी/भली आदत-सी बन गयी है कि 'प्रभात खबर' नहीं पढ़ने का मतलब आज अखबार नहीं पढ़ा जैसा लगता है। आजकल तो 'समय से संवाद' में देश की (आपकी) दशा और दर्द तथा पीड़ा और छटपटाहट से वंचित हो जा रहा हूँ। इसके साथ-साथ बिहार-झारखंड के वरिष्ठ पत्रकार

तथा मेरे अभिनंदनीय व आदरणीय श्री सुरेन्द्र किशोर जी के 'भूले-बिसरे' की अतीत कथाओं से तथा 'कानों-कान' में वर्तमान समय की टीस व तीखेपन भरी टिप्पणी से अलग-थलग पड़ गया हूँ।

ये मेरी समस्याएँ हैं, कृपया इस पर विचार करेंगे। मेरी सदिच्छा है कि 'प्रभात खबर' के रांची संस्करण की एक प्रति (प्रति दिन की) यहाँ भेज सकते, तो अपार खुशी होती। परन्तु दूसरी समस्या है कि मैं उसका शुल्क देने में असमर्थ हूँ।

राजनीतिक बंदियों की समस्या से आप अवगत हैं। इसलिए आशा करता हूँ कि आप मेरी (हमसबों की) समस्या व सदिच्छा पर विचार करते हुए 'प्रभात खबर' पढ़ने का अवसर प्रदान करेंगे।

आपका,
विजय कुमार आर्य

गणेश मंत्री के कुछ पत्र

गणेश मंत्री। समाज से सरोकार रखनेवाले, सरोकार निभाने वाले, एक अनूठे पत्रकार। यशस्वी और कुशल संपादक। अपने समय के सवालों को देश, काल, परिस्थिति और चुनौतियों को दस्तावेज का रूप देनेवाले एक महान लेखक। राजनीति के गहरे अध्येता और विश्लेषक। सत्ता और सियासत की राजनीति की संभावनाओं को नजर अंदाज कर समाज निर्माण के लिए राजनीति में समाजवादी विचारों को आगे बढ़ाने में सक्रिय भूमिका निभाने वाले राजनीतिक कार्यकर्ता व देशज तरीके से मौलिक सवालों पर विचार करनेवाले चिंतक, विचारक। गणेश मंत्री, हरिवंश के आरंभिक प्रशिक्षकों में रहे। 'धर्मयुग' में हरिवंश की मुलाकात मंत्री जी से हुई और उसके बाद उनका निजी रूप में संबंध हमेशा चला। हरिवंश के नाम गणेश मंत्री के कुछ पत्र यहाँ दिये जा रहे हैं, जिससे यह भी पता चलेगा कि दोनों के बीच संबंधों की उष्मा कैसी थी और कैसे मंत्री जी हमेशा हरिवंश का मार्गदर्शन करते रहे और एक जिज्ञासु, अनुशासित विद्यार्थी की तरह हरिवंश भी उनका भरपूर सम्मान करते हुए मार्गदर्शन लेते रहे।

–संपादक

(i)

बंबई

14/07/1986

प्रिय हरिवंश,

सस्नेह नमस्कार!

लंबे अरसे से तुम्हें पत्र नहीं लिख पाया। तुम्हारा भी कोई पत्र नहीं आया। पहले तुम बाहर चले गए थे। फिर मई में मैं, बाहर रहा। जून में माँ-पिताजी आ गए थे। फिर भविष्य को लेकर निर्णय-अनिर्णय की स्थिति भी चल रही थी। अभी भी बनी हुई है। शायद अगस्त मध्य के बाद पक्का हो।

इधर कुछ दिन से एलन कैंपबेल जॉन्सन की पुस्तक 'मिशन विद माउंटबेटन' पढ़ रहा हूँ। वह माउंटबेटन के प्रेस सचिव के रूप में भारत आये थे। उनकी

डायरी है। विभाजन के तुरंत पहले और बाद की स्थिति की बहुत-सी अंदरूनी बातें पता चलती हैं। कहीं मिल जाए, तो तुम भी पढ़ना। एक मजेदार बात यह पता चली कि विभाजन के पहले नेहरू जी और कृष्ण मेनन ने भारत और ब्रिटेन की संयुक्त नागरिकता का प्रस्ताव रखा था। उन दिनों भारत पर कॉमनवेल्थ की सदस्यता स्वीकार करने के लिए माउंटबेटन का दबाव था। दोनों नेता अपने पूर्व-वक्तव्यों के कारण 'हाँ' करने से कतरा रहे थे। चोर दरवाजे के तौर पर दोनों ने संयुक्त नागरिकता की बात रखी थी। उससे यह भी पता चलता है कि पटेल और राजेंद्र बाबू भी बँटवारे के लिए तुरंत राजी हो गये थे।

हाल के दिनों में मैं, कुछ लिख नहीं पाया। कुछ तो मन की उधेड़बुन, कुछ आलस। वैसे भी लिखने को कोई विशेष विषय सूझा ही नहीं। हाँ, तुम्हारी टिप्पणियाँ बराबर पढ़ता रहा।

राजन की लगातार बढ़ रही अस्वस्थता से चिंता बढ़ रही है। बायोप्सी का परिणाम भी चिंताजनक ही रहा। जिस तरह की बीमारी उसे है, उससे जीवन की सार्थकता से जुड़े अनेक प्रश्न मन में घुमड़ते रहे हैं। प्रश्न, जिनसे हम अक्सर निगाहें चुराते हैं। बार-बार राजन की छवि आँखों के सामने आती है और उसे लगे रोग की काली छाया मन-मस्तिष्क को घेर लेती है। पिछले सप्ताह उसकी पत्नी से मिला था, यहीं मुंबई में। तब तक तो बायोप्सी का पता भी नहीं लगा था। कोरी बातों से उन्हें कैसे तसल्ली दे पाता? हम तो मंगलकामनाएँ ही कर सकते हैं।

तुम्हारी यात्रा कैसी रही? कहाँ-कहाँ गये? आशा और बच्चे कैसे हैं? उदयन तो इन दिनों विशेष यात्राओं में व्यस्त है। उसे तथा सभी मित्रों को नमस्ते कहना। शेष कुशल।

तुम्हारा,
गणेश

(ii)

मुंबई
02/03/1994

प्रिय हरिवंश,

'प्रभात खबर पत्रिका' का डमी अंक और बाद में 25 फरवरी का अंक मिला। डमी अंक पर राय दे पाता, इसके पहले ही यह अंक आ गया।

सबसे पहले तो बधाई की 'प्रभात खबर' के प्रकाशकों और संपादकीय विभाग ने 'पत्रिका' को स्वतंत्र व्यक्तित्व देने का निश्चय किया।

25 फरवरी का अंक, डमी से निश्चित ही अच्छा है। वी कुरियन और जी आर एकबोटे के लेख विचारोत्तेजक हैं। घटनास्थल और बनारस हिन्दू विश्वविद्यालय पर रपटें काफी कच्ची हैं। 'पत्रिका' का स्वतंत्र व्यक्तित्व बनाने के लिए अधिक गहराई में जानेवाली रपटें होनी चाहिए। कुछेक ही हों, किंतु ऐसी घटनाओं पर जो अन्यत्र चर्चित नहीं हुई हों, या बहुत कम चर्चित हुई हों।

विचार प्रधान सामग्री योजनापूर्वक लिखाओगे, तभी नियमित रूप से दे पाओगे। हालाँकि मैं, स्वयं इसमें विफल रहा, किंतु उपदेश तो दे ही सकता हूँ। भाई साहब (नारायण दत्त जी) इस बारे में बहुत कुछ सुझाव दे सकते हैं।

एक बात और। जो मैं पहले भी कहना चाहता था। पर, संकोच में कह नहीं पाया। जो पत्रिकाएँ बंद हो गयीं या दुर्बल होती जा रही हैं, उनका बारंबार जिक्र करने से क्या लाभ? कोई भी चीज, मनुष्य-निर्मित ही नहीं, ईश्वर अथवा प्रकृति-निर्मित भी, सदा-सर्वदा के लिए प्रासंगिक नहीं होती। यह दार्शनिक ही नहीं, व्यावहारिक जीवन-दृष्टि भी है। मृत्यु तो चाहे प्राणी की हो या पत्र-पत्रिका अथवा साम्यवाद जैसी अजर-अमर समझी जाने वाली विचारधारा की हो, परिणाम है, पतन की प्रक्रिया, जो बहुत पहले शुरू हो जाती है। आंतरिक विघटन और सड़न की! वैसे भी बार-बार इन पत्रिकाओं-प्रकाशनों का जिक्र करने से 'पत्रिका' की लोग उन प्रकाशनों से तुलना करने लगेंगे। इससे उनकी जैसी अपेक्षाएँ होंगी। मेरे ख्याल में तुम्हारी पत्रिका को अपना मानक और पाठक स्वयं बनाना चाहिए।

एक बात और ले-आउट, आजकल बहुत महत्त्वपूर्ण होता जा रहा है। छपाई-सफाई पर लोगों का पहले ध्यान जाता है। सामग्री पर बाद में। इस लिहाज से 'प्रभात खबर पत्रिका' में सुधार की काफी गुंजाइश है। विज्ञापनदाता भी इसे बहुत महत्त्व देते हैं। विश्वास है तुम इस ओर ध्यान दोगे।

पुनः बधाई और ढेर सारी शुभकामनाएँ।

सस्नेह,

तुम्हारा,
गणेश

(iii)

मुंबई
26/07/1996

प्रिय हरिवंश,

सस्नेह नमस्कार।

बहुत दिनों से न तो मुलाकात हुई और न ही टेलीफोन पर बात हो पायी। इस बीच अतुल से तुम्हारे समाचार जरूर मिलते रहे।

स्वतंत्रता की स्वर्ण जयंती पर चार लेखों का एक समाजशास्त्रीय आकलन तैयार कर रहा हूँ। पहला-मध्यवर्ग के जीवन-मूल्यों में हो रहे परिवर्तन पर है। बाकी तीन परिवार-संस्था, जाति-व्यवस्था और शिक्षा पर रहेंगे। मैं, एक-एक करके चारों तुम्हें भेजूँगा। तुम चाहो, तो इसे पाक्षिक रूप से लेना या साप्ताहिक रूप से।

राज हीरामन भारत आया है। मुलाकात तो अभी नहीं हुई। शायद अपने बेटे से मिलने बड़ौदा गया है। सुरेंद्र का इस तरह चले जाना भीतर से बहुत आहत कर गया। आशा को नमस्कार। बच्चों को आशीर्वाद।

तुम्हारा,
गणेश

(iv)

26/01/1987

प्रिय हरिवंश,

सस्नेह नमस्कार।

तुम्हारा पत्र पिछले सप्ताह मिला। काकाजी तो कुछ इस तरह गये कि अभी तक आश्चर्य होता है। जैसे कोई आदमी सड़क पर जाता हुआ, अभी-अभी तक दिख रहा था और एकाएक वह दिखना बंद हो गया। राह मुड़ गयी हो या कि हमारी दृष्टि की हद आ गयी हो। यदि मृत्यु निश्चित और अनिवार्य ही है, तो निश्चय ही उनकी मृत्यु की राह स्पृहणीय है। न एक क्षण भी कष्ट पाया और न किसी का मुँह ताका। पिछले वर्षों से ईश्वर, भक्ति, धर्म आदि में उनकी जैसी प्रगाढ़ आस्था हो चली थी, उसे देखते हुए तो सुबह-सुबह मंदिर के अहाते में दर्शन के बाद प्राण छोड़ना भी उनकी आस्था के अनुरूप था।

परंतु कभी-कभी लगता है कि ये सब बातें मैं, अपना मन समझाने के लिए ही तो नहीं सोचता! लेकिन जिन बातों पर वश नहीं, उनके बारे में आदमी करे भी क्या? लोहिया जी ने कहीं लिखा था कि आदमी की जिंदगी का एक बड़ा हिस्सा अपने को मृत्यु की भयावह अनिवार्यता का सामना करने के लिए तैयार करने में गुजरता है। इस कथन की सार्थकता इन दिनों महसूस हुई। रास्ते भर मैं, कोटा जाते समय सोचता रहा कि सारी घटना को हिम्मत और साहस से स्वीकार कर लूँगा, पर ऐसा कहाँ कर पाया? छिपा बच्चा एकाएक बाहर आ गया। अब धीरे-धीरे मन शांत हो रहा है।

लौट कर आने पर राजन से मिला। आज भी गया था। वह बहादुरी से जूझ

रहा है। पर, उसकी हालत दिनों दिन बिगड़ती ही जा रही है। उसका कष्ट देखा नहीं जाता। पर, किया क्या जा सकता है? फिलहाल तो उसकी ऐसी भी हालत नहीं है कि उसे वाराणसी ले जाया जा सके। उसके पिताजी यहीं हैं करीब 20 दिन से।

सुना है तुम्हारे किसी लेख को लेकर तुम्हारे कुटुंबी तुमसे रूष्ट हैं। अतुल ने बताया।

आशा कैसी हैं? और बच्चे सानंद हैं न?

मैं, पत्र देने में विलंब कर देता हूँ। कारण तुम जानते हो।

सस्नेह,

तुम्हारा,
गणेश

(v)

20/03/1985

प्रिय हरिवंश,

सस्नेह नमस्कार।

तुम्हारे फोन आया, फिर दोनों पत्र मिले। उम्मीद है इस बीच तुम एक बार धनबाद हो आये होगे और वहाँ सब आनंद होंगे। मैं भी तुम सभी की शुभकामनाओं से पुनः 16/03/85 से काम पर आ गया हूँ। तबीयत काफी ठीक है-थोड़ी कमजोरी है, जो धीरे-धीरे मिट जाएगी। उसके बाद लिखने की शुरूआत करूँगा। वैसे भी कल से सरल जी छुट्टी पर गये हैं। स्वाभाविक ही काम का दबाव ज्यादा है।

तुमने 'रविवार' में जाने का निर्णय बिल्कुल ठीक किया। बैंकों आदि के लिए तुम नहीं बने हो। तुम्हारा मानस ही अलग है। उसमें सामाजिक जागरूकता, बौद्धिक चेतना और नैतिक निष्ठा का जो समन्वय है, वह बहुत कम में देखने को मिलता है। एक और बात-तुममें नये और पारंपरिक मूल्यों का भी बढ़िया मेल हुआ है। अक्सर आदमी या तो भावुक होता है या फिर बौद्धिक जागरूकता ही एक ऐसी कैद बन जाती है, जो उसे पूर्णतया भावहीन बना देती है। तुम भावप्रवण भी हो और बौद्धिक रूप से सजग भी।

तुम कहोगे इस बार कुछ ज्यादा ही मीठी-मीठी बातें लिख रहा हूँ। पर, कभी-कभी तो मन खोल कर बातें करनी ही चाहिए।

'रविवार' के लिए यदि श्री हीरालाल जैन (जनता पार्टी, रामपुर बाजार,

कोटा) से उदयन कुछ लिखना सके, तो अच्छा रहे। उदयन से भेंट होगी या बात होगी तब उससे भी कहूँगा। मुझे तो हीरालाल जी ने ही तैयार किया है। भाषा और विवेचन उनका सटीक रहता है। जीवन भर निष्ठा की राजनीति में संलग्न रहने के कारण उन्हें लेखन से थोड़ी मदद भी मिलती है।

सभी मित्रों को याद कहना। अपने स्वास्थ्य का ध्यान रखना। उदयन को नमस्कार। 'रविवार' के परिवर्तित रूप की हम सभी उत्सुकता से प्रतीक्षा कर रहे हैं। वह हिन्दी पत्रकारिता में नया मोड़ बने, निर्भीकता और वस्तुपरकता का उसमें समन्वय हो, यही कामना है।

सस्नेह,

तुम्हारा,
गणेश

(vi)

11/12/1987

प्रिय हरिवंश,

तुम्हारा पत्र मिला और बिहार की सत्ता में काबिज अपराधी तत्त्वों पर रपट भी। पहले सोचा था कि इस तरह के विषय पर रपट 'धर्मयुग' में दूँ। लेकिन बाद में मुझे लगा कि यह हमारी प्रकृति के अनुरूप नहीं होगा, अतः इसका उपयोग नहीं कर पा रहा हूँ। आशा है अन्यथा नहीं लेंगे। रिपोर्ट वापस कर रहा हूँ। कोशिश करना कि किसी एक घटना को लेने के बजाय कुछ व्यापक धरातल पर अपराध और राजनीति के संबंध पर कोई रपट या सर्वेक्षण बन सके।

शुभकामनाओं सहित,

तुम्हारा,
गणेश मंत्री

अशोक सेकसरिया के दो पत्र

अशोक सेकसरिया। समाजवादी चिंतक, विचारक। लेखक, अनुवादक। हिन्दी साहित्य और समाजवादी राजनीति के बीच वह एक सक्रिय, मजबूत और सार्थक कड़ी रहे। हरिवंश से उनका संबंध पत्रकारिता के आरंभिक दिनों में ही बना, जो हमेशा बना रहा। हरिवंश से उनके पत्राचार निरंतर होते रहे। उन्हीं पत्रों में से दो पत्र यहाँ दिये गये हैं।

–संपादक

(i)

21/12/1998

प्रिय हरिवंश जी,

आपका 22 नवंबर का पत्र 20–22 दिन पहले मिला। उत्तर देने में देर होती गयी। आज निश्चय किया कि हर हालत में आपको लिखना है। मंत्री जी वाला 'प्रभात खबर' का अंक मुझे डाक से पहले ही मिल गया था। नारायण दत्त जी और आपका लेख तुरंत पढ़ गया। आपके लेख से एक बात बहुत ही ज्यादा मन में आयी कि मेरे समय में चारों ओर देश और समाज के बारे में, स्वाधीनता आन्दोलन के चलते सोचने और कुछ आदर्शों पर चलने का स्वतः स्फूर्त वातावरण था। आप लोगों के समय में वह नहीं रहा। उस वातावरण की कमी को कुछ हद तक 'दिनमान' और 'धर्मयुग' जैसे पत्र दूर करते थे। ऐसे में आप जैसे युवकों के लिए मंत्री जी के लेख किस प्रकार की प्रेरणा प्रदान करते थे, इसका अंदाज हुआ। किसी भी लेख की सफलता की एक कसौटी यह होती है कि वह पाठक को पूर्वाग्रहों से मुक्त होने को प्रेरित करे। हिन्दी की साहित्यिक राजनीति के चलते डॉ. भारती के बारे में मेरे मन में बहुत से पूर्वाग्रह हैं। आपका लेख उन पूर्वाग्रहों से मुक्त होने को प्रेरित करता है। डॉ. भारती के बारे में आपके अनुभव (साक्ष्य) को शायद ही कोई अप्रामाणिक मान सकता है। अपने को पूर्वाग्रहों से मुक्त करने की कोशिश करता हूँ और आपका लेख उसमें मददगार

हुआ। इसके लिए कृतज्ञ हूँ।

आपने मेरे बारे में जो लिखा वह भ्रामक है और इसे झेलना कष्टदायी है। आपका प्रेम और स्नेह अपनी जगह पर है, उसके लिए मन में अपार कृतज्ञता है। पर, जो भ्रामक है उससे प्रतिवाद करना भी आवश्यक है। गणेश जी की किताब का विमोचन अच्छी तरह हुआ होगा। किताब आपने पढ़ ली होगी। उसके बारे में लिखें। मुझे अभी तक नहीं मिली है। आती ही होगी। गणेश जी के 'रविवार' के लेखों का संकलन सुरेंद्र के प्रताप के कारण ही हो सका। विजित बोस, सुरेंद्र के घनघोर मित्र थे और उन्होंने सुरेंद्र की याद ही में 'आनंद बाजार' से लेखों का जेरॉक्स करवाने की अनुमति दिलायी।

आपके लेख से यह भी पता चला कि आपका, सुरेंद्र का 'धर्मयुग' में साथ नहीं रहा। सुरेंद्र का साथ मिलना सौभाग्य होता। 'प्रभात खबर' में डॉ. भारती वाले अंक की प्रतीक्षा कर रहा हूँ। उस अंक से आशा है, सारे पूर्वाग्रह दूर होंगे हो जाएँगे। और तो कोई खास बात नहीं। उदयन जी और नारायण दत्त जी के पूरे समाचार दें।

आप सब, आशा जी और बच्चे मजे में होंगे।

सस्नेह,
अशोक सेकसरिया

(ii)

प्रिय हरिवंश जी,

उस दिन कोलकत्ता में आपसे पूरी मुलाकात भी नहीं हुई। पर, जितनी हुई उतनी ही मन को इतना प्रफुल्लित करती है कि उसे लिखने की चेष्टा करना मेरे बस की बात नहीं। यह पत्र इसलिए लिख रहा हूँ कि 'आनंद बाजार पत्रिका' के दफ़्तर की लाइब्रेरी से 'रविवार' में छपे गणेश जी के लेखों की प्रतिलिपि (जेराक्स) करने की अनुमति नहीं मिली है और अभी तक 'रविवार' की फाइलें देखने की भी नहीं। फाइलें देखने की अनुमति शायद मिल जाएगी। पर, प्रतिलिपि करने की किसी भी हालत में नहीं मिलेगी। जो उपाय सुझाया गया है, वह यह था कि सर्कुलेशन विभाग से 12 वर्ष के सारे 'रविवार' के अंक खरीदने के लिए आवेदन किया जाए। इसके बाद बिजित बसु से बातचीत की, तो उन्होंने कहा कि फाइलें देखने की अनुमति वह दिला देंगे और मैं, फ़ाइलों से गणेश जी के लेखों वाले अंक की तारीखों की सूची तैयार कर उन अंकों को खरीदने के लिए, सर्कुलेशन विभाग के पास आवेदन करूँ।

आपने कहा था कि आपके पास 1985 से 1989 तक के अंक हैं और इनमें छपे गणेश जी के लेखों का जेरॉक्स, आप उषा जी को भेज देंगे। अब मैं, यह चाहता हूँ कि आप उषा जी को जेरॉक्स भेजने के अलावा लेखों की तारीख की एक सूची तैयार करवा कर मुझे अलग से भेज दें। एक छोटे से काम में कैसी-कैसी बधाएँ उपस्थित हो सकती हैं, इसका अनुमान तक लगाना मुश्किल है। अब मुझे आशंका हो रही है कि आनंद बाजार के गोदाम में 'रविवार' के वे सारे अंक मिल भी पायेंगे क्या, जिनमें गणेश जी के लेख हैं।

नारायण दत्त जी को मैंने आपसे मुलाकात के बारे में पत्र लिखा था, तो उनका बहुत ही मार्मिक उत्तर आया है। 'एशियन एज' में इस बुधवार और पिछले बुधवार को शारदा प्रसाद जी के लेख आपने पढ़े होंगे। मुझे यह ख्याल भी नहीं हो सकता था कि मैसूर में अगस्त क्रांति का आन्दोलन इस तरह का रहा होगा।

आशा है, आप और आशा जी तथा बच्चे सब मजे में हैं। पत्र दें।

सस्नेह,

अशोक सेकसरिया

जगदीश बाबू के दो पत्र

जगदीश बाबू। पूरा नाम था, जगदीश नारायण सिंह, पर उन्हें लोग प्यार, सम्मान, अपनापा और अधिकार से जगदीश बाबू ही कहते थे। जयप्रकाश नारायण के निजी सचिव। पर, निजी सचिव भी सिर्फ कामकाजी रिश्ते निभानेवाले नहीं बल्कि जेपी के अनन्य सहयोगी, घर के सदस्य जैसे। इसलिए जगदीश बाबू और जेपी के रिश्ते को जाननेवाले यह कहते हैं कि जगदीश बाबू जेपी के महादेव देसाई थे। जगदीश बाबू राजनीतिक कार्यकर्ता थे, पर वह जेपी के घर के होकर रह गये। सिताबदियारा भी रहते थे, पटना भी घर पर ही साथ। सिताबदियारा में तो जेपी का घर भी उन्होंने ही बनवाया। खुद वहाँ रहकर। चुपचाप, परदे के पीछे रहकर, प्रचार से दूर जेपी की एक-एक चीजों का ख्याल रखते थे। जगदीश बाबू से हरिवंश का संबंध आत्मीय रहा। निरंतर संवाद का रिश्ता। जगदीश बाबू पर हरिवंश की एक किताब भी प्रकाश्य है। हरिवंश के नाम दो पत्र यहाँ दिया जा रहा है।

-संपादक

(i)

17/01/2001

प्रिय हरिवंश,

25/12 को मैं यहाँ से भागलपुर चला गया था। पहली जनवरी को वापस आया। आने पर मालूम हुआ कि तुम उस बीच तीन-चार दिनों के लिए घर आये थे। उम्मीद करता हूँ कि इस बार 11 फरवरी को ही तुम यहाँ जरूर आ जाओगे। सर्वोदय मेला के अवसर पर, 12 फरवरी से यहाँ UNESCO वाले कंप्यूटर तथा सिलाई का प्रशिक्षण तथा सुलभ इंटरनेशनल वाले कुछ सुलभ शौचालय बनाने का काम शुरू करनेवाले हैं। चंद्रशेखर जी कल 4 बजे, दो घंटे के लिए यहाँ आये थे। शाम छह बजे बलिया लौट गए। अब 11 फरवरी की शाम तक यहाँ आयेंगे। इस महीने में 21 से 25 तक का कार्यक्रम उनका बिहार का ही है। फिर 27 की शाम में पटना आ जायेंगे और 28 की रैली में भाग लेने के बाद रात

में लौट जायेंगे। 30 जनवरी को लखनऊ में रैली है। 27 की शाम तक मैं भी पटना जाऊँगा। क्या 27 की रात में या 28 को तुम से पटना में भेंट हो सकेगी? तुम्हारे लिए यहाँ कुछ समय दे पाना, तो संभव नहीं जान पड़ता है, लेकिन चुमन जी भी यहाँ कुछ समय नहीं दे पा रहे हैं। कभी-कभी आते हैं, लेकिन अधिक ठहर नहीं पाते हैं। अब तक उनका जैसा जीवन रहा है वैसा समाज, तो यहाँ मिलना संभव है ही नहीं। खैर। उम्मीद करता हूँ कि शायद अब वे कुछ अधिक समय दे पायें।

अगले तीन महीने बाद मेरे जीवन के 85 साल पूरे हो जायेंगे। उम्र के ख्याल से स्वास्थ्य ठीक ही है, लेकिन अब इधर कुछ महीनों से यहाँ रहने का एकदम मन नहीं कर रहा है। यहाँ के जिन कुछ लोगों से मेरा संबंध, संपर्क था वे सब एक-एक कर चलते बसे और अब जो लोग हैं, उनसे मेरा कुछ खास संबंध-संपर्क नहीं है। जो लोग हैं, उनके लायक मैं नहीं हूँ और मैं, उनके लायक अपने को बना भी नहीं सकता हूँ। अगर चाहूँ, तो भी मेरे लिये संभव नहीं है-इस उम्र में। ऐसी स्थिति में मेरे मानसिक स्थिति का अंदाजा तुम खुद लगा सकते हो। और मैं अभी क्या लिखूँ?

तुम्हारा
जगदीश

(ii)

19/02/2001

प्रिय हरिवंश,

पता नहीं 12 फरवरी, सर्वोदय मेला के अवसर पर, तुम्हारा यहाँ आना संभव क्यों नहीं हो सका? चंद्रशेखर जी 11 की रात में 10 बजे के लगभग आये और 12 की शाम में 5 बजे बलिया होते अपने घर चले गए। अब मार्च में, संभवतः होली बाद, फिर एक आयोजन यहाँ वे करनेवाले हैं। 22, को मैं यहाँ से कपिलदेव जी (छपरा के ब्रजकिशोर किंडर गार्डन चलाने वाले) को देखने इलाहाबाद जाऊँगा और वहीं से 26 के सबेरे आठ बजे तक दिल्ली पहुँच जाऊँगा। अधिक उम्मीद तो यही है कि मस्त जी के यहाँ ही ठहरूँगा। पहली मार्च के सबेरे दिल्ली से चार-पाँच दिनों के लिये बंबई जाना चाहता हूँ। अनिल जी से कुछ काम है। पता नहीं कि दिल्ली में तुम से भेंट होगी या नहीं? मार्च का आयोजन कब होगा इसकी सूचना दिल्ली से तुम को दूँगा, लेकिन उस आयोजन में तो तुम भी अवश्य ही आना।

स्वास्थ्य उम्र के ख्याल से ठीक ही है और अधिक क्या लिखूँ?

तुम्हारा,
जगदीश

धर्मवीर भारती के तीन पत्र

धर्मवीर भारती हरिवंश के पहले संपादक रहे। सिर्फ संपादक भर नहीं बल्कि अभिभावकत्व का भी एक रिश्ता रहा उनका। हरिवंश जब 'धर्मयुग' छोड़ बैंक की नौकरी में जाने लगे, तो भी धर्मवीर भारती ने उन्हें पत्रकारिता से जुड़े रहने को प्रेरित किया। धर्मवीर भारती यह चाहते भी नहीं थे कि हरिवंश पत्रकारिता छोड़कर नौकरी में जाये। हरिवंश बार,बार यह स्वीकारते हैं कि पत्रकारिता में जो प्रयोग वह 'प्रभात खबर' में कर सके, उसमें धर्मवीर भारती से मिले प्रशिक्षण और मेंटरिंग का बड़ा योगदान रहा।

–संपादक

(i)

08/03/1985

प्रिय हरिवंश,

उस दिन धनबाद से अकस्मात फोन पाकर बहुत खुशी हुई। दूसरे दिन पटना से भेजा तुम्हारा पत्र भी मिला। उसके पहले ही सुरेंद्र प्रताप से सूचना मिली थी।

यह बहुत अच्छा हुआ। जब तुम बैंक में गये थे तभी मुझे लगा था कि पत्रकारिता छोड़ कर अच्छा नहीं कर रहे हो। पर, पारिवारिक कारण थे। अब फिर पत्रकारिता में ऊँची जिम्मेवारी सँभाल रहे हो, यह जानकर बहुत संतोष हुआ।

ईश्वर करे खूब चमको और निर्भीक, संतुलित, सार्थक लिखते रहो।

उदयन और लल्ला जी को स्नेह स्मरण।

सस्नेह,

धर्मवीर भारती

(ii)

7/2/1990

प्रिय हरिवंश,

28 जनवरी से पुनः, 'प्रभात खबर' मिलने लगा है। उसके पहले 25, 26, 27, 28 दिसंबर के अंक मिले थे। पहले भी बहुत अच्छा निकल रहा था,

लेकिन इधर तो ले-आउट तथा सामग्री दोनों में अद्‌भुत विकास और परिवर्धन हुआ है। अतुल कुमार से यह जान कर बहुत प्रसन्नता हुई कि 42000 तक पहुँच गया है। यह सब तुम्हारी सूझबूझ और परिश्रम का फल है। तुम्हारी इस सफलता पर मुझे कितना गर्व है, यह कैसे बताऊँ!

मुझे पूरा विश्वास है कि भविष्य में तुम्हारी और बड़ी सफलताओं से मेरा मन और गर्वित और हर्षित होता रहेगा।

मेरा स्वास्थ्य सुधार पर है, वैसे सुधार की गति बहुत धीमी है। पर चिंता की कोई बात नहीं

सस्नेह

धर्मवीर भारती

(iii)

8/11/1993

प्रिय हरिवंश,

'प्रभात खबर' की दिनोदिन प्रगति तुम्हारी निष्ठा, श्रम और सूझबूझ के कारण है। दीपावली पर तुम्हें सपरिवार शुभकामनाएँ तथा और अधिक उत्कर्ष और यश मिले इसका हृदय से आशीर्वाद

सस्नेह

धर्मवीर भारती

पूर्व प्रधानमंत्री चंद्रशेखर से पत्राचार
(दो पत्र चंद्रशेखर, एक हरिवंश के)

पूर्व प्रधानमंत्री चंद्रशेखर से हरिवंश का रिश्ता करीब का रहा। हरिवंश ने चंद्रशेखर जी की 'जेल डायरी' का संपादन भी किया। चंद्रशेखर जी जब प्रधानमंत्री बने, तो हरिवंश को उन्होंने प्रधानमंत्री कार्यालय में सूचना सलाकार (एडिशनल ज्वाइंट सेक्रेट्री) बनाकर साथ में काम करने का मौका दिया। इन सबसे इतर जयप्रकाश नारायण के गाँव सिताबदियारा (जो हरिवंश का भी पैतृक गाँव है) से चंद्रशेखर जी के जुड़ाव और काम की वजह से हरिवंश से रिश्ता अलग किस्म का रहा। यहाँ हरिवंश के चंद्रशेखर जी से पत्राचार के तीन पत्र दिये जा रहे हैं। पहले दो संक्षिप्त पत्र चंद्रशेखर जी के हैं। तीसरा पत्र हरिवंश का है, जो उन्होंने चंद्रशेखर जी द्वारा पानी पर एक आयोजन करवाने से पहले सुझाव के तौर पर माँगे गये कुछ नामों के जवाब में लिखा गया था।

–संपादक

(i)

18 जनवरी, 1989

प्रिय हरिवंश,

पत्र मिला। तुम्हारा लेख देखा। बहुत अच्छा था। मैं 10 फरवरी, 89 तक बलिया में रहूँगा। 12 फरवरी को जयप्रकाश नगर में कार्यक्रम है। अगर उस समय तुम वहाँ आ सको तो अवश्य मिलेंगे।

आशा है, तुम सपरिवार सानंद होगे।

सस्नेह,

तुम्हारा,
चंद्रशेखर

(ii)

20/11/1987
3, साउथ एवेन्यू लेन,
नई दिल्ली-11

प्रिय हरिवंश,

पत्र देर से मिला, इस कारण इससे पहले उत्तर नहीं दे सका। मैं डायरी की एक पुस्तक भिजवाने का शीघ्र प्रबंध करूँगा। थोड़ी दिनों के बाद पूरी डायरी भी भेज दूँगा, ताकि उसके आधार पर तुम निर्णय ले सको। जो कुछ तुमने लिखा उसे देखकर प्रसन्नता हुई।

आशा है तुम स्वस्थ एवं प्रसन्न होगे।

सस्नेह,

तुम्हारा,
चंद्रशेखर

हरिवंश का पत्र, चंद्रशेखर जी के नाम

(i)

श्रद्धेय चंद्रशेखर जी,

1. 'पानी' पर बोलने या विशेष लेख के लिए अनिल अग्रवाल को न्योता जा सकता है। वह दिल्ली से 'डाउन टू अर्थ' पत्रिका निकालते हैं। 15 अक्तूबर का अंक पानी पर निकाला है। उनका पता है, अनिल अग्रवाल, सोसाइटी फार इनवायरमेंटल कम्युनिकेशनस, 41, तुगलकाबाद इंस्टीट्यूशनल एरिया। फोन-6981110, 6981124, 6986399, 6983394, फैक्स-6985879
2. 'प्राइमरी शिक्षा' पर दिल्ली के एक किरण थट्टी हैं। हाल में उन्होंने 'इकानामिक एंड पालिटिकल वीकली' में 'प्राइमरी एडूकेशन' पर दो किस्तों में काफी जानकारी पूर्ण लेख लिखा है।
3. आदिवासी मसलों पर 'इंडियन सोशल इंस्टीट्यूट' लोदी स्टेट में ट्राइबल सेल के डाइरेक्टर हैं, वाल्टर फर्नांडीस। उन्हें बुलाया जा सकता है।
4. पानी पर अनुपम मिश्र (गाँधी शांति प्रतिष्ठान-प्रभाष जी के माध्यम से) को बोलने-लिखने के लिए कृष्ण कुमार-दिल्ली विश्वविद्यालय,

(शिक्षा विभाग) मशहूर है।

5. बुनियादी सवालों पर भारतीय तौर-तरीके से सोचने के लिए श्री धर्मपाल भी मशहूर हैं-गाँधीवादी चिंतक हैं। रामबहादुर राय के माध्यम से इन्हें बुलाया जा सकता है।
6. आदिवासियों या जनसंख्या या अन्य बुनियादी सवालों पर मौलिक ढंग से सोचने-लिखनेवालों में एक नाम डॉ. अमर कुमार सिंह का है। श्री सिंह, लंदन स्कूल ऑफ इकॉनामिक्स और हार्वर्ड से पढ़े हैं। बड़े सुलझे व्यक्ति हैं। बिहार के दो विश्वविद्यालय के पूर्व कुलपति रहे हैं। फिलहाल दिल्ली में काउंसिल फार सोशल डेवलपमेंट से जुड़े हैं। पूर्व विदेश सचिव मुचुकुंद दूबे भी इस संस्था में हैं।
7. अमर बाबू से आग्रह कर मैंने हिन्दी में लिखवाना शुरू किया। कुछ उनके 'प्रभात खबर' में छपे लेख आज कूरियर से भेज रहा हूँ। दिल्ली 53, लोदी स्टेट में उनका कार्यालय है। फोन नंबर है, 4615383 और 4611700। फिलहाल वह रांची आये हैं। 31.10 को वह दिल्ली में रहेंगे। आपकी ओर से उन्हें मैंने न्योता है। पर, उन्हें किस विषय पर बोलना होगा, एक अनुरोध आपके यहाँ से होता, तो अच्छा रहता। उनका रांची का फोन नंबर है, 0651-542781।

सादर,

आपका

हरिवंश

कृष्ण बिहारी मिश्र का पत्र

पद्मश्री कृष्ण बिहारी मिश्र। हिन्दी साहित्य के यशस्वी स्तंभ। साधक प्राध्यापक। प्रसिद्ध ललित निबंधकार। हिन्दी ललित निबंध में 'बेहया के जंगल' उनकी क्लासिक कृति है। पत्रकारिता के इतिहास पर उनका काम ऐतिहासिक महत्त्व का है। आत्मप्रचार और साहित्यिक खेमेबाजी, राजनीति से दूर रहकर निरंतर साहित्य साधना और रचना में रत रहनेवाले कृष्ण बिहारी मिश्र कोलकाता जैसे महानगर में रहते हुए भी गँवई और देसी चेतना से लैश एक अनूठे व्यक्ति थे। हरिवंश से उनका संपर्क-संबंध बहुत पुराना रहा है। कृष्ण बिहारी मिश्र से हरिवंश का पत्राचार हमेशा होता रहा। उसी में एक पत्र की प्रति यह है।

-संपादक

22/04/1997

(i)

प्रियवर हरिवंश जी,

आपको रांची की जीवन-चर्चा में देखने का बहुत दिनों से मन था। कठोर संघर्ष और तीखी चुनौतियों से पंजा लड़ाते आपके भोजपुरिया जीवट को उल्लसित देख कर चित्त प्रसन्न हो गया। मगर से बैर ठान कर नदी में घर बना कर बसने का जोखिम केवल आप ही उठा सकते हैं। और यह शुद्ध आस्तिकता का लक्षण है। आज की वस्तुवादी सभ्यता, जुझारु आस्था से हमें छूंछ कर देती है और हल्के धक्के से हम भहराकर गिर पड़ते हैं। कुछ मोह और कुछ अपनी मानसिक दुर्बलता के चलते मैं प्राय: आपके लिये, अनेक मुखी प्रदूषण से लड़ती आप की ओजस्वी चर्चा को लक्ष्य कर, चिंतित होता रहा हूँ। गणेश शंकर विद्यार्थी की तरह आप के स्वभाव के अनुकूल पड़ता है आग से खेलना, यह तो मुझे पता था। पर, अपने आत्मीय को प्रदूषण की पागल आग से आग्नेय मुद्रा में लड़ते देख कर शुभ चिन्ता व्याकुल हो उठती है। गणेश जी को युयुत्सु-भूमिका,

साम्राज्यशाही और राजशाही से एक साथ लड़ने वाला जोखिम भरा कौशल आचार्य महावीर प्रसाद द्विवेदी को बेचैन कर देता था। आपने मेरी पुस्तक शायद नहीं देखी। यह प्रसंग मैंने उद्धृत किया है।

मैं तो बेहद कमजोर आदमी हूँ। अदना-सी बात से ही संवेदना झनझनाने लगती है। पर अपनी आँख से आपको, आप की सृष्टि-'प्रभात खबर' को और आपके संसार को देखकर आश्वस्त-प्रीत हुआ कि आज के अंधड़-उत्पात आपकी पुष्ट आस्था को हिला नहीं सकते। आप आपने धर्म के प्रति जागरुक और देश की 'साकार उदासी' के प्रति संवेदनशील हैं। आग से खेलना, सत्याग्रही का धर्म है। मुझे यही काम्य है क्योंकि मेरा विश्वास है कि एक भी दीये में तेल-बाती हो, तो सघन अंधकार को पराजित किया जा सकता है। निजी तौर पर यद्यपि मैं भीरू आदमी हूँ, किन्तु मेरा प्रणम्य, वही है जो सत्याग्रही प्रकाश का मालिक है। रंगीन आश्रम के मालिक में मेरी तनिक दिलचस्पी नहीं है। बड़े-बड़े प्रासाद तथा पैसे की प्रभुता मुझे लुभा ही नहीं। वह छोड़कर स्वेच्छया मैंने गरीबी की राह पकड़ी थी। समानधर्मा अध्यापकों की विलास-संसक्त जीवन-चर्या को देख कर तकलीफ होती है। सन्त विनोबा की टिप्पणी बहुत सटीक लगती है कि 'ये बुद्धिजीवी नहीं इन्द्रीयजीवी हैं।' आपने जिस प्रासाद की चर्चा की थी, भव्यता और अलंकरण के बावजूद मैंने वहाँ के वातावरण में एक मूक उदासी लक्ष्य की थी और आप की मुस्कुराती गृहस्थी। कण-कण में मुखर श्री-सुरभि। कुछ ही क्षण आपके घर बैठने का सुयोग मिला, पर घर में बैठने के सुख का सच्चा आस्वाद मिला। हृदय जुड़ा गया। उल्लास-ऊर्जा से सम्पन्न होकर रांची से विदाई ली। आप के घर का श्री-आलोक समृद्धेतर हो, नारायण से यही प्रार्थना है।

चि. विकास, ऋचा और बऊ माँ (आशा जी) को अशेष आशीर्वाद। ऋचा की माँ के जलपान में अंगूर और अंकुरित गेहूँ-मूँग अनिवार्य रूप से रहना चाहिए। मोरारजी देसाई अंगूर की महिमा गाते-अघाते नहीं थे। बऊ माँ के स्वास्थ्य में अपेक्षित उन्नति देख कर प्रसन्नता हुई।

सस्नेह,
कृष्ण बिहारी मिश्र

पुनश्चः-आपके पत्र के चरित्र की विशिष्टता को मैं बराबर रेखांकित करता रहा हूँ। पर, आपके कार्यालय में आयोजित गोष्ठी की रपट (20/04/97) पढ़कर ऐसा लगा कि 'प्रभात खबर' भी प्रवाह के साथ चल रहा है। राजनीति को वरीयता देने का क्या औचित्य हो सकता है? यह ठीक है कि प्रो. सिद्धेश्वरानंद

जी साहित्य-संस्कृति के प्रख्यात अध्येता हैं; पर, अध्यक्षीय व्यक्तव्य को हटाने, हल्के ढंग से प्रस्तुत करना रिपोर्टर की अकुशलता का सबूत है। कुछ बात तो थी उस वक्तव्य में। और डूबकर पानी पीने वालों के लिये तीखी बात थी। अपने सहज औदार्यवश आपने मेरे जैसे नाचीज को ऊँचे पीढ़े पर बैठा दिया था। जबकि वहाँ एक से एक धौंधरिक उपस्थित थे। बहरहाल यदि सहज सम्भव हो, उस गोष्ठी का एक चित्र स्मृति के लिये भिजवाने का कष्ट कीजिये। फ़ोन से अशोक जी को कल ही आप का समाचार बता दिया था।

आपको अवकाश न मिले, तो बऊ माँ को मेरे दोनों लेख पढ़ने को दे दें। मेरी लिखावट में उसकी रूचि है। आपने कभी कहा था। 'प्रभात खबर' में छपना कतई जरूरी नहीं है।

अन्ततः एक आत्मीय सुझाव : रविवार के अंक में अपने लिये आपको एक स्तंभ आरक्षित रखना चाहिए। प्रभाष जी अपनी लेखन-चर्चा से विरत नहीं हैं। अभ्यास छूट जाने पर आप लेखन-भीरू हो जायेंगे। पत्रकार और संपादक के लिये यह स्थिति अच्छी नहीं है।

शिक्षक का पत्र, विद्यार्थी के नाम

श्री एके बनर्जी काशी हिन्दू विश्वविद्यालय (बीएचयू, वाराणसी) में पत्रकारिता व जनसंचार विभाग के अध्यक्ष थे। हरिवंश ने जब बीएचयू से पत्रकारिता में डिप्लोमा कोर्स किया, तब एके बनर्जी ही विभागाध्यक्ष थे। हरिवंश जब 'धर्मयुग' छोड़कर बैंक की नौकरी ज्वाइन करने जाने लगे, तो उसके पहले उनसे बैंक ऑफ इंडिया ने दो लोगों का रेफरेंस माँगा, जो उन्हें जानते हों या जिनसे उनके बारे में पूछताछ की जा सके। हरिवंश ने एक नाम अपने पत्रकारिता विभाग के अध्यक्ष डॉ. बनर्जी का दिया। बैंक ने उनसे इनक्वायरी कर ली, उसके बाद डॉ. बनर्जी ने यह पत्र हरिवंश को लिखा और यह सवाल पूछा कि पत्रकारिता छोड़कर बैंक की नौकरी में क्यों जा रहे हो?

–संपादक

(i)

Dated : July 3, 1980

My Dear Haribansh,

There was an enquiry about you from Bank of India. I have replied. I don't know why are you interested in Bank of India job.

I hope, you are carrying on well. Please remember me to Ram Kripal. You should keep in touch with Chandrakant Tripathi.

With best wishes,

Your sincerely
(A.K.Banerji)
Prof. &Head
Department of Journalism
&Mass Communication.
BHU, Varanasi

कृष्णनाथ जी के पत्र

कृष्णनाथ जी। देश के बौद्धिक वर्ग में एक अनूठे व्यकितत्व। देशज अर्थशास्त्री। समजावादी राजनीति के सिद्धांतकारों में से एक। मौलिक चिंतक-विचारक। घुमक्कड़ी-यायावरी को यात्रा वृत्तांत में पिरोनेवाले विलक्षण साहित्यकार। कुशल और यशस्वी संपादक। हिमालय के चितेरे। बौद्ध दार्शनिक। उनके बहुआयामी व्यक्तित्व, कृतित्व से जुड़ी पहचान की और भी न जाने कितनी रेखाएँ हैं। उन कृष्णनाथ जी से हरिवंश जी का पहला परिचय विद्यार्थी दिनों में हुआ। फिर यह संपर्क-संबंध कृष्णनाथ जी जब तक रहे, तब प्रगाढ़ रहा। आदर, सम्मान के भाव के साथ। हरिवंश जी यह बार-बार स्वीकारते हैं, अपने लिखे में भी कई बार व्यक्त कर चुके हैं कि प्रत्यक्ष तौर पर जिन लोगों से वे बहुत प्रेरित और प्रभावित हुए, जिन लोगों ने उन्हें गढ़ने में भूमिका निभाई, उनमें कृष्णनाथ जी भी एक प्रमुख नाम रहे। कृष्णनाथ जी से हरिवंश जी का पत्र संवाद निरंतर बना रहा। यहाँ कृष्णनाथ जी के चार पत्र प्रकाशित किये जा रहे हैं, जिससे यह झलक मिलेगी कि हरिवंश जी से उनका संबंध किस प्रकार का रहा और कैसे वह अपने आवागमन से लेकर बौद्धिक गतिविधियों की हर सूचना देते रहते थे।

-संपादक

(i)

लेह (लदाख)
04/07/1989

प्रिय हरिवंश जी,

26/06 को दिल्ली से इंडियन एयरलाइंस की उड़ान-483 से लेह आया। 27/06 को 'प्रज्ञापारमिता: दर्शन एवं साधना' पर सेमिनार का उद्घाटन हुआ। 1/7 को समापन।

सिंधु नदी के तट पर जीवे छलर (शांति वन) में प्राय: एक सप्ताह से अधिक शांतिपूर्वक रहा। सिंधु अनेक जातीय स्मृतियाँ जगाती है।

3/7 को लेह-दिल्ली 484 उड़ान के लिए सबेरे से हवाई पर बैठा रहा।

दोपहर तक प्रतीक्षा करने के बाद उड़ान रद हो गयी। 29/06 की भी रद हो चुकी है। 4/7 को श्रीनगर के लिए उड़ान भी। लेह में देश-विदेश के यात्री फँसे पड़े हैं। हवा और शीत व्यय झेल रहे हैं।

श्रद्धेय लामा लावेजंग चेष्टा कर रहे हैं कि विशेष अनुमति से सेना के जहाज से हम निकल सकें। देखें, क्या होता है? (या नहीं होता है)।

शेष कुशल है।

आपका,
कृष्णनाथ

(ii)

काठमांडू, नेपाल
04/06/2001

प्रिय हरिवंश जी,

मेरा काठमांडू से लिखा पत्र मिला होगा। इस बीच काठमांडू उपत्यका में घटना-चक्र ने दुखद-दुर्भाग्यपूर्ण मोड़ ले लिया। 1 जून, 2001 की रात नेपाल के महाराज श्री वीरेंद्र का प्रायः समूचे राजपरिवार के साथ अंत हो गया। 2 जून को आर्यघाट पर उनकी अन्त्योष्टि हो गयी। 3 जून को नारायण हिती राजदरबार में सिर मुंडाये युवकों, और युवतियों, नर-नारियों द्वारा श्रद्धांजलि देने वालों की लंबी कतार दीखी। इस बीच अफवाह ताजा थी। लोग राज परिवार में शादी को ले कर से इतने बड़े पैमाने पर हत्याकांड को स्वीकार करने को तैयार न थे। शायद षड्यंत्र हो। इसका अंदेशा है। अभी-अभी जब मैं यह लिख रहा हूँ, श्री ज्ञानेंद्र के राज्यारोहण का समाचार मिला है। उधर, चक्रपथ (रिंग रोड) से अनेक जुलुसों का तांता लगा हुआ है। शायद यह जुलुस राजदरबार जा रहे हैं। वर्तमान प्रधानमंत्री और महाराज के विरुद्ध नारे लग रहे हैं। शायद श्री ज्ञानेंद्र को लोग सहसा स्वीकार करने को तैयार नहीं लगते। पता नहीं घटना-चक्र कैसा चले?

मैं अपने मित्र श्री नेत्र बंताबा के साथ सकुशल हूँ। परसो रोहिणी भंज्याङ्ग स्थित 'रीट्रीट' से सहसा काठमांडू आया हूँ। किंतु ऐसी परिस्थिति में, मित्रों की राय है कि मेरा काठमांडू-दिल्ली उड़ान भर लेना श्रेयस्कर है। सो मैंने यथाशीघ्र इंडियन एयरलाइंस से काठमांडू-दिल्ली टिकट पक्का करने को सहेजा है। पहले 'ओपेन' रखा था। ऐसे यहाँ मेरे लिए कोई संकट नहीं है। किंतु काठमांडू उपत्यका अशांत है।

अब बहुत कर के दिल्ली से लिखूँगा।

मेरा पता, आपको मालूम ही है, फिर भी :

द्वारा : डॉक्टर आनंद कुमार
6 वार्डेन फ्लैट्स, ब्रह्मपुत्र छात्रावास
जवाहर लाल नेहरू विश्वविद्यालय, नयी दिल्ली- 110067

शेष कुशल है। आशा है वहाँ भी सब कुशल-मंगल है।

सस्नेह,

आपका,
कृष्णनाथ

(iii)

नयी दिल्ली
15/07/2001

प्रियवर,

काठमांडू-दिल्ली यात्रा की पूर्व संध्या 4 जून को काठमांडू से एक पत्र लिखा था। आश्चर्य नहीं कि आपको न मिला हो। (अन्य मित्रों को भी नहीं मिला।)

यह पत्र एक विशेष प्रयोजन से लिख रहा हूँ :

समकालीन भारतीय राजनीति : आचार्य वीरबल सिंह स्मृति ग्रंथ संलग्न है। इसका लोकार्पण समारोह 27 जुलाई, 2001 को चांदीवाला स्मारक ट्रस्ट, कालकाजी, नई दिल्ली के प्रेक्षागृह में माननीय श्री चंद्रशेखर, पूर्व प्रधानमंत्री, की अध्यक्षता में होने जा रहा है। प्रमुख वक्ता है: सर्वश्री मधुदण्डवते, रबि राय, रामकृष्ण हेगड़े, सुरेंद्र मोहन। समारोह का संचालक श्री चन्द्रभाल त्रिपाठी, संपादक, करेंगे।

स्व. आचार्य बीरबल सिंह जी का हमारा पारिवारिक संबंध है। काशी विद्यापीठ परिवार के नाते और व्यक्तिगत रूप से भी। आज जब राजनीति शराफत जैसे सद्ग्रंथ की तरह ध्लुप्त हो गयी है तो ऐसे सज्जन-साधु पुरुष का स्मरण मंगलकार्य है।

मुझे हार्दिक प्रसंनता होगी यदि आप 27 जुलाई, 2001 को, (इसके पूर्व नहीं), इस ग्रंथ से कुछ सामग्री लेकर 'प्रभात खबर' के सभी संस्करणों में दे सकेंगे। चयन और संपादन तो आप स्वयं करें। इसके लिए सर्वथा योग्य हैं।

मैं आज काशी विश्वनाथ एक्सप्रेस से नई दिल्ली से वाराणसी कैंट रवाना

हो रहा हूँ। डेरा सारनाथ कुटी में हो चेष्ठा करूँगा कि इसी उत्सव के लिए दिल्ली आऊँ।

शेष कुशल है। आशा है वहाँ भी।

सप्रेम,

आपका,
कृष्णनाथ

(iv)

बेंगलुरु
22/10/2006

प्रिय हरिवंश,

इतने कम समय में 'प्रभात खबर' का अच्युत पटवर्धन स्मृति विशेषांक आपने निकाला। मेरा साधुवाद।

यहाँ डॉ. सुषमा-सतीश इनामदार को एक प्रति भेंट की। विंध्य के दक्षिण की हवा कुछ और है। किंतु यहाँ वैली स्कूल में 5 अगस्त, 2005 को उन्हें स्मरण किया गया। पूरी विशेष असेंब्ली में अध्यापकों-छात्र-छात्राओं कार्यकर्ताओं द्वारा। 25 वर्ष से अधिक हुए, अच्युत जी ने ही इस स्कूल का उद्घाटन किया था। अपनी अंतिम यात्रा में भी वे यहाँ आये थे। डॉ. सतीश इनासमदार को उनकी स्मृति जीवित-जाग्रत है। ऐसे अनेक मित्र हैं। लेकिन आज की इस भाग-दौड़ में कौन किसको याद करता है?

आपने 'प्रभात खबर' के विशेषांक के द्वारा उनकी स्मृति को पूर्वी भारत में पहुँचा दिया। प्रीत हूँ, कृतज्ञ हूँ।

कृपया अपने सहयोगियों को मेरी हार्दिक बधाई पहुँचा देंगे।

आज अपराहण IC90-बेंगलुरू-दिल्ली उड़ान है। फिर कुछ समय उत्तर समय है। शायद 6 फरवरी में नालंदा आने का योगायोग बैठे। 12-14 फरवरी, 2006 को वहाँ 'नालंदा की विरासत' पर एक अंतरराष्ट्रीय सम्मेलन निमित्त है। वैसे वह विरासत कहाँ खो गयी?

सपरिवार स्वस्थ और प्रसन्न होंगे।

सस्नेह,

कृष्णनाथ

परिशिष्ट

स्रोत-संदर्भ

जिनमें हरिवंश जी की पत्रकारिता पर चर्चा है-

शोध-प्रबंध

- आर के नीरद, 'जनसरोकार के पत्रकार हरिवंश', एसकेएम विश्वविद्यालय, दुमका, 2017
- अनुपमा कुमारी, 'क्षेत्रीय पत्रकारिता बनाम राष्ट्रीय पत्रकारिता : मिथक, यथार्थ, चुनौतियाँ और संभावनाएँ विशेष संदर्भ प्रभात खबर', महात्मा गांधी अंतरराष्ट्रीय हिन्दी विश्वविद्यालय, वर्धा, 2017
- विष्णु राजगढ़िया, 'भारतीय समाजवादी चिंतन में रघुवीर सहाय की पत्रकारिता का योगदान', शोध-प्रबंध
- Print Media and Development : A case study of 'Prabhat Khabar'

लघु शोध प्रबंध

- हरिवंश की पत्रकारिता : प्रभात खबर के विशेष संदर्भ में-कुमारी कंचन रानी

शोध-अध्ययन

- जेब अख्तर, 'प्रभात खबर : मूल्यों को गढ़ने की कवायद', एक अध्ययन रिपोर्ट, 2010
- Kunal Kamal Kumar &Sushanta Kumar Mishra, 'Prabhat Khabar, Innovative HR Practices that helped sustain Journalism as Practice', A Research Report, IIM, Indore, 2012

हिन्दी में प्रकाशित पुस्तकों की सूची

- अच्युतानंदन मिश्र (संपादक), हिन्दी के प्रमुख समाचार पत्र व

पत्रिकाएँ

- अनुज कुमार सिन्हा, 'प्रयोग की कहानी', प्रभात प्रकाशन, नई दिल्ली, 2012
- अनुराधा, 'पत्रकारिता का महानायक : सुरेंद्र प्रताप सिंह संचयन', वाणी प्रकाशन, दिल्ली
- अरविंद केजरीवाल व विष्णु राजगढ़िया, 'सूचना का अधिकार', प्रकाशक-प्रभात खबर इंस्टीट्यूट ऑफ मीडिया स्टडीज, राँची, 2006
- जय प्रकाश त्रिपाठी, 'मीडिया हूँ मैं', अमन प्रकाशन, 2014
- जयप्रकाश भारती (सं.) 'हिन्दी पत्रकारिता : दशा और दिशा', प्रवीण प्रकाशन, नई दिल्ली, 1994
- जवाहरलाल कौल, 'मेरा, उनका, किनका अखबार, हिन्दी पत्रकारिता का बाजार भाव', प्रभात प्रकाशन, दिल्ली
- डॉ. आर. के. नीरद, 'जनसरोकार के पत्रकार हरिवंश', प्रभात प्रकाशन, नई दिल्ली, 2020
- डॉ. नागेश्वर प्रसाद शर्मा, 'बिहार का सिसकता शिक्षातंत्र', अनु प्रकाशन, पटना, 2014
- डॉ. सतीश शर्मा 'जाफराबादी', 'भारतीय पत्रकारिता : नये क्षितिज', नटराज प्रकाशन, दिल्ली, 2014
- डॉ. हरीश चंद्र खेड़ा, 'संसदीय पत्रकारिता : भारतीय लोकतंत्र की यात्रा के साक्षी', यूनिवर्सिटी पब्लिकेशन, 2020
- धनंजय चोपड़ा, 'यह जो मीडिया है', साहित्य भंडार, इलाहाबाद, 2015
- नन्द चतुर्वेदी, 'जो बचा रहा', प्रकाशक : राजकमल प्रकाशन, 2014
- निराला (सं.), 'सफरनामा : एक अखबार का 25 वर्षों का', प्रकाशन संस्थान, नई दिल्ली, 2016
- प्रताप नारायण सिंह, 'अभिव्यक्ति की स्वतंत्रता', अभिधा प्रकाशन, मुजफ्फरपुर, 2021
- रविंद्र कुमार, 'मिलते जुलते शब्दों के मानक प्रयोग', प्रभात प्रकाशन, 2021
- राजकिशोर, 'पत्रकारिता के नये परिप्रेक्ष्य', वाणी प्रकाशन, नई दिल्ली, 2001
- रामशरण जोशी, 'मीडिया विमर्श', सामयिक प्रकाशन, नई दिल्ली,

2002
- रामशरण जोशी, 'कतरनों की कोख से उठते सवाल', साहित्य भंडार, इलाहाबाद, 2014
- विजय भास्कर, 'बिहार में पत्रकारिता का इतिहास', प्रभात प्रकाशन, नई दिल्ली, 2013
- हरीश पाठक, 'आंचलिक अखबारों की राष्ट्रीय पत्रकारिता', प्रकाशन संस्थान, 2019

अंग्रेजी किताबें

- Alpa Shah, *'In the Shadows of the State: Indigenous Politics, Environmentalism, and Insurgency in Jharkhand, India'*, Duke University Press, 2010
- Aruna Roy, *'The RTI Story: Power to the People'*, Roli Books, 2018
- Bibek Debroy, Laveesh Bhandari (Editor), *' Corruption in India - The DNA and the RNA'*, Konark Publishers, 2012
- Binod Mehta, *'Editor Unplugged'*, Penguin Books India, 2014
- Mark Tully, *'Non Stop India'*, Penguin Books Limited, London, 2011
- Nalini Ranjan (Editor), *'Practising journalism values, constraints, implications,'* Sage, 2005
- Nirmala Lakshman (Editor) *'Writing A Nation - An Anthology of Indian Journalism,'* Rupa, 2007
- P.V. Ramana (Editor) *'The Naxal challenge : causes, linkages, and policy options;'* Pearson, Delhi, 2007
- Rita &Umesh Anand (Author) *'Great Stories of Change - Inventive Indians'*, Nimby Books, 2009
- Ronojoy Sen, Pratima Singh and Robin Jeffrey (Editor) *'More than Maoism: Politics, Policies and Insurgencies in South Asia'*, Manohar, 2013
- Sevanti Ninan, *'Headlines from the Heartland : Reinventing the Hindi Public Sphere'*, Sage Books, 2013
- Shruti Singh, *'Print Media and Development:' A case study of 'Prabhat Khabar'*, Notion Press, 2018

हिन्दी पत्रिकाओं की सूची

- 'इंडिया टुडे', 2 जुलाई, 2007
- 'इंडिया टुडे', बिहार-झारखंड विशेषांक, 19 सितंबर, 2012

- ‘इंडिया टुडे’, बिहार-झारखंड विशेषांक, 31 दिसंबर, 2014
- ‘चिंतन सृजन’, जनवरी-मार्च, 2006
- ‘पाखी’, प्रभाष जोशी विशेषांक, इंडिया मीडिया इनिशिएटिव सोसाइटी, गौतमबुद्ध नगर, उ.प्र., वर्ष 4 अंक 11 अगस्त, 2012
- ‘मीडिया’ विमर्श, जुलाई-सितंबर, 2022
- ‘विदुरा’, नई दिल्ली, अप्रैल-जून, 2006
- ‘विदुरा’, प्रेस इंस्टीट्यूट ऑफ इंडिया, नई दिल्ली, अक्तूबर-दिसंबर, 2004
- ‘विदुरा’, प्रेस इंस्टीट्यूट ऑफ इंडिया, नई दिल्ली, जुलाई-सितंबर, 1997
- ‘समकालीन जनमत’, नई दिल्ली, फरवरी 1996
- ‘सूचना का अधिकार’, संपादक भँवर मेघवंशी, प्रकाशक स्कूल फॉर डेमोक्रेसी, भीलवाड़ा, वर्ष 11, अंक 2-3, फरवरी-मार्च 2011
- ‘हमारा भारत संचय’, संपादक, अभिषेक कश्यप, इंडिया टेलिंग प्रकाशक, धनबाद, वर्ष 2, अंक 6 सितंबर-नवंबर, 2015

अंग्रेजी पत्रिकाओं की सूची

- *'THE HOOT'*, 2005
- *'Economic and Political Weekly'*, 21.11.1992
- *'The Economic and Political* Weekly', 12.11. 1992
- *'The Express Magazine'*, 15.7.2001
- *'Frontline'*, 16.8.02
- *'Business India'*, 19 Aug, 2002
- *'India Today'*, 17.12.2003
- *'Civil Society'*, May 2005
- *'Dialogue Quarterly Journal'*, Oct- Dec, 2005
- *'Business Standard'*, 30.01.2006
- *'Tehelka'*, Feb 11, 2006
- *'Civil Society'*, Nov 2010
- *'The International Indian'*, Vol. 12.2

दैनिक समाचार पत्रों की सूची

- 'The Times of India', 2002
- 'The Times of India', 21.6.1992
- 'The Times of India', 21.6.1992
- 'The Times of India', 7.7.1992

- 'The Times of India', 4.8.1992
- 'The Times of India, Patna, 20.9.1992
- 'The Economic Times', Calcutta-2.10.1992
- 'The Times of India', 14.2.1993
- 'The Times of India', 13.12.1993
- 'The Hindustan Times', 13.12.1993
- 'The Times of India', 10.2.1996
- 'The Times of India', 12.02.1996
- 'The Asian Age', 22.3.1996
- 'The Tribune', Chandigarh, 20.2.1997
- 'The Pioneer', 12.3.1997
- 'The Telegraph', 25.4.1997
- 'The Tribune', Chandigarh, 13.5.1997
- 'Midday', 11.6.1997
- 'The Telegraph', 14.11.1997
- 'The Times of India', Patna, 20.11.1997
- 'The Indian Express'-31.03. 1999
- 'The Hindu', 22.09. 2002
- 'The Telegraph', 24.07.2003
- 'The Telegraph', 16.09.2004
- 'The Asian Age', 7.5.2005
- 'News Plus', 28.5.2005
- 'The Asian Age', 9.4.2006
- 'The Telegraph', 10.1.2007

हरिवंश : एक परिचय

जीवन

जन्म, 30 जून, 1956 सिताबदियारा (बलिया, उत्तर प्रदेश)। यह लोकनायक जयप्रकाश नारायण की जन्मभूमि है। 27 टोलों का गाँव। सिताबदियारा देश के दो राज्यों, बिहार और उत्तर प्रदेश तथा तीन जिलों आरा, बलिया और छपरा में फैला है। दक्षिण से गंगा और उत्तर से घाघरा जैसी नदियों से घिरा गाँव है।

शिक्षा

आरंभिक पढ़ाई गाँव में ही नीम पेड़ तले लगनेवाले स्कूल में। फिर गाँव के ही टोला काशीराय में प्राइमरी स्कूल में दाखिला। पाँचवीं तक वहीं पढ़ाई। फिर जयप्रकाश नारायण के नाम पर बने हाईस्कूल से मैट्रिक तक की शिक्षा। इंटर में पढ़ाई के लिए बनारस के उदय प्रताप कॉलेज में दाखिला। इंटर के बाद इलाहाबाद विश्वविद्यालय में दाखिला। लेकिन, मन को बनारस भा चुका था। दो ही माह बाद बनारस हिंदू विश्वविद्यालय में दाखिला मिला, तो इलाहाबाद से बनारस वापसी। फिर बी.एच.यू. से स्नातक व अर्थशास्त्र में स्नातकोत्तर तक की पढ़ाई। बी.एच.यू. के ही पत्रकारिता विभाग से डिप्लोमा स्तरीय प्रशिक्षण।

इमरजेंसी

बी.एच.यू. में पढ़ाई के दौरान ही, जयप्रकाश जी के नेतृत्व में उभरे आंदोलन से जुड़ाव। राजनीतिक गतिविधियों में भाग लेने की वहीं से शुरुआत। बी.एच.यू. के बिड़ला हॉस्टल के लिए महामंत्री का चुनाव लड़े। कला संकाय से छात्र संघ के लिए निर्वाचित हुए। इमरजेंसी का समय आया, तो गतिविधियाँ बढ़ीं। भूमिगत पर्चा-पोस्टर चिपकाने, बाँटने का काम किया। जेपी आंदोलन के दौरान छात्र राजनीति का असर यह हुआ कि पढ़ने-लिखने की आदत लग गयी। उसी से

प्रेरित होकर पत्रकारिता पेशे का चयन किया।

पत्रकारिता

- करियर के रूप में पत्रकारिता की शुरुआत टाइम्स ऑफ इंडिया समूह (मुंबई) से। 'जनवार्ता' संपादक, श्यामा प्रसाद 'प्रदीप' ने पहली बार इनका पत्र प्रकाशित किया।
- 'टाइम्स ऑफ इंडिया' समूह में ट्रेनी जर्नलिस्ट के रूप में (1977 जनवरी) चयन। फिर उसी समूह की हिन्दी पत्रिका 'धर्मयुग' में उप-संपादक के रूप में 1977-1981 तक कार्यरत।
- आनंद बाजार पत्रिका समूह की हिन्दी पत्रिका 'रविवार' में सहायक संपादक के तौर पर 1985-1989 तक कार्यरत।
- अक्तूबर 1989 में रांची से प्रकाशित अखबार 'प्रभात खबर' में बतौर प्रधान संपादक जुड़ाव।
- प्रधानमंत्री श्री चंद्रशेखर के कार्यकाल में प्रधानमंत्री कार्यालय (साउथ ब्लाक, नयी दिल्ली में अतिरिक्त सूचना सलाहकार (पद, संयुक्त सचिव) के रूप में कार्यरत। नवंबर 1990 से जून, 1991 तक।
- 1991 में पुनः बतौर प्रधान संपादक, 'प्रभात खबर' में वापसी। तब से लगातार जून, 2016 तक अखबार में प्रधान संपादक के रूप में कार्यरत।
- भारतीय प्रेस संस्थान की पत्रिका 'विदुरा' का संपादन।
- 'धर्मयुग', 'रविवार', 'प्रभात खबर' से इतर अनेक पत्र-पत्रिकाओं में अलग-अलग विषयों पर लेखन। इनमें 'नवभारत टाइम्स', 'दैनिक भास्कर', 'फर्स्टपोस्ट' व 'संडे' जैसे प्रकाशन शामिल हैं।
- पत्रकारिता के जरिये सामाजिक, राजनीतिक बदलाव में सार्थक व सक्रिय हस्तक्षेप के लिए 'इंडिया टुडे', 'तहलका' जैसी पत्रिकाओं ने विशेष स्टोरी की। दिल्ली से प्रकाशित प्रतिष्ठित अंग्रेजी पत्रिका 'सिविल सोसाइटी' ने 'प्रभात खबर' को भंवरजाल से निकाल हिन्दी पत्रकारिता और क्षेत्रीय पत्रकारिता का एक मानक बनाने के लिए व्यक्तित्व-कृतित्व पर विशेष कवर स्टोरी की।

सम्मान-पुरस्कार

- अखिल भारतीय पत्रकारिता विकास परिषद, कोलकाता द्वारा अगस्त

1996 में, आचार्य महावीर प्रसाद द्विवेदी पत्रकारिता सम्मान।

- पत्रकारिता क्षेत्र में विशिष्ट योगदान व कार्य के लिए (अगस्त 2008, भोपाल, मध्य प्रदेश) प्रथम माधव राव सप्रे पुरस्कार।
- सितंबर 2012 में, जोहांसबर्ग (दक्षिण अफ्रीका) में आयोजित नौवें विश्व हिन्दी सम्मेलन के दौरान हिन्दी के प्रति उत्कृष्ट योगदान के लिए सम्मान।
- एक्सचेंज फॉर मीडिया द्वारा 'मीडिया महारथी' सम्मान।
- वर्ष 2014 में, आचार्य तुलसी महाप्रज्ञ विचार मंच, मेहरौली, दिल्ली द्वारा पत्रकारिता में योगदान के लिए आचार्य तुलसी सम्मान।
- अगस्त 2023 में आउट स्टैंडिंग पार्लियामेंट्री पॉलिटी के लिए कैपिटल फाउंडेशन नेशनल अवार्ड कमिटी द्वारा डॉ. भीमराव आंबेडकर नेशनल अवार्ड।

बैंकिंग सेवा

- 1981 से 1984 तक बैंक ऑफ इंडिया, हैदराबाद व पटना में अधिकारी के रूप में कार्यरत।
- भारतीय रिजर्व बैंक में बतौर अधिकारी चयन लेकिन नौकरी ज्वाइन नहीं की।

राजनीति

- अप्रैल, 2014 में जनता दल (यू) की ओर से बिहार से राज्यसभा सदस्य निर्वाचित।
- 09 अगस्त, 2018 को राज्यसभा के उपसभापति पद के लिए निर्वाचित।
- दोबारा अप्रैल, 2020 में जनता दल (यू) की ओर से बिहार से राज्यसभा सदस्य निर्वाचित।
- 14 सितंबर, 2020 को पुनः राज्यसभा उपसभापति पद के लिए निर्वाचित। वर्तमान में उपसभापति के दायित्व का निर्वहन।

लिखित पुस्तकें

- कलश (2022) वाणी प्रकाशन
- सृष्टि का मुकुट: कैलास-मानसरोवर (2022) वाणी प्रकाशन
- पथ के प्रकाश पुंज (2022) वाणी प्रकाशन

- गणेश मंत्री: आधुनिक हिन्दी पत्रकारिता के यशस्वी स्तंभ (2022) रूद्र पब्लिशर्स एंड डिस्ट्रीब्यूटर्स
- चंद्रशेखर: द लास्ट आइकॉन ऑफ ऑइडियोलॉजिकल पॉलिटिक्स (2019) अंग्रेजी में, रूपा पब्लिकेशंस
- दिल से मैंने दुनिया देखी (2018) राजकमल प्रकाशन
- शब्द संसार (2016) इंडिया टेलिंग बुक्स
- सत्याग्रही संन्यासी (भवानी दयाल संन्यासी का संक्षिप्त जीवनवृत्त) नॉटनल प्रकाशन

संपादित पुस्तकें

- झारखंड: समय और सवाल (2012) प्रभात प्रकाशन
- झारखंड: सपने और यथार्थ (2012) प्रभात प्रकाशन
- झारखंड: अस्मिता के आयाम (2011) प्रकाशन संस्थान
- बिहारनामा (2011) प्रकाशन संस्थान
- बिहार: रास्ते की तलाश (2011) प्रकाशन संस्थान
- बिहार: अस्मिता के आयाम (2011) प्रकाशन संस्थान
- झारखंड: सुशासन अब भी संभावना है (2009) प्रभात प्रकाशन
- संताल हूल: आदिवासी प्रतिरोध संस्कृति (2009) प्रकाशन संस्थान
- जनसरोकार की पत्रकारिता (2009) प्रकाशन संस्थान
- झारखंड: दिसुम मुक्तिगाथा और सृजन के सपने (2002) राजकमल प्रकाशन
- जोहार झारखंड (2002) राजकमल प्रकाशन

चंद्रशेखर पर संपादित पुस्तकें

- चंद्रशेखर के विचार (2002) राजकमल प्रकाशन
- चंद्रशेखर संवाद एक: उथल-पुथल और ध्रुवीकरण (2002) राजकमल प्रकाशन
- चंद्रशेखर संवाद दो: रचनात्मक बेचैनी में (2002) राजकमल प्रकाशन
- चंद्रशेखर संवाद तीन: एक दूसरे शिखर से (2002) राजकमल प्रकाशन
- चंद्रशेखर के बारे में (2002) राजकमल प्रकाशन
- मेरी जेल डायरी: एक (2002) राजकमल प्रकाशन
- मेरी जेल डायरी: दो (2002) राजकमल प्रकाशन

व्यक्तिगत जानकारी

- पिता: स्वर्गीय श्री बांके बिहारी सिंह
- माता: स्वर्गीय श्रीमती देवयानी देवी
- पत्नी: श्रीमती आशा सिंह
- पुत्र: श्री विकास सिंह / पुत्रवधु- आँखी देवदास
- पुत्री: ऋचा सिंह-दामाद-श्री अर्जुन सिंह
- पौत्री: अरत्रिका व आश्रिता

www.ingramcontent.com/pod-product-compliance
Lightning Source LLC
LaVergne TN
LVHW100723061126
851857LV00011B/369
* 9 7 8 9 3 5 8 6 9 8 1 4 5 *